[上册]

青雀歌

青雀歌

春温一笑 ◎ 著

重庆出版集团·重庆出版社

图书在版编目（CIP）数据

青雀歌 / 春温一笑著 . 重庆：重庆出版社 ,2016.8

ISBN 978-7-229-09933-6

Ⅰ.①青… Ⅱ.①春… Ⅲ.①长篇小说－中国－当代

Ⅳ.① I247.5

中国版本图书馆 CIP 数据核字 (2015) 第 108752 号

青雀歌

QINGQUE GE

春温一笑　著

责任编辑：罗玉平

责任校对：刘小燕

 重庆出版集团
重庆出版社 出版

重庆市南岸区南滨路 162 号 1 幢　邮政编码：400061　http://www.cqph.com

重庆市国丰印务有限公司印刷

重庆出版集团图书发行有限公司发行

E-MAIL:fxchu@cqphcom　邮购电话：023-61520646

 重庆出版社天猫旗舰店
cqcbs.tmall.com

全国新华书店经销

开本：710mm×1000mm　1/16　印张：35.5　字数：816 千

2016 年 8 月第 1 版　2016 年 8 月第 1 版第 1 次印刷

ISBN 978-7-229-09933-6

定价：56.80 元

如有印装质量问题，请向本集团图书发行有限公司调换：023-61520678

目录

目录

第一章
青雀出生

　　成华七年仲夏，夏邑，会亭，邓家祖宅。

　　时值傍晚，电闪雷鸣，狂风骤雨。

　　"哇哇"，婴儿响亮的哭声响起，透过风声、雨声，传出去很远很远。耀眼的闪电划破天际，随之而来的是一声声惊雷，震得人耳朵发麻。电闪雷鸣之际，婴儿哭声更加嘹亮，响彻在天地间。

　　婴儿在接生婆手中大声啼哭，奋力挥动小胳膊小腿。她脐带已被剪断，身上的血污已被清洗干净，白嫩可爱的小身子不停挣扎着，哭声中满是郁郁不平、威武不屈之气。那副架势，好像不只是对这恶劣的雷电风雨不满，更要刺向苍穹，对老天造反。

　　"恭喜恭喜，生了个姐儿！老婆子接生三十几年，这么标致的姐儿还是头回见着，可真俊！"接生婆乐呵呵说道。

　　产床上躺着一名绝色妇人，五官异常精致、美丽，此时脸色白得没有血色，恍若透明，更是令人心生怜惜。"女孩儿。"她喃喃低语一句，声音喑哑诱人，语气中却是不尽的失望、寥落之意。

　　耀眼的白光一闪而过，在夜空中划过一道美丽的弧线，宛如矫健的白龙，又似出鞘的利剑。"轰隆隆，轰隆隆"的雷声，天崩地裂一般，惊心动魄。

　　"这是个什么孩子，拣了这天气出生。"接生婆心里嘀咕，"哭声比雷声还响！唉，可惜是个姐儿，这要是个哥儿，长大后还得了啊。"

　　"小姐您真了不起，生了位小小姐呢，很漂亮！您听听她这哭声，多有气势！"一位眉清目秀的侍女扑到床前，眼中含着热泪，又是惊喜又是欣慰地说道。

　　产妇已是折腾了一天一夜，精疲力竭，再难支撑。"女孩儿。"她又喃喃了一句，连看看婴儿的力气也没有，杏眼微阖，朦胧睡去。

　　这是一间颇为讲究的产房。产床由上好的酸枝木制成，床头镶的是檀香紫檀，纹理细腻，色泽沉静，高贵优雅。床上的被褥、婴儿的襁褓，都极具华美。

　　就连备着给婴儿剪脐带的剪刀，也是专门打造的小银剪刀，又好看，又好用。封闭、舒缓的产房中，每一件物品都是费尽心思的，无一不精。

这间讲究的产房，位于邓家祖宅东北角。邓家祖宅，是会亭最讲究的宅院。虽然邓家人长居京城，会亭老家依旧是宽阔敞亮，雕梁画栋，轩楹瑰丽。

邓家长辈全在京城，如今在祖宅主持家务的是胡妈妈。胡妈妈是邓家世仆，年约四十余，头上挽着规整的圆髻，身穿锦缎夏衫，肤色白皙，面目温婉，观之可亲。此刻她正站在产房门口，含笑看着刚刚出世的小女婴，若有所思。

被邓府请来接生的，是会亭资格最老的接生婆陈婆。陈婆利落地把孩子包裹好，递给等候已久的胡妈妈，笑着奉承道："到底是贵府，虽说是个姐儿，哭声也是响亮不凡。"

胡妈妈抱着才出生的小女婴，矜持地笑笑，"辛苦了，多谢。"抬眼示意，身边一位相貌机灵的小丫头笑着送上锭黄澄澄的金子。陈婆两眼放光，颤抖着接过来掂了掂，这，这没有六两也有五两，金子啊，这可是金子！

乡下地方，见惯的大多是铜钱，连纹银都少见，更何况黄金？陈婆在会亭也算见多识广的人物了，乍一见着这锭金子，也被晃花了眼，狠命夹着腿，唯恐喜出屁来，冲撞了贵人。

陈婆赔笑说了无数巴结讨好之语，胡妈妈微微一笑，"大晚上的，天气又不好，你也不容易。敝宅添人进口的喜事，请喝杯酒再走。"吩咐小丫头"烫上酒来，让她喝两杯暖暖身子。"

这大户人家的行事做派，不能让干喝酒，怎么着也要有两个下酒菜吧？陈婆乐呵呵道了谢，跟着小丫头走了。产妇折腾得不轻，陈婆也跟着劳累许久，正想喝一杯解解乏。

怀中的小女婴"哇哇"地哭个不停，胡妈妈低头微笑，"很委屈么？哭成这样。"虽说是个姐儿，虽说身份……有些不尴不尬，到底是邓家的姑娘，前程似锦。邓家，如今已是世袭罔替的抚宁侯府，烈火烹油，鲜花着锦。

邓家老太爷邓永，伟躯貌，顾盼有威，早年从军，征战宣府。因战功卓著，升迁至三千营指挥使，兼领神机营。成华元年荆、襄盗乱，邓永领兵平叛，大胜。彼时新帝方才登基不到一年，大喜，论功封为抚宁侯。

成华六年，北元阿罗出部犯延绥。邓永佩靖虏将军印，率领八万大军和阿罗出在开荒川决战。阿罗出大败，天朝军队追击至牛家寨，阿罗出为流矢射伤。捷报传回京师，论功，予世侯。

"你姓邓，抚宁侯府的正经姑娘，大少爷头一个孩子，往后福气大着呢。"胡妈妈是邓家大少爷邓麒的奶娘，哄起孩子来自然得心应手，耐心地拍着哄着。婴儿不知是哭累了，还是被拍得舒服，抽噎了几声，小眼皮渐渐合上，睡着了。

"是个听话的好孩子。"胡妈妈怀中抱着婴儿，心中暗暗叹息，"方才听你的哭声，妈妈吓得半死。又是委屈又是不平，好像要造反似的。姐儿，你往后要听话，知道么？你这么个身份……不听话可不成。"

这会儿工夫，丫头、婆子们早已轻手轻脚把产房整理得干干净净、清清爽爽。不过，如果仔细去闻，还能闻着淡淡的血腥味。

胡妈妈走近产床，看看沉睡的产妇，柔声吩咐守在床边的侍女，"英娘，你也累了许久，去歇会子。这里自会有人照看，放心。"

被胡妈妈唤作英娘的女子一惊，下意识地抓紧床单，口吻客气而坚决，"多谢妈妈体恤，

青雀歌

我不累。我家小姐最怕打雷，我要陪着她。"

胡妈妈微笑，"如此，请便。"

奶娘是早已备下的，姓花，白白胖胖的，奶水多。胡妈妈把婴儿交给眼巴巴等在一旁的奶娘，"姐儿醒了，便给喂奶。"奶娘忙不迭地答应了，小心翼翼把女婴抱了过来。

"阿青，阿朱，你们守着少奶奶。阿碧，你跟着奶娘，姐儿有个什么，速速报我。阿丹去吩咐灶上，火不准停，少奶奶若醒了，热汤热菜随时摆上。"胡妈妈交代完诸事，深深看一眼熟睡的"少奶奶"，转身离去。

"外面电闪雷鸣的，妈妈您小心着些。"机灵的丫头阿兰殷勤上前，替胡妈妈披上雨披，撑着伞，一路迎着风雨走到厢房。等到了门口，伞已经变了形，再也用不得。

厢房里坐着位妙龄少女，鹅蛋脸，皮肤雪白，眼睛大而温柔，整个人宛如天上明月般皎洁澄澈，美丽动人。见胡妈妈进来，她满脸赔笑站起来行礼问好，"胡妈妈。"又命身边的小丫头，"珠儿，上茶。"礼数周到。

胡妈妈在官帽椅上坐了，笑着问道："明月姑娘，外头又是打雷又是闪电的，没把你吓着吧？"这邓家祖宅的丫头们全归胡妈妈管，可眼前这位不是普通的丫头，是大少爷跟前的红人，有几分体面。

"哪能呢。"明月陪胡妈妈坐下，温婉得体地笑着，语气柔和轻快，宛如三月春风，"妈妈，安居在这深宅大院之中，明月已是心满意足，哪里会害怕。"

"如此甚好。"胡妈妈微笑，"少奶奶今日酉正二刻产下一女，五斤六两，母女平安。明月姑娘这便写信回京，禀告大少爷知道。"

明月虽是丫头，却也是锦衣玉食长大的，通文墨，擅书法。她那一笔秀丽的簪花小楷看着舒服，故此会亭和京城之间的往来书信，全由明月负责。

"是，妈妈。"明月柔顺地答应着，嘴角噙着丝意味深长的微笑，"我这便写信，把喜信禀告大少爷。只是，这信却不必送往京城。大少爷已随侯爷、世子爷出战宣府，信件，直接送往宣府即可。"

大少爷随侯爷、世子爷出战宣府？胡妈妈心中一凉。这么大的事，我竟不知道，明月竟知道！

"凡在祖宅服侍的丫头、婆子、仆役，全是外头买来的。"胡妈妈把玩着手中的细瓷茶盏，悠悠说道，"外头买来的，在抚宁侯府没有根基，故此京城的消息，通通不知道。"

明月，也是外头买来的。她进邓府时已有十岁，本来按着她这样的来路，在府里只能做粗活，进不了二门。不过，明月生得好，又能识文断字的，入了大少爷的眼，得以青云直上。

明月身边的小丫头迅速瞥了胡妈妈一眼，很有些不服气。外头买来的怎么了？一样是奴才，谁比谁高贵了。明月纹丝不动，温柔笑着，"妈妈说得极是。妈妈放心，京城的消息，你知我知罢了，断断传不到……传不到那位的耳中。"

胡妈妈变了脸色，眼神咄咄逼人，"大少爷是怎么吩咐的，你可还记得？明月姑娘，在这祖宅之中，没有这位那位的，只有少奶奶！"

天空一声炸雷响起，明月花容失色，手中的茶盏惊落地面。她性子敏捷，不过略怔了一怔，忙站起身敛容相谢，"妈妈说得是，明月知错。"

胡妈妈见她低眉顺眼的，也不便深加切责，温和提醒道："大少爷差你过来，为的是什么？莫忘了。"

明月羞愧地低声答应，"是，不敢有忘。"

胡妈妈枯坐片刻，默默听着外面的风雷之声。明月赔笑问道："妈妈，姐儿既已降生，咱们可是该收拾妥当了，准备回京？"

胡妈妈微笑看了明月一眼，花朵儿般的年纪，在这乡下地方待了大半年，也是不易。只是想回京么，且还早着。就算你在京中有耳目，抚宁侯府大事小情一一知悉，可是大少爷的心思，终究你还是不懂。

"不必收拾，咱们暂不回京。"胡妈妈淡淡说道，"过个三年两年的，姐儿身子结实了，才能经得起长途跋涉。你这便动手写信吧，明儿个我命人送走。"

明月忙答应了，见胡妈妈起身要走，亲自送了出来，殷勤作别。外面风雨实在太大，她不过是在廊下略站了站，再回屋时已是衣衫尽湿。珠儿伶俐，忙服侍她把湿衣服脱了，换上新衣。

明月更衣过后，先是慢慢喝了杯热茶，继而吩咐珠儿，"焚香，磨墨。"珠儿脆生生答应了，自去行事。

"姐姐，真的还要三年两年啊。"珠儿一边磨墨，一边可怜巴巴地问着明月。这里是乡下，远离京城，远离繁华，在这待上三年两年，不烦死也要闷死。

明月一脸温柔笑意，提笔专注地写着信，仿佛并没听到珠儿的问话。她人长得美，书法也美，字体妩媚娇柔中又透着清婉灵动，如红莲映水，又如仙娥弄影。

斟词酌句地写完，前前后后仔细看了不下七八遍，才亲手叠起、封好，交代珠儿，"明日一早送给胡妈妈，不可耽搁。"珠儿依言收好信，"姐姐放心，误不了。"

珠儿心里始终记着胡妈妈方才的话，再也放不下。她只有十一二岁，素日又极信重明月，便口没遮拦地说道："我倒罢了，姐姐已是十六七岁，再过三年两年的，岂不成了老姑娘？"

明月微笑不语。三年两年？胡妈妈你上了年纪，乡下地方住得惯，我可不成。真要三年两年地在这穷乡僻壤耗着，恕不奉陪。

珠儿悻悻道："为了那么个祸水，连累了多少人！害得咱们都陷在会亭，动弹不得。她算什么少奶奶，府里三书六礼、八抬大轿娶回来的那位，才是真正的少奶奶。她啊，顶多算是个姨奶奶罢了。"

明月似笑非笑看了她一眼，"出了我这个屋子，你若敢说出这话，仔细你的皮！"珠儿吐吐舌头，"我也就是跟您说说！换个人，打死我也不敢开口。"

珠儿心虚，一溜烟儿跑去剔亮灯火，整理床铺，忙忙活活。明月坐在桌案旁，纤细手指轻抚姣好的面容，若有所思。

京里那位，如今该是什么都知道了吧，怎么还没动静？也太沉得住气了。她就不怕老宅这位诞下麟儿，占了长子的名分？不管偏的庶的，长子总是与众不同。

看不出来，娇生惯养的千金小姐，城府倒深。她若一直按兵不动，自己该怎么办呢？

青雀歌

在会亭傻等着肯定不成，那不是坐以待毙么。可若是动些手脚，日后被大少爷察觉了，怕是死无葬身之地。

"大少爷差你过来，为的是什么？"明月回想起胡妈妈的话，耳根子都羞红了。会亭这等偏僻地方，没什么出色人物。自己这大少爷面前的红人，是被差来会亭给陪"少奶奶"说话，给"少奶奶"解闷的。

凭她也配么？从前再怎么风光，如今她父、兄皆已战死，根本就是孤女一名，任人宰割。她连抚宁侯府的大门都进不去，却在会亭大模大样充着奶奶太太，真是没天理。

到底该怎么着，才能回到京城，才能回到一片锦绣的抚宁侯府，才能回到大少爷身边？难道只能等才出生的姐儿长到两三岁，身子骨结实了，才能起程？那可坑死人了。

"少奶奶出自将门，性情孤高。"明月细细回想着邓家大少爷曾经交代过的话，"她虽生得娇弱，却是一身傲骨。明月，她凛然不可欺，不可受到一丝一毫的怠慢。"

孤高，一身傲骨，凛然不可欺……明月暗暗咬牙。就是因着这个，才把她养在会亭，和京城隔绝消息的吧。大少爷，为了她，你真是煞费苦心。

闪电耀眼的白光划过黑沉沉的天空，屋中也是一亮。"如果她知道了，如果她知道了！"明月坐不住，站起身走到窗前，心潮起伏，"如果她知道大少爷早已另娶……"

她很骄傲，不会甘心居于人下。到时她是慷慨赴死，还是一怒离去，终生不复相见？明月的心剧烈跳动着，思绪混乱。

嘹亮的婴儿哭声透过重重雨幕传了过来，明月打了个激灵。

"明姑娘，京城急信。"守门的婆子披着雨披，送来了一封被油纸包裹着的书信。珠儿出去接了信拿进屋里，过了没多大会儿又出来了，塞了串清钱给婆子，"明月姐姐说，这大雨天的，辛苦了，给你打酒吃。"婆子眉开眼笑地谢了又谢，心满意足地去了。

珠儿回到屋里，见明月愣愣坐在桌案前，脸色雪白，不由好奇道："姐姐怎么了？"明月微笑，"没什么。"拿起眼前的书信，一个字一个字地重新读过。

珠儿不认字，偷偷看了眼，也看不出花来，轻手轻脚走了开去。明月独自坐着，心中惊涛骇浪，难以言表。这封指明送给自己的书信，没有抬头，没有落款，只有一份婚书的摹本，和一句沉甸甸的话：沈茉已有五个月身孕。

沈茉，是大同总兵沈复的嫡长女，成华七年春季出阁，夫婿是邓家大少爷，抚宁侯府世孙邓麒。沈茉出阁之时，十里红妆，轰动京城，传为佳话。

这是要借我的手，除去心头大患？明月又是惊，又是恨，又有些期待。这些若能被"少奶奶"看到，她或是死，或是走，不会在邓家死赖着！

若动了，难免为人作嫁，成了别人手上的一把刀。若不动，难不成真在这小镇之上度过三年时光？三年之后，我已老了。

要死一起死！明月前前后后想了不知多少遍，有了计较。

明月招手叫过珠儿，附耳低低说着话。珠儿乖顺地点头，"是，姐姐，珠儿全听您的。"

产房里，"少奶奶"睡了两个时辰后醒来，阿青、阿朱忙上前服侍，又去灶上传饭。"少奶奶"神色淡淡的，只喝了小半碗鸡汤。

"英娘呢？""少奶奶"问道。她此刻脸上已有了丝血色，却依旧中气不足，声音无力。

阿青满脸赔笑，"姐儿一直哭闹，她放心不下姐儿，便过去看看。"

正说着话，英娘怀中抱着小襁褓，步履有些蹒跚地走了进来。阿青天真问道："您脸色煞白，敢是天冷，冻着了？"阿朱却是一声轻惊，"您背上怎么粘着一张纸？"

英娘蓦地回头，斥道："胡说什么！"虽是斥责，神色仓皇之急。她这一回头，后背倒让床上的"少奶奶"看清楚了，果然，粘着一张纸。

"取下我看。"她淡淡地吩咐，语气平平无波。阿青犹豫了一下，阿朱手脚麻利地从英娘背上取了下来，恭敬递到"少奶奶"面前。

婚书？"少奶奶"美丽的眼眸中闪过丝讥讽，这样的婚书我也有，是他亲手写就，郑重其事地捧了给我。那又怎样呢？新娘若是现任大同总兵之女，婚书便是真的，世人皆认可。新娘若是已经阵亡的龙虎将军之女，没有父兄为其主持公道，婚书便无人理会。

"她们说了什么？""少奶奶"轻轻地、坚定地问着英娘，英娘对她敬如神祇，哪会当着她的面撒谎，况且事已至此，隐瞒无益，抱着婴儿扑到她床前，哽咽道："她们说，沈茉已有了五个月的身孕。抚宁侯府上上下下，一片欢欣。"

好，很好！邓麒，你对得起我。"少奶奶"苍白的、没有一丝血色的双手颤了颤，手中的婚书无声无息飘落地面。

"小姐，您还有小小姐呢！您看看她，长得多招人疼啊。不哭不闹的，多听话！"英娘又是心痛，又是惊惶，急切之中，把才出生不久的小女婴抱到小姐面前。这是您的亲生骨肉，为了小小姐，您这做母亲的也不能自暴自弃！

阿青、阿朱早吓傻了，哆哆嗦嗦地避了出去。

这晚的天气极端恶劣，闪电打雷，风雨交加。外面一道闪电划过，隆隆雷声响起，两个丫头吓得魂飞魄散，紧紧抱在一起，做坏事会被雷劈的！

产房内，"少奶奶"寂静半响，阴沉开了口，"溺死！"

英娘不敢置信地抬头，什么？

"溺死！"喑哑却又毋庸置疑。

电闪雷鸣，英娘跌坐在地上，怀中紧紧抱着小女婴不放。

小女婴方才本是大哭大闹的，这会儿奶娘才给她喂过奶，闭着眼睛睡得很甜美。她才出生不久，脸孔只有梨子大，鼻子、嘴巴也都小小的，惹人怜爱。

英娘抱紧襁褓中的小女婴，起身扑到床前哀求，"小姐，您看她一眼！她是您亲生的孩子，身上流着祁家的血，老爷夫人的血！看她一眼，您还舍得么？"

祁家？"少奶奶"被这两个字灼痛了心房，秋水一般的明眸中泪光点点，"正因她是祁家血脉，必须死。我父兄都是铁血铮铮、顶天立地的好男儿，战死沙场，虽死犹荣。我祁玉虽是弱女子，不能替祁家争光，也万万不能给祁家抹黑！"

邓麒已经三书六礼地娶了贵女沈茉过门，家中已无男丁的祁玉拿什么去和他抗争？争便争不过，宁可玉碎，也不会苟延残喘，忍辱偷生。

英娘心中绞痛，瞬间什么都明白了，"小姐，您，您存了死志？"英娘的声音颤抖，满是恐惧。最害怕的事终究还是来了，姑爷靠不住，小姐孤身弱女，再难保全。

祁玉唇角勾起一丝微笑，"英娘，祁家人便是要死，也要死得轰轰烈烈。我暂且无事，放心。"祁保山骁勇绝伦，刚果坚毅，他的女儿，不能悄无声息地死在这暗室之中。

英娘鼻子酸酸的，打起精神安慰道："小姐，您还没有见到姑爷呢，莫要灰心丧气。姑爷和您是打小的情分，待您何等的温柔体贴，沈茉无论如何比不了。"

什么情分，不过是镜中月，水中花。邓麒信誓旦旦，最后还不是娶了沈茉？沈茉已经怀了五个月身孕……算算时日，分明是邓麒离开会亭不久后便娶了亲，和沈茉成其好事。

如果你是个男孩儿，还可以托付给你曾祖父，让他带着你在战场上杀出一条血路。可你是个女孩儿啊，你若留在邓家，总有一天会落到沈茉手中。

你身上有祁家的血，你是祁保山的外孙女。不许卑贱地活着，不许跪在沈茉面前，对着那样的女子做小伏低，任由她搓圆揉扁。

"溺死。"祁玉重又说了一句，疲惫地闭上眼睛，转身向里，再不回头。任凭外面如何风吹雨打，雷电交加，她仿佛什么都听不见，什么都不想知道。

英娘的眼泪无声无息一滴一滴落下，打湿了怀中的锦绣褓裸。小女婴天真无邪的睡颜映入英娘眼帘，英娘的心揪了起来，小小姐才刚刚出生，她是来投胎做人的，不是来寻死的！

英娘迅速盘算了下，一手小心地抱着褓裸，一手抽出帕子擦去泪水，毅然到了床前，"小姐，她是祁家的外孙女，便是死，也要死在祁家！邓家这污秽腌臜之地，不是她的埋骨之所！"

静静躺着的祁玉眼睑动了动。

英娘看在眼里，更加定了主意，"小姐，我这便带她回祁家老宅，到夫人牌位前上炷香，禀明此事。请夫人在阴间照看着她，以免她小小人儿，遭恶鬼欺凌。"

良久，祁玉清清冷冷说道："她们哪里肯放你走。"

英娘闻弦歌而知雅意，大喜，"小姐您放心，天无绝人之路！"

她低头看着婴儿娇美的小脸蛋儿，母鸡护小鸡的关切之情，油然而生。

小心翼翼把婴儿放在床上，英娘转身出去吩咐阿青、阿朱，"命厨房备办上好的点心、瓜果，另外拿一个大食盒进来。"阿青、阿朱惊魂甫定，唯唯答应，两人一起去了。

夜半时分，英娘捧着一个雕五福捧寿红木大食盒，步履坚定地出了产房。"少奶奶心绪欠佳，离不得姐儿。你们守在门外，不得召唤，不许进去。"英娘冷冰冰吩咐着，阿青、阿朱连连点头。

英娘走到内门、二门、大门，处处有粗使的看门婆子迎头拦着，虽满脸是笑，却是仔仔细细地盘问着，"这个时辰了，天气又不好，做什么去？捧这么大个盒子，装的什么啊。"英娘神色高傲，"今儿才得了个姐儿，知道吧？少奶奶命我回祁家老宅上炷香，禀告我家夫人。盒中所装的，自然是祭品、香烛。你们可要打开看看，查检一番？"婆子们哪敢，忙去请示上头。婆子们请示的工夫，英娘顶着风雨，不慌不忙走着，到了大门口。

胡妈妈睡得死，门敲不开。这祖居里除了胡妈妈说话管用，接下来就是明月姑娘最有体面，婆子们赶去请示，珠儿一脸不耐烦地出来了，"大晚上的不睡觉，瞎折腾什么！要回祁家老宅是不是？由她去！"

英娘身披雨披，手中捧着厚重的食盒，长身玉立地站着，冷笑道："给我家夫人上炷香，也要如此为难么。很好，我记下了！"

她心都快提到了嗓子眼儿，内心一遍一遍祈祷，"小小姐，你可不能哭啊。求你了，千万不能哭。"

婆子们得了令，屁滚尿流，点头哈腰过来，"请，请。"英娘挺直脊梁，冷笑两声，珍而重之地捧着食盒，慢慢走了出去。

许是捧着的食盒太重，出了大门，英娘打了个趔趄，差点摔倒。旁人没注意，看大门的褚婆子眼尖瞧见了，追出来喊道："叫几个小丫头跟着伺候吧？"

风雨之中，英娘站稳脚跟，鄙夷地回过头，"邓家的丫头，跟到我们祁家做甚？"褚婆子讪讪的，涨红了脸。

"嫂子马屁没拍着，拍到马蹄上了？"褚婆子回去，一起当差的同伴们少不了笑话两句。这大风大雨的，她走就走了呗，横竖上头有话放行，你还巴巴地追出去，可不是闲的。

褚婆子面有愧色，含混嘟囔道："我这不是心软么，看她都快捧不住了，才想要小丫头跟着。"她说得本来就不清楚，又正值大风大雨，众人也不知她说的是什么，见她没趣，一笑作罢。

出了邓家大门，英娘真的是腿都软了。方才在内门、二门、大门各处应对众婆子的时候，在大门前静静等待的时候，已是汗流浃背。过关之后，几乎虚脱。

周围是一片可怕的黑暗，像贪婪的魔鬼般似要将整个世界吞噬掉。忽然间，闪电腾空升起，霎时照亮整个天地，照亮在大雨中吃力挪动脚步的文弱身影。刹那后，电光消失，天地重又连为一体，风雨中的人，被无边无际的黑暗笼罩着……

英娘在会亭已有三年之久，路径熟悉，深一脚浅一脚地踩着雨水走向一处荒芜老宅。祁家人丁单薄，会亭并无族人，自家主、主母相继亡故之后，祁家老宅大门紧闭，只有一名年迈昏聩的老仆看家。

英娘到了大门前，明知老仆耳聋，唤他也没用。索性也不声张，小心翼翼把食盒放在门旁的石礅上，自怀中取出一把锋利的匕首，自门缝中伸了进去。

打开门，捧起食盒，英娘沿着小路去了后院的正房。进门后英娘摸出火折燃起，点上蜡烛，原本幽暗的室内有了光亮。

英娘连脸上的雨水也来不及擦拭，急着打开食盒。食盒中，小小女婴闭目沉睡，面容恬静。英娘眼泪扑簌簌掉下来，小小姐，可怜的孩子。

"小姐是你亲娘，如何会不疼你？只要你不会陷在邓家，对着沈茉卑躬屈膝，小姐自是宁愿你好好活着。"英娘经历了这样的夜晚，再也忍耐不住，对着襁褓中的小小婴儿低声哭诉起来，"小小姐，你是龙虎将军的后人，你要好好活下去！"

这间正房是供奉祁保山等人灵位的地方。英娘已是接近崩溃，哀哀地对小女婴说着话，毫没注意到祁保山的灵位之前竟摆放有新鲜祭品，显然是不久之前还有人祭拜过。

"小小姐，你本该是位金尊玉贵的小姑娘，抚宁侯府世孙的嫡长女。小小姐，当年邓家、祁家门当户对，彼此有意，媒人都已请好，就等着你外祖父凯旋回京，便要正式定亲了。"

"你外祖父是出了名的常胜将军，生平征战无数，从没打过败仗。谁料想，就在夫人和小姐翘首盼望之时，前方传来战报，天朝大败于蒙古骑兵，你祖父和舅舅们全部战死！"

英娘热泪滚滚，"你外祖父一去，什么都变了。不只原本亲热的邓家夫人不再上门，

青雀歌

连媒人也避而不见，老爷出殡的时候，邓家送来奠仪，并没人上门吊孝。"

英娘忆及往事，心中伤痛，哀哀地哭了一会儿。怕吓着睡梦中的孩子，无声流着泪，哽咽着。

"小小姐，你娘并没做错事，更没有不顾廉耻，无媒苟合。你爹和你娘，是有媒有聘，正正经经拜过堂的。"

"如今你爹另娶大同总兵之女，你娘孤苦无依，拿邓家无可奈何，宁可玉碎。她却不肯叫你做了邓家庶女，屈辱地活着。小小姐，我虽把你带出了邓家，可是天地茫茫，要如何安置你？"

英娘俯身看着婴儿，一滴晶莹的泪珠掉落，滴在女婴娇嫩的小脸蛋上。"小小姐。"英娘仿佛被火烫了般，忙伸出手去，轻柔擦去那滴泪水。

屋正中是一张厚重古朴的供桌，供桌上挂着颜色庄重的长布幔，几乎垂地。布幔被缓缓掀起，一个黑色人影悄无声息地挪了出来，默默站在英娘面前。

"我有地方安置她。"他冷静地开了口。

"你是谁？"英娘下意识地伸手护住婴儿，满眼警戒之色，冲着黑色人影轻斥道。

朦胧烛光中，眼前这黑衣男子年纪约摸三十上下，体形矫健，眼神坚定，面目如刀削斧凿一般，硬朗坚毅。从他的举止神态来看，很明显，他从过军。

英娘惊骇过后，敏捷地抱起婴儿，低声怒问，"邓麒派你来的？"

"邓家休想要回小小姐！"英娘心中怒火熊熊，冷笑连连，"邓麒打的什么主意，当我不知道么？无非是借着孩子，把我家小姐强拘在邓家，成全他两美兼得。祁家没有贪生怕死的男子，也没有因循苟且、得过且过的女儿，我家小姐宁愿一死，宁愿亲手杀了孩子，也不会让他如愿！"

黑衣人原地站着不动，沉默不语。英娘抱紧怀中的婴儿，一脸警惕地看着他，半分不敢松懈。窗外风雨大作，英娘浑身紧绷，汗水早已打湿了衣背。

"我有地方安置她。"黑衣人的声音低沉中透着自信，"我弟媳妇即将生产，孩子交给她抚养，对外只说生了双胞胎。"

他身形挺拔如松，语气又非常坚定，英娘莫名对他生出好感，"你真不是邓麒派来的人？"

黑衣人指指供桌上的祭品，"我原在祁将军帐下听令，做过一任先锋官。如今解甲归田，回乡务农，今夜……今夜特来祭拜将军。"

英娘神色一暗，"老爷正是在盛夏时节出兵蒙古，捕鱼儿海一战，天朝失利，老爷和所属三千将士一起，尽皆战死。不知不觉，竟已是四年过去了。"

黑衣人的双拳攥了起来，咯咯作响，呼吸也变得沉重，神情痛楚不堪。英娘十分警醒，觉着他不对劲，遂抱紧婴儿，默默无语。

也是这样的雷雨之夜，塞外蛮荒之地，杀声震天，血雨腥风。一个又一个的兵士倒了下去，一具又一具的尸体横在面前……黑衣人痛苦地捂起眼睛，不敢再回想。

窗外雷雨交加，室内静寂无语。

良久，黑衣人放下双手，沉声道："孩子我抱走，暂且由我弟媳抚养。"见英娘把婴儿抱得死紧，声音不知不觉间柔和下来，"我家只有嫡亲两兄弟，十年前朝廷征兵，二丁抽一。我做大哥的舍不得弟弟吃苦，自己从了军。如今我回了乡，和弟弟一家一计地过日子，和美得很。我弟弟、弟媳都是清白厚道之人，你只管放心。"

英娘听他说得诚挚，低头看看怀中娇嫩的孩子，落下泪来。给他，舍不得；不给他，苦命的小小姐又有谁可以托付？

晶莹的泪珠从英娘清秀面庞不停滚落，英娘本是中人之姿，并没有美得惊心动魄、令人不能自持。此时此刻，烛光下的她却有了圣洁的意味，整个人熠熠生辉。

黑衣人默默看了她片刻，伸出手去，"把孩子给我，我会安排得天衣无缝。"英娘又是不舍，又是无奈，颤抖着把孩子递了出去。

小女婴离了怀，英娘若有所失，痛哭失声。黑衣人要出门时，她捧起食盒追了过去，"这些金银送你，我家小小姐身子娇贵，莫要让她吃苦！"

黑衣人回身笑笑，从食盒中拎起一串清钱，"暂且只用这些便可。我很快回来，莫害怕，等着我。"深深望了英娘一眼，披上雨披，抱起婴儿，走进重重雨幕。

英娘扑到门口，外面黑沉沉的，伸手不见五指，耳边只听得风声雨声。小小姐，可怜的孩子，天大地大，你会被带到哪里？

怀中没了婴儿，英娘心空落落的，无处安放。在门前痴痴站了许久，她回过身来，到主人、主母灵前上了香，合掌祈祷，"老爷夫人在天有灵，保佑小姐无恙，保佑小小姐平安。"

祈祷过后，英娘无助地守在门口，心中煎熬，脸色煞白。不知等了多久，一道黑影闪进门来。英娘贴在墙上，又是绝望又是惊恐地看着他，他真的不是邓家人？他真的会好生抚养小小姐？

"镇上有一个姓陈的接生婆。"黑衣人取下雨披，简短说道："她今晚喝了很多酒，有醉意。方才她给我弟媳接了生，双胞胎，两个女孩儿。"

英娘木木地跌坐到椅子上，心中不知是喜是悲。

"给你。"黑衣人递过一个小小襁褓。英娘跳了起来，这是方才他带走的那个！这是怎么回事，怎么回事？

"邻居家也是今夜生产。"黑衣人低头看了眼襁褓中瘦弱的女婴，眼神中有无尽怜悯，"见是女孩儿，便扔到屋外，任其自生自灭。"

乡下地方，只有男丁才是壮劳力，女孩儿做不得重活，属于"赔钱货"。生了女孩儿，抛弃的很多，亲手溺死的也比比皆是。

"可怜的孩子。"英娘见那孩子瘦弱可怜，心生恻隐。黑衣人把襁褓放回到食盒中，"你带回去，命人喂她奶水，或许还有救。"

见英娘似有踌躇，黑衣人微笑道："眼下还不是和邓家翻脸的时候，有这个孩子在，暂时可支应几天。"英娘恍然，忙答应了。

食盒中所藏金银，英娘悉数取出交与黑衣人，"请善待我家小小姐。"黑衣人掂量了掂量，笑道："我却是个穷人，要行事，须要有银钱方可，我便不客气，收下了。"

英娘把襁褓放好，狠狠心，捧起食盒欲走，"我要回邓家了。小姐孤身弱女，唯一能依靠的人只有我。"

黑衣人欺近身来，在英娘耳畔低低说了几句话，英娘"啊"了一声，抬头看着他，惊喜欲狂。

第二天，雨过天明，艳阳高照。

邓家正乱着。胡妈妈不复往日的从容镇定，烦恼地在房中踱来踱去。"少奶奶"不知怎么的，昨晚忽命英娘回了趟祁家老宅。英娘半夜三更出去，黎明方回，之后主仆二人霸占着孩子，再不放侍女进门。便是奶娘要喂奶，也是挤到碗里端进去，不许见姐儿的面。

这个家不归"少奶奶"管，可是"少奶奶"若使起性子，没人敢勉强她。眼瞅着情形越来越不对，胡妈妈有些六神无主，"快，速去请姑太太！"胡妈妈厉声吩咐道。

阿兰清脆地答应一声，忙出去传话了。邓家主子们全在京城，只有一位不受宠的、庶女出身的姑太太嫁在邻近的镇子曹集。虽说这位姑太太在邓家一向是无足轻重的人物，可到了这时候，却是顾不得了。

日正时分，曹姑太太还没赶到，祁家来人了。一辆结实美观的黑漆平顶马车停在邓家祖居前面，车夫是位三十岁左右的汉子，目光敏锐，身手敏捷。他下了车，客气地冲门房拱拱手，"在下是祁家下人，来接我家大小姐回家的，烦请诸位通报。"

门房怔了半天，呵斥道："我家少奶奶，是由着你们胡乱接走的？"车夫不慌不忙，"祁家大小姐自是祁家大小姐，什么时候成了你家少奶奶？"

门房气得不行，等要说什么，张了张口却又咽了回去。算了，祸从口出，少说一句吧，禀告上头要紧。

胡妈妈本来已是急得嘴上起泡，听了门房这么一禀，心里更是咯噔一下。坏了，千防万防，还是没防住。"少奶奶"，动了。

祁玉全身上下包裹得严严实实，英娘抱着小小襁褓，主仆二人走过内门、二门，直往大门闯去。侍女、婆子们谁也不敢对"少奶奶"用强，干着急没法子，飞奔着去请胡妈妈。

胡妈妈魂儿都快吓飞了，紧赶慢赶，赶到了大门口。"我的少奶奶，您还坐着月子呢，怎么好出门？"胡妈妈跺脚，"这要是吹了风，落下病根儿，可是一辈子的事儿！"

祁玉冷笑一声，伸出纤纤素手，雪白手掌上摊着一支锋利的金钗，"落下病根儿算什么，今日我若出不了邓家大门，便血溅当场！"

英娘高高举起小襁褓，"你们若敢啰嗦，我便摔死她！"婴儿弱弱地哭起来，声音跟小猫似的，十分无力。胡妈妈这个纠心啊，昨天活蹦乱跳的姐儿，只一晚上，被糟蹋成这样！

"开门！"明月姗姗而来，越过胡妈妈下着令，"快开门！少奶奶若有个三长两短，姐儿若有个闪失，大伙儿都别想活了！"

这话说得有理！祁玉钗横颈间，悻悻欲刺；英娘高高举着小襁褓，随时有可能重重摔下去。门房瞅瞅这架势，恨不得立时三刻开了大门，千万别在这大门前闹出人命。真出了人命，自己有十个脑袋也不够赔的。

门房想开，又不敢开，战战兢兢看向胡妈妈。胡妈妈一直主持祖居家务，大事小情的都是胡妈妈做主。胡妈妈若不点头，门房真还不敢专擅。

胡妈妈颤巍巍央求道："千不看万不看，少奶奶看在姐儿的颜面上，快快回来！姐儿是大少爷的亲骨肉，再也离不得邓家的。少奶奶是聪明人，怎不替姐儿想想？姐儿的名声要紧啊！"

胡妈妈也是做娘的人，寻思着别的打动不了"少奶奶"，亲生的孩子她总放不下吧？

一个小姑娘家，亲娘若是性子这般不好，动不动寻死觅活地闹腾，这小姑娘还有谁肯待见，有哪家敢娶？长大后连亲事都难说。

她已经是庶出了，再不听听说说、规规矩矩的，那还得了？你这当娘的不管不顾任性胡闹，到头来只会连累自己的亲生女儿。

古老厚重的大门前，祁玉亭亭玉立，横眉冷对。她本就是难得一见的绝代佳人，阳光下更显得冰肌莹彻，姿容如玉，那恍若出尘仙子般的风华，直令人不敢逼视。

祁玉轻蔑地看着胡妈妈，冷冷一笑，"妈妈如此，是要逼死我了。好，我如你的愿！"举起手中金钗，毫不留情地要刺向颈间。

"不要！"明月一声惊呼，"放你走，这便放你走！"

祁玉手臂停在半空，凉凉看着她。

明月厉声冲门房喝道："你还不开门，是要逼死少奶奶么？"门房浑身抖似筛糠，一步一步走向大门。

临开锁前，门房哀求似的看向胡妈妈。胡妈妈眼神呆傻，直愣愣看着前方，身子向后倒了下去。

沉重的大门吱扭扭打开了。英娘抱着孩子，警惕地环顾着四周，护着祁玉走出邓家大门。大门口，祁家的马车、车夫恭候已久。

临上车前，祁玉回首望了一眼，眼眸中不知是悲是喜。这是自己和他成婚的地方，和他恩爱缠绵过的地方，如今，却已是往事不堪回首。

"小姐快上车！"英娘催促道。可怜的小姐，才生下孩子不到一天，还坐着月子呢。胡妈妈那混蛋倒也没说错，这要是万一落下病根儿，可是一辈子的事。

车夫利落地掀起车帘，放好脚踏，"大小姐，请。"祁玉微微颔首，"难为你了。"抬脚上了车。英娘抱着褓褓，紧跟着也上来了。

明月带着两个小丫头，轻移莲步，到了马车前。"少奶奶您先回娘家住几天，等您消了气，再接您回来。请少奶奶的示下：这奶娘要给姐儿喂奶的，让她跟着您一道过去，可使得？"

祁玉闭目不语。英娘低头看看瘦弱的小女婴，心生不忍，"如此，请送她到祁家老宅。她的工钱，自有祁家开销。"

明月微笑道："一家人不说两家话。"回身吩咐人，"套上车，把花奶娘送到祁家老宅，不可耽搁。"

明月一边说着话，一边不动声色地打量着年轻车夫。一身青布衣袍，浆洗得干干净净。眼神澄澈，面容坚毅，一看就是见过世面的，根本不是无知无识的乡下人。不是说祁家除了一名老仆看家，英娘贴身侍服少奶奶，剩下的再也没人了？这车夫，却是从哪里来的。

明月容色照人，她在车畔这么一立，娇柔婀娜，妩媚无限，宛如才从仕女图中走出来的大美人。车夫却是看也不看她一眼，打响马鞭，车轮滚动，即将启程。

"玉儿，停下！"一辆朱轮华盖马车急急驰来，车还没停稳，车帘已经掀开，传出这么气急败坏的一句。须臾，两名丫头扶着名中年妇人，跌跌撞撞、慌不择路地走了过来。

这名中年妇人已有些发福，满月似的一张脸，白白胖胖，颇显慈爱。这会儿她虽是心里着急，气喘吁吁地赶了来，脸色还是很温和。

"玉儿，居家过日子，可不能这般使性子。"中年妇人到了车前，苦口婆心劝道："谁家没个磕磕绊绊的？一有不如意就要离开夫家，这日子还怎么过？好孩子，听姑母的话，快回去。姑母担保啊，这之后你该怎么过日子，还是怎么过日子，邓家没人敢轻慢你。"

这中年妇人正是胡妈妈口中的姑太太，邓麒的姑母。她打小也是在京城长大的，因是不受宠的庶出姑娘，长大后被嫡母随意配了人，嫁在邻镇曹集。

这位曹姑太太性子懦弱，听说事发之后祁玉闹腾，已是一再摇头，"嫁都已经嫁了，除了忍着，还能怎样？更别提孩子都已经生下了。"虽是很不以为然，无奈她夫家不过是普通富户，要倚仗娘家抚宁侯府的事且多着，便也不敢怠慢，紧赶慢赶，来做和事佬。

"姨母安好。请恕玉儿身子尚弱，不便下车拜见。"车帘之中，传出斯斯文文的话语，"姨母的好意，玉儿心领了。此事与姨母无关，姨母无须横加干涉。"

曹姑太太心里一凉。她和祁玉的母亲少女时代便是认识的，是以祁玉年幼之时，称呼她为"姨母"，和邓麒成婚之后，自是改称"姑母"。如今祁玉连称呼都改了回去，可见情形之严重。

"怎会与姑母无关？"曹姑太太强笑道，"你是姑母嫡亲的侄媳妇，姑母亲自做的媒，为麒哥儿礼聘你入门。玉儿，姑母疼爱你的心，你还不知么。"

"抬头三尺有神灵。"车帘内的声音清清冷冷，没有一丝暖意，"姨母可敢对天起誓，无论何时何地，都承认是我的媒人，承认我是邓麒明媒正娶的妻？若果真如此，请姨母和玉儿同到夏邑县衙，状告邓麒停妻再娶。"

车厢内，祁玉神色淡漠，英娘紧咬嘴唇，秀目中满是愤怒。这位姑太太当初做媒时说得可真是天花乱坠，如今还敢觍着脸在这儿骗人。我呸！邓麒娶了沈茉进门，她可别装作不知道！她在邓家再怎么不受宠，到底是位正经姑奶奶，邓麒娶亲这样的大事，怎可能无人知会。

曹姑太太白胖的脸上闪过尴尬之色，有些讪讪的，"麒哥儿也是被逼的，姑母也是后来才知道，怕你伤心，才暂且瞒着你。玉儿，姑母是为了你好。"

车帘内传出一声讥讽轻笑，之后，寂寂无语。曹姑太太自己也觉得脸上挂不住，急赤白脸说道："玉儿，你莫这般！男子汉人家三妻四妾是常事，便是麒哥儿再娶了，又怎样？不过是姐妹相称罢了。"

"姐妹相称么，谁是姐姐，谁是妹妹？"祁玉的声音中不带一丝烟火气，好像非常之心平气和。

曹姑太太颇费踌躇。她心里自然是清清楚楚，沈茉是三书六礼过的门，祁玉是在会亭悄无声息地成的亲，这两桩婚礼根本没法比。祁玉的身份也没法跟沈茉比，自然沈茉是正室，祁玉是侧室。但是这话她又不好意思明着说出来，又不好再像从前似的欺骗祁玉。曹姑太太犹豫再三，说不出话来。

"祁玉失了父母亲人，孤身飘零，无力和大同总兵、抚宁侯府抗衡。"祁玉的声音依旧很平静，并不含怨怼。

曹姑太太大喜，忙道："可不是么？胳膊拧不过大腿，鸡蛋不能跟石头碰！事已至此，咱们便认了，好不好？玉儿，只要丈夫喜欢你、向着你，正室也好，侧室也好，有何分别。"

明月一直恭谨地站在车旁，此时面色一紧，心中突突跳。祁玉似有妥协的意思，姑太太又这般劝着，要是她再回去了……种种努力，付诸东流。

车帘内沉寂半晌，祁玉淡淡道："夏虫不可以语冰。"

曹姑太太不甚读书，闻言愣了愣，不大懂什么意思。明月却是读过《庄子》的，美丽眼眸中闪过一丝狂喜。祁玉既讽刺曹姑太太囿于见闻，知识短浅，可见是不同意姑太太的！

"我祁玉家世清白，父兄皆是铁骨铮铮的英雄豪杰，母亲出自诗礼大族，淑娴温惠。"祁玉的声音转为激昂，"祁玉宁愿一死，也不能屈节作妾，有辱先人！"

"若邓麒认沈茉为妻，则我和他的婚事作罢，祁玉和邓麒从此陌路，再无干系！若邓麒认我祁玉为妻，让他休了沈茉，再来接我和孩子吧！"

言罢，祁玉敲敲车厢壁，示意车夫起程。车夫响亮地吆喝一声，马鞭高高扬起，车轮滚动，扬长而去。

明月依旧温婉地站着，努力抑止住汹涌而来的欢喜，不在脸上带出来。大少爷怎么会休了沈茉？不可能的事。祁玉提了这样的要求，分明是心意已决，再也不想回邓家。

曹姑太太怔了片刻，追着喊道："你走便走，把我邓家的孩子留下来！"没过多大会儿，车夫站在行驶中的马车上，手中高高举着一个褓褓，长笑道："好啊，孩子这便给你留下。曹姑太太，你要么？"

看他的架势，分明等着曹姑太太说声"要"，他便把婴儿掷下！

曹姑太太吓得肝胆俱裂，带着哭腔喊道："不要了，不要了！"

车夫朗声大笑，"姑太太，是你说不要的！"矮身坐下，把褓褓抛回车厢中，赶着马车，绝尘而去。

回到祁家老宅，祁玉要拜谢车夫，车夫不肯，"我昔日受过祁将军的恩惠，这番作为只是报恩罢了，当不得大小姐的谢。"

祁玉见他坚决，倒也不勉强。她昨天才生完孩子，这一番折腾，精力早已用完，被英娘扶到房中歇下。没一会儿，沉沉睡去。

英娘对车夫感恩戴德，"黑衣……大哥，您坐坐，我到厨下烧火造饭。"车夫笑了笑，"敢叫英姑娘得知，小的姓莫，贱名大有。英姑娘叫我莫大有便可。"

英娘不肯，"您是大恩人，哪能叫您的名字？"推让了几番，英娘执意称呼"莫大哥"，莫大有笑着答应了，"如此，你叫我莫大哥，我叫你英娘。"英娘自无二话。

"小姐可还有亲眷？"莫大有问道，"孤身在此，总不是个了局。"

英娘愁眉苦脸，"有音信的亲眷，并没有。"

祁玉的父亲祁保山起自微寒，并没族人、亲戚可以相助。母亲王氏却是旧家之女，外祖父进士出身，从县令做起，一路升到南昌知府，讼简刑清，人称王太守，颇有廉名。

不过很可惜，祁家父子战死之后，祁玉和母亲王氏正凄凉无助之时，王太守坏了官，被摘了印。再之后，音信皆无，外祖父和舅父们究竟怎样了，祁玉全然不知。

莫大有沉思片刻，简洁明了地交代，"小小姐在我弟媳处，很平安。我弟媳是农妇，健壮有力，奶水多，奶两个小姑娘足够，不必挂心。"

"倒是小姐的外祖父，要急着找寻。王太守向有清名，应该不难打听，我今日便到县里探探消息。若无果，雇人到南昌走一趟。"

英娘歉意道："太劳累你了，过意不去。莫大哥，歇息过再去吧。"莫大有摇头，"等不得。英娘，咱们要赶在邓麒回到会亭之前，设法把小姐送走。"

英娘恨恨道："他这背信弃义之人，还敢再来，还有脸再来？"当年一副情深义重的模样，赌咒发誓海枯石烂不变心，转身就另娶他人，和沈茉这样的女子成其好事。他这样的人，拿什么脸见小姐。

莫大有微微一笑，"他有什么不敢来的。他若见了小姐，定是诉说他的不得已，他的苦衷，他的无奈，要小姐体谅他，要小姐为了他暂且忍让。英娘，邓麒下了这么大的工夫，对小姐分明是志在必得，又怎会轻易放小姐走掉。"

英娘红着眼圈"呸"了一声，"小姐是老爷和夫人捧在手心长大的，受不得委屈，受不得气！想让小姐屈居人下，趁早死了这条心！"英娘说着说着，呜咽起来，"要是老爷和少爷们还活着，非杀了邓麒这厮不可！"

莫大有坚毅的眼眸中闪过丝怜悯。傻英娘，若是祁将军父子尚在人间，借邓麒十个胆子，他也不敢如此行事。邓麒妄图纳了小姐，还不是欺负她父兄皆亡，无人撑腰做主。

莫大有从怀中取出一方布帕子，默默递给英娘。英娘不好意思道："失态了，莫大哥别笑话。"接过帕子来看，是一方普普通通的细布帕子，没有任何刺绣花纹，简单大方，干干净净。

英娘踌躇半晌。从这帕子上看，莫大哥家境并不如何穷苦，却也绝不富贵。小小姐在他家，会不会穿粗布衣裳、睡稻草床？可怜的小小姐。

"莫大哥，待我裹了小姐，再赠您些金银吧。"英娘吞吞吐吐说道，"您家外头还和从前一样，内里用的东西精细些，小小姐才一点点大，细皮嫩肉的，粗糙不得。"

说完，英娘唯恐词不达意，忙忙地又上一句，"莫大哥，我没别的意思，真没别的意思！"她知道莫大有是古道热肠的君子，跟莫大有提钱，觉得好像亵渎了似的。

莫大有笑了笑，安慰她道："俗话说得好，'要想小儿安，三分饥和寒'，小儿娇养无益，英娘不必为小小姐忧心。"

饥和寒？那么个小小人儿，才生下来，只有一点点大，饥和寒？英娘白了脸。

莫大有无奈，"外面一定有邓家的人暗中守着，我一个人甩掉他们容易，带着你就难了。英娘，容我一两日工夫，设法带你去到我家，亲眼看看婴儿。"

英娘大喜，敛衽谢过，喜滋滋去厨下烧火造饭了。

邓家送了奶娘并两个粗使丫头过来，英娘把她们安置到外院，并不许进内宅。若孩子要吃奶，只让奶娘挤到碗里端进去，奶娘和粗使丫头都是没辙。

莫大有说到做到，果然拣了个月黑风高的晚上，悄悄带了英娘去了趟他家。他家在邻近的莫家村，村民十户之中倒有九户姓莫，出门大都认识，若村中来了生人，一村皆知。

莫大有家是座宽敞的宅院，新盖的三间大瓦房，并不是英娘想象中的茅草屋。进了屋，屋里是一明两暗的格局，莫大有的弟媳妇带着两个小女婴住在西边的暗间，虽是粗布床褥，收拾得很干净。

莫大有的弟弟莫二有一直务农，身子强壮，面相憨厚老实。见了英娘，不好意思地搓着手，总共也没说几句话。莫二有的媳妇姓祁，是祁家村的姑娘，大大的脸，身子粗壮，和莫二有很有夫妻相。

祁氏身边是两个一模一样的小襁褓，虽是粗布的，颜色却很鲜亮。襁褓中分别是两个小女婴，此刻都正在熟睡。英娘屏住呼吸俯身看去，紧挨着祁氏的那名婴儿，可不正是自家小小姐？

孩子正甜甜睡着，娇嫩的面孔天真无邪。才两三天没见，她仿佛没那么红了，脸色白净不少，更好看了。英娘贪婪地看着她，恨不得把她抱在怀里，亲吻个够。

"不哭不闹的，极省心。"祁氏红润的脸上满是笑意，"您只管放心吧，大哥抱来的金贵孩子，便是爱哭闹折腾人，我和孩儿爹也不打不骂的，只管疼她。"

当年是莫大有从了军，莫二有才能安安生生在乡间务农，清净度日。后来又是莫大有回了乡，带回财物，莫家才能翻盖瓦房，过宽裕日子。莫二有夫妇都是淳朴之人，对莫大有这哥哥敬爱得很。

"大哥不许咱告诉别人他回来的事，咱就不告诉。"祁氏很爽快，"连亲爹娘亲兄弟都没说！"

英娘这才知道，原来莫大有回到夏邑，是密不示人的。虽然不知道到底是什么原因，英娘却莫名地放心不少。没有莫大有，莫二有夫妇就是乡间再普通不过的农夫农妇，谁会注意他们呢？

英娘不便久留，看过小女婴，知道她冻不着饿不着，有人疼爱，狠狠心出来了。莫大有先出来探了探路，觉得四周没人，才带了英娘回祁家老宅。

胡妈妈苏醒之后，亲自来了祁家，苦苦哀求祁玉回去。祁玉死咬着一句话，"他若认沈苿为妻，我和他从此陌路；他若认我为妻，便休了沈苿！"听得胡妈妈一脸愁云惨雾，无计可施。

胡妈妈想看看姐儿，祁玉冷笑，"他若不休了沈苿，今生今世，邓家人休想见姐儿一面！"胡妈妈脸上过不去，走了。

三书六礼、十里红妆过门的正经少奶奶，能因为一个小小庶女休了？你还真把这小丫头片子当回事啊。胡妈妈心里不是不鄙夷的。

明月写下书信，分送京城、宣府。然后，和胡妈妈一起愁眉苦脸地坐下，静候发落。

不知不觉，一个月过去，祁玉已经能下床了。她看着娇柔婉转，弱不胜衣，其实是将门之女，身子骨很结实。虽然生完孩子第二天就折腾了一回，悉心将养过后，依旧是一名风华绝代的好女子。

莫大有这两年一直在夏邑县城赁房子住着，用的名字并不是本名，而是祁震。邓家人只知道这名唤祁震的男子往来奔走，替祁玉效力，还以为他是祁保山的旧仆。

"那祁震雇了人到南昌打探王太守的消息，这可如何是好？"邓家仆役报了胡妈妈。

胡妈妈强自镇静，"王太守久已没有音信，哪里是好打听的？等他们打听着的时候，大少爷仗也打完，人也赶过来了。"

面上虽镇静，其实胡妈妈心里直打鼓，唯恐祁玉的外祖父家真的冒出来人。到时胡妈妈若想留下祁玉，可是师出无名。要留祁玉，祁玉是你邓家什么人？是邓麒的妻，那沈苿是什么？是邓麒的妾，说笑了，纳妾文书在哪里？王太守虽坏了官，王家还是旧家大族，想和王家蛮不讲理硬来，怕是不能够。

唯一能指望的，就是祁玉顾及才出生的姐儿，狠不下心令孩子失去父亲的庇护，自己忍气吞声。"当娘的谁不为孩子想？少奶奶，你莫只顾自己任性，好歹顾着姐儿一分半分！"胡妈妈暗暗祈祷，祈祷少奶奶像个当娘的，为亲闺女着想一二。

这天，还是艳阳高照，天气晴朗。

祁家老宅大门前留下一辆朴素大方的平顶马车，车夫放下脚踏，车上先是下来一名小厮打扮的少年，然后少年从车上扶下一位年纪二十上下的青年男子。这青年男子面如冠玉，目如点漆，分明是位浊世佳公子。

"请问这可是祁家？请代为通传，京西王承来访。"青年男子带着车夫、小厮到了大门口，温文尔雅地开了口。

看门人是莫大有从夏邑县城请来的，因着工钱高、事少，对这份差使十分满意。见来了客人，忙满脸赔笑上来见礼，问明来意，飞奔着进去禀报。

英娘高兴得眼泪都掉下来了，"小姐，王家表少爷来了！"祁玉浅浅笑着，果然天不绝我么，外祖父、舅父竟有了音信。

英娘抱着婴儿去了邓家祖居。胡妈妈大喜迎出来，"英娘，少奶奶想通了？"英娘微笑，"哪里。我不过是过来问一声，你家大少爷怎么说的？那沈茉，他到底休还是不休？"胡妈妈气结。

英娘和胡妈妈纠缠的同时，祁玉和王承一道出门上了马车，扬长而去。

等胡妈妈明白过来的时候，为时已晚。

胡妈妈指着英娘怀中的婴儿，气得发抖，"她就这么走了？亲生的孩儿，她……她竟毫不怜惜？"英娘讥讽地一笑，"我家小姐投奔远在云南任职的王老太爷去了，邓家若有话说，上云南吧！"

胡妈妈直愣愣看了英娘半天，昏了过去。

祁玉住回祁家老宅，倒还不算什么，毕竟人还在会亭。可是祁玉被王家的人接走了，远赴云南，这让她如何跟邓麒交代？

从夏邑到云南，路途遥远，有时乘车，有时坐船。旅途之中，王承对祁玉关怀爱护，无微不至。过长江的时候，王承附了一只都御史陈家的大船，这船很大，抗风浪，比单雇小船要强多了。

"是令妹么？"同船一位薛姓客人笑问。旅途寂寞，同船客人之间，常有闲谈解闷的。

王承微微一笑，避而不答，和薛姓客人说起江上风光。薛姓客人见状，也没深问。

同船久了，王承渐渐知道这薛姓客人名薛能，是阳武侯的族侄。因阳武侯年老无子，族中争嗣，明着暗着显弄神通。薛能素得阳武侯看重，族人争相诋毁，薛能不耐烦，故此出京一游，散散心。

"此去何处？"王承随口问道。

"云南。"薛能坦诚相告。

船舱之中，祁玉听着舱外的对话，心里一阵阵酸楚。表哥若是一年之前寻来，自己又何需沦落至此？如今么，嫁过人，生过孩子，即便外祖父、舅父疼爱，不过是在王家吃碗安乐茶饭罢了。

也不知英娘此时如何了？邓家可有刁难她？祁玉思绪起伏，一双明眸如清水洗过的黑宝石般，水波潋滟。

祁玉去后，邓家人早已死气沉沉，英娘撒手不管，将婴儿交给了奶娘抚养，故此邓家人更是松懈。莫大有知道英娘思念婴儿，这天特意前后查探过，知道没人跟着，让英娘扮做农妇模样，带她去了莫家村。

小女婴眉眼长开，更好看了。她已有两个月大，脸上带着可爱的甜美笑容，怡然自得地在英娘怀中吐着泡泡。

英娘的心都融化了。

窗外树梢上，停着一只麻雀大小的青蓝色小鸟。

"小小姐，你的名字，便叫做青雀，好不好？"英娘怜惜地看着怀中的小女婴，仿佛她能听懂话似的，柔声跟她商量，"青雀，又名青鸟，是凤凰的前身。"

第二章

启蒙老师

成华十年暮春，夏邑，杨集。

村庄前面有一道古堤，堤下清澈的溪水欢快流淌着。沿堤种着桃树、柳树，此时桃花开得灿烂似锦，远远望去，好像一片从天上飘落下来的云霞。

溪上架着一座宽阔的平板桥，供路人来往。时值中午，桥上走来三个小小的身影。两边各是一个三岁左右的女孩儿，穿着一模一样的水红衣衫，个头也差不多。中间摇摇摆摆走着的那个小男孩儿，估计只有一岁。

"小树，慢点儿！"右边的小女孩儿牵着弟弟的手，笑着交代他。这小女孩儿肤色极白，欺霜赛雪，五官精致绝伦，一双眼睛尤其乌黑明亮，莹澈灵动。

她的声音也很动听，稚嫩中带着调皮，清脆悦耳，如珠落玉盘，如山间清泉。并且，她说的是官话，口音非常纯正。

左边的小女孩儿浓眉大眼，长得也很漂亮，可惜皮肤略粗糙，不够细致。小男孩儿则是虎头虎脑憨憨的，一看就是庄户人家淳朴的孩子。

一阵温柔的春风吹过，三个孩子迎着风，眯起眼，惬意地咯咯咯笑起来。银铃一般的笑声，和着这一派春光，明媚美好。

过了平板桥，堤岸上设着一个简陋的酒肆。外面挑着蓝布酒帘，小屋里设着桌凳、酒炉，只卖杨集自酿的桃花酒，和一些下酒小菜。

掌柜的是名四十出头的中年人，见三个小人儿路过，笑着问道："青雀，青苗，又要带着弟弟上学去了？好好学啊，莫给杨老爷府上丢人。"

青雀脆生生应道："是，大叔，我们记下了。"青苗也乖巧地跟着学，"我们记下了。"摇摇摆摆的青树冲着掌柜的咧开小嘴笑，流下了口水。

掌柜的笑着走出酒肆，拿出帕子给青树擦干净口水。青雀仰起小脸甜甜笑，"大叔最好了！"她的小脸比溪边桃花更娇嫩美丽，掌柜的笑着把他们姐弟仨送走，心中感慨，"青雀这小丫头，生得可真俊！乡下地方竟有这般颜色，令人诧异。"

三个小人儿慢悠悠走到了一所宅院前。这所宅院外面毫无出奇之处，门脸儿极其普通。走进去之后才会发觉这院子宽敞轩朗，一花一树一草一木都是精心侍弄的，十分清雅。

这就是杨老爷的府上了。

杨集村民大多姓杨，其中最显赫的是告老还乡的杨老爷。杨老爷官做得很大，户部尚书，入职武英殿，赠太子太保。前年"乞骸骨"，皇帝苦留不住，允了，赐了全俸。

像杨老爷这样回乡的官员，可以称"杨尚书"，也可以称"杨老爷"、"杨太保"。地方官员要来依礼参见，杨老爷虽在家中闲居，一样领俸禄，一样可以使用衙门的小吏、差役。身为一品大员，他如果想作威作福，父母官根本管不了，也不敢管。

不过杨老爷随和得很，他老人家每日不是游山玩水，就是和村里的叔伯兄弟们闲话、叙旧，通没有官架子。因儿孙们或在京城或在外地做官，膝下寂寞，他便在府中设了学堂，凡杨集村民的孩子，不分男女，不论年纪大小，均可入学，不收束脩。

教男童的，是他府中小厮、书僮。教女童的，是他府中嬷嬷、侍女。杨老爷虽是不显山不露水的，但他府中光大大小小的管家就有二十多个，可见家业颇丰。训导村中蒙童，跟修桥铺路一样，也算是造福乡里了。

教男童读书，村民是极其感激的。教女童读书，不以为然的人就很多。一个丫头片子，再怎么读书明理，又不能考秀才，读来何用？再说了，闺女长大了，总是别人家的人。

故此，送男童来读书的多，送女童来读书的少，负责教导女童的林嬷嬷颇感冷清。也不知林嬷嬷实在太闲，还是青雀、青苗这对双胞姐妹讨人喜欢，总之青雀提出要带弟弟前来读书的时候，林嬷嬷慨然应允。

三个小人儿到了杨府之后，照例有府中侍女照看小青树，青雀、青苗上学去。她们连笔墨纸砚都是不必携带的，学堂里备有。

说是上学，其实不到三周岁的孩子能学什么？不过是指着大小多少、东西南北、一二三四之类的字告诉给她们，读书给她们听，讲道理给她们听。

也教学写字。杨府的小丫头给铺好宣纸，磨好墨，学生们动手写字。林嬷嬷含笑看着，但见青雀稳稳伸出小小的手掌，抓起笔，目光专注地看了台上的老师片刻，然后有样学样，挺着背，直起腰，悬腕书写。

居然似模似样的。

林嬷嬷嘴角笑意渐浓。

写出来的字那就甭提了，东歪西扭，横七竖八，不仔细看，根本看不出来写的是什么——有些仔细看了，也看不出写的是什么。

因学生们年纪尚小，小半个时辰之后，老师歇了课，吩咐她们出去玩耍。青雀响亮地答应了一声，拉着青苗，一溜烟儿跑了出去。

先去看小青树，逗小青树玩了会儿，然后姐妹俩跑到花圃边挨着坐下，眼睛亮晶晶，欣赏圃中姿态各异、绚烂璀璨的鲜花。"这些花真好看！""嗯，好看。""还很香！""嗯，很香。"

一位身穿青布道袍的老者站在不远处，微笑看着她们。

两个女孩儿看了会儿鲜花，一人寻了一个树枝，在地上画着，好像是在学写字。老者慢慢踱了过去，见她们撅着小屁股专注画着，一个比一个乱七八糟。

老者粲然。

"你俩画的是什么？"老者温和地开口问道。

两个小丫头抬头看看他。青苗看见生人，有些怯怯的，扔下树枝依偎到青雀身边。青雀抱住妹妹，一脸警觉地看着老者，小嘴紧紧抿着，不肯说话。

老者微微一笑，伸手捡起树枝，在一块空地上写上"幼时不识月，呼作白玉盘"十个大字。态致萧散，洒脱飘逸，看上去非常美观。

两个小丫头探头看了看，露出羡慕的神色。

老者也不理会她俩，气定神闲，继续写下"又疑瑶台镜，飞在青云端"。这十个字写得圆转流畅，沉静典雅，别有韵致。

"真好看。"青雀慢慢松开妹妹，轻手轻脚走到老者身边，蹲在一边看。

老者继续写着，书法渐渐狂放，龙飞凤舞，青雀看着热闹，拍起小手掌叫好。青苗远远地站了一会儿，也跑过来蹲在青雀旁边，跟着拍起掌。

"想不想学？"老者停下来，含笑问道。

"我会！"青雀两眼亮晶晶地吹着牛。

老者笑着把树枝递给青雀，"你会啊，那你写一个我看看。"青雀毫不犹豫，伸出嫩嫩的小手掌接过树枝，撅起小屁股在地上用力画了一道。

抬头得意看了老者一眼，又接着画了两道。

然后又画了三道。

画得都不直，歪歪的。

然后，没有了。

这就是会写字啊？老者忍不住笑了起来。青雀瞪了他一眼，跑到他刚才写好的字前面，伸出脚，一点一点踩平。

这犟脾气的小姑娘！老者大笑着伸手抱起青雀，慈眉善目问道："跟爷爷学写字好不好？爷爷给你糖吃。"青雀歪头想了想，痛快地伸出小手指，老者笑着跟她拉了钩。

青苗站在地上，怯怯地抬头看着老者怀中的姐姐。

这老者便是杨府的主人，已经致仕的前尚书、武英殿大学士、太子太保杨时。他当天便牵着青雀、青苗去了学堂，告诉林嬷嬷他会亲自教这对姐妹。

林嬷嬷有些迟疑，"青雀姓莫，她爹是莫二郎，租着老爷的地，是老爷的佃户……"您要是乡居无聊，随便做点什么不成，要亲自教导佃户家的闺女？这样的孩子，我们出面教是行善积德，您出面教就是纡尊降贵了。

见杨老爷不以为然，忙又添上一句，"这家人才搬过来不过两年工夫，为人如何，且还不知道。"您就是真要教，总要拣个清白人家的孩子教导。谁知道那莫二郎夫妇究竟是什么人呢，莫玷污了您。

林嬷嬷是一心为主人着想，没承想早已激怒了小青雀。

青雀涨红了小脸，把小手从杨老爷手中气哼哼地抽出来，跺脚道："不稀罕！"拉起呆呆站着的青苗，转身跑了。

青雀到底是个小孩儿，下午晌牵着妹妹、弟弟回到家，才一进门就闻见诱人的香味。姐弟三人相互看了看，欢呼着往厨房跑去。

祁氏在厨房忙活着，灶上炖着排骨汤。"回来了。"她喜滋滋地拉过孩子挨个儿亲了亲，指指灶上的大铁锅，"今晚有肉吃！"

三个孩子都舍不得走，一个挨一个坐在门墩儿上，眼巴巴看着大铁锅，等着排骨熟。

傍晚时分莫二郎从地里回来，祁氏利落地把热饭热菜端上来，还有一大盆热气腾腾、香气四溢的排骨汤。

"有肉吃啊。"莫二郎呵呵笑着。

"孩子小，喝骨头汤好。"祁氏先给他盛了一碗，然后给青雀、青苗、青树，"慢点儿啊，别烫着。"

青雀眯起眼，享受地嗅了嗅香味。然后小口小口，慢慢喝着排骨汤，光洁可爱的小脸上，全是满足和快乐。

杨集这样的地方，只初一、十五才有肉卖，平时是没有的。莫二郎干农活儿是一把好手，祁氏善于持家，两夫妇养活着三个孩子，日子倒也过得不好不坏。每逢初一、十五，祁氏必会到集上割了肉，给男人、孩子打打牙祭。

杨集因有杨阁老这样的乡宦在，县里的差役从没有人敢来横行惹事，很太平。村民日子顺当，也就舍得吃穿。像莫二郎一家这样的日子若是放在杨集也没什么，换个村子，便会显着怪异。要知道，有些庄户人家一年到头也舍不得割几回肉，偶尔吃顿肉，必要捧着粗瓷大碗出去蹲在门口吃饭，饭碗上那一片两片厚厚的肥肉，能招来多少艳羡的目光。

这晚一家人围坐着吃过饭，祁氏手脚麻利地把饭桌收拾干净，把碗筷拿到厨房洗刷。之后，烧好热水，大人孩子一律洗脸、洗手、洗脚。

全部洗好的时候，天也黑透了。乡下地方不兴点灯熬油的，一摸黑就上床睡觉，闩好门，祁氏抱着小青树，莫二郎牵着青雀和青苗，回了一家人睡觉的暗间。

青树还小，跟着爹娘睡大床，青雀和青苗合睡一张小床。祁氏哄睡青树，轻手轻脚下了床，走到两个女孩儿床前看了看。青苗已经甜甜睡着了，青雀睁着两只大眼睛，还很精神。

"咋还不睡？"祁氏嗔怪。

青雀从被窝里伸出小手，拽拽祁氏，"娘，我闯祸了。"声音低低的，小眼神儿也很可怜。那副模样分明是在说，"我悄悄告诉你啊，你可别告诉爹！"

祁氏柔声问她，"咋了？"

青雀眼珠转了转，坐起身子，趴到祁氏耳朵边，低声把下午的事说了说。青雀小脑袋瓜里颇有些懊悔，下午这么跑出来，明天想去也去不成了呀。

祁氏笑着把她塞回到被窝里，"叫你爹明日一大早去杨老爷府上问问，这么不听话的小姐姐，杨老爷还叫不叫上学了。"

"不叫拉倒。"青雀躺回到被窝里，小声地、没底气地嘟囔道。不叫就不叫呗，他不教我，我还不稀罕呢。

祁氏替青苗掖好被子，温柔拍着青雀，"乖妞妞，睡吧。"被祁氏柔声哄着，青雀小脸上有了甜蜜笑容，脸皮渐渐合上，睡着了。

祁氏坐在小床边，入神看着熟睡的青雀。莫二郎也下床过来，顺着祁氏的目光看了过去：简陋的小木床，粗布铺盖，青雀花朵一般的小脸蛋。

莫二郎拉拉祁氏，祁氏轻轻叹了口气，两夫妻回到大床躺下。"这么娇贵的妞妞，跟着咱俩可吃苦了。"莫二郎吭哧吭哧说道。

"孩子这不是遭了难么？没法子。"祁氏叹息。她把今天下午的事跟莫二郎说了说，交代着，"你明日到杨府去问一声，要不，青雀一准儿不肯再去。"莫二郎自然满口答应。

第二天早上青雀还没醒，莫二郎已经到了杨府门前。"这么大的官儿，咱这庄稼人，杨老爷会见咱么？"莫二郎在门口站了半晌，也没勇气拍门。

大门吱扭一声，打开了。门里头走出一个手拿扫帚的仆役，见莫二郎傻乎乎站着，问明原委，笑着说道："你等等。"依旧拿着扫帚进去了。

没多大会儿，仆役又走出来，把莫二郎带进杨宅。过了钻山、穿堂，绕过一个紫檀架子镶大理石的大插屏，前面游廊下挂着各色鹦鹉、画眉等禽鸟，一位青袍老者立在廊下，悠闲地逗弄着一只金色的虎鸫。

莫二郎也不敢抬头乱看，搓着手，结结巴巴把昨天的事说了，"……问声老爷，还叫不叫孩子来？"

旁边立着位管家，听了莫二郎这话，直替他冒汗。合着你家丫头连老爷都凶了，你这当爹的连赔罪也不会，直通通问"还叫不叫孩子来？"有你这么说话的么。

杨老爷一边逗弄着虎鸫，一边不经意地问道："你家小闺女是怎么说的，她还想不想来？"莫二郎憨厚地笑着，"她说，不叫拉倒。"

管家差点没晕过去。

晨曦中，杨老爷开怀大笑起来，"叫，叫！莫二郎，回去跟你小闺女说，爷爷不生气，照样教她！"

这天下午，青雀和往常一样，牵着弟弟、领着妹妹到了杨宅门前。青树照旧由小丫头看着玩耍，青苗依旧跟着林嬷嬷等人念书，青雀则被带到了新老师的书房。

书房前是几竿郁郁青竹，书房内置着一张降香黄檀镶晶墨玉大案，案上林林总总放着笔墨纸砚、名人法帖等物。杨老爷坐在桌案旁，正埋头写着什么。

这间书房不只很宽阔，房顶还特别高，特别敞亮。小青雀站在屋子当中，显得很渺小，很微不足道。

青雀站了一会儿，四处打量一遍，咚咚咚跑到杨老爷身边，踮起脚尖，想看杨老爷在写什么。可惜，她个子太小，踮起脚尖也看不到。

杨老爷觉察到身边那张稚嫩的小脸，嘴角愉悦地翘了起来。乡居寂寞，教教青雀这样有趣的小姐姐，甚好甚好。

青雀想看却又看不着，哪里肯算了。她往四周看了看，椅子虽有，看样子都很沉，估计自己拉不动。拣了半天，拣了一张最小巧的凳子，使出吃奶的力气，把那凳子推到杨老爷身边。

灵巧地踩上凳子，青雀探头看了过去。午后阳光暖融融地照了进来，青雀仿佛被镀上了一层金边，娇嫩中又透着圣洁。那探着头、专注偷窥的小模样，让杨老爷心底柔柔软软。

"小心摔着。"他伸出手，把青雀抱到怀中。青雀先是撅起小屁股，把他铺在桌案上的宣纸上上下下打量了一通，然后坐回到他怀里，指着流畅洒脱的书法，嘻嘻笑着，"爷爷，我要学这个。"

"你要学的多着呢。"杨老爷抱起她，走到一排排的书架前面，"这些书，都要一本一本读过，倒背如流。"

青雀吐吐舌头，"太多了！"杨老爷笑骂，"鬼机灵！"还唬不住你了。

杨老爷挑了几本书，有经史子集，有地理游记，有话本传奇，最后想了想，又加了一本兵书战策。把几本书都放到青雀面前，让她挑一本。

如果挑着经史子集，便教她读正经书；如果挑着地理游记，便教她读闲散书；如果挑着话本传奇，只好教她读元曲、小说了。

青雀毫不犹豫，指着那本兵书战策。

杨老爷怔了怔，微微笑起来。好嘛，怪道这孩子脾气暴，原来天生的喜好打仗啊。莫二郎那样的庄稼汉子，怎会生出青雀这样的小闺女，真是奇了。

自打这天起，告老还乡的杨老爷除游山玩水、和睦乡邻之外，额外加了一样爱好：当老师。他曾做过武英殿大学士的人，不知任过多少回考官，是多少人的座师，清流士子们，谁不以能做他的学生为荣。他却认认真真，教起一个年方三岁的女童来。

春光明媚，杨集的日子，恍若世外桃源。

杨老爷虽是乡居，常和门生故旧通信往来，朝中的消息都是知道的。邸报也有县衙日日送来，从不曾迟慢。

邸报是手抄的，非常珍贵。本朝制度，"凡六科每日接到各衙门题奏本，逐一抄写成册，五日一送内阁，以备编纂"，而且，"凡各科行移各衙门，俱经通政司转行"，资格差一点的，根本看不着。

离京城越远的地方，消息越迟慢。比如说，四川到京城之间的邸报，约需三个月才能传到。也就是说，京城三月份发生的大事，四川六月份的时候才能得着信儿。

夏邑离京城当然没那么远，却也要迟上一个月的样子。

青雀和杨老爷已经很要好了。上课的时候她会在杨家，不上课的时候有时也在杨家，杨老爷看邸报的时候，有时会念给她听，解释给她听。

"抚宁侯邓永拜靖虏将军东征，获胜班师，进爵宁国公。"杨老爷念完，怕青雀听不懂，告诉给她，"有一位姓邓名永的将军，打了胜仗，朝廷封赏于他，把原来的侯爵提为公爵。"

"公爵，能吃么？"青雀津津有味地问道。

你是饿了吧？杨老爷无语地看了她一会儿，吩咐仆役到厨房传饭。

"爷爷，公爵不能吃啊。"青雀嘻嘻笑着，露出一口雪白的小米牙，看上去很可爱，很天真。

爷爷刮刮她的小鼻子，"傻妞妞，那是一个爵位，年俸至少一千五百担，很多粮食的。"

能吃啊？青雀两眼放光，坐直小身子，大声宣布，"等我长大了，也挣一个公爵！不对，是七八十来个公爵！"

杨老爷乐得不行，"七八十来个？你当挣公爵是种白菜不成。青雀，公爵很难挣的。像邓永这样凭着军功先封侯，再封公，成华年间可没几个。"

青雀不服气地昂起小脑袋，好似对杨老爷说的话非常之不赞同。

本来这是不大礼貌的行为，偏偏她年纪幼小，神态天真，看在杨老爷眼里，除了可爱，还是可爱。

"青雀，爷爷教你读一首诗好不好？"杨老爷对着青雀就心软，柔声哄着她，拿出本诗集，教她读着一首田园诗，杨万里的《菜圃》。

"此圃何其窄，于侬已自华。

看人浇白菜，分水及黄花。

霜熟天殊暖，风微旆亦斜。

笑摩挑竹杖，何日拄还家。"

青雀听完，歪头想了想，龇着小白牙笑了，"爷爷，我就能听懂一句，'看人浇白菜'。"她牵着弟弟妹妹去过菜地的，见莫二郎浇过白菜。

爷爷伸出手臂抱过她，指着诗集上的字，一个字一个字读给她听，再解释是什么意思。青雀要是能听懂，就乖巧的笑，要是听不懂，大眼睛疑惑地看向爷爷，爷爷就会讲得再通俗一点，再形象一点。

读完这首诗，厨房把点心送来了。因为一位是老人，一位是孩子，所以都是些甜烂易克化之物。小米发糕，枣泥山药糕，松穰鹅油卷，藕粉桂糖糕，清淡小菜，另有两小碗热气腾腾的鸡汤小馄饨。

青雀看着满满当当摆了一桌子的吃食，却不动筷子，"爷爷您吃，我去哄青苗和青树。"杨老爷微微笑了笑，"快吃吧，你弟弟妹妹都有。"这孩子不吃独食，知道友爱弟妹，很不错。

青雀夹了块小发糕到自己面前的小碟子里，认真地许诺，"爷爷，往后我挣了公爵，天天请您吃好的！"

杨老爷呵呵笑，"好啊，等爷爷老了，享青雀的福！"

其实他现在已经年过七旬了。不过他一则保养得好，二则生平不做亏心事，坦坦荡荡，故此极显年轻，看着也就五十出头。

用过点心，杨老爷牵着青雀慢悠悠在花园转了一圈，教给青雀识别各色花木。林嬷嬷看在眼里，心里直叹气，"哄她读书写字，哄她吃点心，完了还要带着她走几步，唯恐积了食。孙小姐幼时，老爷都没这般上心。"

杨老爷牵着青雀从花园回来，才坐下不久，门房送来了一张拜帖。"这是什么呀。"青雀趴在杨老爷身边探头看着，好奇问道。

"是一位姓邓名麒的世孙从京城回乡祭祖，明日要来拜访爷爷。"杨老爷耐心讲给青雀听，"这位世孙祖居在会亭，和咱们是一个县的。"

"青雀，天朝有公爵、侯爵、伯爵三等爵位，邓家如今是公爵。公侯府邸的嫡长子通常是世子，嫡长孙虽没封号，俗称世孙。明日要来拜访的客人，便是宁国公府的世孙。"

"是孙子啊。"青雀咯咯咯笑起来。

杨老爷又是气，又是笑。发狠要打，又舍不得，最后板着脸说道："这般口没遮拦，明日客人来，爷爷设酒筵招待客人，罚你在书房写字。"

青雀眼珠转了转，冲着爷爷乖巧地笑，"不是孙子。"

说他是孙子，便罚我在书房写字；说他不是孙子，便不罚了吧？

杨老爷撑不住，大笑出声。

古堤之上简陋的酒肆中，迎来了一队穿戴讲究、看着十分体面尊贵的客人。

这队人很扎眼。前后都有骑着高头大马的壮士护卫，中间是数名正值二八年华的美貌少女，围着一位中年妇人。这中年妇人绾着规整的圆髻，插金戴银、绫罗绸缎的，猛一看上去，该是富贵人家的奶奶太太。

因堤上风光极美，邻近村庄也好，县里也好，倒也时不时地有人过来赏景玩耍。掌柜的见多识广，也不以为意，笑着让到酒肆中坐下，烫上酒来。

等这拨人依着大小尊卑或是落了座，或是站着服侍，掌柜的留神听他们说着话，才知道那中年妇人并不是什么奶奶太太，而是一位有点身份地位的妈妈。听周围几个丫头赔笑奉承，这妈妈姓吴。

掌柜的烫好酒送上，又送来下酒小菜，不过是些豆腐、腊肉、酱瓜、合菜之类，笑道："乡下地方没甚菜蔬，客人莫怪。"

吴妈妈品着桃花酒，慢条斯理询问掌柜的，"贵庄之中，可有三岁上下的女童？若是成华七年夏季出生的，便更好。"

旁边一名俏丽机灵的丫头见掌柜的笑而不语，知道是心中有疑感，忙说道："打听这些女童倒不为别的，是要施舍些米、面和四季衣裳。我家有位姐儿，正是成华七年盛夏出生的，却是身子骨一向不大结实。故此，要做些积德行善的好事，替姐儿祈福。"

乡下人家，听说家里只要有三岁女童就能得些米、面、衣裳，还不得乐坏了？这是皆大欢喜的好事，富人图个心安，穷人得些实惠。

掌柜的心里一沉。

他已人到中年，人又机敏，可不是好糊弄的。这伙人摆出这么大阵仗要找寻三岁女童，若说单单为着为姐儿祈福，掌柜的根本不信。

一定是另有图谋。

三岁上下的女童，青雀可不正是快三周岁了？这孩子别说在乡间了，那份相貌、气度便是放在京城也是出挑的，掌柜的想到这儿，背上微微冒汗。

他细想了想，把村里农户家两三岁、三四岁以至四五岁的女童都说了说，唯独漏过了莫二郎家。

吴妈妈安坐酒肆之中，从人带着米面衣裳等，依着掌柜的指示，把有女童的人家看了一遍。他们虽来得莽撞，备下的米是精米，面是细面，衣裳是颜色鲜亮的细布做成，针脚异常细密。得了施舍的人家，都是大喜过望。

从人回来之后，都对着吴妈妈摇头。

又是没有，又是看了一堆小村姑？吴妈妈轻轻叹了口气，命人还了酒钱，客气地告辞，一行人缓缓上桥，走了。

看着他们远去的背影，掌柜的额头渐渐冒出汗。他把小二叫过来，"你去府里告诉林嬷嬷一声……"说出口后又觉着不对，"你看着店，我回府里一趟。"

这间酒肆，是杨老爷的。

掌柜的匆匆到了杨宅门前，正好遇上青雀牵着青苗、青树要回家。见了掌柜的，青雀甜甜笑着问好，掌柜的笑问，"上完学了？青雀，今儿学了什么啊。"

青雀一一数着，"读了一首诗，爷爷说是宋朝诗人的，诗名是菜圃，种白菜的。学会了十个字，爷爷说虽是很难看，都写对了……"声音稚嫩清柔，如击玉磬，悦耳动听。

掌柜的微笑看着她，"大叔正想去你家，跟你爹娘换几担米粮。"还是送她回家吧，谁知道那拨人到底是何居心，会不会回头再来。若是见了面，包管只要一眼，青雀便无所遁形。

青雀快活地笑了起来，"大叔，您和我们一道啊。"把弟弟的小手递到掌柜的面前，"您帮我牵一个吧。"掌柜的笑了笑，俯身把青树抱在怀里，送三个孩子回了莫家。

却并没换什么米粮。

会亭，邓家祖居。

一间幽暗、阴森的密室中，英娘被五花大绑着，口中也堵得严严实实。她身边，皮鞭、夹棍、烙铁、熊熊的炉火，各色刑具都很齐全。

一名相貌清秀的青年男子笑嘻嘻看着她，"英娘，你说是不说？"英娘很倔强，咬紧牙关，不肯点头。

青年男子慢悠悠拎起沾了水的皮鞭，叹道："你这般年轻貌美，我实在是下不去手啊。"目光变得阴冷、狠毒，抖手挥起皮鞭，重重朝着英娘抽了过去！

英娘脸上一道鞭痕，流下殷红的鲜血。

青年男子啧啧，"瞧瞧，这细皮嫩肉的，我都不忍心了。"拎着皮鞭凑到英娘面前，温柔问道："你到底说是不说？"把英娘口中堵着的布抽了出来。

英娘喘了口气，轻蔑看向他，"赵禄，跟你我无话可说。邓麒要知道我家小小姐的下落，叫他亲自来问我。"

"还是这么不听话，啊？"赵禄托起英娘白皙清秀的面庞，错着牙说道："说，姐儿在哪儿？"

这人名叫赵禄，是邓麒的小厮。赵禄是名副其实的利禄熏心，从前邓麒百般讨好祁玉的时候，他也千方百计接近英娘。这时候他奉命来套英娘的话，一开始也是打叠起温柔功夫想哄出来的，后来看着实在不行，焦躁起来，动了武。他跟着邓麒上过战场的人，一旦发了狠，哪还顾得上怜香惜玉？英娘颇吃了番皮肉之苦。

眼见得英娘还是倔强，赵禄扔了皮鞭，笑道："我换个新鲜的你试试。"把烧红的烙铁举了起来。

英娘眼中闪过一丝恐惧。

"邓麒！你个缩头乌龟！"英娘恐惧至极，绝望地大叫，"你负了我家小姐，又来折磨我，你不是人！"

一个黑色的人影出现在屋门口。

赵禄眼尖，忙把烙铁放下，点头哈腰地迎了上去，"爷，您来了！"

来人一袭玄色长衫，二十左右的年纪，身材颀长，面容英俊，一双眼睛细长秀美，温文尔雅之中又透着清贵之气。

他并没理会献殷勤的赵禄，凉凉看了英娘一眼，简短吩咐，"放了她，收拾干净，带到偏厅见我。"

赵禄连连答应的工夫，他已头也不回地走了。

英娘浑身冷汗，瘫在地上。赵禄一边替她松绑，一边抱怨道："姐儿是爷亲生的闺女，告诉一声怎么了？自找苦头！"

赵禄跟惯邓麒，知道他的性子，哪敢让他长久等着，把英娘收拾整齐，脸上胡乱涂抹了药膏，急急送到偏厅。

英娘走进偏厅之时，邓麒面窗而立，背对着她。暮春时节，他又正在盛年，背影中竟满是萧瑟之意。

英娘看着他的背影，心中五味杂陈。曾几何时，这人还和小姐你侬我侬，海誓山盟，如今他已另娶，什么都变了。

邓麒缓缓回过身，一字一字问道："英娘，我女儿在哪儿？"

英娘淡淡道："你不是已经命人抢去了么，怎的还来问我。"

成华七年冬，京城抚宁侯府来了一拨人马，有男有女，有兵士有嬷嬷，强行将养在祁家老宅的女婴和英娘一起抢了去。当时莫大有也在，寡不敌众，身受重伤，虽没落在邓家人手里，却是生死不知。

邓麒眼神锐利，"休想骗过我！那婴儿瘦弱无力，畏缩胆小，怎会是我邓麒的女儿？英娘，当晚你捧着一个大食盒回过祁家老宅，次日玉儿便赌气离家，你当我会想不到其中厉害？"

奶娘胡妈妈和姑母都是哭诉，不是她们没用，实在是玉儿冷酷无情，竟要将婴儿摔死。她们百般无奈，只好放了玉儿离去。

笑话，玉儿怎么可能要将亲生女儿摔死？她既那般决绝，除非襁褓中的婴儿已被调换了！英娘冒着风雨雷电出门，定然有所图，不会单单为给祁夫人上香。

邓麒想到奶娘和姑母的蠢笨，眉宇间闪过厌恶和不耐烦。一个两个的都不顶用！遇事只会哭，只会手足无措，害得自己和娇妻爱女生生分离。

"我随祖父、父亲征战回京，头一眼见了那孩子，便知不对。"邓麒耐下性子，温和跟英娘说着话，"再一问前后情形，更是心中了然。英娘，当时是我不在，才会被你侥幸得逞。若是我在……"

"若是你在，小姐和小小姐都已成了九泉之下的亡魂。"英娘迎上他的目光，平静的语气中隐藏着刻骨的恨意，"那晚我去奶娘房里抱孩子，却听到两个丫头在说悄悄话，你在京城迎娶了沈茉，沈茉已有了五个月身孕！"

邓麒神色一滞。

"我失魂落魄地抱了小小姐回去，见了我家小姐，被发现后背粘着你和沈茉的婚书！小姐看了婚书，差点没背过气去……"英娘忆及往事，哽咽难言。

邓麒握紧了拳头，幽深美目中全是愤怒。这帮该死的奴才！是谁吃了熊心豹子胆，敢把京城的消息泄露出来，害得玉儿如此伤心？

英娘流下热泪，泪水流过脸颊上的伤口，疼痛刺骨。

英娘挺直腰身，冷冷道："于是，小姐命我将小小姐溺死！小姐说，她是祁家的外孙女，身上流着祁家的血，宁可死，也绝不能对着沈茉那样的女人卑躬屈膝！"

邓麒汗毛都竖起来了，溺死？

英娘神情悲壮，"至于我家小姐，自是存了死志！她虽失了父兄亲人，沦为无依无靠的孤女，却不会忍辱偷生，居于沈茉之下！"

邓麒已全然顾不上什么风度仪态，呆呆跌坐到椅子上，心乱如麻。玉儿，玉儿，我知道你性情刚烈，却不知你能狠心到这个地步，对自己、对亲生女儿，全无怜悯。

邓麒形容呆愣，英娘讥讽看着他。亏得小姐当年眼高于顶，偏偏能瞧得上眼前这花心枕头。他俊美归俊美，没有一点担当。

良久，邓麒回过神，坐端正了，神色诚挚，"邓家和祁家是同乡，向来交好。打小，我跟玉儿便是常常见面的，两家亲长更是早有结亲之意。"

"祁将军遇难之后，家祖母和家母嫌弃玉儿不是有福之人，不肯娶为家妇。丧了父兄，没了娘家，说起来总是不吉利、不喜庆。"

"我劝不下祖母、母亲，又不忍弃了玉儿，几经苦思，才有了良策。"

"本朝户律，'若卑幼或仕宦或买卖在外，其祖父母、父及伯叔父母姑兄姊后为订婚而卑幼自娶妻，已成婚者仍旧为婚，未成婚者从尊长所定'。既有这么一条，我便在会亭依礼娶了玉儿，到时祖母和母亲认也得认，不认也得认。"

"玉儿很是通情达理，虽然我们在会亭的婚礼不够热闹，她却毫无怨言。娶了玉儿这样的贤妻，邓麒已是心满意足，此生再无他求。"

"谁知我回到京城的当天，抚宁侯府已是张灯结彩，喜气洋洋，要于明日迎娶沈茉！母亲打定了主意，若我回去，便是我亲自迎娶；若我回不来，便是二弟代我拜堂！"

"此情此景，你要我怎么办？请柬早已派发，大媒已经请下，聘礼已吹吹打打送到沈家，难不成我搁在这时候闹将起来，让抚宁侯府成为满京城的笑柄？"

"我家的富贵是祖父、父亲浴血奋战挣回来的，我是邓家嫡长孙，难道能不管不顾地，毁了他们辛辛苦苦创下的基业？！"

邓麒这一番话说下来，既情真意切，又流露出痛苦挣扎，十分感人。英娘无语半晌，幽幽道："邓家基业不能毁，我家小姐的终身，便能毁的么？"

"这是什么话。"邓麒怫然，"沈茉和玉儿是闺中好姐妹，既同归了邓氏，依旧姐妹相称罢了。难不成沈茉敢压着玉儿一头？"

闺中好姐妹？英娘哧的一声笑了，也就邓麒这样的男人，会相信沈茉和小姐是好姐妹。

偏厅门口的金丝藤红漆竹帘被轻轻掀开，邓麒的小厮赵利逼手逼脚走了进来，恭谨地禀报，"爷，产婆带过来了。"

英娘一惊，邓麒这厮，把产婆叫过来做什么？

邓麒温和道："我把产婆叫来问一番话，情形自会明了，你便无话可说，无可抵赖。英娘，阻隔人骨肉团圆是伤天理的，待情形大白之后，请你告知小女的下落。"

英娘转过头去看着窗户，不理会他。

没多大会儿，一个年过半百、肥胖精神的婆子被带了进来，正是镇上的接生婆，陈婆。陈婆人很精明，一进来就觉着上面坐着的那位爷贵气逼人，忙趴下来磕头问好，很是谄媚。

这是她拿过六两金子的府邸，一辈子也忘不掉。接生个姐儿，得了六两金子，陈婆多少回从梦里笑醒。六两金子，那可是六十两银子呢。

邓麒淡淡道："这便是给姐儿接生的婆子？问问她，姐儿才出生之时，身上可有什么印记。"

赵利忙过去喝问陈婆，"成华七年夏天，我家出生的姐儿，你可还记得？姐儿身上可有什么印记？"

"记得，记得！"陈婆连连点头，"那晚又是雷又是电的，姐儿的哭声很响亮，好像连雷电风雨声都要给压下去一样，极有气势！那般好看的姐儿，老婆子一辈子也只见过一回，再也忘不掉的。"

赵利怕邓麒不耐烦，忙喝道："问你姐儿身上有无印记，你说这些做什么！"

"没有！"陈婆吓了一跳，忙赔着笑脸，"姐儿身上脸上都是光溜溜白白嫩嫩的，什么也没有！"

邓麒微微一笑，客气告诉英娘，"送到京城的那个孩子，眉间有很大的一颗黑痣。"

英娘哼了一声，不说话。

邓麒示意赵利打赏。赵利扔了锭银子给陈婆，"劳烦你了，请回。"陈婆颤颤巍巍从地上捡起银子，这得有二两吧？我的娘啊，这不过是叫过来问问话，什么活儿也没干，便得了二两银子，够一家人三四个月的嚼用了。

陈婆喜滋滋磕头谢了赏，没口子地恭维，"老婆子接生无数，没见过府上姐儿那般好相貌的，真真是仙女下凡一般！旁的不说，单说那晚，老婆子便接生过三个女孩儿呢，另外那两个，跟府上的姐儿没法比！"

邓麒脸色变了，吩咐赵利，"问问，那两个女孩儿是怎么回事。"怎么会这么巧，小小一个会亭，一晚上三个女孩儿降生？

英娘脸色煞白。

陈婆竹筒倒豆子，一五一十全说了，"先在府上接生的姐儿，府上妈妈客气，请老婆子喝了几杯。老婆子不胜酒力，回去便倒头睡了。到了半夜，被莫家村的莫二郎敲门接了去，替他家接生了两个小丫头。"

"那两个小丫头，生得如何？"邓麒慢慢问道。

陈婆懊丧地打了自己一巴掌，"那晚，老婆子喝醉了，没看清楚！后来，过了几个月，莫二郎一家便搬走了，再没见着过。"

赵利把陈婆带出去之后，又赏了她一锭银子。陈婆喜出望外，谢了又谢，笑眯眯地走了。

"去查这个莫二郎。"邓麒简短吩咐。赵利忙答应了，转身出厅，飞奔着去办这件事。

"你不说，我也能查出来。"邓麒淡淡道，"你若说了，大家省事。"

英娘脸白成了一张纸。莫大哥生死不知，莫二郎只是个农夫，他哪能对抗邓麒？

邓麒微微一笑，"你休养几日，待媛儿接回，你便任她的教养嬷嬷。英娘，你对媛儿定是忠心耿耿的，我放心得下。"

媛儿？英娘讥讽一笑，"请问，是之媛，还是子媛？"

邓麒年纪虽轻，子女已是不少。沈莱生下一对龙凤胎，嫡长女之屏，嫡长子之翰；跟着到宣府服侍的丫头明珠生下一女，起名子盈；明芳生下一子，起名子益。

邓家，嫡子女以"之"字排行，庶子女以"子"字排行。

青雀歌

你要接回"媛儿",请问是之媛,还是子媛?

邓麒面色一沉,淡淡道:"不拘是之媛,还是子媛,都是我的掌上明珠,是宁国公府的正经姑娘。英娘,媛儿的前程,你无须忧虑。"

英娘怒极反笑,"此时若我家小姐在,想必世孙必定会跟她说,不拘是正室还是侧室,她都是你的心上人,是宁国公府的正经内眷吧。"

邓麒俊目闪过恼怒之色,沉声道:"我看在玉儿的分上,凡事都不跟你计较,你也莫要蹬鼻子上脸,忘了自己的身份!"

英娘笑道:"我有什么身份,不过是我家小姐的婢女、祁家的忠仆罢了。敢问世孙,找寻到我家小小姐之后,是要把她抱回宁国公府,交到沈苿手中好生调理么。"

邓麒听她语气中仍是满满的嘲讽,心中微哂,"哪里,我找寻到媛儿之后,便会抱她前往云南,接回她母亲,一家三口团聚。"

英娘怒目瞪着邓麒,愤恨已极。小姐都已经躲到云南了,他竟还不放过!这厮要是真抱着小青雀去到云南,见到王家老太爷和王家舅爷……没准儿他还真能如了愿!

任凭是邓麒骗婚也好,辜负小姐也好,孩子总要跟着父亲的。老太爷和舅爷再喜欢小姐,也不能眼睁睁看着小青雀孤苦无依地沦落到邓家不管啊。

怪不得当初小姐要溺死青雀!英娘软软地瘫倒在地上。邓家圈不住小姐,却能挟持住青雀,只要有青雀在,小姐和邓家之间,总会有着丝丝缕缕的牵绊,剪不断,理还乱。

邓麒含笑交代,"养好身子要紧,媛儿还小,仰仗你的时候且长着呢。"交代完,站起身,施施然离去。

没多大会儿,进来两名十三四岁的小丫头,把英娘带到一个僻静的小院子。有大夫来给瞧了伤势,留下药膏,小丫头替英娘换过药,又殷勤地摆上饭来。菜不多,却很精致,两荤两素,外加鸡皮酸笋汤,绿畦香稻粳米饭。

英娘胡乱吃了两口,食不知味。邓麒这厮既察觉到莫二郎家情形不对,依着邓家的权势,莫二郎该是躲不了多久了吧?可怜的青雀,到底还是躲不过邓家的魔爪。

邓家仆役里头,像赵禄这样狗仗人势、无法无天的颇为不少,莫二郎老实巴交的,莫要吃了亏去才好。英娘急得团团转,却又无计可施:她也不知道莫二郎一家去了哪儿。

小丫头细声细气劝英娘,"您受了伤呢,快歇着吧。"英娘瞪了她一眼,"告诉邓麒,我要见他!"小丫头还是细声细气的,"您要见我家大少爷?好的,这便前去禀报。"

一级一级报上去,邓麒还以为英娘终于想通了,微笑说了个"请"字。等到见了面,英娘急得六神无主,"小小姐在哪,我也不知道。你派人突袭,把婴儿抢了,把我抓了,祁震生死不知!祁震把小小姐寄在一平民之家,那家人待小小姐如同亲生……"

"知道了。"邓麒沉下脸,冷冷打断她,"你只管放心,我为着媛儿着想,也不会大开杀戒。不拘是寄养到哪一家,只要我媛儿平平安安的,前事一笔勾销。"

英娘红了眼圈,低头不语。莫大哥生死不知,莫二郎要是再出点儿什么事,于心何忍。

邓麒疲惫地挥挥手,命英娘退下。

第二天,邓麒如约到杨府拜访杨阁老。虽说邓家是战场上冲杀出来的勋爵,杨家是清流士林推崇的阁老重臣，可是祖籍同为夏邑，乡里乡亲的，礼仪上的来往，一直不断。

邓麒特意穿了大红官服，官服上绣着一只斑斓猛虎，气势雄壮。他这身官服一穿，懂行的便知道，"哦，原来是名四品武官"。

其实邓家是有爵位的，如果是邓麒的祖父、父亲，或是国公，或是世子，官服上可以绣麒麟、白泽这样的神物。邓麒是世孙，没有封号，目前只能绣猛虎。

主人杨阁老依旧是一身宽大的青布道袍，十分洒脱。见了面邓麒抢上来下拜，口称"阁老大人"，杨阁老笑着扶住他，"世孙多礼了，不消如此。"

客气着见了礼，落了座，叙了契阔。杨阁老问及邓麒的祖父，宁国公邓永，"令祖父身子可还健朗？多年未见了，实是想念。"

主人和客人正叙着话，忽有一扇窗户被慢慢推开了，探进来一个小脑袋。邓麒是客人，目不斜视，只作没看见，杨阁老慌了手脚，"小心摔着！"忙不迭地冲着邓麒拱拱手，"失礼失礼，是我一个小学生，顽皮得很。"也顾不上别的，把客人晾在厅中，自己敏捷异常地跑了出去。

邓麒微笑摇头。杨阁老从前入值武英殿之时，是何等的风采？如今乡居，竟由得小学生这般淘气，也是异数。

外面一阵喧闹，架梯子的架梯子，哄孩子的哄孩子，好容易把那捣乱的小学生给救下来了。"还敢不敢了，敢不敢了？"杨阁老气急败坏的声音传进来，另外伴随有打屁股声。

"爷爷别生气呀。"小女孩儿嘻嘻笑着，声音如山间清泉，"我这么机灵，摔不着的！"

这声音明明悦耳之极，传入邓麒耳中，却如一声炸雷般令他心惊。邓麒心中起了异样，霍地站起身，疾步到了厅门口。

外头杨阁老正"疾言厉色"训着一个小女孩儿，时不时地打两下屁股。小女孩儿一脸甜甜的笑，那张小脸，比春花更明媚，比秋月更明彻。

"玉儿？"邓麒喃喃。

他有些头晕站不住，伸手扶住墙壁。

"世孙怎么了？"有侍女惊呼。

正训学生的杨阁老，和正嬉皮笑脸想蒙混过关的小学生，都不由自主朝着侍女的惊呼声看了过去。厅门口，一名身穿大红官服的年轻俊美男子，痴痴看着爷孙俩，摇摇欲倒。

青雀疑惑地看看青年男子，再看看爷爷。

阳光明媚。阳光下邓麒的脸，和青雀的脸，虽是一男一女，一大一小，却有着惊人的相似。分开或许想不到什么，两人站在一处，不明底细的人定会赞叹，"爷儿俩长得可相像！瞅瞅，一个模子！"

饶是杨阁老见多识广，平生不知经历过多少大风大浪，此时也怔住了。才见邓麒的时候没多想，寒暄客气而已，此时再见，邓麒分明和青雀有些渊源……

侍女伸出手去，要扶邓麒，被邓麒挥手打落。邓麒稳稳心神，一步一步慢慢走向青雀，缓缓蹲下身子，神色复杂地看着她。

"媛儿？"他轻轻地、试探性地叫着，颤抖着伸出手，想要抚摩青雀的鬓发。

"不是！"眼前这花朵般的小女孩儿清脆叫道："是青雀！"

邓麒愤怒了，我女儿叫青雀？我金尊玉贵的女儿叫做青雀？真找寻到寄养的人家，杀虽是不能杀，也要打上一顿出出气。我邓麒的宝贝女儿，竟被叫做青雀！

"宝贝，你不叫青雀。"邓麒柔声告诉眼前的小女孩儿，"你姓邓，名叫之媛，小名媛儿。"

"不要！"小女孩儿很果断，"我是青雀！"

邓麒想要抱她，被她毫不客气地挥起小手打了一下。

杨阁老一直在旁冷眼看着，叫来管事吩咐，"看好青苗和青树，再去地里把莫二郎叫过来。"管事去后，杨阁老微笑抱起青雀，客气地让着邓麒回厅，"世孙，坐下慢慢说。"邓麒恭敬地道歉，"晚辈唐突，惭愧已极。"

回到厅里坐下，青雀跑来跑去在杨阁老身边玩耍，邓麒目光胶着在她身上，一刻也舍不得离开。这是我的掌上明珠，是我和玉儿的头生女。

"……晚辈之前在夏邑卫所任职，凭媒娶了妻室，生下媛儿。谁知回到京城，父母早已做主聘下沈氏为儿妇。晚辈正在左右为难之际，媛儿的生母赌气出走，还把媛儿寄养农家。"邓麒含混说道。他知道想要接回青雀，必要过了杨阁老这一关。虽不敢隐瞒，却也隐去了不少事实。沈茉是三书六礼、明媒正娶的，他敢说，祁玉的姓名，只能秘不示人。

"……这么说，并非世孙负心，实是造化弄人了。"杨阁老得知前前后后，微笑道，"世孙此时的打算，定是先认回女儿，再接回妻子，是也不是？"

邓麒长揖到地，"还请阁老大人成全。"

杨阁老沉吟道："凭媒娶的妻室，只怕不肯屈居人下。世孙想要妻女团圆，颇有难度。"

邓麒听得杨阁老言语很为自己着想，也便坦诚相告，"媛儿的生母，是赌气投奔了她外祖父。她外祖父出身大族，门风严谨，族中向无二嫁之女。等到媛儿的生母接回，晚辈绝不肯亏待她。"

虽然话没说得太清楚，其实意思已经很明显：族中没有二嫁之女，她回去也只不过在娘家赌赌气，还是要回邓家的。等她回来了，虽然正室的名分我给不了她，其余的，却不会亏待她。

既是出身大族，如何肯令女孩儿委委屈屈做了次室？杨阁老微笑摇头。

邓家的家务事，杨阁老不欲多管，只笑道："待世孙接回妻室，要和老夫多多往来方好。我这小学生虽调皮，极可爱招人疼的，老夫一日不见她，便食不知味。"

正在这时，厅门打开，管事形色匆匆地进来禀报，"老爷，莫二郎带来了。"杨阁老温和吩咐，"请他过来吧。"管事踌躇再三，赔笑道："他身上有伤，怕老爷见了不喜。"

邓麒在一旁黑了脸。赵利，你跟赵禄一样，是头猪！爷的闺女还没接回家，你们胡乱动什么手？

杨阁老神色不变，"无妨，请过来。"

莫二郎跌跌撞撞进到厅里，头上、脸上不停地滴下血。青雀本是跑来跑去玩耍的，见状咚咚咚跑了过去，大声叫"爹爹"。莫二郎一把抓住青雀，急切地上上下下打量过，见青雀一切如常，放了心。

青雀伸出小手替莫二郎擦着脸上的血，愤怒叫道："谁欺负我爹爹？我要杀了他！"

邓麒脸抽了抽，快步走过去，厉声喝道："媛儿过来，我才是你爹爹！"

莫二郎把青雀护在怀里，不理会邓麒，向杨阁老求助，"青雀不是我亲女儿，是旁人寄养的！那人是我的救命恩人，他说，只要到了杨集，到了杨老爷庇护下，青雀便会高枕无忧！"

杨阁老和邓麒一齐变了脸色。

众目睽睽之下，莫二郎把青雀推了出来，大声说道："那人说，若有兵士来强抢青雀，只需告诉杨老爷一句话：青雀是祁保山的外孙女！"

顿时，厅中鸦雀无声。

半晌，杨阁老沉声问道："此话当真？"祁保山是朝中大将，祖籍也是夏邑，杨阁老对他岂能不知。若青雀真是祁保山的外孙女，那事情可就大不一样了。

莫二郎本是老实的庄稼人，今天也被邓家那帮蛮横的家丁给惹出性子来了，声音大得很，"我救命恩人确是这般说的！我家青苗出生那晚，又是打雷又是下雨的，活活能吓死人，他却什么都不顾，抱个才出生的婴儿到了我家！若不是实在逼得没法子了，他至于么？！"

邓麒脸上真是挂不住，沉得能掐出水来。邓家的姑娘，祁家的外孙女，风雨雷电之夜被抱到莫二郎这样的农家寻求庇护。要说这里头纯是误会、赌气，估计谁听了也不信。

小小的青雀孤零零站在莫二郎身前，昂着小脸，很严肃，很倔强。

杨阁老心中的惊涛骇浪过去之后，怜惜起地上站着的小女孩儿。站起身慢慢走到青雀面前，弯腰把她抱在怀中，温和告诉莫二郎，"青雀好好的在我这儿，谁也抢不走她。你且下去包扎好伤口，莫吓着孩子。"

莫二郎颇有犹豫之色，被管事的强拉着训斥道："老爷说话都不听了？快跟着我过来，把伤口清理好，省得落下病根。"莫二郎一步三回头地被拉走了。

青雀死死咬着嘴唇，一句话不说。黑宝石一般晶莹灵动的大眼睛，牢牢盯着莫二郎的背影。杨阁老教养她已久，自是明白她的，柔声道："你爹爹受的都是外伤，不碍事的。"

青雀本是一脸倔强，听了爷爷这温柔的安慰话语，眼圈一红，伸出胳膊钩住爷爷的脖颈，无声地哭了起来。小小的身子不停抖动，滚烫的眼泪滴在爷爷脸上，灼痛了爷爷的心。

"青雀乖，青雀不哭。"爷爷柔声哄着怀里的孩子，眼泪也快掉下来了。青雀是多坚强的孩子，摔着了，磕着碰着了，打架打输了，从没见她哭过。今儿个，却哭成这样。

一旁的邓麒，俊脸早成了一张大红布，如坐针毡。

哄到青雀不哭了，杨阁老命侍女打来热水，投了雪白的巾帕，替青雀洗干净手脸。杨阁老仔细端详端详眼前这张玉雪可爱的小脸蛋，像，真像。

唤来林嬷嬷，把青雀交给她，"孩子受了惊吓，好生哄着。"林嬷嬷答应着，抱了青雀离去。

"今儿怎么不淘气了，这般听话？"林嬷嬷觉着怀中的小女孩异常乖顺，微笑问道。青雀在她怀里拱了拱，小脑袋依恋地贴在她胸口。林嬷嬷心软成一摊水，青雀，你乖巧起来的时候，真是招人疼啊。

带青雀去看了包扎好伤口的莫二郎，又去看了青苗和青树，青雀犹嫌不足，细声细气问着，"我娘呢？"林嬷嬷没法子，又命人去莫家把祁氏唤了来。青雀见着祁氏，满足地叹了口气，偎依在祁氏怀里睡着了。

客厅里，邓麒知道瞒无可瞒，只好和盘托出。杨阁老叹道："怪不得老夫和青雀如此投缘，却原来，青雀是王堂敬的曾外孙女！"

邓麒脸色煞白。

王堂敬，是祁玉外祖父的别号。

杨阁老微笑着向邓麒，"世孙有所不知，王堂敬，和老夫是同科同年。老夫殿在二甲，他也殿在二甲，老夫性子温和，从来不爱得罪人；他却是名门公子的派头，孤高狷介，目下无尘。"

时日一久，性子温和的渐渐升官，目下无尘的仕途堪忧。可是，同年依旧是同年，那份惺惺相惜，那份志同道合，并不曾改变。

"青雀脾气大。"杨阁老的笑容之中，满是溺爱纵容，"老夫一直觉着青雀似曾相识，非常亲近。直到今日才明白，原来她是故人之后，她的身体里，流着王家的血。"

邓麒脸色煞白，讪讪道："这孩子，总是邓家的骨肉，是晚辈的亲生女儿……"孩子，是属于父亲一族的。母族再显赫，再有名望，也夺不走孩子。

杨阁老笑着打断他，"世孙的来意，老夫尽知，却是难以从命。青雀便暂时寄养在我膝下，若邓家要讨回，请令祖父亲自出面吧。"

邓家和祁家虽没正式定下婚约，却早有结为秦晋之好的意思。如今你宁国公府先有了祁家姑娘，又娶了沈家姑娘，旁的我不管，到底怎么安置青雀，给个明白话。

邓麒你办事不牢靠，说话不管用，就甭跟我在这儿废话了，换个说话管用的过来。宁国公府当家做主的是你祖父宁国公邓永，想要青雀，邓永亲自出面，咱们好好说道说道。

杨阁老虽是面带笑容，语气却是威严、不容违拗，邓麒不敢硬犟着，只好唯唯答应。杨阁老既是王家故交，必定向着祁玉，要想不明不白地接回女儿、妻子，怕是要费些工夫。

来者是客，正事说定之后，杨阁老少不了要留邓麒饮宴。邓麒还存有妄想，想要打动杨阁老，除诉说自己的无奈之外，一再声称，"沈氏极贤惠大度，她和祁氏原是闺中好姐妹，盼星星盼月亮一般盼着祁氏回京，好姐妹团聚。"

正室的名分，邓麒是铁定给不了祁玉的。他和祁玉是悄无声息成的亲，沈茉是三书六礼、八抬大轿进的门，拜过公婆，拜过祖先，上过族谱。朝里也好，老亲旧戚人家也好，都知道沈茉是他的妻子。

邓麒这种人，杨阁老实在懒得搭理他。不过邓麒总是青雀的亲爹，杨阁老想着青雀可爱又倔强的小模样，微笑问道："两人是闺中好姐妹，沈氏可知道邓家和祁家曾经彼此有意？"

两位小姑娘，一位姓祁，一位姓沈，都是武将家的女儿，从来要好。祁家姑娘和邓家小子快要定亲了，沈家姑娘能不知道么。后来祁家遭了难，祁家姑娘回了乡，沈家姑娘便嫁给邓家小子了，还对邓家小子说，"快把我的好姐妹接回来呀，咱仨一块过日子。"

呸，骗鬼呢。

邓麒红了脸，含混道："她本不愿意的，却不敢违了父母之命……"

杨阁老举起手中的鸡缸杯，悠悠道："想成就一门婚事，颇难；想毁掉一门婚事，还不容易么。"

邓麒忙举杯敬酒，岔了过去。

沈茉常常含情脉脉地看着他，见了他便脸红害羞，为他写过情诗，生过相思病。玉儿的这位好姐妹早已对他心存爱慕，他自然是知道的。从前祁保山还在世的时候，和祁玉的亲事是板上钉钉，他虽觉着心中窃喜，并没生出什么绮念。等到祁保山父子阵亡，祁家迅速败落，邓麒的祖母、母亲执意不接受祁玉，却都喜欢沈茉，邓麒也便生了享齐人之福的心思。祁玉固然是风华绝代，沈茉也是姿色过人，能够两美并收，哪个男人不乐意呢。

"沈茉长袖善舞，八面玲珑，可以服侍公婆、应酬亲朋。玉儿秀色可餐，可怜可爱，可以和我朝夕相对，温存缱绻。"邓麒想得很美。

可惜，沈茉肯，祁玉不肯。才得了一点风声，祁玉离家出走，跑云南去了。

"玉儿你真是的，难道我会舍得委屈你？"邓麒酒入愁肠，满怀哀怨。

趁着酒劲儿，邓麒扑到杨阁老面前求恳，"骨肉分离，实为人世间至为惨痛之事。求大人垂怜，许晚辈抱走小女，父女团聚。"

杨阁老打个哈哈，"世孙喝醉了。"命人扶起他，强送到厢房歇息。自己对着一丛花树，满目美景，心境萧瑟地独自又饮了数杯。

邓麒去而复回，"晚辈这便前往云南，接回祁氏。小女年幼不懂事，求大人多加看顾。"

杨阁老凉凉看了他一眼，"莫怪老夫没有提醒你，王堂敬睥睨尘俗，这会子，他外孙女许是已出嫁了，也说不定。"云南很远的，大老远的你白跑一趟，我老人家不落忍。

邓麒失声叫道："不可能，不可能！"

王家是什么门风，怎么会容许女孩儿二嫁呢。

杨阁老悠闲地自斟自饮，"老夫和王堂敬，都做过多年地方官。我们判案之时，常判寡妇改嫁的。"

做官员的人，地方上男无旷夫女无怨妇便好。有执着于贞节牌坊的，由她；有要改嫁的，也由她。守节？别扯了。嫩女少妇，青春年华，以后的几十年她怎么过？

邓麒额头出汗，一揖到地，"晚辈就此别过！"匆匆出门而去。

邓麒带着一队家丁，骑上快马，直奔官道。王老大人可能会让玉儿改嫁？这怎么能成，一定要赶去阻止。

到了一个三岔路口，一辆马车拦在路上，车上走下来一位体面讲究的中年嬷嬷，面色惶急，"大少爷！京中传来急信，世子夫人患了心口疼的老毛病，卧床不起！"

此时已是日暮时分，夕阳西下，景色美丽中又带着一抹凄艳。邓麒骑在高头大马上，心中苍凉。

向南，取道云南，追回心上人；向北，取道京城，到慈母床前尽孝。南边是自己朝思暮想的可人，北边是受恩深重的母亲。

家丁、嬷嬷全都屏声敛气，低头无语。

邓麒木木地怔了许久，长叹一声，向着北方驰去。玉儿，玉儿，我不相信你会背夫另嫁！咱们是打小的情分，你一定舍不得我！

玉儿你等着我，待母亲病好了，我便去云南接你回来，咱们和媛儿一家三口，团圆美满。

杨宅，青雀沉睡许久，终于醒了。睁开眼，面前是一张熟悉的慈爱面孔，仿佛显着比之前苍老。

"爷爷！"青雀喜悦地叫道。

"叫太爷爷！"杨阁老气哼哼说道。

青雀歌

我和王堂敬是同年，你是王堂敬的曾外孙女，怎么能叫我爷爷呢？乱了辈分了。青雀居然叫了我这么久的爷爷！杨阁老抚额，我老人家吃亏死了！

青雀异常乖顺，半分没打别，甜甜叫着"太爷爷"。

"今儿个青雀真成好孩子了。"林嬷嬷在旁看着，心里纳闷，"这般听话，我都不大敢相信。"

林嬷嬷这厢纳着闷，杨阁老已亲自看着人替青雀梳洗了，牵着她到园中看花。夕阳下，花丛旁，小青雀安静甜美的面容如诗如画。

仆役来报，"会亭邓家来了位吴嬷嬷，说是来给老爷请安，给媛姐儿请安。"杨阁老不经意道："让林嬷嬷出面待茶。"仆役答应着，去了。

杨宅后厅，吴嬷嬷端庄得体地坐着，等着拜见杨阁老，拜见邓家的媛姐儿。"不知媛姐儿性子如何。"吴嬷嬷独自坐着，心中犯愁，"在乡下长大的，想必好不到哪去。夫人有令，务必要教出知礼懂事的姐儿，不能给邓家丢人现眼，这可费事了。"

两盏茶后，厅门打开，一位年近半百的女子走进来，穿戴虽朴实无华，却是气度不凡，仪态优雅。

听说杨宅并无女眷，这位是？吴嬷嬷忙站起身，满脸赔笑，却不知该如何称呼。侍女笑道："这是我们府上的林嬷嬷，内宅事务，都是林嬷嬷调度。"吴嬷嬷便知两人身份是一样的，忙客气地行了礼，问了好。

林嬷嬷让着吴嬷嬷坐了，命侍女捧上茶吃着。吴嬷嬷哪是来喝茶的，抿了两口，便即说明来意，"媛姐儿能做杨阁老的小学生，那是她的福分，邓家求之不得。不过姐儿年纪尚小，日常起居需要亲近之人照料。不如姐儿暂且回邓家祖居住着，每日我们送过来上学，如何？"

林嬷嬷淡淡一笑，"媛姐儿是哪位，尚请明示。"

吴嬷嬷老脸微微一红，"便是府上老爷的小学生，名唤青雀的那位小姑娘。"

林嬷嬷端着茶盏，慢条斯理拨着茶叶梗子，"青雀怎成了媛姐儿，我却是不懂。"

你是真不懂还是假不懂？吴嬷嬷颇觉恼火，待要说什么，却又不好说，只能忍气道："青雀原名子媛，是我家的姐儿，不幸流落在外。还请嬷嬷行个方便，交还我家。"

林嬷嬷失笑，"贵府世孙今日来做客，竟没提此事。倒是嬷嬷这般说，好不令人诧异。"

你家正经主子今天才过来，都没带走青雀。你这做奴才的脸好大么，竟一口一个"媛姐儿"，理所当然地要带走孩子，你还真把自己当回事！

吴嬷嬷本是斯斯文文坐着的，闻言涨红了脸。她自恃是京城显贵家中的嬷嬷，是夫人信得过的老人，没想到会在杨集吃这么个挂落。

吴嬷嬷心中忿恨，发作也不好，示弱也不好，脸色由红转白，由白转青，很不好看。

林嬷嬷好像没有看见似的，客气周到地让她吃点心，"这是敝乡的桃花酥，形如桃花，味道香甜，您尝尝。"

吴嬷嬷枯坐片刻，挺直腰身，庄重说道："既是贵府不肯放人，也罢，媛姐儿便暂且寄养贵府，劳嬷嬷多费心。"她再没眼色，也知道孩子是接不走了，再说下去，不过是自取其辱。

林嬷嬷半分不肯吃亏，"您客套了。贵府的姐儿，自有贵府夫人太太管教，我这外姓旁人可说不上话。"

吴嬷嬷咬咬牙，勉强福了福身，告辞离去。

出了门冷风一吹，吴嬷嬷懊悔不迭。好好的在京中享福岂不好，巴巴地讨了这差使上身，出力不落好。唉，原本还笑话胡妈妈阴沟里翻船，大半辈子的好名声都毁到夏邑了，敢情到了到了，自己也是一样。

吴嬷嬷沉着脸回到邓家祖居，寻思了半晌，点齐四名小丫头、两名教养嬷嬷，另外装了两大车绫罗绸缎、精巧器物、各色吃食，命人送到杨宅，"媛姐儿在府上，多有叨扰。些须微薄之物，不足挂齿。"

当晚，连人带东西，全给退回来了，杨宅统统不肯收。

吴嬷嬷气得砸了一个茶壶、四个茶碗。

吴嬷嬷气归气，气完之后，还是要沉下心思，好生铺排。前思后想了一夜，次日她起了绝早，梳洗过后，命人把英娘带上，又去了杨宅。

杨阁老当然没空见她，还是林嬷嬷出面接待。

"这位是英娘，是媛姐儿亲生母亲的婢女。"吴嬷嬷淡淡道，"这个人，想必贵府信得过。"

林嬷嬷不动声色打量着英娘：眉清目秀，举止端庄，看样子是个忠厚老实没城府的。脸上依稀还有伤痕，难不成在邓家竟受过刑？

林嬷嬷命人传话进去，过了没一会儿，侍女回来了，"老爷命您带英娘去书房。"林嬷嬷客气地告了罪，带着英娘走了。

英娘来了，杨阁老肯见；我来了，就是林嬷嬷出面待茶。吴嬷嬷憋着气，喝了一肚子茶水。

书房里头，青雀正坐在窗户旁的小桌子上专注练着字，英娘走进来，她根本没察觉。杨阁老坐在阔长的桌案旁，执笔写着书信。

"小小姐。"英娘似被雷击了一般，傻傻看着眼前花朵一般的小女孩儿。这是小姐的亲生女儿，跟她娘亲一样娇美不可方物，光彩照人。

英娘对杨阁老和林嬷嬷视若无睹，慢慢走到青雀身边，蹲下身子痴痴看着她，泪如雨下。

林嬷嬷有些发急。这女子看着倒也清秀斯文，怎的如此不知礼？也不拜见老爷，就这么冲着孩子哭上了？

杨阁老做了个制止的手势，示意林嬷嬷不用管。林嬷嬷虽不服，却是顺从地垂手侍立，并不敢说什么。

青雀听到身边压抑的哭泣声，转头看了看，放下笔，好奇地看着英娘。你怎么了呀，哭得这么伤心？

泪水，从英娘清秀消瘦的面庞上不停滚落。

青雀不由自主伸出白嫩的小手掌，替她擦着眼泪。英娘失声痛哭，起身把青雀紧紧抱在怀里，再不肯放开。

青雀没有躲开，没有挣扎。

杨阁老叹了口气，"青雀这孩子，认人。"又没人告诉过她英娘是谁，她却天然地知道亲近。青雀，小可怜，你娘亲的婢女来了。

杨宅留下了英娘。

青雀歌

第三章
别抱琵琶

云南，研城县衙。

夕阳如血，如梦如幻。一道窈窕的身影走过小巧的游廊，分花拂柳，进到雅致古朴的书房中。书房中设着一张宽大的雕云纹柳木桌案，桌案后坐着一位清癯的老者，正翻看公文。

"外祖父，您又不听话了。"祁玉走到老者身边，娇嗔地从老者手中夺过公文，"大夫不是说了，您要静养？又看这劳什子！"

老者抬起头，看着外孙女微微笑。他年约六十出头，相貌儒雅清俊之中又带着股子洒脱不羁，虽然已不再年轻，依旧给人美男子的感觉。

"玉儿，外祖父前儿个说过的话，想得如何了？"老者笑问，"薛家那小子急得心痒难耐，天天到外祖父这儿转上好几个圈儿，好不讨厌。"

祁玉粉晕生颊，跺脚道："您又没正经，不理您了！"转身要走。

"玉儿回来。"老者畅快地笑起来，"这可有什么不正经的呢，玉儿乖，过来听外祖父细细告诉你。"

祁玉明知外祖父身子不好，怎会真的跑了，惹得老人家生气上火？嘟囔了几句，娇嗔了几句，转过身回来，搬了个凳子坐在外祖父旁边，替外祖父捶腿。

外祖父微笑凝视祁玉，慢慢说道："薛家那小子本是到云南看风景解闷的，却中途改了主意，充做外祖父的幕僚。这两三年，外祖父冷眼看着，他人品、才学都还过得去，虽配不上我的玉儿，却也不差了。"

"他原配早已亡故，留下一子薛护。怕孩子受后娘的气，一直没再娶。外祖父专程差人回京打听过，他在阳武侯薛氏族中，风评颇佳。"

"若说有不好，这娶过，前头人留下有嫡长子，确是不好。可是没娶过的，你又不肯要！玉儿，从前的事忘记吧，人死不能复生。你正值少年，往前看方是正经。"

祁玉回到王家，见外祖父年事已高，身子又不大好，哪忍心实话实说，惹得老人家愤怒动气？只说自己因父兄皆亡，又失了慈母，凭媒说合嫁了一人，不幸那人患痨病死了。

"人死不能复生，你还有几十年的大好年华，不可辜负。"外祖父从一开始，就没打算让外孙女守节，一直在悉心挑拣外孙女婿。

最初，外祖父曾有意要把祁玉许给孙子王承，王承极乐意，祁玉坚决反对，"我是嫁过的，表哥还是初婚，如何使得。"

王堂敬溺爱外孙女，不愿勉强她，遂放下这桩婚事不提，为祁玉另觅佳偶。看来看去，幕僚薛能还算顺眼。王家世代居住在京西，薛能家也是京城的，外孙女失了父母兄长，孤苦无依，不能嫁到外地，还是在自己眼皮子底下最安生。自己若做着官，薛能便跟着做幕僚。自己若告了老，薛能便跟着回京。总之，玉儿不致落单。

王堂敬越盘算，越觉着这门亲事很不坏。薛能父母双亡，伯父阳武侯也过世了，族中并无亲支近派的长辈约束，玉儿进门便能当家做主，不必听命于人。至于薛能这个人，除了年纪略大几岁，娶过，前头人留下有长子，旁的真没毛病。

要是全依着王堂敬，薛能这样的，就算再怎么痴情，再怎么献殷勤，他老人家也看不上。奈何祁玉铁了心不嫁初婚之男，王堂敬只好退而求其次，眼光频频在薛能身上徘徊。

"玉儿，初嫁由亲，再嫁由身，你若不点头，外祖父也不逼你。"王堂敬语气中有寥落之意，"只是外祖父这身子，也不知还能再活几年。我走了之后，玉儿靠着谁？"

祁玉伸手捂着外祖父的嘴，不许他再往下说，流泪道："外祖父，玉儿听您的，玉儿全都听您的！"

外祖父冷眼看了两三年的人，人品差不了，就是他了。

"又掉金豆豆了。"外祖父笑道，"玉儿乖，不哭。若是你们都听听说说的，不惹外祖父生气，没准儿外祖父能活个七老八十的，也不一定。"

"七老八十的可不够，至少要长命百岁。"祁玉认真地讲条件。

王堂敬愉悦微笑，"好啊，说定了，至少一百岁。"祁玉伸出小拇指，爷孙俩郑重拉钩，祁玉光洁亮丽的面庞上，笑容如孩子般纯净无邪。

祁玉陪外祖父说了会儿话，又乖巧地替外祖父归置着书籍纸张。外祖父看着孙女为自己忙来忙去，慈爱的目光流连在她身上，舍不得移开。玉儿，你娘没福，走得早，你可要好好的，不能再让外祖父白发人送黑发人。

祁玉在外祖父面前巧笑嫣然，回房后却把奶娘、侍女全都撵了出去，一个人趴在床上无声哭泣。外祖父，您为什么不早一年找到我？若是能早上一年，我又何须沦落到这个地步。

那年，先是父兄阵亡，然后是母亲生病去世，外祖父又失去了音讯，天一下子塌了，我不知如何是好！正在软弱无助的时候，邓麒日日来诉说相思，明知不可靠，我还是靠了上去。

邓家早就变了脸，难道我不知道么？邓麒的祖母、母亲都不喜欢我，难道我不知道么？和邓麒在会亭偷偷成婚会有什么后果，难道我不知道么？

我什么都知道。

可是我没办法，周围一个至亲没有，一个依靠没有，我怕，我很怕。无边无际的黑暗，无依无靠的凄楚，无穷无尽的痛苦，这时邓麒冲我伸出手，我便抓住了。

外祖父，我遇到了洪水，正在一望无垠的水面上挣扎，前方漂来一方木板，赶忙攀住了，绝不撒手。

我盼着这块木板能救命，却忘记了，这时的木板上，一定会有毒物出没。我，被毒物伤了，几乎致命。

外祖父，我差一点就死掉了。

外祖父，您为什么不早一年找到我？

之后的两天，祁玉精神一直不大好。

外祖父看在眼里，做了决定，"横竖这里民风淳朴，毫不拘泥，竟是许那姓薛的小子和玉儿见上一面为好。玉儿喜倒还罢了，若玉儿不喜，少不了为她另觅良人。"

苦命的孩子，年纪轻轻，已是第二遭嫁人。若是这回再嫁得不如意，不是往死里逼孩子么，不成不成。

这晚祁玉照常带着奶娘、侍女在花园中漫步。侍女活泼，跑到远处摘花，祁玉懒懒的，也不理论。奶娘忽想起来，"小姐的被子没熏上。"回房替祁玉熏被子。

祁玉一个人静静站在花树下，心情宁谧。

夜色朦胧柔美，花树下窈窕独立的妙龄女子，衣袂飘飘，好似要凌空飞去，羽化成仙。

前方传来灯笼的光亮。祁玉自沉思中惊醒，抬眼望去，只见一名青年男子提着灯笼走过来。两人四目相对片刻，男子手中的灯笼落地。

"胆子这般小。"祁玉心中微哂，"我没吓着，他倒吓着了。"

"仙子！"那人本是正怔站着，忽倒身下拜，"仙子出尘脱俗，定非凡世之人。甫得见仙子一面，三生有幸。"

祁玉展颜一笑。这马屁拍的，实在让人难以拒绝。

"妾，王县令之外孙女也。"祁玉轻启朱唇，温言相告，"郎君万勿如此，妾当不起。"

"当得起，当得起。"那人连声说道，"女公子仙姿玉质，仆一见之下，惊为天人。仆失礼，惊扰女公子，该死该死。"又拜了几拜，方诚惶诚恐地站起身。

又惹得祁玉一笑。

美人这一笑，如清风拂面，又如丽日初升，那人一眼看过去，半边身子已是酥了。

"仆乃王大人之幕僚，姓薛，名能，字公复。"那人俯身长揖，朗声介绍自己。祁玉还了一福，"久闻大名。"

世间有些便宜是不能占的。薛能自从搭了陈都御史的船，在船上惊鸿一瞥，见过祁玉的身影，从此害上了相思病，一直锲而不舍追到研城。更心甘情愿做了小小县令的幕僚，赚那每年二十两的谢仪。

这说来也是笑话。薛能虽不算大富大贵，家里宅子也有几座，田也有上千亩，哪用出门在外赚这笔银钱。

外祖父便是在查清楚这人的底细之后，欣赏他对祁玉的这份痴心。虽然说起来不过是爱慕美色，但爱慕美色能到这个地步，也是少见难得。

男人对女人，有爱慕之心和没有爱慕之心，分别很大。

祁玉悄悄打量薛能两眼。个子高高的，脸圆圆的，浓眉大眼，五官端正，看上去，给人老实厚道的感觉。

外祖父挑了这么一位，是想让自己过安稳日子吧？祁玉忽有些心酸。

"我，是嫁过人的。"祁玉低头，垂下泪来。

薛能慌了手脚，"莫哭，莫哭！我也娶过的，咱们……"想说"门当户对，天作之合"，却是不敢冒昧。

"那年我失了父母亲人，孤零零一人在老家，外祖父又失了音讯。"祁玉的声音如泣如诉，"我，我年幼无知，误信匪人……"

祁玉柔弱的双肩抽动着，看上去异常可怜、可爱，薛能冲动说道："从前的事，莫再想了。不管从前有过什么，都忘掉吧，凡事有我！"

"不管从前有过什么？"祁玉泪眼迷蒙地看着薛能，薛能被美人这般看着，飘飘然，很有英雄气概地点头。

祁玉拭去泪水，郑重许诺，"君之长子，衣食住行自有我悉心照料。视若亲子我做不到，以礼相待，一定可以。"

薛能大喜，长揖道谢，"足感盛情！"不是自己的肉贴不到自己身上，谁还盼着继母能真把继子当亲生不成，以礼相待，甚好甚好。

"管家理事，操持井臼，我虽不能，不会落于人后。"祁玉对于主妇的职责当然是清楚的，并不推托。

薛能笑着又作了个揖。

祁玉正色道："至于夫妻间的情爱，你待我有多少，我便还你多少，一分不多，一分不少！"

国士遇我，国士报之。你待我普通，我便也待你普通。你待我格外重视，我定然不会冷落于你。你若在妻妾之间流连，我便做个无趣的贤妻罢了。

你若待我一心一意，我心里绝不会有第二个。

薛能喜出望外，"我待你自是十分，百分，千分，万分！不瞒你说，我房中颇有几房姬妾，回去之后便一一遣嫁，守着你一人度日，绝不食言。"

祁玉微微一笑，敛衽为礼，飘然而去。

"凌波微步，罗袜生尘。"薛能目送那抹倩影远去，口中喃喃。美，真是太美了，薛公复，你要娶个仙女回家了。

十天之后，薛、王两家委托县丞做了媒人，换了庚帖。薛能虽是客中，一应礼仪全照着初婚来的，半分没省俭，到了深秋初冬时节，薛能亲迎，祁玉下嫁。

祁玉是罕见的人间尤物，床笫之间，薛能欲仙欲死，难以自拔。"玉儿，我和你生死难拆！"情到浓时，薛能信誓旦旦。

祁玉粉面含羞，绽开一个迷人的微笑。那笑容美得，颠倒众生。

祁玉成亲前后，几次三番亲笔写了信，命人送到夏邑会亭。薛能无意中看见，笑着问了句，"老家还有亲人？"祁玉微笑，"亲人已是没有，旧友还有几个。"薛能一笑作罢。

祁玉心里愁得很。英娘到底怎么了，这许久以来，一直没有音讯？

祁玉哪里想得到，英娘一直被邓家囚禁着。放出来后，又去了杨集。祁玉的信，根本没送到英娘手中。

杨集。

·42·

青雀坐在炉火旁，小脸蛋红扑扑的，听太爷爷讲古。炉火，小女孩儿天真的大眼睛，专注的神情，让年迈的老人心中暖融融的。

"太爷爷，青雀今天是不是很听话？"小女孩儿模样乖巧之极，笑容甜美之极。

"听话，听话。"太爷爷乐呵呵的。

"那，有没有奖赏？"小女孩儿眼珠转了转，殷勤相问。

太爷爷溺爱笑道："小孩子听听说说的，自然有奖赏。青雀想要什么啊？告诉给太爷爷。"

"去看我爹我娘！"小女孩儿雀跃。

太爷爷故意沉吟片刻，方庄重地点了点头。小女孩儿一声欢呼，轻灵地站起身，跑到正对着门口的空地上，气势万千地下着命令，"小赢子，你去吩咐套车。小文子，你去请英娘，叫她陪我去莫家村！"

门口立着两名年纪七八岁的小丫头，屈膝答应，出门行事。这两名小丫头是最近才挑进府的，青雀给起的名。

青雀下完命令，回到太爷爷身边，笑靥如花。爹，娘，青苗，青树，我要回来了！

杨阁老看着小女孩儿明悦的笑容，又是喜欢，又是心疼。自从邓麒走了之后，邓家先是差来吴嬷嬷，之后又从京城派了几拨人马，流水般来看青雀。

杨阁老久经官场，早已练出一双火眼金睛。邓家来这么多人，弄这么大的声势，并不见得是如何重视青雀，更有可能是内宅争斗的结果，也或许只是做做样子。

这些关爱，都是做在表面上的。

不管怎么说，有一点可以确定：青雀没有办法再跟着莫二郎夫妇一道过日子，继续做莫二郎夫妇的女儿。邓家，就算暂时接不回青雀，也绝对接受不了青雀住在农家，对着农夫农妇叫爹娘。

这是杨阁老最觉着难办的事。青雀只有三岁，乍经变故，爹不再是爹，娘不再是娘，孩子怎么受得了？

好在英娘来了。英娘陪青雀住在杨宅，照顾青雀无微不至，有英娘在，青雀倒也没怎么哭闹。不过，隔上几天，她总会想方设法去趟莫家村，看看莫二郎一家。

莫二郎夫妇家里本是有几亩地的，为了青雀才特意避到杨集。青雀有了杨阁老的庇护之后，莫二郎一家搬回了莫家村。在莫家村，他也是有房子有地的，故土难离。

去趟莫家村，坐在莫二郎和祁氏中间撒撒娇，抱抱妹妹，亲亲弟弟，青雀便会无比满足、快活。

邓家对此颇有微词，差过管事来拜见杨阁老，话里话外的意思都是，"我家媛姐儿娇贵，莫家村那个地方，竟是可以不必再去。"杨阁老通不理会。

你邓家再怎么富足，有人真心疼爱青雀，设身处地为青雀着想么？这么一点点大的孩子，忽然不许见养父养母，孩子受不受得了。

青雀在莫家，虽说是粗茶淡饭，却是爹娘疼爱，胜似亲生。若是到了你邓家，连个亲她抱她的人都未必有，不过是交到丫头婆子手里罢了。

就凭青雀这倔强的性子，若是到了邓家，用一堆的规矩礼仪束缚住她，一天到晚没人真正关爱她，孩子不得憋闷死？

想起邓家，杨阁老就要摇头。

看到流着邓家血脉的小女孩儿时，眼光却是又慈爱，又纵容。

杨阁老和青雀坐在炉火旁絮絮说着话，"路上若有卖糖炒栗子的，记得给太爷爷买，太爷爷爱吃。""嗯，买一大包，青雀也爱吃。"

爷孙俩说着话的工夫，外面车也套好了，英娘也准备好了，抱着青雀的小披风进来，要替她披上。青雀看了一眼，笑嘻嘻道："好英娘，换一件吧，换那件大红的。"

这是件雨过天青色倭缎狐皮斗篷，很华贵。而青雀所说的那件大红的，则是棉里布面，朴实无华。英娘虽觉着自家小小姐穿件棉披风很委屈，还是听话地答应了，出去换了一件回来。

这回青雀高高兴兴披上，和太爷爷道了别，抱在英娘怀里，出门上了马车。

"妞妞，那些个好衣裳，都是咱家的。"马车上，英娘把小青雀揽在怀里，柔声告诉她，"是你外祖父家的呢。乖妞妞，你外祖父留下不少钱财，尽够妞妞用的，不必省着。"

邓家送过一车一车的财物，杨阁老统统不肯收。英娘把祁家老宅的财物取出来，杨阁老倒是肯给青雀用的，"外祖父家的东西，妞妞用着名正言顺。"

青雀在英娘怀里自在得很，笑容灿烂，"英娘，青苗只有棉披风。"

英娘眼眶一热，"好孩子！"

莫二郎家里有几亩地，不算贫穷。可莫家毕竟是庄户人家，青苗的衣裳夏天是布的，冬天是棉的，没有皮毛，没有绸缎。

敢情青雀不是为别的，青苗只有棉披风，她回莫家村，便也只穿棉披风。

青雀，你跟小姐不大一样呢。小姐自幼养尊处优的，不惯替人着想。你不是，你小小年纪，都能想得这么周到了呀。

英娘亲亲小女孩儿，把她的小手放到自己怀里，替她捂着。

大冬天的，正是农闲时候，莫二郎、祁氏、青苗、青树全都在家。青雀欢呼着跑进院子，青苗和青树欢呼着迎出来，三个孩子抱在一起，又叫又跳。

莫二郎和祁氏也出了屋，操着袖子，看着三个孩子乐呵。英娘命人从车上搬了些布匹、吃食下来，后进的院子。莫二郎和祁氏见了英娘忙走下台阶，往屋里让。见有人往院子里搬东西，过意不去，客气了好一会儿。

三个孩子在院子里玩耍，莫二郎蹲在阳光下看着，一脸憨厚笑容。英娘和祁氏手拉手，到屋里说了会儿话。

"莫大哥还没信儿？"英娘一直担心着莫大有。

"那回大哥身上还带着伤，交代我们搬家，搬到杨集，有人抢青雀就求杨老爷搭救。"祁氏也很犯愁，"自打那回之后，没回来过。"

英娘掩面而泣。莫大哥那会儿定是才从邓家逃出来不久，伤还没养好，就硬撑着回来，替青雀找退路。莫大哥，祁家欠你的，实在太多了。

祁氏也抹眼泪，"可怜他孤身一人，连个铺床叠被的人都没有。大哥，可怜啊。"

英娘低声道："好人有好报，莫大哥一定会平安无事的，一定会。"

祁氏拿把粗毛巾擦擦泪，"看我，只顾伤心了。你先坐会儿，青雀爱吃我炖的肉，我给孩子炖肉去。"收拾利落，去了厨房。

青雀歌

厨房飘出肉香，三个孩子闻着了，手拉手跑了过去，挨个坐在门墩儿上，眼巴巴瞅着大铁锅，等肉熟。

直到很多年之后，幼年的很多事青雀都想不起来了，忘记了，只有这一幕，一直清晰地记在脑海中。直到很多年之后，青雀回想起和弟弟妹妹一起等肉炖熟的情景，仍是无比留恋。那是多么幸福的幼年时光啊。

英娘带着青雀回到杨集的时候，天已经快黑了。"还知道回来？"太爷爷生气地训斥着。青雀甜甜笑着，"太爷爷，可香了，我替您剥。"献宝似的捧着一大包糖炒栗子，牵着太爷爷坐到炉火边。

她才替太爷爷剥了没几个，就变成太爷爷替她剥了。爷孙俩你一个，我一个，吃得很香甜。

英娘才到杨家的时候，一度吓得睡不着觉，"邓家若来强要青雀，可该如何是好。"青雀是邓麒的女儿，邓家来要，没法不给。

后来，知道邓麒亲自出面也没要走青雀，杨阁老坚持要他祖父宁国公邓永前来，英娘算是暂时放下心。宁国公常年征战，连京城都极少逗留，更何况夏邑？

杨集的日子，舒缓悠闲地度过。有杨阁老悉心爱护，有英娘无微不至的关怀，再时不时地去趟莫家村，青雀快活得像小鸟，想要飞起来。

扫兴的事当然也有。

一年里头，春夏秋冬四季，每季都少不了要接待京城宁国公府的来人，每回都是穿戴体面、优雅端庄的嬷嬷们。这些嬷嬷们远道而来，杨阁老也不能把她们拒之门外，总要让她们见上青雀一面。

青雀不耐烦。

她是很忙的。要跟着太爷爷读书写字，另外请了位武师，从扎马步开始，学练功夫。她还要玩耍，要调皮捣蛋，实在没心思应酬这帮装腔作势的中老年女人。

就是看蚂蚁搬家，也比和这些嬷嬷们坐在一处有意思啊。

青雀一门心思惦记爬树、掏鸟蛋的时候，嬷嬷们偏偏长篇大论地说着话，没完没了。青雀实在不耐烦。

她曾经打断过嬷嬷的讲话，"你很啰嗦，很烦。"

她曾经饶有兴致地看着嬷嬷，"你的脸好长，马脸一样。"

她曾经白了嬷嬷一眼，咚咚咚径自跑了出去。

她曾经啐过嬷嬷。

最严重的一回，是来人太不见外了，拉着她的小手赞叹，"瞧瞧，这细皮嫩肉的，长得可真俊！媛姐儿，跟嬷嬷回京，拜见曾祖母、祖母，好不好？"青雀更不答话，张开小嘴，恶狠狠咬了过去。

三年，十二位嬷嬷，每一位都是铩羽而归。

成华十三年九月，青雀在书房跑来跑去玩耍，杨尚书悠闲地翻看着邸报。青雀已有六岁了，皮子雪白，头发乌黑，若是不发脾气、端端正正坐着的时候，比画上的小姑娘还好看。

秋光正美，天高气爽，杨尚书心情舒畅。目光停留在醒目的一条，杨尚书顿了顿。

"……宁国公邓永出兵大同，抵御蒙古，获得首功，赐袭世公。"

青雀啊，你有位很厉害的曾祖父，他竟给邓家挣下一个世袭罔替的国公爵位。

十月，杨尚书收到宁国公府专人送来的书信。

"信上写的什么？"青雀站在他身边，仰起小脸问着。

"有位封号为'宁'的国公，要回乡祭祖，顺道来拜访太爷爷。"杨阁老笑道，"这可是位了不得的人物，太爷爷要打起点精神，隆重接待。"

"是一位国公啊。"青雀眨眨水汪汪的大眼睛，"太爷爷您不用把他太当回事，国公而已，等我长大了，也给您挣一个，不值什么的。"

杨阁老大笑，"好啊，太爷爷等着。"青雀你真不愧是王堂敬的曾外孙女，说起话来的口气，跟他可真像！

青雀的双眸漆黑纯净，明亮映人。杨阁老心中一动，吩咐人到库房寻了块极品戈壁墨玉出来，又寻出一副光华灿烂珠宝晶莹的璎珞圈，配在一处看了看，满意点头。

杨阁老亲手替青雀戴上璎珞圈，盈润的珠玉光色映着小女孩儿精致绝伦的脸庞，令人移不开眼睛。那块极品戈壁墨玉是极为少见的纯黑色，经过不知多少万年风霜雪雨的磨炼，致密润泽，色重质腻，光可鉴人。而小女孩儿一双明净的眼眸，比这墨玉更加漆黑灵动，更加珍贵可爱。

这璎珞圈青雀很喜欢，不过让她天天戴着，她是不肯的。"沉甸甸的，天天戴着很累！"理直气壮地反对。太爷爷乐呵呵，"青雀乖，出门做客的时候戴着，好不好？"青雀歪头想了想，很大方地点头。

杨阁老把林嬷嬷和英娘叫了来，"多花心思，给青雀置办首饰去。虽说孩子素日里不爱这些，可是姐妹们都有，她也一件不能少。"

宁国公邓永这次回乡祭祖，当然不会是他一个人，而是宁国公府一大家子。邓麒有嫡女之屏，庶女子盈，都比青雀小不太多，论起来算是同龄。那两个女孩儿定是金装玉裹的，青雀可不能比她们差了。

林嬷嬷恭敬答应了，微笑道："老爷，不是我偏心，咱们青雀便是荆钗布裙，也能把她那些妹妹们全都比下去。青雀，小仙女一般好看。"

这话杨阁老爱听，将着胡须，舒心地笑。

英娘则急急道："祁家老宅中，我家小姐还留了几箱子金玉首饰给青雀呢，都是上好的！我家小姐自小到大，老爷夫人宠爱得很，还没桌子高的时候，首饰已是成堆成堆的。"

英娘带人去了祁家老宅，从隐秘之处起出几个大箱子，抬到杨家。杨阁老命英娘一一登记造册，替青雀妥善保管。青雀一开始看着好看的石头什么的，很喜欢；看多了就烦，"还不如真石头呢，不结实！"撂开手，不再理会。

林嬷嬷和英娘也不管青雀耐烦不耐烦，只管兴兴头头地琢磨着怎么打扮她。"围领用白狐狸毛，衬着雪白的小脸，肯定漂亮。""披风上用貂毛，神气。""小皮袄多给孩子做几件，暖暖和和的。""袄子面儿用缂丝吧，设色秀丽，光洁典雅。"

务必要把小青雀打扮得花团锦簇。

她们在这儿惦记着要把青雀打扮成小淑女，青雀早野小子似的跑出去玩了。因着她那往后要挣七八十来个公爵的豪言壮语，也因着她是名将之后，故此杨阁老特意给她请了枪

青雀歌

棒师父，还从庄户孩子当中挑了八个身子健壮，性情机灵的，陪她练功夫。不上学的时候，青雀就惦记着和小伴当一起疯玩。

九个孩子跑到村口，玩起打仗。青雀是将军，带着一队人马把敌军追得无路可逃，按住一顿痛打。欢呼声中，天朝军队大赢特赢。

马蹄声响起，尘土飞扬中，十几匹快马护卫着三辆黑漆平顶马车，向着杨集驶来。孩子们连架也顾不上打了，手拉手站在路边看热闹。杨集，极少来外人的。

这一行人愈来愈近，孩子们看清楚了，三三两两交头接耳，"当兵的呀。"骑马的这十几个人，盔甲鲜明，分明是将士的打扮。

到了近前，为首的一名少年抬手示意，骑兵、马车缓缓停了下来。"敢问小哥，此处可是杨集？"少年端坐马上，温文尔雅地询问。

他年纪不大，十二三岁的样子，肤如凝脂，目如点漆，温润优雅如三月里的春风。不过此刻骑在高头大马上，身披黑色山色纹铁甲，头戴盔胄，平添了几分金戈铁马之气，令人生出畏惧之心。

孩子们纷纷往后退着，最后，只剩下一名美丽的小女孩儿。这小女孩儿身穿大红袄，手提红缨枪，小脸蛋红扑扑水灵灵的，如朝霞一般。

女孩儿家提着杆红缨枪，想上阵打仗么？少年微微一笑，在马背上弯下腰，谦虚地请教小姑娘，"请问，这里可是杨集？可住着位杨阁老？"

"我知道！"小姑娘昂起头，声音清冽甘美，"就是不告诉你！"

单听她的声音，好比村前那道清澈的溪水，叮咚欢快，明亮愉悦。可再听听她这话里的意思，颇为气人。

少年看她年纪幼小，也不能跟她一般见识，含笑说道："小姑娘，做人要讲礼貌。有人客客气气地问路，你既知道，为何不据实相告？"

"你才不讲礼貌！"小姑娘轻蔑地斜睨着他，"问路的人骑在马上不下来，居高临下，颐指气使，这叫讲礼貌？别叫人笑掉大牙了！"

居高临下，颐指气使？少年呆了呆，殷红的唇角勾了勾，又勾了勾。小丫头，你人不大，会用的词倒不少！

中间一辆朱轮马车的车帘掀开，露出一张年轻女子的脸庞，"世子爷，不必跟这小村姑啰嗦，直接入村即可。我虽记不大清楚，依稀觉着是这里了，应该没错。"

少年眉头微皱，笑道："杨二奶奶记得路，那是最好不过。"少年冲小姑娘点头致意，挥挥手，一马当先向村口驰去。后头的骑兵、马车也跟上，浩浩荡荡奔向杨集。

小姑娘眼珠转了转，招手叫过八名小伴当，一一吩咐下去。伴当们得了令，飞快地一个一个跑走了。

黑衣少年这一行人进了村不久，正想找个村民问问路，一条小岔路上摇摇晃晃出来了辆老马拉的破车，那马已是瘦骨嶙峋，快要走不动了，车也像是快要散架了，看着让人替它悬着心。

车把式是位年迈的老人，老眼昏花地赶着车，竟到了黑衣少年这一行人的前头。黑衣少年倒还罢了，依旧在马上端坐着，车里的女子掩起口鼻，"臭死了！快把他赶走！"敢情，车上拉的是大粪，臭烘烘的。

这辆破车出来得正是地方，正堵到了一个狭窄之处，黑衣少年等绕不过去。这要是个清楚明白人，还能跟他问问路。这要是个普通的车把式，还能命他赶紧让开，莫挡着道。偏偏他已老得直不起腰，跟他说什么都白搭。

要说让人替他赶开车吧，瞅瞅他那老马、破车、风一吹就能吹倒的车把式，也没人敢动弹。更甭提车上那股子臭味，让人直想躲得远远的。

黑衣少年镇静地做了个后退的手势。

骑兵们得了令，迅速向后撤退。马车上的那位年轻女子虽是心里不服，后退却是极乐意的，赶紧离开吧，是想熏死人还是怎么的。

他们向后退到了宽阔之处。

本来吧，黑衣少年想着他们退了，破车往前走，错过去，也就结了。结果好巧不巧的，那匹老马发了脾气，一步不肯向前，车把式又是抽打又是嚷骂，老马就是原地不动。

"他拉的要不是一车大粪，老子连人带车给他丢沟里！"骑兵中有人狠狠咒骂。这还真是，要是他好赖拉点别的，别这么恶心人，没准儿真能这么干。

黑衣少年身姿笔挺骑在马背上，神色如常，并没有气急败坏。倒是骑兵中不少人骂声越来越响，车中女子也顾不得风度仪态了，气得直哆嗦，"刁民难缠，刁民难缠！"

路旁是一排杨树。一个娇小的人影轻盈爬到树上，手提红缨枪，居高临下地看着这一幕。紧跟着，一个又一个的孩子上了树，笑眯眯往下看。

"真臭！"杨树上的小女孩儿捂着鼻子，做嫌弃状。其余的孩子也跟着学，"真臭啊，真臭啊。"树上笑声大作，越笑越欢快。

"把那嚣张的小村姑射下来！"车中女子下了命令。拿那老车夫没辙，拿个小村姑还没辙么。骑兵中早有人朗声答应了，弯弓搭箭，作势欲射。

小女孩儿提起红缨枪大叫，"扯呼！"孩子们一个个跟猴子似的，机灵地下了树，四散逃开。

这小丫头是哪家的孩子，会说居高临下、颐指气使，还会说扯呼？黑衣少年清冷的眼眸中，闪过丝笑意。

小女孩儿下了树，并没跑开，依旧笑嘻嘻站在车队旁边。

骑兵中有人催马过来，低声请示少年，"世子爷，属下去把这小村姑擒来，细细审问，如何？"少年冷冷看了他一眼，那人心中打个突突，垂首施礼，无言退到后头。

少年跳下马，冲着小女孩儿客气地拱手，"方才在下失礼了，对不住。"

小女孩儿粲然一笑，老气横秋地点头，"知错能改，善莫大焉。痛改前非，孺子可教。"

少年被她说得哭笑不得。

"努，那条小路，看到没有？绕过去，看到一间小土屋就左转，然后看到一个小树林再左转，走了不多远就到杨阁老家了。"小女孩儿痛快地给指了路。

少年微笑道谢，翻身上马，带着人绕小路走了。

这一拨人走后不久，老马破车也悄无声息地撤了。

小女孩儿嘻嘻一笑，提着红缨枪，神气活现地回了杨宅。

早有小伴当回府送过信，"村外来了一支人马，有骑兵有马车，问杨集的路，问杨阁老家，不知是敌是友！"

管事的听了这话，嘴角抽了抽。"不知是敌是友"，你们跟着青雀打架打上瘾了是不是？又是扮侠客又是扮官兵的，成日家就你们最忙。阁老大人是全俸荣休的一品大员，你当是江湖上三山五岳的掌门人呢，不知是敌是友。

管事的差了老成家人出门，"看看，哪位登门拜访。"家人答应着，去了。没多大会儿，笑着回来禀报，"是咱家二少奶奶带着瑜哥儿、琪姐儿回来了！因路上不太平，请了英国公府世子爷相送。这不，快到大门口了。"

管事的心里纳闷。二少奶奶带着哥儿、姐儿跟着二少爷在皖南任上，好好的，怎会悄无声息地回了杨集？忙亲自去禀了杨阁老，又请林嬷嬷火速收拾宅院，好给二少奶奶、哥儿、姐儿居住。对了，还有一位英国公府的世子爷，古道热肠专程护送二少奶奶回府的，又是那么个身份，不好怠慢了。

林嬷嬷顿时忙碌起来，指挥着一众侍女打扫宅院，收拾床铺，从库房中取出各项应用之物。英娘也想过去帮忙，林嬷嬷笑着推了，"英娘，你顾着小青雀就行。"英娘抿嘴笑笑，也没坚持。

青雀正绘声绘色讲述自己的丰功伟绩，"太爷爷您是没见着，一众人等愁眉苦脸看着老马破车，秋风萧瑟，满目凄凉……"

摇着小脑袋，满脸惋惜之色。

这调皮丫头！杨阁老眼中满是笑意，佯怒道："就因为那少年没有下马问路，你就这么整治他？"

青雀嘻嘻笑，"哪里，哪里。他们来势汹汹，来意不明，不知是敌是友，故此我要拖上一拖，好让太爷爷有个防备！"

爷孙俩说着话的工夫，黑衣少年这一行人已到了杨阁老家门前。"是这里了。"车中女子下了车，面带惊喜。这乡下地方她本是厌恶的，可长途跋涉之后，只想着能好生歇息。其余的，根本顾不上。

女子左手拉着个年约十岁的男孩儿，右手拉着个六七岁的女孩儿，噙着眼泪告诉他们，"瑜哥儿，琪姐儿，这便是咱们杨家的祖居了！你们太爷爷他老人家，正是住在这里！"

府门打开，林嬷嬷微笑迎了出来，把一行人请了进去。马匹牵到马房，兵士请到外院住下，世子爷单住一个清雅的小院，侍女服侍他沐浴更衣。二少奶奶、瑜哥儿、琪姐儿，则被请到上房。

二少奶奶带着儿女拜见过祖父杨阁老，垂泪道："皖南匪乱横生，孙媳在彼处住着，胆战心惊的，正逢世子爷要返京，便求着世子爷护送，投奔祖父。"

杨阁老面色凝重，沉声道："匪患极重么？如此，大成在彼，安全否？"杨阁老的次孙、杨少奶奶的丈夫杨大成，时任皖南县令。

二少奶奶呆了呆，一时不知该如何作答。如果说严重，难保不会吓到老人家；若说不严重，呃，那自己带着儿女匆匆忙忙回了杨集，算是怎么回事。

侍女走进来，屈膝行礼，"世子爷来拜见老爷。"杨阁老吩咐，"快请！"二少奶奶忙道：

"祖父，这位是英国公府的世子爷，姓张名祜，年少英雄，令人敬仰！孙媳和瑜哥儿、琪姐儿，一路之上，全亏他看顾。"

侍女打着帘子，一位仪表出众的少年公子轻裘缓带，走了进来。他身穿玄色团花蝙蝠纹织锦长衫，一头乌黑亮泽的长发用束发冠松松冠住，玉貌朱颜，风姿秀异。

行礼厮见毕，杨阁老问及皖南匪情，张祜微笑道："阁老大人无须挂怀，如今匪乱已靖，皖南安宁。"他虽然只有十二三岁的年纪，却已追随其父英国公征战经年，话语间自有令人信服之处。杨阁老听了他这话，心中稍定。

皖南确实有山匪作乱，朝廷才会派英国公张复率兵剿匪。不过这些山贼实属乌合之众，不经打，张复不费吹灰之力，已将他们尽数剿灭。

张复率领军队徐徐返回，张祜不耐烦，要抄小道回京。可巧杨二奶奶正想回老家，张祜只好护送她一路回来。好在皖南离夏邑不远，过了夏邑，他便可放马驰骋。

"有劳世子，老夫感激不尽！"杨阁老再三对张祜道谢。

张祜如美玉般的面容上绽开温雅迷人的笑容，声音更是纯净如一泓春水，"阁老大人客气，晚辈愧不敢当。"

瑜哥儿、琪姐儿垂手侍立，时不时地偷偷看一眼侃侃而谈的张祜。他的风度真是优雅，而且，和曾祖父说起话来，这般从容，这般淡定！

二少奶奶在一旁侍立着，看看张祜，看看只比张祜小上两三岁的瑜哥儿，恨铁不成钢。瑜哥儿，你看看你，跟世子一比，你成小傻子了！

再看看清秀稚气的琪姐儿，心里怦怦直跳。要说家世，倒还相当；要说才貌，倒也相配；便是年龄，也是合适的。

二少奶奶正胡思乱想着，侍女掀开帘子，丫头们簇拥着一位粉雕玉琢的小女孩儿走了进来。这小女孩儿六七岁的年纪，雪肤花貌，目剪秋水，竟是个美人坯子。

这……这岂不正是方才那嚣张的小村姑？二少奶奶心中恼怒，若不是碍于祖父在堂上坐着，更有尊贵体面的客人在场，真想好生发作责罚这小村姑一番。

"小村姑"笑嘻嘻见过杨阁老，称呼"太爷爷"。杨阁老招手把她叫到身边，牵着她笑向众人，"这是我的小学生，名叫青雀。青雀，去见过张世子，见过你二伯母，还有瑜哥哥，琪姐姐。"

瑜哥儿、琪姐儿睁大眼睛。这，这不是方才树上那小女孩儿么？他俩虽在车中安坐，偷偷掀开车帘看过不知多少回，对那身穿大红袄、手提红缨枪的小女孩儿，印象深刻。

青雀按着杨阁老的吩咐，先是笑嘻嘻跟张祜见礼。张祜似笑非笑看了她两眼，从手上取下一枚象牙扳指递给她，"这是哥哥的见面礼，小青雀别嫌弃。"

青雀看看杨阁老，用眼神询问，"太爷爷，收不收？"见杨阁老冲她含笑点头，大大方方拿过象牙扳指戴在手上，"是射箭用的么？蛮好看，多谢你啦。"

这小丫头，东西只管收下，连声哥哥也不肯叫。张祜嘴角微翘，"你会射箭么，要不要哥哥教你？"

青雀笑而不答，转向二少奶奶行礼拜见，称呼"二伯母"。二少奶奶心里这个烦闷，就甭提了，这是从哪蹦出来的野丫头，也配叫我二伯母？当着杨阁老的面，笑容可掬地赞一声，"好俊的妞妞！"命人取了一个镶金嵌玉的荷包，荷包里放着两个金锞子，当作见面礼。

青雀道了谢，娴熟地把荷包挂在腰间，随手捏了捏。嗯，不少，虽然不够招兵买马，也能让兄弟们打个牙祭，不坏，很不坏。

青雀又和瑜哥儿、琪姐儿厮见了，笑嘻嘻叫了"瑜哥哥""琪姐姐"。琪姐儿倒还罢了，瑜哥儿听了这娇嫩清脆的一声"哥哥"，红了脸。

晚上的接风宴，二少奶奶回避了，杨阁老带着曾孙子曾孙女、青雀，陪张祜饮酒。张祜冷眼看着，那小丫头只管埋头苦吃，杨阁老不停地给她添菜，这哪是小学生，分明是小祖宗。

酒宴上，杨阁老夸奖过张祜几回"年少英雄，古道热肠"，青雀充耳不闻。不过，当杨阁老夸奖张祜"小小年纪便战功赫赫，令人钦佩"的时候，青雀的眼睛亮了。

青雀捧着青花小瓷碗，大眼睛滴溜溜乱转，时不时地看向张祜。

张祜浅浅一笑，小丫头，又打什么鬼主意呢。

酒宴散后，各自回房歇息。张祜正坐在桌案前看着来往信函，窗户推开，探进来一个小脑袋，"哎，你打过很多胜仗啊。"小女孩儿趴在窗户上，冲着他殷勤地笑。

"大同，宣府打过十一场仗，俘虏北元军两百人，斩首三千；辽东打过八场仗，斩杀女真人无数；平过山匪，杀过海贼。"月光透过窗户淡淡照进来，张祜面容宁静。

小女孩儿拍掌叫好，"了不起，了不起！"张祜不由得有些担心，就凭你，趴在窗户上还不老实，拍什么掌？万一把你掉下去，不是玩的。

小女孩儿机灵地钻过窗户，爬到张祜面前的桌案上，"哎，你明儿个不走吧？咱们打一仗，成不成？你带你的兵士，我带我的伴当，咱们公公平平打一仗。"

张祜埋头看信函，懒得理她。

"哎，到底成不成啊，给个准话。"小女孩儿推推他的胳膊，催促道。

张祜抬起头，寒星般的眼眸沉静深邃，"首先，我有名有姓的，不叫'哎'。其次，我和你实力悬殊，打着没劲。"

小女孩儿本是趴在他身边的，一脸殷勤笑意。闻言板起小脸，盘腿坐在桌案上，一副要认认真真讲理的架势。张祜嘴角翘了翘，这小丫头还没有桌子高，却总爱装大人，十分趣致。

张祜手中拿着信函，嘴角噙着微笑，等着聆听小女孩儿的高谈阔论。谁知，她做出那副形状，竟不是要讲理，而是要威胁，只见她不怀好意地盯着张祜，慢条斯理说道："实力悬殊，未必就没得打，四两拨千斤，你听说过么？"

张祜嘴角的笑意更浓，小丫头真逗，连四两拨千斤都会说。她今年有多大？六岁多吧，跟自己妹妹阿佑差不多大，可比阿佑好玩多了。

小女孩儿冷笑一声，目光看向干净清爽的架子床，"我会的，你未必会。比如，我知道从哪儿弄来一车大粪……"

还挺会吓唬人！张祜幽深俊目中满是笑意，柔声提醒，"我是杨阁老的客人，客人若在杨宅被泼了黄白之物，杨阁老颜面何存？小青雀，这是行不通的。"

青雀哼了一声，仰头看向屋顶，大剌剌的不理人。

"向人问路，要下了马，谦虚求教。"张祜笑意更浓，"想和人打仗，也是要软语相求的，一味要横，要不得。"

青雀眼睛一亮，也不看屋顶了，兴滴滴看向他，"方才不是好言好语跟你商量么？你又不睬人！"

"因为，我不叫'哎'。"张祜客气地欠欠身，再次声明。

青雀顽皮地笑笑，冲他拱拱手，笑嘻嘻称呼，"张世子！"太爷爷不是说了，这人是什么国公府的世子，叫他张世子，那是没错的。

张祜摇头，"叫我世子的人何其多，毫不稀罕。"

青雀凑到他面前，讨好地笑着，"你叫什么来着？我没记住。再说一遍吧，要不你写给我看看。"

张祜被她纠缠不过，提起笔，写下一个浓墨重彩的"祜"字，笔意纵横，飞扬多姿。"小青雀，这个字读河无，是福的意思。"

"阿祜！"青雀嘻嘻笑着，很不见外地叫道。

张祜凉凉看着她。

青雀乖觉，立即改口叫"祜哥哥"，张祜见她笑靥如花，甜美乖巧，夸奖道："小青雀真乖！"当下两人商议定了，明日张祜扮偷袭的敌军，青雀扮天朝官兵，好好打上一仗。

"绊马索，暗器，能用不？"青雀殷勤相问。

"除了大粪，什么都能用。"张祜很干脆。

青雀瞪了他一眼，跳下桌案，咚咚咚跑了。

第二天早上，青雀早早地起了床，饱餐战饭，摩拳擦掌，跃跃欲试。那厢张祜早跟杨阁老禀告过了，"陪青雀玩玩。"杨阁老很是过意不去，"委屈世子了。"陪小女孩儿玩耍，对张祜这样的少年英雄来说，实在是大材小用。张祜微笑，"这有什么。舍妹跟青雀差不多大，也是这般顽皮，爱缠人。"

等到二少奶奶带着瑜哥儿、琪姐儿过来的时候，目瞪口呆：青雀带着一帮半大孩子，手拿刀枪，目露凶光，喊杀震天地冲出府去了！

二少奶奶见了杨阁老，鼓起勇气，赔笑说道："祖父，方才孙媳过来的时候，见到青雀带着一帮孩子……"

"无妨。"杨阁老捋着胡须微笑，"她和张世子打仗去了。张世子下手有分寸，伤不了她，放心。"

把二少奶奶气得头昏。谁担心那小村姑了？我是怕殃及琪姐儿的名声！从杨宅冲杀出这么位野丫头，不知道内情的人，还以为杨家的女孩儿没教养呢！

张祜和青雀挑了一处空旷之处，作为交战地点。

青雀很有气概地指挥着小伴当，把粗壮的绊马索埋在必经之处，守株待兔，等着张祜自投罗网。

趴在路边的沟沟里，眼巴巴地张望着，盼着"敌军"的到来。

尘土飞扬，远处来了一支骑兵。

"来了，来了！"青雀和小伴当俱是心中雀跃，心都提到了嗓子眼儿。要绊真正的骑兵了，要绊真正的骑兵了！

这队骑兵，冲在最前头的是一名戴着头盔的将军，和两名少年儿郎。将军在中间，两名少年一左一右追随着他，虽然骑术不够精绝，却紧咬着不放。

将军转头望望两名少年，目光中满是欣慰。

这队人马渐渐靠近，青雀发现不对。这不是张祜！这不是张祜带的那队骑兵！

可是已经来不及了，小伴当全神贯注，手下用力，突然拉起绳索，将军和那两名少年应声而倒！

偷袭得逞，小伴当们又惊又喜，怔在当场，竟没来得及发出欢呼。

"快跑，快跑！"青雀厉声吩咐着，拉起身边的伴当，一个一个推着，要他们赶紧跑，"分散着跑，虎子向东，大牛向西，小栓你们几个往河边，快，快！"

跟张祜是说好了的，跟这拨人，可没打过招呼！咱们冷不丁地把人绊倒了，被抓住了不死也得脱层皮！傻愣着干吗，快跑呀。

孩子们异常敏捷的四散逃开。后面的骑兵追过来，大多数下马救将军和少年，另外有几匹马过去追孩子。青雀抓起身边的灰包，毫不客气地一一丢过去，那骑兵不小心被灰迷了眼，怒声咒骂着，却暂时追不得孩子们了。

直到小伴当们已经看不见，青雀才提着红缨枪，兔子一般窜出去，想要逃。可是这会儿将军和少年已经被救起来了，这队骑兵已经缓过劲儿了，哪能容得一个小女孩儿逃走。

几匹快马同时逼近她。

青雀抖起手中红缨枪，冲着拦路的马匹扎了过去，直刺马眼。"好狠的丫头！"马上的骑兵啧啧赞叹着，伸出亮晃晃的战刀，轻而易举拨掉青雀手中的红缨枪，弯下腰，将她俘至马背上。

"一场误会，一场误会！"青雀笑嘻嘻道，"我们玩打仗来着，绊错人了，绊错人了！"

这不知死活的小丫头！骑士恶狠狠瞪了她一眼，小丫头，我也不打你，我也不骂你，只瞪你几眼，就能吓得你晚上做噩梦！

这名骑士，眼如铜铃，大塌鼻子，血盆大口，长相着实丑陋。本来长得就能吓哭小孩，再凶巴巴的，自然更可怕。

青雀冲他伸起大拇指，"这位壮士，不只武功高强，仪表更是不凡！阁下这副尊容，为我生平所仅见！"

"哈哈哈……"骑士周围，响起一片狂笑声。更有人纵声学着，"胡老大，你这副尊容，为我生平所仅见！"嘲笑之意，尽显无余。

胡老大待要笑，又不好笑；待要恼，又没法恼。一时没辙，咬牙切齿看着眼前的小丫头，"打仗是玩的，啊？知不知道你绊的是什么人？是我家世子爷！"

世子很便宜么，到处都是？张祜是世子，绊错的这也是位世子？青雀撇撇小嘴，"绊也绊了，你说怎么着？划下道来吧，我接着。"

胡老大气乐了，"你倒什么都懂，什么都会！小小年纪，还是个丫头，让老子划下道来！"

胡老大抓住青雀的衣襟，"小丫头，你爹是谁？老子跟你这小孩儿说不通，找你爹算账去！谁家养出这没王法的孩子，清平世界，敢在路边设绊马索？！"

青雀小嘴一扁，哭了，"我没爹，我没爹！"

她三四岁的时候，杨尚书不忍告诉她实情，任由她唤莫二郎夫妇为爹娘。后来，等她大了一点，英娘慢慢告诉她，"那是你养父养母，你亲生父母，另有其人。"青雀早知道情形不对，英娘说了之后，并没有大吵大闹，只是板着小脸不理人。这会儿她哭"我没爹"，可是一点心理压力都没有。

"原来是没爹的孩子。"胡老大口气软和不少，目光也没那么凶巴巴的了。

后面跟来了一大群人，有骑马的，有坐马车的，浩浩荡荡，声势很大。

将军坐在路边歇息，好像受了点轻伤。后面那群人里，一堆裹着绫罗绸缎的美人儿，众星捧月般奉着位白发苍苍的老夫人过来了。那老夫人很是焦急，"晖儿怎么了？要不要紧？"

胡老大远远地望着，叹了口气，"小丫头，你这祸闯大了。你绊倒了世子爷，国公夫人不得心疼死？哪会轻轻放过你。"

青雀甜甜笑，乖巧地叫着"大叔"。"大叔，我一看就知道心肠好，不舍得我挨打。你想法子给我太爷爷送个信，好不好？他老人家在杨集，您问杨老爷府上，就是了。"

"你倒精乖。"胡老大低头看看她，又好气又好笑，"这会儿哪还来得及？小丫头，我做做好事，把你带到国公爷面前吧。他老人家处事公道得很，断断不至于难为一个孩子。"

胡老大眼看着人群让开一条道，一位骑着高头大马的老者缓缓来到，忙一催坐骑，带了青雀下去，"国公爷，便是这小丫头绊倒了世子！"把青雀交了出去。

这位老者年约六十余，身穿玄色寿字纹倭缎长袍，高大魁梧，相貌堂堂，他虽上了年纪，一双眼睛炯炯有神，顾盼之间，颇有威势。

青雀被带到他面前，好奇地打量着他。方才那人说"国公爷"，这人是位国公了。原来国公就是这样啊，嗯，是有点威风。

国公爷还没说话，国公夫人怒气冲冲道："快把这丫头绑了，细细拷打，问是谁指使的？"

胡老大怕青雀吃亏，忙回道："国公爷，夫人，这丫头方才求属下去杨集报个信，说杨老爷是她太爷爷。属下想着，见着杨老爷，许能找到指使人。"

胡老大喜欢青雀聪明机灵胆子大，这是回护青雀的意思。看看，孩子的太爷爷也算是位老爷，不好随便拷打吧？不管有什么，好歹见着大人再说！

杨集？杨老爷？马上的老者浑身一震，定定看了青雀许久。国公夫人也明白了什么，死死看着青雀，眼神很复杂。

老者慢慢下了马，一步一步走到青雀面前，蹲下身子，柔声问道："你叫杨阁老做太爷爷？"

青雀点点头。

老者看着青雀的目光，温柔又慈爱。

国公夫人按下心中的不满，面色也缓和下来。她学着丈夫的样子，蹲在青雀身前，柔声说着话，"孩子，你是子媛啊，快过来，曾祖母疼你。"

青雀毫不犹豫地摇头，清清脆脆道："不叫子媛！"

国公夫人脸上闪过丝尴尬。宁国公微笑道："当然不是子媛，孩子，你是之媛。"

青雀依旧摇头，"不叫之媛。"

小女孩儿眉目如画，声音娇嫩，偏偏眼神很清澈，口吻很坚定。

宁国公迁就地笑笑，"那，你叫什么？"

"青雀！"小女孩儿满脸骄傲。

"为什么呀。"宁国公轻轻笑起来。

"青雀会飞！"小女孩儿眼睛亮晶晶的，喜悦说道。

第三章　别抱琵琶

第四章

宁国公府

　　宁国公朗声大笑，"好啊，我们青雀要飞！"伸出有力的胳膊托起青雀，让她在空中飞来飞去。青雀快活地笑着，银铃般的笑声传出去很远很远。

　　宁国公府这一大家子人，不管心里是怎么想的，全都笑容满面地看着这一老一小，好像很高兴似的。就连心疼爱子受伤、对青雀心怀不满的国公夫人荀氏，也是凑趣笑着，并没流露出异样。

　　世子邓晖坐在路边，看着父亲和青雀玩耍，颇有些尴尬。好嘛，头回见面，祖父被小孙女使绊马索绊倒了！丫头，我被你这一绊，颜面尽失。

　　邓晖身边侍立两名丽色少年，是他的庶子，一名天禄，一名无邪。天禄和邓晖一样，有些难堪地笑着，觉着脸上挂不住。无邪啧啧，"敢情这便是大哥流落在外头的闺女？丫头真行，给小叔叔这么个见面礼！"

　　青雀还在空中咯咯笑着，远处尘土飞扬，十几匹高头大马风驰电掣般奔驰过来。马雄壮，人彪悍，手中所持钢刀白光闪闪，令人胆寒。

　　"何许人也？"邓永停了下来，把青雀抱在怀里，向尘土飞扬之处望了过去。旁边早有眼疾手快的护卫，骑马迎了上去，"来者何人？"

　　"我要绊的人来了。"青雀嘻嘻笑，"算他运气好，逃过这一劫。"

　　宁国公微微一怔，心中暗暗惊疑。青雀原来是要绊他们么？看看来者这气势，该是兵强将雄，绝非乌合之众。青雀，你惹上了一拨什么人。

　　"你原打算要绊谁来着？"宁国公和气问道。

　　"张祜。"青雀连名带姓一起告诉了，"他那个名字，是福的意思，写出来很好看。"

　　张祜？那不是英国公的儿么。宁国公正这么想着，前头一阵混乱，好像是打起来了。没多大会儿，两匹黑色的马匹并肩驰过来，到了近前，倏地停下。

　　马上端坐两名少年，一名是青雀认识的，正是张祜。另一名比张祜大上两三岁，五官俊俏，神采飞扬，他跳下马来笑道："祖父，好巧不巧的，竟在这儿遇着了英国公世子。"

　　"这就是英国公世子？"女眷那边有片刻混乱，三三两两交头接耳地议论起来，"传言英国公世子形容映丽，堪称京城第一美男子，如今看来，所言不虚！"

英国公府，是京城最豪华、最得圣上宠信的国公府邸。英国公府世子，是京城公侯子弟的表率，年纪小小，战功赫赫。更难得的是，长相极其俊美，风度极其翩翩。

张祜身穿宝蓝锦缎长衫，柔软的丝绸在阳光下闪着迷人的光泽，映得他那张清丽明彻的面庞愈加美好，如碧海青天中一轮明月，又如初冬清晨新落的白雪。

静静看了青雀两眼，张祜心里发闷。这小丫头抱在宁国公的怀里，好像蛮自在？青雀，你真是不认生。

青雀笑嘻嘻看着他，心里这个遗憾，就甭提了。跟他商量了好半天，说了许多好话，他才勉强出来打这么一仗。结果可好，被这拨莫名其妙的人给搅和了，到底也没绊着他呀。

张祜跳下马，跟宁国公见过礼，索要青雀，"实在对不住，晚辈跟这孩子打着玩，她使绊马索本是要绊我的，却不小心绊错了人。"

青雀大为不满，"谁叫你来晚的？你早半个时辰过来，我也不会被人捉了，要细细拷打！"

宁国公抱着青雀的胳膊紧了紧，张祜眸色一寒，冷冷问道："细细拷打？"纤长优美的手指按向腰间刀鞘。

宁国公夫人站在一边，一张老脸成了猪肝色。这死丫头！我不过是提了那么一句，何曾真的打你？死丫头。

邓麒的妻子沈氏，手中牵着爱女邓之屏，旖旎而来。"媛儿，好孩子，让母亲看看你。"沈氏深情款款地说着，仿佛宁国公怀中抱着的，是她亲生女儿。

沈氏仪态万千地一一见过礼，"祖父，祖母，张世子。"她生得很美，身材窈窕，皮肤白，眼睛大，鼻子挺翘，唇红齿白。不过，她眉间有颗大黑痣，平添不少凌厉之气，显得不够柔和、亲切。

沈氏周到地见过礼，温柔地把邓之屏推了出来，"媛儿，这是你妹妹之屏。之屏，快来见过你姐姐。"

邓之屏优美端庄地福了福，口称"姐姐"。荀氏、沈氏慈爱看着邓之屏，看看屏姐儿多有礼貌，多懂事！才五六岁的姐儿，多懂事啊，比大人还强！

青雀嘻嘻笑了笑，伸出胳膊搂着宁国公的脖子，趴在他耳边悄悄说了几句话。宁国公微微笑着，"青雀说得对，便是这么办理。"把青雀交给张祜，"劳烦世子带他回杨集，交还阁老大人。"张祜更不迟疑，接过青雀，翻身上马。

沈氏脸色一沉，这小丫头跟祖父说了什么，祖父肯立即放人？邓之屏细声细气问道："姐姐怎的不理会我？是屏儿不乖么？"荀氏忿忿道："屏儿哪有不乖，是她不知礼数罢了。"

张祜骑在马背上，冷冷看了荀氏一眼。荀氏只觉一道刀子般锐利无情的目光射来，心头一寒，原来还有无数诋毁斥骂之语，尽数忘到了爪洼国。

青雀欢快叫道："祜哥哥，咱们走吧。"张祜低头轻笑，"你可坐稳了，我骑马很快的，莫把你摔下来。"青雀昂起小胸脯，"稳稳的，掉不下来！"

张祜笑了笑，和宁国公拱手作别，绝尘而去。他那些兵士们紧随其后，十几匹快马如风卷落叶般，迅疾驰走。

荀氏哼了一声，犹有余怒。沈氏牵着邓之屏，目旌神摇地望着张祜远去。英国公世子，名不虚传啊。

"这小子不坏。"邓晖坐在路边，悠闲评判。无邪笑道："这还用您说啊，张祜年纪跟我一般大，已是身经百战了。父亲，您什么时候也放我上战场？快急死我了。"

无邪说着说着，忽觉着不对，"等等，怎么大哥的闺女被他带走了？"张祜怀里圈着小侄女，很小心翼翼的样子。邓家的姐儿，他管什么闲事。

正好邓麟过来问候父亲，笑着告诉他，"他闯的祸，活该他善后。是他带青雀出来玩的，一个小姑娘家，带她玩什么不好，偏偏出的新鲜点子，带她玩打仗。这不，青雀绊错人了，累得父亲受伤。"

无邪惊讶得眉毛都快掉下来了，"张祜带小侄女玩打仗？二哥，张祜跩得很，我跟他说话，他都不带搭理的！"

邓麟不以为意，"杨阁老面子大呗。你知道么，杨阁老疼爱青雀，如眼珠子一般。"

一行人浩浩荡荡到了祖居，看到祖居又宽敞又明亮，各处宅院都收拾得清爽洁净，心中俱是满意。因是远道而来，有些疲意，当晚都早早地歇了。

国公夫人荀氏和宁国公分居已久，宁国公回到家一向是住外院书房，极少回内院。这晚荀氏特地命人请来宁国公，"咱们明日去讨回媛儿如何？后日便要祭祖了。"

宁国公神色淡淡的，看不出是喜是怒，"讨回孩子并非易事，一天两天的指定不成。明日先准备祭祖事宜，过了后日，我亲自拜访杨阁老，慢慢商量孩子的事。"

荀氏不懂，"这有什么好商量的？媛儿是邓家的千金，杨阁老再厉害，能霸着咱家的姐儿不还么。"

宁国公微哂，"邓家的千金，如何沦为佃农之女的？你莫忘了，青雀才认识杨阁老之时，是农夫农妇家的孩子。"

孩子才生下来，亲娘的侍女冒着风雨雷电把她偷送出去，寄养在贫苦农家——你当这事说出来很好听么，很理直气壮。

荀氏忿忿，"那怪谁？谁让她遇着狠心的亲娘，放着金窝银窝不要，偏要把她扔到狗窝！"

宁国公眼中精光一闪，目光炯炯看向荀氏。他是久经沙场的战将，生平杀敌无数，自有一股不怒而威的气势，荀氏脸色发白，口气变软和了，"您说得对，便照着您的意思办理。"

宁国公静静看了荀氏一会儿，看得她心里发毛。荀氏正想赔笑说上几句家常，却见宁国公一言不发，转身离去。看着丈夫高大的身影在夜色中渐渐消失，荀氏的心一点一点沉下去，沉下去。

他，离自己是越来越远了。

世子夫人孙氏命人把吴嬷嬷叫了来，把会亭、杨集的来往当面询问过，皱眉道："媛姐儿这样的性子，如何使得！待接了回来，可要好生管束。"

孙氏心里对杨阁老颇为不满。您也算当世大儒，怎的把一个女孩儿当作男孩儿教了？生男弄璋，生女弄瓦，女孩儿么，学学纺织针黹算是正事，风雅一点的，琴棋书画也可涉及，哪有学舞枪弄棒、行军打仗的！

真把媛姐儿接回来，自己这做祖母的可是不得消停了。孙氏想起想要把一个野丫头调教成淑女，颇有几分头疼。

吴嬷嬷小心翼翼地回道："那明月还关着呢，尚未处置。"

自从祁玉离开之后，老宅中的下人或被发卖，或被发配到了偏远的庄子上。珠儿是雷雨夜放话让英娘离开的人，已被乱棍打死。胡妈妈没意思地告了老。明月被关在老宅里，一直没放出来。

　　孙夫人叹了口气，"作孽啊。这明月，配了人吧。府中有年龄相当的小厮，便把这明月赏他为妻。"

　　为了祁玉一个，有被打杀的，有无奈告老的，有被发卖的，还不够么？不能再造杀孽了。

　　吴嬷嬷恭敬地答应，"是，夫人。"

　　孙夫人挥挥手，吴嬷嬷悄无声息地退了出去。

　　接下来的两天，邓家忙着祭祖大事，人人小心在意，不敢轻忽。

　　祭祖后，宁国公命人到杨集送了拜帖，约定次日过府拜见。

　　"妞妞明儿个上午晌自己玩吧，太爷爷有客。"杨阁老看了帖子，特地交代青雀。上午，原本该是青雀上学的时候。

　　青雀大眼睛转了转，清脆地答应，"是，太爷爷。"

　　但是，晚上睡觉之前，青雀和太爷爷告别的时候，小模样异常可怜，"太爷爷，那家的国公夫人说要细细拷打我，我吓得睡不着觉。"

　　把太爷爷心疼得，柔声哄她，"乖妞妞，有太爷爷呢，谁敢动你一指头？"

　　青雀仰起头甜蜜又讨好地笑着，"太爷爷，妞妞全靠您了！"

　　太爷爷心软成了一摊水，命林嬷嬷和英娘把青雀带回房，"妞妞吓着了，晚上着人陪她一起睡，好生哄着。"

　　林嬷嬷也是心疼，英娘眼泪都快下来了，一边一个牵着青雀，凤凰蛋一般把青雀领回去，晚上陪她一起上了床。

　　青雀躺在林嬷嬷和英娘中间，嘻嘻笑着，闹了半晌才睡。林嬷嬷和英娘这晚特别有耐心，特别娇惯她，特别纵容她。

　　第二天，青雀一大早起来，就跑去找张祜了。"哎，太爷爷有客人，我想偷听，你帮我成不成？"张祜正吃着早饭，她坐在对面的椅子上软语相求。

　　张祜慢条斯理吃着饭，动作斯文优雅，只不理会她。青雀大怒，拍桌子怒斥，"没礼貌的张阿福！"

　　张祜不慌不忙吃过饭，拿过一方雪白的西洋手巾擦拭嘴角，漱口，净手，一连串的动作如行云流水般，自然流畅。

　　青雀见他一道似笑非笑的目光投了过来，打了个激灵，一跃而起，想要逃跑。张祜嘴角勾了勾，轻舒猿臂，驾轻就熟把她抓了回来，放到桌案上坐着，"小青雀，今儿个哥哥仔细跟你讲讲，什么叫做没礼貌。"

　　先讲讲没礼貌，至于张阿福，这个改天再理论。

　　"祜哥哥！"青雀很有眼色地甜甜叫着，"青雀还没吃早饭，肚子好饿。"

　　张祜见她可怜巴巴的样子，浅浅一笑，把她拎到饭桌旁坐下，命人盛上粥点给她吃。青雀吃着早饭，张祜讲着"什么叫做没礼貌"，不管他说什么，青雀都是一边吃，一边点头，很乖巧。

早饭后，打听着杨阁老的客人来了，在外院上房待茶叙话。张祜背起青雀，也不用架梯子，几个起纵，落到了房后的窗户上。

青雀小心地探进头去，只见屋里两位老爷子正在吵架，"青雀还我！""不还，不还，就是不还！"

宁国公高大魁梧，声音威严，吵起架来颇有气势。杨阁老中等身材，相貌儒雅，却自有一番沉着雍容的气度，和宁国公面对面争执，丝毫没有输给他。

"青雀想飞，你们却总想剪断她的羽翼！"杨阁老气咻咻道，"回回差了人来，不是讲规矩，就是讲礼仪，务必要把孩子绑得死死的！"

她是这么一个活灵活现的孩子，真跟你回到宁国公府，一堆老中青小的女人围着她，拿死气沉沉的规矩来约束她，生搬硬套女诫女德来压制她。过不了两年，水灵灵的青雀便会渐渐枯萎，面目全非。

杨阁老想到青雀回到宁国公府可能的遭遇，心中大痛。那个府邸再怎么豪华也没用，在那个国公府里，没有真心疼爱青雀的人！

"你把青雀要回去，是要交给国公夫人管着吧。青雀和她见过面，每每想起她，吓得觉都睡不着！尊夫人真是威风凛凛，一个六七岁的小女孩儿把她爱子绊倒了，她要细细拷打！"杨阁老怒气冲冲说道。

宁国公嗓门依旧很大，"谁说我要把青雀交给她了？那些个无知无识的内宅妇人，谁也不配教养我曾孙女！青雀回了邓家，自是跟着我！"

"屁话！你时不时地佩将军印出征，不定哪天就上阵打仗去了。你打仗的时候，青雀交给谁？"

"废话！我打仗的时候，自然带着小青雀一起！"

"休想！"杨阁老大怒，"花朵般的小姑娘，跟着你上战场去？你不心疼，我心疼！"

宁国公也大为恼火，"你到底想怎么着？放到内宅，你不放心；跟着我，你还不放心。你是成心霸着青雀，是也不是？"

"是又怎么了。"杨阁老大大咧咧的，"青雀这小妞妞招人待见，我老人家喜欢，任你说破大天来，我就赖着不还！"

"你——"宁国公拍案而起，狠狠瞪着杨阁老。杨阁老忿忿瞪了回去，两人怒目而视。

青雀灵动的杏眼澄澈清明，全神贯注看着屋里这两位老爷子。宁国公个子高，有气势，可是太爷爷眼睛瞪得比他大，胡子吹得比他高，嗯，还是太爷爷占着上风。

张祜看着身边一脸认真的小女孩儿，忽有些后悔。她才这么一点点大，让她亲眼目睹此情此景，猜测自己今后的归属，是不是很残忍？

"哈哈哈……"两位老爷子对峙良久，忽然同时纵声大笑起来，宁国公亲热携了杨阁老的手，"多年不见，你还是老脾气。"杨阁老笑眯眯拍拍宁国公的胳膊，"你呀，更蛮不讲理了！"

两人勾肩搭背的，异常亲热。

青雀小身子一紧，张祜静静看过去，只见她咬着嘴唇，黑白分明的大眼睛中满是倔强。

"咱们心平气和地商量着，好不好？青雀跟惯我，她在杨集如鱼得水游刃有余，小孩

青雀歌

子不宜挪动，姐姐还跟着我吧，咱们就这么说定了！"杨阁老哈哈笑着，很是得意。

"跟着你，青雀只能打假仗，玩红缨枪，没劲。还是跟着我到宣府、大同，跟北元骑兵往来厮杀，那还有点意思！"宁国公笑容满面，推心置腹。

青雀小身子放松，嘴角浮上一丝甜蜜笑意。

杨阁老大概是看着吵架也不行，好言好语商量也不行，使出了杀手锏，"有父亲有母亲，才会有孩子，对不对？你是宁国公府的当家人，孩子父亲的祖父，你可知道，孩子的母亲是什么心意？"

宁国公神色一黯，"邓家对不起保山，对不起保山的女儿。"

杨阁老怫然，"如今才知道对不起，有什么用！"

宁国公低头无语。

杨阁老见此情形，精神大振。原来邓永这人还算有良心，知道对不起祁保山，对不起祁保山的女儿。成了，就凭他这愧疚之心，我便能十拿九稳地留下小青雀！

杨阁老击击掌，房门应声而开，管事的在外头恭恭敬敬站着，"老爷，您有什么吩咐？"杨阁老笑道："请英娘过来，拜见宁国公。"

管事的答应着，飞奔而去。没多大会儿，管事的带着英娘，形色匆匆地过来了。

英娘进屋之后，屋门被关上，屋里静悄悄的，只有杨阁老、宁国公、英娘三人。

"这位，是青雀亲生母亲的婢女，英娘。"杨阁老简短说道。

宁国公抬眼看向英娘，神色复杂。

英娘平日里也是彬彬有礼之人，今天却连行礼问好都欠奉，杏眼圆睁，柳眉倒竖，自怀中取出一把锋利的匕首，寒光闪闪，对着宁国公，"这是我家小姐临走之时交给我的，她吩咐过，若小小姐能平平安安地养在农家，自是最好不过。若邓家要抢回小小姐，我阻挡不了，命我将小小姐刺死！"

久经沙场，不知见过多少血腥杀戮的宁国公邓永，面如土色，跌坐到椅子上。他身旁的杨阁老，也是倒吸一口冷气，惊异之极。

谁也没有注意到，窗户上传出一声闷哼。

英娘昂首道："我家小姐，不是低三下四之人！我家小小姐，也不能由着邓家搓弄！她是祁家的外孙女，如果不能堂堂正正活着，那便死了吧！祁家，不拘男女，没有贪生怕死的鼠辈！"

"小小姐才出生之时，我家小姐得知邓麒另娶，沈茉怀孕，她命我溺死才出生的小小姐！她说，祁家的外孙女不能沦落到沈茉手中，对着沈茉那样的女人做小伏低，由着沈茉拨弄！"

杨阁老闭上眼睛，不忍看，不忍听。青雀，可怜的姐姐，你母亲性情刚烈，固然令人起敬，可是你呢，她有没有替你想想？

才出生的小姐姐，异常稚嫩，只有那么一点点大，溺死？杨阁老毛骨悚然。

英娘说完这番话，悲愤看着宁国公，目光中的谴责、义愤，竟令宁国公不敢直视，不敢面对。宁国公低下头，很困难地一字一字说道："怎会落到沈茉手里？自然是我亲自教养青雀。"

英娘撑不住哭了，"可她是个姑娘啊。我家小姐说过，若她是个男孩儿，还可以交给她曾祖父，到战场上杀出一条血路……"

女孩儿，不过是长大，嫁人，哪有建功立业的机会？哪有光宗耀祖的机会？

"我家小姐说，如果是个男孩儿，说不定能重建三千铁骑，重建祁家军……"

祁保山当年带领三千铁骑马踏贺兰，立下赫赫功勋。如今他去了，儿子也去了，只留下一个女儿、一个外孙女，后继无人。

英娘无声流着泪，屋里静悄悄的，一根针落到地上也能听得清清楚楚。

良久，宁国公苦涩说道："青雀还小，我若带她到边关，怕她吃不下那份苦。阁老大人，看样子，还要再麻烦您几年了。"

杨阁老虽是心头沉甸甸的，听了这话，脸上还是有了笑模样，打哈哈道："不麻烦，不麻烦。"

英娘跟虚脱了一样，站不稳，瘫到地上。

宁国公看着她的目光中，有怜悯，更有尊重，"英娘，你家小姐虽下了令，你却下不了手，是不是？"

说了要溺死，终究还是没有溺死。

英娘泪珠不停滑落，泣不成声，"我舍不得，我舍不得！她那么小，那么娇嫩，我宁可杀了自己，也舍不得动她一指头……"

杨阁老长长叹了一口气，"这作的是什么孽！一个男人娶一个媳妇还不够么，偏偏要取两个，害苦自己亲生骨肉。"

这件事里头，不拘是邓麒的错，还是祁玉的大意，到头来吃苦的都是青雀。

外面响起管事惊慌失措的声音，"青雀，青雀！"杨阁老、宁国公、英娘都魂飞魄散，青雀怎么会来，青雀怎么会来？

屋门被猛地推开，一个眉目如画、娇美可爱的小女孩儿傲然立在门口，冬日阳光照在她光洁细腻的小脸上，熠熠生辉。

"我是女孩儿，可是我长大了，一样能重建三千铁骑，重建祁家军！"

声音如珠落玉盘一般清脆悦耳，说出来的话，却是豪迈慷慨，壮志凌云。

杨阁老、宁国公看向青雀的眼神又是感动，又是怜惜。英娘满心恐惧，青雀听到了，全都听到了！她知道小姐要溺死她，她知道小姐嫌弃她不是男子，不能建功立业！可怜的青雀，她才这么一点点大，不得伤心死？

英娘如梦初醒般跑到青雀面前，蹲下身子，急切抓住她，"你娘心里是疼你的，很疼很疼！前几天她来信还问起你，问你吃饭好不好，长高了没有……"

青雀虽是一脸倔强，美丽的眼睛中却闪过光芒，有了希冀，有了渴望。

杨阁老暗自叹息，青雀，她再坚强也还是个孩子啊，听说亲娘还关心她，把妞妞激动得。唉，大人造的孽，吃苦受罪的却是孩子。

杨阁老沉吟看了英娘一眼。英娘在杨家很守本分，除了照顾青雀，其余的事半分不过问。她会时不时地回趟祁家老宅，料理祁家的事务。原以为是收租、收息之类的小事，却原来是和她家小姐暗通音信。英娘，也真是祁家的忠仆了。

"有志气的小妞妞！"杨阁老击掌赞叹，"我家青雀长大后要建三千铁骑，建祁家军，真了不起！妞妞先跟着太爷爷上几年学，把兵书战策学得滚瓜烂熟，等长大后再去边关打仗，马蹄胡虏，好不好？"

杨阁老笑眯眯看着青雀，青雀秀眉微蹙，很是苦恼，"可是太爷爷，您昨天才给青雀讲过赵括的故事啊，青雀不想纸上谈兵！"

宁国公入神看着认认真真说着话的杨阁老和青雀，如果说之前他还有犹豫的话，到了这会儿，看到这情景，他是彻底放了心。青雀有杨阁老这样的长辈疼爱、教导，可比跟着自己强。自己不定哪天就打仗去了，难不成真把个六七岁的小妞妞带到战场上？于心何忍。

杨阁老做出很为难的样子，"可是青雀，你年龄不到，军队不收啊。"

青雀眨眨大眼睛，"长到多大，军队才收？"

杨阁老轻轻咳了一声，宁国公回过神来，忙道："至少要十岁！"

青雀很不满，"你方才不是说了，打仗的时候带着我？这才一转眼的工夫，怎地又变成年龄不够了？"

宁国公尴尬地挠挠头，杨阁老不厚道地偷偷笑。

张祐本来是一直静静站在门外的，这时他走到青雀身边，温和告诉她，"国公爷的意思，是先带你回京城，等他奉命出征的时候，再带上你。小青雀，国公爷才和北元一场恶战，接下来的两三年要休养生息，不打仗的。"

是这样么？青雀黑白分明的大眼睛看向宁国公，宁国公忙不迭地点头，"张世子说得对极了，对极了。"

青雀失望地收回目光，再次跟张祐求证，"祐哥哥，你是多大上的战场？"

张祐轻轻笑了笑，声音很清晰，"十岁。不到十岁，军队不收。"

原来真是这样啊，青雀耷拉下小脑袋。

宁国公生平不知杀过多少人，早已心硬如铁。可是看到眼前这花朵般的小女孩儿失望，竟是十分不忍，十分心疼。

杨阁老笑眯眯蹲下身子，"太爷爷教妞妞兵书战策，妞妞长大了可是要给太爷爷挣一个公爵回来哟。"

青雀眼睛一亮，骄傲地挺起小胸脯，"一言为定！"

爷孙俩郑重拉了钩。

中午杨阁老招待宁国公饮宴，特地把曾孙子瑜哥儿叫了过来，"往后给青雀寻小女婿，至少要比我家瑜哥儿强！要不然，我这老头子可不答应！要是你寻的小女婿还不如瑜哥儿，干脆把青雀给我家吧。"

瑜哥儿脸红了。他年方十岁，挺拔清秀，仪表斯文，这么一脸红，更显着温柔敦厚，性情良善，十足十是个令长辈放心的英俊少年。

宁国公心里一动，如果把青雀许给杨家这孩子，青雀从小到大有杨阁老照看着，岂不是很好？他这头想着心事，杨阁老说话没跟他客气，"女孩儿长大了总归要嫁人的，咱们丑话说在前头，青雀的婚事，不许国公夫人、世子夫人、世孙夫人插手。国公夫人不喜青雀，世子夫人屡屡派人过来，口口声声唤青雀做'媛姐儿'，送的全是庶女份例。要拿我家青雀当庶女养、当庶女嫁人，想都别想！世孙夫人更甭提了，青雀要是真落到她手里，不定是什么下场。"

宁国公脸黑得像锅底一样。

杨阁老也不理会他，自顾自往下说，"想起小青雀可能落到世孙夫人手中，我就心惊肉跳的！这会儿啊，还真有点儿明白，为什么青雀她娘能狠得下心，要杀死自己亲生女儿。"

因为，你不杀她，她可能生不如死。

杨阁老是做过多年地方官的人，生平审理过的案件多如牛毛。但凡审案，总会牵涉到家庭琐事，杨阁老对于后宅之中的争斗、阴私手段，知之甚详。

像青雀这样的孩子，如果是小小年纪便沦落到"嫡母"手中，不管邓麒是关心她，还是不关心她，"嫡母"都有千百种手段可以暗中整治孩子，让孩子畏缩、胆小、上不得台面。

想成就一个孩子，很难；想毁掉一个孩子，很容易。

如果是女孩儿，更可以在婚事上暗中捣鬼，给她结一门表面风光、实际苦不堪言的亲事，让她一辈子出不了头。

宁国公心里这个气闷，就别提了。合着自己戎马一生挣下这赫赫扬扬的宁国公府，然后宁国公府老、中、青三代主妇，连个能托付青雀的人都找不着！妻子荀氏，别提了，从年轻时候就不精明，性子执拗，她已是恨极青雀娘亲，连带的不喜欢青雀，再也难改。长媳孙氏出身大家，端庄贤惠，可是有些拘泥，过分注重规矩礼法。青雀若交给她，她铁定照着庶女养，还认为自己很有理。孙媳沈氏就更别提了，想想她是怎么进门儿的，心里就硌硬。

宁国公没话可说，闷头喝酒。妈的，老子娶不着好媳妇也就罢了，儿子也娶不着好媳妇，孙子也娶不着好媳妇！娶不着好媳妇，哪来的好儿孙？眼见得嫡长子是个纨绔，嫡长孙酷似他爹，邓家后继无人。

酒入愁肠愁更愁。

"保山，是真英雄！"宁国公醉醺醺地拍桌子，"沈复呢，虽然也有几分勇力，可他能升官靠的是有眼色劲儿，会巴结上司！论真本事，沈复给保山提鞋也不配！"

杨阁老微笑看着他，并不接话。祁保山确是真英雄，那又怎么样呢，一朝战败身死，你邓家连原本已快要定下的亲事也不肯认，另娶沈氏女。

这会子知道后悔了？同是邓家子孙，祁保山的外孙，和沈复的外孙能一样么？祁家的外孙是英雄气概，沈家的外孙能不能比？

娶媳妇可要挑好了啊。媳妇挑不好，哈哈，极可能孙子也不如人意。

这天宁国公直喝到日落西山，才告辞离去。临走的时候叫来青雀，学着杨阁老的样子蹲下身子，好言好语告诉给青雀，"妞妞，等你长大了，曾祖父来接你。"

青雀嫌弃地揪揪小鼻子，"好大的酒味儿，您喝了多少酒？喝酒伤身的！太爷爷说了，邓家，我就靠您了。您要保重身体，少喝酒，知不知道？"

宁国公笑着点头，"知道，曾祖父知道。"

杨阁老嘴角抽了抽。邓永，你在邓家，被人这么着训过没有？你还真吃青雀这一套！

宁国公坚持骑马回去，上了马，还喜滋滋跟杨阁老说了一句，"青雀关心我呢，不许

青雀歌

我多喝酒。"杨阁老一乐，命仆役护送着宁国公一行走了。

宁国公回到邓家祖居，在外院歇下了。荀氏差人来问，"媛姐儿呢？怎没带回来。"宁国公一则醉酒，二则实在不想理会，把来人一脚踹出去，上床呼呼大睡。

荀氏得了回报，气得直哆嗦。"我熬了大半辈子，熬油似的熬到今天，他这般下我的面子！我问声媛姐儿怎么了，他竟这样！"

由此，荀氏更加憎恨青雀。麻烦娘养麻烦闺女，都怪这野丫头，要不，自己这国公夫人能凭空招来这场羞辱？

世子夫人孙氏知道青雀没要回来，眉头紧锁，心中恼怒。子媛对于宁国公府来说，不过是一介庶女，无足轻重。可是，邓家的孩子就是邓家的孩子，不能流落在外头。

"怎么把媛姐儿讨回来呢？"孙氏被服侍着躺下后，睡梦中也没忘了这件大事、要事。

次日清晨，邓麒的妻子沈茉带着女儿屏姐儿前来请安。"母亲，该拜访的老亲旧戚人家，已是全数拜访了。回京的车马，也已安排妥当。"沈茉请过安，恭恭敬敬回禀着家务。

祭祖完毕，老亲戚也拜访过，是该回京了。

可是，媛姐儿怎么办呢，还留在这穷乡僻壤？孙氏颇觉头疼。问又不能问，管又不能管，可是宁国公府的骨肉流落在外，旁的且不理论，好说不好听啊。

"其实，临近还有一户人家，儿媳应该拜访，却尚未拜访。"沈茉柔声说道，"杨集杨阁老府上的二少奶奶本是京师人氏，和沈家是远房表亲，我应该称呼表姐的。若不是咱们即将回京，儿媳真应该去杨府看看表姐，叙叙话。"

孙氏大喜，"你今日便去杨家！带着屏姐儿、盈姐儿，备上厚礼，到杨家做客去！"一迭声地吩咐人备车马，备表礼，又命人把邓之屏、邓子盈打扮齐整，拉过她们交代，"见了你们大姐姐，要亲亲热热的，不许生分了，知不知道？"邓之屏、邓子盈都乖巧地答应着，"是，祖母！"

沈茉微笑，"母亲放心，儿媳到了杨家，必能见着媛姐儿的。屏儿、盈儿和媛姐儿是亲姐妹，骨头管着呢，见了面岂有不亲近的？到时儿媳见机行事，许是能把媛姐儿接了回家，也未可知。"

孙氏感慨地看着她，叹道："若说我没福气，不该有这样贤惠识大体的儿媳妇了！我的儿，你是个好的，麒儿娶了你，是他的福分！"

沈茉脸红了红，低声道："世孙年少英雄，世所无匹，儿媳蒲柳之姿，得奉巾栉，三生有幸。"

心胸宽阔能容人，做事稳妥周到，偏又这般谦恭得体！孙氏拉过她的手，抚慰地拍了几下，嘱咐了几句好话，沈茉盈盈屈膝道谢，又亲热，又恭敬。

对着国公夫人荀氏，只说要去拜访一位远房表姐，荀氏哪里放在心上，"去吧，早去早回。"沈茉辞别荀氏、孙氏，带着邓之屏、邓子盈出门上车，去了杨集。

"娘，我有位表姨母？"邓之屏爱娇的倚在沈茉身边，不解问道。老家还有位姨母呢，怎么从前没听说过？

沈茉微微一笑，"才认的。"

那杨家除了杨阁老这一家之主，就是二少奶奶和瑜哥儿、琪姐儿这几位正经主子。二少奶奶是京师人氏，姓柳，在这乡下地方早住得不耐烦了，能和一位国公府的世孙夫人认做远房表姐妹，她有什么不乐意的。

邓之屏疑惑地看着沈茉，更不懂了。

沈茉替她捋捋鬓发，怜爱地笑着，"屏儿，你衰姨母家有位德高望重的老爷子，还有一位表哥，一位表姐，都是极好的。另外，你表姨母家还住着一位姓张的哥哥，也是极好的。"

没想到，在夏邑这样的地方，竟能结识英国公府世子张祜。同是国公府，宁国公府和英国公府是不能比的。宁国公府新近才发达，怎么看怎么像暴发户，而英国公府，已经赫赫扬扬百余年之久，根深蒂固，枝繁叶茂。

满京城的公侯府邸当中，哪家能和英国公府相提并论？那是全京城最豪华、最有气魄的国公府，旁人比不了。英国公，更是当之无愧的诸国公之首，勋戚排班中的头一位，最为圣上所器重。

"邓家，和英国公府并无深交。"沈茉揽着爱女，含笑盘算，"一直想和英国公夫人攀上交情呢，苦无时机。谁知玉儿的小闺女竟和张祜玩在一起了，真是出人意料。"

"走了这一趟，既能接回玉儿的小闺女，在太婆婆、婆婆面前讨了好，又能趁机和英国公府结下情谊，一举数得。"沈茉越想越满意，"玉儿啊，你真是我的好友，助我良多！你送了邓麒这俊美的国公府世孙给我，你闺女么，送来了张祜！"

沈茉低头看着美丽娇嫩的爱女，嘴角泛上丝温柔笑意，"像张祜这样出色当行的少年，满京城再也寻不出第二个。张祜配我家屏姐儿，是不是郎才女貌，天生一对？"

沈茉捧起爱女雪白粉嫩的脸庞，笑吟吟亲了亲。

宁国公府提前差了仆役送上拜帖，沈茉的马车才到杨府门口中，杨府的管事婆子便笑容可掬地迎了出来。到了垂花门前，二少奶奶更是携着一双儿女，亲自相迎。

沈茉长袖善舞，二少奶奶柳氏爱说爱笑，这一对"表姐妹"见面倒是和谐得很，半分不认生。

沈茉命人送上见面礼，瑜哥儿是宝砚两方，湖笔十支，琪姐儿是金钗一对，玉镯一对。瑜哥儿、琪姐儿大大方方地拜谢过，收下了。

二少奶奶笑眯眯送了邓之屏、邓子盈一人一个彩绣辉煌的荷包，沉甸甸的。先不说荷包里头装的是什么，单论这荷包，已是镶珠嵌玉，价值不菲。

沈茉要拜见杨阁老，二少奶奶抿嘴笑笑，"对不住，家祖父年迈体弱，向来是不见客的。"沈茉见状，只好罢了。

言笑晏晏地叙着话，沈茉心一沉。见不到杨阁老倒也罢了，张祜呢，玉儿的小闺女呢，难道也见不着？

沈茉和二奶奶说得投机，一直盘桓到日落西山，天色渐暗，才起身告辞。二少奶奶也没多留，亲自送到垂花门，殷勤作别。

到了大门前，沈茉正要带着邓之屏、邓子盈上马车，一阵嘹亮的歌声传了过来。

"天苍苍，野茫茫，风吹草低见牛羊……"歌声中掺杂着马蹄声、笑闹声，欢快中透着轻松愉悦。

邓之屏、邓子盈好奇地看了过去，沈茉也停下脚步。

青雀歌

前方来了一队形状奇特的骑兵。马是雄壮的高头大马，马背上是矫健彪悍的骑士，骑士前头，却各自坐着身着平民服饰的幼儿。幼儿有男有女，个个喜笑颜开。

最前头的一匹马，马毛奇短，体形优美，马背上端坐一名丽色少年，肤如凝脂，目如明星，光彩映人。他前头坐着个笑嘻嘻的小女孩儿，口中欢快叫着，"祜哥哥，咱俩第一！"

到了门前，丽色少年抱起小女孩儿，翻身下马。邓之屏、邓子盈一脸欣喜地迎上前去，乖巧地叫着，"祜哥哥，大姐姐！"

沈茉盈盈站在车边，笑容端庄而又矜持。

青雀欢呼着往家里跑，"太爷爷，太爷爷，我赢了！"张祜不紧不慢跟在她身后，"敢情是你赢了？小青雀你告诉哥哥，什么叫赢。"

两人路过沈茉等旁边，好像根本没有看见她们一样，旁若无人地过去了。

邓之屏失望地咬着嘴唇，一脸委屈看向沈茉。

沈茉脸上的笑容凝固了，定定看着那两个一起迈过门槛、走向杨家的背影。

"走！"良久，沈茉冷冷吩咐。

青雀和张祜一路走一路拌嘴，到了杨阁老面前。"太爷爷，我赢了！"青雀两眼发亮，小脸绯红，兴滴滴说道。

太爷爷弯下腰，很认真地夸奖着，"妞妞真能干，小小年纪，便把卫所军士打败了！"

张祜浅浅笑着，"小青雀，'凡攻战、博簺胜曰赢，负曰输'，咱们今日交战，原来是你赢了么？"

小丫头，你连输赢都弄不明白呢。

杨阁老微笑着看青雀，只见她一副理直气壮的模样，"祜哥哥，今日你扮敌军，我们是天朝军队，是也不是？"

这鬼丫头！张祜嘴角微翘，"虽然我扮的是敌军……"青雀眼疾手快，很果断地抬起胳膊，制止张祜，"不许东拉西扯！你只需回答我，是，或者不是。"

她年纪小小，个子小小，偏偏眼睛闪闪发光，神情飞扬灵动，气势万千，令人不能轻视。杨阁老纵容地看着她，张祜摸摸鼻子，忍笑说道："是。"

青雀乘胜追击，"祜哥哥，你说是天朝官军赢，还是敌军赢？"

张祜嘴角笑意更浓，"天朝官军赢！"

"这不结了！"青雀清脆地击掌，振振有辞，"我是天朝官军，你是敌军，当然是我赢！"

只见她得意地叉着小蛮腰，小脑袋昂得高高的，看向张祜的眼神很是不屑一顾，简直是小辫子要翘上天。杨阁老和张祜忍了又忍，到底没忍住，很不严肃地大笑出声。

青雀大概也知道自己纯粹是强词夺理，也跟着他们仰天大笑，三人笑成一团。

正好瑜哥儿和琪姐儿过来陪曾祖父吃晚饭，见他们如此开怀，你看看我，我看看你，心里奇怪：有什么事啊，高兴成这样？

这晚青雀一直喜滋滋的，晚上吃饭都比平时多吃了半碗。杨阁老看在眼里，怕她积了食，带她到花园慢慢走了两圈，才让林嬷嬷和英娘送她回去歇息。上了床，青雀先是扑到林嬷嬷的怀里，"我赢了！"然后又勾着英娘的脖子，"好英娘，我打胜仗了！"淘了半天气，困倦已极，才甜甜笑着，睡着了。

林嬷嬷和英娘相互看了看，心中都有怜悯、疼惜。才六七岁的小姑娘家，偷听到那么残忍的事，孩子还能活蹦乱跳的，不易呀！

两人都是睡不着，干脆下了床，倚在炕上说话。

"今儿个二少奶奶来了亲戚？"英娘对杨家的事向来是不打听的，今天却也破了例。

"来了。二少奶奶的远房表妹，宁国公府的世孙夫人，带着两个姐儿。听说那个两个姐儿都很乖巧，和瑜哥儿、琪姐儿一见如故。"

"那位世孙夫人，闺名唤作沈茉。"黑暗中，英娘沉默半晌，苦涩说道，"她最会做人的，巧笑嫣然，玲珑剔透。我家小姐幼时在京城长大，和沈茉一直往来颇密。"

"我虽没见过，想来也不是好人。"林嬷嬷微微皱眉，"什么远房表姐妹，之前从没听说过，分明是临时起意，冲着青雀来的。宁国公这一家之主都承许了，青雀暂由老爷教养，她又何必横生枝节？又不是自己亲生的，这么急吼吼地想接回邓家，打的什么主意？是想昭告天下自己很贤惠，很慈爱么。"

英娘幽幽道："嬷嬷，事到如今，我也不想别的，只想姐姐再大几岁，便好了。真到了十二三岁的年纪，杨老爷和国公爷替她择个清白厚道人家，姐姐能安安生生嫁了人，世孙夫人便是想折辱她，也是不成了。"

林嬷嬷对后宅争斗哪有不懂的，闻言叹息道："可不是么，如今姐姐小，除非有老爷庇护着，否则真是任人宰割。若是熬到姐姐大了，懂事了，倒是不惧的。"

小孩子懂什么，年纪越小，越好调理。若是还在襁褓之中便被沈茉抱走，不会说话，不会走路，那真是沈茉想让她生，她便生；想让她死，她便死，毫无还手之力。

林嬷嬷想到这儿，打了个寒噤，"你家小姐，也真是狠心。亲生女儿，说不要还真就不要了。青雀这是遇着了莫二郎，遇着了老爷，若没有这番际遇，没准儿早落到沈茉手里，或许坟头都长草了。"

英娘弱弱地反对，"她也是没法子。嬷嬷，她若怜惜青雀，便要搭上自己。"

邓麒一直图谋的是什么？不就是小姐舍不得青雀，为了青雀含羞忍耻，沦为他的侧室。真到了那个时候，上头有国公夫人、世子夫人、世孙夫人一层一层压着，小姐定是如临深渊如履薄冰，一辈子就完了。

"小姐若带了青雀走，早被邓家掘地三尺，寻了出来。"英娘的声音，软弱无力，"小姐过不了清净日子，倒还罢了。王家老太爷年事已高，哪生得起这份闲气。"

林嬷嬷拍拍她的手，"说一千道一万，青雀最可怜。多好看多机灵的小丫头，亲爹是国公府世孙，亲娘是名将之女，她却沦落到没个正经身份，要寄养在老爷这儿。"

英娘眼圈一红，"我家小姐生生是被邓麒这厮骗了，也很可怜。如今她虽然再嫁了……"

话说出口，英娘才觉着不对，蓦然停下。她很怕林嬷嬷紧跟着问些什么，所幸林嬷嬷一直默默无语，并没有开口。

第二天青雀一大早起来，兴冲冲去寻张祐。"祐哥哥，今儿个咱俩换换吧，你扮官军，我扮土匪！"

张祐递了碗粥给她，两人边吃边说。青雀饶有兴致地规划着，"土匪肯定是打不过官军的啦，到时你把我生擒活捉了，有不有趣？"

两人果然跟杨阁老说了，各自还带着兵士、伴当出门。到了傍晚，张祜依旧骑着马，马前坐着五花大绑、兴高采烈的青雀，回来了。

"禀大人，擒得匪首一名。"到了杨阁老面前，张祜躬身禀报。杨阁老又是好气又是好笑，猛地一拍桌子，"兀那匪首，认不认罪？"

青雀只恨浑身被绑，腾不出手来拍胸脯，没有气势。她做出一副视死如归的模样，言辞慷慨，"二十年后，又是一条好汉！"

似模似样的，可惜声音实在太娇美，未免不大匹配。杨阁老没玩一会儿，就心疼了，"兀那匪首，绑得紧不紧，疼不疼？"青雀想了想，老实点头，"有点紧。"杨阁老一迭声地吩咐，"快松绑，快松绑。"

张祜微微一笑，伸出纤长优美的手指轻轻一挑，替青雀松开绑绳。青雀活动着手脚，张祜蹲下身子，柔声问道："好不好玩？"青雀连连点头。

杨阁老看着眼前的小女孩儿，小女孩儿身旁神色温柔的美丽少年，若有所思。

晚上青雀被打发睡觉之后，杨阁老请张祜到书房品茗谈心。张祜恭敬不从如命，自然答应了。

"世子在杨集，逗留颇久。"杨阁老手中把玩着手中轻灵秀巧的斗彩三秋杯，闲闲说道。这只斗彩瓷杯胎体洁白细腻、薄如蝉翼，杯侧绘了两只在山石花草中蹁跹飞舞的蝴蝶，温文尔雅，清丽出尘。

"晚辈本是护送二少奶奶回府之后，便要回京的。"张祜欠欠身，"只是晚辈做了一件错事，心存内疚，想要弥补。"

杨阁老微笑看着张祜，张祜低声道："大人，晚辈不该带着青雀偷听。那样的事，不该被一个小女孩儿知道。"

如果自己没有带她偷听，她就不会知道自己曾险些被溺死，不会知道亲生母亲对她如此冷情，也不会生出重建三千铁骑、重建祁家军的雄心。

重建三千铁骑、重建祁家军，这实在不是一个女孩儿该做的事。如果自己没有带她偷听，或许她会和平常的姑娘家一样，绣绣花，吟吟诗，风雅富足地过完一生。

杨阁老凝视手中的三秋杯，漫不经心问道："世子在京中，可有必须处理的要务？"张祜沉吟片刻，"晚辈需在腊月初八之前赶回京城。大人，等宁国公府诸人启程之后，晚辈也要动身了。"

"如此。"杨阁老微笑，"那么，回京之前，多陪青雀玩几天吧。"

张祜躬身答应，"是，阁老大人。"

次日，宁国公府众人启程返京，宁国公和邓麒祖孙二人来了杨府，向杨阁老道谢，和青雀告别。

杨阁老招待宁国公在花园的暖亭中喝茶，邓麒牵着青雀，在花丛中漫步。"青雀，你看这梅花是不是很好看？它叫玉台照水，是你娘最喜爱的玉蝶梅花。"邓麒攀住一株洁白如雪的梅花，眷恋说道。

青雀撇撇嘴，站在梅花树下，并不答话。

邓麒蹲下身子，讪讪看着眼前花朵一般娇嫩的小女孩儿，"你娘她性情孤傲高洁，为人最有气节，跟你外祖父一样，富贵不能淫，威武不能屈。"

青雀静静看了他一会儿，忽然开口问道："她怎么看上你的？她像梅花，你可不像青松，也不像翠竹。"

邓麒颇有些狼狈，"闺女，我和她打小便认识，一起长大的。"

"原来如此。"青雀小大人般点头。

眼前这小女孩儿实在太像朝思暮想的佳人，邓麒忍不住伸手抚上她的小脸。她嫌弃地皱皱眉头，不过并没有跟上回一样，打掉他的手。

邓麒微微颤抖，慢慢把小女孩儿抱到怀里。小女孩儿挣扎了一下，见他眼中含着祈求，心一软，没有挣脱。

父女二人静静偎依着。

一阵寒风吹过，小女孩儿身子缩了缩，邓麒心疼，把她抱得更紧。

"闺女，你娘不要咱们了。"邓麒沮丧说道。

"你坏，所以她不要你了。"青雀推开他，清脆质问，"我又没有坏，她为什么不要我？"

邓麒张口结舌。

好一会儿，邓麒歉意说道："大约是，你长得太像我了吧。她讨厌我，你长得像我，故此她连你也不喜欢了。"

"城门失火，殃及池鱼。"青雀气闷半天，忿忿说道。

"闺女，你很会用词啊。"邓麒咳了一声，顾左右而言他，"杨阁老把你教得真好！妞妞，你先跟着杨阁老学两年，什么时候爹爹不打仗了，把你接回京城。"

"你真笨！"小女孩儿轻蔑说道，"你打仗，我还能跟着你学学。你都不打仗了，我跟着你做什么？"

邓麒丈二和尚摸不着头脑。打仗还可以跟着，不打仗，爹爹就不要了？

青雀傲然看着他，老气横秋说道："我长大了是要做大将军的，懂不懂？"

枝影横斜、清冷孤高的梅树上，朵朵玉蝶洁白胜雪，凌风怒放，风致嫣然。树下那昂首站立的小女孩儿，眉目如画，人比花娇，却又意气扬扬，姿态逼人。

邓麒只当她是吹大话，柔声哄她，"好好好，我闺女长大了，做大将军！马踏贺兰，驱逐胡虏，靖清边塞，我闺女是威风凛凛的三军统帅！"

小女孩儿花朵般美丽的面庞上，浮现出喜人的笑意。

邓麒看着眼热，伸出胳膊小心翼翼把女儿圈在怀里，贪婪看着她娇嫩的小脸。这是自己和玉儿的骨血，是自己钟爱的宝贝女儿，青雀，爹爹疼你。

"妞妞长大了，跟着爹爹带兵！"邓麒不知怎么疼爱青雀才好，顺着她的话意哄她，"咱爷儿俩带上邓家军，把北元胡虏杀一个落花流水！"

"不要！"青雀果断反对，"我不要带邓家军，我要带祁家军！"

祁家军？邓麒愕然。

青雀看着他吃惊的样子，生气地推开他，"我要重建三千铁骑，重建祁家军！这样我娘才会要我呀，你懂不懂？"

青雀歌

小女孩儿气咻咻的，黑白分明的大眼睛中满是愤怒和委屈。

青雀！青雀！邓麒看着眼前酷似自己的小女孩儿，一阵阵心痛。

"好好好，我闺女长大了，带祁家军。"邓麒一迭声说道，"祁家军出了名的军纪严明，作战勇敢，我闺女肯定能把祁家军发扬光大！"

见青雀神色有所缓和，邓麒打起精神，绘声绘色描述道："姐姐的军旗上，当然要大书特书一个斗大的祁字了，对不对？还要画上一只骄傲的小青鸟，凌空翱翔。"

青雀睁大眼睛入神地听着，十分专注。

寒风越吹越凛冽，青雀的小脸被风吹得红扑扑的，眼中却有了快活的笑意。邓麒用斗篷裹住她，她也没有抗拒。

梅林之中，隐约有一抹女子身影掠过。

邓麒不动声色地抱起女儿，笑着问她，"小青鸟，咱们回暖亭陪曾祖父说说话，好不好？"

"小青鸟？"真好玩。青雀欢快地笑着，伸出小胳膊勾着邓麒的脖子，清脆悦耳的笑声撒满庭园，撒进暖亭。

"这么高兴呢。"暖亭中的太爷爷、曾祖父，见邓麒怀中的青雀喜笑颜开，都觉愉悦、舒心。

"回禀两位大人，我捉到一只小青鸟！"邓麒笑吟吟看着怀中的小女孩儿，戏谑说道。小女孩儿嘻嘻笑着，奋力挣扎，"飞，飞！"邓麒朗声大笑，果然托着她在暖亭中飞了一圈又一圈，毫无厌倦之意。

太爷爷和曾祖父对视一眼，心中都是恻然。小孩子还是要跟着父母的，太爷爷待她再好，也不能这般陪着她玩耍，令她这般开怀。

"贵府若有人能托付青雀，我真的愿意忍痛割爱。只要姐姐时不时地回家看看我这老头子，于愿足矣。"杨阁老轻叹，"可惜，看来看去，总没有信得过的人。"

宁国公低下头，黯然无语。

邓麒陪青雀玩了会儿，把她放到太爷爷和曾祖父中间坐下，"小青鸟乖乖的，等下爹爹再来捉你。"青雀快活地点头，"好啊。"玩了这半天，她也累了。

邓麒趁着没人注意，转身出暖亭，去了方才停留过的梅林。"英娘，你找我？"到了梅林，邓麒四下张望，沉声问道。

英娘自一株枝干苍劲虬曲的龙游梅后走出来，身姿从容。

两人静静看着对方，默然半响。

邓麒很想问问英娘，"玉儿如何了？可有讯息给你？"却又不敢开口，唯恐英娘说出什么来，自己更加没了指望。

"小女被你照看得很好，英娘，多谢你。"邓麒客气地道谢。

英娘神色冰冷，"我照看的，是我家小小姐。"

又是一阵沉默。

良久，英娘定定心神，缓缓开了口，"世孙当年和我家小姐，是有媒有聘，明媒正娶的。我家小姐将终身托付与你，原来指望的是举案齐眉，白头到老。"

邓麒眼眶一热，"我也一样，指望的是伉俪和谐，厮守一生。英娘，我和玉儿成亲的时候，欢悦无限，欣喜若狂。"

英娘定定看着他，继续说道："后来，小姐怀了身孕，世孙起程回京。临走的时候，世孙说要回京禀明长辈，很快会回来接小姐。"

萧瑟寒风中，邓麒面白如纸。是，临走时是那么说的，可是回到京城，抚宁侯府那铺天盖地的一片大红，祖母和母亲的眼泪、哀求、以死相挟……

英娘毫无怜悯之心，语气冷酷无情，"世孙走后，小姐等了一天又一天，一月又一月，世孙也没有回来。等到我家小姐十月临盆，生下小小姐，贵府传来消息，原来世孙早已另娶沈苿，并且，沈苿已有了五个月身孕。"

邓麒无力地靠在身边一株梅树上，脑海中莫名浮现出新婚之夜沈苿那张温柔如水的脸庞，含羞带娇，慢慢倚到自己身上，"夫君，我和玉儿情同姐妹，我愿让玉儿为大，我做小。夫君，夫君……"

英娘声音平平板板的，像是在说着和自己完全不相干的事，"当此之时，我家小姐若想为自己正名分，可就难了。凭着我们这一主一仆，到了抚宁侯府，没一个向着我们，去了也是自取其辱。若说不去抚宁侯府，到官府鸣冤告状，怕是连顺天府衙的大门，我们都进不去。"

"即便是能进到府衙，递上状子，又能讨着什么好？打这种官司，讲究的是婚书、媒、聘，你和小姐的媒人是曹姑太太，世孙的庶姑母，她难道敢向着我家小姐，跟娘家作对不成。"

"到了这个地步，小姐已是走投无路，只好命我溺死小青雀，母女二人一同去了，也好过留在这世上忍受屈辱。世孙，你邓家厉害啊，能把龙虎将军留下的唯一血脉，硬生生逼入绝境。"

英娘本来极易动情，可这番冷冰冰的话说下来，却始终是神情淡淡的，声音平平无波。

邓麒嘴唇发白，低声道："我不过是想着，玉儿和沈苿姐妹相称，也是一段佳话。"

英娘狠狠啐了一口，"呸！让我家小姐跟那姓沈的女人共事一夫，不如一刀杀了她！沦落到那个境地，真是生不如死！"

邓麒面如土色。

"你和她青梅竹马，两小无猜，她哪里对不起你了，你要这般折辱于她？"英娘怒斥，"我家小姐金玉一般的人，生生是被你给害了！"

邓麒忽悟到了什么，抬头直视英娘，"是玉儿让你跟我说这些的，对不对？玉儿在哪儿，英娘，玉儿在哪儿？"

邓麒攥紧拳头，手心全是汗。

英娘迎上他的目光，清晰说道："你差一点便害死了她！你已娶妻，她也有她的日子要过，请你从今往后莫再纠缠，一别两宽，各生欢喜！"

邓麒如被雷击了一般，脑海中一片空白。英娘虽是恨他极深，见他如此失魂落魄，心中竟也生起丝同情。

良久，邓麒艰涩说道："知道了。从此以后，邓家不许提起她。提起青雀，也不会提起她。"

英娘暗暗松了口气。

邓麒木木转过身，一步一步，慢慢走远。英娘不忍看他那寂寥的背影，转过身去，装

青雀歌

作欣赏枝上怒放的玉蝶花。小姐，他已不再是昔日意气风发的翩翩少年了，你呢，你可安好？

回到暖亭，邓麒已是神色如常。看见青雀期待的目光，邓麒微微笑起来，"小青鸟，爹爹来捉你了！"青雀咯咯咯地笑起来，跳下凳子要跑，邓麒张牙舞爪地扑了过去，青雀笑得更欢，跑得更快。

到宁国公、邓麒要走的时候，青雀和邓麒已经很要好了。两人郑重地伸出手，拉过钩，"你带邓家军，我带祁家军，咱们一起驱逐胡虏！"

邓麒骑在马背上，回头看看杨阁老身边美丽娇嫩的小女儿，心中酸楚。闺女，即便你长大后真的重建祁家军，你娘也不会要你了。小青鸟，你被爹爹给连累了。

邓麒狠狠心，不再回头看，跟在宁国公马后绝尘而去。

之后的两天，青雀常常板着小脸，不肯笑。英娘讨好地跟前跟后，林嬷嬷讲笑话，杨阁老温语抚慰，张祜带她到山上打猎，都没让她高兴起来。

"这是哪家的千金，好大的脾气。"二少奶奶看在眼里，气不打一处来。不过是邓家来历不明的野丫头，暂时寄养在杨家的，结果可倒好，她比琪姐儿这正经姑娘架子都大！

"捉到一只小青鸟！"二少奶奶心绪极好地牵着琪姐儿到花园中漫步，远远地就听见嬉戏声、欢笑声。走近一看，张祜扮老鹰，青雀扮小鸟，两人玩得正欢。

"我飞了，飞了，没捉着！"青雀欢快地跑着，大眼睛中闪烁着快活的光芒。

张祜身披一袭纯黑色斗篷，大鸟一般作势往青雀身边扑去，口中大喝，"老鹰来了！"青雀满脸兴奋之色，"飞了，小鸟飞了！"张着小胳膊，欢笑着，跑得飞快。

"老鹰真好看！"琪姐儿羡慕说道。二少奶奶眼睛眯了眯，可不是么，张祜本就生得光可映人，这一袭黑衣越发衬得他面如美玉，眸色如夜。更有那凌空跃起的身姿，曼妙无比，飘飘若仙。

"琪姐儿想不想玩？"二少奶奶弯下腰，柔声问着琪姐儿。琪姐儿清秀的小脸上满是犹豫之色，"娘，女孩儿家玩这个，好么？"

二少奶奶见琪姐儿分明是想玩，却又顾虑着这般疯玩不够淑女，微笑道："这有什么不好的。在咱们家里呢，又没外人，小青雀、祜哥哥，都是自家兄妹。"

琪姐儿牵牵二少奶奶的衣襟，"那，把哥哥也叫来吧，我和哥哥一起玩。"二少奶奶亲昵捏捏她的小脸，吩咐侍女去叫瑜哥儿。

青雀欢呼着冲她们跑过来，"二伯母，琪姐姐！"二少奶奶含笑答应着，把琪姐儿推出去，"去吧，跟你妹妹一道玩去。"琪姐儿眼中含着渴望和向往，犹犹豫豫地跨出了两步，张祜凌厉扑向她，"老鹰来了！"青雀拉起她便跑，"琪姐姐，咱们是小鸟，快飞，快飞！"

杨琪跟着青雀奔跑，觉着蛮有趣，也不管什么淑女不淑女的了，一路欢笑、尖叫。等到杨瑜过来，又多了只小鸟，张祜这只老鹰迅疾地扑过来扑过去，三只小鸟无处躲藏。

二少奶奶含笑在旁看着，时不时心疼地交代，"琪姐儿，慢点儿！""瑜哥儿，莫跑太快！"可是瑜哥儿和琪姐儿一旦开始撒欢，真是收都收不住，她只管说她的，孩子们只管满地乱跑。

这天几个孩子玩得都很尽兴，人人都是一头一脸的汗。二少奶奶怜爱地替瑜哥儿、琪姐儿拭着脸上的汗水，不经意间瞥见张祜自怀中取出一方雪白的帕子为青雀擦汗，温柔又细心。

二少奶奶手下停了停，心里莫名地不舒服。张世子本是护送自己回乡的，可如今，倒像是青雀这野丫头的亲哥哥一样，处处护着她。

二少奶奶纤纤玉手拂过琪姐儿秀丽的面庞，忿忿不平之气，溢于言表。我家琪姐儿出自书香门第，又清贵，又脱俗，不比那来历不明的丫头强上千倍百倍？

晚上吃饭的时候，青雀、瑜哥儿、琪姐儿一个比一个吃得香，个个都比平时多吃了一碗饭。杨阁老大为诧异，"这么能吃？养活不起了，养活不起了。"

青雀、瑜哥儿、琪姐儿更来劲了，心有灵犀地齐声开口，"再添一碗！"杨阁老做心疼肚疼状，光摇头不说话，林嬷嬷在旁忍着笑劝他们，"不许再吃了啊，晚上吃多了，容易积食。"

这养孩子啊，三分饥和寒最好，不能吃太饱，穿太暖。已经比平时多吃了一碗饭，不敢再多吃了。

"饭都不许添了啊，那吃馎馎！"三双筷子一起欢快夹向颜色金黄的豆面馎馎，张祐微微一笑，手伸了出去。青雀等人只觉眼前一花，装馎馎的盘子被拉到张祐跟前，他们够不着。

青雀放下筷子，羞张祐，"以大欺小，以强凌弱！"瑜哥儿、琪姐儿也很严肃认真地跟张祐讲道理，"祐哥哥您一味讨好祖父和林嬷嬷，全然无视饥肠辘辘的我们，这是不仁慈的。"

把杨阁老乐的，瑜哥儿和琪姐儿素日都不像个孩子，小小年纪正经八百的，今儿个终于学会耍赖了！

经过一番讨价还价，最终达成协议：瑜哥儿、琪姐儿、青雀，每人可以再吃一个馎馎。三个孩子喜笑颜开，瑜哥儿夸奖"香甜可口"，琪姐儿赞美"风味独特"，青雀最别出心裁，夹着馎馎叹了句，"耐饿呀……"众皆绝倒。

这餐晚饭，吃得非常开怀。

张祐又在杨宅逗留了几天，或是带青雀出去玩打仗，或是进山打猎，忙得很。若是瑜哥儿、琪姐儿没功课的时候，张祐和青雀也带他们一起玩耍。二少奶奶见瑜哥儿、琪姐儿跑跑跳跳之后，饭也吃得多了，脸上的笑容也欢快了，便也由着他们。

家务有林嬷嬷掌管着，并不需要二少奶奶劳心劳力。二少奶奶闲来无事，未免会多看看、多听听、多想想。

二少奶奶思来想去良久，壮起胆子请示杨阁老，"祖父，张世子委实是难得的人才，东床快婿的第一人选……"

杨阁老温和道："你有心了，祖父很是欣慰。只是青雀年纪还小，不急。再说了，咱们是女家，没有先开口的道理。"

二少奶奶气得差点昏倒。谁说青雀那野丫头了？英国公府是什么人家，能要个名不正言不顺的宁国公府庶女不成。就宁国公府那样的暴发户，赳赳武夫，他家的嫡长女英国公府也未必看得上！

二少奶奶不敢在杨阁老面前多说什么，憋着一肚子气回去，脸黄黄的，命人煎宁心汤。没法子，太生气了，气大伤身。

这天张祜又带着青雀出门打猎，骑着马，牵着狗，一帮人吆三喝四、气势雄壮地出发了。等到傍晚回来，同行的多了一位英气勃勃的青年，和一队彪悍迅猛的护卫。

这名青年大约二十出头，名叫张祝，是张祜的族兄。他随同英国公平匪，如今正要返京，因英国公夫人惦记爱子，特地来接张祜一同回家。

杨阁老微笑看了张祜一眼，这下子你想逗留也不成了，张世子，请回罢。你陪了青雀这么久，若说要补偿自己的过失，尽够了。

再看看青雀，虽说是依依不舍，却还能做出一副大方的模样，"祜哥哥，你回京城之后，要记得给我们写信，不许忘了我们。"

张祜蹲下身子，静静看着眼前神采飞扬的小女孩儿，"小青雀，哥哥会常常给你写信，不会忘了你。"青雀认真地伸出小手指，张祜纵容地笑笑，孩子气地跟她拉了钩。

张祝在一旁含笑看着，若有所思。

当晚杨阁老设宴款待张祝，张祝连连赔罪，"打扰阁老大人，实在过意不去！今晚要您接风，明儿个又该饯行了，过意不去，过意不去。"

杨阁老微笑道："这有什么。张世子先是护送我曾孙子、曾孙女回家，后来又替我教导顽皮淘气的小学生，老夫扰他之处太多，款待他的族兄，理所应当。"

张祝为人圆滑周到，杨阁老彬彬有礼，宾主尽欢。

有张祝催着，当晚张祜便命人收拾行李，整装待发。张祝见他如此，笑着拍拍他的肩，放心地回房歇下。家里已是望眼欲穿，好弟弟，你可别再磨蹭了。

灯光下，张祜独自坐在桌案前，闲闲翻着手中的书册。窗户无声无息地被推开了，探进来一个小脑袋，"哎，你真要走啊？我是来告别的。"青雀机灵地钻了进来，盘腿坐在张祜面前的桌案上，一脸嬉笑。

张祜指指身边的椅子，"斯斯文文坐下，咱们好好说话。"

青雀大摇其头，"不要！我喜欢居高临下，不喜欢比你低。我为什么要坐椅子上呀，比你矮那么多！"

张祜好笑看着她，不放心地交代，"哥哥走了之后，你要韬光养晦，知不知道？凡事不可执拗，千万不能吃眼前亏。"

青雀自得地昂起头，"这还用你说么，我一直都知道的，做人要能屈能伸！祜哥哥，我是很有眼色的，放心放心。"

张祜摸摸她的小脑袋，从袖中掏出件黑黝黝的背心递给她，"这个，贴身穿着，不许脱。"青雀好奇地拿过来看了看，"好丑，不过很轻。这衣裳很怪异，祜哥哥，我不要穿，太丑啦。"

张祜微微一笑，把背心塞到她手里，声音柔和而坚持，"小青雀，这衣裳蛮好玩的，你穿穿便知道了。你不是最喜欢稀奇古怪的物事么，哥哥送给你玩的，不许不要。"

"那好吧。"青雀勉为其难地收下，"要贴身穿着么？我回去穿穿看。祜哥哥，多谢你啦。"

张祜又交代她务必要贴身穿着，不许脱下。青雀乖巧地答应了，张祜牵着她的手，亲自把她送了回去，交到英娘手中。

"好英娘，祜哥哥送我的。"青雀炫耀地给英娘看黑背心，"有不有趣？这么丑，他要我贴身穿着。"

英娘脸色一变，忙拿到手中细细看了，心中惊骇莫名。她虽是婢女，却出自龙虎将军府，自幼陪伴祁玉长大，颇有几分见识。这背心异常轻、软、细密，非毛非棉，与众不同，难道竟是传说中的乌金软甲？乌金软甲，那是何等珍贵难得之物，张世子竟送了给青雀防身。

英娘打发青雀睡下之后，独自怔怔坐在床边。张世子和青雀萍水相逢，都能这般顾虑青雀的安危。小姐，你是青雀的亲娘，更应该为她着想吧？

英娘起身走到桌案前，自暗格中取出一把匕首。匕首很锋利，寒光闪闪，英娘把玩良久，方慢慢放了回去。

第二天张祜的饯行真是别开生面，没有美酒，没有宴席，竟是张祜、张祝带领属下和青雀激烈交战，大败而逃。

"小青雀真威风！真厉害！"张祜且败且走，回头冲青雀伸出大拇指。

青雀先是喜笑颜开，见张祜一行人愈走愈远，哇哇大哭，"祜哥哥……我会想你的……不许忘了我……"

张祜弯腰在马上疾驰，耳边传来断断续续的、带着哭腔的呼喊。他直视前方，不断抽打着坐骑，没敢回头。

只怕一回头，看见那小小的身影，便会忍不住拨马回去，再陪她一程。只怕一回头，又要盘桓许久，回不了京城。

青雀在旷野上放声大哭一场，回到杨宅后笑嘻嘻的，眉飞色舞吹着牛皮，"太爷爷，我率领一众小伴当，调虎离山，分而击之，大败张家军！"

太爷爷装作看不见她红肿的眼圈，笑眯眯听她吹嘘完，击掌叫好，"以少胜多，以弱胜强，我家小青雀真是了不起！"

青雀得意扬扬，一脸灿烂笑容。

晚上，太爷爷把瑜哥儿、琪姐儿、青雀聚拢在炉火旁，一边烤着红薯，一边讲着上下五千年的奇闻逸事。三个孩子眼睛亮晶晶的，听得津津有味。

"太爷爷，这个红薯很甜。"青雀听得入迷，手中红薯吃了一半，才蓦然发觉这红薯异常甘甜，忙奉起给太爷爷。太爷爷尝了尝，"果然是呢，青雀所言不虚。"

青雀得了夸赞，笑得极为开心。"我家小青雀，笑起来像一朵花。"太爷爷拿起雪白的布手巾替她擦拭嘴角，感慨说道。

瑜哥儿本是斯文之极的，近来跟着张祜、青雀疯跑过几回，活泼了不少，委婉说道："太爷爷，小青雀不是像一朵花，是像花骨朵。小花蕾含苞待放，更娇嫩美好。"

太爷爷大乐，"瑜哥儿这话说得有理。"琪姐儿仔细看过青雀，同意瑜哥儿的说法，"哥哥观察细致入微，眼光不差。"瑜哥儿被太爷爷和妹妹夸得满脸通红，映着熊熊炉火，格外有趣。

青雀偎依在太爷爷身边吃着香气扑鼻的烤红薯，心里甜丝丝的。美丽可爱的小脸上，全是满足和快乐。

杨集的日子，平静舒缓，安宁温馨。

青雀的吃穿用度，自有英娘源源不断拿了财物过来。宁国公府更是一车接一车送来各样物品，从绫罗绸缎到日常应用之物，一应俱全。

青雀歌

英国公府常常有信过来，常常送来京城最时兴的玩器、饰物，各样好玩有趣的物事，瑜哥儿、琪姐儿、青雀，三个孩子人人有份。

二少奶奶每每看见英国公府的礼物，并不怎么高兴。想起英国公府，想起英国公府那位堪做东床快婿的世子，便会想起杨阁老说过的，"青雀年纪还小，不急。"

"二少奶奶，京城的来信。"侍女恭谨地屈膝行礼，把一封讲究的信函呈了上来。二少奶奶没情绪地将信拆开，抽出带着淡淡香气的五色洒花笺。

这位新认的表妹，还真是贤惠大度得过了分！二少奶奶看着信，摇头微笑。也不知道她到底打着什么主意，一心要把青雀接回宁国公府，眼前杵着个庶出女孩儿，果然很有趣么？

二少奶奶乡居无聊，起了促狭之心。她提起笔，用灵秀飘逸的簪花小楷写着回信，把杨阁老对青雀的关切之情描写得淋漓尽致。或许觉得这样还不够，又特意提起英国公夫人对青雀的眷顾。写好信，二少奶奶仔细审视一遍，满意地笑笑，命人送走。

不知知觉，到了成华十四年的暮春时节。

草木青翠，花褪残红。杨阁老在书房桌案前闲闲坐着，手执一盏才沏的庐山云雾，色翠汤清，香幽如兰。书房另一侧，瑜哥儿、琪姐儿、青雀凝神练字，心无旁骛。

杨阁老慢悠悠喝完一盏茶，随手翻看起桌案上的往来书信、邸报。他虽致了仕，还了乡，邸报日日有衙门送来，是必看的。和诸多同年、同僚、好友的书信，也是亲自拆阅，并不假手他人。

"……弟老迈矣，不堪久居边荒蛮地，已乞骸骨，不日将回京……一生碌碌，惭愧惭愧……外孙女适薛氏，生一女，年方一岁有余，狡黠可喜，弟爱逾性命……"

杨阁老默然半晌，怜悯看向正全神贯注写字的小女孩儿。青雀，可怜的孩子，你娘另嫁，又生下了一个小女儿，是你曾外祖父的心肝宝贝呢。青雀，你曾外祖父并不知道，世上还有一个你。

三个孩子练完字，杨阁老细细看过，笑眯眯吩咐，"出去玩吧。"青雀率先拍马屁，"太爷爷最好了，最善解孩意！"瑜哥儿和琪姐儿也笑着谢过太爷爷，跟在青雀后头欢呼着跑了出去。

等到孩子们走了，杨阁老命人唤来英娘，温和询问，"你家小姐回乡，做何打算？旁的我都不管，不可令青雀伤心难过。"

祁玉从云南回京，会路过夏邑，重回祁家老宅，祭拜九泉之下的龙虎将军祁保山夫妇。

邓麒来过之后，青雀闷闷不乐好多天。祁玉回来，可不能重蹈覆辙，再伤着孩子。她才这么一点点大，哪禁得起这般胡打海摔。

英娘低下头，神色黯然，"小姐回乡，不会见青雀的。"

杨阁老沉默片刻，简短吩咐，"万万不能让青雀知道，瞒紧了。"英娘深深屈膝，恭敬地答应，"是，大人。"

接下来的日子里，英娘对青雀顺从体贴得异乎寻常，不拘青雀再怎么淘气、顽皮，都是温柔笑着，耐心哄着。青雀小辫子翘上了天，晚晚上了床就跟英娘嬉闹，直到实在困得不行了，才朦胧睡去。

渐渐地，天气越来越热。青雀晚上若是睡不着，英娘便会坐在她身边替她打扇，毫无厌烦之意。青雀睡着了，她会盯着青雀成时半晌地看，眼光温柔似水。

到了盛夏的时候，杨阁老借口天气热，怕中暑，不许青雀随意出门玩耍。本以为好动的青雀定是振振有辞有一番道理要讲，谁知她笑嘻嘻的，一口答应，"太爷爷最疼我了，全是为我好，我听太爷爷的。"那乖巧可爱的小模样，让太爷爷心都融化了。

青雀，你曾外祖父已取道缓缓回京，你娘和她如今的丈夫、孩子一道回了会亭。好孩子，听话，你这阵子就甭到处乱跑了，若不小心遇着了……孩子，太爷爷怕你小小人儿，受不了。

既然注定不能团聚，相见不如不见。

"太爷爷，为什么人到了夏天，这般容易犯困？"青雀陪太爷爷在书房坐着，张起小嘴，连连打着呵欠。

"小青雀困了？"太爷爷颇为心疼，忙命人叫来林嬷嬷，"带孩子回房歇着，安安静静的，莫吵着她。"林嬷嬷忙答应了，牵着青雀回去，打发她上床躺着。

英娘有事回了祁家老宅，林嬷嬷忙着处置家务。青雀在里间酣睡，外间两个小丫头一边做着针线，一边听着里头的动静。

"还睡着呢。"两个小丫头掀门帘看过几回，见绿莹莹的纱帐里头小青雀蒙头大睡，相视笑笑，继续埋头做针线。

到了天傍黑，杨阁老吩咐林嬷嬷把青雀叫过来，一道吃晚饭。林嬷嬷答应了，亲自过来，才进到外间，两个小丫头忙站起来赔笑道："还睡着呢，不曾醒过。"林嬷嬷微微皱眉，今儿个怎睡得这般沉？白天睡太多，晚上睡不着了，可如何是好。

林嬷嬷掀开纱帐，含笑拍拍熟睡的小人儿，"青雀，不许再睡了。快起来，和你瑜哥哥、琪姐姐一起，陪老爷用晚饭。"

一点反应也没有。

林嬷嬷忽觉着不对，心头发慌，忙掀开小薄被。只见薄被中孤零零躺着只长长的枕头，哪里有青雀的人影？

青雀！青雀！这调皮孩子，你去哪儿了？

一向注重风度仪态的林嬷嬷，跌跌撞撞、惊慌失措地往书房跑去。

祁家老宅。一个眉目如画的小女孩儿顺着一棵长长的杨树，机灵地爬上墙头，向下张望。盛夏时节，天气炎热，院子中坐着一名身着藕荷色丝绸夏衫的美丽少妇，少妇身边一名粉雕玉琢的小娃娃摇摇摆摆走来走去，母女二人正在悠闲乘凉。

"她长得真好看，像仙女一样。"墙上的小女孩儿偷偷看着少妇，内心充满孺慕之情。她那一双明亮的杏子眼，比夏夜星空更璀璨耀眼，她看向小娃娃的目光，多么温柔可亲啊。

那小娃娃会走路了，却还走不大稳，看着令人悬心。少妇微笑摇着美人扇，时不时地伸出纤纤玉手扶上小娃娃一把。小娃娃仰起小脸冲少妇乐，露出几颗白白的小米牙，可爱极了。

"没羞的小阿扬，又流口水了。"少妇含笑看着小娃娃，拿出一方淡绿色的手帕，轻柔替小娃娃擦拭口水。她的手很白，很轻柔，她给擦口水，一定幸福死了。墙上的小女孩儿看在眼里，也想流口水。

大概是祁家老宅年久失修，墙已不大牢靠，虽然小女孩儿一直小心翼翼的，还是有松

青雀歌

动的碎瓦片掉了下来。一声清脆的声音响起，少妇转头看过来，不经意间和小女孩儿的目光遇上，定住了。

溪水一般清澈的双眸，纯净明亮，天真无邪。少妇入神看着趴在墙头的小女孩儿，心神激荡，莫名感动。这张小脸如此稚嫩，如此动人，竟跟自己魂梦之中一模一样！

"青雀，你是小青雀。"少妇喃喃。墙上的小女孩见她目光柔和，呢喃低语，小心灵无比满足，很想哭，却又拼命忍住了——谁会喜欢爱哭的小孩呢，青雀，不许哭，她会不喜欢你的。

趴在墙头的小女孩儿，很努力地命令着自己，克制着自己，眼巴巴看着少妇，没有流泪。

小娃娃摇摇摆摆地走着，身子歪了歪，差点摔倒。少妇回过神来，伸手扶住她，轻声责备着，"小阿扬，又不小心了！"小娃娃咧嘴冲她笑笑，继续满地瞎转悠。

一名相貌和气的中年女子自院外进来，少妇微笑说道："奶娘，您带着扬姐儿玩会子。"中年女子笑着答应，"是，我的好小姐。"蹲下身子，喜滋滋地逗着小娃娃玩耍。

少妇轻轻摇着美人扇，也不带侍女，款款出了院子，绕过穿堂，走到一处偏僻的小院。她在一株柳树下站了没多久，墙头便出现了一个小脑袋，正探究地看向她。见她微微点头，机灵地顺着一棵大树攀了下来，一溜烟儿跑到她身边。

她这么爬来爬去的，脸上早有了污迹，额头也有了汗水。少妇蹲下身子，眼神复杂地看了她许久，拿出锦帕，替她擦去汗水和污迹。

风这么轻柔，她的手这么轻柔，这一刻美好得像梦境！小女孩儿连眼睛也舍不得眨上一眨，贪婪看着眼前年轻美丽的少妇。

少妇眼睛酸了酸，低声说道："青雀，若我有法子，再苦再难我也会带着你的。"

她的嗓音略带一点沙哑，但是很悦耳，听起来很舒服。青雀入迷地听着，她长得这么好看，说话还这么好听！

小女孩儿稚嫩的面容上，浮现出梦幻般的笑容。

少妇心一软，真想脱口而出，"青雀，我带你走！"这是自己的亲生骨肉啊，自己疼了一天一夜，历尽千辛万苦才生下来的女儿！

少妇胸口一痛，眼前又出现七年前那一幕：九死一生的折腾过后，终于听到婴儿的哭声。仿佛有什么重要的物事流出自己的身体，离自己而去，那便是眼前这孩子，自己亲生的孩子。

"生你的时候，我差点死了。"少妇面色疲惫，"青雀，咱俩时运不济，那一年，我和你，都差一点死了。"

如果不是莫大有横空出世，如果不是表哥终于找到祁家老宅，自己无依无靠却又不甘屈节受辱，走投无路，只有抱着青雀一起寻死。

"为什么要死？"小女孩儿质问，"谁欺负了咱们，便杀了谁！让他们死好了，咱们不死！"

少妇微微笑了笑。青雀果真如英娘所说，又倔强又好强，不肯认输，不肯认命。好啊，青雀，这才是祁家的外孙女，这才是祁家人的做派。

"咱们打不过……"少妇轻抚小女孩儿的脸庞，柔声告诉她。

"兵法战策这么多，硬打不行，再想旁的法子。"小女孩儿很认真，"以弱胜强，以少胜多，又不是没有！"

少妇轻轻笑了笑，"孩子，你不懂……"她话还没说完，已被小女孩儿老气横秋地打断了，"休要长他人志气，灭自己威风！"

看着眼前昂首挺胸，颇有睥睨天下气势的小女孩儿，少妇心底一热，想要把她抱在怀里，亲吻爱抚。

少妇伸出胳膊，小女孩儿激动得小身子微微发抖，大眼睛里满是渴盼。谁知少妇胳膊伸到半空，忽然顿住了。邓麒的眼睛，她有一双邓麒的眼睛！

想到邓麒，少妇心变得冷酷，眼神也变得无情。

小女孩儿敏锐觉察到不对，大眼睛有了疑惑，有了不安。静静看着少妇，一动不敢动，一句话不敢说。

少妇沉默良久，缓缓站起身，"你等我一会儿。"形色匆匆地走了。

小女孩儿无助地站在那里，不知道自己说错了什么话，做错了什么事，让仙女般的亲娘变了脸色。

不知过了多久，少妇匆匆返回，塞给小女孩儿一把放在皮套里的匕首，"你若是祁家的后人，便该有骨气地活着！沈苿是咱们的敌人，她这人阴险狡诈，一定不会放过你，一定会想方设法要搓弄你。她若折侮于你，你便拿上这个，动手杀了她！"

小女孩儿想也不想把匕首还了回去，声音清脆，如击玉磬，"下士杀人用石盘！难不成只有用匕首才能杀人？！"

黑白分明的大眼睛看了少妇一会儿，转身跑向大树。

少妇怔了怔，追上去，蹲下身子神色复杂地看着她，把匕首塞到她手里，"拿着防身。"声音不知不觉间极为温柔。

小女孩儿倔强地看着她，不说话，也不接匕首。

"玉儿，你在哪里？"爽朗的男子声音远远传过来，"玉儿，玉儿！"

少妇脸色一滞。

小女孩儿咬咬牙，抓起她递过来的匕首跑了。少女抬头，只见她猴子一般上了树，攀上墙，一会儿工夫，已是人影不见。

男子声音越来越近，"玉儿，玉儿，小阿扬扁着小嘴要哭，闺女要你呢。"

一名身着雨过天青色薄绸夏衫的男子抱着小娃娃走进月亮门。他个子高高的，脸圆圆的，浓眉大眼，五官端正，一眼看上去，就给人老实憨厚、可以依赖的感觉。

薛能本是随意过来扫一眼，不意竟在这偏僻小院看见妻子悄然站立的身影。薛能大喜，笑对怀中的幼女说道："小阿扬，娘亲在这里，找着了。"

祁玉在一株大树下痴痴站着，玲珑有致的身姿，恍如桂殿兰宫中的嫦娥仙子。

薛能怀抱幼女，满脸赔笑，"玉儿，可是回想起小时候的事了？"

祁玉淡淡一笑，"可不是么，我很小很小的时候，在这里玩耍过。"

小娃娃热情地扑向祁玉，祁玉怜爱地接过她。怀中抱着薛扬，身畔跟着薛能，缓缓而归。

祁玉身后的墙头上，一个小脑袋重又探了出来，定定看着她的背影。她的背影纤长优美，很耐看。薛能笑着低头逗弄她怀中的小娃娃，小娃娃咯咯笑着。从背影上看去，这真是很和乐、

青雀歌

很美满的一家人。

祁玉的背影消失之后，墙上的小脑袋还留恋地看了许久，才依依不舍地离去。

小小的身影自墙上落到地面，拿起手中匕首看了看，飞快向杨集跑了过去。快快快，再晚太爷爷会知道的，莫让老人家担心。

林嬷嬷跌跌撞撞跑到书房院门口，耳边传来一声嬉笑，"嬷嬷，您急着做什么呀。"林嬷嬷听到这熟悉的声音，回头看到笑嘻嘻的青雀，抓住她恶狠狠地打屁股，"去哪儿了？你去哪儿了？"打了几下，抱着青雀哭起来。

"别呀，别呀。"青雀伸出小手替她擦眼泪，一脸讨好笑容，"嬷嬷您在这儿哭，被太爷爷听见了可如何是好？太爷爷年纪大了，咱们不惹他老人家生气、着急，好不好？"

林嬷嬷又是气，又是爱，捏捏她的小脸蛋，"这回便算了，若有下回，看嬷嬷怎么收拾你！"青雀乖巧地点头，"下不为例，下不为例。"

这晚，青雀很听话，很温顺。太爷爷拉着她坐到书房院子里，指着漫天的星星给她看，告诉她什么是二十八星宿。

青雀倚在太爷爷身边，睁大眼睛看着浩瀚的星空。星星一闪一闪的，真好看呀，太爷爷讲了这么多的星宿，不知有没有哪颗星星，叫做母女星？

美丽的星空下，青雀趴在太爷爷腿上睡着了，睡颜安宁纯真。

太爷爷叹了口气，吩咐林嬷嬷把青雀抱回去，命英娘好生陪着她一起睡。林嬷嬷犹豫了下，还是如实回禀，"老爷，英娘今儿个去了祁家老宅，没回来。"

太爷爷皱皱眉，"如此，你陪着孩子吧。"林嬷嬷忙答应了，"是，老爷。"抱起青雀，回了房。

一晚上，青雀连身儿也没翻，安静得很。到了早上，林嬷嬷发觉青雀的枕头湿了大半，心钝钝的疼。傻孩子，你这个年纪遇到事该是抱着爹娘号啕大哭，而不是躲到被窝里，一个人偷偷流泪。青雀，小可怜。

第二天，第三天，英娘都没有回来。

青雀绝口不提英娘，天天笑嘻嘻的。太爷爷心疼得要死，终是忍不住，差人去了祁家老宅询问，"英娘如何了？妞妞想她。"

这晚英娘回来了，脸色发白，脚步飘忽。太爷爷本是有些生气的，见了她这副模样，气倒消了大半。罢了，各有各的不易之处，身为女子，没脚蟹一般，有诸多的身不由己。

"妞妞，我有一位救命恩人，终于有了音信。"晚上，英娘坐在青雀床边，低声说着话，"听人说，他似是在京城落了脚。妞妞，这人不只救过我，还救过你。"

"好英娘，快去京城吧。"青雀一骨碌爬起来，亲亲热热抱着英娘的脖子，"快去京城找他，一天也莫耽误！人家救过咱们，咱们要知恩图报呀。"

"那，妞妞怎么办。"英娘弱弱地反对。

"我有嬷嬷呢。"青雀浑不在意，"嬷嬷虽比英娘略严一点，疼我的心是一样的，对不对？"

英娘歉疚地看向青雀，"妞妞，咱们那救命恩人，跟你养父养母也有纠葛。"

青雀笑眯眯拍拍她的手，"我爹我娘可没进过京，到了京城，全靠你照看他们了！还有青苗和青树，也靠你了。"

"懂事的妞妞！"英娘抱住青雀，舍不得放开。

三日后，祁玉和薛能赶程回京。和他们一起上路的，还有英娘，和莫二郎一家。莫大有好容易有了音信，暂时在京落脚，莫二郎兄弟情深，地也不种了，要赶去寻找大哥。

青雀和青苗、青树分别的时候，高高兴兴的，"听太爷爷说，京城可好玩了，你俩到了京城，可以好好开开眼界！不过京城坏人多哦，不许乱跑，不许离开爹娘，要不会被坏人拐走的！"青苗、青树连连点头，"不乱跑，跟紧爹娘！"

青雀小大人似的替妹妹、弟弟整理好衣裳、头发，郑重交代，"记好了呀，不许乱跑！不许淘气！"

莫二郎和祁氏实在舍不得青雀，交代了一堆又一堆的事。青雀昂起小脑袋，"我是谁呀，这些个小事，不在话下！"

上了马车，直到青雀再也看不见了，莫二郎和祁氏才放下车帘，祁氏开始抹眼泪，"想起青雀一个人孤零零的，我这心里啊，跟刀割似的。"

莫二郎比她强点，劝她道："咱们到了京城，赶紧找着大哥。只要大哥找着了，咱们还回来，还种咱的地，还守着小青雀！"

祁氏哭得更厉害了，"英娘也走，咱们也走，怎么就小青雀不能走？没天理！"

莫二郎气闷了半晌，无奈道："小青雀有亲爹呢。她有亲爹，咱们管不了，再怎么想管也管不了。"

青苗抿嘴笑笑，"娘，您可真是的！姐在杨老爷家可享福了，杨老爷亲自教她读书，待她比亲孙女还亲呢，您说说您，瞎哭什么。"

莫二郎一拍大腿，"可不就是这个理儿！"祁氏不好意思地擦着泪，"青苗说得对，看看，青雀在杨老爷家安安生生的，我这是瞎哭什么，不吉利。"

官道是前几年新近修建好的，黄土地，平平整整。马车虽是行驶在平坦的官道上，车里的人依旧饱受颠簸之苦。一只纤纤玉手挑起车帘，极目远望，只见道路蜿蜒，一眼看不到尽头。

自从英娘、莫二郎一家走后，林嬷嬷悉心照料青雀的日常起居，晚晚陪青雀一起睡觉。青雀白天像个小大人，到了晚上就流露出孩子气的软弱。每每把小身子拱到林嬷嬷怀里，她便会格外安心，格外满足，那柔顺依恋的小模样，让林嬷嬷心软得一塌糊涂。

杨阁老会带着瑜哥儿、琪姐儿和青雀去书房，把典籍之中的精华之处细细讲给他们听，半分不枯燥。太爷爷洋洋洒洒地讲着，三个孩子聚精会神地听着，受益匪浅。

"太爷爷，我若不做个大有学问的小孩，简直对不起您的名头。"下了课，青雀一下子活泼起来，跑到太爷爷面前摇头晃脑地发着感慨，"户部尚书，武英殿大学士，太子太保，太爷爷您身兼三职呢，有您这位宫保尚书做老师，我若不能满腹经纶惊才绝艳，那真是暴殄天物呀。"

"怎么着，杨阁老这样的当世大儒，教出了个不学无术的小学生？不成不成，不能给太爷爷丢人。"

玉雪可爱的小女孩儿，眉飞色舞，言辞生动，清脆的声音如珠落玉盘，悦耳动听，太爷爷看着这鲜活的小青雀，心情飞扬愉悦。

青雀歌

瑜哥儿和琪姐儿原地坐着不动，看向青雀的目光中全是纵容。他俩本就比青雀略大，习惯以哥哥姐姐自居；自打经常一处玩闹之后，交情渐深，颇见亲昵。对青雀，他们既喜爱，又怜惜，很愿意让着她。

就连二少奶奶，见英娘走了，莫二郎一家也走了，觉着青雀孤零零无依无靠的，待她也比从前有耐心。这不，盛夏过后，秋风渐起，她要到灵泉寺随喜，特意提出要带上青雀。

"灵泉寺供奉的是三世佛，极灵验的。"二少奶奶热心地推荐，"另外，寺内极清雅安静，清泉、古树、北魏佛塔，都值得一看。"

二少奶奶大展口才，不止把青雀说动心了，最后竟连杨阁老也来了兴致，"那座北魏佛塔确有玄妙之处，瑜哥儿，琪姐儿，小青雀，到时候太爷爷指给你们看。"

瑜哥儿、琪姐儿、小青雀都是喜笑颜开。又能出门，又能看风景，还能听太爷爷讲古，太值了！

二少奶奶听了杨阁老的话，大大出乎意料，眼光闪烁，低头无语。

不只杨阁老，连林嬷嬷也是常年乡居，消遣极少。听说要到灵泉寺随喜，当面求了杨阁老，也一同前去。

二少奶奶心中颇为烦躁，却不好多说什么，只能满脸赔笑地凑趣，"如此，更加热闹了。"

到了这天，杨宅门前黑压压停着半街的马车。杨阁老是省事之人，可是既有女眷和孩子们要出门，侍女、婆子、媳妇便要多带。杨家主子连同青雀在内不过五人，可随行的仆妇众多，声势极大。

杨阁老的马车很宽大轩敞，瑜哥儿、琪姐儿和小青雀都坐了进去，一路之上说说笑笑，谈谈讲讲，颇不寂寞。

到了灵泉寺，瑜哥儿和琪姐儿跟着二少奶奶礼佛，杨阁老牵着小青雀，只看景色。二少奶奶实在是不懂，不礼佛，祖父你到灵泉寺做什么？还有青雀，女孩儿家不敬神佛，哪家夫人太太能喜欢你。

林嬷嬷是极虔诚的，她不只自己逐处跪拜、上香，还特地走过去劝说小青雀，"妞妞，快，过来拜拜。"——其实她也想劝说杨阁老来着，不大敢。

青雀嘻嘻笑着，摇头，"嬷嬷，这么多人都有事要求佛祖保佑呢，佛祖可是太忙了。我心疼他，不给他添乱！我呀，凡事求自个儿，您说好不好？"

这是什么歪理，林嬷嬷被她说得哭笑不得。

杨阁老微笑看着小青雀，欣赏赞叹之意，流露无遗。王堂敬啊王堂敬，这孩子无论神情、语气、行事做派都跟你像得很，却比你讨人喜欢多了。只是你竟不知道世上还有一个她，令人唏嘘。

拜佛的拜佛，游玩的游玩，到了中午，都在灵泉寺吃斋饭。不知是斋饭格外味美，还是孩子们都饿了，总之胃口奇佳。青雀埋头苦吃，一会儿工夫，她跟前的素炒扁豆就见了底。瑜哥儿干掉一大海碗米饭，琪姐儿称赞，"这五行蔬菜汤真见功力。"喝了两小碗，还嫌不够。

用过斋饭后本是要出寺回府的，二少奶奶忽想起大悲庵就在附近，也该过去烧炷香，添添香油钱。林嬷嬷陪同二少奶奶，带着瑜哥儿、琪姐儿去了大悲庵，青雀问了问，"大悲庵有没有好景致？"听说没什么特别之处，摇头不肯去，跟在杨阁老身边看北魏佛塔。

二少奶奶抚额。世上怎会有青雀这样的小妞妞，灵泉寺有好景色，就肯赏光。大悲庵没有，就不肯去了？敢情你一个小姑娘家，只顾着贪看景致不成。

在大悲庵，二少奶奶恰巧遇上了曹集的曹大太太，便客客气气地见了礼，叙了话。曹大太太是宁国公府的姑娘，邓麒的姑母，按着辈分青雀应该称呼一声"姑奶奶"的。二少奶奶看在青雀的分上，对曹大太太应酬得很周到。

曹大太太面有凄色，"家母年迈，这些日子身子不大爽快。子孙们皆是忧心，京城的大嫂在家吃斋念佛，大侄媳妇更是带着两个姐儿到西山清净庵住着，每日布衣蔬食，在佛前虔诚祝告。我虽是出嫁女，论孝心也是不差的，难不成竟比不上大侄媳妇？我也在大悲庵做做早课晚课，替家母修修功德，只愿她老人家身子康健，长命百岁。"

二少奶奶叹息，"您这份孝心，感天动地。有您这样的孝女，宁国公夫人定会身子大好了，福寿双全。"

林嬷嬷在旁听着，心里咯噔一下。曹大太太这番话可不是随口说说的，分明是冲着小青雀。宁国公夫人是青雀的曾祖母，她这一生病，世子夫人在家吃斋了，世孙夫人带着女儿干脆到清净庵修行了，连曹大太太这出了阁的庶女都要做出这副姿态。若是青雀一切照旧，难免不被人讥笑，"眼里没长辈，目中无尊长"。若是青雀也跟着到大悲庵住着，吓！孩子才走了养母、英娘，成了小可怜，再到这冷冰冰的庵堂住着，要命呢。

她再装得像个小大人，内里究竟还是个孩子啊。林嬷嬷想起青雀一到了晚上就流露出来的软弱，拱在自己怀里一动不动的小身子，心疼得不行。

这什么狗屁宁国公府，不通人性！硬生生把孩子的亲娘逼走了，这会子又来逼个六七岁的孩子！林嬷嬷红了眼圈，怂怂瞪了曹大太太一眼。

曹大太太哪会理会林嬷嬷这么个下人的眼神，她正看着二少奶奶，为难地说道："依理说，青雀也是该为曾祖母尽尽心的。却不知，阁老大人舍不舍得？若阁老大人过于疼爱青雀，实在舍不得她，我也无话可说。不过，对青雀的名声不大好呢，好说不好听。"

林嬷嬷在旁听着，牙痒痒。

二少奶奶涵养好，微笑回答，"青雀虽是家祖父的小学生，可也是宁国公府的姐儿，宁国公夫人抱恙，她这做曾孙女的，岂会不忧心？"曹大太太皮笑肉不笑，"青雀是有良心的好孩子，自是忧心的。"

不咸不淡地叙过话，二少奶奶款款站起身，神色从容，"天色不早，请恕我竟要先告辞了。"曹大太太无可奈何，只好任由二少奶奶飘然离去。

二少奶奶回到灵泉寺，自是一五一十禀报过杨阁老。杨阁老温和说道："早课晚课，吃斋修行，在家里做也是一样的，只要心里虔诚便好。既然宁国公人抱恙在身，小青雀这些时日便吃素罢，另外，替宁国公夫人抄录《金刚经》，供奉佛前。"

林嬷嬷大喜，忙讨了这差使，亲到大悲庵，郑重告诉曹大太太，"青雀听说宁国公人身子不大爽快，心情郁郁，神色不欢。从今日起，到宁国公夫人身子大好之前，青雀便在家里吃素了，绝不茹荤。曹大太太您不知道，小青雀本是无肉不欢的，可孩子孝顺啊，为了曾祖母，连肉都不吃了。"

林嬷嬷把一通门面话说得无比堂皇，之后，施施然离去。

曹大太太气了个仰倒。林嬷嬷走后半晌，她才颤微微说道："杨阁老一向娇惯她，她在杨家吃肉还是吃素，外人哪里知道？"

过了一个月，杨阁老命人送了一卷《金刚经》给曹大太太，"妞妞亲手抄的，虽是笔法稚嫩，却是一片真心。"

曹大太太没法子，只好战战兢兢向京城的嫡母复命。她虽出嫁多年，曹家无权无势，她要倚仗娘家的事且多着呢，实在不敢违了嫡母的心意。

京城宁国公府，国公夫人荀氏摔了手中的茶盏，大发雷霆，"我熬了一辈子，到头来连个小丫头都管不了！"

荀氏嫁了个有能为的夫婿，替她挣来国公夫人的荣耀。儿子、孙子一个比一个孝顺，儿媳妇、孙媳妇在她面前全是恭恭敬敬、唯命是从。唯一不称心之处，就是心爱的孙子偷娶了个水性杨花的女人，生下一个野丫头。这野丫头来路本就不正，性情尤其不堪。绊倒亲祖父、亲叔叔，对于曾祖母，她看都不看一眼！荀氏对青雀的厌恶，早在见到她之前就已是极浓重。见到之后，更是到了深恶痛绝的地步。

"爱之欲其生，恶之欲其死"，青雀虽是邓麒的亲生女儿，还和邓麒长得极像，荀氏却是想起她就烦，恨不得这世上从来没有她。

"我是堂堂宁国公夫人，那野丫头的曾祖母，能拿她没办法？"荀氏怒发冲冠，厉声呵斥，"去，告诉那个没用的，我已奄奄一息，熬不过这个年！"

世子夫人孙氏低眉顺眼地答应着，急急去了。荀氏口中"那个没用的"，说的是嫁在曹集的庶女曹姑太太，赶紧地给曹姑太太送去一封急信，便是了。

送出信，在荀氏面前小心翼翼服侍许久，见荀氏气哼哼躺下了，孙氏方才脱身出来，料理了一回家务。

曹大太太接到京城急信，不敢怠慢，赶忙去了杨集。坐在杨家的客厅里，她拿帕子拭着眼泪，"家母已是年过六旬，年迈体衰，卧床不起。她老人家平日总是少气无力的，只有听到曾孙女们亲到庵堂，日夜在佛前为她祈福，才会露出欣慰的笑容……"

二少奶奶眼中闪过丝恼怒。曹大太太话说得这般露骨，杨家若再不同意青雀去庵堂，简直成了别有用心，离间骨肉。

这是逼到家门口了。

青雀住哪儿，二少奶奶不会放在心上。可如此这般逼迫杨家，二少奶奶是极为在意的。

二少奶奶板着脸，命侍女到杨阁老面前禀报，"曹大太太的话，原封不动地带过去，一个字不许多，一个字不许少。"侍女屈膝答应，盈盈离去。

曹大太太忐忑不安地等着，二少奶奶让她喝着茶用点心，客气而冷淡。

没多久，侍女回来了，"老爷吩咐，便遂了宁国公夫人的心意，青雀到大悲庵住上数日。"

曹大太太欣喜若狂，满面春风告诉二少奶奶，"如此，我在大悲庵等着了。"连连道谢，心满意足地走了。

书房里，青雀笑眯眯安慰神色不虞的杨阁老，"太爷爷，除了不能吃肉，没别的不好。横竖我也住不了多久，过不几天便回来陪着您。"

话说完后歪头想了想，改了口，"不是，是烦着您。"嘻嘻一笑，天真可爱。

杨阁老捏捏她的小脸蛋，心里实不在明白，这么好的孩子，怎么宁国公夫人这做曾祖母的会厌烦至此？孩子好好的在杨集住着，她满心不服气，硬要把孩子逼到清冷的庵堂受苦。

这一刻，杨阁老忽有些同情起青雀的亲娘。她若不能毅然决然离了邓麒，或许会和青雀一起，在宁国公夫人的淫威之下苟延残喘，永世不得超生。

杨阁老神色怔忡，青雀笑嘻嘻凑了过来，"别呀，太爷爷，这总比我被送回去强，是不是？"

杨阁老把这懂事的孩子揽到怀里，悠悠叹息，"妞妞，你必有后福。"

林嬷嬷抹着眼泪，给青雀打点行装，准备车马，第二天便要上大悲庵去。瑜哥儿、琪姐儿知道后，都说到佛堂净净心没什么不好，也想分别到灵泉寺、大悲庵小住。二少奶奶吓得魂儿都没了，"不许瞎想！"厉声训斥着，把一双儿女喝住了。

第二天，青雀轻车简从，一大早就出了门。临分别的时候，青雀得意地跟太爷爷吹嘘着，"天将降大任于斯人也，便是这样的啦。太爷爷，我是要做大事的人！"

太爷爷怜爱摸摸她的小脑袋，把她抱上了车。

青雀的马车离去之后，太爷爷站在门前，心情如眼前这秋景一般萧瑟。王堂敬，莫说是我了，便是你在跟前，咱们也难把邓家人怎样。青雀，她究竟是邓麒的亲生女儿。

这会儿，青雀该到了大悲庵了吧？吃上饭没有，素菜可不可口？中午，杨阁老吃着饭，没滋没味的。

第五章
不缺师父

青雀这会儿到了大悲庵，不过，没有午饭。"你来晚了，庵里没备你的饭。"到了之后，随行的小丫头就被另外安置，青雀被一位面无表情的沙弥尼带到一个偏僻的小屋子，屋里只有一张木板床，床上除了一张薄床单，连被子都没有。

沙弥尼冷冷站着，等着听青雀的惊呼声，等着青雀大吵大闹。

青雀往四周看了看，礼貌地冲沙弥尼道了谢，别的什么也没说。

沙弥尼忍不住提醒她，"住在这儿，会很苦的。"

青雀笑了笑，"我也不是来享福的。"

我在太爷爷家才是享福呢，有人费尽心思把我弄到这儿，不就是为了让我吃苦么？

看你能忍多久！沙弥尼哼了一声，转身走了。

"中午没有我的饭，晚上也不会有吧。"青雀摸摸鼻子，信步出屋，在前后左右转了一圈。这里很偏僻，但是并没什么野果可摘，也没种着菜，想找点吃的，看来是比较难。

再往前走，前方出现一条小溪。"有吃的了！"青雀来了精神，挽挽袖子，折下一枝树枝，从怀中取出小匕首削尖了，站在溪边，凝神往水里看。

水里一条黑色的影子闪过，青雀眼疾手快，伸出树枝插进水中。一道优美的弧线扬起，"好肥的鱼呀！"青雀眉开眼笑。

拿匕首剖了鱼，掏干净内脏，青雀喜滋滋到了溪边石头坐下，拿出怀中火折，燃起拾来的木柴，架火烤鱼。

"可惜没有盐，还有，没有肉，没有菜。"青雀盯着渐渐散发出香味的烤鱼，心里遗憾。

估摸着差不多烤熟了，青雀试探着咬了一口，"鲜掉眉毛！"小女孩儿欢呼一声，又咬了一口，吃得兴高采烈。

"丫头，怎么能吃独食呢。"青雀耳中听得一声优美低沉的女子声音，眼前一花，面前的大石头上盘腿坐着位比丘尼打扮的青年女子。这女子相貌极好看，肌肤莹白如玉，一又丹凤眼微微上翘，勾魂夺魄。

"天呢。"青雀张大嘴巴吃惊了半晌，啧啧赞叹，"你若留起一头青丝，会好看死的！"

比丘尼娥眉微蹙，这是个什么孩子，自己这么着个出场，她注意的居然是好看不好看！

比丘尼毫不客气地伸手索取，"分我一半。"青雀盯着她的手看了好一会儿，"手如柔荑，说的就是你了。"很大方地分了比丘尼一半烤鱼。

"可惜没有盐。"两人吃着吃着，不约而同地抱怨。

抱怨完，相互看看，展颜一笑。

"小丫头，你小小年纪，怎的什么都会？"比丘尼有些纳闷。

"这你就不懂了。"青雀得意扬扬，"我在野外打过仗，什么都会！"

比丘尼微微一笑，就你，还打过仗呢。

"我看你蛮顺眼。"吃着鱼，比丘尼漫不经心地说道，"小丫头，我收你做徒弟吧，教你最上乘的武功。"

青雀欢快地把最后一口鱼吃完，小树枝扔掉，笑嘻嘻看向美貌的比丘尼，"我不缺师父，缺娘。"

知道我老师是谁么？太子太保，户部尚书，武英殿大学士，清流士林敬仰的当世大儒。大美人，我可不缺师父啊。

小女孩儿盘腿坐在光洁的石头上，笑靥如花，观之可喜。比丘尼听到"不缺师父，缺娘"这话，本是心生不悦，却见她年纪小小，眼神纯真，那般兴滴滴地看着自己，哪忍心出言责备。

更何况，刚刚才吃了人家的鱼。

比丘尼生得美貌，声音也是娇柔婉转，悦耳动听，她微笑道："小丫头，你看好了。"青雀入迷地听着，连连点头，只见她身子纹丝不动，衣袖挥起一道凌厉的劲风，直指空中，一只麻雀正好飞过，被扫落地面，挣扎了两下，头无力地垂下。

"好不好玩？"比丘尼略为得意地看向青雀，微笑问道。

"好玩好玩。"青雀很卖力气地拍掌叫好，冲比丘尼讨好地笑着，"你爱不爱吃烤麻雀？你若爱吃，我便把它烤了。"

比丘尼狭长秀美的丹凤眼斜睨过来，"小丫头，你看见这般神奇的功夫，作何感想？实话告诉我，想不想学啊。你肯定想学是吧？那赶紧求我呀。"

青雀摇着小脑袋，"此一人敌，不足学，学万人敌。我跟太爷爷学兵法呢，比这个厉害。我有师父的，不缺师父。"

嘻嘻笑着，露出一口洁白可爱的小乳牙，清澈纯净的杏眼中满是渴盼，"我真的不缺师父呀，缺娘。"

养母和英娘去京城了，仙女般的亲娘也去京城了，我真的是很缺娘。

姿容如玉、神韵脱俗的比丘尼作了难。本门的精湛武功都展示过了，这小丫头还口口声声"不缺师父，缺娘"，这可让人如何是好。

想收下这个徒弟，很费劲。不收吧，又有点舍不得。这么招人待见的小丫头，又和自己这般投缘，还会抓鱼、烤鱼。

青雀仿佛知道她在想些什么，殷勤地送上一副笑脸，"咱们想法子弄点盐和作料，好不好？我再捉条大鱼，烤给你吃，一定好吃死了。"

比丘尼作了半天难，想着一个好主意，"小丫头，晚上我出去捉个憨厚又壮实的妇人，暂且充作你娘亲。"

青雀歌

青雀小脑袋昂得高高的，小声音清清脆脆，如珠落玉盘，"我娘亲是很好看很好看的，像仙女一样！如今我虽潦倒了，退而求其次，至少也要一位倾国倾城的美人，否则免谈！"

比丘尼秀眉一挑，"你……"美丽的丹凤眼中透出恼意，青雀迎上她的目光，和她怒目相视。

一个是大美人，一个是小美人；一个是妩媚的丹凤眼，一个是清澈的杏子眼，你瞪我，我瞪你，谁也不肯让谁。

"拜师！"

"不缺师父，缺娘！"

"有多少孩子苦苦哀求要拜我为师，你知不知道？"

"那些孩子都有娘！"

……

比丘尼伸出一双纤纤玉手缓缓袭向青雀，青雀很机灵地想跑，却被一股大力吸住，根本动不了。比丘尼双手扼在青雀脖子上，一声娇喝，"拜师！要不扼死你！"

青雀狼狈而又倔强，"不……缺……师父……缺娘……"一双秋水无尘的杏子眼中，隐隐有了泪光。

"师妹，松手！"一声低沉的男子声音传来，青雀只觉身畔青光一闪，一股浑厚的力量夹在自己和比丘尼之间。下一刻，颈间轻松，如蒙大赦。

一位身着青布僧袍的年轻男子站在青雀面前，渊渟岳峙，端穆沉静。他身材颀长，面目秀美，即便光着头，即使穿着简陋的僧衣，依旧风采过人。

"都长得这么好看啊。"青雀小手捂着脖子，迷迷糊糊想道。年轻僧人低头察看她的伤势，青雀冲他仰起小脸讨好地笑着，晕倒在他怀中。

"……本门戒律你全忘了？竟对个孩子下手！"朦朦胧胧中，青雀听到年轻僧人低声训斥比丘尼。

"不要，不要！"青雀心中在呼唤，"我才不要训斥她，我才舍不得训斥她！"

"没见过这么倔的孩子。"比丘尼没底气地低声嘟囔。

比丘尼的声音好像离得有点远，自己好像是在一个温暖宽厚的怀抱里……嗯，是了，自己是被年轻僧人抱着。青雀渐渐醒了，却不睁眼，也不开口说话，安安静静偎依在年轻僧人怀里，一动不动。

"小妹妹，你醒了？"年轻僧人微微笑了笑，温和拍拍怀中的小女孩儿。青雀伶俐地抬起头，黑白分明的大眼睛吃惊地瞪着他，"你怎么知道我醒了？我又没说话，又没动。"

年轻僧人对上青雀清亮纯净的眸子，眼中有了笑意，"小妹妹，一个人睡着的时候，和醒着的时候，吐纳呼气，有所不同。"

青雀恍然大悟，小大人般地点头，"原来如此。"

年轻僧人嘴角微翘，"小妹妹，我放你下来可好？"既然醒了，看样子还机灵得很，眼神澄澈，看来是无恙了。

青雀小声道："我，我有点冷。"可怜巴巴地看向年轻僧人，不愿意离开他，到冷冰冰的石头上坐着。

年轻僧人也作了难。他为人向来端方，虽然青雀还是小女孩儿，在他看来也是男女有别，不宜如此亲近。方才青雀晕了过去，抱抱她是从权；如今好了，还抱着，却算什么呢。

比丘尼哪有不知道他的，嫣然一笑，替他解了围，"小丫头过来，我搂着你。"青雀大喜，冲她张开小胳膊，乐陶陶落入她的怀抱。

"你倒是不怕我啊。"比丘尼低下头，浅浅笑着。

"不怕。"青雀趴在她柔软的胸膛，心满意足。

"为什么呀。"比丘尼声音温柔了。

"你像我娘。"青雀眷恋看着她的脸，"你和她一样，都像仙女一样好看。"

比丘尼脸腾地红了，伸手要打青雀的屁股，"小丫头胡说什么！我还是……"

青雀嘻嘻笑着，机灵地从她怀里钻出来，沿着小溪奔跑。比丘尼脸发烧，直觉得师兄看自己的眼光又是怪异又是吃惊，坐也坐不住，站起来追青雀，"小丫头，你站住！"

师兄就在眼前，她不敢使出本门功夫欺负小孩儿，只好用着巧劲儿，想把青雀捉过来。谁知青雀伶俐异常，比水里的鱼还滑手，好几回快要被她捉住了，都身法灵活地逃了出来。

年轻僧人一开始听到"你像我娘"这话，早已闭上双眼，不好意思再看、再听。比丘尼脸色发烧那会儿，其实他根本没敢看师妹，一眼也没敢。

青雀和比丘尼追打笑闹，银铃般的笑声撒遍四周。年轻僧人听到师妹的笑声，暗暗松了口气，张目观望。

越看，年轻僧人越是心惊。这小女孩儿身手敏捷，眼神清亮，骨骼清奇，分明有极好的习武天分。怪不得小师妹要使出手段逼她拜师，良材美质，原是可遇不可求。

这个小徒弟，我也要抢上一抢！

年轻僧人身形一晃，三两步到了青雀和比丘尼之间，微微笑道："我来捉你们！"比丘尼身姿曼妙地一闪，避开了他，青雀兴奋大叫，"你来捉我呀，来呀来呀，我是一只小青鸟，小鸟飞了！"张着两只小胳膊，欢快地飞走。

年轻僧人的身影时而如鬼魅般轻灵，时而如苍鹰般凌厉，在青雀身边游来逛去，洒脱自如。比丘尼的轻功比他差一点，可是有青雀这小捣蛋瞎掺和着，到最后，双方居然是你来我往，平分秋色。

"在下，僧人觉迟。"年轻僧人微笑合掌，彬彬有礼地介绍，"这位，是我师妹心慈。"

"在下，小名青雀。"青雀有样学样，也微笑合掌，言辞谦逊，"两位，青雀有礼了。"

一时间，三人都斯斯文文的。

觉迟慢慢问着青雀，"可曾拜过师父？"他心中很有些忐忑，唯恐青雀已经拜过师了，若是牵扯到其他门派，却是极易惹上麻烦。

青雀得意地伸出两个手指头，"有啊。一位是教我经史子集和兵法的老师，也是我太爷爷。一位是教枪棒的老师，是太爷爷从县城请来的，可有名气了！束脩收得很贵！"

觉迟放了心。

他张开双臂，沿着一株粗壮的槐树一步一步不疾不徐走了上去。最后，一个鹞子翻身，轻飘飘站在树枝上，迎风静立，身姿若仙。

青雀瞪大眼睛全神贯注看着，吃惊得说不出话来。

觉迟微微一笑，移动身形，在空中盘旋数周，方徐徐落到青雀面前。青雀敬仰地看着他，神情激动。

觉迟正想开口询问，"小青雀，这样的功夫，你想不想学？"却见青雀一脸讨好的笑，"我见过好多变戏法的，数你变得最有趣！你若闲了，时常变给我看，好不好？"

觉迟有一会子没说话。心慈背过身去，肩膀一抽一抽的，显然是在偷笑。

"青雀，你若身怀绝世武功，任是谁也不能欺侮于你。"觉迟为人端方，劝起青雀来，是这种口吻。

青雀小嘴一扁，哇哇大哭，"欺侮便欺侮好了，反正我没爹没娘没人要，被人欺侮死算了！"

这下子可倒好，不仅觉迟，连心慈也被她哭得心酸，紧着过来哄她，"谁说你没人要了？谁说你没人要了？小青雀，我要你！"

青雀泪眼迷蒙，"你又不是我娘……"心慈见她模样可怜，疼惜说道："虽然我不是你娘，可是会像你娘一样疼你的，快别哭了。"

她的声音真好听，天籁之音！青雀无比陶醉。

这晚，青雀在简陋的□□□□腿坐着，练习觉迟和心慈教给她的内功心法。做完之后，浑身上下暖融融的，十□□□□□□□□□

"真好玩！"青□□□□□□□□□笑。心慈又惊又喜，青雀你才是头一天练功好不好，居然不觉□□□□□□□□小青雀，你真是天才呀。

青雀在心慈怀里絮絮□□□□□打个呵欠，朦胧睡去。怀里多了个软绵绵热乎乎的孩子，心慈极不习惯，□□□□□开她。

"娘……"青雀在睡梦中喃喃叫了□□，心慈眼眶一热，搂紧青雀。青雀小身子在她怀里拱了拱，眷恋地依偎着她，一夜好眠。

第二天早上两人差不多同时睁开眼，你看我，我看你，都觉新奇。青雀从没和这么美丽的女子一起睡过觉，心慈却是自打记事以来，向来是单独就寝，从未和他人同一个被窝。

"昨晚我被仙女搂着睡觉的呢。"青雀很快活，"荣幸之至，荣幸之至。"

"天气渐渐冷了，知不知道？"心慈拢起衣衫，遮住白腻胜雪的肌肤，慵懒说道，"我是怕冷，才搂着你睡的。"

"那是，那是。"青雀躺在枕头上嘻嘻笑，"林嬷嬷说过，小孩儿跟小火炉似的，搂着个孩子一起睡，可暖和了。"

心慈哧地笑了，伸手捏捏她光滑娇嫩的小脸蛋，"狡猾的小丫头，起床了。"被这小女孩儿欣喜爱慕的眼神激得母性大发，亲手打理她穿衣、洗漱，温柔又细心。

有一个问题很不好办，心慈是出家人，不会打理青雀那满头青丝。这间简陋的屋子里什么也没有，连枕头、被子都是心慈带过来的，可是心慈没有梳子，也不会梳头发。

青雀得意地笑笑，"头发乱着吧，不用理会它。"把被子和枕头卷成一团，装到柳条箱里，塞到床底下。瞅瞅从外面看是看不出来的，大为满意。

心慈惯于洁净，看来看去，对青雀那一头没有梳理过的乌发实在看不顺眼，"小青雀，留头发很麻烦的，干脆剃了吧。像我这样，如何？"

青雀大惊，忙伸出一双小手捂住头发，漆黑大眼睛瞪着心慈，"不成！没有头发不漂亮！"

心慈看她这副模样，起了玩心，微笑着诱哄，"剃了吧，剃了干净，一了百了。剪掉三千烦恼丝，整个人都会轻快许多，练起功来也少了牵绊。"

"不成！"青雀断然拒绝，"虽然我爹我娘不要我了，可是身体发肤受之父母，不敢有所损伤！"

大义凛然，冠冕堂皇。

心慈粲然一笑，出门去了。没多大会儿回来，手中托着一个朴素的黑色木托盘，盘中放着两碗粥，一盘松软白胖的小馒头，一碟酱萝卜。

"这是师兄从灵泉寺送过来的，大悲庵里头，连这个也没有。"心慈递了碗粥给青雀，叹道："整天吃这些，嘴里淡极，没味。"

"这有什么。"青雀不以为意，"你想法子弄些盐、调料过来，下午我再捉条鱼来烤。若是附近有野鸡、野猪什么的，也猎了来烤。"

心慈食指大动，"成，我弄调料去！"喝着白粥，吃着酱萝卜，脑海中盘旋着香气四溢的新鲜烤鱼、烤鸡、烤猪，无限神往。

吃完早饭，心慈便端着木托盘走了，摩拳擦掌、雄心万丈地去弄盐和调料。有肉吃了！心慈如玫瑰花瓣一般美艳的嘴唇边，绽放出明媚笑意。

心慈走后不久，昨天带青雀过来的沙弥尼来了。"这一下午一晚上没人理没人问的，连饭也没有，这会子她该蔫儿吧。"沙弥尼满心以为青雀会躺在床上，缩在床角，一脸的无助、惶惑、恐惧。谁知她推开门后，却见青雀盘腿坐在床上，眼观鼻鼻观口口观心，神情平静地在打坐。

沙弥尼吃惊地睁大眼睛，实在不敢相信。

青雀如老僧入定一般坐着，好像根本没有看见推门而入的沙弥尼。沙弥尼怔怔站了会儿，上前推推青雀，"住持法师要见你，快跟我过来。"

拉起青雀，往门口走去。她虽是沙弥尼，其实也有十五六岁了，比青雀高出一大截，力气也大得多。青雀被她拉着，匆匆忙忙出了屋。

走过一段荒废之处，走过几座简陋的小木屋，前方渐渐有了砖瓦房，渐渐地不再荒凉。沙弥尼带着青雀三绕两绕，到了一个清幽的院落，这院落里的房舍全由青砖砌成，大方洁净。

沙弥尼板着脸吩咐，"在这儿等着！"自己轻手轻脚、屏声敛气地走了进去。青雀在院子里站着，仰头向天，只见天空高远辽阔，万里无云。

过了一会儿，沙弥尼走了出来，合掌为礼，谦恭周到地请青雀进去。青雀也斯文之极，微笑颔首，"有劳，多谢。"

青雀走进去之后，略微有些吃惊。屋子里异常简朴，什么装饰也没有，蒲团上坐着一名人到中年的女尼，手捻佛珠，神色肃穆。

青雀看着眼前这一幕，心中有了计较。

"檀越在敝庵小住，可有不便之处？"住持睁开双目，客气地询问青雀。

"多谢法师关怀，并没有不便之处。"青雀学着她客气而冲淡的口吻，神情也跟她一样肃静、庄严。

青雀歌

"饮食、住宿，都适应么？"住持淡淡问着，颇有例行公事的意味。

"贵处的饮食，我并未尝试过，不敢妄言。"青雀欠欠身，"我昨天下午晌来的，沙弥尼命我辟谷。"

住持没有一丝表情的面庞上，闪过丝惊异。这小女孩儿并没有哭着喊着诉说委屈，却也没有逆来顺受的一声不响，她很委婉地说了：沙弥尼没给她食物。

"辟谷，利养生。"住持的声音缓慢而清晰，"你锦衣玉食太久了，身上孽障太重。住清苦之处，行辟谷之举，是救你，不是害你。"

"法师所说，自是至理名言。"青雀慢条斯理地称赞，"想必我辟谷百日之后，必能行步起居自若，气力如故，而颜彩轻润，精爽秀洁。"

住持默然半晌，温和交代，"你既能为宁国公夫人来到这清苦之处，可见尚有孝心。去吧，宁国公府的姑娘，应是温柔谦恭，驯服顺从。"

青雀一句话没多说，行礼告辞。

青雀起身向外走，住持望着这美丽又决绝的小女孩儿，有片刻失神。想把这样的孩子养成畏缩听话的庶女，在宁国公夫人面前俯首帖耳，在世子夫人、世孙夫人面前唯命是从，不敢违抗长辈，不敢违抗嫡母，岂是容易的。本以为她在庵里住上三两个月便可向宁国公府交差，如今看来，托大了。这个孩子，不好对付。

孩子是小时候好调理，如今她已六七岁，又跟着杨阁老读过书，有些见识，不好摆布了。

沙弥尼在外面等着青雀，"杨家二少奶奶差了侍女过来看你。"不冷不热地说着话，把青雀带到会客之处。

"妞妞啊，这里饭菜可不可口，被子厚不厚？"来人是林嬷嬷差来的，青雀认识她，是管厨房的鲁妈，性情宽厚，脾气直，虽是沙弥尼在一旁看着，她还是拉着青雀的小手，心疼地问着。

"您回去跟林嬷嬷说，我一切都好。"青雀一脸甜蜜笑容，"跟太爷爷他老人家说，甭惦记我，我在这儿吃得好，住得好，什么都好！"

鲁妈前后左右瞅了半天，"我怎么看着，妞妞瘦了点儿？"沙弥尼在旁凉凉道："昨儿个下午晌才来的，难不成便饿瘦了？"

鲁妈拉着青雀交代了许多话，方依依不舍地去了。沙弥尼送走鲁妈，没好气地看了青雀一眼，"我打生下来就住这儿，也没怎么着！偏你娇贵，才住了一晚上，就瘦了！"

青雀哪会和她一般见识，一笑作罢。仙女师父还等着吃烤鱼烤鸡呢，赶紧的，回罢。

沙弥尼带她回了简陋的屋子，临走前忍不住问她，"你一个人在这儿，做什么消遣？"青雀一跃上床，盘腿坐好，一本正经地告诉她，"打坐，背佛经。"

沙弥尼哼了一声，转身离去。

一直到中午，并没有人过来，当然也没有饭。"这还真是要我辟谷呢。"青雀摸摸肚子，"想让我辟谷成仙，是不是？"

青雀起身出门，沿着昨天的路去了小溪边。这回她拾了一堆柴火，捉了三条鱼，兴滴滴地收拾干净。祜哥哥，你教我的本事真有用呢，不必挨饿！我可不想辟谷成仙呀。

"调料在这儿。"娇柔宛转的女子声音，洒脱地一甩手，一个包裹落在青雀身边。青雀打开看了，一声欢呼，"仙女你太能干了，真齐全！"高高兴兴把各色调料抹在鱼身上，也等不及入味了，直接上火烤。

诱人的鱼香，远远地飘了出去。

鱼烤熟的时候，觉迟似一片树叶般轻盈落下，和青雀、心慈一起开吃。"仙女比他散漫点，他比仙女严肃点，可是都吃鱼。"青雀嘴里吃着香喷喷的烤鱼，小脑袋瓜子想着这个问题，"僧人，比丘尼，不是该吃素的么？"

"好滋味。"觉迟赞叹，心慈点头。

青雀凑了过去，"那个，贵教，不戒荤腥？仙女那么散漫，爱吃鱼也就算了，你这么端穆，怎的也……？"

觉迟微微笑了笑，"小青雀，昨天你死活不肯拜师，是以我和师妹的来历，你还不知道。"

心慈把鱼吃完，拎过小青雀，"丫头，拜师吧。拜了师便告诉你，我和师兄是何方神圣。"

青雀恍然，咯咯笑起来，"原来你不是真比丘尼，他也不是真僧人！"

觉迟微笑说道："我和师妹，都是历山派弟子。历山，又称千佛山，所以我们也叫千佛派。虽称为千佛派，其实和佛门并无干系，弟子并不需要出家。"

青雀连连点着小脑袋，好啊好啊，我的头发安全了，不会因为跟着他们要被剃掉。没头发怎么能成呢，好难看的。

"我和师妹在这里，是奉师门之命，来办一件事。"觉迟笑看青雀，"孩子，你和我们相遇，实是有缘。你仔细想想，可愿拜我俩为师？"

"愿意，愿意。"青雀嘻嘻笑，"只要仙女每晚搂着我睡觉，你每天陪着玩，我当然愿意啊。"

一个师爹，一个师娘，简称"爹，娘"，我愿意！

觉迟宣示过历山派的戒律，"本派一戒不敬尊长；二戒擅伤无辜；三戒奸淫好色；四戒偷窃财物；五戒勾结妖邪。"命青雀拜了师，觉迟是大师父，心慈是小师父。

青雀拜完师，拉着觉迟坐到心慈身边，自己挤在中间，满足得无以名状。觉迟和心慈是头回收徒弟，也觉新鲜有趣，面目含笑。

"大师父，仙女师父，你们在这里，到底要做什么事啊？"青雀一手拉着觉迟，一手拉着心慈，喜滋滋问道。

心慈伸手揉揉她的小脑袋，笑道："很大很大的事，说了你也不懂。青雀你还小呢，只管听听说说地练功，旁的都不必管。"

青雀连连摇头，一个是表示她极大的不满，另一个是不想心慈继续弄乱她的头发。本来人家今早便没有梳头好不好，再揉，更乱了呀。

觉迟凝重地坐着，点了点头，表示同意心慈方才所说的话。小青雀你根本还是个孩子，这样的事，不应该告诉你。

青雀气鼓鼓地跑下来站着，不怀好意地看向觉迟、心慈，"除了练功，旁的都不必管？我要不要捉鱼、烤鱼，要不要猎野鸡烤野鸡，要不要读书写字学道理？"

心慈忍俊不禁，"这小丫头，欠捶！"觉迟也很想笑，小青雀你这威胁人的模样……真的很有趣。

觉迟冲青雀招招手，青雀大喜，颠儿颠儿地坐回到大师父和仙女师父中间，一手拉着一个，眉开眼笑。这才对嘛，快告诉我吧，不许拿我当不懂事的小屁孩儿。

觉迟沉吟片刻，缓缓说道："三十年前有一件奇事，全天朝上上下下数万名道姑、女尼，全被官府捉拿，槛送京师。这些道姑、女尼被送到京师之后，一一过堂审问，备受荼毒。"

青雀打了个冷战，下意识地看向心慈。心慈，正是一位比丘尼，俗称"尼姑"，若放在三十年前，也在捉拿的行列。心慈拍拍她的小手，"三十年前的事了，小青雀莫怕。"

觉迟握握青雀的小手，皱眉道："有点凉，莫不是孩子穿得少了？师妹你抱着她。"心慈果然把青雀抱在怀里，低笑道："小师父给你暖着，好不好？"青雀乖巧地点头。

青雀偎依在心慈柔软的怀里，大眼睛看向觉迟。觉迟微微笑了笑，"源头，要从卸石寨说起。三十年前，卸石寨有一众百姓跟着白莲圣母揭竿而起，对抗朝廷。两个月之内他们杀了两名朝廷派去的都指挥使，杀伤数千名官军，声势浩大。朝廷命人前去招安，前头是招安的圣旨，后头跟着两万精兵。卸石寨表面上答应，暗中弃寨逃走。"

"之后朝廷多方搜捕，卸石寨不少首领被朝廷抓获，但是为首的白莲圣母，却始终没有音信。她既是白莲圣母，又曾号称佛母，朝廷疑心她或是做了道姑，或是做了尼姑，故此广捕天下，只为擒拿她。"

青雀眨眨大眼睛，"那，最后搜捕到那位佛母了么？"觉迟摇头，"没有，全天朝的道姑、尼姑搜寻过一遍，也没有捕获那位佛母。"

青雀"哦"了一声。

觉迟接着说道："全天下的人都以为朝廷是要搜捕那位佛母，却不知道这背后另有玄机。朝廷之所以费这般大的气力，不只是为佛母这个人，更为着她身上的兵书战策，和一把传自上古的宝剑。"

"这位佛母自幼贫苦，可她对抗官军、斩杀两位朝廷都指挥使时使出的武功、兵法，令人惊奇。有传闻说，她机缘巧合之下得到一个石匣，匣中有高人异士所写兵书，和一把上古名剑，轩辕夏禹剑。"

"轩辕夏禹剑是众神采首山之铜为黄帝所铸，后传与夏禹。剑身一面刻日月星辰，一面刻山川草木。剑柄一面书农耕畜养之术，一面书四海一统之策。这样的神剑，朝廷岂能放过。"

"可是，逮捕了全天朝的尼姑、道姑，终究也没有得着佛母的下落，神剑的下落。轩辕夏禹剑，至今不知所终。"

青雀听得入迷，自心慈怀中探出小脑袋，殷勤问着觉迟，"师爹，这把神剑在夏邑，对不对？所以你和仙女师父才会守在这儿呀。"

觉迟微笑，"虽不中，亦不远矣。那位佛母的踪迹普天之下无人知晓，家师却凑巧救过她一位心腹，那心腹临死之前透露，最后一次见她之时，便是在这大悲庵。"

青雀大为得意，你看我聪明吧，一猜便猜着了。

觉迟好笑地看看她，忽皱眉道："小青雀，你方才叫我什么？师父便是师父，什么叫做师爹？"一开始他没留意，这会子方才回过味儿来。

青雀振振有辞，"父亲就是爹，爹就是父亲，有何区别？"心慈拍拍她，"少来，你能叫我小师父，可你能不能叫我小师爹？"

青雀张口想说什么，嘻嘻一笑，又咽了回去。这要是说叫师娘，保准少不了一场好打，算了，算了。万一仙女恼了，今晚不搂着我睡觉，那我岂不是因小失大？

觉迟和心慈相视一笑，都拿这调皮孩子没辙。

这天三人又在溪边你追我赶，一通笑闹。觉迟和心慈当然不只是和青雀玩耍，是在教她武功。青雀反应奇快，觉迟教她什么，她真是闻一知十，举一反三，令觉迟惊喜不已。

青雀玩得精疲力竭，回到简陋小屋后盘腿做了一回功课，暖洋洋，舒舒坦坦偎在心慈怀里，沉沉入睡。睡梦之中，小脸上犹自带着笑意。

心慈听到窗户上笃笃笃地响了三声，知道是师兄的讯号，小心翼翼把怀中的小女孩儿放好，轻手轻脚溜了出来。

"我查探过了，这孩子是宁国公府世孙邓麒的女儿，亲娘不在了，嫡母怕她不好管教，要送来大悲庵，磨磨性子。"见了面，觉迟简短告诉她。

心慈啐了一口，"这么大点儿的孩子，一个人住在这么偏僻荒凉的地方，还不给饭吃，这哪是磨磨性子，这是要命！幸亏小青雀性子开朗，自强不息，又会用匕首火折，会捉鱼烤鱼。要不，这会子早饿得没力气了！也快吓得没魂儿了！"

觉迟沉默片刻，"大户人家内宅之中，杀人不见血的手段极多。师妹，这还不算什么，有更狠的。"

心慈颇感歉疚，觉得自己不该提起这话茬。师兄他，不也是出自大户人家么。被逼得离家出走，方才逃得一条性命。

清冷的月光下，觉迟俊秀的面容满是寂寥落寞之意。

心慈担心地问道："青雀家是什么国公府？若他家硬要孩子回京城去，咱们可如何是好？总不能跟她父亲抢孩子吧。"

觉迟沉吟道："无妨。他家送青雀来，是要庵主代为管教，磨性子的，至少要三两个月。况且，青雀一直住在夏邑，从未回过京城。但是真有什么变故，到时师父该有讯息传来了，凡事都好说。"

心慈松了一口气，"这孩子招人疼爱，她若是要走，我可舍不得。"觉迟微笑，"生平头一回做人师父，我也极是疼爱这小徒弟，舍不得。"

两人相视一笑，心意相通。

和觉迟分别之后，心慈轻手轻脚溜回房，重又上了床。床本来也不大，她一上床，青雀睡梦中翻了个身儿，正好滚到她怀里，往她怀里拱了拱，依旧睡去。"这孩子多黏人呀，没娘的孩子，真是可怜。"心慈母性大发，搂抱着小青雀，异常温柔。

到第二天，居然还是没人给青雀送饭来。"这哪是磨性子，这是要命。"心慈愤怒已极，这什么狗屁国公府，用这种手段对付个孩子！如果青雀真是普普通通六七岁的丫头，这会子饿不死也吓死了！如果青雀真是普普通通六七岁的丫头，惨成这样再被叫回去，估摸着嫡母说什么她便听什么，再也不敢反抗。

狠心的女人，借着佛门清净之地，行这种阴毒之事。心慈恨得牙痒痒，恨不得杀向京城，把那狠心恶毒的女人斩于剑下。

青雀嘻嘻笑，"这么一看吧，其实我娘还是蛮向着我的。她是宁可我死，也不肯放我回京城，回宁国公府。"

"你娘在哪儿？"心慈同情地问道。

小女孩儿脸色暗淡下来，垂头丧气，"她不要我了。我爹坏，对不起她，她生我爹的气，连我也不要了。"

心慈张口结舌，这算什么？自己的孩子还能不要么，真是狠心。

青雀虽是伤怀，可到了练功的时候，盘腿静坐，心无旁骛，气定神凝。觉迟和心慈你看我，我看你，内心激动莫名。像青雀这样的小孩儿，一万名里头也挑不出一名，难得，难得。

又过了一天，沙弥尼给青雀送来一碗薄粥。"你精神这么好！"沙弥尼见了青雀，惊异莫名。这种荒凉之所，也没吃没喝的，她竟然还在床上打坐呢。

青雀慢悠悠下了床，"你没听说过么，春秋时有位鲁国人，名叫单豹，避居深山，只喝溪水，'不衣丝麻，不食五谷，行年七十，犹有童子之颜色。'辟谷，是很神奇的。"

沙弥尼死死看了她一眼，"你六岁，还是七岁？读过多少书？"

青雀端起粥碗，漫不经心说道："没读多少书。不过，我临来之前，专门查过辟谷。"

沙弥尼冷冷地哼了一声，走了。

这天下午觉迟猎了两只野鸡，一只野猪，捉了两条大鱼，和青雀一起动手在溪边剥洗了，上架烧烤。野猪肉比家猪肉鲜美得多，一阵阵醉人的香味，青雀口水快流出来了。

这天来吃烤肉的，多了两个人。"今儿个有口福了，多谢两位师叔！"这两人都是十三四岁的少年，相貌清秀的叫吴彬，浓眉大眼的叫薛护，是觉迟和心慈大师兄的徒弟。

"莫谢我，谢我这小徒弟。"觉迟微笑指了指青雀。

青雀和吴彬、薛护行礼厮见，互相称呼"师兄""师妹"。吴彬见青雀年纪小小，却似模似样地坐在火边烤着肉，笑道："可惜我们这便要回京了，这般美味的烤肉，只好吃这一回。"

青雀礼貌地问道："师兄要回京？一路之上，务必多加小心。"递上一块烤肉，"以肉代酒，祝你们一路顺风。"

把吴彬乐的，"小师妹你多大？真会说话。我妹妹比你还高着一头呢，任事不懂，比你可差远了。"

吴彬捣捣薛护，"哎，你家不是也有妹妹？你妹妹比起小青雀，如何？"

薛护摇头，"没法比，我妹妹小着呢，才两岁。我家小阿扬也是极伶俐，极讨人喜欢的，跟小师妹差不多。"

小阿扬？这名字传入青雀耳中，顿时，青雀呆住了，一动不动。

"你下头不就是妹妹了，怎的还这般小？"吴彬脱口而出。话出口后，才想起来薛护家里是继母，那妹妹是异母的，不由得红了脸，很不好意思。

薛护倒没放在心上，"我家里，父亲无意仕途，妹妹还小，全靠我了。这趟回京，我便进府军前卫当差去。"

"你家，和阳武侯不是一家么？还用愁。"吴彬吃着烤肉，和薛护说着话。

"别提了，我伯祖父阳武侯已经去世，因无子，爵位收回。"薛护闷闷的，"薛家，如今没人支撑门户。"

"你挣了功名来，薛家你撑着！"

"嗯，我也是这个意思。"

……

薛护大口大口吃着烤肉，忽然觉得浑身上下不舒服，跟有刺扎着似的。抬起头，只见才认识的小师妹死死盯着自己，目光颇为不善。

薛护挠挠头。小师妹是嫌自己吃得太多了呢，还是嫌自己没眼色，不帮着干活？薛护忙伸出手，"小师妹，我来烤肉吧。"

青雀打掉他的手，"不用！"气鼓鼓地转过头，抓过烤好的野鸡，恶狠狠咬了一口。

"小师妹你……没事吧？"薛护呆了呆，憨头憨脑问道。眼前这小小的女孩儿雪肤花貌，稚嫩美好，却好像和手上那块烤肉有着什么深仇大恨似的，目露凶光，一脸愤恚地啃咬着。

吴彬偷眼望了望在溪边洗手的觉迟和心慈，捣捣薛护，"小薛，莫再问了。"薛护不解地转过头看他，他瞄一眼青雀，冲薛护使使眼色，意即"小师妹正不高兴，别惹她"。薛护会意，歉疚看一眼生气的青雀，埋头继续吃烤肉。

吴彬和薛护即将回京，这回算是给他俩饯行的。觉迟命他俩带了封书信回京，"到东棉花胡同，巷尾有一个阿三裁缝铺，交给掌柜的。"细细说了掌柜的面貌长相举止，和见面时应该说什么话。吴彬和薛护细细听了，一一记下。

临分别，薛护不经意间一回头，只见夕阳下一个小女孩儿用手推着黄土，去掩盖方才烤肉的那个火堆。清冷残辉洒在她的小脸上，说不出的寂寥、落寞、孤独。

薛护心一动，拔腿回来，蹲在小女孩儿身边，从怀中掏出一个精巧的梳妆盒，"小师妹，送你的。"这梳妆盒由黑酸枝制成，十分考究，梳妆盒里琳琅满目，弯月形的牛角梳，粉盒胭脂盒，头饰，应有尽有。

青雀看了眼，疑惑抬起头，"你身边怎会带着这个？"薛护憨憨地笑着，"这本来是打算给我妹妹的，哄她玩。今儿个师哥吃了顿这般美味的烤肉，全是小师妹在忙前忙后，师哥过意不去。"

吴彬也回来了，有点不好意思，"我一向都比小薛细心的，怎没想着给妹妹带玩器？若有，这会子也可以拿出来送小师妹了。"

青雀甜美地笑笑，把黑酸枝盒子推了回去，"心领了，多谢师哥想着我。这盒子很漂亮，小阿扬一准儿喜欢，师哥还是带回去，送给小阿扬吧。"

薛护挠挠头，有些惊奇，"小师妹你记性真好，咱们才头回见面，我也没提过小阿扬几回，你便能记住她的名字。"把盒子塞在青雀手里，"拿着，这地方偏僻，物件儿难买。等回了京，不拘怎送小阿扬什么，都有的卖。"不由分说，放下盒子，拉起吴彬飞快走了。

青雀捧着盒子，望着薛护的背影，咬紧嘴唇。你若不是我同门师哥，今儿个我定要请你吃巴豆的！她本来是我娘，现如今却变成你娘了，薛护你好讨厌。

青雀低头看看手中的黑酸枝盒子，这本来是要给小阿扬的呢，真好看。古色古香，醇厚含蓄，黑酸枝独特的木制纹理，好似波澜起伏的水面，微风轻轻吹过，泛起层层涟漪，令人无限遐想。

青雀歌

小阿扬，小阿扬，青雀坐在溪边石头上，把黑酸枝盒子放在膝盖，小脸枕在盒子上头，眼神异常温柔。小阿扬走路还走不稳呢，摇摇摆摆，跌跌撞撞的，叫人悬着心。

觉迟和心慈注视着独坐溪边的小徒弟，心中都是恻然。薛护不过是送了个梳妆盒子给她，瞅瞅她爱惜成什么样。可怜的孩子，缺人疼爱啊。

一阵寒风吹过，青雀打了个寒噤。下一刻，她落入一个宽阔的怀抱，浑身暖融融的，"师爹！"她抬头看了眼觉迟俊秀出尘的面孔，弱弱地叫道。

觉迟抱紧她，鼻音浓重地应了一声。青雀靠在他厚实的怀抱里，莫名安心。"师爹！"她又叫了一声，觉迟把她抱得更紧了。

最后一抹晚霞融入冥冥的暮色，天色渐暗。一片苍茫之中，年轻男子怀中抱着名乖巧可爱的小女孩儿，美丽女子和他并肩而行，时不时地转头逗逗小女孩儿，谐和宁静。

回到简陋的小屋，青雀在觉迟怀中赖会儿，方才如常开始练功。她盘腿静坐，潜心专注，精致的小脸异常庄严。

"太爷爷两天没差人来看我了。"晚上青雀本是乖乖上了床的，忽然一骨碌坐了起来，清亮的大眼睛中满是惶惑，"不对！太爷爷不会两天不来看我！"

觉迟和心慈忙问清了"太爷爷"的事，觉迟略一沉吟，当机立断，"师爹带着你，咱们这便赶去杨集看看！"心慈浅笑，"小师父也去。师爹背你若累了，换小师父背你。"

青雀一跃而起，扑向觉迟。觉迟轻轻松松把她接住，背在背上，身形移动，出了门。心慈如影随形，不紧不慢、飘逸洒脱地跟在他身边。

"师爹，是这里了。"青雀给指着路，顺顺当当到了杨家，到了杨阁老居住的外院。觉迟背着青雀，轻飘飘落在屋后，心慈则是到了窗前，侧耳倾听。

门帘轻挑，一名侍女盈盈走出，手中端着托盘，托盘中放着碗、壶，散发着浓重的药味。觉迟和青雀相互看看，眼中俱是疑问，"病了？"

屋里响起咳嗽声。"太爷爷！"青雀大急，挣开觉迟，咚咚咚跑了进去，"太爷爷！"

里屋床榻上，杨阁老倚在靠背上，脸色发黄，精神不振。除杨阁老之外，屋里只有两名童儿在榻前服侍。

杨阁老闭目歇着，微微笑了笑，"这是怎么的了，还没睡着，竟会梦到小青雀唤我。"直到青雀进了屋，声音越来越近，杨阁老才蓦然睁开眼，颤巍巍冲青雀伸出手，"妞妞，过来！"

青雀扑到太爷爷床边，焦急地询问着，"太爷爷您病了？严不严重？您怎么会生病的？"杨阁老握着她的小手微笑，"人老了，是这样的。妞妞，人越老，越搁不住折腾。"

青雀一边老气横秋地抱怨着，"您怎的这般不小心，这可急死我了。"一边问着童儿，"请哪位大夫看的？大夫怎么说？谁给煎的药？怎的只有你们两个守着？"童儿一一答了，"是府里常请的叶大夫，大夫说没什么，安心喝两天汤药便好了。药是二少奶奶带着哥儿、姐儿亲自煎的。"最后委屈地说道："老爷嫌啰唆，晚间不许多留人，只命我俩守着，还不许我俩多说话。"

杨阁老微笑，"这下妞妞可放心了吧？"吩咐两个童儿出去院子门口守着，不许放人进来，也不许把青雀回来的事说出去。童儿答应着，急急出去了，守在院外。

青雀趴到太爷爷耳边，细细说着这几日的前前后后。太爷爷眼神冷厉起来，杨家亲自送过去的孩子，住持竟敢明目张胆地如此凌虐！

"佛门净地，用这种手段对付一个孩子，于心何忍。"杨阁老轻抚小女孩儿的鬓发，叹道。

青雀小大人般地摇头，"太爷爷，妞妞觉着罢，这住持的打算分明是要制服了妞妞，然后便送往京城。"

杨阁老凝神想了想，虽然知道青雀有觉迟和心慈照管，还是心疼得不行，"那般简陋，妞妞如何住得？这便不走了，太爷爷自有道理。"

青雀嘻嘻一笑，神气活现地昂起头，"简陋怕什么？往后我上了战场，说不定连床也睡不上呢，岂不是更辛苦？这不算什么啦，太爷爷。"

见太爷爷还是不肯点头，青雀耷拉下小脑袋，"我总归是我爹的闺女，故此，没法子啊。"

太爷爷沉吟片刻，温和交代，"如此，妞妞先跟师父们回去。最慢后日，最快明日，太爷爷便接你回来。"

青雀歪头想了想，"国公夫人一脸凶相，不知又会生出什么事。"

太爷爷微笑，"和她不挨着。"我若是差人到大悲庵接回青雀，自是要费上一番口舌，住持有不少冠冕堂皇的话等着我。可是，我根本不会这么做。

要接回妞妞，不一定要住持点头的。

杨阁老命青雀请了觉迟、心慈进来，客气地道过谢，拜托他们照看青雀。觉迟微笑，"这般良材美质，举世无双，自是珍爱无比。"心慈言辞明利，"我和小青雀投缘，极是爱惜她。"

杨阁老大为放心。青雀絮絮叨叨交代了一大堆孩子话，"太爷爷要乖乖地吃药，不许嫌苦，知不知道？下回我再见您，可不许咳嗽了。"

觉迟背起青雀，心慈跟在他身边，两人如闲庭信步般走向屋门，转眼不见。杨阁老倚在床上，看着微微晃动的门帘，怔怔出神。

第二天，一上午又是没人送饭过来，青雀也没放在心上，还是出门捉鱼烤鱼。这天觉迟教她射箭，她现学现卖，射了只野兔下来，烤起野兔。

"吃腻了呢。"一边烤着，一边抱怨，"师爹，仙女，我想换换口味。"

觉迟出主意，"听说可以用泥裹了，放在火里弄熟，味道极美。"青雀眼睛一亮，欢呼道："好啊好啊，下回便是这么弄！"

肉烤熟后，笑眯眯吃起来。

远处传来长啸声，一长一短，中气充沛。觉迟和心慈听了，脸色一变，"师门召唤，小青雀，我们先去了，你记不记得路？会不会自己回去？"

青雀笑嘻嘻点头，"记得，会回。师爹，仙女，你们不是收了个天才小徒弟么，这种小事，不在话下。"

觉迟摸摸她的小脑袋，温和交代，"不许乱跑，早点回去。"心慈捏捏她的小脸蛋，"等着我，晚上搂着你睡觉。"笑着走了。

"好寂寞啊。"青雀孤零零一个人，对着火堆、烤兔，发着感慨。

填饱小肚皮，青雀推土把火堆掩埋，去到溪边洗干净了，施施然回了简陋的小屋。

推开门，极意外地，竟看到沙弥尼满是厌恶的面庞，"你上哪儿疯去了？"走过来上上下下打量青雀，忽然凑到青雀身边闻了闻，脸色大变，又是嫉妒，又是痛恨，"你竟吃

青雀歌

了肉！在庵里住着，你敢吃肉！"

"走，跟我见住持去！"沙弥尼抓起青雀，义愤填膺，"佛门净地，你敢行此不敬佛祖之举！"

青雀机灵地钻了出去，轻蔑看着沙弥尼，"去便去，休拉拉扯扯。"

沙弥尼怒气冲冲地哼了一声，带着青雀去见住持，"她哪里是在辟谷，她身上有肉味！"

住持庄严肃穆的面容上，现出不忍之色，连诵佛号，"檀越，你在佛门净地，竟犯下杀孽。"看向青雀的目光中，悲悯异常。

"佛祖能舍身饲虎。"青雀声音清清脆脆，"兔子也有佛性，愿舍身饲我罢了。"

住持定定看了青雀半晌，淡然下了命令，"请檀越到小佛堂去忏悔罪孽，每日只送一碗清水，暂以三日为期。"

沙弥尼眼中放光，响亮地答应一声。

在那荒废之所你能跑出去，小佛堂有人看守，你插翅难飞！

住持和沙弥尼的目光，都落到眼前的小女孩儿身上。住持目光悲悯，沙弥尼目光兴奋。

小女孩儿傲然挺立着，一双清澈美丽的杏子眼中，闪烁着灼人的怒火，"烦劳转告沈茉，往后若见了她，不是她死，便是我亡！"

沙弥尼瞠目结舌，"你，你怎敢如此！"

住持扶额。沈夫人，你家这哪是名任人宰割的庶女，她这副模样，若是踩上风火轮，绕上混天绫，分明就是个哪吒！一身反骨！

日光淡淡洒进来，落在小女孩儿的眼角、眉梢，面目生辉，凛然不可侵犯。

正在这时，一名女尼跌跌撞撞跑过来，"住持，大事不好了！"沙弥尼眼珠一转，忙站了出来，呵斥道："什么了不得的大事，如此惊慌！"

住持淡淡道："出家人要有出家人的样子，慧净，为师教养你多年，你还是如此毛毛躁躁。"

名叫慧净的女尼失声痛哭，"师父！庵外来了大批官军，把咱们团团围住！官军啊，全是官军！"

住持大惊，也顾不得一贯庄严肃穆的外表，霍地站起来，厉声道："本庵奉公守法，与人为善，怎的会被官军围住？这帮武夫，难道竟连佛祖都敢亵渎？"

慧净哭倒在地上，"他们见人便抓，稍有违抗便刀剑相向！不光抓我们，连住在庵里的曹大太太等檀越们也不肯放过，徒儿已是吓得半死，师父您快出去吧，为我们做主！"

院门被粗暴地推开，一队兵士雄赳赳气昂昂地进来，"谁是住持？滚出来！"这群兵士持着明晃晃的利刃，彪悍迅疾，精明强干。为首的一人手持绣春刀，身穿飞鱼服，竟是锦衣卫的打扮。

住持惊骇莫名。大悲庵这样不出名的偏僻之地，竟能劳驾到缇骑，竟能劳驾到身着飞鱼服的锦衣卫！她勉强定定神，走出来合掌为礼，"大人，贫尼无嗔，是这大悲庵的住持。"

身着飞鱼服的首领淡淡看了她一眼，大手一挥，立即有两名校尉跑上来，把住持反手绑了。住持本能地挣扎着，"大人，本庵向来一心向佛，积德行善！"

一名校尉狠狠踹了她一脚，另一名校尉熟练捂住她的嘴，不许她大声喧哗，扰了上司。

首领命令，"单独关押了，稍后审问。"校尉领命，推搡着住持走了。住持身上又痛，心里又惊慌，泪流满面，踉踉跄跄。

"这两个尼姑，一并关押。这小女孩儿……"首领正要下令，忽怔了怔。这小女孩儿年纪虽小，皮子雪白，眉目如画，实实是个美人坯子。这么个孩子，可惜了。

首领一步一步，走到青雀面前，蹲下身子仔细审视着她，好像在打量一件货品。青雀迎上他的目光，甜甜笑了笑。

首领也笑了，"小妹妹，跟我回去吧。我保你吃香的喝辣的，一辈子锦衣玉食。"

"好啊。"青雀笑嘻嘻，"若是我曾祖父乐意，太爷爷也乐意，我便跟你回去。"

首领微微一笑，问道："你曾祖父是谁，太爷爷又是谁？"话出口后，略微有些奇怪，曾祖父和太爷爷，不应该是一个人么？

青雀歪头想了想，"我曾祖父，旁人都叫他'国公爷'。太爷爷呢，旁人或是叫他'阁老大人'，或是叫他'尚书大人'。"

首领脸色一变，眼神炯炯看向青雀。青雀懵懂无知地冲他嘻嘻笑着，"我本是跟着太爷爷读书的，因为宁国公夫人生了病，就被送到这庵里来了。"

"去查这小姑娘。"首领吩咐道。这如果真是宁国公府的姑娘，哪怕是身份尴尬，还没认回去，也是不成的。更别提她还跟着位阁老读书，更是没指望了。锦衣卫再横，再怎么借着执行公务为名，也不能昧下这样的孩子。

校尉答应着正要走，院门处涌进来一批衙役打扮的人，走在最前面的是位文绉绉的中年人，乌纱帽，团领衫，衣衫上绣鸂鶒。

"夏邑县令厉亦凡，见过上差。"中年人极是斯文客气。

首领名叫胡忠，是锦衣卫北镇抚司一名千户，正五品。因北镇抚司查办的案子是直接报告皇帝的，故此不管到了哪儿，地方官都是恭恭敬敬称为"上差""钦差"，不敢怠慢。

胡千户大剌剌看了厉县令一眼，"你来得倒快。"厉县令笑道："下官方才接到密报，说这大悲庵中藏有江湖大盗。不瞒上差，下官原是捉拿大盗来的。"

厉县令应酬了胡千户几句，冲青雀招招手，把她叫到身边，低下头温和问道："小妞妞，你叫什么名字？哦，你便是青雀，阁老大人的小学生？久仰大名，久仰大名。"

青雀快活地笑起来。这位伯伯真有趣，说久仰我呢。

厉县令牵着青雀，客气告诉胡千户，"这是宁国公托付给杨阁老照管的小姑娘，因着国公夫人身体有恙，特到佛前吃斋念佛，为国公夫人祈福的。上差明鉴，她到大悲庵不过数日，又是无知孩童，和上差所办的要案，定然无关。"

事已至此，胡千户也没法再多说什么，闷闷看了眼笑靥如花的小女孩儿，勉强道："如此，你便带回去，交还给阁老大人。"

厉县令道了谢，又讨要被关押起来的曹大太太等乡绅家眷。胡千户气哼哼道："这帮无知妇人！有夫有子的，放着舒舒服服的家里不住，偏要住庵堂。既如此，成全她们，索性让她们多住两日。"厉县令听着这口风，心里暗暗松口气，满面笑容地赞成，"极是应该！极是应该！"

胡千户来查什么案子，厉县令并不敢过问，只是要人给人，要物给物，万事听从吩咐。

青雀歌

至于被关押起来的乡绅家眷，不过是家里送来些孝敬，也就能全须全尾地回去了。

正事办完，厉县令不敢逗留，客客气气跟胡千户告了辞，牵着小青雀转身离去。胡千户看着那小小的可爱身影，心里直痒痒。不过想想她背后的杨阁老、宁国公，只好把心里的念头硬生生压下去。

青雀走到门口，忽停了下来，转过头看着胡千户，漆黑的大眼睛中满是天真无邪，"我方才进来的时候，住持和沙弥尼正在说什么夏鱼。夏邑我懂，可夏鱼是什么意思？上差若见了住持和沙弥尼，劳烦替我问上一问。"

厉县令抱歉地冲胡千户笑笑，"童言无忌，童言无忌。"胡千户眼睛一亮，大踏步走上来，拉过青雀细细问着，"夏鱼，她们真的说了夏鱼？"

青雀讨好地笑着，露出一口小白牙，"是呀，夏鱼。上差，夏鱼，是夏天的鱼么？"胡千户大笑，"是，是夏天的鱼。"踏破铁鞋无觅处，得来全不费工夫啊。

胡千户毋庸置疑地吩咐着，"县令请自便，这小女孩儿先留下来，有大用处。"厉县令心中叫苦，却不敢跟这身负皇命的钦差打别，只好笑道："如此，下官也留在此处。一则听候上差调遣，二则不负阁老大人所托，守护妞妞。"

"悉听尊便。"胡千户哼了一声，拂袖而去。

"妞妞，你多这一句话做什么？"厉县令蹲下身子，轻轻叹息，"你若不多这句话，此刻咱们已上了车，送你回杨集。"

青雀颇有自责之色，"都怪妞妞多嘴了。大人，要不您派个人回杨集跟太爷爷说一声，只说天晚了，路上不好走，故此我要明日方回。"

厉县令失笑，"小小人，想得倒还周到。成，听你的。"果真命人去杨集给杨阁老送信，北镇抚兵士校尉包围大悲庵这事一字不提，"暂留尼庵一晚，明日送妞妞回府。"

锦衣卫有校尉过来，给厉县令指了西侧一间院子，"千户大人请您在此处安歇。"厉县令住了西厢房，把青雀安置在隔壁。

锦衣卫诸人忙忙碌碌，或是关押犯人，或是来往送信，或是替上司准备床铺、饭食，一刻不消停。县衙的衙役们也没闲着，跟着打杂。

入夜之后，忽然传来一声声惨叫，在这寂静的夜晚听着，格外瘆人。厉县令本是上了床的，听到后先是捶床长叹，"如此荼毒！"继而想到一件事，忙趿了鞋子，走到隔壁。

床榻之上，青雀安安静静躺着，小脸蛋上两团红云，睡得正酣。厉县令也便放了心，"幸好幸好，没把妞妞吓醒。"轻手轻脚走了出去。

不知是锦衣卫停止用刑，还是堵住了犯人的口，总之再往后没听到惨叫声。厉县令徘徊良久，上床安歇。说是安歇，哪里睡得着，一夜里梦来梦去，几回被吓醒，醒来浑身冷汗。

厉县令睡着的时候，青雀正忙活着。她之所以想方设法地不走，无非是担心觉迟和心慈，尤其是心慈。心慈在庵里挂单，若是也被官军捉了去，不是玩的。

青雀睡醒一觉，蹑手蹑脚下了床，穿衣出门。她对于庵中地形并不熟悉，却是胆大心细，见有两名端着热腾腾宵夜的校尉，便暗中尾随着。"胡千户和鲁副千户性子都急，赶紧的，不能耽误。"两名校尉口中说着话，脚下生风。青雀悄悄跟着他们，到了一处僻静院落。

校尉进到厢房，摆好饭食，躬身退出。厢房里头，传出吃饭声、喝酒声，青雀机警地瞅瞅，见四下无人，轻手轻脚到了窗户下。

"……这会儿硬着不说，看她能熬多久！"依稀仿佛，是胡千户的声音，"小丫头都听到夏鱼了，她还敢不承认？鲁兄弟，来喝一杯！"

"着啊。"另一个男人的声音，听起来很粗犷，应该是那个鲁副千户了，"小丫头不懂事，才听成了夏鱼。其实么，分明是夏禹！"

"咱哥儿俩又要立功了！"屋里应该只有两个人，在举杯庆祝。

青雀耐心听了会儿，一边听，一边留意院门口的动静。屋里这两个人大吹大擂，无非是升了官怎样怎样，如何如何威风神气。

"依我看啊，这白莲圣母，真的是在夏邑！"胡千户嗓门大大的，在发表高谈阔论，"你想啊，她是三十年前踪迹全无的吧？夏邑出了位名扬天下的龙虎将军，他是哪年成的名？"

青雀心纠了起来。

"你说祁保山啊。"鲁副千户笑道，"你还别说，真有那么点意思。祁保山出身平民，祖宗八辈都是土里刨食儿的。怎的到了他，便能从了军，屡立战功，百战百胜？"

"有个屁用。"胡千户不屑，"再怎么能拼能打，不会巴结上峰，不也落了那么个结果？他在前头跟北元骑兵死磕，后头有人轻轻松松拾了大功。他呀，临了临了也是为他人做嫁衣裳，傻子。"

屋里响起狂笑声，胡千户和鲁副千户一起笑道："傻子，傻子！"

青雀血液快要凝固了，小拳头攥得紧紧的。

"那帮女人，家里送来孝敬，若数目可观，便放回去。"胡千户交代，"至于尼姑，不拘老幼美丑，一个不可放过！审仔细了！"

鲁副千户笑着答应，"放心！旁的我不会，刑讯逼供，我是一把好手！"胡千户笑了一声，"你小子，可别见着美貌小尼姑便走不动道儿，迷三迷四，误了大事。"鲁副千户长吁短叹，"我倒是想啊，可是没一个好看的！奶奶的，一个一个全是煤堆里扒出来似的，黑不溜秋。"屋里两人又狂笑起来。

"看来，仙女没被捉着。"青雀略略放心。

一只手悄无声息搭在青雀肩上，青雀心一沉，机灵地矮下身，轻轻跃在一边。展目望去，一名年轻男子似笑非笑站在那里，不是觉迟，却是哪个？

"师爹！"青雀不敢叫出声，小嘴一张一合，用口型叫着"师爹"，欢欣雀跃。觉迟嘴角翘了翘，抱起青雀，移动身形，出了院子。

躲过锦衣卫的巡逻，觉迟带着青雀出大悲庵，到了一处废弃的茅草屋。觉迟口中发出轻啸，没一会儿，心慈也走了进来。

"不放心你，故此没走。"

"不放心你们，故此没走。"

三人几乎同时说道。说完，相视而笑，心中都是温馨。

"我明儿个要回杨集了，要不太爷爷会担心的。"青雀惋惜地说道，"师爹，仙女，你们有什么打算？"

觉迟沉吟道："朝廷分明也是得了讯息，来搜寻上古神剑的。大悲庵若是搜寻无果，灵泉寺就在附近，难免不被殃及。我们全部要避一避。若是要回千佛山，只恐路上官军盘查，僧人、女尼，俱是不便。"

心慈犹有余悸，"除了我，庵里所有沙弥尼、比丘尼都被关押了！只怕锦衣卫明儿个查起来，会知道走漏了一人。彼时，查得更严。"

"其实吧，这个好办。"青雀出着馊主意，"你们躲一躲，把头发养起来，不就成了？师爹，仙女，不拘男女，还是有头发比较好看。"

觉迟莞尔，"倒也有理。"心慈拍了她一下，"你这小脑袋瓜里头，整天都想些什么？有事没事的跟我嘟囔，要我留头发。"

青雀理直气壮，"当然要留头发了！我娘就留着一头乌黑油亮的长发，飘逸润泽，像绸缎一样。"心慈又好气又好笑，捉过她来打屁股，"又胡扯！"

笑闹一阵，商量妥当：觉迟和心慈当晚便设法离开，躲到偏僻之处，慢慢养起头发。青雀回杨集，往后若要见面，便在杨集。

"内功要每天练，不可懈怠，知不知道？"临分别，心慈交代小徒弟，"若不用功，往后不搂着你睡觉！"小徒弟连连点头，"仙女，我会很用功很用功的。"

商量好之后，依依惜别，觉迟背起青雀，依旧把她送了回去。

第二天早上醒来，厉县令便惦记着要走。胡千户要青雀跟住持、沙弥尼当面对质，厉县令委婉拒绝了，"她们如今定是面目全非，对不对？我受阁老大人委托，若是让妞妞受了惊吓，没脸跟阁老大人交差。上差，妞妞这般小，说出来也不过是孩子话，可顶个什么用呢？"

青雀看看厉县令，看看胡千户，一派纯真，无知无识。

胡千户想想住持和沙弥尼如今的形状，再看看眼前花朵般的小女孩儿，烦恼地挥挥手，"快走快走！"厉县令如蒙大赦，忙牵着青雀告辞。

青雀乖巧地跟着厉县令出了门。

出门上了车，厉县令温和问道："昨儿个那帮兵士没有为难妞妞吧？"青雀仰起小脸，笑容无邪，"没有啊，那位千户大人对我很和气。您来之前，他还问我愿不愿意跟他走，不过没对我凶。"

厉县令吓出一身冷汗，幸亏自己来得及时！这要是妞妞被胡千户藏起来了，转过头跟自己装糊涂，妞妞不知会沦落到何等地步！自己还有何面目再见阁老大人！

厉县令亲自把青雀送回杨集，还给杨阁老，皆大欢喜。青雀在杨阁老面前叽叽咕咕说着孩子话，杨阁老微笑听着，慈爱之情，溢于言表。厉县令看着眼热，阁老大人您的门生故旧遍天下，哪个人有这福分？唯有青雀这小姑娘，得天独厚。

杨阁老吩咐林嬷嬷把青雀带回房洗浴、更衣，好生哄着，命人备下素酒，留厉县令便饭。青雀笑盈盈行了礼，"太爷爷，厉大人，青雀告退。"被林嬷嬷牵着走了，很听话的样子。

厉县令感慨，"这般可爱的小女孩儿，宁国公府怎……阁老大人，妞妞差点被北镇抚抢走！"把昨天、今天的情形细细说了一遍，"昨天没敢跟您说实话，欺瞒之罪，惶恐惶恐。"

"锦衣卫指挥使，是万贵妃的弟弟万通。"厉县令叹道，"万贵妃宠冠六宫，她父亲、哥哥、弟弟全跟着升了官，不可一世。阁老大人，外戚之乱，不堪入目。"

厉县令是清白读书人，对于权势熏天的内侍、外戚，天然地很反感。清流士林中不是没有人巴结内侍、外戚，不过，一向为世人所不齿。

厉县令感慨的是朝政时局，杨阁老想的却是夏邑怪事，"大悲庵中究竟有什么秘密，值得北镇抚缇骑齐出，包围关押？"厉县令怔了怔，摇头，"下官不知。"大悲庵不过是一座再普通不过的尼庵罢了，并无引人注目之处。厉县令想了又想，也不得要领。

这之后的日子里，厉县令、杨阁老都对大悲庵的情形倍加关注。胡千户等人先是轮番审讯女尼，刑讯严酷，之后开始在庵堂附近频频挖坑，似乎在寻找什么要紧物事。

寒冷的冬季里，锦衣卫的到来让人更加冰冷。不只会亭，连同夏邑县城在内，人心惶惶。

薛护和吴彬回京之后，先到陈三裁缝铺，依着觉迟的盼咐送过书信，方才分道扬镳，各回各家。薛家坐落在檀州街，五进院子，带个小花园，富足清雅。

薛能外出有事，不在家。薛护和继母祁氏之间一向是客客气气的，却没多少话好说，见面请过安问过好，各自无语。

"的的！"门帘掀起，一名两岁左右、粉雕玉琢的小女孩儿跑了进来，欢快叫着薛护。薛护笑着弯腰抱起妹妹，"小阿扬又长高了，越长越好看！"小阿扬知道是夸她，笑得眉毛弯弯。

祁玉看着继子怀中笑逐颜开的小女儿，目光温柔。薛护是真心疼爱小阿扬的，这是好事。小阿扬是女孩儿，要靠着娘家人，要靠着娘家哥哥。

晚上薛能回来，见了长子甚是高兴，"儿子，你要到府军前卫当差？那可是近军，出人头地的尽有，只是你年纪尚小，爹爹一个是舍不得，另外一个也不放心。"

薛护笑道："小什么啊，我都快十五了！爹爹，这差使是咱家世袭的，您不乐意去，那就我去呗，保不齐能立个功，给家里挣份荣耀。"

薛能拍着长子的肩膀，大加赞赏，"好儿子！"祁玉心中一动，丈夫无意仕途，可薛家总不能一直这么平平淡淡下去吧。如今的薛家，普通一富户耳。

薛护看着倒是个厚道有福气的好孩子，没准儿真能给薛家挣来功名，光宗耀祖。可是，他是前头王氏留下的孩子，究竟跟自己不亲。

祁玉若有所思。

薛能身边坐着长子，怀中抱着幼女，眼中望着娇妻，心满意足。

这晚上床就寝之后，祁玉待薛能格外温存，勾着他的脖子软语相商，"咱们给小阿扬再生个弟弟，好不好？"薛能欣喜欲狂，"好啊好啊。娘子，我早有此意。"

屋外寒风凛冽，屋内暖意融融。黄花梨雕莲花莲子带门围六柱架子床上，赤金盘丝嵌玛瑙帐钩被轻轻取下，绮丽的霞影纱帐垂曳至地，风情旖旎。

夜晚，对于有夫有女的祁玉来说是如此温馨美好，令人沉醉；对于孤孤单单住在杨府的青雀来说却是一个难关，最是需要勇敢。

"仙女娘，我好想你。"青雀躺在床上，睁着大眼睛睡不着觉，"其实我白天也不大想你的，到了晚上就很想你很想你，你要是抱抱我该多好呀。"

门被轻轻敲了一下。稍停，又轻轻敲了一下。

"仙女来了！"青雀眼睛一亮，一骨碌爬了起来，连衣服也不披，趿上鞋子过去开门。

青雀歌

门才半开的时候，一抹轻盈姣好的倩影闪了进来，正是心慈。

"连衣服也不穿，你就这么伶伶俐俐地起来了？"心慈反手带上门，一把抱起青雀，轻声呵斥，"赶明儿得了风寒，要喝苦药水，看你怎么办！"

一边呵斥着，一边抱着青雀塞进被窝，给她裹得严严实实。青雀顿时觉得被窝暖烘烘的，心情欢畅，眉飞色舞地邀请着，"仙女，我是小火炉，来吧来吧，搂着我睡觉何等暖和！"心慈哧地一笑，俯身捏捏她嫩嫩的小脸蛋，果然脱衣上床，把她搂在怀里。

"有没有好好练功？"

"有。"

"有没有顽皮淘气？"

"有。"

"有没有想我？"

"有。"

不拘心慈问什么，小女孩儿都是异常乖顺，绵软地应"是"。心慈觉察到她那份脆弱和依恋，无师自通地温柔拍着她，哄她入睡。

小女孩儿迷迷糊糊都快睡着了，忽然伸出小手冲心慈头顶摸索着，"有头发了啊。"嘟囔了一句，放心睡着了。

小青鸟，你整天操的都是什么心！心慈看着怀里一脸甜蜜睡容的小女孩儿，啼笑皆非。

第二天晚上青雀坐在太爷爷身边剥栗子吃，抱怨道："昨晚仙女师父搂着我睡的，可舒服了！不过我早上睁开眼的时候，她已经走了，竟不跟我告别。"

太爷爷微笑，"再跟你师爹和仙女师父说一回，请他们到咱家住下，做你的枪棒师父。如此，仙女师父晚晚能陪着你。"

"他们不乐意。"青雀剥到一个特别软糯的栗子，忙递给太爷爷，"一个是怕拘束，另一个，怕连累您。"

锦衣卫在大悲庵折腾许久，一无所获，后来索性连灵泉寺也一并围了，和尚一律关押。不过，早在他们包围大悲庵的第二天，灵泉寺的和尚们唇亡齿寒，陆陆续续逃掉不少。等锦衣卫到灵泉寺的时候，只剩下几名老弱病残，连住持都已经偷偷跑了。

胡千户恼羞成怒，命令厉县令大肆搜捕僧人。厉县令不敢不听，把县里的衙役、捕快都放了出去，又行文周围州县，请协同捉拿。不过，雷声大雨点小，没捉着几个人。

觉迟和心慈不愿连累杨阁老，宁可隐身贫苦农家。

杨阁老一直以为觉迟和心慈是江湖中人，来无影去无踪，不爱受拘束，却不知他们是这种心思。连累我？杨阁老微笑，我哪有这般容易被连累。

青雀的枪棒师父姓卢，是练外家功夫的，功夫不坏，人也精明。这天他满面歉疚的来跟杨阁老诉苦，"老爷，我家本是夏邑县城的，在您这儿教妞妞是千好万好，只是家中老母无人侍奉……"

杨阁老闻弦歌而知雅意，温和说道："百善孝为先，没有比服侍母亲更要紧的事。"命人结清卢师父的束脩，备了宴席，命管事的相陪喝了顿酒，客客气气把他送走了。

卢师父当然不是因为什么家中老母无人侍奉，而是县城的曾举人家出了更高的束脩请他去教家里的两个小孙子。或许是出于对杨家的歉疚，卢师父走了之后，写封信回来，荐了一名武功精湛的同行。杨阁老不经为意，"若果真功夫精湛，便请来教妞妞何妨。"

新枪棒师父姓林，二十多岁的年纪，身穿雨过天青色棉袍，头戴束发冠，面如美玉，目若朗星，那温文尔雅的相貌，不像习武之人，倒像饱学的文士。

林师父并不是孤身一人，还有一位妹妹。他相貌已是出类拔萃、万里挑一了，他这妹妹生得更好，风致嫣然，清丽出尘。莫说大人了，连瑜哥儿、琪姐儿、小青雀这帮孩子看了，都是心怦怦跳。

小青雀喜滋滋瞅着新来的林师父、林姑娘，"太爷爷，这是新给我请的枪棒师父啊？长得可真好看！不过，想做我师父，光长得好看可不成，手底下见真章！"

她身穿大红袄，手提红缨枪，神气活现地站在院子当中，一声娇喝，"不赢了我手中这杆枪，休想做我师父！"抖起手中红缨枪，迅疾刺向林师父的面门。

林师父微微一笑，气定神闲地站着，纹丝不动。红缨枪亮晶晶的枪头到了林师父面前，只见他随意地一伸手，也不见得如何快捷，枪头已被他牢牢捉在手里。青雀小脸通红地挣了又挣，一丝半毫也挣不动。

林姑娘玫瑰花瓣般的嘴唇边浮上丝愉悦笑意，这笑意一直蔓延到她美丽的眼睛中，衬得她更加灵动，楚楚动人。

瑜哥儿、琪姐儿在一旁悬着心，干着急。小青雀你还挣什么挣，没用的，林师父比你强得太多。林师父也是的，不会给小青雀留点颜面啊。

青雀气哼哼瞪了林师父半天，赌气撒了手，"不玩了！大人欺负小孩儿！"扎愣着小手，冲林师父喊着，极为气愤。

林师父笑道："接招！"手中红缨枪舞成一团光影，青雀被围在当中，几番想突围逃走，无奈实力差得太远，屡屡失利。

瑜哥儿和琪姐儿急得跺脚，一边儿一个推着杨阁老，"曾祖父，您让林师父停下，让林师父停下！"杨阁老笑着答应，"好好好，停下，停下。"那厢林师父却已放了青雀，青雀跳出圈外，林师父使出一套梨花枪法，如梨花摇摆，而变化莫测，神威无穷。

青雀站在一边，看得心动神摇。

林师父使完梨花枪，收手站立，渊淳岳峙，气定神凝。杨阁老和瑜哥儿、琪姐儿都拍掌叫好，青雀两眼亮晶晶地扑向林师父，"我要学，教给我！"

青雀有了新师父，还奉送一位仙女般的美貌姑姑。师父教她武功，白天陪她玩耍，美貌姑姑照料她日常起居，晚上陪她睡觉。

青雀快活得想要飞起来。

大悲庵里，胡千户和鲁副千户都是气急败坏，对住持更加无情，刑讯更酷，"小丫头都亲耳听到你们说'夏鱼'了，你还死撑着不说！皮松是不是，老子给你紧紧！"

住持每到熬刑不过，就会胡乱指一个地点，胡千户和鲁副千户就会满怀希望地去挖。当然了，最后的结果肯定是一无所获，住持的日子也就更不好过。

"记仇的小丫头。"住持迷迷糊糊地、绝望地想着，"早知如此，我何必贪区区一千两银子、两块金砖，替沈苿整治她？生生是死在她手里了。"

其实住持没想明白，以锦衣卫的嚣张残忍，就算没有青雀那句话，住持也是同样的命运，逃不掉。

"沈……沈……"住持困难地喃喃。沈夫人，我被你害死了，我被你区区一千两银子、两块金砖害死了。我，不值啊。

胡千户和鲁副千户见状，忙一起趴到她面前仔细听着。"沈……沈……"住持弱弱地叫了两声，头无力地垂下，气绝身亡。

胡千户忙伸手探探她的鼻息，破口大骂，"奶奶的，又死了一个！"沙弥尼年纪小，早已受刑不过，没气了。

鲁副千户恨得咬牙，"宁可死了，也不说轩辕剑的下落，真真可恨！"朝着住持的尸体狠狠踹了两脚。

胡千户和鲁副千户相互看了看，都觉凄凉。这趟差使是上头郑重交代下来的，要是办不好，头上的帽子就别说了，保不齐连性命也堪忧。

"皇上要这把剑做什么？！"鲁副千户狠狠啐了口。

"哪是皇上要的，是皇贵妃！"胡千户也是愤怒，"奶奶的，这女人除了祸害人，还是祸害人！咱哥儿俩也被她给坑了！"

"万贵妃？"鲁副千户打了个寒噤。万贵妃可是皇上心头第一要紧之人，比皇上大着十八岁，硬是把皇上迷得颠三倒四！

"嗯。"胡千户少气无力地点点头。

一时间，两人都是心中悲凄，静静无语。

沉默半晌，胡千户忽腾地站起来，"还有那个小丫头！她听到了夏鱼，保不齐还会听到别的！兄弟你在这儿守着，我这便去会会杨阁老！"

鲁副千户追出来交代，"哥哥，杨阁老虽告了老，朝中门生故旧甚多，不到万不得已，莫得罪他！"胡千户答应着，匆匆出门上马，带着一队缇骑疾奔杨集。

杨阁老听说胡千户登门拜访，指名要见青雀，眼中闪过一丝恼怒。这帮锦衣卫，仗着奉了皇帝陛下亲命，也太跋扈了些！

"一介武夫。"青雀嘻嘻笑，"我对付他，绰绰有余。"也不带人，一个人跑出去见胡千户。

厅堂里，胡千户蹲下身子，满怀希望地盯着眼前天真无邪的小女孩儿，"妞妞，除了夏鱼，你可曾听到旁的？譬如，有没有听到'沈'字？"

青雀歪着头，想了好几想，才不确定地笑着，"沈……爹？"

沈爹？这是什么意思。胡千户闷得不行。

林师父笑着走过来，"好教上差得知：这孩子就是孩子，不懂事。她本该叫我师父的，有时却信口叫师爹。若训斥她，她还振振有辞，说什么'父亲就是爹，爹就是父亲，有何区别'。"

"父亲就是爹，爹就是父亲"，那么，沈爹，就是沈父？胡千户迅速盘算着。

看看再也问不出什么了，胡千户无奈告辞，回到大悲庵继续冥思苦想。鲁副千户也没闲着，在住持的居所掘地三尺，从地下挖出一个铁匣子，匣中藏有不少银票、金银。其中有两锭金子竟是有印迹的，上面刻着"大同，沈"。

"大同总兵叫什么？大同总兵叫什么？"胡千户好像想到了什么，又是兴奋又是紧张，抓着鲁副千户的双肩急急问道。

鲁副千户怔了半晌，才回过神儿，“沈复吧，这人极圆滑，和宫里、和指挥使都交好，就连咱们，也年年有节礼相送。”

胡千户仰天狂笑，“兄弟，咱们可以回京交差了！小丫头说什么沈爹，原来是沈复，沈复！”

鲁副千户莫名其妙，等胡千户笑完，把前因后果说了，鲁副千户沉吟，“这却是哥哥猜的，若放到上峰面前，作不得准。哥哥，不如说是那光头临死前招供的，岂不踏实？”胡千户大喜，“便是这般办理！”

当下两人都是神清气爽，把应该做的事全做了，觉着天衣无缝，才收拾着回了京。

凄清冬日，就连官道上也是冷冷清清的。偶尔有个把行人，也透着萧瑟之意。一队缇绮耀武扬威，疾驰而过，路人侧目。

紫禁城，未央宫。暖融融的偏殿中，美人榻上倚着位意态慵懒的女子。她年约二十出头，宫妃打扮，肤如新荔，目如秋水，清新美丽得仿佛雨后清晨。

“万贵妃在宫中大发脾气呢，逼皇上废了太子，另立……另立咱们四皇子。”一名宫女跪在她面前，低声禀报着。

“知道了。”宫妃曼声说道，“什么都不必做，以静制动，以不变应万变。”宫女恭谨答应，慢慢退了出去。

宫妃抬起纤纤玉手，凝视手腕上一串晶莹剔透的珠链，娇柔叹道：“万贞儿，你发你的疯，为什么要拖上我？我邵妗慈哪里对不起你了，如此苦苦相逼。你口口声声废太子，立我儿子，这是硬拖着我上你的贼船呢，用心何其歹毒。你不喜欢太子，要废太子，与我何干？生生要拖我下水。”

这宫妃，是宸妃邵氏。

后宫之中，最有权势的是万贵妃。她虽然长得不美，虽然比皇帝陛下大了十八岁，可是皇帝陛下痴恋于她，始终不改，谁都不能不服气。万贵妃的封号是皇贵妃，仅次于皇后。

不过，皇后可没有万贵妃威风。在万贵妃面前，皇后王氏像个受气小媳妇，连高声说话都不敢。

除万贵妃之外，最得宠的便是宸妃邵氏了。宸妃相貌美丽，又颇有才华，通晓诗书，和皇帝陛下十分投缘。皇帝陛下持笔作画、对月吟诗之时，和她最是心意相通。

宸妃为皇帝生育了四皇子、五皇子、八皇子，用皇帝的话来说，真是“劳苦功高，居功甚伟”。她三个儿子当中，数四皇子最为出色，天资奇伟，气禀清纯，皇帝亲抚教诲，恩宠有加，甚于太子。

太子是三皇子，他之所以被立为太子，是因为比他年长的大皇子、二皇子早夭，立储以长，轮到他的。万贵妃一向厌恶太子，总想废了他。可是废立太子这样的大事岂是容易的，万贵妃独木难支，见皇帝宠爱四皇子，便吵着要废太子，立四皇子。

废立太子，皇帝一个人说了不算。真要实行，他必须要说服文官们，和文官们展开旷日持久的较量。皇帝是个省事的人，和文官们费口舌，他不喜欢，所以总拖着。

"万贞儿，你一门心思要废太子，计谋百出，无所不用其极。"美若芙蓉出水的宸妃轻轻扯断手上的珠链，"听说你要寻一把上古神剑给我孩儿，说他是天命所归的皇储？万贞儿，你真是用心良苦。"

珍珠纷纷坠地，发出清脆的声响。冬日清冷的阳光照进偏殿，一粒粒洁白的珍珠滚来滚去，最终缓缓停下，或在墙角，或在屋中央。

太子生母早逝，养在太后周氏宫中。可以说，太子虽然没有生母可以依仗，但他有太后做靠山，更有满朝的文官们毫无例外地支持他。要想撼动太子，谈何容易。

万贵妃总是这么吵吵，弄得尽人皆知，四皇子好处根本没捞着，先把太子给得罪了，有百害而无一利。宸妃想到此，娥眉微蹙，凤眼含愁，你说说就万贵妃这样的女人，皇帝陛下怎么就迷上了呢，言听计从的。

一名身穿青色龙袍的男子牵着个七八岁的男孩儿，到了偏殿门口。宫人见了他纷纷下拜，却被他以手势制止，不许声张。

这名男子自是皇帝了。他三十出头的年纪，中等身材，五官普普通通，面相非常和善。此刻他正双眼含笑凝视殿中女子，眉目异常温柔。

皇帝手中牵着的小男孩儿却是漂亮得不像话。他皮肤是上好的象牙白，阳光下隐现粉红，光润明亮，纯净美好。一双大眼睛如水洗过的黑宝石，深邃幽远，璀璨莹然，相貌美丽非常。

"在想什么？"宸妃耳边响起熟悉的男子声音，她蓦然惊觉，忙要起身，却被一只温暖的手给按住了，"宫人在外面，殿中只有咱们和阿原，无需多礼。"

皇帝虽是这么说，小男孩儿还是规规矩矩行了礼，"阿原给母亲请安。"很一丝不苟的样子。行完礼，阿原扑到宸妃怀里，扭股儿糖似的撒娇。皇帝和宸妃都笑，"才说阿原老成呢，这会子的工夫，又成孩子了。"

阿原得意道："我才不是小孩子，是男人！明儿个太子哥哥在东宫检视幼军，命我陪同。父亲，母亲，我和三哥一样，是大人了！"

宸妃笑得如春风扑面，温柔夸奖着，"小四真厉害！"阿原排行第四，是四皇子，皇帝和宸妃有时叫他阿原，有时叫他小四。

皇帝微笑，"小三子要检视幼军么？倒也是应该的。"自永乐朝起，为皇太子简选幼军，置府军前卫。皇太子自小开始统帅幼军，护卫东宫。

宸妃陪爱子玩了会儿，笑吟吟问他，"想不想小五和小八？"五皇子和八皇子，一个四岁，一个两岁，是阿原同母所出的亲弟弟。

阿原大声道："想！"宸妃嫣然一笑，扬声唤来宫人，命她们带阿原去看弟弟。宫人恭敬地答应着，服侍着四皇子走了。

"怎么了？"皇帝见宸妃有意支开爱子，温和询问。宸妃微笑看了他一眼，"陛下，小四上头有哥哥，有些宝物生来与他无缘，何必强求。"

皇帝笑着拉过她，"你倒不乐意让小四再往上走走不成。"宸妃哧地一笑，"若是轻轻松松的便能够，我如何不乐意？可是实在费事呢，那也罢了。那些文官们是好相与的？不知要费陛下多少心思，多少口舌。"

皇帝感慨看着她秀雅无双的面庞，"阿慈，还是你最明白我，最省心。我每每来了未央宫，只觉无处不舒畅，真是不想走。"

宸妃垂首巧笑，明媚如春花，清丽胜秋月。她本就生得冰肌莹彻，这一低头，露出一段洁白细腻的脖颈，说不出的妩媚动人。皇帝心头一热，巴不得夜晚早些降临，好携了佳人，共赴罗帏。

这晚皇帝当然是留宿未央宫，一夜缠绵。次日清晨送皇帝上了朝，宸妃又替小四收拾妥当，打发他到东宫检视幼军。至于小五和小八，虽然年纪还小，极是乖顺不闹人的，并不需宸妃烦恼。

宸妃一边替阿原整理衣衫，一边慢慢问着他，"知道太子哥哥为什么要你陪同么？"阿原点头，"知道。太子哥哥友爱兄弟，故此有好事便带上我。"

宸妃幽幽叹了口气。做太子也不容易，他虽有周太后护着，却要时时提防万贵妃，半分不敢行差踏错。这不，万贵妃阴阳怪气地一提"友爱兄弟"，太子便不敢单独检视幼军，而要拉上阿原。

太子十岁，阿原八岁，阿原是和太子年纪最接近的皇子了。其余的皇子，都还小。

阿原和宸妃告别，到东宫陪同太子检视幼军。

皇太子头戴乌纱折上巾，身穿绣有金盘龙纹圆领衮龙袍，腰系玉带，足蹬皮靴，屹立在高台上。他十岁左右的年纪，三年前已经出阁读书，仪表非常得体。

阿原头戴金丝编制的束发冠，身穿玄色绣团龙纹锦袍，一脸严肃地坐在皇太子的右下手。他是头回在高台上检视幼军，一动不敢动，唯恐失了威仪，给三哥丢脸。

皇太子不经意间转头看了眼身形板正的弟弟，肚中好笑。这孩子今儿个正经得很呢，这老半天了，硬是没动一下。

一队一队的幼军列队而过，盔甲鲜明，腰刀闪亮，斗志昂扬。皇太子看在眼里，欣慰非常。

检视到半中间的时候，阿原小腿好像被重重击打了一样，站立不稳，跌立在地。他这一跌坐下去，那侧的高台竟摇摇晃晃地要塌，眼看阿原就要被摔下去。

皇太子本能地伸出手，想要拉住弟弟，"阿原！"可是他本就离阿原不近，阿原又跌坐在地上，哪里够得着？皇太子大急，阿原这一跌下去，性命想必是无忧的，受伤却是不可避免。如此一来，太后再护着自己，万贵妃也不肯善罢甘休。

说时迟，那时快，幼军中一名兵士凌空跃起，迅疾上了高台，抱起阿原跃下。他落到地面的时候，那一侧高台"轰"的一声，同时塌了。

皇太子站立的那侧，却还是完好无损。

一时，在场的东宫官员们都有些发昏，这是怎么回事？怎么单单四皇子站的那块会塌掉？幸亏这兵士机灵，及时把四皇子救下，若是四皇子在东宫受了伤……后果不堪设想。要知道，万贵妃一直对东宫虎视眈眈，没事还想找事呢。

皇太子声音高亢清朗，"这位勇士忠勇无匹，为救四皇子奋不顾身，值得嘉奖！"一边大力褒奖那名兵士，一面命人"彻查！这侧的高台倒塌，究竟是什么缘故"。

东宫官员们见状，虽是担着心，却又备感欣慰。皇太子处变不惊，处理起事务来井井有条，不慌不忙，真是当之无愧的国之储君。

青雀歌

太子吩咐过后，大踏步下了高台，走向那名自天而降的兵士，一脸诚恳地赞叹，"卿是东宫的大功臣，孤的大功臣！"兵士四周，响起一片赞美声。

那名兵士本是天性厚道，他正好走到台下，见台上有人遇险，想都不想就使出本门功夫救了人。这会儿他身边一片叫好赞赏之声，才想起来自己救了一位皇子，倒手足无措起来。

"臣，薛护。"他放下安然无恙的四皇子，单膝下跪，拜见皇太子。皇太子笑容满面地亲手扶起他，"薛卿勇冠三军，机智过人！"

名不见经传的小兵薛护，因为偶然间救了皇帝陛下最宠爱的四皇子殿下，而得到皇帝、宸妃的接见。皇帝赏赐他黄金百锭、珍珠十斛、绸缎百匹、白银一千，并且正式升他为带刀舍人。

薛护，一下子有了名，有了利，有了实惠，喜出望外，傻乎乎的连声道谢。

皇帝笑着看向宸妃，"这孩子看着是个老实的，半分不油滑。"宸妃对于救了四皇子的人自是格外看重，赞同地点头，"陛下英明！这孩子面相憨厚得很。"

皇帝的赏赐自是表示皇帝的心意，宸妃这当娘的不知怎么感谢薛护为好，命人把他带到近前，温柔地说了一堆感谢话语。之后，赏赐他云锦十端，宫锦十端，妆花缎十端，倭缎十端。

薛护恭恭敬敬谢了恩。

宸妃很和善地命他抬起头，"好孩子，莫拘束，自在说话罢。今日你是未央宫的座上宾。"皇帝也微笑看着他，很和气。

薛护诚惶诚恐地抬起头，一时间呆住了。眼前这女子雪肤花貌，似曾相识，分明是小师叔啊。不过小师叔光着头，衣着俭朴，她却有头发，装扮得华美极了。

薛护年纪不大，只有十四五岁，还是个半大孩子。皇帝见他傻愣愣盯着宸妃看，虽是心中不悦，却没发火，只笑向宸妃道："这孩子真实诚，不会作假。"

恰巧文渊阁有加急奏章传来，皇帝起身回了乾清宫，处置紧急军务。一行人恭送走皇帝，宸妃微笑对薛护道："你救了我儿子，我承你的情。今后若遇到为难之事，只管来找我。"

薛护憨厚地点头，"成，不跟您客气，有事便来麻烦您。娘娘，我真不跟您客气，您跟我小师叔长得极像，我见了您，备感亲切。"

小师叔？长得极像？这话传入宸妃耳中，一时宸妃手脚冰冷，神思恍惚。这世上有谁知道，我还有一个妹妹呢，一个只比我小两岁的亲妹妹。

宸妃的声音温柔又执着，"把你小师叔的事告诉我，一点一滴，我都要知道。"薛护本就没心机，这会儿看着宸妃心里热乎乎的，和盘托出，"她是我师父最小的师妹，无父无母，是师祖收养的孤女……"

薛护说顺了口，说完小师叔，说起自己，"我才跟小师叔分别不久，正打算发奋图强呢。我家原是阳武侯族人，伯祖父阳武侯在世的时候还好，能庇护我们。这会子伯祖父过了世，爵位收回，薛家没了依仗，全靠我了。"

语气很亲昵自然，好像跟小师叔说家常似的。

宸妃大大的凤眼中，星光点点，"薛护，你救了我儿子，我无以为报，便送你一场大大的富贵吧。"

封侯，那是很难很难的一件事，必须要有极大的功劳。兵部上报过，文官们廷议过，皇帝才好下诏。可原本就有世袭罔替的侯爵爵位，朝廷开恩赏还了，不过是皇帝一句话的事，半分不难为。

薛护晕晕乎乎地回到家，自己也没明白过来是怎么回事，索性也没跟薛能说，倒头睡下。等到第二天他睡到日上三竿起来不久，礼部便来了宣旨官。

"……已故阳武侯薛翰之弟薛干，追封阳武侯；薛干长子薛能，袭爵为阳武侯；薛能长子薛护，为阳武侯世子。"

薛能这家长莫名其妙地接了旨，犹自一脸茫然。礼部这宣旨官极会做人，笑着冲他拱拱手，"薛侯爷大喜！陛下有口谕，原阳武侯府一并发还，侯爷这便收拾收拾，搬家罢！"

第一代阳武侯薛禄是永乐年间的名将，"勇而好谋，谋定后战，战必胜，纪律严明，秋毫无犯，善恤士卒，同甘苦，人乐为用"。他被封为阳武侯，府邸在鸣鹿坊，宽宏阔大，足足占了大半条街。

从前薛能的伯父老阳武侯还在世的时候，很喜欢薛能，常命他到阳武侯府玩耍。故此薛能对阳武侯府再熟悉不过，阳武侯府的恢宏气派自然深知，听了宣旨官这句话，喜从天降。

要知道，像薛家这样爵位曾经被收回、后来又开恩赏还的，能给个平平常常的府邸已是不错了。原府赏还，真是不敢想象，不敢奢望。

先是突如其来的宣旨官员，然后是父亲的追封、自己的袭爵，再然后是原阳武侯府要变成自己和玉儿、阿护阿扬的家，一个接一个的喜讯砸过来，薛能飘飘然如在云端，满面笑容地向宣旨官谢了又谢。

薛护规规矩矩站在父亲薛能身后，看上去又是欢喜，又是迷惑。宣旨官颇有眼色，觉察到这父子二人都有点摸不着头脑，微笑道："薛侯爷何须言谢，令郎救了四皇子，立下极大的功劳，龙颜大悦。侯爷，令郎一看便是有福之人，前程不可限量。"

薛能这才有点明白过来了，谦让两句，笑容满面地把宣旨官让到偏厅待茶。宣旨官有心结交这位新进的阳武侯，和得了皇帝陛下青睐的阳武侯世子，微笑说了不少恭维话语，用词典雅，宛转含蓄，让人听了心里很舒服。

喝了杯茶，愉悦舒畅地叙了通话，宣旨官才起身笑道："下官还要回部复命，竟要先告辞了。"薛能父子也知道他公务在身，不好多留，殷勤周到地亲自送到大门。

送走宣旨官，薛能大笑拍拍薛护的肩，"怪不得你昨天怪模怪样的，回家不久便躲回房了！儿子，你打小如此，但凡做了好事，便要躲起来，怕被爹爹夸！"

薛护红着脸低下头，被父亲说得很不好意思。

阳武侯府有了新侯爷、新世子的讯息，京城勋戚们很快尽人皆知。得知详情之后，纷纷感慨薛能会养儿子。瞅瞅，这儿子养得多值啊，儿子宫中立功，老子得了个世袭阳武侯，得了座富丽堂皇的府邸，福禄田、永业田、一等侯爵的俸禄，样样羡慕死人。

贵妇们则是关注薛能的家事，"除世子之外，只有一名小女儿？子嗣未免单薄了些。阳武侯夫人是继室，不是世子的亲娘？可怜的世子。"

对于即将踏入贵妇圈的阳武侯夫人，有人好奇，有人羡慕，更多的则是鄙夷。"薛侯爷原本只是一普通富户，便是嫡妻，能娶着什么好的？继室，就甭提了。"

对于阳武侯夫人的品貌、才能，贵妇们并没抱什么希望。不过，阳武侯府的富贵、雅致，她们深有体会。老阳武侯和夫人还在世的时候，每年会在桃花盛开之时大宴宾客。灿若云霞的桃林，满园的美景，精致讲究的饮宴，让人流连忘返。

"哎，你说明年桃花绽放之时，咱们是不是又能到阳武侯府饱饱眼福了？""谁知道呢，或许这位阳武侯夫人小家子出身，备办不来这种盛会，也未可知。"

话虽这么说，对阳武侯府的桃花宴，到底还是存着期待的。那么大的一片桃林，花开似锦，灿烂夺目，美得令人眩晕。

腊月末，薛能一家搬到了阳武侯府。出乎贵妇们意料的是，阳武侯夫人根本没有广发请帖，上赶着来结交她们。一直到阳春三月，阳武侯夫人都不曾在京城贵妇中露过面。不少人起了好奇，兴致极好地打听，"何许人也？如此沉得住气。"

慢慢地，都知道阳武侯夫人姓祁，是名孤女，父母双亡，兄弟姐妹一个没有。也就是说，她没有娘家。

不对，也不能说她没有娘家。她还有外祖父可以依靠，并且她外祖父出自京西王氏，百年旧家，诗礼大族，族中人才济济，不可小觑。她外祖父做过太守呢，是出了名的清廉官员。

这讯息传到宁国公府世孙夫人沈茉耳中的时候，沈茉好似被雷击了一般，呆愣许久。孤女，姓祁，没有娘家，外祖父出自京西王氏，做过太守，出了名的清廉……

如此多的巧合，看来，十有八九是玉儿了。

玉儿，难道你竟不是我的手下败将，难道你处在那种境地，竟能焕发新生？你还真是祁保山的亲闺女啊，不服输，不认命，敢冲敢杀。

沈茉用妩媚的眼神凝视着茶盏中如一面面旗帜的茶叶，微微笑起来。玉儿，即便真的是你，即便你真的做了侯夫人，那又如何。你的过往，可堪提起？你生下的那野丫头还活着，只要那野丫头还在，你便有把柄在我手里，威风不起来的。

你比我美，比我招世孙喜欢，可最终嫁了世孙，堂堂正正做他妻子的人，是我。

沈茉手中的茶盏胎质洁白细腻，薄轻透体，胎体之薄几同蝉翼，可映见手指。沈茉看着杯中映出的娇嫩手指，温柔笑起来。

沈茉沉吟许久，终是拣了个没人时候，委婉回明婆婆孙氏，"儿媳和玉儿姐妹情深，故此总惦记着她。许是儿媳想岔了，也未可知。只是既想到这儿了，便不敢瞒着母亲。母亲想想，万一是真的，咱家脸面何存？媛姐儿还有什么脸见人？"

孙氏呆了半晌，连连摇头，"天底下竟有这般水性杨花的妇人！男人能抛下，亲生女儿也能抛下，还有脸另嫁他人！"

沈茉拿着帕子拭泪，"母亲，玉儿总是我的好姐妹……"孙氏跺脚，"她丢人都丢到这份儿上了，你还认她是好姐妹！"沈茉忙擦去泪水，惶惑地看着孙氏。婆媳二人四目相对，心意相通：这般没廉耻的女人，竟还有脸活着！

沈茉柔顺地请示，"到底该怎生处置，儿媳听母亲的示下。"孙氏低头想了想，叹道："差人去趟王家吧。"

沈茉是听话孝顺的儿媳妇，婆婆有命，她不敢不从，当即差人到祁玉的外祖父家中递了名帖，要求拜见。

沈茉的名帖被原帖送回，王老太爷不见。不光不见，还放下一句冷冰冰的话，"往后再有这家人来，直接打出去。"

孙氏气得浑身发抖，沈茉体贴又心疼地替她顺着气，"母亲保重身体，不必跟这起子小人一般见识。"孙氏缓了半天，颤巍巍道："我活了大半辈子，没被人如此打脸！这王家着实无礼，着实无礼！"

沈茉一边服侍孙氏，一边慢慢说道："王家这架势，分明是打算跟咱们老死不相往来。母亲，这可怎生是好？媛姐儿是咱家娇女，她的亲娘另嫁他人，媛姐儿还有脸见人么。"

孙氏实在气极了，还抖着呢，"去，去派人把媛姐儿接回来！有了这孩子，我看王家敢不敢再嚣张！"

沈茉犹豫了下，"杨阁老不会肯放人的。母亲，也不知杨阁老是什么个意思，死死霸着咱家媛姐儿不放。"

孙氏没办法，只好命人请世了邓晖过来，求他去夏邑带回媛姐儿，好逼着王家出面相商，务必要让那水性杨花的女人在京城销声匿迹，不能带累了宁国公府的名声。

邓晖怫然，"不拘阳武侯夫人是不是保山的闺女，与咱们何干？我看你纯是日子太消停了，总想无事生非！"

邓晖心里这份不满，就甭提了。让我去跟杨阁老要人？你当我是谁啊，杨阁老能理会我。整个宁国公府，唯一能跟杨阁老说上话的是父亲这宁国公，旁的人，杨阁老根本不理睬。

把孙氏急的，"怎么跟咱们不相干？媛姐儿是咱们亲孙女，她是媛姐儿亲娘！世子爷，这女人便是不含羞自尽，也该远离京城，莫在老亲旧戚面前，给邓家丢脸！"

邓晖气乐了，"成，你有本事，你到杨集要人去！你有本事，你让保山的闺女羞愤自尽去！我没这本事，不蹚这浑水。"放下话，扬长而去。孙氏再命人请他，根本不肯进来。

孙氏为人方正，实在忍不下祁玉这种抛夫弃女的女人，不能容忍她有朝一日会以阳武侯夫人的身份出现在自己面前。"你和她不是好姐妹么？你上门见见她，晓以大义。"孙氏命令大儿媳妇沈茉。

沈茉声音很温柔，"母亲，咱家和阳武侯府非亲非故，向无来往。儿媳径自前去，总显着冒昧。"

孙氏冷笑，"你说怎么办？这也不行，那也不行，难道让我眼睁睁看着麒儿被戴了绿帽子，却无动于衷？她可是媛姐儿的亲娘！"

沈茉柔弱地说道："我总归是媛姐儿的母亲，孝敬我，想必杨阁老是没话说的。不如，我去封信，说我病重不起，唯愿西归之前，见上媛姐儿一面？"

孙氏又是冷笑，"你若病重，杨阁老未必理会。还是我这亲祖母病重将死吧，如此，媛姐儿必回。"

沈茉低下头，温雅恭敬地答应，"是，母亲。"

沈茉差出心腹陪房周柱媳妇，命她前往杨集。"……那小丫头和她娘亲是一样的性子，激一激，必来……"周柱媳妇会意，谄媚地赔着笑脸，"您放心，奴婢一定把那小丫头激回京城！”

周柱媳妇踌躇满志地出了京城。

夕阳西下，朱雀大街行人渐少。十几匹快马旋风般驰过，到了位于街东边的沈府门前，倏地停下。为首一名形容精干的中年男子，微笑骑在马上，看向庄严肃穆的“沈府”二字。离家三年，我沈复终于回来了。

沈复刚刚下了马，要在护卫的簇拥下往家走，忽被人拦住了。“沈总兵，请跟我走一趟吧。”这人手持绣春刀，身着飞鱼服，似笑非笑，“我家镇抚大人有请。”

沈复心中一凛。锦衣卫下设南北镇抚司，南镇抚司负责本卫的军纪、法纪，管不到自己这大同总兵身上。北镇抚司却是办理皇帝钦定的大案要案，不经各衙门和三法司，便可自行逮捕、刑讯、处决犯人，很可怕。

我沈复一向不得罪人，宫里也好，亲军近卫也好，阁老重臣也好，都打点得周周到到，舒舒服服，怎至于甫一回京，便被带到北镇抚司去？

眼前这名手持绣春刀，身穿飞鱼服的锦衣卫首领显是嚣张跋扈惯了，眼神凌厉，神态逼人，半分礼貌尊敬都没有。沈复心中微哂，我对锦衣卫向来客气周到之极，便是五品六品的千户、副千户也着意结交，逢年过节都有重礼送上。这人身着飞鱼服，至少是名千户吧？敢情我送的礼只管收下，略有些风吹草动，便立即翻脸无情？

沈复哪里知道，这锦衣卫首领正是曾经野心勃勃要立功、却最终并没有如愿带回轩辕夏禹剑的胡千户。胡千户自去年腊月尾回京之后便一直提心吊胆的，唯恐上峰怪罪下来，吃不了兜着走。这会子镇抚使命他来请沈复，他自然格外卖力气。

沈复定定看着眼前的锦衣卫首领，微笑说道：“定要今日么？我和万指挥使相约在明日午后时分，届时一道见了，岂不省事。”

沈复的语气既和煦又自然，好像去北镇抚司是闲来无事喝茶谈天似的。胡千户斜睨他一眼，小子，拿指挥使大人来吓唬我呢？指挥使大人怎么了，他见了万贵妃也是点头哈腰、唯命是从！

“沈总兵，请罢。”胡千户皮笑肉不笑地说道：“莫让镇抚大人久等，他老人家性子急，等不得。”

“带走！”胡千户挥挥手，数十名校尉包围过来，把沈复团团围住。沈复的护卫们手按腰刀，面上都有气愤之色，却被沈复严厉地瞪了过去，并不敢轻举妄动。

层层包围中，沈复纵声大笑，“好，极好！沈复镇守大同已有八年之久，佩征西前将军印，平时镇守地方，战地统兵抗敌，八年来击退北元南下骑兵无数，胡人闻风丧胆！如今回京述职，陛下还没见着，先被请到镇抚司去！好，极好！”

他这番话说得高亢激昂，义愤填膺，非常有气势，非常感人。胡千户轻蔑地啐了一口，“想给谁报信呢？给谁报信都白搭！万岁爷交代下来的事，谁敢插手？”不再客气，吩咐校尉带了沈复，转身要走。

沈复并没有反抗。

大门敞开，两名锦衣华服的青年男子并肩快步走出，“父亲！父亲！”口中急急喊着，追了过来。

几柄雪亮的腰刀横在他俩面前，校尉喝道："锦衣卫办案，谁敢胡乱阻拦？"胡千户命人架着沈复往前走，脚步根本没停。沈复回头笑了笑，"阿茂，阿英，命人把为父的官袍准备停当，明日为父该进宫面圣……"话没说完，就被校尉扯走了。

沈茂、沈英心急如焚，可是被校尉横刀拦着，又不敢硬闯，只能眼睁睁看着沈复被押走。

这晚沈家上房彻夜灯火通明，沈复的妻子曾氏端坐在雕花透背玫瑰椅上，面色阴沉地能掐出水。沈家的男丁，不管是她亲生的儿子沈茂、沈英，还是庶出的沈苇、沈芸、沈茗，都在外奔波着，四处寻亲问友，往北镇抚打点。即便不希图立时三刻把人捞出来，至少也要暂且不受刑讯，不吃苦头。

曾氏亲生女儿只有沈茉一人，庶出的二姑娘沈芝、三姑娘沈荷都是十四五岁的年纪，都是容貌清秀，心思灵透。此时两人都魂不守舍地坐在一边，心中惶惑莫名。她们都还没定下亲事，若是沈复这时出了个什么事，可以说是一辈子全完了。

到了人定时分，沈茂、沈英等人陆陆续续回来，都是一脸疲惫颓丧之色。他们托了很多亲友，可人家一听说是北镇抚司请去的，都是脸色大变，推三阻四不肯应承，没一个肯伸手帮忙的。

"没一个讲义气的！"曾氏重重拍了下桌子，手上一只水头极好的老坑玻璃种满绿手镯应声碎成两截，清清脆脆落到地面。

"母亲！"沈茂泪流满面，扑通一声跪在曾氏面前，"孩儿没用，孩儿没用！"沈英、沈苇等人有样学样，也跟着跪下垂泪。沈芝、沈荷也不敢坐着，陪着一起跪下。

曾氏端端正正坐着，嘴唇抿得紧紧的，目光冷厉无情。

整个沈家，陷入一片恐慌之中。

寻常的亲友这个时候靠不住，已经出阁的大姑奶奶沈茉却是曾氏亲生的女儿，哪能坐视不理？沈茉人并没有回来，却让人送回了一盒珠宝，并传回了要紧话，"走汪太监的路子吧，他伺候过万贵妃，又深得陛下的宠信，他说话一定管用。我家国公爷领兵出征北元之时，汪太监曾是监军。国公爷打胜仗，汪太监受封赏，故此汪太监和我家国公爷很是莫逆。"

"这盒子珠宝全是稀世奇珍，拿着这盒珠宝，送到甜水井胡同中间一个挂着'人间福地'的宅子。那儿，是汪太监的私宅，有亲信看家。"

曾氏大喜，命令长子沈茂，"快，送去甜水井胡同！这份重礼可要快快送出去，晚送一会儿，你父亲便要多吃一份苦头！"沈茂片刻不敢耽误，急匆匆亲自跑了一趟。

往甜水井胡同送过重礼之后，曾氏、沈茂等人忐忑不安地等了几天，才得着回信儿，"北镇抚要的不过是个物件儿，老老实实交出来便是。若是不交，却令人为难。"

沈家从上到下全是糊涂，沈家没有什么传家宝啊，北镇抚要的究竟是个什么物件儿？又送了一盒奇珍异宝过去，又忐忑不安地等了几天，得了五个字，"轩辕夏禹剑"。

沈茂和曾氏想破脑袋也想不明白，沈家怎么会和轩辕夏禹剑有干系呢，从没听说过！"实在不行，现打一把罢？"曾氏急得狠了，想要铤而走险。

沈茂连连摇头，"万万不可！拿不出来，不过是个窝藏。献假剑，那可是欺君了。"曾氏咬牙切齿，"这什么轩辕夏禹剑，我一辈子都没听说过！到哪里找！"

青雀歌

发完火，曾氏又质问沈茂，"北镇抚怎会寻上你父亲的？"沈茂苦笑，"娘，能问出来是为着什么被带走，已是不易。若要追根究底，那打听起来可就更费事了。"

四月初，前军都督府都督同知余明纪兼任大同总兵，佩征西前将军印，镇守大同。至于原大同总兵沈复，则根本无人提起——被北镇抚关起来的人，大概凶多吉少吧。

沈家流水般地往外淌着银钱，大笔大笔银票、珠宝源源不断送往宫中、甜水井胡同。不只汪太监，连同皇帝陛下宠爱的万贵妃、邵宸妃，都送上重礼。

其中送给万贵妃的礼很特别，除常见的黄金白银之外，另有关于"黄赤之道"的古书一部。"黄赤之道"即房中术，皇帝、万贵妃都对之颇感兴趣。

皇帝对之感兴趣，是因为既要行乐又要长寿。"……犹得延年益寿，若少壮而能行道者，仙可冀矣！"

万贵妃么，搜集黄赤之道不是给自己用的，是给皇帝用的。她已是快五十岁的人了，身体发福，相貌不美，也没了生育子嗣的希望。她唯一心心念念忘不掉的事，就是换掉太子。春药、黄赤之道，让皇帝多生皇子，皇子多了之后，太子自然有对手，地位不稳。

连黄赤之道都肯上进到万贵妃面前的官员，当然不会是什么有气节、有操守的官员，也不会是宁可受尽酷刑，也要守着一柄所谓的上古神剑拒而不交的官员。

"沈家只要贵妃娘娘的眷顾便足够了，又何需什么轩辕夏禹剑呢？"随着重礼和黄赤之道一起到万贵妃身边的，还有这么一句话。

万贵妃犹豫了。

邵宸妃微笑告诉她，"祥瑞之兆甚多，不必定要上古神剑。依我说，文官们固执得很，实在难缠。不如等阿原再大两岁，到时风采更盛，秀异出尘，便是瞎子也能看出来他不是池中物。"

万贵妃想了又想，勉强点头，"成，依你，咱们再等上两年。横竖阿原还小，不急。"

万贵妃松了口，皇帝自然乐得应允，"轩辕剑之事，暂且搁置。"皇帝唤来北镇抚使陆威亲自下了令，陆威毕恭毕敬地答应了，出宫后也不急着放人，消消停停地又把沈复关了两天，直到沈家闻声送来厚厚一叠银票，才命人把沈复带上来，最后一次讯问。

沈复头上脸上都有伤，苍老憔悴不少。

"最后问你一遍，轩辕夏禹剑，在哪儿？"陆威狞笑着问道。

本来只是走走过场的，陆威并没抱着什么希望。却见沈复迟疑半晌，困难地说道："轩辕夏禹剑，怕是要到捕鱼儿海，方能寻觅到。"

陆威做梦都想不到，就要放人了，沈复居然吐口说了"捕鱼儿海"。虽说皇帝和皇贵妃不再追要轩辕剑，可这轩辕剑如果从天而降，究竟是大功一件，不可轻轻放过。陆威聚精会神看着沈复，听他往下说。

"成华三年夏季，我和龙虎将军祁保山一起出兵塞外，追击北元骑兵。我和祁保山一向交好，有一晚我们秉烛夜谈，说话极是投机，祁保山大概是说顺溜了，随口说出他少年时曾偶遇一位神尼……"

神尼？那白莲圣母不正是出家做了尼姑？陆威紧盯着沈复，眼睛中有了兴奋的光芒，好像狼看到了猎物。

"话一出口，他便知道不对，忙打个岔，岔过去了，我也不便追问。过了几天我特意请他喝酒，把他灌醉了，套出来不少话。原来，他师父真是位神尼，那神尼不只教他武功，还送过他一册兵书，一柄神剑。"

"我问了他好几遍神剑在哪儿，他都笑着不说。问急了，他方得意告诉我，'谁也抢不去，我随身带着呢！'可是等他大醉倒地之后，我搜遍他全身，也没搜着。"

"再之后，便是捕鱼儿海大战，他率领三千铁骑和北元骑兵殊死搏斗，战死沙场。他死了之后，我再也没有听说过神剑的讯息。若要寻找神剑，怕是要从祁保山的后人身上着手。"

沈复一口气说完这些，乞求地看着陆威，"我真的不知道轩辕剑在哪！若知道，给我十个胆子也不敢瞒着！"

陆威鄙夷看了他一眼，拖着官腔问道："祁保山都有什么后人啊。"

沈复面上有着羞愧之色，挣扎片刻，低声说道："祁保山的儿子们跟他一起阵亡的，如今只存一女。"

陆威怒喝一声，"你消遣老子！他没了，儿子也没了，只剩一个闺女！谁家会有宝贝交给闺女的！"

沈复忙辩白，"不是，他家闺女极宝贝，不输儿子！小女和他家闺女交好，对他家的事再熟悉不过，祁保山最疼闺女！"

陆威狞笑看着沈复，"好啊，既是令爱和祁家闺女交好，那便把祁家闺女交出来罢！本司即刻审问！"

沈复面容颇有尴尬，"小女和祁保山的闺女交好，是从前的事了。祁保山的闺女本是要嫁给宁国公府世孙的，后来宁国公府世孙却娶了小女，两人久已不来往了。故此，她的下落，我并不知道。"

陆威撑不住哈哈大笑，"你和祁保山交好，故此把祁保山给卖了；你闺女和祁保山的闺女交好，故此把人家的男人给抢了！沈复啊沈复，谁要跟你交好，谁他奶奶的真是倒了邪霉！"

沈复受了这个奚落，脸涨得通红。待要说些什么，却又不敢说出来，只赔着笑脸，一脸谄媚。

陆威本是打算今天放人的，却意外得了这个讯息，当即吩咐下属，"去查已故龙虎将军祁保山的女儿！"下属答应着，当即行动。

沈复走出北镇抚司的大门，抬头看看天上的太阳，真有重见天日、恍如隔世之感。还能活着出来么？随口诬陷了保山，根本是没影的事，北镇抚竟信了。

"保山，你莫怪我。"沈复歉疚想着，"你闺女福大命大，不会被北镇抚捉着的。我也是没办法，总不能坐着等死。所有我认识的将军之中，出身最微贱、成名最离奇的便是你，说你有轩辕剑，是最可信的啊。"

杨集。

花园西北角盛开着绚烂璀璨的玫瑰花，香气扑鼻，芬芳馥郁。一名年纪七八岁的女孩儿伸展着双臂，轻盈跃起，小鸟飞行一般，过了花丛，缓缓落地。

落了地，她兴奋得难以自抑，一声欢呼，得意之极，"成了，成了，我的轻功练成了！"

青雀歌

比上好白瓷还要细腻匀净的小脸上，绽放出一个大大的笑容，明快娇艳。清澈杏眼闪烁着快活的光芒，流露出顽皮的孩子气，观之可喜。

旁边并肩站着一男一女，男子清俊，女子秀雅。女子嫣然一笑，很大度地没有打击她，男子含笑把她拎过来，"凭你这样，就算练成轻功了？你想做一只小青鸟，自由自在地飞来飞去，且还早着呢！"

女孩儿叉起小蛮腰，气焰嚣张，"太爷爷说了，小孩子宜多夸，多哄，不宜训斥，不宜讥讽！"

"对小孩子当然是这样。"女子花瓣般的唇边，噙着一丝浅笑，"可你不是小孩子了呀，你是大孩子！"

女孩儿很气愤地想要开口反驳，却被女子笑盈盈堵了回去，"昨晚是谁说自己长大了，是大孩子了，不要和我一起睡的？"

女孩儿眨眨大眼睛，嘻嘻笑着往女子怀里扑，"仙女，昨儿个我口误，口误！没长大呢，我还是个小孩子，不折不扣的小孩子。"

仙女嫌弃地推推她，"美女一抱孩子，立即多了份尘土之气，不再超凡脱俗。小青鸟，找你师爹去，让他陪你玩。"

女孩儿怒不可遏，"抱我这样的小美女，会多尘土之气？"张牙舞爪往仙女身上扑，仙女忙不迭地跑了，她在后头卖力地追，撒下笑声一片。

师爹身子一晃，也和她俩玩在一起。你追我赶之中，潜移默化地教着步法、身形，不知不觉之间，小青鸟的轻功又上一层楼。

晚上师爹、仙女、小青鸟和瑜哥儿、琪姐儿一起陪太爷爷吃晚饭。小青鸟和瑜哥儿、琪姐儿比着吃，一个比一个吃得香，"小猪吃抢食。"太爷爷肚中暗笑。

晚饭后小青鸟靠在太爷爷身边听着奇闻逸事，不知什么时候，靠在太爷爷腿上睡着了。师爹抱起她，仙女跟在身边，送她回房。

"何不早日成亲？"太爷爷看在眼里，挑了个没人时候，含笑相问。

师爹惆怅良久，"婚姻之事，总需父母亲长点头，方才合乎礼仪。"

太爷爷不动声色地把话题岔了开去。

小青鸟对大人的事懵懂无知，她一天一天快活地过着日子，内功根基很扎实，轻功也越来越好了。她又习武又学文的，功课竟比琪姐儿还要学得透彻，字竟比琪姐儿写得还秀逸。琪姐儿常常娇嗔地跟她不依，她得意吹嘘，"没法子呀，天才，我是个小天才。"惹得琪姐儿抿嘴笑。

周柱媳妇到杨集的时候，是一个风和日丽的下午。接待宁国公府来人一向是件很讨厌人的事，师爹和仙女不放心小青鸟，特地陪在她身边。

周柱媳妇送上信函之后，声音低而清晰地冲着青雀说道："你的生母现已富贵，宁国公府不容她在京城给邓家丢人现眼，带你回京，为的是制服她，逼她羞愤自尽。"

青雀闻言倏地抬头，猛地看向周柱媳妇。周柱媳妇被这小女孩儿目光中的怒火所摄，止不住倒退了好几步，面色惊惶。小丫头这是什么眼神儿？吓死人了。

青雀握紧小粉拳，骨节发出咔咔的声响。师爹和仙女觉察到她僵硬的小身子，出离愤怒的情绪，迅速相互看了眼。仙女伸出双臂抱紧青雀，心疼地柔声安慰着，"没事了，小青鸟，没事了。"

"我要杀了她！"青雀在仙女怀中挣扎着，冲着周柱媳妇愤怒大叫，"我要杀了她！"

那双美丽的大眼睛中仿佛燃烧着火苗，要把人烧为灰烬。

周柱媳妇吓得肝胆俱裂，踉踉跄跄、狼狈不堪地倒退几步，拼命跑了出去。快逃，快逃！

师爹和仙女哪顾得上理会周柱媳妇这小丑，都蹲下身子，柔声哄着小徒弟。

"我要杀了她！"青雀大眼睛中充盈了泪水，带着哭腔悲愤喊道："她欺负我娘，她欺负我娘！"

才七八岁的孩子，声音中竟饱含悲怆沧桑，令人俯仰欷歔，泫然泪下。"可怜的小青鸟，心里始终是想着亲娘的。"仙女抱紧青雀，温柔拍着她，这重情意的孩子，实在让人心疼。

仙女怀中的青雀，小身子先是绷得紧紧的，后来不停颤抖着，显是心中激动到了极点。她富贵了，那帮坏女人就要对付她，逼她死！坏女人，我要杀了她们！

"师爹，仙女，我要去京城，我要去保护我娘！"青雀用力挣脱仙女的怀抱，跑到师爹和仙女的对面，精致美丽的小脸上满是坚毅和决绝，"她是我娘，我要保护她！"

仙女是心地善良的女子，很容易被感动。眼前这小女孩儿口口声声要保护亲娘，这是多么感人的事，哪能拒绝呢？她眼眶一热，便想要点头答应。

师爹也被小徒弟的真情所打动，却还是理智着。他伸手制止住已经张开口的仙女，柔声说道："小青鸟，兹事体大，咱们跟太爷爷细细商量着再做决定，好不好？"

青雀虽是一腔激愤，听到"太爷爷"三个字，还是乖顺地点头。

师爹走到她面前蹲下身子，凝视着她依旧燃烧着怒火的大眼睛，"小青鸟这样子若被太爷爷看见了，会心疼的。"仙女忙也跟过来，"小青鸟，咱们回去洗把脸，歇息会子。等你心平气和了，再去跟太爷爷商量。"

仙女哄着青雀，师爹跟她使个眼色，不动声色地出了厅门，出了大门，飞身上马，往村口追去。他骑术精绝，周柱媳妇等人不过是坐马车，哪里能跟他比脚程，不过一盏茶的工夫，已被他追了上去，拦截下来。

周柱媳妇掀起车帘，颤抖着问道："你，你想怎样？"师爹猿猱一般轻灵跃至她跟前，手中一把薄如纸片的利刃抵在她颈间，低声喝道："说！除了信函，除了方才那句话，你主子还交代了什么？"

周柱媳妇只觉脖间一凉，浑身寒森森的，吓得魂飞天外，"好汉饶命！我家主人说……说……媛姐儿便是缩在杨集不露头，一样有法子令她生母身败名裂、生不如死！"

我本来是该说两番话的。头一番，已说过了，之后还该有呢！却被那野丫头一发疯，吓得落荒而逃。我本该告诉那野丫头，"你若胆小怕事，缩在杨集不露头，我们一样有法子令你生母声名狼藉，求生不得，求死不能！"

这番话一说，还怕这野丫头不回京么？是个人都得回，是个人都不能看着亲娘落难不管！

师爹凉凉看着周柱媳妇，不说话，不撤利器。周柱媳妇硬挤出一个讨好的笑容，"我家主人并无恶意，不过是想激媛姐儿回京罢了。媛姐儿终归是邓家的孩子，寄养在杨家，不是长久法子。"

师爹举起手中利刃，在周柱媳妇脸上轻轻比画着，"实话，你到底说是不说？"声音虽是温柔细致，实则分明是瞅着哪处好下刀子。

周柱媳妇吓得发狂，脸上要是被划个一刀两刀，自己往后还能出门么？丑也丑死了。她恐惧已极，不管不顾地叫道："媛姐儿亲娘做了阳武侯夫人，我家主人气不过，要对付她！不拘媛姐儿回不回京，都要对付她！这全是主人的吩咐，不是我的主意，不是我的主意！"

说到最后，流着眼泪哀求乞怜，"真不是我的主意，我就是个传话的，就是个传话的……"

师爹懒得看她那副丑相，哼了一声，收回利刃，冲拉车的大黑马踹了一脚。大黑马吃痛不过，一声长嘶，发疯般地撒开马蹄狂跑。车夫东摇西摆，周柱媳妇惊慌尖叫，仓皇远去。

师爹上马，疾驰回杨宅，去到杨阁老书房，把前前后后的经过都说了，"……青雀娘做了阳武侯夫人，宁国公府那帮女人气不过……"

杨阁老叹道："千算万算，还是着了道儿！妞妞既已知道她娘亲被人算计，必是要回京城的，再也拦不住。"

师爹面有沉吟之色，"果真拦不住么？阁老大人，小青鸟虽有天分，究竟年纪尚小，功力尚浅，真到了京城，怕她难以自保。"

杨阁老苦笑，"我如何不知。若依着我，妞妞至少在我家养到十二三岁，性子定了，世事清晰明了，胸有成竹，才许她回到京城。却哪里能料到，妞妞的亲娘骤然得了富贵，晃花了仇人的双眼，招来这场算计。"

"以妞妞的性情，知道亲娘即将有难，宁国公府一帮恶女人即将不遗余力地诋毁她、中伤她，甚至攻击她，妞妞还坐得住么？"

"林师父，我小看了宁国公府这些夫人太太们。她们在我这儿想不着法子，竟能把主意打到妞妞身上，打到一个才七八岁的孩子身上。"

"从前妞妞亲娘杳无音信之时，她们确是无计可施。等到妞妞亲娘一出现，她们可就能大显神通了。不能拿孩子来要挟娘亲，还不能拿娘亲来要挟孩子么？"

一席话说下来，杨阁老颇感疲惫。若是祁玉始终没有下落倒还好，一旦祁玉的行踪被宁国公府发觉，以宁国公夫人的偏执，定是十分不甘心，千分万分的不甘心。什么？那本该在邓家卑躬屈膝活着的女人，竟做了威风凛凛的阳武侯夫人？没天理，没天理。

于是，她们要替天行道了。

于是，小青雀在杨集寝食难安，要去搭救亲娘了。

杨阁老真想去到宣府，把邓永揪过来好好问问话。邓永，你家婆来的都是帮什么女人？邓麒已另娶，祁玉已另嫁，大家井水不犯河水各过各的日子便是，你管人家富不富贵，做不做侯夫人！难道只有你邓家应该赫赫扬扬，旁人便应该被踩到尘埃么。

师爹淡淡说道："除非小青鸟的娘亲隐姓埋名，永不回京。否则，那些人不是拿小青鸟威胁她，就是拿她来威胁小青鸟，不会消停的。"

杨阁老神色怔忡，"邓麒的妻子沈荣，和妞妞的亲娘祁玉，原是闺中好姐妹，彼此知之甚深。沈荣定是对祁玉的性情了如指掌……"

两人四目相对，心中俱是了然：沈荣凭着对祁玉的了解，也能猜测出姐姐性子有多骄傲，故此她敢当着姐姐的面叫嚣要对付祁玉，激姐姐回京。

到了京城，没了杨阁老的庇护，姐姐只是个七八岁的孩子，能有什么作为？不过是她们为刀俎，姐姐为鱼肉，任她们宰割。

可是，姐姐依然会去。

谁也阻拦不了她，谁也阻拦不住她要去保护亲娘。

"大器和大成两兄弟，今年进京述职过后，一个留任吏部，一个留任大理寺。"杨阁老慢慢盘算着，"有两个孙子任京官，我这把老骨头若也到京郊静养，也在情理之中。"

杨阁老已是古稀之年，希冀的无非是终老乡里，葛巾野服，逍遥自在。他若果真回了京城，以他这么个身份，宫里、内阁，哪里能不惊动？又是一番劳碌奔波，又被卷回到万丈红尘。

师爹心里一热，冲口说道："我陪小青鸟去！"阁老大人能为小青鸟做到这个地步，自己这做师父的为何不能？老人家不能再折腾，还是年轻人去吧，义不容辞。

杨阁老若有所思地打量他两眼，温和询问，"回京后若遇到故人，林师父如何是好？"

师爹淡淡一笑，"十年过去，物是人非，怕是他已不认得我了。"

师爹、仙女带着小青雀，和太爷爷、瑜哥儿、琪姐儿、林嬷嬷等人依依惜别，出门上了马车。青雀本是急着赶路，想要骑马，太爷爷温和讲着道理，"她们会等你到了之后，再冲着你娘发难。姐姐，路上慢慢走，不必着急。"

太爷爷命二少奶奶给京城的"表妹"，宁国公府的世孙夫人写了信，告知她青雀已经离开杨集，去了京城。有了这封信，在青雀没有到京城之前，宁国公府这帮女人不会轻举妄动。她们会等着青雀到了，好好羞辱王家、羞辱祁玉，让祁玉再也抬不起头。

又交给师爹、仙女两封信，"送给王堂敬。若是青雀的身世没有公之于众，送红色信皮的这封。若是青雀的身世已被闹得尽人皆知，送白色信皮的这封。"

另外还有送给杨大器、杨大成的信，给英国公府的信等等。师爹、仙女谨慎收好，带着青雀上了路。

太爷爷站在门口，望着远去的黑漆平顶马车，眼中有多少不舍。他亲自教养青雀五年，感情何等深厚。

"太爷爷，等我把欺负我娘的坏女人收拾干净了，还回来陪着您。"太爷爷耳边又响起青雀清脆的声音，"您要顿顿吃两碗饭，天天走两里路，把身体养得结结实实的。等姐姐回来，您不许瘦了！"

太爷爷望着空寂的道路，微微笑起来。姐姐，太爷爷会好好的，你也要好好的，早日回来！

青雀走后约有半个月，邓麒一个人骑着快马赶来，风尘仆仆。宣府战事堪堪结束，邓永已经班师回京，他是专程来看女儿的。

太爷爷神色淡淡的，实在不爱搭理他。还是林嬷嬷心肠好，一五一十、啰啰嗦嗦把前因后果都讲了个遍，"你说怎么就有这种人呢？见不得别人好也便罢了，千方百计为难个孩子！小青雀听说她亲娘要被人欺负，气成什么样儿了！"

林嬷嬷抹起眼泪。

邓麒呆傻了半晌。玉儿做了阳武侯夫人！玉儿做了阳武侯夫人！她真的又嫁人了，她真的扔下我，不要我了。

"玉儿，竟真的另嫁他人。"邓麒喃喃。

"你早已另娶沈茉。"太爷爷淡淡提醒。

想什么呢，你都另娶了，还想让她替你守着？也不看看她是谁。

"阁老大人说的是。"邓麒低声说道。是啊，我早已另娶沈茉，是我先对不起玉儿的。邓麒心里一痛，之前我已是负了她，如今不能再任由沈茉害她，害青雀！

小青雀，爹爹回来了，你等着爹爹！邓麒辞别杨阁老，出门上了马，快马加鞭，绝尘而去。

邓麒一路走的是官道，白天策马疾驰，晚上在驿站住宿。每到一处驿站他都会打听，"一名林姓男子，持杨府堪合，带着妹妹和小侄女"，驿站人往往笑答，"才过去二十多天。"慢慢地变成，"才过去十几天""才过去三五日"，邓麒心中激动，快要见到闺女了！

这天傍晚时分，他到了保定南门外的驿站。不巧，这天从福建回京一批军官，驿站已是住满了。驿卒很是为难，"这位爷您看，实在是一间空房子也没有……"

邓麒微微皱眉。已是这时候了，难不成再往前赶路？却是有些疲惫。驿卒哪敢得罪他，满脸赔笑地解释，"再往前十里地还有驿站，您看……"

十里地，以自己的脚程来看，倒也不算什么。邓麒心中有了计较，温和询问驿卒，"这两日可见到过一位林姓男子，持杨府堪合，带着妹妹和小侄女？"

驿卒面有惊喜之色，"您认识林先生？这可好了，他们在呢，便在后院住着。您若认识林先生，和他一屋住了，岂不两便？"

驿卒并不知道邓麒已经打算走，这会儿见他打听的人就在驿站住着，乐得不行。这可好了，既然认识，挤挤就成，我这小卒不用为难了。

邓麒喜出望外，把马匹交给驿卒，经由倒座、厢房、天井，大踏步向后院走去。"小青鸟，爹爹的小青鸟！"邓麒朗声大笑着，神情欢欣愉悦。

小青鸟？这声音传到东厢房，一名丽色少年呆了呆，应声而出。他出来的时候，只见邓麒的衣角在拐弯处一闪，当即不假思索地跟了过去。

"小青鸟，爹爹的小青鸟！"邓麒也来不及等驿卒带路，也不知哪间屋子住着久未谋面的闺女，站在院子当中四处张望着。

左侧中间的屋子屋门大开，一名七八岁的女孩儿走了出来。暮色中，她的小脸异常严肃端庄，带着审视的眼神，打量着风尘仆仆的邓麒。

"小青鸟！"邓麒眼眶一热，大踏步走到女孩儿身前，"是爹爹啊，闺女，你还记不记得爹爹？"蹲在女孩儿面前，神情殷切。

女孩儿身后默默走来一男一女，邓麒身后静静走来一名丽色少年。

良久，女孩儿花瓣般娇嫩的小脸上徐徐绽放出一个甜美的笑容，清清亮亮的杏眼中，闪烁着快活的光芒。"乖女儿，你认出爹爹了！"邓麒激动难捺，时隔两年，难得闺女还认得我！

"祜哥哥！"青雀欢呼一声，张开双臂冲着邓麒身后的丽色少年跑了过去，"祜哥哥，我想死你了！"

丽色少年笑着把她托起来，在空中飞舞，青雀欢快的笑声如银铃一般，撒满整个后院。

邓麒有些讪讪的。他缓缓站起身，客气地冲着觉迟、心慈拱手，"是林师父、林姑娘吧？在下是青雀的父亲邓麒。小女承蒙两位看顾，感激不尽。"

觉迟周到地还了礼，心慈却是娥眉微蹙，"你是来索要青雀的么？这却难以交还给你。"

邓麒又有些讪讪的。闺女，你不给爹爹颜面，你这美女师父和你一样呢，也不给爹爹颜面。

青雀机灵地下了地，拉着张祜往这边走，"我拜了师父，一位大师父，一位仙女师父，很厉害的！名师出高徒嘛，故此，我也是很厉害的！"一边走，一边仰起小脸儿，大吹法螺。

张祜微笑着低头看她，目光中有喜爱，有温柔，更有无穷无尽的纵容。

青雀先是一脸骄傲地站到觉迟和心慈身边，"我大师父，我仙女师父！"接着又嘻嘻笑着跑到张祜身边，也是一脸骄傲，"我军中袍泽，和我一起打过很多仗的张祜，祜哥哥！"

张祜彬彬有礼地和觉迟、心慈厮见了，也客气见过邓麒，称呼"世孙"。邓麒也好，觉迟、心慈也好，瞅着形容昳丽、礼数周到的张祜，都很觉顺眼。

青雀听见邓麒称呼张祜"世子"，偷偷捣捣张祜，"哎，他是世孙，你是世子，听着很怪呀。"张祜低头，似笑非笑看了她一眼。小青雀，他是你爹好不好，不许胡说。

觉迟把几人让到屋里坐下，命驿卒沏上茶来，叙着话。邓麒再三道谢，"劳烦两位了，不胜感激。到京之后，请和小女一道在寒舍住下，万勿客气。"

觉迟微笑摇头，"贵府么，却是不便打扰。"心慈不屑道："你家可住不得。一家子心狠手辣、居心叵测的女人，谁敢去住？"

邓麒脸火辣辣的。待要说些什么，一来心慈是妙龄美丽女子，二来心慈是青雀的师父，却又不好开口。

青雀本是喜滋滋坐在张祜身边，一边喝茶，一边吹牛皮。这时却放下手中小茶碗，跑到邓麒身前，小脸涨得通红，气愤看着他。

邓麒是从杨集追过来的，青雀在想什么，他哪能不知道？"没事了，爹爹的乖女儿。"邓麒柔声哄她，"爹爹回来了，你曾祖父也回来了，没人敢欺负你娘。"

青雀倔强地咬着嘴唇，大眼睛中满是不信任，"那些要欺负我娘的女人，跟你是一家！"

邓麒尴尬地咳了一声，"闺女，不许胡说！"

邓麒斥责的话刚出口，见青雀纯净的眼眸中满是失望、气愤之色，又觉着心疼，"闺女乖乖地听话，有爹爹呢。"伸出手臂，想把女儿抱在怀里，好好疼爱她。

青雀毫不犹豫打掉他的手。

张祜一脸恬淡的笑意，徐徐蹲在青雀身边，"小青雀，住到哥哥家里好不好？哥哥带你打猎，带你打仗，带你打架。"

青雀怦然心动，很是向往，"可是，我要去收拾欺负我娘的人……"张祜很干脆，"哥哥跟你一起收拾她们！"青雀小脸亮晶晶，伸出小手猛拍张祜的肩，"祜哥哥，够朋友！"

觉迟和心慈对视一眼，心里又是温暖，又是诧异。张祜怎会跟小青雀这般要好？

邓麒面色一沉，"闺女，跟爹爹回宁国公府！"

张祜笑道："青雀，跟哥哥回英国公府！"

觉迟和心慈冷眼旁观，不置一词。一个要小青雀去英国公府，一个要小青雀去宁国公府，好像都是志在必得的样子，看小青雀怎么选吧。

青雀歌

青雀看看张祐，看看邓麒，清清脆脆说道："要不你俩打一架吧，谁打赢了，我跟谁走！"

觉迟莞尔，心慈咪地一声笑了出来。张祐和邓麒你看我，我看你，也觉可乐。

最后两人也没打架，张祐细致讲着道理，"小青雀到底是女孩儿，不好养在外院。内院是当家主母的天下，男人要想伸手，总是隔得远了些。不如世孙先行回府，把小青雀的日常起居都安置好了，再到寒舍接人？"邓麒想了想，慨然答应。

晚上邓麒想跟青雀说说话，青雀昂起小脑袋，"我该歇息了！仙女师父搂着我睡觉！"得意扬扬走了。

邓麒看着女儿神气的背影，又是欣慰，又是心酸。

休息一晚，次日动身上路，回了京城。到了阜城门口，邓麒向东，张祐等人向西，依依惜别，分道扬镳。

邓麒回到宁国公府，在祖母荀氏、母亲孙氏面前什么也没提起，神色如常。沈苿在一旁温雅恭敬地侍立，时不时偷偷看向邓麒俊美的脸庞，眼神中满是爱慕。

荀氏、孙氏一两年没见邓麒，不知如何疼他才好，拉着他问了一堆一堆的别后话语，看着邓麒的目光温柔得能掐出水来。

邓麒到了祖母、母亲面前，嘴巴一向跟抹了蜜似的，净说些哄她们开怀大笑的话。今天邓麒却有些不自在，时常低头坐着，默默无语。

"看看这傻孩子，累成什么样了！"荀氏心疼得不行，一迭声地说道："快回房歇着去！麒哥儿媳妇，甭在我这儿站着了，服侍麒哥儿回去。"

沈苿温柔顺从地应"是"，邓麒也无二话，告辞了荀氏、孙氏出来，夫妇二人一路同行，回了房。

"是谁出的主意，要为难玉儿？"回去之后，邓麒挥退侍女，冷厉问着沈苿。可怜沈苿正含羞看着他，满怀似水柔情，却被他这一番横眉冷对、恶言相向，好不扫兴。

"谁为难她了。"沈苿按下心头不快，微笑道，"不过是说出事实罢了，哪里称得上难为。媛姐儿，究竟是她亲生的。"

邓麒凉凉看着她，"怪道一直催着我接孩子回家，原来打的是这个主意，原来是要拿孩子来羞辱玉儿。"

沈苿淡笑，"人必自辱而后人辱之。她若不曾私奔于你，又怎会给自己留下这一辈子的把柄。"

邓麒气往上涌，抬手重重抽在沈苿脸上，"你这毒妇！"沈苿脸上着了火辣辣的一记，站立不稳，倒在地上。邓麒犹嫌不解气，啐了一口，"说什么你和玉儿情同姐妹，却如此恶毒！"

沈苿自幼也是沈复和曾氏捧在手心长大的娇女，哪里受过这个，她羞愤之极，恨恨看着邓麒，"原本母亲是铁了心要整治她的，如今却不再提起了，你可知道是为什么？她被北镇抚司捉了去，她进了诏狱！进了诏狱，跟死人也差不多了，谁还去理会她？何必脏了手。"

晴天霹雳一般，邓麒呆呆傻傻站着，不敢相信，"不会，不会！你胡说，你一定是胡说的！玉儿柔弱女流，怎会被北镇抚司捉去？不会，一定不会！"

邓麒扑到沈苿面前，死死抓住她的衣襟，厉声喝道："你方才是骗我的，是不是？你一定是骗我的！"

沈茉抬手擦擦嘴角的鲜血，讥笑道："我骗你做甚？去了诏狱便是去了诏狱，有什么了不起。清者自清，她若无罪，自能全身而出。"

进了诏狱还想活着出来，做梦吧。我爹进了诏狱，把我沈家大半家产都搬空了，才捡回一条命！

邓麒猛地推开沈茉，踉踉跄跄向门外跑去。沈茉望着他的背影，无限怜悯，你去得这般急，是怕等不及给她收尸么。

第六章

风骨传奇

北镇抚司。

陆威玩味地看着眼前这风华绝代的好女子，摇头叹息，"如此美人，如此刑具，绝配啊绝配。"

祁玉如今置身于北镇抚司的刑房，各色恐怖吓人的刑具罗列，令人见之丧胆。这种刑具，别说柔弱的女人，就连铁骨铮铮的硬汉，也经受不住。

陆威眼神中闪烁着狼一般的绿光，冲着祁玉狞笑。从没审过这么美丽的女犯人呢，有趣，有趣！

她如果吓晕在地上，躺倒在自己面前，一定美得无以名状！陆威越看眼前这美人，兴致越好。

祁玉轻蔑一笑，从头至尾，一件一件刑具慢慢看了过去，又看了回来，"陆威，这样的刑具不必多，有个三件五件，凭我这身子骨，也就废了。到时你又多了笔丰功伟绩，惨死北镇抚司的冤魂中，多了位侯夫人，以及一位尚未出生的侯府嫡子。陆大人，你威风啊。"

祁玉，已有了三个月的身孕。

陆威眼神阴森冷厉，"薛夫人，你不怕么？"她若真知道轩辕剑的下落，见了这刑具应是魂飞魄散，如实托出。便是不知道，也该吓得花容失色，苦苦哀求才是。

祁玉傲然站着，言辞铿锵，"我若皱一皱眉头，也不配做祁保山的女儿！"

"有胆色，老子喜欢！"陆威怔了片刻，勃然大怒，"那便一样一样试过去，看你会不会皱眉头！"

祁玉迎上陆威狰狞的目光，丝毫没有哀怜求饶的意思。

黑色大门被缓缓推开，日光照了进来。祁玉乍见耀眼的阳光，觉着刺眼，双目微闭。再睁开眼时，只见一名内侍站在光影中，阴阳怪气地说道："万岁爷口谕，陆威听着！"

陆威忙走到内侍下首，恭恭敬敬跪下。内侍面对着陆威，用训斥的口吻说道："朕已有谕旨，停止寻觅轩辕剑。陆威是想抗旨不遵么？"

陆威吓出了一身冷汗，连连叩首，"臣不敢，臣万万不敢。"内侍冷眼看着他磕了无数的头，额头血迹斑斑，才慢条斯理说道："往后不可再犯，知道么？"陆威连连答应，又磕了无数的头。

内侍转过身笑道："薛夫人，薛舍人为了您可是硬闯未央宫，差点儿没了命！幸亏宸妃娘娘仁慈，你们母子才得以双双保全。"

祁玉轻移莲步，往刑房门口走过来。她小腹依旧平平的，身姿袅娜，面目秀雅，款款到了内侍面前，郑重道谢，"宸妃娘娘的恩德，我母子二人没齿难忘。"

内侍眼中闪过一抹惊讶之色，薛舍人这继母，生得可真美！若认真论起来，怕是后宫第一美人宸妃娘娘也还及不上她。这美人在北镇抚司的刑房待着，居然还是神色自若，毫无惊慌之态，真是异数。

"薛夫人，请吧。"内侍殷勤地引着祁玉往外走。

陆威跪着没敢起来，心里懊悔不迭。不是说这女人是薛舍人的后娘么？敢情这薛舍人是个傻子，为了个后娘，敢硬闯未央宫！薛舍人是傻子，这女人，她是疯子！陆威想起祁玉那张美丽又镇静的脸庞，不寒而栗。

阳武侯夫人进了诏狱；

阳武侯夫人安然无恙地出了诏狱；

阳武侯夫人出了诏狱之后，以一品侯夫人的名义，向皇帝上了万言书，洋洋洒洒，言辞慷慨，陈述诏狱的惨状，称之为"地狱"。"陛下圣明英主，勤政爱民，请依太祖皇帝故事，焚锦衣卫刑具！毁北镇抚司！"

这份万言书当然是先到了内阁，之后才送入乾清宫。早在内阁之时，阁臣们已是扼腕叹息，"这种豪言壮语，竟出于阳武侯夫人一弱女子之口，岂不令我等愧煞！"

焚锦衣卫刑具，毁北镇抚司，那是所有文官的梦想啊。

阳武侯夫人这份万言书不只被送入乾清宫，更在极短的时间内流传京师，文官、士子们争相传诵。这份万言书，让多少人泪流满面，泣不成声。

北镇抚司是真真正正的人间地狱。到了那个鬼地方，魂飞汤火，惨毒难言，受尽种种非人折磨。

皇帝是个温吞性子，看了万言书，倒也没生气，"薛夫人大约是在诏狱受了惊吓，她言辞过激，朕并不会跟她计较。"皇帝放下万言书，耐心告诉坐在他身边的阿原。

阿原小手指指向一行字，"父亲，什么是太祖皇帝故事？"皇帝看了眼，温和说道："太祖皇帝之时，曾下令焚毁锦衣卫刑具。"

"太祖皇帝为什么要焚毁锦衣卫刑具呀。"阿原眨着大眼睛，天真地问道。他眼睛又黑又大，眼睫毛长长的，可爱极了。

皇帝语塞。

锦衣卫残暴，哪任皇帝不知道。可是锦衣卫直接听命于皇帝，不像那帮文官似的总爱叽叽歪歪，用着实在方便，实在顺手。

"太祖皇帝焚毁锦衣卫刑具，做得对不对呀。"阿原又问了一句。

"对，对。"皇帝笑着点头，"太祖皇帝做的事，哪有不对的。"

皇帝真怕阿原再问些什么，谁知阿原只是睁大眼睛看着他。那纯净清澈的目光，那信赖仰慕的目光，让皇帝忽觉着心中惭愧。

青雀歌

"兹事体大，再议，再议。"皇帝把万言书放在一边。

文官们大概是被一名弱女子激发出了血性，万众一心地跟锦衣卫耗上了，纷纷要求"依太祖皇帝故事，焚锦衣卫刑具"。群情激奋，怨声载道。

八月初，皇帝下诏，焚毁锦衣卫刑具，诏狱人犯转交刑部。之后，不拘何等大案要案，均由三法司审理。

这道诏谕一下，中外欢腾。京城中上至官员，下到普通老百姓，都是奔走相告，喜极而泣。

阳武侯夫人在诏狱之中的风骨，则被清流士林赞叹不已，"奇女子！器识高爽，风骨伟奇！"

阳武侯夫人，成了被世人景仰的女子。

士大夫们传诵着她的佳话，津津乐道于她兼济天下的宽阔心胸，临危不惧的高洁品格，还有她对继子的仁慈和爱护——她若不是位好继母，阳武侯世子怎肯为了她豁出命去，硬闯未央宫？

阳武侯府的门房变得很忙碌，一天里头要接收无数士子们送上的文章、诗词、骈四俪六，极尽夸奖之能事。另外，还有雪片般飞来的请帖，从清贵的文官到富贵逼人的勋戚，几乎家家有请帖送来，邀请阳武侯夫人过府参加花会、诗会、宴会。

不过可惜，阳武侯夫人全以"身体不适"为由推却了。京城贵妇们翘首以盼，也无缘得见阳武侯夫人的庐山真面目。

宁国府的世子夫人孙氏实在气不过这"抛夫弃女、水性杨花"的恶妇竟能名利双收，差陪房吴嬷嬷到阳武侯府"晓以大义"，劝祁玉为了祁家的名声着想，为了媛姐儿的名声着想，切莫抛头露面地丢人。

一向老实的阳武侯大怒，铁青着脸去见了宁国公。

宁国公羞惭欲死，恨不能找个地缝钻进去。

再三赔礼道歉，送走阳武侯，宁国公邓永面沉似水，把全家人召集到了上房。

荀氏板着个脸，坐在下首，一言不发。世子邓晖、孙氏、邓麒、沈茉、邓麟、邓天禄、邓无邪等人陆陆续续赶了来，屏声敛息垂手侍立，不敢出声。

整间厅堂之中，气氛异常沉闷、拘谨。

人到齐之后，宁国公暴喝一声，"带上来！"众人都觉耳畔响起一声炸雷似的，心中害怕，国公爷这是怎么了，这般大的火气？

小厮干脆响亮地答应一声，从门外提进来一个人。这人四十多岁，面容白净，穿戴讲究，不是世子夫人的陪房吴妈妈，却是哪个？

世子夫人孙氏的脸孔顿时火辣辣的。

宁国公指着瘫在地上的吴妈妈，怒声喝道："这仆妇是薛侯爷亲自送回来的！你们可知道，薛侯爷对我说了什么？"

宁国公严厉的眼神看向厅中的儿子、儿媳、孙子、孙媳，最后落到紧紧抿着嘴角的国公夫人身上。被他看过的人情不自禁地想往后缩，好像这样就能躲过他的怒火似的。

宁国公重重地拍了拍桌案，厉声道："薛侯爷说，他的夫人冰清玉洁，光明磊落，绝非小人所能诋毁！"

阳武侯薛能在中军都督府挂了个都督佥事的衔儿，不过是恩荫寄禄，并无实权。他虽没实权，待人一向和和气气的，老实厚道，人缘很不坏。薛侯爷性子极和善，这是众所周知的事，可今天，面相憨厚老实的薛能，一向温温吞吞的薛能，却亲自到了宁国公府求见宁国公，大义凛然、一字一字地抛出这番话，掷地有声。

邓麟、邓天禄等人都觉着臊得慌，吴妈妈你是吃饱了撑的还是怎么着，诋毁阳武侯夫人？阳武侯夫人已是一战成名，她是你能够诋毁的么。

邓麟、邓天禄等人哪里知道，阳武侯夫人就是侄女小青雀的亲娘。吴妈妈可恶可笑，可她是听着孙氏的吩咐才去的，可不是她自做主张。

邓麒痴痴呆呆站着，心绪繁乱。母亲竟差了人过去阳武侯府，真是让人意想不到。这薛能表面上相信玉儿、维护玉儿，等到回了家，关上门，会不会变脸呢，会不会呢。

沈茉在他身边站着，他的神色、魂不守舍自然逃不过沈茉的眼睛。你个没出息的！沈茉咬唇。你的女人被别人抢走了，你只会发呆发傻，竟不知道抢回来！你若把玉儿抢回来了，她哪里能做阳武侯夫人，竟比我还强了？我还没有夫人的封诰呢。

沈茉正在妒火中烧之时，却听得宁国公一声怒吼，"这等丢人现眼的奴才还留着做什么？乱棍打死！"小厮利索地应了一声，伸手去提地上的吴妈妈。

吴妈妈吓得魂飞魄散，鼻涕一把眼泪一把地哀求世子夫人孙氏，"夫人，是您吩咐我去的啊，我从头到尾全是依着您的吩咐，没敢多加一个字！"性命攸关之际，她什么也顾不得了，在小厮手中拼命地挣扎着，冲着孙氏求救。

孙氏一张脸成了大红布，气怒攻心，又羞又恼，直挺挺地向外倒去，当场昏倒。公公当着大家伙的面要打死吴妈妈，分明是要给自己这长子长妇没脸，没脸见人了，真是没脸见人了。

孙氏一昏倒，做儿子的全着了慌。除邓麒还呆呆站着、神游天际之外，邓麟、邓天禄、邓无邪都抢上来，口中叫着"母亲"。沈茉更是一副孝顺媳妇形状，眼泪夺眶而出，扑到孙氏身边哭天抢地。

"都住口！"宁国公一声暴喝，吓得他们全都噤了声。邓麟心疼亲娘，还在身边守着，邓天禄拉拉邓无邪，两人悄悄回了原位。

邓麒也被喝醒了。母子连心，看见孙氏昏倒，他也是心疼着急，正要往孙氏身边走，宁国公冷冷命令，"泼醒她！"小厮听话得很，随手端起一杯凉茶，狠狠泼向孙氏的脸！

孙氏想在地上躺着也不行了，被儿子儿媳扶了起来，搀着她站稳。宁国公凶狠的目光看向她，看向荀氏，看向儿子、孙子，最后落在孙媳妇沈茉身上。沈茉也算有些定力，却不敢接触宁国公狠厉的眼神，怯怯低下头。

"小青雀如今住在英国公府，根本接不回来，你们还有脸闹腾？宁国公府的人都被你们丢完了！今儿个你们都在，我把话撂下，你们都听好了：若是有人再敢提起当年之事，妄图诋毁小青雀的亲娘……"

宁国公阴冷的目光一个一个看过去，从牙缝中一字一字挤出，"杀无赦！"

这三个字说得咬牙切齿，杀气腾腾。孙氏只觉一股血腥之气扑面而来，她实在抵受不住，头一歪，软软倒在邓麒怀里。

青雀歌

吴妈妈早已被一团破布堵了嘴，声息全无地拖了出去。邓晖等人战战兢兢熬到宁国公点了头，如蒙大赦一般退了出来。

阳武侯府，薛能小心看着祁玉的脸色，赔着笑脸。他很想跟祁玉说一声，"把孩子要过来吧，养在你面前"，却又不大敢开这个口。玉儿始终没提过这件事，其中定是有什么难言之隐，万一触碰到了玉儿的痛处，可如何是好。

玉儿如今是双身子，怀着身孕呢，大意不得。

"从前有些事，我一直没有告诉你……"祁玉捧着微微隆起的小腹，星子般的眼眸中闪过一丝痛楚。

薛能心疼地制止她，"往事若令你难过，不必再提。"

祁玉嘴角噙着丝苦涩笑意，轻轻说道："我不愿回想，因为很痛，很痛……"薛能不忍看她如花容颜中的哀愁，一迭声说道："那便不想。玉儿，从前的事，不必再想。"

"的的，嘻嘻，的的。"门外传来小阿扬欢快的笑声。薛能握紧妻子的手，"小阿扬来了，玉儿，咱们的小阿扬来了。"门帘挑起，薛护怀中抱着小阿扬，两人都是一脸灿烂笑容。

薛护长相随爹，和薛能一样的五官端正，浓眉大眼。小阿扬却是长得像娘，清丽无匹，秀雅无双，小小年纪，已是美得如诗如画。兄妹二人长相迥异，可是很要好。小阿扬依恋哥哥，薛护关爱妹妹。

薛护关爱妹妹到什么地步呢？祁玉事后曾真挚向他道谢，他也是一脸诚恳，"您一走，小阿扬哭得可怜死了，我是她亲哥哥，哪能眼睁睁看着她哭泣？"

祁玉微笑。敢情继子舍了命地营救自己，是为了不让小阿扬哭呀。薛护，你是个好哥哥。

薛能和小阿扬在地上疯跑疯玩，祁玉捧着小腹，微笑看向薛护，"今儿个你大舅母来了，旧事重提。阿护，若为你聘了嘉容表妹，你可欢喜？"

薛护的外祖母王老太太怜惜薛护年幼失母，对他比对亲孙子还要关切。薛护舅母王大太太的女儿嘉容比薛护小上两岁，王家有意亲上加亲，把王嘉容许给薛护为妻。

薛护脸通红，吭吭哧哧说道："嘉容表妹是我妹妹，没想过。"祁玉鼓励地看着他，"那，从今儿个开始，好好想想。"薛护神情慌乱地连连点头。

薛能拍拍儿子的肩膀，大笑，"儿子，明日便过去王家吧，一则看望你外祖母，二则看望你嘉容表妹！"薛能目光中满是揶揄，薛护经不住，胡乱告了别，一溜烟儿跑了。

薛能和祁玉都觉好笑，阿护，你脸皮也太薄了些。

小阿扬"咦"了一声，好奇看向厅门。哥哥呢？哥哥怎么不见了。

门帘一挑，薛护又回来了。小阿扬笑嘻嘻迎上去，薛护俯身抱起她，不好意思地解释，"那个，我明日要到英国公府看望小师妹，改天再去外祖母家吧。"

薛能笑道："成，随你。"答应过后又有些奇怪，"儿子，你小师妹怎会在英国公府？"薛能含混道："我两位师叔带着她住过去的，大约师叔和英国公府相熟吧。"

"原来如此。"薛能和祁玉都做恍然大悟状。

等薛护告辞走了，薛能冲祁玉挤挤眼，"夫人，有两位师叔在，他说要去看小师妹。"

祁玉浅淡笑着，嘉容小姑娘，看来你有些不妙啊。

其实，薛护究竟要娶谁，祁玉并不是非常关心。虽然自打薛护奔走营救过她之后，两人确实比之前更亲密，但薛护到底不是祁玉亲生的，祁玉总觉着不好管得太多。

薛护若中意嘉容表妹，祁玉二话不说，直接命人着手操办定亲等事宜。薛护若更喜欢小师妹，只要薛能这亲爹同意，薛护的外祖母、舅母点头，祁玉也乐见其成。只要门当户对、年貌相当，娶表妹，或是娶师妹，有什么不同。

如果是位有心机有城府的继母，定会想方设法挑一位和自己亲近、和自己一心的姑娘进门，以便牢牢把持阳武侯府。但祁玉是骄傲的，不屑于这般算计。

祁玉对于薛护，始终是她曾经承许过薛能的那样，"视若亲子我做不到，以礼相待，一定可以。"

薛护告辞了，小阿扬也被乳母抱走了，薛能小心翼翼扶着祁玉回了房。祁玉怀着身孕，贪睡，躺床上没多久已是香梦沉酣。如绸缎般柔软亮泽的长发散落枕畔，衬着那张雪白的面庞，美得令人怦然心动。薛能入迷看着睡梦中的妻子，柔情万千，我的玉儿真是大美人，怀了身孕也是这般好看，比月里的嫦娥还好看。

那寄养在乡下的小妞妞，不知长得像不像玉儿？薛能看着眼前的妻子，忽想起宁国公府来人曾说过的话，心中踌躇。是个小妞妞呢，如今不过是添双筷子，长大后不过是多一分妆奁，真的不算什么。若把那小妞妞接了来，玉儿和她母女团聚，岂不是皆大欢喜？

可是玉儿不愿提起往事，这却是让人为难。

薛能正在胡思乱想，祁玉在睡梦中皱皱眉头，脸上似有嫌弃之意。"灯还没熄呢，吵着玉儿了。"薛能忙起身下床吹熄烛火，轻手轻脚摸上床，歇了。

第二天，薛护早早地出门，去了英国公府。临走前他红着脸问祁玉要了不少小女孩儿喜欢的玩器、珠玉首饰，祁玉微笑一一答应，又特别提醒他，"从咱家到英国公府，你会路过点心铺子桃李斋。桃李斋的马蹄酥和芙蓉糕很出名，小女孩儿应该会喜欢。"薛护不好意思地点头，"多谢您。"果然路过桃李斋的时候，买了油润酥脆的马蹄酥，和松软香甜的芙蓉糕。

"小师妹会喜欢吧？"薛护捧着热气腾腾的糕点，想起那个蹲在地上推土掩埋柴火的小小身影，那个透着寂寥和落寞的小小身影，很是心疼，很想让她高兴。

到了英国公府，薛护被直接带到觉迟和心慈面前。觉迟身穿宝蓝色织锦长袍，头戴镶珠嵌玉的束发冠，分明是一风度翩翩的英俊青年。心慈身穿浅银红明光锦衫裙，头上挽着俏皮的倭堕髻，十足十是位美丽出众的妙龄女子。

薛护吃惊地睁大了眼睛，"五师叔，小师叔，你们怎的……"觉迟和心慈相互看了眼，觉迟微笑不语，心慈嫣然，"我们还俗了。"

她这一笑，原本姣好明净如秋天碧月般的面容添了多少生动，异常鲜妍动人。薛护呆了呆，"小师叔，您这一换俗家打扮，和宸妃娘娘更像了。"

屋里并没旁人，觉迟听薛护把前前后后的因果讲了一遍，微微发怔，"一直以为师妹是孤女，世间再无亲人。如今看来，却未尽然。这位宸妃娘娘，或许真是师妹的姐姐。"

心慈一双黛眉细长舒扬，犹如水墨画中一泓秋水后遥远的青山。她微微蹙眉，"我却

青雀歌

不觉欢喜，反倒茫然。"一个人已经惯了，忽然凭空出来位疑似自己姐姐的人，还是宫中宠妃，颇有怪异的感觉。

还有，不知该如何是好。自小的草莽生涯，让心慈本能地不大愿意和皇宫里的人打什么交道。

薛护挠挠头，"可是小师叔，我已告诉给宸妃娘娘了。"觉迟瞪了他一眼，薛护红了脸，手脚无措地站着，彷徨无助。

心慈唇边泛上丝浅淡笑意，"告诉了，也好。大不了我多个姐姐呗。"唉，从小到大只有师父、师娘、师兄疼爱自己，如果多了个姐姐，或许也很不坏呢。

薛护见心慈没有怪罪的意思，长长松了口气，"小师叔，宸妃娘娘真是很好很好的人！我母亲被锦衣卫抓走的时候，全靠着宸妃娘娘援手，才能把她救回来。"

觉迟和心慈同时沉下脸，"若见了我家小青雀，不许提起你母亲！"姐姐才这么一点点大，听说有人要欺负她，毫不犹豫赶来京城要保护她。她呢？有夫有子，一团和睦，说不定早把姐姐忘到九霄云外了。这样的母亲，令人齿冷，切莫在姐姐面前提到她，徒增伤感。

薛护莫名其妙，却不敢不答应，"是，不提，不提。"我母亲和小师妹有何干系？不能在小师妹面前提起我母亲，费解，费解。

薛护四处张望着，"五师叔，小师叔，小师妹在哪儿，怎没看见她？"觉迟笑了笑，"她呀，天天和张世子疯玩。"心慈想起小徒弟到英国公府后的种种，眉目舒展，"这会子该是出城打猎了吧，小青雀到了英国公府，可是玩高兴了。"

难得她和张祜如此投缘。两人时常兴高采烈地带护卫出城，半空猎鹰展翅翱翔，地上猎狗撒欢奔跑，小青雀呼三喝四，眉飞色舞，轻飘飘如在云端，高兴得简直忘了自己姓甚名谁。

出城打猎？薛护很是失望。

觉迟心思细密，薛护这失望的神色并没瞒过他。很显然，薛护是想要见到小青雀的，为什么呢？难不成，小青雀的亲娘曾经提起过她么。

觉迟自到京之后，曾先后去过王太守家、杨家送信，亲自和王堂敬老爷子见面。王堂敬待觉迟这名信使很客气，可是很显然，他根本不知道世上还有一位名叫青雀的曾外孙女。

青雀，可怜的孩子。觉迟每每想到此处，对小徒弟的怜惜之情油然而生。虽然祁玉如今已是名满天下，言行举止也确实有令人钦佩之处，可觉迟对她却殊无好感。祁玉对小青雀，实在太淡漠了。

觉迟冷眼看着，薛护缠着心慈讨教武功，说家常，说宫里的宸妃和四皇子，反正就是赖着不走。心慈听他说起相貌酷似的宸妃，倒是极关切的，听到四皇子如何如何，更是眉目温柔。

日落西山之时，外面传来嘹亮的军歌声。心慈粲然，"小青雀回来了。"薛护笑道："我去接她！"兴冲冲跑了出去。

宽阔的甬路上，并排驰来两匹马，一匹是大人乘坐的大马，一匹是小孩儿乘坐的小马驹。小马驹上骑着位意气风发的女孩儿，正是薛护翘首盼望的小青雀。

"祜哥哥，今儿个咱俩打了两只野猪、五只狍子、一头熊、一头豹子，太厉害了！"

青雀笑逐颜开，喜气洋洋。

"小青雀最厉害，箭无虚发！"骑在大马上的张祜也是一脸愉悦笑意，"小青雀，晚上咱们吃葱烧狍子肉，烤野猪！"

"好啊，太好了！"青雀欢呼起来。

薛护站在甬路尽头，望着那并排而来的两人，呆若木鸡。小师妹这会子很开怀似的，怎么自己反倒很不开怀了呢。

甬路尽头处是一栋两层高楼，雕梁画栋，富丽堂皇。此时一对中年夫妇正站在楼上，悠闲看向并辔而来的张祜和青雀。

男子头戴束发金冠，身穿雨过天青色锦缎长袍，相貌儒雅，高大英挺。女子高高挽着飞仙髻，神采飞扬，彩袖辉煌，恍若神仙妃子。

"阿祜对这小姑娘，竟是真的与众不同。"男子微笑道。

"便是咱们阿佑，他的亲妹妹，似乎也比不上。"女子神色之间，似有感慨。

两人沉默了片刻。

"小了点儿。"男子皱眉，"阿祜哪里等得及她长大。"

"野了点儿。"女子叹息，"未来的英国公夫人，怎可如此不拘小节。"

娶妻，始终是以淑女为佳，像青雀这样透着野性的孩子，并非良配。

这一对夫妇，自然是英国公和英国公夫人了。他们的宝贝儿子已是长大了，似乎知慕少艾，做父母的当然放在心上，关切不已。

英国公牵着夫人的手，缓步下楼。英国公夫人一边下楼，一边慢慢说着话，"从前他央我照看杨集的小姑娘，我还以为他纯是善心大发，不想却是情愫暗生。"

英国公停下脚步，面有不解，"小丫头确是伶俐可爱招人疼，可也太小了一点，阿祜怎会喜欢上小妹妹？夫人，他这年纪，该是爱慕年纪差不多的美貌少女才对。"

英国公夫人也停下脚，若有所思，"论美貌，苏家的三小姐，吴家的大姑娘，都是个中翘楚。不如这几日我请她们过府，给阿祜看看。"

英国公并不反对，夫妇夫人便这么说定了。

"孩子真是很可怜。"英国公夫人到底心肠软，叹道："若不是阴差阳错，这会子该是在宁国公府做着大小姐，呼奴使婢，金尊玉贵，千娇万宠。"

"这件事，邓麒固然不着调，宁国公府也可笑得很。"英国公大大地摇头，"虽说婚姻是父母之命，也讲究个你情我愿是不是？明知自己儿子心里有人，这人还是曾经有意迎娶的，怎么就非要跟他拗着呢，殊属无谓。"

最后可倒好，邓麒在外头偷娶一个，宁国公府硬替他定下一个，何等狼狈。如今这件事并不敢摊开来说，若真是大白于天下，祁玉固然不沾光，可宁国公府一个"背信弃义、嫌贫爱富"的名声也是跑不了的，落不着好。

"咱们还是想个法子，让这孩子认回宁国公府吧。"英国公夫人想起青雀可爱的小脸，心生不忍，"她若没个正经身份，长大后连亲事都不好说。"

英国公笑道："咱们若要为阿祜求娶，自当设法。若没这意思，夫人，宁国公府的家务事，咱们不便掺和。"

英国公夫人想了想，确是这个道理，只好罢了。

等他们下了楼，张祐和青雀已飞身下马，冲着这边走过来。见礼问过好，青雀兴滴滴说起自己的丰功伟绩，"伯伯，伯母，我射了不少猎物呢，箭法可准了！"

英国公和夫人面目含笑，宽容慈爱地听着她吹牛皮。张祐站在她身边，跟她一起盘算着野猪怎么吃、狍子怎么吃，兴致勃勃。

薛护躲在角落里看着，连出去相见的勇气也没有。他们仿佛是亲亲热热的一家人，自己却是不相干的外人。

不知张祐说了什么有趣的话，青雀大声欢呼"祐哥哥"，笑得灿烂明悦。那声"祐哥哥"传到薛护耳中，薛护心里一酸，转身默默离去。

青雀晚上见着觉迟和心慈的时候，觉迟指给她看一堆玩器、首饰、吃食，"你师哥送你的。"心慈微微笑着，"薛护这孩子，很不坏。"

青雀本是拿起一块马蹄酥要吃的，听到"薛护"两个字，登时扔下，气咻咻的，"我讨厌死他了！"抢走我娘的坏蛋，大坏蛋！

心慈听薛护说了不少宸妃、四皇子的事，倒是觉着薛护比从前亲切，笑着替他辩解，"小青鸟，他很关心你的。"

抢走我仙女娘，如今连我仙女师父都向着他了！青雀气愤地跳起来，吊着心慈的脖颈不依，"仙女，不许喜欢他，只许喜欢我！"

心慈刮刮她的小鼻子，一脸溺爱，"成，霸道的小青鸟，只许喜欢你一个！"

青雀嘻嘻笑起来，看看觉迟，看看心慈，挤眉弄眼，"也不是啦，仙女，其实你可以喜欢旁人的，我不介意，真的不介意。"

心慈咬牙，"这坏孩子！"发狠要打。青雀哪能吃这眼前亏，灵巧地下了地，一溜烟儿跑了。

没一会儿，门帘从下面被掀开，露出一个小脑袋，"师爹，仙女，我真的不介意。"嘻嘻一笑，不见了。

留下屋里的觉迟和心慈，双双红了脸。

薛护一回家，薛能便饶有兴致地把他叫了过去，"儿子，桃李斋的点心，你小师妹可喜欢？"薛护心里发闷，瓮声瓮气说道："不知道，没见着。"

你去了这大半天，连人都没见着？薛能呆了呆。

祁玉拉拉他，示意他别再问了。薛能点头，是不能再问，看儿子这副模样，分明是出师不利。

"也不是没见着。"薛护话出口后，又觉着不准确，"我远远地看了她一眼，不过没见着她吃点心，不知她喜不喜欢。"

祁玉和薛能相互看了看，温柔说道："无妨，同门师兄妹，往后见面的日子尽有。"

薛能大为赞成，"是啊，儿子，你往后再去便是。"

薛护心思繁乱，含混答应了。正要告辞，他忽想起师叔们的吩咐，脑海中模模糊糊的，有什么念头一闪而过。师叔们不许在小师妹面前提起母亲，为什么？

师叔们不许在小师妹面前提起母亲，可是，并没禁止在母亲面前提起小师妹啊。

"我师妹名叫青雀。"薛护特意把父亲支去侧间看小阿扬，冲着继母脑腆地提到，"师叔们常常叫她小青鸟，她也像只小鸟一样，成日家快活得好像要飞起来。"

祁玉呆了呆，眉宇间闪过一抹难言的神色，仿佛是憎恶，又仿佛是怜惜，还夹杂着惊讶和痛苦。

薛护和她四目相对，瞬间，什么都明白了。

继母是嫁过人的，薛护当然知道。只是从没听说过继母生育过子女，故此，从没往那儿想过。如今，想想小师妹那张娇嫩美丽的面孔，再看看眼前的继母，她们分明是……

"您把她接回来吧。"良久，薛护低声地、困难地说道，"她很可怜，没人照看。您把她接回来，我，我拿她当亲妹妹……"

祁玉一句话没说，捧着肚子慢慢站起身，一步一步，慢慢走去里间。

没过几天，薛护的舅母王大太太又来了，催问嘉容和薛护的亲事。祁玉是不管这些事的，薛能无可无不可，"儿子，你若喜欢，便替你定下。"薛护沉默半晌，点了头。

阳武侯府和王家很快换了庚帖。

薛能当年只是一普通富户，侯府旁支，所聘的王氏自然不是高门大户之女。薛能的外祖王家不过出过两名九品小吏，薄有家产，实在普通得不能普通。阳武侯府聘了王氏女为世子嫡妻，很出乎人们的意料。

薛护定亲的消息传出来之后，有夸阳武侯府厚道的，也有笑话祁玉不精明的，"给继子娶了原配的侄女，能跟她一心么？这位阳武侯夫人，高洁是够高洁了，却透着些傻气。"

第七章

瓜葛相连

很快，贵妇们就没有心情议论阳武侯世子的婚事，目光纷纷看向自己家中的小闺女。未央宫宸妃邀请年纪六岁至九岁的官家女孩儿进宫，凡四品以上官员之女，年纪符合的，全部于九月初九，至未央宫领宴。

未央宫宸妃，那可是皇帝陛下最宠爱的妃子之一，连皇后、万皇贵妃都要让着她三分。宸，北极星所在，常用以指宫殿、王位，宸妃的封号极为少见，备显优异、尊崇。

宸妃不止有皇帝的宠爱，她还是四皇子、五皇子、八皇子的生母。五皇子和八皇子年纪尚小，暂且不提，四皇子可是天资聪颖，皇帝爱逾性命，甚于太子。

四皇子今年快十岁了吧？怪不得要六岁到九岁的女孩儿进宫。那可是位皇子呢，往后至少是位亲王，也或许一个不小心就……

但凡家里有六岁到九岁女孩儿的人家，纷纷忙碌起来。制新衣裳，打新首饰，穷极精巧，务必要把女孩儿打扮得光彩照人。

打扮完了，一瞅再瞅，像不像位王妃？像不像位皇后？自家爹娘看自家孩子，怎么看怎么顺眼，越看越像。一时间，不少人做起美梦。

京城知名的绸缎铺子、首饰铺子、绣庄、脂粉铺子等俱是忙得一塌糊涂，赚得盆满钵满。除此之外，香火旺盛的寺庙和久负盛名的高僧们也得益不少——求神拜佛的人，求签解签的人，明显增多。

哪位小姑娘若是有幸得了"面相清贵""必有后福"之类的好话，跟在身后的父母长辈们必定笑容满面，大手笔地捐功德，添香油钱，毫不吝惜。

宁国公府的大小姐邓之屏，二小姐邓子盈，也在进宫之列。邓之屏的行头自有沈茉精心备办，邓子盈则是养在祖母身边，由世子夫人孙氏操心。

"屏姐儿和盈姐儿进了宫，便是得不着什么彩头，也不能给邓家丢了人！"国公夫人荀氏板着脸交代儿媳妇、孙媳妇，"首饰衣裳那都不算什么，最要紧是规矩礼仪！"

孙氏、沈茉自然低眉顺眼地答应，并没二话。自打宁国公大发脾气、处置了吴妈妈之后，国公夫人心里一直憋着口气，动不动就提"礼义廉耻"。可是她在宁国公府再怎么提"礼义廉耻"，也奈何不了阳武侯夫人分毫，于是越提越生气。她越生气，孙氏、沈茉越是日子不好过，小心翼翼、战战兢兢。

"甭在我跟前杵着了，赶紧忙活屏姐儿、盈姐儿去！"荀氏吩咐完，冷冷喝了一声，把孙氏、沈茉都撵走了。对于办事不力的孙氏，百无一用的沈茉，她实在不待见，看着厌烦。

实际上，自从宁国公下了禁令，严禁宁国公府诸人挑衅阳武侯府之后，荀氏看谁都不顺眼，看见谁都有气，连世子邓晖、世孙邓麒都没以前得宠。

那么个水性杨花、抛夫弃女的女人居然做了一品侯夫人！还得了"器识高爽，风骨伟奇"的绝好名声！没天理，没天理。荀氏每每想到此处，吃饭吃不香，睡觉睡不好，胸中郁愤。

孙氏比她略强些。在床上躺了足足两天，水米未进，却禁不起儿子儿媳带着孙子孙女在旁苦苦哀求，情状可怜。孙氏抱着邓麒兄弟哭了一场，也想开了，"她行止不端，自有天收她，我只冷眼看着便是。"从此把祁玉撂开，不再理会。

祁玉可以撂开，祁玉留下的那个孩子却是撂不开的。孙氏带着沈茉从国公夫人处出来，踌躇道："要说起来，媛姐儿也是八岁，也该进宫去。"

沈茉声音很柔顺，"母亲所言极是。不如挑个时机禀了祖父，请祖父到英国公府把媛姐儿接回来。"

孙氏觉着有理，吩咐侍女叫来邓麒，"麒儿跟你祖父说去。"邓麒有些尴尬地笑了笑，"这却不必。母亲，小青雀到时会跟着英国公夫人，和张大小姐在一处。"

孙氏皱眉，"跟着英国公夫人？麒儿，那可是咱家的孩子。"沈茉也委婉地反对，"孩子若跟着英国公夫人进宫，算是个什么身份呢。"

邓麒鼻子酸了酸，沉声道："没有身份。小青雀是宸妃特许入宫的，没有姓氏，只有名字，青雀。"

孙氏气得手脚冰凉，"先是杨阁老，后是英国公府，如此骄横蛮不讲理！咱家的孩子与他们何干，硬生生要出这个头，却反弄得孩子连个姓氏也没有。"

沈茉面色哀凄，拿出锦帕拭着眼角，"可怜的孩子，可怜的媛姐儿……"

邓麒眉头紧皱，眼中闪过一丝厌恶和不耐烦。沈茉虽是假装拭着泪，他的神情、举止却是偷偷看在眼里的，心里冰凉。这阵子他一直歇在外院，根本不曾进来跟自己双宿双栖，难道他是铁了心么？邓麒，我嫁给你不是为了守活寡的。

邓麒冲着孙氏微笑，"母亲，要想认回小青雀，却也容易。只要咱家承认她亲娘是原配，她是原配所出的嫡长女，想必杨阁老和英国公府都无话可说。"

孙氏怫然，"休想！庶女便是庶女，媛姐儿那么个身份，休想飞上枝头做凤凰！"沈茉滴下眼泪，"媛姐儿亲娘若是原配，那我算什么呢？"

邓麒冷冷道："若我没有记错，当年你说愿意让玉儿做大，你做小，是也不是？做小你都愿意，何况继室。"

沈茉被噎得说不出话来，呆了半晌，掩面而泣。

孙氏却是头回听到这话，登时怔住了。明媒正娶进门的儿媳妇情愿做小？这算是哪门子话，透着邪性。

邓麒忍气告诉孙氏，"小青雀什么都是齐齐备备的，英国公夫人为她想得很周到，您就甭操心了。"说完，也不等孙氏发话，径自转身离去。

青雀歌

祖母和母亲死活不肯承认自己和玉儿的婚书，杨阁老和英国公府一定不答应小青雀作为庶女认回来。如此，女儿只能一直养在外面，回不了家？邓麒独自走在干净整洁的甬路上，心里空荡荡的。

　　"去看看我的小青鸟！"邓麒收起茫然失落的心绪，飞身上马，去了英国公府。这一段日子他是常来常往的，门房见了他熟得很，笑着让了进去。

　　邓麒才进了院门口，便听到上房传出趾高气扬的说话声，微微笑起来。闺女，你快活起来的时候，真像一只想要展翅翱翔的小鸟啊。

　　"……我这样天生丽质的小美女，还用梳妆打扮？"邓麒掀门帘进去，青雀正挺着小胸脯，一副高傲不屑的模样，"清水出芙蓉懂不懂？我根本不用折腾，是真美女自风流！"

　　谄媚地跑到心慈身边，挽起心慈的胳膊，神气活现地吹着牛皮，"仙女师父是大美女，我是小美女，我们师徒二人，艳冠群芳！"

　　邓麒站在门口，看向女儿的目光中满是纵容。青雀才得意扬扬地吹完牛皮，抬头看见邓麒，高兴地扑了过来。邓麒把她架到脖子上，青雀抬手就能够着房梁，快活得咯咯笑。

　　邓麒冲觉迟和心慈点头示意，架着青雀出了屋子，在院子里疯玩。青雀在邓麒脖子上兴奋大叫"冲啊，杀啊"，玩得好不开心。

　　正玩着，青雀忽然拍拍邓麒的肩，要下来。等到邓麒把她放在地上，她一脸严肃地问着，"她们，有没有欺负我娘？"

　　曾祖父说她们不敢了，祐哥哥也说她们掀不起风浪，可是我没有收拾掉她们，总是不放心。

　　邓麒刮刮她的小鼻子，语气亲昵，"小青鸟，小啰嗦，你问过不下十遍了！爹爹郑重答复你：没有，确实没有。"

　　青雀板着小脸想了想，神情飞扬起来，"接着玩！"邓麒哈哈大笑，捏捏她的小脸蛋，又把她架在脖子上。

　　院子里，又响起青雀的尖叫声、欢笑声。

　　觉迟和心慈相互看了眼，心生怜惜。这孩子再怎么老成，她也是盼着亲爹娘的疼爱，旁人代替不了。唉，好在小青雀天性豁达，不爱钻牛角尖。她虽是满怀心事地来了京城，一心惦记着保护亲娘，可是一旦得知宁国公发了威，那帮妄图欺负她亲娘的坏女人全都吃了瘪，再不敢胡作非为，立即放开怀抱，喜笑颜开，怎么痛快怎么玩，每天过得开开心心。

　　"到了宫里，一切小心。"觉迟轻声交代。

　　"嗯。"心慈柔声答应，"都商量好的，放心，没事。"

　　九月初九这天，大美女带着小美女，和英国公夫人、张大小姐张佑一起去了未央宫。大美女的身份，是小美女的老师。

　　到了未央宫，偏殿等处已是坐满了各家夫人、小姐，衣香鬓影，珠玉生辉。英国公夫人的身份与众不同，连着她带来的张佑、青雀、心慈也得到优遇，直接被请到正殿。

　　正殿上首坐着一位面目含笑的宫装女子，下首坐着一位容颜美丽的男孩儿。这男孩儿十岁左右的年纪，身着皇子服饰，肤如凝脂，又如炼乳，眼睛似浩瀚夜空中最璀璨耀眼的那颗明星，又如清可见底的湖水中一块被洗涤过的黑宝石，透亮，纯粹，美丽非凡。

因五皇子、八皇子年纪小，宸妃并没带他俩出来，身边只坐着四皇子。英国公夫人带着张佑、青雀等见过宸妃、四皇子，宸妃把张佑、青雀好一通夸奖，命人拿了绣凳，请英国公夫人坐下。

英国公夫人在皇宫中向来有这待遇，倒没觉着怎样。只是，英国公夫人觉着宸妃虽是笑吟吟跟她说着家常，却频频看向心慈，好像对青雀这小师父很是关注。

并不是每位携女前来的夫人都能得和宸妃坐下来闲谈，更多的是进来见个礼，之后便被宫人带到偏殿落座。宴席的坐次是早已排好的，同坐一桌的大多是同等级官员的家眷，相互之间倒也有话说，颇不寂寞。当然了，声音都是温柔的、没人敢大声喧哗。

"娘娘吩咐，小姐们都还小，莫拘着了。"一位女官走进偏殿，含笑说道，"未央宫有几处风景还能看过眼，若小姐们想出去玩耍，请自便。"

见这些夫人们大都面色踌躇，又微笑添了一句，"但请显露小姐们的真性情，这个年纪，不该太沉闷的。"

陆陆续续有贵妇带着女儿出殿，或在清香四溢的桂花树畔流连，或在简洁素雅的亭子中小坐，或在如诗如画的湖水旁垂钓，各得其所。也有爱静的，三三两两坐在殿中闲谈，吐属文雅，应对敏捷。

沈茉带着邓之屏、邓子盈在偏殿坐着，并没四处走动。邓之屏和邓子盈都很乖顺，沈茉命她们坐着，她们便听话地坐着。

"英国公夫人进入正殿之后，一直没有出来。"沈茉看着女儿粉雕玉琢的脸庞，心中烦恼，"她家大小姐是八岁，还是九岁？莫非宸妃娘娘看中了张大小姐不成。"

原本想着女儿长大后能做英国公夫人，也算富贵已极，难得之至了。可是若能做皇子妃，岂不又胜出国公夫人许多？若是四皇子今后能继承大位……沈茉心狂跳起来，皇后啊，那可是这世间最尊贵的女人！

正殿里头，一名宫女路过心慈身边的时候，不知是路滑还是怎么的，竟打了个趔趄，踩到了心慈的裙摆。宫女吓得花容失色，伏地请罪，心慈微笑，"不过是无心之失罢了，请娘娘宽恕她。"宸妃从善如流地同意了，果然没有责罚宫女。

不过，宸妃到底是过意不去，命心慈到后殿更衣。心慈笑道："恭敬不如从命。"牵着青雀，跟在引路的宫女身后，去了后殿。

没多大会儿，宸妃起身更衣，命四皇子陪着英国公夫人。四皇子仪表端庄地坐了一会儿，也更衣去了。

后殿中，宸妃把青雀哄在门外坐着，急匆匆拉着心慈进了里间。"让我看看，让我看看。"宸妃颤抖着，迫不及待要解开心慈的衣襟。心慈心中有些不快，可看着眼前这张和自己相似的脸，看着那急切的目光、颤抖的双手，竟是不忍拒绝她。

衣襟被解开，宸妃嘴唇啰嗦，目光狂热，把心慈的衣衫半褪，露出左胳膊。只见雪白如嫩藕的臂膀上，一点如血的殷红，鲜艳欲滴。

宸妃泪如雨下，抱着心慈痛哭，"妹妹，你真是我妹妹！你胳膊有这颗红痣，再也假冒不了的！"

心慈虽不是真正的出家人，喜怒哀乐却较常人克制，并不轻易大喜大悲。这会儿被宸

青雀歌

妃一把抱在怀里，眼角也湿润了。

宸妃抱着心慈在里间哭，外头青雀和四皇子一起偷偷掀着帘子往里看。"她俩哭什么呢？"两个孩子你看看我，我看看你，都不明白。

宸妃哭了许久，才慢慢收了泪，"妹妹，当年我被爹爹卖给宫里的太监，五岁就离开家了。那时候你才三岁，姐姐真是舍不得你啊。"

心慈没有宸妃眼泪多，觉着很不好意思，"那个，我是师父从大街捡回家的，一直以为自己无父无母，是个孤儿。"

提起父母，宸妃又是泪如泉涌，"咱娘，生下你没多久便去了。咱爹本就穷，又带着俩闺女，实在养不活。妹妹，我才进宫时也是艰难的，等我生下儿子，封了妃，咱爹他已经……"

两人泪眼迷蒙地相互看着，心中凄凉。父母都已不在，这世上，只剩下咱们姐妹俩了。

两人看了一会儿，紧紧搂抱在一起。

门帘后探出两个小脑袋，认真专注的看着她们。

"……妹妹，咱们暂且不能相认。"宸妃知道不能在此久留，擦干眼泪，告诉心慈，"你生得太过美丽，如今并未嫁人，若被皇上看见了……妹妹，你成亲之后，咱们再相认。到时你的诰封，妹婿的官职，都不在话下。"

如果妹妹已经嫁人了，皇帝不至于君夺臣妻。可是妹妹若还是待嫁之身，皇帝怎可能不动心。

皇帝，是很好色的。

"这皇宫，像座华丽监狱。"宸妃温柔地替心慈理着鬓发，"姐姐在这儿，饮食起居都不得自由，日日夜夜防范算计。好妹妹，姐姐不会让你吃这份苦的。"

她真的是我姐姐，真的关心我。心慈眼眶一热，连连点头。

宸妃欣慰地笑着，牵着心慈的手往外走，"妹妹，咱们不便逗留太久。"心慈忽示意她噤声，掀起门帘悄悄往处看。

外面不是应该只有小青雀么，是谁在说话？是男子声音。

宸妃也跟着她往外看。外头，四皇子伸手拿起碟子里的点心递给青雀，"很好吃的，你尝尝。"他手指纤长优美，托着块白白嫩嫩的小点心，很可爱。

青雀接过来吃了，不满地看向他，"你是男人啊，长这么好看做什么？"

四皇子有些不好意思，精致的面庞泛起胭脂色，"那个，我不是故意的。"

青雀瞪了他一眼，他有些委屈，小声嘟囔道："脸要长成这个样子，我有什么办法。"

宸妃乐得不行，抽身回屋，无声狂笑。心慈比她强点，却也是笑得花枝乱颤。

宸妃推推心慈，"哎，把你这小徒弟给我当儿媳妇吧。"心慈抿嘴笑，"这才头回见面呢，便惦记上我的心肝宝贝了？"

两人又悄悄往外头看了看，四皇子和青雀面对面坐着吃点心，你递给我一个，我递给你一个，吃得很香甜。

"给我吧。"宸妃轻笑，"我儿子从小到大，没跟哪个小姑娘这般要好过。"

妹妹，你还没嫁人成亲，你的小闺女更是不知道哪年哪月才能出生，我是指望不着了。那么，就你的小徒弟吧。

"成啊，给你。"心慈嫣然，"她呀，你得好言好语地哄着她不说，晚上还得搂着她睡觉。她高兴了就乖乖地贴到你怀里，比小猫还听话。不高兴了就翻过身儿，撅给你一个小屁股。"

宸妃笑得眉毛弯弯，敢情妹妹待这小徒弟实在不同一般，晚上还搂着她睡觉呢！这般亲近，甚好甚好。

两人理好妆容，出了里间。四皇子和青雀见她俩出来，仔细端详了一番，异口同声，"很好，看不出来你们刚刚哭过。"

两个鬼灵精！宸妃和心慈看看眼前这一对金童玉女，笑意从眼底溢到了眉梢。

未央宫的女官匆匆走了进来，"娘娘，陛下正往未央宫来，这便要到了。夫人们已请至偏殿回避，请娘娘回去主持大局。"

宸妃脸色变了变，叫过心慈耳语，"你在这儿待着，千万不可被陛下瞧见！"心慈点头答应，宸妃一手牵起四皇子，一手牵起青雀，不慌不忙向外走去。

未央宫门口，宸妃迎上一身常服、轻装简从而来的皇帝，笑盈盈见了礼，口中调侃着，"陛下可是来相看儿媳妇了？真上心。"

皇帝温和地笑着，"这些小姑娘们如何，可有能看过眼的？旁的都没什么，和咱们阿原对脾气便好。"

宸妃盈盈一笑，"您看看就知道了。"一边说，一边陪着皇帝往里头走。

一泓清澈的池水之上，架着汉白玉栏杆的拱形石桥，晶莹洁白，一尘不染。这座拱形桥建得极美，远远望过去，如初月出云，如长虹饮涧。

石桥上渐渐走来一个男孩儿，一个女孩儿，越来越高，越来越近。男孩儿身穿皇子服饰，精致美丽，正是皇帝最钟爱的四皇子阿原。女孩儿跟他差不多的年纪，一袭浅浅的秋香色衫裙，肤白胜雪，眉目宛然，如诗如画。

两个孩子脸上都有愉悦的笑意，并肩而行，形状亲密。

"如何？"宸妃笑吟吟地看向皇帝。

"甚好。"皇帝感动地点头，"甚好。"

阿原显然是喜欢这女孩儿的，很喜欢。

两个孩子到了近前，四皇子神态端庄地见过皇帝、宸妃，伸手拉过青雀，安抚地告诉她，"我父亲很和善的，你不用怕他。"

皇帝含笑看向眼前的女孩儿，只见她乖巧地点头，"嗯，我不怕，令尊一看就是个大好人！"

皇帝莞尔，宸妃哧地一声笑了出来。

"喜欢这里么？"皇帝把青雀叫到跟前，温和地问她，"你可以一直住在这里，直到长大。"

太子妃也好，皇子妃也好，都有选入内宫抚养的先例。

青雀很认真地摇头，"那可不成！我是要做大事的人，要领兵打仗保国卫民的，怎么能囿于深宫呢。"

领兵打仗保国卫民？这是从何说起。皇帝有些茫然地看向宸妃，宸妃眉目温柔地夸奖着青雀，"真是有志向的好孩子！巾帼不让须眉！好孩子，出去玩罢。"不由分说，把四皇子和青雀都打发走了。

四皇子迈着端庄的步子，一边走一边小声埋怨青雀，"你怎么不听我父亲的话？"青雀反驳，"我爹的话，我还不一定听不听呢，为什么要听你爹的话？"

"可是，我父亲是皇帝啊！"四皇子停下脚步，郑重跟青雀讲着理。

"可是，你说了让我不用怕他！"青雀也停下脚步，无辜地眨着大眼睛。

四皇子张了张口，无话可说。

"你真的不愿意留下来？"半晌，四皇子不甘心地问道。

"不要！"青雀拒绝得干干脆脆，"我是一只小青鸟，不能被关在笼子里，我要展翅高飞！"

她眉目傲然，原本清丽无匹的面容上，平添了几分动人的神采，更加令人心折。

四皇子明星一般的眸子熠熠生辉，冲动捉住青雀的小手，"小青鸟，等我长大吧，我长大了带着你一起，咱俩飞得高高的！"

青雀看着眼前漂亮精致的男孩儿，想着他插上一双翅膀的模样，轻快愉悦地笑了出来。

皇帝亲至的讯息，未央宫很快尽人皆知。在场的夫人们仔细审视着自家女儿，有的踌躇满志，有的惴惴不安。

皇帝当然是不会接见各家夫人们的，却也没有接见各家的小姑娘。不过，有几位老成的女官来来往往，小姑娘们的神情举止尽数落入眼中。

皇帝到了之后，原本在正殿坐着的英国公夫人自然回避了，也来到偏殿。沈茉殷勤和英国公夫人见礼，满面春风地问过好，向英国公夫人身后张望着，赔笑问道："敢问夫人，我家媛姐儿呢？"

英国公夫人的笑容客气而疏远，"娘娘甚喜，留她在殿中玩耍。"

邓之屏、邓子盈眼睛中都流露出失望的神色，沈茉更是暗暗咬牙。她连姓都没有，竟也进宫了，竟入了贵人的眼。

她们的对话落入众人耳中，难免都对那名得了宸妃青眼的女孩儿上了心。不过可惜，一直到开始赐宴，一直到席终，那女孩儿都没有进殿，见不着。

等到终席，告辞出宫的时候，不少人的目光看向青雀。目光中有挑剔，更有惊艳，"努，就是那位，跟在英国公夫人身边，和张大小姐手拉着手的。"

有一位夫家姓王的夫人，也凑热闹地看了过来，暗暗品评着，"美人坯子，确是美人坯子！这好看得，快赶上祁家表妹了。"

"这是哪家的小姑娘？"她随口问道。

"传闻是宁国公府的外室女，还没认回去，故此没有姓，只有名字。方才你没听见么，宁国公府的沈夫人说'我家媛姐儿'。"

这么个模样，竟是上不得台面的外室女，可惜，可惜。

未央宫的宴会，因着皇帝亲至，备显隆重。与宴的夫人们一直盘桓到申时，终了席，才依次出宫。

英国公夫人带着张佑、青雀等人才回到家，邓麒已是坐立不安地等着了。"姐姐啊，在宫里顺不顺？有没有遇着什么事？"邓麒见了青雀，担心地问道。

"没什么大事。"青雀一一告诉邓麒，"夫人带我拜见过宸妃娘娘和四皇子，后来宸妃娘娘又带我见过皇帝陛下，皇帝陛下要留我在宫里，我没答应。"

至于宸妃和心慈姐妹相认的事，青雀却是隐瞒了不说。仙女师父交代过，仙女姨母也交代过，这是不可以告诉旁人的。

邓麒愣了半晌，等到慢慢把青雀说的话琢磨明白了，自豪之情油然而知。青雀是谁？我和玉儿的亲闺女，即便到了皇宫也是鹤立鸡群、与众不同！这不，才进宫一回，皇帝陛下和宸妃娘娘便相中了。

"我闺女做得对！"邓麒亲亲热热夸奖着青雀，"我闺女可不住宫里，我闺女要住在……"

"自己家里"这四个字快到嘴边，却又黯然神伤地咽了回去。青雀自出生以后，或是住在莫家，或是住在杨家，或是住在张家，却从未住过邓家。

邓麒心情低落起来，勉强陪青雀玩了会儿，告辞回了宁国公府。他心里烦闷得要命，去到宁国公房中，也不管宁国公是个什么脸色，质问道："您也不想个法子，难不成让妞妞成年累月地回不了家？"

宁国公暴怒，取下墙上挂着的鞭子，劈头盖脸抽了过来，"你还有脸问！如果不是你任性胡闹，能出这不尴不尬的事？妞妞能小小年纪无家可归？"

要照着原来，祖父一动鞭子，邓麒就吓得要跑。如今却是挨打回数多了，学得聪明不少，直着脖子跟宁国公硬顶，"我是没出息，走岔了路，您也好不到哪去！您要是主意正，不悔婚，我和玉儿早光明正大地成亲了！小日子甜甜蜜蜜！我还没抱怨您呢，您好意思打我？！"

祖父这个人，他如果觉得儿孙犯了大错，定会下力气往死里打。可是，如果他老人家也有错，他是没脸动手的。

宁国公气得扔下鞭子，坐在太师椅上喘着大气。

邓麒更来劲了，跑到宁国公面前大叫，"祖父，您把我闺女要回来！孩子无依无靠地寄居在英国公府，我心里难受！"

宁国公抬起左腿，狠狠踹了他一脚，"怎么要？你让祖父怎么要？没有王太守的话，没有青雀娘的话，你以为英国公府能轻易放人？"

邓麒被他一脚踹倒，坐在地上抹起眼泪。宁国公头疼欲裂，"我……我哪里有脸见王太守？"

邓麒一边抹眼泪，一边寒碜宁国公，"您没脸见王太守，那您有脸上英国公府？您要看曾孙女，得到张家去，说起来很好听么？"

宁国公确实不好意思上英国公府，回回趁着青雀出城打猎的时候，装作半路偶遇，在路边匆匆见一面，总共也说不上几句话。

"别闹了，你让祖父想想，好好想想。"宁国公少气无力地说道。

第二天邓麒又去英国公府看女儿。到了府门口，青雀正跟着张祐从野外打猎回来，小脸红扑扑的，额头上满满都是汗。腰间挎着宝刀，背上背着宝弓，得意非凡。

"闺女，累不累？"等青雀下了马，邓麒心疼地蹲在她面前，替她擦着汗。女孩儿家应该坐在家里吟吟诗作作画，舞刀弄枪的可算什么呢。

"不累。"青雀不以为意，"我是要打胜仗做将军的人，这点子苦累，吃得起。"

邓麒心疼得不行，柔声哄她，"乖，咱不打仗，打仗是男人的事。"

青雀歌

青雀奇怪地看着他，"可是，我外祖父家没男人了呀，只有我一个！有男人的时候，是男人打仗；可是男人全都不在了，怎么办？女孩儿就不能保家卫国了。"

大门前不知什么时候多了位年过六旬的老者。他身穿青布道袍，相貌清癯俊雅，翩然不群，定定看向小青雀。

小青雀的豪言壮语，他都听在了耳中，心神激荡。

张祐感觉最敏锐，客气地迎上来，彬彬有礼地问好，"老先生贵姓大名？若不嫌弃，请到寒舍待茶。"

老者微微笑了笑，洒脱地拱拱手，"京西王堂敬。"

邓麒惊诧莫名地抬头看了过来，登时呆若木鸡。玉儿的外祖父！他老人家怎会在此？

邓麒冲王老爷子展开一个比哭还难看的笑容，把青雀紧紧抱在怀里。老爷子是来抢孩子的么？不成，我不许。

青雀偎依在邓麒怀里，一双黑白分明的大眼睛好奇看向王老爷子。咦，这位老爷爷看着很可亲啊，很慈爱。

王堂敬一步一步慢慢走了过来，抑制住心中的激动，弯腰看着青雀，语气很温和，"小妞妞，你外祖父是谁啊。"

"祁保山！"青雀高高昂起头，一脸的骄傲自豪。

王堂敬清癯俊雅的面容上泛起又是欣慰又是吃惊的神色，伸手把青雀从邓麒怀中硬抢过来，仔细端详着，"像，真像！"王堂敬喃喃自语。

青雀和他虽是初次见面，却觉亲近、亲昵得很，乖顺地冲这老爷子笑着，露出一口编贝般的小白牙。

邓麒看着情势不妙，叫道："老爷子，千错万错都是我的错，我认打认罚，只求您莫拆散我们父女！"

王堂敬根本不理会他，低头看着青雀，再三端详。青雀并不认生，也睁着大眼睛看他。爷儿俩你看我，我看你，目光中又是新奇，又是欢喜。

"妞妞，我是你曾外祖父。"王堂敬微笑，"我才知道这世上还有一个你，便寻你来了。"

"曾外祖父，多拗口呀。"青雀不见外地嘻嘻笑着，"我叫您曾外公好不好？要么就是太爷爷。"

"随你。"王堂敬捏捏她的小脸蛋，溺爱地笑道。

邓麒在一旁紧盯着王堂敬不放，唯恐一个眼错不见，老爷子直接把他闺女抱走了——王堂敬干得出这号事，他向来特立独行，蔑视尘俗。

青雀高高兴兴拉过张祐，"太爷爷，这是我祐哥哥，我和祐哥哥可要好了！"张祐周到地冲王老爷子行了礼问了好，邀请他到府小坐。

王堂敬性子直率，牵着青雀的小手进了英国公府。

张祐在一旁陪着，邓麒依旧紧紧盯着王堂敬。

王老爷子这样的长者登门，英国公和英国公夫人自是周到接待。等到王老爷子提出要带小青雀走，英国公夫妇踌躇片刻，慨然应允。

邓麒着了急，"老爷子，青雀是我闺女！"

王堂敬淡淡看了他一眼,慢悠悠说道:"妞妞是我玉儿亲生的,这毋庸置疑。你说妞妞是你闺女,却有何凭证?"

邓麒瞠目结舌地看着王堂敬,不知该说什么。我闺女就是我闺女,我当爹的还要拿出凭证?

王堂敬也不理会他,牵起小青雀,跟英国公夫妇、张祐告了别,要走。

邓麒着急地追了过去,王堂敬凉凉看着他,"想要妞妞,让你祖父来找我!"

牵起小青雀,扬长而去。

邓麒哪能眼睁睁看着女儿被王老爷子带走,不死心地跟在身边讲道理、求情,"老爷子,妞妞还小,冷不丁儿地跟着您,诸多不便。"

王堂敬根本不理他,青雀牵在曾外公手里往前走,冲他嘻嘻笑着,笑得他心里又酸又软。这分明是我闺女,怎么我就是留不住她呢。

张祐拦住他,谦虚地求教,"青雀到王太守家中小住,日用之物可要带齐备?您帮着看看青雀带什么合适,我稍后便送到王家。"

小住?青雀到王太守家,只是小住?邓麒本是有些惶急的,听了张祐这话却觉心定不少,妞妞只是到王家小住几日,王老爷子抢不走她的。

"妞妞素日用惯的,全送过去。"邓麒定下心神,跟张祐商量起青雀应该带什么去王家,"衣裳器皿之外,她的小马、小弓、小刀小剑也带上。"

两人一路商量着,慢慢走了回去。

青雀牵着曾外公的手,笑嘻嘻地问他,"您怎么知道我的?"王堂敬低头看看她光洁莹润的小脸,满含期盼的眼神,微笑道:"昨日你不是进宫了么,被人看见了。"

宁国公府的外室女,七八岁的年纪,暂时寄养在英国公府。"美丽娇嫩,竟有几分像玉儿……"王堂敬听到这些,想想玉儿从来不肯提起前夫,也从来不肯提起曾和她有婚约的邓麒,起了疑心。

等到他来了英国公府门前,见着那兴高采烈骑着小马凯旋归来的女孩儿,见着那神色认真冲邓麒说着"我外祖父家没男人了"的女孩儿,心中感动莫名。

接下来,他询问女孩儿"你外祖父是谁",女孩儿一脸骄傲地回答,"祁保山!"邓麒在旁吓得白了脸,他还有什么不明白的,这是保山的外孙女,这是玉儿的亲闺女。

是因为昨天有人在宫里看见我了?青雀眼神暗了暗,无精打采地耷拉下小脑袋,"是这样啊。"

王堂敬低头看看她,只觉这孩子熟悉得很,亲切得很,不忍见她这副失望的小模样,"妞妞,这样不好么?"

青雀抬起头,勉强扯了扯嘴角,"我还以为,是我娘想我了……"想装作不在意的样子,想一笑而过,可惜年纪太小,装不像,神情落寞萧索。

王堂敬捉紧她的小手,一阵阵心痛。玉儿当年究竟遇到了什么?不理会邓麒倒也罢了,亲生的妞妞,竟也绝口不提。

到了门口,王堂敬抱起青雀,把她放上马车。青雀冲他甜甜笑着,"曾外公,我两位师父还在英国公府呢。"王堂敬溺爱地笑笑,命仆从到英国公府去请青雀的师父们,自己

青雀歌

和青雀在车上等着。

王堂敬和青雀在车上坐着，絮絮说着话。青雀绘声绘色讲着杨集的日子、英国公府的日子，王堂敬满怀感慨摸摸她的小脑袋，妞妞，你是个有福气的孩子，遇着的都是好人。

仆从进去请觉迟和心慈，满面赔笑地说道："王老太爷家坐落在鼓楼大街，两位跟着姐儿一道住过去，极近便的。"

觉迟听到"鼓楼大街"四个字，神色一凛。

心慈无可无不可，"如此，咱们也去王家。这小丫头看着老成，其实还是一团孩气，要人照看。"觉迟沉吟片刻，温和地跟她商量，"你陪小青鸟去王家可好？我还有几件事要办，不便过去。"心慈点头，"成，横竖只是小住数日，很快便会回来。"

觉迟把杨阁老的另一封信也取出来，交给心慈，"既然王老爷子已知道了，那便开诚布公罢。"心慈蹙眉，"依我说，当初便该给这一封，省得折腾。我家小青鸟见不得人么，王老爷子是她曾外祖父，许久以来，竟不知道世上有她这么个人，令人气愤。"

觉迟温雅的笑容中有着抹不去的苦涩，"别人的家事，咱们没法子干涉太多。小青鸟的亲娘若自己不说，咱们也好，杨阁老也好，都不好越过她直接告诉王老爷子实情。可如今王老爷子已知道了，那又另当别论。"

心慈收好书信，和觉迟道了别，转身出门。觉迟望着心慈远去的窈窕身影，心潮澎湃，波澜起伏。鼓楼大街，阔别十年，又听人提起鼓楼大街。

王堂敬把青雀带走后不久，张祜把青雀的日用之物送到王家，还送了不少当天新打的猎物。青雀喜滋滋地跟他商量，"祜哥哥哪天闲了，还带我出城打猎吧，我练练箭法！"张祜微笑答应，跟她约了后天。

王家是旧家大族，位于鼓楼大街的老宅宽大轩敞，房屋皆以青砖砌筑直至屋顶，简洁素雅，朴实无华。宅中有水塘，有花园，一花一木，都有人精心打理。

王堂敬把青雀安置好，拿出从前做地方官的看家本事，开始不动声色地查起当年事。心慈转交的那封信里虽提到来龙去脉，可是有些细节杨阁老也不深知，王堂敬尚需细细查证。

等到宁国公终于鼓起勇气到王家拜访，厚着脸皮开口索要青雀，王堂敬不屑地看向他，"宁国公，证据呢？你说青雀是邓麒的女儿，可有证据。"

宁国公咳了一声，"青雀是在邓家祖居出生的！不是我家的孩子，能在我家出生么。"

王堂敬神色淡定，"这算什么证据，不足采信。在你家祖居出生的就是你家孩子了？笑话。我做过多年地方官，审理过多少起案子，拿这个来糊弄我，毫无诚意。"

宁国公涨红了脸，"那，你要什么证据？！"

王堂敬冷冷看着他，"装傻有意思么？宁国公，我王家的外孙女是何时到你邓家，何时生下这孩子，以什么身份生下这孩子，何时、何故离开你邓家，都要说个清楚明白！"

宁国公脸色由红转白，一言不发。

王堂敬傲然坐着，言辞铿锵，"成华六年四月，邓麒在夏邑卫所任职期间，于会亭邓家祖宅迎娶祁玉，婚书由邓麒亲笔书写，媒人是曹集的曹大太太，聘礼是万两白银！"

"本朝户律，'若卑幼或仕宦或买卖在外，其祖父母、父及伯叔父母姑兄姊后为定婚而卑幼自娶妻，已成婚者仍旧为婚，未成婚者从尊长所定'。邓麒仕宦在外，于成华六年四月，'自娶妻'、'已成婚'！"

"宁国公，以上这些话，我可有说错？"王堂敬咄咄逼人地问道。

宁国公嘴唇啰嗦了啰嗦，最终什么也没说出口。

王堂敬一拍桌案，愤怒地站起身，"宁国公府这样的人家，我王堂敬根本不屑一顾，不屑与之为伍！你邓家停妻再娶，欺凌孤女，说出来很好听么？我不跟你计较，你倒有脸空着手来讨要青雀！"

宁国公也气得站起来，和王堂敬大眼瞪小眼。论嘴皮子他说不过王堂敬，不过论起瞪眼睛，他还是比较有气势的。

王堂敬冲着他冷笑一声，"事到如今，咱们开门见山，实话实说吧！要么，你邓家就当没有青雀，彻底抹杀当年丑事，青雀自姓祁！要么，你邓家把玉儿的婚书拿出来，承认玉儿是原配，青雀是嫡长女！"

宁国公一声怒吼，"玉儿都成了阳武侯夫人，还是什么原配！"

王堂敬一脸轻蔑，"宁国公，你不懂本朝礼法么？孩子的身份，只和母亲生她当时的身份有关。孩子出生之时，母亲是原配，孩子便是嫡出子女。即便母亲之后和离了，孩子还是嫡出子女！"

"想想要青雀，承认玉儿是原配，承认青雀是嫡长女！不想要青雀，门在那里，你请吧！我家小青雀跟着外祖父姓祁，又有什么不好。想把青雀当成外室女、庶女认回邓家，呸！大白天的你做什么梦！"

宁国公当年从杨阁老这外姓旁人手里都没讨到小青雀，今天到了王堂敬这曾外祖父面前，更是占不到上风。宁国公发起急，"我旁的不知道，只知道青雀是我邓家骨血，不能流落到外头！王堂敬，曾孙女还我！"

他急，王堂敬倒消停了。王堂敬不怀好意地看了他一眼，轻飘飘甩出一句话，差点儿没气得宁国公吐血，"你曾孙女？可有证据么。"

又拐回来了。

宁国公头都大了，"你让我怎么办？我孙媳妇都娶进门这么多年了，曾孙子曾孙女也有了，你让我怎么办？"

这时节再出来个原配，算什么事。

王堂敬粲然一笑，"你家的事，我可管不着。我只知道，你若没有证据，青雀便姓祁。"

宁国公忿忿瞪着他，"你要的证据，不就是两个孩子的婚书？"

王堂敬优雅地躬了躬身，"正是。宁国公，要么你带上婚书，要么，你莫再登我王家的门。"

宁国公气咻咻站了半响，硬挤出一脸笑来，低声下气地跟王堂敬商量，"我是曾祖父，你是曾外祖父，咱们都是为了小青雀好，对不对？小青雀是姑娘家，还是应该有个正经出身。她回了邓家，有我在，有她亲爹在，委屈不了她。若跟着你，名不正言不顺的，孩子不自在。她还爱舞枪弄棒的，你又教不了她，还是得跟着我才成！只要孩子好，旁的都好商量，是不是这个理儿？"

宁国公长篇大论地说完，殷切看着王堂敬，盼着他点个头。

王堂敬慢条斯理地摇头，"此言差矣！我可不是什么只要为了孩子好，便万事好商量。莫说孩子姓邓，便是孩子姓祁，又和我王堂敬有多大相干？我么，是做了多年地方官，依理断案而已。"

宁国公被气得一佛出世二佛升天。好你个王堂敬，你这是明打明地告诉我，即便经官动府，也是这么个结果，是不是？欺负我不懂律法，欺负我口才不好！宁国公怒目瞪着王堂敬，恨不得立即回府，从府里的师爷当中拉个口齿伶俐的过来，跟王堂敬决一雌雄。

宁国公越是怒不可遏，王堂敬越是云淡风轻，两人面对面站着，形成鲜明对比。

院中响起银铃般的笑声，欢快，愉悦，清脆动听。这样的笑声传到耳中，好似三月里的春风扑面而来，令人胸襟为之一爽。

宁国公脸上的愤怒被这春风渐渐抚平，面色温和下来，眼光也不再凶狠。他轻手轻脚走向门口，好像怕吓到谁似的，那高大的身躯，孩子气的行为，看上去很有些不伦不类。

门帘掀起，露出青雀雪白的小脸，宁国公蹲下身来，冲青雀张开双臂，"妞妞，曾祖父的乖妞妞！"青雀快活地笑着，一头扑到他怀里。

"妞妞啊，在这儿住得惯不惯，吃得好不好？"宁国公一脸慈爱，"又跟张世子出城打猎了吧？骑马要小心，跟紧张世子，莫一个人乱跑。"

青雀偎依在他怀里嘻嘻笑，"知道，不乱跑，祜哥哥也不许我乱跑，看得可严实了。"

王堂敬颇为气闷地看着，弄不明白宁国公到底算是个什么人。你说他好吧，他糊里糊涂地就想把妞妞不明不白地认回去；说他坏吧，他这么个大老粗，对着妞妞竟是温柔似水。

当着青雀的面儿，王堂敬和宁国公都和和气气的，不再剑拔弩张。青雀得意地跟宁国公炫耀，"曾外公教我写字，还教我画画！他写的字可好看了，画出来的小鸟跟真的一样呢。"宁国公笑眯眯，"曾外公真了不起！"

宁国公虽是不速之客，却也是客，王堂敬很大方地把青雀让给他，由着他和青雀说了半晌话，做了半晌慈爱的曾祖父。

"骨头管的。"王堂敬看着青雀小脸上那灿烂明悦的笑容，心中感慨。这邓家的孩子就是邓家的孩子，不服不行。

宁国公好像很喜欢青雀，盘桓到申时才告辞。临分别，青雀老气横秋地交代他，"您不许喝酒，不许生气，记不记得？"宁国公眉开眼笑地点头，"乖妞妞，曾祖父记得呢。记得呢。"

王堂敬送宁国公出门的时候，忍不住问他，"你若疼爱青雀，怎舍得她沦为地位尴尬的庶女？"

宁国公怫然，"我哪里舍得？我是没办法！再说了，不拘嫡女庶女，有我在，邓家谁敢看不起她？"

王堂敬扶额，"你当你能做邓家内宅的主？内宅多少你不知道的事！再说了，她又不能只待在邓家，总要出门的。出了门，庶女和嫡女怎能一样？"

宁国公皱了皱眉，一句话没说，大踏步走了。

王堂敬回来后，温和问青雀，"妞妞，你很喜欢曾祖父？"你和邓永，看上去蛮亲热。

青雀小大人似的叹了口气，"算是吧。"

王堂敬刮刮她的小鼻子，取笑道："妞妞，什么叫算是？"

青雀歪头想了想，小脸上泛着迷蒙的笑意，"其实吧，我就盼着我爹我娘都在我身边，一边一个，牵着我。"

"要是不能爹和娘都有，那，只有一个也行啊。"

"要是一个也不能有，那，有曾祖父也行啊。"

"曾外祖父也行！"望着王堂敬，笑嘻嘻又添了一句。

王堂敬鼻子酸了酸，俯下身子，叹息道："傻孩子，若是没有我们，你可如何是好。"

青雀声音清清脆脆，"我会打猎，我还会烤鱼！我很能干，能照顾自己！"

王堂敬眼中泪光点点，"妞妞，你真是祁保山的外孙女，有志气！"

"那是。"青雀大为得意，挺起小胸脯，"我是名将的后代，长大了也是名将！"

宁国公回府之后，把自己关在外院书房想了整整一晚上，第二天他把长子邓晖叫来，吩咐道："麒儿和玉儿是先成婚的，自然是玉儿是原配，青雀是嫡长女。如此如此，这般这般，你快办去。"

邓晖心里叫苦不迭，满脸赔笑地答应着，并不敢有二话。我的亲爹啊，您这纯是难为我！去跟我亲娘说这个还算了，去跟亲家开口，原配变继室，沈家不得吃了我？

出乎邓晖的意料，沈复先是颇为不悦地发了通火，邓晖连连道歉、再三求情之后，沈复略一沉吟，答应了，"继室便继室，幸好那个是女孩儿，翰哥儿还是长子。女孩儿，不过是长大后嫁出去，又不能分家产，又不能继承爵位，不必计较。"

邓晖大为感动，"亲家，您真是太通情达理了！"沈复谦虚了几句，又抱怨道："我如今是闲人，闲得都快发霉了。"

沈复自打被北镇抚请了去，大同总兵另委了他人，之后便一直赋闲。他倒是想起复，可是家中财产去了大半，打点起来未免有些力不从心，颇有捉襟见肘之感。

邓晖笑道："彼此至亲，您的事就是邓家的事。放心，我们不能袖手旁观。"沈复大喜，谢了又谢。

他之所以痛痛快快便答应变更名分，不就是为了让邓家心存内疚，替他打点么？见邓晖这么说，心中燃起希望，眼前好似看到了自己的锦绣前程。

沈家出乎意料地好打发，可是国公夫人那儿，邓晖吃了瘪。"什么？那水性杨花的女人做原配，野丫头做嫡长女？打死我也不会答应的，快快息了这念头！"荀氏一口回绝。

邓晖赔着笑脸，"母亲，亲家都答应了啊，沈家都不放在心上，咱们打什么别呢。麒儿的原配是祁氏，还是沈氏，对于邓家来说有何不同。"

荀氏气得直哆嗦，顺手捞起手边的拐杖，冲着邓晖抢了过去，"我打你这不孝子！"邓晖也不躲，挺着脖子迎上去，叫道："您打啊，打啊！您打我，我好歹还能保条命，若换了父亲打我，我就是一个死！"

荀氏哪舍得真打邓晖这独养儿子，高高举起，轻轻落下，比拍灰重不了多少。邓晖趁机央求，"横竖也不是什么大事，您就应了吧！要不，父亲没好气，逮着我就是一顿好打。"

"为了个野丫头，打自己亲生儿子！"荀氏恨得牙痒痒。

邓晖劝她，"父亲已是铁了心，您何苦跟他拗着？伤了情分，失了和气，有百害而无一利。"

荀氏恨恨顿了顿手中的拐杖，"他对不起我！我嫁给他这些年，聚少离多，为了宁国公府我真是操碎了心。可他呢？不把我放在眼里，宁可捧着野女人，野丫头，也要踩着我。"

邓晖觉着很莫名其妙。青雀这小丫头虽说顽皮淘气了一点，头回见面便把自己这做祖父的绊倒了，可到底是亲骨肉，亲孙女，难不成做长辈的能认真跟个孩子计较？母亲，您至于么。

荀氏的火气很大，一连数日，死活不肯吐口。最后连孙氏这股方正的夫人都愿意妥协，"麒儿确是写过婚书给她，倒也不是空穴来风。"连沈茉这局中人都表示贤惠大度，"为了不让邓家名誉受损，为了不让邓家骨肉流落在外，我愿降为继室。"荀氏还是板着脸，目光阴沉沉的，不答应。

最后，是沈茉立了功。她屏退侍女，和荀氏说了几句私房话之后，荀氏便欣然同意，"成，她是原配，生下媛姐儿之后和离了，和邓家再无干系。媛姐儿么，自是咱家嫡长女。"

国公夫人一吐口，邓晖如释重负，特地交代孙氏，"挑几件品相上乘的首饰，赏给大儿媳妇。"孙氏笑着答应，"是，世子爷。这儿媳妇是该赏，立大功了。"

孙氏后来问过沈茉，"你跟祖母说了什么，如此管用？"沈茉微笑，"儿媳是劝祖母把媛姐儿早日接回来，慢慢调理。若不然，越大越费事，等到媛姐儿定了性，咱们哭都来不及。"

孙氏大为赞赏，"说得好。"沈茉谦虚又羞涩地低了头。

实际上当然不是这样的。沈茉跟荀氏说的是，"认了回来，管她嫡女还是庶女，要怎生教养，还不是您一句话的事？您让她坐，她不敢站着；您让她往东，她不敢往西；您若想让她死，她便活不成。"

荀氏听了这话，眼中一亮。

宁国公府这老中青三代主妇之中，孙氏热心地吩咐侍女为青雀打扫房舍，准备教养嬷嬷，务必要把青雀调理成一位小淑女。荀氏和沈茉则是盼着青雀早日回邓家，拜倒在她们脚下，任由她们搓圆揉扁。

她们始终也没能等到这一天。

宁国公上了王堂敬的当。婚书是拿出来了，祁玉被当做邓麒原配记入邓家祖谱，注明了成亲日期、和离日期，青雀大名"邓之媛"，是宁国公府嫡长女。可是，青雀的八字和邓府相克，不能在邓府长大，必须要寄养他处。天底下还有比曾外祖父还适合的人家么？没有吧，那便是曾外祖父亲自抚养。

宁国公被气得哇哇乱叫，"王堂敬，你欺人太甚！"王堂敬也不生气，笑吟吟道："有什么不同？你若想看妞妞，随时来，欢迎之至。"

宁国公气得差点儿对王堂敬动拳头。

消息传回宁国公府，气倒了一大片。王堂敬，你好过分！

沈茉在荀氏、孙氏面前献策，"寄养他处可以，寄养在王家万万不可。媛姐儿是咱家孩子，咱们必定要时常探望的，对不对？可王家和咱们十分生疏，上门不便，此其一。咱们不能时常上门看媛姐儿，她亲娘却可以时常回王家，这可不成！亲爹不能时时看孩子，亲娘却可以？此其二。不如另择一户人家。只要这户人家门第高贵，家风清白，又对邓、王两家不偏不倚，便可。"

沈茉这番话，宁国公府诸人都觉着很有道理，包括宁国公在内。是啊，妞妞不能养在我家，那也不能养在你家！

宁国公跑到王家吵架，嗓门大得很。张祐带着青雀，在外头听得一清二楚。

"小青雀，住哥哥家吧。"张祐怜爱地微笑着，伸手掠过青雀的鬓发，柔声跟她商量着。

青雀小脸上有着和她年龄不相称的落寞，"祐哥哥，我想住自己家，想有爹有娘。"

张祐心钝钝的疼，声音更温柔了，"哥哥家，你当自己家一样，好不好？"

青雀仰起小脸望着他，轻轻点头。

张祐回到英国公府，和父母密密商谈许久。

"小青雀住在咱家？"英国公夫妇听了张祐的话，心里都很犯嘀咕。他们确实喜欢小青雀，却和宁国公府并无深交，并不愿掺和宁国公府的家务事。不过，碍于爱子张祐的颜面，英国公和夫人思虑再三，慨然答应。

几经协商，最终青雀的身份定了之后，如何抚养也定了。因着她八字和宁国公府相克，必须要寄养他处，不能在邓家长大。之前她一直被杨阁老教养，往后，便由英国公夫人代行母职。

宁国公和王堂敬都对这结果大大的不满。宁国公很恼火，明明是自己的曾孙女，却死活要不回邓家。王堂敬一门心思想要亲自教养小青雀，却不能如愿，心中快快。

等到青雀搬回英国公府的这天，张祐带着一队骑兵来接她。这队骑兵全是身手矫健的青年，身着亮铮铮的盔甲，光净耀眼，十分醒目。小青雀兴兴头头骑上自己的小马驹，挎上腰刀，雄赳赳气昂昂地跟在张祐身边，被一队骑兵簇拥着，威风凛凛。

曾祖父和曾外祖父都来送她，两位老爷子坐同一辆马车——王堂敬是文官，不怎么会骑马；宁国公臊得慌，不好意思骑马。

邓家的曾孙女要寄人篱下，到英国公府过日子，这算什么事。宁国公每每想起来，便心中郁郁。

张祐和青雀带的这队人驰过街头，自是引人注目。高头大马上的骑兵颇自阳刚之气，而骑兵中间那名丽色少年，那名稚嫩女孩儿，肤色雪白中透着淡粉，美丽得如诗如画。

这队人到了英国公府门前，英国公夫妇亲自迎接出来。"别呀，担当不起，担当不起。"青雀小脸上满是明悦笑意，谦虚地冲英国公夫妇拱拱手。

英国公莞尔，"这调皮孩子。"英国公夫人捏捏她光滑的小脸蛋，"丫头，你曾祖父和曾外祖父呢？"

女孩儿的脸蛋好似剥了壳的鸡蛋般又白又嫩，摸着很舒服，英国公夫人手痒痒，又捏了一把。

青雀伸手保护小脸蛋，咯咯笑起来，"伯伯，伯母，两位老爷子坐马车，慢悠悠的。我小师父也不肯骑马，坐了辆秀气的小马车，更慢。"

张祐站在一旁，唇角噙着丝浅浅笑意，看向青雀的目光澄澈而温柔。英国公夫妇一一看在眼里，却是不动声色。

迎接到两位老爷子，英国公夫妇礼数周到地让了进去，落座待茶，言笑晏晏，恪尽地主之谊。英国公夫人特地请他们到青雀的院子看过，院子名为松筠园，宽敞轩朗的五间上房，院中遍植名贵花木，假山、溪水，错落有致，风景优美。

松筠园的侍女既不用王家人，也不用邓家人，全是英国公府的家生子。这样，一个是表示公平，另外一个也是表示对张家的尊重：孩子交给你们了，我们不胡乱干涉。

宁国公和王堂敬都是一再道谢，态度十分谦和。按理说，这是他们应有之举，可英国公夫妇却知道，他俩一位是沙场老将，禀性粗豪；一位是涯岸自高，睥睨尘俗，能这般客套来客套去的，实属不易。

英国公笑道："莫谢我，莫谢我！妞妞的日常起居，是夫人照管。功夫，是林师父和林姑娘教。打猎，是阿祐带着。横着瞧竖着瞧，愣是没我什么事。"

他神情和蔼，言辞风趣，逗得众人都笑。

英国公夫人笑吟吟道："青雀这般省事的小妞妞，我喜欢得紧呢！我家阿佑和青雀差不多的年纪，两个孩子一向要好，正好做个伴儿。"

宁国公和王堂敬同时回头看，只见青雀和张家大小姐手拉着手说私房话，甚是亲密，心里都觉安慰。孩子么，还是要有个伴儿，才不孤单。

两位老爷子光临，英国公夫妇自然是要盛情款待，备下酒宴。席间除英国公一家四口、两位老爷子、小青雀之外，还有觉迟和心慈。

男女分开坐的，但是并没用屏风隔开，彼此看得见。王堂敬不经意间瞥见心慈替青雀剔着鱼刺，张佑替青雀递过去一小碗汤，备觉温馨。

终席之后，宁国公和王堂敬告辞，英国公夫妇见留不住，带着儿女送到门口，依依惜别。

宁国公和王堂敬都舍不得走，青雀牵在心慈手里，冲他俩嘻嘻笑着，"曾祖父，曾外公，回罢，我有仙女师父照看呢。"

两位老爷子被仆从扶上了马车，鞭子一响，马车慢慢晃动，离开了英国公府。两人不约而同地掀起车帘向外看，那抹纤细的身影越来越小，渐渐看不见了。

宁国公喃喃，"作的这是什么孽！"这般懂事的妞妞，要寄养在旁人家。

王堂敬本想刺他两句的，话到嘴边，又咽了回去。

两位老爷子沉默着分了手，直到最后，也没提起邓麒，也没提起祁玉。

青雀在英国公府安安生生住了下来，如鱼得水游刃有余。白天或是跟着觉迟学功夫，或是跟着张祐骑马出行，或是跟张佑说说笑笑，到了晚上，乖乖地跟着心慈，不吵不闹。

英国公夫人冷眼看着，家里虽是多了青雀这小姑娘，却并没多出什么事。青雀看着一团孩气，其实省事得很，根本不会找麻烦。

"没娘的孩子，可怜啊。"英国公夫人生出恻隐之心。

"丫头，一直在伯母家里住着好不好？"英国公夫人揽过青雀，柔声问她。

青雀笑嘻嘻，"伯母，我来京城可是身负重任呢，是来做一件大事的。等到这件大事做完，我便要回杨集，陪我太爷爷。我可想太爷爷了。"

英国公夫人未免奇怪，"小青雀，你要做什么大事啊。"

青雀趾高气扬，"伯母，我要保护一个人，一个很好很好的人！"冲英国公夫人甜甜一笑，推开她，跑出去练功夫了。

这孩子！英国公夫人望着她小小的背影，微笑摇头。

张祜回来，英国公夫人随口问了句，"青雀要做什么大事？"张祜淡淡道："等到阳武侯夫人顺利生下孩子，休养好身子，各处知名的宴会去一遍，顺顺利利平平安安的，青雀便算是大功告成。她是来保护亲娘的。如今阳武侯夫人身怀六甲，并没在京城贵妇圈中露过面，不知道会不会有人难为，会不会有风言风语。故此，青雀不放心。"

英国公夫人向来机敏，却也是过了会儿才明白过来，心中感慨。这么小的妞妞，不应该是爹娘心肝宝贝似的疼着么，到了青雀这儿，竟是她忧心母亲，而不是母亲惦记她。

"青雀娘，你真好命，生了这么个知道心疼你的小闺女。"英国公夫人说不清是羡慕嫉妒，还是鄙夷轻视，心中五味杂陈。

十月下旬，阳武侯夫人顺利产下一名男婴，母子平安。薛能高兴得合不拢嘴，抱着新出生的嫡次子舍不得放手，不知如何宝贝才好。

祁玉筋疲力尽地躺在床上，脸色苍白，眼中却有着难以名状的喜悦和满足。小阿扬，你有弟弟了，和你同父同母、会友爱你、保护你的亲弟弟。

女孩儿，是必须要有娘家人，必须要有娘家兄弟来保护的，否则便是砧板上的鱼肉，任人宰割。小阿扬，娘吃过没有父兄亲人的苦，绝不会让你再重蹈覆辙。

模模糊糊地，祁玉脑海中出现了另一个小女孩儿可爱的脸庞，她趴在墙头，明亮清澈的大眼睛中满是期盼……不，不能回想，一旦回想起她，便会回想起凄凉往事，痛苦不堪。

我已经逃出生天了，不要再回想，不要再回想。祁玉默默地、一遍又一遍地告诉自己，沉沉睡去。

薛能一向拿祁玉当宝，这回祁玉替他生下嫡次子，更是把祁玉宠上了天。见了面就是满脸赔笑，一口一口喂祁玉喝鸡汤，小心翼翼。

才出生的男婴性子很安静，不怎么哭闹。祁玉忽觉得若有所失，那一年是盛夏时节，那响彻天地间的婴儿哭声，何等嘹亮高亢。

到了洗三的时候，各家亲戚的夫人太太们纷纷前来，对新出生的婴儿夸了又夸，"瞅瞅这俊的，比女娃娃都细腻！""娘是美女，儿子还能差了？真个好相貌。"

出乎祁玉的意料，英国公夫人竟也来了。英国公府和薛家算是远亲，有来往，但是并不多。因着英国公在朝中地位超然，英国公夫人的到来，对于阳武侯府来说，是极有颜面的事。

英国公夫人是那种明艳有气势的美女，对着祁玉却亲切得很，仔仔细细问了她身子如何、生产可顺利。末了，把一对古银打造的精致手镯戴在婴儿小手上，对那小小的婴儿夸了又夸。

祁玉得体地微笑着，向英国公夫人道了谢。

祁玉的大舅母也在，忍不住多看了祁玉两眼。英国公夫人如今替你养闺女呢，知不知道？亲生的孩子说不要就不要了，你可真行。

想当年，老爷子还让我家阿承娶她呢！大舅母回想起当年事，又是后怕，又是庆幸。幸亏这事没成，要不阿承成什么了，她闺女的后爹么。

她倒好命，嫁过人，生过孩子，却阴差阳错地做了阳武侯夫人！夫婿疼爱，继子孝顺，又育有一子一女，令人羡煞。老爷子待她更甭提了，怕她动了胎气，小青雀的事愣是没跟她提过。

青雀歌

命好啊，命实在太好了。大舅母感慨良多。

英国公夫人很随和地和大舅母等亲眷坐了会儿，方告辞离去。大舅母热忱地送她出来，到了垂花门前，看看左右无人，再三殷勤道谢，"妞妞小，不懂事，给您添麻烦了。"

英国公夫人笑道："这真是没有，妞妞跟个小大人似的，极省心。"跟大舅母道了别，上轿而去。

回到英国公府，把青雀叫过来，慢慢说给她听，"阳武侯夫人气色好得很，容貌美丽，根本不像两子之母。婴儿眉眼很秀气，脾气也挺好，不哭不闹的。"

青雀专注地听着，清澈的杏子眼中流露出爱慕和向往，让英国公夫人心里酸酸的。

"阳武侯夫人是位很好很好的人，是不是？"英国公夫人温柔问道。

"嗯嗯。"青雀忙不迭地点头，甜甜笑着，"英娘告诉过我很多回的，她很好很好，美如天仙，多才多艺，一身傲骨！"

"在小孩子心中，母亲是最美、最好的吧。"英国公夫人原本美丽而精明的眼眸中，柔情似水。

青雀住到英国公府之后，沈茉带着邓之屏、邓子盈来拜访过两回，美其名曰"让小姐妹们亲近亲近"。英国公夫人客客气气的，待沈茉不冷不热，也不肯让她见青雀，微笑推了，"青雀正忙着，多有不便。"沈茉乘兴而来，败兴而归。

"大姐姐也没见着，祜哥哥也没见着。"回邓家的路上，邓之屏一脸委屈地诉说着。

沈茉心中一动，"屏儿，你还记着祜哥哥？"屏儿见张祜，应该是一两年前的事了吧？怎么屏儿竟还记得。

邓之屏脸红了，声音细细地说道："祜哥哥那般出色，见过一回，再也忘不掉的。"

沈茉微笑，"屏儿，既忘不掉，那便记住好了。"邓之屏羞涩地点了点头。

车轮缓缓向前，沈茉跟着马车一起晃动，思绪飘摇。自己算是赢了玉儿么？虽然抢走了邓麒，逼走了玉儿，可是玉儿非但没有一蹶不振，她还嫁了人，生了子，做了一品侯夫人！她这样，能叫输了么。

输了。沈茉想了一路，最后认定，玉儿输了。为什么呢？其一，她的夫婿不过是没实权的侯爷，空有虚名，且生得不够俊美出色，太过普通，远远比不上邓麒。其二，她有个野丫头！只要那野丫头活着一天，她便无法掩盖那一段经历，多么没脸，多么痛。只要那野丫头活着一天，她便有一个人质在邓家，在自己手里，直不起腰。祁玉你想昂首挺胸、扬眉吐气？难道不为你女儿想想么，她还要靠着邓家过日子！

"玉儿，你生下那野丫头，是往我手中送把柄。"沈茉笑眯眯，"一辈子的把柄。"

阳武侯府，祁玉的日子平淡温馨，过得飞快，不知不觉间她的儿子已经满月了。薛能兴致极好地张罗着，次子的满月宴十分隆重，宾客云集。

满月之后，祁玉的外祖父来看她。祁玉听说外祖父来了，大喜，赶忙迎了进来，亲手为老爷子泡了茶递上。

外祖父挥退侍女，神色淡淡地把邓家、青雀的事讲了一遍，"……如今妞妞是邓家嫡长女，暂住英国公府，诸事妥帖。"

祁玉脸上的笑容凝固了，非常尴尬。让外祖父知道自己当年的愚蠢，太难堪了，让人恨不得钻地缝。

"我知道您怪我，怪我瞒着您。"祁玉怔了怔，面色哀凄，"外祖父，当年您已是身子不大康健，我只有孝顺您的，哪有脸拿自己做下的错事去麻烦您？即便是我硬着头皮跟您说了，又能怎样？"

"青雀若是男孩儿，我哪怕拼了这条命，也要为他争来嫡长子的名分，让他有朝一日成为邓家的主人。可青雀是姑娘啊，您便是费心费力地替她争来名分，又有何用？女孩儿，不过是长大嫁人罢了。"

祁玉凄凉地说着往事，泪流满面。一开始是不忍说、不敢说，后来是不想说，再后来是不肯说，生生瞒住了亲人，瞒住了外祖父。

"糊涂！"王堂敬训斥道，"一味隐瞒，又有何益？妞妞没个正经八百的身份，何等尴尬，你是她亲娘，难道不知为她着想。你呢？你若走出门去，不定哪天，便会被邓家明着暗着地挤对、羞辱、挖苦，坏了名声。玉儿，这般大的隐患，你竟视而不见。"

祁玉滴下泪来，垂首无语。

王堂敬叹了口气，温和说道："玉儿，如今名分已定，你不过是曾和邓麒成过婚，之后又和离罢了，没人能往你身上泼脏水。"

祁玉呜咽，"外祖父又救了我一回……"

救的是名誉，也是生命。

王堂敬温和吩咐，"玉儿哪天归宁，提前差人告诉外祖父一声。外祖父去把妞妞接来，你母女二人小聚半日。"

祁玉张了张口，却是什么话也说不出来。最后，沉默地点头。

腊八这天，青雀被王堂敬接了回来，喝腊八粥。

上房里头拢着两个大火盆，暖融融的。临窗大炕上铺着大红猩猩毡，设着石青色靠背、引枕。一名小小的婴儿躺在炕上，他的母亲坐在他身边，温柔凝视他熟睡的小脸。

青雀本是喜笑颜开的，进了屋，看见坐在炕上的女子，呆住了。仙女娘，真的是仙女娘，朝思暮想的仙女娘。

祁玉抬头看见了她，目光定住不动。

青雀呆了半晌，微微颤抖着，一步一步，慢慢走向祁玉。

走到炕前，停下了。

青雀看向仙女娘的目光满是期盼，好像在说，"疼爱我吧，抱抱我吧，我是你亲闺女啊。"

祁玉避开她的目光，看向熟睡中的小襁褓。

"这是你弟弟。"祁玉指指婴儿，客气地说道。

青雀顺着她的手指，入迷地看向婴儿，"弟弟好小。"

脸跟梨子差不多大，除了一张脸，全部裹得严严实实，真有趣。

祁玉平静说道："弟弟长大了，会保护你的。"

青雀仰起小脸，大眼睛中闪烁着喜悦又骄傲的光芒，"我比弟弟大，我会保护弟弟！"

青雀目光真挚，语气诚恳，说出来的话显然是出自内心。祁玉虽觉着她是小孩子吹大话，心底却也有丝感动，微微笑了笑，"如此，多谢你了。"

青雀歌

语气并不亲热，十分疏远。

青雀难得能和仙女般的亲娘如此接近，激动不能自已，时而仰慕地抬头看看祁玉，时而着迷地低头看看婴儿，一脸甜蜜笑容。

这是我娘，这是我弟弟，真好。

祁玉嫁给薛能已有四五年，渐渐习惯了薛夫人的身份，习惯了薛家的夫婿、儿女。作为薛夫人，她的日子温馨舒适，悠闲自在。她不太习惯面对已是半大孩子的青雀，努力了几回想对青雀亲热些，到底也没做到。

曾外祖父陪着祁玉、青雀一起喝了腊八粥。腊八粥是用江米熬的，加了白果、核桃仁、栗子，粥面上撒着红枣、葡萄干、桂圆、瓜子仁、青红丝，香香糯糯，十分美味。

"喝了这么多年的腊八粥，属今年的最好喝！"青雀放下小碗，一脸满足的笑容。

曾外祖父忍俊不禁，祁玉也微笑。你才多大呀，喝了多少年的腊八粥？

临分别的时候，青雀笑眯眯看着褓褓中的婴儿，"好弟弟，快长大吧！等你长大了，姐姐的小马给你骑，宝弓给你用，好玩的都给你玩！"

曾外祖父轻抚她的小脑袋，"妞妞真是好姐姐，友爱弟弟。"

曾外祖父带着青雀回英国公府，祁玉把他们送到垂花门前。曾外祖父先上了轿，垂花门前，只留下祁玉和青雀两个人。

祁玉披着华贵的提花缎子面儿紫貂斗篷，颈间围着雪白的白狐风领，美丽的面庞欺霜赛雪，鲜妍明媚。青雀眷恋地看着她，迈不动脚步。

"那个，匕首我一直带着。"青雀从怀中取出当年祁玉递给她的那把匕首，"我若见了沈莱，定要杀了她！"

祁玉身子一震，定定看向青雀。青雀手中执着小匕首，目光热烈，好像在等着她夸奖。

祁玉蹲下身子，雪白的披风里子拂落地面，她却视若无睹，"青雀，她若欺侮于你，你自是不能坐以待毙。她若不曾先挑衅，你却不可轻举妄动。"

青雀认真地听着，点头，"我听你的。"

祁玉慢慢站起身，双眸秋水潋滟，神色复杂。她很想疼爱青雀，可青雀姓邓，是邓家的孩子，看到青雀，总会想到邓麒那负心人，心生厌恶。

青雀回到英国公府，兴奋得两眼亮晶晶，"曾外公家的腊八粥好喝得不得了，好喝死了！"把王家的腊八粥吹得天上有地上无。

英国公夫人逗着她，"这么好喝，妞妞没给伯母捎一碗回来？"青雀趾高气扬，"实在太好喝了，一碗也没剩下来！"那得意的小模样，逗得众人都笑。

张祐慢慢走近她，浅浅笑着，在她头顶瞅来瞅去。青雀警觉地伸出双手捂着小脑袋，瞪圆了大眼睛，"祐哥哥，你瞅什么呢？"

"没什么。"张祐慢吞吞说道，"不过是想看看，你小辫子有没有翘上天。"

英国公喷了茶，英国公夫人笑得花枝乱颤，张佑拉起奶娘的手，让奶娘给她揉肚子。青雀瞪着张祐，气愤地质问，"我哪有小辫子？我哪有小辫子？我梳的是包包头好不好？"

张祐从善如流地改口，"瞅瞅你的包包头有没有翘上天。"青雀一声大喝，一个"恶虎扑食"，凶巴巴扑向张祐。张祐伸手拎起她，两人到院子中大打出手。

张佑赶忙出去看热闹，在旁大声助威，"妞妞厉害！妞妞，他下盘不稳，攻他下盘！"

英国公在屋里叹息，"怎么才八岁？要是妞妞今年十二三，这门亲事我乐意！"

英国公夫人神色暗淡下来，"跟阿祐差着六岁呢，实在不成。阿祐是咱们长子，又是英国公府世子，他得早日成亲，为英国公府开枝散叶。"

除却年龄，旁的也不合适。青雀确是讨人喜欢，可她有这么个身世，总是和寻常孩子不同，不适合做未来的英国公夫人。

当作亲戚家的孩子来疼爱青雀，英国公夫人很乐意。娶进门当儿媳妇，英国公夫人从没想过。青雀就算有了身份，成了宁国公府嫡出大小姐，也改不掉曾经的事实。她爹娘当初缔结了一桩漏洞百出的婚姻，有这样的父母，让人不敢看好他们的孩子。若是世家大族要迎娶家妇，青雀并不是适合人选。

腊月里头，应未央宫宸妃之邀，英国公夫人带着张佑、青雀进过一回宫。英国公夫人带着张佑拜见太后、皇后，青雀则由心慈陪着，在未央宫玩耍。未央宫里头，青雀最感兴趣的是八皇子，他年方两岁，白白胖胖的，很招人喜欢。

八皇子由一众宫人陪着，在偏殿玩球。一只圆圆的小球占去了他全部的注意力，欢笑着，追着球跑，玩得不亦乐乎。

青雀盯着八皇子，看得十分投入。

"你喜欢小八？"四皇子柔声问她。

"嗯，喜欢。"青雀点头，却又有些可惜，"其实吧，八皇子还是略大了一点，要再小一点才可爱。譬如，方才出生一个月的婴儿，那真是可爱极了。"

四皇子不大明白，大眼睛中带着困惑，长长的眼睫毛一忽闪一忽闪的，很好看，很动人。青雀不悦地白了他一眼，眼睫毛比我还长！男孩儿长这么好看，很浪费知不知道？

"你不懂了吧？"青雀故意气他，"才出生一个月的婴儿，只有一点点大，很可爱！你见过？"

四皇子摇摇头。

青雀很得意，"我弟弟，一个多月了，脸只有这么点儿。"伸出小手来，很卖力地比画着，"只有这么大，懂不懂？很小很嫩，可好玩了。"

四皇子听得很动心，"永寿宫张德妃新得了位小公主，好像有三个月大了。要不，咱们看看她去？"

"才不要。"青雀嗤之以鼻，"三个月，不好玩！只有一个多月的婴儿才有趣，像我弟弟那样。"

四皇子没了辙。一个多月的婴儿，宫里真没有，一时半会儿的也没地儿弄去，只好不看了。

四皇子和青雀在这边说着孩子话，宸妃问着心慈，"妹妹，你看看这几位青年才俊的画像，喜欢哪个？"

桌案上放着几张青年男子的画像，妙笔丹青，形神俱备。画像下注明有姓名、年龄、籍贯、家境、官职等等。要是打算选女婿，这种方式还是有些靠谱的。

心慈根本一眼也不肯看。

宸妃抿嘴笑笑，"妹妹，莫非你已有了意中人？"心慈满脸晕红，"哪有？"口中虽是抵赖，

青雀歌

神情却早把她出卖了。

"皇上驾到——"门外响起太监尖尖的嗓音。宸妃一凛，这个时辰，陛下不是应该在乾清宫接见大臣么？怎会来了未央宫？

"妹妹，你躲在这里，切莫随便乱走。"宸妃交代过心慈，匆匆出去了。

心慈笑了笑，随手拿起桌案上的男子画像观看。她对这些男子自然是一点兴致也没有，不过是闲来无聊，随便看一眼。翻到最后一张画像，心慈怔住了。这……这人的相貌、身材，和师兄颇有几分相似呢。乍一看上去，还以为是师兄的画像。

心慈不觉往画像下面看去，"林予迟，年二十岁，祖籍杭州，景城伯次子，金吾卫百户……"

心慈看得入迷，竟没注意到，一抹身穿黑色龙袍的身影进了屋子，温柔看着她的背影。

真正的美女，无一处不精致，无一处不好看。心慈是真正的美女，单看背影，已是绰约多姿，宛若仙人。

宸妃步履轻盈地走来，一脸明悦笑意。不过，如果仔细看过去，她眉宇间有一抹掩饰不住的焦急、忧虑。

"陛下，您让我好找。"宸妃看见皇帝在这儿，强按下心中的惊怒，笑盈盈走到皇帝身边，"阿原吵着要见您呢，也不知这孩子有什么要紧事。"

皇帝微微笑了笑，什么也没说，和宸妃并肩走了出来。宸妃一路提心吊胆的，唯恐他提起心慈，谁知他始终没有开口。

见了阿原，皇帝温和慈爱，一如往日。

宸妃一直悬着心，好在皇帝只是处理政务烦累了，出来散散心的，没多大会儿就回了乾清宫。送走皇帝，宸妃长长出了一口气。

"妹妹，你有意中人对不对？即刻成亲。"宸妃脸色发白地交代心慈。心慈见她神色不对，也不作小儿女态，郑重答应。

姐妹二人好不容易才能见上一面，自是无比珍惜这难得的机遇，盼着能多团聚片刻。但自从皇帝突然来过之后，宸妃便生出了不祥的念头，巴不得英国公夫人快些回来，安全把心慈带出宫。

"应让薛护带讯息出去的，不该让妹妹冒险来这一趟！"宸妃后悔不迭。明知道妹妹生得天姿国色，明知道妹妹还是云英未嫁，让她进宫做什么？见过一回还不够么。唉，太贪心了，只想一而再再而三地见到妹妹，虑事实在不够周全。

但愿陛下没看见！宸妃心中祈祷。

好容易等到英国公夫人折回未央宫，宸妃并没多留，几乎是迅速地把她们一行人打发走了。英国公夫人心里觉得奇怪，面上却是不动声色，含笑告辞。

四皇子极有礼貌地送她们到了未央宫门口，依依惜别。青雀和这美貌男孩儿相处得极好，笑嘻嘻跟他挥挥手，好脾气地答应会再来未央宫玩耍。

英国公夫人何等敏锐，四皇子看着青雀时那温柔又羞涩的眼神，自然没有逃过她的眼睛。或许，像四皇子这样安静守礼的皇子，确实会被活泼飞扬的女孩儿打动吧。

四皇子站在宫门口，目送她们远去。时值寒冬，天空飘起小雪，他披着轻柔暖和的紫貂斗篷站在微微发白的空地上，面如凝脂，目如点漆，娴雅美好，似神仙中人。

他在未央宫门口没站多大会儿，便被皇帝差内侍唤到了乾清宫。四皇子去到乾清宫，行礼见过皇帝，垂手侍立。

皇帝招手叫过他，温和询问，"怎么了？舍不得她走么。阿原若想留下她，极是容易。"

阿原很认真地摇头，"不要。宫里规矩大，她喜欢自由自在的，不喜欢被约束。"

皇帝微笑，"傻阿原，心地太过善良。她一辈子都怕拘束，难不成你便放她远走高飞？傻孩子。"

阿原有些怔忪地问着，"父亲，我到多大能有王府？"皇帝笑道："还早，还早。阿原，你今年才十岁，至少还有六年。"

"那，我就等六年吧。"阿原在皇帝身边坐下来，替他翻着奏章，精致绝伦的面容中带着丝欣喜笑意。那是发自内心的笑，明悦耀眼，灵动美丽。

"阿原你……好耐性。"皇帝含混其辞地夸了他一句，就着他的小手，看起令人厌烦的奏章。当个皇帝容易么，江南到塞北，东海到西疆，不是发大水就是久旱不雨，要么就是起了匪乱，胡人入侵，倭寇作乱……无数的烦心事，全归皇帝管。

不只如此，那帮文官们还动不动就劝谏，动不动就洋洋洒洒地上奏章。用个太监他们要管，多饮宴几回他们要管，就连自己这做皇帝睡哪个女人，他们都要管。

在哪个嫔妃宫里歇的久了，都会有文官上书，要求"雨露均沾，以广子嗣"。对了，他们不只管皇帝在哪里睡，还管皇帝生了多少孩子。

皇帝兴致索然，"不看了。"阿原替翻奏章也不看了，憋气。

皇帝牵起阿原站起来，"阿原，父亲做幅画给你，好不好？"阿原拍掌，"极好！父亲的画挺拔豪放，我喜欢！"皇帝粲然一笑，牵着阿原去了画室，泼墨淋漓，画下一幅《刘海戏蟾图》。

皇帝大概是心里带着气，这幅《刘海戏蟾图》所绘的刘海身着宽袍大袖，袒胸露脐，衣袖施以粗笔，水墨浓淡有致，用笔大胆泼辣，洗练传神。金蟾则是双爪伏于绣上，昂首怒目，极有气势。

阿原在旁聚精会神看着，等皇帝画完了，大声拍掌叫好，"父亲，传世名作，无与伦比！"

皇帝画完这幅画，自己前前后后审视过，心绪飞扬起来，笑着看向阿原，"你那位小姑娘，最喜欢打仗是不是？"命人从内库寻出一把大食进贡的匕首，削金断玉，锋利无比，"阿原，下回见她，送给她玩。"

"可是，她下回进宫，不知是哪年哪月。"阿原又是喜欢，又是犹豫。

"这有何难，父亲命曾冀护送你去英国公府。"皇帝微笑。

曾冀，是羽林卫指挥使，皇帝若出行，羽林卫随侍护驾。

阿原看看手中的匕首，不只是把利器，而且匕首鞘镶珠嵌宝，辉煌耀眼，她应该很喜欢吧？阿原怦然心动，"成啊，去英国公府。"

皇帝命曾冀带上盔甲鲜明的羽林卫士兵，护送阿原去了英国公府。曾冀临出宫之前，皇帝秘密交代过他一番话，曾冀唯唯，"臣遵旨！"

英国公府里，早有羽林卫提前过去。偌大的英国公府，三步一岗，五步一哨，全是目

青雀歌

露精光的羽林卫。英国公府的仆役皆是屏声敛息，并不敢随意行走。

阿原见了青雀，献宝似的送上礼物，"很漂亮，很锋利！你喜不喜欢？"青雀接过来看了看，"长得蛮好看，跟你似的，不知管不管用？"抬起头四处张望，要找个试匕首的称手家伙。

旁边站着的羽林卫兵士很有眼色，把自己的腰刀连刀带鞘一起奉上。青雀瞅了瞅自己手中小巧的匕首，看看羽林卫手中的纯钢腰刀，没什么信心地随手削了过去。

出人意料，一柄小小的匕首，竟把那纯钢所制、品质上乘的腰刀无声无息削为两截！青雀呆了呆，有点不大敢相信，那羽林卫士兵也是目瞪口呆。

阿原这外行伸手拉着青雀，黑宝石般的大眼睛中满是歉意，"吓到你了？对不住。"青雀喜悦地转头看着他，快活地摇头，"没有，没有吓着！多谢你，我喜欢这匕首！"拿起匕首喜滋滋地看着，向阿原道谢。

阿原和青雀说话的工夫，曾冀把英国公府上上下下看了个遍，凡和青雀有关的人和事，一件没落下。青雀的两位师父，他自然是要一一拜访的。

羽林卫来得突然，觉迟和心慈没有任何准备，正在说着宫里的情形，"……姐姐说，让我即刻成亲。"心慈虽不是忸忸怩怩的闺阁女儿，说出"即刻成亲"这样的话，还是飞红了脸。

觉迟神色一暗，"师妹，我睡梦里都想……可是……"心慈奇道："可是什么？"觉迟苦笑，低声道："不告父母而娶，名不正，言不顺，怕于师妹不利。"

他的身世，心慈隐约知道有些与众不同，却是知之不详。听他这么说，心慈不以为意道："你还打算回家么？"这么多年了又没回家，还理他们做甚。

觉迟神色温柔地看着她，"师妹，你不懂。我父亲一直在寻找我……"

两人正说着话，羽林卫已围上了英国公府。觉迟和心慈躲无可躲，真面目暴露在曾冀面前。心慈是不必提了，容颜绝世，恍若月里嫦娥，让人见了一面便忘不掉。觉迟，则是曾冀认识的人。

"世侄啊。"曾冀大踏步走到觉迟面前，哈哈大笑，"你什么时候回京城的？也不跟你老叔我打个招呼！看不起你老叔么，这可不成，等见了你爹，我得跟他好好说道说道！"

觉迟俊秀的面庞，白得像张纸。

曾冀大笑看着他，说着家常，"上个月我还跟你爹喝酒呢，问起你，你爹光叹气，不说话。世侄啊，你长大了，你爹他可是老多了，没以前爽利。"

良久，觉迟才恭敬地行了礼，称呼曾冀为"曾叔叔"。曾冀拍拍他的肩，亲昵地说了两句话，大笑着走了。

曾冀很兴奋，迫不及待地想要回宫向皇帝复命。可惜四皇子不想走，还要跟青雀说话，曾冀只好赔笑等着。

说什么呢？曾冀忍不住支着耳朵想听。

"那个，我再过六年，便能有自己的王府了。"四皇子动听的声音，"到时候，我请你过去游玩。"

"我哪有空啊，我很忙的。"青雀拿着匕首，规划着远大的未来，"再过六年，我正在疆场驰骋！请客吃饭这样的小事，就不劳烦我了。"

一阵沉默。

"那，我陪你驰骋疆场！"四皇子显然是沮丧了一会儿，又打起精神，"咱俩并肩作战，共同对敌！"

"成啊。"青雀一手拿着匕首，一手扬起，跟阿原击掌，"就这么说定了！"

曾冀嘴角抽了抽，赔笑过去提醒，"殿下，时辰已到，您该回宫了。"见四皇子神色不虞，忙笑道："您再不回，陛下和娘娘难免惦记。再者说，英国公府诸人也不得自由。"

青雀推推他，"哎，你快走吧，你不走，伯伯家的人都不能随意走动，多不好。"四皇子想想也是，只好不情不愿地跟青雀告别，被曾冀护送着，回了宫。

曾冀一行人走到街口，正好遇上闻讯赶回来的英国公。曾冀哈哈大笑着，附到英国公耳旁把觉迟的身份说了，"正要到都督府寻您去呢，可巧您回来了，倒省了我跑一趟。"

英国公心里特想骂他，你这么迫不及待地告诉我，就是想让我替你把人看好了，让他走不了，是也不是？曾冀，你小子真缺德。

英国公打了个哈哈，和曾冀作别回府。回府后直接去了觉迟的住处，"原来是世侄，失敬，失敬。世侄啊，老曾已是知道你在此，想必令尊也很快会前来。世侄，恭喜你们父子团聚。"

觉迟淡淡笑着，长揖到底，"大人放心。"

我不会一走了之的。更何况，也走不了了。

傍晚时分，景城伯林朝行色匆匆地到了英国公府。和英国公谈笑一番，带走了觉迟。

景城伯一路板着张脸，一言不发。到了位于鼓楼大街西侧的景城伯府，景城伯铁青着一张脸把觉迟扔到密室，大门关牢了，回身冲他咆哮起来，"你这不肖子！你还没死呢，你还有脸活着！"暴怒着从墙上取下鞭子，没头没脑冲觉迟抽了过去。

景城伯一边怒骂，一边没头没脑地狂抽。觉迟的武功早已强过父亲，却不反抗，笔直地站着，不动，不说话，任凭景城伯一鞭一鞭抽在脸上、身上。景城伯暴怒之下，下手极狠，没几下，觉迟脸上已见了血。

觉迟静静地、端穆地站着，俊秀清逸的面孔鲜血直流。景城伯心里一痛，停下鞭子，指着觉迟骂道："你傻呀！大杖则走知不知道？好汉不吃眼前亏知不知道？"

觉迟身姿笔挺地站着，眼神沉静，一言不发。

景城伯气得跳脚，又挥起鞭子，"老子狠狠抽你一顿，看你还倔不倔！"鞭子扬到半空，看看觉迟还是纹丝不动，指着觉迟大骂，"认个错你会不会？跟你老子求个饶会不会？没眼色的臭小子，就会死撑！"

觉迟静静站着，眼圈红了。

景城伯怒不可遏地瞪着觉迟，咬牙切齿，"老子恨不得咬你几口，方才解恨！"

往事浮上心头，觉迟鼻子一酸，轻轻说道："小狗才咬人。"

"臭小子你……"景城伯扬起巴掌，要往觉迟脸上招呼。觉迟迎上他的目光，眼中含泪，嘴角含笑，叫了一声"爹爹"。

景城伯扔下鞭子，紧紧把觉迟抱在怀里，热泪盈眶。我儿子回来了，我儿子回来了！

奶奶的，老子想了他十年，找了他十年，见了面打他做甚？

父子两个已是一般高，两个大男人搂抱在一起，泪流满面。

"臭小子，从小便是这般没规没矩！"景城伯口中喃喃着，又爱又恨地拍了觉迟几下。

觉迟才三四岁的时候，他母亲、景城伯的原配夫人云氏还健在，一家三口，其乐融融。景城伯性子急，有一天不知因为什么小事和云氏起了争执，景城伯半真半假地看着云氏，"恨不得咬你几口！"

小觉迟本是坐在炕上专心致志玩九连环的，忽然仰起小脸，冲着景城伯奶声奶气说了一句，"小狗才咬人！"云氏哧地一声笑了，景城伯佯怒，把小觉迟拖过来打屁股。

小觉迟也不怕他，斯斯文文跟他理论，"我只见过小狗咬小狗，小狗咬人，没见过人咬人，没见过人咬小狗。"景城伯憋得脸通红，云氏在一旁早笑翻了。

那时候的一家三口，真是很幸福。

后来，云氏不幸早亡，小觉迟没了亲娘，一下子变得很可怜。景城伯心痛幼子，挑来选去，最后娶了云氏的庶出妹妹做填房，旁的不图，图她是亲姨母，能善待孩子。

小云氏进门头一年就生下次子林予迟，后来又生下女儿林曦、季子林惜迟，慢慢在景城伯府站稳脚跟。她生得美丽，性子又温顺，景城伯很喜欢她。

觉迟顺顺利利长到十五岁，景城伯打算为他请封世子。折子都写好了，正要往吏部稽功司递，觉迟出了岔子。

一天深夜，景城伯正要和小云氏上床歇息，忽然传来凄厉的救命声。小云氏变了脸，"是阿恒的声音，阿恒怎么了？"急急穿了衣裳，过去查看。

阿恒，是觉迟母亲带来的陪嫁婢女，才到林家的时候只有十岁。长大后被景城伯收了房，这年才生下一女，还不到半岁。阿恒生得小巧玲珑，虽已生过孩子，看着依旧如同少女一般娇嫩，很招人喜欢。

景城伯带着小云氏冲了过去，见到了令他瞠目裂眦的一幕：阿恒玉体横陈，身上满是欢爱后的痕迹，觉迟赤裸着身子，茫然无措地坐在阿恒身畔，不到半岁的女儿在旁哇哇大哭……

景城伯气血上涌，抓住觉迟怒吼，"你这个畜生！你猪狗不如！她是你庶母，旁边躺着你妹妹！"景城伯快气疯了，命人拿绳子来绑住觉迟，要一顿打死。

景城伯本来就性子急，又被气成那样，觉迟真的快被打死了，奄奄一息。"我没有，我没有"，觉迟一开始还辩解，后来，倔强地的咬紧牙关，哪怕被打得昏过去，也绝不开口求饶。

儿子真死过去了，景城伯悲从中来，"你个不争气的！你个不争气的！"不忍再动手，把儿子扔在密室，走了。

第二天再来，密室门竟不知被谁打开。儿子，不见了。

景城伯怒气冲冲地开始找儿子，这一找，就是十年。这十年里头，景城伯对外只说觉迟出门游学了，不知何日方回。别的，一句话不肯多说。

阿恒早在事发当晚吞金自尽，服侍阿恒的小丫头坠儿遍寻不见，最后在一口枯井里找到尸体。但凡知道这件事的人，除景城伯和小云氏之外，都死了。

"你个傻子。"景城伯推开觉迟，无力地骂着，"你要多少女人没有，偏要偷你老子的！很有趣么？"

觉迟定定看着景城伯，目光澄澈、坚定，"爹爹，我若说不是我做的，您信不信？"

景城伯眼泪又下来了，"信，我信！儿子，只要你回来了，爹爹什么都信！"

觉迟脸色一变，侧耳听了听，急促道："有人过来了！爹爹，您快骂我，打我！"景城伯瞪了他一眼，"有人过来就有人过来，你老子在自己家呢，用得着作假？"虽是这么说着，却开始破口大骂，鞭子抽得震天响。

等到外面偷听的人走了，觉迟才让景城伯停下来。景城伯气不打一处来，"好你个臭小子，功夫很不坏！你练好功夫也不回家，成心想急死你爹，是不是？"

觉迟脸一沉，"回来做什么，被您打死么？当年您可是往死里打我！"景城伯讪讪的，想说什么，又觉着说什么也没用。

觉迟深知这不是赌气时候，忙如实告诉景城伯，"爹爹，曾叔叔没安好心。"把自己和心慈、心慈和宸妃、宸妃让心慈即刻成亲的事都说了，"爹爹，我若回了咱家，如何能迎娶心慈师妹？曾叔叔分明是在替陛下搜罗美人。"

景城伯府的嫡长子，迎娶宸妃的妹妹，倒是可以的。伯府世子，迎娶外戚之女，算得上名正言顺。可心慈目前是名孤女，无依无靠。若想和宸妃相认，难免见过皇帝。一旦见到皇帝，心慈那绝世的容光，皇帝哪会放过？这会子，想必曾冀已禀告过皇帝，皇帝正踌躇满志等着接收天生丽质的美人呢。心慈，前途堪忧。

景城伯咳了一声，"儿子，天涯何处无芳草，你师妹既然不成，爹爹替你另觅淑女……"

"不成！"觉迟断然反对，"我若不能和师妹厮守，宁愿死了，再不活着！"

景城伯气得哇哇乱叫，四乱张望着，"鞭子呢，鞭子呢？"觉迟俯身从地上拾起鞭子，恭恭敬敬交到景城伯手里，"爹爹，您把我打死以后，务必要跟师妹合葬。我俩活着不能成亲，死后总要在一处。"

景城伯被气得差点昏过去。

英国公府里，心慈换上一身黑色紧身衣裳，青雀有样学样，也跟着换了。这就叫做夜行衣啊，有趣有趣。

心慈牵着青雀的小手，悄悄出门。本来心慈是不愿带着青雀的，"小孩子家家的，帮不上忙，净会添乱。"无奈青雀不依，振振有辞，"仙女你不通世事，没我看着你可不成。"心慈被她纠缠不过，只好带上她一起。

两人才出屋门，心慈便觉着不对，警觉地往墙上看去。淡淡的月光下，一名少年在墙上默默站着，凌风独立，渊渟岳峙，正是世子张祐。

青雀顺着心慈的目光看过去，大喜，"祐哥哥！"张祐轻飘飘下了墙，如一片树叶般轻轻落在青雀面前，"景城伯府你们不熟，小青雀，哥哥带着你。"

青雀眉毛弯弯，忙不迭地点头，"好啊好啊，祐哥哥带着我。"张祐微微一笑，俯身背起青雀，和心慈并肩同行，轻捷迅疾奔向景城伯府。

"……伯爷把大哥儿拎到密室，听说往死里打呢。听说大哥儿极单薄秀气的，唉，怕是撑不住……""……伯爷若动起手来，真是吓死人呢。好在密室在西北角，四周空荡荡的，声音传不到咱们耳朵里。要不，活活给吓死……"僻静的道路上，两名侍女手里提着热水壶，一边说话一边走着。

张祜和心慈互相看了看，同时发力，奔向西北方向。

"祜哥哥，快点，再快点！"青雀在张祜背上催促着，小脸气得通红，"这什么爹，打自己孩子！祜哥哥，快，咱们过去收拾他！"

密室方位固定，四周空旷，并不难找。没多大会儿工夫，张祜和心慈已悄悄到了密室门前。青雀在张祜耳边嘀咕，"祜哥哥，咱们冲进去！三个打他一个，无论如何不致落败！"

密室里，觉迟凝神静静听了会儿，唇角勾了勾，"爹爹，她来了。"也不等景城伯答话，疾步走到门口，开了门。

景城伯一时半会儿没反应过来，吵吵道："谁来了，到底谁来了？"他说话的工夫，觉迟已走到了门边。

景城伯跟着到了门口，只见门外站着一名妙龄女子，一名丽色少年。少年背上，一名小女孩儿正怒目瞪着自己，目光凶狠。

儿子呢，和那名女子四目相对，脸色温柔得能掐出水来。景城伯再迟钝也看出来了，敢情这就是儿子的师妹了，果然生了副好容貌，天姿灵秀，恍若姑射仙子。

"祜哥哥，放我下来！"青雀愤愤要求着。她看见觉迟脸上有伤，气不打一处来，恨不能把景城伯狠狠打上一顿，好替她师爹报仇。

"还是别下来了。"张祜笑道，"小青雀，要讲理，高一点有气势。我背着你，能让你比景城伯更高。下了地，你得仰着脸跟他说话。"

青雀趴到张祜耳边，小声问着，"讲理？"张祜轻笑，"当然讲理了。他是你师爹的亲爹，你总不能跟他打架。"

"我才不想跟他讲理。"青雀咕哝道，"我想打他！"张祜笑笑，更不肯放她下来了。

"喂，景城伯！"青雀在张祜背上挺直了腰，气势万千地指着景城伯，清脆地质问，"你凭什么打我师爹？我师爹做错什么了？"

景城伯老大不小的人了，被个小姑娘指着鼻子质问，脸上实在下不来。儿子，你收的这是什么徒弟，忒厉害了点儿。

觉迟轻斥，"小青雀，不许胡说！"青雀哇地一声哭了，"师爹，你脸上有血，青雀心疼！"觉迟叹口气，从张祜背上接过青雀，柔声哄着她，不再责备。

张祜心里酸酸的，小青雀，她听到亲娘要溺死她，都没有掉一滴眼泪啊。师爹受伤，她却哭成这样。

心慈和觉迟哄着青雀进了密室，张祜跟着进来，顺手带上门。

"令郎和心慈姑娘的情形，伯爷已是亲眼所见。"张祜客气地冲景城伯拱拱手，"伯爷，令郎若不和心慈姑娘早日成婚，后患无穷。"

这已经是太明显的事，不用多说。心慈这样的美女已被皇帝知道，要么她以迅雷不及掩耳之势成了亲，要么她落入后宫，成为三千佳丽中的一员。她若进了后宫，那可有意思了。心里有一个男人，最后却嫁了至尊的皇帝，天长日久，怎可能丝毫痕迹不露？皇帝怎可能不介怀？她心里的那个男人，危险了。

景城伯看看清逸出尘的儿子，再看看风华绝代的心慈，两人眉目温柔哄着青雀，言行举止之间，默契自然。

景城伯狠狠心，咬咬牙，指指觉迟，又指指心慈，"你过来，你也过来，你俩今晚就拜堂！"奶奶的，我儿子已经娶进门的儿媳妇，皇帝老子来抢也不行！

若是有选秀的风声传出，不拘士农工商，不拘富贵贫贱，无一不是急着给女儿聘人家。真聘了出去，皇家选秀也只好放过去，没有夺民妻的道理。心慈也是一样，真娶进门，皇帝不死心也得死心。

觉迟和心慈相互看了一眼，又惊又喜。他同意了，他竟然同意了！青雀大眼睛滴溜溜乱转，盘算着她的大事：拜了堂，能叫师娘了吧？嗯，肯定能了，师爹，师娘。

张祜微笑，"伯爷此举，极易惹恼陛下。陛下虽不见得立时三刻为难伯爷，可心中记恨，却是在所难免。伯爷可想好了？"

觉迟和心慈本要抬脚往景城伯面前走了，闻言停下脚步，忐忑不安地看向景城伯。想好了么，你想好了么。

景城伯一脸悲壮，"想好了！我发妻只留下这一点骨血，拼着景城伯府就此败了，也不能把我亲生的儿子逼死！"

不能和师妹成亲他就要死，那成亲吧，赶紧成亲吧。

张祜微微一笑，"那倒不至于，伯爷多虑了。"张祜低声跟景城伯说了几句话，景城伯听了大喜，兴奋地一拍张祜肩膀，"好极，就是这么办！"

景城伯找了张椅子，一脸肃穆郑重地坐下，庄严咳了一声，"儿子，媳妇，拜堂吧。"

青雀机灵地下了地，笑嘻嘻推觉迟，"师爹，拉着师娘的手，拜堂，拜堂！"觉迟和心慈脸红心跳，如在云端，也没注意她胡扯了些什么。

青雀把他俩拉到景城伯面前，自己和张祜在一旁站着，笑容满面，"师爹师娘快拜堂吧，我和祜哥哥观礼。"张祜轻轻笑了一声，"小青雀，咱俩可不只是观礼，咱俩还是证婚人。"

我还是证婚人呢，真神气！青雀挺起小胸脯，别提多骄傲了。景城伯主婚，师爹师娘成婚，我和祜哥哥证婚！

"我还是赞礼官！"青雀神气活现地站出来，学着赞礼官的口气，"新人拜高堂，新人跪，一拜，再拜，三拜！"

觉迟和心慈果然依着她的赞礼声，虔诚地拜了下去。

"新人对拜，新人跪，一拜，再拜，三拜！"青雀本是笑嘻嘻的，可是看着师爹、仙女面对面庄重地跪拜，眼泪忽然流了满脸。太感动人了，这么一拜，他俩就是夫妻了，要相知相守过一辈子。

我爹和我娘，当年也这么虔诚地对拜过吧，为什么后来会分开呢？没天理。每一对拜过堂的夫妻，都应该相亲相爱，终生厮守。要是有小孩，更应该打死不分开！

不只青雀，就连端坐着的景城伯，也是虎目含泪，激动不已。孩儿他娘，咱们儿子成亲了，你看见没有？

张祜伸手揽着青雀，青雀愉快地抹着眼泪，"祜哥哥，我是高兴的，高兴的。"

等觉迟和心慈拜过堂，青雀扑过去往他俩身上蹭眼泪，"师爹，师娘。"觉迟和心慈

青雀歌

此刻的心境大不相同，别说青雀叫"师爹""师娘"了，就是叫"爹""娘"，他们也乐意。

当下也说好了：明早天微微亮时，景城伯装作勃然大怒的模样，把觉迟扫地出门。觉迟和心慈在景城伯府外会合，然后直奔西城城门，城门一开，马上离开京城。至少过个一年半载，再做道理。

子夜时分，景城伯府主院忙碌起来，"伯爷回来了，大哥儿也回来了！""快快快，好生服侍着。爷儿俩和好了，伯爷亲自给大哥儿上药，心疼得不行。"

觉迟的继母小云氏很快得了讯息。和好了？小云氏躺在被窝里，咬咬嘴唇。那样的局面，也能叫他逃了去、毫发无伤么。

小云氏想来想去，不是那个局有问题，而是时日太久，伯爷把从前的丑事忘光了。唉，也怪自己大意了，总以为伯爷对他死了心，这些年来，忘了煽风点火。

从前的丑事忘了，那，就再来一件丑事好了。

小云氏把通房丫头小萍叫过来，秘密交代了一件事。小萍的卖身契还在她手里，见她目露凶光，哪敢说个"不"字，颤抖着唯唯答应。

小萍离去之后，小云氏也睡不着，索性吩咐侍女替她穿衣服，想要下床等着。"何必这么麻烦？"清脆悦耳的小女孩儿声音，"穿了还要脱，多事。"

小云氏诧异看过去，一名七八岁的小女孩儿站在面前，正笑吟吟看着自己。这小女孩儿肤光胜雪，眉目如画，十足的小美人坯子。

"你是谁？"小云氏觉着不对，厉声喝道。这小女孩儿从未见过面，怎会出现在自己睡房之中、卧榻之前？

小女孩儿嘻嘻一笑，手中拿着一方锦帕，捂到小云氏鼻子上，"就凭你，也配知道我是谁么。"一阵醉人的香气袭来，小云氏软软地倒了下去。

第二天，天微微发明时，景城伯府主院中响起景城伯的咆哮声，"不知廉耻，不知廉耻！"紧接着，才回家不过一晚的大哥儿被景城伯追着打着，一路撵到大门口，"滚！一辈子别回来见我！"

众目睽睽之下，觉迟被父亲景城伯扫地出门。

"昨晚不是和好了么？这又是怎么了。"仆役们都是纳闷至极。

谁也不敢当众说，大声说，胆大的就背后议论两声，"哎，主院闹成这样，也没见夫人出面，这可怪了。""她出什么面，她就在主院呢！出丑的就是她！"

景城伯快气疯了。欺师灭祖的小丫头，狗屁不通的小丫头，你懂不懂什么叫做打老鼠却伤了玉瓶？为了恶心那贱人，你毁我景城伯府的声誉！你居然把她剥光了，放到我儿子的床上……小丫头你气死我了！

西城，城门才刚开，已有一辆马车驰过来。"这么早。"守城的兵士不经意间看了眼，赶车的车夫可真俊！兵士来了精神，吆喝了一声，"停下！这么早，出城做什么？"

车夫利索地下了车，不动声色地塞给兵士一块碎银子，"我娘子家在城外，她娘家爹得了病，急着回家探望。官爷，行个方便。"兵士眉开眼笑接过碎银子，赞道："你小子有眼色！"掀起车帘瞅了眼，见车里果然坐了位年轻娘子，低着头，很怕羞的样子。兵士笑了笑，挥挥手，"快走吧。"放了他们出城。

马车出城以后，跑得很快。到了一处僻静地方，更是把车扔下，两人同骑一匹马，迅疾向西奔去。

景城伯府这场变故，曾冀到巳时才知道。曾冀何许人也，一听，就知道坏事了。赶忙亲到英国公府打听，英国公不在家，英国公府的管事似笑非笑，"曾爷，林师父前脚走，林姑娘后脚跟着也走了。您说什么？怎么不拦着？林姑娘又不曾卖身给英国公府，我们拦着做甚。"

曾冀急得汗都快下来了。昨儿才立了个小功，今儿就出了岔子！心慈姑娘不见了，怎么跟陛下交差。曾冀一面吩咐下属四处查访，一面硬着头皮去乾清宫求见皇帝，战战兢兢把实话说了。皇帝本是坐着批阅奏章的，闻言沉下脸，袖子一挥，面前的奏章、纸笔全部拂落地面！

曾冀汗流浃背，连连叩头。一旁服侍的太监们也扑通扑通地跪了一地，吓得大气不敢出。

"去，把林朝传来！"半晌，皇帝冷森森吩咐。

曾冀重重地叩头，"是，陛下！"屁滚尿流地出去传召景城伯林朝。老林啊老林，你平时不憨不傻的，这回是怎么了，明打明的跟万岁爷过不去。

景城伯见了皇帝，伏地大哭，"陛下，臣请求辞官，臣没脸见人了！"皇帝冷冷看着他，阴森问道："林卿怎么了？"

景城伯捶胸号啕，"臣的孽子觉迟，竟然蒸淫继母！这孽子，十年前偷了父妾，十年后，他非但不知悔改，反而变本加厉！"

皇帝疲惫地闭上眼睛。林觉迟身边有位仙女，他会回家调戏你那年事已高的继妻？别逗了。这是明摆着的事，十年前是继母诬陷继子，十年后还是继母诬陷继子。朕的好事，竟会坏在一个恶毒的继母手中。

景城伯鼻涕一把泪一把地哭诉，"十年前臣差点儿把他打死，如今臣年纪大了，实在不忍心，只把他赶出家门，让他滚得远远的……"

"卿的继室夫人，名节已失。"皇帝淡淡道，"她做不得朝廷命妇，白绫毒酒，由她选一样。卿另求淑女为配便是。"

景城伯呆了呆，忙叩头，"是，陛下。"

"卿确实年纪大了。"皇帝声音依旧淡淡的，"连内宅都管不好，还能做什么大事？罚俸三个月，以观后效。若依旧不好，你便辞了官，回家抱孩子去吧。"

景城伯叩头谢恩，晕晕乎乎从宫里出来，骑马回府。欺师灭祖的小丫头，我不怪你了，小丫头误打误撞的，没误事，倒帮上忙了。

景城伯回到家，请来了族长和岳父云老太爷，把前前后后的事如实说了：十年前的事；觉迟回来，父子和解；第二天清晨发现小云氏在觉迟床上，一怒之下狠狠捶了一顿，把觉迟赶出家门；被陛下召进宫，陛下的口谕。

"白绫毒酒，由她选一样。"景城伯一字一字，重复着皇帝的口谕。

族长是位瘦削、庄严的老年人，面沉似水听完了景城伯的话，阴冷道："她死了，再大的丑事也能遮盖过去。她自己也好，咱们林家也好，她留下的孩子也好，各得其所！"

云老太爷想为女儿求情，可小云氏被发现赤身裸体在觉迟床上，不拘她是怎么到了这一步的，总之她已是林家的污点，子女的耻辱。更何况口谕是皇帝下的，谁敢违抗？小云氏想要活着，再也不能够。

想要小云氏活着，除非皇帝肯改了口谕。这世上能让皇帝改口谕的人，一位是他亲娘周太后，一位是自小陪在他身边的万皇贵妃。你是能见着周太后呢，还是能见着万皇贵妃？根本没门路好么。退一步说，即便疏通了，见着了，周太后和万皇贵妃凭什么替你开这个口？小云氏一位失节命妇，替小云氏开口只会玷污她们，有百害而无一利。

族长冷冷看着云老太爷，"你是她亲爹，该为她长远考虑。她若此时死了，还能埋进林家祖坟！"

云老太爷眼中有了光彩，颤声问道："真的么？"

天朝向来讲究"视死如视生"，死后也和活着一样，要享受子孙的供奉。若是埋不进祖坟，做了孤魂野鬼，那可是千年百年的挨饿受冻，永不得超生。

族长咬牙道："看在孩子们的分上，许她埋进祖坟！"

事情尘埃落定。

景城伯命人把白绫和毒酒拿到小云氏面前的时候，她哀怨看着景城伯，苦苦求生，"你知道的，我没有和他怎样。他是我姐姐的儿子，我怎会和他……？"

"你让小萍去做什么事？"景城伯托起她的下巴，慢慢问着她，"是，我知道你是被冤枉的，你和我儿子确实什么事也没有，我当然知道。不过，当年是怎么回事，我儿子是怎么离家出走的，他好容易回来之后，你又要做什么？"

小云氏面如死灰。他知道了，他这么粗心大意的男人，竟懂得审问小萍了。

可是，即便我想诬陷觉迟，也罪不至死！小云氏不甘不愿地看着白绫和毒酒，哪样也不想选。我不想死，我活得好好的，真的不想死。求生的欲望在小云氏心中疯长，她眼神狂热地抓住景城伯，"我不想死，咱们夫妻一场，你救救我，求你救救我！"

景城伯凄凉地笑了笑，"我救你，谁救我的儿子？"疲惫地闭上眼睛，"动手！"

小云氏最终也没逃过必死的命运，被两名强壮的婆子死死按着，硬把毒酒灌了下去。

小云氏嘴角慢慢流出发黑的血，无力地倒下。临死之前，她诅咒父亲没来救她，子女没来救她，丈夫不肯宽恕她，诅咒觉迟这十年来竟没有无声无息地死掉，更诅咒那个迷晕她的小女孩儿，那个置她于死地的小女孩儿，"小丫头，你心狠手辣，不得好死！"

被诅咒的小女孩儿，这会儿正兴致勃勃跟张祜商量她的大事，"我娘有曾外公保护呢，很安全。那我该回杨集陪太爷爷了，过两年跟你打仗去，好不好？"

"不好。"张祜微笑，"你功夫才入门，没有师父在旁指点怎能成？内家功夫各有凶险之处，历山派的功夫自然也有。小青雀，你还是住在哥哥家里，哥哥可以陪你练功，也可以请一位历山派高手过来指点你。"

"成啊。"青雀没心没肺地表示同意，"你干脆替我请位历山派高手，陪我回杨集吧。太爷爷年纪大了，我惦记他老人家，要回去看看。"

张祜并不反对，"好，我试试看。小青雀，你师爹师娘临走之前留下两位同门在京的住所，这几日我便一一登门拜访，替你请师父。"

青雀眼睛一亮，来了劲，"祜哥哥，我一起去！"张祜笑着答应了，果然带着她拜访了一位是住在虎桥胡同的李师父。李师父孤身一人，在一家武馆做教头，愿意来教青雀，在京城也可，到杨集也可。不过，李师父在京城还有家务要处置，若要去杨集，要等到明年三月之后方可。张祜替青雀做了主，"如此，您暂且先到寒舍住着，明年三月之后再去杨集，如何？"李师父欣然同意。

李师父年纪有三十岁上下，中等身材，五官端正，面相憨厚老实。他不算是有天分的人，可是凭着勤学好问能吃苦，也练了身不俗的武功。

"这个，只能是师父了。"青雀看着李师父扔到人堆里就找不着的面孔，憨厚的神情，遗憾地摇头。

师爹，仙女，我想死你们了。

曾外公时常来看望小青雀。从衣食住行，到读了什么书，练了什么功夫，见了什么人，遇着什么事，都会细细询问。青雀见了他总是眉毛弯弯，"您跟我太爷爷一样啊。"叽叽咕咕跟他说着孩子话，自在得很。

曾祖父不大好意思来英国公府，邓麒却是常来的。其实他也觉着尴尬没趣，不过实在想见女儿，顾不得许多。邓麒对青雀纵容得很，回回见了面都是陪她疯玩，根本不约束她，也不提让她不高兴的人和事。

每回见了邓麒，青雀格外欣喜，快活得想要飞起来。

"妞妞有这般疼你的爹爹，可是好。"英国公夫人看在眼里，很替青雀高兴，亲爹这么疼爱，小青雀算是有了依靠。

"也没什么好的。"青雀不以为意地嘻嘻笑，"我爹这个人吧，对你好归对你好，到了要命关头，靠不住。伯母，我爹就是陪我玩耍，旁的指望不上。"

英国公夫人看着这花朵般的小女孩儿，又是怜惜，又觉怪异。这孩子看着天真无邪，其实也蛮有心机的。明明跟亲爹这么要好，却又说亲爹靠不住，不指望。

女孩儿家，不该是这样啊。英国公夫人叹气，摇头。

"若没有父亲保护，妞妞会受委屈的。"英国公夫人温和告诉青雀。

青雀神气地摇头，"不会！我娘说了，一个人如果自强自爱，谁也不能让你受委屈！"

英国公夫人微微皱眉。

转眼到了年底，快该除夕了。英国公夫人颇有些为难，让青雀跟着一起祭祖、守岁？她又不是张家人，又不是张家亲戚，名不正言不顺的。

宁国公府派人来接过，青雀不肯去，"我曾外祖父交代过，邓家不能回。"英国公亲自出面，把来人打发走了。

曾外公也过来接，英国公委婉说明，"您看，宁国公府来接，我给推了。若是让您接走……"曾外公无言以对。

曾外公送来了青雀过年的新衣，都是王家针线房精工细做的，很漂亮。其中有一件大红底撒黑色盛开玉兰花锦缎面儿玄狐斗篷，尤其华丽悦目，曾外公特意给青雀披上，"妞妞，这是你娘吩咐人替你做的。"

青雀激动得说不出话来。

曾外公走后，青雀披着这件斗篷，小脑袋昂得高高的，得意炫耀，"伯伯，伯母，祜哥哥，阿佑姐姐，这衣裳好不好看？是不是别具匠心？"

张祜笑着走过来，青雀极有先见之明地伸手捂着小脑袋，瞪向张祜，"祜哥哥，我没有小辫子！没有！"

英国公夫妇哈哈大笑，张佑跑过去帮青雀，"哥哥，不许欺负姐姐！"话才说完，搂着青雀笑成一团。

此时此刻，英国公夫人又极其喜欢小青雀。这孩子多可爱呀，活泼灵动，招人待见！

年前，青雀被宸妃差人接了进宫。

"大姨真好，这是要我在未央宫过年么？"青雀快活地笑。

青雀并没被带到未央宫，而是去了周太后所居住的慈寿宫。慈寿宫中花团锦簇，皇帝、皇后、万皇贵妃、宸妃、德妃、诸皇子公主全都在，十分热闹。

周太后对青雀的相貌很满意，"这孩子生得好，艳而不妖。很美，又很正气。不是那种妖妖娆娆的，看着顺眼、舒心。"

青雀甜甜笑着，更显乖巧。

皇帝旧话重提，"想不想留在宫里？可以住在未央宫。"

太后、妃子们都饶有兴趣看着青雀，想看她怎么答复皇帝。怎么着？宫里要多位小美人么，四皇子你好艳福。

青雀声音清清脆脆，眼神纯净，一片童真，"我若住在未央宫，宸妃娘娘要搂着我睡觉，其余人等一律撵走！"

皇帝怔了怔，放声大笑。其余的人也想乐，见皇帝这样，放心地跟着笑起来，殿里的气氛很欢快。宸妃弯下腰刮刮她的小鼻子，"淘气丫头！"四皇子悄悄抱怨了一句，"你比小八还霸道！"

"那，跟着她好不好？"皇帝含笑指着一位穿戴异常讲究、金碧辉煌的宫妃，"你看看，她怎么样？"

这位宫妃看着可是有年纪了，得有……四五十岁？皮肤倒是白白的，可是身材发福，五官也称不上美艳。在诸多年轻貌美的妃嫔当中，她很显眼。

青雀歪头想了想，"她……很实在啊，看着安心！"

你要称赞她美丽吧，实在违心，说不出口。要夸她聪明吧，可是聪明又没写在脑门儿上，看不见。唉，只有赞美她实在了，她看着真的很有分量，很实在。

皇帝感慨万千，"这孩子，眼光极好！"

朕的贞儿，太后不喜欢她，朝臣反对她，后宫嫔妃不明白她，这些人都不懂得贞儿的好。贞儿是实实在在的温暖，实实在在的依靠，在朕最孤苦无助的时候，是她陪着朕一天一天走过来，不离不弃。

贞儿，朕看见她便觉得安心。

"你跟着她好不好？"皇帝弯下腰，温和问着青雀。

青雀眼珠转了转，踮起脚尖，伸出手捂着小嘴，很努力地要往皇帝耳朵边够。皇帝见她这副顽童模样，微微笑了笑，头往下低，让她能够着。

"我看着她安心，可是，我不想跟她睡觉！"青雀在他耳边偷偷说道。

把皇帝惊得。这孩子是怎么了，朕的心里话，她全都知道！

青雀说完，平平稳稳站好了，冲着他甜甜地、讨好地笑，露出一口可爱的小白牙。

四皇子不放心地走过来，站在青雀身边，神情肃穆。这是一对金童玉女，两张小脸都是漂亮精致得无可挑剔，一般的肤光胜雪，一般的风姿秀异。

不同的是，女孩儿看向皇帝的目光中是讨好的，男孩儿看向皇帝的目光是谴责的。

阿原你……皇帝无奈了。父亲是想替你留下她，你不用这么看着父亲吧。

看中了什么，赶紧下手，莫待无花空折枝。阿原，这道理往后父亲要好好教给你。

宸妃称赞起周太后的衣饰，其余的嫔妃哪个没眼色，都围在周太后跟前争先恐后地说着恭维话，奉承得周太后心中欢喜。宸妃见状，悄悄溜出来，走到皇帝身边。

"陛下，想什么呢？"宸妃笑吟吟问道。

皇帝摸摸鼻子，"这孩子是谁家闺女？赶明儿把她父亲召进宫，好好训一通。"

"极是应该！"宸妃笑得花枝乱颤，"教出这般顽皮淘气的小丫头，还不该训斥么。"

青雀笑得更甜美了。

四皇子忍无可忍，挺身站到青雀前面，用责备的目光看着皇帝和宸妃。他眼神很清澈，很纯净，皇帝被他看得心虚，宸妃被他看得心软。

"阿原，出去玩吧，出去玩吧。"皇帝挥挥手，把阿原、青雀打发走了。你别在父亲面前站着了，你再这么着，父亲会以为自己成了无道昏君。

四皇子陪着青雀往外走，两人一边走一边商量着怎么玩，"过年嘛，要放炮仗的，要放大炮仗。""成啊，咱们去放炮仗，还有烟花。江南新进贡的，品种齐全，很漂亮。"

这淘气好动的小丫头，把斯文安静的阿原都带顽皮了。皇帝和宸妃听在耳中，哪里能放心，忙命老成宫人跟在他们身边，好生服侍。

青雀要亲手放炮仗，倒还没人拦着，由着她玩。四皇子想要亲手放炮仗可就不行了，宫女太监跪了一地，没一个敢拿炮仗给他的。

"哎，你好可怜。"青雀同情地看着他，"在自己家里，连个炮仗都不许放。"

"我家，一向是这样的。"四皇子有点不好意思，"规矩比较大，禁忌比较多，饮食举止，都不得自由。"

青雀更加同情他，很讲义气地也不放炮仗了，和四皇子一起坐在暖阁里喝茶吃点心。点心味道很好，酥酥软软的，样子也很小巧好看，青雀吃得无比满足。

"你家别的倒也罢了，吃的实在讲究。"青雀拍拍小肚皮，对宫里的饮食给了很高的评价。

四皇子关切问道："你家吃得如何？青雀你还这么小，吃得不好，可不行。"

青雀清亮的杏子眼暗了暗，垂头丧气说道："我哪里有家。我小时候是寄养在养父母家里，后来寄养在太爷爷家里，如今是寄养在英国公府。"

四皇子慌了手脚，"那个，我母亲和你仙女师父是姐妹，咱两便是很亲很亲的人了。小青雀，我的家，便是你的家。"

青雀快活地笑起来，"不要！你家很大，很漂亮，可是规矩太多了！"四皇子听她这么说，也不好意思地笑了。

天色暗下来之后，两人出去看烟花。这些烟花是江南新进贡的，花色繁多，制作精巧，浩瀚的夜空绽开一幅幅美丽的画卷，"好美。"青雀和四皇子仰头看着烟火，欢呼雀跃。

守过岁，次日便是元旦。元旦是大日子，皇宫之中无人不忙碌，大年初一这天，不只百官要朝贺皇帝，内命妇、外命妇也要朝贺太后、皇后，礼仪繁复、隆重。

对于外命妇来说，进宫朝贺是责任，也是荣耀。有进宫朝贺的资格，说明她们的丈夫或儿子有出息，为她们带来尊贵的地位、优渥的待遇。

这天，外命妇全是按品大妆，穿戴的既要讲究，又是符合自己的身份。首饰的佩戴也要中规中矩，不可过简，亦不可太奢。

这样的场合，在意的是礼仪规矩，比较的是名声地位，对于外命妇们的长相，通常没人留意。生得美，或是生得普通，又有何分别呢。

今年，却出了例外。因为，今年元旦，是阳武侯夫人祁氏头回入宫，头回出现在太后、皇后和贵妇们的视野中。

祁氏受封为阳武侯夫人的时候，依礼仪该进宫拜谢。当时她正身怀六甲，行动不便，宸妃亲向周太后、王皇后替她请假。周太后、王皇后都知道薛护曾救过四皇子，笑着答应了。外命妇受诰封后入宫拜谢不过是例行公事，她们并不曾放在心上。

这回元旦朝贺，周太后、王皇后和众多贵妇们一样，为阳武侯夫人的美艳惊呆了。她明明穿着一品侯夫人的服饰，衣裳首饰尽皆中规中矩，却是面目端丽，身姿袅娜，绰约若仙子。放眼望去，贵妇淑媛也好，宫中妃嫔也好，没有人能够比得上。

神色自若，人如美玉，她往那群侯夫人当中一站，当真如野鹤立于鸡群，艳极无双，清丽绝伦，所有的贵妇都被她映衬得黯然失色，面目无光。

周太后神摇目夺，脸色变幻不定。天底下竟有这般绝色！那班选秀的官员一个个都是傻子、呆子不成，若阳武侯夫人能早早地选进宫，皇帝哪会……

这样的美色若放在当年，哪能不是万贞儿的对手！周太后想起万贞儿把持后宫的那些年月，心潮起伏，悔之不迭。

周太后特地把阳武侯夫人召到面前问了几句话，阳武侯夫人态度端庄又不失恭谨地回答了，声音清柔中略带一丝喑哑，异常动听。

尤物，天生尤物！周太后扼腕叹息。

可是人已经嫁了，孩子都已经生了，能怎么着？周太后懊丧了一阵，快快地挥手，"下去罢。"什么都不说了，晚了，太晚了。

朝贺后赐宴，阳武侯夫人更是备受瞩目。这美人就是美人，哪怕是一举手一投足，哪怕是一个眼神一个微笑，都与众不同，优雅悦目。

"原来名扬天下、风骨奇伟的阳武侯夫人，竟这般容颜绝世！"贵妇们开了眼界。

赐宴之后，外命妇谢恩，鱼贯出宫。一行行一列列或老或少、或丑或俊、身着命妇服饰的女子行走在宫廷中，也是一道难得少见的风景。

"快看快看！"道路旁边的高楼上，一名小女孩儿神情激动地抓住四皇子，指给他看，"穿大红褙子的那位，风姿楚楚的那位！她是世上最好看的女子，对不对？"

四皇子顺着她的手势认真看过去，摇头反对，"她很好看，可是，她不是世上最好看的女子。"

小女孩儿大怒，"没眼光的臭阿原！"四皇子被她骂得颇觉委屈，却依旧坚持着，"她顶多排第四！"

世上最好看的人，是你啊，小青雀。然后是我母亲，再然后是我小姨，再然后才能轮到她。

小女孩儿瞪了他一眼，气势汹汹地断言，"她最好看！没人能比得上她！"忿忿不平地扭过头，不再理会四皇子。

四皇子一向是很迁就她的，这回却固执己见，死不改口。

小女孩儿踮起脚尖张望，直到祁玉的身影走远了，消失了，还是恋恋不舍。

元旦朝贺之后，周太后下了口谕：阳武侯夫人祁氏，永不许再进宫。

她生得实在太美，又已嫁为人妻，见了她徒增烦恼。

这件事一时间在京城传为美谈，谁人不知，哪个不晓。阳武侯夫人，人间真绝色！美到什么程度呢？她进了一次宫，便被太后封杀。唯恐她再次进宫，不小心被皇帝看见了，君夺臣妻，毁了皇帝的英名清誉。

薛能在中军都督挂了个虚衔儿，中军都督府的同僚们见了薛能的面总是满脸艳羡，"老薛，好艳福！"薛能乐得合不拢嘴，得意之极。

宁国公府的荀氏、孙氏、沈茉，各自气得快要发狂。荀氏和孙氏不必提了，她们早在祁保山父子身亡之后就已经看死祁玉，觉得她这辈子已经完了。结果呢？她不仅做了阳武侯夫人，还如此风光！祁玉越风光，她们越觉得被打脸，越觉得没意思。一介孤女都能混成这样，一个被她们嫌弃、抛弃的孤女都能混成这样，让自命不凡的她们情何以堪。

沈茉心里的恨，比她们强烈千倍百倍。她和祁玉曾是闺中密友，她曾把祁玉当成这辈子最大的敌人，一心一意要超过、要战胜的人。她曾下过大力气去打倒祁玉，并且，她曾经认为自己赢了。

沈茉是邓麒三书六礼娶过门的妻子，祁玉却不过是邓麒瞒着父母尊长偷娶的，名不正，言不顺。沈茉一度以为，祁玉只能委委屈屈、不甘不愿地认输，对着自己俯首称臣。

妻便是妻，妾便是妾，名分最重要。只要名分定下，再得宠的妾也会低人一头，逞不起威风。旁的不说，内宅之中是国公夫人做主，国公夫人绝不允许宠妾灭妻，绝不允许邓家内宅没了规矩方圆。祁玉一旦进了邓家，只能被自己死死压着，再也翻不了身。

沈茉曾经无数次设想过自己和祁玉相见的情景。一定会很有趣的，是不是？不可一世的祁大小姐，祁大美女，要跪在自己面前敬茶，叫姐姐！

哪里能想到，嫁了人生了孩子的祁玉，竟能以壮士断腕、英雄自戕的勇气，像扔掉块破布似的，扔掉和邓麒的婚姻！她离开邓麒另嫁他人，并没有和自己纠缠不休，并没有和自己共事一夫。玉儿成了阳武侯夫人，还美名远播、清名遍天下！沈茉咬紧嘴唇。如此一来，自己哪里能算是赢了？半分优势没有。

难道生得美丽，便应该所向披靡？玉儿是如此的好命，不就是因为长得好看么。还有玉儿的小闺女，也因着相貌出众，得了宸妃娘娘青眼，被接到宫里过年。

若是玉儿的小闺女真做了皇子妃？沈茉眼眸闪过一抹恨毒。如果真那样，自己算是输惨了，再也辖制不住她们母女。

玉儿，你是我的手下败将，休想爬到我头上！

嫉妒、仇恨啮噬着沈茉的心灵，让她痛楚难耐。沈茉迅速盘算着：宸妃固然是陛下的宠妃，可是，怎么也比不过万皇贵妃！万皇贵妃，才是陛下心尖上的人，才是陛下最宠幸的妃子。

争了这么多年，不能临了临了，输给没有父兄扶持的玉儿。无论如何，无论花费多大代价，我也要攀上万皇贵妃，阻挡玉儿的闺女青云直上！沈茉暗暗下了决心。

正月初三，邓麒、沈茉夫妇带着之屏、之翰、子盈、子益，到朱雀大街沈家拜年。沈复和曾氏笑容满面的，不只对女儿女婿、外孙子外孙女和气，就连庶出的子盈、子益，也亲热得很。

沈复正在谋求起复。不只起复，他还要谋一个比大同总兵更风光、更荣耀的官职，用到邓家的地方且多着。对邓家，自然会假以辞色。

"父亲，您可有门路，能和万皇贵妃搭上话？"沈茉专程把父母请到上房，密密商议，"我家那野丫头被带到宫里过年了，听说极得宸妃娘娘的意。她要真做了皇子妃，踩在我头上，我真是要怄死了！"

沈复微笑不语，曾氏笑着推推她，"阿茉，你从来都是有福气的孩子！这不，你父亲正走万首辅的门路呢，要谋宣府总兵之职。这官职已是差不多快要定下了，稍带着提提你的事，也不在话下。"

"宣府总兵？"沈茉又惊又喜。宣府是九边之首，保卫京都、防止蒙古南下的咽喉之地，宣府总兵佩镇朔将军印，地位犹在大同总兵之上。若是真能做到宣府总兵，那可真是扬眉吐气了！

"虽没定下，已是十有八九。"沈复微微一笑，"阿茉，为父再见着万首辅之时，会替你开这个口。你只管放心，万首辅是万皇贵妃的族弟，姐弟之间，情意深厚。"

沈茉大为高兴。

沈复再次给万首辅送礼的时候，果然顺带着提了一句，"我家大丫头，就是宁国公府的世孙夫人，正为难呢。她家不是有位前妻留下的大小姐么，被宸妃娘娘看上了，大约是要给四皇子。这位大小姐性情最顽劣不过，实在不敢嫁入皇家，给宁国公府招祸。更何况，她生母已和离另嫁，再醮之妇，名节有亏。若真给四皇子定下这样的正妃，于皇室声名有累。"

万首辅其实和万皇贵妃并不是族人，为了往上爬，硬攀上去的。他这人最是没气节没操守，收了沈复的重礼，满口答应，"待见了皇贵妃娘娘，定会提醒一二。"

万首辅支使妻子王氏进宫，把"生母名节有亏，恐邓家大小姐配不上四皇子"的话告诉了万皇贵妃。万皇贵妃皱眉，"好容易有个阿原喜欢的，你们又来生事！"

万皇贵妃不喜太子，一心一意想废了他，另立阿原。故此，待阿原还是很好的。王氏哪能不知道这内情，小心翼翼、满脸赔笑，"四皇子前程远大，这正妃可要细细挑选，拣一位身家清白、纯洁无瑕的好姑娘。娘娘您想，这姑娘将来可是要……"

万皇贵妃想了想，不大情愿地答应了。

王氏大喜，趁机提了两位远房亲戚家的小姑娘，"一位姓贾，小名唤作淑宁，今年九岁了，清清秀秀的，性子很温良。另一位叫阿珑，跟您同姓呢，今年八岁，模样极周正，为人极好，街坊邻里、老亲旧戚，没有不夸她的。"

万贵妃皱眉，"跟我一个姓哪能成？万家出了位皇贵妃，再出位皇子妃，天底下的好事都让万家占了不成。这话往后休要再提。"

王氏忙道："还是您见事明白，我就是个糊涂人，该打，该打！"言辞谦卑地自责了好几句，诚惶诚恐。

万贵妃是宫女出身，娘家没什么根基。对于科举出身却奴颜婢膝攀附上来的万首辅，万贵妃颇有几分看重。因此只轻描淡写斥责了王氏两句，这事就算过去了。

万贵妃果然是法力无边，她跟皇帝开了口之后，皇帝亲自召见了贾淑宁小姑娘，见其相貌清秀，温顺得体，大喜，命令留在宫中养育。

贾淑宁，算是已被皇家定下来了。

"皇贵妃威武！"王氏想起宫里那位年近五旬、体态肥胖的女子，佩服得五体投地。她既不年轻，又不美丽，怎么就能让皇帝陛下俯首帖耳呢？太有本事了。

一位比皇帝大上十七八岁的妃子，能有这样的宠爱，确实有些匪夷所思。要知道，皇帝才三十出头，万贵妃已经快五十了。

男人三十岁是正当盛年，女人五十岁已是美人迟暮。这样的身份地位，这样的年龄差距，偏偏有这样经久不衰的情爱，世所罕见。

古往今来，只有这么一例，再也找不出第二个。

三月，沈复终于如愿得到宣府总兵的任命，即将走马上任。沈家人闻讯欣喜若狂，从上到下俱是喜上眉梢，喜气洋洋。

沈复踌躇满志。家产散尽又怎样呢？有总兵这肥缺在，很快赚回来！一个人手里只要有权，还怕没钱么。

沈茉喜之不尽，带着儿子之翰、女儿之屏，亲自回娘家贺喜、送行。沈复见了外孙子外孙女极高兴，笑眯眯一人送了只古玉扳指，"好孩子，戴着玩吧。"

之翰、之屏相貌像父亲邓麒的地方多，俊美出众，风度翩翩。礼仪也极好，彬彬有礼地冲沈复道过谢，又亲热又恭敬。沈复看在眼里，喜在心里，夸了几句，打发他们出去玩耍。

"父亲您这一走，怕是又要三五年才能回来。"沈茉虽为父亲荣任宣府总兵而高兴，却舍不得父亲远离京城，"您不在身边，女儿便没有主心骨。"

曾氏笑道："宁国公府有你国公爷镇着，稳稳当当的，又尊重又体面。你是宁国公府的世孙夫人，有何不顺心之处？阿茉，你家除了太婆婆、婆婆难伺候了一点，并没有别的烦心事，快别这样了。年轻媳妇，谁不受婆婆的气？这真算不得什么大事，熬过去，也就好了。"

沈茉嗔怪道："怎么没有烦心事？父亲，母亲，我本是好好的原配，如今却不尴不尬地成了继室！还有那野丫头，这会子虽暂时风平浪静，不定哪天便会跳出来，惹我生气。"

曾氏眼中闪过丝冷厉，"那时节，你父亲不是落了难，有求于邓家么？委屈我的宝贝女儿了。这名分已是定下，想也无益，只好放开怀抱，别无他法。至于那野丫头……"曾氏咬咬牙，眼神阴郁地看向沈复。

沈复哈哈大笑，"阿茉，你有之翰，宁国公府往后是你儿子的，这才是要紧的！你放心，我虽和保山有交情，却不许他闺女压到我闺女头上，他外孙女压到我外孙女头上！阿茉，父亲自从答应邓家那一天起，已是定下主意。"

沈复目光变得冷酷，"宁国公府嫡长女是这般好做的？占着名分却寄养他处，摆明了放心不过我闺女，打我沈家的脸！阿茉，保山的外孙女，不能留！"

曾氏和沈茉都是身子一震，目光中流露出惊喜、恐惧、渴望、贪婪等种种，心绪复杂。不能留，不能留！可是，要怎么下手呢？

沈复微微一笑，招手叫过沈茉，在她耳畔低低说着计谋。沈茉聚精会神一字不落地听着，脸上露出狡诈又得意的笑容。父亲，您不愧是沙场老将，杀起人来，真利落！

"父亲，您等着听我的好消息吧。"沈茉笑吟吟说道。

沈复欣慰点头，继而叹息道："为父和保山情分极好，原是不忍心出此下策。保山的闺女若能屈居你之下，或是带着那孩子远走高飞，不再烦着你，为父也愿意放过她们。说实话，保山死得很惨，为父哪里忍心赶尽杀绝呢！"

"都怪玉儿太不懂事了！"沈茉掩口而笑，"不舍得委屈自己，倒舍得丢下孩子！孩子么，她这亲娘都不心疼，我更不必替她心疼了，父亲您说是不是？"

父女二人相对而笑。

曾氏白了他们一眼，"我不管你们究竟怎生行事，总之要严丝合缝，半点岔子不能出，知道么？尤其，不能被邓家抓到半点把柄，不能被姑爷起了疑心，坏了和阿茉的情分。"

沈茉笑眯眯答应了，"您只管放心！邓家，您姑爷，我还不知道他们么？当年他们保不住祁玉，如今一样也保不住邓之媛！"

沈复、曾氏忆及往事，笑容满面地点头。极是，宁国公是属意祁玉的，邓麒也是属意祁玉的，结果还不是三书六礼地迎了阿茉进门。这家人，好对付。

宁国公能拼能打，为邓家创下这大好基业，为邓家挣来这世袭公爵。阿茉，你好福气啊，等着做国公夫人吧。

沈复满面春风地出发了，荣任宣府总兵。临走之前他留下两名身手极好的护卫给沈茉，"对付一个七八岁的小丫头，足够了。"沈茉笑吟吟点头。

英国公府中，张祜做了一件令他后悔终生的事：本是应该由李师父陪着青雀回杨集的，可他实在舍不得青雀走，借口李师父还有要事处理，把青雀的行程延后。

青雀很想念杨集的太爷爷，想早点回去陪他老人家。可是李师父有事不能离京，她只好等着。历山派功夫她尚属初学，身边没人指点怎么能行。更何况京城有爹、有娘、有曾外公、有曾祖父，还能时不时地看一眼小弟弟、小阿扬，青雀也有点舍不得走。她洋洋洒洒给太爷爷写了封信，"……等到冬天，天上飘雪花的时候，我便能回到朝思暮想的杨集，咱俩便能够见面了！"

青雀继续读书、练功、玩闹，快活地过着日子。青雀到底还小，没注意到英国公夫人看她的眼神一天比一天冰冷，一天比一天不耐烦。

英国公夫人正为爱子张祜择配，可是不管她提了哪家姑娘，不管那姑娘是多么美丽大方、贤惠淑德，张祜看都不肯看一眼，一口回绝。

只要青雀还在，他会一直如此吧。

英国公夫人有点后悔收留青雀了。

第八章

石屋遇险

金秋时节，皇帝照例秋狩，近卫、勋戚大多随行。英国公带着张祐，宁国公带着邓麒、邓麟、邓天禄、邓无邪等人，雄心勃勃地出了城。秋狩，这可是展示武功、勇力的大好时机。

"祐哥哥，替我捉只小狐狸吧。"张祐临出门，青雀笑嘻嘻地要求，"要活的，要好看的！还有，最好浑身一个颜色，没有杂毛！"

张祐浅浅笑着，捏捏她粉嘟嘟的小脸蛋，"成，替你捉只好看的小狐狸！"

张佑要求的则是小鹿，"哥哥，我要只小鹿！有杂色可以，有斑点也可以，性情要温顺，角要长，样子要好看！"

张祐嘴角抽了抽，默默跟在英国公府身后，走了。

一个要小狐狸，一个要小鹿，行，哥哥记下了。

邓麒也专程来跟青雀告别，承许她，"妞妞，爹爹多打猎物，冬天给你做袄子，做斗篷！妞妞穿着爹爹亲手猎的皮毛，神不神气？"

青雀高兴地扑到他怀里，"好啊好啊，我喜欢！"小脸乐成了一朵花。

"从前你曾祖父猎过熊呢！要是再猎着了，妞妞能吃新鲜熊掌！"邓麒抱着青雀，久久不愿放开。

"那我就等着你猎的皮毛，曾祖父猎的熊掌了！"青雀喜笑颜开。

旌旗蔽日，甲士如云，近卫军开道，勋戚围绕，皇帝浩浩荡荡出了城。京师秋日的天空明净高爽，深邃幽远，阳光下兵士盔甲锃亮，刀枪耀眼，威武雄壮。

秋狩队伍出城之后，王堂敬特意接青雀到王家玩了半天。青雀神气活现地告诉张佑，"阿佑姐姐，曾外公是怕爹爹走了，我心里难受呢，他多疼我！"高高兴兴的跟英国公夫人、张佑道了别，牵在曾外祖父手里走了。

"妞妞真懂事！"张佑送走青雀，对着英国公夫人叹气，"她不能跟亲爹住一起，也不能跟亲娘住一起，连师爹师娘也走了！若换了我是她，一定会悲春伤秋、自怨自艾的。她却整天都是一脸笑容，让人看了就喜欢。娘，我觉着青雀真是很不容易。"

张佑这父母双全、兄长疼爱的女孩儿，虽然只比青雀大几个月，却一向以姐姐自命，把青雀当小妹妹。她和哥哥张祐一样，待青雀极为亲厚。

英国公夫人想起青雀那张可爱的小脸，心里也软软的。谁说不是呢，这孩子招人疼！父母亲人不在身边，寄居英国公府，她一样朝气蓬勃、神采飞扬，从不在人前流露出失意、颓丧。这，真真是难得的。

可是，她有那么一个爹，还有那么一个娘！英国公夫人认真把青雀当作儿媳妇人选来考虑，顿时非常恼火。她爹邓麒实在太不着调，背着父母尊长跟祁玉这孤女在老家成了亲，紧接着便在京城另娶！夫妇是人伦之首，邓麒却把婚姻当作儿戏，令人齿冷。

她娘祁玉也是奇怪，明知道邓家尊长不情愿，还是偷偷摸摸地嫁给邓麒，生下青雀。然后呢，她远走云南，另嫁他人，亲生的孩子抛下不理！

对祁玉这样的行径，英国公夫人满是鄙夷。阳武侯夫人，她再怎么名满天下，再怎么受世人仰慕，其实不过是一冷心冷情的女子罢了。既不知礼义廉耻为何物，又能把亲生女儿抛诸脑后，天性凉薄。

青雀再怎么可爱，有这样的父母，也是让人不敢问津。女儿肖母，青雀长大之后，难免不会步她母亲的后尘，行事荒诞怪异、不合规矩。英国公夫人思绪烦乱地想了又想，还是不能接受青雀。

未来的英国公夫人，应该有无可挑剔的家世、出身。青雀这样的来历，过于复杂了些。

青雀从王家回来之后，昂着小脑袋在英国公夫人和张佑面前走来走去，"伯母，阿佑姐姐，闻着了吧，很浓的桂花香？我在桂花树下坐了半晌，还吃了桂花糕，喝了桂花茶！"

张佑在她身上嗅了嗅，很不客气地伸出手。青雀嘻嘻一笑，从怀中掏出方洁白的帕子递在张佑手中，"阿佑姐姐，扑鼻的桂花香！"帕子中裹着五六块小巧的桂花糕，淡淡的黄色，雅致的香气。

英国公夫人用怜悯的目光看着青雀。这孩子兴奋得两眼放光，必定又在王家见着亲娘了。她若见着亲娘，便是这副神气；若没见着，回来问个好，便会一头钻去练功，小姑娘家家的，练起拳脚来虎虎生风。

青雀和张佑把桂花糕捧到英国公夫人面前，她含笑拈了一块，慢慢品尝着，"好滋味！"客气地赞叹。

两个年纪差不多大的女孩儿笑眯眯坐在一旁吃桂花糕，叽叽咕咕说话，情态亲密。

午后阳光照了进来，淡淡洒在精致讲究的桌案上，洒在两个女孩儿晶莹娇嫩的脸颊上，温馨美好。

第二天上午，突如其来的，宁国公府世子夫人来访。

英国公夫人正悠闲坐着喝茶，张佑和青雀在一旁坐着说话。侍女进来禀报的时候，声音不高不低，英国公夫人、张佑、青雀却都是听到了，俱是一呆。

宁国公府世子夫人，就是青雀的祖母孙氏了。她之前从未来过英国公府，今天来，这个时辰来，可能是什么事呢？

英国公夫人心头蓦然有些沉甸甸的。

张佑满脸同情，把青雀的小手紧紧握在手里。青雀脸发白，手冰凉，勉强冲张佑笑了笑，"姐姐，我没事。"

孙氏年约五旬，白净面庞，梳着一丝不苟的圆髻，端庄优雅。她身后跟着十数名嬷嬷、侍女，皆是穿戴讲究，神情恭谨。

英国公夫人含笑把她让进来，见礼寒暄，落座奉茶。张佑和青雀上前见过礼，孙氏拉着张佑夸了半天，送了只水头极好的老坑玻璃种高绿手镯做见面礼。轮到青雀，孙氏神色复杂地看了她半天，眼神闪烁，似有怜悯。

"……每年这个时候，家母都要到景福寺礼佛。寒舍在山间有座别院，顺便在山上住几日，天高气爽，心境宽阔，极有趣……今年，老人家不知怎的想起媛姐儿这曾孙女了，唉声叹气，吃不下饭睡不着觉的……"

孙氏委婉地开了口，讨要青雀。

张佑和青雀迅速相互看了眼，心都提到了嗓子眼儿，支着耳朵往下听。

英国公夫人沉吟半晌，淡淡道："如此，请夫人接了孩子过去，三日也好，五日也好，悉听尊便。"

孙氏大喜，连连道谢。

张佑气得小脸通红，"娘，小青雀和邓家八字不合呀，回去会有灾的！不能回去！"

姐姐明明有爹，却一直不敢回去，为什么？王家老太爷、哥哥都一再交代过，姐姐不能回邓家，他们绝不是随便说说的，一定有原因。

姐姐爹爹在家的时候都不敢回，如今他随驾秋狩，那更是不成了。怎么能趁这时候任由邓家带走小青雀呢，太大意了。

孙氏很觉尴尬，讪讪地不知该说什么。英国公夫人沉下脸，"阿佑，不许胡言乱语！跟世子夫人赔不是，然后回房思过。没有我的话，不许出房门！"

张佑眼中有了泪花。孙氏忙做和事佬，"实心实意的孩子家，和咱们冷心肠的大人哪里一样？大小姐说的原是孩子话，我并没放在心上，夫人不必介怀。"

英国公夫人很觉歉意，"虽是孩子，却也不小了。说出这种没王法的话来，实在该打。"

张佑急得要跟英国公夫人理论，青雀拉拉她，低声说道："阿佑姐姐，你派两个小厮，速去通知我爹爹，还有祜哥哥！还有，我曾外祖父家，也差人去说声。快去，快去！"

张佑跺跺脚，"你竟这么说，我不管了！"哭着跑了出去，悄悄命侍女到二门外叫小厮，"十万火急，速速出府送信！"

英国公夫人招手青雀，柔声道："青雀，你是孝顺的好孩子，对不对？你曾祖母想念你，回去吧。跟你祖母回去住一阵子，少则三日，多则五日，伯母便去接你。"

青雀清澈明亮的杏子眼看向英国公夫人，目光坦荡，"太爷爷说过，曾外公也说过，我和邓家没缘分，不能回去。伯母，我在邓家，活不过两天。"

英国公夫人苦笑。青雀，你到底有着什么样的身世，亲祖母要接你回去住两天，你竟吓成这样。祖母，至亲的亲人啊。

孙氏气得都坐不住了，霍地站起身，厉声喝道："媛姐儿，不许胡说！什么叫你若回了邓家，活不过两天？你当邓家是什么地方，龙潭虎穴么。"

青雀失望地看了英国公夫人一会儿，慢慢转过身，盯着孙氏。

"我之所以能平平安安长这么大，是因为我从没回过邓家！我若回了邓家，早死了！"青雀眼神清亮，声音清脆，"你是我爹爹的亲娘，为什么见不得我好，为什么一定要逼我回去？"

孙氏脸成了猪肝色，英国公夫人痛苦地闭上眼睛。青雀，你究竟是个什么孩子，你这身世实在……令人望而却步。

这天的天气很不好，连阳光中也带有几分凄清。孙氏很固执，"媛姐儿，跟祖母走！"英国公夫人面色冷漠，沉默不语。

青雀的心，凉了。

"多谢伯母长久以来的照看。"青雀礼貌地冲英国公夫人道谢，"请允许我和李师父告别。另外，拿几件随身之物。"

孙氏长长松了口气，慈眉善目道："媛姐儿，去吧，去吧。"英国公夫人客气而疏远地让着孙氏，"今年春天的太湖茶，您尝尝。"

青雀转身出来，回房把乌金软甲贴身穿着，锋利的匕首随身携带，另外揣了几张或大额或小额的银票，荷包里装了几块金银。

就连靴子里头，也塞了几张五两十两的银票进去。

又命人端了盘酱牛肉进来，大口小口地吃着，好像以后再也吃不着似的。

李师父被她这副架势吓坏了，"妞妞，宁国公府不是你亲爹的家么？有这般可怕？"青雀笑了笑，"不知道呀，从没回过。"埋头继续吃。

"妞妞，要不，师父半路把你劫了吧？"李师父见她这样，心神不安地问道。

"要是师爹师娘在，我现在就跟着他俩，从英国公府打出去！"青雀恨恨咬了口牛肉，心中大叫可惜，"可惜师爹师娘不在这儿呀！"

李师父，那是不一样的。一来和李师父没那个交情，二来，李师父老实巴交的，往后还要循规蹈矩过日子。无端连累了他，没这个道理。

"师父，您帮我送个信吧。"青雀吃完一盘牛肉，忽想起一件事，"阳武侯府您知道么？您替我送封信过去。"

李师父当然答应了。

青雀告别英国公夫人，上了宁国公府的马车。和她同乘一辆马车的，是位身形高大的侍女，很沉默。

马车缓缓驶离，青雀心中算着路程，离开英国公府很久了，快该出城了，应该到了比较荒僻的地方。

虽然坐在车里，也能感觉得到，现在是在上山。

是时候跳车了！青雀看看低着头默不作声的侍女，慢慢挪到车厢门口，伺机跳了出去。

她身子才离开马车，便被一双有力的大手抓住，拎回到车厢中。青雀惊奇地看过去，侍女打扮的人正冷冷看着她，"你逃不了的，老实待着！"随手把青雀扔在车厢里头。

"好个宁国公府！"青雀啧啧称奇，"连侍女都有这般身手，佩服，佩服！"

那"侍女"瞪了她一眼，目光阴狠，青雀迎上他的目光看了会儿，伸个小懒腰，倚在靠背上，双目微合。

过了片刻，"侍女"凑过去看了看，她呼吸均匀平静，竟睡着了。这丫头倒心大！"侍女"有些惊奇。

山路难走，一行人走得很慢。等到了邓家别院，已是傍晚时分。孙氏忙着到婆婆面前复命，并没怎么理会马车里的青雀。青雀无知无识，睡得正香。

别院里头，沈茉正向手捻佛珠的荀氏献媚，"您这招真高！把媛姐儿弄回来，往石屋里一扔，她娘不得吓死！她娘可是来过这儿的，知道石屋有多可怕。"

"她娘一准儿屁滚尿流地赶过来，苦苦求饶！祖母您就等着吧，不可一世的阳武侯夫人，很快会匍匐在您脚下，对着您鼻涕一把泪一把地哀求。"

荀氏满是皱纹的老脸上，露出毒辣的笑容，"祁家那贱人来了，命她在门外跪着！她若跪足三天三夜，我便饶了那野丫头！"

沈茉满脸赔笑，连连答应。

沈茉早就觉察到，荀氏对祁玉有着入骨的仇恨。那仇恨显得很没来由，可是，很强烈，很要命。

如果说是因为邓麒偷娶祁玉，违背了荀氏的心意，也不该恨到这个地步吧？玉儿，你到底怎么得罪这老太婆了？沈茉很不解。

孙氏回来之后，如实回禀，"媛姐儿接回来了。我才出英国公府，便依着您的吩咐命人去了阳武侯府，回信应该很快会到。"

荀氏满意地笑笑，"你本就身子不好，又劳碌了这么一场，去歇着罢。不叫你，不必过来。"孙氏忙答应了，行礼告退。

荀氏冲沈茉点点头，沈茉盈盈屈膝，笑吟吟走了出去。

玉儿啊，你的小闺女，可算是落到我手里了！你对着那老太婆屈服也好，不屈服也好，总之，你的小闺女都是死路一条。

沈茉带着两名身材高大的侍女，把青雀押到了别院后头一处孤零零的石屋。沈茉很好心地带着青雀围绕石屋转了一圈，石屋除了门，还有一个铁窗，铁窗下边的地面上布满竖立的铁钉，狰狞可怖。

"怎么样，是不是上天无路，入地无门？"沈茉命侍女把青雀推到石屋中，笑吟吟问道。

这石屋很坚固，大门更是黑铁铸就，一个小女孩想逃，不可能。石屋里干干净净的，没有桌椅，没有床，什么也没有。

"晚上，外面还有狼叫。"沈茉笑着指指那扇铁窗，"还会从铁窗趴进头，向石屋里咆哮，那就更吓人了。"

这别院，是原大夬侯被朝廷处死、家产官卖时，国公夫人特地置下的产业。大夬侯为人残暴，家仆、姬妾稍有违逆，即有重罚。这石屋，是大夬侯惯用的惩罚之物。把人扔到这石屋中不理不睬，不给衣食，晚上听着狼嚎，甚至看着狼趴着铁窗怒吼，吓也吓死。

青雀被两名侍女一左一右挟持着，逃也逃不了，索性笑道："狼有什么可怕的，有些人，可比豺狼狠毒多了。"

狼如豺狼？不对不对，人要是狠起来，豺狼可远远比不上。

沈茉温柔地笑着，"丫头有些胆量，跟你娘很像呢，我喜欢！你爹当年带着我和你娘来这里玩过，我快吓死了，你娘却面无惧色，真正是女中豪杰。"

"这个地方有不有趣？丫头，你若是死在这里，算不算死得其所？"沈茉的声音愈加温柔。

两名侍女逼近青雀，夺去她的匕首等硬物，从身上取出一团棉花，围在青雀身前。

青雀和他们武功相差太远，明知道逃不过，装模作样地反抗了两下，就被制住了。

一名侍女回头对沈茉解释，"属下功力有限，若打伤她的五脏六腑，身上难免留下伤痕。用棉花围着，是要不留痕迹的意思。"

沈茉赞赏地笑道："极是周到！这可是位尊贵的小姑娘，好生服侍，不可留下一丝半点的印迹。"

两名侍女齐声答应，冲着青雀目露凶光。

沈茉得意地看着青雀，声音温柔似水，"丫头，你是国公夫人下令弄回来的，世子夫人亲自接回来的。你若是无声无息地死在这里，你说会不会有人怪我？想想真有趣，是不是？"

"更有趣的是，你浑身上下雪白粉嫩，没有伤痕！你这样的身份，死后不可能验尸吧，你爹必定舍不得。哈哈哈，太有意思了！"

两名侍女凝神发掌，青雀装模作样地躲了躲，当然没躲过。排山倒海似的掌力一掌接一掌袭来，青雀哪里经受得住，软软地倒在地上，一口鲜血喷出。侍女眼疾手快，伸出一方帕子，尽数接住，一滴没有流到地上。

"成了。"侍女住了手，"再打下去，很难确保她身上没伤痕。这么着已是足够，熬到天明，她必死无疑。"

"足够了。"沈茉拿出帕子，蹲下来细心替青雀擦拭嘴角的血迹，擦得很干净，"何必今晚便死呢，明早死了正好。"

是自己带她进来的。若她现在死了，明早已是身子冰凉，少不了被疑到自己身上。明天早上再死，等世子夫人闻讯赶来，她身子还是温温的，显然才死不久，岂不是很妙。

沈茉得意地笑了。

侍女手脚麻利地把棉花等物悉数取走，石屋里依旧是干干净净。拿起匕首等还到青雀身上时，一名侍女"咦"了一声，抽出匕首啧啧称奇，"人间利器，人间利器！"

沈茉见她目光贪婪，笑道："听说这匕首是四皇子亲自去了趟英国公府，送给她的。你若是取走了，这匕首没下落，保不齐有人胡乱起疑心，横生枝节。不过是一把匕首，还给她吧。若是之后太平了，我想法子弄出来送你。"

侍女不敢不听，恋恋不舍地放了回去。

青雀蜷缩在地上，小小的身子一动不动，看上去像是毫无生命力。

沈茉摸摸她光洁的小脸，叹道："其实我父女二人真是不忍心的，可是你占了嫡长女的名分，硬生生压在我屏儿头上，不得不杀。丫头，你是忠良之后，我舍不得呀！你外祖父当年在捕鱼儿海一场血战，四面被围，没有援兵，死得好不惨烈！丫头，你跟着他一起去吧，去吧。"

青雀依旧一动不动，毫无反应。

沈茉叹息着，站起身，带着两名侍女出石屋，把铁门严线合缝地锁上，飘然而去。

沈茉回到荀氏面前的时候，荀氏接到了祁玉的回信，正在大发雷霆。沈茉忙拿过回信看了，只见雪白的宣纸上龙飞凤舞写着一行大字，"她自姓邓，与我祁玉何干？"

荀氏命人去威胁祁玉，祁玉竟是这么个答复。

荀氏火气极大，咆哮道："把那野丫头关在石屋，谁都不许去看她！"沈茉听了正中下怀，连声答应。

太婆婆啊，我不是存心要害你的，是你自己找上门的。沈茉对今天的事，满意得不能再满意。

玉儿你够狠！沈茉想起祁玉的答复，不得不佩服。若是换了我，对旁人舍得下手，对自己亲闺女可是会心软的。玉儿你连亲闺女都能舍弃，五体投地，五体投地。

阳武侯府，薛能把儿女交给奶娘，匆匆来问祁玉，"玉儿，咱们真不管？"薛能有点六神无主，薛护随驾秋狩，他没人商量，只能硬着头皮来问他的爱妻。

祁玉木木地坐着，连嘴唇都是雪白的。

半晌，祁玉困难地开了口，"若你不介意，我想请几位江湖人士，救我女儿……"

"不介意，不介意。"薛能一迭声说道，"玉儿，救吧，救吧！孩子还小，靠的就是爹娘啊！"

祁玉背挺得笔直，命人请来李师父，细细商议着。李师父又惊又怒，"天下竟有这样的祖母！我去召集同门，我即刻召集同门，救青雀去！"

第二天上午，邓麒策马狂奔，赶到了别院。"我闺女呢，我闺女呢！"跑到沈茉面前，握着沈茉的手，厉声喝问。

沈茉抬头看看天色，微笑道："祖母有令，让她在石屋思过……"邓麒甩开沈茉的手，惊惶失措往石屋奔去。

沈茉抿嘴笑了笑，命人把钥匙送了过去，"赶紧的，不许耽搁！"

邓麒颤抖着插入钥匙，眼光急切地搜寻着。石屋里空空如也，地上没有人。

抬头看，铁窗的竖栏被割断了两根。

铁窗下面那是……邓麒魂飞天外，跟跟跄跄往石屋后头跑过去。

一眼望过去，邓麒呆住了：铁钉上满是血迹，显然青雀是从铁窗跳下，落到了铁钉上。铁钉网前，血迹斑斑，向远方蜿蜒……

邓麒腿都软了，强打起精神走过去，仔细察看。这血迹分明是……这不是走路留下的，这是一点一点，艰难爬走的！

青雀！青雀！邓麒跪在地上，失声痛哭。

一名十四五岁的丽色少年行色匆匆赶来，到了邓麒身畔。他和邓麒一样怔住了，透过眼前这血迹，他好像看见那身穿大红袄、手持红缨枪的小女孩儿，两条腿全被铁器刺伤，却咬着牙，不认命不服输地向前爬着……

邓麒从地上跳了起来，叫道："这附近有狼，经常有狼！"张祐和他对视一眼，同时向前疾奔！

血迹一直蜿蜒出很远，两人顺着血迹向前，看到路边趴着只死去的狼。这只狼很瘦，看样子是饿久了。张祐低头察看过，低声道："它被利器划破了喉咙。"

邓麒目光凄然，"青雀杀的它？"我可怜的孩子，小小年纪便要在野地里和饿狼相搏！

两人看着眼前的血迹，同时发足向前飞奔。

到了一条小溪前，血迹没有了。小溪很清澈，溪边扔着枝树枝，还有鱼骨头、鱼内脏。

小溪并不宽，可是大人也跨不过去，更别提青雀这受伤的孩子了。青雀去了哪儿？邓麒和张祐极目四望，群山延绵，荒草无际，一眼看不到尽头。

两人又折了回去，"多带人手，哪怕把这座山翻遍了，也要把妞妞找到！""快，要快！妞妞受了伤，这山里遍地是野狼！"

回到石屋前，只见沈茉、孙氏等人都闻风而来，个个目瞪口呆。孙氏扶着侍女，快要昏倒了，"怎的会把孩子关到石屋？要把孩子关石屋处罚，总要有个缘由吧？孩子做错了什么？圣人说过，'不教而杀，谓之虐'，可是媛姐儿昨晚才回来，什么也没说，什么也没做。"

沈茉看着眼前这一切，心中深深后悔。怎么就把匕首留给她了呢？这丫头真狡猾，昨晚竟是装死！她能有力气攀到铁窗上，有力气用利器割断铁条，还能跳下去一点一点爬走！

这野丫头，她和她那亲娘一样，都是死也不认命啊！沈茉背上一阵阵发凉。

张祐和邓麒也不理会她们，自顾自召集人手，要到山里寻找青雀。

李师父来了。他到石屋前查探过情形，断言，"妞妞受了伤，受了很重的伤！"他指指铁窗，指指铁钉上有血迹的地方，"以妞妞眼下的功力，断不至于只跳到这儿！她若不受伤，一定可以避开这铁钉！"

李师父教了青雀大半年功夫，他的话，自然可信。

邓麒脸色铁青。怪不得青雀要跳窗逃走，怪不得青雀爬着也要逃走！敢情这别院里，有人偷偷伤了她，想要她的命！

张祐攥紧了拳头，咯吱作响。

宁国公也快马赶了回来。邓麒脸色阴郁地把事情一五一十告诉他，"我带人找青雀去，谁害我闺女的，您好歹管管！"扔下一句，带着仆役、小厮们骑上马，牵着猎狗，进山寻找青雀。

张祐早已经出发了，李师父跺了跺脚，"我回去召集同门！寻几个轻功好的！"回城了。

宁国公气得手脚冰凉，到石屋看过，到石屋后看过，脸色阴沉地命人把荀氏、孙氏、沈茉叫了来，一个一个问话。孙氏扶着侍女，快要倒下了，沈茉也是摇摇欲倒，荀氏性子上来，直着脖子叫道："我是她曾祖母！莫说我只是罚她，便是我亲手杀了她，也不过是尊长杀卑幼罢了！"

宁国公一声怒吼，侍女、婆子们都被吓得胆战心惊，远远躲避到一边。众目睽睽之下，宁国公伸手拎起荀氏，大踏步走向石屋，把荀氏扔了进去！

荀氏又痛又急，在里头哭骂起来，声音震天。宁国公凄惨地笑了笑，"你若有本事，也学着青雀跳窗逃走！要不然，你就死到里头吧！"把门锁了，自己直挺挺坐在门外，亲自守着。

孙氏、沈茉尽皆吓昏，侍女仆役更是战战兢兢，不敢上前。有一位荀氏的心腹嬷嬷壮着胆子远远开了口，"国公爷，请您看在世子的面上……"结果话音未落，被宁国公随手捡起一粒石子掷过去，正中那人面门，当场晕倒。

谁还敢再劝。

好容易等到世子邓晖来了，众人才算有了主心骨。邓晖是很怕他爹宁国公的，可是他孝顺，不能眼睁睁看着亲娘在石屋受苦，哭哑了嗓子，只好硬着头皮上去劝解，"父亲，妞妞吉人自有天相，没事！您先把母亲放出来，咱们慢慢商议……"邓晖一边说着话，一边赔笑往宁国公身边走。等到他走得近了，宁国公一声大喝，从腰间抽出明晃晃的腰刀，跳起来照着他劈头便砍。邓晖吓得魂飞魄散，抱头鼠窜。

儿子说话不管用，孙子说话应该好使吧？邓晖四处张望，"麒儿呢？"孙氏哭着说道："带人去找他闺女了！"邓晖大为踌躇。

好在邓麟、邓天禄、邓无邪等人相继回来，一个接一个地上前哀求。结果，无一例外，全被宁国公挥起腰刀，赶跑了。

荀氏还在石屋受苦，做儿孙的总不能听之任之吧。邓晖、孙氏等人无奈，只好远远地在石屋前跪着，企求宁国公能想开了，放人。

邓麒一直没回来。宁国公在石屋坐了两天两夜，屋里的荀氏一开始大哭大骂，后来苦苦哀求，再后来，连哀求的力气也没有了。

沈茉跟着众人跪在石屋前，肠子都悔青了。早知道是这样，真应该下手再重一点，让那野丫头当场毙命！有伤就有伤好了，有荀氏、孙氏在前挡着，横竖怪不到我身上！

孙氏撑不住，昏倒了，被送了回去。沈茉身体也不强健，看着不行，也昏倒在地。

邓晖、邓麟、邓天禄、邓无邪还在硬撑着。

两天后的清晨，年老的宁国公再也坐不住，倒在石屋门口。邓无邪眼尖看见了，口中叫着"祖父"，爬起来往石屋跑。

没跑两步，一屁股摔在地上，半天没起来。其余人也看见了，忙揉了半天膝盖，挣扎着过来。

哭的哭，喊的喊，请大夫的请大夫，闹成一团。宁国公被抬走之后，很快，石屋门被打开，邓晖看见倒在地上的荀氏，悲声叫着"母亲"，泪如雨下。

这一场变故，最终以宁国公、国公夫人双双病倒作为结束。

邓麒和张祐在山里足足搜寻了大半个月，毫无所获。青雀，活不见人，死不见尸。

九月二十九，是阿原生辰。皇帝和宸妃、万贵妃等人送了他很多精巧有趣的玩器，阿原都不喜欢。

"阿原想要什么？"皇帝低下头，温和问他。

阿原眨眨美丽的大眼睛，"可以要青雀陪我一天么？或者，半天也是好的。"

皇帝心软了，命人召青雀进宫。

内侍到了英国公府，英国公夫人微笑道："这却不巧，邓大小姐早已被她曾祖母宁国公夫人接走了。"内侍不敢怠慢，接着到了宁国公府。

邓晖、孙氏等人大急，陛下要人呢，交不出来，这可怎么办。邓晖急得去见宁国公，"父亲，这真是雪上加霜！"

病床上的宁国公长叹一声，命人替他穿衣梳洗，强撑着，亲自进宫跟皇帝复命，"臣的曾孙女，已是亡故多日了。她天生的命格和邓家不合，不能养在邓家，偏她孝顺，想念曾祖母，便回家住了一晚。只一晚，孩子就……"

年迈的宁国公伏地大哭，皇帝也为之心酸。正要安慰几句，忽听得屏风后咕咚一声，好像有人跌倒。皇帝警觉地起身走了过去，只见阿原倒在地上，脸色惨白，双目紧闭。

"阿原！"皇帝脸色大变，厉声吩咐，"传太医，速传太医！"大步上前，把阿原抱在怀里。

宫里一阵慌乱，宁国公更加心里没底，凄凉无助。

阿原发起高烧，皇帝下了禁令，不许在他面前再提起邓家大小姐。至于宁国公，则被皇帝不耐烦地赶了出去。

邓家为大小姐邓之嫒办了丧事。因年纪小，早夭，不过是挂了几盏白灯笼，做了几场法事而已。若太隆重了，小人儿家，禁不起。

不少进过宫、见过青雀的贵妇都满怀感慨，"多有灵气的孩子呀，长得可真好看！可惜，天生的不能回邓家，她偏孺慕曾祖母，硬要回那么一趟，送了自己小命。唉，也算是孝女了。""可不是么，本朝若有孝女传，邓大小姐该榜上有名。"美丽、灵秀、孝顺的邓大小姐，早夭的邓大小姐，被贵妇们唏嘘过好一段时日。

初冬，一场大雪无声无息地到来了。白雪在空中纷纷扬扬，漫天飞舞，鹅毛般的雪片不停飘落，飘在繁华的京城，也飘在寂寞的山川，到处银装素裹。邓家别院也是白雪皑皑，粉妆玉砌，宛如一座水晶宫。曾经的鲜血，曾经的挣扎，都已成了过去。雪无声地下着，不断落到地面，越来越厚，把什么都掩盖了。

第八章　石屋遇险

第九章

寻寻觅觅

成华十七年冬，京师，南宁长公主府。

南宁长公主是先帝之女，和当今皇帝同父，身份备极尊贵。她的俸禄和亲王相等，府邸也是诸公主府中最精致讲究的。亭台楼阁，雕梁画柱，气宇恢宏。

十一月初三是南宁长公主四十大寿，早在十月初送礼者便络绎不绝，驸马公主郡主王妃、公侯伯、官员等陆陆续续送来隆重的贺礼。到了正日子这天，更是贺客云集，热闹非凡。

能进到南宁长公主府，被奉为座上宾客的，要么是皇亲国戚，要么是勋贵大臣，要么是她夫家安陆侯府的至交好友。身份地位差上那么一点半点的，根本进不去南宁长公主府。

外院大花厅里，南宁长公主的夫婿、安陆侯、驸马吴温亲自把一位贺客请了进来，让到上席。何许人也？吴侯爷如此看重？在座的勋戚们目光情不自禁看向来人。

他约莫有三十出头的年纪，身穿大红官服，官服上绣着凌厉跃起的金钱豹，颜色鲜艳，线条优美。他本人则是体形矫健挺拔，眼神坚定，面目如刀削斧凿一般，硬朗坚毅。

这人，是名三品武官；这人，久经沙场，打过不少硬仗。在座不拘是什么身份，眼光见识都不坏，一眼望过去，已是心中了然。

不过，一名三品武官在安陆侯眼中又算得什么呢，何必如此礼遇？安陆侯府本就是开国勋贵，根深叶茂，又娶了南宁长公主这位好媳妇，更是如虎添翼。安陆侯吴温，眼界向来高得很。

这人来得晚，还被安陆侯亲自殷勤周到地请进来，看样子来头不小。

这名武官才入席，太子、四皇子、五皇子等来为姑母拜寿，安陆侯匆匆迎了出去。

和这名武官同席的大多是外戚，素来嚣张，笑着请教他的名号。他客气地拱手，声音平平无波，"在下，三千营指挥使，祁震。"

祁震，这就是大名鼎鼎的祁震！不少人的目光热烈投向他。

祁震，这可是半年来京师人士上至王公贵族，下至平民百姓，不拘老少贤愚，个个津津乐道的传奇人物！

今年夏天，蒙古的阿答可汗入侵宣府、大同。大同总兵余明纪、宣府总兵沈复坚守不出，阿答可汗率军进攻古北口，妄图经由古北口越过长城，直逼京师。

青雀歌

古北口是山海关、居庸关之间的长城要塞,为辽东和蒙古进入中原的咽喉,有"京师锁钥"之称,历来是兵家必争之地。

古北口的铁门关,仅容一车一骑通过,地势险要。这样的雄关隘口,在蒙古人大举入侵之时,守将竟然贪生怕死、弃关逃走!祁震当时只是一个名不见经传的小小百户,却敢拼敢打,带着所属一百多名士兵、总旗,浴血奋战,死守古北口。

蒙古上万精兵,费了两天两夜的工夫,也没有攻破一百多名天朝兵士守卫的铁门关。

第三天,蓟州卫指挥使丁泉带着大批援兵到来,蒙古骑兵眼看攻取无望,饮恨撤兵。

祁震所属兵士阵亡十五人,活着的,也是多处受伤、筋疲力尽。祁震本人身受箭伤、刀伤无数,成了一个血人。

蓟州卫指挥使丁泉是名老将了,生平不知经历过多少惊心动魄的战役,不知见过多少杀戮、伤亡、鲜血,早已心硬如铁。可是那天,在蜿蜒曲折、起伏跌宕的古北口长城上,见到血人一般依旧坚强屹立的祁震,却是潸然泪下。"长城,这才是天朝真正的万里长城!"丁指挥使老泪纵横。

丁泉为祁震,和所属兵士请功。本朝惯例,抵御蒙古的军功最重,祁震应该给予重赏。兵部几经商议,有意破格升任祁震为正四品的广威将军。

正在这时,出了新鲜事。虎贲左卫指挥佥事鲁雄,到兵部指控祁震为逃兵,"他的真名不叫祁震,他是莫大有,他本应该在成华三年便阵亡了!"

成华三年,龙虎将军祁保山带领三千铁骑在捕鱼儿海力战蒙古三万骑兵,不屈而死。所属兵将,无一生还。

鲁雄曾在祁保山军中效力,和莫大有是同僚。莫大有的音容笑貌,他自然记得;莫大有若再出现在他面前,他自然认得。

鲁雄这话一出口,朝野震惊。怎么着?抵御蒙古人入侵的英雄,一下子变成令人不齿的逃兵?如果祁震真是莫大有,真是逃兵,升官是别想了,还得下狱治罪。

临阵脱逃,这是重罪。

当然了,像古北口的守将,他虽然也临阵脱逃了,可因为他姓万,是万贵妃的族人。故此,兵部并不敢认真追究他,虚张声势罢了。

鲁雄是位近卫指挥佥事,四品武官,说话有些威力。祁震是闻名京师的英雄,丁老将军称许的"万里长城",一时间,情势颇为诡谲。

要知道,当时若是没有祁震,蒙古大军便会长驱直入。突破古北口,挥师南下,便能直逼京师。守卫古北口的功劳,真的是不容忽视。可是逃兵逃将,那可是依律重惩的。即便不重惩,也不能升官受赏吧。

祁震保持沉默,一言不发。

阳武侯夫人亲诣兵部,求见兵部尚书,"祁震原是我家仆,一直忠心耿耿在我祁家服侍。自他生下来之后,便姓祁!家父、家兄过世之后,祁家诸事赖他周全。家母临去之前,将他认为义子,送往兵营。大人,祁震他是我义兄!"

阳武侯夫人的风骨,谁人不知,谁人不晓?

"阳武侯夫人怎么会撒谎呢?鲁雄,你认错人了吧。"兵部本来就嫌鲁雄节外生枝,有了祁玉的话，更对鲁雄不耐烦。鲁雄是个兵油子，极有眼色，看着情形不对，没敢再坚持。

他再坚持"祁震是逃兵，祁震原名莫大有"，就是在指责祁玉说谎，也是明着和阳武侯府作对。一个祁震不算什么，可是阳武侯府，却有些得罪不起。更何况，质疑阳武侯夫人的诚信，那简直是跟文官们为难。

阳武侯夫人要求焚毁锦衣卫刑具的万言书，直到现在依然被文官们津津乐道呢。这样的贵夫人你要指责她说谎骗人，很费精神。

这一场风波，悄无声息地结束了。之后不久，祁震被皇帝陛下召见，应对称旨，破格升任三千营指挥使，一跃成为三品武官。从百户到三千营指挥使，祁震升职神速。

这就是祁震啊，闻名已久，今儿个终于见着真人了！座上张德妃的弟弟张大少，福清长公主的儿子金朝兴等人，纷纷举杯向祁震敬酒，说着"久仰大名，如雷贯耳"之类的话，谈笑风生。

内院大花厅里遍坐珠围翠绕的贵妇，衣香鬓影，花团锦簇。其中有一位青年贵妇最为引人注目，肤光胜雪，眉如远山，那一双秋水潋滟的双眸好像会说话一样，楚楚动人。

"阳武侯夫人名不虚传，真是大美女！""是呢，不服不行。你知道么，她已育有一子一女，女儿都五六岁了！""看着哪像呀，她这身材窈窕多姿，可真不像是生过两个孩子的母亲。"

一位眉间生有黑痣的青年美妇讥讽地笑起来。她岂止生过两个孩子，她还有位不为人所知的大女儿呢。那孩子若是活着，至少有十岁了！玉儿啊玉儿，世人看着你如此光鲜，如此夺目，谁见过你落魄潦倒的时光？谁见过你的真面目？

青年美妇一直死死盯着阳武侯夫人，眼光中有羡慕，更有嫉妒。她看到阳武侯夫人起身更衣，也款款站起身，含笑跟了出去。

祁玉走到枝影横斜、清冷孤高的梅树前，看到枝头迎风傲立的玉台照水，眼眸中闪过丝柔情。玉台照水，多么高洁，多么美丽。

青年美妇嘴角噙笑，满面春风地迎面走来。

"玉儿！"她浅浅笑着，声音温柔入骨。

"阿茉。"祁玉客气颔首，声音平平淡淡的，略带沙哑。

"咱们得有十几年没见了吧？"沈茉巧笑嫣然，"相别已久，甚是想念。玉儿，所幸你风采依旧。"

祁玉口吻客气而疏远，"阿茉，你也是老样子，半分没变。"

一阵风吹过，风中带着梅花的淡淡香气，寒冷、清冽。梅树下面对面站着的两人，沈茉满脸都笑，祁玉神色淡淡的。沈茉明丽中透着几分俗艳，祁玉是真绝色，气质超逸不群。

"玉儿，听说你新得了一位义兄？"沈茉亲热问道。

"这十几年来，我一直有位义兄。"祁玉慢慢说道，"不只有义兄，我还有位义嫂。你认得的，便是英娘。"

"婢女做义嫂？"沈茉掩口而笑，"玉儿你可真是……不拘小节。"

沈茉的目光中，满是嘲讽。

祁玉淡淡笑了笑，跟她说什么呢，夏虫不可以语冰。

"我有一儿一女，今年都是十岁。"沈茉炫耀着自己十几年来的成就，"儿子叫之翰，

青雀歌

往后会继承宁国公府，成为威风凛凛的宁国公。女儿叫之屏，贤良淑德，往后会嫁入名门，平安富贵过一生。"

"玉儿你呢？你的子女们，如何？"沈茉笑吟吟看着祁玉，饶有兴致地问道。

祁玉伸手攀住一枝梅花，轻轻嗅了嗅，"我有两子一女。长子薛护，是外子原配所出，阳武侯府世子。长女薛扬，次子薛挥，是我亲生。"

沈茉又是掩口而笑，"玉儿你真是……让人不知道说什么好。旁人生的孩子，你却当成自己的。玉儿啊，别人的肉，贴不到自己身上。"

祁玉放开梅枝，淡淡笑了笑，缓步往花厅走。她绰约的背影刺痛了沈茉的眼睛，更刺痛了沈茉的心。从小到大，自己一直是跟在玉儿身后献殷勤的那个，难不成费尽心机地熬到了今天，自己还是远远不如她？

沈茉不甘心地追了上去，"玉儿，我儿子可以袭爵，你儿子却没这个福分。仔细想想，真是替你儿子可惜。"

祁玉神色不变，"爵位亦由先祖挣来，先祖能做到，何以见得我儿子做不到？他若想要富贵风光，封妻荫子，大可一刀一枪，自己挣去。"

沈茉狠狠瞪了祁玉一眼。你真以为爵位是好挣的？玉儿，你这副不食人间烟火的仙子相，真的很讨人嫌！

沈茉慢下脚步，盯着祁玉美丽的面庞，笑得很温柔，"玉儿，你还有位大女儿呢！她也是从身上掉下来的肉，你难道把她忘了？"

祁玉看也不看她一眼，冷冷道："她自姓邓，与我祁玉何干？"

祁玉扬长而去，剩下沈茉独自站在寒风中，心头冰凉。

这年冬天，给事中王朋言辞激烈地上书，声称以宁国公邓永的功劳，不应该世袭为国公。兵部、吏部、礼部等朝议过后，上报皇帝，"止予袭一世，后皆侯"，诏可。

邓永会一直是宁国公，世子邓晖可以袭爵为宁国公。到了邓晖的儿子邓麒，则降为抚宁侯，之后世袭抚宁侯。

荀氏是稳稳当当的国公夫人，孙氏以后也会是位国公夫人。到了沈茉，如果她能活到邓麒袭爵，会是位侯夫人。

宁国公邓永虽有了年纪，身子还结实得很，看样子再活个十几二十年没问题。世子邓晖跟他爹一样，有副好身体，也会很长寿。等到邓麒袭爵，该是三四十年后的事了。也就是说，沈茉如果能平平安安地再活三四十年，可以和她昔日的闺中密友祁玉一样，做位侯夫人。

至于沈茉能不能再活三四十年，谁知道呢？"未来的起伏是永远没有止境的"，以后会发生什么事，谁能预知。

成华十八年春，皇帝召已经致仕的杨阁老进京，请教政务。这样的宣召之前有过两回，杨阁老都推了，这回却欣然应允。

暮春时节，杨阁老到了京城。他见了皇帝也没什么保国安民的大道理，只是跟说家常似的提到，"世间男子，能把祖先传下的基业原原本本留给儿子，也算是不辱没了。"皇帝深以为然。

谈论了一番朝中事务，皇帝受益匪浅。皇帝欲任命杨阁老为东阁大学士，杨阁老坚辞，"年迈体衰，不堪大用。"皇帝见他毫不恋栈，唏嘘一番，只好作罢。赐宝钞千贯，绫罗百匹，以为荣养之资。

杨阁老的两个孙子杨大器、杨大成，一个在吏部任郎中，一个在大理寺任少卿。等到杨阁老出了宫，杨大器、杨大成的马车早已在宫门口等着，要接祖父回家。

"不必。"杨阁老疲惫地摆手，"我和宁国公有约，送我到景福寺。"杨大器、杨大成看祖父神色不对，不敢多说什么，听话地陪着祖父去往景福寺。

马车在山路上慢慢走着，颠簸、摇晃，杨阁老坐在车里，心境悲凉。当年妞妞就是坐着马车上的山，才七八岁的孩子，逃也逃不掉，一步一步迈入绝境。

走到半路，宁国公和邓麒骑马追了上来，默默跟在杨阁老的马车旁，上了山，去邓家别院。杨阁老执意要看看妞妞住过一夜的石屋，他们只能奉陪。

下了马车，杨阁老看着这坐落在深山中的精致别院，好半天迈不开步子。是这里了，妞妞是被亲祖母带到这里，然后，在这里送掉半条命。

可怜的妞妞。杨阁老想起小青雀拿着小树枝、撅着小屁股在地上画字的情形，想起小青雀坐在自己怀里专注认真听讲古的情形，想起小青雀剥到一个软糯香甜的栗子，甜甜笑着往自己嘴边送的情形，眼里有了泪花。

宁国公和邓麒不敢看杨阁老的神情，满脸羞愧的，把杨阁老让到石屋前面。

杨阁老看到荒野中那孤零零的、看着就可怕的石屋，怒火一阵阵升腾。这到底是关囚犯的地方，还是关亲孙女的地方？青雀，她在你们邓家人心目中，是孩子，还是敌人？！

"带我看看，青雀逃走的地方。"杨阁老慢慢地、一字一字地说着，口气毋庸置疑。

宁国公和邓麒无话可说，硬着头皮带杨阁老到了石屋后。石屋后那扇铁窗、那被利刃割断的铁条、地上的铁钉，依着杨阁老的要求，还是原状。

"妞妞，是从这里逃走的？"杨阁老伸手指着地上的铁钉，胳膊是颤抖的，声音也是颤抖的。邓麒鼻子一酸，低声应道："是，阁老大人。"

杨阁老盯着地上的铁钉看了半晌，目光投向远方，"小溪在哪里？带我看看。"邓麒腿一软，差点跪地上。小溪，从这里到小溪，那是很远很远的一段距离。

年迈的杨阁老，跟着邓麒，一直慢慢走到小溪边。在小溪边神色凄然地站了会儿，又慢慢地、一步一步地走了回来。

宁国公一动不动站在原处，羞惭得说不出话。邓麒走这一趟，跟受酷刑似的，浑身难受。他每走一步，都要想到小青雀挣扎着一点一点爬出去的身影，心疼得快要发狂。

"妞妞一路爬过去，流了一路的血。"杨阁老伸手指指小溪的方向，声音悲怆苍劲，"小小人儿，流了这么多的血，不死也要去掉半条命！"

"父精母血，她都还了！从此以后，请你们放了青雀，再也不要试图把她关到笼子里，再也不要拿你们的亲情去捆绑她、束缚她！"

"妞妞如果不是因为姓邓，断断落不到这步田地！你们既然保护不了她，就放了她！"

宁国公沮丧地垂头不语，邓麒痛哭失声，"只要妞妞还活着，只要妞妞好好的，我什么都答应！我什么都答应！"

不要她姓邓了，不要她认祖归宗了，也不要她孝敬曾祖母、孝敬祖母。青雀，爹爹的小青雀，只要你好好的，爹爹什么也不求了。

杨阁老在石屋后伫立良久，长叹一声，转身下山。

下山后，杨阁老马不停蹄去了王堂敬家里。王堂敬起身相迎，已经十几年没见过面的两位老朋友相对唏嘘，感慨万千。

王堂敬的身边，站着位风姿绰约的少妇，亭亭似玉，灼灼如花。正是王堂敬的外孙女，祁玉。

杨阁老定定看着她，"成华十三年，青雀六岁。英娘在宁国公面前侃侃而谈，讲述她出生那天的风风雨雨、前前后后，她趴在窗户上偷听。妞妞听到她出生之时你要溺死她，没有恨你，没有怨你，她说，她是女孩儿，一样能重建三千铁骑，重建祁家军！"

祁玉脸色苍白，嘴唇颤抖着想说什么，却没说出口。

"成华十四年，青雀七岁。宁国公府派去的信使只对她说了一声，你富贵了，宁国公府要对你不利，妞妞便不管不顾地要来京城保护你！她在杨集过得无忧无虑，她来京城，为的是要保护你！"

祁玉站立不稳，跌坐在椅子上。

王堂敬见她脸如白纸，心中颇为疼惜。想想乖巧可爱的小青雀，又觉惨伤。小青雀，小妞妞，你比你娘懂事多了。

杨阁老冷冷说道："当初是邓麒骗婚也好，是你自己一时软弱也好，青雀可曾做错什么？孩子才生下来，只有一点点大，稚嫩脆弱，全靠父母怜惜她、疼爱她！妞妞对你只有孺慕之情，把你当仙女来敬爱，你对她如何？你这做母亲的，难道从来不觉惭愧？"

祁玉捂着脸颊，肩膀一抖一抖，无声哭泣。

王堂敬看看老朋友，看看外孙女，唯有长叹。玉儿，老杨说话虽不中听，却有道理。你是妞妞的亲娘啊，你疼疼孩子怎么了，那是你身上掉下来的肉！

老杨这人，脾气极好，性情温和，他这般言辞锐利咄咄逼人的，我还是头回见。玉儿，他都比你疼妞妞。

"你生了妞妞，给了妞妞一条命。妞妞为了救你冒险回京城，这条命算是还给你了，以后，再也不欠你的！你……你好自为之吧！"杨阁老斩钉截铁地说完，转身离去。

祁玉失声痛哭。

王堂敬也顾不上她，追着杨阁老出来，小声问道："老杨，妞妞在哪儿？好不好？你倒是告诉我一声呀，你想急死我不成。"

当年李师父急急忙忙回去召集同门，事后只说青雀被她师爹师娘救走了。再往后，音讯全无。

杨阁老叹了口气，拍拍他的肩，"小王你放心，妞妞如今已是生龙活虎，活泼喜人。要说令人担心么，唯有一点……"

王堂敬心都提到嗓子眼儿了，"什么事，老杨，什么事？"

杨阁老笑了笑，"小姑娘家家的，功夫太好，力气太大！她师爹带她在深山练功，你猜怎么着？她捉了只小老虎！"

王堂敬原是担心得不行，闻言重重捶了杨阁老一拳，"老杨，没你这样的！吓唬人很好玩么？"

杨阁老哈哈一笑，冲王堂敬拱拱手，扬长而去。

王堂敬望着老朋友的背影，目送他远去。老杨你……越老越有趣了，你年轻时候一本正经的，很讨人嫌知不知道？

成华二十年，贺兰山深山老林中。

一名相貌威严的中年人手持绳索，蹑手蹑脚走向一只脖颈长长的梅花鹿。梅花鹿性情机警，行动敏捷，想要生擒活捉，极不容易。

"小鹿，快跑，快跑！"对面出现一名小小少年，轻声叫着小鹿快跑。梅花鹿何等机警，听到声音，早撒蹄子跑了，姿势优美潇洒。

中年人不悦看向半道儿杀出来的少年，少年冲他吐吐舌头，转身想跑。

"站住！"中年人一声大喝，手中的绳索冲他抛了过去。少年纵身跃起，在空中翻了个身，轻轻巧巧避过中年人的攻击。

"这孩子有点儿意思。"中年人来了兴致，笑着冲少年招呼过来，"谁家的小捣蛋？接招！"拿绳索当鞭子使，虎虎生风地抽了过来。

"你这么大声做什么？小心把猛兽招出来，生吃了你！"少年回头冲他笑笑，口中说着话，拔出腰间宝剑，和他缠斗在一起。

这少年大概极少有和陌生人对打的机会，两眼放光，一套轻灵的剑法使出来，似模似样。中年人见他小小年纪，功力不凡，起了爱才之心。

"孩子，等你长大了，去从军吧。"中年人笑着跳出圈外，"你这样的身手，应该挺身而出，报效国家。"

"我看行。"少年也收了剑，嘻嘻笑着，"打仗，我喜欢。敢问阁下在哪里高就呀，我跟着你成不成？"

中年人蓦然觉得不对劲，这孩子怎么……这般美貌？世间哪有如此美貌的少年？

一只斑斓猛虎跳出草丛，冲着两人怒吼。中年人忙伸出胳膊，把少年护在自己身后，"快躲开！"

电光石火间，中年人明白了，这哪是小小少年，分明是个丫头！她身上有淡淡的血腥气，就是这血腥气，招来了这只饥饿的猛虎。

来了月事，还敢在深山里晃悠？不知道有些猛兽嗅觉异常灵敏么？中年人眉头微皱。

小小少年，不对，小小少女嘻嘻一笑，神气地挥起手中宝剑，"您看我的！我先杀只真虎给您看，然后咱们去杀比猛虎更凶恶的敌人！"

少女十二三岁的年纪，身姿如郁郁青竹般挺拔清秀，看上去很美，却又很脆弱。中年人见她面对猛虎凛然不惧，心里倒是很欣赏的，不过她说出来的豪言壮语，只以为是小孩子不懂事瞎吹牛。孩子，这是只猛虎，不是只猫！

"退到我身后！"中年人斥道。少女哪里肯听他的，两眼亮晶晶地瞅着猛虎，嘴角含笑，琢磨着刺它哪个部位为好，"一掌打死它，我估计没这个功力，还是刺穿它的头颈吧！"

中年人拔出腰间宝刀，横在猛虎面前。虎通人性，看看眼前这两人，皮粗肉厚的手里有刀，

青雀歌

细皮嫩肉的手里有剑，哪个看着也不好惹。算了，我还是饿着吧，逃！

猛虎咆哮着转身逃跑，中年人哈哈大笑，"孩子，它被吓跑了！"少女也嘻嘻笑着，并不答话，纵身往猛虎逃走的方向掠去。

她轻功很好，等到中年人发觉的时候，她已掠出数丈。中年人脸色大变，提着刀向前飞奔。

一道小斜坡前，猛虎正纵身向下，少女执利剑从坡下跃起，一声娇喝，利剑准准地刺入猛虎头颈。猛虎露出白森森的牙齿，惨号一声，翻倒在地。少女抽出利剑，灵巧地刺入虎腹。虎腹，是虎身上最柔软的部位之一。

等到中年人追到之时，猛虎肚腹向天，四只爪子在空中乱踢乱爬，少女在旁笑吟吟看着。中年人目瞪口呆，花朵般的豆蔻少女杀死了斑斓猛虎，恁地不可思议。

猛虎挣扎了好一会儿，终于一动不动，气绝身亡。少女踢踢虎身，笑道："这只虎您要了有用不？送您了。其实我能扛得动它，不过我若把它弄回家，我师爹师娘定要刨根问底，不依不饶。他俩不许我打虎的，若知道了，定有一场好骂。"

中年人惊骇半晌，这时也回过神了。敢情这小姑娘也不是天不怕地不怕，至少怕师爹师娘。这不，她担心师爹师娘盘问，打死了猛虎，却不敢带回家。

调皮丫头！中年人微微笑起来。

中年人拖起猛虎，和少女并肩走着。一路走，两人一路说着话。

"您一看就是从军之人！并且，一准儿是杀敌无数，官阶很高！"少女的声音清冽动听，宛如林间那道清可见底的溪水。

"你一看就是个小淘气！并且，一准儿是被师爹师娘惯坏了，无法无天！"中年人走在这山林之中，鼻间闻的是清新之气，眼中见的是奇美之景，心绪飞扬起来，竟跟这才认识的少女开起了玩笑。

"我要从军，该到哪儿找您呀？"少女凑近中年人，讨好地笑着。她穿着男孩儿的粗布衣服，可是，一张吹弹得破的小脸欺霜赛雪，如花似玉，那美丽的颜色，根本掩盖不住。

中年人心头一阵迷惘。这样的一张脸，自己是在哪里见过？很美，很熟悉，很亲切……孩子，我在哪里见过你。

"你要从军，你师爹师娘能答应么？"中年人笑着问道。

少女忿忿道："师爹倒是答应的，师娘不许！您猜她说什么？一开始是说我身上有伤，养好伤再说；然后呢，说我年纪太小，军队不收；再然后说我是女孩儿，天朝不许女子从军。前天改说法了，说师弟才三岁，她一个人管不了，要我在家看孩子！"

"看孩子！您瞅瞅，我像看孩子的人么？！"少女气愤已极，小脸涨得通红。

中年人哈哈大笑，"不像，不像！半分也不像！"

前方空地上，停着十几匹战马，或坐或站有二三十位年轻勇士。见到中年人过来，年轻勇士全都站得笔挺，还有两个有眼色的，忙上前帮中年人拖猛虎。

在林间的时候可能还不觉得，到了这帮年轻勇士面前，中年人显着面目刚毅，极有威势。"哎，您一定是位将军吧？"少女羡慕得紧，悄悄问道。

"征西将军。"中年人微微一笑，客气地自我介绍。

少女睁大了眼睛，"您是宁夏镇的总兵官？真了不起，失敬，失敬！"

漠北的蒙古人常常南下侵扰，屡屡犯边，天朝的北部防线敌患日多，边防甚重。东起鸭绿，西抵嘉峪，绵亘万里，设辽东、宣府、大同、延绥、宁夏、甘肃、蓟州、太原、固原九镇分地守御，称为"九边重镇"。其中，宁夏孤悬塞上，首当其冲，镇守宁夏的总兵官佩征西将军印，职责重大。

中年人一边跟少女客气着，一边纳闷道："孩子，你不只武功很好，胆量很大，还通晓天朝官制么？听到征西将军，便知道是宁夏镇总兵官。普通人家的孩子可没有这份见识。孩子，你究竟是什么人？"

少女嘻嘻笑着，一脸的孩子气，"在下，学识渊博，通古知今！将军，我很有学问呢，字也写得很好！"

中年人平日很威严，不苟言笑，这会儿看见眼前喜人的少女，笑意却一直蔓延到眼角眉梢。这孩子如此鲜活生动，看见她，令人心生欢喜。

远处传来清啸声，一声接着一声，中气充沛，气韵悠长。少女侧耳听了听，扮了个鬼脸，"师爹催我回家呢！将军，我先走了，咱们改天再见。"

中年人笑了笑，解下自己的腰刀递给她，"若你师爹师娘答应你从军，带着这腰刀到总兵府来找我。我姓祁，你说找祁总兵便可。"

"你姓祁啊。"少女一声惊呼，"敢问，是哪个祁？是整齐的齐，祁连山的祁，还是言之綦详的綦？"

言之綦详的綦，是哪个字？中年人呆了呆，见少女神色急切，忙告诉她，"是祁连山的祁。"

少女脸上露出灿烂明悦的笑容，喜滋滋地夸奖，"这个姓好！将军，普天之下，我最喜欢这个姓了！"

祁将军见她这么高兴，也微微笑起来，"孩子，你姓什么？"

少女脸上的笑容凝固了。

祁将军见她忽然愣住，莫名地一阵心疼。

少女勉强笑了笑，嘟囔道："我没有姓。"祁将军低下头看她，声音异乎寻常的温柔，"这没什么，长大以后，你便会有姓了。"

女孩儿，小时候不管姓什么，长大后总要嫁人，嫁人后总要姓夫家的姓。孩子，女孩儿小时候吃苦受罪没什么，嫁对了人，一样快快活活过后半生。

少女咯咯笑着，发足向后山跑去，"祁将军，再会啦！赶明儿我到总兵府找你，做个小兵！"她人已在数丈之外，银铃般的笑声依旧响在耳畔。

祁将军越想越觉着这少女实在熟悉，但是苦思冥想，不得要领，只好暂且放下。带着下属又打了几只山鸡、野猪、兔子之类，下山回府。

回到总兵府，他直接回了内宅。一位相貌清秀、三十多岁的女子温柔迎接他，"回来了。"体贴、熟稔，是妻子的口吻。

一名约五六岁的小男孩儿，拉着个三四岁的小女孩儿咚咚咚跑出来，一脸渴望地询问，"爹爹，我的小老虎呢？还有妹妹的小鹿！"

小男孩儿长得像娘，相貌很清秀。小女孩儿却是长得像爹，眉宇间有几分英气，眉目刚毅。

两个孩子站在一起，相映成趣。

祁将军咳了一声，"小老虎没捉着，有只被打死的大老虎。小鹿也没捉着，不过有几只锦鸡，也蛮好玩。"

小老虎也没有，小鹿也没有！两个孩子仰起头，用指责的眼神看着父亲。他们的母亲见状，掩口而笑。

祁将军又咳了一声，"青峰，乖儿子，带青宁出去看锦鸡好不好？很漂亮的，有六七只呢。"

两个孩子你看看我，我看看你，手拉着手，昂着小脑袋出门，看锦鸡去了。

"英娘！"祁将军瞅瞅儿子女儿都出门了，屋里没旁人，委屈地靠在妻子肩上，"你看看咱儿子，咱闺女，小老虎和小鹿比亲爹都要紧！"

英娘哧地一声笑了，"这有什么。大哥，小孩子是这样的，整日家不是惦记吃，就是惦记玩。"

祁将军眼前闪现出另一个"孩子"的身影。她虽比青峰和青宁大得多，却也还是个半大孩子。可是，她自由自在行走在深山老林之间，吓走小鹿，杀死猛虎，勇力惊人。她很可爱，可是她像青峰和青宁这么大的时候，绝不只是惦记吃和玩。

祁将军忽然睁大眼睛，好像想到了什么很要紧的事。

"英娘，好英娘。"他扶着英娘的肩膀，目光热切，"小姐的头生女，名叫青雀的那孩子，今年有多大？"

英娘鼻子一酸，"大哥你忘了？小青雀出生那天，咱俩头回见面！到如今，整整十三年了！"

"十三，十三。"祁将军放开英娘，满屋子踱来踱去，兴奋地搓着手，"年龄对，年龄对！那孩子看着，不是十二，就是十三！"

孩子，我说你怎么看着这么眼熟呢，敢情你才出生那天，我便抱过你！

祁震傻呵呵地笑出声。

英娘莫名其妙地看着他，"大哥，你怎么了？"

祁震拉着英娘坐下，一脸兴奋地讲给她听，"青宁不是想要只小鹿么？我去给她捉鹿，被个小小少年给吓跑了……"一五一十，讲了遇着少女的经过。

英娘抓住他的手，急切问着少女的相貌，"大哥，她长什么样子？是不是清清亮亮的杏子眼？是不是挺翘可爱的小鼻子？是不是花瓣一样的嘴唇，粉粉的？大哥，姐姐眉毛很好看的，根本不必修眉画眉，便是眉如远山！"

祁震一样一样回想着，恍然大悟，"英娘，我说当时怎么会看着孩子觉着亲切呢，敢情她跟小姐有几分相像！"

青雀是祁玉亲生的，两人在相貌上颇有相似之处。

英娘怔了怔，捂着脸痛哭起来。肩膀抖动着，大滴的眼泪不停从手指缝中流下。祁震慌了手脚，"英娘，孩子有了下落是好事啊，你哭什么？不哭了啊，大哥立即出门，把孩子找着，带回来。"

英娘哭着摇头，"她师爹师娘不会肯的。大哥，姐姐的下落，她师爹师娘连小姐都不肯告诉！"

除了妞妞的师爹师娘，这世上知道妞妞下落的，大概只有杨阁老了。宁国公府、英国公府是不必提了，妞妞的师爹师娘根本没放在眼里。就连祁家、王家，也不予理会。

祁震面色一沉，"看妞妞的样子，她师爹师娘必定极疼爱她，视如己出。英娘，他们心里有怨忿，真是在所难免。要怪，只怪邓家这帮人心肠太狠、做事太毒！"

英娘泣不成声，"怪我，都怪我！若我跟在妞妞身边，我拼了命也要保护妞妞，不能让那帮人得逞……"

祁震慢慢把她揽到怀里，艰涩说道："不怪你，怪我。我把她寄养到二有家，又让二有搬到了杨集。我一直以为，有杨阁老在，定会万无一失。"

后来的事，谁能料到呢。英娘离开妞妞的时候，妞妞还在杨集，有林嬷嬷照看，有杨阁老教导，快活得像只小鸟。

英娘哭成了泪人，祁震心疼地抱着她、哄着她。英娘，善良的英娘，爱哭的英娘，我头回见你的时候，你便是在将军灵位前哭泣啊。

等青峰和青宁看完锦鸡回来，英娘已收了眼泪。青宁张开手臂，奶声奶气说道："娘，抱抱。"青峰心细，奇怪地问着，"娘，您眼睛怎么又红又肿？"青宁也忙探着小脑袋仔细看，英娘勉强笑道："沙子迷了眼。"

晚上哄两个孩子睡着之后，英娘和祁震夫妇私语许久，方朦胧睡去。

第二天，两人把孩子留在总兵府，带着一队骑兵进了山。"英娘，便是在这里，我正拿着绳索，想要捉只梅花鹿。"祁震一一指明，"妞妞打死猛虎，是在前边斜坡前。"

一个女孩儿家，小小年纪，连猛虎都能杀死。妞妞你吃了多少苦，才练成这样的武功？英娘眼泪夺眶而出。

祁震带她到了斜坡前，慢慢往空地走，"我拖着猛虎，妞妞在旁边走，叽叽咕咕说着话，样子可爱极了。"

英娘在山林间徘徊，想着小青雀可爱的样子、辛苦练功的样子，备觉凄凉。妞妞，都怪英娘不好，英娘不该离开你。

祁震一直陪着英娘。

走到一道清澈的小溪前，英娘停下脚步。杨集也有条差不多的小溪呢，也是这般清可见底。妞妞美丽的杏子眼，比溪水更晶莹，更明净。

小溪对面轻盈走来一位身穿青布上衣、青布裤的少女。她天生丽质，虽穿着粗布衣裳，却也掩盖不住清秀的身姿。

祁震和英娘都定定看住她。

她在小溪对面好奇地看了会儿，一声欢呼，"英娘，好英娘！"身子轻灵地跃起，如小鸟一般过了小溪，扑到英娘身上，欢快地叫着，"好英娘，快想死我了！"

英娘抱着她，泪如雨下，"小小姐，小青雀，乖妞妞！"

祁震在旁看着搂抱在一起又哭又笑的英娘和青雀，也是感慨不已。

英娘忽想起一件事，放开青雀，扶着她的肩膀，急切地上上下下打量。青雀嘻嘻一笑，得意地转了几个圈，"好英娘，我长大了呢，好不好看？"

"好看，好看！"英娘忙不迭地点头，"我家小青雀，是最好看的小姑娘！"

十三岁的青雀正值豆蔻年华，身材修长柔美，面目美好如画，看上去宛如三月春风里含苞待放的白玉兰，清新悦目，光可鉴人。

青雀快活地笑起来。

祁震微笑走到英娘身边，英娘脸上飞起红霞，嗫嚅道："妞妞，这便是我要寻找的恩人，当年他救过你，也救过我。他，他是……"

"英爹！"青雀脆生生叫道，"好英娘，我一看你俩，便知道他是英爹！"

昨天还叫"祁将军"呢，今儿个就成"英爹"了。祁震看着眼前眉飞色舞的少女，心中好笑。

英爹？英娘怔了怔，嗔怪道："妞妞还是这般顽皮！"英爹，妞妞，真亏你想得出来。

"好英娘，我爹我娘呢？"青雀拉着英娘的手，殷勤相问，"自打你们离开杨集，我再没见过我爹我娘和青苗青树，想死他们了！"

青雀到京城的时候，英娘和莫二有一家已经离开京城，到朔州寻找祁震。故此，一直没见着养父养母。

"你爹你娘，如今在大兴一处田庄里过活，很安稳。"英娘忙告诉她，"你爹娘如今不种地了，靠收租过日子。青苗和青树都上学呢，对了，你又添了个小弟弟，叫青林。"

"真好，又多个弟弟。"青雀笑嘻嘻看着英娘、祁震，"那，英爹和英娘呢，有没有给我添个弟弟呀。"

英娘红了脸，祁震微笑道："有。有一个弟弟，名叫青峰，今年五岁；有一个妹妹，名叫青宁，今年三岁。"

青雀笑眯眯，"太好了！"掰着指头数，"我娘有小阿扬，小阿挥，我爹我娘有青苗、青树、青林，英爹英娘有青峰、青宁，我师爹师娘有林啸天。我有五个弟弟，三个妹妹！"

"林啸天今年三岁了，淘气得要命！我师娘一个人看不了他，时不时地要我帮忙，我也看不了他呢。他人小腿短，可是跑地飞快，一眼看不见，就不知道跑哪儿了。"

祁震和英娘眉目温柔地听着她叽叽咕咕说话，心里暖融融的。

远处传来清啸声，一波接着一波，似有斥责之意。青雀调皮地笑笑，"师爹师娘管我管得可严了，才出来玩这么一会儿，便催我回去！"

亲热地一手挽着英娘，一手挽着祁震，"请到寒舍小坐片刻，如何？"英娘大喜，"好啊好啊。"祁震当然也是欣然同意。

带上一队骑兵，三人去了坐落在山坡上的红枫岭。这里全是青石砌成的房舍，十分坚固，有二三十户人家聚居在这里，形成了一个小村落。

青雀带着英娘和祁震到了位于东侧的一个院落，"师爹，师娘，林啸天，我回来了！"青雀欢快地叫道。

屋门打开，一个三岁左右、和青雀一样穿着青布粗衣的小男孩儿跑了出来。他一定是长得像娘，雪白小脸上那双狭长妩媚的丹凤眼，简直勾魂摄魄。

只见他站在屋门前的空地上，两手叉腰，气势万千地大声指责，"姐姐，又贪玩！""又贪玩"这三个字，每个字都咬得重重的，一字一停顿。

青雀捋捋袖子，不怀好意地笑着，慢慢走向他，"林啸天，好弟弟，别跑！"。林啸天眼珠转了转，掉过头便往屋里跑，"姐姐，又要使坏！"

屋里走出一男一女，男子俊秀清逸，女子天姿国色。男子俯身抱起林啸天，女子嗔怪看向青雀，"顽皮丫头，又乱跑！"

青雀吐吐舌头，一手拉起英娘，一手拉起祁震，高高兴兴说道："师爹，师娘，林啸天，这是自小带大我的英娘，还有救过我的英爹。"

师爹师娘和英爹英娘客气地见了礼，让到屋里落座。说了几句话，师爹温和吩咐，"青雀，带弟弟出去玩会子。"青雀笑嘻嘻答应了，抱起林啸天，出门玩耍。

青雀出门之后，师爹脸色郑重起来，"敢问两位究竟是何来意？请坦诚相告。"师娘眼神也变得锐利，"孩子已是在鬼门关前转了一圈，好容易才捡回条小命。谁若再想打她的主意，休怪我们辣手无情！"

英娘听到"鬼门关前转了一圈"这样的话，眼泪扑簌簌掉下来。祁震拱拱手，诚挚说道："自打妞妞出生那天，我头回在祁家老宅见到她，便想保住她，保住祁将军的一点血脉。英娘只想她家小小姐平平安安的，别无他求。对妞妞，我们只有爱护之心，绝无他意。"

知道英娘和祁震是自青雀出生那天起便善待青雀、守护青雀的人，师爹师娘容色稍霁，"孩子吃苦太多，心疼死人。如今你们看着她好好的，是不是？刚救回来那会儿，根本是个小血人，奄奄一息。"

"外伤倒不算什么，可孩子还受了内伤，颇费精神。这几年我们带她遍寻名医，一直寻到此处，访到位高人，才替妞妞治好了内伤。"

祁震脸色铁青，"妞妞的内伤，是拜谁所赐？"师爹苦笑道："才救回孩子那会儿，只忙着替孩子疗伤，哪顾得上别的？等到妞妞伤势略好一点，我们试着问过那晚的情形，妞妞神情很痛苦，似乎不愿回想。"师娘微微皱眉，"你们也不许逼着孩子问！那段往事一定不堪回首，莫让孩子心里难过。"

英娘泣不成声地点头，祁震沉思片刻，也无异言。

是谁害妞妞的，猜也猜得到。自己能猜得到，难道宁国公、邓麒猜不到？可是他们什么也没做。事涉邓家内宅阴私，他们隐忍不发，让外人如何下手。

沈复任宣府总兵，和万首辅私交甚笃，听说连宫里的万贵妃也对他甚为赏识。得了万贵妃的赏识，那不就是得了皇帝老子的青眼么。沈复，官位稳稳的。

这笔账，只能慢慢算了。

祁震请师爹师娘一家到总兵府住下，"彼此亲热些，也相互有个照看。"师爹微笑，"青雀一直盼着当兵打仗，若真住到总兵府，该整天缠着你了。"师娘摇头，"不成不成！才拣回一条小命，又要动刀动枪的，我心疼！"

英娘想起往事，把青雀当年的豪言壮语说了，"妞妞说，她要重建三千铁骑，重建祁家军！"

师娘白了她一眼，"就知道你们来了没好事！想劝我放青雀上战场是不是？休想！花朵般的小姑娘，跟个男人一样披甲搏杀，就为了你们祁家的荣誉？小青鸟不欠你们祁家的，别打她的主意。"

师爹温和说道："青雀若不想做的事，咱们绝不勉强她。若有一心一意想做的事，咱们也不该拦着她。师妹，孩子有孩子的志向。"

师娘还是舍不得。

但是，祁震如果偶尔接青雀到总兵府玩耍，师娘还是肯的。对于一对自青雀出生之日起便开始守护她的夫妇，师娘没有理由拒绝。

青雀兴冲冲骑上战马，跟着祁震四处巡视。铠甲、刀枪、战鼓、战旗、整齐的军容、变幻的阵形，青雀天然地对之感兴趣。

祁震带她登上贺兰口长城，"青雀，宁夏镇境内东、西、北，三面环绕长城，背山面河，四塞险固，被称为'关中之屏蔽，河陇之上噤喉'。"

这是块宝地，"中国有之，以御外夷；外夷切之，足以抗中国"。雄伟的贺兰山，滔滔的黄河水，连绵不断的长城，共同抵御蒙古军队南下。

"青雀，什么是万里长城？"祁震笑着问道。

"这个可难不倒我，我博古通今啊。"青雀一脸得意，"南北朝时的名将檀道济被宋文帝刘义隆以造反的罪名投入大牢，檀道济怒吼，'乃坏汝万里长城！'"

"像您一样，面对蒙古上万骑兵，只带着一百多人也要死守古北口，这是真正的万里长城！"

"单凭这烽火台、城墙、贺兰山险，挡不住胡人南下的铁蹄。军纪严明的军队，勇敢的军人，才是真正的万里长城！"

少女美丽的眼眸中，闪烁明亮的光芒，璀璨如星。

她正值豆蔻年华，容颜清纯娇美，身姿秀雅无双。和她同龄的女孩儿，此刻该在安宁的后宅静静做着女红，或是风雅地吟诗作画吧？她却站在这雄伟险峻的宁夏古长城上，对着巍峨壮观、峰峦重叠的贺兰山，雄心勃勃地要保卫自己的国家，抵御蒙古骑兵南下。

祁震心神激荡，由衷地赞叹，"青雀，你不愧是祁将军的后人！"

妞妞你虽是小小年纪，却襟怀开阔，抱负远大，不愧是龙虎将军祁保山的外孙女。

青雀狡猾地笑着，"祁将军的后人？我眼前不就是位祁将军么。"祁震略一思忖，便明白了她的意思，却苦笑摇头，"妞妞，你师娘不会答应的。"

"从前有位祁将军，眼前还有位祁将军。"青雀毫不下气，依旧是一脸生机勃勃的笑容，"我觉着还不够呢！英爹，若是再有位祁青雀将军，你说好不好？"

笑嘻嘻看着祁震，等着听他的答复。

祁震心头一热，低声道："英爹是求之不得。妞妞，你才出生那天，我便在祁家老宅见过你。那时候，你的小脸还没有我的巴掌大，娇嫩得很，英爹抱着你的时候，一直小心翼翼的。"

"你能继承龙虎将军的遗志，重建祁家军，驱逐鞑虏，保国安民，是天朝之幸，百姓之幸。可是妞妞，你会吃很多苦，受很多罪，英爹舍不得。"

你父亲是国公府的公子哥儿，母亲是阳武侯夫人。有这样的父母，这样的出身，你本该是京城最高贵优雅的小姑娘，春天赏花做诗，冬天踏雪寻梅，富足、宁静、悠闲。

青雀眼光投向延绵群山，神色中有股和她年龄不相称的凝重，"英爹，有一个清冷的秋夜，我差点便死掉了。"

"我躺在冷冰冰的地上，五脏六腑都被人打伤，疼痛一阵阵袭来，难受得我想死。那间屋子很空旷，没有灯，唯一有光亮的地方，是一扇铁窗。"

"我抬头望着铁窗，觉着它是那么那么的遥远。唯一有光亮的地方，对我来说却是遥不可及。我眼皮快要合上，想要睡过去，永远睡过去。"

她声音很平静，祁震却是听得寒毛都竖起来了。

"我迷迷糊糊闭上眼睛，耳畔却传来男子悲怆的呼喊声，震天的厮杀声，让我不能清静。那男子已是身受数创，伤痕累累，犹自挥刀杀敌，毫不畏惧！他骑着匹黑色的战马，战马已经耗尽了全力，悲嘶着倒在地上……"

"我醒了！我想去救那名男子，我知道他在捕鱼儿海，他在捕鱼儿海和蒙古人血战！我支撑着坐起来，盘膝运了一回功，身上有了几分力气。"

"我攀上铁窗，取出一把削铁如泥的匕首，割断铁条。我个子小，割断两根铁条就能探出身子了。可是，我知道铁窗下面，遍布倒立的铁钉，狰狞可怖。"

"我不能死在这儿！我娘是娇弱女子，小阿扬和小阿挥才一点点大，还是不懂事的孩子。我如果死了，外祖父便后继无人！祁家军便后继无人！"

"如果我死了，那些在捕鱼儿海壮烈捐躯的将士，那些漠北草原上含恨而终的冤魂，都成了过往云烟，再也没人记起！"

"我不能死，我不能死！我跳下铁窗，滚过铁钉，向屋后爬去。我要离开这儿，我不能死，祁家没男人，全靠我了！"

"一只野狼跟在我身后，眼光绿幽幽的。我倒在地上装死，等它试探地嗅过来，匕首插入它咽喉！"

"到了一条小溪旁，我又饿又渴，喝了捧溪水，用树枝插出一条鱼，连烤也来不及烤，生吃掉。吃完生鱼，我盘膝运功，打算缓过一口气，便设法过了小溪，继续前行。"

"我正运着功，师爹师娘赶来，救了我。有师爹师娘救我，是我的幸运；若是他们没有及时赶来，我会自救，我不许自己死掉！"

"祁家只剩下我一个，我怎么能死？！重建祁家军，重建三千铁骑，全靠我了！"

祁震这铁骨铮铮的中年男人流着眼泪，重重拍着青雀的肩膀，"妞妞，祁家军，靠你了！咱们的小青雀，长大后会是祁青雀将军！"

青雀很过意不去地伸出袖子，替祁震擦着泪水，"英爹，好英爹，快别哭了！你这样子要是被英娘看见，一准儿以为我欺负你了。"

祁震拉过她的袖子，把眼泪粗粗擦了擦，和她一起眺望着崖谷险峻的贺兰山。苍茫的贺兰山绵延数百里，看上去好似群马奔腾，气势雄奇。

这天送青雀回红枫岭之后，祁震打发走青雀、林啸天，和师爹师娘说了番话。没过几天，师爹师娘带着两个孩子搬了家，搬到祁震的总兵府。

青雀加入宁夏边军，成为一名兵士，姓名：祁青雀。

秋风渐起的时候，她还和兵士们一起，打退过蒙古人的进攻。青雀是头回面对敌兵，兴奋得两眼放光，挥舞着手中腰刀，砍下不少入侵者的头颅。不过，这头颅她不肯带着，全扔了。"军功？不稀罕。不带不带，好丑。"马背上吊着人脑袋，难看死了，不要。

和她一队的兵士，正好一人分了一个，个个喜笑颜开。这功劳，白捡的呀。

进到冬天，青雀越来越懒，原来是叫"英娘""英爹"的，渐渐地简略成了"娘""爹"。英娘乐得合不拢嘴，祁震不动声色地答应了一声，眼中隐隐含着泪花。

师爹一向淡定，师娘不满地横了青雀一眼，"没良心的小丫头，对他俩比对我俩还亲热！"

青雀嬉皮笑脸，振振有辞，"我倒想叫您两位爹娘，两位肯答应么？师爹是金童，您是玉女，我若那么叫，不得把你俩叫老了呀。"

问到他俩脸上，"到底许不许？说老实话！"

师爹摸摸鼻子，"我无所谓，叫什么都成。"师娘认真地想了又想，"小丫头，你还是叫师娘吧。要是我有像你这般大的闺女，别人会以为我已经很老很老了，那多不好。"

青雀乐得不行。仙女师娘太爱美了，臭美啊。

成华二十一年春，泰安州及莱芜等县屡屡发生强烈地震，"震声如雷，泰山动摇"。四月，礼部上奏皇帝，"泰山为五岳之宗，一二月间摇动者四，灾尤异常。"

这场地震造成的伤亡不小，却是太子命运的转机。万贵妃谋划废太子、立四皇子为时已久，皇帝已被她说动，召阁臣商议。内阁首辅是万安这样的小人，内阁中哪还有忠直之士？对皇帝唯唯诺诺，不敢有违。

皇帝性情温和，待人宽厚，可是他若真别扭起来，却也很可怕。他在位期间，曾设立过恐怖已极的西厂，由太监汪直管领。西厂权力比东厂更大，可以不经皇帝同意，擅自逮捕大臣。西厂存在了五年，臣民们诚惶诚恐了五年。

五年之中，到皇帝面前冒死进言的大臣、内侍很是不少。皇帝大为不悦，"不过是用了一个太监而已，难道会让天下大乱么？"很是不以为然。

皇帝如果真下定了决心要行废立之事，以万安为首的内阁阻止不了他。

成华二十一年，已经五十多岁的万贵妃越来越心急地要废掉太子，屡屡催促皇帝。万贵妃的枕边风，皇帝对阿原的偏爱，最终促使皇帝下定了决心。

就在这时，泰山地震了。皇帝是迷信的，听到泰山地震的消息大为惊恐，遣使告祭，求天神息怒。

太子所居住的慈庆宫中，一名十四五岁、身穿皇子服饰的绝色少年站在偏殿，认真告诉端坐在龙椅上的太子，"哥哥，父亲方才在看《易经》，神色不定。"

太子神色复杂地看着他，"阿原，哥哥知道了，多谢你。"

皇帝平时并不看《易经》。如今泰山地震，皇帝却心神不定地看起《易经》，应该是心里有疑惑，不知该如何是好。

或许，卜者可以派上用场。

太子走下龙椅，来到阿原面前，眼光诚恳，"阿原，哥哥若平平安安的，你便会平平安安的。"

阿原精致绝伦的脸庞浮上一丝笑意，"那是自然。"

太子拍拍他的肩，"阿原，哥哥知道你一心想做个富贵王爷，定会如你所愿。你还有什么心愿，也一并说给哥哥听。"

阿原郑重道了谢，"哥哥，我就藩之后，可否许我母亲随行？若我和小五小八都走了，宫里留下她一个，十分凄清。"

太子怔了怔，"阿原，本朝无此先例。"见阿原有失望之色，心中不忍。

阿原失望了一会儿，低声询问，"哥哥，我的王妃，可否由我自择？"

太子看着眼前谪仙一般的弟弟，想想清秀却平凡的贾淑宁，也觉不般配，"阿原，若到了哥哥能做主的时候，依你所请。"

阿原美得如诗如画，世间最清丽婉转的少女，最婀娜多姿的少女，方才配得上他。贾淑宁，太过平庸了。

钦天监占卜，卜者曰"应在东宫"。

想废太子、易皇储么？废长立幼，于礼不合，连老天都发了怒，五岳之宗的泰山震声如雷，灾尤异常。这分明是上天在示警，若是继续一意孤行，后果不堪设想。

皇帝大为惊恐，息了要废太子、改立四皇子的心。他是帝王，是天子，天意如此，他如何敢违背。

万贵妃大为恼火，却也无可奈何。她自皇帝两岁起便陪着他，对他的性情知之甚深。他，是不敢逆天而行的。

皇帝觉着很对不住万贵妃，搜罗了不少奇珍异宝讨她欢心，宫中事务更是交给她掌管。她若有什么心愿，务必费心竭力替她完成。可易储之事，却是不许再提起。

万贵妃脾气一天比一天更坏，责打宫女、太监成了家常便饭。

决定不再废立之后，皇帝对阿原更增了几分怜惜，非常纵容他。阿原若想出宫逛逛，他会笑着答应，然后换了便服，父子二人一起出宫，到街市走走。

"父亲，您何必建什么西厂。"阿原和皇帝在城中漫步，有感而发，"您若想知道民间疾苦，自己出来走走、看看便可。亲眼看到的，亲耳听到的，岂不比太监转述的可靠。"

皇帝建西厂，最初是为了知道民间真实的情形。西厂的汪太监会扮做平民模样，整天在市井之间流连、打探，然后绘声绘色讲给皇帝听。皇帝长在深宫，哪听说过这些？一听就入迷了。

"傻孩子。"皇帝笑道，"咱们才能看到多少？若想知道得更多，还是太监好使。那些文官们，不是好相与的。"

他们呀，口中说的是礼义廉耻，肚子里谁知道是什么。勤政、爱民，一顶顶的大帽子往皇帝头上压，拿他们自己都做不到的事来要求皇帝，不把皇帝当人看。

文官们拧成一股绳跟皇帝较劲，皇帝能怎么着？拉上太监、厂卫呗，太监们从不讲什么大道理，这些无根之人，唯一依靠的只有皇帝，唯皇帝之命是从。

"不要。"阿原摇头，"想知道民间疾苦，可以广开言路。想制约文官，可以讲道理，也可以凭武力，就是不能倚仗太监。"

皇帝心中一动，柔声说道："阿原若承大统、登大宝，定能造福万民。阿原心地清明，知道什么该坚持，什么该放弃。"

阿原又是摇头，"太辛苦了，不要。父亲，我回到乾清宫看着您为国事操劳忙碌，都心疼您。您太不容易了。"

阿原是个好孩子。皇帝叹了一声，牵起阿原的手，缓缓回宫。

成华二十二年春，皇帝为太子择配，最后选定兴济张氏女为太子妃。张氏的父亲是一名秀才，以乡贡入国子监读书。母金夫人，生张氏的时候梦月入怀，以为吉兆。

太子满怀感激地向皇帝道谢。张氏出身书香门第，应该有良好的教养，对于张氏这样的太子妃，太子是很满意的。

"张氏端庄大方，可母仪天下；贾氏性情温良，是晋王妃最佳人选。你和阿原素来友爱，她们两人之间，也必定和睦。"皇帝温和说道。

阿原十岁之时，受封为晋王。他的王妃，自然称为晋王妃。

太子斟酌着措词，很想为阿原说句话。您这么疼爱阿原，怎么会要把贾淑宁硬塞给他呢，多么不般配。不过太子自小到大谨慎惯了，在皇帝面前尤其不敢过于随意，故此沉吟片刻，只恭敬地应了声，"是，父亲。"

太子走后，阿原从屏风后走出来，用谴责的目光看着皇帝。

皇帝笑了笑，命他近前，握着他纤白如玉的双手，"阿原，她一直很疼你，对不对？你的王妃，便依了她的意思吧。若你不喜贾氏，往后再纳别的女子便是。"

阿原何苦如此，你又不是只能娶一位女子。

"别的女子？"阿原大为不悦，"我若不喜，何必纳她；我若喜欢，怎忍心让她居于人下？父亲，自己心爱的女子不能做自己的妻子，滋味如何？"

挣脱皇帝的手，转身走了。

皇帝看着他清逸的背影，怔怔出神。"自己心爱的女子不能做自己的妻子，滋味如何？"这还用问么，很痛苦，很痛苦。

阿原已经失去那个世间最尊贵的位子，难道婚事也不能如他的意？于心何忍。

阿原即将满十六周岁，按照皇帝原先给他的承诺，可以有自己的王府了。钦天监已经选定了银锭桥畔一块风水宝地，正在破土动工。

"阿原要有自己的王府了。"皇帝跟宸妃诉苦，"想到他要搬出宫，搬到晋王府，朕实在舍不得。况且，阿原连王妃也没有，孤零零一个人住出去，好不可怜。"

宸妃温柔地听着，巧笑嫣然，"他才不可怜呢。他呀，早盼着搬出乾西五所，有自己的王府了。陛下，他住在乾西五所，只有一个三进院子，委实不便。"

乾西五所是皇子居住的地方，每所都是南北三进院子。阿原小时候还不觉什么，长大后侍从渐多，便觉得不够住，不自在。

"太子能住慈庆宫，阿原却只能住乾西五所。"皇帝心中怅然，命工部不惜工本，竭尽物力，务必要把晋王府修得美轮美奂、举世无双。

"明年春天，再选次秀，替阿原挑位可心的姑娘。"皇帝这么打算。

宸妃委婉反对，"阿原心仪的小姑娘，始终只有一位。"

皇帝忆及往事，对阿原颇觉抱歉。明知他喜欢邓大小姐，做什么要属意贾氏？若把邓大小姐养在宫中，她便不会回邓家见曾祖母，不会小小年纪夭折。邓大小姐若好好的，阿原得偿所愿，会何等快活。

阿原来跟皇帝请假，"父亲，我想亲自到薛金事家中道贺。"

薛护这些年升职很快，如今已是府军前卫指挥金事。他前年娶了表妹为妻，今年喜得贵女，要办满月酒。

皇帝知道薛护曾救过他，两人一向亲密，欣然应允，"多带近卫，不许逗留过久，不许饮酒太多，申时之前回来。"阿原浅浅而笑，"是，父亲。"

宫门大开，上百名骑兵众星捧月般围着一位身穿亲王服饰的美丽少年，驰向阳武侯府。

阳武侯府今天热闹得很。添人进口是喜事，虽说是个女孩儿，可薛护身为阳武侯府世子，这孩子是他头生女，满月酒自是郑重的。

四皇子的到来，让原本就隆重的满月酒更添光彩。

因天热，四皇子素不喜用冰，故此薛护请他到园中假山上的凉亭小坐。这凉亭坐落于园中最高处，木构黛瓦，古朴典雅。坐在亭中，凉风阵阵吹来，令人心旷神怡。

"薛金事。"阿原静静看着薛护，"孤今日前来，一则是祝贺你弄瓦之喜；二则，是想请教你一件事。"

薛护正亲自执壶斟酒，闻言，双臂在半空中僵了僵。片刻后，薛护继续斟酒，神情恭谨地递到四皇子面前，"殿下不耻下问，薛护一定知无不言，言无不尽。"

四皇子挥挥手，命随行的近卫退到台阶下。薛护也命仆役回避了，凉亭中只剩下四皇子和薛护两个人。

四皇子站起身，居高临下地俯瞰着园中美景。他漆黑如墨的眼眸宛如一泓深潭，幽然不见底，声音也是平平无波，"那年，我烧得糊里糊涂的，昏睡了好几天。睡梦中有一个人在我耳边低语，告诉我，她没死，她还活着。"

薛护站在他身后，苦涩说道："是，我不忍见殿下受苦，宸妃娘娘忧虑，偷偷告诉殿下实情。"

"后来，我出了一身大汗，病渐渐好了。"四皇子回过身，定定看着薛护，"我悄悄问过你几回，每回你都是同样的说辞：她被你小师叔救走了，至于救到了哪里，你也不知道！"

薛护原本是位浓眉大眼、面相憨厚的少年，经过五六年的历练、五六年的风风雨雨，已比从前精明强干不少，眉宇间透着坚毅、沉着。他坦然迎上四皇子的目光，轻轻说道："她确实被小师叔救走了。之后，确实再无消息。"

"不只我，就连我师父，也不知小师叔他们如今寄身何处。六年了，殿下，六年来我再没见过小师叔，也没有见过……她。"

两人面对面站着，俱是无言。

薛护是历山派弟子，小师叔不给他音信，到师父那儿也是什么都问不出来，他已是没辙。四皇子也好不到哪儿去，一样是有心无力。他还没成年，连出回皇宫都要特地跟皇帝请假去，能做什么？想追根究底也好，想暗中寻访也好，都要通过皇帝。

宁国公已经亲口承认她的死讯，四皇子如果对皇帝提出这种请求，无疑是在指责宁国公欺君瞒报。这个罪名，许是能要了宁国公的命。

那是她的曾祖父，留或者不留，要或者不要，旁人不能替她做主。她杳无音信，当然也无从得知她的心意，为稳妥计，只好暂时隐忍不发。

况且，她是和小姨、小姨丈在一起。父亲明知世上有小姨这个人，明知小姨和母亲是亲姐妹，却从不提及要把他们接回来，显然还在介怀。小姨，暂时不可回京。

青雀歌

"我别无奢求。"四皇子思之良久，神色怅然，"只要知道她平安无事，只要知道她开心快活，便足够了。"

"一定会！"薛护冲动说道："小师叔和五师叔在一起，他俩武功精湛卓绝，为人又机警！两位师叔疼她入骨，她绝不会有事的！"

一阵清风吹过，带来丝丝凉意。四皇子临风而立，精致面庞上满是落寞，"但愿如此！"

薛护认识他多年，看着他从面目姣好的小男孩儿长成美丽少年，见他这样，心生不忍，"她是我继母的女儿，便是我的妹妹了。我拿她当亲妹妹看待，但凡能有她的消息，一定不遗余力寻找，告知殿下。"

四皇子沉默良久，慢慢说道："母亲，不该是世上最亲近之人么。"

她的母亲，却和她半分不亲近。她母亲身穿侯夫人命服，雍容华贵地行走在一众外命妇当中，她却只能在楼上远远眺望，满是爱慕地远远眺望。

薛护无言以对。

四皇子身份尊贵，在阳武侯府并没逗留多久，坐了会子，便由近卫军护卫着离去了。阳武侯父子一直恭送到大门外，看着他走远了，方才回府。

九月，晋王府落成。礼部、钦天监举行了祭礼，晋王可以搬出皇宫，自己开府了。

晋王府坐落在银锭桥畔，府前是一片海子，水面波光粼粼，两岸树影依稀，风景秀丽宜人。

西山风景很美。可是站在京城任何一块平地上，都看不到郊外的西山。唯有站在银锭桥上，可以引颈西望，领略西山浮烟晴翠的绰约丰姿。

银锭桥，京城第一风水宝地。

晋王坐在书案前，提笔写着书信。出了皇宫，有了自己的亲王府，有长史、典簿、引礼舍人、护卫等供驱使，终于可以做自己长久以来一直想做的事。

"秘密送到吏部郎中杨大器手中。"写完信，晋王吩咐护卫送走。护卫恭敬地答应了，后退几步，转身出门。

小姨，小青雀，等着我，我快找到你们了！晋王静静坐在桌案旁，花瓣般的嘴角泛上丝笑意，眉目温柔。

十月，礼部正如火如荼地准备着太子的册妃大典，宁夏传来蒙古小王子入侵的消息。蒙古小王子，是鞑靼的首领。

自从北元人被驱逐出关，前前后后有多位小王子犯边。鞑靼人时不时地入侵宁夏、陕西、大同、宣府，杀人劫掠，肆意抢夺人品、牲畜、财物。杀完抢完，蒙古人撤退，守将收拾残局。

这个消息并没引起朝廷太大的重视，天朝北部差不多年年和蒙古人打仗，今年，也没什么稀奇的吧。

高寒大漠里锤炼出来的强壮体魄，野蛮、迅速、崇尚武力，天底下没有他们不抢的东西，粮食、牲畜、金银财宝、奴隶、女人，什么都抢。蒙古人像风一样掠过大地，冷酷无情地杀戮、劫掠过后，又像风一样卷走，重回大漠。

蒙古人每回犯边，都给天朝带来巨大的损失。这年也没例外吧？京城等着宁夏的回报，无非是什么"奋勇杀敌""斩首数百"之类。反正蒙古人通常不会长久占着地池，抢完就走。

守将么，逮到零星蒙古人，胡乱杀几个，就算功劳。

出乎人意料的是，不久宁夏传来捷报：宁夏总兵祁震率所部抵御，把入侵的鞑靼骑兵拦截在长城以外。激战数日后，鞑靼骑兵退走。祁震率部追击，获胜，斩杀其济农斯罗，斩首三千余级。

天朝大胜，还杀了位济农？济农，那可是蒙古储君、副汗，一人之下万人之上的人物。消息传到京师，不只武将们热血沸腾，文官们也激动了。

蒙古人曾占领天朝领土长达九十七年，即使被驱逐到漠北之后，依然时不时地入侵边境。他们是草原上的狼，一直对天朝虎视眈眈。杀了蒙古的济农？大胜仗，激动人心！

这场大胜仗谁打的？祁震。祁震不就是当年死守古北口，血战到底的英雄么？他做个小小百户尚能率众浴血奋战，这当了总兵，位高权重，更要誓死保国卫民了。甚好，甚好。本来觉得这场胜仗很意外的官员们，一听主将是祁震，转而觉得极为理所应当。天朝需要祁震，需要无数名祁震，牢牢守住天朝北部防线，守卫万里长城。

祁震的英名，传遍大江南北。至于那位被斩首的蒙古济农，还用问么，定是死于祁震刀下了。除了祁震，还会有谁这般英勇，这般所向披靡？

兵部官员们兴奋地等着前线报上军功，好论功行赏。成华二十三年正月，宁夏行文到了兵部，兵部官员们一个个全都目瞪口呆：斩去蒙古济农首级的，不是祁震，而是祁震的义女、军中校尉，祁青雀！

一位姑娘家，上阵杀敌？还把蒙古骑兵的头子给斩于马下？祁将军啊祁将军，敢情不只你威风凛凛，你闺女比你更彪悍！

宁夏之战是朝野关注的大事，战报送到了皇帝面前，一向怠于政事的皇帝也饶有兴致，把战报看了个仔仔细细。这不是小事，这是对蒙古的大胜仗，难得之至。

"祁青雀？"皇帝看到这个名字，看到名字后头注明的"女"字，怔了怔。怎么祁震的闺女也跟他一样，能征惯战么。祁青雀，这名字听着很熟悉。

皇帝极力回想，好像曾有那么一位眉目如画的小女孩儿，在自己面前说过要领兵打仗保国卫民的豪言壮语，专门提过"女子也能打仗"。

"宣晋王。"皇帝想得头疼，吩咐内侍速去晋王府，宣阿原进宫。

银锭桥离皇宫并不远，从北门出来，策马疾驰，大约一盏茶的工夫也就到了。皇帝并没等多久，他钟爱的儿子阿原已到了面前。

"阿原，你过来看看。"皇帝拍拍身畔的宝榻，示意阿原坐下。这里，是阿原从小到大坐惯的地方。

阿原在皇帝身边坐下，白皙优美的手指拿起战报看着，脸上带着浅浅笑意，"父亲，什么要紧事啊，要这么急急地宣召阿原……"

"祁青雀"三个大字横在阿原眼前，阿原顿住了。

"阿原。"皇帝的声音响在阿原耳边，语气温和中又有着些许歉意，"你喜欢的那位小姑娘，爱打仗的那位，叫什么来着？"

阿原缓缓把战报放下，清晰说道："邓之媛。父亲，她是宁国公府的大小姐，姓邓，名之媛。这名字很美，很有意境，是不是？'展如之人兮，邦之媛也'。"

皇帝见他毫无伤心之色，放心得很，笑道："朕方才见了这名字，忽觉着很眼熟，不知怎地想起那小姑娘了。那位小姑娘，不就是口口声声要领兵打仗，保家卫国么。"

阿原淡淡道："我已经忘记了。父亲，时日太久，我只记得她的芳名，至于她的音容笑貌，不复能忆起。"

皇帝感动得不得了。阿原太懂事了，为了安慰自己做父亲的，竟说已忘记了那小姑娘！傻孩子，你母亲是最知道你的，她说过，你心仪的姑娘，始终只有一位。

"姑娘家立了这样的功劳，该如何封赏？"皇帝感慨过后，踌躇看着战报，"女子做官，本朝无此先例。"

宫中那些女官不算，她们不过是在宫里服侍，既入不得朝堂，也上不得战场。

"赏赐金帛财物，再赐一个郡主的封号，如何？"皇帝拿起朱笔，沉吟道。

"不大好。"阿原坐在他身边，静静说道："郡主是皇室女子的尊荣，怎能轻易给一位民间女子？父亲，您还没有见过她，不知她教养如何。若她十分粗野，岂不玷污了皇室清誉。"

"有道理。"皇帝放下朱笔，笑道，"祁震立下这大功，许他回京面圣。他那斩了蒙古首领的义女，也一并进京。见了面，如果姑娘知礼懂事，再给封号不迟。"

阿原浅浅一笑，像小时候一样体贴地替皇帝翻着奏章，"父亲，干活儿吧。活儿干完了，阿原陪您说说话。"

"成啊，干活儿，干活儿。"皇帝就着阿原的手看奏章，微微笑起来。

阿原盘桓许久，方才跟皇帝告辞，出了乾清宫。缓缓走在长长的甬路上，阿原心中又是欢喜，又是酸楚。青雀你真的从了军，还杀了蒙古济农，太了不起啦。

小青雀，你娘又不疼你，做什么跟她姓祁。姓邓不好，姓祁也不好，你还不如……跟我姓吧。我的姓，是国姓，是天朝最尊贵的姓。

成华二十三年正月，太子册妃张氏，举行了隆重的大典。不知是生气还是别的什么，太子妃册立之后，万贵妃脾气更不好，经常责打宫女。她已快六十，体肥，责打宫女的时候一口痰堵在喉中，救治不及，溘然长逝。

万贵妃暴疾去世的时候，皇帝郊祭归来，正在举行庆成宴。等皇帝回到宫里，万贵妃已咽了气。

皇帝好半天没说出话来，半晌，怃然道："贞儿去了，朕亦不久矣。"伤心非常，为辍朝七日，谥为恭肃端慎荣靖皇贵妃，备极哀荣。

才四十出头的皇帝非常颓废，极少见人。王皇后是不用提了，他素来不理会，现在就连周太后也轻易见不着他，宸妃等妃子也被抛在脑后，唯有一直钟爱的四皇子阿原陪伴他时，心绪会略略放宽。

三月，宁夏总兵祁震星夜兼程赶到京城，觐见皇帝。皇帝心情郁郁，政务多交给太子，即便是祁震回京，皇帝也没有亲自接见。

祁震觐见太子的时候，还带着义女，军中校尉、斩杀蒙古济农的祁青雀。祁震铮铮铁骨，面容坚毅，一眼看去便是久经沙场的将军。他的义女祁青雀却是一位异常美丽的少女，年方十五六岁，冰肌莹彻，眉目如画，虽是身着戎装，也掩盖不住绰约的身姿。

太子不是好色之人，也忍不住多看了她几眼。

这么位娇滴滴的少女，杀了蒙古济农？太子越想，越觉得不敢相信。

"祁姑娘胆识过人，真是巾帼英雄。"太子温和说道，"朝中有官员反对祁姑娘升官，'牝鸡司晨，惟家之索'，不知祁姑娘有何高见。"

"牝鸡司晨？"青雀扬起黛眉，"请殿下问问他们，身为堂堂七尺男儿，能否确保天朝女子不被胡人掳掠？有一位敢站出来拍胸脯说这个话的，祁青雀立即解甲归田，绝无二话！"

"若他们不敢确保，瞎吵吵什么，乱指挥什么？让边境的女子等着被胡人污辱、抢劫，而不自救自强么？这种人要么迂腐要么无能，要么，就是吃饱了撑的！殿下，这种人，只配回家抱孩子！"

她不只长得好，声音也极为动听，清洌甘美，如山间清泉。可是说出来的话，却飞扬凌厉，词语铿锵。对于那些腐儒，半分没留客气。

太子微微笑了笑，温言嘉奖祁震父女几句，命他们先行回府休养歇息。他禀性谨慎，对于宁夏大捷中这新冒出来的姑娘校尉祁青雀，不知如何封赏才好。既然不知道，那就先放放，稍后再议。

祁震带着青雀拜辞太子，出宫。他俩行走在宫道上，不知吸引了多少人的目光，尤其是花痴的宫女们。她们正值妙龄，正是怀春的年纪，已经人到中年的祁震她们看不到眼里，少年美丽的青雀，她们很喜欢。

"那是位少年将军么？太俊了！他要是能转过头看我一眼，让我立时死了，我也愿意！"

"你傻呀，那是位姑娘！斩杀了蒙古济农的那位姑娘，知道么？"

"她是位姑娘怎么了？是位姑娘，也是少年将军！她要是转过头看我一眼，我还是死也乐意！"

祁震和青雀出了西华门，两名彪形大汉牵着他们的马匹，等候已久。这两匹马一高一矮，一匹纯黑，一匹火红，浑身没有一根杂毛，又漂亮又神气。

不用说，纯黑的高头大马是祁震的，小红马是青雀的。两名彪形大汉恭敬地递过马缰绳，父女二人飞身上马，疾驰而去。

祁震任三千营指挥使的时候，在校场口胡同置下一栋带小花园的五进院子。这回父女二人回京，自然是住到校场口胡同的祁宅。

从西华门到校场口，要穿过几条热闹的大街。祁震、青雀俱是骑术卓绝，虽穿行闹市，速度还是很快。他俩这一高一矮、一红一黑并肩而行，很显眼。路上的人行人、滩主、客商只觉眼花缭乱，明明一匹马已到了近前，可是倏地绕开，再不会踩踏到人。

闹市中有家米店，不少人在看米、买米。有位五十多岁的大娘一手牵着五六岁的小孙女，一手捧起小米看着，嗯，黄灿灿的，看着很好。不知有没有香味？大娘放下牵着小孙女的手，捧起小米仔细闻着。

一只骨节分明的大手伸过来，小孙女被无声无息地拉走了。大娘专心看着小米，竟没有发觉。

祁震和青雀并肩驰过米店的时候，忽然间，一个孩子从店中奔出，直直飞向青雀的马蹄！眼看着一场惨剧就要发生，孩子就要葬身马蹄下！

店门后，一名身材高大、相貌机警的黑衣男子冷眼看着，嘴角带着丝轻蔑的微笑。祁青雀，女英雄？闹市踏死人命，花朵般的小女孩儿死在你马蹄之下，看你还怎么做这女英雄！

人群中响起一片惊呼声，行人、摊主等都恐慌地看着，不知所措。那是个孩子啊，是个活生生的孩子！眼看就要……

青雀喝了一声，勒紧马缰绳。小红马极通人性，长声嘶叫，前蹄高高抬起，却不落下。那突然奔过来的孩子呆呆傻傻立在马前，吓得躲也不会躲，跑也不会跑。

这场变故引得路人纷纷围观，心都提到了嗓子眼儿。不过是一瞬间，那原本站在马蹄下的孩子被一条软绸卷起，平平稳稳坐在小红马的马背上！小红马长嘶一声，前蹄落地。

"孩子得救了！孩子得救了！"一片寂静之后，整个街市都响起欢呼声。不管男人女人、老人年轻人，都极为兴奋。更有心肠软的姑娘们，泪水流了满脸，又哭又笑。

"妞妞啊，我的妞妞！"米店里头冲出一位头发花白的老妇人，颤巍巍的，老泪纵横，"妞妞，妞妞！"

青雀身前的孩子好像大梦初醒似的，急切地俯下小身子，"姆姆，姆姆！"青雀笑了笑，抱着她翻身下马，把她交回给老妇人。老妇人把孩子上上下下打量了一遍，抱着孩子痛哭不止。

说来话长，其实这不过是一瞬间的事。祁震勒住马缰绳，回身看了过来，青雀对他点了点头，慢慢走进米店。

米店里除店主之外，还有两个伙计在招呼客人，挑米买米的客人大约有十几二十位。青雀静静站在屋中间，不动声色地打量着。孩子是从这儿冲出去的，这家米店，必有古怪。

墙角有个黑色人影，悄无声息地想往外溜。青雀嘴角勾了勾，就凭这点子功夫，还想在我面前装神弄鬼？小子，你嫩了点儿。

青雀也不回头，身子迅疾向后倒退，无声无息到了那黑衣人跟前。黑衣人吃了一惊，伸手想取兵器，却被青雀出掌如刀，砍在他颈间！"你，你一个小丫头，竟这般厉害……"黑衣人软软倒在墙下，不敢相信似地看着青雀。

青雀笑吟吟看着他，目光中满是嘲讽，"小子，这都几年过去了，你竟半分长进没有！不只没长进，连老本儿也快吃光了吧。"

在我手下，你连一个回合也走不了。当年你欺负我人小没力气，跟在沈茉那恶毒女人身边助纣为虐之时，是何等的威风啊，如今竟然也落到这步田地。小子，如今我是刀俎，你是鱼肉，懂不懂？

黑衣人的眼神中满是绝望。这是个什么样的丫头，才十五六岁的年纪，竟练成了这身惊世骇俗的武功！怪不得当年没能杀了她，敢情当年她已有了内功底子，却深藏不露！

老子当年打了她，便动身奔赴宣府，依旧在沈将军跟前效力。今年跟着沈将军回京述职，才知道她竟没死！老子这趟是自动请命，想将功赎罪的，谁知竟会阴沟里翻了船，折到一个丫头手里。

想来想去，想破脑袋也想不明白，那小丫头怎么可能没死呢？原来真相竟是这样。他娘的，沈家父女要害死人了，只说对付个小女孩儿，其实连人家的底细都不清不楚！

一个比三月春笋还娇嫩细腻的官家女孩儿站在眼前，谁能想到她竟是有内功底子的？如果知道，怎么着也要多打两掌，让她再也活不过来！

黑衣人提了几回气，提不上来，心中的恐惧越来越强烈，看向青雀的目光中，有了乞求的意味。

青雀笑了笑，招手叫来呆若木鸡的店主，"叫里长过来，带上几个人，把这贼人送到顺天府衙，就说宁夏总兵祁震让送去的。这可是名江洋大盗，店主，你仔细了。"店主连连答应，一边差个伙计去叫里长，一边怕这江洋大盗跑了，命人拿了粗绳子过来，捆了个结结实实。

把黑衣人急得——送到顺天府衙？沈家能容我活着么，定是要杀人灭口的！可是若要哀求些什么，却是根本发不出声，说不出话。

青雀看也不看黑衣人，转身出了米店。街市上热闹得很，祁震一手牵着大黑马，一手牵着小红马，微笑看着那位大娘，听她絮絮叨叨说着话。那位大娘牵着失而复得的小孙女，拿袖子擦着泪，"……我闻闻小米香不香啊，天杀的，就一会儿啊，妞妞就不见了……"

旁边有位摆地摊的摊主，三十出头的年纪，看着很精明，眉飞色舞地说着，"我一直看着呢，看得清清楚楚！这孩子就跟支箭似的射了过去！"口中唾沫横飞，手指向小红马站的位置。周围有不少闲人，都听得津津有味。

"要不是这位军爷骑术好，孩子一准儿没命了！"摊主越说越得意，好像他是英雄似的。不少闲人凑上去询问详情，摊主更加来劲，讲得更绘声绘色。

青雀笑眯眯听了会儿，掏了块散碎银子放在大娘手里，"给孩子买零嘴儿吃。"捏捏女孩儿的小脸蛋，和祁震一起飞身上马。

祁震冲着众人拱拱手，朗声说道："我们是宁夏守军，职责是驱逐胡虏，保国安民！诸位放心，我们绝不欺负百姓！"

街市上一片叫好声。

青雀也神气活现地冲着众人拱拱手，"诸位，我们是祁家军，军纪严明，只会保护老百姓！"

"祁家军！祁家军！"街市上的行人、客商听热得血沸腾，挥舞着手臂，热烈又整齐地叫着。天朝官军要都跟这两位似的，老百姓做梦都要笑醒！

祁震和青雀骑在马上，笑容满面地冲着四面八方拱手道谢。周围的叫好声、喝彩声，越来越热烈。

因为一场意外，祁震和祁青雀这两位抵御胡虏的著名人物，甫一抵京，便受到了英雄般的欢迎。祁家军的名号，深入人心。

祁震和青雀回到校场口胡同祁宅，青雀飞身下马，亲自把小红马牵到马厩，爱抚着她，喂她吃青草，"好样的！小红，今儿个你露这一手太高了，让我刮目相看啊。"

小红马本是低头吃草的，闻言抬起马脸，不满地打了个响鼻。小红，又叫我小红！我这样神俊的马儿，竟然叫小红！人家本来叫天行好不好，多有气势！一匹天马被你叫做小红，有冤无处诉。

小红马仰头半晌，被青雀温柔地爱抚着，又低头吃草了。

马厩前出现了一个小小的身影，满脸艳羡地盯着小红马看。这匹小马最好看最神气了，可是姐姐小气得很，甭说让给自己这小师弟了，摸摸她都心疼。

青雀回头看看小小的林啸天，嫣然一笑，"想不想喂喂她？"林啸天大喜，"好啊好啊，喂喂她。"小手在衣衫上擦了擦，激动地走过来，学着青雀的样子，拿青草喂给小红马。

"宝贝，他是我弟弟，他很喜欢你。"青雀柔声在小红马脑袋旁说着话，小红马看了看林啸天，勉为其难地张开口，吃了林啸天递过去的青草。

林啸天高兴得两眼放光。

喂过小红马，青雀跟她亲热了一会儿，方才笑嘻嘻地告别。林啸天本来跟着青雀走到门口了，眼珠转了转，又咚咚咚跑回到小红马跟前，踮起脚尖，抱着小红马的脑袋说了几句悄悄话。

青雀好笑地回头看他，"林啸天，我家小红是骗不走的。"林啸天瞪了她一眼，咚咚咚跑回来，也不理青雀，自顾自走了。

臭小子，总惦记着我家小红！青雀笑了笑，快走几步，和他一起回了上房。

祁震住在中间一进院子，师父师娘带着林啸天住在第四进，青雀住在第五进。至于前面两进院子，住的则是护卫、管事、师父。

青雀和林啸天回去之后，一边一个靠在心慈身边撒娇。心慈嫌弃地说道："去去去，都是大孩子了，还这般缠人。"她越嫌弃，两人越来劲，扭股糖似的缠着她。

祁震和青雀回京，英娘带着一双儿女留在宁夏，师爹师娘却是跟着回来了。他们曾经离开过青雀一回，离开的时候，以为青雀很安全。可是没过多久，青雀便遇险受伤，几乎没命。经历过这么一回，师爹师娘哪里还会放心让青雀离开。

师爹还好，虽疼爱青雀，却不会过分约束。师娘是恨不得把青雀拴在身边，从早到晚看严实了。当然了，青雀这样的孩子，看不住，她是要展翅高飞的。

"娘，爹爹怎还不回来？"林啸天撒过娇，端坐在小凳子上，严肃地问心慈。今天才回京，爹爹也不带娘，也不带我，也不带姐姐，一个人跑出去玩！真不讲义气！

心慈慢条斯理地整理着被他压皱的衣衫，没理他。

"快了。"青雀瞅瞅外面的天气，笑道，"师爹过会子便回，我的卦再不错。师爹快回来了，而且，师爹很可能不是一个人回来，身后会再跟着一位。"

青雀的卦果然很准，天黑之后觉迟回来了，身后还跟着位年近五旬的长者。这长者是青雀和心慈都见过的，含笑迎上来行礼问好。长者哪顾得上看她俩，目光死死盯住林啸天，贪婪地看着。

他这副模样并没吓住林啸天，林啸天漆黑如墨的眼眸中满是好奇，一动不动地瞅着他。

这便是景城伯林朝和长孙林啸天初次见面的情形。

景城伯蹲下身子，眉开眼笑看着林啸天，"这小子长得真俊！是我林家的种！"林啸天咧开小嘴，给了他一个大大的笑容。

大概是血缘的关系，林啸天才见第一面就和景城伯很熟，景城伯伸手要抱他，他欣然同意——这臭小子如今以大人自命，一般来说，谁要抱抱他亲亲他，他是坚决反对的。

景城伯抱着大孙子，心满意足。

"你们走了之后，陛下好像很生气。"景城伯乐呵呵说道，"爹爹心里害怕，便上了道表章，请立次子林予迟为世子。"

结果，皇帝大发脾气，"长子尚在，为何要立次子？"驳回了景城伯的请求。

景城伯放心了。皇帝虽是心中不满，却没有要把觉迟夫妇赶尽杀绝的意思。景城伯知道，长子总有一天能回京，继承景城伯府，继承林家的家业。

这一天，或许是已经等到了，或许很快会等到。晋王都已经开府了，五皇子八皇子也渐渐大了，皇帝还能觊觎他们的姨母不成。

景城伯响亮亲亲怀中的大孙子，踌躇满志。

临分别的时候，景城伯还特地夸了青雀，"心狠手辣的小丫头，你坏心办好事，帮了师祖的忙！"青雀淘气地笑笑，"明明是好心办好事嘛。"景城伯哈哈大笑，觉迟和心慈也莞尔。

送走景城伯，青雀喜滋滋地盘算着，"过两天，先到大兴看我爹我娘和青苗青树去！对了，我还新添了个弟弟，青林。青林我都没见过呢。"

林啸天很不满意，大声抗议，"你弟弟在这里！"青雀乐得不行，"林啸天，吃醋了！"听说姐姐还有弟弟，他气得小脸通红！

林啸天凶狠地扑了过去，青雀摆出一个漂亮的姿势，两人打在一起。林啸天这小屁孩儿能会什么，青雀一边陪他玩，一边潜移默化地教给他步法、身形。

玩够了，和心慈一起哄着林啸天洗漱过，上了床。林啸天向来是挨枕头便着，没一会儿便睡沉了。心慈牵着青雀的手，轻手轻脚走出来。

祁震差侍女过来询问，"明儿个去阳武侯府拜访，可要同去？"青雀沉默片刻，淡淡道："谢谢，不了。"

侍女屈屈膝，告辞离去。

心慈很不忍心，把青雀揽到怀里，低声道："我和你师爹虽说不喜欢她，可她到底是你娘啊。丫头，你若想她，便过去吧。"

青雀笑了笑，"不去。师娘，她已经嫁人生子，和后夫一起和和美美度日，何等逍遥。我若是不请自至，徒然惹她不快，又有什么好。"

师娘轻轻叹息，"我家小青雀，长大了。"

知道亲娘已经另嫁，日子和美，她这前夫之女，不经邀请，绝不上门添乱。青雀，便是这么善解人意。

青雀孩子般依偎在师娘怀里，半天一动不动。

心慈心疼地轻轻拍着青雀，眉头微皱。这个祁震，忘性也忒大了，又跟丫头提她亲娘做什么？没事找事！

对于青雀的受伤，师爹师娘一直耿耿于怀。师爹师娘除了不肯原谅邓家，还不肯原谅祁玉。邓家是自打把青雀从英国公府接走之后，便到阳武侯府挑衅的。若祁玉把青雀这亲生女儿略微放在心上，怎么着也要先跟邓家虚与委蛇，同时召集武师相救。如果她肯替青雀想想，肯屈尊到山上拖延拖延，青雀都不会这么苦。

　　师爹师娘当着青雀的面，当然是一句不提祁玉。祁震和英娘若是提起来，师爹师娘可半分不会客气，"龙虎将军的女儿，将门虎女？别往她脸上贴金了，我们小青雀才是龙虎将军的后人，她不配！"

　　说过不止一回，可祁震还是多余问了这么一句，惹得青雀伤心。

　　师娘回房后跟师爹抱怨，"这祁震是呆还是傻，一定要提他家小姐？"师爹沉默片刻，温声道："他是祁家义子，受恩深重，难免的。便是英娘，对她家小姐也是忠心耿耿，再无二心。师妹，只要他俩是真心疼爱小青雀，这些不必计较。"

　　师娘忿忿，"他再这么着，我带着丫头一走了之，让他再也看不着！祁家，祁家，总拿着祁家来绑住丫头，好不讨厌。"

　　"如果没有祁家，或许妞妞一个人在石屋的时候，已经不知不觉睡过去，再也救不醒。"师爹冷静提醒，"妞妞便是心里牵挂着祁家，才硬撑着一口气，没有被死亡征服。"

　　师娘眼圈红了红，"想起那狠心的娘，我心里便不舒服！丫头还要姓她的姓，真是恼死人了。"

　　"她是姓龙虎将军的姓。"师爹温和安慰，"师妹你想想，小青雀不只练武是奇才，打仗也能无师自通、举一反三，为什么？我想来想去，必定因为她是龙虎将军的外孙女，继承了外祖父的天分。"

　　"那还成。"师娘勉强点头，"明儿个祁震去阳武侯府，咱们带着小青雀、小啸天上街逛逛，让两个孩子好好玩玩。"

　　师爹微笑，"好啊。还有我娘子也是，好好玩玩。娘子，明儿个你但凡看中了什么，只管开口，师兄都买给你。"

　　师娘眼波流转，"还要人家开口？师兄，应该是人家一个眼神过去，师兄便吩咐店家包起来才对。"

　　说着笑话，两人相拥入睡。

第九章　寻寻觅觅

第十章
光可映人

第二天真的把青雀、林啸天叫过来，"今儿个带你俩出去逛逛，打扮得精神点儿，出去不许哭不许闹，不许给我丢人。"青雀、林啸天齐声欢呼，各自奔回房换出门衣服。

青雀挽起俏皮的倭堕髻，一身浅秋香色衫裙，清丽水灵，娇美难言。林啸天一头乌黑长发用玉簪松松簪住，衬着粉粉嫩嫩的小脸，俊美得不像话。

"爹，娘，你们不用换衣么？"林啸天蹦蹦跳跳地进来，在心慈身边晃悠。

"我啊，天生丽质，用不着打扮。"心慈轻飘飘说道。

"男人穿衣，干净整齐便可。"觉迟诚恳告诉儿子。

你们！林啸天看着这对无良父母，气咻咻。

青雀在旁笑弯了腰。

心慈慢悠悠喝完一盏茶，四人起身出门。一起兴致勃勃地逛了绸缎铺子、首饰铺子、书铺子、瓷器铺子，乱七八糟买了半马车的东西。

林啸天收获颇丰，小脸上挂着满足的笑容。

中午，到定府大街知名的饭铺子吴楚酒楼吃饭。这家酒楼一色的红木桌椅，青砖地面，墙上挂着名人字画，风雅之致。菜肴也极好，色香味俱全，四人要了一个雅间，各点了几样爱吃的菜，准备大快朵颐。

雅间外响起呼喝声，听着好似有位贵人来了，让闲杂人等回避。"不管他。"青雀和林啸天逛了半天，早饿了，这会儿闻见饭菜香味，那是赶也赶不走的。

门被推开，十几名虎背熊腰的武士分成两队，雄赳赳气昂昂地走了进来。进来之后，两队人分别站到门两侧，仪容严整。

这是做什么呢？四人你看我，我看你，有些莫名其妙。你说这些武士是敌吧，他们进来之后也不说话，也不行动，就那么规整地站着。你说这些武士是友吧，哪有这般不识趣、不请而来的恶客？

一名十五六岁的少年缓步走了进来。他身穿黑色长袍，袍身绣有盘龙，显然是皇室中人。面目美丽得很，肌肤如玉，眼眸似星，嘴唇好似三月春风里的粉红花瓣，异常诱人。

少年静静站在屋中，似笑非笑看着雅间里的一家四口。觉迟是不认识他的，心慈没多久便明白过来，"阿原，这是我姐姐的儿子阿原！"青雀笑嘻嘻的，数年未见，这人长得更好看了呢，讨厌，一个男人长这么好看做什么，浪费。

林啸天歪着小脑袋打量一会儿，忽然觉得眼前这少年长得有几分像自己，顿时觉得很亲近。

少年扬扬手，十几名武士躬躬身，鱼贯退出。门，在少年身后慢慢合上了。

"阿原！"心慈站起身，眼中闪着泪花，"你好么？你母亲好么？阿原，小姨有好几年没见你，着实想念。"

阿原笑道："都好。小姨，我母亲，我，还有小五小八，都很好。小姨，这位是小姨丈么？请容阿原拜见。"

心慈的身世，觉迟自然是清楚的。听着两人说话，已明白眼前这少年和身份，也站起身，"一位亲王的礼，我哪里受得起。"

他们三个在这儿行礼厮见，寒暄道阔别，林啸天忍不住起身也跑过去，"还有我呢！"你们这么亲热，怎能忘了我？

阿原蹲下身子，从颈间取下一个镶珠嵌宝、光华灿烂的璎珞圈，给林啸天戴上，"小表弟，我是你表哥。"

林啸天乐了，"我说你怎么长得像我呢。"逗得觉迟、心慈、阿原都笑。

青雀一直稳稳当当坐着，见他们说得差不多了，笑道："师爹、师娘，林啸天，快过来坐下，咱们开始大吃大喝。"笑嘻嘻看着阿原，拍拍自己身边的椅子，"晋王殿下，请坐这儿。"

阿原身体僵了僵，原地站着不动。觉迟本是要带着林啸天回座的，见他这样，不解地看着心慈。心慈抿嘴笑笑，冲青雀坐的位置使个眼色，觉迟瞅瞅可爱的小徒弟，再瞅瞅美丽的小外甥，若有所思。

觉迟和心慈带着林啸天回座，好像没有注意到阿原的失态一样。阿原慢慢迈开脚步，慢慢到了青雀身边，慢慢坐下。

觉迟和心慈很有默契地陪着林啸天说这个说那个，哄着林啸天，把林啸天围严实了。对坐在对面的那一对小儿女，好像根本没看见。

"你越长越好看了。"青雀打量着阿原，啧啧称赞，"自打你一进到这屋子里，我便觉着这屋子亮堂了不少。晋王殿下，被你照的啊。"

光可映人，光可映人。

阿原脸上泛起胭脂色，局促地轻声说道："你也是，越长越好看了。小青雀，你好看得像……"

青雀饶有兴致地凑近他，"像什么？我猜猜，像小仙女？月里嫦娥？"

阿原温柔地摇头，"不是，仙女、嫦娥，哪有你好看。小青雀，你好看得像……像我梦里一样。"

青雀喜滋滋，"仙女、嫦娥都没有我好看呀，这话我爱听！哎，我跟你说，我打大胜仗了！"

青雀眉飞色舞说着宁夏之战，阿原专注地听着，眼前仿佛出现漫天黄沙，如血残阳，迎风招展的帅旗，横刀立马的女将军……

"小青雀，你若再回宁夏，我陪你一起！"阿原认真许诺，"我要做宁夏王，和你一

第十章 光可映人

起守卫那片土地，把蒙古人挡在贺兰山外！"

"成啊。"青雀笑吟吟答应，"虽然你很文弱，可是你那个身份蛮吓人，你往阵前一站，自有激励将士的效用！"

慢慢地，觉迟和心慈哄不住林啸天了。林啸天殷勤地探过来一张小脸，"表哥，你要做宁夏王？听着很威风呢，我喜欢！"

青雀羞他，"昨儿个还不许我想青树和青林呢，结果可倒好，你见了表哥，立即把姐姐抛在脑后！林啸天你见异思迁！"

林啸天不认账，直着脖子，红着小脸，"我哪有，我哪有？"逗得大家都笑。

阿原偷个空子，悄悄问心慈，"小姨，当年是怎么一回事？青雀有什么打算？"心慈恨恨，"还不是邓家那拨心如蛇蝎的人！黑心烂肺，不得好死！实情我也不知道，丫头不愿说。不过，丫头这两年一直吩咐人查宣府总兵沈复贪污军饷的事，等查出来，沈家便完了！"

贪污军饷，数额巨大，死定了。

次日艳阳高照，春风吹拂，从京城通往大兴的官道上，一前一后走着两辆双驾马车。这两驾马车都是黑漆平顶，看着朴实无华，可拉车的两匹马却很是神俊，运蹄如风。

前面的马车当中坐着一男一女、一个小男孩儿，很明显是一家三口。小男孩儿不满地嚷嚷着，"我要和姐姐一起，我要和表哥一起！"他娘根本不予理会，他爹好性子，善意提醒他，"林啸天，横竖你到哪儿都是爱闹腾，招人烦，不如还是烦着我们吧。我们是你亲爹娘，应该的。"

后面的马车当中坐着名美丽少年、明媚少女。少女拿了幅舆图，得意扬扬地讲着，"努，这便是我头回上阵的地方！等会儿见了我爹我娘，我要从头到尾讲给他们听！青苗、青树还有青林听了，保准得羡慕死！"

少年顺着她的手指看过去，认真询问着，"是在贺兰山么？"少女笑着点头，"对，贺兰山。哎，我告诉你，世上再没有一座山像贺兰山这样，从古至今，满布刀光剑影。"

少年听得入神，往她身边挪了挪，"那个，小青雀，你如今还是校尉么？"少女有些下气地点头，"是啊，升不上去。我小时候一直想做将军的，可长大了才知道，女将军，本朝无此先例。"

其实不只本朝，从前也没有。妇好太遥远了，只是一个传说；木兰要女扮男装才能从军；吕母是揭竿而起，自称将军；冼夫人是岭南俚族人，受封为谯国夫人；梁红玉是安国夫人、杨国夫人；朝廷任命的女将军，从来没有过。

少年很肯定，"以后会有的。"少女快活地笑起来，"那是，一准儿会有！没有先例怎么了，像我这样的人才，几百年才出一个呢，应该为我破例！"

她只管吹牛，少年只管点头，"说得极是，人才难再得！"少女昂起头，挺起胸，做出一副骄傲自豪的模样。

"小青雀，明后日你可有空？"等她神气够了，少年谦虚地询问。

"有什么事么？"少女笑嘻嘻看着他，清澈眼眸中满是顽皮。

"没什么，想请你到未央宫坐会子。"少年红了脸，"母亲想你了。"

小青雀，今日我陪你去见你爹你娘，明日可不是应该你陪我去见我娘么。

青雀歌

"我太招人待见了。"青雀淘气地笑着，"都这么些年没见了，大姨还想着我呀。"

阿原垂下眼睑，细长黑亮、略带弯曲的眼睫毛一闪一闪，可爱又迷人，"见了母亲便叫大姨，见了我，为何不叫哥哥？姨母的儿子，不应该是哥哥么。"阿原轻声抱怨。

青雀有些意外地看过去，正好阿原也看过来，两人目光相对。青雀目光纯净，满是好奇，阿原脸上泛起淡淡的粉色，有些慌乱地转过头，不敢看她清亮的双眸。

青雀从来不肯叫阿原"哥哥"。一则是阿原本就不比她大多少，二则阿原形容过于美丽，他这模样，青雀实在没法把他同"哥哥"联在一起。

其实，青雀是很想有个哥哥的。哥哥多好呀，高高大大的，看着就踏实可靠，可以和他一起读书、打架、指点江山、快意恩仇，可以和他一起出城打猎，兴冲冲骑着小马，呼朋唤友，结伴同行，好不有趣。晴空丽日，微风吹拂，半空猎鹰展翅翱翔，地上猎狗撒欢奔跑，多激动人心，多好玩。

青雀略微有些失神。

阿原不好意思地说道："那个，不叫哥哥也没什么，叫我阿原好了。"

小青雀，你若不想叫哥哥，那便不叫。

青雀收回散乱的思绪，笑嘻嘻说道："不只是你，你家小五和小八，我也没叫弟弟呀。哎，我跟你说，我打一生出来便是老大，做惯大姐姐了。"

阿原小声嘟囔，"什么大姐姐，明明是小妹妹。"

青雀得意地仰起头，"我是两军阵前威风凛凛的校尉好不好，才不是小妹妹呢！青苗、青宁、阿扬，才是小妹妹。"

阿原微微笑起来，"青苗，青宁，听起来便极为亲切。小青雀，她们是跟着你排行的啊。"

青雀小辫子翘上了天，"那当然！我是姐姐，她们当然要跟着我排行了！不只青苗和青宁，还有青树、青峰、青林，都是跟着我起的名字呢。"

我有这么多弟弟妹妹！弟弟妹妹都跟着我排行！青雀恨不能仰天长啸，表达自己的欢欣、得意之情。

青雀若是兴致好，那真是眉飞色舞神采飞扬，一张白玉般的小脸熠熠生辉，令人见之心喜。阿原微笑看着这般鲜活生动的小青雀，心绪也跟着愉悦起来。

骏马脚程极快，中午时便到了位于大兴的一处庄子。一下马车，盎然的春意扑面吹来，这里到处是一片翠绿，看上去郁郁葱葱，清新宜人。

马车停在一栋青砖绿瓦的院子前。这栋院子，便是莫二郎和祁氏带着青苗、青树、青林居住的地方。

"爹，娘，青苗，青树，青林，我回来了！"青雀一声欢呼，轻盈地向院子里跑去。

院子外头，阿原感动地微笑，林啸天气得小脸通红，"姐姐，你喜新厌旧！还没见着新弟弟呢，可爱的小师弟便不要了，抛诸脑后！"

林啸天打小被青雀摧残，最会用词。小小年纪，便时不时蹦出一连串的妙语警句、成语，简直是出口成章。

觉迟和心慈对他这反应早已习以为常，也不多做理会。阿原浅浅笑着，过去牵着林啸天的小手，"啸天，表哥疼你。"林啸天大起知己之感，庄重拍拍他的手，昂首阔步往院

第十章 光可映人

子里走。

院子里，一对三十多岁的夫妇在屋檐下站着，男人一脸憨厚的笑，眼中闪着泪光，女人则是毫不掩饰地伸手抹着眼泪。这对夫妇的装扮、相貌都很朴实，身边站着个四五岁的小男孩儿，虎头虎脑，黑红脸膛，这会儿正睁大眼睛，好奇地看着前面。

院子里，青雀和青苗、青树抱在一起，又笑又闹。他们分别的时候都还不大，可是这么多年之后重逢，还是亲昵如故。打小的交情，不一样。

"青苗，你跟我一般高呀，真好！咱俩一天出生的，本就该差不多高低。青树都比我高了呢，了不起，了不起！"青雀打量着久别的弟妹，很满意。

青树是名个子高高壮壮、相貌厚道老实的少年人，傻乐了一会儿之后，他挣开青雀和青苗，笑着说道："大姐二姐，你俩好好亲热亲热。"

青苗十五六岁的年纪，浓眉大眼，透着勃勃生机。她笑倒在青雀怀里，"姐，这小子可跟小时候不一样了，轻易不许人碰他的！"

青雀冲着青树伸出大拇指，"我弟弟洁身自爱，甚好，甚好。"说得青树红了脸，黑黑的脸庞变成黑红脸庞。

觉迟和心慈进来的时候，青雀已到了屋檐下，叽叽咕咕地跟莫二郎夫妇说着话。莫二郎憨厚地笑着，看向青雀的目光满是慈爱，祁氏眼泪越流越多，青雀越哄她，她哭得越凶。

"哭啥，哭啥？"莫二郎伸出胳膊肘捅捅祁氏，"妞妞好容易回来一趟，不给吃不给喝的，光哭？"

祁氏伸手擦着眼泪，"看我，啥都忘了！我给妞妞炖着肉呢，可香了！"青雀大喜，"娘，我最爱吃您炖的肉了！"祁氏听不得这句，立即擦着眼泪，要往厨房走。

"娘，您先见见客人。"青雀拉着祁氏笑道。莫二郎低声埋怨，"院子里站着客人呢，你没瞅见？是妞妞的师父呢，妞妞这些年全靠人家照看了，咱们可得好好感谢人家。"

祁氏有些着慌，"妞妞的师父，那可是尊贵人。他爹，我到灶下烧水去！"更想往厨房跑了。

青雀笑吟吟地一手揽着祁氏，一手揽着莫二郎，"师爹，师娘，这是我爹我娘，从小把我养大的亲人。爹，娘，这是我师爹师娘，他俩教我功夫，教我读书，对我可好了！"

莫二郎和祁氏都有些局促不安，祁氏眼中又有了泪花。觉迟和心慈客气地跟他们问好，言辞之间，极为客气。

他们夫妇二人全是超凡脱俗的人品，看上去惹眼得很。莫二郎和祁氏忙和他们见了礼问了好，满口道谢，"妞妞年纪小，全靠您两位哩。"

觉迟性子沉静，不拘什么人都能心平气和地打交道。心慈一向有些不食人间烟火，散漫得很，可这会儿她对着憨厚老实的莫二郎夫妇却是极为诚挚，神色间少有的认真。

觉迟嘴角勾了勾。师妹虽是不肯让丫头叫她"娘"，心里却是把丫头当亲闺女的，谁疼丫头，她便对谁假以辞色。这不，似莫二郎夫妇这样的庄户人，浑身泥土气，她竟丝毫不以为意。若搁到平时，让她跟一对不会武功的乡下夫妇这般客套来客套去，她可不干。

林啸天牵在阿原手里走了过去，和阿原一样，礼数周到地长揖，口中称呼"莫伯伯""莫伯母"。这一大一小俱是好相貌、好仪态，令人眼前一亮。

青雀笑道："爹，娘，这位是四哥哥，叫他小四便好。这位是我小师弟，聪明伶俐、活泼可爱、举世无双的林啸天。"

林啸天听了这夸奖,心里乐开了花。阿原听到这声"四哥哥",唇角泛起醉人笑意。小青雀,我是四哥哥啊。

如果说林啸天年纪还小,只是俊美可爱得让人喜欢。那么阿原则是美丽中透着说不出的贵气,令人又是艳羡,又心怀畏惧。莫二郎和祁氏是老实人,嗫嚅半天,冲着他也没有叫出"小四"。

不只莫二郎夫妇,已是少年的青树也觉得"小四"身上有股子说不清道不明的气质,只怕来头不小。青苗则是呆了呆,暗中艳羡"四哥哥"的美色。姐,你的四哥哥真好看,从哪儿弄来的?回头你得细细跟我说说。

青苗、青树也拉着青林给觉迟、心慈行了礼,给阿原、林啸天问了好。青雀蹲下身子,取出早已准备好的古银手镯套在青林腕上,"青林,好弟弟,我是大姐姐,知不知道?这手镯你戴着,是保平安的。"青林羞怯地笑着,躲到青树腿后。躲了会儿,又悄悄探出头,偷偷看青雀。

逗得大家都笑。

林啸天本是对青雀的新弟弟大为不满,看着他这样,气早消了。姐姐的新弟弟也不讨厌,算了,他没我大,没我高,不跟他计较。

莫二郎和祁氏把众人让进屋落了座,泡上茶。莫家有名做粗使的婆子,一名年方十岁的小丫头,婆子在灶下造饭,小丫头捧着茶水点心,倒也招待得井井有条。

莫家的家什俱是杨木的,虽不名贵,却也整整齐齐。屋子里没什么富贵清雅的摆设,却也收拾得干净明亮。觉迟和心慈安坐品茗,宾至如归。

林啸天早不缠着大人了,和青林坐在小板凳上说话。林啸天侃侃而谈,青林一脸羞怯笑容听着,两个小男孩儿倒是很和谐。

青雀坐在莫二郎、祁氏身边,绘声绘色讲着这几年的经历。阿原侧耳倾听,一句话也舍不得漏过去。小青雀,她真是得了报喜不报忧的精髓,对着养父养母只说好事、喜事,哄养父养母开心。危险、磨难,一字不提。

小青雀,总是这般懂事。阿原心中隐隐作痛。

青苗抿嘴笑笑,拉着青树去了厨房,"姐说了这会子话,该饿了。青树,咱们过去看看。"青树点头,"好啊。"招待客人吃饭,这是大事。

午餐很丰盛。有青雀心心念念的炖肉,香气扑鼻的板栗鸡块,新鲜美味的清蒸鱼,碧绿青翠的各色时蔬、野菜,最后是一钵鲜鱼汤,小火煮成了奶白色,香气诱人。

青雀大快朵颐,"我娘炖的肉最好吃!"一脸的心满意足。

觉迟和心慈也赞,"青菜味道极好!"林啸天和青林坐在一处,比着吃饭,一个比一个吃得欢势。

就连阿原,也吃了满满一碗饭。

到了午后该告辞的时候,青雀赖着不走,恋恋不舍地说道:"爹,娘,我跟你们住。"莫二郎憨厚地笑着,"好啊,别走了。"祁氏乐得合不拢嘴,"这是你家,妞妞,不走了不走了。"

觉迟静静坐着，没说话。心慈横了小徒弟一眼，不满之情，溢于言表。青雀冲她扮了个鬼脸，您又不许我叫娘，这儿有个我能叫娘的，您又不许我留下！仙女，你可真霸道。

把林啸天急得，也不跟青林一处玩了，跑过去质问青雀，"姐姐舍得我？舍得聪明伶俐、活泼可爱、举世无双的小师弟？"

青雀乐得不行，林啸天更是气急败坏，滔滔不绝地跟青雀讲着道理。阿原心疼小表弟，温声建议，"不如，莫伯伯、莫伯母也回京如何？回祁宅自是不便，可到寒舍暂居。"

觉迟有些意外地看了阿原一眼，心慈漫不经心地点头，"我看行。你家蛮大，空房子多，足够住。"阿原微笑，"小姨说得是。"

莫二郎和祁氏连连摆手，"不成不成，不能平白无故给你添麻烦。"

阿原在心慈耳边说了两句话，心慈似笑非笑看了他一眼，不置可否。阿原笑了笑，徐徐站起身，"莫伯伯，莫伯母，请容我和青雀单独说句话。"林啸天不等大人们开口，板着小脸郑重说道："去吧，早去早回！"众人都觉好笑。

阿原和青雀出了屋子，走到院子里，"哎，你让我爹我娘住你家干吗？你那亲王府，不好随意住人吧。"青雀虽也想带养父养母、弟弟妹妹回京城，却不大明白阿原的用意。

阿原浅笑，"我自有道理。小青雀，你爱吃伯母炖的肉，伯母若回了京城，你能时不时地饱口福，此其一。"

"沈复的罪证尚不够确凿，如今还不能置他于死地。此人心狠手辣，若是往后他狗急跳墙，要对莫伯伯一家不利，咱们岂不被动？此其二。"

"校场口祁宅不便住，稳妥的住处不易寻，此其三。小青雀，晋王府，一定是安全的。"

青雀在意的人里面，只有莫二郎一家最弱，最不能自保。偏偏祁震不是莫大有，不便和莫二郎一家离得太近。住在大兴庄子里的莫二郎一家，让人牵挂。

"我爹我娘住在这里，本是秘密不为人知的事。"青雀沉吟，"左邻右舍，都是曾经从过军的勇士。这座庄子里的住户，也有几位武功高强的。若是放到平时，我爹我娘定会无碍。"

"如今咱们来了这一趟，或许我爹我娘的居处会被某些别有用心的人得知，借以生事。你的顾虑，颇有道理。不过住到你家，却会麻烦你的。"

"不麻烦。"阿原面色诚挚，"一点也不麻烦。"

"你说的啊。"青雀嘻嘻笑，"那我便不客气了！"

这天，来的时候是两辆马车，走的时候却是三辆马车。莫二郎一家匆匆和邻居作别，把宅院托给邻居暂管，把家中细软收拾了，套上马车，和青雀一起回了京城。

青林已经和林啸天很要好了，毫无争议地上了觉迟、心慈的马车。心慈一向懒得管孩子，坐在车厢中，有一搭没一搭地跟觉迟说着话。两个小男孩儿相对而坐，林啸天高谈阔论，青林侧耳倾听，都是一脸兴奋笑意。

"这两个孩子倒要好。"觉迟和心慈看在眼里，微微笑起来。林啸天，你姐姐的新弟弟，敢情你也不讨厌呢。

觉迟低声问心慈，"方才外甥跟你说的什么悄悄话？"心慈轻轻笑了笑，"求我帮忙，劝莫爹莫娘到他家住去。"觉迟嘴角微翘，"外甥对咱们小青雀，也算是有心了。"心慈倚在天青锦缎靠背上，悠然道："看他本事吧。小青雀如今海阔天空，谁也做不得她的主，阿原先要打动芳心，才能抱得美人归。"

想娶我家小青雀，可不是容易的事哟。阿原，看你的了。觉迟和心慈相视而笑，心中均作此想。

回到京城，阿原带着莫爹莫娘一家回了晋王府，青雀跟在师爹师娘身后回家。

青雀命店主送到顺天府的那名江洋大盗，一直备受朝野关注。这名江洋大盗姓丁名齐，自称是堂堂正正的宣府军官，是祁震父女仗势欺人，硬把自己捉了。他生平遵纪守法，规规矩矩，半件不法之事也没做过。丁齐宁死不肯认罪，顺天府尹倒也拿他没辙。

正在这时，顺天府最资深、最能干的捕快胡鹰，逮捕了一名惯偷犯人，名叫老杜。老杜这人五十多岁，白净面皮，娇气得很，一见着刑具就害怕，招了不少：哪年哪月在哪里偷过，哪年哪月在哪里抢过，说得清清楚楚。

胡鹰冷冷看着胆小的老杜，眼光还在刑具上流连着。老杜吓得肝胆俱裂，大叫道："我招，我全都招！只要不法的事，我全招，别打我！成华十七年春天，我流窜到了宣府，当了兵！是宣府总兵官直属的步兵！那年春天鞑靼小王子打过来了，有一位军爷，命我拿着一封绝密书信，去见鞑靼小王子！"

"去见鞑靼小王子做什么？"捕快胡鹰弯下腰，关切问道。

"我不知道！"老杜吓得脸色惨白，"我不识字，连信皮上写的大字也不认识！我就是听命行事！"

"我送完那封信不到两天，蒙古人撤退，不围城了！后来，我听说他们一直向东，要从古北口进攻京师。再后来，我不知道了，上司要杀我，我不想死，就逃跑了。"

胡鹰脸白了。

兹事体大，隐瞒不得。想想，老杜才给鞑靼小王子送了信，鞑靼小王子就不攻宣府，改道向东。信里说了什么，这么管用？

胡鹰报告上司，很快，顺天府尹孙超便知道了。孙超迅速盘算了一下，决定上报。

内阁首辅还是没什么能力的万安，遇着稍微与众不同的事他都需要低头想半天，不肯胡乱做主。孙超报给他的时候，他听得冷汗直流，立即上奏负责监国的太子。

太子震怒，命东厂查明真相。

东厂精明干练的役长、番役出动了四十名，即日出发去了宣府。东厂的役长、番役，侦办的本事那是一等的。守将有没有通敌卖国，东厂，必能查明真相。

沈复急成了热锅上的蚂蚁，"一个惯偷嘴里能有实话？顺天府真真好笑，听到这种诽谤朝廷命官的妖言，不严加斥责也就罢了，竟敢上报到宫里，亵渎圣听！"

曾氏差点没昏过去，又惊又怒，"顺天府尹还是大女婿的舅舅呢，半点情面不留！我娇滴滴的女儿给了宁国公府做媳妇，宁国公府的亲戚却如此冷淡我家！"

沈复像只困兽一般，在屋里来回踱步，面相狰狞，神情焦躁。曾氏看在眼里，备觉凄惨，"他平日何等的镇定、从容！如今，连他也束手无策了！"

"太太，取十万两银票给我！"沈复好像忽然想到了什么，蓦地停下脚步，沉声说道。

"好，好，我即刻去取！"曾氏连连答应，"保命要紧，钱财是身外之物！只要人还在，这些个银两，都能再挣回来。花吧，只要钱花出去，人就平安了。"

曾氏小心翼翼打开内室的暗格，取出十万两银票递给沈复，"老爷，这笔银子是要送给谁？万首辅么？万贵妃去了，如今他说话，不知还管不管用。"

沈复摇头，"送给他，没用。这银子不是要送人打点的，是要招募新兵。"曾氏愣了愣，"招募新兵？"沈复叹了口气，"没错，要上赶着招募一批新兵。太太，我一直吃着两万空饷，这两万名兵额，要赶紧填上。"

朝廷用兵，军士自然是有给养的，一名军士的饷银是五两银子。有十万人给十万人的，有八万人给八万人的，如果实际上有八万人，却上报成了十万人，那就是吃两万人的空饷。

这两万人的空饷也不是容易吃的。兵部管着军饷、给养下拨，兵部有车驾司，各地官军人数由他们负责核查。单单是贿赂兵部车驾司郎中等人，沈复就花了大价钱。

官员俸禄微薄，文官也好，武将也好，有几个不贪污的？只要上上下下都打点到，打点舒服了，谁来管你。

从前是没人来管这号闲事，可如今东厂番役不是去了宣府么？东厂的人一向无孔不入，只怕他们到了宣府，贪污军饷这件事会被查出来。故此，要未雨绸缪，先把军士招募齐，脱去这重罪。

暗通蒙古小王子，通敌卖国，那是六七年前的事了，怎么查？蒙古小王子当年先后入侵大同、宣府，大同和宣府都是坚守不出。蒙古小王子见捞不着好处，才转而向东，过蓟镇，攻古北口。坚守不出是守将的策略，绝不能当成通敌卖国。守将半夜遣人给鞑靼小王子送书信，谁能证明？一个惯偷的话能信么，真是好笑。

通敌的罪名更严重，可是通敌的证据不好查实。贪污军饷的罪名略轻，可是贪污军饷的事极容易查明！沈复思来想去，还是先把军士空额补上，再徐徐图之。

沈复叫来儿子沈茂、沈英，秘密交代过，"速去！性命攸关的大事，不可掉以轻心！副总兵王正志跟我一心，到了之后你俩把银两交给他，他自会十万火急地办这件事。"

沈茂、沈英忙点头，"儿子们日夜兼程赶过去，一定会赶在东厂前头到宣府。"

有银子，招募新兵不难。他们要做的就是路上辛苦一点，拼命赶路。沈家人是要救自己的性命，东厂是公事公办，论速度，东厂无论如何赶不上沈家人。

沈茂、沈英也来不及回去和妻儿话别，带上四名精明干练的护卫，骑上骏马，从沈府后门疾驰而出。

沈茂、沈英走后，沈复看着轻快不少。只要把吃空饷的事掩盖过去，其余的都好说。通敌，哈哈，太子殿下英明得很，没有真凭实据，怎会轻易定罪边将？要是一名惯偷就能指控九边重镇总兵官，武官们都不用活了。

曾氏看见沈复脸色好了不少，甚感欣慰，"老爷吉人天相，咱家定是平安无事的。想当年，北镇抚司闹得那么凶，最后不也乖乖放人了么。上回是吃人不吐骨头的锦衣卫，令人恐慌惊怖。这回是名小偷惯犯罢了，跳梁小丑，更加不足虑。"

"二女婿能帮上忙不？"曾氏虽是没那么担忧了，还是热心筹谋着，"他在兵部呢，应该能说上话。还有三丫头的公爹，在圣上面前也有几分体面，能帮着分辩分辩。"

青雀歌

沈家二姑娘、庶女沈芝，嫁给兵部右侍郎席承宗为继室；沈家三姑娘、庶女沈荷，嫁给安阳侯的庶子叶知盛为妻。叶知盛虽是庶子，因他姨娘明眸善睐、长袖善舞，安阳侯待他和寻常庶子不同，极为偏爱。

要是席侍郎和安阳侯都能为沈复说说好话，情势可能会大大不同。皇帝、太子都是好性子，有人为沈复辩解，许是能打动他们。

听了曾氏这番话，沈复苦笑，"二女婿和三女婿的爹加起来，也没有一个宁国公好使。宁国公前后八次佩将军印出征，治军严肃，战功赫赫。功戚勋臣当中，他圣眷最好。"

曾氏冲口说道："那还等什么？咱们置上一席酒，把宁国公请过来，当面求恳！宁国公不看别的，单单看在之屏之翰的脸上，也得帮咱们渡过难关！"

沈复笑了笑，没说话。你请他，他能来么？正在风头浪尖上的通敌卖国案，别说他了，是个人都要好好寻思寻思。

"若是咱们儿媳妇的娘家犯了案子，你待如何？"沈复问道。

"呸！丧门星晦气鬼，不吉利命硬克家的贱女人！"曾氏脱口而出。

说一出口，曾氏自己就愣住了。

沈复叹息了一声，吩咐道："替我更衣，我要出门。"曾氏忙服侍他换出门衣裳，一边替他理衣襟，一边低声问道："出去见谁？"

沈复走到穿衣镜前照了照，怀中又揣了两张银票，袖中藏了把锋利的小剑，起身向外走，"到宁国公回府的必经之地等着他，拦住他。这事，他帮也得帮，不帮也得帮。"

曾氏心里一紧，追了两步，"带兵器做甚？"沈复头也不回，"防身罢了。"大踏步出了门。

残阳如血，日落西山。一条偏僻安静的小路上，驰过十几匹高头大马，马上的骑士大都是护卫打扮，只有中间那位须发斑白的长者身份尊贵，大红官袍上绣着神俊的瑞兽麒麟。

迎面驰过来三匹马毛乌黑发亮的骏马，不躲不闪，正冲着这十几人过来。马上稳稳坐着三名骑士，中间一人身穿官袍，两边的人也是护卫打扮。

宁国公邓永看清来人，微微皱眉。沈复哈哈大笑，冲着宁国公拱拱手，"国公爷，许久不见！您老人家身子安好，更胜往昔，晚辈十分欣喜。"

宁国公勒住马头，冷冷看着沈复。这人是什么来意，不用问也知道。被控通敌卖国，东厂出发查证，他哪能不怕，哪里还坐得住。他，定是求救来的。

沈复笑吟吟看着宁国公，"我不只许久没见国公爷，也许久没见翰哥儿了。国公爷，我那外孙子如何了？长高了没有，长本事了没有。"

沈复提起邓之翰，宁国公脸色变了变。

沉默半晌，宁国公扬起马鞭，指着小巷前头，"再过一条街，有家福兴酒楼，请过去小坐片刻，邓某待茶。"沈复笑道："如此，叨扰了。"果然拨转马头，和宁国公一起去了福兴酒楼。

到了酒楼前，宁国公和沈复飞身下马，到雅间坐下。宁国公的十几名护卫，沈复的两名护卫，或是笔直地站在雅间门外，或是在大厅中稍事休息。

雅间里头，沈复笑着给宁国公满上酒，"国公爷，小女和屏姐儿、翰哥儿母子素日多蒙您照看，晚辈借花献佛，敬您一杯！"

宁国公正眼也不看他，"翰哥儿是我的宝贝曾孙，不拘他外家风光还是落魄，他在宁

第十章 光可映人

国公府的地位不变，你只管放心。"

沈复放下酒杯，诚挚地长揖到地，"国公爷高风亮节，晚辈感佩不已！平日常听小女说，您是最疼翰哥儿的，如今看来，果然如此。"

宁国公淡淡笑了笑，没接话。

沈复眼神锐利地盯着宁国公，慢慢说道："国公爷不只疼爱翰哥儿、屏姐儿吧？祁氏留下的那位媛姐儿，听说也是国公爷心尖上的曾孙女。"

宁国公心中一震，警觉起来，沈复提起小青雀，意欲何为？

沈复微微笑起来，清晰而缓慢地说道："国公爷曾当面回过圣上，媛姐儿已一病而亡，对不对？若圣上知道媛姐儿未死，国公爷有意欺君，不知会作何感想？"

宁国公回过味儿来，大怒，沈复是想要威胁我么？也不看看自己的分量！

"我家媛姐儿，确已病亡多年。"宁国公声音冷冷的，"骨灰早已焚化，埋在我邓家祖坟。我知道你近来遭了变故，难免心智失常，胡言乱语。看在翰哥儿的分上，我不跟你计较便是。"

沈复连连冷笑，"除非你把我闺女、我外孙子外孙女全都杀了，否则，这事的真相，一定会尽人皆知！国公爷，宁国公府会成为笑柄，你会被圣上宣召，下旨切责！"

"沈复，你欺人太甚！"宁国公一拍桌子，愤怒地站起身，"我邓家与你无冤无仇，何必苦苦相逼？"

"哪里哪里。"沈复换上一脸笑容，打躬作揖，"只要您肯开开金口，为晚辈美言几句，咱们依旧是亲亲热热的亲家，您看如何？"

谁跟你是亲亲热热的亲家？别往自己脸上贴金了！宁国公恶狠狠看着沈复，气不打一处来。

"什么通敌卖国，不过是市井小人诬陷于我。"沈复赔着笑脸，跟宁国公说着利害，"您老德高望重，您只要开了金口，圣上和殿下必定是相信的！如此，晚辈得以保全，翰哥儿和屏姐儿高枕无忧，宁国公府依旧是京城名门望族，岂不三全其美？"

宁国公颓废地坐下。世上最得罪不起的便是小人，你若不能如了他的意，他便不依不饶，跟你胡搅蛮缠到底。这沈复如此没有气节，万一他真的满城喧嚷出来……究竟是个大麻烦。

"成华十七年，你有没有给鞑靼小王子偷偷送过信？"宁国公缓缓问道。

"没有，没有！"沈复指天誓日地表白，"我堂堂总兵官，哪会做出这种事？我当年不过是和大同总兵一样，坚守不出，拒不应战。"

宁国公沉默半晌。蒙古人犯边，为的无非是抢人抢钱抢财物。如果有守将畏战怕死，会重金贿赂蒙古首领，求他们离开本镇，转寇他处。蒙古人不费一刀一枪便得了大笔金银，有什么不满意的？多会收下贿赂，或是打道回府，或是换个地方继续抢劫。这种守将很可恶，很丢天朝的脸，真该千刀万剐。可是，这样的守将真有，还不止一个。

"我会相机行事。"宁国公权衡来权衡去，沉声说道。

沈复大喜，笑容满面地连连道谢，频频向宁国公敬酒。和邓家做了十几年亲家，宁国公这个人，他是很了解的。宁国公既能说出这句话，差不多算是应了。

宁国公哪里愿意和他一起喝酒，板着脸，大踏步往雅间门口走去，"恕不奉陪！"沈复忙不迭地跟在后头，"时候不早，晚辈也该走了。"

青雀歌

守在门外，或等候在大厅中的护卫们忙站得笔挺，各自站在自家主人身侧。宁国公谁也不理会，自顾自走到酒楼门口，沈复哈巴狗似的跟着，满脸赔笑。

"带马过来！"宁国公烦躁得要命，冷着一张脸，吩咐人牵马。其实不用他吩咐，早有一名护卫站在面前，恭恭敬敬地准备把马缰绳递给他。

正在这时，一阵清脆的马蹄声传了过来。此时天已暗了，寂静夜色之中，这马蹄声听得异常清晰。

宁国公，沈复，忍不住一齐抬眼望去。

福兴酒楼前挂着一排排大红灯笼，照得酒楼前亮如白昼。两匹快马飞驰而至，不过一眨眼的工夫，已到了近前。

等到这两匹马到了近前，宁国公和沈复都变了脸色。

这两匹马一红一黑，一大一小，大黑马上是名相貌坚毅英挺的中年男子，小红马上笑吟吟坐着位妙龄少女，肤光胜雪，笑靥如花。

少女是空着手的，中年男子马背上却是横放着两个人。沈复依稀见到这两人的轮廓，大吃一惊。

"沈总兵，这是两位令郎。"少女笑嘻嘻看着沈复，目光中带着玩味和得意，"他俩在城外打猎遇险，好巧不巧的，被我父女二人救下来了！沈总兵，我们完璧归赵！"

中年男子挥起马鞭，卷起马背上的两个人，准确无误地抛向沈复。沈复大惊，"茂儿，英儿！"想要出手去接。可惜，他出手不够快，只听得声闷哼，眼睁睁看着两个儿子被扔到面前。

沈复带的两名护卫很有眼色地蹲下身子，呼唤着地上的沈茂、沈英，"大公子，二公子！"沈复心疼爱子，指着马上的两人怒声喝骂，"祁震！祁青雀！你们恃强凌弱，不得好死！"

祁震挑挑浓眉，脸上闪过丝厉色。青雀笑得轻蔑，"沈总兵还有空骂人呢？令郎身上有封书信，几张银票，已不知去向。你若有脑子，还是先想想这件要命的事吧！"

沈复手脚冰凉，失魂落魄地站着。那封给副总兵的信，那十万两银票……不行，不能让祁青雀就这么走了，得把书信和银票抢回来！

对方只有两个人，自己带了两个人，以二敌三，并无胜算。宁国公倒是带的人多，可是让宁国公对付这丫头，他如何肯？

"国公爷，拦下她，拦下她！"沈复转过头，急促而疯狂地说道，"您必须拦下她！否则，翰哥儿和屏姐儿便会死无葬身之地！"

邓之屏、邓之翰，是宁国公府的嫡子嫡女，宁国公心爱的曾孙子曾孙女。邓之翰，更是宁国公府未来的继承人。

宁国公一动不动地站着，眼睛死死盯着马背上的少女。小青雀，这是死里逃生的小青雀啊。

沈复发疯一般地摇着宁国公，"拦下她，为了翰哥儿，拦下她！"宁国公任由他摇头，脑子空空洞洞，昏昏沉沉。

祁震沉下脸，冷冰冰地看着酒楼前的一众人等。青雀笑吟吟骑在马上，上下打量宁国公。

宁国公虚弱地笑了笑，困难地张开口，"小青雀，曾祖父快想死你了。乖妞妞，让曾祖父多看你两眼，成么？"

青雀嫣然一笑，"多年没见，您还和当年一个样子呀。"

疼爱，那是一定的。可是，给人带来的却是伤害。

"想我？来捉我呀，我是一只小青鸟！"青雀嘻嘻笑着，拨转马头，小红马四蹄如飞，消失在茫茫夜色中。

祁震冷冷扫了众人一眼，拨转马头去追青雀。

小红马很神俊，青雀又是让她撒开了跑的，祁震追了许久也没追上。所以祁震不知道，此时的青雀正迎风洒泪，心如刀割。

宁国公是疼爱她的，可是，她永远是被牺牲的那个人。

宁国公向前走了一步，伸出手想要挽留，"妞妞，曾祖父是真的想你。"青雀根本听不见，早走远了。

护卫低声请示，"国公爷，可要拦下来？"宁国公呆呆望着青雀消失的方向，哪留意到护卫说了什么。护卫见他恍若无闻，没敢再提。

沈复极为愤怒，"您把她放走了！您放走她，便是害了屏姐儿和翰哥儿。您会后悔的！"

宁国公慢慢挪动脚步，往马前走。护卫忙递给他马缰绳，宁国公好像老了不少，抬了两回腿，竟没上去。最后还是护卫悄无声息地扶着他，才勉强上了马。

看着宁国公一行人渐渐消失，沈复的愤怒渐渐消失，转为惊恐、害怕。保山的外孙女行事如此狠辣，半路拦截茂儿、英儿，搜去信函、银票，再明公正道地把人扔回来！

她完全可以悄悄把人藏起来，让自己以为万事无虞，静等宣府的好消息。可是，她却故意把人送还。

她不止要我死，还要我一天一天活在痛苦、恐惧当中，生不如死！沈复心中涌上一阵阵寒意。

这小姑娘美得像仙女，狠得像头狼！

这晚，沈复和两名护卫带着沈茂、沈英才回到沈家，跟着沈茂兄弟出去的护卫也被扔到沈家后门，个个五花大绑，满脸伤痕，形容狼狈。

曾氏气得浑身发抖，"反了，反了！清平世界，竟敢平白无故打伤良民！"沈复阴沉着一张脸，好似能拧出水来。

眼瞅着主人、主母这样子，侍女婆子们都吓得屏声敛气，小心翼翼，连走路都是悄无声息的。

沈复面沉似水地坐了会儿，起身去了外院书房，"你照旧过日子，莫自乱阵脚。我跟师爷仔细商量着，想个万全之策。"曾氏见他是出去办正事，忙一迭声地答应，送他出了门。

出了门，一阵冷风吹过来，沈复打了个寒噤。

之屏，之翰，外祖父如今走投无路，只有靠你们了！

官道上，一名十四五岁的少年被人拦住去路，气得涨红了脸，"让开！再不让开，休怪我不客气！"少年拔出腰中佩刀，准备大打出手。

这少年虽是穿着普通的青布袍，可胯下骑的是匹名马，腰中佩的是把宝刀，显然非富即贵。他身后跟着四名骑士，也是青布衣袍，腰间佩刀。

拦住他去路的，是名十五六岁的少女。这少女骑着匹小红马，穿着一身玄色骑装，更映衬得一张小脸如凝脂，如炼乳。她神采飞扬，美丽中又透着英姿飒爽，令人心折。

"邓之翰，小孩儿家别乱跑，赶紧回家！"少女清清脆脆说道。

少年气得脸色由红转白，"你才是小孩儿！我是大人了，我现在身负重任，懂不懂？快让开，莫耽误我的正经事！"

少女白了他一眼，懒得再跟这小屁孩儿废话，扬起手中马鞭，抽了过去！少年忙抽刀抵挡，身后的四名武士也拔刀相助，过来帮忙。

鞭子时而轻灵如飞鸟，时而凌厉如苍鹰，四名武士也算得上功力不凡了，却被她变化莫测的鞭法抽得手忙脚乱，先后落马，倒在地上痛苦地呻吟。最后，依旧能好端端骑在马背上的，只有邓之翰。

邓之翰从小是被家人捧在手心长大的，哪受过这份折辱，怒吼一声，挥舞着腰刀冲少女头上猛劈！少女眸色一冷，鞭子无情地抽过去，正中邓之翰的手腕！邓之翰把握不住，腰刀离手。

少女手中的鞭子卷起腰刀，拿在自己手中，笑吟吟地看着邓之翰。邓之翰兵器都没了，士气大减，心里在犹豫着要不要空手相搏。

少女笑吟吟看了他一会儿，手腕用力，腰刀如箭般飞射而出！邓之翰只觉眼前精光一闪，然后，腰刀准确无误地插入他腰间的刀鞘！

邓之翰又是吃惊，又是下气，又隐隐有些敬佩。她看上去比自己也大不了多少，可是她这功夫，自己拍马也追不上。若论真功夫，无论如何不是她的对手。

邓之翰虽是和她头回见面，却大体上能猜得出她是谁。"看样子她脾气蛮好，要不，跟她求求情？好也罢歹也罢，总是同父姐弟，会有些香火之情吧？"邓之翰心中颇为踌躇。

理智告诉他，硬拼是拼不过的，只能另想办法。可是他打小是娇生惯养的，让他开口央求人，他哪里开得了口？

邓之翰正在犹豫，他后头传来马蹄声。过了片刻，一辆讲究的朱轮华盖马车到了他近前。车帘掀开，露出一张妙龄少女的明媚脸庞。

"翰哥儿，你没事吧？"车中少女关切问道。

邓之翰勉强点了点头，"姐，我没事。"

这车中少女，自然是邓之翰的姐姐邓之屏了。邓之屏见弟弟无恙，抿嘴笑了笑，命侍女放下脚踏，扶着她下了马车。她穿着一袭浅绿色衫裙，俏生生站在官道上，当真是美人如玉，风姿嫣然。

"大姐，小妹有礼了。"邓之屏微笑看着马背上的少女，温雅地福了福，"多年不见，大姐风采依旧，令人欣喜不已。"

邓之屏装扮得很得体，礼仪很周到，声音温柔悦耳。不管从哪方面看，都是名门淑女的风范。

青雀笑道："我劝你别乱认姐姐！你大姐七年前已经身故，邓家为她办过丧事，没人知会你么？邓之屏，邓之翰，宣府你们去不了，回家吧！"

邓之翰涨红了脸，直着脖子叫道："不，我要去！外祖父有难，我怎能坐视不理？"

邓之屏审视地看了青雀一眼，面色诚恳，"大姐，咱们是亲姐妹，是不是？请大姐看在我和翰哥儿的分上，放过我外祖父吧！小妹求你了！"

"大姐，人世间最珍贵的是什么？是亲情，是父女之情，是姐妹之情！大姐如今青云直上，朝野敬仰，又何必纠结于过去的恩恩怨怨呢？"

"小妹头一眼见到您，便知道您不是凡人，您一定有着宽广的胸怀，慈爱的心！大姐，过去的事已经过去了，忘了它，重新开始，好不好？退一步海阔天空，退一步，就能保全我和翰哥儿这双弟妹啊！"

邓之屏言辞恳切地说完，一双明亮的眸子，满怀希冀地看着青雀。

青雀笑嘻嘻道："邓之屏，邓之翰，你俩跟我去一个地方，答应我一件事，或许我便不追究了，也说不定。"

邓之屏、邓之翰眼中都有了光彩。

青雀带着他俩上了山，一直到了石屋跟前。

"邓之屏，邓这翰，如果你们两个当中的任何一个，能像我当年一样，从铁窗跃下，落到倒立的铁钉上，再过了铁钉爬到小溪旁，往事便一笔勾销。"

"我当年是爬过去的，如果你们能走，走着去也成。我还被人打了几掌，五脏六腑都受了伤，不过，我可以不打你们。"青雀善意地补充。

邓之翰眼圈一红，"我来！"邓之屏忙阻止，"你是邓家嫡长孙，邓家往后全靠你了，你怎能受伤？还是姐姐来吧。"

青雀笑吟吟看着他们推让，不说话。

邓之屏极为坚持，"我是姐姐，而且我是女孩儿，撑不起家族。翰哥儿，于情于理，都应该是我。"

邓之翰想到自己还要赶赴宣府，救外祖父一家的性命，含泪点了头。

邓之屏缓缓走向石屋，"大姐，能否命人搬个梯子？"青雀笑笑，"不必，我送你上去。"轻飘飘拎起邓之屏，把她扔到石屋的铁窗上。

邓之屏壮起胆子往下看了看，差点没吓哭。外面地上铁钉狰狞，看着仿佛是吃人的恶魔一般。

邓之翰含泪闭上眼睛，不忍心往下看。青雀笑吟吟站在铁窗外，等着邓之屏往下跳。

邓之屏，只要你有勇气跳下，我不会让你落到铁钉上的。

许久，邓之屏都没有跳下来。

邓之屏崩溃了，掩面大哭，"我怕，我很怕！"从这么高的地方跳到铁钉上，怎么敢，怎么敢？血肉之躯啊，哪受得住那个。

邓之翰目瞪口呆，青雀轻蔑一笑，"邓之屏，若没胆量，别充大尾马狼！"

青雀清脆地击击掌，叫来护卫吩咐，"把这两人给我看死了，不许他俩出京！"

邓之翰陪着痛哭不止、形象全无的邓之屏，垂头丧气回了宁国公府。他想抱怨邓之屏，"我要跳，你不许；你上去了，又不肯跳！"可是看着娇弱的姐姐，又觉说不出口。

青雀当晚便命人送了封信给沈复，"邓之翰被我撵回宁国公府了。十天八天的，他肯定出不来，你另想辙吧。"

屋子里有点阴冷，沈复的心也渐渐地越来越冷。这狠心的丫头，亲弟弟也下得了手！她这是要把我逼入绝境，不死不休么，沈复颓然坐到椅子上，心中恐惧、茫然。

沈复拿出大笔银子出去打点，可是东厂的番役都派出去了，谁敢兜揽？凡事和东厂沾了边，都透着邪性，让人不敢轻易接手。

东厂的侦办本事确实一等一，不久便传来了沈复吃两万人空饷的回报。太子是个仁厚的，闻报却也大怒，"国家财用不足，这些军饷全是户部七挪八凑，好不容易才凑齐的！却被沈复饱了私囊！"

沈复被刑部收监，关入死牢。

吃空饷这件事和通敌卖国不一样。事过境迁，通敌卖国与否极难取证，吃空饷却是摆在明面儿上的：宣府如今实际有多少军士，兵部下拨的军饷有多少兵士，还有账簿名册等物证，清楚明白，无从狡辩。

单单这一个罪名，沈复已是死罪难逃，沈家的家产也势必会充公。如果通敌卖国的罪名也落实，那可不止要死沈复一个了，整个沈家都会面临灭顶之灾。

坐落在朱雀大街繁华地段的沈宅，一下子变得死气沉沉。仆役、侍女纷纷携细软潜逃，厨房没有炊烟，花园无人整理，房舍无人打扫，颓丧哀凄。

曾氏木木地坐在四出头官帽椅上，沈茂、沈英在她膝下泣不成声，"母亲，银子都送不出去，没人敢收！岳父家大门紧闭，根本避而不见。二妹妹被妹夫送到郊外的庄子里休养，三妹妹是庶子媳妇，在安阳侯府的日子本就不好过……"

全都指望不上！曾氏厌倦地闭上了眼睛。到了要命的时候，儿子没用，闺女也没用！什么通敌卖国，根本就是没影儿的事，也根本没法查。通敌卖国那个罪名不用理，只要吃空饷这事不被翻出来，沈家便没事！若能星夜驰往宣府，紧赶着招募两万新兵，沈家这会儿还平平安安地过着日子呢！

儿子，是被祁家父女拦回来的。外孙子，也是被祁家那丫头截住的！祁青雀，我好好的沈家，生生是毁在你手里了。

想起祁青雀，曾氏恨得牙痒痒。她算什么？不过是一名孤女无媒无聘与人苟合生出来的野种！像她那样的出身，就应该被人唾弃，被人欺侮，被人打杀！

曾氏拿出两张一万两的银票，冷冷说道："阿茂，阿英，这两张银票你俩各拿一张，出去暗中收买几位江湖高手，我有用处。"

沈茂、沈英还以为曾氏是走火入魔了，要遍邀江湖高手，到刑部大牢劫狱，拿了银票，心中惴惴。沈茂赔笑说道："收买归收买，也看是什么事。那些江湖中人赚了钱也是为了过好日子，若是风险太大，他们也不敢干。"沈英壮着胆子提醒，"若是要劫狱，他们无论如何不敢答应的。"

曾氏咬牙道："咱家落到这步田地，都是因为祁青雀那野丫头！如今眼看着你父亲性命难保，沈家也要败落，让我如何甘心。不杀了这丫头，我死不瞑目！"

沈茂、沈英听到是要杀祁青雀，暗暗松了口气。只是要暗杀个把人，这可好办多了，不是劫狱便好。

两人收下银票，满口答应，"有钱能使鬼推磨！现放着大笔银钱，想寻个高手出来帮忙，易如反掌。"

曾氏满是怨毒，"你俩当件正经事去办，不许耽搁！我恨不得立时三刻，便能看见这野种的项上人头！"沈茂、沈英听了这话，只觉得背上发凉，硬着头皮连连答应。

曾氏脸色慢慢缓和下来，叹道："也不知你大妹妹怎样了，邓家有没有为难过她？还有翰哥儿，偷偷带了人要去宣府，却被祁青雀硬给送回邓家了。这会子，也不知他有没有被责罚。"

沈家就算真获了罪，罪不及出嫁女，阿茉是没事的。怕只怕，翰哥儿私自要去宣府的事惹怒了宁国公，要挨一番毒打。宁国公教儿孙，向来是拿起鞭子，不管不顾，劈头盖脸，一顿猛抽。

沈茂安慰她，"嫡亲的曾孙，宁国公再怎么气，能下得去狠手么？母亲只管放心。"沈英也说道："大妹妹有屏姐儿和翰哥儿这一双儿女，宁国公府看在儿女分上，不会为难她的。"

曾氏心中一动，眼中又有了希翼，"阿茂，阿英，宁国公府会不会看在翰哥儿分上，拉咱们一把？不管怎么说，翰哥儿若是有个获罪的外家，究竟于他不利。"

沈茂苦笑，"宁国公在太子殿下面前亲口担保了，说父亲为人忠勇，绝不会通敌卖国。结果，宁国公才担保过没多久，宣府便传来父亲吃空饷的讯息。宁国公面目无光，这些时日装病不出，都没脸上朝了。"

曾氏长长叹了口气，"因为个野丫头，沈家竟然一败涂地！说来也怪阿茉，当年心不狠手不辣，养虎为患。"沈茂、沈英沉默半响，勉强劝着曾氏歇下。

兄弟二人从曾氏屋里出来，沈英忿忿道："都怪大妹妹！不是因为她，咱家哪会惹上祁青雀这尊瘟神？"沈茂闷闷的，"事到如今，说这个有什么用。大妹妹也定是后悔得不行了，休再雪上加霜。"

沈茂没想错，沈家大小姐，他的宝贝妹妹沈茉，早已悔得肠子都青了。受了那么重的伤，流了那么多的血，那丫头居然没死！不只没死，她还明打明地针对沈家。救命的人，招募新兵填补空额的人，沈家派出去一个，她就截回来一个！

这丫头，她是要置沈家于死地啊。沈茉绝望地想着，迅速转着念头。女人不能没有娘家撑腰，沈家不能败！不管想什么法子，我要救父亲，救沈家！

翰哥儿，这孩子打小住在外院，受他曾祖父、父亲的教导多，为人不够机灵，看来是派不上用场。屏姐儿，素日看着倒好，事到临头才发觉她实在太嫩了，也是没用。那野丫头吓唬她一句，她竟信以为真！傻屏姐儿，你闭着眼睛往下一跳，看看那野丫头敢不敢不救你！

儿女们都靠不上，公公在朝中没什么威望，国公爷失了颜面，装病不上朝。放眼望去，整个宁国公府，也只有邓麒了。

沈茉带着侍女，强闯到邓麒书房，逼问邓麒，"结发夫妻的情分，你不顾念倒也罢了。屏姐儿跟翰哥儿，你也忍心不要？"

邓麒默默看了她半响，挥挥手，命小厮、侍女全都退下。"屏姐儿和翰哥儿，怎么了？"邓麒淡淡问道。

沈茉热泪夺眶而出，哽咽道："我父亲若得了通敌叛国的恶名，屏姐儿还怎么说亲，还怎么嫁人？谁家会要她？"

邓麒斥道："胡说！屏姐儿自姓邓，与沈家何干？男家若来求婆，求的是我邓家女儿，不是沈家外孙女！"

"那翰哥儿呢？"沈茉哭着说道，"他往后要做抚宁侯世子，要做抚宁侯！有个获罪的外家，谁会看得起他？"

"这话更荒谬！"邓麒拍案而起，"男人大丈夫，应该不靠祖荫，自己建功立业！连祖荫都不靠了，用靠外祖么？他若自己有出息，哪个眼皮子浅的会因为沈家看不起他？"

"青雀是娇滴滴的小姑娘家，没有父族可依靠，外祖父早已阵亡，她还不是凭着自己的力量，一战成名！沈茉，女孩儿都能自立自强，凡事靠自己，翰哥儿可是个大男人！"

沈茉气得浑身发抖，"我就知道，在你眼里，屏姐儿翰哥儿加起来也比不过一个青雀！都是你亲生的孩子，你亏心不亏心？！"

邓麒脸色阴沉地看向她，一字一字问道："我最后问你一遍，当年在石屋，你对青雀做了什么？你一直说，你是无辜的，你把青雀带到石屋之后，柔声安慰过她，便离开了。果真如此么，沈茉，说实话。"

沈茉往后面缩了缩，强自镇定，"我什么也没做！你明明知道太婆婆的性子，我和婆婆都不过是奉命行事罢了！你还不知道我么，温柔良善，手无缚鸡之力，我能对个七八岁的孩子做什么？"

邓麒目光阴鸷，显然并不相信。沈茉心生惧意，勉强笑了笑，"青雀和你，总归是亲父女，对不对？这孩子必定跟你一样，心地善良，温柔敦厚。为了屏姐儿，为了翰哥儿，你去劝劝她吧！她若能放过沈家，便是帮了她的亲弟弟、弟妹妹呀。"

邓麒讥讽地一笑，"你来，为的是这个？沈茉，我怎么可能去见青雀？我有什么脸面去见青雀？"

一行清泪顺着邓麒的脸颊流下，邓麒喃喃道："我是她亲爹，可我是怎么对她的？她生平只到过邓家一回，伤痕累累血迹斑斑地逃走，差点送了命。然后呢？邓家一切照旧，好像她从来没有回来过。我这做爹的，当时护不住她，事后又不能给她报仇。我有什么脸面去见她？我有什么脸面去见她？"

邓麒颓然坐在椅子上，以手掩面，痛楚不堪。沈茉试探地往前走了走，蹲在他身前柔声劝道："不会啊，千万别这么想。你有苦衷的，青雀是好孩子，孝顺孩子，一定会明白。"

可能她的声音太温柔了，邓麒好像没有听到一样，自顾自沉浸在痛楚当中，再也不理会她。沈茉在他身前蹲了许久，渐渐地，身子麻了，心凉了。

沈茉失魂落魄地回到内宅，一个人坐着发怔。沈家是真没救了么，不，我不信。不到最后关头，我不能认输！

上回父亲脱险，靠的是汪太监、万贵妃。如今汪太监早已被罢斥，万贵妃已经亡故，皇宫之中，还能走走谁的路子？皇后不成，说话最不管用；太后，实在够不着；宸妃？太子妃？

沈茉当机立断，想法子打听到太监的门路，要往宸妃、太子妃处送礼求情。不巧，宸妃近日才晋了贵妃的位子，宫里正忙碌不堪，哪有工夫理会这等小事？太子妃么，进宫不久，她的性情不熟，没人敢兜揽。

沈茉不死心地又打起太子妃娘家的主意。太子妃娘家爹封了承恩伯，两个弟弟张鹤、张延都在国子监读书，该是容易结交的。

重重的一份礼送过去，张家兄弟收下了。沈茉大喜，这个时候还敢收礼，那便是有恃无恐！看来，太子妃是个有能为的，张家这条路子，走对了！

沈茉才欢喜了没两天，这份礼便被退了回来，"太祖皇帝遗训，外戚不得干政！"拒绝得冠冕堂皇。

沈茉在设法救人，曾氏却是一门心思惦记着"江湖高手，暗杀，见到那野种的项上人头"。沈茂、沈英被她催促着，真出了大价钱，请来四名能人异士。这四名能人功夫都是出类拔萃的，能开碑裂石，能杀人于无形，不过确实是大价钱，每人一万两的报酬。

"银子不是问题。"曾氏豪气地又甩出两张银票，"跟他们说，事情办成了，另有重赏！"花钱买仇人的脑袋，曾氏乐意。

日暮时分，校场口胡同附近一个偏僻安静的小巷中，埋伏着四名持刀武士。"骑着小红马的丫头？成，一个丫头，好对付。""为杀一个丫头给咱们四万两银子，这家人真他奶奶的傻缺！"

马蹄声传过来，埋伏在墙后的四名武士顿时警觉。果然，来的是匹小红马，马上是一位妙龄少女。"长得真好看，老子舍不得！""少废话了，一万两银子你挣不挣？"四人抽出刀，猛地从墙上跃下，袭击马背上的少女。

少女一声娇喝，顺手挥起手中的马鞭，轻灵地抽了过去。她鞭法卓绝，以一敌四，兀自不落下风。四名武士心中大骇，怪不得一个人给一万两呢，他奶奶的，敢情真有这么一手硬功夫！

少女鞭法绵密，四名武士想逃也逃不了，被她紧紧黏住。少女打得正酣，一匹快马飞驰而至，"小青雀，哥哥来帮你！"青雀一眼看过去，大喜，"祜哥哥！"

青雀嘻嘻笑起来，眉飞色舞，一条鞭子舞得虎虎生风。一边打，一边和张祜说着话，"祜哥哥，你怎么来了？"张祜拔出腰刀，替她挡下两名对手，"哥哥到祁宅看你，听师爹师娘说你快回来了，出来接你的。"

两人一边打，一边聊天。青雀眉毛都快飞起来了，"祜哥哥你看，我这鞭法练得如何？"张祜认真看了一眼，"雷霆万钧，迅如闪电，出手狠辣，好极！"

青雀大为得意，"祜哥哥真有眼光！"两人口中说着话，手下不停，没多大会工夫，四名武士呻吟着，躺倒在地。

"祜哥哥，咱们两个并肩作战，真是珠联璧合！"青雀兴高采烈说道。她仿佛又想起了小时候，祜哥哥带着她打猎、打仗，多么快乐的时光。

"小青雀。"张祜看着眼前这亭亭玉立的少女，百感交集。她不再是懵懂无知的小女孩儿了，她不过十五六岁的年纪，却已是名扬天下的英雄。

两人面对面站在地上，青雀眉飞色舞地说着话，张祜低头听着，神色间有着少见的温柔。

张祜身材颀长，面容映丽；青雀苗条袅娜，娇妍秀雅。这两人一个低头听，一个抬头说，看上去很是和谐美好。

巷口，一名美丽少年静静望着他们。

小青雀，你笑得如此开怀，是为了他么？

美丽少年抬脚往这边走过来。他的侍从跟上献殷勤，"王爷，待小的把乱民清理干净，您再过去？"少年摆了摆手，雍容地走过去。

那四名武士正倒在地上呻吟，少年走到一名武士身边，冷冷看着他。武士猛地接触到一道冰冷的眼神，愣了愣，却见少年慢慢捡起他身畔的刀，向自己的胳膊上划去！

"阿原，你做什么？"青雀吃了一惊，急忙跑了过来。阿原浅浅笑着，伸出胳膊给她看，"我好好的。"衣袖划破了，但是并没流血。

"你太坏了。"青雀淘气地笑笑，"你是打算诬赖呢。"

阿原微笑摇头，"我可没诬赖。"他凉凉看了眼地上的武士，冲着跑过来的侍从扬起衣袖，"本王在此遇刺，幸亏祁校尉冒死相救，才得以保全。你们都看见了么？"

"看见了，看见了！"侍从们一个个都是人精，这点子眼力见儿还是有的，忙不迭地冲着自家主子点头哈腰。更有机灵的冲着刺客大喝，"大胆狂徒！竟敢行刺我家王爷！活腻味了么？"麻利地跑上前，把倒在地上的四个人结结实实捆绑起来。

这四名武士本就被张祐和青雀打惨了，这会儿听见侍从们的话，更是悔之不迭。行刺王爷？别说一万两银子，给十万两也不干啊。银子是好东西，可是挣来了，也要有命花才成！

"王爷，我们就是几个小蟊贼，想打劫这位姑娘罢了。"为首的一名武士央求道："王爷何等尊贵，我们就是吃了熊心豹子胆，也不敢行刺您啊！"

侍从们哪敢让他们啰啰嗦嗦扰了贵人，直接拿块布塞上，不许他再说话。武士知道情势大大的不妙，一边被侍从们押着往巷口走，一边努力挣扎着回头往阿原这方向看，目光中满是乞求。

"你自然不敢。"阿原神色淡淡的，"若有人指使，又自不同。"

他这话说得斯文平静，可落到侍从、武士的耳中，却不啻暮鼓晨钟，振聋发聩，心里都有了底。成了，王爷是这个意思，待会儿顺天府的人来了，咱们便知道该如何处置了。

青雀笑得眉毛弯弯，"哎，从前没发觉呢，原来你这么坏！"阿原嘴角勾起浅浅的笑意，清亮双眸中满是无辜，委屈地看向青雀，"我哪有？"

声音中竟有撒娇之意。

张祐冲阿原行礼，称呼"王爷"。阿原伸手扶起他，和青雀一样，称呼"祐哥哥"，"祐哥哥请勿客气。常听小青雀说起祐哥哥，我敬佩得很。"

张祐眼眸中精光一闪，微笑推让，"这如何使得？"青雀笑道："没什么啦，祐哥哥。他是我师娘的小外甥，算是我表哥了。我跟他很熟，他没王爷架子的。"阿原很认真地点头附和，"小青雀说得对。"

三人这么说话的工夫，顺天府尹孙超已得了禀报，匆匆带着人赶了过来。依本朝制度，大臣拜见亲王要伏地拜谒，不许平起平坐，孙超恭敬地跪在地上磕头，阿原并没跟他客气，淡淡地吩咐，"本王遇刺，幸得祁校尉相救，倒也平安无事。刺客是谁指使的，背后有什么，烦劳孙府尹查实回报。"孙超连连答应。

亲王遇刺，还是陛下最宠爱的晋王殿下遇刺！孙超背上直冒冷汗，这事若不查个清楚明白，如何能够交差？孙超心里打算着，稍后回到顺天府衙，即刻升堂审问人犯，务必要问出个子丑寅卯。

临走，孙超偷眼瞧了瞧晋王，和晋王身边的一男一女。那青年男子颀长映丽，光可映人，实是男子中的绝色。少女十五六岁的年纪，欺霜赛雪，眉目如画，乍一看上去，真是名楚楚动人的好女子。这少女，便是鼎鼎大名的祁校尉了。

祁校尉，你又立了一功。孙超暗暗叹口气，不得不佩服。回家的路上也能巧遇正被行刺的晋王，拿下刺客，保护晋王毫发无伤，立下大功，幸运之极。

孙超带着衙役、犯人奔回顺天府，连口水也顾不上喝，直接升堂问案。通敌卖国那件麻烦案子还没着落，亲王遇刺案又来了。唉，做这顺天府尹，忒忙。

校场口胡同，张祜站在青雀身边，沉静地提醒阿原，"王爷，您这一遇刺，恐怕讯息已经传进宫去，陛下、娘娘均会担心。"阿原微笑道谢，"还是祜哥哥想得周到。"叫来一名心腹侍从，吩咐他回宫报信，"本王没受伤，却受惊了，要在祁总兵家中稍事歇息。"侍从答应着，急急回了紫禁城。

张祜微微欠身，"我护送王爷回祁家。"阿原礼貌地致谢，"有劳，多谢。"张祜微微一笑，"能为王爷略尽绵薄之力，是张祜的荣幸。"

青雀大眼睛滴溜溜乱转，盘算着她的大事，"我这回又算立功了吧？不知道能有什么奖励呀。哎，阿原你值多少？估摸个数，我心里便有谱了。"

阿原轻轻咳了一声，"那个，在我父母心目中，我应该是价值连城。"青雀来了兴致，"那岂不是说，我要发财了？宁夏缺军饷呢，我爹时常犯难。要是我发了财，全部捐做军需！哎，你到底值多少呀？"

阿原凝神想这个问题，张祜微微笑了笑，"小青雀，陛下许是会赏你宝钞，也说不定。"青雀大为失望，"不会吧？真给宝钞啊。"

宝钞可不能当真金白银使，太不值钱了。皇帝赏赐宝钞，纯粹是名声好听，实质上简直一点用没有。

"阿原，我不要宝钞，要真金白银！"青雀转过头看阿原，郑重要求。阿原认真地答应，"好，不要宝钞，要真金白银。"

到了祁宅，师娘听说青雀遇袭，大为气恼，"我家小青雀招谁惹谁了，这般不依不饶的？"师爹沉吟片刻，"是沈家狗急跳墙了么？丫头，这些时日你要格外小心。横竖师爹闲着也是闲着，往后你出门，师爹陪着你。"

青雀嘻嘻笑，"沈复被关进死牢，沈家却并没被抄家。若是沈家什么事也不搞出来，那才奇怪呢。您当我毫无防备啊，怎么会。师爹师娘，我离着大老远，便知道情形不对了！"

张祜想了想，温声道："小青雀的确应该有人陪着。师爹您出面不方便，还是交给我吧。我和小青雀同进同出，保护她平安无事。"

师爹当年是怎么离京的，张祜当然清清楚楚。皇帝虽没追究林家，却也一直没发话让觉迟夫妇回来，稳妥起见，觉迟不该抛头露面。

师爹面带踌躇，显然很有些犹豫。青雀拍掌笑道："好啊好啊，我和祜哥哥双剑合璧，打遍天下无敌手！"想起小时候的快乐时光，青雀真是跃跃欲试。和祜哥哥共同进退，真好玩！

"祜哥哥有公务在身，怕是也不方便。"阿原委婉地反对，"我身边有四名暗卫，功夫都是一等一的，便送给小青雀吧。他们专司保卫，每一个时辰都不会懈怠。"

"暗卫啊。"青雀饶有兴致，"是躲在暗中保卫么？一定很有趣。暗卫我只听说过，倒没见过，长什么样子？"兴致勃勃地跟阿原说起暗卫。

没多久，宫里来了一批人，有太医，有宫女，有太监，有王府长史。阿原见了这阵仗，知道不能久留，告辞走了。

张祜一直留在祁宅，等祁震回到家，留他吃过晚饭，才依依不舍地离去。

当天宫里便来了人，赏赐下黄金千两、珍珠十斛、宫花缎一百匹、倭缎一百匹、官绸一百匹、大红松花布一百匹。青雀有些失望，"阿原，你值得不多啊。"

师爹师娘都乐得不行，祁震也觉好笑。

宫使出了祁宅，直奔顺天府衙，面沉似水，传皇帝的口谕，"孙超，你身为三品大员，京师治安，不得松懈！行刺晋王的刺客，审问得如何了？明早回报朕知道！"孙超磕了个头，"臣领旨！"毕恭毕敬把宫使送走。

孙超这个愁啊，明早回报？今晚上我别睡了，赶紧审案子吧。

好在，被押回顺天府的四名武士很快招了供，"我们是西山四兄弟，鲁大熊，冯大虎，陈大龙，卫大豹。有人出大价钱让我们行刺，只说了相貌、身形，身份我们是不知道的，也不敢问。"

一开始四人死撑着不肯说出指使人，后来受刑不过，终于招认出沈茂、沈英兄弟。孙超听了这话，头都快疼死了，命他们画了押。

孙超拿着供词发怔，这么大的事，我不报肯定是不行，我若报了，沈家这罪名……宫里已经落匙，任是天大的事，也要等到明天再说。孙超发了半天怔，也不回家，草草在府衙歇了一夜，次日一大早进宫回话。

孙超当然不敢隐瞒什么，如实回复。

皇帝发了怒，"沈复前脚被下死牢，他的儿子后脚便要对晋王下毒手！沈家这是怀恨在心啊，若不是紫禁城守卫森严，他们该是来行刺朕了！"

一向温和的皇帝发起怒来，极为冷酷无情，"命内阁拟旨意。沈复通敌卖国、欺君罔上、贪污军饷、心存怨望，弃市。沈家年十六岁以上男丁，弃市。其余人等，流三千里，遇赦不赦，终身不得返回。"

如今是太子监国，太子一向谨慎，哪会在这紧要关头拂皇帝的意思，自然遵旨照办。这是他对皇帝表现孝敬、顺从的大好时机，也是他对弟弟表现兄长关怀、爱护的大好时机。

等内阁拟好了旨意，沈复可不是只有这几重罪了，变成了十大罪名。若不认识沈复这个人，单看这道旨意，不知会以为沈复是多么罪大恶极、死有余辜的一个人——文官们一向如此，要整一个人，就往死里整。

皇帝对内阁拟的旨意很满意，龙飞凤舞写下一个大字，"准！"

沈家被抄了家。曾氏珍藏多年的珠宝玉器金银等贵重之物，被查抄一空，大额银票当然也没保住。沈复的儿子沈茂、沈英、沈苇、沈芸四人被送进了死牢，等候处决。只有最小的儿子沈茗得了高人指点，抢先一步落发为僧，得以幸免于难。

虽然沈复犯下的罪行实在恶劣，可是罪不及出嫁女，沈家三位姑奶奶，倒还是安然无恙的。大姑娘沈茉依旧安安生生住在宁国公府，三姑娘沈荷也和往日一样，依旧在安阳侯府做她的少奶奶，二姑娘沈芝虽被夫家送到庄子上了，到底没休了她，名分犹在。总而言之，都比流放三千里要强得多。

自从儿子们被抓进死牢等待处决，曾氏就跟傻了一样。这是怎么了？明明是买凶要暗杀那野丫头，怎会变成买凶行刺晋王，罪大恶极？我没想要行刺晋王啊，晋王高高在上的，借我十个胆子，我也不敢行刺他啊。

多年前的旧事浮出脑海，曾氏忽然心头清明：晋王是四皇子，当年宸妃看中那野丫头，就是为四皇子看中的！过了这么多年，兜兜转转，四皇子还是看中了那野丫头！

何必枉费心机呢，曾氏颓丧地倒下。花了那么多的心思，费了那么多的银钱，最后得了这么个结果！若是那时能忍下一口气，由着她野丫头平平安安长大，顺顺当当做了皇子妃，她也不过是欺压着阿茉一头罢了，难道能灭了沈家？！

悔不当初，悔不当初！曾氏吐了血。

宁国公府，沈茉发了疯一般闯到正院，泪流满面地跪在宁国公面前央求，"翰哥儿的外祖父和舅舅若是被杀了头，他还怎么出门见人？祖父，求您救救我父亲，救救我哥哥！"

沈茉也是急疯了，也不想想，宁国公自己都没脸出门、没脸上朝了，他拿什么救沈复父子？更何况这道旨意是内阁拟定、皇帝御批的，谁活得不耐烦了，要去为沈复翻案。

邓麒行色匆匆地赶过来，冲着宁国公再三赔罪，"祖父，全怪我没管束好她。"宁国公厌倦地挥挥手，"甭废话了，快把她带回去，看好了。"

两个粗壮婆子奉命上去抓住沈茉，押着她回了内宅。回去之后，婆子稍有松懈，沈茉猛地甩开她们，疯狂地扑到邓麒身上，"咱们是结发夫妻，屏姐儿和翰哥儿是咱们亲生儿女！你是做爹的，你替他俩想想！"

邓麒挥挥手，命两个婆子出去。他大感无奈，"我不是神仙，真救不得你父亲。陛下亲自下的旨，你让我有什么法子？你若为两个孩子着想，别闹了，清清净净过日子。"

"你怎么会没法子？"沈茉哭着嚷道，"事情全因祁青雀而起！你是她亲爹，你去求求她也好，骂骂她也好，她肯松松手，沈家不就有救了么？你……你好狠心，眼睁睁看着翰哥儿的外祖父就死，你不管不顾！"

邓麒冷笑，"跟你说人话，你听不懂还是怎么着？妞妞在邓家差点没了命，之后什么说法也没有，我有什么脸面去见她？你若执意如此，把当年的真相说出来！我若为妞妞伸了冤报了仇，许是能厚着脸皮去见她，也说不定。"

沈茉愣了愣，不再哭，也不再闹，仿佛在想着什么要紧的事。

定定望了邓麒半晌，沈茉古怪地笑了笑，"我说出来，你又能如何？不拘我做了什么事，我是屏姐儿的亲娘，翰哥儿的亲娘，你又不能杀了我。"

"你若真想知道，我便说给你听。横竖那丫头如今也在京城，便是我不说，她迟早有一日也会说。既然她还活着，这事，瞒不了一辈子。"

"我送她到石屋的时候，带着两名侍女。这两名侍女身材很高大，懂么？他们拿棉花挡在她身前，催发掌力打过去！她五脏六腑都受了伤，软软地躺倒在地上。"

沈茉眼中闪烁着兴奋的绿光，"她原本应该是没救的，知道么？她应该是在次日清晨闭上眼睛，再也醒不过来！"

邓麒呆呆地一动不动，好像傻掉了一样。沈茉挑衅地看了他两眼，嘴角泛上丝讥讽的笑意。眼前这男人自己太了解了，他呀，若是那丫头真安安静静地死了，他不过是哭两场，多做几回法事超度，便揭过去了！便是知道了真情，他也不过是发发傻，发发脾气，然后揭过不提！他没法杀了自己，没法杀了他儿子、闺女的亲娘。

邓麒，就是这样一个男人。

沈茉正在得意，门前传来闷闷重重的一声，不知是什么东西落了地。沈茉下意识地转头看过去，顿时傻了。

门前，邓之翰脸色惨白地站着，脚下躺着一方名贵的绿砚。在他身边，是同样脸白如纸、摇摇欲倒的邓之屏。

沈茉忽然慌张起来，凄惶起来，方才的话两个孩子没听见吧，没听见吧？屏姐儿，翰哥儿，那不是你们应该听的话！

"孩子，娘方才说的话，是瞎编的，瞎编的。"沈茉勉强挤出丝笑容，虚弱说道，"娘和你爹闹着玩的，当不得真。"

"你胡扯！"邓麒半天才反应过来，怒吼一声，扑过去牢牢掐住沈茉的脖子，"我杀了你，我一定要杀了你！妞妞那年才八岁，你狼心狗肺！你猪狗不如！"

沈茉透不过气，用尽浑身力气挣扎着。邓之屏哭着哀求邓麒，可是邓麒眼睛已经红了，哪里顾得上理会她。邓之屏正在干着急没办法的时候，却见邓麒软软地倒了下去。

邓麒身边，站着面色苍白的邓之翰。邓之翰手里，举着方沉重的端砚。

沈茉咳嗽着，很剧烈的喘着气，"你爹，是真想要我的命啊。"沈茉断断续续说道。

邓之屏哭泣着，一边抚慰沈茉，一边跪在地上查看邓麒头上的伤势。邓之翰红着眼睛呆了许久，忽然转过身，一句话没说，走了。

"去，去，看着你弟弟！"沈茉忙乱地推着邓之屏，"他被你祖父教成傻子了！"邓之屏抹抹眼泪，出去吩咐人。

邓之翰到马厩牵出马骑上，从角门出府，向郊外狂奔。他身后，十几名护卫紧紧跟着，唯恐他有什么闪失。

这天晚上，青雀回到校场口胡同的时候，发觉巷口的柳树下站着位头缠白布的男子，在不安地踱来踱去。青雀好奇地看了过去，他是什么人，为何在此徘徊？

头上有伤、裹着白布的邓麒，勉强地、不好意思地冲青雀笑了笑。青雀骑着小红马凑近他，探过头认真地打量着，"咦，这人看着真脸熟啊，竟然有几分像我。"

邓麒笑中带泪，"胡说！明明是你长得像我！"青雀在马背上嘻嘻笑起来，"算我像你好了，有什么了不起的。"

马背上的少女清丽出尘，如三月春风里舒缓张开的柳条般柔美、秀异，邓麒望着眼前笑吟吟而略带探究之色的少女，心里一酸。

"从前的事，我都知道了。"邓麒低声说道，"沈茉，她自己发了疯，全说出来了。妞妞，我本是要杀了她的……没杀成。"

"不只没杀成，还弄得自己受了伤。"青雀摸摸鼻子，颇觉无奈。

早就知道会是这样。沈茉再怎么可恶，再怎么该杀，有邓之屏和邓之翰在，邓麒最终对她也下不去手。

"我就不请你进去了。"青雀笑眯眯看着邓麒，"要是我师爹师娘看见你过来，会动手的。"

觉迟和心慈要是见了邓麒，绝对打他没商量。

邓麒红了脸，局促不安地低下头。

青雀不大忍心，"要不，我陪你到酒楼坐坐？"邓麒又是惊喜，又是忐忑不安，"可以么？"抬头望着青雀，目光中满是期盼。

"可以啊。"青雀笑了笑，果然陪邓麒到了旁边的酒楼坐下，要了几样精致小菜，命伙计烫上酒来。

"妞妞，你弟弟要是能像你一样，该多好。"邓麒问过青雀这些年的状况，又是心疼，又是感慨，"他要是能有你一半的一半，我也心满意足了！"

青雀笑了笑。看你头上的伤，邓之翰还是有两下子的呀。

酒到酣处，邓麒冲动说道："妞妞，教教你弟弟！把他带到身边，把他教成真正的勇士！他若是能像你，邓家便是后继有人了啊。"

青雀毫不犹豫地摇头，"谁生的谁管！"

你的儿子，我来教？当我吃饱了撑的没事干呀。

邓麒听了这句"谁生的谁管"，眼泪差点没掉下来。妞妞是自己亲生的，这些年来不是在莫家村、杨集，就是在英国公府、贺兰山，自己什么时候管过她？

"妞妞，我对不起你。你自小到大，我都没管过你……"邓麒说着说着，哽咽得说不下去了。

他生得俊美不凡，这会儿虽是头上裹着伤口，面容也有几分憔悴，看上去还是浊世佳公子，风度翩翩。不过，此刻眼中含泪，说话带着哭音儿，透着几分软弱。

青雀摸摸鼻子。也不知我那仙女娘看上他哪点儿了，明知他奶奶他娘都不愿意，还是硬要不管不顾地嫁给他？他虽然长得俊，性子也好，可实在太没有担当了呀。

"不管怎么着，我也长这么大了。"青雀很好心地说道，"那些不愉快的往事，不必再提起。"

邓麒打起精神，"咱们不是说好的么，等妞妞长大了，我带邓家军，你带祁家军，咱们把北元胡虏打一个落花流水！"

"好啊好啊。"青雀拍手笑，"我的军旗上要大书特书一个斗大的祁字，还要画上一只骄傲的小青鸟，凌空翱翔。"

邓麒连连点头，泪水模糊了双眼。妞妞没忘，从前的事她都记得。自己这当爹的生平只陪了她极短暂的一段日子，那些时候自己说过的话，她一直记在心里。

"这个时辰，我该回家吃饭了。"青雀看看沙漏，坐不住了，"师娘不许我在外面吃饭，必须要回家。"

邓麒依依不舍地站起身，"师娘一定很疼你。"青雀大为得意，"那还用说！我师娘可好了，是世上最好的师娘！"

青雀和邓麒出了酒楼，只见前方站着名青年男子，正面带不悦地瞅着他俩。青雀忙跑过去讨好地笑着，"师爹，您是出来接我的吧？您怎么知道我在这儿的？"

觉迟指指旁边拴着的小红马，简短道："看见她了。"青雀嘻嘻笑，"受人器重是要付出代价的。譬如我，太受您和师娘待见，回家略晚一晚，您老人家便要出门捉人了。"

"谁是老人家？"觉迟微微笑着，"你这孩子，小时候嘴巴多甜啊，如今越大越不会说话。"

青雀一脸淘气，"不是我小时候嘴巴甜，是我小时候您还不老！"

觉迟佯装生气，青雀赔着笑脸，两人熟络亲热，好像亲生父女一样。邓麒在台阶上站着，心里五味杂陈，很不是滋味。

"快回家吧。"觉迟吩咐，"弟弟吵着要你，正和你师娘闹腾呢。"青雀笑嘻嘻答应了，"成啊，我这便回。"

觉迟吩咐青雀回家，他却是要送邓麒回宁国公府。青雀想了想，偷偷问道："师爹，您不会打他吧？"觉迟笑着摇头，"师爹是斯文人，动口，不动手。"

青雀回了祁宅，觉迟送邓麒回宁国公府。

邓麒很客气，"哪能麻烦您呢，我自个儿回去便好。"觉迟淡淡笑了笑，"不麻烦，一点也不麻烦。"他人物清俊，话也说得云淡风轻，听到邓麒耳中，却凭空多了几分咬牙切齿的味道。

邓麒没敢再推托。

到了宁国公府门前，觉迟并没应邓麒的邀请进去小坐，邓麒不知怎么的在他面前心虚气短，见他没有进去的意思，半分不敢勉强。

觉迟不进去，也不走，在门前沉默地站着。邓麒心中惴惴不安，赔笑看着觉迟，想说什么，又觉着说什么也不对，说什么也不合适。

"你们在后山搜寻小青雀的那大半个月，她正在鬼门关前挣扎。"没有任何前兆的，觉迟沉声开了口，吓得邓麒面如白纸。

"孩子不只受有外伤，内伤更是严重，一直昏迷不醒。"觉迟眉宇间闪过丝厉色，"内子和我日以继夜地守着她，遍请名医，不知多少服汤药灌下去，孩子才捡回条小命。"

邓麒站不稳，无力地靠在墙上，脸色惨白。

觉迟向他看了过来，目光幽深，"你想不想知道，小青雀昏迷的时候，口中叫的是什么？"

邓麒嘴巴干干地，张了几回口，也没说出话来。

觉迟定定看着他，一字一字说道："她小身子滚烫，神志还不清楚，却一直唤着'爹，娘'！她到了那个地步，念念不忘的还是爹娘！"

邓麒转过头，不敢面对觉迟的目光。他脸颊靠着冰凉的墙壁，泪水流了满脸。

觉迟稳了稳情绪，沉声说道："血浓于水。父女之间是天性，内子和我不便阻隔。你若对小青雀亲热和气，给她父亲的关怀，我们又有什么不乐意的？可你若还以邓家女儿的标准来要求她，拿邓家乱七八糟的事情来麻烦她……"

觉迟目光变得冷峻，森然看着邓麒。邓麒羞愧地擦擦泪水，低声说道："我懂，杨阁老也说过的。您放心，我就是想疼爱妞妞，没旁的意思。"

觉迟冷冷看了他半晌，转身飘然而去。

邓麒看着觉迟的背影，心里那个惭愧，就别提了。人家和妞妞非亲非故的，拿妞妞当亲闺女疼，这么大老远地送自己回来，就为着说一句，"你疼疼青雀，别难为她"。跟人家一比，自己这亲爹实在臊得慌，恨不能找个地缝钻进去。

邓麒垂头丧气回了宁国公府。邓之翰已被护卫们劝回来了，在自己屋里坐着发呆。邓麒带伤过去看他，邓之翰从椅子上跳了起来，惊恐地看着邓麒，"您，您受伤了？"

邓麒苦笑，"儿子，你够狠的，下死力气砸你亲爹。"邓之翰眼圈红了，倔强地说道："我不砸您，我娘就没命了！"邓麒眼神一暗，勉强地笑了笑，"一场误会罢了，儿子，不必再想。"

当时是真想掐死沈茉，如今看看翰哥儿，心软了。这是自己亲生的儿子，杀了他娘，生生是把家人变仇人，这又何必呢。

邓之翰毅然道："我要去宣府建功立业，抵御北元胡虏！耻辱只有用鲜血才能洗刷，外祖父是在宣府倒下的，我要在宣府重新站起来！"

口气虽然还稚嫩，可少年脸色庄严凝重，显然是经过深思熟虑的，并不是一时心血来潮。

"儿子，有志气！"邓麒拍拍他的肩，大为感慨，"去吧！好男儿志在四方！"

邓之翰年轻气盛，连一天也不愿等，当晚便命人收拾行装，第二天便打算上路出发。沈茉本来在为娘家的事忧心忡忡，眼见得独生儿子要上宣府，哪里肯放，"翰哥儿，娘这辈子全靠你了，宣府危险，你不许去！"

沈茉当初被邓麒掐着脖子，邓之翰为了保护她，不惜伤了自己亲爹。可是要让邓之翰听听说说地待在京城，碌碌无为，无所事事，邓之翰是不干的。沈茉拉着邓之翰的手又是哭泣又是哀求，邓之翰不耐烦地甩开了她。

宁国公和邓晖，全都赞成邓之翰去宣府。"咱们这样人家的子弟，打小便应该为国效力！"孙夫人虽是舍不得，听得公公、夫婿这么说，含泪点头。

邓之翰辞别亲人，头也不回地走了。

邓之屏哭湿了好几条手帕子，沈茉则是再也撑不住，病倒了。有邓之翰在，她还不能劝说宁国公、邓麒去营救沈复；邓之翰一走，那是更没希望了。沈茉想到自己的父亲、哥哥即将人头落地，痛彻心肺，夜不能眠。

"什么刺杀晋王，根本就是子虚乌有的罪名！通敌卖国，也没有实证。父亲唯一实实在在的罪名，便是吃空饷了。"

"哥哥们赶去宣府，是被祁青雀截回来的；翰哥儿要赶去宣府，也是被祁青雀截下来的。父亲，生生是死在祁青雀手里。"

"当年，怎么就让她逃走了呢？"沈茉在病床上喃喃着，跟魔怔了一样。

十六年前，自己穿着大红嫁衣、坐着八抬大轿，风风光光嫁到邓家。那时玉儿还在会亭那乡下地方翘首盼望邓麒吧，差点成了块望夫石。

玉儿生了个不值钱的丫头片子，自己却生下珍贵的龙凤胎，得了一儿一女。彼时，年

青雀歌

轻娇艳的自己抱着儿子，看着女儿，真是神采飞扬，踌躇满志啊。

哪想到会有今天。玉儿做了侯夫人，也有亲生儿女，她留在邓家的野丫头，更亲手把沈家男丁全部送入死牢。一个小丫头片子，她怎会有这么大的本事。

沈茉想来想去也想不通，即便睡梦之中，也满是痛楚之色。

南宁长公主特地为斩杀蒙古济农的祁青雀举办盛大的宴会，也给宁国公府送来了请柬。

青雀，成了权贵勋戚的座上宾。

孙夫人把邓之屏、邓子盈叫了去，"长公主垂爱，推托不得，屏姐儿盈姐儿到时跟祖母同去。"

因着沈家的案子，宁国公府也弄得灰头土脸，十分狼狈。这会儿长公主府送来请柬，于情于理，邓之屏和邓子盈都该去露个面儿。

邓之屏和邓子盈都是孝顺听话的好姑娘，虽忧心沈茉的病情，还是恭敬地应道："是，祖母。"

到了宴会的这天，邓之屏和邓子盈盛装打扮，跟着孙夫人去了南宁长公主府。到了南宁长公主府，自是先到正殿拜见长公主。孙夫人是宁国公府的世子夫人，南宁长公主待她和众人不同，赐了座，温和问了几句家常，才命女官领她们出殿。

走到甬路上，迎面来了一行人，有宫女，有太监，有近卫，众星捧月般围着位身穿亲王服饰的美丽少年。少年身边是一位十五六岁、身穿真红衫裙的少女，这少女生得极美，她缓缓走来，宛如冉冉升起的朝霞。

女官忙带着孙夫人等在路边俯伏，"拜见王爷！"那美丽少年根本没往这边看，低头跟身边的少女说着话，径自走了。

等到少年走远了，女官才带着孙夫人等站起身，笑道："夫人看见么？王爷身边那位，便是大名鼎鼎的祁校尉。今儿个长公主这场宴会，专为祁校尉而设。"

孙夫人脸上带着礼貌得体的微笑，"看着娇娇弱弱的，竟是位风华绝代的美女。您若不说，我们哪里能想到她竟是斩杀蒙古济农、名扬天下的祁校尉？一直以为祁校尉有三头六臂呢！"

邓之屏和邓子盈都笑吟吟附和，"谁说不是呢，我们做梦也想不到，祁校尉原来这般美貌动人！真难得，美人儿似的，好像风一吹便能吹倒，却是位勇力过人的高手。"

女官笑道："真真的，但凡见了祁校尉，没有人不惊讶的。她看上去很娇弱，好似不胜罗绮，实际上却是巾帼不让须眉。长公主殿下直夸奖呢，说她不愧是龙虎将军祁保山的孙女！"

孙氏虽是极力隐忍着，脸色还是僵了一僵。邓之屏迅速看了孙氏一眼，笑盈盈说道："自从祁校尉回了京城，这是头回参加宴会吧？到底是长公主殿下面子大啊。"

女官矜持地笑了笑，"祁校尉公务繁忙，推了不少人家的请帖，今日确是她头回参加京城的宴会。不只祁校尉是难得的贵客，便是晋王爷，自打上回遇刺之后，等闲也是不出王府的。不过，长公主有请，又自不同。"

京城之中谁不知道，皇帝陛下最宠爱的便是四皇子、晋王殿下。晋王"遇刺"之后，皇帝加派了一支近卫给他，全是精锐。

前方又来了一行人。长公主府的宫女、女官们簇拥着一位仪态万方的夫人、一位豆蔻年华的少女，神色极为恭敬。显然，这两位是长公主府的贵客。

这位夫人高高挽着飞仙髻，髻上插一支镶珠嵌宝、璀璨夺目的五凤金钗，映衬得她一张美丽面庞更加光华灿烂，熠熠生辉。少女和她生得有几分相像，梳着可爱的双丫髻，身穿浅绿明光锦衫裙，虽然年纪尚小，已是清丽不可方物。

孙氏看到这两人，气得脸色发白。一个不顾名节的女人，一个再嫁的女人，居然平平安安、风风光光地做着侯夫人，天理何在！

那小姑娘看上去天真烂漫、不通世事，可知道她娘亲曾经做下的丑事么？

两拨人渐渐走进，女官们优雅的为她们引见，"宁国公府孙夫人，邓二小姐，邓三小姐。""阳武侯府祁夫人，薛大小姐。"

祁玉微微颔首，客气而冷淡地称呼了声"孙夫人"。孙氏看到抛夫弃女、失节再嫁的祁玉，心中厌恶到了极点，皮笑肉不笑地看过去，也叫了一声"祁夫人"。

祁玉和孙夫人都是冷淡之极，女官们都是耳聪目明的，见状并不过多逗留，草草寒暄过，分道扬镳。孙夫人被带去入席，祁玉则被请到了正殿。

正殿里头，南宁长公主雍容地坐在上首，面目含笑，"祁夫人，令侄女虽是祁家义女，却和你颇有几分相像呢。瞧瞧，和你一样眉如远山，和你一样清清亮亮的杏子眼，都是大美人。"

祁玉微笑道："她和祁家有缘分。"她最终不叫邓之媛，更不叫邓子媛，而是祁青雀。真真想不到，她本是祁家的外孙女，如今竟做了祁家的孙女。

青雀，你实在是大大出乎我的意料。

薛扬好奇地看着青雀，又好奇地看看四皇子，忽然红了小脸。

南宁长公主招手叫过青雀，慈爱温和地问她，"好孩子，你亲生父母是谁，为何做了祁将军的义女？"青雀笑道："我是孤儿，才出生的时候便被义父义母救了，故此认下的爹娘。"

祁玉身子僵了僵，薛扬流露出同情的神色。

南宁长公主叹道："原来是无父无母的孤儿，好苦命的孩子。不过，能遇到祁将军夫妇，蒙他们搭救，却也是你的幸运。"青雀笑着点头，"是，您说得对极了。"

阿原如黑曜石般的双眸中有不悦之色，"姑母，从前的事提来做什么？徒惹青雀伤心。"南宁长公主乐呵呵道："姑母年纪一大，便啰嗦了！"拉过青雀的小手，慈爱告诉她，"园子里茶花开得极好，好孩子，你散散心去。"青雀笑眯眯答应，"好啊，府上的茶花一定很美，很值得一看。"

阿原站起身，"我陪你一起。"南宁长公主笑容满面，"小四到了姑母家，也算半个主人。小四，你替姑母陪陪客人。"阿原微笑，"是，姑母。"辞别南宁长公主，和青雀出来到园子里看茶花。

没多大会儿，祁玉和薛扬也来了。薛扬笑盈盈走过来，乖巧地叫着"王爷""青雀姐姐"，祁玉远远地站着，往青雀这边看。

青雀歌

青雀略一思忖，笑眯眯拍拍薛扬，"阿扬，你乖乖地在这里看花，莫乱跑。"又交代阿原，"哎，劳驾，看好我妹妹。"阿原颇为不情愿，青雀冲他笑笑，往祁玉的方向走去。

　　看着青雀一步步走近，祁玉明亮的眼眸中闪过迷惘之色。她是邓麒的女儿，可是，如今她姓祁，是祁家的孙女。

　　青雀到了她面前，两人默默相对，半晌无言。

　　"那个，我想去看你的，却不知你是不是方便。"青雀轻轻说道。

　　祁玉心中百感交集。她想说，"我很担心你""我一直惦记你""你伤养好了？身子要紧，莫太拼命"，却总觉得这些话怪怪的，说不出口。

　　"未婚少女，行为必须检点。"祁玉声音冷冷的，冷得都吓了她自己一跳，"青雀，一个男人再怎么喜欢你，讨好你，都是没用的！只要他一天没有正大光明娶你为妻，你都不能对他假以辞色！"

　　"贾淑宁至今还在宫中教养，一直没个说法。青雀，你要爱惜羽毛，不能跟四皇子走得太近！你是女孩儿，名声要紧，知道么？"

　　青雀诧异地看着她，不知她这话从何说起。

　　祁玉看着青雀清亮纯净的眸子，心中一酸，声音变得苦涩，"青雀，女人和男人不一样，知道么？男人只要有地位有权势，便可以活得很放肆。女人一旦有个行差踏错，却是性命堪虞。"

　　青雀依旧莫名其妙，大眼睛中满是困惑不解。祁玉来了气，冷冷说道："你和他不一样！他是男人，你是女人……"

　　青雀小心翼翼地打断她，"那个，有什么不一样？我和男人一样可以上阵杀敌，建功立业啊。"

　　一向灵秀的青雀，这会儿显着傻乎乎的。祁玉无语地看她片刻，冲口说道："男人和女人怎会一样？男人又不会怀孕！"

　　一场欢爱之后，男人可以拍拍屁股潇洒地走了，片叶不沾身。女人却已是珠胎暗结，要辛辛苦苦熬够十个月，再经历非人的痛苦，才能把孩子生下来。

　　然后，这孩子属于父亲，必须姓父姓。

　　你若要这孩子，也要属于她父亲，忍受长久的蹂躏，和无穷无尽的屈辱。

　　祁玉想起难堪往事，心变得很硬，冷峻地命令道："除非三书六礼地成了亲，否则，不许跟男子过从太密，记住了么？！"

　　青雀一脸倔强，不肯说话。

　　英娘和师娘又没生我，都能对我和颜悦色的，很疼我。你生了我，咱俩应该是很亲很亲的，你怎么能凶我呢。多少年了才见一回面，你待我这样！

　　我想了你多少回，念了你多少回，你知道么？我伤口很痛很痛的时候，会哭着喊"娘"，好像就没那么疼了。师娘流着眼泪替我擦药，一勺一勺喂我喝药，你……你却是这样。

　　祁玉美丽的眼眸中闪现着怒火，"我是为你好，你若听了，是你的福气。你若不听，往后有什么，你自己受着！"

　　"受着就受着，我从小到大受的，还少么？"青雀赌气说道。

"你……"祁玉气极，冲她扬起巴掌。青雀静静看着她，心里很想哭，却倔强地硬忍着，不让眼泪掉下来。

"你会后悔的。"祁玉无力地垂下手臂，喃喃道，"你会吃亏，你会被骗，你会未婚生子……"

瞎想什么呢！青雀怫然。

"言尽于此，我不再多说。采纳与否，悉听尊便。"祁玉觉着疲惫，背过身去，不再看青雀。

巴巴地把我叫过来，就为说这个？才说了几句，就不耐烦了？我到底是不是你亲生的啊。

青雀声音清冽，"什么上当受骗，未婚生子，你尽可以放心，绝对不会有。"

祁玉依旧端穆地站着，并没回头。

仙女娘总是这般难以取悦，青雀生气地低下头。

"四皇子，往后你离他远远的。"祁玉慢慢说道，"还有张祐，也不可接近。"

四皇子，宫里养着贾淑宁，是不行的。张祐也不行，英国公夫人不喜欢你。英国公夫人说过，她要讨个贤淑大度的儿媳妇，青雀，你可不是淑女。

"祐哥哥，还有阿原，都对我很好。"青雀闷闷，"冷不丁儿地不理他们了，好奇怪。"

祁玉转过头，冲着青雀冷笑，"男人对你好，全有不可告人的目的！等你陷进去，受了骗，生下孩儿……"

青雀大怒，迎上祁玉的目光，一字一字说道："我若敢生，我便敢养！"

祁玉仿佛被人迎头痛击，头昏昏的，浑身钝钝的疼。她木木地看着青雀，忽然觉得透不过气来。

阿原一直注视着这边，见青雀仿佛有生气的模样，心中担忧，抬脚往这边走。薛扬忙跟上他，甜甜笑着，"王爷，您很懂茶花，对不对？这株大红的茶花，叫什么名字啊？"阿原哪顾得上理她，快步往青雀的方向走。

阿原快到近前的时候，祁玉转过身，头也不回地走了。阿原走到青雀身边，见她脸色发白，心疼地问道："说了这么会子话，口渴不渴？来，咱们回去喝口热茶，暖暖肚子。"

青雀古怪地瞅了他一眼。阿原，上当受骗，未婚生子……仙女娘，不是我笨，你讲话真的很令人惊奇。

青雀上上下下打量阿原，目光很有些不怀好意。阿原心里打了个突突，微笑道："小青雀，你看我做什么？"

青雀很认真，"看你像不像个坏人。"阿原嘴角勾起一个浅浅的弧度，"小青雀，四哥一看便是大好人。"青雀哧地一声笑了，"你有多坏，当我不知道啊。我都见识过了好不好，还装。"

青雀笑靥如花，阿原含笑看着她，目光温柔似水。薛扬追了上来，眼中见到这一幕，登时呆住了。他的眼睛，比浩瀚夜空中最明亮的那颗星星还耀眼，他看着青雀姐姐的眼神，是那么那么的……含情脉脉。

"姐姐！"薛扬娇嗔地叫着姐姐，走过去牵着青雀的手，"你和王爷说什么好玩的事呢，也不叫着我。姐姐，我不依！"

薛扬身材还没完全长开，个子没有青雀高，看上去还是一团孩子气。不过，她们两个

青雀歌

眉目间确有几分相像，薛扬站在青雀身边，活脱脱是大姐姐身旁娇憨无知的小妹妹。

青雀从小做惯姐姐，不管是对青苗青树也好，还是对林啸天、青峰青宁也好，都关爱得很。对薛扬就更别提了，这是她同母异父的妹妹，格外亲近。

"阿扬乖。"青雀笑眯眯拍拍薛扬白嫩的小手，"那边种着几株金盘荔枝，花开得极为华美，姐姐带你过去看看，好不好？"

薛扬噘起小嘴，撒娇地说道："姐姐拿我当孩子哄呢。"青雀见她样子可爱，忍不住捏捏她滑腻的小脸蛋，"你本来就是个孩子好不好？"

"才不是呢。"薛扬笑着摇头，神色间很是爱娇，"我长大了，是懂事的大姑娘。姐姐，我真的很懂事，爹、娘还有大哥，都这么夸我的。"

薛扬脸色绯红，并不敢偷眼去看一旁的阿原。她只知道，晋王一直沉静地站在身边，清雅淡然，如一泓温润的春水。

青雀听到薛扬自夸的话语，忽想起一件事，"阿扬，我方才说话有点……姑母或许不大高兴，要不，你去哄哄她？"

薛扬怔了怔，"我娘，不大高兴？"下意识地想去寻找祁玉，安慰她，宽解她，可是想到身边站着的温润男子，却又舍不得立即便走。

"姐姐，你怎么能这样？"薛扬小声抱怨，"她很疼你的，你做什么要惹她生气？"

青雀有点不好意思，"那个，我和她不大熟，或许她不知道该怎么跟我说话，我也不知道该怎么跟她说话。"

再亲近的人，多年没见，也会生疏吧。更何况我和她自打生下来便没在一起过，虽然她是我亲娘，我是她亲闺女，可是认真说起来，我俩真的不熟。

"姐姐你真是的，怎会惹到她。"薛扬小声嘟囔，"她性子最好，我和小阿挥顽皮淘气什么的，她都不理论的。"

青雀眼眶一热，笑道："不可同日而语。你和小阿挥是她的儿女，我呢，是她的侄女。她待我，和待你们，怎么会一样呢。"

阿原招手唤来宫女，吩咐道："带薛大小姐去寻阳武侯夫人。"宫女屈膝答应，满脸赔笑看着薛扬，"薛大小姐，奴婢给您带路。"薛扬很不情愿，却又不敢违拗晋王殿下，只好告辞，依依不舍地走了。

青雀站在一株粉红洒紫斑条的粉十八学士前凝神观看，若有所思。阿原微笑走近她，"小青雀，我羡慕你呢。我只有一位母亲，你却有师娘和英娘、莫伯母三位母亲，都那么溺爱你。"

青雀抬头看看他，狡黠地眨眨眼睛，"四位！我有娘、师娘、英娘，还有大姨，总共四位母亲。阿原，大姨也是很疼我的。"

青雀一脸淘气，容光焕发，阿原看着大觉舒心，笑道："对不住，方才我竟少算了一位。小青雀，你有四位慈母呢，这可羡慕死人了。"

有人要抢你娘，你这般温温吞吞的！青雀白了他一眼，大觉没劲。阿原见她这样，并不明白是为什么，莫名其妙看着她，目光中满是无辜。

"你，攀住那枝白十八学士。"青雀命令道。白十八学士叶浓绿而有光泽，白花洒红斑条，典雅精致，属茶花中的名品，形姿优美动人。

阿原嘴角噙着丝醉人的浅笑，"小青雀，要男人攀着花，真亏你想得出来。"虽这么说着，却真的伸手攀住枝茶花，还探头过去，深深嗅了嗅。

青雀笑嘻嘻看着，拍掌赞叹，"殿下好风采，真是人比花娇啊。"阿原你往花前一站，真是莹润如美玉，澄澈若秋月，令身畔的名花暗淡无光！

眼见得青雀又眉飞色舞起来，阿原粲然。从小她便是这般顽皮，不肯吃亏，自己若是哪里惹到她，一准儿会被她任性刁蛮地折腾一番。偏她折腾得有趣，让人只有欢喜，没有恼怒。

小青雀，你神气活现的样子很喜人，知道么？眉目那么鲜活，神采那般生动，看得人心绪为之飞扬。小青雀，只要能让你笑，四哥学学美人攀花，又算什么呢。

开席的时候，阿原和青雀分开了。青雀被请到宽敞明亮的大花厅，奉为上宾。"这便是名扬天下的祁校尉？今儿算是见着了。"与宴的贵妇们啧啧赞叹着。

如果说青雀的相貌让她们惊艳，接下来青雀的礼仪、谈吐则让她们心中翻腾起惊涛骇浪，实在觉得匪夷所思。行伍之人不是应该很粗鲁的么？可她吐属文雅，举止从容，一言一行，都是无可挑剔。

她不过十五六岁的年纪，会打仗，会杀敌，还善容止，善言辞。她，究竟是何方神圣？一个出色的子弟，能振兴一个家族呢。祁家能有祁青雀这义女，运道实在太好。

青雀在京城的头回亮相，可以说是极为成功。在之后的几个月里，她的美貌，她的谈吐，她的一举手一投足，都成了贵妇们津津乐道的趣事、雅事。

宴会之后，祁震依旧回宁夏任总兵官，祁青雀则受封为广威将军，正四品。

天朝有了第一位正式的、朝廷认可的女将军。

第十一章

一诺千金

被关在刑部死牢的沈复，不知花了多大的价钱，托人带了封信给青雀，"若想知道祁保山捕鱼儿海之战的真相，请到牢狱一见。"

信送来的时候，青雀正和张祜练剑，一人使飞雁剑法，一人使归林剑法，穿梭往来，飘飘若仙。青雀收起剑，好奇拆开信的时候，脸上还挂着晶莹的汗珠。

捕鱼儿海之战的真相？青雀神色凝重起来。

张祜关切问道："小青雀，怎么了？"青雀默默无语，把信递了过去。张祜展开看了看，略一思忖，温声道："小青雀，哥哥陪你一起去。"

刑部死牢，对于普通人来说，很难进去探监。不过张祜和青雀若是想去，那是畅通无阻的。

黑暗的死牢中，沈复憔悴不堪地坐在地上，抬头看着青雀，"我告诉你真相，你保我儿子的性命！至少保一个！"

皇帝已经下了御旨，沈复也不再奢望自己能得救，儿子们全能平安无恙，能救一个是一个吧，能留下沈家血脉，已是谢天谢地。

张祜微微皱眉，青雀毫不犹豫地点头，"好，便是这么说定了！"

沈复听了青雀这个许诺，苍老憔悴的脸上竟然露出一丝欣慰笑意，"我信你！你外祖父是一诺千金的人物，生平从未失信于人。你和你外祖父很像，一定也是个重信守诺的。"

刑部死牢是一个一个的单间，看守异常严密。沈复是钦定的死囚，他住的这间牢房四面都是牢固的石墙，根本没有窗户，唯一的一扇小门外头，盔甲护身的兵士持刀站着，眼神警惕，如临大敌，不敢有丝毫松懈。住在这样的牢房里头，被铁链牢牢锁着，沈复早已经萎靡得不像样子。这会儿听到青雀简洁干脆、掷地有声的承诺，沈复眼中有了光亮，脸上有了笑意。

沈家若真的是成年男丁全部被杀，妇孺流放西北，差不多等于全军覆没了。沈家的女人和孩子都是娇生惯养的，到了西北那苦地方，哪里活得下来。

不拘哪个儿子，至少要有一个要活下来，延续沈家香火。

沈复高兴了片刻，眼神锐利地盯着青雀，"你要如何保住我儿子？"虽说祁家人一向重信守诺，稳妥起见，还是把详情问清楚了，先小人后君子。

死牢绝不是个令人心情愉快的地方，到处充斥着难闻的霉臭味与血腥味。青雀嫌弃地伸出小手扇了扇，轻蔑说道："我既然有本事把你送进死牢，自然有本事保住你儿子的性命！沈复，我来这一趟不过是求个心安，你休要给鼻子上脸。"

张祜关切地轻声问道："很难闻？"青雀笑了笑，"也没有啦，祜哥哥。战场我都上过了，还能怕这个？"阴暗的死牢中，青雀笑容明媚，如繁花绽放，张祜看在眼里，微微失神。

求个心安？沈复迅速盘算了一下，急忙说道："你外祖父死得很冤！我把当年的事一五一十告诉你，你知道是谁害了他，也好为他报仇雪恨，是也不是？你保住我儿子的性命，我便如实相告，咱们各得其所，你看如何？"

青雀娥眉微蹙，"祜哥哥，这人车轱辘话来回说，好不讨厌。明明才一进门时我便答应过他，怎的还在啰啰嗦嗦？"张祜也是神色不悦，"这人实在婆妈！再啰嗦，咱们便抬脚走了，让他把所谓的秘密带到棺材里。"

沈复见状，忙叫道："成华三年春，朝廷拜英国公为平虏将军，陕西、宁夏、延绥诸镇兵悉归节制，巡抚谭咸总督军务，太监胡元任监军。"

青雀站在张祜身边，不动声色地静静听着。张祜听到"拜英国公为平虏将军"，心中忽起了怪异的感觉。原来青雀外祖父遇难之时，佩将军印的是父亲。这件事，从没听父亲提起过。

"当时你外祖父已是威名赫赫的龙虎将军，任延绥总兵，我则是陕西副将。平虏将军共节制八万人马，声势浩大，准备收复河套，把蒙古人赶到大漠，平定三边。"

"那时的蒙古小王子是罗忽，天生好战，时不时地率众犯边。一春天我们和他交手数十回，互有胜负。"

"英国公上报朝廷，称蒙古兵强马壮，势力不容小觑，请再拨十万精兵增援。否则，应当退回内地，以守为主。"

"六科给事中、都察院的御史们，个个都是站着说话不腰疼的主，纷纷弹劾英国公欺漫。恰巧这时英国公病了，回京休养，朝廷另派武定伯赵越统兵。"

张祜听到这儿，暗暗松了一口气。原来父亲因病早早地回京了，没有经历那场战争。张祜心头一阵轻松。

"虽是武定伯统兵，却依旧是谭咸总督军务，太监胡元监军。祁青雀，你也打过不止一回仗了，应该知道本朝制度，打仗的时候，文官和太监说话比将军还管用。"

"谭咸是天顺年间的进士，出身江浙世家，清誉满天下。他这人饱读诗书，清廉正直，不过论起用兵打仗，我只能仰天大笑。胡元就更别提了，打小便自己净了身进宫侍候，这种人你还指望他能懂得用兵之道么，瞎指挥罢了。"

"我天生的好性子，虽是心中对这二人十分鄙夷，面上却是恭敬亲热，从不敢得罪他们。你外祖父可就不行了，他对着监军总是一副公事公办的模样，谭咸议论起军务来若有谬误，他也会例行公事地指出，不留情面。"

"谭咸这个人不贪污不受贿，可是，好面子。胡元这厮，向来被外官拍马屁拍惯了，乍一碰上个不买账的，气得跳脚。你外祖父算是把谭咸和胡元全给得罪了。"

"捕鱼儿海一战，本应该是三路天朝大军夹击蒙古骑兵，将他们一举击溃。实际上却是只有你外祖父孤军奋战，另外两路援军久等不至。"

"兵部在邸报上写得很简略，官员们和士兵们只知道，成华三年，龙虎将军祁保山带领三千铁骑在捕鱼儿海力战蒙古三万骑兵，不屈而死。所属兵将，无一生还。若是知道得再多些，还会听说本应三路大军共同夹击蒙古骑兵的，可惜另外两路人马因突然刮起狂风，沙尘弥漫，两步以外便什么也看不清楚，故此迷了路，没有及时赶到。"

"这是天灾，不是人祸，不拘是谁听说了，也只是为祁保山、为他部下的将士，长长叹息罢了。"

"捕鱼儿海一战，你外祖父固然是力尽而死，蒙古骑兵也是伤亡惨重，损了精锐，损了元气。这之后，谭咸、武定伯率军出击，大获全胜，俘虏了蒙古小王子罗忽的妻儿、亲信，得牲畜上万头，奴隶数千人，罗忽自此一蹶不振，不敢再在河套居住，边陲得以数年安定。"

"谭咸，武定侯，都是有功之臣，受到朝廷的嘉奖、封赏。就连胡元，回京后也升了随堂太监，很是风光。"

"踩着你外祖父的尸骨，多少人得到了荣耀！谭咸官至左都御史，加太子太保，被清流士子奉为楷模，声誉如日中天。没过两年他就因病致仕，回乡休养。谭家本就是世家大族，他又有美名在外，致仕之后还是备受世人推崇爱戴，过着神仙般的逍遥日子。"

"武定伯晋为武定侯，岁禄一千五百石，京城又多了一家赫赫扬扬的侯府。胡元本是御马监的，因着这场战事，升到司礼监，做了随堂太监，很是威风了几年。如今他是南京守备太监，悠闲惬意得很。"

沈复在死牢中的时日不短了，身体大不如从前。这会儿连着讲了这么长的一段话，脸上泛起潮红，咳嗽了几声，好像有点喘不过气。

南京守备太监是养老的悠闲之地，死牢可不是。死牢，是很残酷的地方。

青雀奇怪地看着他，"你大老远地把我叫来，就为着讲这些？这些事我早八百年就知道了，用得着你告诉我？"

沈复咳了几声，强撑着抬起头，悲声道："那天根本没有狂风，没有沙尘，更没有两步以外便不能视物！我……我也是两路援军之一，难道我不清楚？"

青雀更奇怪了。你没病吧？你是援军之一，天气晴朗，什么都好好的，你不去增援我外祖父，然后你还好意思当面告诉我，叫我保住你儿子的性命？

沈复满是悲愤之色，"谭咸是故意的！我得到军令之时，你外祖父早已出发了！谭咸分明是怀恨在心，故意迟给军令，贻误战机！"

"我点齐军士，整装待发之时，胡元那厮命人请了我过去，胡言乱语、不知所云地闹了半天。他是监军，权柄太大，我好几回急着要告辞，都被他拦下了。"

"他拉着我胡扯八扯之时，你外祖父正以三千铁骑对抗三万蒙古骑兵，浴血奋战！等到他终于放了我，我率部下赶到捕鱼儿海，只见一片死寂，尸横遍野，你外祖父他已经……"

青雀仿佛看到一名中年男子正披甲搏杀，他脸上、身上全是鲜血，不知是敌人的，还是他自己的。坚毅果敢的面容，狠辣快疾的刀法，无数的敌人在他面前倒下去……青雀心情激荡，神色愤怒，张祐站在一旁，担心地看着她。

沈复慨然道："我和你外祖父都是平民出身的将军，全靠自己打拼，才能出人头地。你外祖父天纵奇才，却因着不爱阿谀奉承，不屑虚与委蛇，惨遭奸人陷害。我实在是为你外祖父抱不平！谭咸、胡元这两名无耻之徒，分明是陷害你外祖父的罪魁祸首。谭家势大，太监难缠，你若怕他们，便做个缩头乌龟，让你外祖父含恨九泉。你若有几分血性，寻着他们报仇去，为你外祖父伸冤！"

沈复这番话说得慷慨激昂，说完之后，又是一番剧烈的咳嗽。青雀死死盯住他，慢慢问道："另一路援军，将领是哪位？"沈复苦笑，"你不相信我，我知道。另一路是武定伯率领的精锐之师，足有一万五千人之多。若他能及时赶到，你外祖父无论如何也不至于……武定伯坚称遇到狂风、沙尘，不能视物，没法赶路。不过，大漠之中，十里不同天的情形也有，我没遇到，他遇到了，也有可能。"

青雀静了片刻，缓缓说道："你知道的，应是全告诉我了。我答应你的，一定会做到。你幼子沈茗已经出家，刑部和大理寺正打算逮捕他归案。刑部和大理寺的意思，若是通敌卖国、意图谋反的大罪也能靠着出家得免，岂不是世上所有的大奸大恶都可以犯了错之后，托身佛门？此风不可长。虽然如此，我既然答应了你，定会想方设法，保住你幼子沈茗。沈茗虽不曾做过什么善事，却也不曾作奸犯科，保下他不难。"

青雀交代完，不再废话，转身和张祐一起往外走。沈复在她身后苍凉说道："祁青雀，记得替你外祖父报仇啊！"

青雀回过头，笑着问他，"这两人是你的仇人？还是他俩确实势力很大，我若惹上他们，不死也要脱层皮？"

"沈复，你心里想的是什么，我猜也猜得出。要么，你想让我去惹不好惹的人，给自己招来祸事。要么，你想借我的手，除去你不喜欢的人。当然了，也或许两者都有，你两边都憎恶，两边都恨，一个也不愿放过。"

沈复眼光闪了闪，"他们势力再大，你该报仇还是要报仇的，对不对？祁青雀，你不是贪生怕死之人，祁家没有孬种。"

青雀微微一笑，不再说什么，和张祐并肩离去。沈复真想追上去再冲她喊几句话，坚定她去向谭咸、胡元复仇的决心。转念一想，还是算了吧，虽说祁家人重信守诺，可沈茗的性命毕竟还有危险，莫逼急了她。

青雀出了死牢，飞身上马，迫不及待地离开了。这种地方还是少来为好，阴森森地像地狱一样，让人心里不舒坦。

张祐和她并肩而行，时不时地转过头看她一眼。见她蹙着秀气的眉毛，脸色不大好，很是心疼。小青雀，你这柔弱的双肩，究竟要担负起多少重任？振兴祁家，重建祁家军，如今又添了一桩，为祁保山复仇。

回到祁宅，见青雀时而呆呆的，时而义愤填膺，张祐柔声劝她，"快二十年前的事了，单凭沈复一张嘴，能证明什么？小青雀，我总觉得他存心不良。或许他眼见得沈家是真不行了，对你怀恨在心，想毁了你。若你是普通人，和谭家为敌，和守备太监为敌，必是死路一条。"

青雀咬咬嘴唇，满眼的不甘心，"祐哥哥，你知道我有多不服气么？若是我外祖父好好的，我爹和我娘也会好好的。我会有爹疼有娘爱，像小阿扬似的过着无忧无虑的日子。那我该有多幸福！我娘会是明媒正娶的，爹爹很爱她，对她千依百顺，她也不会迁怒于我，会拿我当心肝宝贝。我便不会是没娘的孩子。"

青雀精致小脸上满是忿忿不平之色，"我的前半辈子，全被捕鱼儿海这场战争给毁了。祜哥哥，你教我如何不在意？"

张祜冲动地握住她的小手，"前半辈子苦也罢甜也罢，都不要紧。后半辈子，咱们好好过，甜甜蜜蜜地过！"

"祜哥哥言之有理！"青雀眼睛亮晶晶的，高高昂起头，"惊才绝艳如我，文武双全，举世无双，后半辈子一定风生水起，志得意满！"

方才还伤心难过着呢，这会子小辫子又翘起来了。张祜低头看着青雀鲜活的眉眼，微微笑起来。

师娘恰巧走进来给青雀送点心，恰巧听到青雀最后一句话，疑惑地看着小徒弟，"丫头，后半辈子？"

青雀拿起两块点心，一块送到自己口中，一块塞到师娘嘴里，眉飞色舞说道："师娘，我前半辈子虽然不是一帆风顺，后半辈子一准儿左右逢源、无往不利！"

"前半辈子，后半辈子？"师娘奇怪瞅着神气活现的小徒弟，"丫头，你，前半辈子？"

"你知道半辈子有多长么？丫头，敢情师娘没教过你算数？就算真的是人到七十古来稀，七十岁的寿命难得，五六十岁总要有吧？前半辈子，怎么着也得二三十岁，成亲生子，有家有室。就凭你，根本还是个小丫头呢，居然好意思说什么前半辈子、后半辈子，笑死人了。"

张祜原本是沉浸在青雀的悲伤之中，没注意到她的措词。师娘这么一问，张祜也回过味儿来了，不厚道地偷乐，"前半辈子？小青雀，你才多大。"

青雀看看师娘，看看张祜，灵动的大眼睛转了又转，心虚地笑起来。

这晚的饭桌上，师爹语重心长告诉青雀，"师爹前半辈子最值得骄傲自豪的事，一件是收了你做徒弟，一件是有了林啸天这调皮儿子。"师娘大为诧异，"怎么，竟不是能娶我这样的绝代佳人为妻？"

师爹红了脸，一座粲然。

林啸天端端正正地坐着，不苟言笑，一本正经，"光阴似箭，日月如梭，不知不觉间我已六岁了。回首我的前半辈子，下过水，上过树，曾经顽皮淘气过，也曾经听话乖巧过……"

师爹、师娘和张祜都觉可乐，青雀不怀好意地瞅着林啸天，皮笑肉不笑，"好弟弟，你可真讲义气啊。"林啸天忽觉得背上凉飕飕的，不再高谈阔论，埋头喝粥。

师爹、师娘和张祜更乐呵了，笑得肚子疼。

这笑话林啸天记了许久，接下来的日子里，只要和青雀吵了架，他便会板起小脸，"蓦然回首，我这前半辈子……"

青雀抚额。一失足成千古恨，一时失言，也是千古恨！林啸天侃侃而谈，她大喝一声扑过去，"手底下见真章！"林啸天一边出手还招，一边抱怨，"姐，斗口归斗口，动手归动手，不能瞎掺和！"斗口落了下风就转为动手，姐姐太没风度啦。

青雀洋洋得意，“什么斗口归斗口动手归动手，谁拳头硬谁说了算，懂不懂？”口中教训着，手脚不停，林啸天忙于招架，连回话的工夫也匀不出来。

他俩打得热闹，师爹师娘在旁闲闲坐着，或是评头论足，或是出言指点。林啸天大为气愤，打完架之后，跑到爹娘面前提抗议，“爹娘偏心姐姐！”

师爹很温和，“儿子，姐姐是女孩儿，家人不向着她，谁向着她？”师娘妩媚的丹凤眼中满是惊奇，“姐姐，不就是用来欺负弟弟的么？”林啸天气结，扑到她怀里，扭股糖似的扭来扭去，跟她不依。

青雀笑嘻嘻扑过去争宠，师娘一手揽着一个，很耐心地亲热了半天。

“她看着不食人间烟火，其实心最细了。”青雀心中感动，“若放到平时，她早一脸嫌弃地把我和林啸天推开，让我俩一边儿凉快去了。她，分明是知道我心绪欠佳，特意哄着我玩。”

青雀依恋地贴在师娘胸口，心里暖融融的。林啸天有样学样，小脑袋也贴到另一边，乖巧得很。师娘温柔爱抚着他们，嗔怪道：“你俩都是半大孩子了，还这般缠人。”两个脑袋不约而同地在她怀里拱了拱，更黏乎了。

邓之屏差人到祁宅递过帖子，青雀命人原帖送回，并不和她见面。邓之屏要说什么、要做什么真是拿手指头想也能想到，见面无益。

薛扬和青雀一道出去游玩过，也和青雀一道去晋王府看望过莫二郎一家。薛扬和青雀的相貌有几分相像，性子又活泼得很，莫二郎一家人爱屋及乌，都很喜欢她。

“姐姐，你养父养母在晋王府很受看重呢。”薛扬悄悄问青雀，“王府的宫女太监，对他们都是毕恭毕敬的。晋王殿下真是宅心仁厚，对你养父这样的庄户人家都这般优待。他待人都是这样么？”

“当然不是啦，只有我！”青雀神气地吹牛，“我是他救命恩人，知道不？故此他对我与众不同，但凡和我沾边儿的人或事，都会格外重视。”

薛扬噘起小嘴，“姐姐你功夫真是太高强了，我羡慕得要死。像我，功夫一点不会，连自保都不能，当然更不可能搭救晋王殿下了。姐姐这样的功劳和优遇，我这辈子也不会有。”

青雀嘻嘻笑起来，清亮的杏眼中满是淘气之色。阿扬你有所不知，搭救阿原那小子，其实是用不着武功高强的。他自己会挥动腰刀划袖子！划得很准！

莫二郎一家住在一个独立的院子中，有自己的小厨房，每天有专人送来新鲜菜蔬。祁氏见青雀来了，亲自下厨炖了肉，青雀吃得眉开眼笑，大呼过瘾。

青苗、青树、青林也吃得很开心，薛扬饶有兴致地看着他们，不怎么动筷子。姐姐的养父养母看着倒是憨厚老实，不过这肉炖得……好不好吃先不说，样子先就不好看。饭食，怎么着也要色香味俱全吧。

“好香。”一名身穿墨色绣盘龙纹锦袍的少年站在门口，嘴角噙着浅浅笑意，“我离得大老远便闻着香味了，故此不请自来。”

“王爷来了，快坐。”莫二郎和祁氏热情地招呼阿原坐下，祁氏亲手替他添了杯碟碗筷，“趁热吃，别客气。”

薛扬目瞪口呆。晋王来了，这家人不过是很随意地让了让，然后便齐齐坐下来大吃特吃？

这……这不合规矩，不合礼仪啊。

晋王不紧不慢地吃着，优雅细致，举止得体。薛扬正好坐在他对面，不由得看呆了。他生得真是美丽，连吃饭的样子都这么好看！

莫二郎是农夫，祁氏是农妇，他和这样的人同桌共食，竟然坦然自若，丝毫不以为异。平易近人，半分没有架子，晋王殿下你真是太难得啦。薛扬痴痴想着，小脸儿有些发烫。

青雀别的都顾不上，埋头苦吃，大快朵颐，"娘，您的手艺真是越来越好了！"吃过瘾后，拿过雪白的布手巾擦拭过嘴角，对着祁氏连连称赞。

祁氏替她捋捋鬓发，有些过意不去地悄悄看了眼薛扬，"妞妞，你妹妹没怎么动筷子，肯定没吃好。"青雀不在意地笑笑，"等会儿我带她去太白楼，她爱吃那里的菜色。"祁氏忙点头，"好啊。"妞妞的妹妹来了，连饭都没吃好，这可不成，太失礼了。

她俩说着话的工夫，阿原也吃好了。漱口，净手，彬彬有礼地冲祁氏道谢，"莫伯母，叨扰您了。您烧的菜实在美味，我百吃不厌。"

祁氏笑道："客气啥？想吃就过来，天天给你做。"阿原转过头看着青雀，才想要炫耀炫耀，却见她淘气地笑着，大摇其头，"不成！我还不能天天吃呢，哪能轮着他？"

"你太不好客了。"阿原抱怨，"你是横刀立马的大将军，怎能如此小家子气？"青雀一脸调皮，"头可断，血可流，我娘炖的肉不能天天给你吃！"逗得众人都乐。

"我有话跟你说。"阿原低声告诉青雀。

"我也有话跟你说。"青雀嘻嘻一笑，"咱俩心有灵犀啊。"

阿原心中一动，脸红了。青雀笑着站起身，"爹，娘，四哥是贵客，我陪他到院子里走走。"莫二郎、祁氏一迭声答应，青雀冲着弟弟妹妹们笑笑，和阿原并肩走出屋。

"哎，你管管薛大小姐，她好像觊觎我的美色。"阿原很委屈，"一直盯着我看，看得我都害羞了。"

"美色，天生就是给人欣赏的。"青雀安慰他，"否则，岂不是暴殄天物？"

阿原漆黑如墨的双眸盯着青雀，目光中有孩子气的委屈，还有不平的控诉，和毫无保留的信任之情。青雀心中忽觉得异常温暖，当年皇帝要把自己留在宫里养育，他正是用这目光盯着皇帝，让皇帝改了心思的啊。

"好了，跟你闹着玩的。"青雀柔声道，"阿扬还是个孩子，父母兄长都疼爱纵容她，性子未免过于天真，丝毫不知掩饰自己。你生得好看，谁不喜欢？阿扬只是比旁人直率些罢了。"

"男人也是有名节的。"阿原庄重说道。

青雀见他神色认真，微微笑起来，"如此，往后我不带阿扬见你也就是了。阿原，你是亲王，她是阳武侯府大小姐，本也不必相见。"

阿原好似长长松了一口气，整个人都放松下来。

才刚刚放松些，青雀轻飘飘的一句话，他又紧张起来了。青雀诚恳地跟他商量，"沈复父子即将弃市，沈家妇孺即刻流放，我养父养母便是住在外头，也没什么危险了。阿原，我想在棋盘街置栋小宅子，安顿我爹娘和弟妹。"

"不妥。"阿原温和反对，"沈复此人阴险狡诈，万一留有后手呢？咱们岂不被动。况且，往后你或许会有别的敌人。"

青雀神色一滞。往后或许会有别的敌人？是的，很可能会有，而且势力强大，手段卑劣，并不容易对付。

阿原低声道："咱俩打小便投缘，很要好。青雀，不管到了什么时候，我总是跟你在一起的。"

他的声音清亮中透着关切，青雀听到耳中，心中一阵安宁。

青雀言出必践，果然暗中设法保住已经出家的沈茗，使他免遭刑部、大理寺拘捕。至于其余的沈家人，该弃市的弃市，该流放的流放，没什么可说的。

沈家妇孺被军士押解出京的时候，沈茉病倒在床，并没有出面相送。邓之屏虽是心中牵挂，也没敢抛头露面，只命侍女送去了三百两银子——一半给曾氏防身，一半打点了押解的军士。

曾氏已经苍老得不像样，她的儿媳妇们、孙子孙女们也是衣衫褴褛，面容憔悴。这么一拨人被盔甲鲜明的军士押着，凄凄惶惶地上了路，路人都表示同情，"可怜啊。"

知道详情之后，却纷纷唾弃，"贪污军饷，通敌卖国，活该落到这一步！不亏！""平时过惯锦衣玉食的好日子了吧？花的都是军饷！""老天有眼，现世现报！"

沈复父子弃市的那一天，沈茉在病床上吐了血，邓之屏哭着命人"快请大夫"，慌乱成一团。沈茉死死抓住邓之屏的手，眼中流出浑浊的泪水，"你外祖父，都是为了我，都是为了我……"

如果不是因为替自己鸣不平，父亲本没有必要出手害一个七八岁的小女孩儿啊。如果没害那个小女孩儿，沈家又怎会落到这步田地？

邓之屏惊恐地捂住沈茉的嘴，低声哀求，"娘，您别胡乱说话！外祖父的罪名那么重，跟您有什么干系？他不止吃空饷、畏敌避战，还行刺亲王、意图谋反！您说他全是为了您，这话也太骇人听闻了。祸从口出，哪怕只是为了我和翰哥儿，您说话也要谨慎再谨慎，小心再小心，可不敢再这么胡说八道了，后果不堪设想。"

"咱们在邓家已是举步维艰，您就别再……"邓之屏话说到半中间，掩面而泣。

沈茉无声地痛哭着，眼泪流成了河。父亲，哥哥，你们全是被我害死的，我对不住你们，对不住沈家。我就是死了，也没脸到地下见你们呀。

菜市口，监斩官令牌落地，刽子手高高举起沉重的鬼头刀，猛地劈落！鬼头刀锋利无比，斩金切玉，刀头落下，人头落地。

青雀静静站在巷口，望着眼前这残忍血腥的一幕。同样是流血，同样是死去，血染征袍、战死沙场是光荣，在菜市口被砍头，却是耻辱。

沈复，这是你应得的下场。

张祐站在她身边，轻声劝她，"青雀，回罢。"见她呆呆地站着不动，忍不住牵住她的小手，要带她离开这弥漫着血腥杀气的地方。

"不必劳烦祐哥哥。"清亮的男子声音响起。

张祐顺着声音看过去，只见晋王青衣青帽站在面前，打扮得好似平民模样，正冷冷看着自己。

"她小时候，我常这般拉着她。"张祜迎上晋王的目光，声音缓慢而清晰。

"她已不是小姑娘了。"晋王毫不退让，"小时候的事，请祜哥哥忘了吧。"

张祜眯起眼睛，"请问，贾家小姐在宫中如何了？"皇帝陛下早已为你择配，宫里现放着个贾淑宁，你有什么资格招惹青雀？

晋王嗤之以鼻，"贾氏如何，与我何干。祜哥哥，我母亲喜欢青雀，拿她当亲闺女疼爱。"

张祜脸色蓦地发白，眼神幽冷。宸妃和师娘是亲姐妹，怎会不喜欢青雀？不对，不应该再称呼宸妃，她已高升，如今是贵妃了。邵贵妃，一直以来都是喜欢青雀的。

自己的母亲却是……张祜想起往事，眼眸中闪过难以名状的痛楚之色。那么活泼可爱的小青鸟，那么招人待见的小青鸟，却被自己的母亲交还给宁国公府，以致小青鸟伤痕累累、险些丧命。

张祜转过头看着发呆的青雀，若有所思。青雀打小便盼着亲娘的认可，在她心目中，娘是很重要的吧？自己和晋王相比，单是在这一点上，已是落了下风。

可是，青雀如同一只苍鹰，是要展翅高飞的。宫殿虽然华丽，却会拘束她、困住她，让她的才华和抱负无法施展。青雀需要一个能和她一起策马驰骋的人，一个能和她一起并肩作战的人，那个人，应该是我！

她还在杨集的时候，我已经认识她了。她身穿大红袄，手提红缨枪的小模样我还记得清清楚楚，她狡黠的笑容，伶俐的口齿，一连串的成语，点点滴滴，都历历在目。我和她是打小的交情，旁人无论如何比不过！

张祜本是轻轻牵着青雀的手，这会儿却加大力气，紧紧地握着。晋王把他的一举一动全看在眼里，目光中有了恼怒之意。他抬了抬手，身边的便装亲卫忙走上前，低声问道："王爷有何吩咐？"

青雀被张祜握紧了小手，转过头用询问的目光看着张祜，"祜哥哥，怎么了？"她方才在发呆，张祜、阿原话又说得语气温和、波澜不惊，她并没在意。

张祜身材颀长，形容昳丽，温雅濯濯如春月柳。青雀绰约多姿，明艳照人，如繁华夏日里枝头最美丽的繁花。两人一为俊男，一为美女，俊男拉着美女的小手，看上去颇为亲密。这份亲密落到阿原眼里，刺痛了他的双眸，更刺痛了他的心。

阿原低低吩咐了一句什么，亲卫会意，"是，王爷。"故意嚣张地甩开膀子，大摇大摆走着，"让开，让开！别挡着道！"走过阿原身边时"撞"了一下，阿原立足不稳，惊呼出声。

"哎，你怎么了？"青雀听到声音，目光从张祜身上转到阿原身上，见他好像要摔倒似的，忙撒开张祜的手，奔过去扶他，"多大的人了，还不会走道儿！"

阿原被她扶着，浅浅而笑，"我会走道儿！你若不信，我走给你瞧瞧。"青雀白了他一眼，"笨一点没什么，就怕明明很笨，还死不承认！"阿原并没有开口反驳，只是含笑看着她，眼神温柔而羞涩。

美丽少年，明媚少女，隽永美好得如诗如画。张祜看在眼里，心头起了异样的感觉，小青雀，你和他竟是这般熟稔了么。

"走啊，都到我家去！"青雀热忱邀请，"今儿个师娘肯定要为我庆祝的，酒菜一准儿丰盛。咱们烫上芙蓉酿，一醉方休！"

师娘有多心疼青雀，就有多痛恨伤害青雀的沈家父女。今天沈复父子在菜市口被砍头，师娘一大早就兴奋得不行，亲自张罗酒菜去了。

张祜和阿原自然没有异议，三人一起去了校场口胡同祁宅。

这三人一回来，家里立即热闹得不行。林啸天响亮叫过“姐姐，表哥，祜哥哥”，拉过青雀说悄悄话，“姐，你们今儿个要喝酒？也算上我一个，行不？”青雀笑眯眯捏捏他的小脸蛋，“师娘说行，就行。”林啸天斜了她一眼，不满地噘起小嘴。

阿原笑着恭喜觉迟和心慈，“小姨，小姨丈，恐怕很快便能认祖归宗了。父亲昨日心绪极好，我趁机提起亲戚少，有孤单之感。父亲便说，要为我寻访亲人。”

觉迟和心慈都是大喜。觉迟是不必说了，老父亲、家族，他都是心心念念、魂牵梦绕。心慈呢，因为自己，丈夫、儿子一直不能回归林家，她心里其实是很内疚的。现在听说或许很快能认祖归宗，自然喜不自禁。

张祜也微笑道恭喜，“当年送林师父和林师母出京城的时候，便知道会有重见天日的那一天。”觉迟笑着拱手道谢，“承你吉言。”

因着这大好消息，林啸天也被允许坐到席上，青雀替他斟了杯李子酒，“好弟弟，这酒味道最好，最适合你。”林啸天笑嘻嘻端起酒杯，惬意地小口小口抿着，无比珍惜，无比满足。

席间，阿原特意提起，“莫伯父一家还是住在晋王府为好，不须搬家。青树、青林都要读书，王府有专门的侍读，有利学业。”

师爹师娘都笑着夸他，“阿原想得周到。”林啸天则是板着小脸，一本正经，“表哥，真懂事！”青雀疑惑瞅瞅他，“你不会是为了要吃我娘炖的肉吧？”看不出来，阿原你这么贪吃。

阿原脸颊飞上胭脂色，含笑不语。

“青雀，阿佑明年春天便要出嫁了。”张祜无意中提起，“她这段时日整天被关在家里绣嫁妆，总是抱怨闷得慌。”

张佑，许配给了吏部杜尚书的长子杜亦中，已经放过大定，婚期定在次年阳春三月。

“阿佑姐姐闷得慌啊。”青雀眨眨大眼睛，“那，我去看看她，陪她玩玩？”

“那，阿佑一定高兴坏了。”张祜轻笑，“青雀，她三天两头地提起你，想你想得不得了。”

青雀淘气地吹着牛，“没法子，我又聪明又机灵，而且生性豁达，禀性乐观，故此，人见人爱啊。”

阿原心里发闷。他很想跟青雀说，“咱俩一起去吧。”可青雀去英国公府是为了看望一位即刻出阁的贵族小姐，自己这做亲王的，实在不方便过去添乱。

师爹细心，留意到阿原和张祜这两位客人有些奇怪，若是阿原发自内心的高兴，张祜便似面有不悦。若是张祜微微笑起来，阿原便会眉头微皱。看样子，这两人互相不大喜欢。

“这两个孩子都不错。”送走客人，师爹跟师娘说着悄悄话。师爹是吾家有女初长成，凡接近青雀的男子都格外留意。对阿原和张祜，他是左看右看，觉得阿原也顺眼，张祜也不坏，两个都还过得去。

“没得比。”师娘不同意，“姐姐和阿原都喜欢小青雀，一心要讨回家做媳妇。张祜

可不同了，英国公夫人那个样子，指望她对咱家小青鸟和气慈爱？有个好婆婆，或是没个好婆婆，差别大了去。小青鸟从前吃了不少苦，嫁人成亲后还不让她投入到慈母怀中，岂不是很残忍。我家小青鸟，值得一个好男人，也值得一个好婆婆。"

"倒也是。"觉迟点头。

第二天，青雀专程去了英国公府。英国公夫人才见了她的面，便垂下泪来，"妞妞，伯母对不住你，没脸见你。"青雀微笑，"伯母您说的哪里话。"张佑在旁红了眼圈，拉着青雀上上下下打量过，把青雀拉到怀中。

青雀一脸顽皮，"阿佑姐姐这是想我了呀，受之有愧，受之有愧！阿佑姐姐，咱们到你房中叙话如何？一解相思之苦。"和张佑一起辞别英国公夫人，回了房。

张佑抱着青雀大哭一场，"妞妞，没把我心疼死！"青雀温柔拍着她，柔声安慰，"阿佑姐姐，我这不是好好的么？莫伤心了。"

等到张佑哭够了，情绪平复下来，两人头挨头说悄悄话，把分别后的情形相互说了个七七八八。张佑很为青雀唏嘘了一番，听青雀问起杜家，又说起未婚夫的事，"杜家是百年世家，一代一代传承下来，根深叶茂。杜亦中相貌、人品都是好的，温良谦恭，勤奋好学，不过有一点，不怎么会融会贯通。""杜家注重子弟的教养，一百多年来人才辈出，从不曾败落。杜家家风清正，不是四十无子，不许置妾室。有这么一条，似乎可以略微放心些。"

青雀饶有兴趣，"这杜姐夫，听着像司马光一类的人物呀。"张佑啐了一口，"才一见面，便来消遣人！"

司马光守礼，妻子不在家，上司送的侍妾到书房自荐，司马光大惊，"夫人不在，你竟敢擅自前来？快快离了这里！"如果男人是这样的，做妻子的何等省心。

张佑低声说道："妞妞，当年的事，我娘悔得肠子都青了，你还怪她不？这几年哥哥一直在辽东，不肯回京，不肯成亲，爹和娘快急死了。"

跟张祐差不多年纪的人，孩子都满地跑了。他可倒好，至今尚未成婚。

"这是哪里话。"青雀客气地表示反对，"伯母本就没有做错，何来怪罪？阿佑姐姐，那时我姓邓，邓家光明正大地来要人，伯母有什么理由不交还？"

张佑眼眶一热，"妞妞，我就知道你有胸怀，有度量！"

张佑捉住青雀的小手央求，"妞妞，我有个不情之请！你劝劝哥哥吧，让他尽早成亲生子，免得父母日夜忧心。"

张祐是英国公府世子，人品贵重，才华横溢，京城淑女青睐于他的不知凡几。自他十三四岁起，英国公夫妇便开始为他的婚事筹谋，可是一个一个的小姑娘入了他们的眼，然后长大了，嫁人了，他们的宝贝儿子还是无动于衷。

英国公夫妇心里这份着急，可想而知。急归急，他俩还不敢催，不敢逼——自从青雀出事之后，他们对宝贝儿子有千分的惭愧，万分的歉疚，哪里还舍得逼迫他。

英国公府收养青雀本来是一件义举，是在做好事，最后却变得如此难堪尴尬，实非英国公夫妇的本意。张祐回到家异常沉默，少言寡语，英国公夫人看着就揪心，悔之不迭。

张祐一直回避亲事，英国公夫妇不敢、不愿、也不舍得勉强他，只好任由他蹉跎岁月。张佑是姑娘家，年纪不能耽误，便在哥哥之前定了亲。

张佑到明年春天便将出阁，娘家的情形她一一看在眼里，哪能不忧虑，哪能放心？张佑衷心希望哥哥能娶一位爹娘中意的淑女为妻，英国公府继续过回平静安宁的温馨日子。

张佑像小时候一样捉住青雀的小手，恳切地看着她，"姐姐，你一定也想让我家和和美美的，像从前一样，对不对？"

青雀微笑，"那是自然。阿佑姐姐，我小时候在这里度过一段难忘时光，至今想起来还是留恋。我想让这里和和美美，做梦都想。"

我没来英国公府之前，英国公夫妇、祐哥哥、阿佑姐姐一家四口过着多么幸福的生活。如果因为我而让祐哥哥和父母之间出现裂痕，我会很内疚，很过意不去。

祐哥哥教我打架、打猎、野外生存，陪我玩耍，送珍贵的乌金软甲给我……小时候我和祐哥哥是多么多么地要好啊，我们一起架鹰牵狗出城打猎，快活得想要飞起来。

祐哥哥的爹娘，都是很疼爱他的。世间有什么比父母的爱更珍贵、更难得呢，父母和子女，应该是最亲近的。

青雀笑吟吟看着张佑，"阿佑姐姐，有些事我能做到，有些我做不到。我有个主意，你听听成不成？"附在张佑耳中说了几句悄悄话。张佑喜出望外，"姐姐，姐姐的好姐姐！"

这天张祐回到家，只见上房里一团和气：英国公夫人含笑坐着，张佑笑眯眯偎依在她身边，青雀趾高气扬、眉飞色舞讲着自己的丰功伟绩，"……伯母，阿佑姐姐，那只小老虎半分不难养，很可爱的！"英国公夫人怜爱地揽过她，嘱咐着，"姐姐，那是只老虎，不是只猫！养归养，定要小心仔细了，记不记得？"青雀快活得连连点头，"伯母，我记下了。"

张祐眼中星光点点。母亲，妹妹，小青雀，她们三个能团团圆圆、和和乐乐地在一起，是这世上最美的风景。

这天青雀在英国公府逗留许久，吃过晚饭后才离开。有她在，上房里欢声笑语不断，英国公、英国公夫人都是乐呵呵的，人人满面春风。

英国公夫人看着张祐眼角眉梢的温柔笑意，心里又是喜欢，又是酸楚。她的宝贝儿子，这几年一直跟座冰山似的，今天，终于融化了。

张佑剥了个蜜橘递给青雀，"姐姐这高谈阔论的，口渴不？"青雀笑嘻嘻接过来，"是四会的蜜橘么？真甜，真好吃。"觉得味道实在不坏，往张佑嘴里塞了两瓣，又往英国公夫人嘴里塞了两瓣。

英国公夫人也称赞，"好甜。"她话音儿没落，又一瓣蜜橘递到跟前，这回却是张祐孝敬她的。英国公夫人眼泪差点掉下来，"这个更甜。"

这天的英国公府，一团和睦。

青雀告辞之后，英国公颇为动心地说道："夫人，咱们到祁家求娶，如何？原本我虑着姐姐年纪小，咱们阿祐未免等得太久，如今姐姐都长大了，两个孩子处处般配。"

祁家是龙虎将军的后人，祁震是名扬天下的孤胆英雄，手握实权的宁夏总兵。姐姐有这层身份，嫁到英国公府来也合适。

英国公夫人叹气，"我倒是乐意得很。你看见今晚阿祐脸上的笑容没有？儿子能天天这么笑容满面，我是千肯万肯。不过，晋王和青雀过从甚密，怕是小时候的心思还没歇。

咱们难道要和皇家抢媳妇？"

英国公皱眉，"要说起来，宫里还有个妾身未明的贾淑宁呢，也不知陛下做何打算。夫人，咱们先缓一步吧，看看情形再说。阿祐那里，夫人慢慢劝着，不可操之过急。省得他倔强起来，再和咱们生分了。"他这话说得有理，英国公夫人并无异议。

张祐和青雀慢悠悠地策马并行，吹着晚风，说着闲话，看上去非常惬意。巷口，一队骑兵静静等候着，盔甲鲜明，纪律严整。

张祐看见这队骑兵的服饰，微微皱眉。青雀"咦"了一声，"晋王府的人吧？阿原真好兴致，大晚上的在这儿瞎晃悠。"

催马过去，果然这队骑兵向两边退开，阿原骑着匹白色宝马迎上来，"青雀，小青林得了风寒，莫伯伯和莫伯母都慌了手脚。"

青雀也慌了手脚，"快，咱们过去看看！"阿原柔声道："莫慌，叶太医在呢。叶太医擅治小儿病症，我小时候生了病，都是他给开方子。"

青雀心中稍定，转过头告诉张祐，"祐哥哥，我去看青林，你回罢。"张祐本是要送她回校场口胡同的，现在有阿原同行，自然不需张祐再送。

张祐见她脸色惊慌，哪放心回，"青雀，我陪你过去。"青雀摇头，"张伯母盼咐过，让你早点回家的。祐哥哥，莫让她担心。"阿原声音温柔，"祐哥哥放心，小青林身边有爹娘，有叶太医，还有几位年长的嬷嬷，最擅长看护小孩子。"

青雀和阿原并肩离去，青雀频频回头冲张祐挥手，"祐哥哥，回罢。"父母在家里等着你，多幸福的事，快回罢。

张祐孤独停在街角，夜风吹来，带着丝丝寒意。

到了晋王府前下马，青雀直奔莫二郎一家居住的院子。阿原一步不落地跟着她，柔声解释，"小姨和小姨丈那里，我已差人去送了信。小姨知道你今晚不回家，表弟知道了也没闹。"青雀脚步不停，"阿原，你真细心。"

青林烧得厉害。莫二郎、祁氏夫妇急得嘴唇起泡，"太医，我儿子还是发烧啊！"叶太医好脾气地告诉他们，"不妨事，睡一晚便好了。"莫二郎将信将疑，祁氏无力地坐在青林床畔，掩面而泣。

她平时是很爽利的，可到了爱子烧得糊里糊涂之时，一样也是六神无主。

青树把雪白的布手巾投在温水中，绞干，替弟弟敷在额头。青苗拿着个长嘴小壶喂弟弟喝水，青林喝了水，迷迷糊糊睁开眼，"二姐……"含混叫了一声，歪过头又睡了。

青雀和阿原一进来，祁氏可算是见着亲人了，"妞妞，娘心里很怕。"青雀安抚地拍着她，"娘，风寒而已，发散发散便好了。您放心，青林安安生生睡一觉，明早便能活蹦乱跳的，到时候呀，您又该嫌他淘气了。"

祁氏又哭又笑，"巴不得他淘气呢！再怎么淘气我也不嫌了！"莫二郎点头，"对，不嫌！"

青雀安慰过莫二郎和祁氏，撵他们回去歇息，"爹，娘，你们熬不得夜，快回去歇着。明早上青林醒了，你俩精神不济，怎么陪他玩？我和青苗、青林三个人轮流看着他，放心吧。"

阿原也是这个意思，"莫伯伯、莫伯母还是回房歇着为好。叶太医就在厢房住着，夜间如有事，一叫便来。嬷嬷们也是看惯小孩子的，这里人手尽够。"

莫二郎、祁氏看看屋里的太医、嬷嬷、儿女，听劝地回房睡下。"青林明儿个能好吧？""嗯，一准儿能好。"互相安慰着，迷迷糊糊睡了会儿。

青苗和青树也被撵了回去，"看看，青苗你脸都白了，快回去歇会子，这里有我。""青树你也是，回房睡一觉，明儿个你和青林该淘气的淘气，该上学的上学。"青雀不由分说，吩咐弟弟妹妹歇着去。

"小青林，你看上去这么壮实，也会生病呀。"青雀坐在床边，替弟弟换冷毛巾，"乖乖的，快好了，爹和娘都被你吓坏了。"

不知是灯光朦胧，还是此刻她格外温和，病床前的她脸庞柔美，有一种平时难以见到的温柔光辉。阿原静静看着这样的青雀，心中柔柔软软。青雀美丽坚强的外表下，包裹的是怎样温柔善良的心灵呢？

"见到阿佑姐姐，高兴吧？"阿原柔声问道。

"高兴。"青雀点点头，"阿佑姐姐其实不比我大多少，不过她很让着我，拿我当小妹妹。我小的时候，和祜哥哥、阿佑姐姐都很要好。"

和祜哥哥、阿佑姐姐都很要好？祜哥哥和阿佑姐姐是一样的呀，阿原只觉这句话听着无比舒心，清亮眼眸中荡漾着醉人笑意。

"赶明儿我见了祜哥哥，要好生谢谢他。"阿原笑得愉悦，"你小时候多亏他照看，我感激得很。"

青雀奇怪地看他，"祜哥哥照看我，为什么是你感谢？他照看我，应该是我感谢才对吧。"

阿原浅浅笑着，"青雀你忘了么，我是你表哥呀。祜哥哥照看我表妹，我这做表哥的难道不该表示谢意？"

青雀正替弟弟敷着冷毛巾，闻言哧地一声笑了，"可不是么，阿原，你是我表哥呢。哎，我叫祜哥哥感觉很顺口，若叫你哥哥，便觉着别扭。你哪像我哥哥啊，比我大不了多少。"

阿原听她语气中满是亲昵之意，心中高兴，故意板着脸说道："青雀你这样不对，萝卜虽小，长在辈儿上呢！"

他是成心闹笑话，这话说得郑重之极，跟真的一样。青雀听了果然大乐，直笑得肚子疼。可是怕吵到青林睡觉，又不敢大笑出声，憋得很辛苦。

灯光下美人如玉，活色生香，阿原红着脸转过头去，不敢再看。青雀以为他终于知道说错话，害羞了，更是捧腹。

青苗眯了会儿，过来换青雀。青雀不大乐意，青苗抿嘴笑笑，朝阿原努努嘴，"姐，你不走，王爷也不走，多不合适。"青雀想想也是，弯腰看看熟睡的青林，起身嘱咐青苗几句，和阿原一起出了门。

青林半夜醒了一回，叶太医来看过，吩咐喂他清淡的白粥，"喝了粥，盖好被子睡一觉，发发汗。"青林喝了粥躺下，出了一身大汗。这之后，他睡得渐渐平稳，额头也没那么发烫了。叶太医又来看过，脸上露出满意笑容，"养上两日，便一切如常。"

到了第二天早上，青林已是能吃能喝，胃口大开。祁氏大喜，"这就是好了！人啊，只要能吃，就没事！"莫二郎很是同意，"可不是，能吃了，就是好了。"夫妇俩脸上都有了笑容。

青雀歌

青雀一副"看我多有先见之明"的得意模样，"爹，娘，我说的不错吧？他会活蹦乱跳，他会调皮捣蛋，到时候保管爹娘看见他便嫌弃得不行。"

青林躺在床上，弱弱地提抗议，"大姐净骗人，爹和娘才不会嫌弃我。"青雀大乐，过去亲昵捏捏他的小脸蛋。"小青林你行啊，精神头真好。成，大姐放心了，你这真是痊愈了！"

心头一块大石落地，该上学的上学，该上衙门的上衙门，各自行事。

师爹师娘带林啸天来看望过青林，林啸天和青林还兴致勃勃地玩了一会儿。张祐也来看望过，送了几件精巧的玩器给青林，青林很喜欢，红着脸一再道谢。

"住在王府，终归是不方便。"张祐见了青雀，委婉提起，"不如住在我家，单开一个小门，出入自由，何等随意。"

青雀有片刻的沉默，张祐蓦地想起了什么，一时间手脚俱是冰凉。

"我爹我娘，在晋王府如鱼得水游刃有余。"青雀斟词酌句地说道，"青苗青树青林也觉得这里好，没有不舒服的地方。祐哥哥，暂且先这样吧，往后我会把我爹娘接走的。"

张祐脸色苍白，眼眸中没有了神采，整个人暗淡无光。青雀心中不忍，"后日休沐，祐哥哥带我打猎去好不好？回想起咱们一起打猎的时光，我无比留恋。"

张祐嘴角泛上浅浅淡淡的笑意，"好啊，小青雀，哥哥带你打猎去。"青雀快活地笑着，"小时候我骑术比不上祐哥哥，箭法也比不上祐哥哥，如今咱们可要重新比过！"张祐一脸纵容，"好啊，重新比过。"

两人规划得蛮好，真到了休沐日，他俩却没机会架鹰牵狗，吆三喝四地出城。浙江流民造反，攻州略府，声势浩大，太子急召英国公、宁国公、武定侯等宿将入宫商议剿匪之策，张祐也在应召之列。

同样是沙场老将，景城伯林朝却被皇帝召去了。

"卿之长子，如今安在？"皇帝倚在榻上，也不看俯伏在地诚惶诚恐的景城伯，淡淡问道。

景城伯重重叩头，颤声道："臣该死！犬子携儿妇、孙儿春天时候到了京城，臣偷偷见过他们几回。"

有些事能骗骗皇帝，有些事不能骗。皇帝设东厂、锦衣卫是干吗使的？你以为是摆设啊，那都是有用的。厂卫侦伺起官员阴私来，没准连你昨晚上在哪个小妾房里睡觉的都一清二楚。觉迟和心慈一家三口到了京城的事，还是别瞒着，如实说吧。

再怎么贪恋美色，这都七八年过去了，也该淡忘了吧？更何况心慈是邵贵妃的妹妹，林啸天是晋王的表弟，皇帝陛下不看僧面看佛面，也不会为难林家的。

皇帝神色怏怏地倚在榻上，缓缓道："卿之长子，可请封景城伯府世子，妻邵氏，请封世子夫人。"

景城伯心中狂喜，偏还不敢当着皇帝的面流露出来，只恭敬地叩头，"陛下圣明，臣遵旨！"

皇帝半晌没说话，殿内一片寂静。殿角大紫檀桌案上一只金色葫芦状小香炉，静静吐着芬芳的、宁静的香烟。

"邵夫人进宫谢恩的时候，除拜见太后、皇后，再让她拜见邵贵妃。"良久，皇帝方淡淡地吩咐。

景城伯连忙叩头，"是，陛下！"我的好陛下，您总算想通了，真英明！这臣子的媳妇就是臣子的媳妇，"夫妻者齐也""一与之齐，终身不改"，一辈子就这样了。

景城伯从乾清宫出来，神清气爽，容光焕发。他奶奶的，老子容易么，等了这么多年，终于等来了皇帝陛下这句话！儿子，林啸天，赶紧回家吧。

出了宫门，景城伯策马疾驰，去了校场口胡同。林啸天和他见过几回面，蛮喜欢这"好脾气"的祖父，一见到他便兴奋地扑过去，"祖父，您想我了？来看我了？给我捎好吃的好玩的没有？"一连串的问题脱口而出。

景城伯把林啸天抱在怀里，心花怒放，狠狠亲了几口，"乖孙子，祖父有好消息要告诉你爹你娘！"看着觉迟和心慈，笑着把皇帝的意思说了一遍。

觉迟和心慈当然也是欢喜不尽。能回家了，能父子团聚了，真好，好得不像真的。

景城伯兴奋地把事情经过说了说，抱住林啸天亲了几口，慌慌张张告辞，"儿子，儿媳妇，爹爹赶紧回家写折子去。"惦记着这号大事，匆匆忙忙跑了，回景城伯府。

景城伯当然不是自己写折子，要请师爷代笔。师爷做惯文字功夫，熟门熟路的把折子写好，呈上。景城伯一字一字仔细看过、推敲过，觉着中规中矩，再无不妥之处，方把折子递到了验封司。

像景城伯府这样的世袭伯府，是有丹书铁券的。券是两份，一份藏在内府，一份赏给各功臣之家。如果是世袭爵位，验封司要征其诰券，稽其功过，核其宗支，以第其世流降除之等——也不是容易的。

请封世子的折子递上去，别说十天半个月了，半年一年地拖着，也是常见的事。景城伯递上折子之后，心中惴惴不安地等着。陛下，您可莫要改主意，千万莫要改主意。

第三天，陛下亲笔批了殷红的"准"字。景城伯拿到批示，流下激动和欣慰的泪水。成了，我景城伯府总算有了世子，林家后继有人，可喜可贺。

"啸天，跟祖父回家。"景城伯含着眼泪去接觉迟一家，"祖父把家里管得可好了，井井有条，干净舒适。"

自小云氏"暴病身亡"之后，景城伯并没有再娶妻。他真的是"一朝被蛇咬，十年怕草绳"，唯恐再娶个不贤的来，凌虐前妻留下的儿女。景城伯府，一直没有当家主母。

景城伯抱着林啸天要往外走，耳中突然听到一声狞笑，一名妙龄少女霸道地拦着他，"要从此路过，留下买路财！"

景城伯瞪了拦路少女一眼，"欺师灭祖的小丫头！我是你师爹的爹，便是你师祖了，知道么？吃了熊心豹子胆，竟敢对师祖无礼。"

觉迟、心慈、青雀都没来得及开口，林啸天不乐意了，一本正经地对景城伯说道："祖父，不许骂我姐姐！您再骂我姐姐，我不跟您好了！"

景城伯满脸赔笑，小心翼翼地、讨好地看着宝贝孙子，"啸天，祖父哪舍得骂你姐姐？祖父是喜欢你姐姐，逗她玩呢。"

林啸天还是不苟言笑的模样，郑重地点头，"这还差不多。"原本绷着的小脸明显放松。

景城伯看着他粉团似的一张小脸，喜欢得抓耳挠腮，不知如何是好。觉迟、心慈相互

青雀歌

看了一眼，心有灵犀：是该回家了。瞅瞅，爹爹想孙子想成什么样儿了。

青雀笑吟吟跟景城伯讲理，"师爹的爹，您想赖掉买路钱，直说就行了，何必有的没的扯上这么一堆？"景城伯恶狠狠瞪了她一眼，"什么叫师爹的爹？这么大孩子了，真不会说话！该叫师祖，懂不懂？"

青雀跟景城伯吵着架，林啸天一会儿两边都训，一会儿两边都哄，忙得不行。觉迟和心慈在旁看着，心中好笑。好嘛，敢情这一老两小，共是三个活宝。

觉迟微笑，"青雀不许调皮，快回屋收拾行李去。"青雀一呆，"收拾行李做什么？"心慈白了她一眼，"真是个小呆子。我们要搬回景城伯府了，你难道不跟着过去？"

"师爹，师娘，你们也太喜欢我了。"青雀大为感动，"连回景城伯府也要带上我，真是一天也离不开我呀。"

觉迟和心慈打小见惯她这自恋的模样，都是微笑不语。小青雀，小徒弟，师爹师娘还真的是一天也离不开你呢，这话原没说错。

景城伯气哼哼的，"不要这小丫头！不要这欺师灭祖、不敬尊长的小丫头！"景城伯话音儿才落，觉迟、心慈、林啸天齐齐看向他。

"……要她也行！"景城伯转了口风，"不过，她得讲礼貌，不能叫我师爹的爹！"

这要求很合理嘛。觉迟和心慈都点头，林啸天也表示同意。

"我忘了，我该叫您什么来着？"青雀凑近景城伯，笑嘻嘻问道。

"这都不懂。"景城伯满脸鄙夷，"老大不小的孩子了，称呼人都不会！小丫头，我教你个乖，你记好了。我是你弟弟的祖父，故此也是你祖父！"

青雀笑吟吟打量着景城伯，"我如今不缺爹娘了，还有真心疼爱我的太爷爷。不过，祖父真还没有，正缺一个。"

景城伯大为得意，恨不得仰头向天，大笑三声。欺师灭祖的小丫头，胆大包天的小丫头，敢情你缺祖父啊。

"赶紧的，收拾行李去！"景城伯大大咧咧地下着命令，豪气干云，"小丫头，你这便跟祖父回家！"

青雀跟着师爹师娘一家搬到了景城伯府。

阿原知道后很心痛，"可怜的小青雀，从小便颠沛流离的，居无定所。她虽有养父养母、英爹英娘、师爹师娘疼爱，终究不是她亲生父母，终究有缺憾。"

阿原微服去了景城伯府，祝贺他的小姨、小姨丈一家认祖归宗，重回故里。景城伯见了他自然是待若上宾，阿原客气称呼他"老爷子"，景城伯受宠若惊，"殿下，这如何当得起？"阿原温声道："您是我表弟的祖父，理应如此。"景城伯推让了几句，心里很乐呵。

"哎，你在这儿住得怎样？"阿原偷个空，悄悄问青雀。

"可好了。"青雀笑眯眯，"院子很大，风景很美，住着温馨舒适。而且，有一扇通街的小门，可随意进出。离师爹师娘和林啸天不远，他们若是想我了，走不了几步便能过来看我，一解相思之苦。"

"若有什么为难之处，定要告诉我。"阿原略略放心，殷勤交代。

"当然了。"青雀笑得淘气，"你是我表哥呀。"

青雀正是青春美好的年纪，腰肢柔软得像杨柳，肌肤细腻白皙，欺霜赛雪。她嫣然而笑，唇齿间闪烁着喜悦的光芒，显然心绪极好。

阿原心中又是欢喜，又是酸楚，"小姨、小姨丈待她好，她便这般开怀。青雀，她真是很容易满足的小姑娘，从不贪心。"

"小青雀，我要给你一个安稳宁静的家。"阿原神情认真，"太爷爷、祐哥哥他们都很好，很疼爱你，我很感激。不过，我不要让你在太爷爷、英国公府、校场口胡同这些地方转来转去，要你有自己舒适的家。"

"表哥，连这个也管？"青雀看着阿原，清清亮亮的杏子眼中满是好奇和困惑。做人表哥可真不容易啊，还要给表妹一个安稳宁静的家？

阿原浅笑，"自然要管。小青雀，我父亲家里的亲戚过于复杂，难以亲近。只有我母亲的亲人，才是我真正的亲戚、真正关心的人。"

青雀大起知己之感，"的确如此。"

父亲家里的人很让人讨厌，母亲，却不是的。

"我娘生我的时候，疼了一天一夜，费尽千辛万苦才把我生下来。她多不容易呀，太受罪了。"青雀想起祁玉曾经说过的话，心中怜惜。

阿原轻声补充，"我母亲娘家的亲人，只有小姨一人。青雀，你和啸天表弟是小姨疼爱的孩子，也是我仅有的亲人了。"

这样啊。青雀同情地看着他，怪不得你要替我弄这个弄那个，对我这么好，我都快过意不去了呢。

心慈回到景城伯府后便递了牌子到宫里拜见周太后、王皇后，周太后本没把她当回事，不过是景城伯府一位世子夫人罢了，可有什么呢。等到见了面，心慈行过礼站起来，周太后例行公事勉励几句，心慈柔声答应，"是，太后娘娘。"声音极为悦耳动听。

周太后忍不住看了心慈一眼，这一看，顿时怔住了。这是邵氏？景城伯世子之妻？她这眉眼，这相貌，竟跟邵贵妃颇有几分相似。长得像就不说了，两人还不约而同地姓邵。景城伯世子夫人邵氏，和邵贵妃，不会有什么渊源吧？

邵贵妃是为皇帝生育了三位皇子的妃子，周太后对她的来历自然知之甚详。邵贵妃家里穷，才五岁就被生父卖给太监，因此进了宫。等到邵贵妃生下四皇子、封妃之后，邵父早已病逝，邵贵妃并没娘家可以依靠。

眼前这位是景城伯府的世子夫人，论理说，她该有着良好的出身才对。满京城看看，哪家公侯伯府的家妇，不是出自名门？

周太后例行公事过后，并不放心慈走，开始问起家常。周太后是皇帝的亲娘，谁敢怠慢她？不管她问什么，心慈都是一五一十，如实相告。周太后得知她是孤女，打小没爹没娘，眉目愈加和善，叹道："好个齐整孩子，谁知竟是个命苦的。"

周太后兴致极好，温和慈爱地说了半晌家常闲话，根本没有放心慈走的意思。她俩正说着话的工夫，王皇后和邵贵妃一前一后过来给周太后请安，宁寿宫中顿时热闹起来。

王皇后性情淡泊，虽是无宠无子，却安宁平静，与世无争。最为皇帝看重的万贵妃已去世，

青雀歌

育有三位皇子的邵贵妃，可算得上后宫中要风得风要雨得雨的风云人物。她原来的封号是宸妃，今年更晋位为贵妃，可见圣眷优渥。

周太后吩咐心慈近前，笑着问邵贵妃，"瞧瞧，邵夫人比你如何？"邵贵妃忙看了心慈两眼，故作吃惊，"邵夫人，你跟我商量好了还是怎么着，长得大差不差，还姓同一个邵？"

周太后听她这话说得风趣，畅快地笑了出来。王皇后很有眼色地陪笑，夸奖邵贵妃，"妹妹好不诙谐！"心慈红了脸，"也没跟您打个招呼，便长成了这副模样，不胜惶恐惭愧之至。"

周太后听了心慈这话，更乐呵，"这还能提前打招呼呢，真是孩子话。"王皇后嘴角微翘，"邵夫人和贵妃不只长得有些相像，言行举止之间，也有些相像呢。"

邵贵妃见周太后流露出感兴趣的神色，赶忙彩衣娱亲，笑吟吟站到心慈身边，"太后娘娘，皇后娘娘，虽是相像，可我比她好看！若是一不小心没她好看，那我也比她气质高华，对不对？"

心慈和她并肩立着，两人差不多高矮，面容也颇为相似。不过心慈更为年轻，柔婉美好，绰约如仙子，而邵贵妃一则是年纪略长，再则生育过三个孩子，身姿不及心慈窈窕。

周太后笑道："快打住！你再这么着，邵夫人会以为你生性刻薄，惯会欺凌于人。"王皇后微笑不语，心中闪过丝异样感觉。这位邵夫人，和邵贵妃确实很像，越看越像。

"她和我虽是头回见面，我和她却是一见如故，亲密非常。"邵贵妃笑眯眯看向心慈，"我猜度着，她和我也是一般无二的想法，正想亲近我呢。"

周太后颇感兴趣地看向心慈，"邵夫人，你也作此想么？"心慈微笑，"和贵妃娘娘略有不同，并没觉得我们是初次见面呢。好似我们早已相识多年，很熟稔，很亲切。"

周太后大为感慨，"这是缘分。"一位是深宫妃子，一位是伯府夫人，才见了一面便到了这个地步，只能说是缘分。

邵贵妃细细问了心慈的籍贯、经历等，还顺口问道："邵夫人的芳名，可否告知？若你不介意，我直接叫你的小字可好？"

"邵心慈。"娇美婉转的女子声音，清晰吐出这三个字。

"心慈？"邵贵妃一声惊呼，痛哭失声，"你是心慈？"

见邵贵妃忽然痛哭起来，周太后、王皇后均是愕然。转念一起，却好像明白了什么：邵贵妃的闺名，是妁慈。邵妁慈，邵心慈，大概真的有些渊源吧？

邵贵妃痛哭着，跪倒在周太后面前请罪，"妾失仪无状，罪该万死。太后娘娘，妾有位同母妹，小名正是心慈……"

周太后眼神冷静而锐利，微微笑了笑，"如此，你二人分别把身世、生辰、身上有何胎记、临别之时有何言语写下，如何？"

邵贵妃和心慈自然从命。

等到两人都写好了，周太后细细看过，果然都对得上。至于心慈身上的胎记，有老成宫人带到偏殿验过，回来后恭敬回报，"确有一红痣，颜色如血。"

"可怜的妹妹，可怜的心慈。"邵贵妃抱着心慈，流下喜悦的泪水，"咱们是亲姐妹，却分隔了这么多年！"

心慈流泪谦虚，"娘娘身份何等尊贵，还是再查证一番，谨慎些为好。"邵贵妃倒也同意，

"妹妹说得有理，便依妹妹。"亲亲热热，一口一个妹妹。

周太后叹息，"怪得方才你俩甫一见面，便情容亲密，原来是这个缘故。血浓于水，血浓于水。"

周太后唏嘘一番，温和说道："既然名字、生辰、身上的胎记全都对，她必定是你妹妹无疑了。快起来吧，姐妹重逢是喜事，该高兴才是。"

邵贵妃大喜，忙收了眼泪，和心慈一起拜谢周太后。

邵贵妃和心慈盈盈站起身，王皇后温婉地笑着，冲邵氏姐妹道了恭喜。虽然不明白为什么周太后这么轻易就允许她姐妹相认，可是，只要周太后承认了，王皇后就会跟着承认，不会有二话。

周太后不只轻易让邵氏姐妹相认，还留邵贵妃、心慈在宁寿宫盘桓许久。末了，赏赐锦缎十端，宝钞万贯，给足邵氏姐妹颜面。

等邵氏姐妹告辞之后，周太后脸上的笑容渐渐消失，眼神冰冷。王皇后小心翼翼捧了杯热茶给她，周太后并不接茶，微微冷笑。

一位毫无家世的孤女做了景城伯府世子夫人，你说奇不奇怪？即便景城伯世子流落在外，多年不曾回京，这事也透着邪性！

王皇后满脸赔笑，恭谨之极，一句话不敢多说。半晌，周太后慢慢接过茶，浅呷一口，"邵贵妃有了娘家妹妹，这是她的喜事，往后邵夫人若要进宫探望请安，照着旧例办理便是。"

王皇后自然唯唯诺诺地答应。

周太后端着茶盏轻轻拨动茶叶，"你安排着，让小四、小五、小八，也见见邵夫人。至于皇帝么，君不见臣妻，便算了。"

王皇后蓦然想起"阳武侯夫人祁氏永不许再入宫"的禁令，心中隐隐明白了什么，忙恭谨地答应了。

乾清宫里，皇帝倚在榻上，脸上带着疲惫而温和的微笑，"阿原，见到你姨母了？有了亲人，阿原可高兴？"

阿原拉了张椅子坐在皇帝榻前，笑得欢愉悦目，"嗯，见着了。父亲，姨母很亲切，很喜欢我，我高兴坏了。"

皇帝本是有些沮丧，对周太后、邵贵妃等人诸多不满，但是看见爱子明悦的笑容，他心里又舒服了点儿，笑道："这哪成。特意替你寻到亲人，为的是让你开心快活，可不是为的让你'坏了'。"

皇帝纯粹是开玩笑，阿原也跟着凑趣，"原本是'坏了'，这会子见了父亲，又好了。父亲，您是灵丹妙药！"

阿原把皇帝哄得很开怀。

"你姨母……好不好？"皇帝沉吟片刻，怅然问道。当年只是惊鸿一瞥，只看到一个背影，已是魂牵梦萦，相思成痴。那样的绝色，那样的尤物，竟然和自己这天子无缘，真是岂有此理。

一个背影已是令人销魂，若是看到她的全部……年过四十、阅人无数的皇帝，心怦怦直跳。

第十二章

乐 见 其 成

"姨母很好，姨丈和小表弟也很好。"阿原脸红了，神情很是害羞，"还有，姨母和姨丈的小徒弟，也很好。"

小徒弟？皇帝一时没反应过来，怔怔的。阿原你怎么会是这神情？别吓父亲。你想喜欢谁都行，当然也可以喜欢男人，可是，你还是喜欢女人比较好。

等到弄明白"小徒弟"原来是位姑娘，而且是天朝第一位女将军、斩杀蒙古济农的那位祁青雀，皇帝长长松了一口气，"阿原，女子舞刀弄枪，未免不够柔美。不过，若你果真喜欢，父亲乐见其成。"

像祁青雀这样勇力过人、威名赫赫的女将军，其实并非晋王妃的好人选。不过，阿原长这么大，除了幼年早夭的邓大小姐，并没喜欢过姑娘家呢。难得有女子令他羞涩，令他心动，做父亲的怎忍心泼他冷水。

阿原听到"父亲乐见其成"这句话，心怦怦直跳，精致绝伦的脸庞泛上迷人粉晕，可爱得不像话。皇帝看着情窦初开的爱子，笑意一直蔓延到眼角眉梢，"阿原，带这姑娘先给父亲看看。若她果然品貌皆优，父亲便下旨。"

"还用看？"阿原小声嘟囔，"我中意的姑娘，还能不好么？您还要再看看，真是的。"

皇帝纵声大笑，"不用，不用！阿原的眼光，定是极好的，定是极准的！"

阿原脸越来越红，皇帝越笑越大声。最后阿原不知是羞了还是恼了，站起身要走，皇帝忙拉住他，"真走了，倒没趣。阿原，男人要经得起开玩笑，脸皮太薄了可不成。"

阿原脸粉粉的，神色郑重"我如今是男孩儿，等成了亲，才会变成男人。男人可以脸皮厚，男孩儿还是不要了。"

皇帝又想乐，又怕臊到阿原，只好强忍着汹涌而来的笑意，庄严点头，"说得对！阿原是男孩儿，面浅些好。"

可怜皇帝硬憋着笑，差点儿憋出内伤。

皇帝老爹这般迁就迎合，阿原不大好意思，"那个，让她见见您，当然也是应该的。父亲，她要到西山大营练兵，回家事情也多，很忙很忙的。等她哪天空了，我跟她说。"

敢情我要见见祁青雀，还要等到她有空的时候？皇帝又好气，又好笑，"成，哪天祁将军闲了，请她到乾清宫一叙。"

阿原很认真地答应了。

阿原走后，皇帝摸摸鼻子，叫来内侍吩咐，"去打听祁青雀将军喜欢吃什么、喝什么，速速回报。"内侍忙答应了，出去办事。

阿原你这么重视祁青雀，父亲怎么着也要招待好她吧，皇帝想着心事，微微笑起来。

阿原母族的亲人只有心慈和觉迟这一家人。心慈是女子，没法做官，皇帝便委了觉迟羽林卫指挥同知之职。羽林卫指挥同知，从三品，在武官中已是极高的官阶。觉迟虽出自景城伯府，但少小离家，从未在近军中任过职。皇帝能给这么个官位，实在是意外之喜。

觉迟得了这个任命，最开怀的人是觉迟老爹，景城伯林朝。景城伯乐得合不拢嘴，"爹一直觉得对不住你，耽误你的前程了。若是你在家里好好的，以你的才干，早该是朝中要员。如今你任了亲卫指挥同知，前程尽有。儿子，男人还是要有实权，要有建树才成。"

觉迟虽不热衷名利，可是见父亲飘飘然如在云端，显见得是高兴极了，也是微笑，"爹爹，孩儿定会有所建树，把景城伯府发扬光大。"

浙江流民造反，声势越来越大。朝廷任命武定侯赵越为总兵官，出京剿匪。张祐为副总兵，都御史卢栋监军。

"祐哥哥，你又何必做赵越的副总兵？"青雀知道消息后，不大赞成，"以你的资历，完全可以独当一面。"

张祐笑得浅淡，"青雀，这次剿匪，许是要剿上三年两年，也说不定。武定侯是主动请缨的，我，则是太子殿下点的名。"

武定侯赵越是老将了，他主动请缨，宽和仁厚的太子殿下大约是不愿驳回他这宿将老臣的颜面，却又担心他老了。故此，特意委派年轻的张祐为副总兵。

青雀定定看着张祐，眼神很坚定，"祐哥哥，我不管你是被太子点的将，还是其余什么缘故，总之赵越这人你不许动，谭咸，也不许动。他们两个，是我的。"

沈复临死前的话可能是真的，也可能是无稽之谈。捕鱼儿海之战的真相是什么，谁是害死祁保山的元凶，赵越、谭咸、胡元这三人当时究竟做了什么，有待查证。若他们确是真凶，有资格惩罚他们的，只有祁家后人，只有祁青雀。这是祁家的恩怨，与英国公府无关。

"祐哥哥，你知道我生平最怕的是什么？"青雀声音缓慢而清晰，"我最怕的，便是连累无辜，连累亲人。"

张祐低头看着她，柔声询问，"怕我和赵越、谭咸对上？青雀，你是怕连累无辜，还是怕连累亲人？"

青雀眼神一暗，"对着你，是怕连累亲人。对着伯母，是怕连累无辜。祐哥哥，我对你，对英国公府，很觉抱歉。"

"对着你，是怕连累亲人。对着伯母，是怕连累无辜。"张祐琢磨着这句话，轻轻笑起来，"对我，何必抱歉。青雀，你带给哥哥多少欢乐，知道么？哥哥每每看见神采飞扬的小青鸟，也想跟着飞起来。"

青雀清亮的杏子眼中闪过一丝怅惘之色。曾经是他骑大马，自己骑小马，并肩而行，呼啸而过，肆意飞扬。祐哥哥，小时候咱俩多要好呀，太快活了。

张祐看着这样的青雀，心中涌上难言的酸楚。他和英国公夫人已经和好了，母子如初。和好之后他恳求过，"娘，请向祁家提亲吧。"

英国公夫人苦笑，"阿祐，若是贾淑宁被册为晋王妃，娘立即向祁家提亲，半天也不耽搁。求娶青雀，娘并非不乐意，可是，咱们这样的功勋人家，怎能跟晋王抢媳妇。"

张祐不以为然，"一家有女百家求，咱们只管求咱们的，管不到旁人。"英国公夫人温柔劝他，"不可以的，阿祐。英国公府在朝中地位稳稳的，万不可因为一个女子，和皇家生了芥蒂。"

张祐说服不了英国公夫人。

"浙江不过是些乌合之众，收拾他们，根本不在话下。"张祐微笑，"等哥哥凯旋回京的时候，青雀应该回到宁夏了吧？马踏贺兰的祁将军一定威风凛凛，到时哥哥要赶到宁夏，目睹你的风采。"

"好啊！"青雀兴高采烈，"到时咱们一起收复河套，把蒙古人远远地赶到漠北！祐哥哥，咱俩并肩作战，把蒙古人打一个落花流水，想想就有趣！"

张祐和青雀依依惜别，领兵出发，星夜兼程赶往浙江。浙江的土匪头子程蔺机智善战，已经连着攻破几座城池，浙江一带人心不稳。赵越和张祐身负重任，自然要尽快赶到浙江，平定匪患，稳定局势。

被委以重任的太子为了朝中事务忙得焦头烂额，皇帝却还是养病，悠闲得很。他很有闲情逸致地吩咐邵贵妃，"你许久没见妹妹了吧？召她进宫陪你说说话，叙叙姐妹之情。还有她那小徒弟，阿原喜欢的那位小姑娘，也一并带进宫，咱们相相儿媳妇。"

邵贵妃含笑答应，"是，陛下。"心慈是自己过了明路的亲妹妹，是小四、小五、小八的嫡亲姨母，更是景城伯府世子夫人，皇帝再怎么心动，没有不尊重的道理。召心慈进宫，可以不必有顾忌。

邵贵妃宣召，心慈和青雀没有推辞，欣然赴约。到了未央宫，邵贵妃和阿原等候已久，望眼欲穿。邵贵妃拉着青雀上下打量过，叹息道："可怜的妞妞，吃苦了！"青雀嘻嘻笑，"大姨您瞅瞅，我好好的呀，活蹦乱跳的。"

心慈和邵贵妃姐妹俩坐下说话，青雀被打发出去游玩，"阿原，你表妹好容易进宫一趟，你陪她看看风景，散散心。"姐妹俩很有默契地同时吩咐了，把一对小儿女撺了出去。

"阿原就喜欢青雀！你看见没，一见青雀，他又是欢喜，又是紧张，脸都红了。"邵贵妃感慨爱子的痴情。

"我家青雀可爱。"心慈微笑，"莫说阿原了，姐姐您不也喜欢她？"

姐妹俩没说几句话，坤宁宫来了个小太监，传王皇后的口谕，"请邵贵妃过去，有事相商。"邵贵妃心头发闷，又不好违抗，被心慈劝着，快快去了。

心慈在偏殿闲闲坐着喝茶，欣赏墙上挂着的一幅美人图。画中的美人体态纤丽淑婉，轻盈修长，衣带飘然，有一种超凡脱俗的高逸之美。

"看她做什么？"一名中年男子走进偏殿，含笑看着心慈，"她，不及你万分之一的美丽。"

心慈也没站起身，依旧闲闲托着手中茶盏，冷眼看了过去。这名中年男子身穿青色绣飞龙宫锦长袍，在这皇宫之中，这个年龄，这身衣着的，只可能是一个人，皇帝。

“瓜田李下，请陛下避嫌。”心慈淡淡道，“君不见臣妻。况且，贵妃不在，陛下在此，多有不便。”

“什么君不见臣妻，如今是姐夫见小姨子罢了。”皇帝见到她绝世的容光，早已意乱情迷，哪还顾得到她的无礼，“姐夫和小姨子见见面，说说话，有何不可？”言辞间已有了调笑之意。

“父亲！”皇帝正在痴迷之时，一声清亮的叫声响在耳畔，顿时呆住了。阿原？阿原怎会突然返回？

殿门口，一名姿容出众的美丽少年，和一名窈窕绰约的清丽少女并肩而立，好奇地看着皇帝。少年的眸子似夜空中的明星，少女的眼睛似莹润的黑宝石，都是那么的清澈，那么的纯净。

当着儿子和儿媳妇的面儿，不能丢人啊。皇帝心中叫苦，立即改了口风，“朕来看望你母亲的，谁知她竟不在。这里有女客，咱们不便逗留，阿原，陪父亲回乾清宫。”

皇帝很有些狼狈，装模作样吩咐了两句，转身径自走了，简直是落荒而逃。阿原和青雀冲心慈抚慰地笑笑，跟在皇帝身后去了乾清宫。

“……像成吉思汗那样雄心勃勃的蒙古首领，已是没有了。瓦剌和鞑靼先后称雄漠北，和天朝有战有和，如今他们时常南下劫掠，所图者不过是子女玉帛、牲畜财物。”

“天朝地大物博，人杰地灵，想要抵御瓦剌和鞑靼，自然不在话下。将领多谋善断、身先士卒，士兵装备精良、训练有素，再加上长城天险，难道还挡不住胡人南下的铁蹄？当然了，军饷不能拖欠，士兵不能饿着肚子打仗。”

青雀认真地说着话，皇帝瞅瞅一旁的阿原，很是同情。阿原啊，这位祁将军乍一看上去确是天真美貌、秀雅无双，可你看看，她的心思在什么上头？

皇帝摸摸鼻子。朕宁愿天朝少一位战功赫赫的女将军，让她养成温柔贤淑的性子，嫁给阿原，一辈子陪着阿原，岂不是天从人愿、皆大欢喜？

好好的女孩子，偏偏爱舞枪弄棒，真是令人不解。皇帝看来看去，对青雀的相貌气度、言行举止都满意，唯独遗憾这一点。

难得阿原喜欢，随他吧。皇帝不经意间看到阿原柔情缱绻的目光，心软了。阿原这一生只能做个富贵王爷，再怎么才华横溢也是英雄没有用武之地。若是身边再没朵解语花，何等寂寞。

皇帝对青雀很温和，很慈祥，这次的会面从始至终，很令人愉快。阿原精致绝伦的面庞上，露出舒心明悦的笑容。

皇帝看到爱子这么高兴，也微微笑起来，“善于打仗的人很多，能被阿原看上的少女，却只有祁青雀一个。祁青雀，晋王妃，便是这么定了。”

不知怎么的，皇帝忽朦朦胧胧想起一个小女孩儿，也像眼前这祁青雀似的容颜娇美可爱，却很执意地宣称，要“领兵打仗保家卫国”。阿原，这是命中注定么，你小时候喜欢邓大小姐那样的女孩儿，长大后喜欢祁青雀？她们原是一样的人，外表美丽纤弱，却一心向往征战沙场，建功立业。

“父亲想起了邓大小姐。”皇帝喃喃。

阿原神色淡淡的，“邓大小姐是哪位，请恕阿原已是想不起来了。父亲，我只珍惜眼前人。”

“阿原，有大智慧。”皇帝感慨，“过去的，抓不住的，便不再回想。眼前的、伸手可及的，便一心爱护。”

阿原，父亲该向你学学呢。有时候，明知不是自己的，偏偏放不下，总想伸伸手。这不怪父亲贪婪，也不是父亲不知节制，实在是那人太过美丽，令人不能自持。

红颜祸水，红颜祸水。皇帝感慨来感慨去，只能这么抱怨。而且，贵为一国之君，却不及林觉迟那浪迹天涯十数年的景城伯世子有艳福，皇帝觉得很不服气。

可是看看阿原，想想小五、小八，皇帝只能把心头的气压下，什么也不能做。邵贵妃唯有一位妹妹，阿原、小五、小八母族只有景城伯府这一家亲戚，再不喜欢，也只能忍了。

“这孩子很好，朕中意。”青雀告辞之后，皇帝召来邵贵妃，“她是祁震的义女，亲事自然要先知会祁震，不好仓促下旨。”

“陛下想得周到。”邵贵妃笑道，“儿女亲事，必要你情我愿方好。我这便跟妹妹说，让她知会祁震夫妇。”

要娶人家闺女，总要人家爹娘同意吧。总不能皇帝一道旨意下了，人家爹娘还莫名其妙，不明内情。

皇帝神情怔忡，“这孩子，要说起来真没什么不好的。不过，朕总觉得和她似曾相识。你记不记得阿原曾经喜欢过的那位小姑娘？青雀和她很像。”

邵贵妃微笑摇头，声音很温柔，“没有，陛下，并不像。邓大小姐是阿原喜欢的头一位小姑娘，我记得清清楚楚。她很天真，完全不通世事。青雀不是的，青雀沉着冷静，世事洞明，不拘说起什么，都头头是道。”

皇帝笑了笑，“倒没别的，青雀和邓大小姐一样爱打仗，朕便想起来了。不瞒你说，邓大小姐长什么样子，朕都不大记得了。”

年代久远，阿原曾经喜欢过的一位命苦早夭的女孩儿，皇帝哪里还能记清楚长相。

邵贵妃暗暗松了口气，笑吟吟道：“喜欢打仗的小姑娘，真是很多呢。听青雀说，她有意在宁夏招募一支娘子军呢。”

皇帝笑道：“方才却没听她说起过。”邵贵妃抿嘴笑，“我是她姨母，她跟我自然无话不谈，您么……”皇帝本是倚在榻上的，闻言坐直身子，正色道：“朕是她姨丈，也应该无话不谈。”邵贵妃笑得花枝乱颤，皇帝也被自己逗乐了。

笑了会儿，皇帝想起一件正经事，“贾氏养在内宫已久，到时一并赐给阿原，祁氏为晋王妃，贾氏为晋王次妃。”

邵贵妃唬了一跳，“次妃？陛下，阿原和青雀燕尔新婚，中间便夹着个贾氏，未免不美，请陛下三思。”

皇帝不以为意，“阿原这样的身份，三妻四妾总是难免，有何不美？贾氏在宫中教养长大，性子贤淑得很，必能善事阿原、王妃。这件事朕心意已定，不必多说。”

邵贵妃心知不妥，见了皇帝的神色，知趣地没有不依不饶，喋喋不休。皇帝虽有这想头，好在旨意并没下来，还有办法可想。

当天邵贵妃便遣人出宫送信，一封是给晋王府的阿原，一封是给景城伯府的心慈，“陛下喜欢青雀，同意婚事。不过要同时册贾淑宁为次妃。”

"不要了，不要了！"心慈看完信，大恼，"阿原再好，我家青雀也不要了！"

"不要贾氏。"阿原看完信，也是大恼，"我连她长得是方是扁都没留意过，做什么要娶她？元妃之下，便是次妃了，凭她也配？"

阿原烦恼过后，忙提笔写了封信，命人次日一大早便送进未央宫，"母亲，次妃的事我知道了，会妥善处置。请您勿告诉小姨，勿使青雀知悉。青雀性子骄傲，若是知道要和贾氏一起出嫁，哪里肯答应。母亲，您可千万先瞒着小姨，别让青雀知道。父亲那里，我自然会想办法。"

邵贵妃接着阿原的信，有些心虚，"儿子，我已经告诉你小姨了呀。你是我儿子，我有事不会瞒着你。她是我唯一的妹妹，我有事也不会瞒着她。更何况这是青雀的终身大事，更不能瞒着她了。青雀可是你小姨的心肝宝贝。"

邵贵妃硬着头皮提笔写了信，命人送到晋王府。阿原接到信，沉默片刻，吩咐人备车，进宫。这个时辰青雀应该在军营，去了景城伯府也见不到她，还是去见皇帝老爹吧，让他消了那个念头。

"父亲，她的亲戚，做次妃未免委屈了。"见了皇帝，阿原委婉提及，"赵王新近丧了王妃，一样是亲王，她做赵王继妃，总比做晋王次妃要强。"

继妃和次妃当然都比不上元妃，可压在继妃头上的是个死人，压在次妃头上的却是活人。论起来，做继妃总比做次妃强，到底是正室。阿原自小到大见惯皇帝对万贵妃的痴情，深知皇帝一旦遇到和万贵妃有关的人都会格外感情用事。贾淑宁是万贵妃的亲戚，皇帝便是看在万贵妃的面子上，也会乐意替她着想一二的。

"阿原是有情有义的好孩子。"皇帝叹息，"她虽去了，你还是念着她的好，爱屋及乌，替贾氏想得实在周到。"

阿原嘴角噙着丝浅淡笑意，越发显得超然出众。皇帝看着肤光胜雪、容颜如玉的爱子，只觉得他光风霁月，朗然照人，可爱极了。

"阿原是何等的风采，岂是赵王所能比的？"皇帝微笑，"阿原，莫说做你的次妃，便是做你的妾侍，也比做赵王继妃要强得多。"

父亲您……阿原用责备的眼神看着皇帝。

"阿原过来。"皇帝大笑，拍拍身边的榻椅，"来，读佛经给父亲听。阿原声音澄净，父亲听了阿原读经，心头清明，心神宁静。"

阿原坐到皇帝身边，读起佛经。皇帝含笑听着，慢慢闭上眼睛，睡着了。

申时末，阿原出了皇宫，也不回晋王府，直接去了景城伯府。他去的时候，觉迟和青雀都回家了，不过他只见着觉迟、心慈、林啸天一家三口。

心慈待他这亲外甥还是和颜悦色的，却不许他见青雀，"阿原，男女授受不亲。"觉迟同情地看着阿原，唉，可怜孩子，谁让你爹提什么次妃呢，把你小姨惹恼了。

林啸天眼珠转来转去，迷惑不解。姐姐是女孩儿，表哥是男孩儿，他当然是知道的。可他实在不懂，为什么表哥和姐姐从前可以见面，如今却男女授受不亲了？

"哎，表哥。"林啸天偷偷拉拉阿原，低声说道，"前几天娘问过我，若是表哥要娶走姐姐，我许还是不许。"

青雀歌

阿原声音也低低的，"那，表弟怎生答复的？"林啸天自得地一笑，"我还没告诉她呢，因为我还没有想好！不过，这会儿我想好了！"

林啸天冲阿原招招手，阿原会意地凑了过去。林啸天趴在他耳朵边小声说着话，神秘而得意，"这是姐姐的事，姐姐说了算！我是姐姐的好弟弟，不管姐姐怎么决定的，我都支持她！"

阿原含笑捏捏林啸天光滑细嫩的小脸蛋，"表弟，你姐姐此刻又不在，马屁白拍。"林啸天大为光火，梗着脖子，小脸儿涨得通红，"我对姐姐是真心的！不是拍马屁！"很大声，很理直气壮。

声音太大，把心慈和觉迟的目光都吸引过来了。心慈板起脸，"林啸天，姐姐是清贵的姑娘家，不许跟外人胡乱提起她。"觉迟听得嘴角抽抽，师妹，这是你亲外甥，你还真是一点情面也不留呀。

林啸天同情地拍拍阿原，"表哥，你成外人了。"先是"男女授受不亲"，再是"不许跟外人胡乱提及姐姐"，表哥，你好不可怜。

阿原笑道："表哥怎会是外人？咱们可是嫡亲表兄弟，表哥明明是内人。"林啸天咯咯咯笑起来，"表哥乱用词，乱说话！"他虽年纪尚小，却也知道内人是称呼妻子的，阿原说自己是"内人"，真是好笑。

觉迟莞尔，心慈虽是依旧板着脸，眼中却有了笑意。

阿原牵起林啸天，跟他商量着，"表哥要去跟林老爷子问个好，你要不要一起去？"林啸天很喜欢祖父，响亮地答应了，"要！"兴冲冲要跟着阿原去看祖父，跟祖父玩耍。

觉迟和心慈相互看了看，用眼神询问，"阿原这是想做什么？"算了，不管阿原想做什么，人家要给老爷子问个好，没理由拦着。

心慈这几天很容易发脾气，又很容易犯困、疲倦，就没跟着过去。觉迟原本是闲云野鹤似的逍遥人物，如今天天要到羽林卫当值，总觉着陪伴师妹的时候太少，见师妹懒懒的，他也没动势，由着阿原带了林啸天走。

阿原和林啸天到了景城伯所居住的主院，景城伯看见他俩大喜，"殿下大驾光临，蓬荜生辉！啸天，乖孙子，快过来，跟祖父亲热亲热！"

祖孙两个极为亲热，阿原不由得羡慕，"有祖父疼爱，可真不坏。老爷子，我没有表弟有福气，打小没见过祖父。"

景城伯笑道："这是哪里话？要论福气，啸天可比不上您，不敢比。"他虽是嘴上谦虚，其实心里得意着呢，啸天有我这好祖父，确是有福气！我这祖父实在太好了，连那心狠手辣、目中无尘的小丫头都羡慕、都想抢！

阿原陪他说了会儿家常，不经意间提及，"前些时候父亲赏了我金盔金甲，看着好不耀眼夺目。其实我又不上战场打仗，可惜了，白糟践好物件儿。"

景城伯极为艳羡，"金盔金甲啊，听说过，原是西夏的宝物，太珍贵了。"纯金打造，全是用极细的金丝编成，又坚固，又漂亮，价值连城。

阿原浅笑，"我对军事，本是一窍不通的。自打有了这金盔金甲，却很是寻了几本兵书来瞧。不过，有些地方，看来看去也看不懂。"

景城伯自得地捋起胡须，"我虽不才，行军打仗之事，略知一二。殿下有什么想问的，或许我能效劳。"

阿原问起兵书战策，景城伯很尽心地知无不言，言无不尽，两人说得很投机。林啸天托着小脸坐在一旁，听得津津有味。

阿原问起如今鞑靼的军情，景城伯却是知道的不多——他有些年头没到过边塞了，他所知道的，全是兵部邸报上所讲的。兵部邸报，晋王又不是看不到。

"祖父，我姐姐知道！"林啸天很自豪地大声说道。他和青雀三天两头要吵架，还会时不时地打上一架，可是两人很要好，林啸天以祁青雀将军为骄傲。

"怎把这小丫头忘了。"景城伯眉开眼笑，"不瞒殿下说，我还有位孙女呢，便是啸天的姐姐，小青雀。这小丫头缺祖父，见了我可黏乎了。"

阿原浅浅笑，"跟我一样啊。老爷子，我也缺祖父。"

景城伯笑眯眯看着随和的晋王，这孩子蛮好，半分架子没有，也缺祖父！啸天啊，乖孙子，你姐姐缺祖父，你表哥也缺祖父，你说说，祖父忙不忙？累不累？自打你回了家，祖父可是热闹喽。

景城伯饶有兴致地命人去请青雀，阿原坐着不动，面色沉静。林啸天白了他一眼，表哥，你比小狐狸还狡猾！

阿原仿佛没有看到林啸天眼中的鄙夷之色，不动声色地跟景城伯说着浙江战况，"这场匪乱声势太大了，要平定下来，也不是易事。""可不是么，已经攻州略府了，好不嚣张。"

林啸天百无聊赖地坐着，心里那个不服气，就甭提了。表哥耍赖！娘都说了男女授受不亲，说了他是外人，他硬是赖到祖父这儿，想方设法要见姐姐！坏表哥，往后你真正是外人了，休想做内人！

"师爹的爹，您老人家想我了？"青雀笑嘻嘻出现在门口，淘气地看着景城伯，"这才一两天没见面，您便差人请我去了，可见我是何等的招人待见呀。"

"会不会说话？小丫头你会不会说话？"景城伯瞪起眼睛，"叫祖父！若不叫祖父，好吃的好玩的全没你的份儿，都给啸天。"

说完了又觉得威胁得还不够，又添了一句，"给啸天，还有晋王，就是不给你。晋王也缺祖父，小丫头知道不？"

林啸天还是气鼓鼓的，阿原却是忍不住唇角的笑意。表弟的祖父简直是老顽童啊，他和青雀这一老一小虽没有血缘，却熟稔亲切得很。

青雀讨价还价，"什么好吃的，什么好玩的？糖蒸酥酪啊，我喜欢。还有小风车么？给我给我，我要玩。"见景城伯面色不善，很知趣地甜甜叫"祖父"。

"小丫头乖巧起来，还真像个好孩子。"景城伯叹息一声，喜滋滋地命人取出小风车，林啸天、阿原、青雀，一人一个。三人笑着道了谢，"真好看，谢谢您啦。"

糖蒸酥酪凝如膏，白如雪，味道也很美。青雀手拿小银勺慢慢吃着，快乐而满足。

林啸天心情不好，闷闷吃着，不怎么说话。景城伯见状，悄悄把他拉到一边，"啸天，谁惹着你了？"林啸天忿忿，"表哥耍赖！他想抢走我姐姐！"

景城伯抬眼望去，只见青雀惬意地吃着酥酪，阿原时不时地偷眼看她，目光温柔似水。

什么缺祖父，敢情你小子是缺媳妇儿！

"啸天，咱们让他抢不成！"景城伯摩拳擦掌。林啸天气闷了半晌，少气无力说道，"随他去吧，他虽不好，总归是我亲表哥。"

景城伯很是不平，"眼睁睁看着他抢走小丫头？"林啸天安慰地拍拍他，"我姐姐很机灵的，力气又很大，既不好骗，又不好抢。祖父，他会很费劲。"景城伯想了想，乐了，还真是呢，这小丫头可不是好对付的。

爷儿俩远远坐着，林啸天吃酥酪，景城伯有一搭没一搭地跟他说着话。对于阿原和青雀，他们好像视而不见，听而不闻。

"哎，我陪你回趟杨集好不好？"阿原声音很轻柔，"许久没见太爷爷了，你一定很想念他老人家。"

"不只太爷爷呢，还有曾外公。"青雀嘴角微翘，笑得很甜美，"曾外公在京城待着没趣，游历天下去了。这会儿，他正在杨集呢，被太爷爷留下了，走不脱。"

太爷爷乡居无聊，好容易逮着位老友，哪里能轻易放他离开。

阿原微笑，"那更该回去了。"两位老人家在一处，多好。

"我会回去的。"青雀眼神冷静，"不过，不是私事，是公务。"

阿原心中一动，"青雀，浙江战局如何？"青雀淡淡笑了笑，"流民虽是乌合之众，却存了死志，很难对付。听说武定侯骄傲轻敌，恐怕会落败。"

武定侯没把流民看在眼里。不就是一拨乱民么？要么是农夫要么是矿工，这些人既没受过训练又没打过硬仗，能攻州略府，不过是地方官无能罢了。朝廷正规军一到，这拨乱民立时三刻玩完。

"武定侯骄傲轻敌？"阿原脑海中马上跳出许多不美好的想象，"这个，会不会先是满城传遍这讯息，紧接着他在浙江大败于乱匪？"

也算是成名将领了，如果折在一拨名不见经传的流民手中，那可真是阴沟里翻了船。武定侯一世英名，便会毁于一旦。

青雀吃完最后一口酥酪，恋恋不舍地放下勺子，"他这骄傲轻敌是摆在明面儿上的，军中无人不知，无人不晓，满京城人若是都知道了，也是理所应当。况且，他若能打胜仗，能迅速平定乱匪，传言对他便没用。"

阿原沉吟，"祜哥哥是武定侯的副总兵，武定侯若是落败，祜哥哥也是面上无光。"张祜现和武定侯在一条船上，一荣俱荣，一损俱损。

青雀笑了笑，"乱民兵分两路，一路由乱民头子程蔺率领，攻台州。一路由程蔺的妹夫叶松朋率领，攻庆元。武定侯是主帅，自然要保卫台州，对抗程蔺。祜哥哥么，打败叶松朋即可。"

阿原神色凝重，"武定侯若是前线失利，你便会请战，对不对？"青雀拿着方雪折的帕子擦拭嘴角，不经意地点头，"嗯，我抵御过外敌，还没平过内地的乱匪，想来应该很有趣。"

"那，我做监军。"阿原认真说道。

青雀嘴角翘了翘，"有文臣监军，有太监监军，亲王做监军的，却没听说过。阿原，本朝没这个制度，你快打消这念头。"

"我自有办法。"阿原浅浅而笑。

林啸天吃完酥酪，看看时辰，仰天找了个哈欠，"好困，好累。"把景城伯心疼的，"啸天困了？好孩子，在祖父这儿睡一觉，好不好？"林啸天笑嘻嘻摇头，"不在您这儿，要回房，要我爹娘。"

表弟你这么快就撵人了？阿原幽怨地看了林啸天一眼，勉为其难地站起身，"困了？表哥送你回去。"青雀原地坐着不动，"我和祖父还有话说，你们先回罢。见了师爹师娘，替我请个假。"

林啸天牵着阿原的手，高高兴兴告别景城伯、青雀，蹦蹦跳跳地走了。

阿原送林啸天回去后，心慈懒懒的，"阿原，回罢。替小姨问你母亲好，她前日命人送来的杨梅味道不错，若有多，烦她再送来些。"阿原笑着答应，告辞走了。

出了景城伯府，阿原连第二天也等不及，当天便进宫跟皇帝商量，"父亲，青雀若领兵征战，我做监军，好不好？"

皇帝大为诧异，"哪用得你操劳？阿原，你只管安富尊荣。还有青雀，要做晋王妃的姑娘，还打什么仗？不许她领兵，安安生生在家里磨磨性子，准备做你的贤妻。"

阿原很认真，"父亲，她本来是凌空翱翔的苍鹰，不能因为嫁了我，要她变成笼中之鸟！她很有天分，是不世出的将才，不许她领兵打仗，是天朝的损失。"

一个姑娘家，是什么不世出的将才了？皇帝扶额。阿原，你是太喜欢青雀了，才会这般犯糊涂。天朝地大物博，人杰地灵，哪里至于非要用名女将军。

"好好好，她是将才，要领兵。"皇帝疲惫地笑笑，跟哄孩子似的哄着爱子，"让她继续做将军，好不好？"

"她做将军，我做监军。"阿原乘胜追击，"监军权力大，我要管着她，保护她！"

皇帝摇头，"没这先例。阿原，文官可以监军，永乐朝之后，太监也可以监军。皇子，亲王，不可以。"

监军是为了分散将领手中的兵权，保证将领听命于朝廷。可是皇子、亲王不许干涉朝政，哪能接触军权。

阿原委屈地、责备地看着皇帝，质问道："太监都可以，我却不成。难道我还不如一个……太监？"

皇帝目瞪口呆。"当然不是，你何等尊贵，那些人怎能跟你比？阿原，儿子，不许这般蛮不讲理。"

阿原乌黑幽深的眼眸眨也不眨盯着皇帝，很执着。

皇帝对着阿原总会心软，忙安抚地拍拍他，"父亲答应你，她做将军，你做监军！莫委屈了啊，父亲答应了。"

青雀歌

[下册] 青雀歌

春温一笑 ◎ 著

重庆出版集团 重庆出版社

目录

目录

第十三章
连本带利

皇帝口中虽是这么答应，心里却是定了主意：祁青雀你老实待着，休想再披甲搏杀，把我儿子也带得野了。什么将军，什么监军，都歇了。

阿原浅浅笑着，愉悦欢畅，"您最好了！您是最好的父亲！"皇帝倚在榻上，疲惫而温和地笑着。父亲骗你呢，你当真了，阿原，你好单纯。

阿原陪皇帝闲闲说着家常，皇帝时不时地嗯上两声，不知什么时候起，竟沉沉睡着了。阿原担心地看了他一会儿，亲手替他盖好薄毯。

"哥哥，父亲方才答应过我，青雀做将军，我做监军！"阿原离开乾清宫后，去慈庆宫见太子，欣喜说道。

太子好笑地看着他，"别说哥哥没提醒你，阿原，祖母还是很喜欢贾氏的。你想娶祁将军，前路着实艰难。"

"哥哥，我要和她在一起。"阿原神色庄严，"她若领兵剿匪，我便做监军。她若带兵抵御鞑靼，我便做宁夏王，和她一起守卫那片土地！"

太子嘴角抽了抽，"阿原，你的藩地哥哥替你留意着呢，最好是江南的鱼米之乡，富庶、宁静。若换到宁夏，可是差远了。"

"江南好，塞上江南也好。"阿原毫不迟疑。

宁夏，一直有"塞上江南"之称。

太子微笑，"只要祖母和父亲都点头，哥哥乐得依你。"

"哥哥真好！"阿原美丽的面孔上，露出孩子气的笑容。

阿原走后，一名身穿杏黄宫装的少妇从屏风后走出来，徐徐走到太子身边，面目含笑，"殿下。"太子转过头看她，目光很是温柔。

慈庆宫中，只有一名女子能这样并肩和太子站在一起，那就是太子妃张氏。

"殿下，晋王好似对军旅之事很感兴趣？"太子妃含笑问道。

太子笑着摇头，"没有，他对打打杀杀，半分兴致没有。他不过是喜欢上一位美丽的姑娘，一心一意要和那位美人长相厮守。不巧，那位美人天性好战，就爱到战场上提刀砍人。"

太子妃抿嘴笑，"妾还以为……"她轻轻笑着，拿帕子掩着嘴，说到一半，不再往下说。

你不会以为阿原想染指军权吧？太子微微一笑。

"兄弟，如足如手。"太子温和说道，"皇家和民间并无不同，一样也是兄友弟恭。"

太子妃收起笑容，正色下拜，"殿下训导的是，妾知错。"太子默默看了她一会儿，冲她伸出手，太子妃满眼感激之色，扶着他的手站起身。

不知是乱民头子程蔺过于强悍，还是武定侯确实骄傲轻敌，总之浙江战事失利，武定侯带领的京营受到重创，损失三千人马，两名参将，两名游击将军。

都御史卢栋禀性正直，前线战况一五一十上报朝廷，半分不肯隐瞒——他是监军，和武定侯是共荣共辱的，战事失利，他也有极大干系。若是性子圆滑的，说不准和武定侯商量商量，报喜不报忧，谎报战功。可是卢栋属正直之士，不屑作假。

武定侯失利的同时，另一战线的张祜却是稳扎稳打，并没冒失前进。程蔺、叶松朋并不是有勇无谋的匹夫，相反，他们治军极严，军纪严明，对百姓秋毫无犯。想要打败他们，不是一朝一夕能做到的。

太子接到浙江战报的时候，很是苦恼。这武定侯真是老了，连一拨乌合之众也拿不下来，损兵折将，朝廷真是没有颜面。

"武定侯老了。"太子小心翼翼禀告皇帝，"不如另换正在壮年的将领，迅速平叛。"

他虽然奉命监国，遇到大事要事还需禀明皇帝，并不敢自专。太子，一向是小心谨慎的。

皇帝坐在御榻上，神情委顿，"成华元年，荆、襄盗乱，是邓永领兵平叛的，大胜。如今，邓永也老了吧？"

太子猜度着皇帝的意思，忙道："宁国公年事虽高，雄风犹在！陛下，宁国公并不老。"

皇帝沉默片刻，简短吩咐，"召回武定侯，命宁国公佩总兵印，平定浙江匪乱。"太子恭谨地答应，见皇帝没有别的吩咐，便即告辞。

太子急召宁国公，一脸的情真意切，"卿宝刀未老，稳定浙江局势，全仰赖卿。"宁国公虎目含泪，俯伏在地，"殿下委以重任，臣虽肝脑涂地，未以为报！"

宁国公被任命为新的总兵官，率京营军士两万名，即将到浙江剿匪。

"带上我！"青雀找到宁国公面前，笑嘻嘻要求。

邓麒是时常陪在宁国公面前的，见了青雀，颠儿颠儿地跑过来，"妞……不是，祁将军，你想去浙江？"

青雀笑眯眯点头，"我要追随两位！"邓麒高兴地搓着手，"好啊，好啊。"除了说好，别的话都不会说了。

宁国公咳了一声，"妞妞，你若要跟着我，可要听我的号令。到了军中，我是总兵官，不是曾祖父。"

青雀笑嘻嘻的，没说话。邓麒捣捣她，低声道："妞妞，他治家虽乱，治军很严的。"声音虽低，还是被宁国公听见了，狠狠瞪了他两眼，瞪得邓麒低头无语，不敢再多嘴多舌。

"我听总兵官的号令！"青雀声音清脆响亮。

宁国公点头，"我上兵部要人去。"三人当面锣对面鼓的，这事算是定下来了。

"妞妞啊。"正事说完，宁国公殷勤地笑着，"我才得了匹宝马，虽不及你的小红马神俊，也是不差的。妞妞，我命人送去给你，好不好？"

"大马还是小马？"青雀笑问，"若是大马，就算了，真用不着。若是小马，给我吧，我弟弟整天惦记小红，小红虽给不了他，给匹别的糊弄糊弄。"

"小马，小马！"宁国公一迭声说道，"专给妞妞的，是小马！妞妞你还是个孩子呢，怎么能给你大马？"

"好啊，林啸天有马骑了。"青雀笑着向宁国公道谢。

宁国公身负重任，才和青雀说了没几句话，兵部就差人来请。宁国公笑道："妞妞是广威将军？我这就要人去。"青雀还没来得及开口，邓麒一脸骄傲地点头，"对，广威将军，正四品。"

妞妞才多大呀，广威将军！别的不说，比她爹爹我强多了。我当年升到四品的时候，已经二十出头了。

宁国公看看笑眯眯的青雀，两眼放光的邓麒，卖弄地指着自己，"我，特进光禄大夫，正一品。"特进光禄大夫是武官中的最高级别，没法再高了。

青雀笑着客气拱手，"久仰，久仰！"邓麒不服气地瞅了宁国公一眼，腹诽而心谤，"您多大，妞妞多大？有法比么。"

宁国公炫耀完，一脸笑容地去了兵部。

直到天色黑透之后宁国公才回府，才一回府便命人把邓麒叫来，简短告诉他，"兵部应了。"邓麒微笑，"妞妞小时候我便和她商量好了，我们各带一支人马，共同抵御胡虏。这会儿能一起平定匪乱，也是一样。"

宁国公眼睛酸了酸，拍拍邓麒的肩，"麒儿，早早回去歇着，莫多想。妞妞要和咱们一路同行，她还小，你做父亲的，记得多照看她。"邓麒默默点头。

兵部上报了随宁国公出征的将士名单。太子看到"广威将军祁青雀"，怔了怔，阿原若是知道祁青雀奉命剿匪，不会拗着要做监军吧？

太子提起笔，要把祁青雀从名单中划掉。送名单过来的是兵部左侍郎，见状忙道："殿下，祁青雀是宁国公特意到兵部要的。宁国公很郑重，说是军情所需。"

太子一向宽和仁厚，善于纳谏，并不会专断独行。左侍郎这么一提醒，他便有些踌躇不定。宁国公是朝中元老了，他既说是军情所需，倒不好硬把祁青雀拦下。

好在太子不是最高领导，上头还有皇帝呢。太子很及时地把将士名单呈给皇帝，皇帝疲惫地扫了一眼，温声说道："准。"

太子小心翼翼地提醒，"宁国公特地要了一名广威将军……"皇帝面色倦怠，"给他。宁国公不拘要谁，都给他。"

太子看看皇帝的脸色，没敢再多说什么。

"父亲越发没精神了。"太子出了乾清宫，回想起皇帝的形容，心中惴惴，"打年初起，他便一直怏怏的。前一阵子看着神清气爽的，还以为他身子大好了。如今看来，根本不是那么回事。"

太子批准了出征将士名单，兵部可以紧锣密鼓地调动军队、配备军需，大军出发在即。

不出太子所料，阿原果然一脸庄严地找到他，要求出任监军。太子正色道："'千金之子，坐不垂堂'，更何况你这皇子、亲王？阿原，你身份贵重，万不可生了这执念。"

"父亲答应过我的。"阿原一本正经，丝毫不为所动。

太子无奈，拉着他去了乾清宫，"你跟父亲说去。"

皇帝没精打采地倚在榻上，太子战战兢兢地把经过说了一遍，皇帝皱眉，"祁青雀不是边军么，怎会随宁国公出征？宁国公率领的应该是京营。"

太子硬着头皮答道："宁国公特地向兵部要了祁青雀。"皇帝怫然，"这件大事，却没听你提起过。"太子额头冒汗，伏地请罪，并不敢提他曾经要说、却被皇帝打断的事。

阿原陪着太子跪下，暗中捏捏太子的手，以示抱歉之意。太子本是诚惶诚恐的，这时嘴边却泛上丝微笑，阿原这是因为自己的事连累了哥哥，不好意思了吧？

"您答应过我的，您要守诺言。"阿原跪在太子身边，和皇帝讲着道理。

皇帝此刻真是又急又怒。原本打算得好好的，根本不许祁青雀出征，当然也不会有阿原监军。可这会儿，却明显是出了岔子。祁青雀属边军，自己根本没想到，宁夏没有胡虏入侵，她也会上战场。

宁国公怎会要了祁青雀？胡闹！皇帝想起青雀莫名其妙成了宁国公的下属，心头闷闷。

宁国公怎会要了祁青雀……宁国公怎会要了祁青雀……皇帝满头满脑想的都是这个问题。宁国公，你坏了朕的大事。

皇帝头有些昏昏沉沉的，却忽然想明白了一件事。那个曾经朦胧出现在他脑海中的念头，渐渐变得清晰了，"宁国公的曾孙女，便是祁青雀。祁青雀，便是宁国公的曾孙女，阿原曾经喜欢过的小姑娘。"

一样的绝色美貌却不爱红装，一样的酷爱舞刀弄枪，一样的口口声声要保国卫民，建功立业——原来她两原本就是同一个人。

皇帝怜悯地看着阿原，你小时候喜欢过的那个人，又重新出现在你面前了，真巧。阿原，你从小到大只喜欢过一位姑娘啊，小时候是她，长大之后还是她。

"准了。"皇帝虽觉着身上没力气，却还是尽量坐得庄严肃穆，"浙江平匪，阿原做监军。"

皇帝下了旨意，太子是唯命是从的，"是，父亲。"答应完又忍不住提醒，"只怕文官们有话说。"

皇帝这一生都不是个强硬的暴君，这会儿却是神情冷冷的，"谁若有话，让他同朕讲。"

太子唯唯答应着去了，阿原坐在皇帝身边，一脸明悦笑容，"父亲您真守信，说到便能做到。"皇帝微笑，"父亲什么时候骗过你？"

皇帝头昏昏的，觉得身体里的力气在一点一点向外流走。他听着阿原澄澈明净的声音，沉沉睡了过去。

桂花飘香的时节，宁国公率领两万大军，浩浩荡荡离开京城，前往浙江。负责监军的，是晋王。

"他早已出宫开府，却迟迟不肯迎娶我。他甚至不肯在京城好好待着，做了什么劳什子的监军。"后宫中的贾淑宁气闷难忍，带着宫女小初到御花园散心。秋风吹拂，秋景烂漫，行走在一片秋意当中，莫名觉得凄凉。

到了一处拱形石桥上，贾淑宁停下脚步，倚在栏杆边低头看着水中游来游去的小鱼儿，"鱼啊鱼，你好自在，令人羡慕。"

青雀歌

小初恭恭敬敬地站在一边。

贾淑宁抬眼看去，桥周围东西是湖水，南北是花圃，这会儿都是安安静静的。既没人划船，也没人赏花、采花，这里，很难得的没人，很难得的清净。

"我想嫁给晋王。"贾淑宁突然开口说话，吓了小初一跳，"自小到大，我唯一想嫁的只有晋王，只有四殿下！"

"晋王的风采，不必提了，真正是精致绝伦，举世无双。嫁了这么一位翩翩少年，才不枉此生，才不辜负我。"

小初胆怯地冲贾淑宁笑了笑，心中起了不妙的感觉。眼前这人明显和平日里的温柔和气不同，目光阴毒凶狠，让人害怕。

"最紧要的，是他的身份。"贾淑宁眯起眼睛，愉悦地看着小初，"他是陛下最宠爱的皇子，知道么？陛下曾有意立他为储君，他差一点便是太子！"

她是怎么了？小初越听越不对劲，很想阻止她说下去，却是没有急智，一时半会的，想不到良策。小初还想要逃走，可是腿好像很沉很沉，动不了。

贾淑宁微笑，"他如今虽只是位亲王，往后一定会是九五之尊！我请高人测过他的八字，他的命格奇贵无比，富贵无边。他，总有一天是要做皇帝的。"

"而我，会是最尊贵的皇后。"贾淑宁脸上有着梦一般的笑意，使她整个人焕发出迷人光彩，"我虽出身平平，却是命中注定要做皇后的。"

秋风吹过，带来醉人的桂花香。小初却是背上发凉，全身发麻，动弹不得。

贾淑宁站在拱形桥最高处，带着睥睨天下的倨傲神情，"自打我进宫的那天开始，便知道自己会是皇后，会是整个帝国地位最高的女人。虽然晋王还没被立为皇储，虽然册我为晋王妃的旨意也是迟迟不下，可我总有一天会出人头地的，懂么？"

贾淑宁说话越清晰，神情越骄傲，小初越是害怕到极点。这么隐秘的话，这么大逆不道的话，她敢当着自己的面说出来，分明没打算让自己再活着！这宫里，最不值钱的就是小宫女小太监，死上一个两个小宫女，根本就是悄无声息的，不会有人留意到。

"总有一天，我会住进坤宁宫。"贾淑宁站在高高的石桥上，迎风微笑，"我命中注定要入主坤宁宫，母仪天下。"

她生得并不算美丽非凡，可是此刻眸光灿烂晶莹，脸颊红红的，好似才点了鲜艳的胭脂，有种飞扬跋扈的美。小初看着这样的贾淑宁，想起她平日温柔和顺的容颜，嗓子发干。

这些话我一直憋在心里，不吐不快。今儿个一股脑说出来，可是痛快多了！贾淑宁含笑看着小初，欣赏着她的茫然无措。这小宫女向来老实，唉，也是可惜了。

贾淑宁慢慢收起笑容，居高临下看着小初，冷酷问道："你不会水，对不对？"小初微微哆嗦着，勉强挤出一个比哭还难看的笑脸，"奴婢什么也没听到，真的什么也没听到……"

贾淑宁目光中掩饰不住的轻蔑，你没有听到？当我傻么，会相信你这鬼话。你若没有听到，我这一番豪言壮语竟是连一个侧耳倾听的人也没有，岂不过于寂寞？

"跟我过来。"贾淑宁冷冷吩咐。小初不敢违抗，战战兢兢跟在她身后，慢慢走下石桥，走到水边。贾淑宁从手腕上取下一串浅紫色水晶手链，玩味地看着小初，"你服侍得好，这是赏你的。"小初哀求地摇头，"不，不要！我不会说出去的，打死我也不敢说去……"

贾淑宁微笑，"真是个不懂事的孩子！主子赏的，你拿着便是。"利索地捉过小初，把手链戴到她腕上。

这天，贾淑宁一直要小初在身边服侍，并不曾放她离开。到了晚上，贾淑宁发觉丢了一串水晶手链，大为着急，"这可是皇贵妃娘娘生前赏赐的，很珍贵！"宫女们都怕担干系，急忙各处寻找。她们都在忙碌着，小初却是不见人影。

第二天，小初的尸体在湖里被发现了。"这孩子好好的，怎么想不开了呢？"众人都觉奇怪，贾淑宁出了名的心地良善，为小初掉了不少眼泪。不过后来小初身上被搜出了水晶手链，遭到众人的唾弃，"不开眼的，竟然偷主子的心爱之物！事情闹开了，怕被逮着，畏罪自尽！"

贾淑宁到宁寿宫请安的时候，在周太后、王皇后面前还叹息过几句，"真真的这孩子心眼儿浅小，太没见识。她便是一时鬼迷心窍，偷了我的物件儿，难道我会跟她计较，置她于死地？小小年纪，死得忒可惜。"

周太后不以为意，"眼皮子这般浅，哪里还能留得？这种人，不必放在心上。"王皇后微笑，"你性子也是散漫了些，于这些穿的戴的上头并不留心。必是她忖度着你少上一件半件饰物并不会发觉，才敢下手偷的。谁料到你竟发觉了，她一时害怕，起了浅见，也是有的。"

太子妃张氏俏生生立在周太后榻前，微笑看着贾淑宁，"依我说，她可不是什么畏罪自尽。"贾淑宁心中一惊，忙赔笑道："您的意思是……？"周太后、王皇后也不约而同看向张氏。

太子是周太后抚养长大的，王皇后没有亲生子，为人又温柔小意惯了，待太子一向关怀体贴，无微不至。等到太子妃张氏进了宫，一则是看着太子的颜面，二则是张氏本人很有眼色，把周太后、王皇后服侍得舒舒服服，故此周太后、王皇后都待张氏极好，甚至超过了久居宫中、长年相伴的贾淑宁。

太子妃笑道："她一定不是畏罪自尽。贾妹妹向来待下极宽，她便是再怎么蠢笨，难道想不到以贾妹妹的度量，并不会置她于死地？再者说，她偷的是串手链罢了，若是害怕事发受责，不会悄悄扔了？"

周太后、王皇后都频频点头，"有道理。"太子妃掩口而笑，"这事听起来也是稀奇，她有投水自尽的空儿，倒不能把手链悄悄处置了？"周太后叹息，"我的儿，你哪里知道，这世上的蠢笨之人，往往蠢得匪夷所思。"王皇后也道："可不是么，真是匪夷所思。"

贾淑宁本以为这事做得天衣无缝，这会儿听到耳中，却觉得周太后、王皇后、太子妃全在嘲笑她"蠢笨"，一时间手脚俱是冰凉。她不敢露出异态，满脸赔笑地附和着周太后、王皇后，太子妃讥讽地扫了她一眼，目光中有着说不出的鄙夷之意。

贾淑宁心中打了个突突。太子妃这人虽活泼些，却是和太子一样，向来是小心谨慎、步步为营的，不拘是对宫里的哪一位主子，都是悉心笼络，着意接纳，从不曾怠慢。对自己，也是温和客气得很。毕竟，自己往后会是她的妯娌，而且陛下最念旧情，一定会厚爱皇贵妃的亲戚。她是聪明人，犯不上得罪自己。可此时此刻，太子妃眼中的讥讽之色根本不屑加以掩饰！出了什么事，出了什么大事？贾淑宁脑中乱糟糟的。

过了几天，贾淑宁也就知道缘由何在了：皇帝本是每隔三日便要来宁寿宫请安的，可最近却没来。乾清宫中的皇帝精神越发不济，太医院医正日夜不休地守在皇帝榻前，不敢稍离。

贾淑宁恐惧了。陛下，您可千万要好好的，不能跟着皇贵妃一起去了！皇贵妃还有家人要您照看，还有亲戚要您照看，我贾淑宁还是妾身未明，云英未嫁！

贾淑宁诚心诚意在佛前祈祷，祈祷皇帝陛下能长命百岁，寿与天齐。陛下，您是万民之主，您不能抛下江山社稷，不能抛下天下的百姓，不能抛下您的皇子、公主啊。

"四皇子，你知道陛下病情严重么。"贾淑宁无力地跪坐在蒲团上，喃喃自语，"你只顾着贪玩，连陛下也不顾了，真不孝顺。四皇子，你以后再不能这样了，知道么。"

想起美丽的四皇子，贾淑宁脸上一阵潮红。殿下，你会是天下之主，万民之主，高高在上的九五之尊！浙江不过一拨乱民而已，哪用得着你出手，太大材小用了。

殿下，此时你在哪里？你这般金尊玉贵的皇子，在那蛮荒之地吃不好穿不好的，何等辛苦。殿下你真是让人……心疼死了，贾淑宁幽幽叹了口气。

"好香。"行军帐中，正在察看地形图的青雀鼻中闻到一阵异样香气，忍不住出口称赞。阿原坐在她身边，笑着指向桌案上的青花碗，"桂花煮栗子，你尝尝。"

金桂飘香的时节，也是栗子成熟的时节。桂花煮栗子，既有栗子诱人的甜香，又有桂花醉人的清香，堪称是人间美味。

青雀剥了颗栗子吃了，陶醉地闭上眼睛，"真好吃！好吃死了！"阿原忙也伸手，嘴里嘟囔道："好吃啊，那还不快抢。快，先下手为强。"

青雀睁开眼睛，霸道地把青花碗拽到自己跟前，伸出双手护住，"全是我的！"阿原愉悦地浅笑，"好，全是你的。小青雀，借四哥一粒尝尝鲜，好不好？"

"就一粒啊。"青雀装模作样地低头瞅了瞅，从青花碗中拣了粒样子小巧的栗子放到桌上。阿原夸张地唱了个肥喏，"谢祁将军赏。"忙把栗子拿到手中。青雀瞪大眼睛看着他，两人同时扑哧一声笑了。

行军帐外，邓麒大踏步走了过来。他身边跟着个相貌机灵的小厮，小厮手中提了个食盒，显然是来给青雀送吃食的。

快到的时候，邓麒被近卫拦下了，"邓将军，您不便进去。"邓麒听得这个火大，又是晋王在吧？我闺女的营帐，我这当爹的不能进去，他倒能！

"我给青雀送吃的。"邓麒强忍着怒火，淡淡道，"她是姑娘家，不像小伙子似的能胡打海摔，吃什么都行。"

"殿下在和祁将军商议军情，不便打扰。"近卫态度倒不错，客客气气的，不过也很坚持，"至于吃食，您放心，都是上好的。"

一阵风吹过，吹起帐门口垂着的帘子。邓麒扫了一眼，只见行军帐内，青雀笑嘻嘻地坐着，晋王剥了颗栗子，送到她嘴边。

这臭小子！邓麒恨得牙痒痒。

不便跟近卫硬碰硬，邓麒留下食盒，黑着脸走了。

"要是妞妞还姓邓，我非把那小子狠狠揍一顿不可！"邓麒到了宁国公的中军大帐，气哼哼的，"吃了熊心豹子胆，调戏我闺女！"

宁国公看着作战图，没怎么理会他。

"您怎么这样。"邓麒生气地嚷嚷，"妞妞快被人骗走了，您无动于衷！"

"从前我还犯愁呢，妞妞这般出色，往后能嫁给谁。"宁国公目光从作战图上移开，看着气急败坏的邓麒，"晋王这一监军，这一献殷勤，我倒不愁了。麒儿，晋王这身份、地位，正配妞妞。"

邓麒不服气，"就凭他那模样，比女人还娇弱需要保护，也配妞妞？祖父，像我闺女这样的广威将军，该匹配一位盖世英雄，方不辜负了！"

"盖世英雄都老了，没有年轻俊美的。"宁国公有些幽怨地说道。

邓麒张口结舌。

"妞妞长得这么好，当然要匹配一位年轻俊美的郎君。"宁国公口气自然而然，"晋王相貌美丽，身份贵重，和妞妞正是天生一对。"

"他，他有未婚妻子……"邓麒目瞪口呆半天，仓皇说道。

"万贵妃活着的时候，他们都没有成亲，更何况万贵妃已去了。"宁国公不以为意，"晋王和贾氏都已长大成人，赐婚旨意却迟迟不下，显然是不成了。贾氏，根本不用放在心上。"

"本朝哪有亲王监军的？晋王却跟着咱们来了。他为的是什么，陛下为什么能答应，一眼便能看出来。"宁国公耐心跟邓麒讲着道理，"麒儿，晋王这份心意，是难得的。小青雀吃够了苦头，该有个真心疼爱她、又能护住她的夫君。她若做了晋王妃，普天之下有谁能给她气受。"

"王爷哪有不风流的？反正我不乐意。"邓麒小声嘟囔。

"晋王不会。"宁国公断言，"我看人准着呢，晋王绝不会风流成性，他眼眸单纯明净，没有混浊之色。"

邓麒还是一副心有不甘的样子，宁国公笑道："你呀，有闲工夫不如多琢磨琢磨如何平定匪乱。妞妞在呢，你这做父亲的若不能战功赫赫，可是极失颜面。"

邓麒拍胸脯，"哪路匪徒最强悍，您交给我！保管打个漂亮仗，不给您丢人，不让我闺女看笑话！"

次日浙江传来急报，"乱匪逼近杭州城！"杭州，那可是浙江布政使司衙门所在地，要害之地，杭州若是失守，后果不堪设想。

之后的几天大军加快行进速度，就连晋王也是从早到晚骑马疾驰。邓麒幸灾乐祸看着马背上的晋王，没吃过这份苦吧？担保你到了晚上，腿都不是自己的了！臭小子，监军可不是好做的啊。

日暮时分到了营地，晋王由近卫扶着，很艰难地下了马。"王爷，属下背着您吧？"近卫见他走路困难，低声请示。晋王端庄地摇了摇头，忍着痛，迈着沉稳的步伐，走回自己的营帐。

"臭小子这会儿一准儿正哭爹喊娘呢，可没空来纠缠我闺女了。"邓麒笑眯眯地想着，去了青雀处。

结果，邓麒才坐了没多大会儿，和青雀说了没几句话，晋王便来了。他神色自若地端坐着，好像身体并无不适。邓麒死死看了他几眼，看不出来啊，这小子虽养在深宫，倒是不娇气！也不知他用了什么好药，恢复得这么快！

"这道甜汤味道还成，你尝尝。"晋王命人把一个莹润温彻的柴窑小瓷碗放在桌案上。小瓷碗中是一道甜汤，核桃酪。

核桃酪是把糯米、红枣、核桃磨碎了一起煮，比较麻烦的是去核桃皮、枣皮。核桃皮还可以用开水烫了之后再剥，枣皮却是要拿小刀慢慢削去的，很费工夫。眼前这碗核桃酪是宫廷做法，极为精细讲究，不见一点红枣皮，汤色微紫，枣香、核桃香扑鼻而来，让人馋涎欲滴。

"这行军打仗的，他吃核桃酪！"邓麒心中鄙夷，连连摇头。

"你也尝尝？"青雀向晋王道过谢，客气地礼让着邓麒。邓麒板着脸摇头，"我不爱吃甜食。"青雀高高兴兴地拿过小瓷碗，"那我不客气了啊。"

细腻的核桃酪入口，青雀只觉黏乎乎、甜丝丝、暖融融，大悦。邓麒本是板着脸的，见到她快活的小模样，神色不知不觉间柔和了。

青雀享了口福之后，高谈阔论，"连司马光那样品德无可挑剔的人，小时候也撒过谎呢！明明是婢女用沸水冲烫为他剥掉了核桃皮，他硬说是自己剥的。结果被他爹爹教训了。然后，他一辈子不敢再说假话。"

瞅瞅，吃个核桃酪吃得舒心，她连司马光都想起来了。邓麒和晋王宠溺地看着她，都觉好笑。

很快，大军进了杭州城。浙江布政使、按察使、都指挥使都亲来迎接，满脸赔笑，极是亲热。来了位亲王，陛下钟爱的皇子，可见朝廷的重视程度。成了，浙江无忧。流民、乱匪，很快会烟消云散，大家伙再也不用提心吊胆过日子了。

武士林列，盔甲鲜明，晋王庄严坐着，武定侯赵越跪在他面前，无比羞愧地交回了将军印。没啥可说的，谁能料到区区几队流民竟如此犀利，朝廷正规军也会败在他们手上。流年不利，流年不利。

武定侯不过五十多岁的年纪，说不上正值壮年，却也还是天朝将领的大好年华。可是一场败仗打下来，苍老了许多。

近卫从武定侯手中接过将军印，正要呈给晋王，这时外面一阵骚乱。"何事惊慌？"晋王端坐不动，朗声问道。

"京城的信使来了！"近卫出去看过，迅速回来，颤声禀报，"王爷，这信使，全身缟素！"

晋王浑身的血液仿佛要凝结成冰，脸色瞬间惨白。全身缟素，是什么人去了，信使才敢全身缟素地出现在自己面前！

"传。"晋王声音冷冷的，没有一丝温度。

信使是从京城日夜奔驰赶过来的，早已疲惫不堪。他扑倒在晋王面前，大放悲声，"王爷，陛下……驾崩了！"

晋王暮地站起身，厉声喝道："你胡说！孤离京之前，父皇还好好的！"信使不知是过于悲痛还是哀叹自己一路过来所吃的辛苦，涕泪交流，哭声震天，"陛下驾崩，百官劝进，太子殿下已入住乾清宫……"

乾清宫，是皇帝的宫殿。先帝驾崩之后，太子先是择日入住乾清宫，之后祭天、祭祖、祭祀先帝，在中极殿接受百官朝贺，成为新的皇帝。

晋王"哇"的一声吐出一口鲜血，昏了过去。

成华二十三年八月二十三日，皇帝驾崩于乾清宫，享年41岁。虽然正值壮年，可他的离去并不让人意外——自从万贵妃去世之后，他便沉浸在悲痛和哀伤之中，精神颓废萎靡，身子日渐虚弱，一天不如一天。

在外地的官员，接奉诏书到日起，一律换成黑乌纱、黑角带的丧服，每日晨设香案哭丧。禁宴乐三个月。全体臣民都要为皇帝服丧戴孝，举国哀悼，就连出征在外的将士，也换上了素服。

国丧归国丧，官员们平时该怎么办公事，眼下还要怎么办公事。老百姓也是一样，日子还要一天一天照旧过下去。并且，流民乱匪们也不管什么国丧不国丧的，该造反，依旧造反。

奉命平叛的将士们，身上虽然穿着孝，一门心思只想如何打个大胜仗，挣下功名前程。天朝的军功是分等级的，抵御蒙古所获军功最重，辽东次之。相比较起抵御胡虏，平定乱匪这功劳实在有些提不起来。可是，战功总是战功，封妻荫子，功名利禄，全靠它了。

都司巷，浙江都指挥使司衙门。

安静的小偏厅中，总兵官宁国公，浙江都指挥使余公权，都御史卢栋等人正聚集在一处，商量剿匪良策。

"流民人数实在不少，竟有数十万之众。"浙江都指挥使余公权在浙多年，熟知匪情，心有余悸地叹息，"不只人数众多，还不乏能征惯战的勇士！国公爷，卢大人，他们不是乌合之众，打起仗来竟颇有章法。"

卢栋苦笑，"我和武定侯出京之时，真是意气风发，视盗匪为无物。这些人要么是土里刨食的农夫，要么是在山里采矿的矿工，谁料到他们会精通用兵之道。"

宁国公赞赏地看了卢栋一眼。不管这人有本事没本事，单凭他这份坦荡、直率，就让人刮目相看！文官当中装腔作势的人多了，能像卢栋这样光风霁月承认自己不足之处的，没几个。

余公权和卢栋把自己知道的匪情讲述完毕后，不约而同看向宁国公。毕竟，宁国公才是现任总兵官，又是久经沙场的宿将。

宁国公将着花白胡子沉思片刻，神情凝重地开了口，"余大人，卢大人，我打算招抚为先，瓦解分化流民。"

"流民所求的，无非是安身之处、可种之田、可采之矿。咱们若下令招抚，令他们在偏僻之处开荒田，成为良民，难道他们还愿意铤而走险，以性命相搏么。一旦招抚令下，流民当中一定会有人犹豫不决，一定会有人投靠朝廷，剩下冥顽不灵的，人数便少了。"

"匪首必须抓获，槛送京师，盲从匪首的众多流民，却不宜赶尽杀绝。两位还记得么？项大人一生忠勇，唯因在荆、襄杀戮过重，让朝廷的'平荆襄碑'，变成了百姓口中的'堕泪碑'。"

余公权、卢栋皆默然。项大人是本朝知名大臣，治水、赈灾、安民，受人敬仰，老百姓自发为他建了生祠，声誉极隆。成华六年荆、襄上百万流民造反，他受命总督军务，带领二十多万人马分八道进击流民。匪首战败被杀之后，他下令遣散流民，违者杀无赦。最后，官军所过之处，死者无数，枕藉山谷，被杀、因饥饿和瘟疫而死在途中的流民多达数十万人。朝廷在当地竖起石碑，名为"平荆襄碑"，可是当地老百姓却叫它"堕泪碑"——对于这般残酷的杀戮，怎能没有怨恨。

平定流民之乱和抵御胡虏不同。抵御胡虏，能杀多少是多少，丝毫不用可惜、怜悯。平定流民之乱却不是杀得越多越好，杀戮过重，得到的除了骂名，还是骂名。

毕竟流民中的大多数是日子实在过不下去了，田地被霸占，生活无着，沿途乞讨，处境凄凉。这几十万人要是全杀了，有伤天和。

几经考虑，余公权和卢栋都同意了宁国公的计策，"下令招抚。以半个月为期，若半个月内知道悔改、放下屠刀的，一律既往不咎。之后，或抚或剿，分而治之。"

议定军务，临分别之前，卢栋担心地问道："国公爷，晋王殿下玉体如何？"宁国公愁眉苦脸，"殿下纯孝之人，乍听得先帝辞世的讯息，哪里受得了？这会儿他口口声声要回京奔丧，可他连起床的力气也没有。随行的阴御医说了，他本就身子不好，只宜静养，若这时一路颠簸回去，病情一准儿会加重。"

"余大人，卢大人，若是送回京一位活蹦乱跳的晋王，咱们都没了干系。若是送回京一位病重的晋王，咱们……？"宁国公很为难的样子。

余公权叹道："殿下便是这时赶回去，也见不着先帝的面了！"卢栋神情慷慨，"不如请殿下静养着，待咱们平乱之后，殿下拿着捷报去祭祀先帝，先帝岂不欣慰？"

宁国公极为赞成地点头，"极是，殿下宜养好身子，再行回京。旁的不说，先帝泉下有知，愿意看到一位风采秀异出尘的爱子，而不是形容憔悴、奄奄一息的儿子。"

三人感慨着，分了手。

"他怎样了？"阴御医为晋王诊治过之后，青雀随阴御医走到侧间，低声问道。阴御医摇头叹息，"殿下伤心过度，怕是要调养许久，才能见起色。"见青雀面色狐疑，阴御医忙补了一句，"殿下性命是无碍的，身体虽受了损伤，精心调养着，定能康复。"

青雀放了心，彬彬有礼地谢过阴御医，送他出去。

送走阴御医，青雀轻手轻脚走回到晋王床边。晋王静静躺在床上，脸色白得近乎透明，因为消瘦，眼睛显得更大更黑，看上去令人怜惜。

青雀柔声问道："阿原你好点了么，要不要喝水？"阿原转过头，黑玉般的眼眸中有着无尽哀痛，青雀心一紧，声音更温柔了，"想吃什么，想喝什么？阿原，不吃东西可不成。"

阿原在枕上微微摇头，低哑说道："我心很痛，什么也不想吃。小青雀，我再也见不到父亲了，我忽然成了孤儿。"

青雀鼻子一酸，"大姨丈还那么年轻，谁能想到他会突然走了？阿原，我知道你很难过，我知道。"

阿原默默伸出手，握住青雀的小手掌。青雀犹豫了下，伸出另一只手，握紧阿原。

阿原原本白得像纸的面容上，泛上一层浅浅粉粉的霞色，"小青雀，好妹妹。"阿原低声叫着，伸出另一只手掌，按在青雀的小手上。

"让你贪玩。"青雀小声抱怨，"这下子可倒好，你爹临终前，也没能见你一面，多可惜！大姨这会儿一准正哭呢，唉，若我真是一只小青鸟，能飞过去安慰安慰她，该有多好。"

"母亲身边有小五和小八。"阿原柔声说道。我还有两个弟弟呢，小五和小八可以陪伴母亲。可是小青雀，你是孤苦伶仃的一个人，我不陪着你，怎么能行。

"莫多想了。先养好身子，然后回京城，祭拜先帝。"青雀交代道。阿原温柔点头，"好，到时你旗开得胜，咱俩一起回，一起祭拜父亲。"

阿原回忆起幼时的点点滴滴，"父亲不擅言辞，擅书画。他若和朝臣吵架了，实在气得不行，便会泼墨淋漓地作画。越生气，作的画越有气势。"

"他画过一幅《一团和气图》，经劲流畅，洒脱自如，别具一格。粗看是一笑面弥勒盘腿而坐，细看却是三人合一。左边是位戴道冠的老者，右边是位戴方巾的儒生，中间是一位佛教中人，很有趣。"

"他亲自教我读书，很和气，很耐心。我小时候练字，他手把手教我，一点一点告诉我怎么写字，怎么才能写好字。他真是很喜爱孩子的父亲。"

两人低声细语地说着话，阿原眼中的悲伤渐渐没那么浓厚了。不经意间抬头，见近卫端着托盘进来，眉头一皱。这近卫机灵得很，察言观色之后，捧着托盘，静静立在一旁，不动弹，不说话。

"没爹，真是太伤心啦。"青雀对阿原深表同情，"我小时候在杨集见到我爹，虽然很气他，可还是喜欢他，爱和他一起玩耍。等到他走了，我伤心得不想笑。"

父亲，是没人能够代替的。

阿原没说话，目光中是浓浓的伤痛。青雀轻声安慰着他，声音温柔似水。

"我没事。"阿原握紧青雀的手，低声交代，"你想做什么，便去做罢。小青雀，不管怎样，我总是和你在一起的。"

阿原的目光像海一般深邃，青雀出神看着他，迷失在他温柔包容的眸光中。

武定侯交了将军印之后，并没有立即回京。他实在不能承认这失败，真想花重金到朝中活动活动，重任将军，一雪前耻。

这天，广威将军祁青雀差人请他。武定侯听到"祁将军"三个字，眼睛眯了眯。祁将军，广威将军祁青雀。

武定侯准时赴约。

"祁将军，是龙虎将军祁保山的义孙女？"武定侯以长辈对晚辈说话的口吻问道。

"不是义孙女。"青雀声音清亮冷静，"是亲孙女。"

武定侯变了脸色。

青雀目光冰冷无情，"赵侯爷，南京镇守太监胡元接到谭咸大人的亲笔书信，邀请他到谭家庄做客盘桓。如今胡元和谭咸都在谭家庄，若是再加上赵侯爷你，收复河套的三位英雄便聚齐了，是不是很壮观？"

武定侯原本"慈爱"的眼神变得锐利，"胡元接到的所谓亲笔信，是你的手笔吧？谭咸一向目下无尘，哪会把胡元那死太监放在眼里，更不会写信给他，邀请他到谭家庄做客。"

太监这样的阉人，残缺之人，谁会看得起。自命清高的文官们，哪个愿意跟太监扯上干系呢，都嫌丢人。谭咸是清流中的佼佼者，根本不屑和太监打交道。

青雀迎上他的目光，慢吞吞说道：“谭咸喜欢用赵体，书法温润娴雅，轻盈流动，满纸的书卷气和富贵气。巧得很，我日常所用，也是赵体。”

武定侯真是又惊又怒。祁保山父子明明已经全部丧命，并没听说有孙子留下来。祁青雀这所谓的亲孙女，是从哪里冒出来的？！她一个十五六岁的姑娘家，不只做到了广威将军，还精通书法，能用谭咸的笔迹骗胡元！祁青雀，你究竟是何方神圣。

祁震当年横空出世，虽是让人意外，却也不致太过惊讶。毕竟他只是祁保山的仆从、义子，并非亲生。可是眼前这祁青雀，不是祁震的义女么，怎会变成祁保山的亲孙女？义子的义女，和亲孙女，差别可大了去。武定侯神情变幻不定，脑子转了又转，也没想明白这其中的道理。可是，越想越觉可怕。

收复河套的三位英雄齐聚谭家庄么，祁青雀，你意欲何为。

“龙虎将军膝下，有两位爱子。”武定侯努力挤出丝笑容，谦虚地询问青雀，“一名祁瑛，一名祁珏，都和龙虎将军一样骁勇善战。不知祁将军的父亲是哪一位？唉，想起令祖、令尊的风采，真是令人唏嘘。”

先弄清楚眼前这丫头的来历，再慢慢想对策吧。武定侯打着如意算盘，神色极为殷勤。

青雀静静看着他，眼眸中满是轻蔑之意，“赵侯爷，你旁的都不必问，这便收拾收拾，跟我上谭家庄！谭咸、胡元都等着你呢，望眼欲穿。”

“放肆！”武定侯忍无可忍，挑起眉毛，一声怒喝，“论军阶，论辈分，且轮不到你对我指手画脚！祁青雀，我怜惜你是故人之女，对你心存善念，再三忍耐，你莫要得寸进尺！”

“你说一声上谭家庄，我堂堂武定侯就要跟你上谭家庄啊，他奶奶的，你也太不把老子放在眼里了！”

武定侯身材高大、相貌威严，发起脾气来，还真有几分吓人。青雀不屑地哼了一声，“你若识相，这便跟我上谭家庄，了结往日恩怨。你若不识相，莫怪我手下无情！”

“赵越，当年的真相若是公之于众，你武定侯府之人还有脸出门见人么？赵家威望掉到地上，家族受辱，族人受辱，你便是罪魁祸首！”

武定侯阴鸷地看着青雀，眉宇间有着掩饰不住的戾气，“当年有什么了不得的真相么？我身为总兵官，身先士卒，从未失职。风沙太大，以致大军迷了路，不能及时赶去援救你祖父，并非我的本意。祁青雀，你要拿出这陈年旧事诋毁于我，真是不知所谓。”

青雀鄙夷地看了他一眼，清脆拍拍掌，“带进来！”一名小校应声而入，身后跟着名低头哈腰的男子。这男子衣衫褴褛，看样子是名贫苦百姓。

“小的胡二，见过将军。”衣衫褴褛的男子行过礼，一脸谄媚地看着武定侯，“侯爷，太平王给您的谢礼，可收着了？太平王一向守信，你让着他多打几场胜仗，他亏待不了你。”

武定侯听了这话大恼，眼睛瞪得铜铃一般。流民头子程蔺，自称“太平王”。这胡二分明是无耻小人，受了奸人指使，竟想要指控自己为收贿赂，纵容流民为祸。他这疯话说出来当然没人信，自己也不会因此被治罪，可是究竟于自己声名有碍，更会招致朝中的猜忌。自己才吃了败仗，眼下万万不可大意。

"无耻小人，谁认得你！谁认得什么太平王！"武定侯怒斥。

胡二咧嘴笑，"别介，官匪一家，官即是匪，匪即是官！你不是想让这仗打得年头久点儿，好多吃军饷，好拥兵自重么。太平王懂这个，你放心。"

"你先打几场败仗，好似太平王很厉害、很不容易对付似的。然后你再接着跟朝廷要兵要粮，得到的好处可就多啦。"胡二一脸的自作聪明、自以为是。

"屁话！"武定侯呸了一声，"谁不想打胜仗，想打败仗？说出来让人笑掉大牙！"

胡二拍手笑道："有啊，真有不想打胜仗的人！心怀怨望的将军，便是不想打胜仗！听说侯爷你曾经立下大功，朝廷却不曾晋封你为国公？功大赏薄，你心存不满，难免，难免。"

武定侯魂飞天外。"心怀怨望"，这四个字真是可以要人命的，知道么？功大赏薄，心怀怨望，这话若是传到朝中，不管自己会不会被治罪，总难免让陛下生出疑心。

我赵越风光了大半辈子，不能在这小小的阴沟里翻了船。祁青雀，你到底年纪小不懂事，以为这小小伎俩便能唬住我了么，休想！武定侯脸上闪过丝狠厉，蓦然腰刀出鞘，雪亮的长刀在空中卷起一抹光弧，霸道地劈向胡二！

胡二一动不动——他不是镇定，是吓得傻了。小校也跟着拔刀，口中嚷嚷着，"赵侯爷，你这是杀人灭口！"青雀一声长啸，迅疾无比地自腰间抽出宝刀，挡在胡二颈前。

武定侯显然是想一刀致命，故此毫不留情地劈向胡二脖颈。青雀后发而先至，宝刀无声无息地挡住了武定侯的突袭。

胡二僵着身子，眼睛直直地看着前方。他的正前方，武定侯和青雀持刀相向，瞬间工夫，已过了数十招。胡二只觉得刀光剑影，寒气逼人，吓得闭上了眼睛。

"呛"的一声，胡二下意识地睁开眼睛。只见半截雪亮的长刀直通通飞向半空，少女将军傲然站立，武定侯脸色铁青，手中握着半截残刀。

飞在空中的半截长刀凄厉地落了地，发出沉闷的声响。武定侯呆立半晌，忿忿将手中半截残刀掷在地上！

"你是人是妖？"武定侯伸手指着青雀大怒喝问，"以你的年纪，根本不可能有这份功力！"

一个十五六岁的小姑娘能战胜自己手中这把长刀，简直匪夷所思，不可思议！

青雀宝刀回鞘，神色傲然，"知道什么叫做天才么？我和我祖父一样，都是习武的天才，行军打仗的天才。"

祁保山毫无家世背景，只是普通农夫之子，却是所向披靡，年轻成名。早在他年纪轻轻、声名鹊起之时，已被视作不世出的天才，青眼相看。

武定侯想起祁保山的英勇，神色一滞。

青雀指指胡二，"宁国公已经下令招抚，不日便会有自动投降的流民入城。到时他往宁国公面前一告，武定侯，你会被立即下狱。到时候，普天之下的官员、百姓也会明白，京营连流民都打不过的原因。"

打不过蒙古人，打不过女真人，还打不过天朝的流民么？流民大多是平民百姓，根本没有作战经验，也没有受过作战的训练。要是连流民都打不过，真不知道武定侯你这样的将军有什么用。

青雀歌

武定侯目如土色。本以为祁保山父子全部战死，从此以后这家人可以忘掉不提。谁知二十年后会冒出位祁保山的亲孙女，如此咄咄逼人！她这副模样，分明是不毁了自己便不肯罢休。

"我跟你去。"武定侯认命地说道，"等到你见了谭咸、胡元，便会知道当年的真相。祁将军，我是坦坦荡荡的大丈夫，生平从没做过亏心事。我不怕跟谭咸、胡元当面对质。"

秋雨连绵，带来一阵阵透骨的寒意。谭家庄西偏厅，一名相貌清癯秀雅的老者独自枯坐，神情漠然。他大约六十岁上下的年纪，身穿青布道袍，足蹬青底朝靴，洒脱飘逸。

他对面坐着位中年人，衣饰华丽，模样奇特。他这个人吧，乍一看上去有些女气，可是细细看，又像男子。看了很多遍之后才发觉，原来他是太监。

这两人，青衣老者是谭咸，太监是胡元。

外面的雨越来越急，夹杂着呼啸的风声，听起来很有些吓人。胡元焦躁起来，"老谭，你给个主意！我被骗到这儿，可全是因着你！"

谭咸也不转头看他，淡淡道："你若有脑子，便知道我不会写信给你，更不会邀请你到谭家庄做客。我谭家世居于此，向有清名，怎会结交寺人。"

胡元脸涨得通红，连连冷笑，"寺人虽轻贱，却也有操守！我胡元可没有跟你似的，嫉贤妒能，暗中害人！"

谭咸口气还是淡淡的，"对，你不会暗中害人，你是明目张胆地害人。自永乐皇帝开始，寺人越来越受重视，害人都是明着害的，不用遮遮掩掩。"

胡元愤怒地拍桌子，吼道："你胡说！"

外面天空划过一道耀眼的闪电，紧接着是一声惊雷，好像要震聋人的耳朵。之后风声、雨声更加急促，本来应该安静澄澈的秋夜，竟是电闪雷鸣，风雨交加。

"真邪性！"胡元也不发脾气了，低声呢喃。这又是打雷又是下雨的，根本不像是秋天，更不像是秋天的夜晚。

谭咸打了个寒噤。入秋了，天凉了，天气真是越来越冷，越来越冷……

"沈复入狱之时，我并没多想。"胡元忽没头没脑地说道，"他竟然能吃两万空饷，胆子忒大了些。吃相太难看，活该被捉。"

"可如今再看看，分明是……"胡元欲言又止。

谭咸不为所动，神色还是淡淡的。不过，眉宇间有着遮不住的轻愁。

"老爷，有客来访。"仆役走进来，恭谨地禀报。他虽是撑着伞，可身上已被雨水淋湿了大半，很是狼狈。他手中托着个托盘，托盘中放着一张拜帖，拜帖也被雨水打湿了，不复平整。

谭咸神色怔忡地打开拜帖看着，胡元很不讲究地凑过来，看到拜帖上的姓名，顿时脸色煞白。一直以为那件事可以揭过去，今生今世不再提起，可是二十年后的今天，正主居然又找上门了。

"有请。"谭咸声音平静地说道。仆役得了吩咐，躬身行礼，退了出去。

两个人影出现在厅门口。左边的男子身材高大魁梧，右边却是位窈窕绰约的少女，虽是看不清相貌，单看身形，已知她是位美女。

谭咸已老，胡元是太监，对女色并不放在心上。可是当少女步履轻盈地走过来，渐渐看清她的面容，都是心中一动。这少女肤光胜雪，明艳不可方物，是位难得一见的好女子。

身材高大魁梧的男子也慢慢走近，谭咸和胡元见了他，都是心中一惊。武定侯不错是吃了败仗，可是，也犯不上这般模样吧，真是如丧考妣。

外面又是一道雪亮的闪电划过，整个偏厅瞬间亮如白昼。厅里四个人，四张面孔，倒有三张是脸色惨白，看上去好不凄厉。

"祁保山的独生女儿，是我娘。"青雀冷静看着眼前这三个人，干脆地宣布，"我是祁保山嫡亲的外孙女，为他讨公道来的！谭咸、赵越，胡元，你们欠我祁家的，今日连本带利，一并还了给我！"

她声音清脆悦耳，可是听在耳中，却比外面的雷声更惊心动魄。赵越警惕地按住腰刀，胡元缩了缩脖子，就是最镇定的谭咸，心中也有了惧意。

"龙虎将军有这样出色当行的孙女，真是令人高兴。"谭咸捋着胡子叹息，"当年他们父子一起阵亡，我很为他们可惜。如今知道祁家有后，欣慰莫名。"

祁保山死了，他的儿子们也死了，谁能料到他的独生爱女会生下外孙女，这外孙女今日会逼上门来。女儿、外孙女都是外姓人，祁家没了儿子，竟然也有卷土重来的这一天。天意，这是天意。

胡元是太监，最没气节，一脸谄媚地拍马屁，"也只有龙虎将军那样的盖世奇才，能有你这样能干的外孙女。祁将军，你是巾帼英雄！"

赵越沉默不语，手一直按在腰刀柄上。谭咸，胡元，你俩的口才好像都还过得去，我不成了，你俩来吧。尤其是谭咸，你不是号称足智多谋之人么，快说服眼前这少女。她才多大，你糊弄住她，还不是小菜一碟么。

青雀腰刀出鞘，雪亮耀眼的利器横在三人面前，"每人说一遍，当年的真相。"完全是命令的口吻。

谭咸皱眉，"对长者岂可如此无礼？祁青雀，我当年总督军务，所做之事，俯仰无愧！"

青雀冷冷看着他，根本不为所动。

谭咸叹了口气，"令祖父忠勇过人，以三千铁骑对敌蒙古数万骑兵，杀敌无数，力尽而死。直到他们全数阵亡，也没能等到援兵！祁将军，那天风沙大，另两路人马迷了路，没有及时赶到。这是天意，并非人为。"

胡元一脸懊丧，"让太监监军，根本就是胡闹！我又不懂行军打仗，瞎掺和什么？军务，我不懂啊。当年援军为什么没到，我不怎么知道，不过，风沙真的很大，出不了门。"

赵越目光锐利地看看谭、胡二人，沉声道："我带着所属人马出发后不久，便遇上了大风沙！根本不能视物！因为迷了路，故此，没有及时赶到。祁将军，谭大人说得对，这是天灾，并非人祸。"

"你们三个，全部在撒谎！"青雀冷冷地斥责，"什么风沙大，不能视物，你们当我是无知小儿？开国之初，蓝侯率兵追击北元末帝之时，便是漫天的风沙！蓝侯有没有追上北元末帝，有没有杀敌上万，有没有夺得无数奴隶牲畜？"

厅里的三个男人，全都白了脸。赵越更是握紧刀柄，随时准备拔刀厮杀。

青雀扬起手中宝刀，逼近三人，"我祖父在捕鱼儿海浴血奋战之时，你们在后方悠闲逍遥！他长眠于地下之时，你们高官厚禄！你们三个，踩着我祖父的尸骨爬上高位，已经享福二十年！今天我是来讨债的，不只为我祖父，也为捕鱼儿海畔无数冤魂！"

赵越腰刀出鞘，准备殊死搏斗。胡元吓得哆嗦成一团，"我什么都不懂啊，不是我，不是我。"谭咸不动声色地后退两步，伸手按了书橱上的按钮。四五十名黑衣护卫应声出现，持着明晃晃的利刃，呼喊着杀了过来。胡元大为喜悦，"还是老谭有城府！"喜滋滋在一旁看着，等着谭家护卫大获全胜。赵越见状也是心里盘算，既是合三人之力，也劝不下这丫头，看来真是不能善了。既如此，别无他法，只能结果了她，一了百了。当下再不犹豫，刀法狠辣，一刀狠似一刀。

青雀挥刀应敌，口中发出一波接着一波的长啸。这长啸声清亮悠远，中气十足，即使是在电闪雷鸣、风雨交加之时，也传出去很远很远。

一队脸蒙黑色面巾的蒙面黑衣人迅疾赶了来，和谭家护卫战在一起。这群蒙面黑衣人下手很毒，闷声不响的，使出的全是要命招数。

浙江又有了新的匪情，连钱塘一带也不安稳了。这不，远近闻名的谭家庄于一个风雨交加的夜晚被血洗，谭家大家长、久负盛名的谭咸大人倒在血泊中。和他一起收复河套的监军胡元、总兵官赵越恰巧在他这儿叙旧，也不幸遇害。

"这般重大的匪情，我该如何上报。"宁国公头疼得要命，"一下子死了三个，个个身份显赫！一位清流名士，一位总兵官兼侯爷，还有一位镇守太监，无论哪个名号都是响当当的！"

邓麒咧嘴笑，"人死如灯灭，有什么可说的呢，他们命该如此。祖父，咱们初到浙江，还没开始显身手呢，跟咱们干系不大！您赶紧的吧，该招抚的招抚，该剿灭的剿灭。等这消息传到京师，咱们也该把局势稳定下来了。"

宁国公瞪了他一眼，"说得轻巧！"邓麒不知是胆子变大了还是情绪实在高昂，被他瞪着也不怕，继续傻乐。

"你就笨死吧！"宁国公看不得他这副模样，恨铁不成钢，"当年你若是老实告诉我心里话，会不会弄到这个地步？"

宁国公这话说得没头没脑，邓麒却是完全听懂了，想也不想就顶了回去，"您要是真想听我的心里话，该私下里问我！您当着祖母的面问我，还想听着真话呢，可能么。"

当年祁家父子战死，荀氏执意悔婚，孙氏也不愿意娶位孤女做长媳，要为邓麒另觅淑女。宁国公和荀氏几番争执，不得结果，最后把邓麒叫过去询问，邓麒一脸孝顺状地说了句，"孙儿听祖母的，祖母让孙儿娶谁，孙儿便娶谁。"这么着，宁国公最终下了决心。

邓麒说顺嘴了，一连串的指责脱口而出，"那时我是年轻不懂事，您一把年纪了，也不知道个好歹！说定的婚事便是说定的婚事，哪有女家遭了难，男家便反悔的道理？背信弃义、伤天害理！"

"你这混小子！"宁国公怒吼一声，伸巴掌抡了过来。邓麒不只不躲，还勇敢地迎了上去，"打吧打吧，打狠点儿！最好留下五个巴掌印，等见着妞妞，我告诉她这伤是从哪来的！"

一提妞妞，宁国公登时没了脾气，讪讪地收回掌，低头装作看公文。邓麒直着脖子瞎吵吵了一通，最后居然没挨打，自己也觉得意外，安静了好一会儿。

"等妞妞回来，看好她，不许她再自做主张。"半晌，宁国公闷声道，"那些人没一个好对付的，她年轻气盛，太大胆了。这回是险胜，往后不可如此。"

"哪还有往后啊。"邓麒声音软和了，"一锅端，全解决了，没有往后。"

宁国公沉默许久，方低声说道："但愿如此。"

自从下令招抚，提出"凡归诚者，既往不咎"，流民丢掉枪械到官府自首的络绎不绝。官府把这些人专挑荒僻的野地安置了，给他们办理良民户籍，许他们开垦荒田，自种自吃。一开始来投降的人还是少数，慢慢地就越来越多。

流民，本来就是因为日子实在过不下去才铤而走险的。朝廷让他们有地种，有饭吃，他们还造什么反，闹什么事。

不对，他们甚至不要求有饭吃，只要能吃糠咽菜，饿不死，就能撑下去，就能安安分分地活下去。

宁国公一面下令招抚，一面兵分两路，分别攻取匪首程蔺和叶松朋。交战之前，宁国公为了瓦解流民的斗志，分化流民，向流民军中射了上千张招降的帖子，"除匪首之外，主动投诚者，既往不咎！""主动投诚，有田有粮，有地有房！"

宁国公治军严肃，赏罚分明，所带领的军队一向只有前进，没有后退。只有勇猛冲锋，没有畏敌怯战。不到一月的工夫，台州的城池都被收复，匪首带着亲信遁入深山。

邓麒和青雀并肩上阵，旌旗招展，盔甲鲜明，意气风发。邓麒的刀法得到宁国公真传，很有两下子，砍起没什么武功的流民来，好像切菜似的。

青雀却不砍人，很费力气地生擒活捉。邓麒大急，"妞妞，这是打仗！"他吼他的，青雀还是一个不肯杀，"这些人又不是入侵的豺狼虎豹，和咱们同是天朝子民！"

把邓麒气得不行。

收兵之后，宁国公知道了，也板起脸，"妇人之仁！"上了战场就是要杀人，管他是蒙古人、女真人，还是叛匪？招抚令早下过，一再劝他们放下枪械，主动投诚，他们冥顽不灵，自寻死路，却又怪得到谁？

"慈不掌兵。"宁国公拍拍邓麒的肩，"麒儿，妞妞是女孩儿，还是坐在家里绣花比较合适。这上阵厮杀，她这样可不成。"

邓麒心里想的和宁国公其实也差不多，可是宁国公这么一说，他却跳起来了，"妞妞是心地善良，有所为有所不为！祖父，多少人官职稍微那么一高，便利欲熏心，唯利是图，妞妞可不是！"

宁国公被他吵吵得受不了，"成了，知道了，你闺女做什么都是对的。"邓麒挠挠头，"也不是，她这样不对，我去教她！"去了青雀的营帐，堵住青雀讲道理。

邓麒口干舌燥地讲了大半天，青雀神色认真，"他们虽称不上是手无寸铁的平民，可是身体羸弱，装备不全，根本不是平等的对手。让我砍杀他们，真下不去手。"

邓麒伏案不起。

宁国公决定，这回平匪，不许青雀再上战场。

出乎意料的是，因为青雀这极不理性的行为，流民的招降更加顺利了。被她俘虏来的流民，不只自己愿意从军，自愿加入军籍，还招来了更多的同伴。

本朝军籍和民籍有严格区分，军籍又称军户，不得经商，不得参加科举，世世代代只能充为军士。军户差役多，地位低，比做良民可差远了。自愿做军户，这真是少见。

"我们要跟着祁将军，抵御入侵的豺狼虎豹！""我们要做边军，做顶天立地的男子汉大丈夫！"投诚的流民，群情激昂。

青雀迅速招募起一支流民投诚过来的队伍。这支队伍战斗力并不强，可是这支队伍认她，只认她。

宁国公一面安抚鼓励他们，一面暗中加强监视，务必保证他们安安分分，不敢反复。流民初降，这是最不能掉以轻心的时候。

新皇帝改年号为弘治。也就是说，今年是成华二十三年，明年，就是弘治元年了。皇帝仁孝宽厚，对征战在外、一病不起的弟弟晋王极为关切，自京中遣了十名医术精湛的御医过来。经由这些御医的调养，晋王身体渐渐好转，到入冬的时候，已差不多痊愈了。

虽是痊愈，可是天气转冷，道路难行，御医们却不许晋王这时动身回京，"殿下千金之躯，请再调养一段时日。待身子大好了，再行回京不迟。"

晋王时常出去走走，散散闷气。青雀是宁国公严令不许上战场的，只负责训练新兵。宽阔的校场上，新兵们额头冒着汗，整齐划一地练着冲杀，晋王瞧着有趣，旁观。

他披着轻暖的雪白皮裘，远远望去，真如被贬谪下凡的仙人。青雀远远望着他，心里暖暖的，软软的。他的眼神太动人了，隔得这么远，也能感受到那份真切。

训练结束，新兵各自被带回军营。晋王应该是来看练兵的，不过，练完兵，他依旧站着不动。

青雀走到他身边，含笑看着他："殿下身子大好了？真是令人欣慰。"晋王客气地颔首："多谢祁将军关怀，好了。"

像模像样地寒暄过，青雀眼中满是顽皮笑意，晋王却是红了脸。他病了这些时候，肤色比之前更加白皙，这一脸红，偏仿佛莹润明亮的象牙白瓷上晕出了霞光，丽色照人。青雀这落落大方的女将军入神打量他片刻，"哎，你更好看了。"这下晋王不只脸红，连颈后都红了。

一阵寒风吹过，青雀担心地看着他，"你身子弱，莫冻着，回罢。"晋王轻轻摇头，"青雀，我身子很好，一点也不弱。我昏倒、生病，是别的缘故。"青雀同情地点头，"是呢，我知道。"亲爹冷不丁儿地没了，搁谁身上也受不了啊。

两人面对面站着，少年锦衣华服，少女身披甲胄，相映成趣。

十几匹黑色的骏马旋风一般驰过来，不过片刻工夫，已到了校场中。马上的骑士尽皆彪悍，中间是一名青年军官，人如冷玉，面容明彻耀眼。

静静看着眼前这对少男少女，青年军官漆黑眼眸中闪过丝难言的光芒。

"祐哥哥！"少女一声欢呼，欣喜地转头看他。张祐嘴角不由自主地勾起，眼眸温柔，"青雀，哥哥回来了！"

张祐飞身下马，青雀喜滋滋迎上去，"祐哥哥，庆元战事结束了？总兵官说你立了功呢，青雀真替你高兴！"张祐微微笑着，简短把战事讲了，"收编了两万人，民籍添了二十万人，剩下的逃了，匪首还没捉到。"

青雀高兴之后，大为可惜，"咱们居然不能并肩作战！祐哥哥，我跟总兵官要求过，要转战庆元，可是总兵官不许，一定要把我看在眼皮子底下。"

"祐哥哥，咱们一起打过猎，一起玩过打仗，可真仗却没打过！"青雀越说越觉可惜。

张祐回想起那个眉飞色舞趾高气扬骑着小马和自己一起出城打猎的小女孩儿，眼眶有些湿润。青雀，咱们还能回到过去么？

晋王原地不动，神情宁静地看着青雀叽叽咕咕和张祐说话。过了会儿，青雀陪着张祐高高兴兴地走过来，炫耀说道："哎，我祐哥哥回来了！"

"是咱们的祐哥哥。"晋王微笑，"小青雀，你的祐哥哥，也是我的祐哥哥。"

"对，咱们是亲戚，是一家人！"青雀一脸淘气，"我师娘是你小姨，我弟弟是你表弟，我哥哥也是你哥哥！"

晋王愉悦地浅浅笑着，张祐却是脸色一变，心中钝钝的疼。

寒风中，晋王和张祐四目相对，眼神俱是幽冷。

晚上，青雀张罗着给祐哥哥接风，宁国公、邓麒和晋王都是陪客。宁国公对张祐客气中带着疏离，对晋王却是恭敬中透着亲热，张祐看在眼里，只觉心头发闷。

晋王闲闲坐着喝茶。他虽说算是痊愈了，可是身子还要将养，没人强他喝酒。他也很有自知之明，知道不宜饮酒，根本不凑热闹。

"我家青雀能干！"邓麒两杯酒下肚，眉开眼笑，"朝廷边军不足，急需增补。她这一回，可是招了不少边军！"

宁国公和张祐也纷纷夸奖青雀，晋王却缓缓摇头，"青雀看似能干，其实只是单纯善良的小姑娘，很柔弱，需要人守护。"

青雀做娇弱状，众皆粲然。

"明年春天，战事一准儿能结束。"宁国公笑道，"到时殿下凯旋回京，我们也跟着风光风光。"

邓麒打了个哈哈，"极是！若搁到平时，保不齐朝中派位大臣迎接咱们即可。可这不是有晋王殿下在么，估摸着陛下会亲自迎接，也说不定。"

"到时你们先行回京。"晋王淡淡道，"我么，要和青雀一起，到杨集拜见太爷爷。"

弘治元年三月，浙江匪乱被彻底平息。匪首程蔺、叶松朋被宁国公、张祐分别斩于马下，其余的头领或是被杀，或是被俘。至于流民，有被编入民籍的，有被编入军籍的，各得其所。宁国公不只平了乱，还没有滥杀，没有引起民怨。皇帝对这样的结果，满意得无以复加。

流民，有很多是因为没了田地，无处存身，才外出乞讨、成为流民的。他们之所以失去田地，大多是因为土地兼并，良田集中在皇亲贵戚、官员、豪强手里，普通老百姓要么沦为佃户，要么出门流浪。皇帝不傻，他知道为什么会有大量的流民出现，对流民，他可不想赶尽杀绝。更何况，流民造反动不动就是几十万人，一下子杀几十万人，杀戮太重，有干天和。

宁国公、张祐、卢栋等人，准备班师回朝了。

晋王不和他们一起，"孤奉皇兄之命，途经夏邑之时，要拜访杨阁老。一则慰问，二则请教国事。"

提起杨阁老，宁国公有些讪讪的。杨阁老才是青雀真正的太爷爷，自己这做曾祖父的一想到要面对杨阁老，真是头都抬不起来。

邓麒郁闷得不行。这臭小子，他是急着要把我闺女娶回家呢，连姐姐太爷爷的主意都打上了！上杨集去拜见太爷爷，太爷爷要是点了头，姐姐可就对他死心塌地了。姐姐自小到大，最敬服的还是太爷爷。

邓麒忿忿的，觉得胸口疼。

卢栋顾虑着，"殿下亲至夏邑，随行近卫带多少人？殿下千金之躯，离开大军独行，下官总是放心不下。"张祐微笑，"我愿随殿下同行，一则保护殿下，二则拜见故人杨阁老。不瞒诸位说，我和杨阁老相识多年，可称为忘年之交。"

卢栋大喜，"有张将军随行，殿下无忧！"张祐虽年轻，可已是久经沙场的老将了，有他保护，晋王定然无恙。

"不必。"晋王声音温润却又坚定，"孤有祁将军保护，足矣。张将军这回凯旋回京，必定会受到朝廷和京师士民的隆重迎接。这是张将军应得的盛誉，不可错过。"

宁国公忙道："殿下所言极是！张将军，你要拜见杨阁老，往后有的是机会！"

卢栋想想也是，"有道理！咱们回城之际，京城士民必定会夹道相迎，盛况空前。张将军你立下赫赫战功，应该骑着高头大马，威风凛凛地进得胜门！至于杨阁老，既和你是忘年交，定能体谅你，他日再见也是一样。"

张祐淡淡笑着，询问晋王，"殿下是监军，难道不应该被京师士民隆重致敬、夹道相迎？难道不该得到这样的盛誉？"

晋王笑得云淡风轻，"孤唯愿做一富贵闲王罢了，盛誉于我，有百害而无一利。"

宁国公等人全都附和着晋王，"是，殿下这样的身份，原不需要什么劳什子的盛誉。只有我等俗人，才在意这些。"

张祐定定看着晋王，心里的愤怒排山倒海，快要淹没他，快要让他失去理性。

晋王浅浅而笑，眼角眉梢，全是欢喜。

青雀这正四品的广威将军，够不上参与总后官、监军的高级会议。等到她知道的时候，已是下午了。

青雀欢呼，"阿原，你真和我一道看望太爷爷啊，我高兴死了！"晋王被她的欣喜所感染，故意问道："是高兴和我一起，还是高兴能看望太爷爷？"

"都有！"青雀笑眯眯。

张祐掀开门帘，走了进来。

青雀笑嘻嘻地迎上去，炫耀道："祐哥哥，我要回杨集了！回我阔别已久的故乡，见我朝思暮想的太爷爷！"

张祐微笑看着他，眼前仿佛又出现她幼时眉飞色舞的小模样。青雀，你一直是这般鲜活啊，经历了这么多磨难之后，本色不改，宛如昨日。

"哥哥真想陪你一起回去。"张祐神色温柔。

"我也想。"青雀一脸可怜，"想起咱俩在杨集共度的时光，我怀念得不行！可是祜哥哥，你前程要紧，还是忙正事吧。你充任副总兵，打了大胜仗，怎能不跟着大军还朝呢。"

张祜轻笑，"哥哥可不在意什么功劳不功劳的，也不惦记着升官晋爵。"

"那是！"静静站在一边的晋王接了话，"祜哥哥往后会是英国公，还在意什么官位、爵位呢。"

"祜哥哥是大官！"青雀笑道。

张祜沉默片刻，轻抚青雀的鬓发，"小青雀，照顾好自己。"青雀连连点头，"嗯，知道。祜哥哥，我很会照顾自己的，我会捉鱼烤鱼，很小就会了！祜哥哥，是你教我的呢！"

张祜听到"捉鱼烤鱼"这四个字，心钝钝地疼。小青雀，哥哥知道你会捉鱼，你吃剩下的鱼骨扔在小溪边，是那么的醒目……

"哥哥要收拾行装，先回了。"张祜低下头，小声说了一句，仓促离去。

"祜哥哥！"青雀追到门口，手已经伸到门帘上了，却没掀开，顿住了。

晋王缓步走到她身边，轻声说道："他好像哭了。"

青雀呆了呆，有些茫然地说道："我也不知怎么的，提起自己照顾自己，便会想到捉鱼烤鱼。好像会捉鱼烤鱼，就算自己会照顾自己了似的。"

她素日里活泼的时候多，嬉笑的时候多，这会儿小脸上满是迷惘之色，平添了几分可爱可怜。

晋王柔声道："太爷爷有没有吃过你烤的鱼？咱们回到杨集之后，你烤给太爷爷吃，好不好？"

青雀扬眉，"究竟是烤给太爷爷吃，还是烤给你吃啊。阿原，我看像是你馋了。"

"小青雀，四哥吃是要吃的，却不白吃。"晋王微笑，"你烤鱼，我管烧火。"

"你烧火？"青雀看着面目精致，瓷人一般美丽的晋王，想起他跑来跑去捡柴火费劲扒拉烧火的样子，笑弯了腰，"阿原你……你烧火？"

青雀笑得肚子疼，晋王想替她揉肚子，又不敢，脸红了又红。

三月底，宁国公带着大军班师回京，卢栋、张祜、邓麒麟等人都在大军之中。晋王和青雀则是取道河南，回夏邑看望杨阁老。

"妞妞，路上要小心。"邓麒舍不得青雀，啰里啰嗦地交代，"早起赶路，天不黑就要投宿，知不知道？千万不可错过宿头，会很辛苦。还有，僧、道、尼、女人都是不好惹的，要远离。不要轻信人，不要上当受骗……"

青雀笑眯眯点头，"知道了。"邓麒虽啰嗦，虽到了要命时候根本没用，可是邓麒对她确有几分疼爱，青雀不忍心泼他冷水。

宁国公不好意思地指指一辆马车，"这车上是些补品、玩器、吃食之类，都是老人家合用的。妞妞，你见了杨阁老，替我问声好。"

提起杨阁老，宁国公总觉得汗颜。

青雀笑着答应，"全是送给我太爷爷的？谢谢您啦。您的话我记下了，一定捎到。"

张祜想送青雀一段，被宁国公阻拦住了，"张将军，被俘的流民头目颇有几个武功高强的，还请你亲自押送，不得擅离。"

青雀歌

青雀懂事地说道："祜哥哥，你忙正事要紧。我在杨集也住不久的，很快会回京城。等我回去了，咱俩一起去打猎！"

张祜微笑点头，"好啊，小青雀，咱们说定了，回京之后一起打猎。"

"还有我！"邓麒探过头，殷勤说道，"我新得了一只纯白的海东青呢！妞妞，等你回到京城，咱们带上海东青，打猎去！"

"你有一只玉爪。"青雀眼睛亮了。

"妞妞，玉爪送你！"邓麒见状，慷慨许诺。

青雀眉毛弯弯，"不啦，纯白海东青何等难得，你留着自己玩吧。能偶尔借给我玩玩，我已经很感激了。"

邓麒觉得心里酸酸的，眼睛也有些酸。这是我闺女呀，她说，"能偶尔借给我玩玩，我已经很感激了。"

宁国公瞪了他一眼，喝道："给妞妞！"邓麒答应了一声，不服气地小声嘟囔，"您就会瞎掺和！"我能心疼个玉爪胜过我闺女么，自然是要给妞妞的。您瞎吵吵什么呀，净添乱。

"盛情难却，那我便恭敬不如从命了！"青雀淘气地笑着，向邓麒道了谢。

张祜也有礼物送给杨阁老，也是一辆大马车，青雀老实不客气地替太爷爷收下，"一准儿捎到！"

邓麒又啰啰嗦嗦地交代了好些句话，青雀方和众人依依惜别。

晋王车驾如云，青雀盔甲鲜明，二人一个乘车，一个骑马，扬长而去。

青雀的身影越来越小，渐渐消失在天际。宁国公、邓麒和张祜并肩站在路口目送她远去，都颇为不舍。

宁国公特地和张祜并辔而行，"从前，我有个执念，一定要妞妞认祖归宗。邓家的孩子，可不是该回邓家么。如今我可是想明白了，只要妞妞好，不姓邓也成，不在我眼皮子底下也成。若是离了我于她更有利，那便放她走。"

张祜笔直地坐在马背上，幽深眼神直视前方，嘴唇抿得紧紧的，一言不发。

宁国公本来还想再说些什么，见他这形状，却不忍再开口。说来可惜，张祜的人品、家世、才能都是一等一的，又打小待妞妞好，算得上是无可挑剔的夫婿人选。只是自从那件惨事发生，妞妞便和他再无缘分。旁的不说，家里有位随时能把妞妞交回去的婆婆，让人如何信任，如何放得下心。

宁国公沉默下来，和张祜并肩缓缓而行，不再说话。

青雀本来是骑马的，此刻却被晋王叫到车上去了。青雀不大乐意，"殿下，我要保护你的呀。"晋王拍拍身边的锦毡，示意她坐下，"我胆子小，需祁将军贴身保护。"

青雀笑了笑，真的在他身边坐了下来。晋王带了上千名近卫，有精明干练的近卫军指挥使，也有武功深不可测的高手。自己带着的，也有数百名亲信边军。有这些人在，确实不需要自己时刻警戒。

"哎，跟我说说太爷爷吧。"晋王央求道，"他老人家有什么喜好，有什么禁忌，都告诉我。"

"我太爷爷可好啦。"青雀昂起头，"他是世上最好的太爷爷，没人能比得上！他没什么禁忌，很大方的！至于说到他老人家的喜好……"

青雀神气活现地看了晋王一眼，"当然是我啦！杨集有瑜哥哥和琪姐姐，不过太爷爷最喜欢我！"

"原来如此！"晋王做恍然大悟状，"原来阁老大人的喜好便是祁将军。嗯，我只要讨得祁将军的欢心，阁老大人便会待见我了！"

青雀嘻嘻笑着，一副"快来讨好我快来巴结我"的模样。晋王忙提起茶壶倒了杯热茶递过去，殷勤道："祁将军口渴不？喝茶喝茶。"又拿着点心碟子递到青雀面前，"祁将军喜欢哪块点心？这块是梅花形状，很漂亮；这块是小白兔形状的，蛮可爱。"见青雀眼光瞟了眼雪白的小兔子，忙伸手拈了一块，送到她嘴边。

"等我见了太爷爷，一定好好夸夸你。"青雀手中捧着热茶，口中吃着香香糯糯的点心，笑眯眯说道。

晋王红了脸，有些扭捏地说道："那个，夸归夸，不说我做了什么，成不成？"见青雀好奇地看着他，硬着头皮解释，"车里的事，咱俩知道就行，不足为外人道也。"

青雀不在意地说道："太爷爷又不是外人。"低头喝茶，等她喝了几口茶，抬起头，却见晋王倚在靠背上，脸上盖着块淡黄色的锦帕。

青雀歪头想了想，悄悄把茶盏放下，往他挪了挪，轻手轻脚把他脸上的锦帕取下。只见晋王俊脸通红，正在害羞。

好像脸红会传染，青雀不知怎么的也觉着脸发烧，忙把锦帕又盖回到晋王脸上，自己捂着脸坐了会儿，一跃下了马车。

途中停下来歇息的时候，本来晋王应该出来走走，活动活动筋骨。可是无论近卫怎么三催四请，他就是坐在马车里不出来。

"哎，这里的景色很美，下来看看吧。"青雀走到车边，邀他出来赏景，"油菜花盛开，金灿灿的一片，花海似的，美极了。"

车帘掀开，探出一张瓷器般精致的少年面孔。青雀和他对视一眼，脸上都飞起红霞。

晋王下了车，和青雀并肩在花海中漫步。近卫们有眼色得很，远远地跟着，并不过来扫兴。

花海茫茫，群蜂飞舞，大地一片流金溢彩，处处是醉人的花香。一阵春风吹过，金浪翻滚，波连云涌，真是美不胜收。两人行走在花海中，犹如画中游。

"真美！"青雀喜悦地赞叹。

"你更美！"晋王鼓了几回勇气，心里话也没敢说出口，唯恐唐突了她。

再回到车上的时候，青雀絮絮说着在杨集的儿时趣事，晋王听得很专注。礼尚往来，晋王也把从小到大好玩的事说了，比如在乾清宫替皇帝翻折子，拉着皇帝出宫游玩，和哥哥、弟弟们一起闹的笑话，等等。

一路和乐，很快到了杨集。

杨宅门前，杨阁老带着家人等候已久。远远地，青雀便按捺不住雀跃的心情，频频掀起车帘向外看。等到看见杨阁老的身影，青雀眼眶不知不觉模糊了。

"哎，我不等你了，你慢慢坐车过来，我等不及要见太爷爷！"青雀纵身下了马车，向前疾奔。

青雀歌

"太爷爷！"青雀冲到杨阁老身前，欣喜地叫道。杨阁老看着眼前亭亭玉立的少女，看着阔别多年的妞妞，又是高兴，又是叹息，"妞妞，太爷爷总算见着你了！"

青雀像受了委屈的小孩子一样扑到太爷爷怀里，太爷爷轻轻拍着她，"妞妞乖，妞妞乖。"自己却是眼中含泪，心情激荡。这是妞妞啊，失而复得的妞妞。

晋王车驾缓缓而来。

一名清秀的青年男子在旁低声劝，"祖父，晋王殿下快到了。"青雀自杨阁老怀中探出头，一脸顽皮地冲他笑，"瑜哥哥，晋王是我表哥，不用拿他当客人！"

这青年男子自然是杨瑜。杨瑜见青雀还和小时候一样淘气，嘴角微微勾起，轻轻笑道："小青雀，我不是拿他当客人，我是拿他当亲王殿下。"

杨阁老微笑，"兄妹两个有年头没见了，才一见面便这样！"他看看清秀儒雅的杨瑜，再看看鲜艳明媚的青雀，很是叹惜。唉，若是妞妞一直住在杨集，这时嫁了瑜哥儿，也是好姻缘。至少，瑜哥儿会一心一意待他，自己这太爷爷更不会让她受一丝半点的委屈。

晋王车驾快到的时候，杨府众人全部拜伏于地。早有内侍飞奔过来，客气地对杨阁老躬身，"晋王殿下令旨：阁老大人年老功高，免礼。"不许杨阁老下拜。

杨阁老微笑道了谢，也没跟他谦让。

晋王下了车，由一众内侍、近卫簇拥着，缓步而来。到了近前，杨阁老作势欲拜，晋王忙快走两步，扶住他，"阁老大人社稷重臣，且年事已高，孤不敢受礼。"

杨阁老微笑谢过，态度不卑不亢。他已年近八旬，可看去宛如五六十岁的长者，丝毫没有老迈不堪之态。心地清明，平生只行善事，他应该有此福报。

晋王被迎到上房落了座。

除杨瑜之外，还有曾孙子杨玖、杨玑夫妇陪伴杨阁老一起住在杨集。杨玖、杨玑已各有子女，杨阁老膝下颇不寂寞。晋王既然大驾光临，杨玖、杨玑、杨瑜自然是要出面拜见的。杨阁老一一引见，三人中规中矩地行了礼。晋王温和叫起，细细询问过杨阁老的日常起居，包括每天吃几餐饭，饭量如何，都一一问到——他是奉旨前来慰问的，这属于公事范围。

先是表示过朝廷对杨阁老的慰问，然后把闲杂人等请出去，密密请教杨阁老"流民为何如此之多""有何治国良策"，得到答复之后，晋王的公务算是完成了。

"我是青雀的表哥，太爷爷，您拿我当晚辈看便可。"公务完成，进入私人时间，晋王立即改了口吻、称呼，"我小名叫阿原，您叫我阿原便是。"

"就是就是，您叫他阿原好了。"青雀笑眯眯，"他是我师娘的姐姐的长子，是我四表哥！我一直叫他阿原的，太爷爷，您也叫他阿原吧。"

见杨阁老面有沉吟之色，青雀忙补充，"他没架子的。真的，一点儿也没有！太爷爷，您不用跟他客气。"

杨阁老招手叫过她，温和问道："妞妞，你和阿原很亲近？"青雀快活地点头，"嗯！我师娘是他小姨，我弟弟是他表弟，他母亲是我大姨！太爷爷，我和他很要好的。"

晋王听到她这句话，又是欢喜又有些心慌，恭敬地冲着杨阁老长揖，"太爷爷！"杨阁老微笑看了他两眼，温和说道："阿原，不必客气。"

说了会儿话，青雀奇怪问道："太爷爷，曾外公呢？他不是在您这儿么，怎么没见着他？"

杨阁老不厚道地乐了乐，附在青雀耳边说了几句悄悄话。

青雀听了，真是又好气又好笑，"那天曾外公出城了，没回家，李师父后来都告诉我了呀。"

晋王凝神听着，猜测可能是青雀出事的时候曾请人去知会过王堂敬，可是王堂敬出城不在家，没有帮上小青雀。王堂敬一直心存歉疚，以至于不好意思见小青雀。

他没猜错。王堂敬如今就在杨家住着呢，却死活不肯露面。

"大概和我死活不肯下马车是一个道理吧。"晋王惴惴想道。

他胡思乱想的这会儿工夫，青雀和杨阁老小声耳语，出着主意，"……到时香飘十里，管保他禁不住诱惑，自己跑出来。"杨阁老一乐，"成啊，就这么办。"

古朴典雅的原木亭子，亭子上点缀着青藤、野花，春意盎然。亭子四周环绕着一弯清可见底的溪水，欢快流淌。坐在这样的亭子中吃饭，拿景色当下酒菜，惬意又风雅。

亭中摆放着一张原木长桌，几张原木长椅。杨阁老和杨玖、杨玑、杨瑜三名曾孙在亭中闲坐，慢条斯理品着桌上的菜肴。

亭子外头支着个铁架子，青雀剥好一条鱼腌起来，晋王替她架上火，两人似模似样地准备要烤鱼。

杨玖是曾孙中的老大，性子稳重，朝着晋王瞅了好几眼，赔笑问杨阁老，"曾祖父，让殿下做这种粗活儿，是不是不大恭敬？"

杨玑在一旁点头。他和大哥一样性子沉稳，觉得晋王虽是奉旨来慰劳曾祖父的，可是曾祖父您也不能真让他为您烤鱼去呀。抛却身份不说，人家总算是客人吧，没有让客人动手的道理。

杨瑜哼了一声，"让他干活！这是他应该的！"

小青雀都快被他骗走了，烤个鱼他不应该么。再说了，大哥二哥你们看着他是干活，保不齐对他来说是享受呢。

杨玖和杨玑不约而同地想要训斥弟弟，可是他们还没开口，却见杨阁老赞赏地点头，"瑜哥儿说得对，是这个道理。"

杨玖和杨玑不敢说话了。他俩性子沉稳，也有些拘泥，曾祖父既然赞成弟弟，他俩万万不敢和曾祖父顶嘴。

亭子外头，青雀忙忙碌碌的，晋王也跑来跑去跟着添乱。还别说，青雀真的会烤鱼，没过多大会儿，诱人的香气传了过来。

"太爷爷，鱼烤好了！"晋王端着个盘子，和青雀一起满面笑容地走来。他俩表情差不多，都是雀跃中带着炫耀，好像自己在做什么很了不起的事一样。

杨玖和杨玑忙起身过来接过盘子，"劳您大驾，不胜惶恐。"杨瑜看着晋王的脸，不厚道地乐了：他华贵的服饰上东一片黑乌西一片黑乌，看上去十分好笑。偏偏他不自觉，笑得极为欢快，真是趣致。

新鲜香嫩的烤鱼放在杨阁老面前，杨阁老笑眯眯夹了一筷子，赞道："细腻嫩滑，香鲜可口，真是人间美味啊！"

"那是！也不看看是谁烤的！"青雀趾高气扬，得意地吹嘘。

"太爷爷，火是我烧的！"晋王也忙着表功。

"乖，乖。"杨阁老笑着称赞过他俩，目光又转回到烤鱼上，拣了块又肥又嫩的，放入口中，"色香味俱全，这烤鱼很地道！"

烤鱼确实香气诱人，连杨玖、杨玑这样素日不好口福之享的，也觉得食指大动。

"只顾自己吃，也不知道让人！"气正词严的声音响起，一位身穿淡青色长袍的老者走了进来，在杨阁老身边坐下，谴责地看着他。

杨阁老见他过来，忙伸手把整个盘子捞到自己面前，"不许跟我抢，这一盘子全是我的！"青袍老者不客气地把盘子捞到自己面前，"有你这般待客的么？自个儿吃独食！"

杨玖和杨玑瞠目结舌，目瞪口呆。曾祖父，王大人，您两位是返老还童了吧，抢鱼吃？两人相互看了一眼，会意地点头：老小孩儿，老小孩儿，这话真是没错，曾祖父和王大人这两位老人家，全是老小孩儿。

青雀眼睛湿润地看了会儿，笑嘻嘻走过去，挤在两位老人中间坐下，"唉，都怪我烤的鱼实在太香了，太爷爷和曾外公才要这么抢啊。"

晋王也跟着走过去，自卖自夸，"都怪我火烧得太好了，鱼才会烤得这么香，太爷爷和曾外公才会这么抢啊。"杨玖三兄弟很给面子地附和着他，"极是！殿下火烧得太好了！"

王堂敬盯着青雀看了半天，轻抚她的鬟发，"妞妞，吃苦了。"青雀甜甜笑着，"什么吃苦不吃苦的，曾外公，吃鱼了！您再不动筷子，就吃不着了！"

王堂敬转过头一看，好嘛，杨阁老正吃得津津有味呢，看着这架势，要是自己再不动手，真是一口也吃不上！"老杨，慢点儿慢点儿。"王堂敬殷勤说道："美味吃食应该细细品尝，莫吃太快了。"自己也提起了筷子。

杨瑜冲青雀招招手，把她叫过来，"小青雀，两位老爷子有得吃了，哥哥们可还没有。"青雀很慷慨，"我俩再烤去，瑜哥哥，你们等会子。"拉了晋王又去烤鱼。

杨玖暗中踢了杨瑜一脚，"瑜哥儿，你傻了吧！好容易晋王停下了，你又支使他去干活儿！"杨玑也抱怨，"为两位老爷子鞍前马后地忙活也就算了，还为咱们折腾！瑜哥儿你过了。"

杨瑜似笑非笑睢着亭子外头的那对少男少女，"他乐意着呢！大哥二哥看见他脸上的笑容没有，成朵花儿了。"

杨玖和杨玑随着他的目光看过去，虽是性子稳重，也是嘴角勾了勾，又勾了勾，忍不住想笑。只见晋王原本光洁如玉的脸庞上不知什么时候染上几片黑乌，看着很有几分狼狈，青雀想伸手替他擦，但是手中抓着鱼，顾不上，干着急。

"很难看么？"晋王急忙问道。

"不难看。"青雀声音温柔，"很好看呢。阿原，你这个样子，真的很好看。"

晋王笑得更欢快了。杨瑜本来时不时往他们这儿睢一眼，后来觉着实在目不忍睹，索性不看了。

等到烤鱼端上来，杨玖和杨玑庄重地道了谢，好像根本没有看到晋王的小花脸。杨瑜其实想调侃两句的，却被大哥杨玖发觉苗头，在桌案下狠狠踩了他一脚，杨瑜便没再开口。

杨阁老和王堂敬看着快活的青雀，欢乐的晋王，眼眸都是温柔。

青雀在他身边能够欢笑，这是最紧要的。其余的，都是小事。

"我看阿原这孩子很好。"杨阁老感慨，"他对小青雀不只是喜欢，还很尊重。"

王堂敬把玩着手中温润的茶盏，悠悠道："好不好的，再说吧。老杨，他若好，大家省心；他若不好，我给妞妞另挑人家。"

杨阁老粲然。

这天晋王跑前跑后地忙活，前半辈子没干过这个活儿，累得够呛。不过，忙活完之后，青雀拿着雪白的帕子替他细细擦去脸上的污迹，又温柔又细心。晋王浑身紧绷着任由她擦拭，心里的喜悦一阵阵往上涌。

"小青雀。"晋王温柔地低声叫道。

青雀自然而然地应了一声，可是不知怎么的，耳根子后头热乎乎的，好像在发烧。

"小青雀。"晋王的声音更温柔了。

青雀觉得脸发烧，心发慌，心跳得很快。

"阿原你不能这样。"青雀敛敛心神，很庄重地诉晋王，"你这样不好，感觉很……，以后不许这样。"

"很什么？"晋王的眼神非常纯净、无辜。

"很……靡靡之音。"青雀终于想到了合适的词。

"靡靡之音？"晋王的眼神更无辜了，还有难解的困惑。

"就是，很悦耳动听，容易让人沦陷。"青雀结结巴巴说道。

面对着他夜空一般晶莹璀璨的眼神，青雀心头忽觉一阵迷惘，又痛苦，又有些甜蜜。

"哦，这样啊。"晋王释然，浅浅而笑。

小青雀，我沦陷已久，你也一起吧。咱俩一起沦陷，多美，多好。

"总之，以后不许了。"青雀站起身，也不替阿原擦脸了，话说得很坚决。

"嗯。"晋王害羞看着她，答应得很温柔。

他"嗯"的这一声实在多情，听到耳中缠绵悱恻，缱绻销魂。青雀又觉着脸红心跳发慌，"那个，我走了，你也早点歇着罢。"转身要走。

"小青雀，等等。"晋王忙起身挽留，"四哥还有话跟你说，请稍作停留。"

"殿下有什么话啊。"王堂敬出现在不远处，慢条斯理地问道："有什么紧要话，非要这会子跟我家小青雀说？"

王堂敬一边问着晋王，一边冲着青雀使眼色，命她快走。青雀调皮地吐吐舌头，一溜烟儿跑了。

"曾外公。"晋王没料到王堂敬会来，硬着头皮说道："是这样，我小姨的生辰快到了，我正愁该送什么礼。因青雀是我小姨的徒弟，定是知道小姨的喜好，故此想问问青雀。"

王堂敬清癯儒雅的面容上毫无表情，淡淡道："这容易，我先跟青雀问清楚了，再转告殿下。"

晋王心中叫苦。怎么青雀的曾外公这般古板？这是要隔绝我和青雀，不许我们见面说话么。

"我离家已久，正打算回京城。"王堂敬轻飘飘说道，"若殿下不弃，请许老臣同行。"

晋王打了个寒噤。曾外公您太狠了，在杨集看着还不行，还要一路同行看到京城？有您在，我别想要青雀贴身保护，也别想和青雀一起赏景看花，喁喁私语。我……我太苦了。

"曾外公，我是青雀的表哥。"晋王一脸委屈，"我和青雀打小便要好，无话不谈。"

"表兄妹便不用避嫌了？"王堂敬睖了他一眼，"男女大防，表兄妹也没有例外！请殿下谨言慎行，勿累及女孩儿的清誉。"

王堂敬大义凛然地说完，拂袖而去。

晋王紧走几步追上他，拦住他的去路，"先帝生前，已答应我和青雀的婚事，皇兄也答应过我自择王妃……"

王堂敬斜睖着他，微微冷笑，"你家是答应了，我家答应了么？"臭小子，男婚女嫁这么大的事，是你一家能定下来的？皇家也不行！

"先帝生前，已遣使询问过祁总兵，祁总兵让青雀自己做主。"晋王认真地一一细数，"师爹师娘是同意我的，莫爹莫娘也同意，邓世孙也同意，至于阳武侯夫人，回京后我会登门拜访，亲自求娶。"

四对爹娘当中，唯有青雀亲娘的意思还没问过。其余的人，都同意。

王堂敬不怀好意地看着他，"殿下，阳武侯夫人娘家没有旁的亲人了，只有我这位外祖父。我说的话，她向来不敢不听。"

只剩下阳武侯夫人那一关还没过是不是？她全听我的！

晋王深深一揖，"曾外公，我喜欢青雀，要娶她为妻，和她共度此生，请您老俯允。"

王堂敬啧啧，"你家，哎，热闹啊。你家的男子，哪位不是除正妃之外，额外还有次妃、妾室，济济一堂，场面盛大？"

"青雀太好了。"晋王认真说道，"别的女人，都不配站在她身边，和她分享晋王府。独一无二才显着尊贵，青雀会是我唯一的王妃。"

那些拥有几十位上百位妻妾的王公贵族们，哪位满足了？没有。拥有的越多，越是觉得不够。我不要那样，我不要像他们一样醉生梦死，纸醉金迷。

"人家至少有七八十来位，你只有一位，岂不是没颜面。"王堂敬摇头。你这会儿信誓旦旦的，往后跟那些天潢贵胄们一比，不下气才怪。

"成千上万的佳丽加起来，也比不上青雀一人。"晋王神态中有着掩饰不住的骄傲自豪，"青雀，举世无双。"

臭小子说得很动听，连我老人家听上去都有那么点儿动心啦。王堂敬睖了眼晋王，仰天一笑，走了。

晋王留在原地，哀怨看着曾外公清逸的身影。

接下来的两天，王堂敬倒是惦记着时时刻刻守着青雀，省得她被那别有用心的臭小子轻薄。不过他这心思白用了，青雀并不怎么理会晋王，而是陪在杨阁老身边，恨不得把这几年的话一天说完。

"妞妞还要打多久的仗？"太爷爷温和问她。

青雀黑葡萄般的大眼睛里满是淘气，"如今才是广威将军，离公爵还远着呢！太爷爷，我至少得挣个公爵吧。"

太爷爷一乐。妞妞你若真要奔着公爵去，阿原不得等到白发苍苍？你曾祖父也算时运极佳了，征战了大半辈子，方才挣下一个宁国公府。

"如今的祁家，已有祁震撑着。"太爷爷拍拍青雀，"祁家已经有男人，妞妞不必再为家族牺牲，多想想自己。"

"太爷爷，我并没有为家族牺牲。"青雀眨眨大眼睛，"我没有觉得是牺牲，比起和我差不多年龄的邓之屏、邓子盈之流，我自由自在得多了！她们只能躲在内宅，我却可以在蓝天白云下纵马疾驰，看到辽阔的草原，浩瀚的天空，雄伟的长城，和滔滔黄河水。"

"天地这么大，为什么我要把自己圈禁在内宅那一亩三分地？太爷爷，可能我天生像我外祖父，生下来便是要披甲搏杀的。"

太爷爷叹息，"妞妞，你从小便和寻常女孩儿不同。如此也好，内宅圈不住你，你飞吧，能飞多高，便飞多高。"

青雀做出小鸟飞翔的样子，逗得太爷爷大为开怀。

"可惜阿原不能陪你一起。"太爷爷状似不经意地提到。

"可以啊。"青雀笑盈盈，"他说会做宁夏王，我们一起守住长城要塞，不许胡人南下牧马！"

太爷爷嘴角抽了抽。宁夏王？他如今是晋王，亲王之中最高贵的封号之一，宁夏王比起晋王，可是差远了。看来，阿原对青雀真不是普通的喜欢。

太爷爷歇午觉的时候，曾外公也觉着困倦，两人同榻而眠。青雀细心替他俩盖好薄被，蹑手蹑脚走出来。

青雀在后园找到晋王，带着他走遍杨家各个角落，绘声绘色讲着自己小时候的事，晋王听得很认真。

曾外公一觉醒来，发觉青雀不见了，立即出门去找。太爷爷看着他的背影直摇头，王堂敬啊王堂敬，妞妞可跟她娘不一样，我家妞妞不做糊涂事！你啊，白操心了。

被曾外公这么严防死守着，晋王硬是连个倾诉衷情的时机都没逮着，无比惆怅。

因晋王这么个身份，且他带的近卫众多，在杨集很难安置。故此，三天之后，晋王就要动身回京城。青雀是奉命护卫他的，自然也要跟着走。

临分别，杨瑜拿了一沓精致讲究的五彩笺送给青雀，"不许偷懒，常给瑜哥哥写信。有什么好玩的事要告诉瑜哥哥，有什么不开心的事也要告诉瑜哥哥，不许瞒着。"青雀笑吟吟收下，答应得很痛快。

太爷爷虽是旷达，眼见得青雀要走，却也伤感起来。青雀也舍不得太爷爷，无语凝噎。

"太爷爷，我们还会回来看您的。"晋王郑重承诺。

太爷爷微微笑起来，"好啊，太爷爷等着你们。"

妞妞，阿原，下回再来的时候，可不许只有你们两个啊，至少添一个。

青雀和太爷爷、杨玖杨玑杨瑜三兄弟洒泪而别。

一路之上，王堂敬看得死紧，晋王只能偶尔和青雀见个面。见了面也是公事公办，不敢随意说笑——曾外公在一边坐着呢，严阵以待。

"曾外公越是不想让我见你，我越是想见你。"晋王偷偷告诉青雀。

"邪了，我也是呢。"青雀没有说出口，在心底默默想着，"有什么挡在咱俩中间，我反倒更想靠近你。"

两人四目相对，脸上都泛起醉人的胭脂色。

回到京城之后，晋王进宫拜见皇帝，伏地痛哭。皇帝也流下眼泪，走下层层台阶，俯身拉起晋王，"阿原，节哀。父亲已仙去，你还有哥哥照看。"

晋王不肯只在奉先殿拜祭先帝，执意去了位于昌平的茂陵。可怜他好几回哭昏过去，最后被皇帝差来的近卫强行带回京城。

皇帝和太皇太后都不放心晋王，恨不得把他接回皇宫慢慢将养。可是已经成年的亲王，又没这个道理。

"他要是有个体贴周到的王妃照管日常起居，我倒还放心些。"太皇太后跟皇帝唠叨，"这孩子单纯孝顺没心计，孤身一人怎么能成？总不能指望宫女太监嬷嬷们。偏偏他还在孝期，也没法立即册立王妃。"

父亲去世，做子女的要守二十七个月的孝期。皇帝例外，可以日代月，守二十七日即可，亲王却不行。

皇帝也是为难，"祖母，孙儿也是不放心阿原，可是没法子。"太皇太后摆摆手，"你记得这事，到了时候，给阿原下旨，莫耽搁了。"

"并不用孙儿下旨。"皇帝赔笑，"父亲生前已留下遗诏，金册金印都是齐的。"

"你父亲，也算有心了。"太皇太后想起早逝的儿子，拿起帕子拭泪，"他临走临走，还记得阿原没有王妃。"

皇帝温和劝解，"祖母，等阿原娶了妻，生了子，您含饴弄孙。"太皇太后放下帕子，嗔怪看着他，"还说阿原呢，你成亲也有一年多了，张氏尚无动静！我想抱曾孙子，得等到哪年哪月？"

皇帝怔了怔，想替张皇后辩解。没等他开口，太皇太后已伸手阻止，"知道你向着她，可是，子嗣要紧。立妃吧，后宫之中贾氏、李氏贤良淑德，且有宜男之相。你立两名妃子，早日为皇家开枝散叶。"

太皇太后所说的贾氏、李氏，都是自幼养在宫中的女子。李氏是一名小官吏之女，贾氏便是贾淑宁。贾淑宁原本是一心要嫁给晋王的，后来见太子即位为帝，她忘不了自己的皇后梦，便翻转了心思。

皇帝答应了。

皇帝向礼部去了手札，命他们办理册妃事宜。很不幸，翰林院谢侍读上书强烈反对这件事，"六宫之制，固所当备。而三年之忧，岂容顿忘？今山陵未毕，谅阴犹新，奈何遽有此事？"

皇帝陛下啊，你娶小老婆，这是应该的。可是你爹才去世没多久，他的陵墓尚未完工，你居丧的草庐还是新的呢，咋好意思提这事？

皇帝号称以孝治天下，给自己定下为先帝守孝三年之制，"三年不鸣钟鼓，不受朝贺，朔望宫中素服"。因皇帝曾有这样的豪言壮语，谢侍读的进谏，他怎好意思不采纳。

册贾氏、李氏为妃的事，被搁置下来了。

可怜贾淑宁小姑娘，先是为即将成为皇帝的妃子而狂喜，继而为美梦破碎而伤心欲绝。先上天堂，后下地狱，好不令人惨伤。

"我等三年！"贾淑宁伤心过后，狠下心，"陛下总有守孝期满的时候，到时候，我少不了一个妃位！"

贾淑宁从来也没想到过，对于有些事，搁置就意味着放弃。

正直的谢侍读大概也没有想到，因为他的反对，皇帝缓立妃嫔。之后，竟是终身未立妃嫔。终生未立妃嫔不说，还子嗣不丰。

如果时光能够倒流，不知正直的谢侍读还会不会上那道折子，反对皇帝立妃。

九月，秋风渐起，暑意渐消，晋王特地到了阳武侯府求见祁玉。祁玉早已从王堂敬口中得知晋王待青雀的种种深情，故此他亲自登门，丝毫不觉得意外，命人把他请到了书房。

晋王恭敬地长揖，"夫人，我此次前来，是向令爱求婚。"

屏风后探出一张娇美的女孩儿面庞，满脸晕红。

"向令爱求婚"，他跟我娘这么说，分明是……

我是我娘唯一的女儿啊。

虽然早已知道晋王的来意，可亲眼目睹晋王的庄严和重视，祁玉还是颇为感动，声音和煦如春，"殿下亲自登门，足见诚意。你和青雀打小认识，性情相投，年貌相当，听说邵贵太妃也很喜欢她，这真是令人欣慰。"

女孩儿变了脸。青雀？怎么会是青雀姐姐？

屏风后忽传出"咣当"一声，隐隐伴随着一声女子的惊呼。晋王依旧神色端庄地坐着，好似根本没有听见，祁玉微微皱眉。

"殿下身份贵重，品性高洁，无可挑剔。"祁玉温声道，"青雀若能侍执巾栉，是她的福气。"

晋王客气地欠身，"不，是我的荣幸。"

祁玉微笑，"青雀自小不在我跟前长大，她的心事，我竟是不知道。殿下若不介怀，待我亲自问她一声可好？她和寻常女子不同，终身大事，我想先问过她的意思。"

晋王肃然起敬，"是，您想得真周到。"

本来，晋王是极不喜欢祁玉这个人的。她生了青雀，却并不疼爱青雀，从小没有给过青雀亲情和温暖。这会儿听她通情达理、很为青雀着想的一番话，对祁玉大大改观。

晋王说完正事，很快告辞了。

送走晋王，祁玉坐在四出头官帽椅上，手中端着茶碗，缓缓拨动茶叶梗子，"阿扬，出来吧。"

一名十二三岁的绿衣少女含泪从屏风后一步一步挪了出来。她正值豆蔻年华，身姿娇嫩，容颜姣好，此刻她脸上有泪，更显得楚楚可怜。

祁玉忍耐地看了她一眼，"娘正在招待客人，谈的是正经事，你在屏风后头做什么呢，又是打翻东西，又是惊呼出声的，真没礼貌。"

祁玉对薛扬太熟悉了，所以方才一听到那声惊呼，就知道薛扬在后头。

薛扬忍了又忍，还是忍不住泪落如雨地扑到祁玉怀里，"娘，他怎么能这样？你们怎么能这样？"边哭边含糊不清地抱怨着，弄得祁玉一头雾水。

祁玉见她十二三岁了还是小孩子性情，不懂事，是有些恼怒的，可是一见她哭成这样，又心疼得不行，柔声哄她，"阿扬乖，不哭，不哭。"

祁玉哄了薛扬好半天，才慢慢觉出件让她背上发凉的事：阿扬才开始听到晋王的求婚，以为是要求娶她。后来知道不是，很难过。阿扬她……大约是有几分喜欢晋王的。

"阿扬，你把眼泪收起来！"祁玉扶起薛扬，口气变得严厉，"女孩儿家，要矜持，要自重，懂么？有人上门求娶你姐姐，跟你没有相干，你记清楚了！"

"偏不！"阿扬任性地顿足叫道，"他要求娶姐姐，到祁家去好了，来薛家做什么？招惹我做什么？他坏，娘也坏！"

祁玉从来没有勇气面对曾经的难堪一幕，也从来没有跟薛扬解释过青雀是自己亲生的，听到薛扬的哭叫，登时全身发软。

"好了，别吵了。"祁玉无力的说道，"你跟我闹也没用，他求娶的是祁家女儿，你姓薛，无论如何跟你不挨着。阿扬，莫胡思乱想，他不是你的。"

薛扬跺跺脚，去找薛能诉苦了。祁玉浑身无力，也不想管她。

"……阿扬，乖女儿，晋王想娶青雀，确实应该到咱家求婚。"书房里，薛能把闲杂人等都打发了，细细告诉薛扬，"青雀是你娘的亲生女儿啊，他要娶你青雀姐姐，可不是该到咱家么。"

"他是来求娶青雀的，故此只求见你娘，并不肯见我。若他要……求娶你，该是跟我说，或是跟你哥哥说，没有求见你娘的道理。"

薛扬板起小脸，"我不喜欢青雀姐姐！"薛能叹了口气，"乖女儿，她从小就不在亲爹娘身边长大，很可怜。她是你亲姐姐，快别这样。"

薛扬发了半天闷，"她要是不嫁给晋王，我就喜欢她了。"薛能见她这孩子气的模样，又是心疼，又觉好笑，"姐妹之间，怎能如此？她好了，难道你不替她高兴？"

"反正我就是不喜欢她！"薛扬心里沉甸甸的不舒服，冲着薛能扔下一句，带着怨气走了。

薛能跟在她后头，见她进了薛护的书房，摇头笑笑，不管了。有阿护在，不用自己这当爹的操心。

"哥，青雀姐姐，是我亲姐姐啊？"薛扬坐了一会儿，可怜巴巴地问道。薛护怔了怔，阿扬从哪里听说的？不过，世上没有不透风的墙，阿扬迟早有一天会知道，青雀不是她表姐，而是她同母异父的亲姐姐。薛护牵着阿扬的小手，慢慢告诉她，"爹和娘是后来成亲的，爹爹之前有我，娘之前有青雀。阿扬，你和青雀，就好像你和哥哥一样，都是血浓于水的亲人。"

兄妹俩正说着话的工夫，小厮特地来敲了门，小心翼翼地禀报，"世子爷，英国公府张世子来了，单独求见了夫人。"

薛能淡淡道："知道了。"小厮行了礼，恭谨地后退几步，出了屋。

"他是来向青雀姐姐求婚的？"薛扬好奇问道，"若是别的事，张世子不该求见娘，应该见爹爹和哥哥。"

"阿扬真聪明。"薛护笑着夸了妹妹一句。

薛扬小脸一红。她一向天真，哪里想得到这个，不过是才听到父亲的话而已。

"我看晋王和张世子都不大好。"薛扬撇撇小嘴，"那些王爷们都奢靡得很，府里至少几十位佳丽！张世子么，奇怪得很，怎的他爹娘不出面？"

晋王算是尊重青雀，皇家下旨之前先问明女家的意愿。张世子算什么呢？英国公夫妇不出面，他说了也不算呀。

"你青雀姐姐是位光明磊落的好姑娘。"薛护沉默片刻，温和说道，"晋王和张世子，不拘哪位能娶到她，都是福分。"

薛护语气中有说不尽的惆怅之意。薛扬心中一动，笑眯眯问道："哥哥你呢？若你能娶到青雀姐姐，是不是也很有福分？"

被她这么蓦然一问，薛护怔住了。

薛扬看着他呆呆傻傻的样子，饶有兴致地凑近他，"哥哥，你不会真的在想我姐姐吧？"

薛护苦笑，"我哪配？阿扬，我娶过妻了，你大嫂还留下有一子一女。你青雀姐姐那样的好姑娘，怎能给人做继室。"

"哥哥你这是什么话？"薛扬变了脸，拍案而起，"娘也是继室，你这是在骂她么？"

"当然不是。"薛护见妹妹气得小脸通红，忙解释道，"爹和娘原本都成过亲，可是哥哥成过亲，你青雀姐姐却是冰清玉洁的姑娘家，不般配。"

薛护好言好语哄着薛扬，薛扬总算消了气。

"我看你俩很般配。"薛扬惬意地仰起小脸，一脸甜美笑容，"哥哥，你若娶了青雀姐姐，我可是做梦都要笑醒了！她又是姐姐，又是我大嫂，美死我了。姐姐若到了咱家，婆婆是亲娘，日子多舒服呀。"

薛护怦然心动。若单凭自己，断断难得青雀青睐，可是若加上继母……只怕未必不能和晋王、张世子争一争！

晋王自有他的骄傲和风度，便是知道自己和他争竞，也不会恼了。

自己若还想续弦，哪有比青雀更合心意的姑娘？她坦荡豁达，根本不可能凌虐前妻留下的子女。

薛护被薛扬催着，也去求见了祁玉，结结巴巴说明来意。

一天之中有三名男子向青雀求婚，祁玉心里也说不清是什么滋味。

第二天，她回了王家，去之前特地给王堂敬去了信，请外祖父把青雀接来。王堂敬以为她是思念青雀，也没多想。

青雀也以为仙女娘是想念自己，兴冲冲来了。

青雀正是十七八岁的大好年华，身穿清新雅致的浅绿色衣裙，眉如远山，肤光胜雪，黑亮润泽的长发用金色发带束起，简洁明快。

她笑吟吟站在祁玉面前，祁玉只觉眼前一花，仿佛看到了年轻时的自己。亭亭如玉，灿烂如云霞，浑身上下洋溢着朝气，让人一眼看上去心里便热乎乎的。

青雀歌

"青雀，你长大了。"祁玉轻轻叹息，"到了该成亲嫁人的年纪。"

青雀徐徐在她身边坐下，含笑询问，"打算把我嫁给谁呀。"

祁玉微微一笑，"提起亲事，不是应该害羞么，哪怕装装样子。"

青雀笑得淘气，"我是你生的呀！跟你还要装么。"

祁玉被她笑得心软，轻轻捉起她的小手，"青雀，若是寻常女孩儿，自然该有父母为她的亲事操心。你和她们不一样，亲事却要自己做主。"

青雀点头，"是呢，凡事有一利总有一弊，我看着劳碌了些，可是自己的事自己做主，不必俯仰由人。"

祁玉不知怎么的，一阵心酸。不必俯仰由人，青雀，谈何容易。

祁玉稳稳心神，微笑说道："昨日共有三名男子向你求婚，先是晋王，然后是张祜，最后是薛护。晋王身份尊贵，嫁了他，你会成为王妃，过着安富尊荣的日子；张祜自小照顾你，我倒是很感激他，可是他父母没有出面，我总觉着心里不踏实；至于薛护，他算是三人之中最差的，不过你嫁了他，咱们却可以朝夕相处。"

祁玉脸上浮现梦幻般的笑意，"你若嫁了薛护，我便可以疼你了。青雀，我可以光明正大地疼你了。"

青雀着迷地看着她，耳边仿佛响起轻快的音乐，让人想飞起来。她说"我可以疼你了"，她说"青雀，我可以光明正大地疼你了"。

她的声音多好听呀。

第十三章 连本带利

水到渠成

祁玉含笑看向她，"青雀，昨日向你求亲的三名男子，你挑一个吧。不管你挑谁，我都会欣然同意。"

"真的呀。"青雀往她身边挪了挪，殷勤地跟她确定，"不管是谁都行？你都答应？"

祁玉面对青雀，难得的非常温柔，"是，谁都行，只要你喜欢。"

仙女娘这会儿跟我那傻爹有几分相像！青雀心里一乐。邓麒常是温柔地、痴痴地看着自己，神色间满是溺爱和纵容。这会儿，仙女娘跟他像极了呢。

青雀坐直身子，清了清嗓子。在讨论终身大事呢，要严肃一点。

"祜哥哥肯定是不行的。"青雀声音清脆悦耳，祁玉听到耳中，却是一阵心惊。过了片刻，祁玉才意识到，青雀口中的"祜哥哥"，指的是张祜，而不是薛护。

"张伯伯和张伯母自有他们的打算，祜哥哥当不了父母的家。"青雀想得很清楚，"父母子女之间是血缘至亲，别的人，再亲近再亲密也比不了。"

"张世子对你是一片真情。"祁玉特意提醒，"我能看出来，他是真心喜欢你。"

"我也喜欢他呀。"青雀笑道，"很喜欢，就像喜欢我哥哥一样。"

祁玉内心对张祜起了微妙的同情。可怜的张世子，你喜欢她，她却拿你当哥哥，真是不幸。

"至于薛护，你那继子。"青雀哼了一声，"我才头回见他，便讨厌他！从头到脚，没一处不讨厌！"

抢走我娘的坏蛋，喜欢他才怪。

祁玉心中起了不妙的预感。果然，青雀霸道地说道："他不行，太老，又太丑！我还是要晋王吧，年纪和我差不多，长得美丽动人，声音也很好听。"

祁玉做梦也没想到她会是这答复，感觉实在不可思议。呆了好半晌，祁玉才用难以置信的眼神看向她，"你……你挑夫婿便是在意这些？长得美不美丽，声音好不好听？"

"当然啦。"青雀口气自然而然，"我自己是将军，一不靠男人养活我，二不靠男人带给我荣耀，三不靠男人保护我。不图他年轻貌美，还图什么呀。"

祁玉惊诧莫名，不知该说什么是好。

"那个，我很快要回宁夏了。"青雀好像想起了什么，不好意思地说道，"不管我嫁给谁，

你都疼不了我几天，我要走了呀。"

"其实，你也不用太疼我，差不多就行了。有对阿扬的一半的一半，跟疼侄女似的，我便心满意足。"青雀很善解人意地说道。

祁玉想了半天，觉得有些道理还是要讲给青雀听的，"你选中晋王，只因为他长得好看，简直荒谬。选男人不能只看容貌、外表，要注重他的人品、才华。青雀，婚姻不是儿戏，你太轻率了。"

祁玉很认真，青雀神色也凝重起来。

"我，是深思熟虑过的。"青雀慢慢说道，"祜哥哥一直令我心痛，可是我不能不忍痛割爱。你想想我的身世，便知道我绝不可能答应祜哥哥。张伯母是看不上我的，我知道得清清楚楚，故此我不会没眼色地往上贴。祜哥哥再怎么好，也是于我无缘。"

男家尊长不同意，两人却硬要成婚，邓麒、祁玉便是现成的例子。有他们做前车之鉴，青雀不会再去犯同样的错误。

祁玉恍惚想起从前，低声说道："或许他是真的喜欢你，愿意为你不顾一切？青雀，在他心目中，你不一定比不上英国公夫人啊。"

"我从没想过要和张伯母相比。"青雀奇怪地看了祁玉一眼，"张伯母是生他养他的人，怎么可能有人比得上。"

一个人是要多么的狂妄自大，才能觉得一个人会爱你超过爱他的母亲，才要凭着这份爱和他的母亲较量？这种较量，便是胜了，也是惨胜。

"我不是随意选的，我有理有据。"青雀斟酌着词句，"娘，我不要跟别人争夺，你明白么？我不要跟张伯母争夺祜哥哥，我也不要跟薛护的子女争夺他。我的良人，要是自然而然的，水到渠成的，顺理成章的，不费力气的，不用抢的。"

"我可以上马杀敌，但是我不愿跟母亲抢儿子，或是跟子女抢父亲。只有阿原是合适的，我和他自小相识，性情相投，他喜欢我，他母亲也喜欢我，他家没人反对我。"

"喜欢，那是一定有的。阿原很可爱，我喜欢他喜欢得不得了。可是我答应婚事，不只因为喜欢，更因为合适。我是仔细想过的，一点也不轻率。"

祁玉看着这样侃侃而谈的青雀，忽然很心虚，很心慌。她什么都知道，什么都明白，什么都懂！自己想要教她，似乎很好笑。她才十七八岁，想法已是如此老到，这算是没娘的孩子早当家么。

祁玉幽怨地看着青雀，"还以为你会挑上薛护，以后和我长相厮守，谁知你根本不屑一顾。"她是故意作出这副样子，看上去倒有几分开玩笑的意味。

青雀一笑，"我今年十八了，咱们十八年没在一处，我不也长大了？你不也好好的？守在一处做什么，没准儿你烦我，我烦你，相看两厌。别怪我没提前打招呼啊，我很讨人嫌的，师娘便常常撵我。"

言语之间，也不是正经八百的，也有打趣的意思。

祁玉微笑，"如此，我便回复晋王一个'允'字。"青雀笑吟吟点头，"成啊，回他罢，回罢。"

青雀又坐了一会儿，军营有紧急公务寻上门来，告辞走了。青雀走了没多大会儿，王堂敬进来了，"妞妞这就走了？娘儿俩都说什么了，我看你眉间似有郁色。"

祁玉不欲深谈，含混说道："昨天有人求婚，让她挑拣。"王堂敬来了兴致，"除了晋王，还有人求婚呢？谁胆子这么大，说来让外祖父听听。"

祁玉勉强说出"张祜、薛护"的姓名，王堂敬勃然，"张祜还算了，不管怎么着，也是位轩昂映丽的年轻人。你那继子膝下已经儿女双全了，还敢打青雀的主意？"

清清白白的女孩儿，谁会嫁做继室填房？谁会去给人当后娘？王堂敬越想越怒，"他说这话之时，你便应该一口回绝！竟还替他张了口，真是岂有此理。"

祁玉杏眼之中泪光闪闪，"外祖父，青雀若嫁到薛家，我便能堂而皇之地疼爱她了……"

王堂敬神色间有着浓浓的失望，"你是她亲娘，谁不让你疼她了？便是当着外人的面，你也是她姑母，为什么不能疼她？难不成只有妞妞嫁到薛家，你才肯疼她？玉儿，你的疼爱，太昂贵了。"

祁玉被斥责，掩面流泪。王堂敬叹了口气，"妞妞和阿扬都是你亲生的，你扪心自问：若是有薛护这样的鳏夫来向阿扬求婚，你肯不肯答应？玉儿，你是当娘的，心不能忒偏了。"

王堂敬一提薛扬，祁玉更是泪如泉涌。阿扬，你被我惯成了这样，往后我该如何教你。

王堂敬看见祁玉哭成这样，心疼得不行，"莫哭莫哭，玉儿，妞妞很大度，她不会怪你的。"

好容易才哄得祁玉收了眼泪，王堂敬长长松了口气。祁玉的娘亲，是他独生爱女，他每每见到祁玉便会想起早逝的女儿，格外怜惜体恤。

"妞妞是怎么挑的？"等祁玉好了，王堂敬忍不住问道。

祁玉低声把青雀的选择说了，王堂敬听了畅快大笑，"真不愧是老杨教出来的！玉儿，妞妞比你强啊。"

怪不得自己在杨集对晋王严防死守之时，老杨根本不掺和，不理会。敢情老杨是太了解妞妞了，知道妞妞心地清明，吃不了亏。

老杨，我王堂敬服了你！王堂敬看看被祁、王两家教导出来的祁玉，再想想被杨阁老教导出来的妞妞，深觉技不如人。

祁玉专程叫来薛护，如实相告，"青雀性子疏懒，喜欢现成的，省事的，不喜欢费劲的。大哥儿尚在褓褓之中，还能跟继母亲近。大姐儿已懂事了，性子又倔，恐怕她照应不来。"薛护默默无语，冲她躬了躬身，走了。

晋王再次登门之时，祁玉客气地托付，"青雀年幼娇憨，若她有不周到之处，请你多多担待。"

"嗯！"晋王认真点头，"她做什么我都担待！"

我居然都有女婿了。祁玉瞅瞅眼前这美丽男子，分不清是悲是喜。女儿都长大了，女婿都有了，自己也老了吧？

祁玉大概是真老了，不放心地交代着，"她若做好事，你便由着她；她若做坏事……"

"我便陪着她做！"晋王毫不犹豫。

祁玉听了这话，虽是口中轻斥，"哪有陪着她做坏事的道理？她要做坏事，不是应该制止她、教导她么？"唇边却一直挂着丝浅笑，挥之不去。

青雀歌

晋王告辞走了，祁玉嘴角还是噙着笑意，显然心中极为欢喜。薛能见了，打趣她，"当娘的要嫁闺女了，是不是都这样啊。玉儿，到咱家阿扬出阁的时候，你是不是也要笑成一朵花？"

祁玉嘴角的笑意渐渐消失了。阿扬自幼娇养在父母膝下，要说起来可比青雀有福气多了。可是往后择配，若想有晋王这样的夫婿，却是休想。身份地位相貌才华这些且不理论，一个乐意陪心上人做坏事的男子，可遇不可求。

薛能和她做夫妻已久，微一思忖，也即明白她在想什么，深悔自己言语孟浪。阿扬和青雀是姐妹，青雀这夫婿富贵极了，阿扬如何能比？玉儿还是偏爱阿扬多些，这不，脸色都变了。

"说起来，也该给阿扬挑小女婿了。"薛能忙道，"阿扬性子娇，咱们给她择一清白厚道、门当户对的人家，子弟斯文温和性子好即可，如何？"

在薛能看来，如果能给阿扬挑到这样的夫婿，已是非常知足。可是有晋王珠玉在前，祁玉哪里能够情愿，意兴阑珊地说道："阿扬还小，再说吧。"

薛能好脾气地笑着，没敢再接话。

晋王从阳武侯府出来后，按捺不住激动的心情，去了景城伯府，"小姨，我看小表弟来的。"见了心慈，连忙表白。

心慈今年又添了个儿子，大名是祖父景城伯给起的，叫林啸威；小名是他大哥林啸天给起的，二子。二子眉眼很清秀，很笑笑，讨人喜欢。

心慈怀里抱着二子，似笑非笑问道："阿原，你真是看小表弟来的？"阿原有些不好意思，"那个，也不光是看小表弟啦，还要问候小姨、姨丈、林家祖父，还要看望大表弟，和表妹。"

心慈板起脸，"大表弟小表弟随你看，小姨、姨丈、林家祖父也随你问候，表妹却是看望不得的。阿原，你和她男女有别，请避嫌。"

阿原端庄地站着，神色间有着难以掩饰的骄傲，"小姨，阳武侯夫人也答应我了。从今天起，青雀不只是我表妹，还是我未婚妻！"

"未婚妻啊，那更不能看望了。"觉迟牵着林啸天从外头进来，义正词严，"阿原有所不知，未婚夫妻在成亲之前，是不许见面的。"

林啸天不厚道地乐了乐，看着表哥呆呆的模样，心里高兴极了。坏表哥，让你抢我姐姐！这会儿傻了吧？

小姨、姨丈，你俩是故意的吧？阿原用控诉的眼神看着觉迟、心慈，委屈得不行。

觉迟、心慈低头逗弄二子，装作没看见。

"表哥你别这样了。"林啸天心疼表哥，拉拉他的衣袖，悄悄告诉他，"姐姐这阵子很忙，还没回家呢！等她回家了，我告诉她。"

"啸天真乖。"阿原浅浅笑着，夸奖林啸天，"这才是我的好弟弟呢，咱们两个兄弟同心，其利断金！"

林啸天高高昂起小脑袋，面有得色，我和表哥"兄弟同心，其利断金"，多有派头！

他还没得意完，却觉一股熟悉的臭味传了过来，顿时大惊失色，"二子又拉臭臭了！表哥，快跑！"不由分说，拉着阿原往外奔。

出了屋，又出了院子，林啸天才停下脚步，心有余悸地拍拍胸膛，"表哥，你说二子拉的臭臭，咋会那么臭呢？"话音儿才落，眼前一花，多了位笑盈盈的美女，正戏谑看着他。

这美女肤光胜雪，眉目如画，一身秋香色衣裙，浅黄中透着淡绿，清新美好。其实林啸天是位喜欢美女的小伙子，不过，见了这位美女却不自觉地后退了一步，好像有点害怕似的，随即咧开嘴巴，送上一个大大的笑脸。

只见这美女弯下柳腰，轻启朱唇，不怀好意地问着林啸天，"你都知道他拉的是臭臭了，还问为什么臭？林啸天，你笨不笨呀。"

林啸天不服气地瞪了她一眼，冲她重重地哼了一声，赌气转身跑了。

表弟真是善解人意！林啸天这一跑，很得阿原的欢心。

林荫道上，阿原和青雀相对而立。一阵微风吹过，风中带着甜甜的花香，两人都觉陶醉。

"哎，我今天去过阳武侯府，你娘答应我了。"阿原鼓起勇气说道。

"嗯，我让她答应的。"青雀语气淡定，脸却红了。

阿原心头一阵喜悦，痴痴望着青雀微笑，"青雀，我很欢喜。"

青雀心里甜丝丝的，柔声道："我也是。"

平日里雍容的晋王殿下，威风的祁青雀将军，这会儿全是脸红心跳，飘忽忽如在云端。风太轻柔，花香太醉人，他俩，全都醉了。

觉迟出现在林荫道另一头，轻轻咳了一声，惊醒了如醉如痴的一对小儿女。

阿原一脸殷勤地叫"姨丈"，青雀甜甜叫"师爹"，两人都很心虚，笑得格外谄媚、格外讨好。

青雀和阿原乖乖地跟在师爹身后，回到上房。

师娘冲他们翻了个大白眼，皱着眉头问青雀，"忙什么呢，回来得这么晚。"青雀大吹法螺，"当然是国家大事啦。师娘，你徒弟我如今是军政要员，忙的全是国家大事！"

话音才落，一片嘘声。师爹、师娘和林啸天都表示鄙夷，"就你，还军政要员呢？咱不闹笑话成不成。"唯有阿原郑重点头，"表妹大才，忙国家大事是应该的。"

师爹、师娘四目相对，会心而笑。虽说不舍得嫁女儿，不过，阿原用情如此之深，这么迁就青雀，真是难得。算了吧，小青鸟总有一天会飞走的，舍不得也没法子。

阿原时不时地温柔凝视青雀，偷空问道："啸天说你这阵子很忙，在忙什么？莫累坏了。"青雀低声道："不会，我这人最爱惜自己了，不会累坏的。"

他俩这边才说上话，林啸天已经眼尖地看见了，轻手轻脚走到他俩身后，严密监视。只听居心叵测的表哥柔声哄姐姐，"莫爹莫娘很是想念你，你明后日若有空闲，过去看看他们可好？"姐姐喜滋滋点头，"好啊，我也想爹和娘了！"

"我也去！"林啸天小脑袋探到他俩当中，口气霸道，"我想青林了，姐姐，你去表哥家的时候，带上我！"

师娘悠悠道："我也去。阿原家风景好，菜肴也不坏，我混吃混喝去。"师爹把二子放到小车里轻轻摇晃，慢吞吞道："我抱着二子，也去。"

"那，干脆也请上祖父吧。"阿原瞅瞅无良的小姨一家，热诚邀请，"他老人家向来喜欢凑热闹，把他落下了，不大好。"

青雀歌

林啸天拍掌，"好啊好啊，祖父也一起！表哥，我可喜欢祖父了，祖父最向着我！"有祖父在，可以尽情的淘气，不用担心爹爹打屁屁，没有后顾之忧！

当下便说定了，后日青雀休沐，师爹也不当值，一家人到晋王府做客。青雀见师爹师娘都饶有兴致的样子，不禁奇怪，"你俩竟对晋王府有如斯深情，真令我吃惊。"

师爹师娘应该是不喜欢拜访莫爹莫娘的，因为吃醋呀。

莫二郎夫妇虽然住在晋王府，却还是淳朴的农家本色，在园子里种有粮和菜。到了他家，能吃上现摘现炒的瓜菜，翠嫩新鲜，野趣十足。只要青雀去了，莫娘肯定亲自下厨，折腾出一桌子菜来，慰劳祁青雀将军。祁青雀将军呢，每每见了香喷喷的肉、碧莹莹的菜，别的都顾不上了，埋头苦吃。师娘吃味儿，给青雀一个大白眼，师爹抱怨小徒弟，"青雀，你这个样子，不知道的人会以为师爹师娘平时不给你饱饭吃。"把青雀乐得不行。

青雀调皮地冲师爹师娘眨眨眼睛，仿佛是在询问，"你俩不吃我爹娘的醋了？"师爹师娘很有默契，全都装作没看见，不予理会。

到了后日，一大早的邓麒来了，兴冲冲地拿着个图册给青雀看，"要给你打制一张紫檀木的架子床，样式有好几种呢，我看来看去，哪种都好看。妞妞，你来挑挑。"

师爹师娘都听得嘴角抽抽。紫檀这木材名贵且稀少，向来有"寸檀寸金"之说，一个紫檀盒子都是贵重的，他要打紫檀木的架子床！

"哪来的木材啊。"青雀翻看着图册，不经意问道，"皇室极看重这种木材，听说南洋一带的好紫檀都被皇家砍得差不多了，存世稀少。"

"海商从婆罗多带回来的。"邓麒笑道，"也算赶巧了，船才靠岸，我便听说了。紧着赶过去，得了上好的。妞妞，紫檀静穆沉古，其余木材再也比不上，如今木材有了，好工匠也请来了，你挑个喜欢的样子。"

女孩儿的嫁妆里头，除了田庄、铺子、作坊等，最大件的便是床了。一张讲究的架子床大概能有半间屋子那么大，雕刻精美，清雅别致，珍贵之极。

青雀翻了翻图册，挑了个喜欢的样子，交还给邓麒，"我要这个圆形月洞门的，六柱，正面装垂华门，玲珑剔透，雕刻不必再繁，古朴大方最好。"

邓麒笑眯眯，"妞妞，你眼光和我一样啊，我也最喜欢这种！"青雀作惊讶状，"你和我的想法竟会一样，为什么呢？"两人相互看看，恍然大悟，"原来咱俩认识！交情还很深！"

该出发了。师爹邀请邓麒，"若无事，请一同前往。"邓麒踌躇，"不请自至，好像不大好。再说，家祖父还在外头等着。"

宁国公和邓麒不一样。邓麒想见青雀，便是觉得尴尬，觉得不好意思，还是忍不住要到景城伯府来见。宁国公不是，不管青雀小时候住在英国公府也好，如今住在景城伯府也好，他觉得颜面过不去，只肯在外头等着，不进来。

师爹又跟邓麒客气礼让了几句，见他执意不肯，也就罢了。青雀笑笑，亲自把邓麒送出来，一直送到府外。

景城伯府后门，宁国公远远地站着，旁边有小厮替他牵着马。见青雀过来，他不好意思地笑笑，取出一个楠木盒子递给青雀，"妞妞，这盒子里头全是祖母绿，你戴着玩吧。"

青雀接过盒子，打开瞅了眼，啧啧称赞，"真阔气！"盒子中是十几颗迷人的宝石，颜色仿佛是嫩树芽般的绿，却又微微带点黄，还似乎透着淡淡的、舒适的微蓝，看上去赏心悦目。

"谢谢您啦！"青雀收下盒子，向宁国公道谢。宁国公连连摆手，"谢什么，谢什么，妞妞你真是的。"青雀好奇地盯着他看了两眼，"您脸上被人抓伤了？"宁国公脸颊上，有着两道浅浅的伤痕，像是被指甲抓的。

"没有，没有！"宁国公一迭声地否认，"不是被人抓的！那什么，家里头一只老猫忽然发了疯，我是被猫抓的，被猫抓的。"

"哦，这样。"青雀善解人意地点头。

景城伯、师爹师娘等人都在角门等着青雀，青雀也没多逗留，跟宁国公、邓麒道了别，转身离去。

转过身，青雀嘴角翘了翘，又翘了翘。老猫抓的啊，宁国公你真倒霉。

依稀听得身后传来争执声，邓麒在低声抱怨什么，宁国公重重哼了一声。青雀更不回头，加快了脚步。

到了角门前，林啸天跑过来牵她的手，"姐姐你好慢。"景城伯瞪了她一眼，"小丫头，这么多人，就等你一个！"青雀得意地吹嘘，"没法子啊，我就是这么重要！"师娘白了她一眼，拉着她和林啸天上了马车。

"这盒子里头是什么？"林啸天指着楠木盒子问道。青雀笑眯眯打开，指给他看，"好弟弟，这个叫祖母绿，知道不？瞅瞅，好不好看。"

"这石头绿得真好看。"林啸天探头过去看了两眼，给了极高的评价。师娘和青雀相视一笑，好嘛，合着在孩子眼里，这么珍贵的珠宝，不过是块好看的石头而已。

"说起来，是该给我家小青鸟攒嫁妆了。"师娘见了邓麒和宁国公这架势，也想起正事了。她向来散漫，自己出嫁也只是简简单单地拜了堂，既没收聘礼，也没办嫁妆，这会儿要准备青雀出阁，她还真是没个章程。

"什么？！还要嫁妆？！"林啸天在马车里差点跳起来，"我姐姐嫁给他还不算，还要嫁妆？他还敢要嫁妆？！"

林啸天气得小脸通红，师娘和青雀倚在一处，笑得肚子疼。可怜的林啸天，对于姐姐要嫁给表哥这件事，他始终是介怀的。

林啸天的愤怒一直持续到下了马车，进了晋王府，见了阿原。可怜阿原好不容易等来心上人，师娘下了马车，轻飘飘说了句，"我带青雀和莫娘、青苗说话去。"拉着青雀走了，不给他看。剩下一个林啸天，还板着个小脸，冷若冰霜。

阿原牵着他的小手问东问西，他都是爱理不理的。正好路边有道清澈的溪水，阿原牵他过去看，"表弟，你看咱俩长得多像！咱俩是兄弟啊，兄弟，是很亲很亲的人。"

林啸天不由得往溪水中瞅了眼，勉强点头同意，"那倒是，你长得是有点儿像我。"阿原浅浅一笑，"胡说，明明是你长得像我。"两人正拌着嘴，景城伯和觉迟并肩走过来，觉迟怀中抱着还在襁褓中的林啸威。

"哎，表哥我跟你说。"林啸天拉拉阿原的手，悄悄告诉他，"我娘不大会抱孩子呢，我小时候是爹爹抱大的，二子跟我一个命！"

"你知足吧。"阿原揉揉他的小脑袋，"我是宫女嬷嬷抱大的，不比你更可怜？"林啸天听了，大为同情。

阿原邀请景城伯、觉迟到偏殿坐下，命人沏上今年新出的云雾，"祖父，知道您爱下棋，特地为您寻了位对手。"景城伯大喜，"高手好啊，我喜欢！"

晋王找来陪景城伯下棋的，是位中等身材、眉清目秀的年轻男子，晋王府长史况周。况周棋路敏捷狠辣，很对景城伯的胃口，"年轻人有两下子！"低头关注棋盘，丝毫不敢大意。

林啸天在一旁津津有味地观战，阿原和觉迟远远地坐着。"小姨丈，您放出眼光来看看，这年轻人如何？"阿原悠闲地问道。

觉迟往厮杀正酣的景城伯和况周那厢看了两眼，缓缓道："斯文俊秀，彬彬有礼，我看他并不是淡泊自甘的性情，很有些争强好胜。"

阿原微笑，"您说怪不怪，这么一位有志向的年轻人，竟要求娶青苗。"青苗的父母只是农夫农妇，弟弟虽在读书，连秀才还没中呢，以后会是个什么前途，更是未知。况周求娶青苗，总透着些奇怪。

觉迟怔了怔，转过头看阿原，"他是想做你妹夫？"若是知道青雀会是晋王妃，若是知道青雀对莫爹莫娘、青苗青树有什么样的感情，想要求娶青苗，倒也在意料之中。毕竟，这桩亲事一成，他就成了晋王的姻亲，会得到晋王、晋王妃的照看。

"我的妹夫，可不好做。"阿原把玩着手中的琉璃杯，淡淡说道。青雀拿青苗当亲妹妹呢，青苗可不是随随便便能许出去的。

莫家的小院里，青雀也和青苗在说着这位年轻人，"我见过他两回，很精明强干的一个人。青苗，你真看上他了？"

青苗很是局促不安，却还是红着脸点头。

青雀拍拍她的肩，"如此，姐姐便要仔细查查他的底细了。想娶我妹妹，可要家世清白，人品出众，人好，家也要好。青苗，姐姐说的家好，并不是富贵权势，而是这家人厚道宽容，家人之间亲密和谐，不会斗来斗去的。"

"他家，不好。"青苗吞吞吐吐说道，"他父母双亡，是由祖父母养大的。祖父母觉得他克父克母，命带煞星，很不喜欢他。"

听起来……很不妙啊。青苗你确定自己喜欢这样身世的男子？他没有父母爱护，却有厌恶他的祖父母管束，有百害而无一利。青雀疑惑地看着青苗。

"姐，爹和娘都怕，他不是看中我这个人，而是看中姐姐和晋王的权势。"青苗鼓起勇气，抬头看着青雀，"我不怕！姐，我不想听爹娘的话，嫁个老实的庄户人家，我喜欢况周这样俊秀的人物，清雅的举止……我就是喜欢！"

"知道了。"青雀笑道，"你既喜欢，我心里自然有数。"

青苗咬咬唇，"可是爹和娘总是担心他不是真心的，担心他往后对我不好……"

青雀不在意地一笑，"他若不好，你便好好教他。实在教不好，不要了，这有什么。"

青苗哧的一笑。原本她的心里也是很犯愁的，这门不当户不对的，万一成亲后他变了脸，自己该怎么办？可是听了青雀轻轻松松地这么一说，觉得也是这么回事：他好便好，他若不好，最多不要他了呗。

"是他祖父母提的亲吧？媒人请的是谁？"青雀笑眯眯拉过青苗，问详情。

青苗脸色灰暗下来，"不是，他祖父母不答应，嫌莫家门第低……"况家世居京城，在定府大街有座恢宏宽阔的祖宅，族中不少秀才、举人，在朝为官的也有十几位，况家老太爷、老太太，看不上莫青苗。

青雀奇道："他祖父母不同意，他是怎么提的亲？难不成他自己说的？"青苗红着脸点了点头。

青雀扶额。爹，娘，青苗，你们没事吧？一个上有尊长的年轻人自己开口求婚，你们居然当回事了？有祖父母，他说话顶个屁用呀，他说了又不算！

"到此为止。"青雀断然道，"况家尊长没有央媒人提亲之前，不许再提起这个人，这户人家，记住没有？不只不许提，心里也不许想！"

青苗哭了，"可是，不怪他呀，他祖父母不喜欢他，为难他……"

"他是个男人，该有男人的担当。"青雀声音冷冷的，"连家中尊长也不能说服，也好意思对着女方表明心迹？"

他这么表白了，让女方怎么办？若是打算接受他，要替他去对付况家的老太爷、老太太，对付况家那些不喜欢他的人么，真扯。

真有诚意求娶，该去想方设法说服家里的长辈。别说什么卑幼拿尊长没法子，若果真如此，他该顺从自己的长辈，完全听从自己长辈的意志，而不是不负责任地自做主张，顺便给女方出难题。

青雀语气森然，青苗听到耳中，只觉背上冒凉气，忙连连点头，"姐，我记下了。"

青雀交代好青苗，又出去交代莫二郎夫妇。莫二郎一拍大腿，"可真是这个理儿！"祁氏也如梦初醒，面有惭色，"我咋连这也想不到，笨死算了。"

"都是因为我太省心了呀。"青雀淘气地笑，"大闺女什么心也不用操，自己把亲事定了，到了二闺女，爹和娘头回遇着，不就手忙脚乱了？"

逗得莫二郎夫妇都笑。

青雀交代好爹娘，挽挽袖子，杀气腾腾地去寻阿原，"你把我爹娘和弟妹带到这儿，却不看好他们！我妹妹快被人骗走了，你知不知道？"

"小青雀莫急。"阿原浅浅笑着，眉目生春，"这里头是有道理的，听四哥慢慢告诉你。"

青雀一副兴师问罪的架势，清亮的杏子眼中满是愤怒。阿原看着这样的青雀，心底柔柔软软，青雀多爱护妹妹呀，小青雀，真是好姑娘。

"青苗跟你是同天出生的，该说婆家了。"阿原浅笑，"这些时日以来，我让钟嬷嬷替青苗看了不少人家，有殷实的庄户人家，有富裕的商家，还有清高的读书人。不过，青苗都不喜欢。"

青雀专注地听着。

阿原咳了一声，"青苗就喜欢况周这小子。"

青雀微微皱眉。

青雀歌

"她是你妹妹。"阿原笑道，"她既喜欢这人，咱们便想法助她达成心愿好了，并不费什么事。"

青雀神色缓和下来，"况家老太爷、老太太，想必不太难对付？"阿原说得也对，难得青苗喜欢。

"极易对付。"阿原笑，"不只他们，连同况周的大伯、三叔在内，都没什么棘手人物。"

况周的父亲是老二，从小到大一直是最不受待见的那个。再加上他才出生不久，爹娘便先后因病辞世，越发地不讨喜。他家老太太倒是替他说过亲，女孩儿不是懦弱就是羞怯，没一个像样的。况周也不是省油的灯，回回暗中使坏，让亲事结不成。可是毁一门亲事容易，成就一门亲事却难。他想娶位贤淑美丽的妻子，过优裕幸福的日子，难上加难。

"况周有尊长、家族压在头上，喘不过气。他想不任人宰割，唯有求助权势。其实这样也好，只要我还是晋王，他便要安安分分的，好生对待青苗。"阿原细细告诉青雀。

"放心，我会让况家乖乖地央媒提亲，郑重其事地娶青苗过门。"阿原胸有成竹。

青苗的亲事，其实挺难办的。她只是普通老百姓的女儿，可偏偏喜欢况周这样官宦人家的子弟。

青雀有些发闷。合着我家青苗嫁人，就不能嫁个情投意合待她如珠如宝的呀，要凑合况周这样贪慕权势的人？不过，算了，青苗喜欢便好。

"青苗不能嫁到况家老宅去。"青雀忿忿地盘算着，"我妹妹才不在一群陌生人当中赔小心呢！我给青苗置宅子，让她单过。"

"置什么宅子呢？"阿原表示不同意，"还住晋王府好了。如此，青苗天天能见着莫爹莫娘，还不用回婆家受气。"

"我看行！"青雀怦然心动。青苗嫁人之后，还和爹娘住在一起，相互之间有个照应，那真是太好啦。

"哎，你替我妹妹想得很周到，多谢你。"青雀笑眯眯向阿原道谢。

"哪里，哪里。"阿原浅笑，"你妹妹，就是我小姨子，这还不是应该的么。"

说到"你妹妹，就是我小姨子"，他不由得红了脸。青雀也觉脸上发烧，狠狠瞪他一眼。阿原，你好没羞！

阿原本是害羞的，被她这一瞪，勇气倒来了，目光热切地盯着她看了好几眼。青雀从小比他胆子大，也不甘示弱地看了回去。

越看脸越红。

"你俩吵架了？"师娘站在门口，诧异地看着他们。她今天是专门来看小徒弟的，结果一个不小心把小徒弟看丢了，忙追了过来。

"瞅瞅，脸红成这样，吵架吵得脸红脖子粗的，你俩真行。"师娘啧啧。其实小徒弟、小外甥脸上明明都是娇羞，不过师娘看着不顺眼，偏偏要说成脸红脖子粗。好像这么一说，能稍微解解气似的。

"小姨您净冤枉我。"阿原小声嘟囔，"我俩商量正经事呢，没吵架。我哪舍得跟她吵架，您真是的。"

青雀神气地吹嘘，"谁耐烦和他吵架？师娘，我若和他言语不合，那铁定是动手啊。

武功比他高出一大截来，吵架？不耐烦不耐烦。手底下见真章，多痛快。"

青雀眉飞色舞地吹牛，阿原脸更红了，师娘哧地一声，笑了出来。

这天青雀算是不虚此行，见了爹娘弟妹，敲定了青苗的亲事，还吃了香喷喷的肉，绿莹莹的菜，心满意足。

至于如何对况家出手，什么时候对况家出手，这种小事就不麻烦日理万机的祁青雀将军了，由晋王代劳。

祁青雀将军有正事要忙活。她之所以迟迟没有动身回宁夏，便是因为这件正事。

祁保山在世人的心目中，是一位年少成名、颇具天分的英雄将领。可惜时运不济，在捕鱼儿海之战中孤军奋战，力尽而死。

本来是三路兵马齐袭鞑靼，可是另外两路因风沙弥漫迷了路，没有及时赶到。这是天公不作美，只能叹惜一声"时运不济"。

他战死沙场之后，世人有为他叹息的，有为他不平的，却没有挺身而出为他正名的：赵越、谭咸没有为他请功，他为国捐躯之后，依旧是龙虎将军，没有封赏，没有谥号，没有抚恤遗孤。

他，其实是无声无息地云了。

如果他没有留下祁玉这独生女儿，如果祁玉没有生下青雀，可能他会永远这么无声无息。直到若干年后，再也没人能记起他，再也没人记得这位天才将领。

这原本也是世间常情。这世上被埋没的英雄，受委屈的将士，如同怀才不遇的文人墨客一般，比比皆是。战场上前面这支人马浴血奋战、伤亡殆尽，却被后面那支人马抢了功劳，这种事，还少么。

世上哪来的公平。

没有实力，或是时运不济，都有可能让你远离公平，根本看不到公平。公平并非处处可见，实属难得。

让公平、公义实现，只能靠自己的努力。等、靠、要，悲愤质问苍天，没有用。

世人都知道祁保山幸运地有了位义子，名叫祁震；祁震幸运地有了位义女，名叫祁青雀。却没有想到，这名叫祁青雀的少女，会在捕鱼儿海之战二十年后，替她祖父祁保山正名。

事情的起因，是科道突如其来的弹劾。这轮弹劾来势强劲，矛头直指当年收复河套的三位英雄：谭咸、赵越、胡元。谭咸的罪名最重，因为他仗势在浙江一带霸占良田，数量巨大，浙江之所以流民四起，他有不可推卸的责任。赵越和胡元不用提了，一位是勋贵，一位是太监，平日里的飞扬跋扈是有名的，"强抢民女"、"占人田地"、"虐杀僧奴"这样的事，对于他们来说简直稀松平常。

科道和御史一样，可以风闻弹劾，不必有真凭实据。不过，这次科道的弹劾却不是空穴来风。谭咸名下数量惊人的田契、状告赵越和胡元作恶的状子，都是证据。

皇帝看了这些弹劾，很费踌躇。这三人都死了，而且很可疑地死在谭家庄，死在一处。原以为是三位英雄不幸遇难，如今看来，另有隐情？三人一起死，三人一起被弹劾，要说是和当年的战事没有相干，真是令人难以置信。

皇帝命翰林院翻出从前的卷宗，查出当年的军情，及时上报。翰林院的谢侍读，就是阻止皇帝立妃子的那位仁兄，非常敏捷地理出了脉络，"……先是拜英国公为平虏将军，巡抚谭咸总督军务，太监胡元任监军。英国公上书，称兵力不够，要想夺回河套，至少需增加十万精兵。之后英国公因病回朝，另遣武定侯接任。"

"这可好办了。"皇帝不再往下听了，嘴角浮上丝不易察觉的笑容。原来当年领兵的先是英国公，然后换的赵越，叫英国公过来问问便是。

英国公应召前来之后，坦诚相告，"以臣的能为，必要再添十万兵力，才能驱除鞑靼，收复河套。当时的鞑靼小王子罗忽好战，鞑靼又兵强马壮，势力实在不容小觑。"

"谭咸、赵越能在不增兵的情形下收复河套，大大出乎臣的意料。想来，那两位定是奇才，方能有如斯成就。"英国公一再夸奖谭、赵二人。

你说他俩是奇才，可他们却在一个风雨交加的夜晚，被流寇所杀！皇帝有些哭笑不得。谭咸算是文人，手无缚鸡之力，赵越可是将军啊，连流寇都抵御不了？

皇帝从英国公嘴里也没问出太管用的，只好吩咐谢侍读继续查。正直的谢侍读查着查着，拍案大怒，"这帮妒贤嫉能的小人！这帮无耻之徒！"

谢侍读情绪激动地拿给皇帝看，"……三千人，面对三万鞑靼骑兵，英勇不屈！鞑靼骑兵主力是被他们灭掉的！竟然没有封赏，没有谥号，没有抚恤！"

皇帝性子沉静，倒不像谢侍读这么义愤填膺，却是拿过卷宗细细查看。英国公为什么说不增兵就该退回内地，武定侯为什么最终能打赢，皇帝似乎有点明白了。

皇帝召见广威将军祁青雀，温颜问及，"你祖父可有遗著、遗言传世？"祁青雀神色庄严，"祖父并没留下遗著、遗言，他性情淡泊，不嗜名利，不爱纸上谈兵，只会身先士卒、埋头杀敌。陛下，他是天朝军人的脊梁！"

皇帝大为感慨。

祁青雀指着军事地图，详细讲解了天朝和鞑靼的军事力量对比、鞑靼惯用手段和攻城策略、当年捕鱼儿海战役的实情等等，皇帝越听越明白。

"你祖父，是天朝的英雄！"皇帝叹息，"像他这样忠勇报国之士，不该默默无闻，应受到嘉奖！"

祁青雀眼中含泪，"陛下，您是英明的君主！"

捕鱼儿海战役中战至最后一人、宁死不屈的龙虎将军祁保山，被隆重地褒奖、赞美，赠恪国公，谥"忠勇"。皇帝特令在京中建一座大忠寺，以纪念在捕鱼儿海战役中阵亡的将士。

以祁保山的功绩，是可以荫封子嗣的。因他两个儿子已和他同时阵亡，又没有孙子，只有义子祁震，皇帝封祁震为宣城伯，以示对祁保山的嘉奖。

至于谭咸、赵越、胡元等三人，因他们当年确有功劳，且人已去世，宽厚的皇帝不予追究，把弹劾置之不理。

虽然如此，可谭咸的名声、武定侯府的名声，已是大受影响。胡元倒是无所谓，他是太监，本来名声就极臭。

父亲的功绩终于被朝廷认可，祁玉知道之后，泪如雨下。如果当年便有这封赏、谥号，自己的遭遇会有所不同吧？可惜，迟了二十年。

祁玉托辞想念外祖父，回了王家。回到王家，见着王堂敬，祁玉狠狠哭了一场，"早二十年这样，我哪至于这么惨？"

王堂敬恨铁不成钢，"这一切不是从天上掉下来的，是妞妞争来的！二十年前哪有妞妞，你想得好没来由。玉儿，妞妞可比你强多了！"

祁玉都哭了，王堂敬还这般疾言厉色，大概是他生平头一回。祁玉羞愧地收了眼泪，讪讪地想说什么，却觉说什么也不合适。

"邓麒是个混球，也知道替妞妞准备嫁妆！"王堂敬气得头昏，"你是妞妞亲娘，她快要出阁了，你为她做过什么？！"

祁玉从小到大没被外祖父这么骂过，又是委屈，又觉惶惑。忽然，她灵机一动，惊喜地说道："有啊，外祖父，青雀的嫁妆，我也想过的。"

祁玉忽想起，祁家老宅里的那个箱子，可以给青雀。

祁玉还是小姑娘的时候，有一年跟着父母、哥哥回乡祭祖。她在老宅玩耍的时候，不知怎么的跑到一间密室，祁保山很快来找女儿，指给她看，"玉儿，这屋子东北角埋着个铁箱子，里头全是宝贝，等爹爹哪天不在了，分给你和哥哥们。"

祁玉的母亲临咽气之前，抓住祁玉的手交代她，"玉儿，往后你有了孩子，过继一个给祁家！祁家老宅地上和地下所有的财物，全都归他！"

"青雀虽是姑娘家，可是她都姓祁了，算是我过继给祁家的孩子吧。"祁玉理所当然地想着，"既如此，那铁箱子便是青雀的。"

祁玉说起王堂敬听，"……保不齐是什么稀世奇珍呢，要不爹爹怎会珍而重之地埋在地底下？给青雀好了。"

王堂敬诧异看向祁玉，给青雀一个铁箱子，一个你根本不知道装着什么的铁箱子？祁玉见他脸色不善，忙解释，"我爹爹说过，里头全是宝贝。"

王堂敬沉默半响，苦笑，"也罢，青雀姓祁，你爹爹留下的财物，自然该是她的。至于你，你是她姑母，到时依着做姑母的礼节，给她添几件首饰便是。"

祁玉低低答应了一声，忽觉心酸，想哭，无限悲凉。

王堂敬专程命人把青雀叫来，递给她两个卷轴，"妞妞，送你的。"青雀笑吟吟，"我也算是书香门第出身，是得要几件名人书画来充充门面。曾外公，多谢您啦！"

等到青雀把卷轴打开，不由得惊呼，《夜宴图》！"再打开一幅，又是惊呼，《山居图》！"青雀定定看了会儿，用崇拜的眼神看着王堂敬，"您真神了，从哪弄来这两幅传世名作！"

《夜宴图》是五代画作中的精品，细润圆劲，人物形象清俊，把一位南唐巨宦在家中开宴行乐的场景描摹得栩栩如生。《山居图》也是名作，以清润的笔墨，把浩渺连绵的江南山水表现得淋漓尽致。这两幅图，称得上价值连城了，而且可遇不可求。

王堂敬将着胡子微笑，心里把杨阁老羡慕得不行。老杨你真行，你把妞妞教成全才了，武能上阵杀敌，文能赏鉴名画！

青雀笑眯眯收起卷轴，叹道："真送我？那我可就不客气了。曾外公，若换了我是您，今晚准会心疼得睡不着觉。不对，是连着好几个晚上，都会心疼得睡不着觉。"

王堂敬哼了一声，"曾外公是那么小气的人么？哼，邓家还知道给你添些珍贵之物，王家可不能输给他们！"

曾外公您……合着您是跟宁国公较劲呢！青雀摸摸鼻子，乖乖地把画收好了。

正好薛扬来了，王堂敬笑着告诉青雀，"阿扬有心，亲手绣了荷包给你。姐姐，好与不好，这是她的心意。"

青雀笑，"阿扬真乖巧，我要好好谢谢她。"闺阁中的女孩儿，若是长于诗画还好，可以拿自己写的诗、作的画来送人。若诗画上不能，似乎只能送些荷包、帕子之类——邓之屏、邓子盈送给青雀的，也是亲手绣的荷包。

薛扬笑盈盈走进来，冲王堂敬、青雀行礼问好，亲热叫着"曾外祖父""姐姐"，青雀也笑眯眯地叫"阿扬"。没一会儿，薛扬便拉着青雀到僻静处说悄悄话。王堂敬远远看着这一对有几分相似的姐妹，十分欣慰。看看，姐姐爱护妹妹，妹妹尊敬姐姐，多好。

薛扬言笑晏晏地说着话，忽然噘起小嘴。王堂敬看在眼里，微微笑起来，阿扬爱娇，在姐姐面前很自在呢。

"……姐姐，你若嫁给晋王，我便不喜欢你了！"薛扬天真说道。

"随你啦。"青雀漫不经心，"你喜欢我也成，不喜欢我也成，悉听尊便。"

"姐姐你……！"阿扬顿足，"你……根本没把我放在心上！我是你妹妹呀，我是你亲妹妹！"

"我知道。"青雀奇怪地看着她，"你是我亲妹妹，我一直知道。"

"你不该疼爱我么？"阿扬委屈得不行，"你不该让着我么？哥哥就很疼我，处处让着我！"

"薛家的规矩是哥哥让妹妹，可我祁家的规矩，是妹妹顺从姐姐。"青雀笑道，"我有弟弟，也有妹妹。不拘是弟弟还是妹妹，都要听我的。若不听我的话，一律丢出去，概不理会！"

"你……"薛扬气得小脸通红，忿忿看着青雀。王堂敬觉着有些不对，快步走过来，"姐儿俩吵架了？"青雀和薛扬异口同声，"没有！"都不肯承认。

青雀糊弄曾外公，"我俩可要好了，无话不谈。"薛扬附和，"可不是么？我和姐姐好像打小便认识似的，亲切得很。"王堂敬释然。

接着两人还吵架，不过声音很小。薛扬批评青雀，"你没有度量，我不要你做姐姐！"青雀无所谓，"那我不做你姐姐好了。其实我不缺妹妹，我有青苗，有青宁，邓家还有邓之屏和邓子盈。"

她有这么多妹妹，我却只有她一个姐姐！薛扬吵架没吵赢，气得胃疼。

"我往后再也不要见你了！"薛扬忿忿地扭过头。

"我后天动身去宁夏。"青雀淡淡道，"你想见我，也见不着了。"

去宁夏？你都要嫁人了，还去宁夏？薛扬傻了眼。

"哎，你别去了。"薛扬摇摇青雀的手，"打仗多危险，别去了。"语气中有央求的味道。

"鞑靼大举进犯，宁夏告急。"青雀目光看向窗外，"我义父在前线浴血奋战，难道我能在后方安坐。阿扬，我恨不得飞到宁夏，和我义父一起抵御胡虏。"

薛扬呆了呆，小心地从颈间取下一个璎珞圈，璎珞圈上挂着晶莹璀璨的玉锁，"这个，开过光的，能保平安，送给你。"

第十四章 水到渠成

青雀唇角泛上丝笑意，声音温柔起来："阿扬，你戴着。"

薛扬小声道："我又不打仗。"执意把璎珞圈挂在青雀颈间。

青雀含笑看着她，"我还是会嫁给晋王的。"

薛扬板起脸，"我不喜欢你！不过，我希望你平平安安的。"

青雀拍拍她，笑道："我也不喜欢你，不过，我也希望你平平安安的！"

两人四目相对，青雀笑盈盈，薛扬也不好意思地笑了。

姐妹二人友好分手。

王堂敬是早就知道青雀要回宁夏的，只是没料到鞑靼又大举入侵，少不了担忧青雀，"刀枪不长眼，妞妞，你千万要多加小心。"青雀神采飞扬地指指自己，"久经沙场的老将啊！"她样子很得意，很可爱，可王堂敬看着她花朵般娇嫩的容颜，心头沉甸甸的，笑不出来。

青雀安慰他，"您放心吧，这回是宁国公带兵，他这辈子，还从来没打过败仗。皇帝之所以命他领兵，一个因为他是勇将，再一个，因为他是福将。"

王堂敬又哼了一声，"是他带兵，我更不放心了！妞妞，你遇着邓家人，就没好事！"青雀笑道："曾外公，他平时不管怎么样，带起兵来，是不会犯糊涂的。"王堂敬想想，"倒也是。"宁国公治军严谨，军纪严明，是出了名的。

乾清宫。皇帝审视过兵部呈上的出战名单，正要提起朱笔批"准"字，忽然发觉最后附有祁青雀的名字，眉头皱起来，"谁许祁青雀出战的？"

一旁侍立的兵部侍郎恭谨回奏，"陛下，她本就属边军。"她属于边军，边疆有战事她参与，这本是顺理成章之事。

"去掉。"皇帝冷静地吩咐。

兵部侍郎额头冒汗，"陛下，她属先行军，恐怕这时已出发了。"

皇帝忽觉不妙，霍地站起身，"速召晋王！"兵部侍郎莫名其妙，太监连连答应，一溜烟儿出了宫，去到晋王府。

皇帝在殿中踱了几步，神色焦急不安。兵部侍郎没弄明白，平日里老成持重的陛下，这会儿是怎么了。

过了一会儿，皇帝又急急地召来羽林卫指挥使，"晋王或许出了城，你速去将他追回！他若抗旨，你绑也要把他绑回来！"

把晋王绑回来？显然事态极之严重！羽林卫指挥使以为是什么谋逆大案，心中一震，忙叩头答应，"陛下，臣遵旨！"

"我做什么坏事了，要绑我回来。"一位身穿亲王服饰的美丽少年徐步走入殿中，一脸委屈地质问皇帝。皇帝又惊又喜，"阿原你没走？如此，朕放心了。"

"想走的，被轰回来了。"阿原走到皇帝身边，小声嘟囔，"青雀嫌我没用，把我撵回来了。"

皇帝挑起眉毛，"竟敢嫌朕的弟弟没用？"

阿原神情沮丧，"要是父亲还在，我去央求央求，或许父亲能许我监军。"

皇帝面目冷峻，"激将法对朕没用，莫白费心思。"

阿原流下眼泪，"我还不如手起刀落，把自己阉了！阉人能监军，我却不能！"

"你敢！"皇帝又惊又怒，手起刀落，把自己阉了？"身体发肤受之父母，你敢？！"

皇帝怒不可遏。

阿原赌气背过身，不理皇帝，跟个小孩子似的伸出袖子擦眼泪。皇帝看着这倔强的弟弟，头疼得不行。他要是真的……？唉，阿原从小到大这性子，真是愁死人了。

"宣宁国公！"皇帝终于下定了决心。

"邓卿，朕把晋王托付给你了！"皇帝脸色郑重、庄严，"晋王是先帝爱子，他忧心边城战事，自愿请缨出战，朕悯其情，准了。他身份与众不同，一路之上，邓卿务必确保晋王无恙！"

宁国公知道推不掉，索性也不推，大大方方地接收了晋王这个麻烦。晋王确实是个麻烦，因为他一个，宁国公要增加不少兵力保护他，简直是睡觉也不敢闭眼睛。

阿原终于如愿以偿，美玉般的面容上绽放出愉悦笑容。

"哥哥，我会很快回来的。"他浅浅笑着，对皇帝许诺，"我会很小心，出门带近卫，危险的地方通通不去，我会很安全！您放心罢。"

皇帝哼了一声，没理他。

"那个，你下个手札给礼部成不成。"阿原有些不好意思地说道，"册立王妃是大事，让他们先准备着，别到时候措手不及。"

你再过两年才能册立王妃，你让我现如今便下手札给礼部，为你备办仪式！皇帝扶额，无言以对。

"礼式隆重点啊。"阿原不厌其烦地交代，"若是国库不敷使用，我还有些许私产，可以贴补……"

皇帝实在撑不住了，"隆重，一准儿给你办得隆重，把心放到肚子里去。阿原，你这便出发吧。"

阿原兴高采烈地随着宁国公出发了。

湛蓝的天空，雪白的云朵，辽阔美丽。

大地上却是血流成河、无穷无尽的杀戮。战鼓雷动，惊心动魄的厮杀声响彻在天地间，天朝骑兵和鞑靼骑兵混战在一起，杀红了眼睛。

刀枪飞舞，利箭穿空，血肉横飞，每个人都是时时刻刻面临死亡的威胁。天朝骑兵也好，鞑靼骑兵也好，哪怕心中恐惧至极，哪怕已是肝胆俱裂，也只能勇猛向前，向着敌人迎头痛击。

后退，畏战，便意味着死路一条。奋勇杀敌，才是唯一的出路、生路。

一匹小红马在战阵中冲来杀去，大显神威。马上的骑士身材修长，银盔银甲，娴熟地挥舞着手中长刀，砍人的动作行云流水般优美，只见她手起刀落，一名彪悍高大的鞑靼骑兵头颅落地，鲜血直喷出去，映红了天空。

残阳如血，暮霭沉沉。辽阔的草原渐渐寂静，渐渐空旷，青雀身姿挺拔地骑在小红马上，身后是数千名疲惫却又兴奋的骑兵，眼前是不敢恋战、仓皇逃走的敌人。

鞑靼骑兵狼狈地败退了。

大风吹起红色的军旗，军旗上一个斗大的"祁"字迎风招展，遒劲有力，苍凉悲壮。下方却是绘着一只展翅翱翔的青色小鸟，又机灵又骄傲，令人见之心喜。

溃不成军的鞑靼骑兵消失在苍茫的天际。青雀带着部下得意地掉转马头，回营复命。

其余各种人马，也各自取得胜利。京营、宁夏守军同心协力，艰苦奋战，迎头痛击入侵的鞑靼骑兵，杀敌无数。

一场鏖战之后，鞑靼败退，各自收兵。袅袅的炊烟升起，一阵阵的饭香传来，该祭五脏庙了。青雀和兵士们一起，坐在营帐外，手中端着大粗碗，吃饭。

不知什么时候起，她身边多了个人。

青雀觉得周围弟兄们的眼神不对，忙往身边看过去。果然，阿原穿着普通兵士的服饰，一脸笑意地看着她。

青雀抓起一个窝头咬了口，豪迈地吩咐，"给他也盛一碗！"旁边有人响亮地答应了一声，没一会儿，乐呵呵递过来一个粗碗，"请吧，甭客气！"

"周大贵，我才入伍那年便跟他分到一个小队了。"青雀指着那人笑着介绍，"这些年一直并肩作战，好兄弟。"

阿原客气地道过谢，接过碗。

周大贵狡黠地看着他，冲青雀挤挤眼，"你小女婿？"青雀一边咬着窝头，一边笑着点头，周大贵拍拍她的肩，赞道："长得可真俊！小祁，你艳福不浅！"

周围的士兵哄堂大笑，青雀踹了周大贵一脚，周大贵机灵逃了。

阿原喜滋滋地捧起大粗碗开始吃饭，看样子吃得还挺香。

不远处，一队近卫打扮的彪形大汉静静立着，严密注视着这边的动静。

"有人过来了！"发觉有人往这边走，近卫警觉地看了过去。夕阳余晖下，一位将军打扮的中年男子昂首阔步而来，脸上满是喜悦。

"邓麒来了，让他过去。"见到来人，近卫头领简短地吩咐。这邓麒简直是天天来捣乱，讨厌得很。不过，好像拿他也没什么办法，只能由着他。

邓麒到了近前，青雀笑眯眯招呼他，"吃了没有啊，一起吃一起吃。"邓麒坐到青雀旁边，不客气地说道："没呢，肚子饿得咕咕叫。"有兵士也给他盛了碗，邓麒大概是真饿了，埋头苦吃。

"有小灶不吃，来吃咱们这个，真是的。"兵士们窃窃私语。

"祁将军是跟咱们同甘共苦，邓将军是来添乱的。"一样的做法，不同的评价。

"旁边那俊小子呢？"有人还是不懂。

"这还用问？你瞎子呀。"得了个大白眼。

不知是因为打了胜仗，还是因为别的什么原因，这顿饭，大家都吃得很香。

邓麒在青雀这儿吃完饭，回去跟宁国公诉苦，"祖父，青雀天天跟兵士们一起吃饭，亏她受得了！那饭食真是……粗糙得无法下咽！"

宁国公怒目瞪着他，杀气腾腾，"她是爱兵如子！你呢，你带兵也多少年了，士兵爱戴你么？乐为你所用么？肯为你出生入死么？"

邓麒被骂得低头无语。

过了一会儿，邓麒不厚道地乐了，"那臭小子也在呢，亏他也端着个大粗碗吃饭，还吃得津津有味！祖父，我对他真是钦佩得五体投地，他那样的人，竟比我还不挑剔。"

邓麒说着说着，乐得不行。那么难吃，简直……跟猪食似的，他这亲王殿下竟吃了满满一碗，笑死人了。

宁国公苍老面容上露出丝笑意，"晋王待妞妞的情意没得话说，麒儿，妞妞有福气。"

邓麒怫然，"是晋王有福气才对。能娶着妞妞这样的好姑娘，是他前生修来的！祖父您凭良心说话，男人想娶个好媳妇儿，容易不容易？"

邓麒直问到宁国公脸上，宁国公不知想起了什么，神情恍惚地喃喃，"不容易，极不容易。"

"我没说错吧。"邓麒大为不平，"他俩在一起，是那臭小子沾光了！妞妞不仅容貌举世无双，文才武功韬略，哪样不出众？放眼望去，哪个凡人也比不上！"

宁国公微笑，"是不是九天玄女也比不上你闺女啊。"邓麒得意地吹嘘，"比不上！天上的仙女，也得让我闺女给比得灰头土脸！"

邓麒这话一出口，爷孙两个忽然迅速地对视一眼，心照不宣地低下头。妞妞确实出色，可，妞妞不是邓家培育的。邓家，教养不出这般文武双全、举世无匹的妞妞。

接下来的战事一直顺利，没什么太大波折。唯一让宁国公头疼的是，晋王时常心血来潮地亲自上战场鼓舞士气，看着晋王策马在阵中狂奔，宁国公真是心都提到了嗓子眼儿。

跟着晋王的近卫军更是人人头皮发麻，唯恐晋王出个什么意外。"王爷你消停消停成不成？你就是受个小伤，我们回去也没法交代！"晋王跑得的越欢，近卫越是愁肠寸断。

也别说，晋王亲自上阵还真有鼓舞士气的作用，士兵们愈加奋勇杀敌。

"青雀，你小女婿行啊，不怂！"周大贵一边向前冲杀，一边冲着青雀喊了句。

青雀往阿原的方向看了看，只见他金盔金甲，恍若天神降临人间，不由得嘴角微翘。阿原，你这样子真好看！

才看了一眼，就有鞑靼骑兵雪亮的长刀刺来，青雀提刀抵挡，不过两个回合，把那高大健壮的鞑靼入侵者斩于马下。

刀光剑影，杀声震天，青雀专心砍人，别的都暂时顾不上。

鞑靼骑兵败退，宁国公下令追击。士兵们个个奋勇争先，一路追着鞑靼人砍杀，大胜。宁国公率领的京营、祁震率领的宁夏守军同心协力，把鞑靼人驱除出去，远远地赶走。鞑靼的这次入侵折了大本钱，从此之后，"是后岁犯边，皆不敢深入"。

捷报传到京城之后，皇帝很快下了旨意：宁国公班师回京，祁震随大军同回，邓麒任宁夏总兵，留守。

"凭什么？"邓麒肺都快气炸了，"凭什么是我留下？"

祁震笑着拱手，"有劳有劳。邓将军，我这是回京嫁闺女，圣上体恤我呢。"

等到凯旋回京，青雀该出阁了。祁震是青雀的父亲，自然要回京送嫁。

邓麒气得大吼，"明明是我闺女！"

祁震也不跟他吵架，只简短说道："青雀姓祁。"

邓麒气得直哆嗦，却无计可施。

"这有何难。"青雀不忍心见他伤心失望，善意提醒，"你上表称病，不就行了？"

皇帝总不能让个病人任宁夏总兵。

邓麒大喜，"还是妞妞聪明！"示威地看了祁震一眼，急忙回去写奏折，称病推辞。

奏折上了之后，邓麒如愿以偿地跟着大军班师回京。

大军凯旋之后，依着等级、功劳，各有封赏。宁国公加太傅、太子太师；祁震为宣城伯，袭三代；祁青雀升了一级，为从三品的怀远将军。

皇帝在乾清宫单独召见晋王，晋王神色认真地讲着，"士兵很苦的，吃得很差很差，简直不能入口。这回还是军饷足，没有拖欠，若遇着有拖欠，还会饿肚子。"

皇帝忍耐地看着他，慢吞吞问道："这回出远门儿吃苦了吧，可后悔？"

晋王浅浅而笑，"虽吃了些苦，却不后悔。哥哥，为了青雀，是值得的。"

皇帝又好气又好笑，故意板起脸，"宁夏之行，究竟是为了什么？"

晋王神色变得庄严，正色道："我从小便渴望能亲眼看看西夏王宫，这回总算能偿夙愿，欣慰满足之意，无以言表。"

皇帝见他伶俐，微微一笑，又叮嘱交代了几句要紧话，命他去宁寿宫见太皇太后。晋王扭捏了一会儿，小声嘟囔，"祖母保不齐会打我。"皇帝咬牙，"该！"他想起阿原当初是怎么威胁自己这皇兄的，觉着牙根儿痒痒。

晋王耍赖地在乾清宫坐下，不走了，"您忙您的，等您忙完了，咱俩一起去宁寿宫。"皇帝见了他这无赖相，摇头笑了笑，低头看奏折。

等到皇帝把国事处理完了，站起身往外走，晋王连忙跟上，一起去了宁寿宫。"祖母恕了他吧，可怜见的，一个人不敢来，巴巴地等了好半天，才敢跟着孙儿过来。"见了太皇太后，皇帝笑着求情。

太皇太后心早软了，笑眯眯交代，"娶个媳妇儿，和和美美地过日子，再不许淘气了！你哥哥说，钦天监选的好日子在明年春天，阿原什么都不用管，等着做新郎吧。"

晋王神色认真，"怎么会什么都不用管呢，我总要练练礼仪，要亲迎呢。"太皇太后大乐，"那是，阿原要亲迎呢，练练礼仪吧，练练吧。"皇帝也很想笑，不过他性子沉静，硬生生忍住了。

第十五章

于归之喜

弘治二年冬天，宣城伯祁震一家回乡祭过祖，重回京城。祁家如今住在平安大街，宣城伯府气宇恢宏，轩昂壮丽，是京城中新起的权贵之家。

祁震才一回京，便被礼部的官员堵住，议起晋王亲迎的各个细节。皇家婆媳其实和民间是一样的，不过礼仪更为繁琐，祁震认真听着，一一记下。

邓麒亲自督促着仆役把一色的紫檀木床、柜、桌、椅流水般搬到祁家，气愤看着祁震，"明明是我闺女！"祁震把礼部写下的一应流程递给邓麒，"要不，换成你试试？"邓麒细细看过，交还给祁震，低声拜托，"麻烦你了。"祁震要做的事且多着，人家又不是妞妞的亲爹，难为了。

祁震笑笑，把邓麒让到客厅坐下待茶，"妞妞有事，你先坐会儿。"邓麒喝了几口茶润喉，问祁震，"妞妞忙什么呢？"祁震咳了一声，"从老宅起了个箱子出来，妞妞不肯独占，要分给弟弟妹妹。这会儿，姐弟三个应该正商量着吧。"

邓麒坐不住了，跳起来结结巴巴问道："她，她弟妹来了？"

祁震心中微哂，淡淡道："她姑母带着一双儿女来了，如今正在后宅。"

邓麒脸色煞白。

祁震想起他当年做下的恶事，冷冷地哼了一声。眼前这人是妞妞的亲爹，看在妞妞面上也不能把他怎样，可是，怎么看他怎么不顺眼！当年他只要稍微有点气节，有点人性，也不会做出停妻再娶之事，害得小姐母女两个差点丧命。

"玉儿在这里，玉儿在这里。"邓麒晕晕乎乎地想着，"她在祁家，离我很近很近。或许我出了客厅，便能看到她。"

邓麒脸色痴痴的，起身要往外走。祁震挺身挡在他面前，冰冷而严厉地看着他。

后宅里头，青雀指着打开的铁箱子，告诉祁玉和薛扬、薛挥，"这箱子里头，有一部兵书，一把宝剑，许多珠宝。外祖父在箱中留有遗言，兵书和宝剑是给大舅二舅的，珠宝全部留给娘。大舅二舅已经过世，我姓祁，兵书和宝剑就不客气地据为己有了。珠宝不是给我的，我不要。"

祁玉鼻子酸了酸，摇头，"不是说好了么，这铁箱子里的宝贝，全是你的。青雀，之前我根本不知道这箱子里头有什么，要是知道有兵书和宝剑，早就起出来给你了。你也能多把防身利器。"

薛扬霸道地看向青雀，"哎，兵书和宝剑都是无价之宝吧？你沾光了。"青雀拍拍她，笑，"阿扬不笨！这些珠宝很值钱，不过总有个价。兵书和宝剑，你估不出价来。"

"那，兵书借我看看，宝剑借我使使。"薛扬耍赖。

"兵书，你真看不懂。"青雀笑眯眯，"宝剑么，阿扬，你提不起来，那是一柄重剑。"

薛扬给了她一个大白眼。

薛挥已经十岁了，平时也是爹娘、哥哥姐姐娇惯大的孩子，淘气的时候多，懂事的时候少。这会儿，看着从外祖父家起出来的沉重铁箱，他却像个小大人似的，"姐，等我长大了，兵书你慢慢教给我，好不好？我要学万人敌。"

十岁的薛挥个头已经很高，只比青雀低半个头。青雀笑着拍拍他，"好呀，阿挥，你若想学，姐姐教给你。"

薛挥点点头，指着箱子里的珠宝说道："我是男人，用不到这个，你们两个分了吧。"薛扬促狭地冲青雀吐吐舌头，"我又不出阁，也用不着！"

祁玉感慨道："你们的外祖父、外祖母，性情高洁，珠宝玉器这些俗物是不会放在眼里的。你们三个性情虽各有不同，这一点倒都相像。"

最后，由祁玉做主，把珠宝分成三份，青雀、薛扬、薛挥一人一份。

宣城伯府，算是祁玉的娘家了。祁玉回到宣城伯府这娘家，伯夫人是她昔日的婢女英娘，自然要隆重款待她。祁玉坐在宣城伯府富丽堂皇的厅中，看着言笑晏晏的青雀、薛扬、薛挥，亲热恭敬的英娘，真觉恍如隔世。

那年，电闪雷鸣，风急雨骤，青雀才出生，英娘抱着她站在自己床前，一脸惶恐……再也想不到会有这么一天。

"祁震、英娘，才是你的父母。"祁玉叫过青雀，困难地开了口，"没有他俩，你早死了，我也早死了。青雀，他俩不是你的义父义母，是你真正的父母。"

"我知道呀。"青雀嘻嘻笑，"英爹英娘，还有莫爹莫娘，师爹师娘，都是一样的，都是我爹娘。"

青雀笑得灿烂，祁玉却觉心痛、难堪。坐了会儿，不管英娘如何挽留，执意告辞了。

出门上车的时候，祁玉觉得有道灼人的目光落在自己身上。抬眼望去，街角有一男子悄然独立，正痴痴望着自己。

木木地抬脚上了马车，车帘放下，祁玉泪落如雨。那是我从小一起长大的青梅竹马，我一片痴心以为会共度此生的良人啊，他老了，曾经那么俊美秀逸的少年，如今也老了。

邓麒，邓麒，邓麒……祁玉心中一遍一遍叫着这个名字，想正气凛然地指责质问他为何背信弃义，想告诉他我祁玉离了你照旧过得很好，却更想扑到他怀里哭泣，诉说自己的委屈和不易。

我为你披上嫁衣的那一天，有多么喜悦，你知道么？我柔情满怀地打算和你长相厮守、白头到老，你却半道把我撇下，害得我好苦。

祁玉神情恍惚地回到阳武侯府，直接回房睡下，谁也不理。薛能忧心，薛扬悄悄告诉他，"娘见着外祖父的遗物，难免伤怀。"薛能叹息一番，深觉妻子孝顺。

祁玉大概是伤心太过，到了人定时分，脸上潮红，额头滚烫，发起烧来。薛能着慌，忙命人请了大夫看过，开方子煎药，喂祁玉服下。薛扬等人都闻讯过来，被薛能劝回去了，"莫吵着你娘，回罢。"

第二天青雀知道了，忙过来看望。薛扬带着她到了祁玉病榻前，愁眉不展，"昨儿还好好的呢，不知怎么的就病了。"

祁玉脸色潮红，嘴唇发干，青雀坐在她床边，用湿帕子替她润唇。祁玉嘴唇微动，痛苦地低低叫着，"邓麒，邓麒。"

很低，可是很清晰，房里的两个人，青雀、薛扬，全都听见了。薛扬惊愕地睁大了眼睛，青雀正为她润唇，手停在半空。

青雀下了床，把薛扬拉到一边，"阿扬，这事不要告诉薛叔叔，知道么？"薛扬拼命点头，"姐，我知道，我知道！"青雀凝神想了想，低声交代她，"你辛苦一点，早晚守着娘，好不好？"薛扬含泪点头，"好，我一刻也不离开她。"

病中的祁玉异常瘦弱，惹人怜惜，青雀坐回到她床边，看着睡梦中神情痛楚的亲娘，悠悠叹了口气。

青雀摸摸祁玉滚烫的额头，微微皱眉，"要尽快退烧才行。"思索片刻，写了封信命人送到晋王府，向阿原借他的王府良医。

晋王和王府良医正叶巩一起来的。薛能听说晋王来了，忙迎出来见礼，晋王客气地扶住他，"听说尊夫人玉体微恙，孤特来看望。薛侯爷，这是叶医正。"薛能大喜，"久仰久仰！叶医正杏林高手，医术精湛，必能药到病除。有劳，有劳！"殷勤把叶医正让了进去。

叶医正果然是高手，一帖药下去，祁玉的烧便退了些。薛能很是欣慰，笑着对青雀说道："青雀，回罢，这里有我。"青雀见他一脸憨厚的笑，心有不忍，低声说道："姑丈，拜托您了。"薛能微笑，"傻孩子，她是我妻子啊。"青雀鼻子一酸，快步走了出来。

薛扬出来送青雀，青雀停下脚步，定定看着她，"阿扬，你拥有的，要珍惜。你没有的，不要去想，明白么？"薛扬似懂非懂，歪头想了想，抱怨道："我不明白啊！不过我记下了，会慢慢想。"

祁玉病了，邓麒也病了。

青雀和晋王才从阳武侯府出来，就被邓麒的小厮堵住了，"大爷病得昏昏沉沉的，国公爷命小的来请您。"青雀和晋王相互看了看，跟着小厮去了宁国公府。

叶医正也不用回家了，跟着一起去。

邓麒跟祁玉的症状一样，也是无力地躺在床上，发烧，说胡话。"你俩真是我亲爹亲娘，连生病都生得一模一样！"青雀闷闷看了邓麒一会儿，拿过一边的小碗，慢慢喂他喝水。

"玉儿，玉儿！"邓麒喃喃叫着祁玉的名字。

"这个也一样！"青雀叹了口气，对自己的亲爹娘颇觉无奈。

宁国公没想到晋王会一起来，尴尬地站在一边，"妞妞，他没事，不用担心，不用担心。"青雀白了他一眼，知道他没事，您还特地把我折腾过来！

叶医正开了方子，煎出药来，盛在一个漂亮的长嘴珐琅小壶中，青雀慢慢喂给邓麒喝。邓麒迷糊地睁开眼，"妞妞？"青雀跟哄孩子似的哄着他，"乖乖的啊，喝了药睡一觉，病就好了。"邓麒果然乖乖地把药喝完了。

上眼皮跟下眼皮直打架，邓麒却强睁着眼睛不睡，"妞妞，别走。"青雀心软了，"你好好睡一觉，我守着你，不走。"邓麒咧嘴笑了笑，头一歪，沉沉睡去。

青雀从温水中绞出帕子来，替邓麒敷在额头上，晋王也走过来，帮着绞帕子。两双手掌在水中不经意间碰到一起，两人都是脸红心跳，酥酥麻麻的好不甜蜜。

"哪能劳烦殿下呢。"宁国公在旁唠叨，"这可当不起，当不起。"

他正唠叨着，忽听着外头传来一阵吵闹声，好像是有女人要往这儿进，仆役挡着门不许。宁国公汗都快下来了，一边连连告罪，一边大踏步往外走，去平息事态。

过了没多大会儿，外面的吵闹声渐渐低了，没有了，宁国公也讪讪地回来了。

宁国公脸上有两道新鲜的抓痕。青雀凑过去看了，惊叹，"又被猫抓了？"宁国公硬着头皮点头，"老猫抓的。"青雀背过身去，和阿原一起偷笑。

"上回您不就被老猫抓了？也不把她关起来。"青雀偷偷笑了会儿，好奇地问宁国公。

"我倒是想啊，大猫不乐意。"宁国公气哼哼的，"这老猫倒没什么，大猫很难缠。"

青雀实在忍不住，趴在桌子上，笑得肩膀乱抖。晋王过去抱怨，"莫再笑了，肚子会疼。"他话音才落，青雀果然双手捂起肚子，"笑死我了。"

宁国公红了老脸，走也不是，留也不是，十分为难。

宁国公悻悻，"妞妞，她是我儿子的亲娘，看在我儿子的面上，我也不能真把她怎样了。"

邓麒不知什么时候睡醒了，忿忿坐起身，"我真不明白，我闺女哪惹着她了？死活要跟我家妞妞过不去？"

他这一起身，一发声，真是吓人一跳。青雀忙跑过去，"你醒了？渴不渴，饿不饿，要不要喝水？"从水壶中倒了碗热水，递在他手里。

邓麒一乐，"还是我闺女最好！"端起碗一口气把水喝干，冲着宁国公嚷嚷道："祖父您管管她，她再跟我闺女为难，我可不依！"

宁国公黑了脸："瞎说什么呢？给我闭嘴！"邓麒把碗往青雀手中一放，恨了恨，"妞妞，我祖母要把你抓回来，一辈子不许你出嫁！闹好几回了，恨得我……"邓麒咬牙切齿。

晋王一直静静站在一边，听了邓麒这话，眼神变得锐利，不客气地看着宁国公。宁国公暗暗叫苦，心里头骂荀氏，更骂邓麒，"你小子连家丑不可外扬都不知道！"

青雀善意提醒，"她在宁国公府闹倒还罢了，我并不理会。你们若让她出了宁国公府，闹到外头，一定会出人命的。"

荀氏敢出来闹，要她命的人多了。

晋王冷冷看了宁国公一眼，沉声说道："青雀，咱们走！"青雀看看邓麒，叹了口气，"请稍等片刻，我再替他倒碗水。"提起水壶，倒了碗水递给邓麒。

邓麒还懵懂，宁国公却觉一阵寒意袭上心头。

青雀放下水壶，柔声交代邓麒，"好生养着。"站起身，和晋王并肩向外走去。

宁国公哪能让他们这么走了，挺身挡在他们面前。

晋王眼神幽冷，青雀眸子清亮，两人眼中都没有犹疑。

· 58 ·

"我，我这就把荀氏关起来，这就关起来。"宁国公仿佛下定了决心，"不管世子怎么哀求，我也会把荀氏关起来！"

晋王冷笑，"关了放，放了关，有意思么？"邓麒又喝了碗水，趿起鞋子下了地，冲着宁国公走过来，"祖父，今儿您得跟我说实话，要不得活活憋死我！您告诉我，我闺女怎么惹着她了？"宁国公看看晋王，看看邓麒，一声长叹，"我，也是真没办法啊！"

宁国公年轻的时候，家里住着位远房表妹，名叫香秀。香秀父母双亡，从小寄居在邓家长大，跟童养媳差不多。年轻时候的宁国公和香秀一样，以为他们以后会成亲生子，共度一生。

后来宁国公入伍，从普通士兵一步步升到校尉，前程远大。他满心打算着，等自己再升了官，就请假回乡，和香秀完婚。

那年是不幸的一年。他父母先后在老家亡故，他在宣府战场遇险，差点死在鞑靼骑兵马蹄下。不过他福大命大，上司荀将军带着援军及时赶到，他们这一队人得救了。

他很崇敬荀将军，荀将军也很喜欢他。知道他父母双亡，尚未娶妻，荀将军很豪迈地提出要把爱女许嫁于他。

他受宠若惊。他想说，"我已定过亲了。"犹豫再三，却没说出口。他和香秀，其实从没定过亲。

上司，崇敬的长辈，救过自己性命的恩人，他左想右想，没好意思拒绝荀将军的美意，没好意思对荀将军说，"我不想娶您的女儿。"

他和荀氏成亲不久，香秀千里迢迢找了来。知道他已娶妻，香秀狠狠扇了他一个耳光，然后，掉头走了。

香秀回了老家，很快嫁了位同乡，生了个儿子。之后，终其一生，香秀没有再提过他的名字。

宁国公讲起这段往事，邓麒听得糊里糊涂，"这香秀，跟我闺女有何相干？"青雀笑笑，"这是我曾外祖母啊，你没听出来？"

邓麒含混道："我病了，病糊涂了。"青雀扶他往床边走，"你躺着。"邓麒听话地躺了回去，"闺女，还要喝水。"青雀倒了碗水递给他。

青雀好奇地看向宁国公，"我有一点不明白，您怎么知道她终其一生没再提您的名字？"宁国公讪讪的，"因为，保山和我头回见面的时候，对我一无所知。"

香秀从没在儿子面前提过她有位名叫邓永的表兄。

邓麒一口气喝完水，倒在床上，闭着眼睛发狠，"就为了这个，恨我闺女？蛮不讲理！"青雀拍拍他，"当然不止为了这个，肯定还有。"清亮眼神看向宁国公，等着他往下说。

宁国公挠挠头，"那些年，我一直夸奖保山。我说过很多回，如果保山是我的儿子就好了……"

邓晖和祁保山一比，就是个不成器的公子哥儿。祁保山那样的英雄人物，才是宁国公想要的儿子。

宁国公感慨过无数回，"可惜保山不是我儿子。"在荀氏心目中留下了太深刻的印象。

等到祁保山战死，荀氏有了悔婚念头的时候，宁国公和她争吵，脱口说出往事，"……我已经对不起香秀了，不能再对不起香秀的儿子！"

晋王和青雀听到这儿，都觉耳不忍闻。宁国公你还能再笨点儿不？你不想悔婚，应该冠冕堂皇地坚持"守信""守诺"，你傻不啦叽地提什么往事？笨死算了。

结果，可想而知。荀氏知道宁国公一直感慨"可惜不是我儿子"的人竟是这么个身份，暴怒起来，"原来你一直可惜不曾娶香秀为妻，一直可惜香秀的儿子不是你儿子！"宁国公再怎么解释是因为祁保山的才华，荀氏哪里听得进去。宁国公心虚，最后不得不同意荀氏，悔婚。

青雀啧啧，"我总算知道她为什么会那么疯。"在荀氏心里，自己一定不是她的曾孙女，而是香秀，阴魂不散、撺搅得她家宅不宁的香秀。

晋王闷闷看着宁国公。就凭他，怎么会治军严谨，每战必胜？笨成这样，他怎么打仗的？！

邓麒忽然捶床大怒，跳了起来，"祖父，您怎么不早点告诉我？您怎么不早二十年告诉我？"

宁国公狼狈得不行，"麒儿，你早知道了有什么用？没用的，你祖母不会改主意。"

"我会改主意！"邓麒一声怒吼，"我如果知道玉儿的祖母是这么个性子，我……我当初还会打那种主意？"

邓麒抹起眼泪，"玉儿的祖母性情如此刚烈，玉儿怎贤惠得了？我那时有明芳她们，玉儿从不当回事，我还以为她很贤惠……"

这爷孙俩，一个比一个傻！青雀看看红着老脸的宁国公，看看抹眼泪的邓麒，无力地低下头。

邓麒狠狠擦了把泪水，指着晋王喝道："臭小子！我闺女家祖祖辈辈都是性情刚烈，懂不懂？你若辜负她，别看你是个劳什子的亲王，她一样扔了你，跟扔块破布似的！臭小子，你要对我闺女一心一意，知道不？"

宁国公着急，"麒儿，怎么跟殿下说话的？不得无礼！"青雀心里倒是一暖，邓麒虽混，对自己倒有几分真情意，敢跟阿原大呼小叫。

阿原不满，"休要拿我和你们相提并论。我可不像你们似的，见异思迁，毫无气节。"

邓麒瞪了阿原一会儿，翻身躺下，拿被子蒙住脸。青雀拍拍他："我走了啊，你好生养着。等你好了咱们打猎去，带着你的玉爪。"邓麒在被子下头闷闷地答应了一声。

宁国公一直把晋王送到大门口，一再保证，"把荀氏关起来，再不许她出门。"晋王冷冷的，"关与不关，悉听尊便。她若有一丝半点对晋王妃不利，休怪孤无情。"宁国公一迭声道："不会，不会！"

送走晋王和青雀，宁国公在府门前呆呆站了会儿，一阵风似的往内宅去了。

弘治二年腊月二十，皇帝身着衮冕至奉天殿祭告，之后升殿，入宝座，遣英国公为正使、建极殿大学士为副使，"今聘宣城伯祁震长女为晋王妃，命卿等持节行纳征、发册礼。"

礼部早已准备好彩舆，教坊司早已在午门安排好乐队。正、副使领命，带着引礼官、执事官等一众人，带着隆重的纳征礼、发册礼，从午门出发，浩浩荡荡去往宣城伯府。

宣城伯府自然是宾客盈门，张灯结彩。青雀在自己房里等着，正、副使一行人到了之后，自有内官捧亲王妃冠服进来，要换衣服的。

青雀歌

青苗、青宁、薛扬等人都在青雀的房里。青苗已和况周成亲，刚刚生下长子潜哥儿不久，比从前胖了些，一脸幸福满足笑容。青宁年纪还小，撒娇地偎依在青雀身边，好奇问着："姐姐，她们都说纳征，什么是纳征啊？"

薛扬和青苗都笑，青雀耐心告诉妹妹："纳征、发册，算是送聘礼吧。阿宁，他们要把晋王妃的金册送来给我，还有纳征礼、发册礼。"

"纳征礼、发册礼都有什么？有没有好吃的、好玩的？"青宁追问。

青雀想了想，"反正有活的，什么猪、羊、鹅，还有八匹马……"青宁高兴了，"有小马啊，真好！姐姐，我要一匹！"薛扬和青苗听了，乐得不行。

正说着话，正、副使一行人到了。没过多大会儿，内官捧进亲王妃冠、服，请青雀更衣。薛扬利索地塞过去个大红包，把内官打发走了。

薛扬回过身好奇地看着，"姐，这就是九翚四凤冠啊？很漂亮。"桌案上放着翟衣、凤冠，凤冠色泽瑰丽，珠翠围绕，华贵非常。

青宁也跑过来看热闹，青雀解释给她们听，"亲王妃和皇太子妃的礼服相同，不过亲王妃少金事一件。礼冠大花九树，小花九树，钿九，翟文九，金凤四只。"

青雀头戴九翚四凤冠，身着青绞丝绣翟衣，白玉革带，脚上着青绞丝舄，鞋上缀着六颗明珠。华美的衣饰，衬得她愈加肤光胜雪，明艳照人。青苗、薛扬都看呆了，就连年纪小小的青宁也是一脸艳羡，"姐姐真好看啊！"

青雀捏捏妹妹的小脸蛋，亲昵道："姐姐要出去了，阿宁耐心等一会儿。"青宁眼珠转了转，偷偷跟在青雀后头，也出去了。谁要耐心等一会儿啊，我要出去看热闹！

青宁才出门，就被青峰兴高采烈地拉走了，"阿宁你来看，姐姐的聘礼，很好玩！"青宁跟着青峰往隔壁院子一走，乐了，只见屋里放着各色珠翠、燕居服、金银、宝钞、绢、纱、罗、被子、卧单、酒、茶等，院子里则放着朱红戗金皮箱、朱红漆柳箱，另外，活鹅，活羊，活猪，还真有八匹马！不过都是高头大马，没有自己能骑的。

"还有呢！"青峰又拉着青宁去到另外一个院子，只见院中是一乘华丽的凤轿，锦坐、锦踏褥、红交床、红帘、红罗销金轿衣、红杖、清道旗、绛引幡、戟氅、戈绣幡、班剑、仪刀、镫杖等，齐全得很。

"姐姐往后要坐这个出门啊。"青峰和青宁咯咯笑，觉得好玩极了。旁边有内官在，知道这两位是晋王妃的弟弟妹妹，殷勤指给他们看，"这是女轿夫的衣袍、花纱帽、红锦布鞋，这是擎执宫人的销金罗袍，这是抹金交椅脚踏，红绣伞，青方伞……"青峰和青宁听得津津有味，"真有趣！"

正堂里，青雀从女官手中接过晋王妃的金册。

正、副使送过纳征礼、发册礼，宣城伯府也回赠了礼物，正、副使任务完成，回朝复命。

宣城伯府，就等着一个月之后正式嫁女儿了。

元旦前后，到宣城伯府给青雀添妆的文武官员很多。有杨阁老的门生故旧、祁震、青雀的袍泽，还有很多从前没打过交道的人家。

祁玉和邓麒差不多是同时病好的。邓麒时不时地跑过来看青雀，催问祁震，"姐姐的嫁妆如何了？"祁震也不跟他废话，默默递过来一张嫁妆单子。邓麒看了，没话好说：真阔气，真豪华，就是让自己这亲爹去准备，也只能是这样了。

祁玉把自己历年积攒的珠宝取出来，替青雀制了一顶宝冠。这顶宝冠上镶嵌有上百颗各色宝石、珍珠，璀璨华美，耀人耳目。

宝冠送到青雀手上，青雀高兴极了，"太漂亮了，我喜欢！"

祁玉有些尴尬地咳了一声，硬着头皮问道："青雀，周公之礼，英娘有没有告诉你？"青雀嘻嘻笑，"这个真不用，我懂！"祁玉见她没个正形儿，微微笑了笑，不再往下说。

皇宫里头，晋王被一名身份特殊的官员带领着，进了秘殿。秘殿，是供奉欢喜佛的地方。

本朝设立之初，对皇子的教育是很严格的。皇子成婚之前，并不许宫女私自亲近，而是到秘殿观看欢喜佛，知晓周公之礼。后来渐渐地管束就不严了，皇子成婚之前多半已和宫女亲热过，秘殿的作用，就不是很大。可是，皇帝和晋王这两兄弟成婚前，都必须上秘殿来：他们两个都没有贴身服侍的宫女。

这名官员已是人到中年，一本正经地引领着晋王进了秘殿，面对着赤身裸体的欢喜佛，面色如常地讲解着，还拨动机关演示。官员态度很认真，晋王听得、看得也很认真。从始至终，两人都是毫无异色。

官员见晋王看得投入，特地多演示了几种姿势，"殿下，这几种姿势，有利子嗣。"晋王郑重点头。

从秘殿出来后，晋王也不去看望太皇太后，也不去看邵太妃，更不去乾清宫看皇帝，直接出宫，回府。回府后叫来内侍，吩咐"去找个能工巧匠来。"内侍赔着笑脸，"王爷，是做什么的能工巧匠？"晋王想了想，慢慢说道："打两个小人儿，要会动的。"内侍明白了，忙出去办差。

到了晚上，晋王忽然吩咐要一个枕头，真人大小，颜色要白里透红，娇俏可爱。晋王要得急，钟嬷嬷亲自督促着几名手巧的宫女，紧赶慢赶，当晚把真人般大小的枕头送到晋王房中。

晋王抱着这真人般大小的枕头睡了一夜。唉，不管怎么说，它到底不是真人，只是个枕头。

自从行过纳征礼，祁震便不许晋王再上门了，也不许青雀随意出去。出门打猎、游玩什么的，想也别想。不只祁震，师爹师娘、英娘等人都是异口同声，"青雀乖乖的，老实在家里待着。"青雀被看得严严实实，没办法，只好圈在家里看书。实在闷了，和青峰、青宁一起玩耍，或是跟祁震打上一架。好在师爹师娘常带着林啸天、林啸威过来，逗逗大的，哄哄小的，颇不寂寞。

正月二十一，是晋王纳妃的好日子。这天一大早，晋王沐浴更衣，着衮冕九章服，亲至奉先殿焚香告祭。之后回晋王府，换上大红色的皮弁服，准备亲迎。

从晋王府到宣城伯府的迎亲道路，羽林卫负责肃清、站岗。礼部和鸿胪寺的官员们准备好晋王的仪仗、彩舆，教坊司的乐队、王府卫队都整装待发。

钦天监测算的迎亲吉时到了之后，晋王迎亲的车队出发了。路两旁是身姿挺拔的羽林卫，前边是威严华贵的晋王仪仗，之后是晋王乘坐的彩舆，再往后是王府迎亲的卫队、教坊司的乐队。

虽然有羽林卫负责清路，其实是允许京城士庶围观的。道路两旁早已站满了人，等着看难得一见的盛景。这份排场且不说，晋王可是出名的美丽，看看不吃亏。

穿着大红皮弁服的晋王坐在彩舆之中，冬风偶尔吹起车帘，露出那热烈的服饰、如玉的面庞，总能引起阵阵欢呼。美人啊，晋王名不虚传，果真是美人。

晋王迎亲的队伍到了宣城伯府门前。按礼仪规矩，晋王要被主婚者恭敬又热忱地迎入中堂款待。虽说是亲迎，虽说亲迎当日都有为难新郎的风俗，可是谁会为难一位亲王殿下呢。

晋王一行人顺利地进了大门，眼看着中门也近在眼前，而且是敞开着的。不料，等他快走到中门的时候，一左一右蹦出两名身手矫健的男孩儿，冲他大喝，"想娶走我姐姐，留下买路钱！"随后，一名走路还走不稳的小男孩儿摇摇摆摆地也跟过来了，仰着小脸，流着口水，冲晋王笑得很灿烂，"的的！"

晋王瞅瞅一脸嚣张的林啸天、祁青峰，再瞅瞅根本不懂事的小屁孩儿林啸威，淡定地抬抬手，一旁的内侍忙捧过个托盘，托盘中满满当当的放着不知多少个红包，递到三个劫道者跟前。

林啸威流着口水拿了两个，就再也拿不住了，皱着小脸，不知所措。青峰和林啸天看也不看红包，正气凛然地宣称，"这不是寻常买卖，不够，不够！"内侍马上又送过来一托盘。

这头迎亲的卫队跟三个劫道者讨价还价，里边也得着信儿了，觉迟出来抱起林啸威，林啸威高兴地笑着，把红包往他怀里塞。

内侍又端了一托盘红包过来，三个劫道者一人一盘，勉强让开道路。新郎官迈着端庄的步子，往中堂走去。

青峰和林啸天头挨头算着账，"便宜了吧？""我看也是便宜了。""再劫一回？""不大好吧，他是我表哥呀。"

青雀也是从一大早起就开始忙活，沐浴更衣，服燕居冠服，和祁震、英娘一起到了祠堂，在祖宗牌位前行礼、奠酒、读祝。之后去到正堂，由女官引领着，在祁震、英娘面前跪下，庄重地拜了四拜。

祁震和英娘对视一眼，眼中都有泪光闪动。青雀才出生的时候，小脸没有巴掌大，裹在小小的襁褓中，娇嫩脆弱得不像话。如今她是叱咤风云的将军，还是富贵尊荣的晋王妃，真是令人欣慰。

祁震依着礼仪训诫："夙夜勤慎，孝敬毋违。"英娘也含泪说道："尔父有训，尔当敬承。"青雀恭敬答应："儿谨受命。"

拜过父母，青雀又到师爹师娘面前行礼，师爹温声交代，"小青雀，不拘到了什么时候，不可委屈自己。"师娘干脆得很，"丫头，阿原若是敢欺负你，告诉师娘，师娘揍他！"

女官在一边听着，嘴角直抽抽。邵夫人您这话说的，对晋王殿下未免有些不恭敬。犹豫着想要说什么，却见晋王妃笑眯眯道："揍他还用得着您么，有我便足够了。"

女官很聪明地决定闭嘴，当没听见。

接着，青雀又拜过姑母阳武侯夫人祁氏。阳武侯夫人是姑母，亲戚，没什么多余的话，青雀也默默无言。

宁国公府和宣城伯府是世交，宁国公府世孙邓麒到来的时候，女官请示过宣城伯，客气地把他请了进来。

祁玉依旧端庄地坐着，邓麒一脸肃穆，根本没往她这儿看。"我是来送我闺女出阁的，不能给她丢人。"邓麒不断提醒自己。

祁震和觉迟虽不喜邓麒，却碍于青雀的颜面，客气地请他坐下。青雀喜欢邓麒，他俩知道。

青雀在邓麒面前下拜，邓麒红了眼圈，"妞妞，你要好好的，我别的都不奢望，只想你好好的。"青雀连连点头。

景城伯很喜欢青雀这孙女，也专程过来送嫁。青雀盈盈拜倒，"祖父，您老人家能来，我太高兴了。"景城伯又是得意，又有些心酸，"缺祖父的小丫头，你要出阁了，我真还有点儿舍不得。"青雀一向开朗，到了这会儿也有些伤感。

青雀拜别尊长，回房更衣。燕居冠服是不能当作婚礼礼服的，需服翟衣，以俟亲迎。

中堂设着大案，英娘身穿礼服站在右首，晋王到了之后，女官引着青雀出来，站在英娘的下首。此时青雀已改服翟衣，戴九翚四凤冠。

执事官献上一只肥肥的大雁，晋王尊雁于案，以示忠贞不渝。之后，引礼官引领晋王先出，到中门，女轿夫已把新娘的凤轿抬至中门里头，礼官笑道："请殿下揭轿帘。"晋王很合作地揭开轿帘，恭候自己的王妃上轿。

眼见得那一抹轻盈绰约的身影上了凤轿，晋王心头甜蜜。青雀，你上了我的轿子啦，很快到我家！

晋王的仪仗、彩舆在前引路，晋王妃的仪仗、凤轿在后，卫队、乐队簇拥，一路朝着位于银锭桥的晋王府而去。此时天色已暗，守在道路两旁的羽林卫个个手中持着朱红色的水晶灯，从宣城伯府一直到晋王府，连绵不绝。美丽的灯光，辉煌的仪仗，成了一道动人的风景。

晋王府此时正是宾客盈门，一片欢声笑语。

青雀的凤轿从大门进去，一直抬到王府正殿的大庭之中。还是和上轿一样，晋王亲自过来揭轿帘，服侍自己的王妃下轿。

小青雀，你到我家啦！今晚你要住下，以后再也不许走！晋王看着盈盈走出凤轿的青雀，欣喜欲狂。

到了正殿，晋王、晋王妃的座位、拜位早已设好。两人依着赞礼官的赞礼声下拜，之后入座饮合卺酒，再之后，重新下拜，礼毕。

"总算能入洞房了。"青雀听到赞礼官一声"礼毕"，顿时有如释重负之感。成了，总算不用拜来拜去的，能回去坐着了。

我这样的都觉着累，那寻常女子成一次亲，岂不是要去半条命？青雀被女官引领到洞房坐下，惬意想道。

"殿下换了常服，被请去陪客人了。"女官笑道，"王妃请坐一坐，静候殿下归来。"也请青雀摘掉华美而沉重的九翚四凤冠，换下翟衣，易常服。

一位白净面皮，相貌和善的中年嬷嬷走了进来，青雀看见她，笑着吩咐，"钟嬷嬷，你去给我弄点吃的来，要热气腾腾香气四溢色香味俱全。还有，命人备汤水，我要沐浴。再看看殿下有没有喝酒，叫他早点儿回来。"钟嬷嬷一迭声地答应着，去做她交代的事。

洞房里只剩青雀一个，她一下子觉着轻松了，随手在床上拣了粒肥大的红枣，拿帕子擦了擦，放进口中，"嫁个人容易么我，又累又饿。"吃了颗红枣，又剥了颗花生——床上满是红枣、花生、栗子之类，都能吃。

洞房里清一色的紫檀木床、柜、桌、椅，质地如缎似玉，色泽耀眼逼人，沉穆典雅，备显雍容。喜榻上挂着朱红锦帐，绣着美丽的牡丹图案，充满遐想。

钟嬷嬷很快带着人回来，先是摆上几样精致小菜、细点。等青雀慢条斯理地享用完了，又命人服侍她沐浴更衣。等青雀神清气爽地出来，床铺上也是清清爽爽，花生红枣什么的，全没了。

"叫他快点回来。"青雀吩咐钟嬷嬷。钟嬷嬷抿嘴笑了笑："去叫了，很快回，很快回。"

"王爷！"外头响起宫女的问好声。

钟嬷嬷笑，"这不，回来了。"赶忙转过身，迎了出来。

"全部退下。"是阿原的声音，和平时不同，透着股子威严之意，令人不敢违背。青雀侧耳听了听，宫女、女官们都在向外走，没一会儿，脚步声就消失了。

一身大红常服的阿原出现在门口，青雀冲他甜甜笑，"回来了？"不知怎么的，心里打了个突突，阿原和平时不一样呢，至于哪里不一样，却又说不上来。

阿原缓缓走到青雀身边，俯身看她，眼神温柔中又透着热烈，好像要燃烧起来似的。青雀忽觉得口干，讨好地冲阿原笑笑，"你喝不喝水？"起身走到桌案前，拿起茶壶倒水。

"喝。"阿原跟着走过来，自青雀背后轻轻揽着她，在她耳畔低语。他的声音低沉又魅惑，青雀觉得很被引诱，喝了一杯水，还是口渴，又倒了一杯。

阿原沉声道："我也要喝。"抬手接过青雀手中的杯子，慢慢举到自己唇边。青雀从没见他这样过，诧异地回头看他，却被他目光中闪烁的光芒吓了一跳，不由得小嘴微微张开，露出一排编贝般的小白牙。

"你也喝。"阿原含混的说着，俯身吻上她的双唇。柔软温暖的嘴唇相接，两人都是身子一颤，头晕目眩。阿原笨拙地卷了卷舌头，青雀不知所措，一动不动。

"这么喝水一点不好玩。"青雀推开阿原，抱怨道，"阿原，我还是拿杯子喝好了。"从阿原手里接过茶盏，提起茶壶倒水。

阿原走到她对面坐下，浅浅笑着，从桌子的暗格里拿出个好玩的东西，"青雀，想不想看小人儿打架？"原来是两个小铜人，有机括，自己会动。青雀远远地看了会儿，觉着不对劲，"他们这种打法，好奇怪。"越看越好奇，端着茶盏过来了，"我仔细瞅瞅。"探头过去看。

看着看着，两人都是满脸通红。

"阿原，若论打架，不拘哪种打法，你都不是我对手。"青雀脸红成大红布了，还在吹牛。

"不一定啊。"阿原柔声反对，"男人身上有一处很坚硬，女人身上有一处很柔软……"

见青雀狠狠瞪过来，阿原忙辩白，"是礼官说的，很正经的！"

"用我的坚硬，对你的柔软，说不定便是我赢了。"阿原温柔看着青雀，头慢慢探了过去。

"才不会。"青雀小声嘀咕，"咱俩打架，怎么着也是我赢呀。"

阿原柔声挑战，"打了才知道啊。"青雀不服气，"打就打。"说完大话，青雀又很有些忐忑不安。那种打法……不是自己熟悉的任何一种。

阿原的双唇轻轻吻住青雀，两人又是一阵颤抖。青雀又觉得口渴，想吸吮，不知怎么的，两个人的唇舌搅在一起，不再笨拙。

阿原在秘殿观摩的时候就很用心，后来又很有钻研精神地拿着小铜人儿琢磨过不少回，对于其中的诀窍理解颇深。理论无疑是能够指导实践的，他弯腰抱起妻子，一边深深地、热烈地吻她，一边慢慢走向床榻。

青雀枕在朱红色的枕头上，明亮的眼眸中星光点点，腮边点点嫣红，如美玉生晕，备显娇艳。阿原伸手取下她的发钗，黑亮润泽的长发散落枕上，更加动人。

青雀想嗔怪，"你弄乱了我的头发。"却见阿原抬手把自己的发簪也取了，一头鸦羽般的乌发垂了下来。他的长发如丝如缎，柔软而又有光泽，映着晶莹如雪的肌肤，真是好看极了。

"阿原好美。"青雀低语呢喃。阿原慢慢俯下身子，亲吻她的脸颊，"小青雀更美。"他大概是在这件事上有些天分，明明是今晚才亲着真人，却是脸颊、嘴唇、耳颈，一点一点吻过去，温柔又热烈。

青雀抱怨，"阿原，我好热。"阿原心喜，顺势哄她，"脱了衣裳，便不热了。"哄着她脱去中衣，自己也把衣裳脱了，随手扔到一边。

贴身的小衣，青雀不肯脱。阿原浅浅笑着，在她耳畔低声问，"穿着衣裳，怎么打架？"青雀着恼，狠狠瞪了他一眼，"看我怎么收拾你！"这一眼与其说是凶狠，倒不如说是妩媚，阿原本来就心猿意马，哪禁得起她这样，"随你收拾，好不好？"嘴里说着话，手也没闲着，周到地替妻子脱去小衣。

打架这件事吧，实力固然重要，可战前准备什么的，也很重要。祁青雀将军明显是过于轻忽，准备不足，最终丢盔弃甲，溃不成军。

一场激战之后，青雀浑身酸软地偎依在阿原怀里，眼睛都快睁不开了，还不甘心地小声嘟囔，"我不服气……"阿原一脸餍足，眉目生春，温柔地许诺，"咱们明晚再来。"青雀含混地应了一声，朦胧睡去。

软玉温香，这才是软玉温香。阿原怀里抱着个真人，满足得无以名状。真人，可比枕头强太多啦。

第二天，两人还在甜美的梦乡，钟嬷嬷已带着宫女来敲门了。今天要行庙见礼，要拜见太皇太后、皇太后，时辰都是定好的，耽误不得。

青雀还困着呢，睡眼惺忪地坐起身。阿原很是怜惜，抱着她低语，"昨晚累着你了，是我的不是。"青雀揉揉眼睛，豪迈说道："祁青雀将军三天三夜没睡觉的时候都有，这不算什么！"阿原听了更心疼，三天三夜没睡觉怎么成，小青雀又不是铁打的。

钟嬷嬷带着宫女鱼贯而入。桌案上儿臂粗的大红喜烛静静燃着，虽然天色还早，室内却很是明亮。宫女们服侍新婚夫妇装扮好，晋王着朱红皮弁服，王妃服翟衣。

晋王、晋王妃用过团圆膳之后，乘车进宫，到了奉天殿。在赞礼官的主持下，从德祖玄皇帝皇后的神御开始拜起，之后是历代皇帝皇后的神御，一直到先帝宪宗皇帝，全部拜过一遍，庙见礼算是完成了。

然后，先去太皇太后居住的宁寿宫。太皇太后身穿燕居冠服，笑吟吟看着如金童玉女般的一对新人，心里满意极了。晋王、晋王妃依着赞礼女官的赞声下拜，晋王妃献脤修盘，以示侍奉。

太皇太后打趣地问道："阿原，对你的王妃可满意？"晋王神色恭敬认真，"先帝为孙儿选定的王妃，孙儿自然是满意的。"

把太皇太后乐得。好嘛，合着因为是你父亲替你选的王妃，你就满意了？要是祁青雀不美、不慧，看你满不满意！

太皇太后打趣阿原几句，又叫过青雀交代，无非是"互敬互爱，子嗣延绵"之类，青雀做恭顺状，一一答应。

之后是王太后居住的慈宁宫。慈宁宫里，王太后和邵贵太妃正坐着说话，等着新婚夫妇的到来。

拜见王太后，和谒见太皇太后的礼仪相同，也是下拜、献脤修盘，以示侍奉。王太后微笑训勉了几句，态度很温和。

王太后在后宫中一直只是挂着个虚名。万贵妃活着的时候，她噤若寒蝉；万贵妃去了之后，成华皇帝也很快跟着去了，后宫成了张皇后的天下。王太后，从来没有真正做过后宫的主人。

晋王从一生下来就是得宠的皇子，不过他从来没有嚣张过，在王太后最失意的年代里也对她尊敬有加。王太后和晋王虽不如何亲厚，面子情总是有的。

新婚夫妇又拜见了邵太妃。邵太妃看着神清气爽的阿原、翟衣凤冠的青雀，心里跟喝了蜜似的，甭提多甜了。一个是自己心爱的儿子，一个是妹妹的宝贝小徒弟，天生一对啊。

"早生贵子。"邵贵太妃拉着青雀的小手，千言万语，化做这一句话。青雀很想爽快地答应"一定不负所托！"可这是在慈宁宫呢，好像不大方便，只好装作害羞地低下头。

倒是阿原很郑重地躬身，"一定不会让您失望。"邵贵太妃大乐。

从慈宁宫出来，又去了乾清宫、坤宁宫，分别拜见皇帝皇后。皇帝是个好哥哥，看见弟弟有了般配的、情投意合的王妃，很替他高兴。皇后端庄地以礼相待，既不过分亲热，也没刻意冷淡。

从皇宫出来，回到晋王府，新婚夫妇还消停不了。晋王要接待上门恭贺的王公贵族，晋王妃则要接见排班列序来拜见她的命妇们。

英国公夫人进殿拜见的时候，青雀忙命宫人扶起她，"伯母，您是长辈，我当不起。"又亲切地问起张佑，"阿佑姐姐可好？多日没见她，很是想念。"英国公夫人笑容满面，"阿佑怀着八个月的身孕，怀相极好，身子康健。"青雀笑吟吟，"等阿佑姐姐一举得男之时，我再跟伯母您道喜吧。"英国公夫人笑着道谢，"承您吉言。"

英国公夫人犹豫了下，小心谨慎说道："阿佑，和他表妹定了亲。"英国公夫人娘家有位侄女，名叫周琪，足足比张佑小十岁。在英国公夫人看来，张佑是好孩子，周琪也是好孩子，可是从没想过他们能做夫妻。相差十岁，怎么可能呢？谁料张佑的婚事一拖再拖，拖到最后，和周琪样样相配，连年龄都正合适。

"佑哥哥要娶嫂嫂了，真好。"青雀很是喜悦，"是伯母您娘家的侄女么？中表之亲，知根知底儿，再适合不过。伯母，祜哥哥的好日子定在哪天？晋王殿下和我是定要去扰杯喜酒的。"

英国公夫人心里也说不清是什么滋味，微笑道："还没定下日子，正请钦天监帮着测算呢。等定下了，给王妃递请帖。"青雀笑眯眯："好啊。"

很巧，英国公夫人之后，紧接着便是宁国公府世子夫人孙氏进来拜见。青雀跟孙氏总共也没见过几回面，不喜欢她，也没多憎恶她，待她跟平常人一样。看着孙氏跪拜如仪，青雀神色淡淡的，"夫人请起。"

孙氏觉得很难堪。这坐在殿上的女子分明是自己亲孙女，怎能如此无情，好像跟不认识自己一样？亏得麒儿那般疼爱她，她却根本不把邓家尊长放在眼里。

不过，她都已经不姓邓了，姓祁。孙氏想到这一点，又觉无奈。

晋王妃在内堂设筵招待女客，一直到傍晚时分，方才送走最后一批客人，回到新房。她前脚进门，晋王后脚也回来了。

"青雀，累坏了吧？"晋王体贴地问着新婚妻子。

"我还好。"青雀饶有兴致地看着他，"祁青雀将军体力和耐力都是很好的，这是小事一桩。倒是晋王殿下你，今天累坏了吧？"

别的先不说，庙见真是体力活儿。庙见并不是每位先祖的神御前拜几拜就行，拜、兴、奠帛、进爵等等，礼仪很繁琐，耗时颇久，很累人。

"我，习惯了。"晋王微笑，"我家的礼仪一直如此，从小到大见识过多回，练出来了。"

"原来如此。"青雀笑眯眯拍拍他白玉般的脸，"懂了。"

晋王捉住妻子雪白的小手，轻轻抚摩她手上的薄茧，"你若不累，四哥给你看个有趣的东西，好不好？"青雀疑惑地看着他，想了想，点头，"好啊。"

昨晚给我看打架的小人儿，今晚你总不能故技重演吧。

晋王牵着她到了桌案前，从暗格里取出一幅画轴，慢慢展开。是一幅画，画工很精细，人物很生动，看着毫无猥亵之感，很美，很诱人。

青雀仔细看了，啧啧，"很不坏。"

晋王神色很认真，"纸上得来终觉浅，绝知此事要躬行。好妹妹，咱们要试过之后，方才知道好或不好。"

他这话说得很是冠冕堂皇，青雀觉着于情于理都不便拒绝，沉吟道："要不，咱们就试试？"晋王郑重点头，"嗯，试试。好妹妹，咱们极应该身体力行的。"两人都是正经八百的样子，神色也好似从容镇定，不过脸颊都是飞起红云，连耳颈也像要烧着了一样。

这晚青雀被新婚夫婿催着用膳、沐浴，然后早早地撺上床，身体力行。祁青雀将军这回算是有备而来了，以为自己稳操胜算呢，谁知最后竟然还是落败。

"又轻敌了？"收兵罢战之后，青雀精疲力竭偎依在阿原怀里，迷迷糊糊地想着。

"四哥好不好？"阿原心满意足地浅浅笑着，柔声问怀里软玉温香的小美人。

"臭阿原，坏阿原。"青雀小声嘟囔着，也不睁眼睛，伸手打向他胸膛。阿原眼角眉梢都是愉悦笑意，"好妹妹，你心疼四哥对不对，打得一点儿也不疼。"捉过青雀粉粉的拳头，放到唇边亲吻。

青雀歌

"放开啦，我要睡。"青雀嗔怪着往回抽手，阿原耍赖不肯放，"你叫声好听的，四哥便放开。叫什么都行，四哥，夫君，原郎……"

"原郎，原来是狼。"青雀喃喃。这异常美丽的少年，清逸出尘，飘飘若仙，原来是狼。

"姐姐是夸我么？"阿原眉目生春，"你是很喜欢狼的，对不对？狼，敏锐忠诚，锲而不舍，真正的草原之王。"

"你叫我姐姐啊？长辈才能这么叫。"青雀含混地抗议。

"小青雀，睡吧，睡吧。"阿原见她已是困得不行，柔声哄她，"睡醒了，四哥陪你回家拜见长辈们，好不好？"青雀"唔"了一声，枕在阿原手臂上，酣然入梦。

次日是回门的日子，新婚夫妇起床梳洗装扮好了，用过早膳，出门登车，回娘家。前有王府仪仗开路，后面跟着为数众多的王府护卫，声势浩大地去了平安大街。

到了宣城伯府，祁震带着青峰亲自在大门口迎接。

"我忽然觉着很对不住英爹。"青雀看着大门口身姿挺拔的祁震，感慨道，"人家嫁闺女，都是女婿讨好岳父。可怜英爹嫁闺女，却要对女婿恭恭敬敬的。"

阿原大觉不妙，"那个，咱家也是女婿讨好岳父，没差别。小青雀，乖姐姐，哪个爹我也不敢怠慢了，恭敬得很。"再三表白，"我是听话的小女婿，不嚣张的，半分不嚣张。"

果然，下车之后阿原格外温和客气，对着祁震一口一个"岳父大人"，活脱脱一个殷勤的小女婿。祁震笑道："殿下和王妃大驾光临，不胜荣幸。"礼数周到地把他们让进来。

青雀回门的日子，除祁震、英娘和青峰、青宁之外，师爹师娘带着林啸天、林啸威，祁玉、薛能带着儿子、女儿，景城伯和邓麒也来了，济济一堂。

繁琐的礼仪之后，祁震等人陪着晋王去了外院大花厅。女婿回门的日子，戏、酒是少不了的，花厅外已搭好戏台，箫管悠扬。

女眷们则在内宅花厅，一样也是有酒有戏。林啸天、祁青峰这两个半大孩子带着小小的林啸威跑来跑去玩耍，通没人管他们。

英娘和师娘把青雀叫到身边，上下左右打量过一番，各自表示满意。"姐姐出阁之后，脸色更娇美了。""丫头神清气爽的，不用问就知道了，没跟阿原吵架斗气。"

青雀颇为自得，"他哪敢跟我吵架？我是谁呀，师娘的心肝宝贝！他敢跟我吵架，我师娘、他小姨，一准儿毫不留情地收拾他！"

"岂止！"林啸天从背后跳出来，大义凛然，"还有我呢，我虽然是他表弟，可我最佩服敬重姐姐！他要是敢跟我姐姐吵架，我可不答应！"

林啸威跌跌撞撞地跟着跑出来，"不应！不应！"话还说不利索，态度却是积极得不行，挥舞着小手臂，一蹦一蹦的，竭尽全力附和着林啸天，他敬爱的大哥。

青雀笑眯眯夸奖两个弟弟，"啸天乖，二子乖。"师娘嫌弃地摆摆手，"林啸天，二子，你爹闲着呢，找他玩去！"林啸天气愤地看了眼不负责任的娘亲，抱起弟弟，找亲爹去了。

到了亲爹身边，林啸天没多大会儿便喜笑颜开。"还是跟着爹爹好！"觉迟一向耐心细致，很少嫌弃他，更何况还有表哥，和煦得如同三月春风。

"哎，你不只是我表哥呢。"林啸天喜滋滋说道，"你还是我姐夫！让我想想，叫你什么好？表哥叫了很多年，好像都叫烦了。"

"表哥叫烦了，便叫姐夫。"晋王很随和地表示，"叫表哥还是叫姐夫，悉听尊便。"

"表哥真好！"林啸天眉开眼笑。林啸威在旁拍起小手，"倒，倒！"一边叫着好，一边热切地往晋王身边凑，看样子想让表哥抱他。

祁震、邓麒等人看着身穿朱红皮弁服的晋王，看着不懂事的小屁孩儿林啸威，笑吟吟。他这身衣裳是大礼服，要是抱了小孩子，那可有趣了。

"二子，祖父在那边。"晋王伸手牵住小表弟，指着景城伯提醒他，"祖父想亲亲二子，二子喜不喜欢？"林啸威咧着小嘴冲晋王乐了乐，丢开他的手，摇摇摆摆地往景城伯身边走。

景城伯见宝贝孙子往这边走，堆起一脸慈祥溺爱的笑容，弯腰把林啸威抱到膝上，"啸威啊，祖父的乖孙子。"抬眼瞪了眼晋王，对晋王竟然舍得不抱林啸威这样的乖孩子，表示非常不满。

觉迟等人看在眼里，都觉好笑。

晋王对师爹、英爹一向是恭敬客气的，对邓麒则冷淡得很。青雀在邓家吃了大亏，邓麒不只不替她主持公道，还包庇纵容沈茉那样的恶人，以至青雀不能肆意复仇。对宁国公，对邓麒，晋王实在尊敬不起来，颇为冷淡。今天却和往常不同。晋王不止对师爹、英爹异常恭敬，对邓麒也温和客气，礼敬有加。邓麒大乐，这娶了我闺女，果真是不一样么？臭小子，你不必巴结讨好我，只要对我闺女好，我就高兴！

晋王对薛能也比往常亲热，不叫"薛侯爷"了，叫"姑丈"。薛能受宠若惊，"不敢当，不敢当。"心里却替他的玉儿高兴，玉儿，你这女婿虽贵为亲王，可是很平易近人啊。

祁震见此情形，深感欣慰。他和英娘一样，生平最敬重已经过世的祁保山，和祁保山留在这世上的唯一爱女祁玉。晋王敬重祁玉的夫婿，这真是太好了。

一众人等听着戏，喝着酒，殷勤周到地说着客气话，和谐融洽。林啸威偶尔给添添乱，不过，无伤大雅。

内院，青宁好奇地问着青雀，"姐，你家很大，很漂亮，对不对？"她没去过晋王府，只听说晋王府在银锭桥，风景绝佳。

青雀耐心讲给妹妹听，"宫殿恢宏壮丽，覆以青色琉璃瓦，窠栱攒顶，中画蟠螭，饰以金边，画吉祥花。阿宁，宫殿确实很美，等哪天姐姐闲了，请你过去玩一天。"

"好啊。"青宁殷勤交代，"姐姐要记得，可不许忘了！到时我和娘亲一起去，姐姐要陪我玩一整天哦。"青雀笑眯眯的，一一答应。

薛扬眼眸中闪过丝不悦。一口一个"阿宁"，叫得好不亲热，我才是你亲妹妹好不好，只顾着哄祁青宁，对我倒不理不睬的，不放在眼里。

薛扬斜睨青宁一眼，颇有忿忿之色。英娘本是和师娘、祁玉一起听戏的，不经意间瞅见薛扬的神情，忙冲青宁招了招手，青宁又叮嘱一遍，"姐，你不许忘了。"嬉笑着去找英娘了。

"我才是你妹妹！"薛扬见左右无人，气愤地瞪着青雀。

"青苗，青宁，都是我妹妹，是我亲妹妹。"青雀慢吞吞转过头看她，"她们的爹娘，也是我亲爹娘，明白么？我养父养母，和英爹英娘，'拊我畜我，长我育我，顾我复我，出入腹我'，无异亲生父母。"

薛扬噘起小嘴，"可是，我应该比她亲近些吧？咱俩可是同母姐妹。"薛扬此时心中颇有些抱歉，可怜的姐姐，简直是吃百家饭长大的，真是令人同情啊。

"都一样。"青雀简短说道。

薛扬白了青雀一眼，什么都一样，明明是祁青宁那小丫头比我还亲近！你很偏心，知道么？

薛扬只管生闷气，青雀只管不理会她。

"哎，也请我吧。"薛扬生了会儿闷气，语气软了下来，"我也想上你家玩玩，你家景色很美的，值得一看。"

"景色随便看。"青雀答应得很干脆。

薛扬往祁玉等人的座位看了眼，只见那几位看戏看得津津有味，根本没人留意这厢。薛扬小脸凑近青雀，狡黠问道："只许看景色？你家除了美景，还有美人呢。"

青雀伸手捏着她的小脸蛋狞笑，"美人是我的，不许你看！"

"真小气！"薛扬连忙伸手抵挡，把自己的脸蛋解救出来，脱离青雀的魔掌。

"我从小不在亲生父母身边长大，引为毕生憾事。"青雀正色道，"父母被人抢走，我已经不计较了。夫婿是我一个人的，谁也不许染指！"

薛扬板起小脸，清脆说道："我从小在亲生父母身边长大，家人对我千依百顺，百般疼爱。我若嫁人，夫婿也是我一个人的，谁也不许染指！"

两人你看我，我看你，不约而同，扑哧一声笑了。

"哎，还有哪位亲王没娶妻的，替我看看。"薛扬半是认真，半开玩笑。

"晋王的五弟到了年纪，正在选妃。"青雀慢吞吞说道。

"长得好看不？"薛扬两眼发光，激动问道。晋王的弟弟啊，那岂不是应该跟他差不多？

"呃，有一点点胖。"青雀斟酌着措辞，"也不算太胖，比常人略微宽那么一点点。"

"胖人哪有好看的？"薛扬立即没了兴致。

青雀见状颇觉好笑，"阿扬，一定要好看么？"薛扬很肯定地点头，"一定要！要俊美出众，身材颀长，还要风度翩翩！"

青雀莞尔。

"你这做姐姐的，也不替我操心。"薛扬小声抱怨。

"我从不越俎代庖。"青雀端起莹润的细瓷茶盏，闲闲说道，"有姑丈姑母在，哪里轮得着我操心了？"

"坏姐姐！"薛扬毫不客气地给了她一个大白眼。

青雀不知怎么的，忽想起阿原那一声一声的"好妹妹"，脸上泛起霞色。阿原本是多么美丽纯真的好孩子啊，成亲后却……唉，知人知面不知心啊。

薛扬本想问"姐，你怎么脸红了？"却发觉青雀眼神中有着迷离的柔情，忙把话咽了回去，低头专心喝茶。

晋王、晋王妃一直在宣城伯府盘桓到申时，才恋恋不舍地跟众人告别，驱车回晋王府。祁震等人一直把他们送到大门外，依依惜别。

马车上，阿原跟青雀表功，"祁将军，小王今日在诸位长辈面前曲意承欢，尽到了做女婿的本分。"青雀笑吟吟夸奖，"真乖！"

"有没有奖赏？"阿原趁机追问。祁将军你可是带兵多年，一向赏罚分明，故此士兵乐为所用。该奖赏的时候，相信你一准儿不会手软。

"有啊。"青雀淘气地笑，"赏你芝麻缠糖一块，胡桃缠糖一块，砂仁缠糖一块，响糖一块。晋王殿下，四块糖呢，不少了。"

阿原嘴角噙着丝轻浅笑意，小青雀你拿四哥当小孩子哄呢，给糖吃？"祁将军真大方，一给就是四块糖。"阿原神色庄重，"将军这般厚赐，小王无以为报，只好……"

青雀见他停住不再往下说，不禁有些好奇，"只好怎样？"阿原神色依旧庄重，"只好跟你一起享用啊，祁将军，咱们有糖一起吃。"

这么一本正经的，肯定有鬼，青雀疑惑看了他一眼，不知他在打什么主意。等到回了晋王府，回到新房，青雀才明白他的意图：真的是有糖一起吃。哪块糖比较甜，他会慷慨地和妻子分享，嘴对嘴地送过来。

他的舌头灵巧而又霸道，在她唇舌之间流连许久。青雀觉得喘不过气，从他的亲吻中挣脱，"怎么总是你调戏我啊，下回换我调戏你！"阿原眼角眉梢都是愉悦笑意，"请随意调戏，千万莫要客气。"

祁青雀将军说到做到，这晚上床之后，色眯眯伸手抚摩美人如玉的面庞，"殿下，你粉粉嫩嫩的，好可爱。"美人羞涩地笑，"将军真有眼光。"慢慢脱去衣衫，温柔诱惑，"将军请看，全身都是粉粉嫩嫩的。"

祁青雀将军垂涎地看了片刻，一个饿虎扑食，扑了过去。

次日，是新婚第四日。回门之后婚礼正式结束，新婚第四日晋王妃应该开始管理王府内院事务，一大早，管事嬷嬷、女官、宫女等人已在厅中等候接见。晋王府规矩严整，并没人敢随意交头接耳，全按自己的位置垂手站立，屏声敛气。

辰时，厅门大开，身穿朱红常服的晋王、晋王妃并肩走了进来。"怎么殿下也来了？"有不少人心中纳闷。

晋王、晋王妃落座之后，众人齐齐跪下磕头请安。青雀展目看了看，转过头问新婚夫婿，"我总共就管这么些人？"晋王微笑，"在京城，你只管这些人便可。"青雀深觉这是大材小用，不过还好，离开京城之后，英雄总有用武之地。

下面的女官、宫女们都等着训示，谁知晋王只有一句话，"王妃即孤，孤即王妃，王妃的命令，晋王府任何人不得违背。"晋王妃的话也极简短，"晋王府自有家法，家法如军规，但凡有违反的，军法处置。"

眼前这些人全是从宫里出来的，或许毫无背景，或许跟某座宫殿大有瓜葛。这些晋王妃全部不理会，反正我有我的家规，凡违反了的，一律军法处置。

不管是什么来头，总之进了晋王府，就要守晋王府的规矩，就要听命于晋王、晋王妃。

晋王浅笑，小青雀你真是不改将军本色，拿咱家当军营了。好，很好，很有趣。

晋王妃根本没有看账本查账册盘问王府产业，扔下句"军法处置"，她老人家便和晋王并肩离去，到熙园骑马打猎去了。熙园是宫苑，太大的野物是没有的，兔子、小松鼠，

青雀歌

总能逮着几个，聊胜于无。

　　熙园林木参天，风景优美。平整的林荫道上，响起清脆的马蹄声，银铃般的欢笑声。

　　"王妃真爱玩。""可不是，咱们殿下原本多文静，都被她给带野了。"对于这么位与众不同的王妃，宫人私下里颇有微词。满京城看看，哪有王妃这般好动的？王妃，应该贞娴幽静，淑婉大方。

　　晋王府专门辟出一大块空地，做为王妃的演武场。这是真正的演武场，十八般兵器样样俱全，宽阔轩敞，不只可以习武，还可以演练阵法。

　　祁青雀接受了晋王妃的金册，同时，她的名字依旧在边军名册上。她不仅是晋王妃，还是怀远将军。

第十五章　于归之喜

第十六章
新婚历险

新婚第六日，宁寿宫来了位内侍，传太皇太后的口谕，"晋王妃即刻觐见。"晋王温和谢了内侍，命宫女带他到偏殿待茶。

"祖母为何忽然要见你？"晋王沉吟，"青雀，我陪你一同前去。"让新婚妻子孤身去宫里，晋王是很有些担心的。

"不用。"青雀笑道，"祖母单独召见我，你也跟着去，招人嫌啊。好像很不放心似的，不好不好。"

青雀十分坚持，晋王只好让她独自进了宫，自己并没有陪同。青雀走后，晋王叫来钟嬷嬷，细细吩咐了几句。钟嬷嬷神情凝重地屈膝答应，急急去了。宁寿宫中的消息，是要打听着才好，总不能新婚方才六天的王妃单独去了宁寿宫，晋王只能在府中干等着。

王妃才是新婚第六日，皇家的亲眷她全部不熟悉，太皇太后的性子、宫里的情形，两眼一抹黑。王妃，你可切莫说错话啊，钟嬷嬷暗暗祷告。

宫里很快送出信：安阳侯的儿媳妇沈荷上书宁寿宫，称晋王妃祁青雀有意隐瞒身份，欺君罔上，她是宁国公府的邓之媛，宁国公夫人可以为证。太皇太后大惊，召宁国公夫人入宫问话。再之后，便是宣召晋王妃。

"卑鄙无耻！"钟嬷嬷气得浑身发抖。

晋王徐徐站起身，"备车，孤要进宫。"

内侍在前边引路，青雀迈着不疾不徐的步子，进到宁寿宫。太皇太后在正殿端庄坐着，身穿燕居冠服。正殿，燕居冠服，这么正式，肯定不是普普通通的家常叙话了，青雀心中雪亮。

青雀盈盈下拜，太皇太后默默看了她片刻，温声道："起来吧。"青雀拜谢了，站起身，恭顺地垂手侍立。

太皇太后招手命她近前，仔细端详过她灿烂晶莹、青春洋溢的面庞，悠悠叹道："真没想到，原来你幼年之时，祖母竟是见过你的。"

祁青雀就是邓大小姐，邓大小姐就是祁青雀。原来阿原幼时喜欢的那位小姑娘，便是眼前这位新妇。阿原和她，真是有缘分啊。

青雀眼睛一亮，惊喜问道："您见过幼年的我？真是太好了，祖母，我是谁家的孩子，我的父母亲是谁？"

太皇太后不禁愕然。怎么你连自己是谁家的孩子也不知道么？哪有这个道理。青雀两腮飞红，喜悦地看向太皇太后，"祖母，原来咱们很久之前便见过面了啊，难怪我一看到您，便觉得十分亲切！"

太皇太后看着青雀眼中的喜悦、孺慕之意，微微笑起来。这孩子跟阿原一样呢，全无心计，一派单纯。

"听你这么说，小时候的事，全不记得了？"太皇太后慢慢问着青雀。青雀点头，"是，全不记得了。我是被人从深山里救出来的，救出来的当时……"

说到这儿，青雀顿住了，面有踌躇之色。太皇太后微笑，"当时，怎么了？"青雀小心翼翼看着她，"不大洁净呢，不敢当着祖母的面讲那些。"太皇太后心头动了动，脸上的笑容不变，"傻孩子，跟祖母有什么不能讲的，不洁净也无妨。"

青雀小小地松了一口气，硬着头皮讲道："我那时候，大概七八岁的样子，五脏六腑都受了伤，还有极重的外伤，浑身是血，根本就是个小血人儿。被救起来的那会儿，只剩最后一口气。"

太皇太后大为震惊，"你说什么？你再说一遍！"先是震惊，说到后来，语气已颇为严厉。

青雀怯怯地低下头，"……就剩最后一口气，好容易才捡回来一条小命。后来内伤一直治不好，听说贺兰山有位杏林高手，专程到贺兰山求医……"见太皇太后脸色不好，声音渐渐小了下去，不敢再往下说。

太皇太后胸膛起伏，显然是气极了。青雀这新婚不久的小媳妇儿在太婆婆面前还是很拘束的，见太皇太后生气，怯生生站在一边，手足无措。

冬日阳光洒进殿中，温和舒适，灿烂珍贵，带来丝丝暖意。殿角一张金丝楠木的长案几上，一盏样式古朴的青铜鼎状香炉，静静吐着芬芳的香烟。

"你小时候的事，果真已是全然不记得了？"良久，太皇太后缓缓问道。青雀眸色一暗，"只记得整天整天躺在床上，没完没了地喝汤药。药很苦很苦，苦得难以下咽。"

太皇太后叹了口气，温和说道："好孩子，你受苦了。"语气中颇有安抚之意。青雀甜甜笑，"不苦不苦，后来全好了，活蹦乱跳的。"

"是个有福气的好孩子。"太皇太后大为叹息。

青雀绘声绘色讲着自己疗伤的经过，"……一开始在京城，后来渐渐向西北，遍寻名医。最后在贺兰山中寻到一位高人，才算把伤治好了。"

"那位高人医术卓绝，不过却是孤身一人，并无家眷。他父母亲人都惨死在胡人铁蹄之下，我当日受他医治之时，曾答应过他，终生抵御胡虏，保家卫国。治好伤之后，我便信守诺言，到军中做了一名小兵。"

太皇太后极为动容，"怪不得你一介弱女子，竟和男子一般上了战场，原来有这段因由。青雀，你真是有情有义、言出必践的好孩子。"

青雀受了夸奖，孩子气地笑着，天真无邪。太皇太后越看她越觉喜欢，"这孩子，看得人心里热乎乎的。"眼神纯净明亮，嫣然一笑明丽如繁花，令人心生欢喜。

"青雀，你和宁国公府的邓麒极为亲近，是真的么？"太皇太后看着青雀如花笑靥，忽想起一件要紧事。

"是啊。"青雀的笑容中有迷惘之意，"祖母，我也不知道为什么，看到邓伯伯便觉着异常亲切，欢喜无限。"

骨头管的啊。太皇太后目光悲悯，这孩子虽是受伤太重，从前的事都记不起来了，可是见到亲爹，却是自然而然地想要亲近。天性啊，父女天性。

太皇太后要留青雀在宁寿宫多坐会儿，青雀不好意思地红了脸，"祖母，晋王殿下不喜欢一个人吃饭，回回要我陪着……"还坐呀，阿原会着急的。

太皇太后眉开眼笑，"回罢，青雀。"赶紧回晋王府吧，莫让阿原孤单。吃个饭也要腻在一起，这小两口可真是恩爱。阿原、青雀伉俪如此和谐，想抱曾孙子，指日可待啊。

青雀笑盈盈陪太皇太后说了几句闲话，告辞出来。走在富丽堂皇的庭院中，沐浴着冬日暖阳，青雀面目间被映上一层浅浅的金色，顾盼生辉。

出了宁寿宫，宫人带领着一老一少两名贵妇迎面走来。这老年贵妇已是白发苍苍，眉宇间却全无慈和，满是戾气。青年贵妇生得很是秀美，举止却不够大气端方，有些束手束脚的。

见了青雀，宫人忙跪下行礼，"拜见王妃。"那名老年贵妇却倨傲地站着，看向青雀的目光充满憎恶、仇恨。青年贵妃犹豫片刻，随着宫人在路旁俯伏，"妾沈氏，拜见王妃。"

宫人见老年贵妇傲立不跪，急得悄悄拉她裙尾，"荀夫人，这是晋王妃。"

荀氏满心要把这一辈子受到的冤屈都报复到青雀身上，怎肯对青雀屈膝？她怒目瞪着青雀，恨不得把眼前这明艳照人的女子给撕碎了。

青雀不理会荀氏，居高临下看着那俯伏在地的青年贵妇，"沈氏，是贪污军饷、通敌卖国、在菜市口被处决的沈复之女？"

青年贵妇迅速抬头看了她一眼，目光中满是怨毒，随即垂下头，忍着屈辱低声应道："是。"

青雀淡淡一笑，"沈复父子被杀，家眷全部流放西北，幸免的只有出嫁之女。沈家长女沈茉是宁国公府世孙夫人，膝下一子一女，俱已成年，你年龄不对，想必不是你。沈家次女沈芝嫁给兵部右侍郎席承宗为继室，如今在庄子上静养，想必也不是你。沈家季女沈荷嫁给安阳侯庶子叶知盛为妻，想来便是你了。"

宫人在旁赔笑，"王妃说得极是，这位正是安阳侯府的少夫人。"沈荷身子微微抖了抖，低声又应道："是。"

青雀轻蔑地笑了笑，"沈复生平有十大罪状，罪大恶极，他的女儿竟然还敢在皇宫中出现，胆子真是不小。"

沈荷低头无语，心中怨恨不已。

荀氏怒火腾腾腾往上蹿，厉声道："祁青雀，你如此傲慢，目中无人，见了我也不请安问好，是你尊敬长辈的礼数么？"

女官见荀氏无礼，大惊，一边忙不迭地向青雀赔罪，一边便要去制止荀氏。青雀微微笑了笑，冲她做了个手势，示意她不必干涉。女官心中忐忑，赔着笑脸，"是，王妃。"

青雀似笑非笑看向荀氏，"敢情你也知道我姓祁。我是祁家之女，皇家之妇，你算哪

青雀歌

门子的长辈？"

荀氏眼中快要冒出火来，"你如此不孝，皇家岂能容你？老天岂能容你？"

不认自己的父族，这是不孝，你还想讨着好处不成。祁家竟敢拿一个冒牌女儿跟皇家结亲，这是明晃晃的欺君！邸报记载得清清楚楚，晋王纳妃，行问名之礼，使者"奉诏问名，将谋诸卜筮"，宣城伯答，"臣女，夫妇所生。"这分明是说祁青雀是祁震、英娘的亲生女儿，欺瞒，肆无忌惮的欺瞒。

这事若是摊开了，宣城伯府是什么罪名，祁青雀是什么罪名？你还敢跟我横呢，不知死活。荀氏眼光兴奋，很想把心里话滔滔不绝地骂出来，过足嘴瘾。可是且慢，还是再忍耐片刻吧，到太皇太后面前一举把她扳倒，把她打回原形，岂不更痛快？

"祁青雀你给我等着！"荀氏心中的千言万语，化做一句恶狠狠的威胁。

"是哪家的女眷这般无状，敢对孤的王妃无礼？"清清冷冷的男子声音响在众人耳边。

举目望去，晋王带着几名内侍缓步而来。

晋王身穿淡青色绣九飞龙明光锦袍服，美丽庄重，浑不似尘世中人。

他的目光从荀氏身上一掠而过，冷淡中又带着轻蔑和厌恶，荀氏心头一寒。

荀氏对着青雀敢怒目而视，见了晋王却没什么脾气，和众人一起跪了下来，"拜见晋王殿下。"

青雀笑吟吟走过去："殿下怎么来了？"

不是跟你说过了么，祖母召见的是我，你不要来，好像很不放心祖母似的。祖母会多心，知道么？

晋王柔声说道："孤想念祖母，特来向祖母请安。"青雀迎上他关切的目光，小声交代，"哎，你别太狠了呀，毕竟……"晋王纤长白皙的手指伸到她嘴边，温柔止住她，"放心，孤自有分寸。"

两名内侍抬着一乘青色帷帘的轿子飞奔过来，"王妃，你先回府歇息，孤稍后便回。"晋王含笑为青雀揭开轿帘。

青雀淘气地看着他，那神情分明是在嘲笑，"阿原，这不是你应该干的事。"晋王却回报给她一个暧昧的浅笑，小青雀，我又不是没为你揭过轿帘。

青雀嫣然一笑，喜滋滋地上了轿子。

"阿原，手下留情。"顾念着邓麒和宁国公，临走之前，青雀又轻声交代了一句。晋王温柔笑笑，"一定。"替青雀放好轿帘，挥挥手，内侍抬起轿子，轻快地走了。

荀氏和沈荷跪在地上，两人带着惊疑之色偷偷看了一眼。晋王他……和才迎娶不过六天的王妃如此恩爱……

一双踏着青底缎面朝靴的脚停在她二人面前，荀氏和沈荷都屏住了呼吸。

良久，这双朝靴离开视线之后，两人才松懈下来，背上出了一层冷汗。

"殿下已经离开，诸位请起。"女官柔声说道。

荀氏和沈荷一起站起身，眼神茫然。晋王，他分明是求见太皇太后去的，他可是太皇太后的亲孙子，见了面，他会跟太皇太后说什么呢？

宁寿宫里，晋王命内官找出成华十五年九月上旬的起居注，指给太皇太后看，"当年宁国公在先帝面前亲口所言，邓大小姐之媛已经病亡。今时今日，宁国公夫人又在您面前亲口说道邓之媛还活着，是我的王妃。祖母，究竟是宁国公欺骗先帝，还是宁国公夫人戏耍您？"

太皇太后慢悠悠看了晋王一眼，"阿原，你记得真清楚啊。"要从起居注查一件事的来龙去脉当然可以，不过通常很费工夫。阿原可倒好，哪年哪月记得清清楚楚，信手拈来。

晋王淡淡道："先帝召见宁国公之时，我在屏风后偷听。听了那噩耗，我昏倒在地，大病一场，昏昏沉沉在床上躺了许久。祖母，不瞒您说，我病好之后还背着先帝去翻过起居注，盼望那件事是假的。可是，白纸黑字写得清清楚楚，宁国公曾孙女邓之媛，病亡。"

太皇太后忆及往事，心生怜悯，"可怜的阿原，那时你真是病了许久，祖母快心疼死了。"

晋王面色倔强，"宁国公夫人总不能无缘无故到祖母面前撒谎骗人图好玩，看来青雀真是邓家大小姐了。祖母，宁国公欺瞒先帝，罪不可赦，阿原要请哥哥依律例惩处，绝不宽贷。"

太皇太后沉吟道："青雀若真是邓家的孩子，看在她的分上，咱们倒不好为难宁国公府。阿原，那是她的娘家。"

晋王撩起衣摆，缓缓跪倒在太皇太后膝下，"祖母，阿原生平最敬爱先帝，每每忆及先帝，泪湿衣襟。先帝被宁国公肆无忌惮地欺骗，阿原不能容忍。"

太皇太后眼中闪着泪花，"你这孩子一向温恭和平，从没听过要惩处谁的，如今知道宁国公欺瞒先帝，却是再也忍耐不下。不枉先帝疼爱你，阿原，你是孝顺孩子。"

"宁国公夫人还在偏殿候着。"太皇太后告诉晋王，"祖母这便命人把她唤来再问她一遍，若她依旧坚持，说不得，只好让你哥哥处置了。"

事关晋王妃，太皇太后完全能够做主。事关宁国公，那可不是太皇太后说了算的，只能皇帝下旨。

"谢祖母！"晋王恭恭敬敬叩头。太皇太后怜爱地拉起他，"阿原，你父亲泉下有知，定是万分欢喜。"晋王红了眼圈，太皇太后心里也是酸酸的。

太皇太后命令女官，"传荀氏、沈氏。"女官恭敬地答应，快步出殿，没多大工夫，带着荀氏、沈荷进来了。荀氏和沈荷进了殿，拜见过太皇太后，心中忐忑不安。

太皇太后温和地问道："荀氏，你说晋王妃是你曾孙女邓之媛，属实么？你曾孙女邓之媛，可是已经在成华十五年办过丧事了。"

荀氏吓了一跳。这是怎么回事？十年前的事太皇太后居然还记得么。她虽隐隐觉着不对，但禀性倔强，不善变通，略怔了怔，结结巴巴说道："回太皇太后，妾，妾所言属实！"

太皇太后微微笑了笑，"如此。"

太皇太后把荀氏和沈荷传进来，问了荀氏一句话，至于沈荷，却是一句话没问，便命女官把她二人带了下去。

荀氏本是成竹在胸的，被女官带出宁寿宫后，却忽然觉得一阵心慌。沈荷更是脸色煞白。晋王在太皇太后身边站着，太皇太后只问了一句话……

这事，大大不妙啊。

出了宁寿宫，换了两名小内侍带领着，往西华门方向走。荀氏、沈荷心中都有千言万语，可是一句话也说不出来，只默默前行。到了西华门，荀氏、沈荷各奔东西。一个回宁国公府，一个回安阳侯府。

沈荷回到安阳侯府不久，先有太皇太后遣使申斥沈氏，"罪臣之女，务必谨守本分，不应多嘴多舌"；接着是皇帝遣使申斥安阳侯，"尔等诋毁晋王妃，挑拨天家骨肉亲情，意欲何为？"两番申斥之后，安阳侯傻了，怕了，合府惊惶。

荀氏才回到家，大理寺卿范平带着人到了宁国公府大门前，"奉旨拿宁国公问话。"门房听了，屁滚尿流，忙往里通传。

范平一行人长驱直入，顺着宽阔的甬路往前走。快走到尽头的时候，宁国公行色匆匆地迎上来，"范大人大驾光临，在下未能远迎……"他的话还没说完，范平便老实不客气地打断他，"奉旨拿老大人问话，老大人请去了冠带。"

宁国公颤巍巍去了帽子、腰带，俯伏于地。范平慢慢说道："有旨意：宁国公邓永有意欺瞒先帝，辜负圣恩，着革去官职，入狱讯问，钦此。"

邓晖、邓麒等儿孙们闻讯飞奔过来，邓晖赔笑问范平，"范大人，敢问家父犯了什么事？"范平笑道："在下奉旨前来，不便多言。邓世子，你只问令堂便是。"也不跟众人多纠缠，命衙役锁了宁国公，扬长而去。

宁国公府炸了。

宁国公府能有今时今日的地位、威风，靠的是谁？宁国公啊。是他数次佩将军印出征，屡屡得胜，战功赫赫，邓家才能变为抚宁侯府，再变为宁国公府，越来越显赫尊荣。

邓晖急得团团转，"这可如何是好！"邓天禄和邓无邪兄弟俩同声质问，"范大人说让问祖母，祖母怎么了？为什么祖母才从宫里回来，祖父便被拿下大理狱？"

邓晖带着儿孙们急急忙忙去了上房。见了荀氏，邓晖含泪问道："母亲，您在宫里说了什么、做了什么？为何您才回来，父亲便被奉旨拿问，下了大理狱？"

邓麒、邓麟、邓天禄、邓无邪等人，全都无言地看着荀氏，颇有质问之意。

荀氏听说宁国公被大理寺捉了去，好像被雷劈了一样，脑中一片空白，呆呆的不动。邓晖扑通一声在她面前跪下，悲愤喊道："母亲，究竟是为什么啊？"

邓麒等人也跟着跪下，"祖母，到底是为什么？"荀氏茫然无措看着眼前的儿孙们，眼前一黑，向前栽去。

邓晖眼疾手快接住荀氏，放声大哭，"母亲，孩儿不孝！"邓天禄急得在一旁跺脚，"这当儿祖母又晕了！到底是为什么，赶紧说出来，咱们好想辙去！总不能任由祖父坐牢！"邓无邪等人也深以为然。您晕什么晕，这是晕倒的时候么，您倒是把缘由说清楚了呀。

孙氏和沈茉等女眷听了，也是手脚冰凉，吓了个半死。国公爷被下了狱！这宁国公府，可是全靠国公爷撑着的啊。

等到大家都知道宁国公下狱和荀氏有关，众人大都板起脸沉默不语。沈茉眼珠转了转，偷偷地、悄无声息地溜了出去。

怎么会是这么个结果！沈茉绕过屏风，出了后门，心里懊丧得不行。今日沈荷和荀氏进了宫，下午宁国公便被抓，其中定有干系。

我要整治的是祁青雀，不是宁国公！沈茉急得眼冒金星。

沈茉在院子里转了半天，忽停了下来。荀氏这会儿是晕了，可她总会醒的！便是她不醒，邓麒他们总有法子打听出前前后后，会知道荀氏是和沈荷一起去的宁寿宫，会怀疑到我身上！

沈茉急急奔回去亲笔写了封书信，叫来自己的心腹侍女，厉声吩咐，"快，命人马不停蹄，送往宣府！告诉大少爷，让他速速回京！"侍女屈膝答应，急忙出来吩咐人送信。

沈茉软软地瘫坐在地上。翰哥儿，你可要快点回来呀，你若回晚了，你娘亲我……沈茉打了个寒噤，后背发凉，浑身发冷。

"娘，您怎么了？"沈茉耳边响起邓之屏温柔而又略有焦急的声音。

沈茉转过头，邓之屏青春娇艳的面庞出现在她面前，明亮的眼眸之中，满是关切之意。

"屏儿，娘全是为了你。"沈茉握紧了邓之屏的手，喃喃低语："娘和……宫里有约定，知道么？娘设法向晋王妃发难，不管事情成与不成，那人都会替你和张祜做媒，让你嫁给他。那人地位尊崇，但凡她开了口，这事没有不成的。"

邓之屏又是惊讶，又有些欢喜，颤声道："娘，真的么？"

想到能嫁给张祜，她满脸晕红。

"真的。"沈茉眼神温柔了，微笑告诉她，"女儿，你等着做英国公府世子夫人吧。"

邓之屏本来和宁国公府众人一样满腹忧愁的，听了沈茉这话，眼中却有了迷蒙的柔情。

祜哥哥，我要嫁给祜哥了……

晋王从宫里回来，冲新婚妻子表着功，把自己的打算悉数说出，"……小青雀，四哥替你出气，教训邓家那帮无法无天的恶人。"

青雀笑眯眯听着，在他脸上亲了一记，"四哥真好。"想得很周到，做法很老到，值得奖赏啊。

她的唇柔软甜美，晋王被她亲得飘飘然，忙把另一侧脸颊也凑过去。青雀蜻蜓点水般在他脸颊上沾了沾，晋王美得不行，这才多大会儿啊，妞妞亲了我两回！

"妞妞待四哥好，四哥必定千倍万倍地回报！"晋王浅浅笑着，柔声许诺。

"若我待你不好呢？"青雀不经意问道。

"妞妞舍得待四哥不好？"晋王一脸委屈地看着青雀，眼神十分无辜。

他的眼睛像一潭深水，幽远澄澈，璀璨晶莹。青雀被他看得心软，柔声道："不会，妞妞舍不得。"

她声音比平常软糯，听在耳中有种酥酥麻麻的感觉，晋王心中一悸，情不自禁吻上她的唇。四唇相接，两人细细品尝着对方的甜美，心头又是欢喜，又是迷惘，一时间竟忘了身在何处。

外面传来谨慎的叩门声。

晋王犹自恋恋不舍，青雀红着脸推开他，"四哥，外面有人敲门。"晋王替她将将鬓发，低声道："妹妹发髻乱了，坐着莫动。"亲亲她的小脸，站起身往门口走去。

青雀觉得脸好像要烧起来了，忙伸手捧着脸。

"何事？"耳边传来晋王低沉、略带不悦的问话声。

"殿下，安阳侯夫人求见王妃。"宫女大概知道自己来得不是时候，声音有些惶惑。

"不见！"晋王冷冷的，"连儿媳妇也管束不住的侯夫人，王妃见她做甚！"

"撵走了。"晋王坐回青雀身边，抱怨道，"正做着正经事，却被这些俗人打扰，好不讨厌。"

青雀笑眯眯，"这人来得不是时候，确实讨打。"

妞妞跟我真是心有灵犀！晋王浅浅笑着，慢慢凑近青雀，"妞妞，咱们接着做正经事。"重又吻上青雀嫣红的双唇。

唇齿相接，他轻轻吸吮她的舌，曲意温存，深情缱绻。他的唇温润炽热，舌头柔韧灵活，她的呼吸渐渐被夺去，神志不复清明，身子麻酥酥软绵绵的，四肢百骸，俱觉畅美。

"亲的明明是嘴，为什么连手和脚都会觉得很舒服呢。"朦胧恍惚间，青雀迷迷糊糊地胡思乱想着。很奇怪呢，自从和阿原成了亲，遇到许多奇怪的事。很奇怪，也很有趣。

"晚上咱们做更正经的事。"缠绵亲吻之后，晋王含笑看着新婚妻子，柔声说道。青雀自然知道他口中"更正经的事"是什么，伸手打了他一下，"没羞！"

"四哥又没有说错。"晋王眼波流转，捉住她的小手放在唇边亲吻，璀璨双眸中满是温柔笑意，"好妹妹，新郎官亲迎新妇之前，家长会告诫他，'往迎尔相，承我宗事，勖帅以敬'。妹妹听听，咱们晚上要做的，岂不是最正经的事？"

"往迎尔相，承我宗事，勖帅以敬"，去迎接你的新娘吧，继承咱家宗庙之事（传宗接代），引导她，尊敬她，一起幸福度日。

"妹妹，这是多么神圣的事啊。"晋王浅浅笑着，眉眼之间，春色盎然。

神圣不神圣，正经不正经的另说，这是你如今最关心的事！青雀白了晋王一眼，你个小色狼。

外面又传来小心谨慎的叩门声。

青雀瞅瞅时辰，笑吟吟捏捏晋王粉嫩的脸蛋："殿下，外面敲门的准是钟嬷嬷，请咱俩去做一件非常正经的事：用晚膳。"

晋王摇头，"什么晚膳，用不着。我眼前有位绝色美女，秀色可餐。"青雀伸手拉起他，两人一起走到镜子前整理好发髻、衣衫。行了，很庄重，可以见人了。

外面叩门的是钟嬷嬷。她面有为难之色："殿下，王妃，安阳侯夫人求见不成，竟在府门外长跪不起。她在府门前那么一跪，不知情的士庶若是看到了，还以为晋王府仗势欺人呢。"

晋王吩咐道："差人到安阳侯府说一声，让安阳侯速速把人领回去，休要歪缠。"钟嬷嬷恭敬答应，"是，殿下。"

新婚夫妇一起吃过晚饭，手拉手到宫苑慢慢走了个圈，之后去了演武场。青雀练剑，练枪法，晋王负责在旁鼓掌叫好，外加递个手帕，递杯茶水。

钟嬷嬷硬着头皮又来禀报，"殿下，安阳侯也来了，和他夫人一样，在府门外长跪不起。"

青雀练剑正练得起劲，一柄剑使得疾如闪电、如梦如幻。曼妙时如仙女散花，行动处如蛟龙出水，剑气纵横，身姿洒脱，煞是好看。

晋王神色淡淡的，"不必理会。"眼睛只管盯着场中的妻子，不时鼓掌叫好。钟嬷嬷见状，只好无奈退下。

府门前跪着位侯爷、侯夫人，钟嬷嬷终究觉得不妥当，命侍女把况周请来，"况长史，这么着不是个办法，不如你去劝劝殿下。晋王府不能有嚣张跋扈的名声啊。"

况周温和道："嬷嬷您多虑了。殿下是先帝爱子，今上亲弟，便是真跋扈些也无妨，何况并没有。安阳侯夫妇纵容儿妇诋毁王妃，受些教训是应该的。"

钟嬷嬷见他言语虽温和，态度却很坚定，叹了口气，"其实我也气他们，若他们得逞了，此时王妃不知如何呢！不过，总是虑着殿下，不忍他名声受损。"

况周微笑，"嬷嬷您是不肯因着打老鼠，却伤了玉瓶。"钟嬷嬷也是一笑，"可不是么。"况周安慰钟嬷嬷几句，告辞，回去陪伴妻儿。

钟嬷嬷静静想了想，觉得晋王殿下做得很对！王妃入宫之前，殿下担心成什么样？便是自己做嬷嬷的，担心成什么样？安阳侯府那封奏章若真起了作用，王妃如今是死是活，还说不准呢。

安阳侯府这会儿才知道害怕了。先前纵容沈荷往宫中上书时，怎不考虑周全了？可别说什么沈荷是贸然上书，自做主张，安阳侯这当家人没点头，她一个庶子媳妇便敢把折子递到宁寿宫？若果真如此，这安阳侯也真是该死了，连家中女眷也约束不住！这安阳侯明明是油脂蒙了心，想和某些心怀叵测的人一起算计晋王妃。结果不但没算计成，还吃了个大亏。这种人有什么好可怜的。先前既敢做恶，如今便活该受苦！

钟嬷嬷想通了，平心静气地照旧理事，不再注意安阳侯夫妇。

晋王等他的王妃练完剑，两人相携回房，沐浴更衣之后，去做些正经事体。譬如说，吟一首含情脉脉的诗，作一幅美丽动人的画，等等。

戌正时分，晋王府的门慢慢关上，落了锁。街人行人渐渐稀少，原本远远站着看热闹的人也大都散了，王府门前清冷的灯光下，只有并排跪着的安阳侯夫妇俩。他俩都不年轻了，大概五十上下，已有了老态。

到了次日，安阳侯夫妇快要昏过去之前，王府长史况周施施然走了出来，"两位请回吧。晋王殿下和王妃宽宏大量，前事概不追究。"

安阳侯满面愧色，一再赔罪，又道："叶家一定休了沈氏这恶妇，再也容不得她"。况周微微一笑，"侯爷的打算，只是休了沈氏么？"

好盘算。敢情安阳侯府折腾了这么一回，到最后只是休了沈氏而已。沈氏对于安阳侯府只不过是个儿媳妇，是个外人，休了沈氏，安阳侯府可是不伤筋不动骨的。

安阳侯支支吾吾的，"沈氏大胆妄为，专断独行，她做的事，我们事后方知。"安阳侯夫人蓦然抬起头，"沈氏膝下有两子，这两个孩子，让她一并带走！"

安阳侯诧异地转过头，"那到底是叶家的亲孙子！"安阳侯夫人咬牙，"也是沈家的骨血！这沈家，做父亲的通敌卖国，做女儿的胆敢诋毁晋王妃，沈家的外孙，安阳侯府不敢要！"

安阳侯面有不忍。

"两位请回罢。"况周淡淡道："两位若无赔罪诚意，在王府门前长跪亦是无用，徒惹殿下不快。"

几名王府护卫走进来，熟练地拉起安阳侯夫妇，把他们两个塞上一辆马车，送回安阳侯府。

这天兵部右侍郎席承宗专程来拜访过晋王。席承宗还不到四十岁，正值壮年，浑身上下都透着精明强干。他神情恭谨地讲着自己的家事，"原配不幸早逝，留下两儿一女。为着幼小孩儿有人照看，方续的弦。沈氏过门后，对原配留下的儿女不慈，渐渐露出后娘面目，我后悔不已。沈家事发之前，我原打算把沈氏送回娘家的，可没等我声张，沈家便迅速落败。这时沈氏已无娘家可回，休不得，只好让她在庄子上静养。"

席承宗很精明，他是来撇清的。撇清的同时，还委婉地替自己做了辩解：不是我没有夫妻情意，是沈氏先对继子女不慈的；我本来已打算休了她，可她如今无娘家可回，倒休不得了，只好养着。

席承宗告辞之后，晋王纳闷地拉过青雀，"姐姐，沈家次女遇着的夫婿是席承宗这样的无情之人，季女遇到的夫家是安阳侯夫妇那样的无义之辈，怎么偏偏长女时运如此之佳，遇到邓麒这样重情重义的男人？"

要是邓麒也像席承宗似的，沈茉早不知死到哪儿了。

青雀想了想，"你这么一说，真的呢，沈茉时运也太好了！我爹这人虽然不怎么能干，时常犯糊涂，可真的对她很好呀。因为她是邓之屏、邓之翰的亲生母亲，为了不伤儿女的心，哪怕再冷落她，也依旧让她做邓家长孙媳妇。除了邓麒的关爱她没有，其余的，名分、地位、儿女，她一应俱全。"

"这回，邓麒还会不会护着她？"晋王觉着牙痒痒。

"管他呢。"青雀不在意地笑："反正宁国公进了大理狱，三天两天的也出不来，他们看着办吧。"

荀氏和沈荷才从宁寿宫出来，宁国公就被下了大理狱，但凡有点脑子的人，都能想明白其中的厉害。宁国公府是要继续纵容荀氏、沈茉，还是要不惜一切代价救回宁国公这当家人，自己选吧。

一天，两天，三天，宁国公府一直没有动静。

宁国公府还在犹豫不决，安阳侯府却是很快下了决心。安阳侯夫人把族人、娘舅、自己娘家兄弟全部请来，众人齐齐威逼之下，安阳侯迫不得已，只好答应把沈荷休了，连同沈荷所生的两个孩子一起，送到西北流放地，还给沈家。

沈荷抱着两个粉团儿一般的儿子，母子三人哭成了泪人。怎么会这样呢，怎么会是这么个结局，沈荷哀哀哭泣，实在想不通。

"娘，西北在哪儿？"怀里的小儿子抽抽噎噎问道。他虽小，也知道自己要被送往西北受苦。西北，那是个什么地方啊。

沈荷看着小儿子粉粉嫩嫩的一张脸，快疯了。这样的孩子若是到了西北，哪里还有活路？泡在蜜罐里出生的孩子啊。

一个颀长的人影闷闷走了过来。沈荷怀中的两个儿子看到他像看到救星一样，大声叫着"爹爹"。那人慢慢蹲下身子，苦笑着，把两个孩子接了过去。

"我送你们到西北，安顿好了，我再回来。"沈荷的夫婿、安阳侯的庶子叶知盛，简短说道。

沈荷的心一点一点沉下去，怂怂质问："是谁说宫里本有这个意思，咱们只需推波助澜便可？是谁亲口说的，这功劳是稳稳的，不要白不要？"

叶知盛轻轻拍着两个哭闹的儿子，冷冷道："是谁告诉你宁国公府诸多内情？是谁告诉你祁青雀性子光明磊落，这种人最易对付？"

"我信错了人，你也信错了人。咱们，全都错了。你想替沈家复仇，我这毫无建树的庶子想要出人头地，咱们急吼吼地出了手，结果你被放逐到西北苦寒之地，我失了娇妻爱子，咱们，全都一败涂地。"

沈荷咬咬牙，"我死不足惜，孩子有什么错？夫君，你若还念夫妻之情，让我去见见晋王妃。我一头碰死在她面前，求她放过两个孩子。"

叶知盛看看蓬头垢面、苍白憔悴的沈荷，心有不忍，"那又何必？"虽是这么说，却把怀中的孩子抱得更紧。

叶知盛抱着两个儿子，眼睁睁看着沈荷上了马车。

沈荷坐到马车上，凄凉地笑起来。

到了晋王府，沈荷没费多大力气，就见到了晋王妃。

"说吧，你背后那人是谁。"青雀站在台阶上，居高临下看着沈荷。

沈荷没想到她如此直截了当，诧异地抬起头，脸上没了血色。

沈荷犹疑良久，颤声道："男人在外头做的事，我哪里知晓？我不过是内宅妇人，公公、夫婿怎么说，我便怎么做，不敢违背。"

青雀神色淡淡的："你若不说，可以走了。"

沈荷狠了狠心，连连叩头："王妃，我死不足惜，求你饶过我的儿子！他们还是孩子，什么也不懂！"

"你这话，说晚了。"青雀慢悠悠说道，"你在上书宁寿宫之前，便应该把你两个儿子托付给值得依赖的人，带他们到安全的地方，知道么？"

沈荷蓦然抬头，迎面是青雀讥诮的目光。

"王妃，我有内情回禀。"沈荷乞怜不成，转而想告密，"我是受了挑唆，才会冒犯王妃！我娘家大姐沈茉说……"

"你不说我也知道。"青雀打断她，"这些不必提，我自有道理。我只想知道，宫里那人是谁？"

沈荷能把奏章递到宁寿宫，没有安阳侯父子的允许，她做不到。安阳侯父子若得不着好处，哪会冒冒失失出这个头？背后一定有人。

沈荷抬头恨恨地看着青雀，突然向旁边的石壁撞去！祁青雀，你是晋王妃，你厉害，是不是逼出人命来，你也会安然无事？

"有胆色。"青雀啧啧。沈复的女儿竟能慷慨赴死，刮目相看啊，刮目相看。

用不着青雀动手，早有近卫敏捷地扑过去，把沈荷死死按住。沈荷绝望地挣扎着，心中悲愤，怎么，连死都死不成么。

"送回安阳侯府。"台阶上的晋王妃清脆吩咐，"她若真想死，回叶家死去，莫脏了我晋王府的地。"

沈荷被近卫像扛麻袋似的扛了出去，塞上马车，送回安阳侯府。沈荷满心的不甘，可她被牢牢绑起来，挣不脱，动不了，连嘴巴都被堵住了，喊也喊不出来。

想起战战兢兢的庶女生涯，初嫁后的旖旎风光，沈家败落后自己遇到的种种难堪，沈

青雀歌

荷悲痛难忍，泪水肆意地流了满脸。原以为这是个契机，能替沈家复仇，能替沈家翻案，能让自己这罪臣之女重新昂首挺胸做人，谁知竟会惨败至此。

"专程到王妃面前寻死，很有趣么。"耳边传来王府近卫冷冷的质问声。安阳侯府不知是谁出面接待的，一迭声赔不是，十分谦恭。沈荷木木地坐在车里，整个人已经没了生机。

过了不知多久，叶知盛抱着两个孩子上了马车，沉着脸，吩咐车夫，"出城！"两个孩子看见沈荷被绑得结结实实的，嘴也被堵住，吓得哇哇大哭。叶知盛一边烦恼地哄着孩子，一边随手把沈荷嘴里的布取下来，又替她松了绑。

等到沈荷手脚渐渐能动了，两个孩子也止住了哭声。叶知盛和沈荷一人抱着一个孩子，相对无言。

"你的嫁妆，已全部变卖了。"好半天，叶知盛勉强开了口，"有银票，也有现银，全部随身带着，到了西北好使。"

"我为什么要去西北。"沈荷憋了半天气，忿忿然，"我又没有被流放！便是你家休了我，我有嫁妆，自能带着两个儿子度日！"

叶知盛无奈，"父亲母亲都说，既是从沈家把你娶来的，如今休了，必要送回沈家去，方算卸了干系。"见沈荷还是黑着一张脸，叹道："不只你要去西北，我不也要跑这一趟？认命吧，咱们打错主意了，京城待不下去，避开为好。"

沈荷心中一动，试探地看向叶知盛，"你也要避开？"叶知盛苦笑，"父亲总以为，休了你，这事便算抹过去了，之后皆大欢喜。依我看却没这般便宜，晋王不会肯善罢甘休的，安阳侯府往后还有更倒霉的时候。唉，还是躲躲吧，过了这风头再说。"

出了城，天色越来越暗，道路越来越荒凉。抬眼望去，暮色沉沉，令人陡然生出"前途应几许，未知止泊处"的茫然。马车继续向前走，仿佛要进入万劫不复的黑暗之中，无尽的苍凉在心底蔓延……

宁国公入大理狱三天，宁国公府忙乱不堪、鸡飞狗跳了三天。到了第四天，荀氏终于抵挡不住邓麒、邓麟、邓天禄、邓无邪这几个孙子的软硬兼施，同意上表章谢罪，承认自己在太皇太后面前胡言乱语，自请出家，以赎罪孽。

送荀氏到龙泉寺出家的这天，荀氏一路上哭得死去活来，邓晖也陪着掉了不少眼泪。至于其余人等，不管是儿媳妇孙媳妇，还是孙子重孙子，大抵上心情轻松得多，真心伤悲的少。

他们离得开荀氏，离不开宁国公。

从龙泉寺回城的路上，邓晖就开始威逼："麒儿，去晋王府！"我娘都出家了，你闺女难道还不满意？赶紧的，把我爹放回来。

"急什么。"邓麒慢吞吞的，"还有一个。还有沈茉没处置呢。爹，沈荷是怎么知道邓家内情的，您一想便知。若是不处置沈茉，我没脸跟妞妞开口。"

邓晖犹豫，"休了？"孙夫人皱眉，"休了她倒不值什么，她丧德败行，谅她也无话可说。只是翰哥儿可怎么办呢，那可是麒儿的长子。休了他亲娘，让他往后怎么掌管整个邓家。"

"那，关起来？"邓晖不知该如何是好。

第十六章 新婚历险

邓麒摇头，"关了，也能再放出来，谁信。"邓晖有些讪讪的，孙夫人想了想，也没想到好主意。

"要不，我去跟姐姐说，沈茉随她处置？"邓麒沉吟。

"我看行。"邓晖连连点头。

孙夫人轻轻叹了口气，"也好。"

邓麒到了晋王府，被请至偏殿待茶。细腻晶莹的瓷盏中泡着白毫银针，整个茶芽为白毫覆被，银装素裹，赏心悦目。慢慢呷一口，只觉香气清新，醇和爽口，真是好滋味。

慢慢喝完一盏茶，晋王、晋王妃竟没有出来招呼他。邓麒招手叫来宫女，"王妃不在府中？"宫女赔笑，"邓大人请稍候片刻，王妃很快便来。"邓麒只好继续喝茶。

邓麒等得都没脾气了，晋王、晋王妃才笑吟吟地并肩而来。邓麒本是等得急了，可瞧着姐姐气色极好，一张小脸光洁莹润，又觉心中欢喜。

青雀淘气地笑，"我俩方才忙了件正经事，让您久等了。"晋王面色一滞，"那个，我俩鉴赏画来着，名画，《夜宴图》和《山居图》。"

新婚夫妇一起鉴赏名画，真好！邓麒微笑，小两口不就该这样么，一起吟吟诗作作画，风雅又有趣。

屏退宫女内侍，邓麒低声把来意说了，"姐姐，我祖母已是出了家，再也回不到尘世之中，谁也打扰不到，谁也祸害不了。至于沈茉，听凭你处置。"

晋王幽深俊目中闪过丝不悦。听凭青雀处置？邓麒，敢情你是一点决断没有，给姐姐出难题来了。姐姐能把沈茉怎么着？能杀么，你肯么。

青雀笑眯眯的，"您千万甭让我做这个主。您要是让我做主，我会直截了当挥起大刀砍下去，不留活路！可是我知道，你们不会让我砍的。"

邓麒怔了怔，"姐姐，我不是怜惜她。我也想一刀杀了她，一了百了，可是……"

"我知道。"青雀善解人意地说道，"你是看着邓之屏和邓之翰，不忍心亲手杀了他们的生母。"

邓麒难堪地低下头。

晋王白玉般的脸颊上泛起层层粉晕，青雀知道他是生气了，悄悄伸手拍拍他，"哎，别放心上。"晋王闷闷的，捉住她的小手轻轻啄了下。

邓麒尴尬说道："我若当真结果了她，屏姐儿、翰哥儿可怎么办？为难得很。"

青雀斟了杯热茶递到他手上，笑吟吟看着他，"你若让我做主，沈茉就是个死。你若不想为难，我教你个乖吧：让邓之屏、邓之翰做主。沈茉是他俩的亲娘，让他俩来裁处，最公平不过。"

凭什么呀，邓麒在这儿为难来为难去，杀了也不行，放了也不行，怎么着都不合适。而邓之屏、邓之翰姐弟俩，却可以躲在长辈身后，坐享其成。

邓家顾忌的是他们，心疼的是他们，既如此，沈茉的命运，由他们决定吧。他们年纪已经不小，该承担的时候，要勇于承担。

"之屏和之翰？"邓麒捧着热乎乎的茶盏愣神，"让他们裁处，合适么。"

青雀笑，"你家迟早是要交到邓之翰手里的，对不对？邓之翰若是没有担当，邓家必会败落。”

邓之翰今年已十八岁，不是小孩子了。他是未来的邓家一家之主，沈茉做过的事全部告诉他，如何裁决，任凭他。

邓麒愣了半天，毅然决然说道："姐姐说得对，邓家迟早是要交到翰哥儿手里的。他若糊涂不晓事，可不成！让翰哥儿做主吧，让他拿出未来邓家一家之主的魄力，妥善处置他的亲娘。"

"那，我祖父……"邓麒不好意思地问道。

青雀笑了笑，伸手推晋王。晋王冲她嘬嘬嘴，不情不愿地承许："我明日进宫。"邓麒听了他这话，大喜。祖父啊，您老人家就快得见天日了！

邓麒乐了会儿，忽想起一件要紧事，"要赶紧送信给翰哥儿，让他尽快回来。"晋王不知是耳不忍闻，还是目不忍睹，转头看向殿角，目光寂寥失落。青雀笑，"你家肯定已经有人送信给邓之翰了，你等他回来便可。"邓麒脸一红，低头喝茶。是啊，沈茉能不送信出去么？翰哥儿是她最大的依靠。

"姐姐，我不喜欢你爹。"送走邓麒，晋王闷闷说道。

姐姐摊上的那是个什么爹呀，就会让姐姐受委屈！

"我爹还是很疼我的。"青雀微笑，"有爹就行啊，我不挑好坏。"

可怜的姐姐。晋王心痛，把妻子揽入怀中。青雀小声嘟囔，"有爹总比没爹强，对吧？"晋王想起早逝的先帝，黯然点头。

次日晋王便进宫求见皇帝，为宁国公求情。

皇帝亲自召见宁国公，申斥了一番，"卿贵为一品大员，连齐家也做不到么？家务如此纷乱，成何体统！"宁国公连连叩头认错，"臣知罪，臣惶恐。"

宁国公年事已高，功劳又大，皇帝申斥过后，命内侍扶起他，语重心长地嘱咐，"卿善治军，也要善治家方可。"宁国公唯唯。

暮色苍茫的时候，宁国公单身匹马，回到宁国公府大门前。注视着自己的府邸，注视着龙飞凤舞的"宁国公府"四个烫金大字，他眼眶湿润了。

无精打采的门房不知什么时候发现了大门前的宁国公，欣喜若狂地打开大门，"国公爷，您老人家回来了！"您可算回来了，您再不回，我们一个个的都想去跳河！

宁国公纵马进了大门，沿着宽阔的甬路向前疾奔。

邓晖带着儿孙们一路小跑着迎接过来，眼里闪动着泪花，"我的亲爹啊，您可算回来了！我总算把您给盼回来了！"

宁国公策马到了主院门前，"吁……"的一声，勒住马缰绳。在他前头，邓晖等一众儿孙们急急忙忙地过来，黑压压在他面前跪了一地。

宁国公注视着眼前这拨儿孙，神情平平无波，看不出是悲是喜。邓晖伏地大哭，"父亲，您受苦了！"他这一哭，还真有不少跟着哭的，顿时，哭声震天。

宁国公一扬眉，飞身下马，大踏步走向邓晖，手中马鞭狠狠抽了过去，"男子汉大丈夫，哭什么哭！"邓晖不敢躲闪，生生受了一鞭，然后往前爬了两步，抱住宁国公的大腿，不管三七二十一，大放悲声。

邓晖大半辈子都在宁国公的保护之下，这几天可以算是他人生当中最难熬的时日。他这一见宁国公，心里顿时无比踏实，就算宁国公拿马鞭子狠狠抽他，他也是甘之如饴。

宁国公沉着脸站了会儿，甩开没出息的邓晖，大踏步进了主院。宁国公谁也不理会，邓晖无奈，带着儿孙们灰溜溜地退了出去。临走，他吩咐邓麒留下，"你祖父心里不痛快，麒儿，好生服侍。"

邓麒抬头望天。敢情您也知道祖父这会儿心里不痛快，谁进去谁挨鞭子啊。

宁国公泡在浴桶里洗澡，邓麒磨磨蹭蹭过去给他搓背，"好几天没洗了吧？真脏。"宁国公恼怒地拍水，水珠飞溅到邓麒脸上，"你爷爷我是去坐牢，哪能不脏？"

邓麒抬手抹着脸上的水珠，口中抱怨，"这老头儿，脾气可真大！"宁国公回手要抽他，被他敏捷地躲开了。

宁国公气哼哼坐回到浴桶中，邓麒坐在浴桶边给他搓着背，把家里的事从头到尾说了一遍。宁国公闭目听着，默默无语。

邓麒摸摸水似乎有点凉了，又提了一桶热水添进来。热气氤氲，水雾弥漫，泡在水里的宁国公，心神有些恍惚。

邓麒以为宁国公睡着了，却见他忽然睁开眼，幽幽叹了口气，"妞妞到底是咱家的孩子，好说话，晋王却不是。"

"妞妞好说话，咱也不能净拣着妞妞欺负吧。"邓麒手上用力，把宁国公的背都给搓红了，"您想想，妞妞在咱家除了吃亏，还是吃亏。再这么着，我都没脸见妞妞了。"

宁国公这回没骂邓麒，出奇的平心静气，"你当我愿意呢？妞妞是小辈，你祖母是长辈，连你那恶媳妇也占着个继母的名头，也算长辈。哪家哪户不是小辈吃亏，小辈受气？没什么可说的。"

"那我闺女也不能吃亏吃一辈子。"邓麒嘟囔。

"她往后吃不了亏了。"宁国公苦笑，"就算她不介意，晋王能不介意么？麒儿，晋王这个人，咱们惹不起。"

"妞妞这小女婿不很坏，我喜欢！"提起晋王，邓麒眉开眼笑，"原本我是看他不顺眼的，不过瞅着他对妞妞百依百顺，心里又舒服了。"

邓麒高兴地拎了桶热水过来，从上到下替宁国公冲了一遍，"成了，干净。"宁国公无语半晌，慢吞吞出来，换了干净里衣、中衣。

"您猜翰哥儿会怎么做？"邓麒兴致勃勃地问宁国公。

宁国公摇头，"不知道。我娘亲，你曾祖母，是位很善良很温柔的女子，我没有恶毒亲娘，想象不到。"

邓麒摸摸鼻子，"我没有恶毒亲娘，也想象不到。"

宣府离京师不过四百里，接到家书、心急如焚的邓之翰立即请假回京。他只带着四个贴身服侍的随从，一路风尘仆仆，策马狂奔，唯恐一个赶不及，救不了亲娘的性命。

等他奔回宁国公府，冲到沈茉院中，见亲娘还好好的，毫发无伤，顿时没了气力，瘫倒在椅子上。这一路马不停蹄，他真是快累死了。

沈茉扑到他身前哀求，"翰哥儿，你要救我，一定要救我！你爹这回是铁了心要杀我，他把我和他的夫妻情意全部抛诸脑后，置之不理。翰哥儿，娘只有你了。"

邓之屏听说弟弟回了，急急赶过来。她见到弟弟，算是见到亲人了，泪眼迷蒙，可怜之极，"翰哥儿，你不在家，娘和姐姐无依无靠的，备感凄凉。"

邓之翰苦笑，"请先容我洗去风尘，囫囵两口饭，然后两位再诉苦，如何？"邓之屏忙命侍女打来热水服侍他梳洗，又吩咐人到厨房传饭。

邓之翰梳洗、吃饭的工夫，沈茉在他身边不停说着话，说的全是自己的恐惧、害怕、夜不能寐，"翰哥儿，你瞅瞅，我头发都吓白了。""我整晚整晚地睡不着觉，一直做噩梦。翰哥儿，我命好苦。"

沈茉只说这些，至于事情的因由，一字不提。

邓之翰闷头吃饭，也不搭腔。邓之屏在旁看着，心忽然沉了下去。翰哥儿模样不对，他虽是回来了，可是很不耐烦，对娘亲、对自己，并不亲近。对这两年没见面的亲弟弟，邓之屏忽觉得非常陌生。

邓之翰吃完饭，简短说道："我去给曾祖父请安。"站起身要走。沈茉惊慌地抓住他，"不，翰哥儿，你不能走！你爹真会杀了我的！"

邓之翰比她足足高出一个头，脸上虽还有些稚气，却比两年前干练多了。他低头看着沈茉，粗声粗气说道："放心，你的性命，我无论如何也要保下来。"说完，推开沈茉，大踏步走了。

邓之翰到主院给宁国公请安。宁国公把他上下打量过，见他长高了一大截，身子健壮，脸上有了坚毅之色，显见得这两年没有虚度年华，很是满意，"翰哥儿，你很好。"

邓麒也在，邓之翰上前拜见，重重地叩了三个响头。邓麒伸手拉他，他不肯起来，"爹爹，请你饶了我娘的性命。"邓麒长长叹息，"翰哥儿，起来说话。你在宣府两年未回，家里头的事你都不知道。爹爹从头到尾讲给你听，好不好？"

邓之翰见父亲神色缓和，不像是要娘亲性命的样子，驯顺地站起身，侧耳倾听。

"……头一回她害你妞妞，你是知道详情的。这一回，她想害姐姐，结果却害了你曾祖父。翰哥儿，你曾祖父何等的英雄人物，却因着你曾祖母，因着她，被系大理狱！"

"翰哥儿，你是邓家未来的家主，她是你亲娘。今天我把她交给你处置，不管你怎么决定，爹爹都答应。"

邓之翰没料到邓麒竟会让她决定沈茉的命运，一时间大为踌躇。宁国公和邓麒都静静看着他，根本没有开口催促的意思。

邓之翰脸色变幻不定，显然心中正在天人交战，拿不定主意。邓家家主，他再开口的时候，不再是任性妄为的少年，而是未来的邓家家主。他可以决定沈茉的生死，但是，不管是什么决定，必须要有足够的理由。

家主并不是一味蛮横不讲理就可以的，要以德服人。

邓之翰想了许久，慢慢开了口，"当年那件事，全是我娘不对。可，我娘是尊长，姐姐是卑幼，本朝律例，尊长犯卑幼，不是死罪。"

他这话说得不能算错。律例确实如此，尊长犯卑幼，亲属关系越近，判刑越轻。沈茉在律法上是青雀的继母，继母意欲杀死继女，判不了死罪。

邓麒沉下脸，"合着你姐姐若是被她害了，便白害了，是不是？"邓之翰倔强地仰起头，不肯答话。

宁国公淡淡道："当年的事不说了，如今这桩呢？"

邓之翰脸上出现羞愧之色，挣扎了好一会儿，壮着胆子说道："我娘挑唆三姨上书，揭发姐姐，引起事端，是她的不对。可曾祖母到了宁寿宫信口开河，丝毫不顾忌家族和曾祖父，却是曾祖母的不是。一样有不是，曾祖母既然安安生生在寺庙静养，我娘也不是死罪！"

邓麒发怒，"臭小子！连你曾祖母也编派上了，这是你做晚辈的道理？"邓之翰扑通一声跪下，连磕了几个响头，"孩儿知错。"

邓麒伸手把他拉起来，质问，"不能杀，难道这样轻轻放过去？翰哥儿，整个邓家往后要交给你，你不能一味偏袒她，不顾大局！"

"谁说轻轻放过去了。"邓之翰脸红脖子粗，"曾祖母都出家了，我娘还能照旧做贵夫人么？爹爹，我是依着道理来的，没有一味偏袒。"

"那你说，怎么办？"邓麒追问。

邓之翰咬咬牙，大声道："曾祖父挣下这份家业何等不易，却差点毁在她手里，难道她不惭愧么？她应该回到会亭老家，在祖居里，在先祖面前，忏悔自己的过错！"

"祖居，祖居。"邓麒喃喃。邓家人大约三年五年甚至十年八年的才会回乡祭祖，若是沈茉回了老家，差不多等于是和京城宁国公府隔绝了。甚好，甚好。

"多久？"邓麒忽想到一个很要命的问题。

"一辈子！"邓之翰神情悲壮。

邓麒热泪盈眶，大力拍拍邓之翰的肩，"儿子，为难你了。"沈茉再不好，也是翰哥儿的亲娘，翰哥儿能自己开口把沈茉放逐一辈子，难为他了。

邓之翰眼泪不争气地掉下来。

宁国公慢吞吞说道："老家风气淳朴，你娘能常和乡邻来往，想必会受到感化，去掉恶念。"

对于一个在京城过了几十年富贵日子的国公府少夫人来说，突然被发配到乡下，只能跟一帮庄户人家常来常往，这惩罚不能算轻。邓之翰能狠下这个心，宁国公还是觉得很欣慰的。

"什么常和乡邻来往。"邓之翰伸手抹了把眼泪，倔强说道："曾祖母都在寺中苦修了，她还能常和乡邻来往，自在度日么。祖居中建所小庙，她在庙中吃斋念佛罢了。"

这话一出口，邓之翰胸口一阵剧痛。那是我亲娘！生我养我亲娘！剧痛过后，邓之翰却也是骄傲的，身为邓家长子长孙，邓家未来的家主，我没有徇私，我能顾全大局！

邓麒大喜过望，伸出双臂抱抱邓之翰，又狠狠拍了两下，不知该怎么亲热为好，"儿子，你没让爹爹失望！"

邓之翰脸通红，"您当我还是小孩儿么，不知道稼穑艰难？曾祖父战功赫赫，在朝中早已引起猜忌，咱们再不谨慎些，连内眷也管不好，不知什么时候便会大祸临头！"

宁国公功劳确实大，已经大到让人忌恨的地步。成华年间就有言官弹劾宁国公专擅、图谋不轨，好在先帝圣眷优渥，对那些弹劾一概置之不理。如今是弘治年间，圣上宽和仁厚，

青雀歌

可是，荀氏一番负气之语，能把当家人宁国公送进大狱，你说宁国公府敢不敢肆意妄为？对家眷要不要严加管束？成就一个家族不容易，毁掉一个家族么，呵呵，一个两个愚蠢的女人就能做到。

邓麒满意地哈哈大笑，"士别三日，刮目相看！"

宁国公威严的面庞也有了笑意，觉得浑身轻快不少。曾孙邓之翰已经十八岁，有了大人模样，自己这做曾祖父的，是不是能歇歇了？担子，总是要交到年轻人肩上的。人老了，该歇息休养。

依旧顾盼生威的宁国公，忽然觉得自己老了。

邓之翰拜见过宁国公，又去拜见过祖父、祖母，各房的叔叔、婶婶，以及弟妹、堂弟堂妹们一一厮见，诉过离别之情。接下来邓之翰并不出门，除晨昏定省之外，都在沈茉身边默默陪伴。沈茉身边虽有亲生儿子在，心却越来越慌，"翰哥儿，你会救娘吧，会吧？"邓之翰每每简短地安抚，"放心，我一定保住你的性命。"

沈茉心中的恐惧越来越浓厚，渐渐要把她压垮了。

"我不只要活命，懂不懂。"沈茉烦躁地拉过邓之翰，又想发怒，又是哀求，"我过惯了好日子，我还要过好日子！我要一辈子锦衣玉食，受人吹捧，知道么？"

"我在你外祖父家中时，是最受宠的嫡长女，家里最好的衣饰，最明亮的屋子，最美味的吃食，全是我的！若是哪家公侯府邸有喜事，有宴请，定是我打扮得齐齐楚楚，跟在你外祖母身边，一同去赴约。"

"嫁到邓家不久，邓家便由抚宁侯府变为宁国公府，我跟着水涨船高，备受夫人太太的羡慕。翰哥儿，我嫁到邓家快二十年，我做了二十年的贵夫人！我回家要有数十名丫头婆子尽心尽力服侍，供我驱策。出门要宝马香车，前呼后拥，十几名裹着绫罗绸缎的美人儿说说笑笑奉承着我，宛如众星捧月！"

"京城这些显贵人家，不拘是王妃公主，还是外戚驸马，抑或是公侯伯、朝中重臣，哪家有宴请没有我？和一众珠光宝气、雍容华贵的名门少妇聚在一处，说说脂粉衣饰也好，炫耀夫婿儿女也好，我哪样比人差？翰哥儿，我可是宁国公府的世孙夫人，你父亲的妻子，你的亲生母亲！便是我娘家败了，散了，也没人敢看不起我！"

沈茉说着这些，原本憔悴的面容间有了光彩，眼眸中闪烁着骄傲的光芒。

邓之翰实在忍不住，哑着嗓子问她，"既如此，放着好好的日子不过，您瞎折腾什么？"

沈茉目光闪烁，不敢看邓之翰的眼睛，没底气地辩解，"我这不是想替你外祖父翻案么，还有，屏姐儿一直没有好亲事……"

邓之翰像看怪物似的，上下打量沈茉，"您就因为这个，便想要上书宁寿宫，揭发大姐的身世？您知不知道万一太皇太后较了真，大姐的下场会有多悲惨？"

沈茉很想冲口说一句，"她越惨越好！"但是，想想邓之翰打小在外院长大，受宁国公、邓麒的教养多，受自己的教养少，这话便忍着没说。

"就算大姐真倒霉了，沈家也翻不了案！"邓之翰脸色阴郁，"外祖父的案子，是先帝御笔亲批的。为沈家翻案，等于一切推倒重来，谈何容易。圣上出了名的孝顺，您难道没听说？"

邓之翰虽大义凛然地做出了裁决，心里却是万分歉疚，觉得实在对不起生养自己的母亲。这会儿，邓之翰却是暗中庆幸：幸亏没心软！娘亲若是继续留在京城，不一定再闹出什么事呢。为沈家翻案根本是不可能的事，她连这么简单的道理都想不明白！

沈茉呆傻了半晌，掩面而泣，"翻不了案？再也翻不了案？翰哥儿，我不甘心啊！我父亲和哥哥们冤死，我母亲至今还在西北受苦！想到她老人家，我连觉都睡不着！"

邓之翰烦恼地推开她，站起身，"案子已经定了，人已经终身流放了，您到这早晚才想要翻案，太晚了！"

连亲生儿子都不耐烦了！沈茉苦笑，不甘心地辩解着，"你外祖父是冤枉的，沈家是冤枉的！全是那祁青雀太过狠辣，沈家才到了这一步！我恨啊，我恨死那丫头……"

邓之翰打断她，"您别再说了，我已命人收拾行李，明日便送您回老家，您在老家面壁思过，想想自己的所作所为，对不对得起我邓家先祖！"

沈茉傻了足足有一盏茶的工夫，才回过神来，魂飞魄散地扑到邓之翰面前央求，"娘知道错了，娘以后再也不敢了！儿子，你去求求你曾祖父，求求你爹，饶了娘这一回吧！"

邓之翰狠狠心，低声说道："是我决定要送您回老家的，娘，是我。"

沈茉不敢置信地仰头看他，眼睛瞪得铜铃一般，目光中有惊愕、有愤怒，更有无穷无尽的悲伤、痛苦，和失望。

"是你，翰哥儿，竟然是你？"沈茉脸上没了血色，连嘴唇都是煞白的，"要把娘逐出京城、遣送回老家受苦的人，竟然是你？"

邓之翰攥紧拳头，硬着心肠承认，"对，是我。"

沈茉像不认识似的看着他，笑得很痴傻，"我一招不慎，失了手，不只失了翁姑夫婿的欢心，更连我亲生的儿子都开始对付我了。做人，还有比我更凄惨的么？"

沈茉流着眼泪摇头，"不，不要，我不回老家，死也不回。翰哥儿，你若忍心，一刀杀了我便是！"

"明天送你走。"邓之翰扭头看着空荡荡的墙壁，声音苦涩，"明天辰时便走，一刻也不许耽搁。"

邓之翰没再看沈茉，大踏步向门外走去。沈茉尖叫着要扑过去拦住他，可旁边的婆子早得了吩咐，哪里容她妄动，利索地上去把她制住。沈茉尖厉的哭叫声一直传出去很远，邓之翰脚步顿了顿，但是，并没有停下。

次日天才蒙蒙亮，沈茉便被送上马车，离开京城，回了老家。

她再也回不来了。

诽谤诋毁晋王妃的后果，便是如此。安阳侯被迫休了一个儿媳妇，舍弃了两个亲孙子。宁国公府则是苟氏出家，沈茉被逐。

晋王府后殿。宫殿覆以青色琉璃瓦，富丽堂皇，气势恢宏。殿内漫铺金砖，显得分外庄严肃穆，美轮美奂。清新扑鼻的茶香弥漫，晋王、晋王妃在这里招待客人。这位客人已是人到中年，相貌依旧俊美出众，晋王妃待他很客气，亲手替他斟茶。

"妞妞，翰哥儿是这么说的，也是这么做的。"邓麒接过茶盏，讪讪地告诉青雀，"那恶女人被放逐到老家之后，关在庙里吃斋念佛，赎她的罪孽。"

青雀笑笑，"她怎么样，全看你们了，我是不管的。不过，咱们丑话说到前头，再一再二不能再三再四，她下回若还有什么举动，我定要亲手砍了她。"

姐姐你……跟你亲爹说话，不能委婉些。邓麒正觉尴尬，却见原本安安静静坐在一边的晋王凑过去，郑重说道："哪用王妃亲自动手呢，这等事，由我代劳即可。"邓麒一乐，女婿要代闺女杀人啊，甚好甚好。

"晋王殿下，会杀人么？"青雀一脸顽皮笑意。

"我上过战场呢。"晋王毫不脸红地吹嘘。

邓麒笑眯眯坐着喝茶，心里美滋滋的。眼前是一对金童玉女，更是一对鹣鲽情深的小儿女，对于一位父亲，还有什么比这个更赏心悦目呢。

不经意间扫过去一眼，只见晋三脸粉粉的，姐姐眼光柔柔的，邓麒坐不住了，"那个，我有事先走了啊，你俩不用送我，真的不用送我。"放下茶盏，站起来就往外走。

虽然他一迭声地说着"不用送"，晋王和青雀还是站起身，礼貌地把他送到殿门口。"就到这儿，不许再送了。"邓麒乐呵呵地止住他们。

送走邓麒，晋王想要做件风雅的事，"姐姐，四哥作画，你替我磨墨，好不好？"青雀疑惑看着他，"作画？你要画什么呀。"

晋王轻轻笑了笑，眉目间满是春意，"姐姐，四哥作画或是山水，或是人物，画法幼稚古朴，极为传神。"见青雀还有疑惑之色，俯身在她耳畔低笑，"很正经的，真的。"

"你画人么？"青雀跟他确定。

"画。"晋王点头。

"那，穿衣裳么？"青雀眼眸清亮。

晋王四处瞅瞅，确定殿中只有自己和青雀两人，轻笑道："四哥从前画的仕女全是穿衣裳的，衣裳还很好看。不过，若姐姐想看不穿衣裳的，四哥也可勉力一试。"

"算了，你还是画山水景色吧。"青雀小声咕哝。

"姐姐说什么，便是什么。"晋王浅浅笑着，捉住妻子的小手亲吻。

用笔细劲古朴，如同春蚕吐丝。峰峦起伏的群山，烟波浩渺的江湖，水榭亭台，渔村野市，一一呈现眼前。画上不只有山水景色，也有游山玩水的人物，人物虽细小，形态却栩栩如生。

青雀在旁津津有味地看着，晋王转过头对她低笑，"姐姐，这小人儿可是穿了衣裳的。"青雀瞪了他一眼，"好好作画，不许分心！"晋王忙继续下笔，"遵命，王妃。"

自然山水被他描绘得如锦似绣，分外秀丽美好。一幅大气磅礴的山水画展现在青雀面前，青雀连连赞叹。

"原来我嫁了位才子。"青雀越看越喜欢。

"敢问这位佳人，今夜可愿跟才子同床共枕？"晋王轻轻抱住她，殷勤相问。

青雀思索片刻，"佳人，岂不是正该配才子么？"遂慷慨点头应允。

次日晋王妃宴客，客人有宣城伯夫妇、青峰青宁，阳武侯夫人，薛扬薛挥，当然了，林啸天、林啸威这两个弟弟，是少不了的。晋王府宴客敢不请弟弟？林啸天得蹦起来。

今天的主客是青宁和薛扬，青雀把弟弟们交给爹娘，只带两个妹妹一起玩。看完前殿看后殿，亭台楼阁看过一遍，又去了林木参天的熙园："姐，你家真的很大呢，也很漂亮！"

青宁开了眼界，大为满意，跑来跑去玩耍。

薛扬气咻咻挽住青雀的胳膊，"姐，我嫉妒你！"傻阿宁，姐姐家不只景色好看，她家晋王殿下更好看，知道么？

青雀微笑，"阿扬，你从小住在自己家里，养在自己亲爹娘身边，何等有福气。我么，出阁之后，才有了自己的家。要说嫉妒，该是我嫉妒你。"

薛扬胸中的闷气瓦解冰消，同情地看着青雀，"姐，你好可怜。"唉，姐姐虽然有好看的夫婿，可是小时候没爹没娘的，算了，不嫉妒她了。

宫女过来禀报，"王妃，宁国公府的邓之翰有急事求见。殿下亲自见过他，不过，他一定要见您。"

宁国公府的，姐姐亲爹那边的人啊。薛扬好奇地想道。

青雀吩咐，"带他到后殿等着。"宫女屈膝答应，去了。

青雀扬手叫过青宁，笑眯眯牵起她，"阿宁，姐姐玩累了，咱们先回去好不好？"青宁乖巧地点头，"好啊，先回去罢。"冲薛扬热情地伸出小胳膊，"表姐，一起一起。"薛扬闷闷看了她两眼，拉着她的小手，往回走。

青雀把青宁、薛扬送回到爹娘身边，之后去了后殿。

一位身材颀长、容颜俊美的青年人正独自坐着，见青雀进来，他站起身迎上来，犹豫了下，跪下行礼："拜见王妃。"

青雀微笑："起来吧，随意坐，不必拘泥。"邓之翰跟两年前相比，少了稚气，添了稳重，眉宇间更有几分坚毅之色，甚好。看来，行伍生涯对他其实有益。

邓之翰硬着头皮说道："我把我娘送走之后，一直想着她，想着她的眼泪，她的苦衷，她的不得已。后来，我不知怎么的想到一点，她说是为了替沈家翻案，才做这件事的。"

"这话越想越可疑。替沈家翻案，和害你有什么相干呢？我想来想去，莫非……莫非她背后另外有人，这人许了她事成之后，替沈家翻案？"

"若是真有人许了她这个好处，这人九成是宫里头的，而且有些权势。大……王妃，您留神着宫里头，不可大意。"

邓之翰把这番话说完，觉得浑身轻松。不管自己这番话有用没用，反正，自己该说的说了，没有明知大姐有危险，却视若无睹。

轻松了没一会儿，又揪起心：要是真有人想害大姐，那人必定不简单！大姐在明，那人在暗，很难对付！

"多谢你专程来提醒我。"青雀还是微笑着，不过这笑容已比之前温暖很多，"宫里的人和事，我小心忖度着，并不曾大意。"

邓之翰关切，"那，知道背后的人是谁么？"

青雀笑，"皇帝并无嫔妃，只有一位皇后。宫里的正经主子不过那么几位，不难查。放心，我自有道理。"

邓之翰松了口气，"如此，甚好。"起身告辞，"我不打扰了。"青雀送他出来，"倒不是打扰不打扰的，我弟弟妹妹在，缠着我，要我陪他们玩耍。"

"阿宁，你站住！"清脆的少女声音传过来。

一个七八岁的小女孩儿机灵地跑过来，见了青雀，调皮地吐吐舌头，"姐，表姐追我呢！"欢快地笑着，一溜烟儿跑了。

这便是大姐口中"缠着我，要我陪他们玩耍"的妹妹了，跟大姐何等亲昵。邓之翰不知怎么的，心中一酸。

一位绿衣少女迎面跑来，娇声呵斥，"阿宁，你给我站住！"她大约十四五岁，肤光胜雪，容颜清丽，这时正跑着，小脸蛋白里透粉，更显活泼可爱。

邓之翰见到青宁的时候，虽是心酸，面上却还能微微笑着，保持礼貌。可是见到薛扬，他却是红了脸，转过头去，不敢再看。

那抹绿色的倩影越来越近，越来越近……邓之翰虽是把头转过去了，眼角却还是扫到少女玲珑的身影轻盈而来，心头一阵悸动。

"姐，阿宁小小年纪，跑得比我还快！"邓之翰耳边传来少女娇嗔的声音。她的声音婉转稚嫩，像青山绿水间欢快流淌的溪水一般，清冽甘美。

"阿宁轻身功夫很过得去，你这养在深闺的大小姐，怎跑得过她？"青雀嫣然，"莫说你了，青峰和林啸天想捉她都费劲呢。"

少女顿足不依，"姐，你向着阿宁，不向着我！"她即使发脾气，声音也是婉转娇柔，悦耳动听，邓之翰心头迷惘，"这是大姐的妹妹么，单纯天真，可爱极了。"鼻尖闻得一缕芬郁迷人的香气，更觉心醉。

青雀笑眯眯哄了薛扬两句，"乖，跟阿宁好好玩，莫吵架。"薛扬哼了一声，正要拔腿继续追青宁，不经意看到赖在青雀身旁不走的邓之翰，怒从心头起，"喂，你！转过头来！"

邓之翰恍惚间听到这么一声，估摸着是叫自己的，忙转过头，红着脸问了声好，"姑娘是唤我么？"

薛扬气得小脸通红，"这是我姐姐，明白么？你们邓家人最讨厌了，总是无故生事，平地起风波！我告诉你啊，再敢欺负我姐姐，我不会放过你们的！"

薛扬示威似的，冲邓之翰挥起拳头。她年龄尚稚，拳头小小的，粉粉的，看上去毫无威胁。可是，邓之翰看在眼里，却很感动，感动极了。

"谨遵姑娘的吩咐。"邓之翰面红耳赤地，深深一揖。

薛扬疑惑地看看他，见他神情真挚，不像撒谎骗人，也不像随意敷衍，哼了一声，转身跑了，"阿宁，阿宁你给我出来，不许躲不许藏！"

那碧莹莹的衣衫，娇嫩美好的容颜，如黄莺出谷般的婉转声音，都渐渐远去。只有一缕幽香还萦绕在鼻尖，久久不曾散去。邓之翰呆呆站着，半天也没舍得挪动脚步。

青雀在旁静静看着，摸了摸鼻子，颇觉无奈。邓之翰，你若是敢打薛扬的主意，把薛扬娶回宁国公府做家妇，荀氏和沈茉会吐血三升，懂么？你好像蛮孝顺的，这种成心要把她们气死的事，还是别干了吧。

邓之翰是请假回京的，请假并不长，眼瞅着又该走了。孙夫人一则是舍不得，二则忧心他的婚事，不肯放他回宣府，"历练两年便好，还真打算长年累月在边塞不成。你便是真打算长驻宣府，也先成了亲，给邓家传了宗接了代。"

邓晖也是这个意思，"你是长孙，该成亲了。"

孙夫人给邓之翰挑选的媳妇儿，是通政使赵恪的长女，颍川赵氏的大小姐。两家虽没定下，但已相互通过声气，彼此都有意。赵大小姐是名门世家嫡出的姑娘，出身没的说，教养没的说，相貌也端庄，性情也温婉，很适合做宁国公府的宗妇。

赵大小姐是名门嫡女，邓之翰是宁国公府长孙，未来的抚宁侯，小伙子相貌好，人品端方，又毫无纨绔习气，真是名副其实的东床快婿人选。孙夫人对赵大小姐很满意，赵家对邓之翰，也是颇为青睐。

按孙夫人的想法，邓之翰的婚事应该是父母、祖父母做主，轮不到邓之翰本人说话。既然赵家也有意，邓家也喜欢，直接定下便可。可是，因为邓麒年轻时候闹过的那场事真是影响深远，孙夫人不管什么时候想起来都是懊悔得不行。故此，邓之翰的亲事她还真不敢冒失定了，要看看邓之翰的意思。孙夫人把邓之翰叫过来，细细告诉他，"赵大小姐家世、教养极好，相貌也端庄，很适合你。"

邓之翰眼前迅速出现一位女子，眉眼神情都很像孙夫人，举止行为更像孙夫人，无比端庄。是，她不像孙夫人这般上了年纪，她正青春娇艳，可是，她根本就是另一位孙夫人，年轻时的孙夫人，她和孙夫人一样出自名门，端庄，正派，相夫教子，养儿育儿，兢兢业业，她也必定和孙夫人一样，很呆板，很无趣。

邓之翰打了个冷战。

"我的婚事倒不急。"邓之翰笑道，"我是男人，早两年成亲或是晚两年成亲，都不妨碍。倒是姐姐，女孩儿家耽误不得，她的亲事您怎么打算？"

提起这个，孙夫人面有愁容，"谁说不是呢。翰哥儿，祖母也正为此事忧心。屏姐儿，唉，也是命苦。"

邓麒这一房有邓之屏、邓子盈两个女儿，邓子盈自幼养在孙夫人膝下，已由孙夫人做主定下亲事，夫家门当户对，是普定侯陈家的嫡幼子。邓之屏都十八了，受了沈家的连累，至今也没说下人家。

邓之屏和邓之翰又不一样。邓之翰将来会接管整个邓家，会有一个侯爵的爵位，故此他是好娶媳妇儿的。邓之屏若想嫁入豪门世家，却有些困难。邓家本来就是新兴起的权贵，根基不深，邓之屏又是沈家的外孙女，令人望而却步。

邓之翰郑重道："您甭惦记我了，把心思全放到姐姐身上，紧着给姐姐说个妥当人家。她是女孩儿，终身要紧。"

孙夫人很觉欣慰，"瞅瞅我们翰哥儿，多替姐姐着想。"欣慰过后却还是交代，"你年纪不小了，婚事不能再拖，赵家大小姐极好，定下吧。"

邓之翰鼻尖仿佛依旧萦绕着那迷人的香气，耳畔仿佛依旧听到那娇嫩婉转的声音，不由得心中一阵迷惘。

孙夫人微笑着诉苦，"偌大一座府邸，迎来送往全是祖母操持，翰哥儿没觉着祖母很辛苦？你早日娶了媳妇儿进门，帮着祖母分担分担。"

邓之翰腼腆地笑，"您哄我呢！三位婶婶都是能干的，又很孝顺，难道不能替您分担。"孙夫人嗔怪，"这个家迟早要交到你手里，家务还是该长房掌管！"邓之翰没话说，却还是不肯吐口和赵家的婚事。

青雀歌

孙夫人没法子，专程把邓麒拎过来，"麒儿，你跟翰哥儿好好说说，他得娶了媳妇儿，生下儿子，才许回宣府！赵家大小姐极好，让他应下，高高兴兴等着做新郎。"

邓麒这孝顺儿子唯唯诺诺，当晚便到邓之翰房里跟他促膝谈心，劝他成亲生子，"翰哥儿，不只你祖母着急，爹爹也等着抱孙子呢。你是长子，大事上不许任性。"

邓之翰闷着头不说话。邓麒逼狠了，他气哼哼转头看着墙，一言不发。

邓麒挠挠头，"你真不想成亲，那就算了。再等等吧，翰哥儿，等到你二十，可不许再拖了。"

邓之翰急了，等？我能等，谁知人家肯不肯等！要是再过两年她定亲了，或是成亲了，我上哪儿哭去！

邓之翰转过脸，愤怒地瞪着自己亲爹。

邓麒摸不着头脑，"儿子你怎么了？让你成亲，你不乐意。不让你成亲，你还是不乐意啊。"

邓之翰眼圈都红了，想哭。

邓麒莫名其妙地瞅了半天，总算恍然大悟，"儿子，你不是不想成亲，是另有意中人，对不对？"这一刻邓麒真想捧腹大笑，别扭儿子，敢情你是为这个！不能明明白白跟你亲爹说呀，你个臭小子。

邓之翰的愤怒、委屈瞬间全都消失了，涨红了脸，慌张地低下头，扭捏不安。

邓麒哈哈大笑，下大力气拍邓之翰的肩，"说吧，谁家的姑娘？别再藏着掖着了，再这么着，或许姑娘被别人抢走了，也说不定。儿子，有花堪折直须折，莫待无花空折枝！"

"我别人都不要。"邓之翰低着头，瓮声瓮气说道，"我就要跟大姐那样的，要和大姐相像的！爹爹，和大姐越像越好，最好是……最好是……大姐的妹妹。"

"大姐的妹妹，大姐的妹妹……"邓麒喃喃两句，茫然地坐倒在椅子上。翰哥儿喜欢的，竟然是姐姐的妹妹么。

"那孩子的名字是……？"邓麒打起精神，强笑着问道。

邓之翰红了脸，"我听大姐叫她阿扬。"阿扬，多美的名字，跟她本人一样有灵气，透着鲜嫩轻盈。

阿扬，是了，玉儿在薛家生下一子一女，那女孩儿的名字，正是阿扬。邓麒神情恍惚地坐着，嘴角泛上丝苦涩的笑容。玉儿，咱们注定纠缠一生一世么，我的儿子，竟喜欢上你的女儿。

原本已经不敢想起的前尘往事，一件件浮上心头。少年时代清新美丽的玉儿，落魄时候故作坚强的玉儿，新婚之夜一脸娇羞的玉儿……不知不觉间，泪水模糊了邓麒的双眼。

邓之翰壮起胆子说出心里话之后，心慌地低着头，不敢看邓麒，也就没发觉邓麒的异样。这爷儿俩一个低着头发慌，一个无声地流泪，室内一片寂静。

好半天，邓之翰才鼓起勇气抬头，"成不成，您倒是给句话啊。"这一抬头，他顿时愣住了。已是人到中年的父亲，此时竟是泪流满面。

邓麒伸手擦了把眼泪，低声道："阿扬的母亲，原本是我的妻子……"我的妻子四个字一出口，邓麒胸口一阵疼痛。我的妻子，玉儿原本是我的妻子啊。

邓之翰见他神情痛苦地流着眼泪，低下头，不敢再看。他隐隐觉得爹爹可怜，可是，男人怎么能哭泣呢，怎么能当着儿子的面哭泣呢。爹爹，我从小到大，您是怎么教我的？

男儿流血不流泪啊。

"……这桩亲事，即便咱家答应，薛家也不会答应，儿子，你死了这份心。"邓麒扶着桌子站起来，慢慢向门口走去，身形寂寥落寞。

邓之翰一跃而起，"爹爹，我真的喜欢她！"邓麒恍若未闻，依旧迈着缓慢的步子，一步一步，慢慢出了门。

屋里只留下孤孤单单的邓之翰，一室清冷。

第二天，孙夫人追问，邓麒只简短告诉她，"您先给屏姐儿看人家吧，翰哥儿再等等，不急。"孙夫人见邓麒神色凝重，点头道："也好。"

接下来的几天邓之翰异常沉默，也不出门会客游玩，也不和弟弟们一起切磋功夫，整天把自己关到书房。邓麒看在眼里，哪有不心疼的。

"傻孩子，爹爹并没有不乐意。"邓麒苦笑，"是薛家不会乐意，懂么？玉……阳武侯夫人不会乐意，不会把她的宝贝女儿嫁到咱家。"

"您又没央媒求婚，您试都没试过！"邓之翰怒气冲冲。

邓麒见他憔悴消瘦不少，长长叹了口气，"成，我去试试。明日我去寻你大姐，托你大姐探探薛家的口风。"

邓之翰大喜，嗫嚅了半天，憋出句肉麻话，"爹爹疼我。"

邓麒微笑拍拍他，"爹爹自是疼你。"

次日，邓麒果然去了晋王府。青雀见了他还是很高兴的，等到他吞吞吐吐说了来意，却是想都不想，干干脆脆地拒绝了，"不管！我和我娘近来好好的，可不想让她打我。"

去阳武侯府探这种口风，纯粹是讨打好不好。把阿扬嫁到邓家，祁玉能答应才怪。

邓麒很是沮丧，"姐姐，你弟弟就喜欢阿扬了，你让我怎么办？不替他问一声，他不会死心的。"

"央媒人问。"青雀很果断，"你花大价钱找个不怕死的官媒来，到阳武侯府走一趟。"

邓麒头摇得跟拨浪鼓似的，"不成，不成！央媒人去问，太唐突了。还是相熟的人过去探探口风最好。"

青雀无语半晌，慢吞吞说道："其实吧，说亲这件事，还是令堂来办比较妥当。她是积年的老人家了，自然知道如何行事。你就算了吧，没干过这行，明显的不熟练。"

邓麒不好意思了，"那个，家母还不知道此事。"

青雀惊讶看了他两眼，无力地趴在桌子上，"令堂不知道，你就要我去探口风了？你……你想害死我啊。这要是我真的去薛家探口风了，薛家答应了，之后令堂执意不肯点头，我还有脸见人不？"

邓麒忙道："姐姐，如今家里只有我一个人知道。不过，若是薛家有意，我会说服祖父、父母，让他们全部点头的。姐姐，我一定能说服他们！"

"我不管。"青雀坐直身子，一脸严肃，"婚姻大事该是父母做主，姐姐可说不上话！阿扬的婚事我管不着，邓之翰的婚事我也管不着，你另请高明吧。"

邓麒愁眉苦脸的，耷拉下脑袋，不说话了。

青雀拍拍他，"哎，是邓之翰要娶媳妇，让他自己想法子去！将来要做邓家家主的男人，自己的终身大事也掌控不住，哪能成。邓家的长辈，薛家，都让他亲自出马，亲自摆平。"

"男人想娶心仪的女子为妻，必须自己想辙。"晋王施施然走进来，熟不拘礼地坐在邓麒身边，发表他的高谈阔论，"上至公侯将相，下到平民百姓，若想娶个好媳妇，都很不容易。不过，等好媳妇娶到家便知道了，不管吃了多少辛苦，为了她，是值得的。"

邓麒闷闷地推了他一把，"去，少显摆。"晋王趁势站起来，转而坐到青雀身边，一脸委屈，"他不许我显摆。"青雀笑，"他正愁娶不着儿媳妇呢，别怄他了。"抓住晋王的手，安抚地拍了两下。晋王心中熨帖，唇角勾起浅淡笑意，"我不跟他一般见识，他啊，纯属自寻烦恼。"

这臭小子！邓麒忿忿瞪了他一眼，站起身，"妞妞，我走了。"青雀嘻嘻笑，"你没生气吧？"晋王也殷勤地站起来，"你没生气吧？"

邓麒又瞪了晋王一眼，"没生气。我回去跟翰哥儿说，连晋王娶个媳妇还不容易呢，他更甭提了。若真有此意，自己想法子去。"

青雀冲他竖起大拇指，崇拜地看着他，"你好厉害啊！"晋王也夸他，"你太英明了！"邓麒粲然。

邓麒走后，晋王像模像样地感慨着，"妞妞，真是可怜天下父母心啊。"青雀笑了笑，"父母心，我从来也不懂，莫跟我提起。不过，兄弟心，我倒是听人说起过。"

晋王有片刻沉默。

青雀微笑，"若放到普通百姓家，兄弟们没成亲之前还是很亲热的，成亲之后，多半会渐渐生疏、隔膜，甚至争家产、反目成仇。若放到皇家，却是怎么个情形？"

晋王淡淡道："只要哥哥不怀疑我谋反篡位，我便无事。"

青雀静静看着他，"阿原，你的皇帝哥哥，跟张皇后感情非常之好。先帝的孝期已过，他却没有立过妃嫔，后宫中只有张皇后一人。并且，他在张皇后的老家为张家修建华丽壮观的家庙，给张皇后的父亲、两个弟弟都封了爵位，连同张皇后的族人在内，官至百户、指挥使的，不可胜数。"

"张延、张鹤这两位国舅爷，手中掌着注籍宫禁的大权。不管是谁想到宫里当差，都要他们点头才成。这差使富得流油，他们犹不满足，不断要求增加封地、赏银，贪得无厌。你的皇帝哥哥是位英明的君主，可是对他的两位小舅子，纵容得很。张鹤曾经趁他退朝之际，一个人跑到大殿上坐过他的皇帝宝座！这样大逆不道的行为，他都不肯追究。"

晋王眼光变得清冷。

青雀牵起他的手，诚挚要求，"阿原，放弃吧，不要想去对付那个女人。她在你皇帝哥哥的心目中实在太重要了。"

晋王漆黑明亮的眼眸中闪动着怒火，"妞妞，她暗算你，我不能跟她善罢甘休。"

"你的皇帝哥哥，是君；咱们，是臣。"青雀慢慢说道，"兄弟之情，也盖不过君臣的名分，小心谨慎为上。"

"张家两位国舅爷恶行累累，要抓他们的小辫子，实在太容易了。可是抓了他们，撼不动那个女人一丝一毫。阿原，若是出了手也不能置对方于死地，不如隐忍不发。"

晋王默然良久，缓缓道："哥哥，究竟是差了一层，若是父亲尚在……"青雀微笑打断他，"便是先帝尚在，若和皇后如此恩爱，阿原也需退避三舍。"

晋王想到万贵妃生前的种种，怅然。

青雀犹豫了下，"哎，你有没有觉得，你父亲，你哥哥，还有你，都蛮像的？你父亲对万贵妃的深情，简直是前无古人后无来者。你哥哥对张皇后的迁就，都快影响到他英明君主的形象了。至于你，阿原，你对我也很依恋呢。"

晋王浅笑，"妞妞，不许这么比。拿我和父亲、哥哥相提并论倒也罢了，把你和万氏、张氏放在一处，玷污你了。妞妞，你在四哥心目中犹如凌霜傲雪的天山雪莲一般高洁美丽，世上没人能和你相比。"

"我在你心目中是一朵花么？"青雀小声嘀咕，"你在我心目中，却是一头狼。"

"妞妞想得不对。"晋王郑重指出，"四哥白天明明是风度翩翩的美少年，晚上才会化身为狼。"

晋王眼睛闪闪发光，青雀仿佛看到辽阔无际的草原，皓月当空的夜晚，一头贪婪的小白狼仰头向月，垂涎三尺，好像要把天上那轮明月吞进肚子里……

青雀出阁之后不久，祁震被任命为前军都督府都督佥事，兼任金吾前卫指挥使。正二品的都督佥事，近卫指挥使，不只是升官，更显着皇帝的信重——近卫军是皇帝亲自率领，不归兵部、五军都督府，任命的指挥使向来是皇帝亲信。

当然了，原本在边疆征战的将领被召回京任职，也可能有另外的含义。例如，不大放心，要看在眼皮子底下，等等。究竟怎样的讲读是正确的，很难说。

岳父大人荣升，晋王这做女婿的自然要登门道贺，并送上重礼。祁震笑着向他道谢，"殿下厚赐，却之不恭。"晋王觉着抱歉，"英爹，您怕是被我连累了，阿原过意不去。"

像祁震这样正当盛年的将军，若是没有青雀和晋王的婚事，应该在九边重镇带兵守卫国门，一则建功立业，二则实现自己保国卫民的抱负。可是青雀做了晋王妃，祁震交还征西将军印回京送嫁，再然后，便只能在京中带领近卫了。对于一位有抱负的将军，这简直是种折磨。

"这是什么话。"祁震微笑，"妞妞是我和英娘最大的孩子，只要妞妞日子顺心，做爹娘的于愿足矣。"

见晋王还是面有歉疚之色，祁震笑道："殿下，等往后你做了爹，便明白我的心思了。做爹娘的，只愿自己的儿女好，别的一无所求。"

晋王红了脸。怎么长辈们全这样呢，自打和妞妞成了亲，祖母每回见面都要笑眯眯的提醒，"阿原，祖母等着抱曾孙子呢。"母亲更过分，青雀还什么信儿也没有，她已经开始做婴儿的小衣服，一件一件亲手细细缝，不肯假手宫女，"给我孙子穿的，当然要我亲手做啊。"

祁震笑着邀请他，"后日我家宴客，你带妞妞一起回来罢，我就不给你们送帖子了。"升了官，往后又是要京城任职，大宴宾客是少不了的。

晋王满口答应，"是，英爹。后天我和妞妞早早地过来，替您二老招待客人。"祁震粲然。

把晋王打发走，祁震大踏步走回内宅，把侍女们全都轰出去，揽着英娘闷声大笑。英

青雀歌

娘莫名其妙，"大哥，你笑什么呢。"祁震乐得肩膀直抖，"二老，好英娘，我和你都成二老了。"

英娘知道原委后，故意板起脸，"这哪成？后天妞妞来了，我要跟她讲讲道理。我不过三十多的人，正是年轻娇艳的年纪，哪里便是老人了？"说完，撑不住也笑了。

祁震和英娘笑了好一阵子，四目相对，感慨万千。哪里能想到呢，那个出生在雷雨夜的小女婴，那个差点在出生当天便被溺死的小女婴，长大后做了将军，做了王妃，晋王待她如珠似宝，因为深爱妻子，对着岳父岳母也是又恭敬又亲热。

"妞妞往后会一直平安顺遂罢？"英娘轻轻叹气，"可怜的妞妞，成了亲，有了东床快婿，往后全是好日子了罢？"

"全是。"祁震笃定地点头，"妞妞小时候把一辈子的苦全吃完了，长大之后，全是甜蜜日子！好英娘，妞妞会和晋王长相厮守，生儿育女，团圆美满过一生。"英娘高兴得流下眼泪，"大哥说得是，一定会这样。"

转眼两天过去，宣城伯府大宴宾客。祁家在京城虽然全无根基，可祁震圣眷正隆，前程正好，又是晋王妃的娘家，来道贺的客人很是不少。祁震招待男宾，英娘招待女客，各自忙了个人仰马翻。这天宣城伯府厅上院内全是戏酒，笙歌悦耳，锦绣盈眸，热闹非凡。

薛能、薛护是祁家至亲，也就没把自己当客人，帮着祁震前后张罗。晋王也跟在他们身后添乱，宣城伯府招待客人真是诚意十足。

宁国公府和宣城伯府是世交，宁国公亲自带着孙子邓麒、曾孙子邓之翰来贺喜。薛能和邓麒见过几回面，每回见他心里都不怎么舒服，于是就想避开邓家这几个人。谁知他已背过身跟其他人寒暄了，邓麒偏阴魂不散地追着他见礼，还笑着吩咐他身边的年轻人，"翰哥儿，这位薛侯爷，是你祁伯伯的妹婿，快来拜见。"那年轻人异常恭谨地行了礼，薛能这老实厚道人也便和颜悦色地，"世侄不消客气。"

年轻人福至心灵，立即改口称呼"世伯"，而不再是"薛侯爷"。薛能心里打了个突突，觉得哪里不对，又说不出究竟是哪里不对，忙把他们让到席间坐下，道了"失陪"，撤出来了。

薛能心里觉得很奇怪。宁国公府从前向来是只有邓麒一个人过来的，今儿怎的多了位宁国公，多了位翰哥儿？这位翰哥儿还特特地要拜见自己？邓麒打什么主意呢。

祁震看在眼里，怒火腾腾腾地往上冒。邓麒今儿邪性了，竟敢把他和沈茉的儿子带到祁家，邓麒你竟敢趁着我大宴宾客的时候，把沈复的外孙子带进祁家！

要不是因为高朋在座，做主人的不便动粗，祁震真想把邓麒拎出来，暴打一顿。

外院，祁震怒，薛能疑惑不安。内院，英娘也是为难万分。

孙夫人不请自来！英娘看着雍容富态、一脸慈和笑容的孙夫人，真是不知如何是好。把人硬撵出去吧，一则是太过引人注目，招人议论，二则，她是妞妞的祖母，撵了她，妞妞万一心里难受呢？若不撵，那就要好生招待了，可是招待孙夫人，实在不是英娘的本意。

英娘正在为难，却见一位丽装少妇盈盈走了过来，彬彬有礼地冲孙夫人福了福，"夫人大驾光临，有失远迎。"这少妇云鬟朱颜，瑰姿艳逸，看上去恍若桂宫仙子一般，正是宣城伯祁震的妹妹，祁玉。

饶是孙夫人有备而来，这会儿看见祁玉也是脸色一僵。缓了缓，才堆上慈爱的笑容，温声道："多年不见，你出落得越发好了。"

祁玉淡淡一笑，"家父在时，夫人是我祁家的常客，祁玉亦有幸时常聆听夫人的教诲。二十三年前家父阵亡，之后夫人便没了音讯。今日在祁家重见夫人，真是恍如隔世。"

孙夫人脸上的笑容僵住了。祁玉神色淡淡的，语气中也没有怨怼之意，可是她这番话分明是在指责，是在嘲讽。怎么？我爹是龙虎将军，两家就常来常往，我爹一旦阵亡，你就消失不见了！这会儿我娘家哥哥有出息，你竟有脸再来！

孙夫人心里嘴里都是苦的，而且有苦说不出。

祁玉冷淡而周到地和孙夫人寒暄两句，把她让到席中。孙夫人仪态很端庄，可是，总觉得同席的人在背后质疑她、笑话她，真是如坐针毡一般。

"翰哥儿，祖母都是为了你！"孙夫人想起犯了执拗的长孙，又是生气，又是心疼。这孩子怎这般死心眼，就认准薛家的阿扬了呢？待要不理会他吧，又怕他跟他爹似的，赌气离家，私下偷娶，败坏门风闹笑话，伤心伤身伤面子。

孙夫人真是被邓麒当年的荒唐给吓着了。为着他当年那桩偷娶，为着他在外头生下青雀，邓家起了多大的风波！要是翰哥儿也跟他爹似的闹一回，邓家可是禁受不起。

横竖翰哥儿他曾祖父、祖父都点了头，他爹更是乐意得很，我亲眼看看薛家这姑娘，若果真是个好的，便给他们定下吧。孙夫人嘴角噙着丝苦涩笑意，黯然想道。

薛扬这会儿正盈盈站在青雀身边，被引见给南宁大长公主、赵王妃等人，"我姑母家的小表妹，阳武侯府的姑娘，是不是跟我有几分相像？"青雀笑眯眯说道。

南宁大长公主等人举目望去，只见晋王妃的表妹肩若削成，腰如约素，生得十分美貌灵动，不禁点头赞叹，"像，真像！姐妹俩都是天生丽质！"

南宁大长公主拉着薛扬的手，细细问了年龄、喜好、素日作何消遣等话，薛扬笑盈盈答了，落落大方。南宁大长公主满意点头，"你这表妹，极好。"

薛扬并没久留，挨着见过众人之后，略说了几句话，便即告辞。临走前她冲青雀使个眼色，青雀知道她的意思，会意一笑。知道了，阿扬，若有人给你说媒，子弟一定要俊美好看！

薛扬走后，赵王妃便状似无意地问起，"薛大小姐，可有了人家没有？"青雀笑吟吟，"有没有人家，我这做表姐的尚未得知。不过，姑母和姑丈唯有此女，爱若掌珠，择婿十分挑剔。"

赵王妃听这意思是还未定亲，沉吟道："我娘家有位兄弟，今年十七了……"她话音未落，青雀敏捷地递了杯酒过去，"尝尝看，这果子酒清冽醇厚，极爽口的。"赵王妃话被打断，面色微红，方才的话便没说完。

南宁大长公主等人都是心中暗暗好笑。赵王妃是选秀选出来的王妃，娘家是不入流的小官吏，她的兄弟又有什么好家世了，也敢想阳武侯府大小姐。世袭罔替的侯府，千娇万宠的独养女儿，能随随便便许人么。

青雀很想对赵王妃做个鬼脸。阿扬虽只提过"相貌一定要好，长得不俊，我可不要"，可是，婚姻哪有不看门第家世的？门不当户不对的，您也好意思跟我开这个口。

南宁大长公主似笑非笑看着青雀，"我家阿简只比阿原小两岁，小时候和阿原极要好的，常在一处玩要。如今么，阿原已是成家立室，阿简还是吊儿郎当的，不务正业。"

阿简，是南宁大长公主的小儿子，安陆侯府排行最小的公子。吴简这孩子吧，有个公主娘，

青雀歌

侯爷爹，家里的大事小情又有长兄长嫂料理，他这做小儿子的轻轻松松，甚事不理，逍遥自在得如同闲云野鹤。这孩子本性不坏，南宁大长公主和安陆侯也没惯着他，故此纨绔习气不算重。什么欺男霸女、抢占民田那样的坏事他是从来不做的，偶尔调戏调戏民女而已。

青雀客气地反对，"表弟不过是一派天真，哪里算是不务正业了呢。姑母，您不如把表弟送到近军去吧，有了正经差使，他自然收起闲情逸致，一心上进。"

南宁大长公主一笑，"也是，你这话说得有理。"闲闲品评起戏酒，对方刚才和青雀的一番对话，好似根本没有放在心上。

孙夫人越坐心里越没底。她没想到的是，到祁家来道贺的女客不仅很多，而且贵客不少。除了都督夫人、公侯伯夫人，还有不少公主郡主王妃等。连圣上的姑母、极少出门的南宁大长公主，竟也来了。

"祁玉的父亲在世时，官至龙虎将军，威名遍天下，祁家也没有这般景象啊。"孙夫人心里也说不清是什么滋味。羡慕嫉妒什么的，倒也谈不上，因为宁国公府如今也不差，在京城正是风生水起。只不过，祁家是这么个势头，阳武侯府又该如何？孙夫人想起邓之翰的心事，忽觉茫然。

这天孙夫人也算不虚此行，终于如愿见到薛扬——宣城伯府人丁单薄，薛扬回到舅舅家就没把自己当客人，帮着款待宾客。薛扬盈盈走过来之时，孙夫人根本不必有人引见，便知道她是谁——薛扬很像少女时代的祁玉，芳泽无加，铅华弗御，委实是位难得一见的小美女。不过，她比祁玉更无忧无虑，更天真烂漫，看上去很讨人喜欢。

"怪不得翰哥儿心心念念不忘。"孙夫人端庄的面目间，浮上一抹温柔之色，"这般绝色，这般稚嫩娇柔，让人如何不爱。这孩子一双眼眸秋水无尘，心地必定清明。举止大方，应对得体，显然受过良好的教育。"

孙夫人，算是相中了。这也难怪，薛扬不骄纵的时候，真的很可爱，很招人喜欢。对于孙夫人来说，邓家祖孙四代男人都同意了，婆婆和儿媳妇又是一个出家一个被逐回会亭，只要薛扬没什么明显的缺点，孙夫人都会同意的。她一个人，哪有能力和宁国公、邓麒、邓之翰等人唱反调。

相中是相中了，怎么开口跟薛家提亲呢？孙夫人想起祁玉的冷淡神色，心中惴惴。

虑着这件大事，孙夫人并没终席，半中间更衣的时候便起身告辞。英娘直到这会儿也没弄明白该如何应对孙夫人这不速之客，彬彬有礼送走孙夫人的，是祁玉。

祁玉很有礼貌地把孙夫人送到垂花门前，孙夫人一路默默无语，到临分别的时候，鬼使神差般地蹦出一句，"想不到祁家竟有这般光景。"

话出口后孙夫人满脸涨得通红，恨不得找个地缝钻进去。祁玉微微欠身，语气如她的举止一般，客气而疏远，"先父英灵庇佑，祁家幸有今日。"孙夫人羞惭不已，匆匆告辞，上了轿子。

祁玉轻蔑一笑，转身回去了。

英娘偷空问她，"小姐，那孙氏过来咱家，是个什么意思？"祁玉漫不经心，"大约是抽风了，莫理会她。"英娘小声道："我瞧着她也是抽风了。小姐，我瞅见邓家人便来气。"祁玉微笑，"这种人理她做甚，不值得多费心思。"英娘点头，"小姐说的是。"

这天宾客尽欢，人人笑容满面。英娘、祁玉送走最后一拨客人，揉揉笑得发麻的面颊，都觉劳累。

才要坐下来歇息，却见侍女有些惊慌地来回禀，"夫人，姑奶奶，伯爷把邓家大爷留下……他们，打起来了！"

英娘大惊，忙问道："怎么会打起来的？如今怎样了？"侍女也不知道起因，"在主院呢，打得很凶。好在客人都走了，没人看笑话。"

青雀一手拉着薛扬，一手拉着青宁，言笑晏晏地走进来，"让他们打去，不碍事的。"见英娘脸色焦急，奇道："英爹功夫比他强，你不知道么？"

英娘急得跺脚，"刀枪无眼啊！"青雀忙安慰她，"他俩赤手空拳打的，没动刀枪。"正说着话，青宁把小手从青雀手中抽出来，脆生生说道："我去帮爹爹打架！"怒气冲冲地跑了。

英娘更是急得要哭，"阿宁，你快回来！他们若是打红了眼，万一伤到你……"祁玉本是默默坐在一边的，也皱起了眉头，"好好的，怎打起来了？"

青雀看看泫然欲泣的英娘，再看看面色不悦的祁玉，摸摸鼻子，决定什么也不说。邓麒肯定是想为邓之翰求婚，却不想想邓之翰身上流着沈家的血，英爹见了邓之翰，能不气恼么。

"这么大的人了，打架！"青雀气愤地挽挽袖子，"你们等着，我过去看看！"小脸一板，气势万千地往门口走去。

"姐，等等我。"薛扬哪有不凑热闹的，忙叫道："我也去看看！"

青雀冲她招招手，"快点儿！"薛扬笑嘻嘻小跑过去，两人手牵着手，一溜烟儿跑了。

青宁人小腿短跑不快，没多大会儿就被青雀追上了。青雀一手揽着一个，身形洒脱，迅疾去了外院。薛扬觉得跟飞似的，又惊又喜，"姐，真好玩！"青宁气得小脸通红，"姐，再快点儿，再快点儿！"

赶到主院，只见外头的仆役们全都屏声敛气，神色不安。大厅里掌声呼呼，时不时地传出怒骂声、重物堕地声，显然厅里头的两位打斗正酣。

邓之翰站在厅门口，脸色焦急，却又不敢推门进去。

院里的管事见了青雀，算是见着救星了，"伯爷把邓大爷拽进去，之后便把大门关了！伯爷吩咐我们不许进去，邓大爷也吩咐邓公子不许进去，我们只敢在外头等着。王妃，您快进去看看吧，不知打成什么样儿了！"

好像专门为了印证管事的话是何等正确，他话音才落，厅里便传出噼里啪啦的声响，估计是厅里的哪个摆件倒霉，毁了。

青雀吩咐管事，"你带着人全部退下，这里有我。"管事的不敢违拗，带着院里的仆役，走了个干干净净。

青宁急得不行，"姐，快进去！"薛扬好奇地看着厅门，"舅舅脾气很好的呀，从没见过他发火。"这是怎么了，厅里有怒骂声，分明是舅舅的声音。

青雀歌

邓之翰见到薛扬等人进来，已是呆了。这会儿见薛扬的目光瞥向这里，心中又是甜蜜，又是迷茫：她是看我么？她的眼眸像天上最明亮的那颗星子，又温柔，又灵动，太好看啦。

青雀并不理会他，伸手推开厅门，"打够了没有？"厅门才开，一片碎瓷凌厉地冲着她飞过来，薛扬和青宁齐齐惊呼，"姐！"邓之翰如梦方醒地转过身，却见青雀好似浑不在意，伸出纤细的手指，将那瓷片稳稳地夹住。

厅里的祁震和邓麒也瞧见了，同时住了手，异口同声，"姐姐小心！"见青雀轻而易举地夹住瓷片，邓麒赞了一声，"姐姐好厉害啊。"祁震也是长长地松了口气。

祁震、邓麒这一架打得很激烈，两人头上、脸上都有伤。青宁哭着扑过去，"爹爹，你受伤了！"祁震轻轻拍了她两下，"阿宁，爹没事。"

青宁哭了会儿，转过身愤怒地指着邓麒，"坏人！你打我爹爹！"邓麒尴尬地小声嘟囔，"是你爹爹先打我的好不好。小丫头就知道向着自己亲爹。"

邓之翰默默走到邓麒身边，拿出手帕替他擦拭脸上的血迹。邓麒勉强笑了笑，"儿子，爹没事。"

祁震大怒，指着邓之翰喝道："他是沈家的外孙！邓麒，你把沈家外孙带到我祁家来，是何居心！姐姐的外祖父是被谁害死的，你忘了么？！"

邓之翰好像被雷劈了似的，面色雪白，呆呆地无法动弹。"姐姐的外祖父是被谁害死的"？大姐的外祖父，便是阿扬的外祖父啊，难道……？邓之翰大为恐惧，一时间，竟不敢往下想。

邓麒不服气，"跟你说过多少遍了，我儿子姓邓，不姓沈！祁震你讲讲理，我儿子品行俱佳，不能只为着他外家不争气，便把他一棍子打死！他是邓家的孩子，又不是沈家的孩子！"

祁震怒极反笑，"你邓家还有品行俱佳的人呢？失敬失敬。邓麒，姐姐外祖父去世之后，翻脸不认人的是谁，是不是你邓家？骗了我家小姐，又另娶沈氏的人是谁，是不是你邓麒？"

"我没骗玉儿！"邓麒叫道，"她是我青梅竹马的妹妹，我哪里舍得骗她？祁震你别污蔑我，我娶玉儿的时候，满心欢喜，要和她白头偕老的！"

青雀微微皱眉，想把薛扬和青宁带出去。不过，两人都是一脸倔强，不肯动弹。薛扬尤其是满目悲伤、震惊、不可置信，青雀叹了口气，阿扬，你若不想走，那便听下去吧。

邓之翰脸色惨白，慢慢走近青雀，"大姐，我外祖父，真的害了你外祖父么。"

青雀简短说道："本应三路大军共袭鞑靼骑兵，你外祖父和另外一路大军畏敌不出，我外祖父孤军奋战，力尽战死。"

泪水模糊了邓之翰的眼眶。这么深、这么重的仇恨，自己和她之间，隔着这么深重、这么久远的仇恨，再也跨不过去了吧，永远不能亲近了吧。

泪眼模糊间，一名绿衣少女俏生生掠到他面前，纤纤玉手指着他，愤怒斥责，"卑鄙无耻的小人！懦夫！"

少女云鬓堆鸦，容颜如花，邓之翰失魂落魄看了她片刻，自袖中取出一把削铁如泥的匕首递到薛扬面前，"阿扬，你杀了我吧。"

薛扬怔住了。

"阿扬，你杀了我吧。"邓之翰柔声央求。

薛扬木木地接过匕首，邓之翰低下头，伸手指着自己的脖颈，温柔说道："刺这里，会死得很快。"

青雀认真地盯着他们看，连祁震和邓麒也不吵架了，定定看向他俩。祁震过了好一会儿才想起青宁还在身边，忙伸出一双大手捂紧她的眼睛，不许她看。

薛扬仰起小脸，手中匕首指向他的脖颈。邓之翰低头看着眼前的少女，眼眸中有无穷无尽的深情眷恋、爱慕不舍，以及悲伤和绝望。

薛扬看了他半晌，手中匕首忽然落地，掩面而去。

邓之翰呆呆站了片刻，慢慢蹲下身子，慢慢把匕首捡了起来，珍爱地放回怀里。

"邓之翰有前途。"回到晋王府，青雀感慨，"他曾祖父，他爹，比他可差远了，拍马也赶不上。"

宁国公和邓麒若有邓之翰这份魄力，哪会和香秀、祁玉擦肩而过，不能长相厮守。

"令妹这是……动了心？"晋王微笑。

"不懂。"青雀干脆地承认，"仙女娘，小阿扬，她们的想法，我常常不懂。"

若是祁青雀，无论邓之翰再怎么深情，再怎么把脖子伸过来任凭自己杀，也不会对这样的世仇动心。可是，阿扬会怎样，青雀却料想不到。

"又不是我生的，轮不着我管。"青雀很想得开。

晋王眼睛一亮，凑过去轻轻揽住她，低低笑起来，"咱们生个孩子，好不好？"青雀横了他一眼，"成啊，晋王殿下，咱们这会儿就生？"

晋王脸红了，"晚上吧，好妹妹，晚上吧。"青雀做不解状，"这么神圣的事，为什么一定要晚上呢？为什么青天白日的便不可以？"

最正经的事，最神圣的事，为什么要放到黑暗的夜晚？不是应该很光明正大么。

"因为，四哥会害羞嘛。"晋王轻轻蹭着青雀，扭动着身子，撒着娇。

阿原你……青雀呻吟一声，闭上了眼睛。阿原，我被你打败了，彻底打败了。

晋王低下头，着迷地看着新婚娇妻。她微闭双眼、似睡非睡，眼睫毛浓密纤长，乌黑闪亮，弯弯的，微微上翘，甜蜜中透着俏皮，可爱极了。晋王情不自禁慢慢探过头，轻柔吻了过去。

青雀嘴角噙着笑，睁开眼睛，"本将军要去演习阵法。"一本正经地站起身，要往演武场去。晋王浅笑，"孤替将军压阵。"道貌岸然，仪表庄严，也跟着去了。

王府护卫被分成三队，按祁将军的指挥列成鸳鸯阵，第一队负责敌人行进到百步时发射火器，第二队负责敌人行进到六十步时发射弩箭，第三队负责敌人行步到十步以内时以快刀长矛向敌人冲杀。

"这鸳鸯阵法，甚好！"晋王坐在高高的看台上，一副内行的模样，连连赞叹。

不知情的人若是看见，没准儿会以为他对于军事颇有研究，知之甚详。

演习过阵法，回去的路上，晋王和自己的王妃一路同行，不时地伸手向天，扇上几扇。三番两次之后，青雀开口问他了，"殿下这是何意？"晋王眼眸中闪动着贪婪的光芒，神情却是害羞的，"那个，我是告诉太阳，让它快点下山。"

青雀无语看着他，他腼腆地笑了笑，一脸无辜，"四哥想让天早点黑嘛。"

……

次日清晨，两夫妇起床装扮好了，驱车进宫。宫里有太皇太后，有邵太妃，晋王肯定要趁着没就藩的这段时日，多到祖母、母亲面前尽尽孝心。要知道，就藩之后可是无故不得进京，没有圣旨不得进京，想再见两位老人家，可就难了。

两夫妇同乘一辆车。路上青雀还在琢磨呢，"哎，咱们把大姨带走吧。往后咱们就藩了，小五小八也就藩了，大姨一个人在宫里头，多孤单啊。"

晋王闷闷道："我早就跟哥哥提过，哥哥不肯，说有违祖制。"青雀不以为然，"祖制还让妃嫔殉葬呢，英宗皇帝临终的遗诏不也给改了？其实能走不能走，全在你皇帝哥哥一句话。"

太祖皇帝妃嫔殉葬的有三十八位之多，之后的太宗、仁宗、宣宗、景帝都有妃嫔殉葬，加起来也有三四十位。可是到了英宗，皇帝一句话，妃嫔殉葬制度废除了。

一样的，太妃能不能离宫，随就藩的亲生儿子一起度日，也是皇帝一句话。只要皇帝答应了，那些文官们就是再怎么吃饱了撑的，也不会因为这个"力谏""死谏"。

晋王浅淡笑着，笑容中有苦涩之意，"姐姐，我哥哥人很好，可是性情么，有些拘泥。"青雀善解人意地拍拍他，"横竖咱们还不走，慢慢想法子吧，好不好？"晋王心中感激，捉过她的小手，亲了又亲。

进了宫，自然先到宁寿宫拜见太皇太后。太皇太后看着阿原容光焕发，青雀小脸光洁嫩滑，显见得这两个孩子日子顺心畅意，心里很是喜欢。

"正给小五选妃呢，小四要不要也挑个次妃？"说了几句家常，太皇太后笑眯眯问道。

亲王不能干政，可富贵是一等的。除了俸禄、封地、赏赐之外，美女也是源源不断供给。哪家亲王府不是聚齐一众莺莺燕燕，让亲王们享尽艳福。

至于王妃，府里美人众多是必须的，大度些便是了。次妃也好，侍妾也好，总之都归王妃管，越不过她去。

太皇太后笑眯眯看着晋王和青雀，等着这两人一个谦逊一个感激地谢恩。之后再问问阿原到底喜欢什么样的美人儿，好照着他的喜好挑拣，务必挑个让他满意的。

晋王一脸严肃，"祖母疼爱阿原，阿原很是感激。不过，挑拣次妃的事，请允许阿原推却。祖母，我昨晚看史书来着，本朝第一位次妃是卫国公府的姑娘，被赐给太祖皇帝次子秦王殿下。祖母，我……我看哭了。"

太皇太后大是心疼，嗔怪道："这实心肠的傻孩子！"见晋王面上有了哀凄之色，知他心地太过善良，一迭声道："不要了，不要了，阿原不要次妃！"

青雀一脸懵懂地站在旁边，对这祖孙二人的对话好似根本听不懂。太皇太后瞅见她这副模样，心中又怜又爱，"这孩子也是个没心计的，和阿原真是天生一对！"招手命青雀近前，温和地交代了几句好话，青雀乖顺地点头。

青雀穿的是王妃常服，袖子很宽大，她在袖子里冲晋王竖了竖大拇指，晋王眨眨眼睛，表示收到。

阿原方才特地向太皇太后提及的，是一个悲伤的故事。

太祖皇帝起自草莽，率众奋战十几年，才从胡人手中夺回这锦绣江山。他生平最敬重的英雄却是位胡人将领，汉名叫做王保保。为了这份敬重，他在俘虏到王保保的妻子、妹妹、小儿子之后，不仅十分优待这些人，还为自己的次子秦王聘娶王保保的妹妹为妃。

可是，不管太祖皇帝如何示好，如何拉拢，王保保始终不肯投降。洪武八年八月，王保保病故于哈剌那海之衙庭。

洪武八年十一月，太祖皇帝下令征卫国公之女为秦王次妃。迎娶次妃的礼仪，"不传制，不发册，不亲迎"，卫国公府那位可怜的姑娘，那位本可以堂堂正正嫁人的姑娘，就这么屈辱地做了秦王次妃。

卫国公，那是曾和王保保对敌的勇士，多次在沙场和王保保厮杀。可是，他的女儿，和王保保的妹妹，却因着太祖皇帝的旨意，嫁给了同一个男人。

秦王正妃，王保保的妹妹，从来没有得到过秦王的欢心。她被幽居，无人服侍，连洁净的饮食也得不到。

秦王迎娶次妃之前，已经对王保保的妹妹如此薄情。迎娶次妃之后，次妃却因"妒忌"被召入皇宫训斥，从皇宫出来之后，上吊自尽。

次妃如此悲惨，正妃也好不到哪儿去。幽居多年，秦王死后，被迫殉葬。

这真是一个令人唏嘘的故事。正妃也好，次妃也好，都是不由自主的可怜人，下场没一个好的。

晋王提到这可怜的次妃，提到自己"看哭了"，便令太皇太后打消了替他择拣次妃的念头。本来嘛，给次妃是为了让阿原日子更舒心，不是为了让他难过的。

母以子贵

在太皇太后的宁寿宫，晋王夫妇遭遇"次妃"这个问题。到了王太后的清宁宫，可就轻松惬意多了。王太后一如既往的慈和，半分没有挑剔为难，也没有打趣揶揄。到了邵太妃面前，更是有趣，被拉着看小孩儿衣裳，"瞅瞅，好看不？青雀你摸摸，很柔软呢。"

青雀很卖力气地摸了好几摸，赞叹，"真软和！样子也很好看呢，很可爱！"邵太妃大为得意，"那是，我花了很多心思的。小孙子的也有，小孙女的也有，青雀，你们生什么都行。"

晋王冲着邵太妃使了好几回眼色，不过，邵太妃和青雀兴致勃勃地说着话，竟然没看见。

晋王忍不住抱怨，"您这么说，我们会害羞的。"您真是的，我们才成亲不久，您这么一口一个小孙子小孙女的，也不怕把您儿子儿媳给羞着了。"生什么都行"，您这话说的，姐姐要怀胎十月辛辛苦苦才能生下孩儿，难不成您还想挑挑男女？

邵太妃面带歉疚，不好意思地笑，"我太心急了。"青雀笑眯眯，"没有没有，您哪里心急了？您说的可是正经事，大事，要紧事——再没有比这个更大的事了！"

晋王红了脸，邵太妃喜笑颜开。

青雀又很善解人意地加了一句，"您放心，我们一定不负所托。"晋王点头，"嗯，一定让您早日抱孙。"邵太妃乐得合不拢嘴。

接下来的一段时日，邓麒几乎天天到晋王府，愁眉苦脸说着邓家的事：孙夫人百般思量，终于央了官媒上门提亲，却被阳武侯府一口回绝，官媒差点没被打出来；邓晖和孙夫人的意思是既然薛家无意，这门亲事就此作罢，可邓之翰咬着牙不肯答应，认准了薛扬。这孩子太死心眼了，可让人如何是好呢。

青雀很善良地提醒他，"官媒想必受了惊吓，多赠些银两吧，一则是压惊，二则是封口，不许她胡乱嚼舌头。"

其余的，不置一词。

邓麒本是犯着愁的，不知想起了什么，神色忽然温柔起来，"官媒说你娘愤怒得差点打她，你娘她，是恨我的吧？姐姐，你娘恨我呢。"语气竟是非常之缠绵悱恻。

青雀拈着块点心往嘴里送，好奇看着他，分明是表示，"你这话什么意思呀，我不懂。"

邓麒柔声解释，"她恨我，总比忘了我要强。妞妞，我一直以为她已经把我忘了。"

青雀垂下眼睑，注视着手中白白嫩嫩的小点心，半晌，一脸苦大仇深的模样，悲壮地把小点心塞进口中。

邓麒眼神迷离，神情恍惚，嘴角噙着梦幻般的、意味不明的笑意。那笑意很温柔，很深情，仿佛在回想青春年华时的如花伴侣。

青雀一个接着一个，悲愤地吃着小点心。

晋王从外头急急走进来，平日里的雍容镇定不知被扔到哪儿了，"妞妞，你吃了这么多！乖，咱不吃了啊，小心撑着了，肚子不舒服。"

他这一说，青雀有些茫然，"好像是吃多了，胃里发胀。"不舒服啊，浑身都不舒服。

晋王要吩咐人去叫良医正，青雀忙止住他，"煎个山楂汤便好，哪那么费事。"见晋王担忧地蹙起眉头，青雀浅浅笑起来，"四哥不知道么，我是铁打的。"晋王心疼地轻斥，"胡说，妞妞分明是一朵娇花。"

邓麒依旧痴痴坐着，脸上带着迷离的笑容。晋王看见他这样真是气不打一处来，伸手拉起他，一直把他拉到院子里。

邓麒温顺地由他牵着，毫不反抗。到了院子里，晋王正要出言指责他，却见邓麒异常温柔地笑着，"妞妞的娘亲并没忘了我，她恨我呢，她恨我恨得要死。"那笑容中，竟有说不出的满足之意。

晋王蓦然觉得他也颇为可怜，忍下一口气，命护卫送他回了邓家。

等到他反身回来，真是大吃一惊：青雀抱着个雕漆抹金银唾盂，好似想要呕吐，却又吐不出来。晋王急忙过去替青雀拍着背，"妞妞，很难受么？"一边扬声叫人，吩咐去请良医正。

良医正叶巩很快应召前来，替晋王妃把过脉之后，脸上露出奇怪的神色，"殿下请安心，王妃无恙。下官这便开道方子，王妃若爱吃，便吃上两剂；若懒怠吃，便罢了。只是王妃的饮食不可随意，下官稍后会列出食单，请膳房务必照着食单为王妃备膳。"

青雀很害羞。这么大的人了，这么强健的身体，竟会吃撑着了，为了这个要请叶巩这名医来看病！还要按着他的食单吃饭。看看，叶大夫得有多不放心啊。

到了晚上，青雀早早地洗漱了，悄悄地、无声无息地钻进被窝睡觉。晋王大概知道她不好意思，并不曾跟往常一般亲吻抚摩无所不至肆意缠绵，而是斯斯文文地从背后贴着她，一夜好眠。

青雀这一觉睡得格外酣沉，直到次日辰时方醒。睁开眼睛，映入眼帘的是玫瑰紫缠花织锦软枕，和锦枕上一张精致绝伦的男子面庞。青雀温柔笑了，阿原，这是我的阿原啊。

"小青雀。"阿原也醒了，伸出双臂小心地把青雀抱过来。青雀才醒，睡眼惺忪，一张小脸显得很稚嫩，神色间有一种异于寻常的软弱和迷糊，阿原大为心痛，轻柔亲吻她的脸颊。

"好阿原，好四哥。"青雀小声咕哝着，头埋到阿原怀里，眷恋地依偎着。她如云长发散落在阿原胸前，像上好的绸缎般光可鉴人，华美润泽。阿原手指绕住她的长发慢慢缠绕，心境也像她的长发般，柔柔的，亮亮的。

门外响起谨慎的叩门声。

青雀困惑地抬起头，“四哥，今日有什么事么。”今天没什么安排啊，钟嬷嬷怎么会连个懒觉也不让睡了？

她的好四哥轻轻笑起来，小心松开她的长发，柔声哄着她，“小青雀，起床啦！再不起，不吃早食，肚子会饿到的。”

就为了让吃早饭呀，青雀噘起小嘴。

阿原在她噘起的粉唇上狠狠啄了一口，笑着下床开门。

钟嬷嬷带着一众宫女鱼贯而入，服侍他俩起床洗漱更衣。化妆的时候，钟嬷嬷满脸赔笑地看着青雀，“王妃天生丽质，风华绝代，这些脂粉实在不配您，污了您的颜色。”

青雀大乐，“嬷嬷您真有眼光！”也不用脂粉了，素面朝天，喜滋滋地坐下吃早饭。“我本来也不喜欢这些脂粉呀，不是不爱美，都怪我生得太美，芳泽无加，铅华弗御！”青雀坐下来，眉飞色舞地吹牛。

女子漂亮标致得不行，要化妆都没处下手！因为她实在太完美了，胭脂水粉，都没了用武之地！

阿原大为赞同，“极是，都怪王妃生得太美。”眼眸中满是暖暖的笑意，殷勤替青雀添菜。

钟嬷嬷亲自站在青雀身边布菜，凑趣地笑，“若是世间女子都像王妃这般美貌，脂粉铺子都该关门了！”

有人管拍马屁，有人管添菜，青雀这顿早饭，吃得眉开眼笑。

吃完早饭，师娘单枪匹马杀过来了，也不带林啸天，也不带林啸威，朝着青雀上下左右前前后后瞅了好几瞅，瞅得青雀莫名其妙。末了，师娘神情凝重地拍拍她，“不许胡乱蹦蹦跳跳的，懂不懂？还有，不许胡乱吃东西！”

不许胡乱吃东西，这话青雀是明白的，红着脸点头。

“不许胡乱蹦蹦跳跳的”，青雀当作没听见。蹦蹦跳跳怎么了，我还打打杀杀呢。

钟嬷嬷简直眼睛眨都不眨地盯着青雀，见青雀依旧到演武场演习阵法，晋王跟在身边助威，钟嬷嬷急得直跺脚。

钟嬷嬷专程去叶医正那儿告状，叶医正微笑，“王妃体质和常人不同，不碍的。”见钟嬷嬷一副心急如焚的样子，笑着安慰她，“便是常人，也要时常动动，不能总坐着。”说了两箩筐好话，总算把钟嬷嬷糊弄走了。

春风沉醉的夜晚，上床之后，阿原还是从身后拥着青雀，安安分分地睡觉。青雀不解地回过身，“四哥，到了晚上，你是不是会化身为狼？”阿原浅浅笑着，把她推回去，让她花朵般的面庞对着另一侧，“四哥变了，变小绵羊了。”

“变羊了呀。”青雀小声嘟囔着，很快睡着了。

阿原看着她的后脑勺，越看越好看。但是，变羊了呀，阿原亲亲妻子的发丝，闭上了眼睛。

邓麒还是常常过来坐一会儿。但是，邓家的烦心事绝口不提，只拣轻松惬意、好玩有趣的事讲给青雀听，青雀听得津津有味，两眼发亮，两腮嫣红。

其实邓麒是面上故作轻松，心里快愁死了。他那宝贝长子吃了秤砣铁了心，在又一次央官媒提亲被拒绝之后，亲自到近军求见薛护诉说衷情，求娶薛扬。薛护大怒，跟他动了手，

两人都挂了彩。

"打到哪天是个头啊。"邓麒垂头丧气。

为了邓之翰这份不合时宜的痴心，祁震和邓麒狠狠打了一架，薛护和邓之翰又大打出手。再坚持下去，谁知道会怎样。

邓晖和孙夫人后悔得不行，"薛家既如此嫌弃，当咱们没求娶过，这事往后不再提起。"宁国公和邓麒却是不肯，"开弓没有回头箭，哪有临阵退缩的道理。"邓之翰更别提了，犯了执念，认定了薛扬。

邓麒不知道，这件事不光他犯愁，阳武侯薛能也是很为难的。阿扬是薛能唯一的女儿，爱惜得如同性命。阿扬常常魂不守舍，稚嫩的小脸上满是迷惘之情，薛能看在眼里，不禁心疼。

薛能小心翼翼问过阿扬，"邓之翰来跟爹求亲，女儿，你是什么意思？"

"我见过那小子。"阿扬歪头想了想，"他怪怪的，拿了把匕首给我，让我杀了他。我为什么要杀他呀，杀了人要偿命的！我活得好好的，可不想坐牢，更不想死。"

薛能看到女儿眼眸中的甜蜜和怅惘，心沉了下去。

阿扬嘻嘻笑起来，牵起薛能的手，"爹爹，您给我寻一个比他俊俏，比他痴情的！要比他家更显赫，比他家爵位更高！要是连邓之翰都比不上，那我可不嫁，咱们说好了啊。还有，若是我一直不嫁，您和娘，还有哥哥、阿挥，不许嫌弃我，往后娶了嫂嫂，有了弟媳妇，也不许嫌弃我。"阿扬调皮地笑着，淘气说道。

薛能溺爱说道："谁敢嫌弃我阿扬？阿扬是爹娘的心头肉，谁吃了熊心豹子胆，敢嫌弃我家小阿扬？"

薛能心中惆怅，"若不是因为往事难堪，我都想答应了。邓家门第过得去，上头只有个太婆婆，太婆婆出自大家，性情方正，必不会随意刁难孙媳妇。邓家那小子和阿扬年貌相当，又对阿扬一片痴情。"

可是，他们中间横着一道鸿沟，难以逾越。

薛能想着想着，焦躁起来，"沈家和祁家的恩怨，与我闺女何干？我闺女自姓薛。我什么都不管，我只要阿扬幸福。"

"我不过是名最平凡的父亲，生平所愿，便是儿女平安顺遂，过舒心日子。我不忍心让阿扬失望，不忍心让我闺女伤心难过。"

暮春时节的一天，叶巩在慎重的望、闻、问、切之后，终于隆重宣布，"王妃有了身孕，两个月了。"

他这话一出口，钟嬷嬷先念了声佛，又是高兴，又是掉眼泪。王妃有身孕了，殿下要做爹了！钟嬷嬷对着叶医正福了福，"多谢您。"您一直不敢确定，我们都悬着心呢！如今可好，心总算能放回到肚子里了。叶医正一乐，"您谢我做什么？"和钟嬷嬷一起向晋王、晋王妃道了喜，知趣地退了出来。

晋王嘴角勾了勾，又勾了勾，笑得很傻。青雀怔了片刻，长长舒出一口气，"大姨，我真是不负您所托啊！"

祁青雀将军言出必践，才答应您没多少时日，便有了喜信！

"什么叫做千金一诺，像祁青雀将军这样，便叫做千金一诺！"青雀得意地吹嘘着，小辫子翘上了天。

"这一怀上孩子，妞妞更孩子气了！"晋王看着神气活现的青雀，欢喜无限，"往后四哥有的忙了，要照看两个孩子，一个大的，一个小的！"

青雀眼睛亮晶晶的，很是喜悦，"四哥拿我当孩子么？好啊好啊，我喜欢做小孩！"

"你是小妞妞。"晋王温柔揽过她，"你是四哥的小妞妞。"

青雀偎依在他温暖的怀抱里，满足而快乐地叹了一口气。

晋王把手放在妻子平平的小肚子上，眉目间满是春意，"妞妞，咱俩首战告捷啊！"青雀靠在他身上，喜滋滋的，"那是。"两人温柔地抱在一起，欣喜、满足得无以名状。

晋王亲自到宁寿宫报喜讯，太皇太后听了高兴得合不拢嘴："阿原，好样的！"把自己的宝贝孙子夸了又夸，流水般赏下补品、药材、珍玩等物，命自己身边的乔嬷嬷亲自送去。乔嬷嬷笑着向太皇太后、晋王道了恭喜，领命去了晋王府。

晋王问明白了太皇太后赏的是什么，不乐意了："全是给她的？祖母，阿原也是有功劳的，为何没有赏赐？"太皇太后乐得打跌，"有，有，阿原也有！"吩咐内官寻出两件周朝的古董来赏了他，一件是青铜三足鼎，一件是青铜夔龙纹圆口双耳簋。

晋王讹了两件珍贵古董，心满意足，"祖母您真是赏罚分明！"笑容满面拍着太皇太后的马屁，命人把古董收好。

"祖母您赏赐这般丰厚，母亲会赏阿原什么？"晋王欢快地盘算着，"虽比不上祖母，也不能太差了吧？祖母，阿原好像能发笔财。"他这无赖样子逗得太皇太后畅快大笑了一回，十分开怀。

正好王太后带着张皇后一起来宁寿宫请安问好，太皇太后笑着推阿原，"这下好了，不只能得你母亲的赏，还有你嫂嫂呢。"晋王拍手笑，"可不是么？祖母提醒我了。"

王太后听到喜信也很高兴，"阿原，先帝泉下有知，定是欣慰不已。"张皇后强忍着心中的酸意，也笑着道了恭喜。王太后、张皇后又对太皇太后道贺，"您老人家要抱曾孙了，万千之喜。"

太皇太后指着晋王乐，"这小无赖才讹了我两件古董，你们偏这会子凑了来，少不得也要被他讹上了。"王太后凑趣，"阿原有功，该赏的。"当即吩咐宫人送孕妇合用的补品去晋王府，给的赏赐之物是中规中矩的，既没简薄，也不丰厚。张皇后也吩咐宫人，"高丽才进贡的人参，拣上好的送去给晋王妃。"对怀孕的弟媳妇显得极为关切。

"可惜陛下今日要接见安南使者，这喜信，只好等到陛下忙完国事，才能得知了。"张皇后矜持说道。

晋王浅笑，"陛下晚些知道倒无妨，只要多多赏赐便好。"

太皇太后和王太后都指着晋王笑不可抑，"这小无赖。"晋王笑着作揖，"祖母，母亲，等见到哥哥，务必替阿原讨份厚赏。"逗得两人又笑。晋王陪着说笑了一会儿，便告辞了。

晋王这番到来，带给张皇后的是惊讶、酸楚，和恐惧。我成亲三年都没动静，她成亲不过数月，便这样了！难道，这做过将军、惯于冲锋陷阵的女子，身子真是异常强健、易于受孕。她是将军，偏又嫁给了亲王！本朝起兵造反的亲王还少么，若是亲王娶了位将军，让京中的皇帝如何能安枕？她和晋王仗着陛下仁厚宽和，还不知打什么主意呢。这会儿她又有喜，她竟然这么快便有喜了……张皇后心绪烦乱。

去到邵太妃处，晋王手忙脚乱——邵太妃听说青雀怀孕已有两个月，高兴得眼泪都掉下来了，晋王又要哄她劝她，又要替她擦眼泪，十分忙碌。

好容易邵太妃不哭了，仰起脸殷勤看着他，目光热切："阿原，你们打算生个什么？"

晋王摸摸鼻子："我们还没商量好。"

"要我说，你们还是生个小阿原吧。"邵太妃眉开眼笑地建议，"这回先生个小阿原，等到下回，再生个小小雀！然后，到下下回，还生小阿原……"

晋王听得头晕，忙郑重冲她拱拱手，严肃说道："我们一定尽力而为。"邵太妃满意地拍拍他，"乖儿子。"又交代了无数话，无非是要让着青雀、要照顾好青雀，这话晋王爱听，一一答应。

回到晋王府，只见师娘、英娘还有祁玉都来了，师娘和英娘一边一个坐在青雀身边，认认真真传授养儿经。祁玉虽是远远地坐着，看着青雀的眼神竟也很温柔。

晋王一来，师娘便招手叫他，"阿原过来，才嘱咐完我小徒弟，轮着你了。"英娘也笑，"要做爹了，该学的地方多着呢，我们先大致给你讲讲。"晋王忙在她们跟前坐好了，洗耳恭听。

一边听，一边跟青雀眉来眼去。

师娘见他不专心，狠狠瞪了他一眼，"阿原！"他忙正襟危坐，神情庄重，"小姨，阿原听着呢，听着呢。"

祁玉冷眼看着，心里又替青雀高兴，又替阿扬犯愁。同母所生的姐妹，姐姐嫁得好，妹妹应该也不差吧？可是阿扬……唉，阿扬时运不好。

阿扬从来没说过，"我喜欢邓之翰，我要嫁给邓之翰"，她就是咬死一点，"你们给我寻个强过邓之翰的就行。比他俊俏好看，比他有才干，比他家世好，样样要强过他！"

薛护曾经脱口而出，"有啊，张祐！英国公府比宁国公府得强出两条街吧，张祐得比邓之翰俊上不止三分吧，更比邓之翰的本事大了不知多少！"

阿扬轻蔑撇嘴，"张祐多老啊，比我大十岁都不止！"言下之意，即便张祐来求婆，她也不乐意。

薛护等人都觉沮丧，看来，她是真喜欢上邓之翰了。

祁玉头疼得要命。不只祁玉，薛能、薛护父子也是不知计将安出，他们溺爱阿扬已久，根本舍不得逼她、勉强她。

祁玉目光看向一脸喜悦笑意的青雀，看向青雀身边满目怜爱的师娘、英娘，和青雀面前玉人一般的晋王，嘴角泛上丝苦涩笑意。阿扬，你若也能像青雀似的，该多好。

师娘、英娘和祁玉逗留许久，各自交代了两箩筐话，方依依不舍地走了。

送走她们之后，青雀激动地在晋王面前走来走去，头昂得高高的，"母以子贵，身价百倍！"连我仙女娘都来看我了呢，目光温柔似水！这怀了孩子，真是不一样啊，不一样。

晋王温柔地拍马屁，"妞妞即便不怀小宝宝，在四哥心目中，也是无价之宝。"青雀骄傲地拍拍肚皮，"可是，怀了小宝宝，分量就更重了，对不对？"

那是一定的啦，小宝宝会一天天长大，当娘的分量一定会重啊。

晋王把手放在妻子小腹上，温柔道："妞妞说的是。"

青雀得意非凡。

次日晋王被皇帝召进宫。晋王一见面就讨赏："哥哥，阿原有喜事，您送份贺礼吧。"皇帝好笑地看着他，"阿原成亲之后，变得好不贪婪。你从前不是这样的，好似不食人间烟火。"

晋王咳了一声，"那个，成了家，不只要养自己，还要养妻子，往后还要养孩子。哥哥，我又不能经商，想来想去，生财之道便只有跟您伸手了。"

皇族中人，不许经商，不许与民争利。这个倒不能说不对，因为皇族中人若能够经商，和普通商人是一定不会公平竞争的，一定会挤占普通商人的利益。

皇帝粲然，"你还有理了。"

晋王肃然，"哥哥，阿原是最讲理的！"

皇帝的笑容渐渐苦涩，"阿原，你若生了儿子，过继给哥哥吧。"晋王吓了一跳，忙捂紧自己的肚子，瞪大了眼睛，"不给！就不给！"

皇帝见他这样，本来心里很苦，也绷不住乐了，"你捂着肚子干吗？你肚子里有啥？"晋王脸一红，讪讪地放下手，"没啥，没啥。"

晋王低头羞惭了片刻，抬头看着皇帝，正色说道："哥哥，我知道您想要中宫嫡子，您想得很对，真的很对。可是，若再过个三个月两个月的还没喜讯，您还是立妃吧！您膝下无子，国家不稳啊。"

皇帝见他真诚，心中大为感动。皇后还隐约提起过，"晋王身份尊贵，再娶位手握兵权的王妃，万一起了异心……？"皇后的想法不能算错，她只是不明白阿原，不知道阿原心地清明干净，根本不会做污秽之事。

阿原若有异心，哪用等到今天？先帝在时，他早该设法了。"父亲心情不大好，哥哥过会子再进去""父亲才画过一幅仙人图，哥哥若提起长生不老之术，父亲应该爱听"，阿原告诉自己的事，帮过自己多少回。

阿原，他打小便心思单纯，哪里懂得皇后所说的魑魅魍魉。

晋王认真而又专注地看着皇帝，执拗地等着皇帝答复。皇帝微笑，"哪能是三个月两个月呢，再等三年吧，若是三年之后依旧如此，哥哥少不得要立妃，传延子嗣。"

晋王小声嘟囔，"三年啊，这么久？不过，哥哥您看吧，哥哥要这么做，一准儿有哥哥的道理。"

皇帝见他这孩子气的模样，又好笑，又感动，"阿原想要什么贺礼？送你金珠玉器、古董玩器好不好，给未出世的孩儿备着。"

晋王很高雅地说道："还是书画为好。哥哥，等到孩儿满三周岁，我打算亲自为他启蒙，教他书法、绘画。"

阿原是要把他的儿子培养成书画名家、一代贤王么？亲王之中，最受人尊敬和最招人喜欢的，便是寄情于山水、醉心于书画的贤王了。

皇帝微笑，"甚好，便依阿原。"果真命内官从库中取出《楚江清晓图》《远岫晴云图》相赠。阿原没有野心，无欲无求，孩儿还没有出生已打算把他教成精通书画、循规蹈矩的亲王，由他罢。

晋王很喜欢，"天真淡雅，空灵变幻，可遇不可求的传世佳作！哥哥，米氏云山，我已经暗中倾慕许多年了。"愉悦笑着，亲自收好，显见得极之珍重。

晋王很殷勤地陪皇帝哥哥喝了杯茶，下了盘棋，才告辞出宫。回到晋山府，他才在门前下了车，邓麒单人独骑飞驰而至，也下了马。

"一个护卫也没带？"晋王大为不满，出言指责，"千金之子，坐不垂堂，懂不懂？你原本至少带两名护卫随行的，今日为何孤身一人？"

邓麒瞪了他一眼，神色忿忿地往里走。

晋王快走两步追上他，伸手牵住他的衣襟，"哎，停下，有话跟你说。"身边的王府护卫有眼色，利索地抽出腰刀，横在邓麒面前。

邓麒脸黑如锅底。晋王伸手扳起他的脸，轻轻拍了拍，"哎，笑笑，笑笑！你若这般黑着脸去见妞妞，我可不依。"邓麒瞪了他一会儿，挤出一个比哭还难看的笑。

"你怎么能这样？"晋王用控诉的眼神看着他，"你这笑，连我都吓着了，更遑论妞妞。这么着吧，你到书房坐坐，等心情好了，会笑了，再请你进去。"

不由分说，命人带邓麒去了书房。自己则施施然，眼角带笑，容光焕发，去见青雀。

青雀正捧着个青花细瓷小罐，欢快地吃着青杏。那青杏绿绿的，一看就知道会很脆、很酸。见晋王回来，笑眯眯让着他，"四哥，很好吃的。"晋王陪她吃了一个，认真点头，"果然味道极佳。"

青雀吃着杏，晋王把宫里的事说了一遍。青雀笑着夸他，"四哥做得太对了，极应该这样。"皇帝不过二十出头，暂时子嗣不顺罢了，哪会终身无出。等到他有了亲生儿子，呵呵，弟弟哪里亲得过儿子？阿原早早地退避、表明心迹，是明智的。

"如果再过几年，哥哥还没有儿子，要过继咱们的……？"晋王有些杞人忧天。

"休想！"青雀恶狠狠咬着手中的杏，断然道："让他自己生去。想抢咱们的儿子，没门儿！"

世间最亲密的人除了夫妻，便是父母和子女。我打小不在亲爹娘身边长大，已经够凄惨的了。好容易有了儿女，还要过继给别人？杀了我也不干！

晋王见她杀气腾腾的，忙附和，"对，让他自己生去。竟想要抢咱们的儿子，真是岂有此理！"

青雀气了会儿，笑吟吟拍拍晋王，"四哥，你若见了皇帝陛下，可经常劝他立妃。吃不了亏的，我估摸着，能得不少赏赐。"

晋王会意点头，"是，有百利而无一害。"

皇帝暂时无子，晋王便是离皇位最近的继承人。晋王时不时地恳请皇帝哥哥广纳妃子、延绵子嗣，多么的大公无私，多么的心地纯良。皇帝是绝对不会厌烦的，只会觉得欣慰。

哥哥，你多纳几个妃子，早日生下皇子，安慰先帝在天之灵，继承天朝大好河山——还有比这个更好的、能表现晋王对皇位毫无觊觎之心的法子么。

晋王若对皇帝从无这方面的劝谏，那就很可疑了。怎么，你小子是不是想着皇帝无子，皇位终有一天轮到你？

这个嫌疑，是一定不能沾上的。

之后晋王果然多次向皇帝提议立妃，皇帝每回都是笑而不语，也就是说，拒不采纳。可是，每回会给晋王极为丰厚的赏赐，晋王因为这个很是发了笔小财。——这是后话了。

他俩把宫里的事说完，邓麒终于会笑了，被钟嬷嬷带了进来。青雀见了邓麒，也是客气又热情地相让："味道很好的，瞅瞅，我吃了这么多！"递了一个给邓麒。

邓麒怀疑地看了一眼，"这绿绿的，青青的，会味道很好？"犹豫着咬了一小口，顿时酸得倒吸冷气："这哪是杏啊，比醋还酸！"

青雀笑嘻嘻从他手中把杏接过来放在桌子上，兴致很好地讲着个小笑话，"我从前在杨集的时候，厨房的花妈妈蒸馒头总是特别酸。有一回她儿子实在受不了了，好言好语跟她商量，'娘啊，您下回蒸馒头，不放醋成不成？'"

邓麒和晋王都很卖力气地笑了一通，"太可乐了！"

邓麒真是很迟钝，在笑了许多声之后，才蓦然发觉不对：这么酸，妞妞吃起来却是一脸享受，口口声声说好吃！难道是……？

邓麒坐不住，跳了起来，"妞妞你不会是……？"越想越像，眼中满是欢喜。

青雀笑眯眯点头，"是啊。"又吃了口绿绿的青杏。

"妞妞，不吃这个了！"邓麒傻乐了一会儿，止住青雀，"咱家庄子上种有樱桃，应该差不多能吃了。妞妞你等着，我现摘去！"

也不等青雀答话，兴冲冲走了。

"那个，不够酸。"青雀说这话的工夫，邓麒已到了门口，好像没听见。

"初尝青杏，乍荐樱桃"，青雀和晋王相互看了一眼，目光中都有融融暖意。邓麒再怎么不着调，还是疼青雀的。

晋王忽想起来，"他一个人来的，连护卫也没带。"青雀忙道："叫几个人跟着他，不可大意。"晋王点头，出去在王府卫队中挑了四五名身手好的，命他们赶紧追上邓麒，护送他到庄子上。卫兵齐齐答应，急急去了。

"这么不小心。"青雀摇头。平时还知道带护卫，今天怎么了，单身匹马的。难道遇着什么特别让他生气的事了？

青雀没猜错，邓麒确实遇到一件让他非常生气、怒不可遏的事。

邓之翰不是始终贼心不死么，邓麒爱子心切，亲自约见薛能，替邓之翰说项。邓麒倒也乖觉，别的废话不说，一再声称，"令爱若过了门，我当亲闺女看待。"

薛能这老实人也不会藏着掖着，实话实说，"祁家和沈家的恩怨，我并没放在心上。阿扬虽有祁家血脉，可是她姓薛。令郎和她，也算是门当户对、年貌相当了。"

邓麒听了大喜，"您是明白人！"

谁知薛能话锋一转，"可是，沈家那位姑奶奶，还是阁下的妻室，还是邓之翰的亲娘。让我家阿扬认这样的女子做婆婆，万万不能。"

薛能一向脾气好，可是这句话，说得斩钉截铁。

邓麒傻眼了。不能认沈茉做婆婆，那还是不肯答应婚事啊。

要是两人就这么一说，邓麒也不至于生气。本来么，以邓、薛、祁、沈这几家的过往，祁玉的女儿不肯认沈茉为婆婆，是多么自然、多么理所应当的事。

可邓麒不甘心啊，就殷勤地加了一句，"翰哥儿的娘在老家，翰哥儿在京城成亲，不碍的。"

薛能说话不拐弯，直通通扔下一句，"邓之翰总有回乡祭祖的时候吧？到时候不还是要见！"

薛能这话没说错，可不是么，邓之翰总有回乡的时候。到了那个时候，儿媳妇总不能不见婆婆吧。邓麒想想也是这个理，烦恼了，"那，你说怎么办？"

其实薛能根本不必接他的话，只管把这难题扔下，走自己的就行了。可偏偏薛能老实，不会耍滑头，又说了一句大实话，"除非是休了，或者，死了。"

邓麒本来就烦躁，一听这大实话，恼得面红耳赤。休了，死了？你还真敢想。沈茉该不该休，该不该死的另说，为了娶个儿媳妇要婆婆的命，普天之下有没有这个道理？！

邓麒拍案而起，"休想！"

薛能被他这么一怒斥，脸上倒生起喜色，"你既这么说，亲事就此作罢。"拱拱手，扬长而去。

邓麒能不气么，气得七窍生烟。

邓麒年少轻狂时候虽为沈茉对自己的爱慕而窃窃自喜过，新婚之时虽为沈茉的温柔顺从而欣慰不已过，可自打祁玉毅然决然离开邓家祖居远赴云南另嫁薛能，邓麒左拥右抱的梦想一下子破灭，便不喜欢沈茉了。邓麒曾经一遍又一遍告诉自己，"若早知道是这样，我宁可带着玉儿远走高飞，永不回京城。"

抚宁侯府张灯结彩娶妇也好，沈茉以世孙夫人的身份嫁进邓家也好，有什么用？我不回京，不和沈茉圆房，把她孤孤单单扔在邓家，她能兴得起什么风浪？邓麒每每想到此处，顿足长叹，懊悔万分。

邓麒大概也是上了年纪，常爱回首往事。越想越觉造化弄人，又时常觉得无限委屈。娶沈茉，我哪里乐意啊，我睡梦里都是玉儿，常常深夜时分从梦中醒来，一室清冷，满腹酸楚，形单影只。

后悔归后悔，可是沈茉已经娶了，之屏、之翰已经生了，我能怎么办？他俩自生下来便尊贵，邓家上上下下俱是看重，总不能因为沈家败落、沈茉阴狠，就把两个无辜的孩子一棍子打死吧？

邓麒早已不喜自己名正言顺的妻子沈茉，可是对自幼按嫡子、嫡女精心教养长大的之屏和之翰，关怀爱护之情一如往日。之屏是他娇女，之翰是他爱子，这是不会变的。

"我不是为沈茉，是为我亲生的孩子，懂不懂？"邓麒真想追上薛能，好好跟他讲讲道理，"休了沈茉倒不算什么，之屏还怎么嫁，夫家哪能看得起她？之翰还怎么接手邓家，做邓家掌舵人？"

不能为打老鼠而伤了玉瓶，懂不懂？邓麒忿忿。

玉儿都嫁给你、替你生儿育女了，薛能你还有什么不满意的？她本是我的妻，若不是造化弄人，此时此刻该是我和她长相厮守！

玉儿另嫁，小青雀不能在自己身边长大……

就这么着，邓麒带着一肚子怒火单身匹马冲出来，直奔晋王府。他本是想跟青雀发发牢骚的，可惜晋王不给面子，见他脸色不好，直接挡驾，把他拎去书房。

邓麒在书房坐了半天，慢慢地气也平了。小青雀都长这么大了，嫁了人，夫婿还如此温存体贴，对她关怀得无微不至，做爹的心满意足。至于之翰的婚事，看他的造化罢，命里有时终须有，命里无时莫强求。

真走进去见青雀的时候，邓麒已是心绪大好。知道青雀有喜，自己很快要做外祖父，更是欣喜若狂。傻乐了一会儿，跑去摘樱桃了。

他兴致勃勃地骑马出了晋王府，抄小路往城外赶。妞妞爱吃酸的，俗话说酸儿辣女，看样子妞妞是要生个小世子呀，太好了！越想越高兴，越跑越快。

走到一个僻静的小巷时，忽然从路旁蹿出一个灰色的人影。邓麒马太快，收不住，虽然他急忙勒住马缰绳，还是把那人绊倒了。

"闹市纵马伤人，你还有没有王法？""呸！仗着自己有钱有势，拿我们穷人的命不当命！""这小子穿金戴银的，平时缺德事一准儿没少干，兄弟们，抄家伙上啊，替天行道！"旁边一下子蹿出十几个衣衫褴褛的乞丐，嘴里嚷着骂着，或是拿打狗棒，或是拿乞讨用的破碗破盆，气势汹汹地冲了过来。

打狗棒固然不好抵挡，破碗破盆什么的也很可怕好不好，砸到人脑袋上，不是玩的。

邓麒大叫，"是他忽然冲出来的！直冲着我冲过来的！"那被撞的乞丐正倒在地上翻滚呻吟，好像受了很重的伤，好像很痛苦，可真是他自己冲上来的啊。

"撞了人，还有理了！""人模人样的，不说人话！""少跟他废话，狠狠揍他！"乞丐们喝骂着，怪叫着，十几根竹棒、木棍一齐冲邓麒刺过来。乞丐们人多势众，邓麒又着了慌，很快被他们拉下马，提起棍子，没头没脑地招呼。

邓麒佩着腰刀呢，自然不能由着他们撒野，拔出刀来，舞得虎虎生风，"你们再不住手，休怪我无情！"乞丐们哪里肯理他，下手越发狠辣。邓麒见对方人又多，又丝毫不肯讲理，心中未免焦躁。

正在这时，温雅从容的男子声音响起，"邓大人莫要着慌，张祐来助您一臂之力。"邓麒百忙之中抬头看过去，不远处是一人一骑，马上之人如碧天秋月般澄澈莹净，不是张祐，那是哪个？

邓麒心花怒放，"张祐快来！"张祐这小子功夫好啊，对付这十几个乞丐，哈哈，小菜一碟！

这十几个乞丐一听张祐的名字，大都着了慌。英国公府世子，少年之时便勇冠三军，几十名青年壮汉近不得他的身。自己这十几个人……？还是赶紧跑吧，逃命要紧啊。

一声呼啸，十几名乞丐，连同倒在邓麒马前翻滚呻吟的那个，分作四个方向，兔子般向外逃窜。

邓麒顿足，"这帮王八蛋，不能让他们就这么跑了！"抬足去追。乞丐们分四个方向跑，他大概拣了拣，觉得往北去的那混蛋打他最狠，狠命往北边追去。

邓麒狠命追上一个，抬脚一踹，把那人踹得一个趔趄，行走不稳。邓麒挥起腰刀，豪迈地架在那人颈间，"小子，束手就擒吧！"

拦下一个，剩余的两人却是飞快跑了，赶不及捉住。

"可惜只捉住一个。"邓麒正在沮丧，不经意间抬眼一瞧，只见后边、左边、右边全是倒下的乞丐，毫无例外地捂着小腿咒骂哭泣。

张祐一袭玄色长衫静静站在他们中间，目光清冷。

"这小子暗器使得不坏嘛。"邓麒数了数人，不能不服气，"敢情除了我这边跑的那两个，其余的全被他放倒了。"

"你暗器使得这么好，做什么要放走两个？"邓麒走近张祐，抱怨道。

张祐淡淡看了他一眼，没说话。你功夫不成，还硬往上凑，纯粹是瞎捣乱。你和他们离得那么近，我若一个不小心误伤你，怎么跟小青雀交代。

这会儿晋王府的卫兵也赶来了，见了这阵势，吓了一跳。再看看邓麒脸上有伤，更慌了神，"邓大爷，殿下见了您这伤，我们全都吃罪不起。"邓麒好心肠地安慰他们，"放心，我不连累你们。"

张祐微微一笑，从怀中取出一个晶莹剔透的琉璃小瓶递给邓麒，"擦擦，很好使的。"邓麒眉开眼笑，"是绿玉膏么？太好了。"绿玉膏来自西域，样子好看，治外伤有奇效，且不留疤。不过市面上没卖的，有银子也买不着。

清清凉凉的绿玉膏涂上脸颊，邓麒心中一阵舒服熨帖，"张祐，多谢你啦。我还赶着出城，改天置席酒谢你，请务必赏光。"

他们正说着话，中城兵马司一个副指挥带着几名手下急匆匆赶了过来。这边虽说僻静，可乞丐们闹腾的动静挺大，这不，把兵马司的人也招来了。不过兵马司的人永远来得这么是时候：打斗停歇了，贼人拿住了，他们很尽职尽责地来负责捆人。

这名副指挥姓唐，名凌，极有眼力见儿，见邓麒、张祐是这么个身份，旁边又站着四五名王府卫兵，狠狠踹了地上的乞丐几脚，"不长眼的！邓大爷是你们能冒犯的？"豪迈挥挥手，"绑起来！"小兵们一拥而上，利索地捆人。捆好了，唐凌依着张祐的吩咐，送往顺天府。

张祐听邓麒说他是出城给青雀摘樱桃，目光复杂地看了他两眼，"我陪你去，咱们快去快回。"邓麒过意不去，"这等小事，怎好意思麻烦你？"张祐微笑，"我也想吃樱桃，邓大人，摘好樱桃，请赏我几粒尝尝鲜。"邓麒哈哈大笑，翻身上马，"走吧！"邓麒、张祐在前，几名卫兵紧紧跟着，出城往庄子里去。

到了庄子里，邓麒不肯假手于人，极好兴致地亲自去摘。张祐也陪他一起。两人一边摘着樱桃，一边漫不经心地聊天。

"我觉着那些个乞丐不对劲，专门冲着我来的。"

"对，那不是寻常乞丐，个个有功夫，身手还过得去。"

"我得罪谁了？"

"不管是得罪谁，总之你不能出了门，却一名护卫也不带。"

"你不也一名护卫不带？"

张祐无语。

装满一个漂亮的竹编小篮子，邓麒满意笑笑，"姐姐一准儿喜欢。"正打算要走，忽然孝心大发，"等等，家母也爱吃。还有，屏姐儿、盈姐儿也爱吃。"重又动手去摘。

张祐要水洗了手，闲闲坐在一旁看着。邓麒招手叫他，他只是不理会。

青雀歌

"哎，你还没成亲吧？"邓麒看看成熟的樱桃不多，摘不出来，索性也不摘了，过来到张祜身边坐下。

一阵微风吹过，张祜迎着风眯起眼睛，"尚未。"

邓麒挠挠头。可怜的屏姐儿，受了沈家的连累，都十八岁的大姑娘了，还没婆家。要说起来，张祜这小子可是真不坏，家世无可挑剔，他本人长得又俊美，本事又大，堪称杰出的将才。

张祜要是娶了屏姐儿……？邓麒乐了乐，当爹的做梦也会笑醒的。张家，那可是天下第一国公府，别家拍马也赶不上。

屏姐儿嫁给张祜，往后做了英国公夫人。翰哥儿娶了小阿扬，小两口和和美美，恩恩爱爱……邓麒做起白日梦。

"我跟你这般大的时候，孩子都好几个了。"邓麒善意提醒，"张祜，男人到了年纪就要娶妻生子，传宗接代，这是免不了的。"

"我知道。"张祜声音冷冷的，好像冬日里的寒冰般没有暖意，"你跟我这般大的时候，小青雀正在杨集逍遥度日，快活得像只小鸟。"

邓麒羞愧地低下头，"那个，我一直想把妞妞接回家的，我想疼妞妞，想对她好……我没有想把妞妞扔在杨集，真的没有。我想把妞妞接回家，想让妞妞有家、有长辈疼爱，无忧无虑地长大。"

张祜寒星般的眼眸中闪过丝愤怒，实在不能忍受再和邓麒这样的笨蛋相对而坐，站起身要走。邓麒急忙起身跟上，"等等我，一起一起。"

骑马出庄回城，路上邓麒吞吞吐吐地开了口，"张祜，我给你说个小媳妇儿吧？"张祜似笑非笑看了他一眼，"这事我是不管的，家父家母怎么说，我便怎么做。"一夹马肚子，飞奔而去。

骗谁呢！邓麒愤愤。你爹你娘若是能当你的家，早逼着你娶妻生子了好不好，谁家爹娘愿意儿子老大不小的了还是孤身一人？邓麒口中呼喝着，追了过去。

"朝廷应该制定律法，男人到了年纪不娶妻的，女子到了年纪不嫁人的，一律治罪！"邓麒追了许久也没追上张祜，恨恨想道。

"男人，二十吧。女子青春短暂，十八岁便可。男人到了二十岁还不娶妻，女子到了十八岁还不嫁人，都属于犯罪，一个一个关监狱！"邓麒正意气风发地狂想，忽忆起邓之屏今年也十八岁了，垂头丧气地耷拉下脑袋。

到了晋王府门前，张祜变得彬彬有礼。客气地冲邓麒抱抱拳，言辞温恭，"邓大人，我只能护送您到这里了，后会有期。"

邓麒邀请他进去坐坐，张祜微笑摇头，"殿下没有召唤，外臣不便擅入。"邓麒打个哈哈，二人客气地分了手。

张祜到了一处僻静的地方，忍不住勒住马头，回首翘望。不远处的晋王府楼宇巍峨，恢宏壮丽，斜阳余晖中，这座府邸好似被笼上了一层淡淡的金色，更加美轮美奂。小青雀，你在这里，还好么？

邓麒捧着个小竹篮，献宝似的拿到青雀跟前，"妞妞，这樱桃酸酸甜甜的，味道很好。"

青雀笑眯眯称赞，"好吃不好吃的先不说，样子真好看。红艳光洁，玲珑如玛瑙宝石一般，太喜欢人了。"晋王也在旁凑趣，"嗯，看着就想吃。"邓麒大为得意。

钟嬷嬷亲自带着人去洗了樱桃，盛在一个晶莹美丽的荷叶状琉璃盘子中端过来。琉璃盘中红艳艳的樱桃还沾着水珠，可爱极了。

邓麒拿过雪白的帕子，擦干净樱桃上的水珠，递给青雀，"妞妞，好吃么？"青雀吃得眉开眼笑，"太好吃了！"晋王在旁看了片刻，要了个小碟子，要了把小刀，把樱桃一切两半，将子除去，再给青雀吃。青雀感动得不行，"你太好了！"大眼睛水汪汪地看着四哥，含无限深情。

晋王推推邓麒，"哎，你回罢，我和青雀还有正经事要做。"邓麒瞪了他一眼，"有什么正经事？"虽是这么说着，却当真站起身要走。

打发走邓麒，晋王两眼发光地回来，打算和青雀一起做正经事。钟嬷嬷何等有眼色，见他情意绵绵地望着王妃，便即带着人悄无声息地退出去，偌大的偏殿中只剩下晋王、晋王妃两人。他俩时而相互亲吻，时而相互喂食樱桃，其乐陶陶。

邓麒回到宁国公府，兴高采烈跑到正院，跟他祖父宁国公报喜讯。宁国公正亲手擦拭他的腰刀，闻言微笑，"妞妞是个有福气的。"邓麒大为得意，"那是。"

宁国公慢慢收起腰刀，告诉邓麒："麒儿，益哥儿也十六七岁了，亲事不能拖着。你裴爷爷和我相识数十年，裴家的家风我信得过，他只有一位曾孙女，今年才及笄，乖巧伶俐得很。"

宁国公口中的"你裴爷爷"是都督金事裴先，他和宁国公是昔日军中袍泽，相知颇深。裴家人忠诚厚道，裴先也凭军功挣下一个世袭千户，他家的姑娘嫁邓子益，算是门当户对。

邓麒忙道："您说好，一定是好的。我去和我母亲说，请她央媒提亲。"宁国公点了点头，"我带益哥儿去过裴家，两个孩子见过面，都无异议。"不只无异议，还各自红了小脸，害羞得不像话。宁国公想到这儿，苍老的心忽然变软。

邓麒很高兴，"那可真是太好了！"能给次子娶一个他中意的姑娘，真不坏。

交代完邓子益的婚事，宁国公又问起邓之屏和邓之翰。邓麒挠挠头，"这两个苦命孩子，都被沈家给连累了！屏姐儿没有好婆家，翰哥儿又因为沈家被拒婚。"

宁国公重重地哼了一声。

邓麒忽想起一件正经事，"祖父，您说张祐怎么样？这小子年纪不小了，却依旧是孤身一人。若是把屏姐儿说给他……？"

邓麒话音没落，宁国公狠狠瞪了过来，"你没睡醒？妞妞小时候寄养在英国公府，张祐那冷面修罗般的少年是怎么陪她玩耍的？妞妞在石屋遇险，张祐是怎么发疯般寻找的？给张祐说屏姐儿，你可真行。张祐要是肯娶屏姐儿这样的姑娘，早八百年就成亲了，哪用等到现在？"

邓麒被骂得低头不语。

"盈姐儿的亲事说定了，益哥儿的亲事也说定了，是因为他们没有好高骛远。"宁国公又哼了一声，"屏姐儿亲事迟迟未定，不只是受了沈家连累，还因为她看不清情势，心比天高！"

青雀歌

邓麒唯唯称是。

"求婚的二三流侯府、伯府里头，挑一家厚道人家，把屏姐儿许出去。"宁国公吩咐，"你亲眼看看，最主要是家风正，子弟人品好！成亲之后有咱们提携着，屏姐儿日子也不差。"

邓麒打起精神，"您的话我记下了，这就去告诉我母亲。"

宁国公默默点头。

邓麒想了想，硬着头皮把薛能拒婚的话原封不动学了一遍，"……薛家这般强横，只能就此做罢。"

宁国公目中乍现精光，冷冷扫向邓麒。邓麒吓了一哆嗦，赔起笑脸，"祖父，孙儿没说错话啊。他……他都这么说了，咱们只能算了。"

"强横？"宁国公质问道，"阳武侯这般说话，你觉着强横？邓麒，我若是阳武侯，说出的话只会更不中听！"

人家千娇万宠的嫡长女，捧在手心里长大的掌上明珠，凭什么嫁给邓之翰这仇人之子？沈茉虽被关到老家，可她名分还在，随时有可能杀回来，摆她做婆婆的谱。人家不过提了提这个，你便说人家强横？

是亲爹都得这么强横好不好。

邓麒嘟囔道："您当我护着沈茉啊？我烦死她恨死她了，不过是虑着两个孩子。薛能他……他都娶到玉儿了，把阿扬嫁到咱家怎么了？便宜占尽的明明是他。"

宁国公恨铁不成钢地看了他一眼，直截了当吩咐，"你一五一十告诉翰哥儿！他要么死了心，要么自己想法子去。"

邓麒见他面色铁青，不敢反抗，唯唯答应。

宁国公冲他挥挥手，"没事了，滚吧！"

邓麒乘兴而来，败兴而返。

英国公夫人和侄女周琪一同到晋王府拜访。周琪肤色很白，眉目如画，她上身穿银红绣折枝牡丹对襟褙子，下着秋香色撒黑色大朵盛开玉兰花宫锦长裙，精致的发髻上簪着莹润的水晶流苏步摇，绰约多姿，明艳照人。她和英国公夫人无论容貌还是神态都约略有些相似，不过一位已是人到中年，一位还是妙龄少女。

青雀亲热叫过英国公夫人"伯母"，笑盈盈地看向周琪，"眼下，我只能先叫琪妹妹啦。"调皮地冲英国公夫人眨眨眼睛，意思分明是，"等成了亲，我才能叫嫂嫂！"

周琪娇羞地低下头，英国公夫人含笑看了周琪一眼，"阿琪，晋王府景色很美，你想不想开开眼界？"周琪乖巧地笑，"仰慕已久，当然想一饱眼福。"青雀知道英国公夫人是想支开周琪，笑着吩咐钟嬷嬷，"您带着人陪周姑娘出去逛逛。好生款待着，不可怠慢。"钟嬷嬷自是恭敬答应。

周琪盈盈施了一礼，跟在钟嬷嬷身后，仪态万方地出了殿。

"伯母，您给祜哥哥挑的小媳妇儿真是太好了。"青雀笑盈盈夸奖，"阿琪这般清丽出尘，和祜哥哥正是天生一对。"

英国公夫人有些苦涩地笑笑，微微脸红，"伯母曾经告诉过你，说阿祜定了亲，对不对？青雀，那是伯母一相情愿的，阿祜至今也不承认，更不愿意成亲。"

英国公夫人骄傲惯了，爱面子，向来不在人前示弱，也不会在人前曝家丑，她能说出这番话来，很不容易。青雀沉默片刻，慢慢说道："暂时如此罢了，祜哥哥是您亲生爱子，假以时日，他必定还是听您的。"

这是青雀的心里话。

英国公夫人凝神看着青雀，"妞妞，我头回对人说出阿祜已经定亲这话，不是对你，而是对张皇后。你和晋王成婚之前，皇后曾亲切问起阿祜的婚事，我当时想也没想，便笑容满面地答说，'犬子已和周氏女儿定下了，不日便将下聘。'"

英国公夫人笑容更苦，"青雀你看，伯母自己给自己挖了个坑。如今阿祜执意不肯成亲，时日久了，皇后岂不起疑？看来，伯母铁定是要开罪于皇后了。"

我既问亲事，便是有意保媒。你答已定亲，算了，定便定了。到最后，这定亲竟是假的？呵呵，这可有趣了。

青雀善解人意地微笑，"伯母您多虑了。一则，皇后很大度，不会把这等小事放在心上。二则，祜哥哥眼下不过是发发小孩子脾气，过几天便好了。"

英国公夫人在皇后面前说过，周家也承认，这事差不多算是定下了。张祜若是犯执拗，始终不肯低下这门亲事，是想跟自己亲生母亲翻脸，并且置表妹周琪的名声、终身于不顾么？不会，张祜根本不是那样的人。眼下不答应，不过是跟英国公夫人怄气罢了。可是在至亲之人面前，这气又能怄多久？不可能是一辈子。

英国公夫人眼睛一亮，殷切地看着青雀，"妞妞，你说阿祜是发小孩子脾气，过几天便好了？果真是这样么？"

青雀笑嘻嘻，"嗯，小孩子脾气。伯母，您好好哄哄他，包管他很快就好了。"

英国公夫人笑道："好，伯母听妞妞的话，回府之后，好生哄哄这偏小子。"

青雀连连点头，"您哄哄他，他一准儿就好了！伯母，祜哥哥是孝顺父母的好孩子！"

英国公夫人微哂，"就他，还孝顺父母的好孩子呢？父母差点没被他急死。"

"哪能呢。"青雀表示反对，"祜哥哥很孝顺的，往后他娶了阿琪，两个人和和美美过日子，多好啊。"

英国公夫人这么好面子的人，不知鼓起多大的勇气，才能这般开诚布公讲出自己的尴尬和为难。她本是真有些没主意了，隐约有让青雀帮着劝劝张祜的意思，谁知青雀轻描淡写，"发小孩子脾气""您哄哄他"，又把难题抛回给自己，根本不肯接手。英国公夫人无可奈何，只好暗暗盘算着如何跟张祜语重心长地谈谈，让他答应娶周琪，和美度日。

其实，英国公夫人在这之前真没好意思跟张祜把事情摊开了坦诚相告。为什么呢？她心虚啊。张祜曾经多次求她跟祁家提亲，她一直冠冕堂皇地拒绝，"晋王好似也对青雀有意，咱们不能和皇家抢媳妇"。她用的借口，一直是皇家威严、体面不可冒犯，做臣子的不敢僭越。可是，到了这会儿，皇后开口想说媒，您怎么就敢当面撒谎，直接拒绝了呢？您怎么不惧怕皇家的威严，不让皇后给您说一个绝世好儿媳呢？

英国公夫人很难自圆其说。故此，一直有畏难之情，没法跟张祜启齿。再后来，竟至于想求助于青雀，解决掉这大难题。但是英国公夫人不可能命令或胁迫晋王妃做什么，只能指望青雀的善良懂事。青雀若是顾左右而言他，或四两拨千斤地打太极，英国公夫人拿青雀并没办法。毕竟青雀只是小时候在英国公府借住过而已，并且离开得相当惨烈。英国公夫人深知自己和晋王妃谈不上什么交情，晋王妃对自己言笑晏晏，看的不过是张祜的颜面。

英国公夫人忆起一段往事，踌躇道："妞妞，有件事不知该不该告诉你。皇后问及阿祜亲事的那回，在座的还有武定侯夫人和安康长公主。武定侯夫人夸奖过宁国公府大小姐，邓之屏。"

英国公夫人歉意地看着青雀，青雀自然明白她的意思，微笑道："多谢您告诉我这些。"

原来，英国公夫人是顾虑皇后会给张祜、邓之屏说媒，才会急吼吼地抛出一句，"犬子已和周氏女儿定下了，不日便将下聘。"倒也情有可原。邓之屏在英国公夫人眼里，纯属要家世没家世，要人才没人才，没有一丝一毫可取之处。通敌卖国人家的外孙女婿做英国公府世子夫人，别让人笑掉大牙了。英国公府世代忠烈，声名不许被玷污。

英国公夫人说完正事，低声问青雀，"怎么邓大人会专程到庄子上替你摘樱桃？妞妞，你很爱吃樱桃么？伯母却不记得。"

青雀调皮地笑笑，拍拍自己小腹，"自从有了这个，我真是备受重视啊，还得了不少丰厚赏赐。伯母，我都发了笔小财呢。"

英国公夫人面露惊喜，"妞妞，有喜了？"见青雀笑眯眯点头，英国公夫人合掌念了声佛，"阿弥陀佛，佛祖保佑妞妞平平安安的，生个大胖儿子！"

青雀笑，"您跟我大姨想的一样啊。我大姨也想要个大胖小子呢，她老人家说，阿原小时候白白胖胖的，可喜欢人了。"

英国公夫人怔了怔，才想到青雀所说的"大姨"便是晋王的母亲邵太妃，心里说不清是个什么滋味。青雀提起"大姨"来好不亲昵自然，看来她和邵太妃极要好。青雀，有个好婆婆呢。

"这孩子，从前叫大姨便罢了。如今成了亲，怎的还叫大姨？"英国公夫人嗔怪。

青雀嘻嘻笑，"是，往后一定改。"

英国公夫人难得来访一回，青雀很热情地留她和周琪午宴，有戏有酒。撷芳阁现成的戏台，府里养有一个小戏班子，琴曲悠扬，青衣在台上挥洒着水袖，曼妙如仙。

周琪和青雀坐得很近，犹豫问道："王妃姐姐，听说您和祜表哥小时候打过架？"青雀来了劲，"岂止打过架？我们还打过猎，打过仗！"绘声绘色讲起往事。

周琪听得很是向往，光洁的面孔上，有羞涩，也有茫然，"王妃姐姐，若是我也跟祜表哥打架，他会不会喜欢啊？"

"他喜不喜欢，我是不知道的。"青雀笑笑，"不过，你又何必要他喜欢呢？阿琪，尊重比喜欢更重要。"

若是丈夫和妻子能互敬、互爱，那当然是最好不过。可是天底下哪能对对夫妻都是一见钟情、终生厮守？如果是依着父母之命的婚姻，爱和喜欢不足够，那至少要尊重。

周琪咬咬唇，若有所思。

"我还是想要他喜欢。"周琪声音很小，小得几乎听不见。青雀觉得她这小儿女情怀很可爱，和气地冲她笑了笑。

英国公夫人和周琪告辞的时候，青雀命人捧出一个漂亮的金丝楠木首饰盒，"阿琪，这是姐姐送你的，喜欢不？等到咱们下回再见面，恐怕阿琪要送我见面礼了，唉，不过称呼也要改了。"

周琪脸红了红，大大方方接过来，道了谢，"多谢姐姐厚赐，阿琪很喜欢。"且不说里头的首饰是什么，单说这盒子，如婴儿肌肤般细腻，清幽无邪，娴静优雅，已是罕见的珍品。

英国公夫人和周琪告辞之后，晋王施施然进来，"王妃可空了？孤有正事和王妃相商。"

"什么正事啊？"青雀迎上去抱住他的腰，仰起一张晶莹灿烂的小脸，"有关国计民生，还是边境安危？"

"是咱家的正事。"晋王小心地、轻轻地双手揽着她，一脸温柔笑意，"请示王妃，熙园有片水杉林，我想砍几棵做桌子，可以么？"

"水杉啊。"青雀做沉思状，"水杉很直很挺拔，我觉着它很有风骨……"

"那不砍了。"晋王从善如流，"既然它得了王妃的青睐，便留着。"

青雀粲然。

晋王携着她的小手到榻前坐下，慢慢告诉她，"昨儿个你爹离开咱家，被十几个乞丐拦住殴斗，幸亏祐哥哥恰巧路过救下他，毫发无损。那些乞丐被送到顺天府之后，百般审问，只说是受人钱财，替人消灾。至于给钱的人是谁，他们并不知道。"

"为首的那人，逃掉了。捉住的是帮小喽啰，一问三不知。为首的那人，顺天府正在搜捕。妞妞，究竟是谁想要对你爹不利，目前尚不得而知。"

青雀叹了口气，"连十几个乞丐也摆不平，还敢不带护卫，单身匹马到处乱跑，简直让人没辙。"想到邓麒，不由有些愁眉苦脸。

"千万别。"晋王吓了一跳，忙柔声哄她，"咱不为这个生气，啊？妞妞，四哥差人去保护他，一准儿不会让他有事的。"伸出手去，轻抚她皱起的眉头。

他的眼眸黑宝石般璀璨，夜空般深邃，青雀被他关切地看着，微微笑起来，"没有生气。阿原，我若是为了他生气，早气死啦。"

晋王轻轻叹气，"我家的小孕妇即便怀了孩儿也是这般貌美，嫣然一笑，如新荷初绽，如明月初升，生生勾走了四哥的魂魄。"

青雀喜滋滋，"这甜言蜜语我爱听！"两人相视一笑，双手握在一起。他，风姿秀异如玉人谪仙，她，冰肌莹彻如姑射仙子，两人温柔执手对坐，美好得像一幅画。

"哎，四哥也学功夫吧，好不好？"晋王柔声央求。

青雀眼睛亮晶晶，"好啊好啊，四哥也学功夫吧，我教你！我做过徒弟，还没做过师父呢。收个徒弟，应该很好玩，很有趣。四哥，拜师吧！束脩可以改日奉上，请务必从厚从丰。"

晋王咳了一声，"妞妞教四哥，四哥也会教妞妞的，咱们就互相不拜师，互相不收束脩了吧。"

"我有什么用你教的啊？"青雀骄傲地昂起头，"祁青雀将军文武全才，上知天文，下晓地理，无所不知，无所不会！"

"有，妞妞有要四哥教的地方。"晋王俊脸微红，"那个，小铜人儿，还有不穿衣裳的美女图，四哥若不教，妞妞是看不懂的。"

青雀是个讲理的人，仔细想了想，点头，"有道理。"慷慨大方地同意，互相当老师，互相不收束脩，以及额外的谢礼。

两人正说着话，宫里赐下两筐新鲜的水蜜桃、龙王帽杏，还有几件从波斯过来的精巧玩器。"陛下看着好玩，特地送给殿下赏玩的。"来送玩器的小太监年纪不大，一脸喜庆的笑。

晋王打发走来人，看着几件玩器发了会儿呆。然后，少气无力地坐下，亲手写谢恩折子，感谢"大兄皇帝陛下""尊嫂皇后殿下"的赏赐。青雀一边好胃口地吃着水蜜桃，一边好兴致地在旁看着，不怀好意地夸奖，"阿原，你这个兄字写得真是跌宕多姿，笔意纵横啊。"

晋王抬起头，张嘴就咬。青雀手中的水蜜桃，被他咬掉一大口。

两天后，顺天府终于找到了逃脱掉的那两名乞丐。他俩一个死在破庙里，一个死在偏僻的小巷中，都是身中数刀，眼睛睁得大大的，好像在诉说自己的不甘。

青雀专门命人把邓麒请来，啰啰嗦嗦交代了许多遍，"我总觉着是有人要对付我，可是我这儿守卫森严，无处下手，便把歹毒主意打到了你那儿。你以后出门要小心，一定要带人，要带身手好的、机灵的、忠心的……"

邓麒大为感动，"妞妞放心吧，我心里有数。我那天纯粹是被薛能给气着了，否则，不会落了单。"

"我姑丈怎么气着你了？"青雀未免好奇。等到邓麒一五一十说了，青雀幽幽叹道："亲爹啊。"薛能是亲爹，一心替阿扬着想，绝不会明知有沈茉这样的婆婆，而稀里糊涂地把阿扬嫁了。

邓麒闷闷看了青雀一眼，"我跟翰哥儿一说，他就傻了。妞妞，翰哥儿和阿扬的亲事，算是泡汤了。"

青雀笑了笑，没接话。这样很好啊，邓之翰另娶淑女，小阿扬再择良配。他俩中间横着那么多的恩恩怨怨，想要相爱相守是很难的。

邓麒大为不快，"妞妞，我不高兴。我和翰哥儿一样，盼着他能把阿扬娶回宁国公府。还有我祖父，他虽然嘴里不说，我却知道他也极想的。"

青雀殷勤让他喝茶，"尝尝，去年冬天从梅花上收的雪水，是不是有股子清香？"只管打岔，不肯接他的话。

宁国公和邓麒肯定是想把阿扬娶回家，弥补自己当年留下的遗憾。可是，他俩都没成功的事，为什么轮到邓之翰会成呢？邓家的男人一脉相承，心里总是向往香秀、祁玉这样的女子，娶回家的，却是荀氏、沈茉之流。

然后，他们不会责怪自己，只会抱怨造化弄人。要和他们有情感上的瓜葛，呵呵，那可要特别强悍才行。

青雀品了口香茗，享受地眯起眼睛。是不是正因为有着邓麒这样的生父，祁青雀将军才会打小便坚强独立，比男子更彪悍？若是像小阿扬似的，爹宠着，娘惯着，哥哥百依百顺，祁青雀将军也会是依人小鸟吧。

是做祁青雀好，还是做小阿扬好？青雀很慎重地想了想，还是做祁青雀好。做祁青雀虽说辛苦，可是，自己的日子，自己做主。若是有人横加干涉，哼，祁青雀将军手中的长剑，是吃素的么？

邓麒懊丧了一会儿，关心起青雀的日常起居，"妞妞，你饮食要小心啊，寒凉之物不可食用。不许蹦蹦跳跳，不许舞刀弄枪，总之一切以未出世的孩子为重。"

青雀笑眯眯地点头。

邓麒走的时候，正好晋王自外头回来，他顺便邀请晋王，"我摆席酒谢张祜，你若闲着，来做个陪客可好？"晋王哪是作陪客的人，不过听到要请张祜，却是不便推辞，"妞妞幼时多亏祜哥哥照看，你要请祜哥哥，我一定作陪。"

次日邓麒果然在得意楼设宴，专程宴请张祜。两个人喝酒太闷，他又请了位陪客，晋王殿下。邓麒预先订了雅间，叫摘月阁，阁内放着宽大阔气的老红木长桌案，桌案旁是四把舒适的黑酸枝木玫瑰椅，墙上挂着山居图，地上放着青花瓷敞口鱼缸，清雅别致。

三人分宾主坐下，都客气得很。晋王举杯向张祜道谢，"幸亏祜哥哥出手。否则，邓大人从我晋王府才出门便受个伤什么的，我和青雀颜面无光。"

邓麒恼火地瞪了他一眼，只是颜面无光啊，我闺女不会心疼么。

张祜淡淡的，"哪里，举手之劳。"

张祜一直不大热络，神色间有股挥之不去的落寞、寂寥。晋王本想恭贺他和周琪的婚事，见了他这模样，便没开口。

邓麒频频向张祜敬酒，到了后来，两人都有点醉醺醺的。邓麒忽然拍案，看样子想哭，"我不能回想往事，想起来真是悔得肠子都青了！"

"我也是，后悔终身。"张祜眼神有些迷离，朦胧，"那年，我不该留李师父……"

晋王同情地安慰他，"祜哥哥，'往日不可谏，来者犹可追'，过去的事，忘记吧。"

张祜恍若不闻。

喝得尽兴之后，晋王很负责地把邓麒、张祜一一送到府门口，眼看着他们进了府门，方才折回。

"好大的酒气。"青雀见了他，嫌弃地揪揪鼻子，"晋王殿下，林医正不许我喝酒，也不许我闻酒味儿。"

她调皮得像个孩子，实在很可爱，晋王冒着被打的风险凑上去亲了亲，"妞妞，四哥这便洗浴去，一准儿把酒味儿洗没了。"

等到晋王神清气爽、气味清新地从净房出来，两人很亲热地相互嗅了嗅，靠在一起说悄悄话。

"你爹说他肠子都悔青了，祜哥哥也说，后悔终身。"晋王向自己的王妃报告宴会情况。

青雀笑了笑，"后悔有什么用啊，时光又不能倒流。'往日不可谏，来者犹可追'。"

晋王引为知己，惊喜道："妞妞，我正是这么劝祜哥哥的！"青雀笑眯眯看向他，两人情不自禁伸出嘴唇轻啄。太有默契了，真不愧是夫妻啊。

"为什么祜哥哥说不该留李师父？"晋王不经意地问了一句。

"无关紧要的小事。"青雀微笑。

当年，若是祜哥哥没有留下李师父，李师父该是带着自己回杨集了吧？也就不会被带回石屋，也就不会有石屋前的鲜血。

如果那样，世间不会有祁青雀，只能是邓之媛。

"祜哥哥，即便我一直是邓之媛，咱们一样没缘分。"青雀怅然，"不管我是祁青雀，还是邓之媛，伯母都一样不喜欢我，不会接受我。"

"我前半辈子为了得到亲娘的疼爱已是费尽心机，力气用尽，疲惫不堪。后半辈子，我不想再为了得到婆婆的疼爱而终日操劳。我要现成的，我要大姨。"

恍惚间，晋王在她耳畔低语，"等宝宝生下来，四哥陪你去打猎，好不好？"青雀定下心神，微笑，"好啊。"

青雀最初这段怀孕的时光真是轻松愉快，夫家也好，娘家也好，各路人马全都无一例外地表示非常开心，非常关切。夫家源源不断地送来各种赏赐，从珍稀果品到金玉玩器一应俱全，应有尽有。娘家更是出人出力，林啸天、林啸威两兄弟负责陪姐姐玩笑，青宁替姐姐摘来新鲜的玉兰花，青峰和薛挥一起专心致志给未出世的小外甥刻小木剑、小木刀，薛扬年纪大，稳重一点，陪姐姐散步。

最初，真是很美好的。

慢慢地，青雀开始不满。身子慢慢开始笨重不说，玩又不许放开了玩，不许骑马，不许动枪动枪，天气渐渐热了，还不许用冰。

各种各样的不方便啊。最要命的是，到这时才不过四五个月，要熬到孩子生下来，还有小半年的光阴。青雀不禁气咻咻的，时不时地想要发脾气。

做姐姐的，自然不能跟弟弟妹妹们凶，对不对？太没风度了。做女儿的，也不能跟爹娘凶，对不对？太不孝顺了。盘算来盘算去，最合适发脾气的是孩儿他爹，他才是罪魁祸首。

天越热，青雀越凶。每每她瞪眼睛使小性子的时候，晋王总是柔声软语哄她，"我家的小美人即便张牙舞爪，也是个小可爱，令四哥心疼。"她嫌热，他便陪着她不用冰，"我家妞姐冰肌玉骨，自清凉无汗，四哥也是一样的。"青雀每每被他哄过之后，又成了乖巧的小妻子。

钟嬷嬷看在眼里，暗暗叹息。晋王打小在先帝跟前长大，在宫里谁敢给他脸色看？连万贵妃在世之时都对他格外青睐，异常和气，晋王真是金尊玉贵长大的。可他到了王妃面前，偏能这般做小伏低。唉，一物降一物啊。

过了头三个月，胎相稳了之后，青雀进过几回宫。回回进宫都是晋王亲自送她去，亲自接她回。因为这个，晋王被太皇太后打趣过，被邵太妃嘲笑过，他面皮很薄地红了脸，然后，下回照旧。

太皇太后见了青雀，笑得眼睛都眯成一条缝了，"好孩子，快起来，你身子沉重，自己娘们儿，不必多礼。"拉着她的手笑了半晌，甭提多开心了。

想想也是，自打先帝去后，太皇太后已多年不见这等喜事，自是稀罕的。她孙子很多，孙女也不少，可是曾孙子还没有。头一个，总是与众不同的，让人格外期待。

王太后看着青雀微微隆起的小肚子，又是喜欢，又是羡慕。她从来也没有得宠过，一生不知道身怀六甲是什么滋味。想来，能有一个跟自己血脉相连的孩子，一定很幸福，很美满。王太后如今已是名正言顺的太后，在宫中受人尊敬，日子比从前强了不知多少倍，她自己也很知足。可是，看到怀孕的晋王妃，王太后那已经波澜不惊的心房却起了点点涟漪，仿佛已经苍老的树干上又萌发了嫩绿新芽。孩子，一个稚嫩的孩子，会带给人多少希望，多少憧憬。

张皇后在头回见到身材不复苗条的青雀的一刹那，身子僵了僵。她虽是秀才之女，可打小便知道自己要矜持，因为她是金夫人"梦月入怀"而生下的，自她才出生，命格便是尊贵无比。张皇后从出生到长大，到选为太子妃，一路顺顺当当。嫁为太子妇之后，当年万贵妃便没了，没多久先帝也薨逝，太子即了位，她毫无悬念地成为中宫皇后，母仪天下。她一直很顺遂，很美满，除了没有身孕，没有为皇帝生下儿子。

张皇后随着太皇太后、王太后一起关怀过青雀的日常起居之后，和善地微笑："祖母寿辰在即，下月我在上清观打醮，做斋事为祖母祈福，可惜弟妹有了身子，却不便前去。"

道观、斋事？青雀笑盈盈。本朝自太祖皇帝开始便是尊奉儒教、三教并用，对道家，崇敬的是真武神，优礼扶持的是正一道。斋醮祈福，更是经常有的事。为太皇太后祈福的斋醮，孕妇是去好呢，还是不去好呢？要知道眼下已是四五个月，胎已经坐稳了。

青雀笑得很甜美，"祖母向来疼我，我若躲懒不替祖母祈福，怎过意得去？嫂嫂带我一起吧。"

太皇太后拉起青雀的小手，笑眯眯夸奖，"孝顺孩子！"夸奖完了，却不许她去："有你嫂嫂和姐妹们便好，你好生歇着。人多，不是玩的。"

"把闲杂人等清理出去便好了啊。"青雀笑道。

太皇太后拍拍青雀的小手，显然十分满意。

王太后在旁看着，眼中有了笑意。阿原的王妃跟他一样招人喜欢，这不，成婚没多久，太皇太后见了她便亲昵非常。果真如俗话所说，"不是一家人，不进一家门"么。

张皇后看着太皇太后对青雀的亲昵，不禁有些眼热。太皇太后不只是皇帝的亲祖母，还是幼年之时庇护过皇帝、对皇帝有极大恩德之人，自然备受皇帝尊崇。张皇后才进宫的时候，太皇太后待她也极和气，后来皇帝一直没有子嗣，又不肯立妃，太皇太后渐渐便对张皇后冷淡了。

好吧，相比较起太皇太后对青雀的亲昵，张皇后更眼热青雀的身孕。张皇后贵为帝王之妻，六宫之主，连同娘家那两个不争气的弟弟都跟着鸡犬升天，胡作非为，真是备极荣宠。她如今唯一缺少的，便是子嗣。

"到了上清观，见着无尘真人，定要问清楚了。"张皇后想到自己的难堪之处，一阵心痛，思量道，"我到底有没有生下皇子的命，祁青雀肚子里的孩子到底是个什么命格，一定要问清楚了。"

无尘，你以前没有让我失望过。这回，也会给我一个满意的答案吧！

青雀陪着太皇太后说笑半天，告辞出来，去看邵太妃。她在宁寿宫已是言笑晏晏，到了大姨面前就更是如鱼得水了，"您想要小孙子啊？成，我答应您了，一准儿给您生个小孙子！"

邵太妃又是高兴，又有些疑惑，"青雀，你怎么知道一准儿是小孙子呢？大夫看过，还是高僧、道长给看过？"

青雀嘻嘻一笑，"都没有。不过，这回不管是小孙子还是小孙女，总之我一准儿给您生个小孙子便是。这回不是，下回接着生呗。"

邵太妃大乐，"原来如此。"她答应的是"一准儿给您生个小孙子"，可没说，"这回给您生个小孙子"。

邵太妃怜爱轻抚青雀的鬓发，"这小丫头，真是顽皮。"青雀享受地眯起眼，跟邵太妃讨价还价，"不管生个什么，您不许只疼他，便不疼我了。"邵太妃一迭声道："疼你，青雀，母亲最疼你。"

在大姨面前撒够了娇，晋王也来接她了。邵太妃瞅瞅阿原，瞅瞅阿原怀孕的小娇妻，眼角眉梢全是笑，"阿原，你要让着青雀，她怀着孩子呢。"邵太妃不厌其烦地再三交代，晋王不厌其烦地再三答应，"嗯，让着她。"

从邵太妃处出来，先乘轿到宫门，再换晋王府的马车。上了车，晋王扶青雀坐好，体贴地替她垫好靠背，"王妃，舒适否？"

"母以子贵啊。"青雀舒坦地靠在石青色锦缎靠背上，悠悠叹道。

"即便妞妞没怀孩子，四哥也会让着你的。"晋王温柔说着甜言蜜语。

两人含笑对视，心里都是甜丝丝的。

回到晋王府，青雀仔细问着上清观。晋王沉吟，"从前不觉得，近年来，哥哥好似颇好黄老之学，也对道士格外礼遇。"

青雀淡淡一笑，"有那么位皇后，你皇帝哥哥醉心于黄老之学，也不奇怪。"她这一笑虽是淡淡的，可讥讽之意，却是十足。

张皇后何许人也？其母金夫人"梦月入怀"而生，极贵的命格。当年先帝为太子选妃，这"梦月入怀"，可是占了不少便宜。张皇后有这样的经历，会迷信，会尊崇道长，真是毫不奇怪。跟什么人学什么人，皇帝后宫只有皇后一人，哪能不受她影响。

更何况，皇帝的身体并不是非常强健，即位之后为国事操劳，不只劳心，也劳身，身体更是每况愈下。这时若有人拿"长生不老""强身健体"来说事，他当然会感兴趣。

晋王默然。先帝为哥哥选妃之时也是很花心思的，可是选来选去，却选了这么一位。哥哥成亲数年没有子嗣且不说，她纵容娘家弟弟为非作歹，真是令人厌恶。

"上清观的观主是无尘道长。他既是观主，果然有些真才实学？"青雀问道。

"一个神棍而已。"晋王微微皱眉，"不过是故弄玄虚罢了，偏偏哥哥肯信他。不过，他也只是斋醮骗钱，另索要些庄田宅院之类的赏赐，小打小闹。"

青雀点头，"我知道了。"

到了斋醮之时，青雀跟着皇后，还有安康长公主、永康长公主、卫辉长公主、仙游长公主等人同行。安康长公主年纪最长，已于去年下嫁定远侯王方，永康、卫辉年纪都在十三四岁上下，尚未定亲。仙游最小，还不到十岁，她身材纤弱，小脸苍白，看上去真是弱不禁风。

上清观占地辽阔，风景优美。在这里欣赏斋醮仪式，看着一众身穿道袍、手持法器的道士们在场中翩翩起舞，吟唱着古老而悠扬的曲调，有些像看唱戏。青雀极少出席这种场合，倒也算是开了回眼界。

闲杂人等都被清退，安康带着妹妹们在观中自在游玩。永康等几人难得出门散心，兴致极好地跟在长姐身后，指点花草树木，绿水青波。

张皇后和青雀在阁中坐着，内侍来报，"无尘道长求见。"张皇后温声道："准。"内侍应声下去之后，张皇后对青雀微笑，"无尘道长现掌着道录司的正印，又被陛下封为纯一真人，公侯勋戚们见了面，都要称呼他一声'老神仙'。"

"道录司正印，也是位六品官了。"青雀嫣然。在这京师之中，一位六品官可算得了什么呢，可是此六品非彼六品，这位上清观主，可是位不容小觑的人物。他能时常见到皇帝，至少在眼下，他为皇帝所器重。

一位身穿蓝布道袍的道士走了进来，稽首问安。他年约四十多岁，修长消瘦，眉目清秀，看上去还真有几分仙风道骨。

张皇后温颜问了斋醮的详形，转过头和气笑道："这位神仙法力无边，尚在娘腹的胎儿，他只需一眼，便能辨认出男胎女胎，极灵验的。"

青雀好奇道："有些大夫把把脉，便能辨出胎儿是男是女，我倒是听说过。至于这位神仙，他是连把脉也不用么，只看一眼便可？"

张皇后很笃定，"只看一眼便可。"说完，脸上带着浅淡的、几乎捉摸不到的笑意，看向无尘。无尘会意，做出很郑重的模样，"王妃，贫道得罪了。"先赔罪，然后开始上下打量青雀。

青雀笑盈盈看着他。

无尘看到她那双静如秋水的明眸，不知怎的，竟是心中一寒。她这双眼眸如寒星，如深潭，璀璨晶莹却又深不可测，被她冷幽幽的眼神扫过，直令人生出芒刺在背之感。

张皇后在旁饶有兴致地微笑看着。

"王妃定会一索得男。"良久，无尘躬身答道。

张皇后瞬间变了脸色。怎么成了一索得男，无尘你疯了？

青雀浅浅一笑，悠悠道："只要是自己亲生的，男儿还是女儿，又有何妨？司印，你若说错了，我并不会怪你。总之而言之，孩儿不拘是男是女，晋王殿下和我，都是一般喜欢。"这风凉话说的，张皇后心头一阵绞痛。

素日端庄雍容的张皇后，此时脸色煞白。

青雀好像没看见一样，依旧一脸盈盈笑意，如同扑面而来的三月春风般和煦。

张皇后稳了稳心神，勉强笑道："如此，真要恭喜弟妹了。"青雀巧笑嫣然，"到孩儿满一岁我们就请立世子，到时请您在陛下面前美言几句，早早地准了吧。"别打我儿子的主意啊，过继，美得你。

张皇后眼光闪烁，"这有什么，不必弟妹开口，也是要这般办理的。"青雀客气道了谢。

无尘退出去之后，张皇后跟青雀说起家务事，"三丫头和五丫头也到年纪了，陛下吩咐替她们留意亲事。弟妹，咱们一样是做嫂嫂的，你意中可有人选？"

永康长公主排行第三，卫辉长公主排行第五，就是张皇后口中的三丫头和五丫头。

青雀笑，"三丫头、五丫头都是好性子，可人疼的，不拘哪家得了去，都是他们的福气。往后我便留意家风清正厚道的人家，若有上佳子弟，便来跟嫂嫂说。"

青雀歌

张皇后似笑非笑看了她一眼，"武定侯的幼弟上书求尚主，陛下似有应许之意。如此，只寻一位上佳子弟便可。弟妹，你看宁国公的曾孙子如何？"

"宁国公的曾孙子多了，您说的是哪位？"青雀问道。

"嫡长孙，邓之翰。"张皇后倒没藏着掖着。

你敢是闲疯了不成，前阵子想给邓之屏做媒，这会儿又打邓之翰的主意，打量着宁国公府好欺负？青雀不由大怒。我虽不姓邓了，邓麒还是我亲爹！

"我好像听过一耳朵，说是邓之翰已定过亲了。"青雀轻描淡写，"却也记不大清楚，改天见了邓伯伯，再细问他。嫂嫂体谅，自打怀了孩儿，我这记性便差了，易忘事。"

张皇后心里这个气，就甭提了。我才提个驸马人选，你就说定过亲了，跟我作对是不是？还什么怀了孩儿记性差，明目张胆讽刺我，你是明目张胆讽刺我。

张皇后硬挤出丝笑容，"如此，再看别家也好。"

青雀的笑容却极为明锐，"两个丫头年纪又不大，慢慢挑着，务必挑个好的。明年我们若就藩了，那便偏劳嫂嫂。"

张皇后皮笑肉不笑，"做长嫂的，理应如此。"

安康长公主带着妹妹们在观中四处游玩回来，永康、卫辉小脸都是红扑扑的，显然极是快活。就连年纪最小、身子最差的仙游，脸色也红润不少，眼中也有了笑意。

青雀含笑看着她们，心中极为怜悯。这些可怜的小姑娘，平时总是拘束在宫里，好容易才能出来散散。祁青雀将军比她们强多了呀，我跟她们差不多大的时候，正骑着骏马在草原上奔驰！

祁青雀将军，比公主还自由啊。青雀自恋地想道。

上清观斋醮，圆满收场。

斋醮之后，无尘有几天躲着不敢见张皇后。不过，躲得过初一，躲不过十五，他终归是要给张皇后一个交代的。

无尘为皇帝进献过益寿延年的符咒之后，被内侍带到了一处偏僻的宫室。

"你竟敢说她一索得男！"张皇后冷冷道。

无尘叹息一声，打了个稽首，"殿下，她不只会一索得男，她的儿子，还会是未来的帝王，君临天下。"

"什么？"张皇后一声尖厉的惊呼，"帝王？她的儿子是帝王，那我呢？你不是曾经说过，我命里有子！"

无尘掐指算了算，面上有迷茫之色，"您命里确实有子，再不会错的。可是，她怀着的确是龙种，真有冲上九重天之气势……"

张皇后大为不解，"这是怎么回事？"目光忽然凛冽起来，声音也变得严厉，"难不成，是她的儿子会谋逆，从我儿子手中夺走大位？"

无尘面有惭色，"无量寿佛！贫道测算不出。"

张皇后定定看着他，慢慢说道："你说过的话，有些确实灵验，有些却不是。有些极管用，有些根本是模棱两可，敷衍搪塞我。你说我命里必定有子，我信了，陛下也信了，可是，今日你却又说出这么一番话来。"

无尘肃然，"殿下命中一定有子，确定无疑。"

张皇后沉默片刻，开口问道："晋王的面相，究竟如何？"

无尘皱眉想了想，奇怪地摇头，"晋王眉宇之间时而有帝王之气，时而又没有，真是奇哉怪也，奇哉怪也。"

张皇后嗤之以鼻，"先帝在世之时何等宠爱于他，大位一样是陛下的。你说他有帝王之气，不是胡说八道么。"

无尘满脸赔笑，"贫道是据实所言，据实所言。"

张皇后又沉默片刻，淡淡道："晋王妃一定会生下未来的帝王，再无他法？"

无尘一脸庄严地掐指算了半天，为难地说道："若说胎儿，以贫道的修为，是极易转胎的。可她所怀的胎儿却是一身霸道之气，很难转。即便真能转，也要耗尽贫道的体力，和无数钱财。"

"不管花多少银钱，费多大力气，只管去转！"张皇后咬牙，"无论如何，这天下也不能是别人的！"

无尘为难了半晌，方道："殿下既有此吩咐，贫道勉力一试。成与不成，却要看天意如何了。"

张皇后少不了勉励他几句，无尘索要了无数财物，再次稽首，无声无息地退了出去。

"这道士的话，究竟有几分可信？"张皇后独自坐在榻上，苦思冥想，"晋王的帝王之气时有时无，祁青雀的儿子一定会君临天下，究竟是他胡扯的，还是真看出来了？"

"是真的吧。"张皇后嘴角泛上丝迷蒙笑意，"母亲怀上我之前，到寺庙上香求子。路上遇到这道人，他指着我母亲大笑，'求佛有何用？求我！'母亲面有不快，他却只顾着自说自话，'你头胎定是女儿，生这女儿之时，你会梦月入怀。这女儿长大之后，富贵无边啊'。母亲听了倒也动心，送了他两升米酬谢，还暗暗记下他的形状面貌等等。"

"等到生我的时候，母亲果真梦月入怀。我长大之后，果真被聘为太子妃。这道人，确有法力无疑。"

"千方百计寻找到这道人，力气真是没有白费。他甫一见面，便断定我命中一定有子，不过是略晚数年罢了。我，一定会有儿子的。"从小一帆风顺的张皇后，对自己的好命非常有信心。

天上飘着蒙蒙细雨，带来丝丝凉意。得意楼一间幽静的雅室中，一名青年男子悄然独立，面色很是焦急。信是送去了，她到底会不会来呢？他一会儿觉得她会来，一会儿觉得她不会来，备受煎熬。

房门打开，一名蒙着面纱的少女身姿轻盈地走进来。青年男子见到那抹绰约的身姿，心狂跳起来。

少女在门口默默站了片刻，缓缓伸手，取下蒙在脸上的面纱，露出真面目。她面容清丽娇柔，肌肤如同冬日初雪般纯洁晶莹，一双明眸秋水潋滟，闪烁着动人的光芒。

"阿扬！"青年男子又惊又喜地往前走了两步，颤抖着低声叫道。

"邓之翰你站住，不许往前走！"少女小脸一板，义正词严，"我爹娘兄长就在隔壁，你若敢轻举妄动，我高喊一声，他们便会破门而入。"

邓之翰听话地站住，柔情又贪婪地看着薛扬，"我听你的。"几个月没见，她长得更好看啦。阿扬，你太美了，怎怪的我朝思暮想，念念不忘。

薛扬皱眉道："我只能出来一小会儿，你有话快说。"

邓之翰如梦初醒，"那个，不知怎么的，宫里竟传出想让我尚主的消息。我如何能尚主？我……我心里只有你一个，怎能娶别人？阿扬，你嫁给我吧！"邓之翰眸光热切，央求说道。

薛扬觉得脸上热辣辣的，啐道："胡说！没个爹娘在堂，却跟女孩儿家求婚的道理！你若有心，央媒人去，跟我歪缠什么。"

邓之翰急得想跺脚，"可是令爹令堂不许啊。"

"我爹娘不许，婚事自然不成。"薛扬不悦，"他们不许，我便不会答应。"

邓之翰央求地看着薛扬，目光中满是痛苦，"我……我日日夜夜想着你，睡里梦里都是你……可是，我娘对我恩重如山，我不能抛弃她，真的不能。阿扬，我为了你什么都能做，只除了伤害我娘……"

"你娘不能伤害，我娘便可以了？"薛扬气恼得小脸通红，"我娘她……是被你娘抢走了夫婿，被迫远走云南，好不凄惨。我娘说，我若敢认你娘为婆婆，她便抹脖子自尽，不再苟活于人世。我怎能做不孝女……"薛扬掩面。

邓之翰一阵茫然。她的娘和自己的娘是死敌，如何是好？如何是好？

外面隐约有呼唤薛扬的声音，薛扬迅速整了整妆容，重新蒙上面纱，低声道："我走啦，往后，咱们再不见面了吧。"

邓之翰心如刀割，"不，不可能，我一定要见你，阿扬，我一定要见你。"

他声音痛楚而热烈，听在薛扬耳中，竟令她生了怜惜之心，甜蜜之意。"这人是我命里的劫数啊。"薛扬脑子昏昏的，嘴角勾起一丝迷离的笑意。

她蓦然觉得自己不该这么笑，轻薄不尊重，有失矜持。转念一想，有面纱掩盖呢，又觉略略放心。

"你都要尚主了，还怎么见我？"薛扬低低笑了一声，转身飘然离去。

邓之翰追到门口，却没敢出门——隔壁就是薛家的雅间，这会儿出去，保不准会撞上薛能，或是薛护。

邓之翰呆呆站着，身畔飘散着纯正芳郁的蔷薇花香，很好闻，很受用，不绝如缕。

"这是阿扬留下的香味。"他不觉痴了，"这是阿扬方才站过的地方。阿扬，阿扬……"

尚主？不，我才不要娶公主，我要么娶阿扬，要么终身不娶。

邓之翰侧耳听了听，轻捷地出了屋门，回了宁国公府。

宁国公一脸不耐烦，"尚什么公主？公主是好娶的？我戎马大半生挣下这份家业，到头来娶个曾孙媳妇我得对着她磕头下拜？赶紧的，把阿扬给定下来，不许再拖延。"

邓麒苦笑，"我拖延什么？我哪想拖延？我恨不得明天就把阿扬娶进门，明天就喝儿媳妇茶。可薛家不乐意，我有什么法子。"

宁国公伸手从墙上取下挂着的马鞭子，拎着马鞭子在屋里踱了两圈，面带沉思状。转了两个圈，停下脚步，"薛能不就是要休了沈茉么？依他。宁可休了沈茉，也不能娶个公主进门。"

正在选驸马的永康、卫辉两位公主，和皇帝都不是同母。永康公主的生母早亡，卫辉公主的生母是一位宫女，在宫中都没有什么依仗。娶这样的公主根本得不着什么实惠，简直是有百害而无一利。

宫里既有选邓之翰为驸马的意思，邓之翰要么快手快脚地定了亲，要么就认命地迎娶公主。宁国公再怎么战功赫赫，到了皇帝面前也不过是名臣子，皇帝若是开了口，难不成宁国公敢壮着胆子说真话，"陛下，邓家不想娶公主？"不能够啊。他只能诚惶诚恐地道歉，"邓之翰已和某家的姑娘定了亲。"

哪家的姑娘呢？这人选可不是一时半会儿就能有合适的，只能是阿扬。因为宁国公府从前虽为邓之翰议过赵家大小姐，最后却不了了之了，这当儿要抓个合适成婚的长孙媳妇，其实是很为难。

满京城的名门嫡女虽多，可是门当户对年貌相当又议过亲事的，只有阳武侯府大小姐。邓家要想为邓之翰娶妻，眼下没有比阿扬更合适的人了。

"薛能提什么你便答应什么，总之要把翰哥儿和阿扬的亲事定下来。"宁国公简短吩咐道。

"为了娶阿扬，休掉沈茉？"邓麒头疼得快要炸开了，"祖父，这不是太荒谬了么？这么一来，两个孩子之间，从一开始便有嫌隙，岂能和美？"

我爱慕玉儿到了何等的地步？可以为她死，可以为她奋不顾身，但是，若让我为了娶玉儿，而伤害自己的亲生母亲，我是无论如何也不肯的。我是如此，翰哥儿肯定也是，他再喜欢阿扬，也不会为了要迎娶心上人，便委屈自己的亲生母亲，生他养他的母亲。

"不是为了娶阿扬休掉沈茉，而是为了不娶公主，要休掉沈茉。"宁国公黑着一张脸，"我不爱攀龙附凤，不爱娶个公主做曾孙媳妇，懂么？"

邓麒痛苦叫道："如此一来，翰哥儿还有什么颜面，屏姐儿还怎么出阁？祖父，您替两个孩子想想！他们的娘心肠又狠毒，眼皮子又浅，可孩子没过错啊。祖父，休掉沈茉，惩罚的是孩子们！"

"这会儿你成好爹了。"宁国公哼了一声，"当年玉儿在老家待产，你在京城娶妻的时候，怎不想想玉儿腹中的那个孩子！"

邓麒被噎得张口结舌，无言以对。脸成了一张大红布，羞惭惶惑，无地自容。

"别再废话，写休书。"宁国公不耐烦地吩咐。

"曾祖父！"邓之翰风尘仆仆出现在门口，眼中含泪，"求您给我娘留条活路吧！"

宁国公黑着脸不说话，邓麒觉得爱子实在可怜，扭过头去，不忍心看他。邓之翰跨过门槛，扑通一声跪在地上，重重叩头，"曾祖父，爹爹，我娘她知道错了，饶了她吧！"

邓麒心有不忍，疾走两步到他跟前扶起他，"儿子，快别这样。"见他额头已是红肿，抱怨道："你傻么，用这么大力气。"心疼得不行。

邓之翰直挺挺跪着，含泪看向宁国公，"曾祖父，求您饶了我娘，许她在祖居终老。"
宁国公冷冷道："你若老老实实尚主，不休她也可。"
邓之翰脸上一下子没了血色，失声道："不，不要！我不要尚主！"

青雀歌

宁国公忍耐地说道："那么，三天之内，你找到一户门当户对的人家，找到一位清白妥帖、能胜任抚宁侯夫人之职的好女儿，定下亲事。"

"我只要阿扬！"邓之翰脱口而出。

宁国公忍无可忍，拍了桌子，"你这呆子！阿扬的娘在邓家吃过大亏，若不休了你娘，薛能怎会许婚？你又要阿扬，又要保住你娘，天底下哪有这样的好事？"

邓之翰呆了呆，煞白的面容上忽露出惊喜之色。他向前膝行几步，神色热切，"曾祖父，薛侯爷担心的无非是阿扬进门之后会被我娘为难罢了。咱们答允薛家，阿扬和我娘永不相见，如何？"

宁国公恨得牙痒痒，"你当这是小孩儿过家家呢？说一声就算了？你只管说去，看薛家会不会理你！"

邓之翰脸色变幻，不知该如何是好。

宁国公本不是个多耐心的当家人，对儿子、对孙子都是非打即骂，不假辞色。不过，真到了曾孙子这儿，他还是变得慈祥不少，饱经沧桑的老人，最能触动他的还是自己亲手带大的翰哥儿、益哥儿这些个孩子。

"休或不休，对她来说无甚差别。"宁国公温声道，"总之她余生都在庙中吃斋念佛，忏悔自己的罪过罢了，是一样的。"

"可是，她百年之后不能葬入祖坟，受子孙的祭享。"邓之翰哽咽道。人活着要吃饭，死了也要有人供碗饭吃，孤魂野鬼的，太凄凉了。

"这有何难！"邓麒拍大腿，"老家有的是地，咱们把祖坟邻近的田全买了，把她埋在邻近祖坟的地方便是。四时八节，自有供给。"

邓之翰含泪摇头，还是不肯接受。

宁国公拍拍邓麒，"你可有再娶之意？"邓麒苦笑，"我哪还有娶妻的心思？祖父，往后等翰哥儿把阿扬娶进门，这个家便慢慢地交给他们吧，我……我含饴弄孙。"

"你不想再娶，那更好办。"宁国公有了主意，"只把族人、荀家、孙家的长辈请来，写下休书便可。连对外声张都不必。你若还想娶个媳妇呢，这事便瞒不住。你若往后再不想娶了，这还不好办么，不对外声张，瞒个风雨不透。简直是除了令薛家放心，其余的什么也没有改变。"

这种事说来毫不光彩，族人也好，荀家、孙家的长者也好，根本不会对外传。可是，薛家却能放心了。

不得不说，宁国公打的一手好算盘。

可惜邓之翰不肯答应，依旧泪流满面地央求。

最后宁国公火了，"要么休了你娘，要么老老实实尚主！三天之内，给我个准话！"抬脚把邓之翰踹了出去，邓麒想求情，被他飞起一脚，正踢在心口。邓麒吓得不轻，赶紧跑出门去，拉起邓之翰便走。

把邓之翰拉回房，亲自替他上过伤药，邓麒安抚地拍拍他，"儿子，别急啊，这不还有三天的工夫么，咱们慢慢想法子。"

邓之翰闷闷，"我娘要被关一辈子，已经很惨了。我不能再雪上加霜，往她伤口上撒盐。"

"对啊，是这个道理。"邓麒大为赞成，"儿子，听爹的，你不能尚主，赶紧寻个妥当人家的闺女定下，方是正经。阿扬你是娶不成了，可是也犯不上娶公主，还是换个门当户对的人家吧。"

让邓麒郁郁的是，邓之翰又是摇头，一脸执拗，"不要别人，爹爹，我只要阿扬。"

邓麒晕，"怎么又绕回来了？"实在受不了，晃晃悠悠站起来，想走，"儿子，爹爹被你整治得没主意了。"

仆役进来送帖子，"英国公府的喜帖。"邓麒接过来看了，叹气，"张祜这小子终归还是娶了表妹为妻。"喜帖上写得很清楚，张、周联姻。

邓之翰约略知道张祜为何多年来不肯娶妻，嘟囔道："我要是他，我也娶表妹。自己喜欢的反正已是没指望了，还不得娶个娘亲喜欢的啊。"

邓麒福至心灵，热诚地劝他，"儿子，你也娶个你娘喜欢的，成不成？你娘喜欢谁来着，让我想想……"

"不成！"邓之翰怫然，"爹爹，我和他可不一样，我喜欢的并非没有指望！我未娶，阿扬未嫁，我们……我们一准儿是有缘分的。"邓之翰想起阿扬稚嫩娇柔的面庞，心里涌起一阵热流。阿扬，可爱的小阿扬。

邓麒实在无力再说什么，垂头丧气地转过身，走了。

邓之翰埋头睡倒，一天一夜没起床，当然也没吃饭。孙夫人心里自是着急，可是宁国公明令禁止，"不许管他。"于是孙夫人着急归着急，却是束手无策。邓之屏不忍弟弟受苦，吩咐厨房备了细粥小菜，悄悄命侍女捧了，亲自来劝邓之翰，"翰哥儿，好歹喝两口薄粥。"

邓之翰肚子也饿了，闻着鸡肉香菇粥的香味，胃里蠢蠢欲动。再加上邓之屏柔声哄着，也便不再躺着，起床洗漱了，一口气喝了两碗粥。

"不能再睡了，转眼间三天期限快到，难不成到时候我真娶公主？才不要。我不要端庄古板无趣的女子，闷死人了。"邓之翰喝完粥，开始慎重地思考。

邓之屏温柔地、试探地问道："翰哥儿，你究竟怎么了，竟睡了这么久？"

邓之翰打了个哈哈，"没事，和几个朋友一起出城打猎，累着了。姐，你忙你的去，我已歇好了，出门办正经事去。"说着，便想立即出门。

邓之屏忙问，"什么正经事？"邓之翰随口搪塞，"哦，张祜要娶妻了，他和爹爹交情非同一般，前阵子又帮过爹爹，我要送他一份大礼。这便到古玩器店看看，要挑两件能入眼的贵重物件儿送他。"

"什么？"邓之屏惊呼，"祜哥哥要娶妻了？娶谁？"

"周家姑娘，他表妹。"邓之翰笑道。

邓之屏面色灰败，声音尖厉，"我不信，祜哥哥怎么会娶他表妹！他明明……"

"他明明怎样？"邓之翰觉得她神色不对，敏感地问道。

邓之屏虚弱地笑了笑，眸光轻柔，"没怎样。翰哥儿，娘曾经说过，祜哥哥会娶我，她有办法让祜哥哥娶我。"

邓之翰愕然。姐姐这是……他蓦然发觉，姐姐对张祜的称呼是这么亲热，谈及张祜时的口气，痛苦中也带着甜蜜。

邓之翰沉默片刻，忽地如闪电般伸出手，捉住邓之屏的手臂，厉声问道："姐，娘是什么时候跟你说的这个话？"邓之翰好像意识到了什么，目光有些凌厉。

邓之屏乍闻噩耗，受到的打击太大，平时的雍容端庄再也无法维持，凄惨地笑了笑，和盘托出，"便是祖父被系大理狱的时候。娘说祐哥哥是我的，一定是我的。"

邓之翰心中卷起惊涛骇浪，痛苦地闭上了眼睛。

娘，你不只是为着要替沈家报仇，才要害大姐的。你还为着要替姐姐求份好姻缘，让她嫁给张祐。你存了这个心，才会和沈荷等人同流合污。

邓之翰微微笑起来，笑容和邓之屏一样，也有说不出的凄凉。娘，你就是这么爱自己的孩子么？爹爹的另外一个孩子，她小时候只差一点点就被你害死了，等她长大之后幸福地嫁了人，你还要上赶着再害她一回，就为了让你的亲生女儿嫁给张祐……

邓之翰疲惫地吩咐侍女，"请大小姐回房。"

邓之屏浅浅一笑，眉眼灵动起来，容色间有种迷人的风采，"弟弟，我打小便喜欢祐哥哥了，你知道么？喜欢了这么多年，从没变过。"邓之翰变了脸色，亲自陪在邓之屏身边，强行把她送了回去。送回之后，沉声吩咐侍女，"去煎安神汤。"侍女不敢有违，战战兢兢地答应，煎了安神汤呈上。邓之屏脸上一直带着迷蒙的笑意，喝过安神汤后，沉沉入睡。

"我哪有脸再到薛家，我哪有脸再见阿扬。"邓之翰安顿好姐姐，身心俱疲，万念俱灰，"我万万不能抛开我娘。可我娘是这样的人，除了我这亲生儿子，谁还能尊敬她。"

"其实，即便是我这亲生儿子，也不大能尊敬她。"邓之翰很不孝地想道。

邓之翰呆呆坐了一夜，次日去见宁国公，郑重地磕了三个头，哑着嗓子说道："曾祖父，翰哥儿的终身大事全由您主张，您让我怎么做，我便怎么做。您若真想让我尚主，我……我便尚主。"

他这副德性，差点没把宁国公鼻子气歪了。尚主？你敢尚主让我看看，敲不死你个臭小子！

宁国公府中，最不想让邓之翰尚公主的，是宁国公。最想让邓之翰娶阿扬的，还是宁国公。

凭什么我就应该娶苟氏，而不是香秀？宁国公想起这点就觉得委屈。他心里这个委屈，可是已经攒了几十年。自打香秀打了他一巴掌，飘然远去，他就开始后悔了。之后每逢和苟氏有了龃龉，他这后悔便加深一层。攒到今年，已攒得厚厚的、满满的。

宁国公温和告诉邓之翰，"你娘只管在老家静养，京城所有的消息，全不用告诉她。她的日子一切照旧，唯一不同的，不过是让薛家去个疑，许嫁爱女。"

邓之翰羞愧道："我配不上阿扬。阿扬天真美好，我却……污秽极了。曾祖父，我不要玷污阿扬，她是那么美，那么好。"

宁国公听着这傻话，心竟有些软。他微笑起来，"你怎不想想，你若远离阿扬，阿扬便要嫁给一个陌生男人。这男人是不是能疼爱她，是不是能保护她，是不是能照顾好她？若是阿扬遇人不淑，过得不好，翰哥儿，你会不会内疚？"

邓之翰一下子紧张起来，"不成！谁也不能委屈阿扬！"

宁国公舒心地笑起来，"她若嫁了别人，你便管不到。翰哥儿，听曾祖父的，娶了阿扬吧。你若心中歉疚，便要十倍百倍地对她好，疼爱她，呵护她，照看她一辈子。"

第十七章 母以子贵

邓之翰挣扎良久，点了头。阿扬，我会对你好的。我不许别人把你娶了去，我怕他不会善待你。

接下来的事情极其顺利。宁国公写下休书，请了在京的一位族中长辈、荀氏的哥哥荀亮、孙氏的弟弟孙超做见证，申明沈氏"多言、不义"，邓家再难容她，定要休了去。只是她原本姓沈，如今沈家已是凋零得不像样，虽是休了，却依旧容她在老家住着，直到寿终正寝。

邓麒就这么悄无声息地休了妻。

休妻之后，邓麒亲自约见薛能，当面求婚。薛能只打哈哈，却没答应，"夫妇为五伦之首，缔结婚约必须慎重。邓大人，容我三思。"

邓麒没法子，只好等。他也没法跟薛能说，"我儿子可能要尚主，咱们赶紧把亲事定了吧。"他跟薛家没这交情。

邓麒学乖了，这种事不告诉青雀，只讲好笑的、好玩的。邓之翰坐不住，薛扬实在见不着，心急如焚，去到晋王府求青雀，"大姐，您替我美言几句。"

青雀好奇地看着他，"邓之翰，你确定不会后悔？确定你不会日后你后悔了，却怪罪起阿扬，迁怒于阿扬？"

邓之翰脸微红，"不会。大姐，这不干阿扬的事。阿扬那么善良，我怎会怪她、怨她？"

青雀无语。

晋王从宫里回来，见邓之翰在座，目光便有些不善。这小子无事不登三宝殿，一准儿有事要麻烦我家姐姐！若是平时也便罢了，姐姐这会儿怀着身孕，不能操心操劳，懂不懂？

邓之翰被他看得浑身难受，坐不住，仓皇告辞。

"祖母好么？你皇帝哥哥好么？大姨呢，有没有问起我，有没有给我带好吃的、好玩的？"青雀兴致勃勃问道。

"祖母好，哥哥好，你大姨也很好。"晋王无奈地摸摸鼻子，"你大姨说，她找高僧算过了，这胎是男孙。说这话的时候，你大姨笑得都成一朵花儿了。"

"大姨不会失望的。"青雀骄傲地挺起肚皮。

晋王爱抚地摸着隆起的肚皮，小声说道："孩儿，你出生之后，记得要称呼我母亲做祖母，可千万不能叫大姨奶奶啊。"

青雀笑得不行。

说笑了一会儿，青雀问，"令兄令嫂，还在宫中斋醮求子么？"皇帝、皇后跟着了迷似的想生儿子，频频在宫中斋醮，乞求生子。

晋王无奈点头，"是。"

青雀嫣然。这想要儿子，不是应该夫妻一起做些正经的事、神圣的事才对么？斋醮有个鬼用。阿原的哥哥是个好皇帝，不过，过分迷信道士了。

晋王问起邓之翰的来意，"不会又是来央求你的吧？我看他对你妹妹，倒有几分真心。"

"邓之翰和阿扬其实不般配。"青雀笑，"不过，他们若真有心，两家尊长必定会成全。"

"不般配啊？"晋王这姐夫很尽职尽责地建议，"既然不般配，那还是设法让他们分开为好。一辈子的大事，不可轻忽。"

"谁知道呢。"青雀抬头看着殿外青郁葱茏的花草树木，悠悠道："有多少非常般配的夫妻，到最后也会各有各的不幸，各有各的不足。什么人能做夫妻，什么人不能做夫妻，只有天知道罢了。"

若在祁青雀看来，邓之翰不是薛扬的良配。可若邓之翰喜欢，薛扬也喜欢，为什么要阻隔他们呢？他们还很年轻，未来会怎样，谁也无法预知。

若是硬把他们分开，邓之翰别娶淑女，薛扬另嫁他人，谁敢确保他们就一定会幸福呢？既然不能确保，还是由着他们吧。他们自己的日子，自己决定怎么过最好。

往后他们若过得好，那自是皆大欢喜。若是有什么不如意，也是自己的选择，没什么可抱怨的。说到底，日子是人过的。你若存心把日子往好处过，总会有办法的。至少在眼下，邓之翰对薛扬有真心，薛扬也对邓之翰有真意，往后会如何，看他们自己了。

秋风渐起，青雀已大着肚子快要生的时候，张祐迎娶表妹为妻，邓之翰和薛扬喜结连理。

青雀已是八个多月，没人敢让她大着肚子出门，只好很遗憾没有喝上喜酒。不过，上门看望她的亲朋好友很多，这两桩亲事的八卦她听了不少。

"邓家重视长孙媳妇。"英娘笑着告诉她，"阿扬才进门，第二天敬茶的时候，宁国公给的见面礼竟是邓家的钥匙。宁国公说，好孩子，我邓家往后便交给你。"

青雀微笑。宁国公这是……把他多年来的遗憾要弥补在阿扬身上么？也好，有他这当家人这般青眼相看，孙夫人也好，其余女眷也好，大概不敢给她使绊子。

青雀身子越来越重，捧着大肚子慢悠悠在屋里踱着步，师娘和英娘一边儿一个小心翼翼地跟着她，"妞妞累不累？歇会子吧？"英娘软语央求。"丫头，你这都快到日子了，还到处瞎转悠呢。"师娘训斥。

祁玉坐在不远处看着，心里也很是犯愁、担心，"当年我生你，足足疼了一天一夜。青雀，你这可是头胎，想想就让人……唉，还不能开口跟你说，怕吓着你。"

青雀不经意瞥过来，见她眼光温柔，隐隐有着担忧，调皮地冲她笑了笑。别这样啦，个个都跟如临大敌似的，犯得上么？不就是生个孩子，瓜熟自然蒂落，有什么呀。

青雀走了会儿，坐下来歇息。她伸手想拿桌案上的秋梨，被师娘伸手打掉了，"不许吃！整天吃啊吃的，到时孩子太大，不好生。"青雀好不委屈，"吃都不让吃了？肚子饿怎么办？"师娘见她可怜，削了一小块喂到她嘴里，"只许吃一块啊，不许贪多。"

青雀慢慢嚼着，夸张地抬手擦了擦眼睛，好像要哭。英娘明知她是撒娇，还是心疼得不行，"妞妞，快要生的时候，真是不能吃得太多。孩子若是太大，到时你多受罪啊。"

青雀看看英娘，看看师娘，仰头叹道："想我娘了。"

因为防着有人要拿青雀的身世做文章，成亲之前晋王已悄悄把莫爹莫娘一家妥善安置在城外的皇庄中。青雀此时想起从小便给自己炖肉吃的养母，感慨良多。

祁玉脸一僵。青雀提起莫二郎夫妇便是熟稔亲切地叫爹叫娘，提起自己，却已是"姑母"。姑母，自己最终成了青雀的姑母。

师娘嗔怪地轻轻打了青雀一下，"顽皮。"英娘抿嘴笑，"妞妞，你就是再怎么说，我们也不会给你多吃的。"青雀嘻嘻笑，"那算了，算了。"

"师娘，英娘，你们各回各家罢。"青雀体贴地说道，"师娘是长子长妇，英娘是当家主母，府里哪能离得开你们？回罢，回罢。"

师娘白了她一眼，"不是你才见我的时候了吧，敢撺我？丫头，咱们才见面的时候，你是怎么缠着我的？"英娘摸摸她的头，嗔怪，"小时候我不哄你，你便要赖不肯睡觉！这会儿嫌弃英娘了？嫌弃我也不走。"

青雀见状，豪迈地挥挥手，"算了，师娘和英娘比吃食重要！"英娘抿嘴笑，师娘恨得捧起她的小脸，捏了好几下。

"从小到大您都是这么稀罕我呀。"青雀无比自恋地眯起眼睛，陶醉了。

祁玉忽觉得浑身不舒服，站起身要走。师娘无所谓，"你慢点儿啊。"她对祁玉一直不冷不热的。英娘忙站起身，"再坐会子，陪姐姐说几句话，岂不是好？"祁玉坚不肯留，青雀笑嘻嘻，"您先回罢。等下回咱们再见面，没准儿我就苗条了。"祁玉忍不住嘴角微翘，"傻话，你当生个孩子是容易的。"

送走祁玉，英娘自外回来，讪讪道："不知道小姐会不会生气呢，姐姐，你英爹不肯见邓之翰，也不许邓之翰到宣城伯府。那是小姐的女婿，唉，可是你英爹执意如此，我也没法子。"

青雀本是笑嘻嘻的，闻言神色郑重起来，"英娘，英爹这样很对啊，你不要多想。英爹敬重外祖父，当然不会喜欢有沈家血脉的邓之翰，排斥他是很正常的。"

英娘还是有些歉意，"我什么也不懂，只知道老爷少爷都去了，祁家只剩下小姐一人。只要小姐过得好，开心高兴，不就好了？可你英爹不这么想。我别的不担心，就怕小姐觉得受怠慢。"

师娘拍拍她，"别人家的事，咱们管不着。咱们家的事，咱们自己做主！英爹姓祁，你是祁家主妇，祁家的事你俩说了算。"

青雀大力点头，"就是这个话！"

英娘歉意地笑了笑，还是心里没底。师娘皱眉，你怎么这样啊？做将军夫人多少年了，还这么畏怯？师娘哪里知道，英娘打小便是祁家婢女，忠心耿耿的，习惯了唯祁玉马首是瞻。

"阿扬好么？"青雀见英娘不自在，打了个岔。

英娘眉目舒展了，"好，极好！姐姐，我原是厌恶邓家到了极点，可是这会儿瞧见阿扬的小模样，情愿把心中的仇恨都忘记了，只要他们一直待阿扬这么好，我……我便心满意足。"

青雀笑眯眯道："若是好，自然皆大欢喜。若是敢不好，我便亲自上门，打他一个落花流水。"英娘眼中含泪，"好，好！"姐姐对阿扬有这般情意，小姐该多高兴啊。

青雀话才说完，忽地皱起眉头，倒吸一口凉气。师娘、英娘都慌了，"丫头，怎么了？""姐姐，怎么了？"同时惊呼出声。

第十八章

长子出生

"这么疼。"青雀咧咧小嘴，"我快疼死了，师娘，英娘，我疼得不行了。"

难不成是要生？师娘、英娘迅速对视一眼，师娘果断，"你留下看着丫头。"自己身形移动，出了门。

没一会儿，钟嬷嬷带着两队宫女来了，有条不紊地指挥着，"莫慌张，把王妃抬到产房去。"青雀挥挥手，"我走着去，谁都别烦我。"捧着大肚子，一脸烦闷地往产房走。生孩子而已，这么疼，铁打的祁青雀将军都觉得疼！

青雀走到半路，晋王脚步跟跄地迎面跑来，"妞妞，你怎么样？"不是师娘、英娘她们陪着你说话的么，好好的，突然肚子疼？

可怜晋王平时是多么洒脱飘逸的美丽男子，远望如神仙中人，近看如异花美玉。这会儿却是神色慌张，风度全无。

青雀很不满地看着他，"四哥，咱们一起做正经事的时候，两个人都很快活，对不对？可是生孩子这苦差事，却是我一人独自撑着，真是太不公平了。"

晋王满是愧疚，"妞妞，都怪四哥，都怪四哥。"他见青雀脸色大异平时，显是疼得很了，心里好像有只猫在到处抓，难受极了。

"下回换你生！"青雀气冲冲扔下一句，抬腿往产房走。

产房里头，产婆早已就位，哪些宫女管换血水，哪些宫女管递剪刀，哪些宫女供临时驱策，分工都很清楚。钟嬷嬷紧跟在青雀身后跑进来，见青雀咬着牙躺下了，神色犹自忿忿，不禁微微一笑，"王妃，你太孩子气了。"

宫里的太皇太后不知是心有灵犀还是怎么着，正好这时候派了乔嬷嬷等人过来。钟嬷嬷忙出去迎接，临出去交代产婆、宫女等，"王妃才开始疼，估计还早着，可你们也不能大意，一切小心。"产婆、宫女自是点头。

钟嬷嬷匆匆出门，没走几步，乔嬷嬷带着人迎面来了，笑着询问，"如何了？"又指着身边一名白净面庞、长挑身材的女子介绍，"皇后宫中的桑嬷嬷。"

钟嬷嬷正要跟桑嬷嬷行礼厮见，却见一名宫女飞步出了产房，流着眼泪叫道："嬷嬷！王妃她……王妃她……"

钟嬷嬷脑子嗡的一声，厉声喝道："王妃怎么了？"

宫女大声哭了出来，"王妃她……生了！生了位小世子，母子平安！"

一时间，钟嬷嬷真是风中凌乱了。王妃生了，王妃生了？她才进产房才……有一盏茶的工夫么，她就生了？

乔嬷嬷和桑嬷嬷，也是目瞪口呆。

钟嬷嬷回过神来，训斥那名来报信的宫女，"这是天大的喜事，你哭什么？"宫女伸手抹着眼泪，"呜呜呜，我是高兴的，高兴的。"

训斥完宫女，钟嬷嬷心中哀叹。英雄没有用武之地啊，我精心布置的产房，来回推敲过很多遍的各种事项，全成了无用功！王妃你……你真是巾帼英雄的本色，厉害，了不起！

夫人太太们生孩子，生头胎，辛辛苦苦熬足一天一夜的大有人在，嚎叫两天两夜的也不是没有，哪像咱们晋王妃，甫一进入产房，婴儿就迫不及待地出生了，没费一点事。

钟嬷嬷感慨良多。

钟嬷嬷没好气地瞪了那宫女一眼，吩咐道："你去给殿下报个喜讯，不许再哭了，听见没有？"宫女忙把眼泪擦了，"是，嬷嬷。"喜气洋洋地去给晋王报信儿。

钟嬷嬷转身让着宫里这两位来使，"请到偏殿待茶。"乔嬷嬷笑道："我们受命前来，还是进去看望看望王妃和小殿下，方是正理。"钟嬷嬷颔首，客气地陪着她们往里走。

进去之后，只见血污已经清理干净，床上也好，地上也好，干干净净地看不到一丝杂乱。宽大的产房上，晋王妃安静地躺着，身边是一个小小褪褓，正张着小嘴"哇啊——哇啊——"地哭着，哭声很响亮。虽离得有些远，却也能看明白，小婴儿脸红红的，五官很端正，脸庞很可爱。

乔嬷嬷、桑嬷嬷笑着问好贺喜，"王妃大喜，王妃辛苦！"又一再夸奖小婴儿，"相貌便不必提了，自是一等一的。单听这哭声，已是不凡！"

青雀有些疲惫，微微笑着，冲她们点头致意。乔嬷嬷见状，关切问道："王妃可是累了？"桑嬷嬷声音温柔，"王妃必是疲累了，先歇息会子，好不好？小世子自有我等照看，王妃放心。"

"我很累，很困，但是我不睡。"青雀眼眸依旧澄澈清亮，"烦劳两位回宫禀告太皇太后殿下，托她老人家的福，我和大哥儿母子平安。等到大哥儿满月之后，我会带大哥儿入宫晋见。"

乔嬷嬷、桑嬷嬷都微笑应"是"。

乔嬷嬷只是站在床边含笑看着，桑嬷嬷赔笑毛遂自荐，"不是我自夸，论起抱孩子，我是极拿手的。王妃若不嫌弃，我抱抱小世子，哄他不哭，可使得？"

"不必。"青雀淡淡道，"婴儿才出生，哭哭有好处，不必哄他。"

桑嬷嬷没料到晋王妃竟敢对自己这么说话，涨红了脸，眼中闪过怒色。皇后差来的人，她敢这么着？是没把皇后放在眼里吧。这晋王妃真是武将出身，不知礼数。皇后母仪天下，身份何等尊贵，她不过是亲王妃，竟敢如此明目张胆地打脸。

桑嬷嬷虽是心中不忿，奈何旁边还站着个来头更大的人呢，轮不着她发作。乔嬷嬷是太皇太后宫里出来的，资格比她老得多，乔嬷嬷还笑容满面的，她自然不敢光火。

"殿下到了。"宫女喜气盈盈地走进来禀告。钟嬷嬷和乔嬷嬷是知道晋王的，笑了笑，

青雀歌

"快请。殿下来看大哥儿，咱们理应避让。"

行走到廊下，晋王迎面走过来，萧萧洒洒，风姿秀异。众人敛衽为礼，晋王含笑停下，"有劳，多谢。"乔嬷嬷连称不敢，晋王温声和乔嬷嬷说了几句话，吩咐钟嬷嬷，"您替我送两位贵客出去。"钟嬷嬷自是一迭声地答应。晋王轻浅一笑，向产房走去。

"四哥，你总算来了。"青雀见他进来，冲他招手，"快来快来。"晋王平时是很注重仪态的，这会儿见妻子向他招手，婴儿在旁哭泣，小跑着就过去了，"妞妞，四哥来了。"低头看看面色有些苍白的妻子，"哇啊——哇啊——"哭着的儿子，又是欢喜，又是心疼。

"四哥，原来他在我肚子里的时候，我常常会很烦。"青雀拉着他的手诉说着，晋王认真倾听，连连点头，"是，四哥知道。"小青雀怀了孩儿，不能乱蹦乱跳的，当然会烦躁啦。

青雀眉目间满是苦恼之色，"那时我一心盼着他生下来，想着他一旦生下，我便是一身轻松。可是四哥，如今他生下来了，我非但没有轻松，反而更烦了呀。我……我心里很不安，总之就是很不安……"

晋王看了眼一旁的小襁褓，小心翼翼问道："妞妞，是不是这几个月你已习惯挺着大肚子了，一旦肚子里没有他，你便觉得失落？"

晋王一提肚子，青雀更烦了。肚皮现在松松的好不好，难看死了。

"我也不知道呀。"青雀蹙起娥眉，"我这会儿很困很困，可是不敢睡。四哥，孩儿在我身边，我好似很不放心，不敢睡。"

妞妞在担心什么？晋王困惑。

"有四哥呢。"晋王柔声道，"四哥在这儿看着咱们的孩儿，好不好？眼睛都不眨一眨，一准儿把孩儿看好，谁都不许碰一碰。"

青雀满意地叹了口气，"也成，那我先睡会儿啊。"

晋王大概的、朦胧地知道她在担心什么，为了什么而烦恼，"妞妞，咱俩轮流睡觉，轮流看着孩子，好不好？你睡觉的时候，我看着；我睡觉的时候，你看着。"青雀听了，笑得很可爱，"好啊好啊。"

婴儿的哭声渐渐小了，渐渐不哭了。

青雀放松下来，转过头笑眯眯瞅着小婴儿，"四哥，孩儿很聪明呢！咱们才商量好轮流看着他，他便不哭了。不如叫他小聪吧，等到再生一个，便叫小明。"

晋王大为赞成，"这名字极好，极应景！妞妞，咱儿子可真聪明啊！"

青雀探过头亲亲儿子的小脸，"小聪，乖儿子，娘要睡觉觉了，爹爹看着你，好不好？"婴儿张开小嘴打了个呵欠，好像是表示同意。

青雀嘻嘻一笑，慢慢躺到枕上，闭上了眼睛，"四哥，生完小聪小明，我要再生两个闺女，一个叫小勇，一个叫小敢。兄妹四人连起来便是聪明勇敢。"

闺女叫勇敢？晋王嘴角抽了抽，内心中严重表示不同意。妞妞，哪怕叫小美小慧也成啊，总比小勇小敢强。晋王伸手轻轻拍着妻子，柔声哄她，"乖，睡吧，我守着你和小聪聪。"

青雀放心地、甜蜜地睡着了。

才出生的小婴儿很有默契地也跟着睡着了。

晋王低头看着酣睡中的妻子和儿子，真是连眼睛也舍不得眨一下。妞妞睡容恬静可爱，像个小姑娘，小聪聪长得太好看了，怎么看也看不够啊。

"小聪聪长得真像我。"晋王越看心里越乐，"鼻子像，嘴巴像，连耳朵都长得像我！"看到后来，心里乐开了花。

两个时辰之后，青雀一觉醒来，忙探头去看身边的小襁褓。见婴儿还安安生生地裹在锦缎之中，心中大定。抬头看见四哥深情的目光，两人凝视许久，情不自禁地伸出嘴唇轻啄，满是蜜意柔情。

婴儿睡得正香，安详美好。

"小聪聪。"青雀柔声唤着婴儿的乳名，"小聪聪，娘喜欢你。"

"小聪聪。"晋王声音也很温柔，"爹爹也喜欢你，还喜欢你娘。"

青雀一乐，"往后还会喜欢小明，小勇，小敢……"

晋王额头冒汗。妞妞，你睡了一觉，还没忘了小勇和小敢呢。我闺女……我闺女不叫这名字，不好听！

亲热腻味了一会儿，青雀大为不满，"师爹师娘呢，英爹英娘呢？我荣升母亲这么大的事，他们竟然不来围观？"晋王浅笑，"小没良心的，小姨和姨丈早来了，英爹英娘也早来了。因为你睡着，老人家在偏殿等，怕扰了你歇息。"

"谁是老人家？"师爹不悦的声音响起，"我就不说了，你小姨这般年轻，桂殿仙子般美丽动人，岂能称之为老人家？是可忍孰不可忍。"

师爹、师娘带着林啸天、林啸威进来了，用责备的目光看着晋王。青雀捧腹，师娘那么疼爱我，也不许我叫她"娘"，唯恐把她叫老了。阿原你尊称她为"老人家"，呵呵，岂不是讨打么。

晋王站起身，很严肃地咳了一声，"小姨，姨丈，我儿子在呢，请务必给我留几分颜面。若真要训斥，劳驾拣个我儿子不在的时候。"义正词严。

林啸天早牵着弟弟往前挤了，"小外甥呢？小外甥呢？"麻溜地到了床边。林啸天还能踮起脚尖往床上瞅，林啸威踮起脚尖，小脑袋拼命往上抬还是看不到小外甥，急得小脸通红，"爹，娘！"跟爹娘求助。

师娘快步走过来，抱起林啸威，指着床上的小襁褓给他看，"二子，这里头就是小外甥了。"青雀笑眯眯，"林啸天，林啸威，小外甥乳名唤做聪哥儿，你俩叫他聪聪便可。"

"聪聪！"林啸威亲热地叫着，俯下身要往小襁褓那边扑。师娘忙托住他，"二子，不许顽皮！聪聪小呢，没法跟你一起玩。"青雀笑着伸手接过林啸威，鞋子脱掉，把他放在小襁褓旁边，"跟小外甥说说话吧。"林啸威跟见了新鲜玩具似的，两眼放光，趴到小婴儿脸上，仔仔细细、上上下下打量。打量了一会儿，又试探地伸出小手想去摸。

林啸天站在地上内行地评价，"姐，聪聪鼻子长得像我。"晋王伸手揉乱他的长发，"胡说，聪聪明明长得像我。"林啸天神气活现地吹牛，"你长得就像我，知道不？"晋王浅浅笑着，捏他的脸蛋，"咱俩姨表之亲，长得相像，毫不稀奇。"

英爹英娘带着青峰青宁也进来了，见青雀脸色红润，婴儿精巧可爱，俱是欢喜。青峰、青宁和林啸天站在一起，小大人似的点评小外甥。英娘看着小聪聪，又是欢喜，又是心酸，"当年妞妞才生下时，也是这般小，也是这般稚嫩……"英娘和英爹四目相对，都是心中激荡。小青雀出生的那个夜晚，便是他们头回见面的夜晚。

青雀看了眼小聪聪，轻轻叹了口气，"想想看，我才生下来的时候，跟他差不多，小猫似的，一点点大。从这么小的小人儿长成亭亭玉立的少女，一路走来，唉，个中辛酸，不足为外人道也。"

师爹师娘都觉耳不忍闻，这小丫头她从小到大都是这么自恋！英爹英娘相对莞尔，妞妞这性情真好，明快爽利，坦坦荡荡，令人如对清风明月，心境豁然开朗。

只有晋王认真地附和，"对极了。妞妞能从这么一点点大的小人儿长成亭亭玉立的少女，多不容易啊。"

……

宁寿宫里，太皇太后被王太后、邵太妃、张皇后等人众星捧月般围着，说着晋王府才出生的大哥儿。太皇太后有了曾孙子，乐得合不拢嘴，半天工夫差出去三四位女官去派赏赐——不知道怎么疼爱大哥儿好了。

邵太妃如愿以偿做了祖母，飘飘然如在云端，脸上一直带着发自内心的、愉悦欣喜的笑容。

张皇后笑容满面地与太皇太后说说笑笑，和众人一般无二地赏赐给晋王府长命锁、银手镯银手链，非常周到。"我是母仪天下的皇后，我是母仪天下的皇后"，张皇后不停地提醒自己，我不能没有风度，弟媳妇抢在我前头一索得男，我也要微笑，从容，淡定。

"阿原怎的没有亲自进宫报喜讯？"王太后笑着问道。

邵太妃是熟知太皇太后和王太后性子的，也明白以阿原闲王的身份，什么事可以做，什么事不可以做，当下也不隐瞒，嫣然一笑，"阿原和青雀两个傻孩子，自打聪哥儿生下来之后，一天十二个时辰地守着聪哥儿，宝贝得很。他俩是轮流看孩子的，一个人睡觉的时候，另一个人就要看着聪哥儿。这两人都有些痴傻，看着聪哥儿的时候，简直是眼睛都不敢眨一下，唯恐一个不小心，聪哥儿便飞了……"

她话音才落，太皇太后和王太后已是一起畅快大笑。阿原你真行，满府的嬷嬷、宫女不能用，你俩轮流看孩子，轮流眼睛都不眨一眨地看孩子……

"阿原这傻得哟。"太皇太后又是笑，又是叹息，"打小他便天真单纯，一点城府也没有，常说孩子话，常办没心机的事。好容易长大了，娶妻生子了，想着他会有个大人样儿呢，谁知还是这么着！"

"可不是么。"王太后笑着附和，"阿原真是太孩子气了，总也长不大。"

"情有可原，情有可原。"邵太妃凑趣，"他这不是头回当爹么，故此傻了那么一点点。等到往后孩儿多了，他一准儿也就不稀罕了，断断不至于再如此。"

太皇太后听到这句"往后孩儿多了"，真是备觉舒心，笑呵呵道："往后便是孩儿多了，也是宝贝的。"又饶有兴致地问，"你们说说，若是往后孩儿多了，他俩可该如何是好？难不成一个睡觉，另一个大的、小的一起看？"王太后、邵太妃都是笑不可抑，"想想都替他俩犯愁！"如今就一个聪哥儿，这俩傻子能轮流睡觉轮流看孩子，往后孩子多了，看他俩怎么办！

这些说笑声传到张皇后耳中，倍觉刺耳。若是自己也能怀了身孕，诞下长子，陛下也会百般疼爱他的！当然了，陛下万乘之尊，可不像晋王似的是个闲王，什么正经事都不用做，只在家里教儿子就行。陛下再怎么疼孩子，还是要以国事为主。也只有晋王这样无所事事的闲散王爷，才会和王妃一起轮流看孩子，眼睛一眨不眨地看孩子。换做别的父亲，怎么可能呢。

张皇后正入神地想着心事，却见太皇太后笑着冲她招手，心中一惊，忙赔笑走过去，"祖母，我正想着聪哥儿的洗三礼和满月礼呢。聪哥儿是这辈人中的头一个孩子，定要隆重些方好。"

太皇太后微微笑了笑，"洗三礼，满月礼倒不必太过厚重了，他小人儿家，禁不起。皇后，晋王这做弟弟的都有了孩儿，皇帝的子嗣可怎样呢？你这心里头，可有什么计较？"

张皇后脸色微变，王太后和邵太妃同时端起茶盏，做出专心品茶的模样。

"我和陛下，正在斋醮求子。"张皇后小声说道。

太皇太后直直看了她半晌，张皇后被看得面色绯红，低头不语。可是，张皇后始终不曾改口，不曾像大多数"贤良"的皇后一样，主动提出要为皇帝纳妃，开枝散叶。

太皇太后看了张皇后半晌，疲惫地挥挥手，"随你们吧。"

晋王在长子出生六天之后，终于在百忙之中分身去了回皇宫。太皇太后一见面就打趣他，"阿原竟能出府了？这会儿聪哥儿谁看着呢，阿原也放心？"晋王脸红了红，含混道："青雀醒着呢，阿原放心。"把太皇太后乐得不行。

邵太妃则是举起一件粉色的婴儿里衣炫耀，"阿原，是不是很可爱？我亲手给小聪聪做的呢。"晋王看了直犯晕，小聪聪是男娃娃好不好，您给做粉色衣裳？

"下回给您生小孙女。"晋王坚决把粉色里衣还回去，"您好生放着啊，等到生了小孙女，这衣裳还有用武之地。"

一提小孙女，晋王立即想到青雀念念不忘的"小勇，小敢"，坐不住，"我先和哥哥说件要紧事去，过会儿再来陪您说话。"匆匆去了乾清宫。

皇帝正在为福建沿海的倭寇而烦心，见晋王进来，随手从案几上抱了一个鼎状香炉给他，"阿原，这是哥哥的贺礼。"晋王接过道了谢，认真说着正事，"哥哥，往后我若生了闺女，您亲自给赐个名字吧。要好听的，好写的，寓意极佳的。不光大名，乳名您也一并给起了吧。"

皇帝一边点头，一边奇怪道："儿子你倒没求赐名，怎么往后生了闺女，却要如此？"

"儿子叫小聪小明倒还行。"晋王苦恼道，"可是我闺女总不能叫小勇，小敢。"愁眉苦脸的，把青雀聪明勇敢四兄妹的话说了。

皇帝虽是正担忧国事，听了这话也是粲然，"女孩儿家叫这名字，真亏她想得出来。阿原你先挑几个好听的县名，到时给闺女做封号，乳名慢慢想着。"

晋王果然凝神想了想，"哥哥，太康好不好？"皇帝有意和他开玩笑，故意夸奖，"极好！阿原，这封号哥哥喜欢。这么着吧，你若先生了闺女，便是太康郡主。哥哥若先生了闺女，便是太康公主。"

青雀歌

晋王有些沮丧地嘟囔，"肯定是哥哥先生下小闺女，一定会是太康公主啦。我再看看别的吧，哥哥，嘉兴、玉溪、天水、平遥、西宁、青城，这几个，您瞅着怎样？"

"个个都好。"皇帝笑着拍拍他，"阿原努力，让这六个县名全用上！"

"分您一半。"晋王慷慨道，"您三个，我三个！"

皇帝微笑，"好啊。"

晋王又啰啰嗦嗦地交代，"乳名要雅致脱俗，有灵气，文采斐然，千万别是玉、秀、花这类的，太普通啦。"

皇帝见他关心的全是这等事，无端地生出羡慕之心。自己在愁边境安宁、吏治清明、百姓生活安定，阿原却在愁若是有了小闺女该起什么名字，唉，一个累死，一个闲死。

"看见没有？倭寇作乱。"皇帝指着桌案上的战报苦笑，"从福建到浙江，不断有倭寇渡海而来，烧杀劫掠，肆意妄为。不只普通百姓，连官员家眷也有不少遇害。"太嚣张了。

晋王沉默片刻，慢慢说道："青雀曾经给我看过一柄倭刀。那柄倭刀长约五尺，做工精良，锋利异常。她告诉我，倭刀术凌厉狠辣，常常把人直接劈成两半，非常血腥和可怕。"

皇帝目光锐利，"阿原，青雀怕倭寇么？敢不敢领兵出战，为朝廷把倭寇、海盗，一一荡平？"

"朝廷自有良将，哪里用得到青雀呢？"晋王委婉说道，"并非阿原不愿为哥哥分忧，阿原只是怜惜自己的妻子，不愿她以身涉险。哥哥，若不是她曾经立誓终身抵御胡虏，连西北战场我也愿她远离。"

皇帝拍拍他，"阿原你真是二十年如一日，就想做名富贵王爷。国事，边境，民生，你再也不肯理会的。"

晋王面色诚恳，"哥哥，这些我不懂，我只想和妻儿守在一处安静度日。我教儿子，她教女儿，夏天晚上出门看星星，冬天夜晚围在火炉旁说笑嬉戏，你替我剥颗花生，我替你倒杯清茶，温馨和乐。"

皇帝嘴角勾了勾，"这种日子美得很呢，我也想过。"

晋王认真地摇头，"那可不成。您是天子，是一国之君，您可不能过这样的日子。"

皇帝笑了笑，"这样的日子，阿原可还有什么不甚满意之处，或是有什么担忧？告诉哥哥，哥哥替你做主。"晋王神色郑重，"有，怕我闺女会叫小勇，小敢。"皇帝不禁好笑。

晋王见皇帝笑了，不好意思地请求道："那个，能否准许我母亲出宫，住到晋王府？我和青雀这几天累坏了，她老人家若是能去，或许我便能睡个囫囵觉。"

他们这小两口不是初次为人父母么，实在紧张得不行了。小聪聪睡得多，他们担心；小聪聪哭个不休，他们更是担心；小聪聪拉臭臭了，还要亲自和良医正讨论半天，颜色是不是正常，拉的是多了还是少了等等。

皇帝沉吟，"本朝没有太妃出宫居住的例子。邵太妃便是真去了晋王府，也只能小住三日两日，住不长久。"

"三日两日也成啊。"晋王嘴角漾开浅淡却又愉悦的笑意，美好面容如碧天秋月般皎洁明澈，光可映人。他的笑容很好看，很可爱，又有几分知足者常乐的韵味，令人舒心。

皇帝看着这样的晋王，微微笑起来。阿原，总是让人放心的，他的要求是这么的小而可爱，他哪里会有野心？他性情如此淡泊，即便娶了位女中豪杰，也生不出野心的。

晋王带着邵太妃出了宫门，邵太妃兴奋得两腮殷红，"阿原啊，我很久没有出宫了。"晋王扶她上了马车，扶她坐好，替她拿过一个正红底云龙纹宫花锦靠背，"您靠着这个，这个软和。"邵太妃舒服地靠好了，悠悠叹息，"心满意足啊。"

"还没见着您宝贝孙子呢，这便心满意足了？"晋王笑，"还有，您儿媳妇可是望眼欲穿，就盼着她大姨了。"

邵太妃眉开眼笑，"这还用说么？我家小青雀，那可是大姨的心肝宝贝啊。"

邵太妃这一路，兴奋激动之色溢于言表，高兴得简直想飞起来。晋王看在眼里，又是欢喜，又是心痛。可怜的母亲，她能出一次宫，便快活成这样。

到了晋王府，下车换轿，轿子一直抬到晋王夫妇的寝宫门前。钟嬷嬷带着两排宫女在门前迎接，含泪下拜，邵太妃笑吟吟地亲手拉起她，"四殿下多亏你照料，辛苦了。"钟嬷嬷哽咽得说不出话来。

晋王和钟嬷嬷陪着邵太妃进去之后，只见床帐之中小婴儿睡得正甜，床下，青雀穿着舒适的便服慢慢踱着步，意态悠闲自在。

"王妃，您怎么又下床了？"钟嬷嬷急得额头青筋直暴，恨不得直接冲上去，把青雀按回到床上好好躺着。邵太妃也是吃惊，"小青雀，坐月子可不是玩的，快别这么着！"

青雀见了她大喜，"大姨，我快想死您了！"喜滋滋地扑了过去，想跟大姨撒娇。大姨抱着她才拍了两下，晋王从旁过来，二话不说，上前扶着青雀，神情严肃认真地把她扶到床上，命她躺下。

青雀笑嘻嘻，"我浑身有用不完的力气，我不累呀，真的不累。"可是眼前站着三个人，全用责备的目光看着她，也便不再坚持，只嘟囔着，"坐月子这般拘束，究竟有无必要？这个不许做，那个不许做，做了便会落下病根儿，真的假的呀。"晋王温和道："宁可信其有。"青雀悄悄冲他扮了个鬼脸。

大姨的目光早落到小婴儿身上了，贪婪地把那小小人儿从眉毛看到嘴巴，从额头看到下巴，再怎么也看不够。"小聪聪跟阿原小时候一模一样。"大姨美丽的凤眼中泪光闪动，"阿原才出生时，便是这模样，真是招人疼啊。"

青雀看看儿子，再看看晋王，一脸不怀好意的笑。四哥你小时候就长这样啊，成，我知道了。晋王低声笑，"下回生下小妞妞，让四哥也看看你小时候的模样。"青雀一乐，"不要，小闺女不要像我，要像你。阿原你长得比我还好看呢，我大方一点，闺女不用长得像我，像你好了。我不嫉妒，真的。"

"不，要像妞妞。"晋王温柔地坚持，"四哥想要一个小妞妞，跟你很像很像的小妞妞，把她心肝宝贝般地疼爱着，呵护她慢慢长大。"

他俩亲亲热热说着甜言蜜语，大姨津津有味看着小婴儿，两不耽误，各不干涉。钟嬷嬷有眼色，见殿下和王妃腻味黏糊，远远地避到殿角，并不来碍事。

不知看了多久，大姨才恋恋不舍地从小婴儿脸上收回目光，转向青雀。"小青雀，听说你才进产房不久便把小聪聪生下来了，可真是了不起啊。"大姨怜爱地拍拍她。

"没法子，祁青雀将军身子骨太好了，生个孩子毫不费力气呀。"青雀笑盈盈吹着牛。

大姨把儿媳妇狠狠地夸了一通，晋王在旁郑重其事地附和，青雀笑逐颜开。到了吃晚饭的时候，经青雀和大姨再三磋商，大姨很有人情味儿地同意把饭桌摆进来，允许青雀下床吃饭。

"还是大姨好。"青雀喜滋滋，"若是钟嬷嬷，跟她商量半天，还是要我躺着。"一听见产妇要下床，钟嬷嬷就脸色大变，唠唠叨叨。

钟嬷嬷心里很是犯嘀咕，"这才第六天啊。"就是不躺够一个月，至少前半个月你得好好躺着吧。冒失孩子，下地乱走动，万一落下病根儿怎么办。邵太妃这生过三个孩子的主子下了令，她倒是不敢不听，却把青雀的座位铺得软软和和的，椅背上搭着厚软绵密的椅搭，把青雀围了个严严实实。

青雀欢快地夹了块红烧小排骨，钟嬷嬷满脸赔笑，"王妃，您不能吃太油腻的。您啊，饮食该清淡些。"青雀忙把小排骨放嘴里，含混道："就一块，就一块。"尝尝味道实在不坏，比鲫鱼汤、猪蹄汤、鸡汤什么的解馋多了，又飞快地夹了一块，飞快地吃掉。

钟嬷嬷有些着急，大姨一乐，"没事，两块而已，让她吃吧。"晋王很是踌躇，钟嬷嬷说不许吃，母亲说两块没事，听谁的？见青雀大眼睛滴溜溜乱转，两眼放光看着桌上的美食，大为后悔，"应该吩咐厨房做一桌清淡的，妞妞便没的挑了。她又不能吃，又在她眼前放着，何其残忍。"

钟嬷嬷很坚持地把鸡汤、蒸蛋、红枣小米粥、糯米酒鸡蛋等放在青雀面前，"这些清淡吃食，是专为您准备的。"见青雀一脸嫌弃，苦口婆心地相劝，"王妃，生孩子很伤元气的，产后百节空虚，稍有不慎便会落下病根儿。您先吃清淡些，等过了这个月，咱们把天底下的菜肴全写成水牌，由王妃随便挑选，好不好？"

青雀看看自己眼前的菜肴，看看大姨和晋王眼前的菜肴，悲壮地要求，"过完这个月，我要一只烤全羊，全部吃掉！"钟嬷嬷立即答应，"成啊，到时给您烤。"笑眯眯把一小碗鸡汤递到青雀手里，"小火炖了两个时辰，很入味儿。"青雀见她目光殷切，只好皱着眉头、勉为其难地把鸡汤喝了。

大姨母子很有默契地对视一眼，异口同声，"饮食清淡些好，往后这些油腻吃食，一律不许拿上来。"钟嬷嬷自是连连答应。

青雀吃了一顿有滋有味的晚饭，饭后还被允许在屋里走了两个圈，十分满足。晋王陪她慢慢走着，过一会儿就会很啰嗦地问一句，"妞妞累不累？"青雀笑着摇头，"不累，我可喜欢走路了。四哥，你若是被逼着天天躺床上，就知道走路是多么享受的事了。"

正巧这时候熟睡的小聪聪醒了，哇哇地大哭。邵太妃娴熟地抱起孩子拍着哄着，那手势真是行云流水一般，无比纯熟。青雀看得很是羡慕，这生过三个孩子、养过三个孩子的人，就是不一样啊。

坤宁宫，皇帝、张皇后对案而食，形状亲昵。晚膳后两人并肩出去走了几步，便即回宫洗漱歇息。皇帝明日有大早朝，需早起。既要早起，便应早睡，方利养生。

"陛下今日准了邵太妃出宫？"张皇后卸了妆容，笑盈盈问道。

"阿原央求，我便许了。"皇帝微笑，"聪哥儿一出生，阿原手忙脚乱的，邵太妃去看看也好。"

张皇后对镜慢条斯理梳着瀑布般的长发，"太妃出宫居住，没有先例。"

皇帝有些犹豫，"阿原曾请求过带邵太妃一同就藩。虽说没有先例，可这是成就弟弟的孝心，我倒有些心动。"能成就弟弟的孝心，和自己的美名，何乐而不为呢。

"不可。"张皇后缓缓摇头，"晋王是陛下亲弟，身份已是尊贵之极，王妃又是能征惯战的将军。若是邵太妃也让他们带走，晋王做事会毫无顾忌。陛下，害人之心不可有，防人之心不可无。"

皇帝好脾气地笑了笑，"那便不许邵太妃一同就藩。"这倒没什么，本来就是没先例的事，阿原也无话可说。

若是真允许邵太妃和阿原一起就藩，先例一开，是不是先帝留下的太妃们都能和亲生儿子一起离京？到时候文官们一准儿有话说，后宫也会一片纷乱。不许，也有不许的好处，更何况自己从没答应过阿原。皇帝这么一想，觉着还是张皇后说得对。

张皇后和他成亲已有三四年，对他的性情已摸得很熟，仿佛能猜到他在想什么，慢悠悠说道："太妃们本该在地底下陪着先帝的，如今能在阳间陪着，还有什么不满足的？"

皇帝心地仁善，听到"在地底下陪着先帝"，不禁微微皱眉。殉葬制很残忍，故此祖父英宗皇帝才毅然决然地废除了它，如今再提这些，听着令人不舒服。

"有子的妃嫔，不殉。"皇帝温和提醒。

"郭妃地位又高，又育有三位皇子，不也殉了仁宗？"张皇后嫣然一笑。

殉葬，是妃子们的事。皇后身份尊贵，断断不至于此。中宫和偏妃之间泾渭分明，尊卑不同，根本不能相提并论。张皇后是明媒正娶的原配，对自己的身份，深以为傲。

皇帝纵容地笑笑，伸手轻轻抚摩皇后乌黑的长发，柔声道："你头发真好，绸缎一样，摸着舒服极了。"顾左右而言他，有意岔开话题。

张皇后面前是一个精致讲究的梳妆台，台上立着面紫檀边框玻璃镜，镜子光滑平整，清晰照出一位容貌端庄秀丽的青年女子。张皇后望着镜中女子微笑，大好青春年华，世间最尊贵的男子站在身边柔声说着情话，天上地下，还有比自己更幸运的女子么？

除了……除了一件事。张皇后下意识地低头看了看自己平平的小腹，忽然心生焦躁。他是一国之君，他不能没有儿子！

张皇后咬咬唇。世人常说自己和他恩爱得像民间夫妻，其实，哪里能够。普通的民间夫妻若是成亲三四年没生下孩儿，不过是到寺庙烧烧香许许愿罢了，难道定要给夫君纳妾不成？可这是在皇家，他没儿子，就会不断有人进言：请陛下立妃。

"陛下，无尘道长说，若是能抱一位身份尊贵异常的男婴进宫养着，时常抱抱他，我便能早日怀上龙种。"张皇后轻轻靠在皇帝身上，温柔说道。

皇帝先是惊喜，"真的？"继而颇为踌躇，"身份尊贵异常的男婴，到哪里寻去？身份尊贵的婴儿，父母肯定是有来头的，怎舍得才出生的儿子。"

张皇后仰头看着他，嗔怪道："陛下真是的，晋王家里不就现成的有一位？他是陛下亲弟，普天之下，除了陛下，还有谁尊贵得过他啊。他的儿子是亲王世子，身份足够了。"

皇帝苦笑，"聪哥儿是阿原的头生子，阿原小两口要轮流睡觉轮流看着他，根本不肯

青雀歌

假手宫女、嬷嬷。你要把聪哥儿抱进宫，不是要阿原的命么？聪哥儿不成，你再看别家吧。"

张皇后眸光一冷，正色道："什么事大，什么事小？陛下亲子，会是天朝的皇太子，未来的君王。晋王的儿子，不过是一亲王世子罢了。为了皇太子，接个亲王世子进宫来养着，有何不可？便是晋王夫妇，如果真忠于君上，也该把亲生爱子双手奉上吧。"

皇帝大为头疼，"话不是这么说。阿原是我亲弟弟，我们兄弟情深，我不能……"明知阿原心肝儿肉似的宝贝聪哥儿，我要把聪哥儿接进宫养着，怎开得了这个口。

张皇后神色很郑重，"陛下和晋王是兄弟，更是君臣！晋王在陛下面前，只能俯首称臣罢了。"

皇帝大概是幼年时候被万贵妃吓怕了，在坚定彪悍的女人面前很容易妥协。他不肯跟张皇后僵着，含混搪塞道："聪哥儿才一点点大，满月之后再说，满月之后再说。"

张皇后看看他的神色，凝神想了想，决定暂时放下，过两日再旧话重提，威逼于他。张皇后不笨，她和皇帝一起生活的时日越久，对皇帝的性情越了解。知道什么时候该攻击，什么时候该防守。

这个好处要不来，张皇后当机立断，换了另一个来讨要。

"陛下，京中开销大，阿延和阿鹤都入不敷出了。"张皇后替两个娘家弟弟讨起田地，"他俩瞧中昌平一处庄子，陛下赏了他们吧。"

皇帝一听这个，大为头疼。还要田地呢？你那两个宝贝弟弟已经富得流油了好不好，怎的总是这般贪得无厌。别的不说，单单注销宫禁这项大权，他们的钱已是这辈子都花不完。

"年初才赏过皇庄。"皇帝委婉地拒绝。

张皇后抿嘴一笑，狡黠地看着皇帝，"陛下，妻者齐也，与夫齐体，这话可对？"

皇帝微笑，"自然是对的。"皇帝自幼接受传统的儒家教育，在他的心目中，妻子是和自己一同奉祀之人，一定要敬重的。

张皇后活泼地笑着，"那，陛下的兄们可是贵为亲王，既有封地，又有很高的俸禄。亲王们生下儿女，长子是亲王，其余的儿子们是郡王，女儿全是郡主。陛下的兄弟们是这样，我的兄弟们呢？相比之下，何其凄惨。"

在张皇后看来，自己的两个弟弟和皇帝的弟弟们一比，太可怜了。

张皇后却不想想，皇帝的弟弟们出生在皇家，一百多年前，他们的祖先太祖皇帝起自草莽，带领一帮开国功臣把北元胡虏逐出中原，驱逐到长城以北。而张皇后弟弟的祖先呢，大概在种地，或是在读书。

皇帝的弟弟们，待遇合不合理的另说，那是人家祖先给挣下的。张皇后原是秀才的女儿，只因为自己嫁得好，就想要娘家弟弟们和夫家的小叔子相攀比，很高傲地不肯落于人后。

多么的贪婪。

皇帝在张皇后的攻势面前败下阵来，"成，赏个庄子。"等到张皇后说了是哪个庄子，有多大，皇帝后悔得不行，竟有十顷地之多，要命啊。

可是话已出口，皇帝只有硬着头皮答应下来。

张皇后嫣然一笑，携起皇帝共赴罗帏。

晋王府里，这两天真是一片欢腾，人人喜气洋洋。本来王妃生下大哥儿已是全府的喜事，从上到下人人有赏赐，个个心满意足。邵太妃到晋王府住下之后，晋王更是乐开了花，重又派了一遍赏赐，人人增发月例，皆大欢喜。

有大姨在，青雀可算有靠山了，跟钟嬷嬷讨价还价起来格外有底气。钟嬷嬷又是心疼她，又是生气，"王妃，虽说这些老规矩可能没什么道理，可咱们不是怕万一么？听话啊，再忍忍，就一个月。出了这个月，您想怎么着，咱们就怎么着。"青雀觉着她很有杨集林嬷嬷的风范，心里乐了乐，也不跟她拗着。不让出门就不出门吧，不让洗浴就不洗浴吧，横竖只有一个月，短日子好熬。

大姨在这里住下之后，师娘闻风而来，姐妹俩聚在一起叽叽咕咕，说不完的私房话。大姨感慨，"我这辈子还能出宫住上三两天，真是太满足了。妹妹，你不知道宫里有多拘束。"师娘红了眼圈，"姐姐真可怜。"

林啸天和林啸威自然也跟着来看姐姐、表哥、小外甥，大的牵着小的，昂头挺胸，很有哥哥样。林啸威总想摸小聪聪，被他哥哥毫不客气地拦下了，"他太小了，太软了，不能碰。"林啸威仰着小脸冲他哥谄媚地笑，"不碰，不碰。"

青雀身边是小聪聪，眼前是可爱的弟弟们，不远处坐着师娘和大姨，满足得无以名状。等到晋王自外头回来，陪她一起看小聪聪，心里更有着满满的欢喜，好像要溢出来了。

邓麒和祁玉也来看过青雀。邓麒是只会傻乐，"妞妞，小聪聪长得真像你啊。"犹豫了下，他又补了句，"好像，也有几分像我？"语气很不确定。

青雀了然，"我和你是有些相像的，小聪聪像你，毫不稀奇。"邓麒高兴得热泪盈眶。

祁玉来看青雀的时候，很有些啼笑皆非，"那会儿你说，等到下回见面没准儿你就变苗条了，我还以为纯粹是胡说。谁知竟是真的，我才走不久，你就生了。"

青雀很得意，"我实在是身子太好了！您不知道，我才进产房没多久便生下小聪聪，都把钟嬷嬷吓着了！不只钟嬷嬷，连同产房里的宫女、产婆诸人，全是目瞪口呆啊。"

祁玉微笑听着她吹牛，抱着小聪聪低头细细看着，神色异常温柔。"这孩子长得真好。"祁玉轻轻叹了一声，"跟你小时候……"

到了这时，祁玉才蓦然想起，那个出生在雷雨之夜的小女婴，自己竟是从头到尾没有看过她，不知道她才生下来时是什么模样。一开始是满身的疲倦、劳累，没有力气看。再后来，彻骨的失望、仇恨，不愿看。

"跟我小时候很像么？"青雀笑得很甜蜜，"英娘说，看见小聪聪，便想起才出生的我。我那时也是一点点大，很小，很脆弱，对不对？"

祁玉没法开口说实话，又不愿随意敷衍搪塞，只有默默不语。青雀，你才出生的时候是什么样子，我竟不知道。

若是当时我看到这么可爱、这么稚嫩的婴儿，又会怎样？祁玉心头迷惘，一阵阵酸痛。

好半天，青雀鼓起勇气说道："您生我的时候，疼了一天一夜，是不是？您……辛苦了，我不会忘记的。"

一滴晶莹的泪水，自祁玉秋水莹莹的美目中流下。青雀知道我辛苦了，青雀不会忘记的……

那滴泪水落到婴儿柔柔嫩嫩的小脸上，熟睡的婴儿仿佛有知觉似的，嫌弃地皱皱小眉头。

祁玉慌了，伸出纤长白皙的手指轻柔替婴儿擦拭那滴泪水，小心翼翼的。

夜深了，晋王府一片静谧安宁。青雀和晋王依偎在一起，入迷地看着小聪聪。小聪聪实在太好看、太可爱了，他俩无论如何也看不够。

"大姨喜欢咱家，一定要让她多住些时日。"青雀顽皮地冲晋王眨眨眼睛，"放把火吧，好不好？"邵太妃如今住的是清兴宫，宫里放把火，他们总得修个一个月两个月的吧？顺理成章的，大姨暂留晋王府，不必回宫。

晋王感动得不行，俯身温柔地亲吻她："姐姐待我太好了。"青雀嘻嘻笑，"四哥莫要自作多情，我是喜欢大姨。"

"姐姐，这把火暂时不能放。"晋王俯身看看熟睡的小聪聪，冲着青雀微笑，"等到紧要关头，再放火不迟。"

青雀想了想，"放火，小事一桩，交给你了。"有什么杀人砍人的大事再换我吧，虽说杀人放火常常放在一处讲，其实放火的难度真是小上不少。

晋王漆黑深幽的眼眸中闪过丝笑意，"谨遵王妃的吩咐，一定办好差使。王妃，若差使办好了，可有奖赏？"

青雀捧起他的脸亲了一口，"奖赏这个，好不好？"晋王心里酥酥的，低声道："当然好了，求之不得。只是王妃太懒惰了，亲得太少，而且，地方也不对。"

青雀很犯思量，"亲得太少，这话我懂。地方不对，指的是什么呢？晋王殿下，请恕我竟是猜不着。"

晋王含笑指指自己的唇，柔声道："王妃该亲这里的。"他的嘴唇花瓣一般精致美好，颜色粉粉的，青雀端详了半天，轻轻叹息着，吻上他的唇。

这个吻缠绵而又温存，两人相互品尝着对方的甜美，飘飘然如在云端。一对相爱的夫妻，身畔是熟睡的婴儿，夜色静谧，令人沉醉。

邵太妃在晋王府度过了愉快的三天。这三天可以算是她一生中最快乐的日子了。

到了应该回宫的日子，张皇后很给面子地遣了内侍来迎接。邵太妃抱着小聪聪亲了又亲，依依不舍，青雀看得实在不忍心，恨不得立即上清兴宫放把火，好把大姨留下来。

青雀把大姨送到门口，钟嬷嬷便不许她再往前走了，"王妃，您见不得风。"大姨也伸手拦住她，"青雀，乖乖的啊。只有一个月，这一个月里你耐下性子，听钟嬷嬷的，听林医正的。"青雀笑眯眯，"好啊，一定一定。等满了月，我抱小聪聪进宫，看您去。"邵太妃乐陶陶，一迭声道："大姨等着你们，大姨等着你们。"

晋王亲自送邵太妃上车回宫，宽敞的马车里，邵太妃靠在柔软舒适的靠背上，一脸满足地笑，"阿原啊，有这三天，我这辈子，知足了。"晋王心里酸酸的，强笑道："哥哥说，小聪聪满一周岁之后才能经得起长途颠簸，才许我们就藩。我和青雀、小聪聪还能在京里陪您一年呢，保不齐往后还能把您接出来。"邵太妃更高兴，"太好了！"

晋王送邵太妃回到清兴宫之后，在宫墙外独自站了许久。宫院深深，宫规森严，生活在这座宫廷里的人，哪个不是备受拘束？母亲，她是服侍过先帝的太妃，遗孀身份，在这宫中更无乐趣可言。她今年还不到四十岁，看上去依旧容颜姣好，明艳照人，却要在这冷清的宫中渐渐枯萎么。

第十八章 长子出生

晋王没有去宁寿宫拜见太皇太后，也没有去乾清宫见皇帝，默默出了宫。他缓缓走在笔直洁净的甬路上，神情落寞，眉宇间有着挥之不去的萧瑟之意。

"晋王殿下怎么了？"沿途的妙龄宫女见了，各自心生怜惜，"他平日里是温润如玉的，见了令人如沐春风。今天却大异往常，神色间竟有几分轻愁薄怨，唉，心疼死人了。"

望着晋王殿下徐徐离去的身影，一个个发了痴。

太皇太后隔三差五地会差乔嬷嬷等人到晋王府派赏赐、看望才出生的聪哥儿，对聪哥儿这曾孙子十分关爱。等到聪哥儿临近满月，太皇太后开始激动得晚上睡不着觉：快要见着聪哥儿，快要见着曾孙子了。

晋王府大概也知道老人家急于见到曾孙子的心情，老早就答应过，到了满月的那一天，一天也不多等，便带着聪哥儿进宫，给太皇太后请安。

到了这天，太皇太后起了个绝早，精心梳洗打扮过，草草用过早膳，换上燕居常服端坐在正殿，眼巴巴地等着。曾孙子啊，我头一个曾孙子，快让曾祖母看看！

乔嬷嬷等人看在眼里，大为叹息。太皇太后她老人家是多么盼望曾孙子啊，也是，到了这个岁数，不就是活儿孙的么？不盼曾孙子，可让她盼什么呢。

"您还得再等等。"乔嬷嬷命人去了趟晋王府，忍笑进来回道："这会子，晋王妃正在痛痛快快地沐浴呢。她不是忍了有一个月么，到了水里就不出来了，正要赖呢。"

太皇太后笑骂，"这傻孩子！不知道祖母等得心焦么？快，命人去告诉她，让她赶紧的，不得耽误。若是迟了慢了，见了面先给她两拐杖！"

"不止不止。"王太后正好这时进门，笑容满面，"告诉她，若来得晚了，我这儿还有两拐杖！若不想挨打，早早地过来伺候着。"

乔嬷嬷笑着答应，传话去了。

王太后陪太皇太后坐着，两人开始畅想聪哥儿到底长什么样。一个月了，终于能见着真人了，两人都是心情愉快。

晋王府里，钟嬷嬷正有条不紊地指挥着备车马，安排随侍之人。晋王站在床前跟小聪聪说着话，"你娘赖到水里就不出来了，这可怎么办呢？"小聪聪这会儿没睡觉，睁着漆黑的眼睛看着晋王，一动不动。

"乖儿子，你会看人了？"晋王大喜。从前爹爹跟你说话，你好像不理不睬的，这会儿会盯着爹爹看了，真好。果然满月了就是不一样么。

钟嬷嬷把什么都安排好了，有些着急，"王妃还没出来？"这都进去多久了，还洗呢。你可别洗痛快了，进宫真挨回打。

浴室里头，青雀舒服地趴在一张水床上，两边各站一名宫女，正拿着钝钝的小刀轻轻替她刮去身上的污垢。刮去之后，会拿起一边的水瓢，从水缸中舀出温热的清水浇到青雀身上。身上慢慢清爽起来，温温热热的清水不断浇在身上，真舒服，青雀享受地闭上眼睛。

从头到脚，每一寸肌肤都干净了之后，青雀终于出来了。

"我轻快得想要飞起来！"青雀得意扬扬说道。她容光焕发，两颊嫣红，清亮的杏子眼中闪烁着快活的光芒，还真是神采飞扬，想要一飞冲天。

钟嬷嬷本是等得着急，这会儿也觉好笑，你身上能有几两灰尘啊，洗了个澡，便轻快得想要飞起来了？把她按到梳妆台前坐下，指挥着宫女替她梳好发髻，着好常服，准备进宫。

"舍得出来了？"晋王施施然走到她面前，浅浅而笑，"祖母等急了，说你若去得晚，兜头先给你两拐杖。王妃，你这澡洗得，好像不大上算呢。"

"这你就不懂了吧？"青雀扬扬眉毛，大言不惭地吹牛皮，"老人家全都喜欢我，一见面就喜欢我！祖母吧，她老人家没见我的时候，恨得想打我。等到见了我，只有疼我、亲我的。"

这时青雀已装扮好了，她朝镜中人看了两眼，自恋地叹息，"我见犹怜啊。"镜中的女子明眸皓齿，巧笑嫣然，美人啊，美人。

钟嬷嬷抿嘴笑了笑，晋王扶着她起了身，"王妃，咱们早点动身吧，我怕去迟了，咱们真会挨打。"

青雀嫣然一笑，抱起小聪聪，步履轻快地出了门。

"太阳啊，好久不见。"出门之后，青雀仰头感慨。钟嬷嬷心里着急，扶着她往前走，"王妃，时候不早，不好再消停了。"青雀嘻嘻一笑，一手抱着小聪聪，一手携着晋王，脚不沾地地向前飞奔，身姿优美从容。没一会儿，三人一起上车了，走了。

钟嬷嬷追过来后，马车已消失在街道尽头。

钟嬷嬷又是气，又是笑。

到了宁寿宫，晋王、青雀抱着孩子一进去，只见太皇太后、王太后、邵太妃、张皇后等人都在，济济一堂。两人一一问过好，太皇太后也顾不上理他们，直接把小聪聪接过去了，一通狠看。王太后在旁瞧得眼热，只等着太皇太后看够了，她就顺势接过去。可惜，等了许久，太皇太后也没看够。

"这就是个小阿原啊。"太皇太后瞅着小聪聪梨子大的脸孔，心都酥了，"跟他爹小时候一模一样！瞧瞧，这小脸儿，这鼻子，这嘴巴，没一处不像！"

邵太妃虽说已看过小聪聪了，可是，大半个月过去，更是想念。等到太皇太后依依不舍地把孩子给了王太后，王太后又依依不舍地给了她之后，她眉开眼笑抱着小聪聪，再也不肯撒手。

太皇太后和王太后乐呵呵问着青雀生孩子、坐月子的情形，什么兜头给上两拐杖这样的话，早忘到了九霄云外。

"我没估计错吧。"青雀得意地看了晋王一眼。

"王妃厉害！"晋王回报她一个鼓励的眼神。

张皇后被冷落在一旁，心里酸溜溜的很不是滋味。论国法，自己是皇后，祁青雀只是晋王妃；论家法，自己是长嫂，祁青雀只是弟媳妇。可是这会儿只因她生了儿子，太婆婆和婆婆便是如此偏心，把她捧上了天。

儿子，儿子。张皇后慢慢咀嚼着这两个字，我什么都有，我什么都顺利，只缺儿子。

张皇后目光投向邵太妃怀中的小聪聪。这个孩子，她一看就觉得刺眼，真是懒得看他。可是，若把他养在宫里，无尘自会施法夺去他的元气、龙气，他会无声无息、没有一丝伤痕地死在宫里，而自己则会怀上身孕，生下皇长子，皇太子。

这个诱惑，实在太大了。无尘，无尘，你可不要令我失望才好。

张皇后打点起精神，赔笑和太皇太后、王太后说起聪哥儿，"一看就是个聪明的，怪不得名字叫聪哥儿。"

无尘道长正在宫中为皇帝、皇后斋醮求子，他的道法高深，皇帝有意请他在宁寿宫设醮场，为太皇太后祈福。这天，无尘亲自求见太皇太后，请示醮场该如何设置。

无尘求见太皇太后的时候，晋王一家三口也在。无尘拜见过太皇太后，请示过醮场诸事，叹息道："晋王世子是个有福气的孩子，若能养在坤宁宫数月，好处不可胜数。皇后殿下若能沾上这孩子的福气，不日便会传来佳音。"

他是当着晋王、晋王妃的面说这话的，什么意思，不言而喻。你们是弟弟，也是臣子，现如今皇帝、皇后就愁中宫无子了，你们的儿子若养在宫里，皇帝、皇后的难题便会迎刃而解。作为弟弟，作为臣子，你们该怎么做，就不用我教了吧。

无尘这么说，是等着晋王、晋王妃自己开口请求，把才出生的婴儿送进宫里。

太皇太后微微皱眉，"果然有这个效用？"无尘打了个稽首，恭敬道："晋王殿下的长子，实在是福泽深厚，确有些效用。"

王太后默默无言，邵太妃抱着小聪聪的手抖了抖，心生恐惧。张皇后把探询的目光投向晋王、晋王妃，你们舍得么？你们便是舍不得，敢直截了当说出来么？陛下是你哥哥，也是皇帝。他是君，你是臣。

晋王温雅说道："这是犬子的荣幸。今天犬子满月，岳父岳母说好了，要过府探望，不好令两位老人家失望。待明日，我亲送犬子进宫，如何？"

无尘又打了个稽首，语气依旧谦恭，"这是无量的功德。"

张皇后心中一块石头落了地。晚一天便一天吧，有什么呢。等这孩子进了宫，无尘施起法术……张皇后仿佛看到这娇嫩的、可恶的孩子归了西，而自己小腹渐渐隆起，幸福地怀上了皇太子。

事情，仿佛是尘埃落定了。

当晚，宁寿宫大火，从正殿烧起，渐渐蔓延到多处，差一点便烧到了太皇太后的寝宫。太皇太后虽是安然无恙，可却受了极大的惊吓。

"火怎会从宁寿宫正殿开始烧起？"太皇太后大怒，"是谁惹怒了上天？是谁招来这场灾祸？！"

太皇太后是敬畏天意的。突如其来的一场大火竟会降临宁寿宫正殿，这是上天在表达愤怒，表达对宁寿宫的谴责。宁寿宫一向慈爱和平，并未做过伤天害理之事，何至于此？

皇帝闻讯大惊，匆匆忙忙带人过来，见宁寿宫一片狼藉，宫女、内侍多有烧焦了头发、衣衫的，形容仓皇。太皇太后虽然毫发无伤，却是受了极大的惊吓，面色异常憔悴。太皇太后是皇帝的亲祖母，自小呵护他、教养他的人，皇帝见此情景，怎能不心痛？皇帝俯伏于地，流泪请罪，"孙儿无能该死，让祖母受惊了。"张皇后也随后赶来，陪着皇帝一起跪下。太皇太后疲惫地看了他们一眼，淡淡道："你们不必跪着了，起来吧。是我失德，上天降灾，活该有此一劫。"

这火，是从天而降的。守夜的宫女看得清清楚楚，一道火柱自天而降，落到正殿屋顶，没多大会儿，正殿便成了一片火海，烈焰升腾。

太皇太后这话一说，皇帝和张皇后更不敢起来了。太皇太后失德？怎么可能。皇帝哽咽得说不出话来，张皇后赔笑道："祖母，上天降灾缘由甚多，可能只是风水欠佳而已。宫中斋醮也好，祭祀天地也好，总会通意于上天的，您不必太过介怀。"

太皇太后面沉似水，并不说话。皇帝膝行几步到了太皇太后跟前，抱着太皇太后的腿哭泣，"祖母，全怪孙儿不好，孙儿这便到天坛祭祀……"太皇太后见他情真意切，叹了口气，伸手把他拉了起来。皇帝站起来后，眼圈红红的，不停拭泪。

王太后和一众太妃们得了信儿，也急忙赶了来，向太皇太后道烦恼。太皇太后被十几名已是人到中年、装扮素净的太妃们围着，忽觉十分悲凉。这后宫之中，除了张皇后，连张年轻有朝气的面孔都见不到了啊。太皇太后心头一阵烦躁，命王太后和太妃们各自回宫，王太后等人不敢违拗，唯唯退下。

宫门才开不久，天色还暗着，晋王便不顾更深露重地来了。"哥哥，小聪聪昨儿个可能吹了风，有些着凉，晚两日再抱他进来可好？"晋王慰问过太皇太后，面带歉疚地对皇帝说道。

皇帝有些迷糊："把小聪聪抱进来做甚？"

张皇后心里咯噔一下，这是怎么了？宁寿宫天降大火，晋王世子着了凉！商量好了还是怎么的，全聚在一处出事。按原来的设想，自己这母仪天下的皇后此时应该踌躇满志地坐在坤宁宫，等着晋王夫妇自觉自愿、满脸赔笑地把孩儿送上门啊。怎么会……怎么会在宁寿宫面对这一片狼藉呢？

"昨儿个无尘道长来设醮场之时，见到晋王世子了。"张皇后硬着头皮说道，"无尘道长法力无边，一眼便看出晋王世子福泽深厚，若能养在坤宁宫，好处不可胜数。晋王夫妇一片忠诚，当即答应献子入宫。"

皇帝听了这话，气得心口疼。"献子入宫？"阿原是我亲弟弟，他的心肝宝贝，你定要抢了来不成。你再三提过，我不忍拒绝你，一直推拖。这几日不听你提起，还以为你转性了呢，谁知竟会越过我，直接向阿原小两口索要。你……你想生儿子已到了走火入魔的地步，真是可怕。想生儿子，不是该多积阴德么，你却反其道而行之。

"不需如此。"皇帝稳稳心神，温声道："小聪聪是阿原爱子，自然应该由阿原抚养长大，不需送入宫中。"

张皇后大急。若此时只有她和皇帝，她肯定会嗔怪着开口，逼皇帝收回成命。可是这会儿是在宁寿宫，太皇太后在上头坐着呢，她哪敢贸然往前凑。

晋王如诗如画的面容中满是犹豫之色，低声说道："若是小聪聪送进宫，真能令哥哥得子……"

皇帝微笑，"那，阿原舍得么？"

晋王跟自己挣扎了许久，小声说了实话，"那，阿原还是舍不得。"

皇帝伸手拍拍他的肩，眼神中有着不易察觉的满意之色，"这才是阿原的本色。"一个人不舍得自己的儿子，这是多么自然而然的事。若是为了讨好君主，连亲生儿子也能舍弃，岂不是易牙之类的小人么。

张皇后越听越着急，可是又不便出言干涉，手心出了汗。

皇帝安抚过晋王，恭敬地请示太皇太后："孙儿这便安排祭天事宜，请祖母放心。另外，祖母宫中可令无尘道长设醮坛，以祭告神灵，祈求消灾赐福。"

面对天降的大火，突如其来的灾祸，皇帝提出的办法，其实是最常见、最适宜的办法。一般来说，并没有什么可争议之处。可以预见的是，太皇太后会点头，在场的张皇后、晋王，也不会反对。

这时，有一名宫女站了出来，不知鼓起了多大勇气，颤抖着说道："陛下，太皇太后殿下，万万不可再用无尘这妖道！宁寿宫这场大火，分明是无尘这妖道招来的！晋王世子生病，也是被无尘害的！"

她穿着普通宫女的服饰，发角有着被烧的痕迹，平平板板的面容，毫不起眼。这样的宫女被称为"都人"，地位很低，鲜少有出人头地的机会。她敢在太皇太后等人面前突然发声讲话，已算得上胆子极大了。

太皇太后等人还没开口，张皇后大怒："无尘道长法力高深，岂是你能诋毁的？来人，把她拖下去，重重掌嘴！"

这里是宁寿宫，内侍也好，宫女也好，全部唯太皇太后马首是瞻。见太皇太后稳稳地坐着，并没点头，也便没人动手，那宫女依旧安安生生地站在当地。

张皇后话出口后才觉出自己的孟浪，忙向太皇太后请罪，"孙媳僭越了。"太皇太后淡淡一笑，慢条斯理问那宫女："你是我宫里的？姓什么叫什么，你方才所说的话，属实么？"

那宫女扑通一声跪下，重重叩头："奴婢是宁寿宫的洒扫宫女，姓何名华，素日里只做粗使活计。奴婢虽粗陋，却知道无尘是个不折不扣的妖道！他在南棉花胡同置有宅子，宅中藏着无数金银财宝，蓄有数十名美女！他吸美女的鲜血，他是吸血鬼！"

此时天色未明，寒冷凄清，这时听到宫女何华这番话语，不少人背上发凉，战战兢兢。蓄养美女，吸美女的鲜血，这也太吓人了。何华你成心吓死人，是不是？

张皇后涨红了脸，却听太皇太后依旧不紧不慢地问道："这些，你是如何得知的？你在宫里，他在南棉花胡同的事，你怎么会知道的呢。"

何华恭敬说道："奴婢在宫中洒扫时听到无尘这妖道跟他徒弟说的。当时奴婢干活儿累了，背靠着大树稍事歇息，这妖道和他一个叫清风的徒弟走过来，说了不少南棉花胡同的阴私之事。无尘居心叵测，他是故意要害宁寿宫，故意要害晋王世子的。"

张皇后生吞了何华的心都有。无尘怎么可能在宫里不知死活地说这些，眼前这何华分明是受人指使，专门来跟无尘作对的。何华，你好大的胆子。

张皇后虽然在皇帝面前如鱼得水游刃有余，可是她再嚣张也知道太皇太后辈分高，地位尊崇，不是她能随意左右的。虽然她这会儿心急如焚，却只能拼命克制自己，不敢流露出来。

皇帝对无尘这道士倒是有几分信任，一则他确实爱好黄老之术，深信道教；二则无尘是他深爱的张皇后推荐过来的高人，和寻常道士不同。不过，他尊敬太皇太后已是二十多年的习惯，太皇太后在慢慢地、温和地问话，他是不会插嘴的。

青雀歌

晋王一脸严肃认真地在旁站着，无悲无喜，无波无澜。眼前这一幕一幕，好似跟他毫不相干。

太皇太后对何华很有耐心，"你的名字，是何华？哪个何，哪个华？"何华恭敬地回道："无可奈何的何，棠棣之华的华。"

"你读过书？"太皇太后诧异了。都人，身份是很低的，眼前这女子面貌平平，竟然读过诗书。

何华眼中含泪，"奴婢原是县令之女。后来，奴婢的父亲一病而亡，母亲也随后去世。叔叔素来无赖，把奴婢兄妹二人卖给了镇守太监。"

张皇后心头忽起了很不好的感觉。姓何，这丫头姓何！她还有个哥哥，她哥哥，应该也姓何吧？张皇后下死力气看了何华两眼，越看越觉得似曾相识。

果然，太皇太后不知温和问了句什么，何华抬起头，悲愤地说道："奴婢的哥哥姓何，名鼎，生前曾在御前服侍。"

何鼎这个名字一出口，太皇太后、皇帝尽皆沉默，张皇后白了脸。何鼎，是被张皇后送去锦衣卫治罪的，后来死在锦衣卫狱中。

什么罪名？呵呵，张皇后的宝贝弟弟张鹤有一天不知抽什么风，趁着皇帝不在，坐到皇帝的宝座上耀武扬威，正好被太监何鼎看见了。何鼎有股子牛劲儿，对这位威风凛凛的国舅爷并不买账，当即喝止了他。张鹤怀恨在心，和张皇后串通，把何鼎弄到锦衣卫施以重刑。何鼎的骨头没有锦衣卫的刑具硬，最终死于锦衣卫之手。

太监一向是被人看不起的，也是最没气节的一个群体。可是，即便在太监当中，也有人肯坚守正道，为了自己心目中的大义，而付出宝贵的生命。何鼎，就是其中的一位。

张皇后悔得肠子都青了。怎么就没留神何鼎还有个妹妹在宫里呢，大意失荆州啊。

太皇太后沉默半晌，抬头看向皇帝："南棉花胡同，是否真如何华所说？"皇帝背上冒汗，深深打了一躬，"孙儿这便命人前去搜捕。"

锦衣卫迅速包围了南棉花胡同的一处宅院。无尘这会儿正在这儿和他才买的美姬嬉戏，手提雪亮长刀的锦衣卫破门而入之时，他被吓得动弹不得。过了会儿，黄黄的液体不断流向地面，不大一会儿，地面上好大一摊水。

又一个吓尿的，真他妈的没出息！为首的锦衣卫千户轻蔑骂了声，吩咐番役看牢无尘，自己带着人把这宅院前前后后搜了一遍，搜出无数奇珍异宝，以及数十名年方十二三岁的纤弱小美人。

"我们已经够没人性了，你他妈的更狠！"千户冲无尘啐了一口，"才这么点儿大的丫头，你也下得去手？"

这一口啐过去，无尘竟是毫无动静。千户觉着奇怪，凑过去细细看了，又伸出手指探了探鼻息，不由得破口大骂，"这不经吓的，竟这般死了！"

千户无奈，只好带着被吓死的无尘，和搜到的金银财宝、美女们回去复命。不只金银财宝，还有几本账册，上面记载着王公贵族们给无尘的各色馈赠。

账册、金银财宝一上交，皇帝还有什么不明白的。无尘哪是无欲无求的世外高人，分明是一贪得无厌的尘俗之人。皇帝叹了口气，横竖无尘都已经吓死了，就不再追究了吧。

无尘这一死，送晋王世子入宫的话张皇后自然不敢再提起。张皇后本是相信无尘真有几分道行的，无尘一被吓死，张皇后又疑惑了：这人说过的话，究竟是有几分可信呢，还是毫没来由呢？晋王的长子是不是真有龙气，真会取代自己的儿子，成为天朝的皇帝？

这些疑惑，没人为她解答。

宫中的醮坛无声无息全被撤下，皇帝严令礼部，道录司、僧录司务必严格管理道士、僧人，不得任由市井无赖滥竽充数。

太皇太后语重心长劝告皇帝，"与其斋醮求子，不如广纳淑媛，以便开枝散叶。"皇帝吞吞吐吐地不肯应承，太皇太后看着生气，把他撵走了。

晋王向太皇太后讨要何华："祖母，她若留在宫中，难保不为人所害。"她坏了张皇后的大事，张皇后哪能轻轻放过她。张皇后敢害何鼎，就敢接着害何华。一个都人而已，要害起来实在太容易了。

太皇太后答应了。

何华出宫后，晋王要送她远离京城，她不愿意。"我要留在京城，等到张家兄弟人头落地的那一天。"何华执着要求，"不管要等多久，我一定要等到这一天。"

杀人，总是要偿命的。

晋王命人送她去了京郊一处皇庄。她不愿走，那就不走吧。唯一的哥哥冤死，换了是谁，也放不下这份仇恨。

晋王回府之后，有些闷闷的，"哥哥是个好人啊，为什么明明知道张皇后做下恶事，还肯包庇她。别的都不说，何鼎，不冤枉么。"

青雀摇头，"不懂啊。你皇帝哥哥名声很好，节俭、勤政、爱民，就是一遇到张皇后、张家，就什么都不管不顾了。"

"哥哥对她那么好，她却只会给哥哥惹麻烦。"晋王轻蔑提起皇后，"不知道哥哥会为此烦恼么？对哥哥毫不体贴。"

青雀微笑，"她就是这样的人。"

一个能不断向皇帝开口为娘家弟弟谋利益的女人，一个娘家弟弟有了过错只会拼命包庇的女人，你以为她会有远见卓识，或是温柔的感情么？她哪里配。

她唯一的缺憾是没有儿子。看看她的所作所为，活该如此。若是她由一介平民被选为太子妃，成为皇后，娘家因为她而鸡犬升天、横行霸道、伤天害理，而她还能顺利生下儿子，儿子再生下孙子，世世代代传下去，那才是没天理。

"没能整治到她，不甘心。"晋王对于那妄图夺走爱子的恶毒女人，厌恶到了极点。

无尘死了，小聪聪保住了，可是那始作俑者，却依旧安然无恙。

"只要你哥哥一天不变心，咱们便一天拿她没辙。"青雀拍拍他，"血亲之间，便是如此。我差点死在沈茉手下，可是我爹不肯下杀手，我便容忍沈茉继续活着。只要皇帝还活着，只要皇帝还对张皇后情有独钟，张皇后就是安稳的。"

晋王有些闷闷不乐。青雀拉他去看小聪聪，"儿子今儿个一直瞪着我看，好像认识我了。"晋王来了精神，"真的？儿子真是人如其名，聪明啊。"

满怀希冀地凑到小聪聪面前，果然，小聪聪漆黑的眼珠盯着他不放，好像在跟他打招呼。

晋王的心都快融化了，"小聪聪，我是爹爹，乖儿子，叫爹爹。"青雀也凑过去，笑嘻嘻哄孩子，"小聪聪，乖宝宝，我是你娘，快叫娘。"

钟嬷嬷从外头走进来，忍不住白了他们一眼。才满月的孩子叫爹叫娘，要是真叫出来了，不得把你俩吓着啊。

张皇后的两个弟弟雇了大量仆从，在京畿地区开设店铺，邀截过路客商，强买强卖，民怨沸腾。御史闻风弹劾之后，皇帝头疼之下，把两个小舅子召进宫，跟他们促膝长谈，"阿延，阿鹤，勿使我为外戚杀谏臣。"张延、张鹤对这皇帝姐夫原来是不怎么害怕的，见皇帝神色异常严肃，心里也有些着慌，跪在地上连连磕头，"往后再也不敢了，再也不敢了。"之后这两人还真是消停了一阵子，皇帝大为欣慰。

张皇后则是不大好。她身边暂时没了无尘这样的道人来指点，顿时很迷茫，不知该如何是好。自己能不能生下儿子，哪年哪月能生下儿子？晋王的儿子到底会不会造反，用不用除掉，如何除掉？

张皇后脸渐渐黄了，精神不济。太医替她开过药方，她皱着眉头喝下苦药水之后，却是根本不济事，毫无起色。

苦药水，治不了心病。

张皇后身体越是不好，太皇太后越是担忧。"不论是谁生的孩子，只要是你的，王朝就有继承人。"太皇太后把道理跟皇帝掰开了揉碎了讲，"中宫嫡子固然好，便是都人子，也无妨。只要是你的儿子，宫女生的也能做太子，也能做储君。"

皇帝成亲将近四年，膝下犹虚，后宫又没有嫔妃，这种情况已令太皇太后、朝臣们疑虑不安了。皇帝是立志做明君、做孝子的，令朝臣失望，令太皇太后伤心，他很过意不去。

一边是梦月入怀而生、命格贵不可言的原配妻子，一边是保护他、疼爱他的亲祖母，皇帝夹在亲人和爱人之间，很是痛苦。

"祖母要的，不过是曾孙子。"皇帝犹豫了、彷徨了，"是不是皇后生的，老人家并不关心。"

一天傍晚，皇帝在林间小径上"偶遇"贾淑宁，贾淑宁含羞带怯地迎上去请安问好。皇帝看着她丰满的臀部，有片刻失神。这是宜子之相，宜子之相……

皇帝，太需要一个儿子，太渴望一个儿子了。

这天，贾淑宁如愿以偿，终于和皇帝春风一度，有了肌肤之亲。

皇帝在哪年哪月哪日和哪个女人亲近过，这事有彤史记载，是瞒不了人的。太皇太后、王太后、张皇后，这三人没过多久都知道了此事，有人欢喜，有人忧。

太皇太后得知了这个消息后，嘴角微翘，显然极之欢喜。贾淑宁算是她看着长大的孩子，性情温良，乖巧听话，更何况贾淑宁年纪越大便越是丰满结实，这是宜子之相，太皇太后早想把她立为妃子，盼着她为皇帝早日生下皇子。如今贾淑宁和皇帝成其好事，太皇太后算是了了一桩心愿，就等着贾淑宁有了喜信儿，好抱曾孙子了。

乔嬷嬷很有眼色地赔着笑脸，"这可是喜事啊，您看要不要给贾氏择一处风景秀丽的居所，给个合适的名分？"

"这，是皇后分内之事。"太皇太后悠悠道，"我这老婆子便不多加干涉了。"

应该怎么对贾淑宁，张皇后难道不知道么，还要我教她？还要我替她做了？

王太后听说这件事之后，凝神想了半天，决定当作不知道。皇帝又不是她亲生的，打小和她又不如何亲厚，王太后很有几分自知之明，没把自己当成张皇后的正经婆婆，没打算管得太多。

太皇太后、王太后，虽然一个是心中欢喜，一个是无可无不可，最后的态度却是一样的：当作不知道，冷眼看张皇后如何处置。

张皇后是三人之中最后一个知道这件事的。内侍李全战战兢兢把"皇爷在暖碧小阁临幸了贾氏"这事报给她时，她呆呆坐着，脑子昏昏的，半天没缓过气儿。

临幸了贾氏？他已有了自己这样尊贵的、得体的皇后，怎么还会想要别的女人呢？那些庸脂俗粉，那些凡桃俗李，怎配得上他？不是海誓山盟过么，不是说好了终身厮守，中间再也容不下别人的么，怎么他会……？

张皇后病倒了。她面色苍白地躺在床上，手脚冰凉，眼神呆滞，看上去毫无生气。宣了太医，开了药方，宫女小心翼翼把药煎好了、放凉了喂给她喝，她厌恶地转过头，把药碗打翻了。

皇帝回宫后见此情景，又是内疚，又是懊悔。他本来想见面之后委婉提及贾淑宁的名分，他想让贾淑宁住在长宁宫，赐号贤妃。可是他还没来得及开口，皇后就病成这样……皇帝越想越内疚。

皇帝心存内疚，对皇后格外迁就、体贴。他温言软语哄了皇后好半天，等到熬好了汤药，皇帝亲自端过去，亲自喂她喝下。张皇后喝完了苦药水，泪水成串成串地流下来，把皇帝心疼得不行。

皇帝对张皇后更好了。

有一回，皇帝才走到她身边，忽然掩口急急走开了。张皇后正莫名其妙，却见他走到远处咳了两声，等到咳完了，才一脸歉疚地重新回来。

张皇后心里得意：他只有对我会这样，那见不得光的贾氏，哪得他如此对待？我才是皇后，才是他唯一敬重、喜爱的妻子啊。

张皇后半个字没提贾淑宁，却常常诉说自己对皇帝的深情，一遍又一遍回忆起两人曾经的甜蜜恩爱、花前月下的海誓山盟。皇帝越听越感动，贾淑宁的事，更没脸提起来了。

贾淑宁被皇帝悄悄迁到暖碧小阁中居住，隔三差五地皇帝会去看看她。皇帝很勤政，所以空闲时间并不多，每回过来都待不了太久，温存一番就走了，贾淑宁都来不及倾诉衷情。

贾淑宁忧心过分的事，曾怯怯地提过一句，"陛下，妾已多日不敢去宁寿宫，不知该以什么身分拜见太皇太后。"皇帝含混道："皇后正病着，再等等。"见贾淑宁似有失望之色，皇帝觉着过意不去，许诺道："若生下孩儿，册你为贵妃。"

可怜贾淑宁本是一心要做皇后的人，志向实在高远。奈何世易时移，她时运不济，志气渐渐被消磨，要求越降越低。听到皇帝这个许诺，贾淑宁顿时热泪盈眶，贵妃啊，如果生了儿子，我就能做贵妃了。

没等她表达一下激动的心情，皇帝已抽身走了。

贾淑宁心中有些怨念。可是，低头看到自己小腹的时候，贾淑宁的信心马上又来了。

青雀歌

皇帝缺的是儿子！若自己肚子争气，生下皇长子，贵妃算什么？将来皇帝走了，皇长子即了位，生母当然会被尊为皇太后！跟皇太后相比，什么皇后、贵妃，根本就是浮云。

贾淑宁把所有的希望都寄托到了她的肚子上。

张皇后知道皇帝把贾淑宁安置在风景秀丽的暖碧小阁，时不时地偷偷去看她，嫉妒得发狂。眼下这贾氏已经够恘人了，若是日后她再怀了身孕，生下儿子，后宫之中岂不是有人要和自己平起平坐了？不成，皇帝不能让，地位不能让，富贵尊荣更不能让！

张皇后想对贾淑宁下毒手，可是，晚了。若是张皇后在知道皇帝临幸贾淑宁之后便当机立断，马上下手，或许她是真能得逞的。她可以差心腹把贾淑宁推下水淹死，或让贾淑宁上吊自杀，做出一个"私荐于君上，无地自容，羞愧自尽"的假相。那时的贾淑宁，身边不过是几名宫女服侍罢了，很容易做手脚。

现如今却不一样。皇帝虽碍于张皇后的病情没给贾淑宁名分，实际待遇却是比照妃子给的，宫女、内侍众多，且颇有几个精明能干的，张皇后无处下手。

张皇后找不到下手之处，心中恨恨。不管皇帝对张皇后如何温存，如何体贴，张皇后面色还是黄黄的，一脸病容。

太皇太后对张皇后不满到了极点。淑宁是早就打算给皇帝的人，当年若不是因为姓谢的那腐儒侍读上书劝阻，淑宁已被立为妃子了！三年过去，张氏你自己又生不出儿子，又不许皇帝立妃，你……实在太过分了。淑宁已入侍皇帝，给个名分很难么？你装病拖着，好，我看你能病多久。

令太皇太后欣慰的是，皇帝隔个三日五日一定会去看贾淑宁，差不多每回都有彤史记录。"照这么着，皇帝很快会有后了。"这是太皇太后最关心的事。

太皇太后最关心的事，却是张皇后最担心的事。她担心贾淑宁这不怀好意的女人赶在她前头生下长子，危及她在皇帝心目中独一无二的地位。张皇后想到这一点，日夜忧虑，不安于枕。

可能是身边没有道士云里雾里的瞎白话，也可能是贾淑宁这横在眼前的祸患更为迫在眉睫，张皇后都快把手握兵权的晋王妃、带着龙气出生的晋王世子给忘了。贾淑宁，才是张皇后的心头大患。

张皇后和皇帝日日同寝，三四年了也没见动静。贾淑宁和皇帝不过是偶尔私会，两个月后，一向准准的小日子竟然没来。贾淑宁欣喜万分。她耐性不错，生生又忍了一个月才告诉皇帝，皇帝忙宣来太医，看到太医谨慎地望、闻、问、切之后，俯伏道恭喜，皇帝心潮澎湃，简直想放声高歌。

晋王和青雀知道这宫里这些事后，不过是一笑置之。贾淑宁能不能安安生生诞下胎儿，张皇后会不会容许有人危及自己的地位，各凭本事吧。贾淑宁若是本事大、运气好，能一举得男，她会成为太皇太后的心头宝，皇帝也会对她另眼相看、格外荣宠。可是从怀胎到生产足足有十个月呢，十个月之中会发生什么，谁知道呢？既然一心要进到那深宫之中，不管遇到什么血雨腥风，都请自理。

晋王一直是闲散王爷，青雀如今也不带兵，两夫妇每天最大的乐趣就是抱小聪聪，亲小聪聪，陪小聪聪玩耍。小聪聪如今已快四个月了，他会认人，见了爹娘就会咧着没牙的小嘴笑，笑得爹娘浑身酥倒。

小聪聪有了自己的喜怒哀乐。他高兴的时候会笑，愤怒的时候会大喊大叫，伤心的时候会哭，晶莹的泪水顺着小脸蛋不断滑落，慌得爹娘没了主意。

没人逗弄他的时候，他会一个人仰头冲着天空傻笑，或是自得其乐地吐几个泡泡，悠闲自在，十分逍遥。

贾淑宁怀了身孕之后，晋王见皇帝心情大好，趁机要求把邵太妃接出去小住两日，皇帝慷慨大方地应允了，"母子天伦，应该的。"皇帝微笑说道。

快要做父亲了，想必他对父母和儿女之间的情感较之从前理解更深刻，做事更宽容。

晋王很顺利地把邵太妃接了回来。

"又能出宫了，又能见着我的宝贝孙子了！"邵太妃笑眯眯。她满脸都是知足而快乐，这神情落到晋王眼中，心又酸又痛。

青雀抱着小聪聪在门口迎接大姨，"小聪聪，这是祖母，给祖母笑一个。"青雀笑眯眯逗着怀里的孩子，小聪聪很给面子，真的给了邵太妃一个大大的笑脸。那天真无邪的笑容，无比明净，无比纯洁，让满怀心事的大人看了，会自惭形秽。

小聪聪让邵太妃抱了一会儿，还在她脸上亲了好几回，当然了，亲得满是唾沫。邵太妃看着怀里这个小小的、软软的、可爱的孩子，心软成了一摊水。

邵太妃一到晋王府，钟嬷嬷可算有主心骨了。午食之后，钟嬷嬷把邵太妃请到一边，委屈地告状，"殿下和王妃竟一边一个扶着聪哥儿，让聪哥儿迈腿走路！娘娘，聪哥儿这么小，骨头还是软的啊。"邵太妃大怒，"再敢这样，你只管骂他们！才四个月的小孩子，迈什么腿，走什么路？"

钟嬷嬷一脸无奈，"我说了。说的当时他俩可谦虚了，过后背着我偷偷又让聪哥儿迈了一回。"这小两口太孩子气了，当着面对自己简直是唯唯诺诺，背着自己偷偷摸摸地又让聪哥儿迈过几步，唉，阳奉阴违啊。

邵太妃摇头，"这哪成？"阿原，青雀，你俩头回当爹爹当娘，从前又没养过孩子，还敢不听老人言？

邵太妃决定午睡之后，好好跟阿原、青雀讲讲育儿经。

小憩之后醒来，邵太妃便去到小聪聪房里。这一进去，把她气得不行，只见小聪聪一脸笑意，正靠在一床被子上坐着！坐着啊，这么小的孩子，让他坐着！

而他那一对无良的父母，此时此刻一边一个小心翼翼守在他身边，好像是怕他歪过去、坐不稳似的。邵太妃快步走过去，柔声哄着宝贝孙子，"小聪聪坐累了，躺一会儿好不好？"

晋王很有眼色地去掉被子，让小聪聪躺了下来。青雀讨好地冲大姨笑着，和晋王一样，都是心里发虚。

小聪聪愤怒地大叫，挥舞着小胳膊表示抗议。邵太妃拿起一旁的小风车转给小聪聪看，温柔耐心地哄着他。慢慢地小聪聪不喊不叫了，看着小风车咧嘴笑。

"聪哥儿太小了，骨头还是软的，站不起来，也坐不起来。"邵太妃细细告诉阿原和青雀，"他若躺得不耐烦，你们哄哄他，逗逗他，还是不要坐起来为好。真要坐，怎么着也再过

青雀歌

两个月吧。"

晋王和青雀谦虚受教，"是，您说得太对了。"

"不许阳奉阴违。"他俩态度虽好，邵太妃还是不放心。

"我们哪敢啊。"他俩语气诚恳，神情诚挚，"我们可是听话的好孩子。"

邵太妃大为放心，钟嬷嬷也长长松了一口气。

接下来他俩真的老实了，不再偷偷摸摸地让小聪聪站、坐、迈腿。不过，若小聪聪想坐起来的时候，青雀会很善解人意地让他伸伸胳膊，伸伸腿，让他活动活动。

夜深人静的时候，青雀跟晋王密谋，"咱们不把大姨送回去了吧，长住咱家好不好？你皇帝哥哥正高兴着，没准儿真能答应。"

晋王微笑，"眼下时机不对，妞妞，少安毋躁。"贾氏只是怀了孕，并没有平安生产。即便平安生下孩子，还不知是男是女。再说，咱们眼下还不到就藩的时候，在京城至少要再住半年。

青雀幽幽叹了口气，"要是一家人能守在一处，该有多好。"

晋王没有说话，只是伸手揽过她，紧紧抱在怀里。

邵太妃和他俩不同，只要能在晋王府住上三天两天的，就非常知足。至于和儿子一家长相厮守，邵太妃根本没有想过。本朝的太妃们从来没有任何一位有过这份幸运，邵妁慈何德何能，敢有这份奢望？三天期限到了之后，邵太妃依依不舍地抱着小聪聪亲了又亲，之后，毫无怨言地回宫了。

大姨才走没几天，青雀就觉着很是想念，撺掇晋王再去皇帝跟前卖个乖，把大姨接回来。晋王很听话地去了，直到天擦黑才回来，一个人回来的。

"贾氏小产，哥哥正难受着。"晋王简短说道。

"哦，这样。"青雀有些沮丧，"那，确是不便提起。"

皇帝正没了孩儿，弟弟到他跟前提母子天伦，太不合时宜了。

"我不是没提，是根本没见哥哥。"晋王苦笑，"哥哥定是心情极差，见了他，我不知该说些什么。"

盼了这么久，竟是这么悲伤的结局，皇帝的心情可想而知。在子嗣上，晋王是得意人，皇帝是失意人，这种非常时刻，得意人还是别去见失意人了，徒然惹人伤悲。

晋王很替皇帝抱不平，"哥哥为人很好，一直勤勤谨谨的，凡事都不敢懈怠。文官爱戴他，勋贵敬重他，朝中各项事务井井有条，政治清明。可哥哥这样的君主，偏偏遇到张氏那样的皇后。"

青雀有些不以为然。张皇后固然是不好，可是皇帝身为一国之君，也有不对的地方吧？对张皇后一味迁就、忍让，太软弱了。张皇后纵容娘家弟弟，他纵容张皇后，以至于张延、张鹤两兄弟无所顾忌、肆意妄为、臭名远扬，以至于何鼎那样有气性的内侍，死于非命、死不瞑目。皇帝对张皇后的迁就，其实就是纵恶。现如今皇帝的烦恼，就是他纵恶的结果。

贾淑宁小产的缘由虽还不能确切知道，可若说和张皇后全无干系，谁信？后宫之中只有一位皇后的情形已有好几年，冷不丁儿地冒出个怀了孕的贾淑宁，张皇后能袖手旁观才怪。皇帝若真想要儿子，怎么着也要把贾淑宁护住了才对吧——至少在生下孩子之前。

晋王对皇帝大为同情，青雀则不是。皇帝固然是个好人，可是，太滥好人了。

"令兄令嫂这情形，不大对劲。"青雀笑了笑，"若说一夫一妻，忠贞不渝，该像王安石和司马光才对。"

王安石和司马光这一对政治上的敌人，私生活都是非常严谨的，无可挑剔。王安石的妻子、司马光的妻子都是女性贤惠大度的典范，一直劝自己的丈夫纳妾；王安石、司马光坚定地拒绝，从来不肯接受。如此一来，丈夫和妻子都得到了极好的名声。皇帝和张皇后若真想一夫一妻到老，大可仿照王安石夫妇、司马光夫妇，这模式真是极合时宜，挑不出一点毛病。

晋王浅浅笑，"极好。妞妞，往后若有人跟咱俩啰唆，咱们便是如此这般。你只管做出一副贤良淑德的模样，恶人我来做。"

青雀心里暖暖的，冲他嫣然一笑。

次日，乾清宫来了名内侍，笑着传了皇帝的口谕，"阿原，朕甚是想念小聪聪，你即刻带孩子进宫。"晋王自是满口答应，带上小聪聪，和内侍一起去了乾清宫。

小聪聪眼睛大而有神，漆黑明亮，盯着眼前的皇帝认真看了半天。皇帝疲惫又温柔地笑了笑，柔声问道："聪哥儿可喜欢伯父？往后跟着伯父，好不好？"

小聪聪又专注地看了他好一会儿，脸上绽开一个明悦的笑容。皇帝大为欣慰，"聪哥儿喜欢伯父，对不对？做伯父的儿子吧。"

贾淑宁小产，让皇帝受了很大的打击。这不，才歇过来一点儿，又想过继小聪聪了。

"哥哥，您这样可不成。"晋王认真地跟他讲理，"您不过二十出头，正值青春年华，只要您广纳淑女，帝国很快会有皇储诞生。"

"从前您是皇太子、我是亲王的时候，我的服饰跟您大多是相同的，可是，上衣不许用玄色。因为玄为天未明时之色，像天，亲王便不许用，以杜觊觎之念。哥哥，阿原一直牢记这一点，从不曾忘记。"晋王神色很郑重。

皇帝目光温暖，"阿原，哥哥知道。"阿原自小到大，不曾对功名利禄上过心，他不只容貌如谪仙，品格更是超脱不凡。

晋王用谴责的目光看着皇帝，"小聪聪虽说还小，可是也能听懂话了呀。您方才对他说的话，或许会让他生出贪念，有了不该有的心思。"一副"哥哥你这样很不对，很不好的"的模样

"哥哥是真想过继。"皇帝苦笑，"阿原，哥哥还想过立你做皇太弟……"

晋王把小聪聪交给一旁的乳母，理理衣冠，郑重俯伏在地，"大兄皇帝陛下，臣请求立即就藩！陛下，请允许臣携妻带子，即日起前往藩地，永不回京城！"

皇帝站起身，亲手拉起晋王，感慨得说不出话来。阿原清高自持，这些俗世利禄，他根本没有放在眼里。

晋王认真告诉他，"阿原跟您打个赌好不好？您只要广纳淑女，不出三个月，一定会传来佳音的。"

皇帝眉宇间虽满是倦意，却还是微笑着点了点头。

暖碧小阁中，贾淑宁安静顺从地躺在床上，整个人毫无生气，死气沉沉。一碗"安胎药"

喝下，孩子没了，希望没了，什么都没了。

那给她开安胎药的太医，早已畏罪自杀。她想报仇，想拼了自己的性命去报仇，可是，该找谁呢？太医死了，那藏在背后的人，死无对证，皇帝是不会相信的。

贾淑宁欲哭无泪。

皇帝来了。他身穿黑色龙袍，身后只跟着两个小太监。贾淑宁知道皇帝来了，却还是傻傻愣愣地躺着，没像平时一样娇娇怯怯地围着皇帝转，千方百计讨皇帝欢心。

皇帝坐在床边，满怀歉疚地看着她，握起她冰凉的双手。贾淑宁眼中渐渐泪光莹然，想对皇帝诉说自己的委屈，想求皇帝为自己、为冤死的孩儿做主。

"朕会对你好的。"皇帝柔声许诺，"虽说你往后不能再生孩子了，朕也会对你好的。淑宁，朕绝不食言。"

什么？五雷轰顶一般，贾淑宁浑身麻木。不能再生孩子了？不能再生孩子了？皇长子，皇太后，这些美梦，永远不可能成真了吗？

贾淑宁连哭都不会哭，傻了。皇帝见状更是内疚，本来只打算坐一会儿的，结果，陪了她大半天。

一直到皇帝很不放心地离开，贾淑宁都是木木的、傻傻的、呆滞的。

皇帝走后，一名浓眉大眼、身材丰满的宫女走过来，赔着小心劝贾淑宁喝药。贾淑宁空洞的眼神渐渐落到她身上，冷漠地看着她。这名宫女年纪有十七八岁，面相淳朴，丰乳肥臀，看样子身体很好。

"你叫什么名字？"贾淑宁缓缓开口问道。

她声音冷冷的，宫女吓得打了个激灵，赔笑道："奴婢小名叫做阿莲。"

凭你，也配叫阿莲？贾淑宁心头一阵厌恶。

"我看你素日倒也勤谨，便提携提携你吧。"贾淑宁淡淡道。

宫女莫名其妙，只知道赔笑称是。

皇帝再来的时候，贾淑宁已好了不少，能坐起来了。"是我没福，没能为陛下诞下皇子。"贾淑宁一脸哀伤，"我愿出家，为陛下、为没出世的孩儿祈福。"

贾淑宁不傻。她知道皇帝能看上她不是因为对她有感情，只是想要生儿子，想传宗接代。这会儿她孩子也没了，往后也不能生了，就是在宫中做个妃子，也不过是在冷宫苦熬，又有什么意趣呢？还不如干干脆脆地出了家。

"我别无所求，只求能让孩儿早日超生，只求陛下平安康健。"贾淑宁柔弱而虔诚，"陛下若念着淑宁一丝半点的好处，能……能偶尔看我一眼，淑宁于愿足矣。"

皇帝更内疚了，"你又何必如此自苦？"见贾淑宁心意已定，柔声道："朕若有空闲，必定常常去看你。"

贾淑宁出了家。皇帝在宫中为她建了讲究漂亮的道观，赐号知贤真人，待遇优渥。道观占地广，地势高，站在楼上，能远远地看到坤宁宫。

"张梦月，我不做妃子，可我要继续住在这宫里，和你纠缠一生，不死不休。"贾淑宁对张皇后的仇恨，刻骨铭心。

"阿莲姿质虽陋，却是宜子之相。"贾淑宁出家之前，把阿莲送给皇帝，"子嗣不只是陛下的家事，也是国事。请陛下以国家为念，委屈将就吧。"

　　阿莲从没想到会这样，吓得浑身直哆嗦，战战兢兢。皇帝瞧着她可怜，再者也不忍拂了贾淑宁的心意，答应了。

第十九章

就藩辽东

晋王一再上书要求就藩，言辞恳切。皇帝虽是舍不得，奈何祖制如此，只好准了，"晋王改封辽王，就藩辽东。"

"就什么藩？小聪聪才这么一点点大，就什么藩？"太皇太后闻讯怫然，召来皇帝当面质问。

皇帝听说太皇太后召见，颠儿颠儿地就来了。自从贾淑宁无端小产，太皇太后已是不大愿意理会他，这会儿竟然主动召见，他能不殷勤么。

皇帝脸上堆着小心翼翼的笑容，"年初已有数位御史上书弹劾晋王久不就藩，居心叵测，孙儿一概置之不理。这些时日阿原接连上了好几份奏章，要求尽早就藩，孙儿实在推却不得。祖制如此，无可奈何。"

太皇太后无言良久，挥挥手，要撵皇帝走。皇帝哪能就这么走了，很可怜地说道："孙儿这些时日都住在乾清宫，日夜忙于国事，实在疲累得很了。祖母最疼孙儿的，容孙儿多坐会儿吧。"

"皇帝是一国之君，爱住哪儿便住哪儿，我可管不着。"太皇太后声音虽还是冷冷的，神色间却已有些缓和。

皇帝委婉替张皇后辩解，"那太医名不见经传，皇后向来不认识他。太医正后来看过药方，原来那太医是学业不精，弄错了一味要紧的药，才会让安胎变为堕胎。"

言下之意，张皇后是无辜的。

太皇太后冷笑，"她是梦月而生的贵人、仙人，怎会有此龌龊之心？皇帝多虑了，我从不曾怀疑过她。我不过是年纪大了，背晦了，心疼曾孙子而已。"

皇帝还要再说什么，太皇太后不耐烦，把他撵走了，"莫在我眼前杵着！"皇帝见老人家神色不对，不敢犯倔，灰溜溜地出了宁寿宫。

乔嬷嬷见太皇太后生闷气，赔笑劝解，"陛下虽住在乾清宫，可彤史却是有记录的。虽是名身份低微的宫女，却是宜子之相，许是过不了多久，便有喜信儿。"

太皇太后叹了口气，"但愿如此。阿乔，那宫女你仔细留意着，不许有失。"乔嬷嬷抿嘴笑笑，"是，您放心。"

宫女阿莲若是有了身孕，一定会平安无事生下来的，因为没人敢再动她。贾淑宁小产之后，万岁爷悲痛之下欲立晋王为皇太弟，张皇后吓得差点没昏过去。嚣张狂妄如张皇后，这会儿大概也明白没有皇子是实在不行的，哪怕是宫女生下皇子来，她也是嫡母，将来也是稳稳的皇太后。若是天下真归了晋王，她可算是什么？再笨再傻，这个账她也是能算清楚的。

晋王、晋王妃带着小聪聪来看望太皇太后。小聪聪已有五个月，白嫩光滑的小脸蛋上嵌着两颗黑葡萄似的大眼睛，漆黑灵动，天真无邪。他脾气很好的样子，不管见了谁都会认真地看上好一会儿，然后给一个大大的笑脸。他也很好动，不管见了什么东西都要伸手摸摸，若是合他心意，还会放到嘴里咬。

太皇太后见了小聪聪，满腹牢骚、不快一扫而空，亲手抱过来，十分亲昵。小聪聪照例盯着她看了半天，那目光真是专注认真，心无旁骛，好像全世界只剩下眼前这张面孔。看了一会儿，他咧开小嘴笑，露出一对才长出的、小小的新牙，可爱极了。

太皇太后被他笑得酥酥软软，"小聪聪，乖孩子，我是曾祖母啊，小聪聪知不知道？"青雀凑过去教小聪聪点头，"小聪聪，你知道这是曾祖母，对不对？我们知道你不会说话，你点点头就好了。"

太皇太后、乔嬷嬷等人都屏住呼吸，看着小聪聪。你真能听懂话呀，会点头？那你可是小神童了！

青雀循循善诱，晋王站在不远处郑重地做了个示范，小聪聪很有默契地跟着学，连点头的样子都跟晋王很像。

太皇太后乐呵呵，乔嬷嬷等人很适时地拍马屁，殿里响起一片惊呼声，"大哥儿真聪明啊，才五个月，便认识曾祖母了！小神童啊，真是小神童！"太皇太后听着宫人们夸奖小聪聪，好像三月伏天里喝了冰镇酸梅汤似的，浑身舒畅，笑口常开。

太皇太后手上戴着一个罕见的红玉手镯，这红玉手镯颜色红得像火，像鸡血，而又晶莹剔透，造型流畅完美，非常珍贵。小聪聪眼睛尖，玩了一会儿便看见那红玉手镯，口中"啊啊"着，两只小手准确地抓了上去，牢牢抓住不放。

"我曾孙子真是太有眼光了！"太皇太后大乐，"小聪聪看上这镯子了，对不对？曾祖母手上啊，可就属这镯子最值钱啊。"眉开眼笑地取下来，递到小聪聪手里，让他随意玩耍。

青雀忙道："祖母，他可是逮着什么摔什么。"晋王浅笑，"无妨。祖母，您身边站着位身手敏捷的女将军，小聪聪若想摔镯子，她一准儿能接住。"

红玉手镯珍贵归珍贵，太皇太后哪会放在心上，乐呵呵笑道："摔了便摔了，有什么呢。小聪聪若是乐意摔，多拿几个过来，给小聪聪摔着玩。"

乔嬷嬷嘴角抽了抽。上等红玉啊，拿着银子都没处买的好物件儿，给小聪聪摔着玩？

小聪聪两只小手抓紧红玉手镯，口中好奇地"啊啊"着，灵动的大眼睛盯着那抹血红，毫不犹豫地往嘴里塞去！手镯大，他的嘴巴小，塞也塞不进去，他有点着急，下死力气咬，可是他只有两颗才长出的小牙，哪咬得动啊。

招来一片笑声。

小聪聪诧异地抬头看了看，这么多人在笑啊，笑什么笑，有什么好笑的？看了一圈，又低下头专注地咬，好像镯子非常之美味似的。

太皇太后心软成了一摊水。

"去什么辽东？"太皇太后冲着晋王、青雀抱怨，"你们不是喜欢宁夏么，怎么又改辽东了。依祖母说，你们别净在这些地方胡闹，江南鱼米之乡挑个异常富庶的，才是正理。"

"我有过誓言的，要终身抵御胡虏。"青雀讨好地笑着，"再说了，辽东的蒙古人、朱里真人很可恶，不把他们撵得远远的，连京城都不得安宁。祖母，我们身为皇室成员，不能只享受百姓的供奉，却不做一点实事啊。"

太皇太后是位很好糊弄的老人家，阿原和青雀几句甜言蜜语一哄，也就由着他们了，"阿原也乐意去？向往已久？那去吧，去吧，横竖你们这身份，坐在城中指挥即可，不必亲自上阵。"

青雀笑得很甜美，"祖母说得是，我们没有一点危险，很安全。"她一向是身先士卒的，可是，没有必要告诉太皇太后，让老人家跟着担心。

太皇太后打起小聪聪的主意，"你们不拘去哪儿，我管不着。小聪聪留下吧，有了他，祖母可不寂寞了。"小聪聪还真会凑趣，太皇太后这话才一说完，他仰起小脸，给了太皇太后一个灿烂的笑容，好像很同意似的。

晋王轻轻咳了一声，"祖母，小聪聪跟惯我俩了，离不得爹娘。青雀若不喂他，他就不肯吃饭；我若不哄他，他就不肯睡觉。"青雀连连点头，"真的，他离不开我俩！"

太皇太后的关注点并不一样，皱眉道："这么小的孩子，不是应该吃奶么？怎么还要喂饭？五个月的孩子喂饭，你们瞎给孩子吃什么啊。"

青雀不好意思地说道："他想吃饭啊，我们吃饭的时候，他眼巴巴地看着，很可怜的。"晋王神色认真，"祖母您想想，他吃奶已经吃了五个月，怎么可能没吃烦呢。该给孩子换换口味，您说对不对？"

好脾气的太皇太后被他俩忽悠得头晕，"成，那吃饭吧。别给孩子乱吃，问问乳母、嬷嬷们。"晋王笑，"您放心吧，我问过林医正的，什么能给孩子吃，什么不能给孩子吃，问得清清楚楚。"林医正是名医，太皇太后听了点头，"如此甚好。"

"你俩带孩子先去清宁宫，再去清兴宫。"太皇太后吩咐，"之后，便回宁寿宫陪祖母，别的地方不用去了。"

晋王和青雀一边答应着，一边不经意问道："不见嫂嫂，是否有些无礼？"太皇太后神色淡淡的，"她病了，让她好生养着。小聪聪才一点点大，有病人的地方，可去不得。"晋王和青雀唯唯答应。

王太后见了小聪聪很高兴，逗孩子玩了一会儿，赏了几件佛朗机国传过来的玩器，"聪哥儿喜不喜欢？若喜欢，给祖母笑一个，好不好？"小聪聪很财迷地抱起一个金色小帆船，咯咯咯地笑出声来。

宫中寂寞，王太后哪有不喜欢小孩子的？看着小聪聪花朵般的笑容，王太后有片刻失神，多可爱的孩子啊。

"阿原就藩之后，便不能在太后跟前尽孝了。"晋王声音低沉，"望太后保重身体，欢愉度日，阿原虽远在千里之外，也会时时牵挂您的。"

王太后感慨地点头，"阿原，我会的。你到了辽东，也要好好的，知道么？辽东天气寒冷，你要注意保暖，聪哥儿还小，更要当心了，不可让孩子着凉。"

晋王恭敬地答应了。

青雀有些不好意思地提起，"有个不情之请，可否央您照看清兴宫？陛下、皇后殿下俱是仁厚之人，定不会薄待太妃们，殿下和我也是白操心罢了。"

邵太妃也曾是宫中宠妃，不过她得宠的时候并没嚣张，更没在王太后面前失过礼。王太后和邵太妃并无宿怨，乐得卖个人情，笑着答应了。

孩子的笑声给空旷的大殿增添了多少生气，晋王夫妇抱着小聪聪告辞的时候，王太后真是依依不舍的。

到了清兴宫，小聪聪不用爹娘教，很自觉地又是冲着邵太妃笑，又是凑过去往脸上涂唾沫，毫不见外。邵太妃乐得不行，"乖孙子，这是认识祖母了吧？可真聪明！"抱着不放，亲了又亲。

青雀附耳到大姨耳边说着机密话语，大姨先是一脸的不可置信，继而狂喜起来，"真的么，真的么？"她低声喃喃，凤眼中闪烁着灼人的光芒。

阿原、青雀一起望着她微笑，可不是真的么，我们还能骗您不成。

邵太妃流下喜悦的泪水。阿原，青雀，不管事情成还是不成，只要你们有这份心，母亲值了，这辈子值了。

小聪聪"啊啊"着，嫩嫩的小手指准确地摸到邵太妃脸上，泪水上，邵太妃低头看着他，又哭又笑，"小聪聪，祖母不是哭，祖母是高兴的，高兴的。"

晋王伸出修长的手指替母亲拭泪，心里酸酸的。青雀在旁嘻嘻笑，"大姨，我要生够聪明勇敢四兄妹呢，我们两个哪看得了四个孩子？您必须得跟过去，要不我们过不了日子呀。"

四兄妹？邵太妃精神了，"阿原，小青雀，你们只管生，孩子有我看着呢！多生几个，四兄妹也成，五兄妹、六兄妹也不嫌多。"

"成啊，多多益善。"青雀笑眯眯。

"一定让您怀中有可抱。"晋王郑重允诺。

晋王夫妇正在忙忙碌碌地收拾行囊，准备往辽东搬家的时候，清兴宫的邵太妃忽然生了病。皇帝是仁孝的君主，对先帝的太妃们自然客气恭敬得很，邵太妃生病后，很快有太医过去请脉、开药方。

可是药方开了，药煎了，邵太妃的病只管不好。不只不好，还一日一日地愈发沉重了。可怜晋王夫妇心中忧虑母亲，却还不能耽误就藩的行程，只好一边垂泪，一边看宫人收拾行李。

这时候，晋王被御史弹劾了，弹劾的罪名是"不孝"。亲生母亲在后宫生着病，他只管利欲熏心地敛财、准备往藩地捞金银财宝！这样的亲王，令人齿寒。

在天朝，不管哪朝哪代，"不孝"都是一项很严重的指责，是一顶大帽子。这顶大帽子压下来，会死人的。被骂"不孝"，上至帝王，下至黎民百姓，谁也吃不消。

晋王去跟皇帝哭了一场，"您说我该怎么办？若请求留在京城为母亲侍疾，不能按期

青雀歌

就藩，这些文官们定然有话说，定会污赖我居心叵测。若按期就藩，他们又骂我不孝。我没法子了，左右不是人。"

皇帝也是头疼，邵太妃怎么好巧不巧的这时节病了呢？唉，病得真不是时候啊。

晋王在皇帝面前哭过之后，回府之后，不知受了哪位高人指点，扬扬洒洒上了道表章，很煽情地大谈"孝道"，又大大地拍了皇帝的马屁，把皇帝的"以孝治国"夸了个天花乱坠。最后，很诚恳地提出，大兄皇帝陛下您以孝治国，弟弟我的生母正病着，而我必须此时就藩，不能再耽搁。为保全母子情意，为全人间孝道，请您同意我带我母亲一起就藩吧！我深知太妃没有跟随亲生儿子一起就藩的先例，不敢要求先例为我而开，只想暂且带太妃一起，等太妃病好了，一定送回来，绝不食言。

言辞凄楚，非常可怜。

晋王这道奏章肯定是先到内阁，然后再传进宫的。内阁中各位大臣瞧过之后，都为动容，"谁说晋王不孝顺？不孝顺的人能写出这样情真意切的文章么。"

太妃随亲王一道就藩，这是没有先例的。可是晋王也没有要求为自己开先例，他这不是亲生母亲病了，没法子么？人家说得清清楚楚，等邵太妃病好了，一天也不耽搁，还送回清兴宫。

阁臣们的票拟，偏向于同意晋王所请。

皇帝从前就有过这意思，既然内阁赞成，他也乐得答应。皇帝是一个好人，也是个好哥哥。

皇帝提起御笔，在奏折上批了一个朱红色的"准"字。

晋王和青雀得了准信儿之后，激动得抱在一起。"母亲能和咱们一起了！""大姨能和咱们一起了！"两人都是心潮澎湃。

晋王进宫谢了恩，当天便把邵太妃接出了宫。晋王亲自扶着病弱的邵太妃坐上轿子，亲自替邵太妃扶着轿子，一路走回晋王府。这一幕落到文官们眼中，都是大为叹息，还会有谁指责晋王不孝呢？至于皇帝，因为这件事他真是得了极好的名声。友爱兄弟，宽待太妃，明君啊，圣主啊。

等到病中的张皇后也知道的时候，这件事已是尘埃落定，再难更改。她从病榻上强撑着起了身，求见皇帝，可是，让皇帝改口？怎么可能。

奏折上已批了准字，君无戏言。

张皇后气得吐了血。晋王就藩辽东啊，军事重镇！他的王妃还继续做将军，能指挥千军万马，然后你还让他把亲娘接走了！他若反了，你可怎么办？！

张皇后明知太皇太后疼孙子，没敢去太皇太后面前说这糟心事。王太后好心来看望她，张皇后委委屈屈地倾诉，"不知晋王夫妇安的什么心，竟费尽心机的，把邵太妃带出了宫。"王太后大为诧异，"邵太妃病了，阿原又被弹劾，他也是没法子了。若说他早有预谋，绝不会的。"阿原和青雀上回见我之时，还托我照看邵太妃呢。若是他们早有预谋，这不是多此一举么。

张皇后气得差一点又要吐血。

张皇后觉着自己是位很有远见卓识的奇女子，可惜，她的一腔心事，世上无人明白，无人能领会。梦月入怀而生、尊贵到无以复加的张皇后，这一刻寂寞如雪。

皇帝和太皇太后一样，怜惜阿原这从小娇生惯养的亲王要远赴辽东边境，又怜惜小聪聪还不到一周岁就要经历长途跋涉，心里万分地舍不得。可是祖制如此，阿原又不能不走，只好多给赏赐，以补偿阿原。

"祖母，哥哥，别再给赏赐了。"晋王抱怨，"到我离京的时候，若是车马太多，行囊太厚，会被骂贪婪的。或许又会被弹劾，也说不定。"

见弟弟一副心有余悸的样子，皇帝大起知己之感。阿原，哥哥和你一样，都对这些言官、御史、科道们很头疼啊。他们为了屁大点儿的事就能一封接一封地上书，好像天底下就他们最正经、最神圣、道德上最无可挑剔一样。

太皇太后则是一边好说话地点头答应，一边满怀希望地交代，"横竖你俩也不必亲自动手收拾行装，常带小聪聪来看看祖母吧。你们这一走，可就不知哪年哪月才能再见了。"

晋王笑，"是，祖母。若我俩哪天没有饯行酒，便带小聪聪来看您。"他要就藩之前，亲朋好友肯定是轮流送饯行酒的，一家一家应酬下来，也很忙碌。

太皇太后神色间未免有些惆怅。饯行酒，阿原是真的要走了。

"祖母，小五的王妃已选好了，姑娘明快爽利，小五很喜欢。"晋王见太皇太后这样，很体贴地给她找活儿干，"小八再过两年也该选妃了。他打小爱读书，您放出眼光来，给他挑一个书香门第的好姑娘，能跟他一起诗书唱和，和美度日的。"

"我看行。"太皇太后来了精神，"小八长得又俊，又文质彬彬的，是该挑个好姑娘！到时候啊，祖母亲自过目，一准儿给小八挑一个才貌双全的！"

"最要紧是人品好。"晋王嘱咐。

"对啊，最要紧的就是人品了。"太皇太后极为赞成。

晋王嘱咐过太皇太后，又来拜托皇帝，"哥哥，我岳父岳母一家在京中，求您多照应。我岳父是血性汉子，嫉恶如仇，阿原担心他会得罪豪强权贵，以至被人排挤、诬陷。"

皇帝和善地拍拍他，"祁震这样的孤胆英雄，谁敢动他？阿原，祁家自战死的恪国公起，代代都是忠勇之士，哥哥心里有数。"

晋王感激地道了谢，又啰啰嗦嗦地拜托皇帝照看他小姨、小姨丈、小表弟等。皇帝好笑地看着他，"阿原，怎不拜托朕照看小五和小八？"晋王诧异，"小五和小八，不也是您的弟弟么？"皇帝大悦。

晋王把太皇太后和皇帝都哄得高高兴兴，放心地回去晋王府，一家一家喝饯行酒。

师娘和英娘都是一肚子的不乐意，恨不得携家带口地也跟着阿原和青雀走。青雀很实事求是地跟她们讲道理，"英爹战功赫赫，师爹武功高强，在朝中很显眼。你们若全跟着去了辽东，京城睡不着觉的人可就多了。"

师娘和英娘还是不甘心，"谁照顾你和小聪聪啊。"青雀神气活现地炫耀，"我有大姨呢！大姨会亲我爱我，还会帮我看着小聪聪。往后有了小明、小勇、小敢，大姨都会帮我看！"

英娘佯怒，"姐姐有了大姨，就不要英娘了？"师娘咬牙，"这没良心的小丫头，有了姐姐，便不要妹妹！"青雀扑到她怀里嘻嘻笑，"不是，虽有了大姨，喜欢大姨，也没有不要小姨呀。"师娘嫌弃地推开她，"去去去，多大了呀，还撒娇。"青雀赖着她不放，师娘便也由着她。

青雀撒了会儿娇，开始不正经了，"师娘，您这么亲我，都是因为您没有亲闺女呀。赶紧的，

青雀歌

您趁着年轻再生个小闺女，不就齐全了？"

师娘还没来得及打她，她已一溜烟地跑到英娘身边，抱住英娘的脖子，"好英娘，你也一样，再给我生个弟弟吧！青峰姓祁，再生个弟弟，应该姓莫。"

英娘眼眶湿润了，哽咽道："好，再生个弟弟，再生个弟弟。"

师娘本来想把青雀抓过来打一顿的，到了这时却不好动手了。虽不动手，却是眼光似刀，狠狠地瞪了青雀两眼。青雀冲她吐吐舌，扮了个鬼脸。

你当自己还小呀！师娘又是好气，又是好笑。

晋王陪着师爹、英爹在小花厅喝酒。师爹和英爹不谋而合，"我们在京中冷眼看着局势，吃不了亏。你和小青雀一辈子在藩地安稳度日也好，再回京城也好，总之京城不能没人。"

晋王很是过意不去，"英爹本是横刀立马的英雄，被我连累的，只能在京中带近卫军了。"带近卫军和统领千军万马驱逐胡虏，差别大了去。

英爹哈哈大笑，"我也没打算闲着，我要再生几个孩儿，出门带近卫，回家教儿子！"师爹拍案叹息，"怎么又和我想到一起了呢？我也打算多生孩儿，不过我想要个小闺女。"

两人惺惺相惜，端起酒杯，一饮而尽。

林啸天手中牵着林啸威，身边跟着青峰、青宁，气势汹汹地进来了，"表哥，我们有话跟你说！"

林啸天真是大为气愤，表哥要将姐姐带走了，远远地带到辽东！把姐姐嫁给表哥，失策啊，大大的失策！

晋王笑着冲他们拱拱手，"有何指教？在下洗耳恭听。"几个小屁孩儿脸色这么一本正经的，想做什么呢？真是让人又好笑，又感动啊。

"我姐姐嫁给你了，还要跟着你上辽东去！"林啸天老气横秋地交代，"你要待她好，知道不？你若敢待我姐姐不好……"

"你们几个上辽东打我去！"晋王笑道。

"就这么说定了！"林啸天、青峰、青宁拥过去跟晋王拉钩，林啸威却是还不大懂话，听了句"打我"，他便很会凑热闹地跑过去，踮起脚尖，握着小拳头打晋王，口中卖力地叫着，"打，打！"

晋王笑着抱起他，亲亲他的小脸，"二子，表哥会对你姐姐好的。"

林啸威打了表哥，反被表哥抱着亲昵，一脸幸福地傻笑。

送走师娘、英娘一家，青雀贪心地叹息，"若是能一起走，该多好。"亲人团聚，世上还有比这更美好的事么？

晋王从背后抱着她，默默无语。辽东军事重镇，若是师爹、英爹也跟着过去，手握重兵，恐怕连皇帝哥哥也会生起疑心吧？

"他们留下也好。"青雀豁达地笑，"京城有个什么风吹草动，全瞒不过咱们。"

晋王把她抱得更紧，闷闷地"嗯"了一声。

邓麒六神无主地来了，"姐姐，我舍不得你走。"一会儿唠叨着，"我申请调任辽东好不好？"一会儿又盘算着，"我干脆辞职乞骸骨算了，想什么时候看你们，就什么时候去看你们。"

青雀好心劝他，"别呀，宁国公都这么老了，世子又没有功名心，邓之翰还小，邓家如今靠你呢。"

晋王吓了一跳，我们都要去辽东了，你还想跟着？阴魂不散啊。

邓麒抱起小聪聪，一脸幽怨，"你去了辽东，会不会把我忘了啊。"小聪聪瞪大眼睛瞅着他，小脸绷得紧紧的。邓麒觉着奇怪，"你怎么了？"你平时见了我不是很高兴的么，今儿怎么这么严肃？

正奇怪着，小聪聪脸上的表情忽然变轻松了。邓麒正想笑，却觉得腹间热烘烘的，"小聪聪你尿尿了？"才明白过来。

晋王一边偷笑，一边命宫人过来替小聪聪清理。青雀很尽职尽责地批评小聪聪，"你怎么能挑这个时候尿尿呢？多不礼貌啊。"邓麒瞅着小聪聪一脸轻松，他也眉开眼笑，"小聪聪这是亲我呢，对不对？"

他还挺乐呵。

祁玉来的时候，只带了薛挥。祁玉没有别的话，只交代青雀，"凡事小心。"青雀微笑点头，"我一向很小心谨慎的，不会大意。"

薛挥小时候是个无忧无虑的调皮孩子，如今慢慢大了，天性中那股好战精神渐渐显露，"姐，我长大了，到辽东建功立业去！"薛挥豪迈说道："我是小儿子，往后全凭自己了。我是薛家的后代，祁家的外孙，不能给祖先丢人！"

阳武侯薛家，先祖也是战功赫赫的英雄，因战功封的侯爵。

青雀笑眯眯，"好啊，姐姐等着你。"

薛挥兴奋得两颊发亮，祁玉也是微笑。

让青雀觉着意外的是，薛扬竟迟迟没来晋王府。阿扬，我再过几天就要出发了，你不打算来送送我？青雀不由得有些纳闷。

薛扬是在一个阴雨连绵的傍晚时分过来的。"姐，我怕是要早你一步离开京城。"薛扬烦闷地说道："那个姓沈的女……他娘亲生了重病，我们明天一大早要赶路回老家。"

邓家盘算得很好，虽说休了沈茉，可她照旧在祖宅中居住，消息瞒着她，对她来说全无分别。盘算得很好，可谁知半中间出了岔子。老家有名爱喝酒的仆役，之前还曾是受邓麒宠信的小厮，不知从哪儿知道了这消息，为换酒钱，把这消息告诉了沈茉。沈茉知道之后，把能摔的东西全摔了，有些疯疯癫癫的。她一日三餐饥一顿饱一顿的，睡觉更是时时掀开被子，半夜三更地跑到院子里放声痛哭。如此一来，哪有不生病的。

见沈茉病得狠了，祖宅中的管事也害怕，不敢不上报。宁国公等人听说后不过是皱皱眉，"多着几个人服侍她，好生哄着。"邓之屏、邓之翰却是痛彻心扉，一心一意要回去侍疾，"虽休了，也是我亲娘！"薛扬本是不同意回老家的，可是邓之翰再三央求，她便心软了。

"娘知道么？"青雀慢吞吞问道。

阿扬，你要回老家为沈茉"侍疾"，你娘知道么。

薛扬很是苦恼，"不知道啊。姐，我哪敢告诉她？我若告诉了她，她……定会要死要活的，不肯答应。"

青雀无语。

薛扬掩面哭泣，"姐，我不想回老家啊，我真不想回！我想起来就很害怕，我怕那个女……我怕之翰的亲娘，娘说过她很可怕，我一定不是她的对手。"

薛扬自成亲之后，宁国公和邓麒偏袒她，邓之翰讨好她，世子夫人宽待她，她在宁国公府真是如鱼得水游刃有余。沈茉生病，邓之翰执意回老家，这是她遇到的第一件棘手、不顺心的事。

青雀忍耐地看着她，"不想回老家，那便想出不回老家的法子啊。阿扬，你已经成了亲，是大人了。你可以天真，但是不可以愚蠢！邓之翰央求你回老家，你就回老家啊？你要和他过一辈子，若是每件大事都这么迁就他，你这辈子不得累死！阿扬，你看着聪明，怎这么笨。"

薛扬泪眼迷蒙地牵住青雀，"姐，你教教我，你教教我！我这会儿真是心乱如麻，什么好法子也想不出来了。"

她是爱邓之翰的。因为爱，所以会迷惑，会在不该心软的时候心软。她知道邓之翰的要求不合理，她知道自己应该拒绝，可她就是不忍心。她和邓之翰正是新婚燕尔时光，好得蜜里调油，她怎么忍心拒绝邓之翰呢。她越来越珍惜邓之翰的爱，她怕万一拒绝了邓之翰，邓之翰会心凉，会不再爱她。

薛扬在邓之翰面前，开始患得患失。

青雀发了会儿闷，命人请来林医正。"劳您大驾，给她安一个不宜出远门的病症上去，要看上去很像很像，不会令人起疑心。"其实这不是最好的法子，可是阿扬……算了，阿扬这样的，也只能如此。

林医正给薛扬仔细地把了脉，脸上露出诧异的表情，"王妃，哪用安一个病症给她？她怀孕了，已有两个月。两个月，胎还没坐稳呢，出什么远门？"

薛扬又羞又喜，小脸绯红。青雀气得不行，阿扬你不懂，你身边的嬷嬷也不懂么，怀孕两个月了，你茫然不知！

谢了林医正，青雀命人把薛扬送回宁国公府，又命人到阳武侯府送了信，"阿扬有身孕了，您多去看看她。"

接下来的事，青雀就不管了。阿扬怀孕了，邓之翰说什么也不能再逼她回老家。等到阿扬孩子生下来，孩子两三岁之前，也不合适出远门。等到孩儿大了，沈茉还能健在人世么。

被自己亲生儿子关到老家过苦日子，对沈茉来说已是生不如死。如今她知道自己被休了，所有的指望全没有了，又能支撑多久？即便活着，也是行尸走肉，全无生趣。她活着，怕是比死了还难受。

弘治四年夏，晋王就藩辽东。晋王、晋王妃带着生病的邵太妃、年幼的儿子聪哥儿，和太皇太后、王太后、皇帝、岐王、雍王等人洒泪而别，出朝阳门，上了通往辽东的官道。

一路之上，最兴奋雀跃的人是邵太妃。她才四五岁的时候就进了宫，极少有出门游玩的机会。如今天朝的大好河山展现在她面前，让她如何能不激动。

"阿原，小青雀，我这辈子还能出了那个皇宫呢，真是做梦也想不到。"邵太妃无数次感慨过。她经常午夜梦回，不敢相信这是真的，不敢相信自己真的出了宫。

阿原浅笑不语，青雀殷勤地把小聪聪抱给她，"大姨，指着您照看他呢。他还会有弟弟妹妹，也全指着您了。"大姨精神百倍，容光焕发，"照看小聪聪啊，不在话下！"

从京城到辽东，路途遥远，即使快马加鞭也要两个月的工夫。阿原和青雀这一行人有老人，有小孩，速度就快不了，耗时自然更久。出发之前他们盘算过行程，决定路上消消停停地走，寒冬到来之前赶到便可。一路之上的衣、食、住、行都有长史、护卫等专人负责，倒是不必操心。

小聪聪不耐在车中久坐，青雀时常抱着他飞身上马，指给他看沿途风景。小风吹着，马蹄声清脆悦耳，马背上的小聪聪，轻松惬意极了。

小聪聪从京城上车的时候，不过才半岁多，刚刚会坐。等到经过长途跋涉抵达远在广宁的辽王府之后，他已经一周岁，会走路了！多么漫长的旅程啊。

深秋时节，阿原、青雀一行人终于风尘仆仆地到了位于广宁城的辽王府。辽王府占地将近五百亩，规模宏大，气势雄伟，金碧辉煌。王府四周围绕高大的城垣和端礼、广智、体仁、遵义四个城门，城墙覆以青色琉璃瓦，大门饰以丹漆金涂铜钉，飞檐翘壁，云阶玉壁，辉煌壮观。

"小聪聪，这便是咱们的家了。"阿原和青雀一边一个牵着小聪聪，站在辽王府前，指给他看。小聪聪仰起小脸看了几眼，挣开父母的手，站在地上拍掌。不只拍掌，他的小身子还一踊一踊的，想往上蹦。看样子，对于这个新家，他很是喜欢。

钟嬷嬷扶着大姨站在旁边，两人都一脸舒心的微笑。大姨是住过紫禁城的人，对辽王府的富贵倒不怎么放在心上，不过，这是阿原和青雀的家，那便显得珍贵了。

广宁是辽东总兵府所在地，控制蒙古弹压女真的军事重镇。按照礼仪，广宁所有文武官员都该亲自迎接辽王，不过，辽王府长史委婉把一应文武官员全部推却，"殿下令旨，诸位该练兵的练兵，该理事的理事，不必专程出迎。待殿下安顿下来，再请诸位至辽王府饮宴。"

这是一位谦虚的、不扰民的亲王，广宁文武官员们心里有了底。皇帝陛下是一位难得的明君，勤政、爱民、节俭，这位亲王殿下是陛下亲弟弟，大概也是个好的。

辽王府诸人安顿下来之后，辽东总兵、征虏前将军王栋，辽东镇守太监汪方，辽东巡抚卓俊，广宁知府卢知节等人过府拜见。辽王客气地询问过广宁的风土人情等，温言勉励几句，端了茶。

"是位好性子的殿下。"众人对辽王都很满意。亲王们有的嚣张跋扈，有的贪得无厌，陛下的这位亲弟弟却是温文尔雅，待人宽和，真是辽地之福啊。

慢慢地，广宁文武官员、百姓都知道辽王纯孝之人，接了生病的邵太妃在身边奉养；清心寡欲之人，王府中只有一位王妃、一位小世子，别无内宠，自然也没有庶子。文官们对这样的亲王刮目相看，赞誉有加。武将们知道他是恪国公的孙女婿，对他也是满怀敬意：力战蒙古至最后一口气的恪国公，是军人敬仰的英雄。

官员们若是有家眷随行的，也都去拜见过辽王妃。这些夫人太太们惊羡于辽王妃的美丽动人，各自在心中哀叹，"怪不得辽王别无内宠。我要是男人，能娶这么个媳妇儿，我也不再移情别恋。"

彬彬有礼、平易近人的辽王、辽王妃很快融入广宁这座军事重镇，得到文武官员们的爱戴和崇敬。辽王一家人，慢慢在广宁扎下了根。

占地辽阔的王府中，近卫由辽王妃亲自率领、指挥，王府的保卫井井有条。府中内务多由钟嬷嬷协助邵太妃办理，事事从容。因辽王府的正经主子只有邵太妃、辽王、辽王妃、小世子，故此，王府中没什么风波，日子平静得很。

邵太妃自到了广宁这风水宝地，身子一天天好转起来，时常在王府中逍遥自在地游玩。她虽身子好转，可病根儿还没去，要常泡广宁的温泉，还要常常服食一种以新鲜虎骨、千年老参为药引的珍贵丸药。故此，她虽略好了点，却还是不能回京城，只能在辽王府慢慢将养。

"养病"的邵太妃最爱带上小世子聪哥儿，在王府各处亭台阁轩，堂室楼榭间漫步、赏玩。小世子不爱被人抱着，爱自己下地走路，他摇摇摆摆走在祖母身边，跟着祖母满世界乱转，兴致勃勃。

辽王、辽王妃白天要接见一些官员，处理些杂务，还要陪伴太妃、抚养幼子，事情很多。到了夜色静谧温馨之时，辽王和辽王妃自然少不了温柔缱绻一番，做些最正经的事，最神圣的事。

总体来说，他俩还是很忙的。

隆冬之时，从京城传来一个好消息：皇后于今年九月二十诞下了皇长子，皇帝陛下大为欢喜，赐名为朝。

皇帝有儿子了，还是皇后生的嫡长子，国家的大喜事啊。举国欢庆。

邵太妃闻讯，觉得有些稀奇，"咱们离京之时，还没听说张皇后有喜呢，这便生下来了？"张皇后那段时日一直生病不见人，难道不是生病，是有喜了？可是她若有喜，那可是天大的好事，哪用瞒着人呢。

从没听说过她怀孕，猛地连儿子都生下了，真是让人不大敢相信呢。

她那宝贝儿子、儿媳异口同声，"帝后大喜，令人欣慰。"这孩子是不是张皇后所出，不重要。只要皇帝承认他是皇长子，只要皇帝承认他是嫡长子，他就是。至于他亲娘究竟是谁，无关紧要。

邵太妃想想，觉得也是。管他是宫女生的，还是皇后生的，总之只要皇帝承认他是嫡长子，便是帝后同喜，普天同庆。

"不管这有的没的，看我乖孙子去。"邵太妃笑吟吟的，去陪小聪聪玩耍。

大冬天的，小聪聪不得出门，正在殿中踢球。他身穿大红袄裤，抱着个小圆球，一会儿拿手抱着，一会儿下脚踢，专心致志地玩着，很开心的样子。见邵太妃过来，他热情地伸出小手，不由分说拉住邵太妃的手，示意邵太妃和他一起玩。

他手脚很勤快，可是嘴有些懒，不大爱说话。

邵太妃哪忍拂了他的意，笑吟吟和他一起下脚踢球。小聪聪虽然年纪很小，可是身手伶俐敏捷，下脚又稳又狠又准，简直是脚无虚发。邵太妃大乐，"小聪聪真厉害！"竖起大拇指，把自己宝贝孙子夸了又夸。小聪聪心里高兴，仰起小脸冲邵太妃揪揪鼻子，又低头踢球去了。

球在前头跑，他在后头追，好不有趣。

小聪聪是个很能随遇而安的好孩子。若是阿原和青雀在他眼前，他会缠着爹娘，要爹娘陪他一起玩耍。若是阿原和青雀有事走了，他也不哭不闹的，和祖母、钟嬷嬷等人玩得高高兴兴。

有时阿原故意逗他玩，明明闲着，却把他往一边推，"小聪聪跟着祖母吧，爹爹正忙着。"小聪聪便会板着一张小脸，用谴责的目光看着他。

"小聪聪你无师自通啊。"青雀在旁惊叹。这样的神情，这样的场景，似曾相识。

邵太妃看着阿原和小聪聪这一大一小，笑得不行，"跟阿原小时候一模一样！阿原那时还没枕头高，话还说不利索，先帝若是拂了他的心意，他便是这样！"

无声地、责备地看着他爹，看得他爹心虚、心软，最后改了主意。

阿原也是一样，最终在小聪聪面前败下阵来，心甘情愿地陪他玩耍，给他当马骑。小聪聪是见过世面的孩子，常跟青雀一起在马上疾驰，骑上他爹，小聪聪便熟练地一起一坐，好像真的在骑马似的，口中大声呼喝，"驾，驾!"——这会儿他嘴不懒了，很勤快。

青雀笑吟吟在旁坐着，提起笔，把眼前这一幕一幕精心画了下来。远在杨集的太爷爷，京城的曾外公，爹娘，宫里的太皇太后，这么多关爱小聪聪的长辈呢，虽见不着面，看看画也是好的，聊胜于无。

阿原和青雀画过许多有关小聪聪的画，有玩耍的，有酣睡的，有调皮捣蛋的，有乖巧可爱的。到了要寄信的时候，阿原坐下跟青雀一起仔细挑拣，什么画可以给什么人，分得很清楚。

青雀抱着小聪聪骑在高头大马上疾驰，这样的画可是万万不能被太皇太后看到。阿原给小聪聪当马骑的画，咳咳，算了吧，也不能给太皇太后。

给太皇太后的，全是温馨美好、挑不出一点毛病的画面：小聪聪面前摊着一本画册，阿原在旁讲给他听，父子二人俱是专心致志，聚精会神。阿原和小聪聪躺在一张床上安眠，一大一小两个容貌相像的人，连睡姿都是神似的，令人捧腹。

平安家书、活泼可爱的绘画，连同貂皮、人参、珍珠一类的辽东特产，会定时送往杨集、京城。青雀在书信中详细讲了辽王府的日常琐事，和广宁城对蒙古、朱里真的防卫。边城岁月并不总是宁静的，可是很充实，生机勃勃。

弘治五年春，一辆朴实的牛车停在辽王府大门前。辽王、辽王妃向来平易近人，连王府守大门的也并不嚣张，见这牛车有些寒酸，从牛车上出来的老人一身青布道袍，朴实无华，守大门的也没敢怠慢，笑着问了好，"您老打哪儿来？风尘仆仆的，您辛苦了。"

这老人年近六十，相貌清癯，他客气地冲门房拱拱手，"烦请通报辽王妃，我从杨集来，姓祖。"辽王府是月月有信送往杨集的，门房哪能不知道？一听杨集两个字，顿时更加殷勤，"您老请坐，烦您老稍等片刻。"

没多大会儿，有管事的来迎，"祖先生，王妃有请。"老人站起身，微笑道谢，跟在管事的身后，进了辽王府。

"掌柜的，多年不见，您风采依旧啊。"青雀在殿门口迎接，见了面，笑吟吟地打趣。

这老人正是很多年前，在杨集古堤之上设酒肆的掌柜。时隔多年，他已由中年人变为老年人，可是面目之间的和善、机敏，一如从前。

青雀歌

"哪里还谈得上风采依旧，我已老迈不堪。倒是王妃，出落得越发好了。"老人看着一朵鲜花般的青雀，心头有多少感慨。莫二郎家的小青雀，如今是这辽王府的女主人了。

"您可谈不上老迈，跟太爷爷相比，您还年轻着呢。"青雀笑吟吟，"太爷爷他老人家还没有自称老朽，掌柜的，您就更甭提这两个字了。"

老人微微笑起来，"王妃说的是。我若真的老迈不堪，又怎敢千里迢迢来投奔王妃，为王妃效力？"

青雀收起嬉笑，正色道："祖先生，您不是为我效力，您是来为辽东效力，为您的故乡效力。"

祖先生，是辽东人氏。他生在辽东，长在辽东，对辽东地形再熟悉不过。他在京师游学的时候曾无意中得罪权贵，是杨阁老不动声色地保下了他，之后他一直在杨家任幕僚。杨阁老致仕之后，他默默跟在杨阁老身边去了杨集。这一去，就是二十年。

祖先生神色也郑重起来，"没有阁老大人护着我，我早已成了一堆枯骨。王妃，我只听阁老大人的。他老人家若许我在杨集服侍，我自然求之不得。他老人家若命我来为王妃出谋出策，我也乐得从命。"

青雀微笑看了他一眼，"太爷爷让您来帮我的，对不对？那您一心帮我就好了。"

祖先生长揖到底，"是，在下一定鞠躬尽瘁，死而后已。"

当天辽王、辽王妃设宴为祖先生洗尘，席间饮着祖先生从杨集带过来的桃花酒，酒不醉人人自醉。小聪聪虽不怎么爱说话，却很喜欢凑热闹，有客人在的场合，怎么能缺了他呢？他也不用乳母抱着，端坐在辽王、辽王妃中间，像小大人似的。辽王、辽王妃举杯劝酒的时候，他也很自觉地举起小酒杯，朝祖先生扬扬杯子，才一饮而尽。

"小世子，爱喝桃花酒？"祖先生疑惑问道。孩子，你也太小了点儿吧，喝的什么酒。

青雀嫣然而笑，"他杯子里装的是清水。"他才多大，怎会给他喝酒呢，不过是哄他玩，装装样子罢了。

小聪聪大眼睛滴溜溜转着，不知在想什么。过了会儿，他扭头命令宫女，"倒酒。"宫女屈膝答应，果然替他又倒了一小杯清水。小聪聪端起自己的小杯子嗅了嗅，凑到阿原的杯子前嗅了嗅，不满地、质问地看着阿原。

"爹爹有这么高了，是大人。小聪聪才这么高，是小孩儿。"阿原很认真地比画给小聪聪看，"大人可以喝酒，小孩儿不可以喝，知道么？小聪聪乖乖地吃饭，快快长高，等长到爹爹这么高，便可以喝酒了。"

阿原把一小碗软软糯糯的御田粳米饭放在小聪聪面前，鼓励他自己吃。小聪聪伸出胳膊往空中比了比，好像在比究竟要长多高便可以和大人一样喝酒似的。比画完，挥舞着他专用的小银勺，欢快吃起米饭。

祖先生看着很会哄孩子的辽王，言笑晏晏对着向自己劝酒的辽王妃，嘴角微微抽搐。

祖先生在辽王府住了下来，成为辽王的幕僚，辽王对他执礼甚恭，像对长辈一样尊敬。辽王府的长史、护卫等，全都客气地称呼他"祖先生"。

小聪聪对祖先生本是不大感兴趣的，可是自从看过祖先生双手同时写字之后，小聪聪便对祖先生崇拜得不行，颠儿颠儿地跟在祖先生屁股后，一脸仰慕。

祖先生可以双手同时写字，字形圆转如意，并不坚涩。祖先生两手各执一笔挥毫泼墨的时候，小聪聪总是瞪圆了眼睛看着，那黑葡萄似的大眼睛里，满是诧异、好奇。

慢慢地，祖先生开始教给小聪聪认一些简单的字。祖先生自己爱下象棋，所以小聪聪最先认识的字竟是车马炮，将士相。祖先生说声"车"，小聪聪的手指便会准确无误地指到车上，祖先生说声"将"，小聪聪便会把将找出来，再也错不了。

小聪聪连下棋的规则也不大懂，却常常会胡乱把棋子往当头炮的位置一放，清脆宣布，"将！"棋虽下得完全不对，那股子气势，却像模像样的。

青雀有些迷糊了，"我原本以为太爷爷送掌柜的过来是要帮我打仗的，怎么这会儿一看，是要帮我看孩子、教孩子？"祖先生不像是来运筹帷幄做谋士的，像是要来给小聪聪做启蒙老师！

"妞妞，依四哥看，全是你那聪明勇敢四兄妹闹的。"阿原浅笑，"太爷爷准是忧心咱们有了小的，大的便顾不上了，故此才命祖先生前来相助。"

"我太招人疼爱了。"青雀大为感动，"所以太爷爷对我这么好啊，为我想得这么周到！连小聪聪的启蒙老师都大老远地送过来，唉，用心良苦，用心良苦。"

祖先生若是听到她这番话，不知会作何感想。

这年的春天，薛扬经历过足足两天的痛苦之后，生下了她和邓之翰的长子谦哥儿。邓之翰初为人父，欣喜若狂，抱着襁褓中的婴儿流下了激动的泪水。

邓麒喜得一直傻笑，"我做祖父了，我做祖父了。"邓麒真是心潮澎湃，心绪飞扬，谦哥儿是我的孙子，也是玉儿的外孙子。谦哥儿，有了你，祖父死也瞑目了。

孙夫人原本就待阿扬宽和，有了谦哥儿之后，对阿扬更好了。

谦哥儿诞生，最满心欢喜的人，是宁国公。这年宁国公监造太庙完工，被加封为太子太师，仕途到了最高峰。才得了朝廷的礼遇，家里又有添人进口的好事，宁国公的这份喜悦，可想而知。

把小小的谦哥儿抱到怀里，宁国公苍老的面容上有了奇异的光彩。谦哥儿身体里流着宁国公的血，也流着香秀的血，在看到谦哥儿的一刹那，宁国公心满意足。

他这一生，完满了。

谦哥儿的满月酒过后，宁国公溘然长逝。

宁国公府一片哭声，满目缟素。

宁国公生前曾九次佩将军印出征，从来没有打过败仗，回回得胜还朝。这样的勇将、福将，皇帝哪有不喜欢的？皇帝大为哀痛叹息，追封为昌平王，许世子邓晖袭为宁国公。

宁国公，算得上是生荣死哀了。

令人称奇的是，宁国公才去世不到七天，早已远离尘世在京郊寺庙出家修行的荀氏竟也无疾而终。子孙们悲痛欲绝，哭声震天，把荀氏和宁国公同棺盛殓，打算扶灵回乡安葬。

皇帝听说后又是惊奇，又是叹息，谥荀氏为一品节义夫人。"小妹，你死得其所。"荀氏的哥哥荀亮还在世，颤颤巍巍地被孙子扶着，亲自来致奠。小妹，你能和妹夫死在一处，葬在一处，也算有个好收梢了。

亲朋好友们又有一番忙活，才为宁国公吊过丧，又要为荀氏吊丧。世子邓晖心痛父母

青雀歌

相继亡故，好几回哭昏过去，其状可怜，令人惨伤。

一个细雨绵绵的春日，宁国公府众人一身缟素，扶灵回乡。薛扬抱着才出生不久的谦哥儿，心神不定地坐在车里，对前途满是恐惧不安。最向着自己的曾祖父走了，不能再庇护自己了，老家……老家有他的亲娘，听说很可怕，很可怕……

薛扬抱紧了谦哥儿。

消息传到辽东，青雀默然许久。宁国公一生忠勇，治军严肃，家事上虽然糊涂些，对自己到底还是疼爱的……青雀鼻子酸了酸，"阿原，我虽不姓邓了，他还是我曾祖父。"阿原不忍违她心意，柔声道："府里一律用素色，好不好？三个月内，不设宴享，不用鼓乐。"青雀点头，"好。"

阿原正想松口气，却听青雀又说了一句，"咱们分房三个月吧。"阿原差点没跳起来，仓皇问道："分房？姐姐，为什么啊，好好的为什么要分房？"青雀奇怪地看着他，"我曾祖父去世了啊。"阿原目瞪口呆。

"那个，分了房，怎么会有小明明啊。"阿原小声地、弱弱地抱怨。

"晚三个月，没事的。"青雀不在意。

见阿原还是噘着嘴，一脸的不甘愿，青雀很善解人意地建议，"要不，给你一名相貌秀丽的宫女贴身服侍？"

阿原断然拒绝，"杀头的事情也有人肯干，赔本的生意是没人肯做的，明白么？宫女贴身服侍，我吃大亏、赔大本儿了好不好，不干。"

我长什么样子，她们长什么样子？我让她们亲近……不干。

青雀心中虽有着淡淡的哀愁，却也被他逗得轻轻笑起来。

过后阿原当笑话讲给邵太妃听，邵太妃大为恼火，"要什么宫女，你要什么宫女？我只要小青雀亲生的孩儿，知道么？"不由分说指着阿原一通训斥，"皇帝是你哥哥，是天子，不比你尊贵啊！皇帝还只有一位皇后呢，你要什么宫女？那张皇后，给我家小青雀提鞋也不配，她还独占东西六宫呢，我家小青雀的王府中难道能有贴身服侍你的宫女？反了！"

阿原晕，我什么时候要宫女了？姐姐开玩笑让我要，我明明严词拒绝了好不好，根本没有一丝一毫的犹豫！母亲您……您真是姐姐的好大姨啊。

邵太妃发过脾气，温柔细致地劝阿原，"宁国公好不好的，也是小青雀的曾祖父。于国，他是有功之臣；于私，他是疼爱青雀的长辈。青雀重情，你是她的夫婿，也不可凉薄了呀。"

阿原幽怨地看着邵太妃，点头，"您说得对。"

您说得对什么呀，分房三个月，三个月不能化身为狼，这一百个晚上我该如何度过？

阿原最终并没有跟青雀分房睡，不过他庄严承诺，"咱们什么也不做。"他说到做到，果然只是拥着妻子睡觉而已，并不动手动脚。

青雀倦倦地依偎到他怀里，很快睡着了。

"自从宁国公过世，姐姐精神有些不大好呢。"阿原颇为心疼。在阿原看来，宁国公、邓麒都是很不负责任的长辈，不值得尊敬。可是青雀重感情，哪怕是一点点温情她也不愿放弃，哪怕是一点点关爱她也会珍惜，她明明在邓家受过极大的伤害，明明改姓祁了，可是宁国公这么一去世，她还是大为伤怀。

善良的小青雀。阿原探过头去，在妻子脸颊上印下一记轻柔的亲吻。

"没良心的小青雀。"没过几晚，阿原开始恨恨。青雀才上床不久就会很快进入梦乡，他却是浑身每个毛孔都在渴望青雀，很受折磨。

"你再这么着，我便不顾三个月的约定，要化身为狼了。"阿原轻轻揽着妻子，心里发着狠。连话都不跟我说几句，就这么睡着了，没良心的小青雀。

林医正是定期要给邵太妃、辽王、辽王妃、小世子请平安脉的，不过有时青雀忙碌起来，林医正也会逮不着人，偶尔会漏过去。这天林医正听钟嬷嬷抱怨，说王妃近来胃口好似不大好，笑道："我来给王妃瞧瞧。"

这一瞧，林医正登时精神了。"钟嬷嬷，我上回写的食单还在么？若在，依旧交给厨房。""王妃，您这是第二胎了，一定会安安稳稳的，不必担心。"

"王妃又有身孕了？"钟嬷嬷明白过来之后，大喜，语无伦次地说道："食单啊，在吧，应该在。得，林医正，您还是再写一份吧，我这会儿脑子晕晕的，忘记放在哪儿了。"

林医正见她高兴得发昏，粲然一笑，提笔又写下一份。

青雀又是高兴，又有些不好意思，"怪不得近来有些犯困呢。"

邵太妃正带着小聪聪在外头看花，听了这喜信，心花怒放。她拉过小聪聪狠狠亲了两口，"小聪聪啊，你要有弟弟妹妹了！"小聪聪礼貌地笑了笑，回头继续专心看花，弟弟妹妹是什么啊？不懂。

阿原在书房会客，至晚方回。听钟嬷嬷说了喜信儿，阿原傻乎乎地笑起来，"怪不得呢。"怪不得妞妞一上床就能睡着，敢情她是怀孕了，犯困呢。妞妞，四哥错怪你了，昨晚还以为你没良心来着。

阿原温柔又欢喜地看着青雀，青雀冲他调皮地眨眨眼睛，两人心中俱是甜蜜。

两人恩爱缠绵地偎依在一起，阿原的手抚在青雀平坦的小腹上，"小明明啊，你在娘亲肚子里乖乖的，不许吵不许闹，要做个好孩子。"青雀笑眯眯，"我不怕孩子吵闹，淘气点儿无妨。小明明，你爹吓唬你呢，别听他的。"

"太惯着他了。"阿原抱怨，"妞妞这么惯孩子，我都嫉妒了。"

"等生下来，就不惯他了。"青雀语气温柔，"如今他小啊，实在太小了。"

两人说着傻话，青雀不知不觉间睡着了。月光淡淡照进来，映得她的眉目格外精致美好，阿原痴痴看着她的睡颜，心中柔情无限。

同样是不能化身为狼，前些时日阿原真是满腹委屈，委屈得不行。今晚却是心甘情愿的，如温顺的小羊一般贴在妻子后背睡了。睡着之后，嘴角还噙着丝浅浅淡淡的笑意，甜美陶醉。

一向省事的小聪聪忽有些淘气。晚上他赖着不走，一口咬定，"跟娘睡。"白天呢，他也常常缠着青雀不放，还要青雀带他骑马，"娘，骑马，要快。"

晚上睡觉还好办，青雀把他哄睡了之后再抱走，想抱哪就抱哪——他睡得很沉，小猪似的，睡着了就不会轻易醒。白天可费劲了，青雀一怀孕，林医正严禁她骑马，怎么满足小聪聪的愿望？

王府卫队中倒是有几名高手，但是让他们带小聪聪骑马，青雀还是不放心的。小聪聪太小了，他完全没有自保能力，到了马背上，他全靠大人。

青雀歌

既然不能满足他的愿望，只好用各种各样的话语来哄他。"娘不大舒服"、"娘实在不想骑马，小聪聪要讲道理对不对？你想骑，可是我不想骑呀"，小聪聪达不到目的，便用责备的、质问的眼光瞪着青雀，以表达他的不满。青雀不理会他，他便一直瞪。

　　你不累啊？青雀心疼，柔声告诉他，"娘怀着小弟弟呢，林医正不许娘骑马。乖，娘真的骑不了马。"小聪聪霍地站起身，大声宣布，"我不喜欢小弟弟！"

　　"小聪聪你连着说了七个字呢，很流利！"青雀一脸惊喜。

　　小聪聪大义凛然地看了她两眼，昂着头，迈着坚定的步伐，找祖先生下象棋去了。"将！"不管三七二十一地只管将，祖先生被他弄得没辙。

　　京城，坤宁宫。

　　张皇后连连冷笑，"宁国公过世，她为其守孝三个月；夏邑的杨阁老处，她月月有书信、礼物奉上；邵太妃明明病已经好了，却拒不还京！陛下，凡此种种，您还没有看清楚么？祁青雀是个两面三刀的女人，她明明记得从前的事，却昧着良心说忘记了！她和辽王分明是存有异心，对陛下不恭不敬……"

　　皇帝无奈地打断她，"广宁有镇守太监，有锦衣卫，并没有发觉阿原和青雀有不臣之心。你想得太多了，梦月，你是不喜欢阿原和青雀么？弟弟和弟媳妇明明很好，你何苦如此。"

　　张梦月胸中憋着口气，一时间说不出话来。她总不能实话实说，说无尘告诉过我，晋王面目间时而有龙气，时而没有，缘由就在他有一位与众不同的王妃。他这位王妃可不是寻常女子，身上杀气极重。

　　张皇后如今有了皇长子（是不是她生的，不重要，反正名义上是嫡长子），地位稳固了，皇帝的心也暖回来了，又琢磨起阿原、青雀。宁可信其有，无尘既说过那样的话，万一是真的呢？不能任由辽王夫妇在广宁逍遥度日。

　　皇帝，劝不了。广宁的镇守太监、锦衣卫，只听皇帝指挥。给娘家弟弟要个官儿、要封地可以，可朝中的官员任免自己干涉不了，没法差得力的人过去辽东行事。张皇后脑子转了好几转，也没想到可以整治辽王夫妇的法子。

　　张皇后想来想去，唯有辽王府出了内乱，出了内贼，才有法子让皇帝相信自己的话。即便不除了辽王，至少削弱辽王的势力，不能让他在辽东坐大。

　　美人计吧。张皇后选了最老套、最有效的计策，命人选了几位出类拔萃的美女，悉心教养着，打算伺机送往辽东。

　　辽东是京师左臂，军事要冲，皇帝向来重视辽东的防卫。辽东总兵官王栋因年纪老迈乞休，皇帝准了，打算另派年轻少壮的将领任新的辽东总兵、征虏前将军。

　　一位形容昳丽、光可映人的青年将军被召进乾清宫，委以重任。随后不久，这名青年将领辞别家眷，带着数十名亲兵，取道辽东，直奔广宁。

　　这名青年将领骑术绝佳，他带领的亲兵也个个身手不凡，所过之处，扬起一片尘土。尘土过后，马和人都已不见了踪影。

　　不到两个月，这一行人便赶到了辽东重镇，广宁。到了广宁之后，这名青年将领并没直接去总兵府，而是纵马疾驰，到了辽王府门前。

辽王接到通报，发了会儿闷，"他怎么来了？"青雀听说后却是大喜过望，开心地招手叫过小聪聪，"宝宝，你想骑马对不对？舅舅来了，让舅舅带你。"

小聪聪严肃地看着她，仿佛在质疑她所说的话。真的假的呀，你说话可信不。

青雀嫣然一笑，牵着他的小手走了出去。

阿原陪着一位青年将军迎面而来。这位青年将军身材颀长，面目澄澈美好，如春花，如秋月，如冬日初雪，如夏日池塘中才绽开的新荷。他长得虽美，眉宇间自有一股清贵之气，令人不敢生出轻慢之心。

"祜哥哥！"青雀欢呼。

"小青雀。"张祜微笑看着她，满目柔情。

青雀抱起小聪聪走近他，"小聪聪，这是我祜哥哥，你应该叫舅舅的。"小聪聪好奇地打量了张祜片刻，清晰叫道："舅舅！"

张祜眼眶一热，冲小聪聪伸出胳膊，"来，舅舅抱。"小聪聪又仔细审视他半响，很慷慨地点头，"好！"青雀手一松，张祜自她怀里接过小聪聪。

阿原闷闷的。儿子，他很好么，你竟让他抱。

小聪聪认真地要求，"舅舅，骑马！"青雀笑着解释，"他这几天一直吵吵着要骑马，可是我……"青雀脸红了红，"林医正不许我骑马，没法子啊。"

张祜浅浅一笑，"小聪聪，舅舅带你骑马去。"

这天小聪聪可是过足了瘾，张祜抱着他在骏马上驰骋，小聪聪在张祜温暖安全的怀抱里笑得无比灿烂。

张祜任辽东总兵，长驻广宁。他常常到辽王府来，每回来，小聪聪都和舅舅玩得很开心。

"我嫉妒祜哥哥。"阿原嘟囔，"小聪聪太喜欢他了。"

青雀晕："你这当爹的，嫉妒舅舅做什么？舅舅和爹爹，有法儿比么。"

阿原不好意思地笑了，"妞妞说得对，舅舅和爹爹，没法比。"

蒙古和朱里真都消停得很，没一个来捣乱的。青雀怀着小明明的日子，悠闲而快乐。

青雀肚子一天天大了，小聪聪很好奇，"娘怎么了？"阿原和青雀耐心告诉他，"娘肚子里有小弟弟了，小弟弟很可爱的，等小弟弟出世以后，小聪聪喜欢他，疼爱他，好不好？"说得多了，小聪聪勉为其难地点头，"好吧。"

隆冬季节，张祜接到京城家书，周琪为他生下一子，英国公还没来得及为孩子起名，家里都叫大哥儿。张祜把书信递给青雀看了，青雀看过书信，笑着道恭喜，"伯母该高兴坏了。"张祜淡淡一笑，没有接话。

"小青雀，你若生下小闺女，给我做儿媳妇吧。"张祜想定娃娃亲。

"这胎是儿子。"阿原自外头进来，笑道："祜哥哥，咱们做不了亲家了。"

张祜淡淡笑，"无妨，再等等。"

阿原看着张祜淡定的笑容，忽有了不妙的感觉。

"妞妞，我本来想要小闺女的，如今却不想要了。"阿原背地里跟青雀诉苦，"还没出生呢，祜哥哥便想抢走。"

青雀纳闷，"不是说好了，这胎是小明？还没轮着小勇和小敢呢，放心。"

青雀歌

阿原无语。

弘治六年正月里的一天，大肚子的辽王妃忽然肚子疼痛。邵太妃、钟嬷嬷等人紧张起来，忙把青雀送进产房。邵太妃在产房外头站着，六神无主，"人生人吓死人，小青雀，你可千万要挺住啊。"她是生过三个孩子的，每回都是在鬼门前转一圈，至今想来也是心有余悸。

阿原在书房会客，闻讯急匆匆赶来，帽子都歪了。邵太妃替他整理好衣冠，安慰他，"无事，放心。你回去喝杯茶，稳稳心神，过会子再来。"

这会儿还早啊。

阿原不肯走，"她生小聪聪的时候，我俩说好了，下回换我生。我虽不能替她吃苦，在外头陪着她，也是好的。"

邵太妃气乐了，"你怎么生？"男人要是能生孩子，还要女人干吗？还你俩说好了，真是两个小傻瓜。

钟嬷嬷抹着眼泪走了出来，"娘娘，殿下，王妃生了。"邵太妃差点没摔倒，"生了？"小青雀你真的这么神奇，这就把孩子生下了？阿原急急问道："王妃么么？我可否进去看她？"钟嬷嬷一边拭着眼泪一边点头，"好，王妃很好。"见阿原要往产房走，才明白过来不对劲，忙拉住他，"殿下，请稍等，这会子还不行。"没清理干净呢，你不能进去。

阿原心情急切，眼巴巴地等着，钟嬷嬷一点头，他就三步并作两步地进产房去了。邵太妃在产房外发了会儿呆，原来这是真的，原来小青雀生孩子真是这般神速……

辽王妃平安顺利诞下次子，乳名小明，昵称小明明。

消息传到京城的时候，已是暮春时节。年迈的太皇太后很是欢喜，"又多了个小阿原，真好！"乔嬷嬷很有眼色地凑趣，"给辽王府的赏赐您可要一回想好了，路远啊。不像他们还住在银锭桥的时候，您能一天三趟五趟地差人，这回可是辽东。"

太皇太后深以为然，开始高高兴兴地盘算要给小明明什么，给小明明劳苦功高的娘亲什么。当然了，阿原也很辛苦的，赏赐少不了，邵太妃还病着呢，也要慰问。

皇帝接到喜信儿，看见是儿子，大为庆幸，"阿原，你还是生儿子吧，最好下一个，下下一个，全是儿子。若是儿子叫小勇、小敢，你也不必愁了。"

皇帝去看贾淑宁的时候，贾淑宁正在亲自做法事，超度那还没出娘胎就折了性命的孩儿，"陛下，若是他出生了，您岂不是和辽王殿下一样，也有两个儿子。"贾淑宁幽幽说道。

皇帝悲从中来，掩面而去。之后，很是冷落了皇后几天。张皇后知道是贾淑宁捣的鬼，心中暗恨。千算万算，怎算漏了宫里还有这么个妖精，生生被她钻了空子。

张皇后虽恨贾淑宁，却拿她没什么好法子，唯有曲意笼络皇帝罢了。贾淑宁已是方外之人，看上去闲云野鹤一般逍遥，皇后能奈她何。"一个再也生不出孩子的妇人，不足为虑。"张皇后这么安慰自己。

张皇后和太皇太后、皇帝等人一样，向辽王府派下不少赏赐。她赏赐的物品倒也稀松平常，不过赏赐是由内侍、宫女送去的。其中有两名宫女，一名阿丰，一名阿润，均是纤秾得度，冰肌玉骨，妩媚妖娆的美人。

"祁青雀美则美矣，要比妖娆风骚，哪里比得上这两人。"张皇后厌恶地看了眼阿丰和阿润，"这两人腰肢玲珑，一脸媚意，辽王打小长在宫里，哪见过这种不正经的女人？

不迷上才怪。"

张皇后是很鄙夷阿丰、阿润这种女人的，视为乱家之源。可是阿丰、阿润若真能把辽王府弄乱了，张皇后却会舒心畅意，洋洋自得——辽王、辽王妃心怀叵测，不得不除。张皇后是用这些不正经的人，做正经的事。

张皇后对自己所做的事，深以为傲。

青雀接到许多宫中的赏赐，各家亲友的贺礼，还有薛扬的求救信。

青雀看了，直摇头，命人备好笔墨，龙飞凤舞地写下一行大字，"你若是个软骨头，谁会尊敬你？"写好回信，命人即刻送往邓家祖居。

邓家祖居中，邓之翰低声下气央求薛扬，"好阿扬，你心地最善良，性情最温柔，一定舍不得为难我的，对不对？我娘如今……很可怜的，她只想见见儿媳妇，见见小孙子，咱们抱儿子去看看她，陪她说说话，好不好？"

沈茉很不好，整个人跟一潭死水似的，眼神呆滞，不复往日的生动灵活。不过，若见了邓之屏、邓之翰，她便会很高兴，目光中闪烁着快活的光芒，"屏姐儿，翰哥儿！"她有时候会神志不清的，可是见了自己亲生的一对儿女，却会很清醒。邓之翰看见亲娘落到这个地步，哪有不心酸、不心痛的。

邓之翰想要好好服侍沈茉，让她高兴，让她舒心，让她安度剩余的岁月。她害过大姐，害过宁国公府，害得宁国公这一家之主触怒圣上，被关进大理狱，可是，她纵有种种不是之处，还是他的亲娘啊，是自小到大疼爱自己、无微不至的亲娘。邓之翰记得宁国公府对薛家的承诺，他也知道这么要求薛扬是没有道理的，所以他一直低声下气地央求，样子很可怜。

"我知道不该这么做，可是阿扬，你已经嫁给我了，咱们夫妻一体，不是应该同荣共辱么？她是我的亲娘，她生了我，养了我，阿扬你对她……竟是全无情意？不会，阿扬你是这么善良，这么温柔，不会这般冷酷的。"邓之翰定定看着妻子，眼神中满是痛楚，和浓浓的失望。

薛扬一阵心慌，无措地站了会儿，含泪点头，"之翰，我听你的。"还是听他的吧，不要让他失望，不要让他伤心。

邓之翰欣喜若狂，"真的么，阿扬，你真的愿意？"珍爱地揽过妻子，在她白皙精致的小脸上连连亲吻，"阿扬，我的好阿扬。"

薛扬木木地站着，屈辱、不甘一阵阵涌上心头。凭什么呀，明明说好了的，我不用认沈茉做婆婆！怎的到了这会儿，我还是要抱着孩儿，去给她请安问好？

邓之翰灼热又温存地亲吻着她，喃喃叫着她的名字，"阿扬，小乖乖阿扬。"一滴清泪悄悄从薛扬眼中流下，好吧，为了他，为了让他不为难，我为难自己。

邓之翰恨不得立刻便去看沈茉，薛扬委婉提醒他，"祖父祖母和父亲都在呢，咱们违背禁令私自去看她，也不好太大摇大摆了吧？不如你仔细想好了，哪天晚上咱们悄悄地过去，莫惊动了人。"

"是，我想得不周到了。"邓之翰面有惭色。

薛扬觉得疲倦，柔弱说道："之翰，我这两天身子不大好，容我歇息歇息，等到有了精神再去，好不好？我……我头回见她呢。"

青雀歌

邓之翰答应了，低低笑着，调侃她，"丑媳妇总要见公婆的，小阿扬，害羞也没用啊。"薛扬也浅浅笑着，眼波流转，娇娆妩媚，"之翰，我丑么？"

她有一双清亮的杏子眼，秋水无尘，纯真美丽。邓之翰轻轻叹了口气，低声道："阿扬，天上的星子，也不及你明亮耀眼。"薛扬得意地微笑起来，笑容如枝头繁花般绚烂。

两人约好了过几天悄悄去看沈茉，邓之翰心情大好，牵起薛扬的小手一起去看宝贝儿子谦哥儿。薛扬温柔陪在他身边，到了晚上，悄悄把侍女珑儿叫来，命她到祁家老宅送个信儿。

薛扬是薛能、祁玉的心头肉，她和邓家人一起扶灵回乡，薛能晚上连觉也睡不着。"咱们，该回乡拜祭岳父岳母了吧？"薛能结结巴巴地提出要去会亭。祁玉也担心小阿扬，便和薛护、薛挥说了，也知会了祁震、英娘，要回老家为父母上坟。

祁震当然知道她是为什么要回老家的，虽是不以为然，却是大不放心，便和英娘一起也回了老家。青峰和青宁都在上学，托给师爹、师娘照看，暂时住在景城伯府。

"当初便不该结这门亲！"祁震十分不满，"将军的外孙女嫁给邓之翰那臭小子，沈家的外孙，根本就是敌我不分，是非不明！"

英娘弱弱地反对，"小姐和小阿扬日子顺心，比什么不强？将军若是地下有知，也是只愿小姐好好的，不会强求别的。将军对小姐多好啊，小姐想要天上的月亮，将军都会设法去摘的。"祁震怒，"阿扬这叫日子顺心？阿扬若是日子顺心，咱们还用把青峰和青宁扔在京城，跟着小姐回乡？"

英娘垂泪，"阿扬都已经嫁了，大哥，你说怎么办？"祁震哼了一声，"怎么办？邓家若敢再一回背信弃义，不守诺言，我直接打上门去！"骗了小姐一回，还要再骗阿扬一回么，美得你。

祁震、英娘和薛能、祁玉一起回了老家，到祁保山坟前拜祭过，暂居祁家老宅。

薛扬的侍女珑儿过来的时候，悄悄见了祁玉，只告诉了祁玉一人。祁玉沉默片刻，简短道："让她再拖两日，我会设法。"珑儿行礼道谢，悄悄走了。

会亭和杨集一样，镇外有一条清澈的溪水，溪水边是堤岸、树林。树木葱茏，碧绿茂盛，一片青翠之中，有位身穿水红衫子的女子在树下悄然独立，远远望去，万绿丛中一点红，曼妙美丽，风华绝代。

"玉儿，是你么？"堤岸上一名中年男子正满脸惆怅地漫步，瞥见那抹娇艳好看的水红，心咚咚直跳，疾步向前飞奔！

快到跟前的时候，这中年男子心生怯意，止住脚步。玉儿不肯见自己的，一直不肯见。即便阿扬嫁做邓家妇，即便宁国公府、阳武侯府已是儿女亲家，她也不肯见自己。她不肯见，自有她不肯见的道理，自己冒冒失失闹过去，她会不会恼了啊。

二十年的分离，祁玉在邓麒心中早成了天上那轮明月光，美丽却遥不可及。邓麒不见祁玉的时候，朝思暮想；等到真能见面了，却又患得患失，止步不前。

邓麒止步踌躇的时候，祁玉缓缓转过了身。

她已是人到中年，生育过三个孩子，可腰肢依旧纤细，不盈一握。老天太优待她了，岁月仿佛不曾在她身上留下痕迹，她面目姣好，肤色欺霜赛雪，长长的眼睫毛微微上翘，衬得那一双秋水潋滟的明眸更有神韵。

"玉儿！"邓麒热泪盈眶。

祁玉心中悲凉无限。本以为可以淡然面对他的，像邓麒这样无耻的男人，像邓麒这样背信弃义、停妻再娶的男人，不是很令人唾弃么？可是，多年之后自己再次面对面看着他，竟然还是……

从小一起长大的青梅竹马，豆蔻年华时便认定会厮守终生的良人啊。年幼无知时，哪能想到自己会和他分离，天各一方？

两人无语对望，泪眼朦胧。

"玉儿，让我时常看看你吧。"邓麒哽咽央求，"只要能远远地看你一眼，我……我便心满意足。"

"呸！"祁玉啐了他一口，"你早干什么了，这会子来装深情！你娶沈茉的时候，想过我么？"

多年来压抑在心中的愤懑一下子爆发出来，祁玉眼中闪着怒火，"我嫁给你的时候，满心欢喜，打算和你同生共死，白头到老。邓麒，你……害得我好苦……"只差那么一点点，祁保山唯一的女儿、才出世的外孙女，就会死在邓家祖居，死在邓麒的朝秦暮楚、朝三暮四的孽行之下。

邓麒愧悔无极，脸色变幻不定。他没法跟祁玉说实话，"我不是不要你了，我是想两美兼得。"邓麒从来没有想过不要祁玉，从来没有。

半晌，邓麒低声苦涩说道："玉儿，不管你信不信，当年咱们成婚之时，我和你一样，也是满心欢喜，想和你同生共死，白头到老。"

祁玉几乎脱口而出，"我信！"怎么会不信呢，他的神情是这般苦恼，眼神是这般真诚，一如他还是翩翩少年之时。

邓麒并非不爱祁玉，邓麒怎么会不爱祁玉呢？祁玉美丽的眼眸中，闪过一抹迷惘又缱绻的温柔。

邓麒沮丧道："玉儿，我后悔死啦。若是咱们当年径直南下，到江南水乡谋个武职，十年二十年地逗留在外，不回京城，是不是也不会分开？"

"祖母、母亲她们爱娶沈茉，娶啊，我反正不回家，看她一个人孤零零地能在邓家守多久。她守不住走了，咱们便得了清净。"

提起沈茉，祁玉想起自己的来意，胸中顿时冰冷。阿扬，我心肝宝贝一般养大的阿扬，快要落到沈茉手里了。

祁玉狠狠心，嘴角勾起一抹醉人的微笑，"便是你回了京又如何？若你不曾和沈茉圆房，若沈茉不曾怀孕，我一样不会离开你。"

"若你娶的人不是沈茉，即便你另娶妻室，即便你妻室怀了身孕，我也不会离开你。我从小就认定了你，知道么？若不是沈茉太过狡诈狠辣，咱们原是不必分开的。沈茉，是我最讨厌的人。"

邓麒难受得想死，"玉儿，我也讨厌沈茉，我快恨死她了。"因为她玉儿才会走啊，被她害死了。

青雀歌

祁玉敛起笑容，正色道："和你做了儿女亲家，原本我是很高兴的。不过，如今看来，咱们这儿女亲家也做不下去了。"

邓麒大惊，"怎么了？阿扬和翰哥儿很要好的啊，咱们怎么会……？"邓麒头昏了，儿女亲家做不下去，这是什么意思？

"沈茉当年欺负我，如今开始欺负我闺女了。"祁玉眼圈一红，"她……她要见阿扬，要见谦哥儿。我绝不许阿扬认她做婆婆，宁可阿扬离开邓家，也不许！"

阿扬离开邓家，咱们还做什么儿女亲家，成仇人了。

邓麒气得浑身发抖，"我看在儿女的分儿上，几次三番地容忍她、迁就她。她不知悔改，越发变本加厉了！"

邓麒冲祁玉拍胸脯保证，"这事，包在我身上！"保证完，邓麒气冲冲地奔回邓家祖居，安排下人手，"你，你，还有你，把这座庙看严实了，连个苍蝇也不许放进去！"安置过后，邓麒一阵风似地回到溪水边。

祁玉已经走了，邓麒对着满目青翠，襟怀萧索，寂寥落寞。一阵微风吹过，树上一片绿叶悠悠扬扬地在空中翻飞着，缓缓落在地面。邓麒颓然跌坐地上，背靠大树，无声痛哭。

祁玉使人给薛扬送了信，"只管答应他，不碍的。"薛扬眉毛弯弯，笑吟吟抱起襁褓中的谦哥儿，亲了亲他嫩嫩的小脸蛋。

一个安静的夜晚，邓之翰牵着薛扬，抱着谦哥儿，偷偷去见沈茉。薛扬顺从地跟着他，月光之下，眉眼异常温柔。邓之翰大为感动，"阿扬，你真好。"

才到了庙墙外，邓之翰就被人迎头拦住了，"世子爷有命，任何人不得靠近此处。大爷、大奶奶，请回罢。"

邓之翰没想到半路上会杀出个程咬金，不由得大为恼怒，"闪开，莫挡了爷的路！"一手抱着谦哥儿，一手牵着薛扬，抬脚踢了过去。

家丁不敢跟他动手，可也不敢违抗邓麒的命令放他进去，双方僵持起来。

喧闹声中，里边传出柔美的女子声音："翰哥儿莫胡闹，你爹爹会生气的。"邓之翰听到亲娘发话了，很孝顺地住了手："娘，我明日便去见爹爹，求爹爹高抬贵手。您歇息罢，我们改日再来。"

柔美的女声再次响起，"何必改日呢，翰哥儿，你和你媳妇儿今日拜见过我便好。你爹爹若不松口，你俩便不必再来了，徒惹你爹爹不喜。"

这女子的声音温柔入内，薛扬听在耳中，却觉得一股阴森之气扑面而来，不由得打了个寒噤。

邓之翰拉拉薛扬，"咱们虽见不到娘的面，在这儿磕个头，心意也是一样的。"

一时间，薛扬手脚俱是冰冷。

邓之翰见她不说话，也不动，站着发呆，又拉了拉她，"阿扬！"娘在里头等着呢，你发什么愣啊。

薛扬挣开邓之翰的手，冷冷看着他。邓之翰心头忽起了不祥之感，低声喝道："阿扬，她是我亲娘！"

"我姐姐出生在这栋宅子里。"薛扬声音清清冷冷，没有一丝暖意，"我娘不止一回想杀了姐姐，因为我娘很骄傲，不能容忍她的女儿跪在沈茉面前！"

邓之翰下意识地抱紧谦哥儿，背上发凉。

薛扬凄惨地一笑，"我若磕了这个头，你猜你娘会不会亲手杀了我？"

邓之翰连连摇头，"不会，不会！岳母多疼你，待你如珠如宝。"邓之翰没有想到会是这么个局面，心中慌乱，狼狈不堪。

"她待我如珠如宝，我呢，要不要拿起她的自尊，呈到令堂面前，由着令堂狠狠践踏？"薛扬努力抑制住想要流泪的冲动，轻轻笑了笑，"邓之翰，我和你不是一路人，还是算了吧。"

薛扬转身跑了。邓之翰想追，却被沈茉扬声叫住了，沈茉显然极是不满，"翰哥儿，这便是你的媳妇儿？连你的亲娘也不尊敬，这便是你千挑万选的好媳妇儿？"沈茉在墙里斥责，邓之翰在墙外呆呆站着，心绪烦乱。

薛扬半刻没耽搁，到邓晖、孙夫人面前哭了一场，"……让我认姓沈的女人做婆婆，不如一刀杀了我。我薛家世代忠勇，没有出过通敌卖国的鼠辈！谦哥儿爹要孝顺他娘，我无话可说，只有自请下堂。请二老许我离开邓家。从此以后，我和邓家再无干系，也和沈家再无干系。"

孙夫人大急，"说的什么傻话！谦哥儿都有了，你说的什么傻话！"邓晖大怒，厉声喝道："把邓之翰给我绑过来！他敢违抗邓家禁令，敢把父祖不放在眼里！"

邓家已经有了位出家修行的国公夫人，有了位悄无声息不见的世孙夫人，要是邓之翰再和离了，世人会怎么看邓家？更别提薛扬是阳武侯独生爱女，恪国公祁保山的外孙女，若真是和离了，生生得罪了阳武侯府、宣城伯府两家，结下死仇。

邓家之前靠的全是宁国公，宁国公一去，势必会比从前差上一截。这种时候再去得罪薛家、祁家，吃饱了撑的啊。恪国公忠勇报国，人家的外孙女才嫁到邓家不足两年就被逼得和离了，说出去很好听么。邓晖再怎么不理事，这个账是能算清楚的。薛扬要和邓之翰和离，他绝不允许。

孙夫人是不喜欢祁玉的，可是薛扬已经进了门，谦哥儿都生下了，孙夫人才做了曾祖母，正是高兴得意的时候，哪能忍受曾孙子没了亲娘？再说了，沈茉的丑事出都出了，那是无可奈何，邓家可不能再出岔子，让人笑话。

在不许邓之翰和薛扬分开这件事上，邓晖和孙夫人意见空前一致。

邓晖、孙夫人连夜把邓麒叫过来商量，邓麒又惊又怒，"翰哥儿这混小子！你要亲娘，当年别求婚啊，谁让你死缠着阿扬不放的？"

三人商量过后，命人把沈茉严密看守起来。沈茉心术不正，每天要抄录一百遍清心咒，否则便不给饮食，只给清水。"你安安生生的，休要再生事。"孙夫人命心腹陪房过去传话，"若再生事，连眼前这碗安乐茶饭也没有了。"

沈茉气得发昏，又生了病。她生病之后孙夫人也不放邓之屏、邓之翰进去看她，只延医为她医治。大夫治得了病，救不了命，沈茉心情郁结，身子一天比一天更差。

祁震听说后，大恼，带着人到邓家祖居，硬是把薛扬、谦哥儿带走了，"我祁家的外孙女，不受这个气！"邓晖不好意思，没出面，邓麒不敢招惹祁震，赔着笑脸，一直把他们送到祁家老宅，"阿扬啊，回娘家住几天散散心也好，翰哥儿很快来接你。"

薛能性情温和宽厚，见祁震二话不说直接把阿扬、谦哥儿接回娘家，又是感动，又有些担忧，"舅兄关爱阿扬，视如己出，我和玉儿万分感激。舅兄，我只怕阿扬的心思还在邓家，还在邓之翰身上，若是真和邓家闹翻了，阿扬未必欢喜。"

在薛能看来，邓之翰不守诺言，确实可恶极了。可沈茉再凶恶，也是他亲娘，他在亲娘面前迷失了，虽令人不快，倒也情有可原。更何况阿扬儿子都生了，能和邓之翰痛痛快快地一刀两断么？不大可能啊。既然阿扬还牵挂邓家，牵挂邓之翰，那就别和邓家弄得太僵，要不然，往后阿扬在邓家怎么过日子呢。

祁震微笑，"宁国公府敢跟祁家闹翻？他们没这个胆子，放心吧。"

不想闹翻的不只有你，还有邓家呢。邓家老家主过世，新家主立不起来，还敢得罪姻亲？那不只是笨，简直是傻了。

当年他们骗小姐，是因为祁家没人。如今祁家有祁震，有祁青雀，还能让他们欺负了阿扬不成？

薛能怔了怔，满脸赔笑，"舅兄，我不争什么闲气，只想阿扬过舒坦日子。"祁震笑，"我也不争闲气，要为阿扬争一个长治久安。妹夫，阿扬和青雀不一样，小姑娘家家的没主意，全靠娘家人扶持她。咱们若是不硬气，要阿扬委委屈屈过日子不成？薛家的姑娘，祁家的外孙女，哪能够呢。"薛能是不喜生事的人，可是听到"委委屈屈过日子"这话，也是摇头，"不成，我家小阿扬娇生惯养的，这么着可不成！"

邓之翰来接阿扬的时候，祁震、祁玉都懒得理他，直接吩咐门房挡驾。薛能忧心阿扬，连带地对邓之翰这女婿也宽容，怕折了他的颜面，命人把他请进来，亲自招待他喝茶。邓之翰嗫嗫嚅嚅，"岳父，阿扬和谦哥儿不在身边，我……我连觉也睡不着。"

薛能这老实人也是有些气性的，听了邓之翰这话，温和说道："妻子和儿子算什么呢？能服侍亲生母亲，才是最为要紧。"

邓之翰涨红了脸，羞愧得说不出话来。

"做父母的，只愿自己的儿女幸福。"薛能见到邓之翰的窘迫之状，很快心软了，语气更加温和，"翰哥儿，你如今只有儿子，没有闺女。等你有了小闺女，你就会明白做父亲的心意。女儿很娇嫩，很脆弱，从小就是父母的掌上明珠，等到她长大了，嫁人了，若是夫婿不肯替她着想，公婆为难……做父亲的，心疼得要死。"

薛能的神情、语气都极为温和，半分没有责难的意思。他越是这样，邓之翰越是惭愧，舅舅都翻脸了，岳父宽和厚道，还像从前一样慈爱！

邓之翰跪下磕了个头，"岳父大人，我对不起您，让您操心了。"薛能叹口气，伸手扶起他，"哪家的父母，不是为儿女操碎了心。起来吧，不需如此。"

邓之翰吞吞吐吐地提出想见见阿扬，薛能委婉拒绝，"你这会儿见她，有害无益。翰哥儿，你们分开些时日也好，各自都想清楚了，也知道往后的日子究竟要怎么过。"

邓之翰颇有迷惘之色，往后的日子究竟要怎么过？我也不知道。阿扬要走，那是一定不许的，她是自己的发妻原配，也是自己最钟爱的女子，一辈子都不要分开。可是，亲娘怎么办呢？她做了对不起邓家的事，在寺庙苦修是没有办法的事，可是她想见见儿媳妇，见见孙子，这小小的愿望也不能满足她么？太不孝了。

"姑爷，你想清楚了再来。"薛能温声道。

邓之翰恭敬地长揖，告辞走了。岳父说得对，想清楚了再来。

邓之翰回到祖居，邓麒关切地问他，"见到阿扬没有？儿子，你多说好话呀，好生哄哄阿扬。"邓之翰闷闷的，"您当哄哄阿扬，岳父岳母和舅舅就能让我不明不白地把阿扬接回来？不想清楚，不说清楚，祁家能搭理我呀，您净想美事。"

邓之翰想走，邓麒忙拉住他交代，"儿子，别再去看你娘了，知不知道？她不是想见你媳妇，她就是想折辱阿扬，报复你岳母……"邓之翰烦躁地甩开他，"她至于么？我是她亲生的！"她是我亲娘，难道她不想我好好的，反倒要侮辱我挚爱的妻子？你想多了。

"总之你别再去见她了，见了她准没好事。"邓之翰不耐烦地转身走了，邓麒冲着他的背影喊道。

邓之翰回去闷闷地躺倒，烦躁得不行。一边是爱妻，一边是亲娘，两相权衡，他不知该如何是好。

邓之翰愁绪满怀。阿扬，我的好阿扬，你快回来吧，我一个人很苦恼的，漫漫长夜，如何度过？

胸中一阵烦躁，邓之翰坐起身，寻思着，"在老家待着，我可不是左右为难么？不如回京城去。曾孙子为曾祖父、母守孝期是五个月，我已守满了。这时回京复职，也是正理。"

回京城了，娘不在身边，自然没有眼下这烦恼了，对不对？邓之翰好像迷路的人找到了出路，一下子精神了。

"临走之前，和娘告个别吧。"夜深人静，邓之翰避过巡逻的家丁，悄悄到了沈苿的门前。门没锁，邓之翰轻轻推开门，进去了。

沈苿睡在里间，邓之翰正要往里间走，耳边听得一声幽幽的叹息。这会儿是深夜，四周围很安静，乍闻这声叹息，邓之翰毛骨悚然。

"玉儿，玉儿，你闺女就快要落到我手里了。"沈苿的声音带着股子睡意，估计是在说梦话，"我会好好对她的，玉儿，你满不满意？"

沈苿话语中的那股子阴狠、恨毒之意，让邓之翰呆住了。

沈苿还在喃喃低语，"我会好好调教你闺女的，玉儿，你放心吧。"邓之翰不忍再听，掩耳向外疾奔！你是我亲娘，你对别人恶毒倒也罢了，对我也……我娶阿扬回家，不是来给你折辱的。

邓之翰闷头睡了两天两夜，第三天上他也不用人叫，起床梳洗后，一个人去了祁家。"岳父，岳母，舅舅，我带阿扬回京城去！只要我娘活着一天，我便不回老家。即便迫不得已要回，我也不会勉强阿扬见她。若有违此言，叫我天诛地灭，不得好死！"邓之翰跪在薛能、祁玉、祁震面前，发下毒誓。

祁震冷冷地哼了一声，祁玉默然不语。薛能是最不忍心为难邓之翰的，亲手扶起他，"翰哥儿，你能和阿扬好好过日子，万事皆休。"

得到父母、舅舅的允许，薛扬抱着谦哥儿，跟邓之翰回去了。一路上邓之翰曲意赔着小心，薛扬爱理不理的。

"姐姐说得对，你若是个软骨头，谁会尊敬你？"薛扬不无心酸地想着，"还好我写信给姐姐求救，听了姐姐的话。若不然，我舍不得叫邓之翰为难，舍不得他伤心，便会把自己搭进去。我若跪在沈茉面前，下一步她不知道会怎样，我是一辈子也抬不起头了。"

邓之翰一直小心看着薛扬的脸色，薛扬抱着谦哥儿，给了他一个温柔的微笑。邓之翰大喜，"好阿扬，你不恼我了？咱们回京城去，这些是非恩怨，全不理会！"薛扬点点头，眷恋地偎依在他肩头。

邓之翰很快带着薛扬、谦哥儿回了京城，没有跟沈茉告别。

沈茉知道后，病势越发沉重，时常胡言乱语。孙夫人听大夫说，沈茉怕是没多少日子了，叹了口气，允许邓之屏时常过去看她。

邓之屏已经许了人，不过，夫家公公去世了，要守孝，办不得喜事。邓之屏倒乐得不成亲，还住在娘家。一则她那夫家早已败落，算不得高门大户，二则，她心里始终放不下一个人，并不热衷于出阁成亲。

沈茉脸色苍白地躺在床上，眼神狂热而迷乱，"翰哥儿呢？让翰哥儿来见我，让翰哥儿来见我！"邓之屏偷偷抹把眼泪，温柔抚慰她，"翰哥儿忙着呢，等他闲了，便来。"

沈茉一天天憔悴消瘦下去，眼见得是不行了。邓之屏哀伤地坐在她床边，心里有着浓浓的悲伤。娘，若不是您一直告诉我，"祐哥哥是你的，英国公府是你的，娘都替你盘算好了。"或许我不会一直奢望祐哥哥，这些年来都不开心吧。

也或许，我会在沈家败落之前便定了亲，不至于沦落到这个地步。邓之屏想到跟自己定亲的那户人家，心生厌恶。

邓之屏温柔细心地服侍着沈茉，可是沈茉不领她的情，一次次打掉她的手，"翰哥儿媳妇呢？怎么还不来，怎么还不让我折磨？"

一个凄冷的秋夜，沈茉在无限的怨念恨毒中，咽了气。

她眼睛睁得大大的，显然是死不瞑目。邓之屏跪坐在她身边，默默流着泪，颤抖着伸出手，替她合上眼睛。"娘，你安息吧。"邓之屏喃喃。

沈茉被安葬在离邓家祖坟不远的一个山头，孤零零的一座孤坟。邓之屏会到她坟前烧纸，不过，这也没多长时候了，邓之屏夫家即将守孝期满，她，快要嫁人了。

消息传到京城，邓之翰一个人骑马到了郊外，痛哭良久。晚上他回到家，薛扬抱着谦哥儿笑盈盈迎出来，"之翰，你怎么了？"见他眼圈红红的，薛扬关切问道。

"我没事。"邓之翰微笑，"阿扬，我没事。"

薛扬也不多问，只是把怀中的谦哥儿递了给他。谦哥儿已经大了，眉眼长开，活泼可爱，邓之翰从妻子手中接过爱子，抱得紧紧的。

邓之翰和薛扬回京之后，小日子过得甜甜蜜蜜，舒心惬意。上头没有长辈管束，身边没有俗务烦心，逍遥自在得很。薛能和祁玉看在眼里，各自觉得欣慰。

邓麒不久之后也回了京城。

他也不去销假，每天就在家里含饴弄孙。

青雀时常有信函寄过来，大多是有关小聪聪、小明明的画：小聪聪开始上学了，他端端正正坐着写字，一脸专注，小大人似的；小明明开始蹒跚学步，那摇摇摆摆的走路姿势，有趣之极；小哥儿俩有时蛮亲热的，大的牵着小的，同吃同睡，同起同坐；有时会吵架，小聪聪气愤地批评弟弟，小明明口齿还不伶俐，吵不过，便下大力气跺脚，以壮声势……

邓麒看得怦然心动，"小聪聪早该把我忘到九霄云外了吧？还有小明明，连我的面儿都见着，更该跟我不亲了。"他原在五军都督府任职，回京后并没销假，如今自由自在的，根本不受拘束。拿着一沓信函看来看去，他决定去辽东，看外孙子去。

"我想你姐了，还想看看小聪聪、小明明。"邓麒跟儿子、儿媳告别，抱着谦哥儿亲了又亲，带上一队护卫，出发去了辽东。

邓之翰在金吾卫任职，时常入值禁中。六月里的一天，他在宫中当值的时候，皇帝、皇后在御花园游玩，正巧看见他，特地召他过去，说了几句话。

张皇后神色和悦，眉宇间有股子说不出的欢喜之意。便是向来稳重的皇帝，唇角也噙着微笑，显见得心情极好。张皇后温言问过几句家常，好似漫不经心地提起，"令尊孝期早已满了，已复职了吧？"

邓之翰硬着头皮答道："家父曾在辽东打过蒙古人，不知怎地忽然怀念旧时岁月，到辽东游历、拜访故人去了。"

张皇后变了脸色，斜视皇帝一眼，目光中大有深意。皇帝心里打了个突突，笑道："令尊倒是好雅兴，为了怀旧，竟远赴辽东。"温言抚慰两句，命邓之翰退下。

邓之翰下拜后离开，背后出了一层冷汗。皇帝、皇后好像都挺高兴的，可为什么自己却感觉很是不妙呢？

邓之翰走后，张皇后冷笑，"陛下，这不是很清楚的事么？她记得邓家，记得邓麒，她在祖母面前说什么忘了往事，纯粹是在欺骗老人家！她要是不记得邓麒，邓麒能为了看她跑到辽东去？！"

皇帝温柔笑着，目光看向她的小腹，"梦月，孩子最要紧，你说是不是？你肚子里有咱们的孩子呢，高高兴兴的，莫想那么多。"

梦月而生、奇贵无比的张皇后，终于怀孕了。皇帝本来就对她很迁就，自她怀孕后更是对她千依百顺，张皇后有心计，自然想趁着这难得的大好时机，除去自己一直不喜的人。

"陛下怎地总是袒护她？"张皇后嗔怪。

"你，你怎地总是针对她？"皇帝无奈说道。

梦月，你怎地总是针对弟妹，针对阿原心爱的妻子？广宁有锦衣卫的，还是很精明强干的锦衣卫，一直以来的回报都是"辽王一家和乐，无异状"。你非要说祁青雀有兵权，有谋反之意，这不是捕风捉影么？至亲之间，何至于此。

张皇后面有怼色，"她……她也太无理！"张皇后想是气得很了，胸不断起伏，脸颊一阵潮红。

皇帝体贴地为她顺着气，忽觉很好笑，背着张皇后，悄悄掩起嘴。怪不得梦月生气呢，阿原和青雀，确是淘气了些。

张皇后不是很为小叔子着想么，赏赐小明明满月礼的时候，顺带送了两名美女过去。这两名美女到了辽王府之后就被雪藏了，根本连辽王的面也见不着。"天生丽质难自弃"，阿丰、阿润自负美貌，怎甘心在后院终日寂寞？她俩很殷勤地亲自端了茶点去到辽王书房外求见，"妾是皇后差来的，难不成殿下连赏脸见一面也不肯么？"两人的话语，柔中带刚，

青雀歌

让人很难拒绝。

皇后赏下来的人，你连见一面都不肯啊，太不把皇后放在眼里了。

辽王很给面子地见了她们。

然后，辽王吐了，辽王吐了……

皇后精心挑选的两名美女，弄了个灰头土脸。

消息传到京城，张皇后差点没气昏过去。阿丰、阿润那样的尤物，辽王吐了！辽王哪是被美女恶心的，他是故意要恶心人好不好！

张皇后折了颜面，对辽王、辽王妃简直恨之入骨。

皇帝一想到这件事就想笑，又怕臊了张皇后，常常要忍着。阿原你……你嫂嫂挑的美人就算比你的王妃差了点，也不至于恶心到这个地步吧？阿原你可真行。

皇帝虽是把张皇后捧上了天，却还是敏锐地感觉到她对皇长子阿朝不如从前亲热，神色间有了厌恶之意。皇帝对长子是极为钟爱的，深思过后，借口皇长子年纪大了，把皇长子搬出坤宁宫，养在东三所，着老成嬷嬷、宫女，悉心服侍。

张皇后见皇长子不在眼前，倒是松了口气。

次年的正月十五，张皇后经过三天三夜的痛苦折磨之后，终于生下了皇次子。皇帝欣喜若狂，为皇次子赐名为伟，阿伟，成了皇帝和张皇后的心肝宝贝。

张皇后真想合掌感谢上天，还想把无尘从地底下拎出来，诚挚对他道谢。你说我命里有子，你果然没骗我啊，我有儿子了，我有儿子了。

皇次子出生之后，张皇后看着皇长子便不大顺眼。可是皇长子养在东三所，身边的嬷嬷、宫女、女官都是老成持重的，怎么办呢？

张皇后的弟弟张延进宫看她，给她出主意，"把他养废了，不就万事大吉？等到两个孩子长大成人，一个风神俊秀，一个纨绔不成器，谁中用谁不中用，不是一目了然么？"

张皇后深以为然，之后，她对皇长子异常娇惯、纵容。看着皇长子一天比一天顽劣、淘气，张皇后心里别提多舒服了。

皇帝钟爱皇长子，可他忙于国事，很难有工夫亲自教导。即便他百忙之中抽出时间亲自教孩子，也挡不住张皇后刻意惯着、宠着，他的工夫，简直白费。

皇次子一天一天长开、长大，张皇后微笑看着他，开始仔细为他盘算将来。

在皇次子的身上，张皇后寄托有太大的期望。

皇次子，皇帝和张皇后的心肝宝贝阿伟，活了一岁零两个月。次年的三月初，阿伟得了急症，不治身亡。

皇帝大受打击，一夜之间仿佛苍老了十岁。张皇后更是如同五雷轰顶，抚着皇次子渐渐冰凉的小身子，连哭都不会哭了，傻了。阿伟没了，阿伟没了……无尘，你说过我命里有子，这就是所谓的命里有子么？

"夭折了？才一岁多的孩子就夭折了？"在辽王府养老的邵太妃听说后，慌了手脚，她先去学堂看看专心上课的小聪聪，又到园子里看看玩兴正浓的小明明，担心得不得了。夭折，好好的孩子怎会夭折呢，邵太妃一阵阵心痛。

晚上，阿原、青雀带着小聪聪、小明明回来了，一起陪邵太妃吃晚饭。邵太妃看着活蹦乱跳的两个宝贝孙子，担心得不行，"阿原，青雀，孩子的衣食住行要格外当心，知道么？"青雀最明白她，笑眯眯答应，"知道，他俩晚上睡在暖阁里，我一晚上会过去看三遍。"邵太妃听了这话，大为放心。

小聪聪已经快六岁，小明明也三岁多了。小明明生得十分美貌，皮肤白白的，眼睛大大的，眼睫毛又长又弯，他垂下眼睑的时候，真是迷人极了。

两个孩子凑在一起，时常闹笑话。

"弟弟，你知道三遍是多少？"小聪聪很严肃地问道。

小明明慢吞吞地冲他举起三个手指头。

"弟弟很识数啊。"小聪聪点头称赞。

小明明矜持地笑了笑，"那是自然。"

小聪聪眼珠转了转，殷勤地建议，"弟弟，咱们带上银钱，去集市买吃食好不好？你都识数了。"

阿原和青雀带小聪聪、小明明去过集市，摊主卖十文钱的东西，小明明硬要塞给人家一串清钱，摊主不要都不行。因为这个，小明明一直被哥哥嘲笑"不识数"。

"好啊。"小明明不慌不忙地点头。

小聪聪牵着小明明的手，一起跑到阿原面前，"爹爹，要去集市！"凡有这种事，他俩很有眼色地会去跟阿原要求，因为相比较起青雀，阿原更好说话。

两个粉团儿一样的儿子站在自己面前，大眼睛里满是渴望和期盼，让阿原怎么拒绝？阿原心里早同意了，面上却故作沉吟，"你俩出一回门，劳师动众的……"

这里是边境，不像内地、京师一样市面安定。小聪聪、小明明若是出门，青雀一定会亲自带着他俩，还要有不少护卫便衣跟随，很费事。

小聪聪郑重宣布，"娘教我练功夫了，我能保护自己！"

小明明也很严肃，"爹爹，我听话，不乱跑。"

辽王府占地辽阔，风景秀丽，可是小聪聪、小明明会向往一个更广阔的天地，向往有着琳琅满目商品货物的市集，向往人来人往、热闹好玩的繁华闹市，喜欢看形形色色的人，喜欢看各种各样的新鲜事物。他们想出府玩玩，太正常了。

小孩子么，好奇心很浓的。

阿原轻轻咳了一声，探询地看向青雀。青雀好像没听见这爷儿仨在商量什么，手中捧着光滑莹润的细白瓷刑窑茶盏，悠闲地喝着茶。

小聪聪迈着庄重的步子走到青雀跟前，"娘，要去市集，要知道民生疾苦！"话说得很冠冕堂皇。小明明则是熟练地手脚并用攀到青雀腿上坐好，冲着青雀甜甜笑，"娘，您长得可真好看呀！"

青雀喷了茶，阿原也是粲然。邵太妃本是闲闲坐在一边含笑看着他们的，这会儿也笑得花枝乱颤。小明明，你太谄媚了！

为了能出去玩，你真是无所不用其极呀。

第二天，阿原、青雀亲自带着两个儿子，便装去了市集。小聪聪、小明明看见什么都觉得稀罕，每个摊位前都要流连许久，"这是什么？有什么用？"一个接一个地问。

青雀歌

"怎么卖的啊？"小明明拿起一个做工粗糙的桃木梳子，奶声奶气地问道。

摊主是个四十多岁的中年男人，见他长得实在可爱，和悦地笑着，"小少爷真有眼光，这可是桃木的，好梳子！一把要四百文钱。"

"我要两把。"小明明很快做了决定。

他来逛过市集，知道买东西是要给钱的，冲青雀伸出胖乎乎的小手，"娘，银子。"青雀从怀中取出锭一两的银子，笑眯眯告诉他，"这是一两银子，能换一千文钱呢。"小明明歪头想了想，好像是在算账。一两银子值一千文，一把梳子四百文，那两把是……八百文吧？一千文，八百文，我给摊主一两银子，他要还给我……多少来着？

小聪聪陪着他站在摊位前，同情地看着他。弟弟你又算不明白账了吧？昨晚我还说你识数的，今天你又……唉，没法子，你太小了。等你长大了，或许会好一点。

阿原和青雀笑吟吟看着两个孩子。

小聪聪、小明明虽穿着平民的衣服，可是长得太出众太可爱了。他俩神色庄重地站在摊位前，两个粉雕玉琢的小人儿，真是一道美丽的风景。

小聪聪见弟弟歪头想了一会儿，还没算明白账，便从他手里拿过一两银子要递给摊主，"两把梳子，不用找了。"

小明明拦住了他，"哥哥，等一会儿。"我还没算清楚账呢，你急什么呀。

又想了想，小明明奶声奶气告诉摊主，"两把梳子八百文，我给你一两银子，你该还我两百文。"

摊主笑，"小少爷真聪明！算得清楚明白，一丝一毫也不错啊。"赞了两声，收下银子，要找还两百文钱。

小明明等着摊主把两百文钱拿到他面前，仔细瞅了瞅，很认真地说道："这就是两百文钱啊？我知道了。"把钱推给摊主，不要。

"娘，梳子。"小明明仰起脸，冲青雀举起桃木梳，"娘一把，祖母一把！"

青雀蹲下身子，笑眯眯从他手里接过桃木梳，狠狠夸了几句，"有一种古朴美呢，真是与众不同！小明明，娘很喜欢啊。"小明明笑成了一朵花。

小聪聪牵着弟弟的手继续往前走，口中抱怨着，"我都说不用找了，你却让摊主把两百文拿出来，然后你又不要！弟弟，你真是多此一举。"

小明明很固执，"才不要呢，你会说我不识数！"我给一两银子，买两把梳子，不要摊主还钱，你会说我不识数的！

阿原和青雀跟在他俩身后，听着儿子的童言童语，又是好笑，又觉温馨。

广宁城既要抵御蒙古，又要提防新近崛起的朱里真，防务很重。张祐精心练兵，侦察敌情，敌人进犯的时候率众出击，没让蒙古和朱里真人讨到便宜。蒙古、朱里真劫掠成性，哪会甘心？不停地南下侵扰，广宁城不胜其烦。就连青雀这辽王妃也有不少回披甲出战，亲自上战场。

"蒙古人心已经散了，频频南下，不过是劫掠财物。"张祐跟青雀分析，"朱里真却是所图非小，这才是天朝心腹大患。"

"武将守边，朝廷傻乎乎的弄个太监监军，再来个狗屁不通的文官管着。"青雀皱眉，

"这纯属有病！有几个文官懂军事的？瞎指挥。还有，有不少卫所的军士整天光种地了，连弓都拉不开，到了敌人来袭的时候，怎么打仗？"

天朝地大物博，人杰地灵，难道能怕了蒙古、朱里真这些番邦蛮夷不成。不过军制如果有问题，战事不得利，始终令人担忧。

不过，军制不是张祐能做主的事，也不是青雀能做主的事，两人相对唏嘘。

"青雀，我担心你。"张祐沉声道，"张皇后心胸狭窄，陛下身子又不好，若是陛下有个什么，她做了皇太后，必定会对你不利。"

张皇后利用过沈荷、荀氏，那时还是很隐蔽、很含蓄的，自己不会抛头露面。到了送阿丰、阿润至辽王府，已是明打明地要和青雀过不去。前阵子邓麒心血来潮跑到辽东看望小聪聪、小明明，才到不久就被京城飞书召回——五军都督府缺人，急命邓麒回京任职。

这些对青雀都形不成太大的打击，可是张皇后的不友好明明白白放在这里，没法忽视。她是皇后还好，好歹有皇帝约束着。她若做了皇太后呢？那可就难说了。

"难怪她不喜欢我。"青雀不在意地笑笑，"自从永乐帝之后，藩王们就被管得死死的。唯独到了我，身为王妃，同时也是将军，她能不担心么？不过，后宫是后宫，朝堂是朝堂，祐哥哥不必过虑。"

"后宫不许干政"这一条禁令，对皇太后也适用。张皇后便是成了张太后，也不能肆意妄为，要受的约束多着呢。

张祐默然良久，缓缓说道："青雀，不管怎样，我总是在你身边的。"

已是两子之母的青雀笑吟吟转了几个圈，神情陶醉，"我太招人疼了呀，太爷爷、祐哥哥，都对我这么这么好！"

青雀才转了没几圈，忽觉头晕，慢慢停了下来，"祐哥哥，我头晕。"张祐忙上前扶住她，"你怎么会头晕呢？转得太急了么？"张祐心中着慌，青雀身子一向很好的啊，这是怎么了？

张祐扶青雀在椅子上坐好，青雀歇了会儿，微笑，"祐哥哥，我没事。"张祐终是不放心，专程去告诉阿原，"青雀才转了几个圈便觉头晕，不应该啊。"

阿原浅浅一笑，"祐哥哥，我大约能猜着是为什么。"张祐见他毫不惊慌，容色间反倒有欢愉之意，不禁眉头微皱。

医正给青雀看过后，笑着道恭喜，"恭喜殿下、王妃，又要添人进口了。"原来，青雀是又有了身孕。

合府欢喜。

紫禁城中，张皇后也是万分欣喜，她又怀孕了！阿伟夭折之后，她本是心灰意冷的，真是想不到，竟然又能怀上身孕。张皇后激动得在神前许过无数愿：让我生下皇子吧，让我的皇子平平安安长大，像他的父亲一样，做一代明君！

皇帝也是大为欢喜，待张皇后如珠如宝。皇帝常常抚摩着张皇后渐渐隆起的小腹，两人一起期待那个将要出世的孩子。

十月怀胎，瓜熟蒂落，张皇后生下一个粉粉嫩嫩的小公主。"怎么会是公主，公主对我有什么用？"张皇后知道生下的是个女孩儿，失望彻骨。皇帝却是头回生女儿，对小女婴异常怜爱，"这是朕的太康公主。"皇帝很满意，阿原你还没闺女呢，哥哥先有了。

太康公主降生的时候，边境的广宁城正有一场激烈战事。朱里真人大举攻城，张祜率兵抵御，辽阳的副总兵、辽东都指挥使也派了援兵，共同对敌。辽王亲自到城头督战，他往城头一站，守城的军兵士气大增。

青雀明明到了该生的时候，肚子却久久没有动静，未免心中急躁。城门口的喊杀声一阵阵传来，青雀坐不住了。

把两个孩子托给祖先生照看，青雀瞒着大姨，悄悄披上盔甲，偷偷出了辽王府。

"阿原，我来了！"青雀到了城头，高兴地叫道。

阿原回头，见到大腹便便的妻子披盔戴甲地过来了，魂飞魄散，"小青雀，这可不是玩的，你快回家去！"肚子都多大了，还闹呢！乖，这不是贪玩时候。

"他早该出来了好不好。"青雀抱怨，"他呀，大概是在我肚子里住着很舒服，偷懒不想出来。这可不成，快急死我了。"虽说孩子生出来后爹娘更操心，可是该出来的时候他不出来，活活急死人。

攻城的朱里真人当中，有一面显眼的杏黄色的旗帜。大旗下是黑色的骏马，骏马上的骑士彪悍精干，目光精亮，他眯眼朝城头看了看，从背上取下长弓，搭上羽箭，五矢连发，迅疾射向城头上的辽王！

青雀听到凌厉的破空声，挺身挡在阿原前面，挥刀拨落箭矢。"这厮真有一股牛力！"青雀被震得虎口发麻，暗暗骂了一声。

骑士的箭矢被挡下，大觉吃惊，脸上露出诧异之色。

阿原快步到了青雀前面，大声命令，"青雀，不许胡闹，快回家！"青雀恨恨，"四哥你别管我，我要回射这厮！"从背上取下弓，缓缓拉开，瞄准那杏黄旗下的骑士，连射五箭！

骑士自负神勇，不许身边的侍卫帮忙抵挡，自己拔了刀。他躲过了前四支，第五支箭来得太猛，他躲闪不及，左臂受伤。

这人一受伤，形势大变。没多久，朱里真人如潮水一般退去。虽是撤退，朱里真人依旧是不慌不忙，井井有条。青雀在城头瞧着，心中暗惊。祜哥哥说得对，朱里真人，才是天朝心腹大患。

青雀觉得小腹有下坠的感觉，眉头蹙了起来。小勇，你就给我捣乱吧，该你出来的时候，你就是不动弹；这会儿我在城头呢，不是地方，懂不懂？你别挑这时候出世啊，太不合时宜了。

"阿原，我要生了。"青雀拉住阿原的手，控诉说道，"小勇太坏了，敢情他是不见敌军，不出生啊。"

阿原扶住她，一脸惶急，"妞妞，咱们立即回家，好不好？"青雀愁眉苦脸地摇头，"小勇不肯等啊，他实在太坏了！"青雀是生过两个孩子的，这会儿觉得不对劲，小勇是个坏孩子，还是个急性子，他哪里肯等。

阿原厉声吩咐身边的护卫，"搭起帐篷，快，要快！"护卫们或是快手快脚搭帐篷，或是疾驰回府叫产婆、医正，各自忙碌。

帐篷刚搭好，产婆还没从辽王府赶来，辽王妃便顺利生下第三个儿子，起名小勇。

广宁的锦衣卫是时常向京城汇报的。他们把辽王的家事，包括小聪聪、小明明游市集的事报告给皇帝时，皇帝的笑意，止也止不住。阿原，小聪聪、小明明真像你，都是心地纯净的好孩子啊。

知道辽王妃城头产子，皇帝都不知道该说什么了。阿原，你媳妇儿……厉害啊。你家小勇是这么出生的，长大后是个什么性子？阿原，你有得忙了。

皇帝依旧勤政、节俭，很受文官们的爱戴。皇帝现有一子一女，他最重视的是皇长子阿朝，一有功夫就亲自教导。最喜欢的却是小公主阿秀，阿秀粉粉嫩嫩的，聪慧娟秀，是位很讨人喜欢的小姑娘。

阿秀长到一岁多的时候，异常伶俐可爱，常常逗得皇帝开怀大笑。皇帝不管有什么烦心的国事，不管对前途有多少忧虑，见了他的宝贝女儿，所有的烦恼，都会烟消云散。

张皇后也是喜欢亲生女儿的，可她做梦也想再生个儿子。女儿再受宠，也不能继承皇位，只有儿子才可以。"赐给我一个儿子吧！"张皇后着了魔似的，无比盼望一个儿子，一个能继承皇位的亲生儿子。

既然能生下阿伟，为什么不能再生个儿子呢？张皇后心心念念要求子，频频请有法力高深的道士在宫中斋醮。可惜，无论她再怎么折腾，肚子也一直没动静。

张皇后折腾来折腾去的，道士不仅没有给她带来新的孩子，还带走了她的小女儿。

阿秀一直很活泼可爱，可是一岁半的时候，生了水痘。这个年纪的孩子生水痘是很凶险的事，太医们想尽方法，小公主的病情还是一天一天加重，毫无起色。

皇帝和张皇后都慌了神。人力不顶用的时候，他们更相信神佛，皇帝和张皇后平时宠信的一名太监特意寻着道士，殷勤为小公主请来符水，小公主阿秀喝下符水之后，很快咽了气。为太康公主请符水的太监本是想拍马屁的，哪能想到符水一喝，皇帝钟爱的小公主便一命归阴？他恐惧已极，服毒自杀。可是他死了有什么用呢，阿秀也没命了。

阿秀这可怜的孩子，跟她同母的哥哥阿伟一样，没能活过两周岁。他们有着同样的父亲、母亲，命运也是相似的，在这繁华的世间只逗留了短短的一年多，给父母带来过欢笑和希望，也带来深重的痛楚和苦难。

皇帝悲伤不已，谥阿秀为太康公主，在京郊择了块风水宝地，以亲王礼下葬。"太过僭越"，不少文官们都摇头，大为不满。不过，皇帝平时一直是很节俭的，文官们虽不满，也没人好意思在这时候上书谏阻。

"陛下英明，只是爱女太过。"文官们只能这么开解自己。

皇帝本来身体就不大好，小公主夭折之后更是一天不如一天。张皇后则是痛惜爱女，病倒了。虽然是不能继承皇位的女儿，可也是亲生的啊，哪有不心疼的。

这天皇帝照例去道观见贾淑宁。贾淑宁见他枯坐良久，神色凄凉，心里不无恨毒：这会儿你知道心疼了？我那未出世的孩儿难道不是你亲生的，怎不见你为他哀伤、为他主持公道？

贾淑宁温柔地亲手斟了杯热茶递给皇帝，陪他静静坐着。

茶水氤氲的热气中，尚在盛年的皇帝面容苍老，满是疲惫。

贾淑宁对着这样的皇帝，忽生出怜悯之心。他也算是个好人了，他也很为难的吧？

青雀歌

片刻后，贾淑宁的心重又变得又冷又硬。谁怜悯过我？谁怜悯过我那没出世的孩儿？他纵容张氏为祸，这是他应得的报应，我为什么要怜悯他。

皇帝和善的面容上泛起丝苦涩笑意，"皇后病了，朕，也不过是强自支撑。"阿伟和阿秀这两个孩子，匆匆地来了，又匆匆地走了，给父母带来多少伤痛。

贾淑宁温柔地劝他，"为了天下苍生，为了太皇太后她老人家，请陛下善自珍重。"

贾淑宁这话说得光明正大，义正词严，皇帝听了，面有惭色，"你说得对，朕不该沉迷于儿女私情，却把国事和祖母抛在脑后。"皇帝放下茶盏，打起精神，"朕这便上宁寿宫陪祖母说说话，淑宁，多谢你。"贾淑宁微笑，"陛下说哪里话，淑宁当不起。"

送走皇帝，贾淑宁独自坐着，冷笑起来。皇后病了？张氏，你的苦日子在后头呢。

皇长子已经八岁，懂事了。他从小被张皇后刻意娇惯，直率天真，很勇敢，很真性情。贾淑宁一直冷眼旁观，对皇长子的喜好、性子，摸得很清楚。

"八岁，还是太小吧。"贾淑宁犹豫，"或许，等他再大一点？"自己要告诉他的事实在太过重大，若是他还太小，或许会理解不了，反而坏事。

贾淑宁正在犹豫的时候，好巧不巧的，她受了风寒，生了场病。这场再普通不过的风寒让贾淑宁下定了决心，"我或许会生病，或许会死，不能再等了！"

阿朝，我要告诉你，你的亲娘是谁，我要告诉你她是怎么死的，被谁害死的。你如果真是个有气性的孩子，那么，即便今天人小没力气，不能为她做什么，有朝一日定要为她报仇，懂么？

皇长子来观中游玩的时候，贾淑宁给他讲了一个宫女阿莲的故事。在前朝的皇宫中，有名叫做阿莲的宫女，她本分、老实、勤谨、毫无过失，一个偶然的机会，她生下了皇帝的头一个儿子，因为这个儿子，她付出了自己的生命。而皇后，则得了名"嫡长子"，可怜的阿莲。

皇长子一脸倔强，"她究竟是怎么死的？"贾淑宁微笑看了他一眼，柔柔地叹气，"她不过是名宫女，怎么死的，哪里有人关心？她死了，她的儿子成了嫡长子，这才是要紧的。"

皇长子嘴唇咬得雪白。

贾淑宁见状，凝神想了想，告诉他，"阿莲的尸体，应该早被抛到宫外掩埋了。不过，她怀着身孕时所穿的宽大衣衫等遗物被人偷偷整理了，埋在内御河底。"

皇长子愤怒地站了许久，转身跑了。

贾淑宁没有想到，皇长子会纵身跳到内御河中，亲自去找阿莲的遗物。他是会水的，不过时值秋天，水已经很凉了，他虽然很快被内侍救上来，却还是受了寒。

贾淑宁更加没有想到，不过是受了寒，皇长子竟是一病不起，药石无灵，死了。

"怎么会这样？"贾淑宁头昏，"我不过是想告诉他的身世，让他对张氏存了戒心，将来不要放过张氏！怎么会这样，怎么会折了他的性命？"

我是要你记得你生母的仇，不是要你下河去捞她的遗物！

"太贪玩了！"没人知道皇长子是要下河去捞阿莲的遗物，还以为他又贪玩胡闹，以至凭白送了性命。

因为皇长子的死，整个皇宫全乱了。皇长子是谁？皇帝唯一的儿子！皇长子殁了，皇帝便没了继承人，帝国便没了太子，这是多大的事啊。皇帝蒙了，张皇后傻了，太皇太后吐出一口鲜血，昏迷不醒。就连王太后，也是流泪不止，大为伤怀。

不只后宫乱，朝堂中也是人心惶惶。皇帝只有两个儿子，先夭折了一个，如今又夭折了另一个！皇帝没儿子了，这可如何是好。

皇长子的葬礼还没结束，请皇帝广纳淑女的折子已雪片一般飞入宫中。皇帝陛下，您赶紧多娶几个妃子，赶紧多生几个儿子吧，否则，大位以后传给谁？

皇帝看到这种折子，厌倦地扔到一边。生儿子，你们当儿子是好生的。

第二十章

即刻回京

皇帝差了一队锦衣卫去辽东，"让辽王带上聪哥儿、明哥儿、勇哥儿，即刻回京。"皇帝简短吩咐。

锦衣卫得了口谕，不敢耽搁，当天便骑上快马，离开京城，奔赴辽东。

辽王府里的阿原和青雀知道皇长子夭折之后，面面相觑。从前皇帝还想过继小聪聪呢，如今他两个儿子全没了，会不会再打起小聪聪的主意？

"若是哥哥央求我，怎么办？"阿原颇为头疼。他和皇帝向来情分好，连丧两子的皇帝若是真开了口，他会很为难。答应吧，不是自己本意；拒绝吧，于心不忍。

"他还年轻着呢，自己生去。"青雀断然道。皇帝又不是七老八十了，实在生不出儿子，他如今正值盛年好不好，想要儿子，自己想办法，莫打小聪聪的主意。

"小聪、小明、小勇，不管哪个改口叫我婶婶，我都不能容忍。"青雀蹙眉，"我的儿子不过继，说破大天来也不过继。"

"我也是，想到儿子要改口叫我做叔父，死的心都有。"阿原面有悸色。他和青雀一样，对三个儿子爱之入骨，儿子要过继给别人，那怎么可以。即便这"别人"是自己亲哥哥，也不行。

"杀啊——"外面响起男童稚嫩却很有气势的喊杀声，和纷沓的脚步声。阿原失笑，"小勇又来了。"青雀扶额，"这坏小子，他就没个消停时候！"

出生在广宁城头的小勇，打小跟两个哥哥不一样。小聪聪、小明明虽然也跟着青雀学功夫，可是两人平时都很斯文，举止端方。小勇却不是，他性子急，脾气暴，浑身上下仿佛有使不完的劲，从早到晚两只眼睛闪闪发光。自打他会走路、说话之后，辽王府中到处都能听到他的喊杀声。

一个两岁多的小男孩儿手持一把木剑冲了进来，小脸绯红，目光精亮，"看剑！"口中呼喝着，小木剑冲着阿原招呼过来，直刺他的小腿——比小腿再要高一点的地方，他刺着费劲，够不着。

小男孩儿脾气虽暴，相貌却是很好的，美丽非凡。他肤色雪白细腻，上好瓷器般莹润好看，一双眼睛漆黑灵动，透着勃勃生机。

"坏小子！"阿原笑骂。

"你这招使得对。"青雀见小勇只用蛮力，忍不住出言指点，蹲下身子教他如何出招、如何用力。小勇听过之后，发力又刺，"爹爹，看招！"

阿原闲闲走出一步，小勇招式落了空。他不服气地追上去又刺，阿原飘然后退，身姿洒脱。父子二人一个追，一个躲，玩得不亦乐乎。

"小勇，你又淘气了！"一个大男孩儿站在门口，责备地说道。他身穿青色绣飞龙袍服，大约有九岁，一头乌羽般的长发用一支青玉簪松松簪起，面白似玉，五官精致，神色庄重。

"小勇你累不累，要不要歇会子？"大男孩儿身边来了个小男孩儿，一本正经地问着小勇。他有六七岁的样子，穿戴打扮、相貌神情都和大男孩儿很像，不过说话慢条斯理的，显然是个温吞性子。

"小聪聪，小明明，这么早下学了？"青雀见了他俩，喜笑颜开。阿原停下脚步，牵着小勇走过来，小勇脸蛋红扑扑的，殷勤地看着两位哥哥，"下学了？"

小勇不喊打喊杀的时候，蛮可爱。

小聪聪皱眉，委婉地提醒青雀，"娘，我都十岁了，您能不能换个称呼啊。十岁了您还叫我小聪聪，多不好。"

小明明也昂起胸，"我都上学了！娘，请您务必换个称呼。"小明明，我三岁的时候您叫我小明明是可爱，六七岁了还叫我小明明，便有些傻了。

"小聪，小明。"青雀从善从流。

"您要记得哦。"小聪、小明不放心地交代。您可千万不要这会儿答应得好好的，没两天就又忘了！

青雀笑眯眯，"放心，娘记性好得很，一目十行，过目不忘。"

她又吹牛了！小聪和小明对视一眼，新觉很是无奈。她总是一有机会就大吹法螺，半分也不谦虚啊。

阿原看着得意扬扬的妻子，庄重严肃的小聪聪，慢条斯理的小明明，神现活现的小勇，心里暖洋洋的。

皇帝派来的锦衣卫到了辽王府，指名要辽王带着三位哥儿听圣旨。邵太妃满怀忧虑，青雀也微微皱眉，阿原浅笑，"放心啦，无事。"带着小聪、小明、小勇去了正殿。

"圣上口谕，请辽王殿下带聪哥儿、明哥儿、勇哥儿，速速进京。"锦衣卫首领客气又强硬，"殿下请吧，圣上有旨意，不可耽搁。"

阿原缓缓问道："我的母妃、王妃，可否一同进京？"

锦衣卫干脆地拒绝了，"不可。殿下，圣谕如此，下官也没法子，请殿下带着三位哥儿，速速起程。"

小聪聪依旧肃容站着，小明明慢吞吞地诉苦，"三弟很调皮的，只有娘能管得了他。"仿佛为了印证小明明的话是如何正确，方才还很安静的小勇忽然顿足大怒，"我要娘，我要娘！"

锦衣卫唬了一跳。勇哥儿长得这般秀美，比小姑娘还安静好看呢，闹起来却是这样！见小勇闹个不休，他踌躇着想过去哄，才蹲下身子凑上前，就被小勇毫不客气地扬手打上脸，

青雀歌

生疼生疼的。

"你才几岁呀，这么大力气！"锦衣卫捂着脸，纳闷得不行。

"烦你回报圣上，恐怕我不能从命。"辽王静静看着锦衣卫，"犬子尚小，离不得亲娘。"

"我虽大了些，也离不得亲娘。"小聪聪挺身而出，郑重宣布。

"我也一样，离不开我娘。"小明明跟着向前一步，慢条斯理地说道。

"我要娘，我要娘！"小勇顿足大哭，没完没了。

"辽王殿下是要抗旨么？"锦衣卫看着眼前这父子四人，又急又怒。

"岂敢。"辽王淡淡道，"不过是有些下情，烦劳阁下转达圣上罢了，哪里谈得上抗旨。"

辽王环顾殿中的锦衣卫，"你们有五十人吧？要让我父子四人去京城，倒也不难，绑起来，当做犯人押回去便是。"

锦衣卫们你看我，我看你，都没了主意。若眼前这是位寻常藩王，他们有什么不敢绑的？可是皇帝连丧两子，精神又不大好，或许很快就会……眼前这位可是亲弟弟，说不定依着"父死子继，兄终弟及"的祖制，他会成为新任皇帝。绑他，找死么。

"若你们不绑我，便请回罢。"辽王声调转为激昂，"烦请转告大兄皇帝陛下，臣弟辽王原，安守边城，并无他求，只愿家人团聚，终生厮守。"

锦衣卫首领犹豫再三，咬牙做了决断，"请殿下亲笔写了陈情表章，下官这便带回京城！"

若皇帝有个三长两短，或是"兄终弟及"，辽王即位；或是皇帝过继聪哥儿、明哥儿、勇哥儿中的一个立为太子，太子即位。眼前这父子四人当中总有一个要成为新皇帝的，为了自己的性命前程起见，还是莫跟他们硬碰硬，迂回婉转些罢。再说了，临行之前，皇帝陛下并没吩咐过，"若辽王拒不从命，便强行带回。"既没吩咐，做下属的小心谨慎回去请示了再行动，也是本分不逾矩的做法。若是自做主张，真把辽王殿下和三位哥儿强行带回，岂不是伤了皇帝和辽王的兄弟情分么？不妥，不妥。

辽王慷慨同意，命人拿来笔墨，当着锦衣卫的面写下陈情表章。他写完之后，小聪聪添了句"血浓于水"，小明明添了句"骨肉情深"，小勇还不会写字呢，执拗地也要添一笔，辽王微笑递给他一支小巧的狼毫，他学着父兄的样子提起笔，拧着眉头思索了半天，浓墨重彩地画了一斜道。

谁也不明白他到底是什么意思。陈情表拿回京城，皇帝一一看了，也没想清楚小勇是在表达什么。

小勇想说什么，皇帝没弄懂。可阿原、小聪、小明是什么意思，皇帝哪能不明白。"阿原，你是一个儿子也舍不得啊。"皇帝苦笑，"哥哥不是要抢你的心肝宝贝，这不是实在没法子么。"

夭折了两个儿子、一个闺女，皇帝一点儿心气也没了。让皇帝再纳妃嫔，再生儿子，他觉得是个苦差使，不愿干。能不能生出儿子来且不说，真生下儿子，能不能站得住？皇帝没有一丝一毫的信心，"再生儿子做什么？看着那小小的人儿，一点一点枯萎、凋零么。"

如果皇帝妃嫔多，儿女多，夭折三个两个的，对他的打击一定会有，却不会这么大。只有三个儿女，全部夭折了，皇帝为此心灰意冷，也是在所难免。

皇帝下了道旨意，命辽王举家进京。

张皇后大为惶急，"陛下，让他们全部回来做什么？咱们只要一名嗣子即可。"只要辽王一个儿子就行了，全家都回来，想做什么？意欲何为？

张皇后本来对皇长子是很不上心的，可是自打皇长子一去，她却是挖心挖肺的痛。并不是皇长子去了之后，她才发觉自己疼爱这个孩子，而是自从皇长子去了之后，她才知道即使贵为皇后，若是没有一个继承人，没有一个儿子，她便没有依靠，前途堪忧。没有儿子，将来她连皇太后都做不成。她的尊荣，张家的富贵，全成了镜中月，水中花。

皇帝面色疲惫，"阿原舍不得自己的骨肉……"

张皇后心都提到了嗓子眼儿，"那怎么办，那可怎么办？"张皇后心里这个恨，就别提了。他舍不得亲生骨肉又怎么了，你是皇帝啊，他只不过是个亲王，你是君，他是臣！

不过，事到如今，张皇后的心里话不敢跟皇帝提起。皇帝一天比一天没精神，张皇后很是恐惧，唯恐他有个什么。

"怎么办？"皇帝微微一笑，"依祖制，父死子继，兄终弟及。"

张皇后差点没吓晕过去。兄终弟及？到时候自己算什么，皇嫂么。

若是过继儿子，自己还能做名义上的皇太后，极为尊荣。到时候，新皇帝虽不是亲生的，跟自己不一心，可他碍于祖宗家法，面上也不敢对嗣母不敬。不只自己，连同张家在内，新皇帝只能礼让、孝敬、顺从。

可，若是辽王即了位，自己便成了皇嫂。皇嫂跟皇太后可没法比，皇嫂在宫里，根本没有说话的份儿啊。

张皇后浑身冰凉。

不，一定不能沦落为皇嫂，一定要做皇太后！哪怕是过继一个孩子，哪怕这孩子跟自己并不亲，都是不值一提的小事。只要自己坐在皇太后那个位置上，便能立于不败之地，便能享有一辈子的尊荣。

张皇后试探地问道："陛下，益王也有两个儿子呢，那两个孩子如何？"益王是皇帝的六弟，膝下有两个儿子，一个六岁，一个三岁。

辽王不肯过继，还有益王呢。过继个孩子给皇帝，这孩子便能做太子，谁家爹娘不乐意啊？也就辽王、辽王妃这一对野心勃勃的夫妻，能说出"不"字，换个人，还不颠儿颠儿地把孩子双手奉上么。

皇帝沉吟，"那两个孩子，我却是没见过，也没听说过资质如何。倒是聪哥儿，阿原常常有书画送来，我对聪哥儿知之甚详，聪哥儿沉稳颖异，极有天分。"

张皇后才不关心什么天分不天分，她只关心能不能顺利过继个听话的孩子，好让她往后踏踏实实地做皇太后。她按捺住心中的激动，柔声提醒皇帝，"若是大位传了辽王，咱们这一支就算是绝后了啊，那怎么能成？还是过继最为妥当。若辽王夫妇执意不肯，益王的儿子也是一样，反正都是咱们的侄儿。"

皇帝沉默片刻，温和说道："不急。等我见了阿原，慢慢跟他商量。"皇帝在兄弟之中排行第三，他和益王之间还隔着老四辽王，老五岐王，过继益王的儿子，皇帝觉得于理不合。

张皇后笑得温柔，"全听陛下的。"

过继辽王的儿子也行啊，到时辽王和祁青雀的儿子要称呼自己母后，却要把辽王和祁

青雀歌

青雀叫做叔叔婶婶，想想就有趣。

过继益王的儿子呢，也不坏。横竖孩子还小，带到宫里来慢慢教导着，把他教得听话、顺从，想来应该不难。

张皇后脸上又有了笑模样。

弘治十二年春，辽王、辽王妃一家人奉旨离开藩地广宁，回到了京城。他们走的时候，是一家四口，邵太妃、辽王、辽王妃、小聪聪，回来的时候，是一家六口，多了小明和小勇两个孩子。

内侍和锦衣卫陪着，辽王一家人没回王府，直接进了宫。"这就是皇宫啊。"小聪和小明很矜持地四处望了一眼，就收回目光，迈着端庄的步子往前走。小勇却是不许人抱，满地乱跑，没一会儿工夫他就远远超过众人，跑到了宫道尽头。

迎面来了一行人，众多内侍、宫女簇拥着一位三十出头、身穿黑色龙袍的男子。这男子看见小勇，微微笑起来，蹲下身子温和地问道："你是小勇对不对？你跟画像上一模一样呢，不对，你比画像上还好看，还可爱。"

眼前这小男孩儿相貌很美丽，雪白精致的面庞上嵌着一对大大的、黑宝石般的眼睛，又灵动又有神，可爱极了。皇帝见小勇一脸好奇地看着自己，心情蓦然愉悦。小勇，你这丝毫不加掩饰的眼神，你这一脸的天真无邪，让伯伯浑身舒坦啊。

小勇还不到三周岁，小得很，若是自己跟前能有这么个可爱的孩子……皇帝心怦怦直跳。

小聪和小明远远地看到弟弟跟前有人，也不管仪表仪态了，提足向前奔。坏小勇，让你乱跑！在咱家乱跑就算了，这是皇宫，人生地不熟的，你还乱跑！

"是哥哥。"阿原笑着告诉邵太妃和青雀，"我看到他的龙袍了。"内侍、宫女前呼后拥，身穿黑色龙袍，在这宫里也只有皇帝了。

邵太妃便不着慌，还是慢悠悠地走着。青雀笑眯眯，"哥仨全过去了呀，陛下能认得出他们不？"阿原嘴角微翘，"肯定能认出来，哥哥看过孩子们的画像。我亲手画的，很传神，很形象。"

小聪、小明快步到了小勇身边，小明低头看弟弟，小聪冲皇帝客气地说道："舍弟年纪小不懂事，若有冲撞您的地方，尚祈海涵。"

皇帝见他神似幼时的阿原，相貌美丽，神情端庄，不由得粲然。阿原，小聪聪越长越像你了啊。

皇帝身旁一名内侍喝道："大胆！见了陛下，还不下拜！"那个才两三岁的小娃娃就不说了，你俩看样子可是老大不小的了，还不懂事呢？

皇帝不赞成地瞥了那内侍一眼，内侍吓得俯下身子，不敢再说话。

小聪、小明也没被吓着，仔细端详了两眼皇帝，见他身上穿的是龙袍，头上戴着黑色翼善冠，服饰很对。身边跟着的人或是内侍模样，或是宫女打扮，也是对的。小聪和小明对视一眼，微不可见地轻轻点头。

眼前这人，应该就是皇帝伯父了。

小聪和小明规规矩矩跪下行礼，"拜见伯父皇帝陛下！"皇帝微笑着看着，见他俩礼仪周到庄重，很是满意。

小勇见两个哥哥跪下行礼，大眼睛溜滴滴乱转，不知在盘算什么。皇帝见了他就喜欢，笑吟吟看着他，打算看他接下来说什么、做什么。

小勇学着两个哥哥的样子跪下，"拜见……陛下！"他大概是年纪小，学不全，只记得开头那两个字和最后两个字，含混说完，他冲皇帝甜蜜地笑了笑，趴下磕头，小屁股撅得高高的。

皇帝看着他实在可爱，大笑着俯身把他抱起来，"小勇，你的屁股快撅到天上去了。"

小聪微笑站在一旁，"陛下，小勇年纪太小了，礼仪没学全，您别见怪。"小明不慌不忙地加了句，"他向来如此，若是遇到喜欢的长辈，磕头的时候便会高高撅起小屁股。"

皇帝大乐，"真的么？"阿原和青雀一行人也走过来了，阿原认真说道："果真如此。他不只会撅屁股，而且撅屁股的高度，依他喜欢长辈的程度而定。"

不光皇帝开怀大笑，连一旁的内侍、宫女等人，也是掩口偷乐。辽王殿下的小儿子，实在太有趣啦！

小勇被皇帝抱着，不哭不闹的，很乖巧。

"小勇你真是太有眼色了！"青雀含笑看着他，眼中满是揶揄戏谑之意。小勇有些不好意思地笑了笑，小脑袋埋到了皇帝怀里。

皇帝心酥了。

皇帝抱着小勇，看着小聪、小明，感慨道："阿原，你的儿子个个都很好啊。"阿原吓了一跳，"哥哥，他们若是顽皮起来，个个都很要命！"

皇帝微微一笑，柔声问着怀里的小勇，"咱们去看曾祖母好不好？曾祖母很喜欢小勇的。"小勇连连点着小脑袋，表示同意。

皇帝抱着小勇，和阿原、青雀等人一起去了宁寿宫。他们才进门，太皇太后已扶着宫女颤颤巍巍地迎过来，抱住阿原心肝儿肉地大哭。太皇太后苍老了不少，满头白发，邵太妃、青雀都觉心酸，陪着掉了不少眼泪。

好半晌，太皇太后才收起眼泪，拉着阿原上上下下前前后左右地看了好半天，十分欣慰。邵太妃和青雀带着小聪、小明上去拜见，太皇太后看见曾孙子，高兴得又哭了一场。

太皇太后把小聪、小明、小勇挨个看了一遍，摸了一遍，满意得不得了，"个个都是聪明机灵的好孩子！"阿原忙又谦虚，"一个比一个淘气，很不省心的。"

太皇太后看看阿原一家，看看形单影只的皇帝，心里难受。皇帝是她打小照看的孙子，太皇太后见他这样，哪能不心疼。

要是皇帝也能像阿原这样，有三个活蹦乱跳、聪明可爱的儿子，那该多好啊。太皇太后不由得叹气。

宁寿宫中有了三个孩子，顿时热闹了起来，一片欢声笑语。

皇帝也是笑容满面，眼神中却有抹不去的落寞。

皇帝把阿原叫去了乾清宫。

"小聪、小明、小勇，这三个孩子都很聪明可爱，哥哥很喜欢。阿原，过继给哥哥一个可好。"皇帝温声道。

阿原神色诚恳，"哥哥，您排行第三，我排行第四，对不对？"

你排行第三，为什么能做皇帝？因为大哥、二哥都夭折了呀，夭折孩子，是很常见、很难避免的事。

皇帝苦笑，"阿原，哥哥明白你的意思。可是，不一样的。"

先帝共有十四子，而我，只有两个儿子。先帝夭折了大哥、二哥，还有我、你、五弟六弟直至十四弟，可我，却再也不会有儿子了。

"哥哥的身子，一日不如一日。"皇帝含混说道。

阿原身子一震，落下泪来，"您正值盛年，怎可如此颓废？哥哥，您慢慢将养身子，往后的日子，还长着呢！"

皇帝早没了这个心气儿，只微笑摇头。

"阿原，不拘是小聪、小明还是小勇，哥哥都会好生教导，视如己出。"皇帝郑重地承诺。

"我自是信得过哥哥。"阿原咬咬唇，"对于一个孩子，父亲很重要，母亲也很重要！你我是亲兄弟，你信得过我，我信得过你，血浓于水。可是哥哥，小聪、小明、小勇跟着我，会有一个光荣的姓氏，还会有一个令人尊敬的舅氏。孩子们的外祖父一生忠勇，为人正直；孩子们的舅舅也是光风霁月的青年英雄，世人敬仰。"

孩子过继给皇帝，当然也是过继给张皇后，张延、张鹤之流便成了孩子的舅舅。张延、张鹤臭名远扬，孩子有这样的舅舅，是莫大的耻辱。

皇帝沉默半晌，长长叹息，"阿原，太子有个名声不好的外家，不是什么大事。外戚，只要不干政，不笼络人心，便不足为患。"

"外甥肖舅。"阿原固执而又认真，"我进京的路上，便亲眼见到张氏兄弟开的店铺拦截过路客商，强留货物，强行交易，客商敢怒不敢言，悲愤难以自抑。哥哥，小聪、小明、小勇不能有这样的舅舅。"

太没品了好不好。你是外戚，是皇后的亲弟弟，你真是心心念念要发财，干点什么不行，非要这般零敲碎打的，践踏老百姓。瞅瞅你这点儿出息，做我儿子的舅舅，配么。

皇帝大概也知道自己那两个小舅子是个什么德行，一时间，颇觉尴尬。

阿原有些呆气，也不管皇帝是怎么想的，自顾自一脸郑重地提建议，"哥哥，为今之计，最好的法子是您慢慢调养着，纳几个年轻有福相的妃嫔，生下活泼可爱的小皇子。其次，是您过继益王的儿子，益王温恭孝顺，儿子定也是个好的。再其次……"

阿原犹豫了下，接着说道："您若实在想过继小聪小明，阿原也不能硬跟您拗着。可是，张氏兄弟能否改过自新，或退隐山林？"

他们若能改好了，或者，肯放弃眼下这富贵尊荣，回到老家闭门谢客，也就危害不大。

他俩能改好？我不是没管过他俩，不管怎么苦口婆心地管教，都是没用啊。皇帝心中苦涩，强笑道："阿原，咱们改日再商量。"阿原求之不得，言笑晏晏说起三个孩子的趣事，广宁城的趣事，皇帝听得很入神。

辽王一家人在宫中和太皇太后等人欢聚之后，宫门落锁前出了宫，回到位于银锭桥的王府。不过，邵太妃并没跟着出来，而是回到了她原来居住的清兴宫。王太后和众位太妃们很是想念她，要叙叙旧。

阿原和青雀带着孩子们回到王府，下了马车。时值黄昏，王府前那一片海子水面波光粼粼，烟气氤氲，令人心醉。

"这是咱们在京城的家。"小聪和小明一边一个跟在阿原身边，阿原微笑告诉他们，"小聪便是出生在这里的，半岁多的时候才跟着爹娘去了广宁。"

"真美！"小聪、小明都是赞叹。

小勇利索地跑到银锭桥上，吵着要下去划船。青雀跟过去，笑眯眯蹲下身子哄他，"乖儿子，外公外婆还有舅舅、小姨都在家里等着咱们呢，小勇想不想见他们啊？"

师爹师娘、英爹英娘他们早在王府等着了，多年未见，哪有不想念的。

小勇一听说"舅舅"，眼睛发亮，转身往王府的方向跑，"舅舅，舅舅！"外公外婆和小姨他没见过，没什么概念，不过，他在广宁常和张祐一起玩耍，很喜欢张祐这舅舅。一听舅舅，他就来精神了。

青雀笑吟吟跟了上去。

分别八年，师爹师娘还是老样子么？师娘一向以年轻美貌自负，不许自己叫她"娘"，怕把她叫老了。这会儿一下子冒出三个小子，个个都要叫她"姨婆"，师娘会不会不高兴啊。青雀幸灾乐祸地想道。

青雀前方，正欢呼着"舅舅"往前跑的小勇咦了一声，停下脚步。他面前站着位笑吟吟的美少年，身材颀长，肤如凝脂，一双勾魂摄魄的丹凤眼，美丽出众。

这人长得很面熟！

小勇瞪了这少年半天，忽然有点想明白了。怪不得呢，这人长得和爹爹很像啊。

"怎么不叫舅舅？"美少年蹲下身子，笑吟吟问道。你不是口中喊着"舅舅"么，真的见到了舅舅，怎么不做声了？

"叫表叔。"阿原带着小聪、小明走过来，纠正道："儿子，这位是爹爹的表弟，你们该叫表叔。"

"叫舅舅。"美少年坚持，"小聪，小明，小勇，你们的爹爹是我姨表兄，可我和他认识得晚，和你娘认识得早。"

"林啸天，你简直是我一手带大的啊。"青雀也过来了，笑眯眯说道。林啸天长成大孩子了，又美又神气，真好，不枉姐姐打小栽培你。

到底叫表叔，还是叫舅舅？小聪、小明你看我，我看你，有些拿不定主意。小勇又看了林啸天两眼，觉得很喜欢眼前这人，粲然一笑，殷勤地叫起"舅舅"——在他的心目中，舅舅是很亲很亲的人了，表叔是什么啊？不懂。

阿原佯怒，"小勇，你只亲娘和舅舅，不亲爹爹，爹爹往后不陪你玩了。"

"爹爹，不如这样。"小明悄悄牵阿原的衣襟，"轮着叫吧，单日叫表叔，双日叫舅舅。"

"我看行。"小聪表示同意，"或者，当着爹爹家人的面，叫表叔；当着娘亲家人的面，叫舅舅。总之，两不耽误。"

这些孩子们！阿原、青雀无语，林啸天扶额。

等到见了师爹师娘、英爹英娘，行礼厮见，互诉离情，好一通折腾。青雀看到弟弟妹妹们都长大了，青峰英姿飒爽，青宁亭亭玉立，小不点儿林啸威也成大孩子了，腼腆爱害羞，不由得发起感慨，"岁月不饶人啊。"引来一片嘲笑声。

青树弘治九年中了进士，现在大名府做县令，莫爹莫娘跟着他在任上。邓麒这段时日一直在西山大营练兵，已两个多月没回过京城了，所以没来。这些都好理解，可是令人奇怪的是，祁玉这闲居京中的侯夫人居然也没来。英娘吞吞吐吐地告诉青雀，"小姐家里好像有事。"青雀笑了笑，没追问，也没放在心上。

师爹师娘这些年如愿以偿地添了个小女儿，今年五岁了，雪团儿似的，很可爱。师爹好容易有了个小闺女，为她起名林歆，宝贝得很。

英爹英娘则是又添了个儿子青平，已经六岁了，虎头虎脑的，很招人喜欢。林歆和青平都没有小聪大，小聪却是恭谨地行礼叫"舅舅""小姨"，半分没有不情愿的意思。师爹师娘、英爹英娘看在眼里，都是微笑。小聪这性子太不像青雀了，活脱脱一个小阿原啊。

三个孩子对英爹英娘的称呼，没什么好说的，毫无疑问是"外祖父""外祖母"。对师爹师娘的称呼，可就没有统一意见了，又牵涉到跟爹亲还是跟娘亲的原则问题。经过一轮友好协商，最后三个孩子决定称呼师娘为"姨婆"，师爹为"师公"，爹爹和娘亲两相兼顾，谁也不吃亏。皆大欢喜。

师爹师娘、英爹英娘等人并没逗留太久，早早地便告辞了，"你们大长远地回来，定是疲累得很了。先歇歇，改日为你们洗尘。"青雀眷恋地拉着师娘和英娘不放，"我不累啊，你们待会吧，别走。"师娘笑话她，"已是三子之母了，还跟我撒娇呢。"英娘还真是舍不得，却被祁震笑着拉走了，"让妞妞和孩子们歇着吧，见面的日子多着呢。"英娘临走还频频回头，恋恋不舍。

小勇已经和林啸天很要好了，见他要走，很是失望。林啸天捏捏他的小脸蛋，"舅舅明儿个一大早便来看你。"小勇颠儿颠儿地点头，"你别忘了啊，早点儿来。"林啸天笑着答应，"忘不了。"

送走师爹师娘、英爹英娘一行人，打发三个孩子洗漱了，上床睡觉，阿原和青雀倚在榻上说话。

"他打消过继的念头了吧？"青雀问。

"除非废后，否则，他该是不好意思再提了。"阿原笃定说道。皇帝哥哥是一个好人，硬要过继小聪、小明、小勇的事，是不会有的。自己已经提过"舅氏"这尴尬的难题，皇帝哥哥一定不会强人所难。

皇帝可不可能废后？不可能啊。不管他对张皇后是不是一往情深，他宫中无妃十几年，一帝一后的形象已经深入人心，这个时候冷不丁儿地要废后，等于是彻底否定他的过往，不可能。

小聪、小明、小勇保住了！青雀笑嘻嘻。

"哎，你哥哥接下来会怎么做？"青雀饶有兴致地猜测。皇帝不能过继小聪聪、小明明了，他会如何？

阿原缓缓道："我六弟益王有两个儿子，我猜，哥哥若过继不了咱们的儿子，会愿意过继六弟的。"诸兄弟之中，除了自己和益王有儿子，其余的或是无子，或是夭折，或是只有女儿。哥哥要过继，只能在辽王、益王的儿子当中挑选。再远的宗室，是不可能的，也不合常理。

"这样很不好。"青雀摇头，"你哥哥看着精神很差，若是他去得早，张皇后岂不成了张太后，张氏兄弟岂不是会继续嚣张跋扈？没天理。"

"妞妞不喜欢么。"阿原侧过身子，微笑看着爱妻，"那，四哥便想法子，让张氏做不了皇太后。"

皇帝的家事也是国事，辽王一家在皇帝接连夭折两个儿子的时候奉召入京，其意不言而喻。朝臣们都是很负责的，纷纷对此事发表自己的高见。

礼部对此尤其关心，吴老尚书的值班房中，礼部多位要员齐聚，不知谁提起"国本""立储"大事，众人都是大为关切，"辽王，辽王的几位小殿下，性情、人品如何？"

"辽王是先帝爱子，辽王府的几位小殿下也是龙姿凤质。"礼部吴老尚书对辽王、辽王的儿子们倒是没什么意见，可是，"辽王妃却不是幽娴贞静的深闺妇人，最爱抛头露面，不守本分。一个王妃，守在王府相夫教子便是，做什么将军，打什么仗。"

附和他的官员很多，唯独礼部左侍郎杨大器一言不发。

"杨大人有何高见？"吴老尚书见杨大器这样，有些奇怪。杨大器素有才华不说，他的祖父，可是成华初年便全俸致仕的杨阁老，最为清流士林所敬重。他为何会一言不发，是不同意么。

"仆不便开口。"杨大器欠欠身，"事涉辽王妃，仆应当避嫌。"

吴老尚书纳闷了，"为何？"辽王妃是武将出身，和你有何瓜葛。

"辽王妃，是家祖父的学生。"杨大器简短说道。

吴老尚书惊了，"杨阁老，是辽王妃的恩师？"辽王妃居然是杨阁老的学生，这也太……不可思议了。

不光吴老尚书吃惊，举座皆惊。杨阁老是什么身份，能做他的学生，这辽王妃何许人也。

"启蒙老师。"杨大器微笑，"辽王妃三岁那年，家祖父给启的蒙。"

这话一出，众人不只是吃惊，是要晕倒了。

杨阁老德高望重，如今已是九十多岁的高龄，依然身体康健。"积德行善的福报！"提起杨阁老，谁不敬仰。

启蒙老师是什么？幼儿时便开始教导，手把手教孩子学写字，从"人之初，性本善"开始教起的老师啊。莫说寻常百姓了，便是大富大贵的人家，启蒙老师也不过是老秀才之类的人。这也难怪，真正有学问的大家，你让人家教小孩子学写"一二三"，也太大材小用了不是？

杨阁老这样的长者做启蒙老师，皇太子都没这待遇好不好。辽王妃究竟是个什么来头，竟有幸让杨阁老这样的大儒为她启蒙？

神奇的辽王妃。

"既是杨阁老教养的，为何不守闺训？"座中有位才进礼部不久的愣头青，一脸正义凛然地质问。这愣头青是名新进士，到礼部来观政的，读书读傻了，不怎么知灵活变通。

也就是这样的愣头青，才会直截了当问出这样的话。换个老奸巨猾的，或是有些心计的，至少会顾左右而言他，哪会明打明地跟杨大器、杨阁老对上。

"辽王妃幼年之时，受过极重的内伤。"杨大器正色说道，"辗转多处，遍访名医，

青雀歌

都没有治愈。最后在贺兰山中寻到一位杏林圣手，这位杏林圣手医术很高明，可是家人全部死在鞑靼铁蹄之下，凡受他救治之人，必须要立下誓言，终生抵御胡虏。辽王妃也是一样，发下誓言，方获救治。辽王妃信守诺言，伤势痊愈之后便到宁夏军中做了名小兵，直到如今，她的名字依旧在边军名册中。"

那愣头青本是跟斗鸡似的死死盯着杨大器，只等杨大器话音一落就要开口反驳，打算慷慨激昂地讲一番"妇德""卑弱"的大道理。可是杨大器这番话说完，愣头青张了几回口，不知该如何开骂：要骂辽王妃不对，是说她有伤不该医治呢，还是说她不该信守诺言？没有可骂之处啊。

应该承认，这愣头青涉世未深，还不太精通混淆黑白、颠倒是非之术。可是，他若是真的精通了，这会儿根本就不会冒冒失失站出来。要知道，质疑杨阁老的学生辽王妃，也就是质疑杨阁老。杨阁老在朝中声誉极隆，门生故旧众多，站出来质疑他老人家，你凭什么？你背后是谁？不想清楚了，敢走这一步么。

不只愣头青，其余众人也皆是默默无言。辽王妃这事若是放到男子身上，绝对是应该大力褒奖、赞扬的，重信守义、一诺千金，多令人感动！可惜她是女子，那又另当别论。夸是夸不出来了，可是也没法骂，算了，闭上嘴巴，不说话。

吴老尚书咳了一声，讪讪问道："辽王妃既是阁老大人的学生，想必学问是极好的？"吴老尚书处世向来谨慎，从不轻易得罪人。他因不知道辽王妃和杨家的瓜葛，才会说出"辽王妃最爱抛头露面，不守本分"这样的话，这时颇有些后悔。

杨大器笑了笑，"极好！辽王妃和舍侄晦明同学，晦明自认不如她。"

晦明，是杨大器侄儿杨瑜的字。杨瑜是风华正茂的青年才俊，弘治九年探花及第，才学自然是好的。他不只文章写得花团锦簇，诗、词、书、画都有所长，涉猎甚广，是京中知名的才子。

众人听到"晦明自认不如她"，暗自心惊。这辽王妃听说是员勇将，斩杀过蒙古济农，广宁城下她连射五箭，朱里真人的首领被她射伤，仓皇撤退。敢情她不只武力过人，还很有学问么，这样的女子，可真是太罕见了。

杨大器神色自若地坐着，并没有再多说什么。其实杨大器很想告诉这帮人，青雀在战场上是多么的威风神气，如秋风扫落叶般地击败胡虏，保护边境百姓。可是，他想想而已，并不肯说出口。杨大器久经官场，对文官们的心理很明白，对于这些文官来说，辽王妃的战绩根本不值一提，女人怎么能像男人一样打仗呢？牝鸡司晨啊，不守本分啊。

辽王妃若是"幽娴贞静""性情刚烈"，广宁城被攻城胡人攻破了，辽王妃挥刀自尽，文官们是会热烈赞美、讴歌她的！若是横刀立马，上阵杀敌，呵呵，对不住，文官们只会嗤之以鼻。

想做被文官们赞美的女人，要付出的代价实在太大了。

"辽王妃是杨阁老的学生"，这消息很快从礼部传了出去，文官们差不多尽人皆知。"杨阁老亲自给启蒙的啊"，对辽王妃，他们又是羡慕，又是嫉妒。

指责辽王妃抛头露面、不守本分的人，渐渐销声匿迹。

辽王时常带着小聪进宫。皇帝越来越喜欢小聪，他在乾清宫处理政务的时候，小聪坐在一边替他翻折子，替他拿笔，磨墨，耐心又细致。小聪一开始很恭敬地称呼皇帝为"陛下"，后来熟悉亲昵了，变为"伯父"。皇帝微微笑着，心中惆怅，聪哥儿，你若是叫我"爹爹"，该多好。

虽然明白"舅氏"这难题无解，皇帝还是期盼能过继小聪聪。小聪聪无论身份，还是才干、品行，都是最合适的。

因为辽王夫妇一直不乐意过继，张皇后开始把眼光放到益王长子阿彬身上。益王是众所周知的"贤王"，爱民重士，无所侵扰。他还出了名地节俭，一顿饭只吃一个素菜，衣服洗了又洗，洗得都发白了还在穿，有这样的父亲，阿彬的家教定是好的。

张皇后一再跟皇帝提起阿彬，皇帝无奈，差了阁臣、东阁大学士许琳去了益王封地抚州，"益王长子资质、性情如何，卿务必查看清楚。"

许琳临出发之前，皇帝在乾清宫召见他，特把小聪聪叫了出来。小聪聪彬彬有礼地冲许大学士长揖，"大人此去，长途跋涉，实属辛劳，请大人务必珍重身体，早去早回。"

许大学士见他年纪虽然不大，可神态庄重，语气温文，很有威仪，不由得暗自嗟叹。唉，宫中有辽王长子，又何须远赴抚州，查看益王世子呢。

皇帝命小聪聪退下之后，温和地告诉许琳，"若益王长子优于此儿，卿可携益王长子同回京城。若不如，卿可自回。"

许琳恭敬地叩头，"臣遵旨。"之后，许琳带着人，离京去了抚州。

张皇后知道之后，大为失望，"何必如此呢？直接命益王长子进京不就行了？辽王不愿过继，你又不肯逼他，咱们只能过继益王的儿子了呀，没得选。"

皇帝和张皇后本是感情深厚，无话不谈的，可这阵子皇帝身体越发不好，精神不济，也就懒得跟张皇后细细解释了。皇帝不只是要过继一个儿子，让自己这一支不至于绝后，他更是要为帝国选择一位合适的继承人，把这大好河山、祖宗基业交给他。若是孩子的资质不佳，或品行不好，如何使得。

皇帝当然是怕自己这一支绝后的，可是相比较起这个，他更怕所托非人，让不合适的人得了大位，为祸天下。或者，让太过平庸无能的人得了大位，为臣下所左右，毫无建树，毫无功绩。

张皇后在意的，只是自己的尊荣，张家的富贵；皇帝胸怀的却是整个帝国，要为帝国寻觅到天资聪颖、性情沉稳的继承人。

许琳回京的时候，并没带上益王长子。"彬哥儿相貌端正，性子厚道，是极好的。若和聪哥儿相比，谈吐、礼仪、气度，都颇有不如。"许琳很听皇帝的话，既然认为益王长子不如小聪聪，他就没带人回来。

皇帝倒是不觉得意外，"卿辛苦了。"温言勉励过，吩咐许琳退下了。许琳没带回益王长子，那就对了，难道世上有孩子能胜过小聪聪么？皇帝微笑。

皇帝把小聪聪带在身边熟悉政务，小聪聪听得很专注，学得也很快。

张皇后见皇帝不肯宣召益王和益王的儿子们进京，暗暗心急。你是铁定要辽王家的聪哥儿了？要聪哥儿也行，怎么还不过继呀。辽王要是一直不肯答应，你就一直这么拖着么，太没有做皇帝的魄力了。

张皇后开始行动。她知道皇帝倚重阁臣，让弟弟张延出面去跟首辅李大人、次辅卓大人诉委屈，"……陛下仁爱，愿意兄终弟及，传位辽王。可咱们做臣子的，难道忍心让他这一支绝了后？"

李首辅、卓次辅都是涕下，"陛下千古明君，怎能无后？"两位阁老见了皇帝的面，再三恳请皇帝，或是纳妃生子，或是过继，总之不能传位给弟弟。皇帝笑而不语。

张皇后见阁臣说话都不管用了，忧从中来，无计可施。

这年冬天，皇帝咳嗽得很厉害。太医一剂剂的药开出来，皇帝很配合地喝了，病却只是不好。"陛下应该没有多少时日了。"太医暗暗叫苦，阁臣们常见皇帝商讨政事，也都看在眼里，心中悲伤。

"圣上，明君啊。"对皇帝，他们确实非常爱戴。先帝在时，召见大臣不过寥寥数语，皇帝却是常常召见大臣，虚心听取他们的意见，从来没有不耐烦过。自从皇帝即位到如今，御膳房的厨师们都是很忙碌的，因为皇帝常常召见大臣，议事太久，以至于宫中要备办大臣们的饭食。

这样的皇帝，让他们如何不敬爱。

"陛下还没有太子呢，不能让他无后！"李首辅、卓次辅抹抹眼泪，开始为皇帝打算身后事。

李首辅和卓次辅平日里并不亲密，相互之间还是有些隔阂的。首辅和次辅之间，向来如此，倒也没什么可说的。可是到了这关键时候，两人的私人恩怨全抛到脑后，一心一意为皇帝盘算。

"过继，一定要过继！"关于这一点，李首辅和卓次辅想法一致，并无不同。皇帝已是危在旦夕，眼看得再生个皇子出来已全然不可能，已只剩下过继这一条路了。

过继谁呢？这是一个问题。过继宗室远支，不合情理，近支么，只有辽王或益王的儿子了。辽王的儿子资质极好，若辽王愿意过继，自然是皆大欢喜，若他实在不情愿，也无妨，过继益王的儿子便是。

李首辅和卓次辅打定主意，一有机会就劝皇帝过继。

皇帝缠绵病榻，太皇太后大为忧心，身子一天不如一天。她本来就年迈体衰，哪禁得起日夜忧虑伤心？十月里的一天，太皇太后薨了。

皇帝大为悲痛，强撑着病体为太皇太后治丧。太皇太后的丧礼过后，皇帝病势越加沉重。

寝殿中弥漫着苦药的味道，和凄凉的气息。皇帝躺在卧榻上，面色苍白如纸，神情厌倦。张皇后在他身边啜泣，皇帝打起精神微笑，"莫哭，我无事。"张皇后见他说话声音都是弱弱的，更加悲伤，眼泪如掉了线的珍珠一般不停滑落。

皇帝卧榻前跪着两名面相斯文的中年太监，两人都是眼中含泪，"拟旨。"皇帝简洁地吩咐。这两名中年太监一个是司礼监掌印太监高锦，一个是秉笔太监孙全。高锦清廉，孙全谨慎，对皇帝一向忠心。两人含泪磕了头，下去拟遗诏。

张皇后顾不上哭了，"陛下，拟什么旨？"是遗诏么，这大位到底传给谁？过继谁家的孩子？最好是益王的儿子，年纪小，能养得听话。辽王的儿子都太聪明了，即便才两三岁的小勇，也是鬼灵精，不好糊弄。

皇帝疲惫地笑，努力抬起手，轻抚她的鬓发，"放心，我会把后事安排好，把你安排好。我走了，也要你安富尊荣，依旧做人上人。"皇帝的声音很温柔。

"依旧做人上人"，是皇太后吧？张皇后感动得鼻子一酸，伏在皇帝身上大哭。皇帝困难地伸手替她拭泪，"对不住，我身子不争气，走得这么早。梦月，撇下你一个人，我很抱歉。"

张皇后哭得更伤心了。

"宣阁臣李奇、卓正、许琳，宣辽王、辽王长子朱聪。"皇帝打起精神说道。

小太监们忙出去宣口谕。

张皇后泪眼迷蒙地抬起头，"是要过继聪哥儿么？"皇帝疲惫地笑笑，"稍后便知。"命内侍拉起杏黄色的帷帘，张皇后坐在帷帘后。隔着帷帘，皇帝和张皇后手拉着手，并没分开。

李首辅和卓次辅、许大学士正在文渊阁办公事，听到宣召，急忙一路小跑着到了乾清宫。三人进了寝殿，跪在御榻前磕头，皇帝见了他们，一时竟说不出话来，三人见状，伏地哽咽，悲痛难以抑制。

皇帝昏了过去，守候在寝殿外的太医忙进来施救，殿内一阵忙乱。宫女、内侍的脚步声，太医的吩咐声，张皇后的哭声，纷至沓来。

李首辅等三人挪到稍远处跪着，各自垂泪。

"殿下，小殿下，这厢请。"耳边传来内侍谄媚的声音。李首辅等三人举目望去，只见辽王手中携着长子朱聪走了进来，这父子二人风姿皆是秀异，虽是步子快，走得急，犹自翩然不群。

皇帝无子，召了辽王父子入京，其意不言自明。这会儿看见辽王父子进来了，三位阁臣都是心里有数。

辽王父子快步到了皇帝卧榻前，一个叫"哥哥"，一个叫"伯父"，呼唤皇帝。皇帝不知是被太医们救治过来的，还是被这父子二人给唤回来的，睁开了眼，"聪哥儿。"皇帝眼前是小聪聪焦急的面脸，他少气无力地微笑，"伯伯累了，想睡一会儿。"小聪聪懂事地握住皇帝的手，"伯伯您睡吧，聪儿守着您。"皇帝微微一笑，闭上眼睛，睡着了。

太医谨慎地看过，"陛下过于疲累，小憩片刻也好。"方才皇帝是昏过去，这会儿是睡过去，不一样。

寝殿中的众人，都暂时松了一口气。

杏黄帷帘后的张皇后收起眼泪，命令道："辽王，你和三位阁臣一起跪着。"你儿子可以留在皇帝身边，你是臣，和臣子们跪在一处吧，君臣之分，要清楚了。

李首辅等三人很自觉地往后挪了挪，给辽王腾地方。

小聪聪一手握着皇帝，一手牵起父亲，"爹爹不走，和孩儿一起守着伯父。"辽王柔声答应，"好，爹爹不走。"

这父子俩是什么意思？帷帘后的张皇后、地下跪着的三位阁臣，目光一起投向辽王父子。

辽王站在御榻前不动，口气淡然，"皇嫂这话说错了。皇兄尚未宣布遗诏，臣该位于何处，尚无定论。"

张皇后气得坐不住了，霍地站起来，厉声道："大胆！你敢抗旨不成？"虽是隔着杏

青雀歌

黄色的帷帘，外面的每个人却都能感受到她的怒火，皇后，已是怒不可遏。

"抗旨？抗谁的旨？"辽王的口吻依旧云淡风轻，"我皇兄正在小憩，敢问皇嫂，此时此刻，谁有资格在这寝殿发布旨意？"

"你，你……"张皇后气得身子发抖，伸手怒指辽王，咬牙切齿。

"皇兄正在小憩，求皇嫂心疼心疼他，声音略小些。"辽王声音温柔，"做妻子的，谁不心疼丈夫，您说是么？"

张皇后气得说不出话来。

李首辅向前膝行一步，眼神坚定地看着辽王，"辽王殿下，皇后说得没错，您确实该到我们这边来。殿下，令郎过继给陛下之后，他是君，您是臣。"

李首辅是官场老手了，他虽是直视辽王，可语气恭谨，声音也不大，跟张皇后截然不同。

"孤什么时候答应过继了？"辽王客气地询问，"李大人，过继需要双方同意，这点道理，你总是知道的吧？"

李首辅直起身子，眼眸中闪着愤怒的光芒，"殿下不答应过继，纯是个人私心！殿下身为宗室近支，为江山社稷想过么，为陛下的身后事想过么？您……陛下待您着实亲厚，您这行为，对不起陛下啊！"痛心疾首，正义凛然。

卓次辅也向前膝行一步，语气生硬，"请殿下为祖宗基业着想，舍私情，全大义！殿下，您受先帝、今上深恩，为报父兄恩情，舍身尚且应该，何惜一子！"

这话说得，真是慷慨激昂。

许琳依旧原地跪着不动，脑子里迅速转着念头。看辽王这样子，分明是想兄终弟及，自己做皇帝。张皇后和首辅、次辅的意思，却是要过继朱聪，父死子继。辽王是一个人，张皇后那边，如今已有三个人，谁占上风？最后谁会赢？自己应该站在哪边？

李首辅和卓次辅全是庶吉士出身，讲起大道理来头头是道，"殿下，牺牲您一人，成全了整个天下啊！殿下深明大义，禀性宽仁，请以父兄为念、以天下苍生为念，勿为私情所左右！"

"孤才学浅陋，要请教两位阁老大人几件事。"辽王静静看着李首辅、卓次辅，直指要害，"过继向来讲究'过庶不过嫡'，对不对？聪哥儿是孤嫡长子，孤有三子，为何两位阁老大人硬要过继嫡长子？"

严谨说来，除了嫡长子之外的所有儿子，全是"庶"。正室生下的第二个儿子，在他的兄长面前，是庶弟。过继，向来是不许过继人家嫡长子的，"过庶，不过嫡"。

李首辅、卓次辅没想到辽王话锋一转，问起这个，一时间倒有些支吾起来。辽王说得没错，过继，确实不能过继人家的嫡长子。可是，皇帝不是一直把聪哥儿带在身边么？皇帝不是直接把聪哥儿宣召过来了么？李首辅、卓次辅也就没想那么多。

"请殿下为祖宗基业着想，为礼法尊严着想……"卓次辅顾左右而言他，不甘心地说道。

"礼法？"辽王敏锐地抓住了这两个字，"不经生父同意，强行过继，这难道是礼法？有三子，却要过继嫡长，这难道是礼法？子为君，父为臣，这难道是礼法？"

辽王一句接着一句，气势如虹。饶是李首辅、卓次辅熟读经书，也被辽王这一连串的质问暂时问住了，哑口无言。

可是在李首辅、卓次辅的心里，却始终不同意辽王的。你哥哥是个好人，好皇帝，他快要死了，没儿子继承皇位，你连过继个儿子都不肯，居心叵测！你不就是想要自己当皇帝么，利欲熏心啊。你怎不想想，你要当皇帝，你哥哥这一支就是绝后了，你忍心么？

李首辅、卓次辅对辽王十分不满。和仁爱的皇帝陛下相比，辽王太差了，没度量，没见识，没眼光。

"阿原。"卧榻上的皇帝弱弱地叫道。

"陛下醒了！"李首辅、卓次辅相互看看，泪如满面。杏黄帷帘后的张皇后哽咽着扑到皇帝身上，"陛下，您可不能扔下我啊，您还没走，已经有人不把我放在眼里，肆意欺凌了！"

辽王在御榻前跪下，低声叫着"哥哥"，握住皇帝冰凉的手，心里沉甸甸的。皇帝虚弱地笑了笑，"阿原，从前哥哥一直觉得你太过单纯，大位传给你，哥哥其实是不放心的，所以才会一心栽培小聪聪。不过，听了你方才的话，哥哥可以放心走了。"

阿原，他面对阁臣的指责会有理有据、不慌不忙地一一驳斥，既不屈服，又不以势压人。阿原，有前途。

"哥哥！"辽王心如刀绞，泪水流了满脸。哥哥，咱们兄弟情深，可是，我不能把小聪聪交给张皇后，我不能把我的儿子交给一个恶毒的女人。

掌印太监、秉笔太监一前一后进了殿。

"宣读遗诏。"皇帝吩咐。

掌印太监高锦肃容道："请辽王接旨。"辽王收起眼泪，再拜俯伏，高锦展开手中的一轴黄绫揭帖，念道："遗诏，与四弟辽王：朕无子，兄终弟及，皇位传你。你要勤政爱民，进学修德，用贤使能，无事怠荒，保守帝业。"念完，恭恭敬敬把手中的黄绫揭帖交到辽王手上，辽王接过遗诏，含泪对着御榻上的皇帝磕了头，依旧站在皇帝榻前。

李首辅、卓次辅都是大惊失色，帷帘后的张皇后软软地倒了下去。皇位传给辽王！自己还是成了皇嫂么。

掌印太监高锦又展开另一轴黄绫揭帖，"这是陛下给内阁的遗诏，请李奇、卓正、许琳三位阁臣接旨。"

长跪在地的三位阁臣都冲着皇帝的御榻磕头，聆听遗诏，高锦沉声念道："朕不豫，新君赖卿等辅佐。朕四弟辽王原天性纯厚，仁明刚正，卿等社稷重臣，务必协心辅佐，以安养军民为本，遵守祖制，保固皇图。"

李首辅是三位阁臣之首，高锦念完，要把遗诏交给他。这道遗诏一旦交给内阁，就是大局已定，再无翻转可能。

掌印太监是当着皇帝的面宣读遗诏的，纵然李首辅心里有一千个一万个不愿，他也没有理由不接。李首辅正要伸手接过黄绫揭帖，却听帷帘后伟出一声哀嚎，"陛下，陛下你怎么了？"接着，张皇后厉声吩咐，"陛下昏过去了，速传太医施救！"御榻前一阵忙乱，李首辅心里一凛，没有伸手接遗诏，却连滚带爬地到了皇帝御榻前，"陛下！"一声大喊，老泪纵横。

卓次辅一向是跟李首辅暗暗较着劲的，这会儿也不能不佩服了。看看，遗诏他没接，还谁也挑不出他的毛病来：他眼里只有弥留的陛下啊，太悲痛了。

不接好，不接这遗诏，便还有转圜余地。

卓次辅、许大学士也啜泣着呼唤"陛下"，神情哀凄。

太医忙前忙后的，过了会儿，皇帝悠悠醒了过来。张皇后扑到他身上哭泣，"陛下，你带我一起走吧！"皇帝爱怜地看着她，眼中有多少不舍。

"阿原，好弟弟。"皇帝困难地转过头，声音虚弱，却又清晰，"善待你嫂嫂，尊她为昭穆皇后，让她安度余生。"

辽王紧紧握住皇帝的手，"哥哥，阿原一定会尊嫂嫂为昭穆皇后，凡皇嫂该有的尊荣，一样不少。"

皇帝眼中闪过丝满意的笑意，眼神渐渐暗淡下去。好了，后事都安排好了，可以安眠了。真是累了啊，硬生生撑了这么久，浑身都是疼的，我，再也撑不下去了……

辽王哽咽叫了声"哥哥"，小聪聪也觉着不对，眼中流着泪，口中叫着"伯伯"，皇帝勉强抬了抬眼皮，声音微弱，"聪儿，你要好好的……"皇帝声音越来越小，那只露在被子外的、枯瘦的手，渐渐不动了。

"陛下——"不知是谁悲哀地叫了一声，众人都是脸色哀痛，下意识地要跟着举哀：陛下已经驾崩了，遗诏已经宣读，该举哀了。

"都住口！"帷帘后传出一声断喝，正是张皇后的声音。她这一喝，把正要举哀的内侍、宫女等，都给吓住了，不敢再出声。

帷帘后伸出一双白皙的手，把皇帝的头抱了过去，轻声和他说着话，"咱们不能绝后啊，陛下说对不对？依妾的主意，陛下过继益王的儿子阿彬，先立为太子，然后即皇帝位，陛下说好不好？"

一片寂静之中，这话清晰落到众人耳中，有人欢喜，有人担忧。

张皇后又惊又喜的声音，"陛下您点头了？您答应了？好啊，妾这便命人拟旨，速去抚州，召阿彬进京！"

掌印太监高锦，和秉笔太监孙全，迅速交换了一个眼色。

张皇后在帷帘后高声吩咐，"高锦何在？李奇何在？你二人一为大内总管，一为内阁之首，可托付重任。陛下有旨意，过继益王长子彬，立为太子，速速拟遗诏！"

李首辅朗声道："臣，遵旨！"

高锦大声抗命，"陛下清醒之时，命辽王即皇帝位！言犹在耳，如何能更改！"

张皇后大怒，"陛下方才亲自对我点了头，难道做不得准？高锦，你不过是刑余之人，胆敢藐视于我！"

张皇后霍地站起身，厉声命令，"来人，拿下辽王父子，拿下高锦！"

十几名盔甲鲜明的锦衣卫一拥而入，围住了辽王父子、高锦等人。

李首辅、卓次辅、许大学士三人，都在迅速盘算着，迅速打着主意。张皇后是铁了心要过继，她号称是陛下点了头，其实陛下已经好大会儿没发出声音了，谁知道是真是假？可是，谁敢质疑她呢。若是锦衣卫真是一拥而入，制住了辽王父子，抢下遗诏，重新再拟……

鹿死谁手，尚未可知。

正在这情势紧急、箭拔弩张的时候，高锦放声大笑，"陛下久不出声，怕是已驾崩了吧？我受陛下深恩，无以为报，这便跟了陛下同去！没有我，没有我往遗诏上盖印，看你如何糊弄天下人！"

高锦抢过身边一名锦衣卫的腰刀，挥刀自刎，血溅当场。孙全一声哀嚎，扑了过去，托住直直倒下的高锦，泪流不止。

这场突变，让李首辅等人傻了眼，也让帷帘后的张皇后气急败坏。天底下竟有这般不识抬举的人，宁可不要性命，也要跟自己这皇后娘娘作对！你不过一名阉人，立辽王还是立益王长子，对你来说有什么不同？你竟为这个自刎了，真是岂有此理。

张皇后命令，"辽王谋逆，拿下他，搜身！他身上所有的物品，一律呈上来！"

辽王，遗诏我拿过来烧了，重新再写一份，看你能奈我何。

益王知道他儿子能做皇帝，还不颠儿颠儿地把阿彬献上？立了阿彬这小孩子做新帝，我便是万人之上的皇太后！整个后宫以我为主，我，张家，至少还能威风十几二十年。

张皇后想想日后的无上尊荣，嘴角泛上丝得意至极的笑意。

李首辅、卓次辅想不到张皇后竟有这个城府、这个算计，禁不住用崇拜的目光看向杏黄帷帘。张皇后竟能绝处逢生，难得，难得。

辽王父子风姿秀异，一大一小两个玉人，瓷人一般美丽，也瓷人一般脆弱。面对锦衣卫明晃晃的长刀，他们只能引颈就戮、任人宰割吧？好像没有人对此有疑问。

解决了他们，搜出遗诏，便可以重新再拟新的遗诏。

高锦以死相抗，那又有什么用？张皇后制伏辽王父子，自然能从容寻出印鉴盖上去。内阁拟旨，张皇后盖印，手续齐了。

张皇后会成为张太后，看起来似乎会是顺理成章的事。

辽王声音清冷，"先帝尸骨未寒，嫂嫂便如此待我，岂不令人齿冷？"

他伸出手掌，响亮地击打了三下。

殿门开了，上百名金吾卫拥了进来，为首的男子人到中年，清秀儒雅，正是金吾卫指挥使，景城伯世子，林觉迟。

这数百名金吾卫把先进殿的锦衣卫层层围在中间，长枪、腰刀在手，杀气腾腾。

张皇后颤抖着扯下帷帘，一张脸已气得变形了，"你们……你们想造反不成？不经召唤，金吾卫敢进入乾清宫寝殿，无法无天了！"

金吾卫的林指挥使虽是人数居多，占了上风，却是丝毫没有骄傲跋扈之态，依旧和平时一样神态恭谨，"臣奉先帝遗诏前来，并非谋逆。"

张皇后被气得快不行了，死去活来。她可以凭空来一句，"陛下点头了"，别人当然也可以一张口就是"先帝遗诏"，反正都是一样的不靠谱，不可信。不同的是，你手里有兵，有权，形势对你有利，就有人愿意相信你；你手里没人，没权，眼见得大势已去，除了死忠，没人跟随。

金吾卫把殿里的锦衣卫制服，林指挥使走到辽王面前，单膝跪倒，"殿下，宫中近卫、

青雀歌

京营、五城兵马司，全部没有异动，尽皆效忠于殿下。"

辽王赞许地点头，"卿辛苦了。"

大局已定。

辽王手中不只有先帝遗诏，还有近卫、京营、五城兵马司的拥戴，谁也动不了他了。

李首辅、卓次辅无力地低下了头。

张皇后绝望地跌坐在地上，一开始不可置信，慢慢回过味儿来，"原来无尘所说的话，竟是真的。晋王的龙气时有时无，他不是一定有命做皇帝的，都是因为娶了祁青雀啊。如果他没娶祁青雀，他便掌握不了这么多兵力，得不到近卫、京营的拥戴。如果他没娶祁青雀，这会儿应该已经被锦衣卫拿下，成了我的阶下囚。"

张皇后悔不当初。当年，应该趁着祁青雀羽翼未丰，不惜一切代价除掉她！

张皇后想了很多"如果"，可惜了，人生没有"如果"，事情既然是这样，就不会是别样。

秉笔太监孙全默默无语坐在地上，怀中抱着已经气绝身亡的高锦，他身畔是满地鲜血。辽王为之叹息，"高锦忠于先帝，可谥为'忠'。他的家人，一律优待。"

对于一个太监，能得到这样的谥号，也算难得。孙全低声替他谢了恩，办完先帝的丧事后，孙全要求去替先帝守陵——这是后话了。

"太监之中，也有义士。"高锦和孙全这两人，连向来高傲的士大夫们也为之叹息不已。

第二十章　即刻回京

第二十一章
即皇帝位

弘治十二年冬，弘治皇帝驾崩。因皇帝无子，遗诏命四弟辽王即位。阁臣和礼部按仪式上了《劝进表》，辽王依礼式推辞了两次，到群臣第三回劝进的时候，勉依所请。

弘治十二年腊月，辽王入住乾清宫。两日之后，祭天、祭祖、祭祀先帝之后，在中极殿接受百官朝贺，正式即皇帝位。改元"嘉兴"，大赦天下。

新皇登基，照例尊嫡母、生母并为皇太后。宫中除王太后之外，又多了位邵太后。

先帝的皇后张氏，被尊为昭穆皇后。新皇帝对皇嫂很照顾，昭穆皇后宫室华美，宫人众多，奉养丰厚。

嘉兴元年正月，新皇帝册封元配祁氏为皇后，长子聪为太子，次子明为楚王，季子勇为梁王。太子出阁读书，入住慈庆宫，楚王自以为是大孩子了，很积极地要求住到了皇子所。梁王太小，离不得亲娘，跟着皇后住到了坤宁宫。

"三个儿子倒分成了三处居住。"新皇帝、新皇后看着渐渐长大的儿子们，心里很有些不是滋味。

三个月之后，新皇帝、新皇后一家人已渐渐适应了宫里的新生活，生活慢慢进了正轨。

坤宁宫里，新皇帝屏却宫人，撵走三个儿子，揽皇后入怀，浅浅笑，"妞妞，你今晚要和皇帝陛下同床共枕了，有何感想？"

"荣幸之至。"祁皇后很给面子地说着客气话，"皇帝是全天朝最尊贵的男子了，能和皇帝同寝，三生有幸，心向往之。"

把皇帝丈夫给睡了，嗯，这是件正经事，可以做一做。

新皇帝晨雪凝乳般的肌肤上泛起浅浅的胭脂色，美玉生晕，明丽绝伦，"如此，皇后殿下，请吧。"殷勤指着卧榻的方向。

祁皇后一边牵着他的手往卧榻边走，一边由衷感慨，"皇上肤色这般白皙，容貌这般美丽，枕席之间，赏心悦目啊。"

祁皇后正洋洋得意地往前走，冷不防被身边人横腰抱起，不由得一声轻呼，伸手搂住他的脖颈，"四哥，你温柔点儿啊。"新皇帝见她脸色粉粉的，轻怒薄嗔，别有动人之处，嗓音便有些暗哑，"妞妞又调戏我。"低低抱怨着，吻上她的唇。

他的吻深沉缠绵而又炽热，祁皇后头有些晕晕的，脸色由嫩嫩的粉色转为酡红，星眸迷离，神色如醉。

他把她抱到床上，随手放下床帷。绣着精美百子千孙图案的南红宫锦床帷泄地，床上的人在爱河中流连，浅吟低唱，床帷也微微荡漾着，美丽妖娆，风姿楚楚。

次日凌晨，天刚蒙蒙亮的时候，新皇帝便从温暖的被窝里悄悄溜了出来，轻手轻脚下了地。当皇帝是个苦差使好不好，一大早便要起床，连懒觉也睡不得，早朝。

只要不想做昏君，就得这么着。

钟嬷嬷娴熟地带着宫女服侍他梳洗穿衣，新皇帝闭着眼睛，任由她们拨弄。唉，还是做个富贵王爷好吧，若是依旧做辽王，这会儿正软玉温香抱满怀，酣然高眠。

为皇帝整理好朝服，钟嬷嬷很知趣地带着宫女们退出去了。皇帝要上朝去，之后还要和大臣们议事，一去就是大半天。临走之前，他不得和皇后告个别啊。

祁皇后睡眼惺忪地过来了，长发垂肩，身上披了件遍绣折枝牡丹的锦缎披风。她此刻脸还未洗，却还是清丽可人的样子，看上去十分养眼。

新皇帝此时已是整装待发，乌纱翼善冠，镶宝石，二龙双珠，黄色盘领宽袖衮服，用团龙十二，前身、后身各三，两肩各一，下摆两侧各二。日、月在肩，星、山在背，金碧辉煌，气壮山河。

"四哥穿这样的衮服，很好看。"祁皇后伸手替丈夫整理衣襟，清亮的杏子眼中满是赞赏之色。四哥本就生得好，这身衣裳一穿，更显得威仪棣棣，迷死人啦。

"妞妞不衫不履的，也很好看。"新皇帝手指缠绕她的长发，轻轻笑着。美女就是美女，不必胭脂水粉来装扮，清水出芙蓉，天然去雕饰。

"吃了粥点再走。"腻味了一会儿，祁皇后交代。

"你再睡会儿。"新皇帝也交代她。

"不睡了。"祁皇后一脸的苦大仇深，"四哥，你这皇帝难当，我这皇后也不容易。东西六宫全归我管呢，两宫皇太后，太妃们，三个儿子，这么多人的衣食住行，我都要操心。"

新皇帝怜惜地抱住她，"妞妞辛苦了。"祁皇后庆幸，"四哥，幸亏你如今没有妃嫔，你若再添出些个宠妃来，宠妃再生出孩子来，我岂不是得忙死？"

"先帝英明神武，都能做到六宫无妃。"新皇帝讨好地蹭蹭她，"四哥这样的凡人，更应该洁身自爱，不给妞妞添麻烦，对不对？"

"我看行。"祁皇后笑眯眯点头。

我已经够忙活的了，不给我添麻烦，甚好甚好。

时候不早，新皇帝胡乱对付了两口粥点，摆驾奉天殿。临走之前，他脸色郑重地告诉皇后，"妞妞，四哥无比盼望黑夜的来临。"白天有这么多烦人的事要做，晚上才能和妻儿团聚，共享天伦。夜晚，多么的诱人。

"我也是。"祁皇后情意绵绵。她的情意绵绵倒不是对着皇帝夫君，而是对着安静的、没有责任约束的夜晚。白天要做皇后，太讨厌了，晚上可以做妞妞，自由自在。

奉天殿，俗称金銮殿，是一座金碧辉煌、美轮美奂的宫殿。新皇帝仪态庄严地坐在宝座上，文武大臣、勋贵外戚按序分列，秩序森严。

如果说，那个高高在上的皇帝代表的是皇权，地下站立的文武百官则是代表臣权，皇权和臣权交锋，不一定谁输谁赢，看实力。皇权高高在上，可皇帝是一个人，臣子们则是人多势众。没有皇帝能孤军奋战，必须要有臣子和他同一阵营，共同进退。

　　如果臣子们太抱团儿了，皇帝太孤单了，会怎么样呢？呵呵，那可有趣了，皇帝会拉上太监、锦衣卫做同盟，奉行特务统治，以保住自己的权威。

　　新皇帝听着官员们各自发表着高见，眼神清亮，不动声色。他太熟悉这些人了，自从他幼年之时跟在成华皇帝身边起，曾经无数次见自己的父亲被文官们气得跳脚，最后，成华皇帝在东厂之外另设西厂，重用太监，天朝曾经因此一度乌烟瘴气，乱七八糟。

　　许大学士提出："勘查皇庄和勋戚庄园，还地于民，鼓励耕织"、"不问皇亲势要，凡系冒滥请乞及额外多占者悉还之于民"。这话一出口，文官们大都赞赏地点头，眼中流露出兴奋欣喜之色，而勋戚们，则是悻悻然。他们占田占地多，豪取强夺，多有不法，许大学士的建议要是真实行了，他们的利益会大大受到损害。

　　文官们希望新皇帝赞成，勋戚们希望新皇帝反对。新皇帝呢，稳稳地坐着，并不急于下结论，命同意的、反对的各抒己见，互相辩论。

　　同意的一方固然能讲出冠冕堂皇的大道理，反对的一方也不弱，"皇庄、勋戚庄园年代久远的，怎么查，怎么清理？事隔多年，一笔糊涂账。""宫里若是缺银子使，成何体统？不只宫里，外戚、宗室若是过于落魄，朝廷颜面何存？""由俭入奢易，由奢入俭难。本来有这些庄园，一下子收回去了，怎么过日子？"

　　皇庄，包括皇帝、后妃的庄田，皇太子和在京诸王的庄田。皇庄遍布大兴、昌平、真定、保定等地，共达三万多顷，数量巨大。

　　土地总共就这么多，皇庄占得多，农民的地自然会减少。农民没地可种，就没饭吃，或者离开家乡流浪，成为隐患重大的流民，或者为匪为盗，以希图活命，"饥寒刑戮死相同，攘夺犹能缓朝夕"。

　　朝臣们争得面红耳赤，渐渐地挽袖子，摩拳擦掌，想要打架。皇帝瞧得有趣，唇角泛上丝笑意。

　　朝臣们也不能真在金銮殿打架，最后齐向新皇帝讨主意，"伏乞圣裁。"新皇帝敛去唇角的笑意，神态肃穆庄严，"双方各有道理，卿等再议。"

　　还要再议，你这皇帝到底有没有个主意？朝臣们正在不满，却听皇帝声音清朗地说道："从前的皇庄是否要清理，卿等商议了，拟出细则来报。自今往后，清兴宫皇太后、朕、皇后、太子、楚王、梁王，不增设皇庄。"

　　我，我娘，我媳妇，我儿子，全部不增设皇庄，不扰民，不侵民利。

　　朝臣们的不满，马上被感动所代替。高风亮节啊，新皇帝不增设皇庄，一处也不增！可是，且慢，他……他的零花钱打算从哪儿来啊，他，邵太后，皇后，太子，诸王，难道不要赏赐宫人、不要有私房钱？

　　"奉养皇太后，应丰厚。"李首辅小心翼翼地提出。你可以节俭，你节俭是美德，可是你不能让太后跟着你过苦日子吧。

　　"这是皇太后自己的意思。"新皇帝微笑，"皇太后性情仁善，生平不愿做的事，便

青雀歌

是扰民侵利，为害乡里。"

新皇帝的意思已经很明白了好不好。勋戚们一个一个垂头丧气，没了精气神儿。他们倒是想表示反对，可是……新皇帝，还摸不清脾气呢，稳妥起见，还是再等等吧。

内阁拟了清查皇庄和勋戚庄田的细则，皇帝朱笔批了"准"字。不过，皇帝额外加了一条，"昭穆皇后，和昭穆皇后家人，不在清查之列。"

优待皇嫂，优待皇嫂家人，新皇帝真是大度！连对新皇帝不大看得起的李首辅、卓次辅，也隐隐有些佩服。

新皇帝在前朝忙碌完，回去后宫卖乖讨好，"母亲，阿原寥寥数语，您便有了极好的名声！坚辞皇庄之利，多么难得可贵。"

邵太后是个知足常乐的人，笑呵呵道："我要皇庄做什么？没钱不要紧，能天天见着小聪聪他们，便是好的。"

祁皇后殷勤地凑过来，"大姨，还有件能让您收获好名声的事，您一起做了吧！后宫的太妃们，跟您相识多年，老交情了，对不对？您干脆做个好人，把她们放出去，有亲生儿子的，跟亲生儿子就藩去！太妃们一走，她们安享天伦，我也少了很多宫务，各得其所，两相便利。"

"成啊，大姨再做回好人！"邵太后心疼儿媳妇，满口答应。

等到小聪聪、小明明下了学，小勇打打杀杀得也累了，一齐聚到清兴宫，邵太后有了孙子，就不要儿子、儿媳了，"阿原，青雀，你俩回罢。"

小勇抱着阿原的腿，不许他走，执拗要求，"爹爹，陪我玩！"小聪聪闷闷看了眼爹娘，蹲下身子哄弟弟，"大哥陪你玩好不好？爹和娘有事。"傻小勇，你没瞧见他俩眼神中的不耐烦么，还缠着他。他俩想回去歇着了，小勇你有点眼色。

小明明也很慷慨地同意陪小勇玩耍，小勇眼睛转了转，再三权衡，把阿原放开了，"爹爹，走吧，走吧！"撵阿原走。

阿原和青雀前脚走，他后脚便扑向两个哥哥，三个孩子疯在一起。

阿原和青雀并肩走在宫道上，内侍、宫女远远地跟在后头。"偷得浮生半日闲。"阿原呼吸着清凉的气息，浅浅而笑。

"我特别优待了张家。"阿原告诉青雀。

"那当然了。"青雀点头，"这个时候，必须优待。"

张氏兄弟不管再怎么可恶，再怎么穷凶恶极，如今也不是清算他们的时候。新皇帝才即位，若是迫不及待要收拾皇嫂的家人，在世人看来，未免太过凉薄。在朝臣看来，一定是忘恩负义。

下令清理皇庄、勋戚庄田，却独独把昭穆皇后、昭穆皇后的家人单列出来，这是在向全天下、满朝文武官员表明新皇帝对先帝的尊重，对皇嫂的善待。姿态做足，这当然是对的。

张氏兄弟若能看清楚形势，知道他们的皇帝姐夫去了，最大的依靠没了，从此安分守己的，是他们的运气。若还要为非作歹，肆意妄为，总有落入法网的一天。

阿原和青雀不疾不徐地走着，间或你看我一眼，我看你一眼，柔情缱绻。他们两个，男子身着黄色十二团龙盘领宽袖衮服，映着光华灿烂的容颜，美丽而又威严。女子身着杏黄宫装，神采飞扬，令人见之忘俗。一帝一后，并肩而行，羡煞人也。

"有人在偷窥咱们。"经过一个小树林时，青雀促狭地笑了笑，"是位青年女子。"

"是觊觎四哥的美色么？"阿原眉目生春，"妞妞，你要看好四哥，不许别人打四哥的主意！"

"成啊。"青雀笑眯眯点头，"我一准儿把你看得严严实实，不许别的女人占便宜。"

谁吃了熊心豹子胆敢来动我的人？祁青雀将军肯定废话不多说，手起刀落，斩下她的项上人头！

两人笑吟吟地，缓步走远。

树林里，贾淑宁看着他俩的背影，痴痴发呆。他竟然真的做了皇帝，他竟然真的做了皇帝……若是自己当年坚持守着他，无论如何不至于沦落到这个地步啊。独守道观，清冷凄凉，这辈子再也没指望了。

天空飘起细雨，贾淑宁呆呆站在雨中，泪流满面，"是谁误了我，是谁误了我？"我才是从小被选进宫养育的晋王妃，他身边的那个人，明明应该是我。

贾淑宁把从小到大的事回想了一遍又一遍，从进宫，到万贵妃去世，成华皇帝驾崩，晋王娶了祁青雀，自己开始寄希望于弘治皇帝……一幕一幕的往事出现在眼前，贾淑宁痛哭失声，悔不当初。

她在雨中哭泣良久，回去之后，头重脚轻的，病倒了。太医院的郭太医来为她诊治过，觉着不过是风寒小病，也没放在心上，开了药方，交代好小道姑，便走了。谁知贾淑宁这场风寒来势甚为凶猛，越来越严重，最后药石无灵，竟病死了，令郭太医颜面大失，很没意思。太医啊，连个风寒也治不好，也太没用了。

青雀听到宫人回报，吩咐，"依礼安葬。"万家早已凋零不堪，贾家更是不知流落到哪儿了，贾淑宁去后，都不用知会娘家人。

才有个觊觎我四哥的女人，祁青雀将军都还没动手，她就自己病死了。青雀自恋地叹了口气，"老天太眷顾我了。"没法子，招人待见啊。

阿原知道贾淑宁病故，也没放在心上。从一开始，贾淑宁进宫就不是他的本意，他也从来没有对贾淑宁假以辞色，或答应过她什么。贾淑宁在他心里不过是"贾氏"，连名字都记不住。

奇怪的是，有一天阁臣在乾清宫回过政事之后，李首辅单独留了下来，面色慎重地劝谏，"臣听闻，后宫贾氏殁了。这贾氏是成华皇帝生前为陛下选定的妃子，一直为陛下守贞于宫中，其情可悯。臣以为，虽没成婚，陛下该追封她为贵妃。"

李首辅是在很郑重地说这件事，新皇帝也很肃穆地听着，并不曾动容，或失色。

李首辅的心态、目的，新皇帝很明白。在他还是皇子的时候，他已经对成华皇帝和大臣们之间的争执、不愉快知之甚深，也慢慢把原因想清楚了。

皇帝想控制臣子，臣子又何尝不想控制皇帝呢？他们通过各种各样的劝谏、苦谏甚至死谏，引导、逼迫皇帝按照他们的意思来治理国家，按照他们的意思来安排日常起居。皇帝若退一步，他们便会进一步，步步相逼。这会儿李首辅提出追封贾氏，皇帝若答应，之后李首辅会更加强势。自己若不答应，他恐怕会痛心疾首地指责皇帝"薄幸"吧。

青雀歌

拿自己都做不到的严苛标准来要求皇帝，这不是文官最擅长做的事情么。

新皇帝微微一笑，吩咐内侍拿过来一个册子、一沓脉案，"李卿，你自己看。"

李首辅恭敬地接过来一页页翻看，变了脸色。册子是彤史，女官们清楚记录了弘治皇帝临幸贾氏的时间、地点，脉案则是弘治四年太医为贾氏安胎、保胎的记录，非常详细。

李首辅额头冒汗，伏地请罪，"臣，万死！"一个服侍过先帝的女人，一个为先帝怀过孩子的女人，你要皇上追封她为贵妃，不是要给皇上戴绿帽子么？这个罪名，若是认真追究起来，可是不小。

李首辅俯伏良久，心中忐忑。半晌，头顶才响起新皇帝温和的声音，"不知者无罪。李卿是朝中重臣，后宫之事岂能尽知？朕不怪你，起来罢。"李首辅磕头谢恩，"臣惶恐。"再站起来的时候，他面有愧色，大有无地自容的模样。

新皇帝微笑，"李卿社稷重臣，心思放在保国安民之上，较为妥当。后宫之事，自有两宫皇太后做主，皇后遵旨办理，若皇太后和皇后都顾不过来，还有朕的皇嫂，昭穆皇后呢。"

李首辅冷汗直流，又连连请罪，狼狈地退了出来。

出了乾清宫，李首辅走在太阳底下，背上发凉。新皇帝入住宫中才不过数月光阴，已把后宫完全掌握了么？先帝彤史、太医脉案他妥妥帖帖地放着，好像早知道自己会这样似的……

李首辅想起那个给他消息的人，眉毛都要竖起来了，心中痛骂不止。无知妇人！你若是早把实情说了，我还用得着丢这个人？你要给我消息，倒是把先帝彤史、太医脉案给烧了啊，这还能留着！

新皇帝处理起政务来，井井有条，不慌不忙。后宫中好容易出了个岔子，到最后竟是这么个结果……李首辅头疼欲裂，这位皇上可不比先帝似的好说话，太难对付了！

自己这首辅往后该怎么做？李首辅这官场老手，竟生出迷惘之意。

五月，内阁中年纪最大的成员曾阁老"乞骸骨"，要求回乡养老。曾阁老是个老好人，向来温顺听话，从不跟李首辅作对，干起活儿来也任劳任怨，踏实得很。这样的阁臣李首辅怎会愿意让他走呢？一再挽留。不过，曾阁老已经快七十了，精神不济，他委婉却又坚定，满脸赔笑，"首辅大人，下官委实是撑不住，定要回乡的。"

曾阁老上了折子，新皇帝照例挽留了两回。阁臣嘛，身份重要，地位显赫，没有请辞一回就准许的道理。若是阁臣一请辞，皇帝就准许，那未免太不给面子了。

曾阁老第三回上书乞休的时候，新皇帝准了。曾阁老荣休。

曾阁老既然荣休，内阁中便少一个人，总是要补上的。李首辅推荐了工部右侍郎于通、礼部吴老尚书等几个人选。新皇帝不置可否，留中不发。

许大学士则是推荐了礼部左侍郎杨大器。新皇帝亲自召见杨大器，一番长谈，大为赞赏，拜为武英殿大学士，入内阁办事。

杨大器的资历、才干、人品，有目共睹。他不只本人诚恳踏实，办事干练，还有一位德高望重的祖父，杨阁老。这样的人入内阁，谁会不服气呢？就连李首辅，也皮笑肉不笑地对杨大器表示欢迎。

才进内阁的人，大多是打杂，接触不到军国要务。杨大器不急不躁，李首辅交代给他的杂务他会有条不紊、认认真真地做好，好像他很甘心做这种小事似的。

"又一个城府极深的。"李首辅心里这个郁闷，就别提了。

杨大器既有才干，为人踏实可靠却又不迂腐，在朝中的人缘极好。这样的人，李首辅阻挡不了他前进的脚步。

内阁，要变天了。

嘉兴元年七月，皇后千秋节。皇后千秋节本来属于重大的节日，内命妇、外命妇都要进宫朝贺、领宴，礼仪隆重。不过，新皇帝、祁皇后伤心兄长弘治皇帝过世不久，不愿大肆张扬，免了内命妇、外命妇的朝贺，只请了南宁大长公主、福清大长公主、宣城伯府、景城伯府、阳武侯府、宁国公府、英国公府等至亲好友进宫。另外，还有几位阁臣的妻子，也获此殊荣。

交泰殿。祁皇后头上戴着九龙九凤冠，上饰九条金龙，口衔珠滴下，九只点翠金凤，灿烂华美。身穿红领间以小轮花深青翟衣，织金龙云文，大带表里俱青红相半，其末纯红。她本就生得美丽，这一身装扮，更衬得她华贵非常，气度非凡。

阳武侯夫人祁玉是祁皇后的姑母，自然也在被邀请的行列。祁玉坐在席间，神情有些恍惚。今天是青雀的生辰，那个出生在雷雨夜的小女婴如今长大了，做了皇后。

祁皇后言笑晏晏，不管是对夫家的长辈南宁大长公主、福清大长公主，还是对娘家的长辈宣城伯夫人、景城伯世子夫人，都是又亲热又客气。祁玉听她口口声声叫英娘"母亲大人"，胸口一阵阵闷气上涌。

英国公夫人是带着儿媳周琪和女儿张佑一起来的。祁皇后见了她便笑眯眯地问好，冲着张佑更是一口一个"姐姐"，明明是很受优待的一家，英国公夫人心中却是烦恼得很。心里烦恼，面上还要露出得体的笑容，于是更加烦恼。

昔日曾寄居英国公府的小女孩儿，身世根本提不起来、来历经不起推敲的小女孩儿，竟做了皇后！如今她高高在上，凤冠翟衣，令人不敢仰视。自己曾是怎样地嫌弃过她，又是怎样无情地抛弃过她啊，英国公夫人想起往事，这份难堪就别提了。

张佑笑吟吟向她敬酒，"娘，我两个月没回娘家了，真是不孝。您莫恼我，喝了这杯请罪酒。"英国公夫人嗔怪地看着她，"出了阁，便是夫家的人了，哪能常回娘家？不许这么说话。"张佑笑着把酒杯凑到她嘴边，英国公夫人却不过，一饮而尽。

"我有阿佑，还有阿祜呢。"英国公夫人看看眼前一脸快活笑意的女儿、端庄沉静安坐的儿媳妇，心里一松，"看在他俩的分上，皇后只会跟我客气，不会有别的。皇后，她是个知恩图报的好孩子。唉，这孩子小时候真是可人疼，只是身世太不堪，父母太不着调。"

英国公夫人放下心事，笑容愉悦。

有这一双儿女在，她永远会是皇后的座上客，不会变。

抚宁侯府的世子夫人薛氏显然和皇后极为亲昵，连"表"也去掉了，直接叫"姐姐"。皇后笑吟吟叫她"阿扬"，言辞之间，颇有溺爱之意。南宁大长公主看在眼里，大为可惜。若是自家幼子能娶了薛扬为妻，岂不是和皇后更为亲密了？可惜，当年只是淡淡提了一句，不曾郑重提亲。

南宁大长公主虽是自矜身份，却不拘泥，她和几位阁臣的夫人、宣城伯夫人等微笑叙

青雀歌

着话，并无骄矜之色。皇后称呼李首辅、卓次辅等人的夫人时，都是中规中矩的"李夫人""卓夫人"，到了新进入阁的杨阁老夫人时，称呼却是"杨伯母"。南宁大长公主听在耳中，心中明了：杨阁老，前途无量。

阁臣本来就应该交好，若是未来的首辅，那是一定要结交的。南宁大长公主和杨夫人亲切地说着家长里短，仿佛她们已经认识很久，交情颇深。李首辅夫人坐在一边，笑得越来越勉强。

从皇后千秋节的宴会，大略也能看出来，朝堂今后会有什么样的变化。

新皇帝温文尔雅，意志却很坚定，内阁之中，迟早会全部换上他信任的人，而不是继续留着跟他作对的人。

皇后千秋节的小型宴会，完满结束。

南宁大长公主、福清大长公主、阁老夫人们都告辞了，留下来的全是皇后娘家亲戚，宣城伯夫人，景城伯世子夫人，阳武侯夫人。

"妞妞，小姐近日好像不大高兴。"英娘歉意地低声央求，"她是你亲娘呢，你说几句好话哄哄她，好不好？"

"好啊。"青雀慨然应允，"说好话又不用花钱，我不会吝惜的！"

英娘抿嘴笑，师娘没好气地白了她一眼。丫头你如今是皇后了好不好，当着人面还成，背着人，你就又成这样了。

青雀拍拍掌，三名宫人应声而出，每人手上捧着个托盘，盘中是一顶金光闪闪的冠子，用极细的金丝编就，造型优美，流畅可爱。

"没有你们，就没有我呀。"青雀嘻嘻笑着，从盘中取下金冠，一个挨一个送过去，"微薄之物，聊表寸心，请赏脸收下。"

对祁玉，她神色郑重，"您耗尽心力才生下我，辛苦了。"

对英娘，她就自在多了，"好英娘，我小时候可喜欢你了。"

对师娘，她嬉皮笑脸地，"师娘，咱俩什么交情呀，要不，把师字去掉，直接叫娘好不好？"

师娘金冠是要的，新称呼坚决不要，"不成！我这么个大美人儿，生生被你给叫老了。师娘就成，千万莫省却那师字。"

青雀调皮地笑，"当我稀罕呢，我有娘！我娘跟着青树在任上呢，我也送了她老人家一顶，跟您这个一模一样。"

师娘忙道："你都有娘了，放过我吧。"青雀倒在她身上，笑得不行。

这天是青雀的生日，皇帝下朝之后特地把师爹、英爹请进来，共同庆祝。邓麒不请自至，殷勤地要见青雀，皇帝摸摸鼻子，"好吧。"

"还要见见几位小殿下。"邓麒忙又加了一句。小聪聪、小明明、小勇，我想死你们了！

皇帝少气无力地答应，"成。"

对于阴魂不散的邓麒，皇帝是不喜欢的。可是皇后见了邓麒蛮高兴，唉，没法子。

皇帝只好把邓麒也带了进去。

至亲相聚，是很快乐的事。不过，中间出了个岔子，邓麒、祁玉出去更衣，许久未回。

皇帝觉着不对劲，不动声色地叫了贴身内侍出去察看。

"抚宁侯和阳武侯夫人在林间遇着了，说了会儿话。"内侍含混地回报。

皇帝眼中闪过丝怒意。你俩年轻时候不懂事就算了，这会儿都一把年纪了，还胡闹！可怜的姐姐，怎会有你们这样的亲爹娘。

皇帝很快下了旨：抚宁侯邓麒，守备南京。

南京是留都，闲散官员多。皇帝若是看着谁不顺眼，却不便夺官去职，常把人打发去南京。去了南京差不多等于是养老了，鲜少有升迁上进的机会。不过，南京守备与众不同，是一个有实权的官职。南京守备节制南京诸卫所，负责南京的留守、防护，兼管南京中军都督府，职责重大。以邓麒的资历、才干，任命他为南京守备还真不算是委屈他了，没什么可抱怨的。

京城的抚宁侯府被收回，另赐南京武定桥的一所宅院为抚宁侯府。这所宅院开国时曾是卫国公府，地方大，风景美，不比京城的抚宁侯府差。

虽然如此，离开天子脚下远赴留都，邓家众人还是颇觉失落。京城是京城，留都是留都，怎么也不会一样啊，差太多了。京城是多么的繁华，南京如何能比。抚宁侯府从孙夫人开始，一直到邓麒、邓天禄、邓无邪等，人人有被发配的感觉。

"她……她怎能这样？"孙夫人落下眼泪，"虽说邓家对不住她，可亲爹总是亲爹，她怎么连一点情面也不留？"才做皇后没多久，就要把亲爹远远地驱逐了，何其忍心。

邓家就这么离开京城，能不看人白眼么？老国公辛辛苦苦挣下的这座府邸，她说收回就收回了，可曾为疼爱她的老国公着想过？孙夫人流泪环顾四周，只觉满目凄凉，昔日的种种富贵，一日之间，化为乌有。

邓麒也是很不愿离开京城去南京的，他是次子，打小便不如老大邓麒受祖父老国公的看重，散漫了些。邓麒比起老国公来已是差了很多，他比邓麒更不行，只能依附于家族。平时他在京城是很享受的，忽然要离开，去往不熟悉的南京，他满心不情愿。

"要不，让阿扬进宫求皇后？"邓麒小心翼翼地提起，"她和皇后总是姐妹。"

孙夫人疲倦道："没用。"她连亲爹的颜面都不看了，还看妹妹的？

邓麒长长叹气，"您是她的祖母啊。"若放在寻常人家，娘家祖母、老封君发了话，做孙女的哪敢不听？偏偏大哥这闺女大异常人，从不曾把祖母放在眼里。

孙夫人虽是怨望，听了次子这话却是摇头，"我没脸说是她祖母。"是我把她带回邓家的，结果，她在邓家险些丧命啊。孙夫人回想起那段往事，心灰意冷。

邓麒垂头丧气，认命地回去收拾行李了。立即要从京城搬往南京，要收拾的物件儿多了，且有得忙。

邓天禄和邓无邪见邓麒都这样了，也无话可说。"那个会使绊马索的小丫头，厉害啊。"兄弟俩感慨，"头回见面，便把父亲和咱俩绊翻了。这会儿，更把邓家驱逐出京，撵到南京去。"

感慨完，闷头回房，各自收拾行李。

不只邓家人觉得邓麒守备南京、抚宁侯府举家南迁这事很委屈，朝中也有人同感，要替他们抱不平呢。李首辅、卓次辅都一脸诚恳地劝谏皇帝不要收回京城的抚宁侯府，"陛下宜善待有功之臣。昌平王战功赫赫，陛下若待邓家太薄，未免寒了功臣的心。"

身为阁臣，李、卓二人觉得自己是很称职的。看看，我们跟邓家向无交情，一样也替他们仗义执言，真是铁面无私啊。

谁知邓麒不领情，出列大声反对，"谁寒心了？抚宁侯府是我自愿交回的！我举家南迁，要京城偌大的抚宁侯府做什么？国用不足，我等身为臣子的，不是该为国库节省支出，少占地么？"

李首辅、卓次辅差点没吐血。

不少朝臣偷笑。

因为邓麒这番很上道的话，下朝后皇帝特地把他召到乾清宫嘉奖了一番：小聪聪、小明明、小勇全在，邓麒可以跟他们当面告别。

"我这一去南京，不知多少年才能和你见面，你更该把我忘了。"邓麒伤心地看着小聪聪，"你小时候很亲我的，等到我跑到辽东去看你，你已经不认识我了。"

"不会的。"小聪聪很好心地安慰他，"我都十岁了，记性很好。放心，我一定不会忘了你。"

邓麒转向小明明，"我头回见你的时候，你才这么点儿大。"邓麒伸手比了比，嘴角浮上丝笑意，"我可喜欢你了，可没几天就被召回京城，不能看着你长大。"

小明明同情地看着他，"等我长大了，去南京看你！"

小勇很会凑热闹地跑过去抱着他的腿，殷勤许诺，"去南京看你！"

邓麒弯腰抱起小勇，吧嗒吧嗒掉眼泪，"我舍不得你，舍不得你们……"小勇性子虽暴，心地很好，见他这样，伸出小手替他擦眼泪，奶声奶气地哄他，"乖，不哭啊。"

此情此景，皇帝差点心软。

不过，想想邓麒留下的后果，皇帝还是没改主意。若是让邓麒留下，他和"姑母"一个不小心闹出丑闻，到时如何善后？多少人要跟着受牵连。

邓麒一个挨一个地亲过三个孩子，要见青雀。皇帝咳了一声，"那个，见了皇后，你知道该怎么说吧？"邓麒又想掉眼泪，"知道，我是自愿的，我自愿守备南京。京城我待烦了，想出去透口气。"

小聪聪、小明明都心生怜悯，小勇见他眼圈又红了，伸出小手，同情地拍拍他。

皇帝带邓麒、三个孩子去见青雀。青雀有些诧异，"京城待烦了，出去透气？你倒是很悠闲啊。"诧异过后，笑吟吟替他盘算，"南京好玩的地方很多，你去南京也行，很有趣。"

邓麒弱弱道："什么都好，就是舍不得你，舍不得孩子们。"青雀笑，"我给你写信，小聪聪、小明明，也给你写信。"小勇不甘寂寞地踮起脚尖，一脸殷勤，"写信！"邓麒抱起他，依依不舍地亲了又亲。

"走的时候，我给你饯行。"青雀送邓麒走的时候，含笑说道。

"好。"邓麒忙不迭地点头。饯行好啊，到时又能见到姐姐，又能见到小聪聪、小明明、小勇，多见一回是一回。

送走邓麒，阿原特地交代青雀，"给他饯行的时候，别请姑母一家。"青雀沉默了很久，忽然没头没脑地说道："姑丈，是个好人。"

"好人最易被辜负。"阿原做深沉状。

"是么？"青雀大为惊讶，"那，我岂不是最容易被辜负？我是好好好好的人啊。"

姐姐你……好自恋。阿原忍笑揽过她，蹭蹭她光滑的脸蛋，"我才容易被辜负呢，我是好人。"青雀更惊讶，"你不是狼么，怎么又变成好人了？"

看着她调皮的模样，阿原心痒痒的，恨不得立即化身为狼。可惜啊，天色尚早，太阳总是不下山。

"给我生个女儿吧。"阿原柔声央求。

"好啊，我也想生个小闺女。"青雀喜滋滋，"四哥，我和你一样，盼着小敢早日到来。"

小敢？阿原控诉地看着青雀，我闺女才不叫小敢！

"怎么一竿子把他戳南京了？"祁震回家，和英娘纳闷，"我一向看他不顺眼，可妞妞蛮喜欢他的，怎会忽然让他守备南京。"

英娘眼神闪了闪，吞吞吐吐道："我，我也不大明白。"

英娘自小服侍祁玉，祁玉和邓麒越来越不对劲，她哪能察觉不到？不过，这么尴尬的事，她不愿告诉祁震，没法告诉祁震。

"反正邓麒都要走了。"英娘有些过意不去地想道。大哥，我不是要瞒着你的，我只是……实在无法启齿啊。

祁震也没怎么在意邓麒，只是担心薛扬，"阿扬也要跟着走吧，去了南京，若是邓之翰那小子欺负她，可如何是好？"

英娘抿嘴笑，"妞妞让阿扬留下。"

妞妞还是很为小姐着想的，知道小姐疼爱阿扬，单单留下了邓之翰和阿扬一家。

祁震大为欣慰，"如此甚好。"

邓麒离京之前，青雀在万芳阁摆下戏酒，为他饯行。邓麒几杯酒下肚，唠唠叨叨，"妞妞，我舍不得走啊，我真是舍不得走。"青雀气闷看着他，你到底是舍不得谁呀，是舍不得我，还是舍不得我仙女娘？薛家姑丈是好人，你们不能这样。

邓麒跟小聪聪、小明明、小勇一一告别。小聪聪送了他一幅画，"我亲手画的，你喜不喜欢？"小明明在他颈间挂了个护身符，"开过光，很灵的，平平安安。"小勇捧着个金色小帆船送给他，"一路顺风！"

邓麒感动得不行。

邓麒出了宫，带着抚宁侯府众人，浩浩荡荡离开京城，上了去往南京的官道。

他这一去，估计有生之年都回不来了。

邓家这一走，偌大的抚宁侯府，顿时空旷凄凉起来。再精美的房舍，若是无人居住，也显得没有生气。曾经的衣香鬓影、盛世繁华，都成了昨日春梦。

薛扬随着邓之翰搬到了邓家一所别院。这别院位于棋盘街，齐齐整整的五进院子，清幽雅致。一家五口，数十名侍女、婆子，数十名仆役、家丁，正好够住。

薛扬住惯了抚宁侯府，乍一到这儿，总觉得浅窄，忍不住抱怨发牢骚，"姐姐也真是的，把咱们留下来了，倒把侯府收回去了。"邓之翰笑，"若是咱家在南京有新的抚宁侯府，京城抚宁侯府还留着，又该被文官们批评奢靡无度了。到时候，又有人跟皇上啰唣。"

"不是说，大臣们认为应该厚待功臣？"薛扬怔了怔，"朝中收回侯府，还有阁老为咱们抱不平呢。"

"收回，他们说刻薄。不收回，他们会批评奢靡。总而言之，他们一定有话说。"邓之翰皱皱眉，"文官们就这样，什么都看不惯，动不动就要讲大道理，很讨厌。"

青雀歌

文武殊途，文官们大多看不起武将，武将又怎么会喜欢文官呢？邓之翰提起文官来，满是不屑。

"你这么一说，我觉着皇上也挺为难的。"薛扬同情地说道。

"皇后也不容易。"邓之翰小心地提醒妻子，"两宫皇太后都很是慈爱，可是还有昭穆皇后呢。"

有人在旁虎视眈眈，这个时候，皇后的家人、亲人可千万别拖后腿，别惹事。

薛扬想明白了，甜甜笑，"只要能和你厮守在一起，住得浅窄些也没什么。"邓之翰心里热乎乎的，珍爱地把妻子抱在怀里，"嗯，咱们守在一起。"

薛扬和邓之翰过起一家五口甜蜜厮守的小日子，十分美满。不必像从前一样照管抚宁侯府繁杂的家务事，薛扬时时带上儿女回娘家，有时还小住几日，其乐融融。

祁玉很不快乐，即使薛扬常带外孙子、外孙女回家看望她、陪伴她，她还是不快乐。薛扬不满，"您有了我还嫌不足？"祁玉默然。

祁玉心情郁结，生了场大病。皇帝、皇后几回差人探望，赏赐珍贵药材，派来太医，祁玉的病情只是不见好。"心病，无法药医。"林太医瞧过她，也没什么好法子。

皇帝、皇后亲自来看望她。皇帝、皇后出行是大事，羽林卫提前一个时辰到了阳武侯府，三步一岗，五步一哨，守卫严密。薛护的妻子程氏也算出身大家了，看着这副架势，也觉战战兢兢。

皇帝不好进姑母的卧室，只在厅上坐了会儿。祁皇后到姑母病榻前问候，祁玉恹恹的，不爱理她。

"你不理我，那我走啦。"青雀见她这样，未免有气。

"我不过是和他说了几句话。"青雀正要转过身，耳边传来祁玉幽幽的声音，"你过生日，我们想起往事罢了。"

"往者不可谏，来者犹可追。"青雀干脆地反对，"往事有什么好回想的，回想何益？"

一行清泪顺着祁玉的脸颊流下，青雀心软，俯身替她掖掖被角，低声道："你好生养着，莫想太多。阿挥在西北很好，哪天他愿意回京了，我会召他回来，陪在你身边。"

青雀小心地替祁玉拭去泪水。她和祁玉不熟悉，不亲近，这本该亲密的动作显得笨拙而生疏，祁玉心里一酸，又哭了。

"你赶紧好了，给阿挥相个小媳妇儿，阿挥该娶妻了。"青雀替她出着主意，"往后阿挥、阿扬都在你身边，你含饴弄孙，不是很好？"

祁玉眉目间含着哀愁，不点头，也不摇头。

青雀对仙女娘的想法一向不大明白，哄了她半天，不得要领，只好罢了。皇帝还在外头等着她，不便久留。

"你好好的，我走了。"青雀轻声道。

"他说，若能重活一回，他不回京城，带着我和你到南方去，寻一处山明水秀的地方，一家三口和美度日……"祁玉望着青雀的背影，低语喃喃。

他后悔了，他肠子都快悔青了。青雀，若是时光能倒流，他带着我和你到江南隐居，该有多好。

青雀来过之后，祁玉慢慢地好了。虽是好了，她依旧不快乐，眉间总含着忧愁。这忧愁，大概会伴随她一生吧，年轻时的遗憾，永远也弥补不了。

因为，时光不会倒流，永远不会。

嘉兴元年九月，金风送爽，朝中接二连三传出好消息：黄河水清，天降祥瑞；朱里真进犯广宁，被辽东总兵张祐率兵击退，大胜；西北的鞑靼企图南下，也被宁夏总兵邓昆率兵拦阻于长城之外。

对于新登基不久的皇帝来说，这全是好消息。皇帝大喜，遣使祭河神，嘉奖辽东、宁夏军，张祐加太子少保，邓昆荫一子，世袭千户。

清兴宫邵太后性情慈爱仁厚，推己及人，为成华皇帝留下的诸位太妃叹息，"子在藩地，母留后宫，骨肉分离，人间惨状，莫过于此。"

邵太后亲自训诫皇帝，"仁者，人也，亲亲为大。皇帝能和吾母子聚首，诚为幸事；汝为皇帝，纵不能惠及万民，亦应友爱兄弟。太妃为汝兄弟之生母，和亲子团聚，安享晚年，方是正理。"

皇帝是个孝顺的，毕恭毕敬地听了，毕恭毕敬地答应，"太后教导得是，臣遵旨。"

皇帝下了谕旨，允许太妃们出宫和亲生儿子团聚。只有一个儿子的，没得挑拣，直接出发即可；不止一个儿子的，自然要挑一个儿子孝顺、儿媳懂事、藩地富庶的，很费心思。张太妃有三个儿子，看看哪个都好，定不下主意挑哪个。祁皇后笑眯眯给她出主意，"您抓阄吧，抓着哪个算哪个！"张太妃果然依言抓了阄，抓的是她大儿子益王，遂死心塌地去了抚州。

益王是很好的，益王妃也很贤德，藩地抚州也还算富庶，只是益王节俭，大概张太妃过不上锦衣玉食的日子。不过，对于一位母亲来说，一顿少吃几个菜、一年少添几件衣裳有什么呢，有儿孙在膝下承欢，便会笑口常开。

皇帝允许太妃们离宫和亲生子团聚，大多数朝臣都是赞成的。"亲亲为大"，天朝最讲究的是孝顺，让藩王们也能孝顺亲生母亲，德政啊。

李首辅考虑得比较深远，一脸严肃地提出，"我朝向来没有太妃随子出宫的旧例，祖宗之制不宜改。"

皇帝温和地反驳，"有子的太妃出宫了，无子的太妃们还留在宫中奉养，安享天年。若说祖宗之制不宜改，这些无子的太妃们早该殉了成华皇帝。李卿博学，自然知道祖宗制度原是有妃嫔殉葬的，到了英宗皇帝，方才废除。英宗皇帝能改，为何朕不能改？"

李首辅肃容道："太妃留在宫中，藩王便多有顾忌，不敢轻举妄动。"

皇帝微笑，"一个人眼中若无君父，还会有谁？敢藐视君王，亲娘还会放在眼里么？诸王之中，生母已去世的也为数不少，这些人难道便全无顾忌？"

皇帝虽是微笑，眼神咄咄逼人，凌厉锐利。李首辅被他的气势震慑，也无法回答他一连串的质问，伏地请罪，"臣，惶恐。"皇帝声音冷淡，"卿为阁臣之首，宜奋发努力，报君报国。"

李首辅只有唯唯答应。

从这往后，李首辅再到乾清宫单独晋见皇帝，都是跪着回话了。李首辅的地位一落千丈，心怀不满，上了辞呈。

皇帝不许，温言挽留，“卿正值盛年，安可言退。”

皇帝神情诚挚，李首辅大为欣慰，继续回到内阁办公。

有子的太妃们出宫之后，祁皇后整顿宫务，放大量宫女、女官回家和亲人团聚，唯王太后宫中、昭穆皇后宫中，无所裁撤。

这一番作为之后，宫中人员减少许多，费用节省，户部大感轻松，极为称颂。得以回乡的宫女、女官更是心怀感激，一时之间，内外称贤。

“祁青雀将军出手不凡啊。”坤宁宫里，皇后极为自得地吹嘘。

皇帝很殷勤地拍马屁，“那是，妞妞一出手，便知有没有！”这一番清理，看着不顺眼的人撵走了，留下的都是心腹，嗯，后宫清爽多了。

皇后轻轻叹了口气，“只是，本可以指挥千军万马的祁青雀将军，如今只能管些宫女、嬷嬷之类，未免大材小用。”

皇帝伸手揽住她的腰肢，魅惑低笑，“你管着皇帝呢！好妹妹，指挥皇帝，不比指挥千军万马有趣么。”

皇后嫌弃地噘起嘴，“指挥千军万马，我能打一场大仗。指挥你，我能做什么呀。”皇帝眼角眉梢都是笑，春意荡漾，“好妹妹，指挥我，咱们可以打架呀。”

“打架？也行。”皇后大眼睛转了转，怦然心动。

这是件正经事呢。

皇帝、皇后对昭穆皇后和其家人的优待，有目共睹。弘治皇帝很得人心，朝臣中满心敬爱他的，大有人在，新皇帝、祁皇后待昭穆皇后优渥，朝臣们看在眼里，暗暗点头。

昭穆皇后的两个弟弟在勉勉强强安静了一阵子之后，开始蠢蠢欲动，“依我看，他怕咱们。”张延不屑地说道：“他这位子是咱姐夫传给他的，他敢不厚待咱家？”

张鹤也有些动心，“我看着也像。他清理皇庄，没敢查姐姐的。清理勋戚庄田，没敢动咱们一根毫毛。他呀，根本就是心虚！”

这兄弟俩行凶作恶、肆意妄为已经十几年，习惯了。一旦要他们改，真比要命还难受。到了这会儿，再也忍不住。

张延和张鹤大摇大摆地带着家丁出门，在街市上横冲直撞了一回，调戏了几位美女，命家丁抓住几个过路人拳打脚踢，心情大好。

作恶真好啊，真舒畅！两人眉飞色舞。

他俩故态复萌，重又开始强占民田、强抢民女、虐杀僧奴、在京郊开店铺强买强卖等，无恶不作。从前，地方官敢怒不敢言，遇到张氏兄弟的事都是绕着走，大事化小，小事化了。这会儿却不是了，张氏兄弟在宛平强占乡民田地，乡民到衙门告状，宛平县令杜峻接了状子，亲至张家询问案情。

张氏兄弟不干了。张延直问到杜峻的脸上，“你会不会当官？会不会当官？”张鹤嚣张地唾了杜峻一口，“呸！我是堂堂寿宁侯！我是侯爷，你懂不懂？”

要是弘治皇帝还活着，他们准会叫嚣，“我是皇上的小舅子，你敢惹我？！”而弘治皇帝呢，这位明君一定会纵容他们，哪位官员敢和张氏兄弟较真，不是被贬，就是被罚。

杜峻慢吞吞擦干脸上的唾沫，回去把详情细细写了，逐级上报。寿宁侯啊，好大的官，快吓死我了！我管不了，往上报吧。要是上峰也管不了，寿宁侯，你继续嚣张跋扈，鱼肉乡里。

一级一级的，谁也不敢管，最后到了内阁，到了皇帝面前。

除了强占民田这件事，另外还有强行拦劫过往客商、强行买卖，强抢民女，虐杀童儿等事，都有苦主上告。

皇帝很痛快，"本朝律法，皇后小工以上亲，犯罪当议。公侯伯犯罪，当议。张氏兄弟一为侯，一为伯，同为昭穆皇后亲弟，犯罪当议。诸卿请各抒己见。"

弘治皇帝对张皇后好到无以复加，对张皇后的两个弟弟也格外优待。张鹤是寿宁侯，张延是建昌伯，文官们苦熬大半辈子也得不到的爵位，武将们血染征袍也未必能挣到的爵位，他家就因为出了位梦月而生、富贵无比的张皇后，轻而易举地弄了两个。

还不能说是两个，他们已去世的父亲还是位国公呢，更为尊荣。他们的同族兄弟、表兄弟，任指挥使、指挥同知等官职的，不可胜数。

皇帝这话说得滴水不漏，一点儿毛病也挑不出来，官员们自然遵命，开始"议"。只有一小半人比较激愤地主张严惩，"身为皇亲、侯伯，肆意妄为，不顾忌身份，为皇家增羞，此风不可长！"还有不少人沉默不语。

卓次辅委婉为张氏兄弟开脱，"下人嚣张罢了，他们未必知情。为今之计，退回田地、货物，安抚苦主，对寿宁侯、建昌伯善加劝慰，令其约束下人，不得再犯。"

大多数人都同意卓次辅。他们其实是很反感张氏兄弟这种行为的，因为勋贵、外戚们常这么无法无天地胡作非为，给地方官的治理带来极大困扰。可是，张氏兄弟是昭穆皇后的亲弟弟，他们不忍加责。弘治皇帝英年早逝，儿女全部先他夭折，唯一留下的就是昭穆皇后。对昭穆皇后的家人，不是应该宽容对待么。

卓次辅言辞恳切，极力为张氏兄弟辩解，主张不加罪，只提醒。皇帝环顾群臣，漫声道："准。"

你们说不追究，成啊，那就不追究。

张氏兄弟强占的，不是你家的田；强抢的，不是你家的女儿；虐杀的，不是你的孩子；强行买卖的，不是你家的货物。你们当然可以一脸诚恳地说，"不必加罪、委婉提醒即可"。

站着说话不腰疼。

张氏兄弟虽然面上很嚣张，其实心里也是有些担心的。毕竟他们的皇帝姐夫已经不在了，如今坐在皇帝宝座上的人，跟他们半分也不熟，根本没交情。

昭穆皇后在后宫之中，也是悬着心的。她是长姐，打小照顾、迁就两个弟弟，对两个弟弟十分关爱。知道弟弟闯了祸，闹到皇帝面前，昭穆皇后心里很是没底，不知皇帝会不会趁机把张家给收拾了。

"阿延，阿鹤，你们闹什么事。"昭穆皇后抱怨，"此一时彼一时，你们姐夫已经不在了，还敢胡闹？万一辽王较起真来，你们当不吃亏？"

"我已经没有丈夫，没有儿女，孤零零留在这后宫之中，好不凄凉冷淡。我不能再失去你们，阿延，阿鹤，你们千万不能出事，要争气啊。"

轻描淡写的廷议结果出来，不只张延、张鹤仰天狂笑，昭穆皇后也是长长松了一口气，心中得意，"虽然我只是皇嫂，辽王也不敢怠慢于我。他不敢怎样，有我在后宫镇着，他便不敢为难我的家人。"

张延、张鹤更加放肆狂妄。

张延好色，各种各样的美女搜罗了不少，妖艳的、风骚的、清纯的、温柔的，全都腻了。有一天他在街上偶然看见位三十多岁、大饼脸的妇人，不知怎么地就看对眼了，涎着脸上前求欢。那妇人见他细皮嫩肉的，穿戴又华贵，笑道："你送上门了，我便尝尝鲜。"张延一听这话，更为倾倒。

两人成其好事后，张延觉得别有一番风味，当即解下腰间玉佩相赠，又定下明日之约。妇人也甚是得趣，笑吟吟收下玉佩，欣然允诺，"你若不惧，便来。"张延对着这一张丑脸，抓耳挠腮，"我必来，必来！"

次日又来，欢好之后，妇人忽问道："看你衣裳光鲜，是贵人吧？你听说过益王没有？"张延得意道："我自然是贵人！益王，听说过的，他藩地在抚州，素日里还知道孝敬我。"妇人咧开大嘴笑了笑，"听说益王有两位小殿下，极是聪颖出众呢，又有福相。"张延嗤之以鼻，"有什么福相？不过是一个藩王，一个郡王罢了。"还不如我呢，我能在京城享福，他们只能到藩地去！

妇人脸色神秘起来，"什么福相？做皇帝，算不算福相？"张延笑骂，"这话可不敢乱说！你从哪儿听到的胡话，啊？"妇人不经意道："到庙里烧香，有旁边两位香客说的，有鼻子有眼，我都信了呢。那两位香客说，若是益王的儿子真即了位，张家可就更神气了。哎，你知道张家不？张家和益王有何干系？"

张延忽想起了什么，脸色一变，匆匆跟妇人告了别，走了。益王的儿子有福相，那过继一个给皇帝姐夫呗，往后姐姐又成皇太后了，张家更威风！张延风风火火地回到家，扯着张鹤商量这件头等大事。

张鹤狐疑，"真的假的？益王儿子真有帝王之相？"要是真的，那赶紧联络益王去，一天也别耽搁！

他俩在家里商量着，妇人则是满脸赔笑地对着位素衣素服的女子，"照您说的，一个字不差，全告诉他了！"那女子听了微笑，"甚好！"掏出锭银子，抛了给她。

妇人拿起银子咬了咬，知是真的，乐得不知如何是好。说了番话而已，就得了锭银子，天下竟有这等美事。

素衣女子面目平平板板的，并不美丽，可是面目间却有股子坚毅之色，令人不敢小视。她又交代了妇人几句话，妇人连连点头，"放心，错不了！"素衣女子方转身走了。

张延，张鹤，我哥哥不能白白死去，我哥哥的血不能白流！你们这两个恶棍，迟早有一天会被关进监狱，在菜市口斩首示众。到了那一天，我一定会在菜市口等着，看着刽子手高高举起鬼头刀，看你们鬼哭狼嚎。

你们不知道死路在哪儿，我给你们指清楚。寻常罪名奈何不了你们，谋逆呢？事涉谋逆，我看谁能保得住你们。

素衣女子备了香烛果品，到了郊外一座荒凉的孤坟前祭拜，"哥哥，你的仇，快要报了。"她哀哀哭泣着，眼泪不停滑落脸颊。晶莹的泪水中，她那并不美丽、也不复年轻的面容，露出圣洁的光辉。

　　素衣女子逗留良久，直到夕阳西下，方依依不舍地离开。

　　残阳照在简陋的墓碑上，"何鼎之位"四个朴实无华的字，庄严，而又沉重。

第二十二章

轩辕夏禹

　　南方的倭寇一直是天朝心腹大患，朝廷先后派了十几名巡抚、总督到南方平倭，可是倭患愈演愈烈，一直不能平靖。由谁来担任新的直浙总督，节制浙江、南直隶、福建诸兵，全力抗倭，成为朝廷慎重考虑的首要问题。

　　九月底，宣城伯祁震进献祥瑞：上古神剑，轩辕夏禹剑。

　　轩辕夏禹剑是众神采首山之铜为黄帝所铸，后传与夏禹。剑身一面刻日月星辰，一面刻山川草木。剑柄一面书农耕畜养之术，一面书四海一统之策，圣道之剑，神剑。

　　这样的神剑都横空出世了，荡平倭寇的日子还会远么？

　　皇帝龙颜大悦，任命祁震为直浙总督，可调任江南、江北、浙江等地重兵。轩辕夏禹剑也交予祁震随身佩带，"卿持此剑，斩尽妖魔，荡平倭寇！"祁震接过神剑，在京城郑重誓师之后，带着大队人马，出发向南。

　　祁震是谁？皇后的父亲！祁皇后正位中宫，膝下有三名皇子，已经够显赫了，她的父亲又手握重兵，坐上直浙总督这样的高位、要害之位。皇帝你是要做什么，要眼睁睁看着外戚坐大么。李首辅、卓次辅全是痛心疾首。

　　他们很尽职尽责地出言反对了，皇帝祭出轩辕夏禹剑，"祁震若是心怀叵测之人，岂能得到轩辕夏禹剑？神剑怎会无知无识，落于小人之手？这柄神剑，分明是为荡平倭寇、靖宁匪患而生。"

　　李首辅赌气又递上辞呈，皇帝依旧温颜挽留，"国事赖卿，怎可轻言离任。"

　　皇帝坚决不准，李首辅也就半推半就地留任了。

　　他，是恋栈的。

　　祁震任直浙总督，节制南方重兵，给朝中带来的震撼很大。皇后的父亲，皇帝的岳父，皇太子的外祖父，能掌兵权！匪夷所思啊。

　　"从前，我觉着弘治皇帝是前无古人的痴情皇帝，对张皇后一家好到了极点。"许大学士在家里跟夫人感慨，"如今，跟今上一比，弘治皇帝也弱了，不能比。"

　　弘治皇帝只不过是纵容小舅子们作恶而已。张氏兄弟再可恶，也不可能危及到皇权，危及到弘治皇帝的统治。那时的皇后娘家，名声不大好，令人尴尬。今上却是委任岳父做了直浙总督，给兵权。兵权啊，这可不是三顷两顷地、几个皇庄能比的。

轩辕夏禹剑搁在这个时候亮出来，不过是加砝码，杜绝文官的叽叽歪歪。皇帝对祁震肯定是真的信任，否则，不会这么煞费苦心地设计。

许夫人抿嘴笑，"这样，岂不是极好？"

今上和弘治皇帝一样，后宫中只有一位皇后，并无妃嫔。有这样的皇帝，是大臣夫人们的幸事。不许夫君纳妾，为这个跟夫君吵起来，格外有底气，"陛下天子之尊，尚只一妻，汝何等人也，竟敢置妾？"

多好，多顺心。

许大学士摇头，"好什么啊，肯定有人坐不住了。"

祁皇后娘家势力太大了，祁皇后独霸六宫，骄妒无状……这种情形，会有人不能容忍的。

许夫人紧张起来，"那，他们会怎么做？"皇后这样很好的呀，她把皇帝守严实了，简直是给大臣们的妻子做出表率。况且，不管什么兵权不兵权的，她的娘家宣城伯府低调内敛，从没有做过横行霸道的事，从未扰民侵利。这样的皇后，这样的祁家，还有人不满意，真是岂有此理。

"皇后是原配嫡妻，又育有三位皇子，地位是动摇不了的。"许大学士眯起眼，"要对付她，一个是劝谏皇上广纳妃嫔，分她的宠爱；一个是逐步削弱祁家，把宣城伯府变成一个碌碌无为、毫无势力的伯府。"

削弱祁家什么的，许夫人通不放在心上，却对皇帝是否会广纳妃嫔很关切，小心翼翼问道："那，皇上会让他们如愿么，会广纳妃嫔么？"

许夫人一边问着话，脑子里一边转着念头：若是皇上纳妃了，夫君要置妾，该如何回绝？怎么着才能既光明正大地不许人进门，又不伤及夫妇间的感情？

田舍翁多收了两斗稻子都想要买个小的，男人啊，可得看好了。许夫人胡思乱想着，对昭穆皇后、祁皇后都是羡慕，夫婿是皇帝，富贵已极，愣是连个妃子都没有，真是好命。

许大学士笑，"那谁知道？皇上做亲王的时候，身边只有嫡妻，膝下只有嫡子，等到他做了皇帝，想法会不会改，无人预知。"

皇上即位还不足一年，今后的事，谁知道？他若真的广纳妃嫔，也是君王常做的事，不足为奇。若是也像弘治皇帝似的，十几年如一日，只守着一位皇后过日子，户部尚书大概得乐坏了。不册封妃嫔，省多少用度，省多少金银？

皇帝是否会广纳妃嫔这件事，许大学士不过是冷眼旁观，许夫人却是满怀忧虑——男人和女人的想法、关注点，常常迥异。

不出许大学士所料，没多久礼部就上了表章，请皇帝广选淑女，以充实后宫。这份表章倒没什么出格的，本就是礼部分内之事。弘治皇帝离世已近一年，新皇帝要立妃嫔，也是时候了。

因为祁震出任直浙总督，朝中上下都关注祁家，关注祁皇后。礼部这份表章上过之后，朝中多少双眼睛都盯着，等着看皇帝会如何答复。

皇帝看过表章，命人送到坤宁宫给祁皇后。祁皇后粲然一笑，提起笔，扬扬洒洒写下一份文采斐然的奏章，热情地请求皇帝"慎选淑女，以求广嗣"。

青雀歌

这份奏章当然很快传扬出去了。朝臣之中，有的由衷敬佩，"这才是皇后的度量！"弘治皇帝也只有一位皇后，可张皇后从未上过类似的表章，表明过类似的态度；有的击节叹赏，"好文采！"听说祁皇后是不假思索，一气呵成的，好文章，好文采啊。

有人狐疑，"武将出身的祁皇后，怎会有这样的才华？"马上遭了白眼，"也不看看她的老师是谁。"杨阁老教出来的学生，能差得了？

成了，有这样大度的皇后，皇帝当然很快会选淑女，纳妃嫔，开枝散叶。朝臣们踌躇满志地等着众多美女进宫，祁皇后不再一人独大，后宫中诞生诸多皇子，一片欣欣向荣的景象。

很出乎人的意料，在这种情形下，皇帝竟是召了户部尚书询问，"选淑女耗费几何？立九嫔耗费几何？"户部尚书如实回了，"所耗甚巨，国库有些支应不来。"

皇帝长叹，"朕已有三子，不算无后。奈何为了朕一人的享受，令民间有女之家骨肉分离，令国库多出无数开支。"

皇帝还心情很好地跟户部尚书开了个玩笑，"卿新添了几根白发，是为了朕要充实后宫，费用尚无着落么？不必愁了，此事作罢。"

"所请不准！"皇帝提起御笔，在礼部的奏章、皇后的奏章上龙飞凤舞写下这四个大字。

户部尚书感动得热泪盈眶。

李首辅曾诚恳地劝谏过皇帝，皇帝微笑，"卿为内阁之首，可知我天明的军费一向吃紧？朕若立九嫔，户部无奈，只好暂挪军费支应。敢问是边防要紧，还是立九嫔要紧？"

李首辅还要再说什么，被皇帝温和又坚定地拦住了，"卿须知道，朕已有三子。"

李首辅回到文渊阁，面有悻悻之色。杨大器来请示他，"川中旱灾，这是赈灾措施，可行否？"李首辅收下公文，放到一边，似笑非笑看着杨大器，"杨大人，皇后呼你为伯父，可见同你亲昵。后宫空虚，你应劝皇后予以充实，方是正理。"

杨大器向来不跟李首辅置气，平静说道："充实后宫，广选淑女，应交有司实行，皇后并不能亲力亲为。她已上了表章，表明态度，其余的，她无能无为。"

李首辅哼了一声，烦恼地低下头，看赈灾措施。

曾经沸沸扬扬的充实后宫事件终于落下帷幕，情形照旧，后宫依旧清静，而皇帝和皇后，都得到了极好的名声。皇帝宽仁，皇后大度，这是众所周知的。

"谢谢王安石和司马光。"坤宁宫里，祁皇后笑吟吟向古人道谢。

皇帝嗤之以鼻，"难道不是应该谢谢我？是我忠贞不渝，是我情有独钟，关王安石和司马光什么事。"

"才不要谢你。"祁皇后淘气地跟他闹着玩，"你若真有三千佳丽，我肯定不甘示弱，也弄上三千面首。偏你这般守身如玉的，唉，我便是心里想，也不好意思啊。"

皇帝勃然大怒，"有我还不够么，想什么三千面首！"仪态优美地在祁皇后面前走来走去，"看看，世间男子有谁美丽过我？优雅过我？什么三千面首，不许想！"

祁皇后艳羡，"面如莲花，风华绝代，真好看啊。"

皇帝大为得意，双目露出愉悦笑意。

祁皇后话锋一转，抱怨道："我还是想要三千面首，每天一个，轮流侍寝，好换换口味。"

见皇帝面有紧张之色，善意问道："四哥，难道你真的不想换换口味，想一辈子就对着我？"

"想啊。"皇帝小心地挨着她坐下，"那个，我也想的。要不咱们这样吧，我时不时地假扮面首，你时不时地假扮妖妃，好不好？妞妞，我有时也想要个妖冶的妃子。"

祁皇后自尊受损，脸色酡红，"妖妃，我还用假扮啊？我本来就很妖好不好。"祁青雀将军难道不够美丽，不够妖娆？四哥你真没眼光。

她白皙精致的脸颊飞上两团红云，美目含嗔，嘴唇粉粉的，可爱诱人，皇帝胸中一热，伸手揽过她，低低笑起来，"你当然不是妖妃了，明明是妖后。"

他的气息缠绵而暧昧，祁皇后脸更红了，心也有些慌，"那，妖妃怎么扮呀。"她结结巴巴地问道。

"晚上就寝之后，四哥教你。"皇帝不怀好意地看着她，嘴角噙着丝浅笑，声音低沉而魅惑。

"哎，到了你假扮面首的时候，不许耍赖！"祁皇后星眸迷离，挣扎着说道。

"不耍赖。"皇帝蹭着她光洁嫩滑的脸蛋，柔情蜜意地许诺，"你扮一回妖妃，我便扮一回面首，咱们公公平平的，好不好？"

"我看行！"祁皇后怦然心动。

她添了不少极具风情的里衣，他也是。寂静深夜里，红罗帷帐中，她不再端庄，他也不复斯文，两个身体缠绕在一起，一夜缠绵。

很快乐的日子，不过，三个儿子偶尔会来捣乱。

有一天晚上，天才擦黑，皇帝便催促着，"困了，早点睡。"祁皇后精心沐浴过后，换上一身妖冶的纯红薄缎里衣，提起鞭子，不可一世地冲着皇帝狞笑，"陛下，今夜若是侍寝不得力，便大刑伺候！"

她披着一肩柔软飘逸的长发，赤脚站在地毯上，一双天足纤巧白皙，可爱得不像话。皇帝目光灼热贪婪地走向她，"爱妃，朕不会令你失望的。"

两人正玩得高兴，门外响起小勇稚嫩的声音，"骗人，这么早，爹和娘不会安歇的。"两人傻了眼。

祁皇后忙四处张望，想找件大衣服披上，偏偏两人为了情趣起见，床上、榻上收拾得十分清爽干净，多余的衣物一件没留。皇帝慌慌张张地转了两圈，皇后跟着转了两圈，仓皇无计。

门开了，小聪聪、小明明、小勇三人迈着庄严的步子，走了进来。

"爹爹好些天没陪我玩了。"小勇跑过去，指责地看着皇帝。

小明明好意说道："娘，您穿得太单薄了，会冷的。"

小聪聪最有眼色，夸赞道："娘，您这身衣裳真好看，真别致！"

这对可怜的爹娘怔了半天，做爹的先缓过神儿，俯身抱起小勇，"儿子，爹爹陪你出去玩。"不由分说，抱着他就往外走。小勇在他怀里挣扎着，"不要！还有娘，也要陪我玩！"他爹不理会他，随他怎么乱摇乱动，只管往外走。

小聪聪拉着小明明也跟着往外走，小明明很不放心地回头嘱咐，"娘，您多穿件衣服，小心着凉。"

青雀歌

小勇在外头跟他爹闹腾不依，他娘见屋里没人，手脚敏捷地一个一个打开柜子，终于找了件大衣裳出来，赶紧披上。

又找了双青缎绣花鞋，套在脚上。

穿戴好了，祁皇后长长松了一口气。好了，能见儿子们了。

轮流陪小勇玩了半天，直到入定时分，才把三个儿子打发走。

"还扮妖妃不？"皇帝一脸不正经地笑。

祁皇后少气无力地倒在他怀里，"今晚回归本色，不扮了。"皇帝却不肯善罢甘休，体贴地抱起她上了床榻，"皇后回归本色，我来扮面首好了。"

宫锦床帘在夜色中轻轻摇曳着，风情无限。

嘉兴二年春，南方频频传来捷报，直浙总督祁震在浙江剿灭倭寇，诱捕海盗匪首，沿海地区人心稍定。皇帝很为喜悦，环顾群臣，"轩辕夏禹剑，果然是上古神器，效力不凡。"他绝口不提祁震的功劳，只提轩辕夏禹剑，朝臣中有不少想劝他慎用外戚的，都没逮着机会开口。

四月，寿宁侯张鹤、建昌伯张延兄弟二人被告发"谋逆"。出首人是张氏兄弟一名新请的师爷，这师爷拿着张氏兄弟和益王的通信去到顺天府击鼓，"寿宁侯、建昌伯阴谋废立大事，此非臣子应预之事。"

废皇帝、立皇帝，这是你张氏兄弟能当家做主的事么？谋逆啊。

事情太重大了，顺天府尹一刻没敢耽搁，立即往上报。

皇帝的态度还是一样：廷议。不管张氏兄弟是什么罪，他们是侯、伯，是昭穆皇后亲弟，有罪当议。

这回和上回不同，上回张氏兄弟不过是占片田抢个人什么的，对朝廷来说就是小打小闹，不成气候。这回是阴谋废立皇帝，事可就大了。

回护张氏兄弟，未免有些说不过去；严惩张氏兄弟，未免有些对不起九泉之下的弘治皇帝。群臣支支吾吾，连李首辅、卓次辅也不肯贸然出头为张氏兄弟说话。

卓次辅踢了个皮球，"事关刑律，请刑部拿个章程。"

刑部聂尚书是弘治皇帝一手提拔上来的，对弘治皇帝感情太深了，冲口说道："谋虽谋了，事情却未成，似不应追究。"

这话一出，不少人脸色怪异。你要为张氏兄弟开脱，好像应该推说这些信件不是张氏兄弟亲笔，不是他的本意，是为小人所误解之类的话吧，怎么会说谋虽谋了，没成，就不该追究？这……这也太扯了。

杨大器出面指责，"谋逆罪，定罪标准是谋或未谋，不是成或未成。"英国公笑道："若是他谋成了，还是此时的情景么？"一直不大说话的皇帝慢吞吞道："若他谋成了，坐在这个位置上的，便不是朕了。"

李首辅、卓次辅愈加不敢为张氏兄弟辩解，可也不愿严惩张氏兄弟，僵持下来。

皇帝也不着急，轻飘飘说了句，"稍后再议。"宣布此次廷议结束。

张延、张鹤和上回一样，开始时候慌了会儿，见朝中没动静，又狂起来了，"他心虚！他不敢动咱家！"大模大样地照常出门，照常为非作歹。

张延、张鹤在泰兴楼喝酒作乐，为抢个漂亮风骚的卖唱女子，和另一拨人起了争执，大打出手。张氏兄弟带的打手不少，另一拨人看着斯斯文文的，竟也带了不少家丁仆役，两下混战，乱打一气。

张延看得高兴，亲自动手，拿茶碗砸到一个锦衣男子的头上。那锦衣男子瞪了他一会儿，方重重倒下。

他们正打得兴高采烈，五城兵马司来了大队人马，把泰兴酒楼围了个严严实实，把打架的两方人，全部抓了起来。

张延也不怎么放在心上，不就是打个架，砸伤个人么，算个什么事。别说砸伤人，就是砸死个人，我是弘治皇帝的小舅子，谁敢治我的罪？

砸伤个把人，对张延来说确实不算什么。不过这回不巧，他砸伤的人是李首辅的小儿子，砸得还很重，李家小子头昏昏的，重伤未醒。

双方是这么个身份，顺天府管不了，又到了御前。

皇帝温和地安抚了李首辅，"砸虽砸了，却没有性命之忧，卿不必过虑。"

李首辅梗着脖子，说不出话来。

皇帝的意思是李家大度点儿，这事抹过去算了，不能伤了弘治皇帝的亲戚。李首辅最宠爱小儿子，气得又上了辞呈。他并不是真心要辞职，不过是赌气，也是示威，逼皇帝有些作为，别再像弘治皇帝似的，一味纵容张氏兄弟。

这回，皇帝准了。

"卿两次三番求去，定是心意已决，朕不便再留。"皇帝笑得云淡风轻，"卿回乡之后，且安心将养。若身子大好了，还请回京为国效力。"

李首辅没想到皇帝真的准了，眼前一黑。

"你离得开我么？"李首辅不信邪，"内阁事务多是我掌管，我一旦离开，谁来接任首辅？谁能服众？"

入内阁不久的杨大器被皇帝任命为新的首辅，很快接手了内阁。有皇帝的支持，杨大器为人谦虚，做事沉稳，他接手以后，内阁一直平稳，没有大的风波。

李首辅既然被批准了辞呈，不便在京中久留，只好离京返乡。

"张氏兄弟作恶多端，因为他，皇上折了一位首辅！"传言李首辅是因为张氏兄弟才愤而辞官的，多好的一位首辅啊，因为不争气的外戚，生生毁了仕途。

远在抚州的益王递上奏章为自己辩白，"臣从未有非分之想，张氏的提议，早已严辞拒绝。"至于没举报，这个也可以体谅吧，毕竟张氏兄弟是昭穆皇后的弟弟，碍于情面，不便出首。

益王的奏章一上，朝中有两拨官员，开始上疏要求严惩寿宁侯、建昌伯。这两拨人，一拨是单纯不服气张氏兄弟胡作非为，一拨是为李首辅抱不平，不管出发点如何不同，总之行动是一样的。

皇帝长叹，"张氏兄弟虽是皇家姻亲，可犯了众怒，朕也不便回护。"下令捕寿宁侯张鹤、建昌伯张延入狱。

内阁之中，因为李首辅的离任，没人好意思到御前为张氏兄弟求情。朝臣倒是有为张氏兄弟说话的，刑部聂尚书义正词严，"张鹤，寿宁侯，张延，建昌伯，犯罪当议。廷议尚无结论，骤然系狱，似太急迫了些。"

廷议并没结果，怎么就抓人了呢，太急了。

聂尚书其实是个挺正直的人，他并不赞成张氏兄弟的所作所为，但是，他受弘治皇帝提拔，深恩难报，是无论如何也不愿在这种情形下去严惩张氏兄弟的。

如果弘治皇帝还活着，他倒是会进谏：管管你小舅子吧，太嚣张跋扈了。但是现在弘治皇帝已经去世，宽待纵容张氏兄弟好像已经成了弘治皇帝的遗愿，聂尚书不忍违背。

杨大器在旁站着，不慌不忙、客客气气地说道："聂大人，请问系狱和定罪，有何区别？犯罪当议，是否等同于犯罪不可系狱，必要等到廷议过后，方才关押？自上次廷议至今，建昌伯逍遥法外，已重伤一人，伤者至今尚未苏醒。不关押寿宁侯、建昌伯，是要他们继续作恶、伤人么？"

聂尚书瞪了杨大器一眼，"昭穆皇后亲弟，便是作了恶，也不宜骤然系狱！进监狱的是他们，丢颜面的是先帝，是皇家！"

"颜面不颜面的，另说。"许大学士忍不住开了口，"骤然系狱这话，是从何说起？寿宁侯、建昌伯早就被告发了，朝中也早就为此廷议过，怎说是骤然系狱？陛下宽仁，一直不忍加责，直到罪证确凿，才无奈逮其下狱，聂大人不知道么？"

两名阁臣一起发难，聂尚书招架不住，渐渐无话可说。

聂尚书在御前的名言不知被谁传了出去，惹恼了几位翰林院、科道的年轻人。一位刑部尚书，定谋逆罪的标准是成或未成，外戚犯了罪，廷议没结果之前便不应系狱——这种糊涂人怎么当上刑部尚书的？

几位年轻人按捺不住，常去刑部"请教"聂尚书。

说得客气罢了，其实哪是请教，就是去跟聂尚书辩论的。初生牛犊不怕虎，几名热血方刚的年轻人去了刑部，咄咄逼人，从刑名开始，一条一条刑律逐条"请教"。这个难不过，马上换下一个，四个年轻人轮流"请教"了一圈，聂尚书汗流浃背。

一把年纪了，被几个毛头小子肆意轻薄！聂尚书是个直性子，一怒之下，递了辞呈。

皇帝连辞官的原因都没问，连表面上的挽留都没有，无比痛快地直接准了，"卿年事已高，朕亦不忍强留。"

聂尚书昏昏沉沉出了乾清宫，真觉得老脸无光，寂寥失落。大臣递辞呈，皇帝哪怕是心中不喜，至少也要挽留一下的。可是皇帝连这面子功夫都懒得做，直接准了……

刑部尚书，二品大员，就这么完了。

聂尚书离任之后，皇帝先后召了刑部左侍郎孟端、右侍郎宋先到乾清宫觐见。除问了刑部公务之外，还问起，"若勋戚犯法，当如何处治？"孟端沉稳，答"依律法处治"，宋先宽厚，答"律法之外，尚有人情"。

皇帝和几位阁臣商议过后，任命孟端为刑部尚书。孟端上任后的第一件事就是奉命审理寿宁侯、建昌伯谋逆一案，张家的书信、益王的上疏、出首的师爷，人证物证俱齐，寿宁侯张鹤、建昌伯张延确是阴谋废立，非人臣礼。

这就是谋逆。

再次廷议时，孟端持案卷侃侃而谈，证据一一罗列，众人俱是无言。孟端下了结论，"此为谋逆"，也无人出声反对。

不过，在场不少人的脸上，有悲戚不忍之色。张氏兄弟死不足惜，可怜昭穆皇后独居后宫，夫、子皆丧，如今连弟弟也保不住了。昭穆皇后，她可是先帝遗孀，先帝生前最为眷顾之人。

定罪，没有疑问，到了量刑的时候，又吵起来了。

谋逆重罪，是要族诛的。也就是说，要死的不止张鹤、张延兄弟两个，张氏近支族人，也逃不过一死。

"这怎么能行？昭穆皇后不姓张么，不也是张氏族人么？难道连昭穆皇后一起杀了？""昭穆皇后是出嫁女，不在族诛之列。""可是昭穆皇后族人全部被诛，她岂能独活？"吵个不休。

怎能这般对待昭穆皇后的娘家？反对的官员义愤填膺。

阴谋废立，还想保全族人？支持的官员也非常执着。

支持族诛张氏的官员认为，谋逆就是谋逆，谋逆就该族诛。反对族诛的官员很是愤愤，张鹤、张延也就是给益王写了封信，提议益王过继儿子给昭穆皇后，张家会设法废了皇帝，扶持益王的儿子上位。这事说大也大，说小也小，不就是两个不懂事、没王法的公子哥儿，做国舅爷做惯了，舍不得张家的荣华富贵，出了昏招么？这两人又没什么本事，他要废皇帝立益王一系，凭什么啊？也就是瞎吵吵罢了，值得跟他较真？族诛，太狠了吧。

双方争执不下，廷议没有结果。

量刑没定，可是，罪名已经落实了，很吓人。后宫中的昭穆皇后听到两个弟弟被下了监狱，已是心如刀割，知道"谋逆"罪名确定之后，更是魂飞魄散。

昭穆皇后一向疼爱这两个弟弟，她哀哀哭泣了半天，命宫人为她换下锦衣罗衫，卸下钗环首饰，穿上敝旧的衣裳，"皇帝如今在坤宁宫？"问清楚了，她强忍着羞耻，穿着敝旧的衣裳，走出华美的宫室，一步一步，走到了坤宁宫。

她是来请罪求情的，坐轿子来，未免太没诚意。

这一路之上，每一步她都迈得很艰难，好像行走在刀尖上一般。十八岁嫁作太子妃，当年便做了皇后，她的皇帝丈夫待她如珠如宝，十几年来，风光无限，哪里吃过这个苦，受过这个难？

这难堪的屈辱啊。

昭穆皇后走到坤宁宫前，狠狠心，咬咬牙，双膝跪了下去。她跪在冰冷的地上，心头悲凉：曾几何时，自己已沦落到这一步了？梦月而生、奇贵无比的张皇后，怎么会沦落到这一步？

阿延、阿鹤，姐姐都是为了你们啊。张皇后想起两个弟弟，柔肠寸断。

宫人吓了一跳，很快报了进去。没多大会儿，皇帝、祁皇后并肩走了出来，身边跟着众多内侍、宫女，皆屏声敛气，异常恭谨。

"嫂嫂何以如此？"皇帝客气地询问。

张皇后形容狼狈，皇帝心中却是毫无怜悯。她有多少回想害妞妞、想害小聪聪，她又有多少回纵容娘家弟弟为恶，为害乡里？她不配得到哥哥的敬爱，一点也不配。

青雀歌

哥哥一世英名，唯一的污点就是她，就是张家。皇帝冷冷看着长跪不起的张皇后，眼中闪过丝厌恶。

青雀站在皇帝身边，微笑道："嫂嫂何必行此大礼？请起来说话。"

对小聪聪有过坏心思的女人，青雀是没有办法同情她的。一位母亲，或许可以宽容大度不记恨要害自己的人，可是对于要害自己孩子的人，永远不会原谅。

张皇后含羞忍耻，为自己两个弟弟求情，"妾无状，求陛下看在先帝的分上，赦了张鹤、张延的罪，留他二人一条性命。"

事到如今，张皇后再不情愿，也只好做出一副顺从的样子，再也骄横不起来。她曾经把整个天下都不放在眼里，因为天下是她丈夫的，而她丈夫宠爱她、敬重她，事事以她为先。

不过，那是过去的事了。

过去，她的两个弟弟犯了罪，自有皇帝姐夫包庇着，袒护着，别说下狱了，连句重话也舍不得说。如今，世易时移，她苦无良策，只好屈辱地跪在辽王、辽王妃面前，替她两个弟弟乞命。

皇帝缓缓道："皇兄生前，勤于政事，禀性节俭，善于纳谏，朝野称颂。他唯一受人诟病之处，便是放纵外戚为祸，对张家太过优待。嫂嫂，这都是拜你所赐。"

你不只是张鹤、张延的姐姐，你还是我哥哥的妻子，是天朝的皇后。你可曾为我哥哥着想过，为天下的百姓着想过？你但凡肯稍微约束，张鹤、张延也不至于嚣张至此，哥哥也不至于为此遭人非议。

张皇后心中忿悲，却不敢和皇帝拗着，只一味认错。

皇帝轻轻笑了笑，"张鹤、张延两人，心中全无畏惧，什么事都敢涉足，什么话都敢说。嫂嫂，他们两个有一天若是死于非命，全是你害的。是你纵容他们，包庇他们，把他们惯成这样的。"

张皇后大惊失色，苦苦哀求，"陛下，饶了他俩的性命吧！"我是你皇嫂，我都跪在你面前了，如此低声下气，你还不肯高抬贵手，放过阿延、阿鹤么。

皇帝才召见安南使者回来，朝服还没来得及换下。此时他一身明黄十二团龙盘领宽袖衮服，气度高华，威仪棣棣，令人不敢仰视。他身畔的祁皇后，也是同样颜色的一身宫装，神采飞扬，殊色无双，和皇帝正是一对璧人。

张皇后跪在皇帝、祁皇后面前，泪水渐渐模糊了眼睛。辽王，辽王妃，你们欺人太甚！你们原来不过是藩王、藩王妃，我和先帝是君，你们是臣……

颠倒了，反了，这是什么世道啊。

张皇后疼爱两个弟弟入骨，为了他们，只好放低身段，苦苦哀求。她曾是多么高高在上的一个人，此时此刻跪在帝后面前乞怜，却显得无比卑微、渺小。

"朕暂且饶他们不死。"皇帝声音冷冷的，"朕曾答应过皇兄，善待于你。这是你头一回求朕，朕应了。这是头一回，也是最后一回，往后张氏兄弟若再犯了王法，休怪朕无情！"

皇帝挥袖而去。

祁皇后笑道："嫂嫂想是为娘家的事正忙着，我就不请你进去坐了。嫂嫂，慢走不送。"跟在皇帝身后，也回去了。

内侍、宫女前呼后拥，如众星捧月般围绕着皇帝、祁皇后，飘然远去。

张皇后失神看着他们的背影，又是抱愧，又是恨。张皇后的前方，是坐北朝南的皇后寝宫，坤宁宫。黄琉璃瓦重檐庑殿顶，面阔九间，富丽堂皇，光彩夺目，美不胜收。

她曾经在这里居住过十几年，享受着皇后的尊荣和弘治皇帝的宠爱，达到了她人生的顶峰。如今，她却是穿着破旧的衣裳，神色卑微地跪在这座宫殿前请罪。

情何以堪。

夕阳西下，张皇后跪在地上的身影，无比凄凉。

翌日，皇帝对几位阁臣叹息，"昭穆皇后为了寿宁侯、建昌伯，茶饭不思，以泪洗面，竟至衣敝襦席藁为之请。皇嫂伤心至此，虽张氏兄弟事涉谋逆，朕亦不忍深究。"

杨大器目光中露出赞赏之色，恭敬地俯身，"陛下英明仁厚，臣敬佩，臣遵旨。"

张氏兄弟要整治，那是毫无疑问，可是不宜太急。否则，会引起弘治旧臣的反感以至抵对，得不偿失。

弘治皇帝是位好皇帝，极得人心。他去世虽已有一年有余，朝中缅怀于他的臣子大有人在，提起他泪流满面的人有，失声痛哭的人也有。昭穆皇后是他生前挚爱之人，若直截了当把张氏兄弟绳之以法，在弘治旧臣看来未免太过严苛，不近人情，对不起九泉之下的弘治皇帝。

对张氏兄弟，说得文雅一点，是"缓缓图之"。说得难听一点，是钝刀子割肉，慢慢来。

收拢人心，稳定朝局，才是最要紧的事。

许大学士等人也表示同意，"皇上宽仁，臣等感佩。"卓次辅原来是次辅，上任首辅离任之后本该他往前进一步的，结果还是次辅，心中未免郁郁。他思索片刻，向皇帝进言，"虽说皇上仁慈，不忍加诛，可也不能再把他们放出来为祸。臣以为，不如终身监禁，以警世人。"

卓次辅心里有气，就是要跟皇帝拗着。你不是要放了张氏兄弟，得个好名声么？不让你放，不让你得这宽厚仁慈、善待先帝遗孀的好名声。

皇帝很好说话，无可无不可，"卓卿所虑，亦有道理。若把他们放了，恐再生祸事。"

卓次辅一惊，自己这是着了道么？皇帝是不是根本没有放了张氏兄弟的意思，就等着有人出言反对呢。

卓次辅大为烦闷。

好巧不巧的，李首辅的小儿子昏迷多日之后，竟是药石无灵，断了气。皇帝很为叹息，"李卿必定伤心之极，可叹可怜。"也不好意思再提放了张氏兄弟，依旧把他们关在牢里。

皇帝意欲释放张氏兄弟的消息传出来后，忠心于弘治皇帝的老臣子大为感激，盛赞新皇帝的胸怀、度量。也有朝臣对张氏兄弟深恶痛绝，不依不饶地要求严惩，皇帝一一抚慰，"监牢森严，他二人已不能再作恶，卿等少安毋躁。"

皇帝虽是宽待昭穆皇后，因而惠及寿宁侯、建昌伯兄弟，情愿不追究他们阴谋废立之事。可是李首辅的幼子命丧建昌伯之手，要是就这么放了张氏兄弟，让他们大摇大摆地出了狱，哪能对得起为朝廷鞠躬尽瘁、死而后已的李首辅？皇帝左右为难，只好继续关着张氏兄弟。

"皇上，为难啊。"不管是拥戴弘治皇帝的老臣，还是追随李首辅多年的官员，都对新皇帝万分感激，也颇能体谅新皇帝的为难之处。

张氏兄弟就这么被关起来了，罪名久久未定。后宫中的昭穆皇后日夜忧惧，不知皇帝究竟会怎样对付张家，不知两个弟弟能否脱离困境，逃得性命。

张皇后生活在恐惧、忧虑之中，日渐憔悴。

张延、张鹤在狱中的情形并不好。他们各自住着一间小牢房，牢房中很是简陋，跟家里比可是差得太远了，一个天上，一个地下。他俩怨气冲天，见了内侍也没好气，"我姐呢？怎不救我出去？"

"娘娘，照这情形下去，两位舅爷怕是……撑不了多久。"内侍战战兢兢回道。

张皇后心肝儿肺都是疼的，阿延、阿鹤撑不了多久？这不是要我的命么。

张皇后厚颜去求邵太后，"您心地最是慈悲，求您劝劝皇上，饶了我两个弟弟吧。"

邵太后微笑看着她，"朝堂之事，我真的不管。便是有人要废了我亲生儿子，另立他人，我也不管。"

张皇后蓦然抬头，惊诧地看了邵太后一眼，落荒而逃。

她的两个弟弟，就是想要废了皇帝，废了邵太后的亲生儿子，另立益王之子。

"阿延，阿鹤，你们都是为了我呀。"张皇后回去之后，扑到榻上哀哭，"你们都是为我打抱不平，为了让我做皇太后，才会落到这一步的！"

不得不说，张皇后自作多情了。张延、张鹤哪是为了她的心愿，分明是为了继续做国舅爷，继续肆无忌惮地胡作非为。为张皇后着想？真为张皇后着想，恶事就会少做一点了。

嘉兴二年，对于天朝来说是很美好的一年。这一年里风调雨顺，全国没有大的灾害，税收增加，太仓存粮增多；西北的蒙古、东北的女真都被拦阻在长城之外，东南沿海的倭寇，也接连受到重创。

形势一片大好。

新皇帝清查皇庄、清理勋戚庄田、还田于民的诸多举措，也得到文官们的赞誉和追捧。朝局，非常平稳。

曾经吸引过朝臣们无数眼光的张氏兄弟谋逆一案，因为新皇帝的宽容大度，并没有引起血腥的杀戮。张氏族人各自暗暗庆幸，有些机灵的已辞职还乡，远离了京城这是非之地。

新皇帝对张氏兄弟的格外优容，除了为他赢得宽厚的名声，还为他赢得了不少弘治旧臣的拥戴。看看，阴谋要废了他的人，都能因为是先帝的小舅子而得到容忍，这是什么样的胸襟，什么样的度量。这样的帝王，值得追随。

因为李首辅幼子的惨死，张氏兄弟最终没能无罪释放，而是以杀人罪的名义一直被监禁。"皇上已经仁至义尽了。"朝臣之中，并无人再为张氏兄弟求情。

如果只是把他们关起来也要再叽叽歪歪，对得起李首辅么。

张氏兄弟在黑暗的牢狱中艰难度日，昭穆张皇后在后宫之中如履薄冰，曾经不可一世的姐弟三人，同时从天堂掉到了地狱，过着从前不可想象的凄惨日子。

张鹤已被酒色淘空了身子，在狱中不久，便得病死了。张皇后在后宫苦苦地挨了几年，郁郁而终。而张延，在狱中度过了十年暗无天日的时光之后，终于以杀人罪，被斩首于菜市口。

张延被斩首的这天，菜市口里三层外三层地围了许多人，全是当年被他祸害过的苦主。

"他抢了我家的田！""他占了我家的地！""我家里穷，小儿子卖了给他，不到一年就被他虐杀啊！"对张延的骂声，痛詈声，不绝于耳。

张延被处决后，有人冲上去争着吃他的肉，场景相当的恐怖。

街角，一名素衣女子独自站着，静静地、眼睛一眨不眨地看着张延被刽子手斩下头颅。看到张延人头落地的那一瞬，她泪水流了满脸。

哥哥，害死你的仇人，全都有了报应。

老天有眼啊。

素衣女子到郊外拜祭了哥哥何鼎，抹抹眼泪，离开京城，回了老家。她终身未嫁，不过，她回老家后在族中挑了个小孩子，过继给哥哥何鼎，精心抚养这孩子长大。

这，都是后话了。

聪明勇敢

嘉兴二年九月，皇帝千秋节，朝中举行了盛大的庆典。皇帝在前朝接受百官朝贺之后，带着妻子、三个儿子，去了清兴宫。

邵太后见了他们一家五口，眼睛眯成了一条缝，"小聪，小明，小勇，快到祖母跟前儿来。"见了孙子，亲昵得不行。

祁皇后表示很嫉妒，皇帝也附和，"是呢，您不能见了孙子，便把儿子、儿媳妇抛诸脑后。母亲，我俩会伤心的。"

邵太后更乐呵了。

皇帝和祁皇后要走的时候，邵太后把小勇留下了，"好孩子，晚上跟着祖母，好不好？"小勇大声答应，"好啊，我喜欢祖母！"

小聪聪回慈庆宫，小明明回皇子所，本来一直缠着爹娘的小勇，留在了清兴宫。

一身轻松啊。皇帝大喜，祁皇后也蛮高兴，两人并着肩，亲亲热热地走了。

他俩走后，小勇又不乐意了，"我要爹爹，我要娘。"邵太后含笑哄他，"你爹娘有正经事要做，小勇乖，不吵不闹。"

邵太后一边哄着小勇，一边喜滋滋地想着，"小青雀，大姨如今什么都不缺，就缺个小孙女啊。你一向很孝顺，这回也一定不会让大姨失望的，对不对？"

白白嫩嫩的小孙女，像阿原好，像青雀也好。邵太后看看一脸朝气、浑身是劲儿的小勇，眉毛弯弯。小勇长得多好看呀，小敢也一准儿讨人喜欢！

"小勇，想不想要个妹妹？"邵太后笑吟吟问道。

"妹妹好玩不？"小勇歪头想了想，不大确定。

"好玩，可好玩了。"邵太后很卖力气地比画着，"妹妹小小的，白白的，软软的，身上一股奶香，很可爱，很好玩！"

"要一个！"小勇豪迈地挥挥小手，果断说道。

"成啊，要一个！"邵太后笑得见牙不见眼。

嘉兴二年，辽东总兵张祜在广宁城下重创朱里真骑兵，俘获朱里真贵族两人、兵士上千。十月，张祜奉命回京献俘，皇太子率百官到郊外迎接，备极隆重。

张祜一身戎装，盔甲鲜明，装扮虽然威严，奈何他有着一张美如春花秋月的面庞，看上去让人先觉得"美"，其次，才是"威"。

皇太子身着大红皮弁服，肃容站在百官之前，仪表极为庄严。他今年已有十一岁，忽然拔高了一截，不复是小孩子的身材。脸孔依旧稚嫩，可是面目间已有了凝重之色，看上去颇显老成。

张祜远远看见他，双目满是笑意，小聪聪，多日不见，你有长进啊，更像个大人了。

张祜率领辽东将士拜见皇太子，献上战俘，皇太子温言慰问张总兵、将士们，言辞得体，吐字清晰，连语气都异常诚挚。因是出于一位小小少年之口，他的话更显真诚、可贵，将士们大为感动，热血沸腾。为了陛下，为了太子殿下，出生入死征战，是值得的！

"舅舅，我快想死您了！"皇太子快步走上去，拉住张祜的手。

张祜微笑，"舅舅也想你们。"

礼部主持着到太庙行了献俘礼，张祜等人到奉天殿拜见皇帝，皇帝慰问过之后，在宫中设了庆功宴。辽东的军官们无论品阶高低，都有幸参加。皇帝、皇太子亲自举杯为贺，众多将士又一回热血沸腾。

这场庆功宴，人人尽欢。直到入定后，才在喜庆愉悦中落下了帷幕。

次日青雀在万芳阁摆下酒宴，为张祜洗尘。邵太后、师爹师娘、英娘、英国公夫人、周琪等人，都被青雀邀来做客。

小聪聪、小明明、小勇三个孩子缠着张祜讲战场上的趣事，"舅舅，再讲一个，再讲一个。"小勇听得津津有味，央求张祜继续讲。

张祜溺爱地笑笑，果然又接着讲了起来。

英国公夫人远远望着张祜这厢的情形，心里沉甸甸的。自己唯一的儿子，自己寄予多少期望的爱子，好容易回家一趟，这三个月里头，他连陪自己说说家常也不肯，不是在外应酬奔波，就是回家闷头睡倒。他和自己这亲生母亲，是愈来愈生疏了。

亲生母子，何至于此？英国公夫人眼中闪过迷惘之色。

青雀亲热地称呼周琪"嫂嫂"，和她闲话家常。

周琪犹豫了一下，"我若有福生下儿子，您若如愿生下女儿，咱们指腹为婚如何？您别怪我想攀龙附凤啊，我是真心的。"

青雀不由得有些诧异。

英国公府，是完全不需要尚主的人家。勋贵中有希望尚公主的，大多是家族已经没落了，需要和皇室联姻以期扭转颓势，英国公府却已是众国公之首，勋贵班中第一人，根本犯不着。尚主，就意味着丈夫的地位要低于妻子，很多人是不能容忍的。周琪是出于什么考虑，会愿意让自己的宝贝儿子娶公主为妻呢。

周琪见皇后有诧异之色，红了脸，"这是外子的意思，也是我的意思。皇后殿下，我们夫妻一心，都有这个打算，只盼您和陛下莫嫌弃。"

青雀微笑，"怎会嫌弃？嫂嫂多想了。"

青雀心不在焉地说着，眼光投向正处于小聪、小明、小勇包围中的张祜。祜哥哥，你是真想让自己的儿子尚主么？我的小公主，可不好娶啊。

青雀歌

她还没影儿呢，大姨和阿原已是提起来便一脸陶醉宠溺，小聪聪和小明明也极是向往，"妹妹好啊，妹妹一定很乖巧，我们疼爱她，让着她。"连小勇偶尔也会大方起来，"要个妹妹也成，不多她一个。"

师爹师娘、英爹英娘都说，"极该有个小妞妞。"就连远在南京的邓麒也写信过来，殷切表示，"妞妞，我盼着小公主出生，盼得眼睛都绿了！"

等到小敢真生出来，不知会被惯成什么样子呢。

祜哥哥你勇气可嘉，竟想要小敢做儿媳妇。小敢她是公主身份不说，又有这么多亲人的疼宠，性情估计不会柔顺。她长大后下嫁到你家，你家一准儿热闹非凡啊。

青雀胡思乱想了半天，忽哑然失笑。祁青雀将军你这纯粹是瞎琢磨，小敢还没影儿呢！连身孕都还没有，闺女更是遥遥不可期，这长大后嫁给谁，也想得太远了吧？

"这是给舅舅饯行呢，小聪、小明、小勇，你们送给舅舅的礼物在哪里？"青雀款款走到张祜身前，笑吟吟对三个儿子说道。

小聪、小明忙站起身，"早就准备好了，是我们亲手画的。"小聪画的是《江山图》，小明画的是《征战图》，虽然笔法稚嫩，可是幼真朴拙，极为传神。张祜郑重地收起来，"舅舅很喜欢。"

小勇一跃而起，响亮地宣布，"我给舅舅做了柄剑！"一溜烟儿跑到阁前，从宫人手里接过柄木剑，得意地递给张祜，"舅舅，我一个人做的，爹爹没帮我，娘也没帮我！"

木剑粗糙得不像话，张祜却很感动，"小勇亲手做的么？真好。"小勇殷勤凑到他脸前，"舅舅，这剑有不有趣？"张祜拿起木剑认真地看了看，"形状古朴，非常别致。"小勇大乐，"爹爹也是这么说的啊。"

青雀嘴角抽了抽。小勇你做得也好意思叫剑么，连个雏形都没有，太粗糙啦！也只有你爹爹，你舅舅，会认认真真端详半天，给一个"古朴，别致"的评语。

英国公夫人见周琪和祁皇后单独说了会儿话，心中关切，偷了空，悄悄问起周琪，"阿琪，你和皇后方才在说什么？"周琪笑得甜蜜，"我做梦都想再生个儿子，她却盼着能有位小公主，若是我们都能如愿，给两个孩子指腹为婚。"

英国公夫人大惊，低声训斥，"尚主做什么？敢是闲疯了？"你娶什么样的儿媳妇不好，婆婆是婆婆，媳妇是媳妇，清清爽爽。却油脂蒙了心，想着尚主。公主下嫁，还是皇帝、皇后钟爱的公主下嫁，全家人不都得捧着她，在她面前战战兢兢啊？真是何苦。

周琪和英国公夫人是姑侄，亲昵惯了，抿嘴笑道："表哥是这个意思啊，娘，我不要跟表哥拗着，他说什么，便是什么。再者，您看看三位殿下，真是龙姿凤表，仪容不凡。若是有了小公主，一定也是可人的，错不了。"

英国公夫人气结。

阿琪也学会不听婆婆的话了，只知道一味顺从夫婿！尚主有什么好的？英国公府已经够显赫了，根本不需要尚主来增加荣耀。英国公府的男儿，又何必费尽心思做驸马？

想起孙媳妇可能是公主，自己可能要对孙媳妇赔小心，英国公夫人真是气不打一处来，脸都白了。

青雀送了一个精致的西洋帆船给张祜，"祜哥哥，一帆风顺。"这一分别至少要三年，

第二十三章 聪明勇敢

唉，令人感慨。幼年时那么快乐的人和事，离自己渐渐远了。太爷爷远在夏邑，不得相见，祜哥哥也要奔赴辽东，三年之后才能回京述职。

张祜接过帆船，微笑道了谢。青雀指着帆船，一脸淘气笑意，"祜哥哥，这船我拆开过一回，又给装上了！你莫嫌弃才好。"唉，拆过重装的船送人，祁青雀将军你好像……不过，这是祜哥哥啊，又不是外人。

"青雀，你是不是在关注水军？"张祜察看着手中的船，沉吟问道。

"祜哥哥，你真是太明白我了！"青雀很是得意，"我可不是在关注水军么？东南沿海的倭患，只在陆地上驱逐他们还不成，应该建起强大的水军，护卫来往的正经商船、客船，把海盗、倭寇，一一击沉、打垮！"

"那么，还要纪律严明的军队，和强大的火器。"张祜很快明白了青雀要做什么。

青雀笑吟吟点头。

张祜望着眼前明艳照人的青雀，眼中闪过丝焦灼的痛苦。张祜，你错过了什么？因为当年一个不经意的错误，你究竟错过了什么？

"青雀，你若有了小公主，下嫁到我家吧。"张祜柔声央求。

"好啊。"青雀笑道，"等两个孩子长大了，若他们对脾气，相互喜欢，我一定答应。"

"一定会对脾气。"张祜胸中一热，声音更温柔了，"张祜的儿子，怎会和祁青雀的女儿不对脾气？那是不可能的。"

骑在马上的少年，手持红缨枪、身穿大红袄的小女孩儿，他们从一开始就是那么默契、有趣。他的儿子，怎会不心仪她的女儿？她的女儿，怎会不喜欢他的儿子？不会的。

青雀嫣然一笑，"成，我家小敢还没影儿呢，终身大事便有着落了。"

祁青雀将军太招人喜欢了呀，没法子。闺女还没出世，便有名门世家抢着预定。

"小敢，这名字好。"张祜微笑，"这名字哥哥喜欢。"

"祜哥哥真有眼光！"青雀大喜，"聪明勇敢四兄妹，名字都是我起的啊。"

张祜熟知她的性情，笑着又夸了她几句，夸得她飘飘然。

张祜看着青雀的如花笑颜，又是喜欢，又是心酸。"青雀，哥哥为你守东北。"张祜在心里默默许诺，"哥哥会把东北的胡人，远远驱逐到长城以北，保住东北的安宁。"

强悍的蒙古，凶残的朱里真，哥哥都不会畏惧。

青雀，东北边境，有我。

宴会快要结束的时候，皇帝从前朝回来了。张祜等人要行礼拜见，被他拦住了，"今天是为舅兄饯行，行家人礼即可。"皇帝依旧称呼张祜为"祜哥哥"，还很会凑热闹地叫周琪"嫂嫂"。饯行宴会，非常温馨、圆满。

张祜带着辽东将士们离开京城的时候，皇太子、楚王、梁王亲自到郊外送行。太子和楚王还好，虽是舍不得，也不至失态失仪，梁王却是哭了个稀里哗啦，"舅舅不走，舅舅不走。"

张祜纵马疾驰，泪水不知不觉间流了满脸。那年，小青雀也是这样，在哥哥身后哭泣挽留……

小敢一直没有到来，坤宁宫里，祁皇后抱怨起皇帝，"为什么总没动静呢？四哥，请努力。"

皇帝不怀好意地笑，"四哥近来喜欢风骚的女子，若姐姐肯扮得风骚些，四哥便使出浑身解数，如何？"

"风骚，我好像不大会。"祁皇后想了想，心虚地说道。

皇帝很大度，"不会没什么，学啊。四哥教你，不收束脩。"果然君无戏言，皇帝说到做到，晚上就寝之后，悉心教导起祁皇后。祁皇后勤学好问，进步很快，两人快乐已极。

到了三月里，祁皇后开始懒怠吃东西，神色倦倦的。林太医为她细细扶了脉，笑着道恭喜——已育有三位皇子的祁皇后，又有了身孕。

"小敢，你终于来了？"青雀摸摸平坦的小腹，有些不大敢相信，"爹娘盼了你这么久，你就这么无声无息地来了啊。"

皇帝闻讯，政事也不处置了，摆驾坤宁宫。

"姐姐，这都是四哥的功劳啊。"皇帝挥退宫人内侍，摸着祁皇后的肚子，满面春风地说道。

"怀孩子我最累好不好？"青雀嗔怪，"你又不肯生，回回都是我辛苦。这会儿又都成你的功劳了，简直岂有此理。"

皇帝一脸委屈，"没怀孩子的时候，你总是抱怨我。怀不上孩子，就是四哥不努力；如今怀上孩子，岂不应该全是四哥的功劳？"

青雀扶着自己的腰，蛮横地斜睨过去，"若有坏事呢，便是你不好；若有好事，却该是我的功劳，明白么？"

皇帝肃容长揖，"谨遵皇后殿下懿旨。"青雀得寸进尺，一副盛气凌人的模样，"领旨，好像应该跪下才对吧？"皇帝暧昧地笑着，"好妹妹，再过十个月，好不好？"青雀想了一会儿才明白过来他是什么意思，满脸飞红，娇嗔地横了他一眼。

这没正经的！

祁皇后这一怀孕，后宫中平添了许多喜气、生气，自上到下，一片欢欣。添人进口本就是大事，更何况这是皇帝即位以来后宫中首次有人怀孕，意义非同小可。

王太后、邵太后这两位做婆婆的仔细商量过后，宣布，"宫务你不必掌管了，累着了不是玩的。我们暂时替你大半年，你好生养胎，孩子最要紧。"

祁皇后不大好意思偷懒，跟王太后、邵太后好一番客气。见王太后、邵太后意思很坚定，她乐得清闲，也就半推半就地应下了。

"有了小敢，真是身价倍增啊。"祁皇后抚摩着肚皮，一脸得意。没法子，管个宫务太后都怕累着，太疼儿媳妇，太疼没出世的小敢了。

王太后一向谦和，邵太后也不张扬，两人和和气气地商量着办事，后宫倒是平静得很。其实，没有妃嫔的后宫，根本也乱不起来。

祁皇后怀孕之后，邵太后就把小勇接到了清兴宫，晚上不许他回来。小勇闹腾着要爹要娘，邵太后便柔声哄他，"你娘身子不大方便，小勇乖，跟祖母住上一年半载的，好不好？"小聪、小明都是暗乐，小勇啊，霸道不讲理的弟弟，等有了更小的弟妹，你也会落到跟我们一样的境地。你还想在坤宁宫跟着爹娘啊，哪有这好事，单住吧，皇子所。

"想当年，爹娘只有我一个儿子的时候，我还是很得宠的。"小聪聪虽是半大少年了，缅怀起往事来，一脸的孩子气。

"想当年，没有小勇的时候，我还是很得爹娘、祖母偏爱的。"小明明很配合地也表示感慨。

两人满是同情地看着小勇，目光中有着浓浓的悲悯。小勇，你很快会知道我们曾经的感受了，你要挺住！

小勇气呼呼地发了通脾气，被邵太后哄上床睡觉了。他一向是挨枕头就着的，躺下后不久，便酣然入睡。长长的眼睫毛安静垂下，雪白的小脸蛋浮上两团红云，睡着的小勇，很可爱。

师娘是最早得了消息的，闻讯极为喜悦，带了林歆，约了英娘，一齐进宫看望青雀。她们来的时候，青雀正在清兴宫陪邵太后说话呢，添了她们，更加热闹。

"心中要时刻想着我的小徒孙。"师娘殷切交代，"莫想男孩子，知道么？多想想调皮可爱的小女孩儿，想想小时候的你。"

英娘满脸慈爱之情，"妞妞，你才出生的时候，可真是疼死人啦！生个小妞妞吧，生个和你一模一样的小妞妞。"

青雀慨然拱手许诺，"一定不辱使命，生个活泼可爱、粉雕玉琢、人见人爱的小妞妞！"

邵太后笑得见牙不见眼。

用过膳食之后，几人闲坐说家常。英娘家的青峰亲事已定了，今年秋天便要迎娶，新娘是翰林院苏侍读的女儿，书香门第家的姑娘，知书达理，贤惠大度。祁震、英娘能定下这样的儿媳妇，非常满意。和青峰年纪差不多的林啸天，却是千挑万选也没有中意的姑娘，亲事尚无着落。师爹师娘倒没什么，祖父景城伯急得不行，催促了好几回，让林啸天早日娶妻生子，他老人家好抱曾孙子。

"我做做好人，在宫中办个赏花会吧。"青雀很善解人意地说道，"把年龄、家世合适的小姑娘请了来，您瞅瞅有没有合眼缘的。"

"我是不管这事的，他娶谁都行。"师娘不以为意，"只要他喜欢，他祖父和爹爹点头，我再没不答应的。"

师娘还真是不同寻常，她对儿媳妇并不挑剔，只要林啸天喜欢，她便接受。可是林啸天太难打发了，挑来拣去的，谁家姑娘他也相不中。

"其实我要求不高，跟姐姐差不多就行。"林啸天曾定下过这样的标准。

皇帝嘲笑过他，"你打一辈子光棍儿吧！能跟你姐姐相媲美的女子，世上根本没有！"

"能配得上我弟弟的女孩儿，要极有灵气方可。"青雀热心跟大姨、师娘说道："好饭不怕晚，两位莫急，林啸天是厚道孩子，定能娶得称心合意的佳人。"

"承你吉言。"师娘冲她拱拱手。

英娘在旁抿嘴笑。啸天这孩子实在太挑剔了，苏侍读族中还有好女儿，想说给他，他才看了画像，便一口回绝。其实那姑娘真是很好的，啸天眼界太高了。唉，啸天若不是眼界太高，哪会至今未婚？他是伯府嫡长孙、皇帝姨表弟，人才又出类拔萃，京城想嫁女儿给他的人家，多了去。

"我们，可不敢跟林家比。"英娘知足地想着，"儿媳妇是书香门第的好姑娘，端庄大方，知礼懂事，那便足够了。"

英娘原是祁玉的婢女，她做梦也没想到自己有朝一日会遇到祁震这样有担当的男人，会做了宣城伯夫人，做了皇后的母亲。能有今时今日，英娘已是心满意足，再无奢望。

师娘和英娘交代了青雀无数话，才依依不舍地告辞了。青雀把她们送到宫门口，"两位，再见到我的时候，我会变胖，身材会臃肿。"师娘最明白她，善良地安慰，"不会，你即便怀了孩子，身材也不会臃肿。"英娘也忙道："妞妞天生丽质，日后显怀了，也是美丽的孕妇！"青雀大为欢喜。

"她俩可真有眼光啊。"青雀目送师娘和英娘离去，满怀欣慰。

过了两天，祁玉和薛扬也进宫来看青雀，向青雀道喜。祁玉疏离而客气地问着，"可有不适之处？可有特别想吃的东西？"青雀笑道："小敢比她的哥哥们都调皮，爱折腾人。从前怀小聪、小明、小勇的时候，我都没觉着什么。到了小敢，常常觉得疲惫，有时还很烦躁，要对她爹发脾气。"

皇帝也蛮可怜的。妻子怀孕本是喜事，可是脾气变坏了，爱折腾人了，皇帝既要在前朝忙碌，回到后宫还要对妻子赔小心，辛苦非常。

祁玉眼中有了笑意。皇上对青雀这么好，令人欣慰。

薛扬颇为羡慕，"姐夫都是皇帝了呀，还这么迁就姐姐，真难得。"青雀笑，"他哪是迁就我，他是迁就我肚子里的孩儿。他呀，一心盼着生个小闺女呢。"

薛扬心思一动，挽起青雀的胳膊，亲昵问道："姐，你若生下小公主，下嫁到我家，好不好？谦哥儿让哥儿兄弟两个，随姐姐挑！"

祁玉微微蹙眉，不赞成地看着薛扬。尚主有什么好的？做驸马，委屈谦哥儿、让哥儿了。

青雀诧异，"年龄相差得也太大了吧？阿扬，谦哥儿十岁了吧？让哥儿也有六七岁。"

薛扬半是认真，半开玩笑，"那有什么？让他们等。"青雀想了想，微笑摇头，"不妥。阿扬，年纪差得太大，两个孩子不合适。"

依青雀的性子，本想直截了当告诉阿扬，"咱们是不可能结亲的，我闺女不会嫁到有沈家血脉的人家，我儿子也不会娶有沈家血脉的女子。"

阿扬，自从你嫁了邓之翰开始，便应该明白，邓之翰身上流有邓家的血，也流有沈家的血，祁青雀不会害他，不会暗算他，可是，也不会帮他，不会提拔他，更不可能跟邓之翰的儿女结亲。祁青雀的后人之中，不能有人身上流着沈家的血。

青雀对着阿扬总会心软，不忍伤她的心，只拿年龄搪塞了过去。薛扬很是失望，"年龄不合适啊，真是太可惜了。"青雀很给面子地附和，"是啊，太可惜了。"

祁玉把薛扬的神情、言行举止看在眼中，心里纳闷。阿扬想娶公主做儿媳妇么，奇怪。有位公主儿媳妇，对做婆婆的来说，并不是件好事。寻常儿媳妇到了婆婆面前，是要毕恭毕敬的，婆婆大可以摆摆长辈的架子，在内宅之中立威。若是公主儿媳妇，她是君，婆婆是臣，婆婆见了她倒要见礼赔小心，不得憋屈死。

薛扬本是满怀希望而来，却被青雀一口回绝，毫无商量余地，不由得有些沮丧。不过，她已出阁多年，管理内宅，生儿育女，不复是当年天真烂漫无忧无虑的少女，当然也不会再像从前似的，心里有什么，就跟青雀讲什么。

少女时她可以天真地告诉青雀，"你如果嫁给晋王，我就不喜欢你了。"如今世易时移，她不会再说这种幼稚的话，她也知道，这样的威胁对青雀根本没用。青雀是她姐姐，很疼爱她，可是有些事青雀若说不行，那就是真的不行。

"姐夫想要小妞妞啊？姐，那你多吃辣的，酸儿辣女么。"薛扬讪讪说道。

青雀微笑摸摸自己的肚子，自信满满，"阿扬，姐姐会生个小妞妞，会儿女双全的。小敢一出生，聪明勇敢四兄妹，齐了！"

薛扬噘起嘴，"可惜姐姐的小闺女不能做我儿媳妇，我不能好好疼她。"青雀好笑，"你是她姨母，怎么就不能好好疼她了？难道定要做她婆婆才能疼她不成？"

阿扬真是仙女娘教出来的孩子，跟仙女娘的想法如此相似。青雀不知怎的回想起往事，笑着摇头。

薛扬有些不好意思，"姐姐说的是，我想偏了。"祁玉不忍见她的窘状，打了个岔，"孩子们都还小，亲事过后再议便是。倒是阿挥，年纪实在不小了，他的亲事你们才该操操心。"

薛扬拍掌，"是啊，阿挥总不娶妻，这还得了！娘，我替他相看了好几家的姑娘，个个都是好的，到您过寿的时候大摆宴席吧，我把姑娘全请过来，您仔细瞧瞧。"

青雀微笑不语。

祁玉探询地看向青雀，青雀笑，"阿挥很快便会回京。等他回来了，姑母和姑丈商量着给他办婚事吧。姑母放心，阿挥在西北摸爬滚打了几年，已是历练出来了，不会小孩子脾气，硬要跟父母拧巴。"

"阿挥要回来了？"祁玉和薛扬都是又惊又喜。阿挥也真是的，都快要回京了，也不写封信告诉家里一声！这死孩子，欠收拾。

"是啊。"青雀笑吟吟点头。

薛扬很高兴，凑趣地夸奖，"姐，您真是无所不知，无所不晓啊。"

薛扬不过是知道弟弟要回京，欣喜之下，随口拍拍马屁。青雀听了，却是心中大为得意，"那当然了！"

全天朝的军事动向，祁青雀将军都了如指掌！皇帝又不懂军事，时不时地要请教祁青雀将军呢，祁青雀将军常常大度地教导他，还不收束脩。

笑意从唇边蔓延到眼角眉梢，青雀整个人都是喜滋滋的。

祁玉见了这样的青雀，脑海中忽出现一张俊美的少年面庞，他喜悦地微微笑着，那么深情地看着自己……

祁玉最近时常回想起少年时光，想得心肝肺俱疼，痛不欲生。失去了，那美好的少年，似海的深情，永远地失去了。

草草交代了青雀几句话，祁玉便带着薛扬告辞了。

薛挥不久之后便回了京城。他是和陕西巡抚穆全一同回京的，他回京探亲，穆巡抚回京面圣，汇报陕西防务、税粮。回到京城，薛挥连阳武侯府也来不及回，便进宫去了。

薛挥到了宫门前，才下了马，便被守门的近卫拦下了。薛挥客气地拱拱手，"在下阳武侯府薛挥，有事求见祁皇后，烦劳通报。"

"皇后娘娘是你想见就能见的？"守门的近卫板着脸，要赶他走。这名近卫想是耳朵

青雀歌

不大好，没听见"阳武侯府"几个字。若听见了，他怎么着也能想明白这是皇后的亲戚。

薛挥皱皱眉，正要跟近卫理论，却听一阵清脆的马蹄声响，一匹红色宝马如旋风般疾驰而至。马上的骑士很是美丽，肤色如冬日初雪，双目如深夜寒星，晶莹璀璨。

他飞身下马，近卫点头哈腰地行礼，"林公子，您来了！"林啸天并不理会近卫，冲着薛挥浅笑，"阿挥，几年不见，你老成多了！"薛挥摸摸下巴，"我也有同感。"

两人互相打量片刻，含笑抱了抱，"怪想你的。"

近卫见他俩这般亲热，有点傻眼。

林啸天放开薛挥，告诉近卫，"这是皇后的表弟，阳武侯府的二公子。"近卫忙不迭地赔不是，薛挥不在意地挥挥手，"不知者不为罪。"和林啸天一起进了宫。

"你来看姐姐？"薛挥随口问道。

"不是，我来求姐姐办件事。"林啸天浅浅笑。

"巧了，我也来求姐姐办件事。"薛挥也笑。

皇帝正忙里偷闲，陪着他怀了身孕的爱妻在宫后苑中漫步。听说林啸天和薛挥一起来了，皇帝觉得他们很扫兴，不过，还是很大度地吩咐，"宣。"

真见到人，看看自己的好表弟，和青雀眉眼有些相像的薛挥，皇帝还是很喜欢的。祁皇后更是笑颜如花，"林啸天，阿挥，你俩怎么凑一起的？"见了两个弟弟，她乐得很。

薛挥和青雀多年未见，未免有些拘束，慢慢把在西北的事说了。其实，他即便不说，青雀也知道。不过，青雀还是笑眯眯听着，很开心的样子。

林啸天耐心等他俩叙过话，伸手把青雀拉到一边，"姐，我方才在灯市大街见着一位姑娘……"青雀喜出望外，"林啸天，你邂逅佳人了？艳福不浅啊。"林啸天红了脸，"姐，其实也不算见着一位姑娘，准确地说，我是听到一位姑娘的声音，还见着了她一片裙角。"

只听见声音，只见到一片裙角，他就这样了。青雀用崇拜的眼光看着他，"林啸天，原来你不是无情人，竟是痴情人。"这个看不上那个相不中的，一旦钟情，便如此令人感动。

他俩在一旁低声说话，薛挥等不及，咳了一声，"姐，我有事跟您说。"青雀笑得眉毛弯弯，"林啸天才跟我说了件好玩的事，阿挥，你也有好事跟姐姐说吧？姐姐来了。"走到薛挥身边，含笑看着他，等着听好消息。

薛挥脸红了，伸手牵过她走到一个僻静之处，"姐，我和穆大人一起回京的。穆大人带有家眷，是他的夫人，和一位年方十四五岁的小姐……"

把青雀乐的，"阿挥喜欢人家小姑娘了，对不对？"薛挥低声道："穆小姐极守闺训，我等闲也见不着。不过驿站浅小，有时难免会碰见。"

青雀真想仰天大笑，一天里头，林啸天和阿挥的亲事全有着落了，今天是个好日子！

皇帝溜溜达达地过来了，"姐儿俩说什么呢？我也听听。"青雀冲他挤眉弄眼，"阿挥有意中人了！穆大人的女儿！"皇帝很是稀奇，"哪个穆大人，巡抚陕西的那个？这人极有才干。我记得他是世家大族出身，很有些家底，女儿的家教，想必过得去。"

林啸天也着急，一开始见姐姐和薛挥说悄悄话，他还能忍住，这会儿表哥也过去了，他便也凑过去，殷勤道："姐，我怕她被人抢走了，你快去替我定下！"

青雀笑得打跌，"好，定下，这便替你定下。哪家来着？方才你好像没说。"

皇帝大为惊奇，"表弟，你也有主了？"跟你姐姐相似的女子，竟找着了？表弟，你运气真好。

林啸天不好意思，"我打听过，她走进去的那家是陕西巡抚穆大人家。至于她到底是谁，我还不知道。"

皇帝摸摸鼻子，啸天你真行，姑娘是谁都还不知道，就找你姐姐来了。敢情你姐姐不光得替你做媒，还得先打听清楚了，姑娘是谁。

薛挥白了脸，青雀目瞪口呆。

林啸天见了青雀的脸色，也觉得不对劲，蓦然住了口。

皇帝莫名其妙。

一时间，很是安静。

好一会儿，青雀缓过一口气，蛮横地问着林啸天，"你，不过是听到她的声音，见到她一片裙角，连脸都没见着，是不是？"又指着薛挥，"你，不过是和她的家人一路同行，偶尔见过她一面两面，是不是？"

林啸天和薛挥都下意识地点头。

"这不就结了。"青雀淡定道："谈不上一见钟情，更不会一往情深，不过是偶尔发了痴。婚姻大事哪能这般草率？你俩都回罢，等我见过穆小姐，穆夫人，慢慢打算。"

林啸天和薛挥到了这会儿才意思过来，敢情眼前这小子急吼吼地跑过来，也是为了那位姑娘！两人相互瞪了一眼，恨不得立时三刻打上一架。

"不许打架！"青雀很有先见之明地指着他们，霸道地下着命令。

林啸天闷闷的，"不打，我打他，不是欺负他么？"薛挥哼了一声，"我杀过人，你杀过么？我打过仗，你打过么？跟我动手，有你好看的！"

皇帝打发他俩走，"你姐姐正怀着身孕呢，生不起这个气。赶紧的，各回各家，甭在这儿杵着。"

林啸天本来走了，又折回来，"姐，我想起她就心跳，我和她应该是有缘分的。"

薛挥也是，去而复回，"姐，穆家是大族，万一回京之后很快定了亲，可如何是好？我就是担心这个，才想请您帮忙的。"

青雀少气无力，"姐姐心里有数，啸天，阿挥，回罢，回罢。"

皇帝把林啸天、薛挥撵走，揽着青雀抱怨，"两个倒霉孩子，不知道姐姐正是忙累的时候么？搁这时候来添乱。想媳妇，自己想法子去。"

青雀疲惫地抚着腰，"四哥，小敢真是调皮孩子，等生下来，一准儿比她哥哥们都愁人。从前，怀她哥哥们的时候，没这么费劲呀。"

"这般不孝，等小敢生下来，先打她一顿。"皇帝心疼地说道。

青雀"哎哟"一声，皇帝忙问，"怎么了？肚子痛？"青雀倒吸一口气，"她踢我，四哥，小敢脾气真是不好。这会儿，她在我肚子里大闹天宫呢。"

皇帝又是心疼，又是气，弯下腰冲着妻子的肚子讲道理，"小敢不许闹，再闹，爹爹真打了！"他越说，青雀的肚皮越是一会儿这鼓起，一会儿那鼓起，分明是孩子在拳打脚踢。

等你生出来再说！皇帝发狠。

皇帝陪着青雀回到宫里，悄悄叫过内侍吩咐了几句，内侍会意，急急出宫去了。宣城伯府也好，阳武侯府也好，平时陛下是蛮厚待的，这会儿皇后娘娘身子沉重，娶儿媳妇的事，自家操心吧。

青雀一晚上要起夜好些回，睡不好觉，皇帝也跟着折腾，早上起床的时候顶着个黑眼圈。他也不是爱委屈自己的人，索性把早朝改为每旬一次，政事在午朝、晚朝和大臣们商议解决。卓次辅很是痛心，觉得这是皇帝懈怠政事的开始，往后还会进一步恶化的。他进谏过多回，皇帝很是不喜。

谁家没个事啊，你若是妻子快要生孩子了，你不得多顾着家里？"这厮拿皇帝不当人看。"皇帝本就不喜卓次辅，如此一来，更加反感。

御史、科道同时有十几人上折子参奏卓次辅，卓次辅照例乞休，皇帝准了。

准了卓次辅的辞呈，皇帝神清气爽回到后宫，守着他的皇后，他的妞妞。

妞妞快生小妞妞了，做丈夫的，能不体贴么。

这年十一月二十一，天气明朗，万里无云。祁皇后早起忽觉肚子疼，皇帝把前朝的事扔下不管，在坤宁宫转圈，邵太后、师娘、英娘都来了，守在外头，眼巴巴地等着信儿。

小敢格外能折腾人，直到傍晚时分，她才不情不愿地来到这世间。出了娘胎那一刻，她响亮地、无比委屈地大哭着，那"哇哇"的哭声，响彻整个坤宁宫。

嘉兴三年冬，祁皇后生下一位可爱的小公主，母女平安。

"乖，不哭。"皇帝把小小的、软软的婴儿抱在怀里，神情温柔得能掐出水来。女儿生出来之前，他好几回发狠要打，等到真见了小女儿，气早抛到九霄云外了，满腔怜爱。

青雀疲惫地躺在床上，数落小敢，"你最淘气了，知不知道？哥哥们都是痛痛快快地就出来了，就你，磨磨蹭蹭的。"

皇帝把小敢抱得紧了点儿。

邵太后本是最宠溺青雀的，这会儿却是变了节，偏向起小孙女，"我们小敢才不是磨磨蹭蹭呢，她是矜持，千呼万唤始出来！"眉开眼笑探头看向小女婴，殷勤问着，"小敢，祖母说得对不对呀？"

有阿原在，轮不着她抱孩子。邵太后索要了好几回，阿原都舍不得松手。至于师娘、英娘，那就更排不上队了。

皇帝霸占着才出生的小公主，谁也不给。邵太后和师娘、英娘羡慕得不行，可是，都拿他没法子。

皇帝温柔似水地跟小女婴说着话，"为什么磨磨蹭蹭不出来，是怕爹爹打你么。傻妞妞，爹爹是吓唬你的，哪舍得真打？"

青雀有点困，正迷迷糊糊地想闭上眼睡，听了这话，却又睁开了眼睛，"叫傻妞妞，怎么仿佛在叫我似的。"皇帝珍爱地拍着小女婴，笑得很得意，"你不再是妞妞了，我闺女才是！"

"那我是什么？"青雀重又闭上眼睛，小声咕哝着。

"皇后啊。"皇帝理所当然地说道。

"哦。"青雀困倦已极，也顾不上跟他理论，沉沉睡去。

皇帝抱着小女婴端详来端详去，从眼睛看到嘴巴，再从嘴巴看到耳朵，没完没了。邵太后、师娘、英娘忍耐地在旁看着，等着他良心发现，知道祖母、外祖母们都在呢，都等了很久。

"皇帝陛下，若你抱够了，瞧够了，请允许我这做姨婆的抱抱小徒孙。"师娘忍无可忍，板着脸说道。

"我也要抱抱小妞妞。"英娘弱弱地接了一句。

"还有你母亲我，对着小孙女流口水已经很久了。"邵太后也板起脸。她和师娘真不愧是姐妹，两人板起脸的模样，颇为相似，看着还真有几分威慑力。

皇帝依依不舍地把小公主交给邵太后，"母亲，您看一会儿就成，小妞妞要睡了。"邵太后小心地接过孩子，如获至宝，师娘和英娘一边一个凑在她身边看，"小妞妞长得真好，跟妞妞小时候一样啊。""我小徒孙看着就聪明，成，我往后有事做了。"三人轮流抱了会儿孩子，心满意足。

小聪、小明、小勇也获许进来看妹妹。小聪、小明还好，做哥哥做惯了，小心翼翼看看襁褓中的女婴，郑重许诺，"小敢，大哥二哥会疼爱你，让着你。"小勇挑剔地看了妹妹一会儿，评价道："她不会动，也不会笑，一点儿也不好玩！"

小聪、小明都用同情的目光看着弟弟。小勇，往后你不是最小的了，妹妹一准儿比你更受爹娘宠爱，处处以她为先，可怜的小勇，你和哥哥们一样，失宠了。

小勇，你慢慢就会习惯的。

钟嬷嬷赔笑提醒，"皇后要歇着，小公主也要歇着了。"邵太后和师娘、英娘是养过孩子的，自然明白，牵起小聪、小明、小勇，轻手轻脚走了出来。

屋里就剩下沉睡的皇后、哭累睡着的小公主，和守在床边舍不得离开的皇帝。妞妞的脸色这么柔和，小妞妞的睡容这么恬静，眼前这一大一小，太美了，太和谐了。

皇帝、皇后虽然已经有三位皇子，可皇子们全是在藩地出生的，小公主是他们入主紫禁城后生育的第一个孩子。故此，小公主的洗三礼、满月礼都极为隆重。

远在辽东的张祜，送的贺礼是一匹用极品红玉雕成的小马。"我的小红马啊。"青雀见了这玉雕小马，两眼发亮。极品红玉已是难得罕见，雕工尤其精妙绝伦，小红马前蹄昂起，一意向前，意气风发。

"这是聘礼。"张祜声称。

周琪已于三个月前生下一子，起名张侃。周琪和青雀各自美梦成真，周琪如愿有了第二个儿子，青雀生下盼望已久的爱女。

南京的邓麒也是欣喜若狂，送来江南的精工绣品。有小巧好看的小孩儿衣衫，还有巴掌大的小鞋子，小鞋子用绫罗绸缎做成，上面的刺绣栩栩如生，精美绝伦。

"小公主穿上这样的鞋子，肯定美透了！"邓麒写下不少傻话，表达自己的喜悦之情。

青雀看着小鞋子发呆，皇帝瞧瞧邓麒的书信，心里也不忍，许他进京朝见。"让他看看我闺女吧。"皇帝叹息，"他虽糊涂，令人恼怒，疼孩子倒是真的。"

青雀知道邓麒要来，笑了笑，"好啊，我还蛮想他的。"皇帝很是歉疚，"那，今后许他每三年进京一回，好不好？"青雀默默点头。

皇帝一直嫌小敢这名字不够淑女，不够有灵气，想给小公主换个乳名。青雀怀着孩子的时候，不知道是男是女，没敢提；小公主才生下来，青雀正坐月子呢，当然也不敢提；好容易出了月子，皇帝正鼓足勇气打算开口，邓麒的信又来了——见青雀为父母伤怀，更不敢提。

"我可怜的闺女，竟然就叫小敢了。"皇帝很是心痛，"小敢，小宝贝，爹爹会补偿你的，加倍对你好。"

虽然如此，皇帝还是不大能接受小敢这名字，他平时不叫小敢，叫小妞妞。

青雀问皇帝，"我两个弟弟，有没有打架？"林啸天和阿挥看上同一位姑娘了，不得打架啊。跟我说说，打成什么样了。

皇帝笑得舒心，"没有。表弟看上的，是穆仝的亲生女儿；阿挥看上的，是穆仝义女。"

皇帝有锦衣卫直接听命，想在京里打听个什么事，是很便利的。他早命令锦衣卫查清楚了，穆仝在家里是小儿子，继室所生。他亲娘穆老太太只喜欢嫡亲孙女，和一个娘家侄孙女，对穆仝的义女很是不喜，故此穆仝巡抚陕西时不愿将义女留在京中，宁可带在身边照看。阿挥看上的，是和穆仝同行的义女；林啸天看上的，是留在京中的亲女。

"不是同一个人啊。"青雀兴滴滴地笑起来，"成了，林啸天和阿挥都能抱得美人归了。"

林啸天，阿挥，你俩不用抢小姑娘，真好！

皇帝却不理会这些，柔情似水地看着他的小公主。

小公主一出生，在她爹眼里就是可爱的小妞妞。就算哭声再怎么嘹亮，脾气再怎么不好，她爹也是笑着夸奖，"小妞妞真乖！"一晚上把人吵醒八回，她还真乖？昧良心不昧。

小敢的娘，在他口中变成了"皇后"。他心情好的时候会呼唤"小青雀，小宝贝"，调情的时候会温柔叫"好妹妹，小心肝儿"，搁到平时，就叫皇后。

原来他是叫妞妞的好不好。

从妞妞沦落为皇后，青雀还是小小地觉得沮丧。

不为别的，主要是觉得被叫老了。到了这会儿，青雀深刻体会到师娘当年的心情，可怜的师娘一直不许自己叫"娘"，就是怕被叫老了呀。

芳华易逝。青雀抬起手，珍爱地摸了摸自己的脸蛋，嗯，还很嫩滑，甚好，甚好。

林啸天和薛挥，前后脚定下了亲事。

坤宁宫里，小公主正甜甜睡着，她的爹娘坐在一边，盯着她狠看。小公主慢慢长开了，越长五官越精致，小脸蛋像才剥了壳的鸡蛋似的，又嫩又滑。

"哎，皇帝陛下，能否徇个私？"青雀殷勤笑着，问皇帝。

皇帝摸摸下巴，一本正经地说道："首先，看皇后如何贿赂于朕；其次，看皇后所求何事。"

青雀幽怨地看着他，"若是从前，我一央求，你便忙不迭地点头，极尽巴结讨好之能事。"

皇帝自得一笑，低头温柔地看着小小女婴，"从今往后，唯一能令朕极尽巴结讨好之能事的，便只有朕的小公主了。"

青雀狞笑着，一边挽袖子，一边不怀好意地看着皇帝。皇帝正色道："君子动口不动手！"青雀不屑地哼了一声，"我是女子，不是君子！"

皇帝浅浅笑起来，幽深双目中满是诱惑之意，"皇后，这会儿不成，晚上就寝之后，随便你怎么打。"青雀娇嗔地横了他一眼，"你移情别恋，我不喜欢你了，晚上不跟你同床共枕，也不跟你打架。"

"那怎么成？"皇帝表示反对，"皇帝不和皇后共寝，阴阳不能调和，会天下大乱的！"

这胡扯的，没边没沿了。青雀无语看着他。

皇帝认真地解释，"我若不能和你共寝，便只能孤衾冷枕了，对不对？我若孤衾冷枕，白天上了朝便没好气，见了大臣们只想乱发脾气，还会乱批奏折，乱下旨意。我若乱下旨意，一定会天下大乱的！"

"原来咱俩不能同床共枕，后果会这般严重。"青雀恍然大悟。

"对啊！"皇帝殷勤凑过来，"为了国家，为了江山社稷，为了天下苍生，你也不能把皇帝扔出去，让他孤衾冷枕！"

青雀粲然，"这情话说得蛮动听。成，那我今晚便身负重任，勉为其难地和皇帝陛下一起睡觉觉吧。"

皇帝喜悦地浅笑，捧过她的脸蛋亲吻。青雀顺从地和他腻着，到他目眩神迷的时候，软绵绵问道："阿原，我和小敢，谁更重要呀。"皇帝想也不想，"我闺女。"

青雀俯身把他压在下面，恶狠狠地看着他，"说！我和小敢，谁更重要？！"

皇帝战战兢兢的，"我……我闺女。"

青雀咬牙，"我最后再问你一遍啊，最后一遍！我和小敢，谁更重要！"

皇帝英勇就义一般，悲壮道："我闺女！"

青雀呻吟一声，放开他，无力地趴到桌案上。皇帝凑过去，柔声安慰她，"晚上只有咱俩的时候，你打我一顿出出气，好不好？"青雀抬起头，伸手拉过他，在他耳边威胁，"打你一顿哪能出气？我要蹂躏你！"皇帝有些不好意思，脸颊晕起一团团霞色，"那个，是要把我绑起来么？好啊，小宝贝，随你啦。"

青雀瞪大眼睛看了他半晌，重又趴回到桌案上……

阳春三月，邓麒从南京回到京城的时候，小公主已经会笑了。邓麒小心翼翼地抱起她，她睁着黑白分明的杏子眼看了邓麒好半天，雪白粉嫩的小脸上绽开了一个大大的笑容。

那是婴儿的笑，不带一点尘世，明亮、纯净，让满身风尘的大人看了，会自惭形秽。

邓麒喜悦得快哭了，小公主，我是你外祖父啊，你喜欢外祖父，对不对？小公主又咧开小嘴笑了笑，悠然自得地吐了个泡泡。

"她吐的泡泡，真好看。"邓麒憋了半天，这么夸小敢。

皇帝朝天翻白眼，这人简直语无伦次，不知所云，不过算了，他是真喜欢我闺女。皇后笑盈盈的，"你真有眼光！我也觉得是呢，小敢吐的泡泡格外好看！"

皇后不讨厌邓麒，让他抱了小敢，又见了小聪、小明、小勇，还特意摆了酒宴为他接风洗尘。皇帝不待见他，可见妻子兴致勃勃，儿子们也蛮喜欢他的样子，只好屈尊作陪。

邓麒乐得发昏。

直到傍晚时分，邓麒才恋恋不舍地出宫。出宫上了马，他犹豫片刻，冲着阳武侯府的方向驰去。

才到半路，他就被锦衣卫截住了。"邓侯爷，您走的路不对，请转而向右。"锦衣卫

青雀歌

客气地指指右方。往右走，才是邓之翰和薛扬的住处。

邓麒知道这是皇帝差人跟着他，只好垂头丧气地回了邓宅。

见不着面，邓麒便想方设法和祁玉通信。不幸，他们的信，全被锦衣卫截下了。

乾清宫里，皇帝打开一封看了，只见上面写着，"青雀总气我，快气死我了……"皇帝一阵心烦，随手把信撕了。青雀气你？回回都是你气青雀好不好，我都快心疼死了，你竟还敢抱怨。

打开另一封，也没瞧见好话。"咱们的小青雀定是向着爹娘的，只是那臭小子没安好心，总使坏……"皇帝发了会儿闷，也把这封信撕了。

这天皇帝回到坤宁宫后，青雀问他，"他俩怎样了？"青雀话问得没头没脑，皇帝却是全明白，轻松地笑着，"好好的，没见面。"

青雀大为庆幸，"爹娘有长进，真是太喜欢人了。"

爹娘有长进，比儿女有长进更加令人欣慰啊。

皇帝心疼地牵起她，"来，看看咱闺女。"两人一起到了小床边，看着静静睡着的小敢。小敢是个性情爽利的孩子，哭便专心哭，睡便专心睡，从不三心二意。她若哭起来的时候，任是谁也哄不下来；她若睡着了，打雷也不醒。

这会儿小敢睡得正酣，小脸上两团红云，可爱极了。

"小敢，真是无与伦比。"青雀一脸痴迷，"四哥，你疼她胜过疼我好了，我同意。"

皇帝笑着把她揽到怀里，两人依偎在一起，同时冲着小敢发痴。

邓麒进了京就不想走，很是逗留了一段时日。青雀见了他蛮高兴，小勇也喜欢他，皇帝便没紧着赶他走。邓麒时不时地进宫来抱抱小敢，陪小勇玩耍，轻飘飘如在云端。

邓麒是留有胡须的，小勇喜欢一边漫不经心地听他唠叨，一边好兴致地玩他的胡子。邓麒心里喜欢，笑着对青雀说，"让他爹也留胡子吧，好给孩子玩。"青雀晕。

暮色降临，青雀抱着小敢，身边跟着小聪、小明、小勇，一直把邓麒送到宫门口。邓麒挨个抱抱孩子们，依依不舍地离去。

青雀看着邓麒远去，颇觉伤感。她怀里的小敢"啊啊"地叫起来，那声音格外娇柔稚嫩，仿佛一阵春风吹过心田，青雀低头冲她温柔微笑，"小敢，娘的心肝宝贝。"

小敢，你和娘是不一样的。娘那时虽有亲人护着，多多少少还是有些凄惨，小敢你，是集万千宠爱于一身啊。

青雀亲亲怀里的小女婴，内心丰盈满足。

"他让你留胡子，给小勇玩。"夜了，青雀才沐浴过，坐在玻璃镜前梳理如云的长发。想起邓麒的话，她不厚道地乐了。阿原若留起胡子，会是什么样？一定很有趣。

皇帝慢悠悠走到她身后，自她手里接过梳子，珍爱地替她梳头。落地紫檀架子玻璃镜中，清晰映出两个人影，女子已是殊色无双，男子更是美丽非凡。

"他就这一点儿好处。"皇帝不得不承认。邓麒是个不着调的糊涂蛋，不过，他还是疼青雀、疼孩子们的。

"那你留不留啊。"青雀慵懒地坐着，曼声问道。

皇帝照照镜子，想象了一下自己留胡须的样子，打了个寒噤。"宝贝，四哥归你管。"

皇帝从背后搂着青雀，撒娇地摇着她，"留或不留，你说了算呀，四哥听你的。"

久违的舒适感觉袭上心头，青雀神清气爽，回头冲着皇帝坏笑，"我怎么觉得，你在巴结讨好我？陛下，能让你极尽巴结讨好之能事的，不是只有你的小公主么？"

"岂有此理，吃水不忘挖井人！"皇帝义正词严，"没有皇后，哪有小公主？"

青雀不依不饶地看着他，皇帝低低笑起来，"那个，四哥话没说完。能让四哥极尽巴结讨好之能事的，只有小公主，和小公主的娘啊。"

他伸出舌头，轻轻地、缠绵地舔着她的耳颈。她的眼神渐渐迷离，两人忘情地吻在一起。

"你这么喜欢闺女，我再给你生个好不好？"她喃喃。

他停下了，略显犹豫，"不好吧？若是再有个闺女，咱们许是没这般喜欢小妞妞了，对她岂不是很不公平？"

傻阿原！她轻轻笑了笑，欺身上去，堵住了他的唇。

邓麒除了进宫、外出访友，就是在家里守着谦哥儿、让哥儿、语姐儿三个孩子。邓之翰看着他和孙子孙女的亲昵劲儿，心中不忍，要跟着他一起到南京去，让他天天能这么乐呵。薛扬吓了一跳，"去南京？才不要。"南京不过是留都，什么都不能和京城比。薛扬想起要去南京，便觉得无限凄凉。

邓之翰叹了口气，"阿扬，他年纪大了啊，我是他的长子，从小到大，最受他器重。再说了，我迟早会和他一样，成为南京守备。我是下一任抚宁侯，也是下一任南京守备。"

薛扬被邓之翰央求着，彷徨起来。是啊，他迟早会成为南京守备，不能总待在京城啊。

邓之翰和薛扬决定和邓麒一同去南京。

邓麒和邓之翰、薛扬临走之前，青雀在宫中设宴，为他们送行。

邓麒几杯酒下肚，把青雀拉到僻静处，搓着手，不好意思地央求，"妞妞，阿扬走了，你娘……你姑母必定寂寞，你多陪陪她，好不好？我……我很是过意不去，她那么疼阿扬，阿扬却为了孝顺我，要离开她。"

铁打的祁青雀将军，忽然发怒了。

这些年来，她一向自诩为坚强的、永不言败的祁青雀将军，铁打的祁青雀将军，她极少抱怨什么，也极少掉眼泪。可是这会儿，她忽觉忍无可忍，想要发火，想要哭泣。

"你既是心里有她，为何当年另娶他人？"青雀眼中闪着怒火，愤怒地训斥，"你既已另娶他人，如今为何还是和她纠缠不清？你有没有想过我，想过阿扬阿挥，有没有想过薛家姑丈？"

"你另娶，她另嫁，已是不争的事实。别说什么造化弄人，别说什么心不甘情不愿，两人如果真的情比金坚，根本到不了这一步！如今她已是罗敷有夫，你们哪怕真的还存着情意，也应默默放在心里，不能宣诸于世吧？关心她？笑话，你早干什么了！"

邓麒手足无措地看着青雀，"妞妞，我……我也不想这样的，我真的不想……"

青雀眼泪流了满脸，"我小时候多盼着能有亲爹亲娘呀，你知不知道？我做梦都想着你们，你们呢？你停妻再娶，把我们母女抛弃了，她一直不肯疼我，直到现在也不肯疼我！"

"我从小到大吃了多少苦，受过多少罪，都过去了，不提了。你俩能不能有个爹娘的样子啊，如今我孩子都有四个了，你俩能不能跟寻常人家的爹娘似的，不再胡闹，不再让我难堪？！”

因为你负心另娶，我从小被寄养，从莫家村到杨集，从杨集到英国公府，然后是那地狱般的石屋……到了今天，你来秀深情，说你多么多么关心她，你是存心想怄死我么。

青雀跟个孩子似的哭个没完没了，晶莹的泪水成串成串掉落，打湿了她的衣襟。邓麒老泪纵横地抱过她，“妞妞，怪爹不好，都怪爹不好。”青雀偎依在他怀里，哭得更加悲痛。

“爹懂事了，爹往后一定懂事，不给妞妞添乱。”邓麒一头哭，一头许诺，“爹不想她了，一辈子也不想她！妞妞，爹把从前的事都忘了，再也不想她！”青雀抓起邓麒的袖子擦擦鼻涕，继续趴他怀里哭。

青雀攒了一辈子的眼泪仿佛全用到今天了，哭个没完没了。祁青雀将军，其实并不是铁打的。

青雀哭着哭着，迷迷糊糊地从邓麒怀里落到另一个熟悉的怀抱。“阿原，你来了。”青雀泪眼朦胧地仰起脸看他，“阿原，我不知怎么了，就是想哭。”

“哭吧，妞妞，哭出来就好了。”阿原低头吻去她的泪水，柔声安慰。

“我不是皇后么，怎么又成妞妞了。”青雀抽抽搭搭地问道。

“你便是到了七老八十，也是我的妞妞啊。”阿原温柔说着甜言蜜语。

青雀“哇——”的一声，重又大哭。

邓麒去了南京。在往后的岁月里，他再也没有和祁玉通过信，更没有和祁玉见面。也终身没有再娶。

邓之翰、邓子益见到父亲总是孤孤单单一个人，做儿子的总是不忍心，都劝过他，“您也不能总是一个人，还是续个弦吧。”

邓麒是抚宁侯，南京守备，掌管南京中军都督府的实权官员，若想续弦，并不难。

邓麒笑着摇头，“孙子都这般大了，续个什么弦？我若娶个年轻姑娘，不是害人家么？我还是含饴弄孙吧。”

邓之翰、邓子益见他执意如此，只好罢了。

妞妞，我如今这样子，像不像个做爹的？

一滴清泪，顺着邓麒不复年轻的脸颊流下。

三年后，紫禁城。

正值阳春三月，杂花生树，草长莺飞。位于坤宁宫后的宫后苑中奇石罗布，佳木葱茏，一片欣欣向荣的景象。宫后苑是是皇帝、皇后茶余饭后休闲、游赏之处，四季常青，典雅幽静。行走在宫后苑，踩着用各种颜色卵石精心铺砌而成的、古朴别致的彩石路面，徜徉在奇花异草、古柏藤萝之间，如入仙境。

“小敢，你给我出来！”一位身着杏黄宫装的美丽少妇站在浮碧亭前，用呵斥的口吻叫道。

少妇身后站有不少宫人、内侍，神色恭谨，却不慌张。皇后娘娘虽看着想要动怒，其实是不打紧的，她不会真和小公主生气。这后宫之中，从两宫皇太后，到皇上、皇后，以至太子殿下、楚王殿下、梁王殿下，有谁会真和小公主生气呢？

不远处一株苍劲挺拔、繁茂青郁的松树下，探出一张粉粉嫩嫩的小女孩儿脸孔。她有三四岁，皮子雪白，一双黑葡萄似的大眼睛中满是纯真，灵动可爱。

"就不出来！"她轻轻地、坚决地说道。

青雀不怀好意地笑着，开始挽袖子，"不出来？小敢，你再说一遍我听听。"

看这情形，青雀分明是打算诉诸武力。

"君子动口不动手；大人打小孩儿，胜之不武；将军对付平民，太没品啦！"小女孩儿声音软软糯糯的，说出来的话却很犀利。

她能不犀利么，阿原亲自教出来的孩子。

"确实没品。"师娘如闲庭信步般走了来，看似悠闲，实则速度奇快，青雀身后的宫人只觉眼前一花，邵夫人已气定神闲地站在皇后面前了。

师娘横了青雀一眼，"你这凶巴巴的模样，把我乖徒孙吓着可如何是好。甭跟我抱怨小敢淘气，小孩子哪有不淘气的？做长辈的要耐下心来，慢慢教导。"

青雀振振有辞，"谁说小孩子没有不淘气的？我小时候可是乖巧得要命，从不调皮捣蛋！"

"你哪有。"英娘笑吟吟地来了，揭穿青雀的真面目，"你小时候，我和林嬷嬷两个人都看不了哄不下呢。妞妞，你甜甜蜜蜜睡着的时候，我俩常常累得浑身跟散了架似的。"

青雀心虚，"呃，我有么？"师娘不厚道地嘲笑道："瞅瞅，本想糊弄我的，结果被拆穿了吧？丫头，你三四岁时的事我不知道，可有人知道啊。"

师娘和英娘相互看了一眼，眼神很是默契：丫头（妞妞）你想苛待我们的小公主，门儿都没有！小公主淘气怎么了？你小时候也不省心。

"姨婆，外祖母！"小敢见着这两座大靠山，从松树后轻盈地跑过来。师娘、英娘前一刻还冲着青雀讲理呢，见了小敢，脸色瞬间齐变，温柔得仿佛能掐出水来，"小公主吓着没有啊。"两人一起蹲下身子，心疼地问着小敢。

"没有！"小敢嘻嘻笑着，快活地、示威地瞥了青雀一眼。

青雀无语看了小女儿半晌，仰头向天，心中长叹。有了小敢，祁青雀将军真是人老珠黄，风光不再啊。

师娘和英娘心有灵犀，"小公主被她娘亲围追堵截，定是疲倦得很了。"一边儿一个牵起小敢，到浮碧亭中坐下。

少顷，邵太后也被宫女簇拥着来了，行礼厮见过，邵太后别人且顾不上，牵过小敢问东问西。小敢沐浴在祖母、外祖母、姨婆的关爱中，小脸发光，得意非凡。

师娘清清嗓子，看向英娘，"丫头小时候的淘气事，多讲几件让我和姐姐听听可好？若她再想对小敢行凶，我们便有话说了。"邵太后一乐，"极是！快告诉给我们，我们好堵她的嘴。"小青雀，不是大姨不向着你，实在是你以大欺小，忒不像话。这不，犯众怒了，你师娘、英娘和大姨一样，也为我们小敢抱不平呢。

英娘抿嘴笑，"她呀，懂事的时候极懂事，淘气的时候极淘气！"把青雀小时候和伴当们一起爬树捉鱼打架等事一一讲了，师娘和邵太后听得津津有味。青雀你还这样呢，下回小敢调皮，可不能管得太严了。谁家孩子不淘气，对不对？

青雀幽怨地看着师娘、英娘、大姨，寂寥地转过身。眼前是数十株花开似锦、妖媚动人的海棠花，一阵春风吹过，花瓣飘落，宛如红色雪花纷纷降下一般。此情此景，青雀更觉寂寥。

华年已逝，风光不再啊。

阳武侯府，薛能小心地捧过汤药，满脸赔笑，"玉儿，趁热喝了药，好不好？"祁玉厌倦地转过头，"不要，太苦了。"整天喝药喝药的，烦不烦啊。

虽然薛能一直很体贴，可是祁玉一点也不快乐。忠诚体贴的丈夫确是难得，可若她只思念风流俊俏的邓麒，薛能的忠诚和体贴对她来说全是折磨，永无尽头的折磨。

薛挥隆重迎娶了自己心爱的姑娘。婚后，两人离开京城，一起去了西北边陲。薛挥在宁夏军中屡立战功，如鱼得水，他和妻子也甚是和美，如今他的爱妻已有了身孕。

薛能想到小儿子也要当爹了，真是喜从中来，做梦都会笑醒。"阿挥要当爹了，这是多好的事。"薛能乐呵呵。

祁玉笑了笑，可是笑容很快隐去了。

薛扬在南京过得很好，去年又生下第四个孩子，谨哥儿。公公邓麒对她简直称得上溺爱，邓之翰对她依旧千依百顺，两人情好日密。

见薛扬这样，薛能这做父亲的大感欣慰，"阿扬过得好，比什么不强。"祁玉却是心中郁结，一直没想开。阿扬离我十万八千里呢，哪里好了？

没有一种喜悦是纯粹的。祁玉觉得悲哀。

这年三月，直浙总督、宣城伯祁震凯旋回京，皇帝率文武百官亲至郊外迎接。旌旗蔽日，车驾如云，在东南沿海苦战多年的将士们见到皇帝陛下，整齐地拜倒，山呼万岁。

祁震在浙江不只擒拿了几名大海盗头子，斩杀不少倭寇，他更整肃了沿海的秩序，派官船巡逻海上，护卫持有勘合的正规商船，打击私船，打击海盗。如今的东南沿海，虽不能说是秩序井然，却也不是原来倭寇伙同海盗肆意作乱的情形，稳定多了。

献俘、祭庙等种种繁琐礼仪之后，祁震带着所属将士入宫领庆功宴。太子、楚王、梁王亲来向外祖父敬酒，祁震好些年没见着孩子们了，捧着酒杯，眼中闪烁着激动的泪花。

祁皇后也是多年没见英爹，自然是想念的。庆功宴后，祁震被小聪、小明、小勇三兄弟带着，到了宫后苑的清望阁。清望阁前，青雀牵着小敢，等候已久。

"这是外祖父。"青雀看着大踏步走过来的英爹，笑眯眯告诉女儿。

小敢好奇地看着英爹，外祖父长这样啊，很神气！

祁震上前抱起小敢，小敢冲他甜甜笑，"外祖父！"说来也怪，她和祁震还是头回见面，可毫不见外，好像已经认识了很久似的。

青雀心花怒放，"小敢你真有灵气！才见英爹一面，便知道他是亲人！"这会儿，青雀看小敢可是顺眼多了。

祁震抱小敢坐在中间，小聪、小明、小勇和青雀围着他，问着别后情形。小勇最是好战，听得热血沸腾，"外祖父，我长大了也打倭寇去！您别把倭寇杀完了呀，好歹给我留几个！"

"去年你还一门心思要打鞑靼，今年改倭寇了？"皇帝笑着走进来，打趣小勇，"再这么着，你大哥许是要睡不好觉了。"

弟弟老想着揽兵权，太子哥哥不得犯怵啊。

小明慢吞吞道："小勇这样，他大哥是能安枕的，他二哥没法睡觉。"

"他大哥远在慈庆宫，小勇晚上要打扰他也打扰不着。他二哥和他同住皇子所，离得近，该睡觉的时候常常被他拎出来讨论兵书战策，不理他都不行。"

小明这话，引起一片哄笑声。

祁震跟皇帝、青雀说了不少直浙防务之后，宫门快要落锁了，才告辞出宫。"您快回罢。"青雀笑道："英娘在家里定是望眼欲穿，您再不回，她要变成望夫石了！"祁震不好意思地笑了笑，快步离去。

英娘，我回来了！祁震一路疾驰，回了宣城伯府。

亲人见面，相对唏嘘。

祁震回京不久，青树也带着莫爹莫娘、青林，回京了。青树、青林都已成亲生子，莫二郎夫妇最是纯朴，到了这会儿，真是心满意足，笑口常开。

祁震和莫二郎见了面，哥儿俩抱在一处，毫无形象地哭了半天。青峰、青树、青林等人一旁看着，眼圈也是红红的。英娘和莫娘手拉手，说不完的话。

当晚宫里便来了内侍，派来一堆一堆的赏赐，"皇后娘娘说了，请二老先歇歇，明日若精神好了，便到宫里逛逛。若要多歇几日，也使得。"内侍满脸赔笑，问莫爹莫娘明日可否进宫。

莫爹吭吭哧哧说不出话，莫娘爽利地答应，"不用歇，歇啥呢？"内侍高兴地跟他们定下，"那便明日辰时末，车驾来迎接。"

"接啥？咱自己去吧，别麻烦妞妞。"内侍走了之后，莫爹小声嘟囔。

青峰、青树都笑，"这是姐姐的心意，您就甭客气了。"莫娘也笑，"接咱咋了？应该的。妞妞吃我的奶长大的，你把她扛在肩头长大的，跟妞妞，咱还用虚客气？"

莫娘这会儿话说得满，等到第二天内侍来迎接，她和莫爹、青树、青林等人一起，才到宫门下马车，便惊得走不动路了，"这……这多大的庙啊……"

青树忍笑，"娘，这是皇宫。"莫娘根本迈不动腿，"小树，我……我走不了。"青树正有些为难，四名健壮宫女抬着一乘轿子过来了，请莫娘上轿。

把莫爹乐的，孩子娘，昨晚你还笑话我呢，瞅瞅你，还不如我！

一行人进到坤宁宫，莫娘也稳住心神了。等到和青雀、聪明勇敢四兄妹见了面，没多大会儿莫娘就恢复了平日的爽利，绘声绘色说着自己闹的笑话，青雀笑得不行。

莫爹蹲下身子，仔细看着小敢。小敢也瞪大眼睛，好奇地打量他。莫爹叹息，"和妞妞真像啊！妞妞跟她这般大的时候，也是这副小模样。"青雀凑过来，蹲在莫爹身边，殷勤道："爹，我比她可爱！我懂事，她可闹腾了！"

小敢噘嘴嘴，莫爹一阵心疼，低声埋怨青雀，"你也闹腾呢，不省心。"青雀汗颜。

小敢笑靥如花。

青雀在宫后苑设宴款待莫爹莫娘一行人，席间莫娘讲笑话，"李二婶子和卢嫂子有一天见着了，李二婶子便说，'宫里的皇后娘娘不定怎么奢侈呢，我说，她定是顿顿烙油饼！'卢嫂嗤笑，'油饼哪行？她定是顿顿包水饺！'"

小聪、小明、小勇从没听过这些话，新鲜得不行。

小敢也不知是听懂了，还是没听懂，堆了一脸笑。

青树已是很沉稳的文官，说话行事，颇有章法。青雀嗔怪，"早让你带爹娘回京，你就是不肯！说什么你一定要在地方上做出政绩，才肯回来。"青树微笑，"姐，岁月不饶人，我不趁着年轻时候干出番名堂，岂不是老大徒伤悲？"

不能因为姐姐做了皇后，亲人都要靠着她、依附她。男人，不该靠着裙带关系出人头地。

青雀见他执拗，笑眯眯道："随你啦。"

宴席快结束的时候皇帝一身常服来了，大家相见，十分欢悦。只是莫娘有些失望，"皇帝是这样的么？怎不是金光闪闪的？"皇帝这回穿的是青色常服，不像莫娘印象中戏台上的皇帝，身着黄色龙袍，头戴金冠，浑身上下，金光闪闪。

青雀热切看向皇帝，皇帝知趣，"过会子我换身儿金光闪闪的，给二老看看。"果然之后他换了明黄十二团龙衮服、皮弁服、武弁服等，给莫爹莫娘开眼界。

"我这辈子，值了。"莫娘大感满意，叹息着下了结论。

小聪、小明等人快笑抽了。爹爹这满腹无奈频频换装的样子，真是……难得一见啊。

廷议论功，祁震封为恪国公，世袭罔替。虽然按他的功劳是应该的，可他是皇后的父亲，朝中有人顾虑外戚势大，颇有议论。祁震很快上折辞官，要求回乡养老，他在奏折中言辞恳切地写着，因为征战多年，多处受伤，他身体欠佳，已是难以再为国效力。

他的辞官折子一上，朝中多少双眼睛盯着，想知道皇帝会如何处置。皇帝若批了，大概他是真辞；若挽留，不过是假意推辞、欺世盗名罢了。

皇帝准了祁震的辞呈。辞呈虽然准了，却不许他回乡养老，"卿留在京城，皇后也可稍尽孝道。"

祁震卸下所有官职，一身轻松。朝中的官员们也心松了，开始笑容满面地称颂恪国公。

祁震虽不能如愿回乡养老，可也不爱在城里住着，嫌吵闹。英娘和他一起住到了西山别苑，时不时地泡泡温泉，看看山景，怡然自得。

邵太后千秋节时，英娘也在朝贺之列。她是国公夫人，又是皇后的母亲，外命妇中她最为引人注目，连英国公夫人在她身边也显得黯然失色。

阳武侯夫人身子不适，请假没来。邵太后很是关切，"青雀，你姑母要不要紧？差人去看看吧。"青雀小声道："差太医去了，她不理。送的补品、药材，她也不要。"仙女娘总是这样，愁人。

邵太后呆了呆，见青雀神色黯然，忙伸手搂过她，疼惜道："有大姨呢！青雀，大姨疼你！"青雀大为吃惊，"有了小敢，您还会搂我呀？受宠若惊，受宠若惊。"邵太后心里一酸，把她搂得更紧了。

夏天的一个晚上，青雀正对镜梳妆，忽大惊小叫道："阿原快来！"阿原以为有什么大事呢，忙放下手里的书卷跑了来，"姐姐，怎么了？"

青雀指指镜子，伤心欲绝，"阿原，我有皱纹了！"

有了小敢，没什么；大家都移情别恋，也没什么；可有了皱纹，却是让人心灰意冷！

阿原捧着她的脸仔细鉴定了半天，断言，"这是一条漂亮的皱纹！"

皱纹还有漂亮的呀，青雀哧地一声，笑了出来。

番外
岁岁年年

自从聪明勇敢四兄妹都来到这个世上之后，青雀便不大爱过千秋节了。

"过一年便老一年，有什么好的。"她嗤之以鼻，一脸不屑。

可如今是太平盛世，她这母仪天下的皇后若是不过千秋节，未免显得不应景。况且她是阿原的挚爱，若一年一度的生辰不能隆重热烈度过，阿原怎过意得去？于是，每逢到了青雀生辰，阿原便会提前忙碌起来。

"给你们母后的生辰礼想好了没有？一定要别出心裁啊。"他把聪明勇敢四兄妹召集过来，郑重提醒。

小聪是长子、太子，平时稳重端庄惯了，恭恭敬敬地说道："母后千秋节要有乐舞助兴的，编钟属雅乐，必不可少。孩儿命能工巧匠用黄金打造了十六枚光灿灿的编钟，挂在用小叶紫檀制成的架子上。这编钟的声音听来悠然清灵，动人心弦，届时由朝中第一乐师云想容演奏，音韵古远，美妙入心，想来母后定是喜欢的。"

阿原满意点头。

小明一向从容，这会儿依旧是不慌不忙的，"前些时日得了块和田白玉，白腻中透着淡淡的粉色，品相绝佳。孩儿知道母后爱美，便从苏杭请来著名的玉雕大师，雕了尊观音玉像，晶莹润泽，栩栩如生。"

阿原赞许地微笑。

小聪、小明这两个大孩子，还是让阿原很舒心的。

"我给娘准备了一把西洋传过来的火枪！"轮到小勇，他兴高采烈地跳了出来，"爹爹，这火枪火力可猛了，娘见了一准儿喜欢！"

火枪？你母后千秋节，生辰礼你送火枪？阿原目瞪口呆。

小敢紧随其后，神气活现地指指自己，"我是后宫独一无二的小公主，人见人爱，举世无双！我哪还用花心思挑礼物啊，我把我自己送到娘面前让她瞅一眼，她便会喜笑颜开！"

"小勇和小敢又来淘气了。"小聪、小明含笑看着弟弟妹妹，肚中偷乐。

这两个小捣蛋神通广大，常常把爹和娘弄得没法子啊。

小勇抱住阿原的胳膊，兴致勃勃地求肯定，"飘洋过海而来的火枪啊，爹爹您说这生辰礼物好不好？"小敢颠儿颠儿地跑过去，抱住阿原另一只胳膊，兴滴滴仰起小脸，"爹爹，我把我自己送给娘，世上还有更贵重、更有意义的礼物么？"

两个孩子都觉着自己出了个好主意，笑靥如花。

阿原哪忍心泼他俩的冷水？慈爱摸摸他俩的小脑袋，"小勇乖，小妞妞乖，你俩都是孝顺孩子。"

小勇和小敢笑得更灿烂了，"可不是么。"

他俩留在阿原身边撒娇，小聪、小明这两个大孩子和父皇告辞，转身徐徐出殿。才出殿门，小聪端庄美丽的面庞上便泛起可疑笑意，小明唇角勾了勾，捂住了肚子。

小勇，小敢，你俩笑死人了，知道么？

阿原跟聪明勇敢四兄妹商量好生辰礼，又专程命人把师娘、英娘、莫娘请到宫里，美其名曰陪伴邵太后，"劳几位的大驾，在宫里多住几天，陪陪朕的母后。"邵太后笑眯眯地坐着，看看阿原，看看师娘、英娘、莫娘，春风满面。

师娘有些纳闷，"陪姐姐住几天自然是好事。可是皇帝陛下，好端端的，你怎地想起这个来了？"

师娘一向散漫，英娘却是细心的，想起青雀的千秋节快到了，便猜到皇帝到底是个什么意思，不由得抿嘴笑了笑，"陪伴太后娘娘，这是我的荣幸。可是皇帝陛下，妞妞的生辰礼我还没备好。"

莫娘忙不迭地接口，"就是，妞妞要过生儿了！从前她小的时候，到了那天我便给她和青苗一人煮碗长寿面，碗底卧一个荷包蛋，两个孩子吃得可高兴了！"

"劳烦您给再做一碗吧。"阿原眼睛亮了，"还有，给她炖肉吃。"

青雀什么山珍海味没吃过？可是，提起养母炖的肉，她就想流口水。

"成啊。"莫娘乐呵呵地答应了。

"小姨，英娘，您两位回想下青雀小时候爱玩什么，爱吃什么，这几天还像小时候似的陪她玩耍，成么？"阿原见莫娘答应了，又笑着看向其余的两位。

"原来如此！"师娘和英娘做恍然大悟状，"原来这便是所谓的陪伴太后娘娘！"

阿原微微笑着，有些不好意思。

师娘转过头看着邵太后，啧啧，"姐姐您看看，皇帝陛下打着您的旗号，实则是为他的皇后着想……"

"这有什么。"邵太后故意板起脸，"我儿子体贴心疼我儿媳妇，这是多好的事啊，我乐意！"

师娘倒抽一口凉气，"世上竟有这般护短的婆婆！"

英娘和莫娘也很是惊奇，"这哪是婆婆啊，比亲娘还亲！"

邵太后乐了，脸上有着孩子般的得意神情，"青雀是我儿媳妇，也是我闺女！别以为只有你们有闺女啊，我也有！"

"失敬失敬，原来姐姐也有闺女。"师娘巧笑嫣然。

英娘和莫娘也是笑得合不拢嘴。皇帝、太后对妞妞都是这么好，她们这做娘的心里能不舒坦么？别提多高兴了。

阿原趁机提出要求，"一定要多夸她，多说她爱听的，千万莫提'老'字。"

师娘撇撇嘴，"她哪怕活到一百岁呢，在我们面前敢提起'老'字？她就是个小丫头！"

"对，她就是个小丫头！"邵太后和英娘、莫娘连连点头，表示赞同。

阿原心中喜悦，郑重地长揖，"那就拜托几位了，一定要拿她当小姑娘似的宠爱娇惯，让她开开心心地过千秋节！"

——这才是你的真正目的吧？四位母亲都是莞尔。

阿原这么一安排，青雀可就享福了。莫娘亲自下厨为她煮长寿面、炖肉，青雀吃得眉花眼笑，"无上的美味啊。"她负责吃，四位母亲负责天花乱坠地夸奖她，青雀飘飘然如在云端。

夜深人静的时候，青雀拉起阿原的手，喜滋滋，"本来么，聪明勇敢四兄妹都已经齐了，小聪、小明都已经是英俊少年了，我真是觉得自己有一点点老了呢。可是今儿个被'丫头''妞妞''小青雀'地叫了大半天，我好像又变嫩了！"

"妞妞本来就很嫩。"阿原神色认真，"岁月根本不曾在你身上留下痕迹，二八芳龄的少女看了你也会嫉妒的，恨不得倾其所有，和你换一换。"

"真的么？"青雀笑得眉毛弯弯。

"真的。"阿原郑重点头。

青雀更高兴了。她淘气地笑笑，冲阿原伸出手，"皇后的千秋节快要到了，皇帝陛下你准备的贺礼在哪里？快拿出来，让本宫过目！"

她本来是不耐烦过千秋节的，这会儿却好兴致地讨要起生辰礼物。

阿原宠溺地笑笑，牵起青雀的手，"妞妞，跟我来。"

他的手很温暖，青雀被他牵着，心中安宁。

踩着厚厚的地毯，拂起华美绚烂的金色帷帘，阿原带青雀到了寝殿的西侧。这里四周都挂着帘幕，并没有烛火，可是，居然有耀眼的亮光。

桌案上放着一顶凤冠，亮光便是由这顶凤冠发出来的。

"这是什么？"青雀看得很入迷。

"九龙九凤冠。"阿原柔声说道。

凤冠上共有九条金龙，九只翠凤，金龙升腾奔跃在翠云之上，或昂首阔步，或张牙舞爪，或风驰电掣，或四足直立，或行走，或奔驰，姿态各异。翠凤展翅飞翔在珍珠、宝石、花叶之中，仪态优美，金碧辉煌。

龙、凤均口衔珠宝串饰，龙凤之间有插饰翠云、翠叶、珠花、宝石，晶莹璀璨。凤冠上镶嵌有绿莹莹的祖母绿，闪着金绿光芒的猫儿眼，如火焰般的红宝石，天空般明净的蓝宝石，还有圆润的珍珠、罕见的金刚石等，珠光宝气交相辉映，富丽堂皇，庄重华美。

青雀慢慢走向凤冠，美丽的杏子眼中满是憧憬和向往。

她是天不怕地不怕的祁青雀将军，也是爱美的女子。这顶美丽非凡的凤冠，自然很喜欢。

阿原陪着她缓步向前走，走过一个长案几时，顺手拿起蒙在上面的锦帕。

锦帕下是数颗夜明珠，在夜色中绽放着柔美的光芒。

殿宇中一下子明亮了。

阿原拿起凤冠，小心地为青雀戴上，端详了下，眼中有多少满意和欣赏，"只有母仪天下的皇后才配戴这九龙九凤冠，只有朕的妞妞，才配得上这份美丽和高贵。"

"那是自然。"青雀沾沾自喜地笑。

两人携手走到一旁的紫檀透雕如意纹架子落地玻璃镜前，含笑看了过去。

镜中清晰映出两人的身影。

男子身穿玄色绣十二飞龙袍服，人如美玉，气度雍容。女子头戴九龙九凤冠，眉目如画，明艳不可方物。

正是一对璧人。

"四哥，咱们往后都这么要好，成么？"青雀望着镜中人，柔情相问。

"那是自然。"阿原握起她的手，放到唇边亲了亲。

两人双手紧握，相视而笑。

咱们要一直这般要好，年年岁岁，岁岁年年。

番外 岁岁年年